letras mexicanas

OBRAS

I

ROSARIO CASTELLANOS

Obras

I

NARRATIVA

Compilación y notas de
EDUARDO MEJÍA

letras mexicanas

FONDO DE CULTURA ECONÓMICA

Primera edición, 1989
Primera reimpresión, 1996

Carretera Picacho-Ajusco 227; 14200 México, D. F.

ISBN 968-16-3212-5 (Obra completa)
ISBN 968-16-3213-3 (Tomo I)

Impreso en México

PRESENTACIÓN

Rosario Castellanos nació el 25 de mayo de 1925 en la ciudad de México. Recién nacida fue llevada a Comitán, Chiapas, donde transcurrieron su infancia y su adolescencia, escenarios esenciales de su universo novelesco. A los 16 años regresó al Distrito Federal para continuar su educación hasta graduarse en 1950 como maestra en filosofía. Fue promotora de cultura en el Instituto de Artes y Ciencias de Chiapas, trabajó en el Centro Coordinador del Instituto Indigenista de San Cristóbal Las Casas, fue jefa de información y prensa de la Universidad Nacional Autónoma de México, impartió cátedra en la misma institución y desempeñó el cargo de embajadora de México en Israel, donde falleció el 7 de agosto de 1974.

La obra completa de Rosario Castellanos —escribió poesía, cuento, novela, teatro y ensayo y crítica literaria y política— está aquí reunida en tres tomos. Este volumen comprende su obra narrativa; el segundo, su labor poética y dramática; el tercero, su prosa crítica.

Su narrativa corresponde, en su mayoría, al llamado "Ciclo de Chiapas", donde el realismo indigenista de la Revolución Mexicana se funde con el realismo mágico latinoamericano de los años cincuenta y sesenta. A su primera novela, *Balún-Canán* (1957), prodigioso retrato de la vida indígena en Chiapas, le siguieron los cuentos de *Ciudad Real* (1960), *Los convidados de agosto* (1968), *Álbum de familia* (1971) y su segunda y última novela, *Oficio de tinieblas* (1964). Escribió, pero no publicó, una tercera novela, *Rito de iniciación.* Al parecer, destruyó los originales.

La prosa de ficción de Rosario Castellanos desterró para siempre la mirada exógena y paternalista que caracterizó a buena parte del indigenismo mexicano. En sus libros el indígena ya no aparece como encarnación de la otredad ni su mundo es un trasunto folclórico, pues Rosario Castellanos escribió una saga donde los indios de México son individuos universales al tiempo que componentes de una civilización compleja, rica y, sin duda, injusta.

Este volumen reúne tres narraciones no incluidas en volumen alguno. Su localización e investigación hemerográfica (que se incluirá en el tercer tomo), debe mucho a la ayuda de, entre otros, Raúl Ortiz y Ortiz, José Emilio Pacheco, Magdalena Altamirano, y a las excelentes bibliotecas de la UNAM y de El Colegio de México.

Fragmento de una entrevista con Luis Adolfo Domínguez, *Revista de Bellas Artes,* abril de 1969.

Yo he hecho hasta ahora un tipo de literatura que se llama indigenista. Éste es un título que no me gusta, pero que tengo que aceptar, porque es el que le corresponde. Si yo pensara que mis libros van a ser leídos por los indios, estaría completamente fuera de onda: los indios no están ni castellanizados ni alfabetizados.

Yo no soy tan optimista como para pensar en que me van a leer mis amigos. A lo mejor no tengo tantos amigos, de plano. Lo que pasa es que yo escribo para mí. Me interesa, como lectora, aquello que yo puedo escribir. Hay una serie de fenómenos en el mundo que no entiendo si no los expreso... y me interesa entenderlos.

En la medida en que yo tengo una serie de semejanzas y de problemas que comparto con otros, se puede establecer la comunicación. Creo que siempre se piensa en el lector más inmediato, y el lector más inmediato es el propio escritor. A partir de allí, es puro milagro que haya otro lector.

Balún-Canán

Novela. Fondo de Cultura Económica, 1957, en Letras Mexicanas. Primera edición en Colección Popular, 1968. Decimoprimera edición, 1984. Primera edición en Lecturas Mexicanas, FCE-SEP, 1982.

Fragmento de una entrevista con Luis Adolfo Domínguez, *Revista de Bellas Artes,* abril de 1969.

Mi literatura... de combate, o como se le quiera llamar, no está hecha para las manos y los ojos de alguien que vaya a resolver la situación. Yo simplemente quiero que se haga conciencia... por lo menos hacerme *yo* conciencia, respecto de un tipo de fenómenos.

Fragmento de una entrevista con Emmanuel Carballo, *Diecinueve protagonistas de la literatura mexicana del siglo XX,* Empresas Editoriales, 1965.

Este influjo [de la poesía en la prosa] se nota fácilmente en *Balún-Canán,* sobre todo en la primera parte. En forma estricta, esta obra no puede considerarse prosa: está llena de imágenes: en momentos las frases se ajustan a cierta musicalidad. La acción avanza muy lentamente. Se le podría juzgar como una serie de estampas aisladas en apariencia pero que funcionan en conjunto. Si se hubiesen publicado aisladamente, no se podrían considerar relatos. [...]

De una manera casual [se dio el paso de la poesía a la prosa], como se llega a todo cuando se delibera mucho. Intenté la prosa desde el principio. La consideraba como un complemento de la poesía. Desde mis primeros textos quise vivir profesionalmente como escritora. La poesía es algo en lo que no se puede fiar. Es imposible sostener, por ejemplo, afirmaciones como ésta: "Mañana voy a escribir un poema." No soporto estar a merced de la inspiración: un año, un poema; el siguiente, quizá un libro. Necesitaba llenar el resto del tiempo con una disciplina constante y que dependiera de mi voluntad. Esta disciplina sólo podría lograrla al través de la prosa. Primero escribí crítica literaria y ensayo: entre otros textos, la tesis para recibirme de maestra en filosofía. Después usé este instrumento, que ya dominaba, en breves obras narrativas. Escribí dos cuentos: uno de ellos, "Primera revelación", es el germen de *Balún-Canán.* Deseaba contar sucesos que no fueran esenciales como los de la poesía: sucesos adjetivos. Supuse que la prosa podría encaminarme al teatro: mis piezas pararon en el fracaso. A la novela llegué recordando sucesos de mi infancia. Así, casi sin darme cuenta, di principio a *Balún-Canán*: sin una idea general del conjunto, dejándome llevar por el fluir de los recuerdos. Después, los sucesos se ordenaron alrededor de un mismo tema. [...]

Está dividida en tres partes. La primera y la tercera, escritas en primera persona, están contadas desde el punto de vista de una niña de siete años. Este hecho trajo consigo dificultades casi insuperables. Una niña de esos años es incapaz de observar muchas cosas y, sobre todo, es incapaz de expresarlas. Sin embargo, el mundo en que se mueve es lo suficientemente fantástico como para que en él funcionen las imágenes poéticas. Este mundo infantil es muy semejante al mundo de los indígenas, en el cual se sitúa la acción de la novela. (Las mentalidades de la niña y de los indígenas poseen en común varios rasgos que las aproximan.) Así, en estas dos partes la niña y los indios se ceden la palabra y las diferencias de tono no son mayúsculas. El núcleo de la acción, que por objetivo corresponde al punto de vista de los adultos, está contado por el autor en tercera persona. La estructura desconcierta a los lectores. Hay una ruptura en el estilo, en la manera de ver y de pensar. Ésa es, supongo, la falla principal del libro. Lo confieso: no pude estructurar la novela de otra manera.

A Emilio Carballido
A mis amigos de Chiapas

Musitaremos el origen. Musitaremos solamente la historia, el relato.

Nosotros no hacemos más que regresar; hemos cumplido nuestra tarea; nuestros días están acabados. Pensad en nosotros, no nos borréis de vuestra memoria, no nos olvidéis.

El libro del consejo

PRIMERA PARTE

I

—...Y ENTONCES, coléricos, nos desposeyeron, nos arrebataron lo que habíamos atesorado: la palabra, que es el arca de la memoria. Desde aquellos días arden y se consumen con el leño en la hoguera. Sube el humo en el viento y se deshace. Queda la ceniza sin rostro. Para que puedas venir tú y el que es menor que tú y les baste un soplo, solamente un soplo...

—No me cuentes ese cuento, nana.

—¿Acaso hablaba contigo? ¿Acaso se habla con los granos de anís?

No soy un grano de anís. Soy una niña y tengo siete años. Los cinco dedos de la mano derecha y dos de la izquierda. Y cuando me yergo puedo mirar de frente las rodillas de mi padre. Más arriba no. Me imagino que sigue creciendo como un gran árbol y que en su rama más alta está agazapado un tigre diminuto. Mi madre es diferente. Sobre su pelo —tan negro, tan espeso, tan crespo— pasan los pájaros y les gusta y se quedan. Me lo imagino nada más. Nunca lo he visto. Miro lo que está a mi nivel. Ciertos arbustos con las hojas carcomidas por los insectos; los pupitres manchados de tinta; mi hermano. Y a mi hermano lo miro de arriba abajo. Porque nació después de mí y, cuando nació, yo ya sabía muchas cosas que ahora le explico minuciosamente. Por ejemplo ésta:

Colón descubrió la América.

Mario se queda viéndome como si el mérito no me correspondiera y alza los hombros con gesto de indiferencia. La rabia me sofoca. Una vez más cae sobre mí todo el peso de la injusticia.

—No te muevas tanto, niña. No puedo terminar de peinarte.

¿Sabe mi nana que la odio cuando me peina? No lo sabe. No sabe nada. Es india, está descalza y no usa ninguna ropa debajo de la tela azul del tzec. No le da vergüenza. Dice que la tierra no tiene ojos.

—Ya estás lista. Ahora el desayuno.

Pero si comer es horrible. Ante mí el plato mirándome fijamente sin parpadear. Luego la gran extensión de la mesa. Y después... no sé. Me da miedo que del otro lado haya un espejo.

—Acaba de beber la leche.

Todas las tardes, a las cinco, pasa haciendo sonar su esquila de estaño una vaca suiza. (Le he explicado a Mario que suiza quiere decir gorda.) El dueño la lleva atada a un cordelito, y en las esquinas se detiene y la ordeña. Las criadas salen de las casas y compran un vaso. Y los niños malcriados, como yo, hacemos muecas y la tiramos sobre el mantel.

—Te va a castigar Dios por el desperdicio —afirma la nana.

—Quiero tomar café. Como tú. Como todos.

—Te vas a volver india.

Su amenaza me sobrecoge. Desde mañana la leche no se derramará.

II

Mi nana me lleva de la mano por la calle. Las aceras son de lajas, pulidas, resbaladizas. Y lo demás de piedra. Piedras pequeñas que se agrupan como los pétalos en la flor. Entre sus junturas crece hierba menuda que los indios arrancan con la punta de sus machetes. Hay carretas arrastradas por bueyes soñolientos; hay potros que sacan chispas con los cascos. Y caballos viejos a los que amarran de los postes con una soga. Se están ahí el día entero, cabizbajos, moviendo tristemente las orejas. Acabamos de pasar cerca de uno. Yo iba conteniendo la respiración y arrimándome a la pared temiendo que en cualquier momento el caballo desenfundara los dientes —amarillos, grandes y numerosos— y me mordiera el brazo. Y tengo vergüenza porque mis brazos son muy flacos y el caballo se iba a reír de mí.

Los balcones están siempre asomados a la calle, mirándola subir y bajar y dar vuelta en las esquinas. Mirando pasar a los señores con bastón de caoba; a los rancheros que arrastran las espuelas al caminar; a los indios que corren bajo el peso de su carga. Y a todas horas el trotecillo diligente de los burros que acarrean el agua en barriles de madera. Debe de ser tan bonito estar siempre, como los balcones, desocupado y distraído, sólo mirando. Cuando yo sea grande...

Ahora empezamos a bajar la cuesta del mercado. Adentro suena el hacha de los carniceros y las moscas zumban torpes y saciadas. Tropezamos con las indias que tejen pichulej, sentadas en el suelo. Conversan entre ellas, en su curioso idioma, acezante como ciervo perseguido. Y de pronto echan a volar sollozos altos y sin lágrimas que todavía me espantan, a pesar de que los he escuchado tantas veces.

Vamos esquivando los charcos. Anoche llovió el primer aguacero, el que hace brotar esa hormiga con alas que dicen tzisim. Pasamos frente a las tiendas que huelen a telas recién teñidas. Detrás del mostrador el dependiente las mide con una vara. Se oyen los granos de arroz deslizándose contra el metal de la balanza. Alguien tritura un puñado de cacao. Y en los zaguanes abiertos entra una muchacha que lleva un cesto sobre la cabeza y grita, temerosa de que salgan los perros, temerosa de que salgan los dueños:

—¿Mercan tanales?

La nana me hace caminar de prisa. Ahora no hay en la calle más que un hombre con los zapatos amarillos, rechinantes, recién estrenados. Se abre un portón, de par en par, y aparece frente a la forja encendida el herrero, oscuro a causa de su trabajo. Golpea, con el pecho descubierto y sudoroso. Apartando apenas los visillos de la ventana, una soltera nos mira furtivamente. Tiene la boca apretada como si se la hubiera cerrado un secreto. Está triste, sintiendo que sus cabellos se vuelven blancos.

—Salúdala, niña. Es amiga de tu mamá.

Pero ya estamos lejos. Los últimos pasos los doy casi corriendo. No voy a llegar tarde a la escuela.

III

Las paredes del salón de clase están encaladas. La humedad forma en ellas figuras misteriosas que yo descifro cuando me castigan sentándome en un rincón. Cuando no, me siento frente a la señorita Silvina en un pupitre cuadrado y bajo. La escucho hablar. Su voz es como la de las maquinitas que sacan punta a los lápices: molesta pero útil. Habla sin hacer distingos, desplegando ante nosotras el catálogo de sus conocimientos. Permite que cada una escoja los que mejor le convengan. Yo escogí, desde el principio, la palabra *meteoro*. Y desde entonces la tengo sobre la frente, pesando, triste de haber caído del cielo.

Nadie ha logrado descubrir qué grado cursa cada una de nosotras. Todas estamos revueltas aunque somos tan distintas. Hay niñas gordas que se sientan en el último banco para comer sus cacahuates a escondidas. Hay niñas que pasan al pizarrón y multiplican un número por otro. Hay niñas que sólo levantan la mano para pedir permiso de ir al "común".

Estas situaciones se prolongan durante años. Y de pronto, sin que ningún acontecimiento lo anuncie, se produce el milagro. Una de las niñas es llamada aparte y se le dice:

—Trae un pliego de papel cartoncillo porque vas a dibujar el mapamundi.

La niña regresa a su pupitre revestida de importancia, grave y responsable. Luego se afana con unos continentes más grandes que otros y mares que no tienen ni una ola. Después sus padres vienen por ella y se la llevan para siempre.

(Hay también niñas que no alcanzan jamás este término maravilloso y vagan borrosamente como las almas en el limbo.)

A mediodía llegan las criadas sonando el almidón de sus fustanes, olorosas a brillantina, trayendo las jícaras de posol. Todas bebemos, sentadas en fila en una banca del corredor, mientras las criadas hurgan entre los ladrillos, con el dedo gordo del pie.

La hora del recreo la pasamos en el patio. Cantamos rondas:

Naranja dulce,
limón partido...

O nos disputan el ángel de la bola de oro y el diablo de las siete cuerdas o "vamos a la huerta del toro, toronjil".

La maestra nos vigila con mirada benévola, sentada bajo los árboles de bambú. El viento arranca de ellos un rumor incesante y hace llover hojitas amarillas y verdes. Y la maestra está allí, dentro de su vestido negro, tan pequeña y tan sola como un santo dentro de su nicho.

Hoy vino a buscarla una señora. La maestra se sacudió de la falda las hojitas del bambú y ambas charlaron largamente en el corredor. Pero a medida que la conversación avanzaba, la maestra parecía más y más inquieta. Luego la señora se despidió.

De una campanada suspendieron el recreo. Cuando estuvimos reunidas en el salón de clase, la maestra dijo:

—Queridas niñas: ustedes son demasiado inocentes para darse cuenta de los peligrosos tiempos que nos ha tocado vivir. Es necesario que seamos prudentes para no dar a nuestros enemigos ocasión de hacernos daño. Esta escuela es nuestro único patrimonio y su buena fama es el orgullo del pueblo. Ahora algunos están intrigando para arrebatárnosla y tenemos que defenderla con las únicas armas de que disponemos: el orden, la compostura y, sobre todo, el secreto. Que lo que aquí sucede no pase de aquí. No salgamos, bulbuluqueando, a la calle. Que si hacemos, que si tornamos.

Nos gusta oírla decir tantas palabras juntas, de corrido y sin tropiezo, como si leyera una recitación en un libro. Confusamente, de una manera que no alcanzamos a comprender bien, la señorita Silvina nos está solicitando un juramento. Y todas nos ponemos de pie para otorgárselo.

IV

Es una fiesta cada vez que vienen a casa los indios de Chactajal. Traen costales de maíz y de frijol; atados de cecina y marquetas de panela. Ahora se abrirán las trojes y sus ratas volverán a correr, gordas y relucientes.

Mi padre recibe a los indios, recostado en la hamaca del corredor. Ellos se aproximan, uno por uno, y le ofrecen la frente para que la toque con los tres dedos mayores de la mano derecha. Después vuelven a la distancia que se les ha marcado. Mi padre conversa con ellos de los asuntos de la finca. Sabe su lengua y sus modos. Ellos contestan con monosílabos respetuosos y ríen brevemente cuando es necesario.

Yo me voy a la cocina, donde la nana está calentando café.

—Trajeron malas noticias, como las mariposas negras.

Estoy husmeando en los trasteros. Me gusta el color de la manteca y tocar la mejilla de las frutas y desvestir las cebollas.

—Son cosas de los brujos, niña. Se lo comen todo. Las cosechas, la paz de las familias, la salud de las gentes.

He encontrado un cesto de huevos. Los pecosos son de guajolote.

—Mira lo que me están haciendo a mí.

Y alzándose el tzec, la nana me muestra una llaga rosada, tierna, que le desfigura la rodilla.

Yo la miro con los ojos grandes de sorpresa.

—No digas nada, niña. Me vine de Chactajal para que no me siguieran. Pero su maleficio alcanza lejos.

—¿Por qué te hacen daño?

—Porque he sido crianza de tu casa. Porque quiero a tus padres y a Mario y a ti.

—¿Es malo querernos?

—Es malo querer a los que mandan, a los que poseen. Así dice la ley.

La caldera está quieta sobre las brasas. Adentro, el café ha empezado a hervir.

—Diles que vengan ya. Su bebida está lista.

Yo salgo, triste por lo que acabo de saber. Mi padre despide a los indios con un ademán y se queda recostado en la hamaca, leyendo. Ahora lo miro por primera vez. Es el que manda, el que posee. Y no puedo soportar su rostro y corro a refugiarme en la cocina. Los indios están sentados junto al fogón y sostienen delicadamente los pocillos humeantes. La nana les sirve con una cortesía medida, como si fueran reyes. Y tienen en los pies —calzados de caites— costras de lodo; y sus calzones de manta están remendados y sucios y han traído sus morrales vacíos.

Cuando termina de servirles la nana también se sienta. Con solemnidad alarga ambas manos hacia el fuego y las mantiene allí unos instantes. Hablan y es como si cerraran un círculo a su alrededor. Yo lo rompo, angustiada.

—Nana, tengo frío.

Ella, como siempre desde que nací, me arrima a su regazo. Es caliente y amoroso. Pero tendrá una llaga. Una llaga que nosotros le habremos enconado.

V

Hoy recorrieron Comitán con música y programas. Una marimba pequeña y destartalada, sonando como un esqueleto, y tras la que iba un enjambre de muchachitos descalzos, de indios atónitos y de criadas que escondían la canasta de compras bajo el rebozo. En cada esquina se paraban y un hombre subido sobre un cajón y haciendo magnavoz con las manos decía:

—Hoy, grandiosa función de circo. El mundialmente famoso contorsionista, don Pepe. La soga irlandesa, dificilísima suerte ejecutada por las hermanas Cordero. Perros amaestrados, payasos, serpentinas, todo a precios populares, para solaz del culto público comiteco.

¡Un circo! Nunca en mi vida he visto uno. Ha de ser como esos libros de estampas iluminadas que mi hermano y yo hojeamos antes de dormir. Ha de traer personas de los países más remotos para que los niños vean cómo son. Tal vez hasta traigan un tren para que lo conozcamos.

—Mamá, quiero ir al circo.

—Pero cuál circo. Son unos pobres muertos de hambre que no saben cómo regresar a su pueblo y se ponen a hacer maromas.

—El circo, quiero ir al circo.

—Para qué. Para ver a unas criaturas, que seguramente tienen lombrices, perdiéndoles el respeto a sus padres porque los ven salir pintarrajeados, a ponerse en ridículo.

Mario también tiene ganas de ir. Él no discute. Únicamente chilla hasta que le dan lo que pide.

A las siete de la noche estamos sentados en primera fila, Mario y yo, cogidos de la mano de la nana, con abrigo y bufanda, esperando que comience la función. Es en el patio grande de la única posada que hay en Comitán. Allí paran los arrieros con sus recuas, por eso huele siempre a estiércol fresco; los empleados federales que no tienen aquí a su familia; las muchachas que se escaparon de sus casas y se fueron "a rodar tierras". En este patio colocaron unas cuantas bancas de madera y un barandal para indicar el espacio reservado a la pista. No hay más espectadores que nosotros. Mi nana se puso su tzec nuevo, el bordado con listones de muchos colores; su camisa de vuelo y su perraje de Guatemala. Mario y yo tiritamos de frío y emoción.

Pero no vemos ningún preparativo. Van y vienen las gentes de costumbre: el mozo que lleva el forraje para las bestias; la jovencita que sale a planchar unos pantalones, arrebozada, para que todos sepan que tiene vergüenza de estar aquí. Pero ninguna contorsión, ningún extranjero que sirva de muestra de lo que es su patria, ningún tren.

Lentamente transcurren los minutos. Mi corazón se acelera tratando de dar buen ejemplo al reloj. Nada.

—Vámonos ya, niños. Es muy tarde.

—No todavía, nana. Espera un rato. Sólo un rato más.

En la puerta de calle el hombre que despacha los boletos está dormitando. ¿Por qué no viene nadie, Dios mío? Los estamos esperando a todos. A las muchachas que se ponen pedacitos de plomo en el ruedo de la falda para que no se las levante el viento; a sus novios, que usan cachucha y se paran a chiflar en las esquinas; a las señoras gordas con fichú de lana y muchos hijos; a los señores con leontina de oro sobre el chaleco. Nadie viene. Estarán tomando chocolate en sus casas, muy quitados de la pena, mientras aquí no podemos empezar por su culpa.

El hombre de los boletos se despereza y viene hacia nosotros.

—Como no hay gente vamos a devolver las entradas.

—Gracias, señor —dice la nana recibiendo el dinero.

¿Cómo que gracias? ¿Y la soga irlandesa? ¿Y las serpentinas? ¿Y los perros amaestrados? Nosotros no vinimos aquí a que un señor soñoliento nos guardara, provisionalmente, unas monedas.

—No hay gente. No hay función.

Suena como cuando castigan injustamente. Como cuando hacen beber limonada purgante. Como cuando se despierta a medianoche y no hay ninguno en el cuarto.

—¿Por qué no vino nadie?

—No es tiempo de diversiones, niña. Siente: en el aire se huele la tempestad.

VI

—Dicen que hay en el monte un animal llamado dzulum. Todas las noches sale a recorrer sus dominios. Llega donde está la leona con sus cachorros y ella le entrega los despojos del becerro que acaba de destrozar. El dzulum se los apropia pero no los come, pues no se mueve por hambre sino por voluntad de mando. Los tigres corren haciendo crujir la hojarasca cuando olfatean su presencia. Los rebaños amanecen diezmados y los monos, que no tienen vergüenza, aúllan de miedo entre la copa de los árboles.

—¿Y cómo es el dzulum?

—Nadie lo ha visto y ha vivido después. Pero yo tengo para mí que es muy hermoso, porque hasta las personas de razón le pagan tributo.

Estamos en la cocina. El rescoldo late apenas bajo el copo de ceniza. La llama de la vela nos dice por dónde anda volando el viento. Las criadas se sobresaltan cuando retumba, lejos, un trueno. La nana continúa hablando.

—Una vez, hace ya mucho tiempo, estábamos todos en Chactajal. Tus abuelos recogieron a una huérfana a la que daban trato de hija. Se llamaba Angélica. Era como una vara de azucena. Y tan dócil y sumisa con sus mayores. Y tan apacible y considerada para nosotros, los que la servíamos. Le abundaban los enamorados. Pero ella como que los miraba menos o como que estaba esperando a otro. Así se iban los días. Hasta que una mañana amaneció la novedad de que el dzulum andaba rondando en los términos de la hacienda. Las señales eran los estragos que dejaba dondequiera. Y un terror que había secado las ubres de todos los animales que estaban criando. Angélica lo supo. Y cuando lo supo tembló como las yeguas de buena raza cuando ven pasar una sombra enfrente de ellas. Desde entonces ya no tuvo sosiego. La labor se le caía de las manos. Perdió su alegría y andaba como buscándola por los rincones. Se levantaba a deshora, a beber agua serenada porque ardía de sed. Tu abuelo pensó que estaba enferma y trajo al mejor curandero de la comarca. El curandero llegó y pidió hablar a solas con ella. Quién sabe qué cosas se dirían. Pero el hombre salió espantado y esa misma noche regresó a su casa, sin despedirse de ninguno. Angélica se iba consumiendo como el pabilo de las velas. En las tardes salía a caminar al campo y regresaba, ya oscuro, con el ruedo del vestido desgarrado por las zarzas. Y cuando le preguntábamos dónde fue, sólo decía que no encontraba el rumbo y nos miraba como pidiendo ayuda. Y todas nos juntábamos a su alrededor sin atinar en lo que había que decirle. Hasta que una vez no volvió.

La nana coge las tenazas y atiza el fogón. Afuera, el aguacero está golpeando las tejas desde hace rato.

—Los indios salieron a buscarla con hachones de ocote. Gritaban y a machetazos abrían su vereda. Iban siguiendo un rastro. Y de repente el rastro se borró. Buscaron días y días. Llevaron a los perros perdigueros. Y nunca hallaron ni un jirón de la ropa de Angélica, ni un resto de su cuerpo.

—¿Se la había llevado el dzulum?

—Ella lo miró y se fue tras él como hechizada. Y un paso llamó al otro paso y así hasta donde se acaban los caminos. Él iba adelante, bello y poderoso, con su nombre que significa ansia de morir.

VII

Esta tarde salimos de paseo. Desde temprano las criadas se lavaron los pies restregándolos contra una piedra. Luego sacaron del cofre sus espejos con marcos de celuloide y sus peines de madera. Se untaron el pelo con pomadas olorosas; se trenzaron con listones rojos y se dispusieron a ir.

Mis padres alquilaron un automóvil que está esperándonos a la puerta. Nos instalamos todos, menos la nana que no quiso acompañarnos porque tiene miedo. Dice que el automóvil es invención del demonio. Y se escondió en el traspatio para no verlo.

Quién sabe si la nana tenga razón. El automóvil es un monstruo que bufa y echa humo. Y en cuanto nos traga se pone a reparar ferozmente sobre el empedrado. Un olfato especial lo guía contra los postes y las bardas para embestirlos. Pero ellos lo esquivan graciosamente y podemos llegar, sin demasiadas contusiones, hasta el llano de Nicalococ.

Es la temporada en que las familias traen a los niños para que vuelen sus papalotes. Hay muchos en el cielo. Allí está el de Mario. Es de papel de China azul, verde y rojo. Tiene una larguísima cauda. Allí está, arriba, sonando como a punto de rasgarse, más gallardo y aventurero que ninguno. Con mucho cordel para que suba y se balancee y ningún otro lo alcance.

Los mayores cruzan apuestas. Los niños corren, arrastrados por sus papalotes que buscan la corriente más propicia. Mario tropieza y cae, sangran sus rodillas ásperas. Pero no suelta el cordel y se levanta sin fijarse en lo que le ha sucedido y sigue corriendo. Nosotras miramos, apartadas de los varones, desde nuestro lugar.

¡Qué alrededor tan inmenso! Una llanura sin rebaños donde el único animal que trisca es el viento. Y cómo se encabrita a veces y derriba los pájaros que han venido a posarse tímidamente en su grupa. Y cómo relincha. ¡Con qué libertad! ¡Con qué brío!

Ahora me doy cuenta de que la voz que he estado escuchando desde que nací es ésta. Y ésta la compañía de todas mis horas. Lo había visto ya, en invierno, venir armado de largos y agudos cuchillos y traspasar nuestra carne acongojada de frío. Lo he sentido en verano, perezoso, amarillo de polen, acercarse con un gusto de miel silvestre entre los labios. Y anochece dando alaridos de furia. Y se remansa al mediodía, cuando el reloj del Cabildo da las doce. Y toca las puertas y derriba los floreros y revuelve los papeles del escritorio y hace travesuras con los vestidos de las muchachas. Pero nunca, hasta hoy, había yo venido a la casa de su albedrío. Y me quedo aquí, con los ojos bajos porque (la nana me lo ha dicho) es así como el respeto mira a lo que es grande.

—Pero qué tonta eres. Te distraes en el momento en que gana el papalote de tu hermano.

Él está orgulloso de su triunfo y viene a abrazar a mis padres con las mejillas encendidas y la respiración entrecortada.

Empieza a oscurecer. Es hora de regresar a Comitán. Apenas llegamos a la casa busco a mi nana para comunicarle la noticia.

—¿Sabes? Hoy he conocido al viento.

Ella no interrumpe su labor. Continúa desgranando el maíz, pensativa y sin sonrisa. Pero yo sé que está contenta.

—Eso es bueno, niña. Porque el viento es uno de los nueve guardianes de tu pueblo.

VIII

Mario y yo jugamos en el jardín. La puerta de calle, como siempre, está de par en par. Vemos al tío David detenerse en el quicio. Se tambalea un poco. Su chaqueta de dril tiene lamparones de grasa y basuras —también revueltas entre su pelo ya canoso— como si hubiera dormido en un pajar. Los cordones de sus zapatos están desanudados. Lleva entre las manos una guitarra.

—Tío David, qué bueno que llegaste.

(Nuestros padres nos recomendaron que le llamemos tío aunque no sea pariente nuestro. Para que así se sienta menos solo.)

—No vine a visitar a la gente menuda. ¿Dónde están las personas de respeto?

—Salieron. Nos dejaron íngrimos.

—¿Y no tienes miedo de que entren los ladrones? Ya no estamos en las épocas en que se amarraba a los perros con longaniza. Ahora la situación ha cambiado. Y para las costumbres nuevas ya vinieron las canciones nuevas.

Hemos ido avanzando hasta la hamaca. Con dificultad tío David logra montarse en ella. Queda entonces de nuestra misma estatura y podemos mirarlo de cerca. ¡Cuántas arrugas en su rostro! Con la punta del dedo estoy tratando de contarlas. Una, dos, cinco... y de pronto la mejilla se hunde en un hueco. Es que no tiene dientes. De su boca vacía sale un olor a fruta demasiado madura que marea y repugna. Mario toma a tío David por las piernas y quiere mecerlo.

—Quietos, niños. Voy a cantar.

Tiempla la guitarra, carraspea con fuerza y suelta su voz cascada, insegura:

Ya se acabó el baldillito
de los rancheros de acá...

—¿Qué es el baldillito, tío David?

—Es la palabra chiquita para decir baldío. El trabajo que los indios tienen la obligación de hacer y que los patrones no tienen la obligación de pagar.

—¡Ah!

—Pues ahora se acabó. Si los patrones quieren que les siembren la milpa, que les pastoreen el ganado, su dinero les costará. ¿Y saben qué cosa va a suceder? Que se van a arruinar. Que ahora vamos a ser todos igual de pobres.

—¿Todos?

—Sí.

—¿También nosotros?

—También.
—¿Y qué vamos a hacer?
—Lo que hacen los pobres. Pedir limosna; ir a la casa ajena a la hora de comer, por si acaso admiten un convidado.
—No me gusta eso —dice Mario—. Yo quiero ser lo que tú eres, tío David. Cazador.
—Yo no. Yo quiero ser la dueña de la casa ajena y convidar a los que lleguen a la hora de comer.
—Ven aquí, Mario. Si vas a ser cazador es bueno que sepas lo que voy a decirte. El quetzal es un pájaro que no vive dondequiera. Sólo por el rumbo de Tziscao. Hace su nido en los troncos huecos de los árboles para no maltratar las plumas largas de la cola. Pues cuando las ve sucias o quebradas muere de tristeza. Y se está siempre en lo alto. Para hacerlo bajar silbas así, imitando el reclamo de la hembra. El quetzal mueve la cabeza buscando la dirección de donde partió el silbido. Y luego vuela hacia allá. Es entonces cuando tienes que apuntar bien, al pecho del pájaro. Dispara. Cuando el quetzal se desplome, cógelo, arráncale las entrañas y rellénalo con una preparación especial que yo voy a darte, para disecarlo. Quedan como si estuvieran todavía vivos. Y se venden bien.
—¿Ya ves? —me desafía Mario—. No es difícil.
—Tiene sus riesgos —añade tío David—. Porque en Tziscao están los lagos de diferentes colores. Y ahí es donde viven los nueve guardianes.
—¿Quiénes son los nueve guardianes?
—Niña, no seas curiosa. Los mayores lo saben y por eso dan a esta región el nombre de Balún-Canán. La llaman así cuando conversan entre ellos. Pero nosotros, la gente menuda, más vale que nos callemos. Y tú, Mario, cuando vayas de cacería, no hagas lo que yo. Pregunta, indágate. Porque hay árboles, hay orquídeas, hay pájaros que deben respetarse. Los indios los tienen señalados para aplacar la boca de los guardianes. No los toques porque te traería desgracia. A mí nadie me avisó cuando me interné por primera vez en las montañas de Tziscao.
Las mejillas de tío David, hinchadas, fofas, tiemblan, se contraen. Yo rasgo el silencio con un acorde brusco de la guitarra.
—Canta otra vez.

La voz de tío David, más insegura, más desentonada, repite la canción nueva:

Ya se acabó el baldillito
de los rancheros de acá...

IX

Mi madre se levanta todos los días muy temprano. Desde mi cama yo la escucho beber precipitadamente una taza de café. Luego sale a la calle. Sus pasos van rápidos sobre la acera. Yo la sigo con mi pensamiento. Sube las gradas de los portales; pasa frente al cuartel; coge el rumbo de San Sebastián. Pero luego su figura se me pierde y yo no sé por dónde va. Le he pedido muchas veces que me lleve con ella. Pero siempre me rechaza diciendo que soy demasiado pequeña para entender las cosas y que me hace daño madrugar. Entonces, como de costumbre cuando quiero saber algo, voy a preguntárselo a la nana. Está en el corredor, remendando la ropa, sentada en un butaque de cuero de venado. En el suelo el tol con los hilos de colores.

—¿Dónde fue mi mamá?

Es mediodía. En la cocina alguien está picando verduras sobre una tabla. Mi nana escoge los hilos para su labor y tarda en contestar.

—Fue a visitar a la tullida.

—¿Quién es la tullida?

—Es una mujer muy pobre.

—Yo ya sé cómo son los pobres —declaro entonces con petulancia.

—Los has visto muchas veces tocar la puerta de calle con su bastón de ciego; guardar dentro de una red vieja la tortilla que sobró del desayuno; persignarse y besar la moneda que reciben. Pero hay otros que tú no has visto. La tullida vive en una casa de tejamanil, en las orillas del pueblo.

—¿Y por qué va a visitarla mi mamá?

—Para darle una alegría. Se hizo cargo de ella como de su hermana menor.

Todavía no es suficiente lo que ha dicho, todavía no alcanzo a comprenderlo. Pero ya aprendí a no impacientarme y me acurruco junto a la nana y aguardo. A su tiempo son pronunciadas las palabras.

—Al principio —dice—, antes que vinieran Santo Domingo de Guzmán y San Caralampio y la Virgen del Perpetuo Socorro, eran cuatro únicamente los señores del cielo. Cada uno estaba sentado en su silla, descansando. Porque ya habían hecho la tierra, tal como ahora la contemplamos, colmándole el regazo de dones. Ya habían hecho el mar frente al que tiembla el que lo mira. Ya habían hecho el viento para que fuera como el guardián de cada cosa, pero aún les faltaba hacer al hombre. Entonces uno de los cuatro señores, el que se viste de amarillo, dijo:

—Vamos a hacer al hombre para que nos conozca y su corazón arda de gratitud como un grano de incienso.

Los otros tres aprobaron con un signo de su cabeza y fueron a buscar los moldes del trabajo.

—¿De qué haremos al hombre? —preguntaban.

Y el que se vestía de amarillo cogió una pella de barro y con sus dedos fue sacando la cara y los brazos y las piernas. Los otros tres lo miraban presentándole su asentimiento. Pero cuando aquel hombrecito de barro estuvo terminado y pasó por la prueba del agua, se desbarató.

—Hagamos un hombre de madera —dijo el que se vestía de rojo. Los demás estuvieron de acuerdo. Entonces el que se vestía de rojo desgajó una rama y con la punta de su cuchillo fue marcando las facciones. Cuando aquel hombrecito de madera estuvo hecho fue sometido a la prueba del agua y flotó y sus miembros no se desprendieron y sus facciones no se borraron. Los cuatro señores estaban contentos. Pero cuando pasaron al hombrecito de madera por la prueba del fuego empezó a crujir y a desfigurarse.

Los cuatro señores se estuvieron una noche entera cavilando. Hasta que uno, el que se vestía de negro, dijo:

—Mi consejo es que hagamos un hombre de oro.

Y sacó el oro que guardaba en un nudo de su pañuelo y entre los cuatro lo moldearon. Uno le estiró la nariz, otro le pegó los dientes, otro le marcó el caracol de las orejas. Cuando el hombre de oro estuvo terminado lo hicieron pasar por la prueba del agua y por la del fuego y el hombre de oro salió más hermoso y más resplandeciente. Entonces los cuatro señores se miraron entre sí con complacencia. Y colocaron al hombre de oro en el suelo y se quedaron esperando que los conociera y que los alabara. Pero el hombre de oro permanecía sin moverse, sin parpadear, mudo. Y su corazón era como el hueso del zapote, reseco y duro. Entonces tres de los cuatro señores le preguntaron al que todavía no había dado su opinión:

—¿De qué haremos al hombre?

Y éste, que no se vestía ni de amarillo ni de rojo ni de negro, que tenía un vestido de ningún color, dijo:

—Hagamos al hombre de carne.

Y con su machete se cortó los dedos de la mano izquierda. Y los dedos volaron en el aire y vinieron a caer en medio de las cosas sin haber pasado por la prueba del agua ni por la del fuego. Los cuatro señores apenas distinguían a los hombres de carne porque la distancia los había vuelto del tamaño de las hormigas. Con el esfuerzo que hacían para mirar se les irritaban los ojos a los cuatro señores y de tanto restregárselos les fue entrando un sopor. El de vestido amarillo bostezó y su bostezo abrió la boca de los otros tres. Y se fueron quedando dormidos porque estaban cansados y ya eran viejos. Mientras tanto en la tierra, los hombres de carne estaban en un ir y venir, como las hormigas. Ya habían aprendido cuál es la fruta que se come, con qué hoja grande se resguarda uno de la lluvia y cuál es el animal que no muerde. Y un día se quedaron pasmados al ver enfrente de ellos al hombre de oro. Su brillo les daba en los ojos y cuando lo tocaron, la mano se les puso fría como si hubieran tocado una culebra. Se estuvieron allí, esperando que el hombre de oro les hablara. Llegó la hora de comer y los hombres de carne le dieron un bocado al hombre de oro. Llegó la hora de partir y los hombres de carne fueron cargando al hombre de oro. Y día con día la dureza de corazón del hombre de oro fue resquebrajándose hasta que la palabra de gratitud que los cuatro señores habían puesto en él subió hasta su boca.

Los señores despertaron al escuchar su nombre entre las alabanzas. Y miraron lo que había sucedido en la tierra durante su sueño. Y lo aprobaron. Y desde entonces llaman rico al hombre de oro y pobres a los hombres de carne. Y dispusieron que el rico cuidara y amparara al pobre por cuanto que de él había recibido beneficios. Y ordenaron que el pobre respondería por el rico ante la cara de la verdad. Por eso dice nuestra ley que ningún rico puede entrar al cielo si un pobre no lo lleva de la mano.

La nana guarda silencio. Dobla cuidadosamente la ropa que acaba de remendar, recoge el tol con los hilos de colores y se pone en pie para marcharse. Pero antes de que avance el primer paso que nos alejará, le pregunto:

—¿Quién es mi pobre, nana?

Ella se detiene y mientras me ayuda a levantarme dice:

—Todavía no lo sabes. Pero si miras con atención, cuando tengas más edad y mayor entendimiento lo reconocerás.

X

Las ventanas de mi cuarto están cerradas porque no soporto la luz. Tiemblo de frío bajo las cobijas y sin embargo, estoy ardiendo en calentura. La nana se inclina hacia mí y pasa un pañuelo humedecido sobre mi frente. Es inútil. No logrará borrar lo que he visto. Quedará aquí, adentro, como si lo hubieran grabado sobre una lápida. No hay olvido.

Venía desde lejos. Desde Chactajal. Veinticinco leguas de camino. Montañas duras de subir; llanos donde el viento aúlla; pedregales sin término. Y allí, él. Desangrándose sobre una parihuela que cuatro compañeros suyos cargaban. Llegaron jadeantes, rendidos por la jornada agotadora. Y al moribundo le alcanzó el aliento para traspasar el umbral de nuestra casa. Corrimos a verlo. Un machetazo casi le había desprendido la mano. Los trapos en que se la envolvieron estaban tintos en sangre. Y sangraba también por las otras heridas. Y tenía el pelo pegado a la cabeza con costras de sudor y de sangre.

Sus compañeros lo depositaron ante nosotros y allí murió. Con unas palabras que únicamente comprenden mi padre y la nana y que no han querido comunicar a ninguno.

Ahora lo están velando en la caballeriza. Lo metieron en un ataúd de ocote, pequeño para su tamaño, con las junturas mal pegadas por donde escurre todavía la sangre. Una gota. Lentamente va formándose, y va hinchiéndose la otra. Hasta que el peso la vence y se desploma. Cae sobre la tierra y el estiércol que la devoran sin ruido. Y el muerto está allí, solo. Los otros indios regresaron inmediatamente a la finca porque son necesarios para el trabajo. ¿Quién más le hará compañía? Las criadas no lo consideran su igual. Y la nana está aquí conmigo, cuidándome.

—¿Lo mataron porque era brujo?

Tengo que saber. Esa palabra que él pronunció tal vez sea lo único que borre la mancha de sangre que ha caído sobre la cara del día.

—Lo mataron porque era de la confianza de tu padre. Ahora hay división entre ellos y han quebrado la concordia como una vara contra sus rodillas. El maligno atiza a los unos contra los otros. Unos quieren seguir, como hasta ahora, a la sombra de la casa grande. Otros ya no quieren tener patrón.

No escucho lo que continúa diciendo. Veo a mi madre caminar de prisa, muy temprano. Y detenerse ante una casa de tejamanil. Adentro está la tullida, sentada en su silla de palo, con las manos inertes sobre la falda. Mi madre le lleva su desayuno. Pero la tullida grita cuando mi madre deja caer, a sus pies, la entraña sanguinolenta y todavía palpitante de una res recién sacrificada.

No, no, no es eso. Es mi padre recostado en la hamaca del corredor, leyendo. Y no mira que lo rodean esqueletos sonrientes, con una risa silenciosa y sin fin. Yo huyo, despavorida, y encuentro a mi nana lavando nuestra ropa a la orilla de un río rojo y turbulento. De rodillas golpea los lienzos contra las piedras y el estruendo apaga el eco de mi voz. Y yo estoy llorando en el aire sordo mientras la corriente crece y me moja los pies.

XI

Mi madre nos lleva de visita. Vamos muy formales —Mario, ella y yo— a casa de su amiga Amalia, la soltera.

Cuando nos abren la puerta es como si destaparan una caja de cedro, olorosa, donde se guardan listones desteñidos y papeles ilegibles.

Amalia sale a recibirnos. Lleva un chal de lana gris, tibio, sobre la espalda. Y su rostro es el de los pétalos que se han puesto a marchitar entre las páginas de los libros. Sonríe con dulzura pero todos sabemos que está triste porque su pelo comienza a encanecer.

En el corredor hay muchas macetas con begonias, esa clase especial de palmas a las que dicen "cola de quetzal" y otras plantas de sombra. En las paredes, jaulas con canarios y guías de enredaderas. En los pilares de madera, nada. Sólo su redondez.

Entramos en la sala. ¡Cuántas cosas! Espejos enormes que parecen inclinarse (por la manera como penden de sus clavos) y hacer una reverencia a quien se asoma a ellos. Miran como los viejos, con las pupilas empañadas y remotas. Hay rinconeras con figuras de porcelana. Abanicos. Retratos de señores que están muertos. Mesas con incrustaciones de caoba. Un ajuar de bejuco. Tapetes. Cojines bordados. Y frente a una de las ventanas, hundida, apenas visible en el sillón, una anciana está viendo atentamente hacia la calle.

—Mamá sigue igual. Desde que perdió sus facultades... —dice Amalia, disculpándola.

Mario y yo, muy próximos a la viejecita, nos aplicamos a observarla. Es pequeña, huesuda y tiene una corcova. No advierte nuestra cercanía.

Mi madre y Amalia se sientan a platicar en el sofá.

—Mira, Zoraida, estoy bordando este pañuelo.

Y la soltera saca de un cestillo de mimbre un pedazo de lino blanquísimo.

—Es para taparle la cara cuando muera.

Con un gesto vago alude al sillón en el que está la anciana.

—Gracias a Dios ya tengo listas todas las cosas de su entierro. El vestido es de gro muy fino. Lleva aplicaciones de encaje.

Continúan charlando. Un momento se hace presente, en la conversación, su juventud. Y es como si los limoneros del patio entraran, con su ráfaga de azahar, a conmover esta atmósfera de encierro. Callan y se miran azoradas como si algo muy hermoso se les hubiera ido de las manos.

La viejecita solloza, tan quedamente que sólo mi hermano y yo la escuchamos. Corremos a avisar.

Solícita, Amalia va hasta el sillón. Tiene que inclinarse mucho para oír lo que la anciana murmura. Entre su llanto ha dicho que quiere que la lleven a Guatemala. Su hija hace gestos de condescendencia y empuja el sillón hasta la ventana contigua. La anciana se tranquiliza y sigue mirando la calle como si la estrenara.

—Vengan, niños —convida la soltera—; voy a darles unos dulces.

Mientras saca los confites de su pomo de cristal, pregunta:

—¿Y qué hay de cierto en todos esos rumores que corren por ahí?

Mi madre no sabe a qué se refiere.

—Dicen que va a venir el agrarismo, que están quitando las fincas a sus dueños y que los indios se alzaron contra los patrones.

Pronuncia las palabras precipitadamente, sin respirar, como si esta prisa las volviera inofensivas. Parpadea esperando la respuesta. Mi madre hace una pausa mientras piensa lo que va a contestar.

—El miedo agranda las cosas.

—Pero si en Chactajal... ¿No acaban de traer a tu casa a un indio al que machetearon los alzados?

—Mentira. No fue así. Ya ves cómo celebran ellos sus fiestas. Se pusieron una borrachera y acabaron peleando. No es la primera ocasión que sucede.

Amalia examina con incredulidad a mi madre. Y abrupta, concluye:

—De todos modos me alegro de haber vendido a buen tiempo nuestros ranchos. Ahora todas nuestras propiedades están aquí, en Comitán. Casas y sitios. Es más seguro.

—Para una mujer sola como tú está bien. Pero los hombres no saben estarse sino en el campo.

Nos acabamos los confites. Un reloj da la hora. ¿Tan tarde ya? Se encendieron los focos de luz eléctrica.

—Los niños han crecido mucho. Hay que ir pensando en que hagan su primera comunión.

—No saben la doctrina.

—Mándamelos. Yo los prepararé. Quiero que sean mis ahijados.

Nos acaricia afablemente con la mano izquierda mientras con la derecha se arregla el pelo, que se le está volviendo blanco. Y agrega:

—Si para entonces todavía no ha muerto mamá.

XII

En Comitán celebramos varias ferias anuales. Pero ninguna tan alegre, tan animada como la de San Caralampio. Tiene fama de milagroso y desde lejos vienen las peregrinaciones para rezar ante su imagen, tallada en Guatemala, que lo muestra de rodillas, con grandes barbas blancas y resplandor de santo, mientras el verdugo se prepara a descargar sobre su cabeza el hachazo mortal. (Del verdugo se sabe que era judío.) Pero ahora el pueblo se detiene ante las puertas de la iglesia, cerrada como todas las demás, por órdenes del gobierno. No es suficiente motivo para suspender la feria, así que en la plaza que rodea al templo se instalan los puestos y los manteados.

De San Cristóbal bajan los custitaleros con su cargamento de vendimias: frutas secas, encurtidos; muñecas de trapo mal hechas, con las mejillas escandalosamente pintadas de rojo para que no quepa duda de que son de tierra fría; pastoras de barro con los tobillos gruesos; carneritos de algodón; cofres de madera barnizada; tejidos ásperos.

Los mercaderes —bien envueltos en frazadas de lana— despliegan su mercancía sobre unos petates, en el suelo. La ponderan ante la multitud con voz ronca de fumadores de tabaco fuerte. Y razonan con larga complacencia acerca de los precios. El ranchero, que estrenó camisa de sedalina chillante, se emboba ante la abundancia desparramada frente a sus ojos. Y después de mucho pensarlo saca de su bolsa un pañuelo de yerbilla. Deshace los nudos en los que guarda el dinero y compra una libra de avellanas, un atado de cigarros de hoja, una violineta.

Más allá cantan la lotería:

—"La estrella polar del norte."

La gente la busca en sus cartones y cuando la encuentra la señala con un grano de maíz.

—"El paraguas de tía Cleta."

Los premios relucen sobre los estantes. Objetos de vidrio sin forma definida; anillos que tienen la virtud especial de volver verde el sitio en que se posan; mascadas tan tenues que al menor soplo vuelan lo mismo que la flor del cardo.

—"La muerte ciriquiciaca."

—¡Lotería!

Hay una agitación general. Todos envidian al afortunado que sonríe satisfecho mientras el dispensador de dones le invita a escoger, entre toda aquella riqueza, entre toda aquella variedad, lo que más le guste.

Mi nana y yo hemos estado sentadas aquí durante horas y todavía no ganamos nada. Yo estoy triste, lejos de los regalos. Mi nana se pone de pie mientras dice:

—Quédate quieta aquí. No me dilato.

Yo la miro marchar. Le hace una seña al dueño del puesto y hablan brevemente en voz baja. Ella le entrega algo y se inclina como con gratitud. Luego vuelve a sentarse junto a mí.

—"Don Ferruco en la alameda."

No lo encuentro en mi cartón. Pero la nana coge un grano de maíz y lo coloca sobre una figura.

—¿Es ése don Ferruco?

—Ése es.

No tenía yo idea de que fuera una fruta.

—"El bandolón de París."

Otra figura oculta.

—"El corazón de una dama."

—¡Lotería! —grita la nana mientras el dueño aplaude entusiasmado.

—¿Qué premio vas a llevarte? —me pregunta.

Yo escojo un anillo porque quiero tener el dedo verde.

Vamos caminando entre el gentío. Nos pisan, nos empujan. Muy altas, por encima de mi cabeza, van las risotadas, las palabras de dos filos. Huele a perfume barato, a ropa recién planchada, a aguardiente añejo. Hierve el mole en unas enormes cazuelas de barro y el ponche con canela se mantiene borbollando sobre el fuego. En otro ángulo de la plaza alzaron un tablado y lo cubrieron de juncia fresca, para el baile. Allí están las parejas, abrazadas al modo de los ladinos, mientras la marimba toca una música espesa y soñolienta.

Pero este año la Comisión Organizadora de la Feria se ha lucido. Mandó traer del Centro, de la Capital, lo nunca visto: la rueda de la fortuna. Allí está, grande, resplandeciente con sus miles de focos. Mi nana y yo vamos a subir, pero la gente se ha aglomerado y tenemos que esperar nuestro turno. Delante de nosotras va un indio. Al llegar a la taquilla pide su boleto.

—Oílo vos, este indio igualado. Está hablando castilla. ¿Quién le daría permiso?

Porque hay reglas. El español es privilegio nuestro. Y lo usamos hablando de usted a los superiores; de tú a los iguales; de vos a los indios.

—Indio embelequero, subí, subí. No se te vaya a reventar la hiel.

El indio recibe su boleto sin contestar.

—Andá a beber trago y dejate de babosadas.

—¡Un indio encaramado en la rueda de la fortuna! ¡Es el Anticristo!

Nos sientan en una especie de cuna. El hombre que maneja la máquina asegura la barra que nos protege. Se retira y echa a andar el motor. Lentamente vamos ascendiendo. Un instante nos detenemos allá arriba. ¡Comitán, todo entero, como una nidada de pájaro, está a nuestras manos! Las tejas oscuras, donde el verdín de la humedad prospera. Las paredes encaladas. Las torres de piedra. Y los llanos que no se acaban nunca. Y la ciénaga. Y el viento.

De pronto empezamos a adquirir velocidad. La rueda gira vertiginosamente. Los rostros se confunden, las imágenes se mezclan. Y entonces un grito de horror sale de los labios de la multitud que nos contempla desde abajo. Al principio no sabemos qué sucede. Luego nos damos cuenta de que la barra del lugar donde va el indio se desprendió y él se ha precipitado hacia adelante. Pero alcanza a cogerse de la punta del palo y allí se sostiene mientras la rueda continúa girando una vuelta y otra y otra.

El hombre que maneja la máquina interrumpe la corriente eléctrica, pero la rueda sigue con el impulso adquirido, y cuando, al fin, para, el indio queda arriba, colgado, sudando de fatiga y de miedo.

Poco a poco, con una lentitud que a los ojos de nuestra angustia parece eterna, el indio va bajando. Cuando está lo suficientemente cerca del suelo, salta. Su rostro es del color de la ceniza. Alguien le tiende una botella de comiteco pero él la rechaza sin gratitud.

—¿Por qué pararon? —pregunta.

El hombre que maneja la máquina está furioso.

—¿Cómo por qué? Porque te caíste y te ibas a matar, indio bruto.

El indio lo mira, rechinando los dientes, ofendido.

—No me caí. Yo destrabé el palo. Me gusta más ir de ese modo.

Una explosión de hilaridad es el eco de estas palabras.

—Mirá por dónde sale.

—¡Qué amigo!

El indio palpa a su alrededor el desprecio y la burla. Sostiene su desafío.

—Quiero otro boleto. Voy a ir como me gusta. Y no me vayan a mermar la ración.

Los curiosos se divierten con el acontecimiento que se prepara. Cuchichean. Ríen cubriéndose la boca con la mano. Se hacen guiños.

Mi nana atraviesa entre ellos y, a rastras, me lleva mientras yo me vuelvo a ver el sitio del que nos alejamos. Ya no logro distinguir nada. Protesto. Ella sigue adelante, sin hacerme caso. De prisa, como si la persiguiera una jauría. Quiero preguntarle por qué. Pero la interrogación se me quiebra cuando miro sus ojos arrasados en lágrimas.

XIII

Nuestra casa pertenece a la parroquia del Calvario. La cerraron desde la misma fecha que las otras.

Recuerdo aquel día de luto. La soldadesca derribó el altar a culatazos y encendió una fogata a media calle para quemar los trozos de madera. Ardían, retorciéndose, los mutilados cuerpos de los santos. Y la plebe disputaba con las manos puestas sobre las coronas arrancadas a aquellas imágenes. Un hombre ebrio pasó rayando el caballo entre el montón de cenizas. Y desde entonces todos temblamos esperando el castigo.

Pero las imágenes del Calvario fueron preservadas. Las defendió su antigüedad, los siglos de devoción. Y ahora la polilla come de ellas en el interior de una iglesia clausurada.

El Presidente Municipal concede, aunque de mala gana, que cada mes una señora del barrio se encargue de la limpieza del templo. Toca el turno a mi madre. Y vamos, con el séquito de criadas, cargando las escobas, los plumeros, los baldes de agua, los trapos que son necesarios para la tarea.

Rechina la llave dentro de la cerradura enmohecida y la

puerta gira con dificultad sobre sus goznes. Lo suficiente para dejarnos pasar. Luego vuelve a cerrarse.

Adentro, ¡qué espacio desolado! Las paredes altas, desnudas. El coro de madera toscamente labrado. No hay altar. En el sitio principal, tres crucifijos enormes cubiertos con unos lienzos morados como en la cuaresma.

Las criadas empiezan a trabajar. Con las escobas acosan a la araña por los rincones y desgarran la tela preciosa que tejió con tanto sigilo, con tanta paciencia. Vuela un murciélago ahuyentado por esta intrusión en sus dominios. Lo deslumbra la claridad y se estrella contra los muros y no atina con las vidrieras rotas de la ventana. Lo perseguimos, espantándolo con los plumeros, aturdiéndolo con nuestros gritos. Logra escapar y quedamos burladas, acezando.

Mi madre nos llama al orden. Rociamos el piso para barrerlo. Pero aún así se levantan nubes de polvo que la luz tornasola. Mi madre se dispone a limpiar las imágenes con una gamuza. Quita el paño que cubre a una de ellas y aparece un Cristo largamente martirizado. Pende de la cruz, con las coyunturas rotas. Los huesos casi atraviesan su piel amarillenta y la sangre fluye con abundancia de sus manos, de su costado abierto, de sus pies traspasados. La cabeza cae inerte sobre el pecho y la corona de espinas le abre, allí también, incontables manantiales de sangre.

La revelación es tan repentina que me deja paralizada. Contemplo la imagen un instante, muda de horror. Y luego me lanzo, como ciega, hacia la puerta. Forcejeo violentamente, la golpeo con mis puños, desesperada. Y es en vano. La puerta no se abre. Estoy cogida en la trampa. Nunca podré huir de aquí. Nunca. He caído en el pozo negro del infierno.

Mi madre me alcanza y me toma por los hombros, sacudiéndome.

—¿Qué te pasa?

No puedo responder y me debato entre sus manos, enloquecida de terror.

—¡Contesta!

Me ha abofeteado. Sus ojos relampaguean de alarma y de cólera. Algo dentro de mí se rompe y se entrega, vencido.

—Es igual (digo señalando al crucifijo), es igual al indio que llevaron macheteado a nuestra casa.

Ya se entablaron las aguas. Los caminos que van a México están cerrados. Los automóviles se atascan en el lodo; los aviones caen abatidos por la tempestad. Sólo las recuas de mulas continúan haciendo su tráfico entre las poblaciones vecinas, trayendo y llevando carga, viajeros, el correo.

Todos nos asomamos a los balcones para verlas llegar. Entran siguiendo a la mula madrina que hace sonar briosamente su cencerro. Vienen con las herraduras rotas, con el lomo lastimado. Pero vienen de lejos y traen noticias y cosas de otras partes. ¡Qué alegría nos da saber que entre los cajones bien remachados y los bultos envueltos en petate vienen las bolsas de lona tricolor, repletas de periódicos y cartas! Estamos tan aislados en Comitán, durante la temporada de lluvias. Estamos tan lejos siempre. Una vez vi un mapa de la República y hacia el sur acababa donde vivimos nosotros. Después ya no hay ninguna otra ruedita. Sólo una raya para marcar la frontera. Y la gente se va. Y cuando se va escribe. Pero sus palabras nos llegan tantas semanas después que las recibimos marchitas y sin olor como las flores viejas. Y ahora el cartero no nos trajo nada. Mi padre volverá a leer la prensa de la vez anterior.

Estamos en la sala. Mi madre teje un mantel para el altar del oratorio, con un gancho y el hilo recio y crudo. Mario y yo miramos a la calle con la cara pegada contra el vidrio. Vemos venir a un señor de los que usan chaleco y leontina de oro. Llega hasta la puerta de la casa y allí se detiene. Toca.

—Adelante —dice mi madre, sin interrumpir su tejido.

El señor se descubre al entrar en la sala.

—Buenas tardes.

Mi padre se pone de pie para recibirlo.

—Jaime Rovelo, ¿a qué se debe tu buena venida?

Se abrazan con gusto de encontrarse. Mi padre señala a su amigo una silla para que se siente. Luego se sienta él.

—No te parecerá buena, César, cuando sepas qué asunto es el que me trae.

Está triste. Su bigote entrecano llueve melancólicamente.

—¿Malas noticias? —inquiere mi madre.

—En estas épocas, ¿qué otras noticias pueden recibirse?

—Vamos, Jaime, no exageres. Todavía se deja coger una que otra palomita por ahí.

No logra hacerlo cambiar de gesto. Mi padre lo mira con curiosidad a la que todavía no se mezcla la alarma. El señor no sabe cómo empezar a hablar. Tiemblan levemente sus manos.

—¿Recibieron el periódico de hoy?

—No. Esta vez también se extravió en algún accidente del camino. Y a pesar de todo tenemos que confiar en el correo.

—Conmigo es puntual. Hoy tuve carta de México.

—¿De tu hijo?

—Tan guapo muchacho. Y tan estudioso. Está a punto de recibir su título de abogado. ¿Verdad?

—Sí. Ya está trabajando en un bufete.

—¡Qué satisfecho estará usted, don Jaime, de haberle dado una carrera!

—Nunca sabe uno lo que va a resultar. Como dice el dicho, el diablo dispone. Les contaba que hoy recibí carta de él.

—¿Alguna desgracia?

—El gobierno ha dictado una nueva disposición contra nuestros intereses.

Del bolsillo del chaleco extrae un sobre. Desdobla los pliegos que contenía y, escogiendo uno, se lo tiende a mi madre.

—Hágame usted el favor de leer. Aquí.

—"Se aprobó la ley según la cual los dueños de fincas, con más de cinco familias de indios a su servicio, tienen la obligación de proporcionarles medios de enseñanza, estableciendo una escuela y pagando de su peculio a un maestro rural."

Mi madre dobla el papel y sonríe con sarcasmo.

—¿Dónde se ha visto semejante cosa? Enseñarles a leer cuando ni siquiera son capaces de aprender a hablar español.

—Vaya, Jaime, casi lograste asustarme. Cuando te vi llegar con esa cara de enterrador pensé que de veras había sucedido una catástrofe. Pero esto no tiene importancia. ¿Te acuerdas cuando impusieron el salario mínimo? A todos se les fue el alma a los pies. Era el desastre. ¿Y qué pasó? Que somos lagartos mañosos y no se nos pesca fácilmente. Hemos encontrado la manera de no pagarlo.

—Porque ningún indio vale setenta y cinco centavos al día. Ni al mes.

—Además, dime, ¿qué haría con el dinero? Emborracharse.

—Lo que te digo es que igual que entonces podemos ahora arreglar las cosas. Permíteme la carta.

Mi padre la lee para sí mismo y dice:

—La ley no establece que el maestro rural tenga que ser designado por las autoridades. Entonces nos queda un medio: escoger nosotros a la persona que nos convenga. ¿Te das cuenta de la jugada?

Don Jaime asiente. Pero la expresión de su rostro no varía.

—Te doy la solución y sigues tan fúnebre como antes. ¿Es que hay algo más?

—Mi hijo opina que la ley es razonable y necesaria; que Cárdenas es un presidente justo.

Mi madre se sobresalta y dice con apasionamiento:

—¿Justo? ¿Cuando pisotea nuestros derechos, cuando nos arrebata nuestras propiedades? Y para dárselas ¿a quiénes?, a los indios. Es que no los conoce; es que nunca se ha acercado a ellos ni ha sentido cómo apestan a suciedad y a trago. Es que nunca les ha hecho un favor para que le devolvieran ingratitud. No les ha encargado una tarea para que mida su haraganería. ¡Y son tan hipócritas, y tan solapados y tan falsos!

—Zoraida —dice mi padre, reconviniéndola.

—Es verdad —grita ella—. Y yo hubiera preferido mil veces no nacer nunca antes que haber nacido entre esta raza de víboras.

Busco la cara de mi hermano. Igual que a mí le espanta esta voz, le espanta el rojo que arrebata las mejillas de mi madre. De puntillas, sin que los mayores lo adviertan, vamos saliendo de la sala. Sin ruido cerramos la puerta tras de nosotros. Para que si la nana pasa cerca de aquí no pueda escuchar la conversación.

XV

—¡Ave María!

Una mujer está parada en el zaguán, saludando. Es vieja, gorda, vestida humildemente y lleva un envoltorio bajo el rebozo.

Las criadas —con un revuelo de fustanes almidonados— se apresuran a pasarla adelante. Le ofrecen un butaque en el corredor. La mujer se sienta, sofocada. Coloca el envoltorio en su regazo y con un pañuelo se limpia el sudor que le corre por la cara y la garganta. No se pone de pie cuando mi madre sale a recibirla.

—Doña Pastora, qué milagro verla por esta su casa.

Mi madre se sienta al lado de ella y mira codiciosamente el envoltorio.

—Traigo muchas cosas. Ya conozco tu gusto y me acordé de ti cuando las compraba.

—Muéstrelas, doña Pastora.

—¿Así? ¿Delante de todos?

Las criadas están rodeándonos y la mujer no parece contenta.

—Son de confianza —arguye mi madre.

—No es según la costumbre.

—Usted manda, doña Pastora, usted manda... Muchachas, a su quehacer. Pero antes dejen bien cerrada la puerta de calle.

Es mediodía. El viento duerme, cargado de su propia fragancia, en el jardín. De lejos llegan los rumores: la loza chocando con el agua en la cocina; la canción monótona de la molendera. ¡Qué silenciosas las nubes allá arriba!

La mujer deshace los nudos del envoltorio y bajo la tela parda brota una cascada de colores. Mi madre exclama con asombro y delicia:

—¡Qué primor!

—Son paños de Guatemala, legítimos. No creas que se van a desteñir a la primera lavada. Te duran toda la vida y siempre como ahora.

Allí están las sábanas rojas listadas de amarillo. Los perrajes labrados donde camina solemnemente la greca; y donde vuelan los colibríes en un aire azul; y donde el tigre asoma su minúscula garra de terciopelo, y donde la mariposa ha cesado de aletear para siempre.

Mi madre escoge esto y esto y esto.

—¿Nada más?

—Yo quisiera llevármelo todo. Pero los tiempos están muy difíciles. No se puede gastar tanto como antes.

—Tendrás antojo de otras cosas.

Doña Pastora saca un pequeño estuche de entre su camisa. Lo abre y resplandecen las alhajas. El oro trenzado en collares; los aretes de filigrana; los relicarios finísimos.

—Es muy caro.

—Tú sabes desde dónde vengo, Zoraida. Sabes que cobro el viaje y los riesgos.

—Sí, doña Pastora, pero es que...

—¿Es que la mercancía no te cuadra? ¿Después de lo que me esmeré en escogerla?

Pregunta con un leve tono de amenaza. Mi madre casi gime, deseosa, ante las joyas.

—César dice que no debemos comprar más que lo indispensable. Que los asuntos del rancho... Yo no entiendo nada. Sólo que... no hay dinero.

Con un chasquido seco el estuche se cierra. Doña Pastora vuelve a metérselo entre la camisa. Recoge los géneros rechazados. Amarra otra vez los nudos. Mi madre la mira como solicitando perdón. Al fin doña Pastora concede.

—Dile a tu marido que puedo venderle lo que necesita.

—¿Qué?

—Un secreto.

—¿Un secreto?

—Un lugar en la frontera. No hay guardias. Es fácil cruzarlo a cualquier hora. Dile que si me paga le muestro dónde es.

Mi madre sonríe creyendo que escucha una broma.

—César no le va a hacer la competencia, doña Pastora. No piensa dedicarse al contrabando.

Doña Pastora mira a mi madre y repite, como amonestándola:

—Dile lo que te dije. Para cuando sea necesario huir.

XVI

Desde hace varios días esperamos una visita desagradable en la escuela. Hoy, mientras la señorita Silvina explicaba que los ojos de las avispas son poliédricos, llamaron a la puerta. Su expresión se volvió cautelosa y dijo:

—Puede ser él.

Se levantó y descolgó la imagen de San Caralampio que siempre estuvo clavada en la pared, encima del pizarrón. Quedó una mancha cuadrada que no es fácil borrar. Luego comisionó a una de las alumnas para que fuera a abrir la puerta. Mientras la niña atravesaba el patio, la maestra nos aleccionó:

—Recuerden lo que les he recomendado. Mucha discreción. Ante un desconocido no tenemos por qué hablar de las costumbres de la casa.

El desconocido estaba allí, ante nosotras. Alto, serio, vestido de casimir negro.

—Soy inspector de la Secretaría de Educación Pública.

Hablaba con el acento de las personas que vienen de México. La maestra se ruborizó y bajó los párpados. Ésta era la primera vez que sostenía una conversación con un hombre. Turbada, sólo acertó a balbucir:

—Niñas, pónganse de pie y saluden al señor inspector.

Él la detuvo autoritariamente con un gesto y nosotras no alcanzamos a obedecerla.

—Vamos a dejarnos de hipocresías. Yo vine aquí para otra cosa. Quiero que me muestre usted los documentos que la autorizan a tener abierta esta escuela.

—¿Los documentos?

—¿O es que funciona en forma clandestina como si fuera una fábrica de aguardiente?

La señorita está confusa. Nunca le habían hablado de esta manera.

—No tengo ningún papel. Mis abuelos enseñaban las primeras letras. Y luego mis padres y ahora...

—Y ahora usted. Y desde sus abuelos todas las generaciones han burlado la ley. Además, no concibo qué pueda usted enseñar cuando la encuentro tan ignorante. Porque estoy seguro de que tampoco está usted enterada de que la educación es una tarea reservada al Estado, no a los particulares.

—Sí, señor.

—Y que el Estado imparte gratuitamente la educación a los ciudadanos. Óigalo bien: gratuitamente. En cambio usted cobra.

—Una miseria, señor. Doce reales al mes.

—Un robo. Pero en fin, dejemos esto. ¿Cuál es su plan de estudios?

—Les enseño lo que puedo, señor. Las primeras letras, las cuatro operaciones...

El inspector la dejó con la palabra en la boca y se aproximó a una de las niñas que se sientan en primera fila.

—A ver tú. Dame la libreta de calificaciones.

La niña no se movió hasta no ver la autorización en la cara de la señorita. Entonces sacó una libreta del fondo de su pupitre y se la entregó al inspector. Él empezó a hojearla y a medida que leía se acentuaba la mueca irónica en sus labios.

—"Lecciones de cosas." ¿Tuviera usted la bondad, señorita profesora, de explicarme qué materias abarca esta asignatura?

La señorita Silvina, con su vestido negro, con su azoro, con su pequeñez, parecía un ratón cogido en una trampa. Los ojos implacables del inspector se separaron despectivamente de ella y volvieron a la libreta.

—"Fuerzas y palancas." ¡Vaya! Le aseguro que en la capital no tenemos noticia de estos descubrimientos pedagógicos. Sería muy oportuno que usted nos ilustrara al respecto.

Las rodillas de la maestra temblaban tanto que por un momento creímos que iba a desplomarse. Tanteando volvió a su silla y se sentó. Allí estaba quieta, lívida, ausente.

—"Historia y calor." Hermosa asociación de ideas, pero no podemos detenernos en ella, hay que pasar a otro asunto. ¿Reúne el edificio las condiciones sanitarias para dar alojamiento a una escuela?

La voz de la maestra brotó ríspida, cortante.

—¿Para qué me lo pregunta? Está usted viendo que es un cascarón viejísimo que de un momento a otro va a caérsenos encima.

—Delicioso. Y ustedes morirán aplastadas, felices, inmolándose como víctimas a Dios. Porque acierto al suponer que son católicas. ¿Verdad?

Silencio.

—¿No son católicas? ¿No rezan todos los días antes de empezar y al terminar las clases?

Del fondo del salón se levantó una muchacha. Como de trece años. Gruesa, tosca, de expresión bovina. De las que la maestra condenaba —por su torpeza, por la lentitud de su inteligencia— a no dibujar jamás el mapamundi.

—Rezamos un Padre Nuestro, Ave María y Gloria. Los sábados un rosario entero.

—Gracias, niña. Me has proporcionado el dato que me faltaba. Puedes sentarte.

Ninguna de nosotras se atrevió a volverse a verla. Estábamos apenadas por lo que acababa de suceder.

—Todo lo demás podía pasarse. Pero ésta es la gota que colma el vaso. Le prometo, señorita profesora, que de aquí saldré directamente a gestionar que este antro sea clausurado.

Cuando el inspector se fue, la señorita escondió el rostro entre las manos y comenzó a llorar entrecortada, salvajemente. Sus hombros —tan magros, tan estrechos, tan desvalidos— se doblegaban como bajo el peso de un sufrimiento intolerable.

Todas nos volvimos hacia la muchacha que nos había delatado.

—Tú tienes la culpa. Anda a pedirle perdón.

La muchacha hacía un esfuerzo enorme para entender por qué la acusábamos. No quería moverse de su lugar. Pero entre sus vecinas la levantaron y a empellones fueron acercándola a la maestra. Allí enfrente se quedó parada, inmóvil, con los brazos colgando. La miraba llorar y no parecía tener remordimiento. La maestra alzó la cara y, con los ojos enrojecidos y todavía húmedos, le preguntó:

—¿Por qué hiciste eso?

—Usted me enseñó que dijera siempre la verdad.

XVII

Mi padre nos recomendó que cuando viniera el muchacho que reparte el periódico no lo dejáramos marchar antes de que hablara con él. Lo detuvimos en el corredor mientras mi padre terminaba de desayunarse.

El repartidor de periódicos es un joven de rostro alerta y simpático. Mi padre lo recibió afablemente.

—Siéntate, Ernesto.

—Gracias, don César.

Pero el muchacho permaneció en pie, cargando su fajo de papeles.

—Allí, en esa butaca. ¿O es que tienes prisa?

—Es que... no quiero faltarle al respeto. No somos iguales y...

—Pocos piensan ya en esas distinciones. Además creo que somos medio parientes. ¿No es así?

—Soy un hijo bastardo de su hermano Ernesto.

—Algo de eso había yo oído decir. Eres blanco como él, tienes los ojos claros. ¿Conociste a tu padre?

—Hablé con él algunas veces.

—Era un buen hombre, un hombre honrado. Y tú, que llevas su apellido, debes serlo también.

Ernesto desvió los ojos para ocultar su emoción. Se sentó frente a mi padre procurando ocultar las suelas rotas de sus zapatos.

—¿Estás contento donde trabajas?

—Me tratan bien. Pero el sueldo apenas nos alcanza a mi madre y a mí.

—Pareces listo, desenvuelto. Podrías aspirar a cosas mejores.

La expresión de Ernesto se animó.

—Yo quería estudiar. Ser ingeniero.

—¿Estuviste en la escuela?

—Sólo hasta cuarto año de primaria. Entonces le vino la enfermedad a mi madre.

—Pero aprendiste a leer bien y a escribir.

—Gracias a eso conseguí este trabajo.

—¿Y no te gustaría cambiarlo por otro más fácil y mejor pagado?

—Eso no se pregunta, señor.

—Soy su tío. No me digas señor —Ernesto miró a mi padre con recelo. No quiso aceptar el cigarro que le ofrecía—. Se trata de algo muy sencillo. Tú sabes que ahora la ley nos exige tener un maestro rural en la finca.

—Sí. Eso dicen.

—Pero como todas las cosas en México andan de cabeza, nos mandan que consumamos un artículo del que no hay existencia suficiente. Así que nosotros debemos surtirnos de donde se pueda. Y ya que no hay yacimientos de maestros rurales no queda más remedio que la improvisación. Desde el principio pensé que tú podrías servir.

—¿Yo?

—Sabes leer y escribir. Con eso basta para llenar el expediente. Y en cuanto a lo demás. . .

—No hablo tzeltal, tío.

—No necesitarás hablarlo. Vivirás con nosotros en la casa grande. Tu comida y tu ropa correrán, desde luego, por nuestra cuenta. Y cuidaríamos de que no le faltara nada a tu madre. Está enferma, dices.

—Salió caliente después de haber estado planchando y cogió un aire. Quedó ciega. La cuida una vecina.

—Podríamos dejarle dinero suficiente para sus gastos mientras tú estás fuera.

—¿Cuánto tiempo?

Ahora que Ernesto sabía el terreno que pisaba, había recobrado su aplomo. Se sentía orgulloso de estar aquí, sentado frente a uno de los señores de chaleco y leontina de oro, conversando como si fuera su igual y fumando de sus cigarros. Se consideraba, además, necesario. Y eso elevaba su precio ante sí mismo.

—El plazo depende de las circunstancias. Si no estás contento puedes volver cuando quieras. Aunque yo te garantizo que te hallarás. Chactajal tiene buen clima. Y nosotros te trataremos bien.

—En cuanto al sueldo...

—Por eso no vamos a discutir. Y mira, no es necesario que te precipites resolviendo hoy mismo esta proposición. Anda a tu casa, medítalo bien, consúltalo con tu madre. Y si te conviene, avísame.

—¿Cuándo saldremos para el rancho?

—La semana próxima.

XVIII

Como ahora ya no voy a la escuela me paso el día sin salir de la casa. Y me aburro. Voy detrás de las criadas a la despensa, a las recámaras, al comedor. Las miro trajinar. Las estorbo sentándome sobre la silla que van a sacudir, las impaciento arrugando la sobrecama que acaban de tender.

—Niñita, ¿por qué no vas a comprar un real de teneme acá?

Me levanto y me voy, sola, al corredor. Pasan y vuelven a pasar los burreros vaciando sus barriles de agua en las grandes tinajas de la cocina.

La nana está tostando café. No me hará caso, como a los cachorros aunque ladren y ladren.

Abro una puerta. Es la del escritorio de mi padre. Ya en otras ocasiones he hurgado en las gavetas que no tienen llave. Hay manojos de cartas atados con listones viejos. Hay retratos. Señores barbudos, amarillentos y borrosos. Señoritas pálidas, de cabello destrenzado. Niños desnudos nadando sobre la alfombra. Ya me los aprendí de memoria. Papeles llenos de números. No los entiendo. En los estantes muchos libros. Son tan grandes que si saco uno de ellos todos notarían su falta. Pero aquí está un cuaderno. Es pequeño, tiene pocas páginas. Adentro hay algo manuscrito y figuras como las que Mario dibuja a veces.

Escondo el cuaderno bajo el delantal y salgo sigilosamente de la biblioteca. No hay nadie. Llego hasta el traspatio sin que ninguno me haya visto. Allí, al cobijo de una higuera, me dispongo a leer.

"Yo soy el hermano mayor de mi tribu. Su memoria.

"Estuve con los fundadores de las ciudades ceremoniales y sagradas. Estoy con los que partieron sin volver el rostro. Yo guié el paso de sus peregrinaciones. Yo abrí su vereda en la selva. Yo los conduje a esta tierra de expiación.

"Aquí, en el lugar llamado Chactajal, levantamos nuestras chozas; aquí tejimos la tela de nuestros vestidos; aquí moldeamos el barro para servirnos de él. Apartados de otros, no alzamos en nuestro puño el botín de la guerra. Ni contamos a escondidas la ganancia del comercio. Alrededor del árbol y después de concluir las faenas, nombrábamos a nuestros dioses pacíficos. Ay, nos regocijaba creer que nuestra existencia era agradable a sus ojos. Pero ellos, en su deliberación, nos tenían reservado el espanto.

"Hubo presagios. Sequía y mortandad y otros infortunios, pero nuestros augures no alcanzaban a decir la cifra de presentimiento tan funesto. Y sólo nos instaban a que de noche, y en secreto, cada uno se inclinara a examinar su corazón. Y torciera la garra de la codicia; y cerrara la puerta al pensamiento de adulterio; y atara el pie rápido de la venganza. Pero ¿quién conjura a la nube en cuyo vientre se retuerce el relámpago? Los que tenían que venir, vinieron.

"Altaneros, duros de ademán, fuertes de voz. Así eran los instrumentos de nuestro castigo.

"No dormíamos sobre lanzas, sino sobre la fatiga de un día laborioso. No ejercitamos nuestra mirada en el acecho, sino que la dilatamos en el asombro. Y bien habíamos aprendido, de antiguo, el oficio de víctimas.

"Lloramos la tierra cautivada; lloramos a las doncellas envilecidas. Pero entre nosotros y la imagen destruida del ídolo ni aun el llanto era posible. Ni el puente de la lamentación ni el ala del suspiro. Picoteados de buitres, burla de la hiena, así los vimos, a nuestros protectores, a los que durante siglos cargamos, sumisos, sobre nuestras espaldas. Vimos todo esto, y en verdad, no morimos.

"Nos preservaron para la humillación, para las tareas serviles. Nos apartaron como a la cizaña del grano. Buenos para arder, buenos para ser pisoteados, así fuimos hechos, hermanitos míos.

"He aquí que el cashlán difundió por todas partes el resplandor que brota de su tez. Helo aquí, hábil para exigir tributo, poderoso para castigar, amurallado en su idioma como nosotros en el silencio, reinando.

"Vino primero el que llamaban Abelardo Argüello. Ése nos hizo poner los cimientos de la casa grande y suspender la bóveda de la ermita. En sus días, una gran desolación cubrió nuestra faz. Y el recién nacido amanecía aplastado por el cuerpo de la madre. Pues ya no queríamos llevar más allá nuestro sufrimiento.

"José Domingo Argüello se llamaba el que lo siguió. Éste hizo ensanchar sus posesiones hasta donde el río y el monte ya no lo dejaron pasar. Trazó las líneas de los potreros y puso crianza de animales. Murió derribado del caballo cuando galopaba sin llegar todavía al término de la ambición.

"Josefa Argüello, su hija. Sombría y autoritaria, impuso la costumbre del látigo y el uso del cepo. Dio poderes a un brujo para que nos mantuviera ceñidos a su voluntad. Y nadie podía contrariarla sin que se le siguiera un gran daño. Por orden suya, muchos árboles de caoba y cedro fueron talados. En esa madera hizo que se labraran todos los muebles de la casa. Murió sin descendencia, consumida en la soltería.

"A Rodulfo Argüello no lo conocimos. Delegó su capacidad en otro y con mano ajena nos exprimió hasta la última gota de sudor. Fue cuando nos enviaron al Pacayal para hacer el desmonte y preparar la siembra de la caña. Desde Comitán cargamos sobre nuestro lomo el trapiche de la molienda. También se compraron sementales finos, con lo cual mejoró la raza de los rebaños.

"Estanislao Argüello, el viudo, tenía carácter blando. En su época bastante ganado se desmandó y se hizo cerrero. Y por más que poníamos sal en los lamederos ya no logramos que las reses bajaran ni que consintieran la marca sobre su piel. A nosotros se nos aumentaron las raciones de quinina. Y se dispuso que las mujeres no desempeñaran faenas rudas. El viudo murió tarde. De enfermedad.

"Una huérfana, una recogida, como entonces se dijo, fue la heredera. Pues asistió la agonía del moribundo. Otilia. Otros parientes más allegados le disputaron la herencia y fue entonces cuando los lugares remotos ya no pudieron ser defendidos. Y así se perdió el potrero de Rincón Tigre. Y también el de Casa del Rayo. Otilia, diestra en el bordado, adornó el manto que cubre a la Virgen de la ermita. A llamamiento suyo, el señor cura de Comitán vino a bautizar a los niños y casar a las parejas amancebadas. Desde que Otilia nos amadrinó todos nosotros llevamos nombres de cristiano. Por matrimonio ella llegó a usar el apellido de Argüello. Su lecho sólo dio varones y entre sus hijos dejó repartida la hacienda. Así también nosotros fuimos dispersados en poder de diferentes dueños. Y es aquí, hermanos míos menores, donde nos volvemos a congregar. En estas palabras volvemos a estar juntos, como en el principio, como en el tronco de la ceiba sus muchas ramas."

Una sombra, más espesa que la de las hojas de la higuera, cae sobre mí. Alzo los ojos. Es mi madre. Precipitadamente quiero esconder los papeles. Pero ella los ha cogido y los contempla con aire absorto.

—No juegues con estas cosas —dice al fin—. Son la herencia de Mario. Del varón.

XIX

Ayer llegó de Chactajal el avío para el viaje. Las bestias están descansando en la caballeriza. Amanecieron todas con las crines y la cola trenzadas y crespas. Y dicen las criadas que anoche se oyó el tintineo de unas espuelas de plata contra las piedras de la calle. Era el Sombrerón, el espanto que anda por los campos y los pueblos dejando sobre la cabeza de los animales su seña de mal agüero.

Hace rato vino Ernesto para entregar su equipaje. No era más que tres mudas de ropa. Las envolvió en un petate corriente y las ató con una reata.

La nana no irá con nosotros a la finca por miedo a los

brujos. Pero se ha encargado de los preparativos para nuestra marcha. Desde temprano mandó llamar a la mujer que muele el chocolate. Estuvieron pesando juntas el cacao, tanteando el azúcar y los otros ingredientes que van a mezclarse. Luego la mujer se fue a la habitación que prepararon especialmente para ella y antes de encerrarse advirtió:

—Nadie debe entrar donde yo estoy trabajando. Pues hay algunos que tienen el ojo caliente y ponen el mal donde miran. Y entonces el chocolate se corta.

En cambio, la mujer que hace las velas no guarda secreta su labor. Está a medio patio, en pleno sol. Dentro de un gran cazo de cobre puesto al fuego, se derrite la cera. La mujer canta mientras cuelga el pabilo de los clavos que erizan la rueda de madera. Luego va sacando con una escudilla la cera derretida del perol y la derrama encima de los hilos. A cada vuelta de la rueda el volumen aumenta sobre el pabilo, la forma de la vela va lográndose.

En el horno de barro las criadas están cociendo el pan; amarillo, cubierto con una capa ligeramente más oscura, sale, oliendo a abundancia, a bendición, a riqueza. Lo guardan en grandes canastos, acomodándolo cuidadosamente para que no se desmorone y cubriéndolo con servilletas blancas y tiesas de almidón.

Allá están las planchas de fierro, pegando su mejilla con la de la brasa, las dos fundidas en un mismo calor, como los enamorados. Hasta que una mano las separa. Humean entonces las sábanas que no han perdido su humedad. Sueltan esa fragancia de limpieza, esa memoria de sus interminables siestas bajo el sol, de sus largos oreos en el viento.

Hasta el fondo del traspatio están beneficiando un cerdo que mataron muy de madrugada. La manteca hierve ahora y alza humo espeso y sucio. Cerca, los perros lamen la sangre que no ha acabado de embeber la tierra. Los perros de lengua ávida, acezantes al acecho de los desperdicios, gruñidores entre los pies de los que se afanan.

La casa parece una colmena, llena de rumores y de trabajo. Sólo los indios se están tranquilos, encuclillados en el corredor, espulgándose. A mi madre le molesta verlos sin quehacer. Pero no hay ninguna tarea que pueda encomendárseles en esos momentos. Entonces se le ocurre algo:

—Ve vos... como te llamés. Vas a ir a la casa de la niña Amalia Domínguez. Necesita un burrero para que cargue el agua. Y vos también, preguntá dónde vive don Jaime Rovelo. Le precisa que arranquen el monte de su patio.

Los indios se levantan, dóciles. Llevan colgando del hombro el morral con su bastimento: la bola de posol, las tostadas, que es todo lo que trajeron del rancho. Porque saben que donde van tampoco les darán qué comer.

XX

Mi nana me lleva aparte para despedirnos. Estamos en el oratorio. Nos arrodillamos ante las imágenes del altar.

Luego mi nana me persigna y dice:

—Vengo a entregarte a mi criatura. Señor, tú eres testigo de que no puedo velar sobre ella ahora que va a dividirnos la distancia. Pero tú que estás aquí lo mismo que allá, protégela. Abre sus caminos, para que no tropiece, para que no caiga. Que la piedra no se vuelva en su contra y la golpee. Que no salte la alimaña para morderla. Que el relámpago no enrojezca el techo que la ampare. Porque con mi corazón ella te ha conocido y te ha jurado fidelidad y te ha reverenciado. Porque tú eres el poderoso, porque tú eres el fuerte.

Apiádate de sus ojos. Que no miren a su alrededor como miran los ojos del ave de rapiña.

Apiádate de sus manos. Que no las cierre como el tigre sobre su presa. Que las abra para dar lo que posee. Que las abra para recibir lo que necesita. Como si obedeciera tu ley.

Apiádate de su lengua. Que no suelte amenazas como suelta chispas el cuchillo cuando su filo choca contra otro filo.

Purifica sus entrañas para que de ellas broten los actos no como la hierba rastrera, sino como los árboles grandes que sombrean y dan fruto.

Guárdala, como hasta aquí la he guardado yo, de respirar desprecio. Si uno viene y se inclina ante su faz, que no alardee diciendo: yo he domado la cerviz de este potro. Que ella también se incline a recoger esa flor preciosa —que a muy pocos es dado cosechar en este mundo— que se llama humildad.

Tú le reservaste siervos. Tú le reservarás también el ánimo de hermano mayor, de custodio, de guardián. Tú le reservarás la balanza que pesa las acciones. Para que pese más su paciencia que su cólera. Para que pese más su compasión que su justicia. Para que pese más su amor que su venganza.

Abre su entendimiento, ensánchalo, para que pueda caber la verdad. Y se detenga antes de descargar el latigazo, sabiendo que cada latigazo que cae graba su cicatriz en la espalda del verdugo. Y así sean sus gestos como el ungüento derramado sobre las llagas.

Vengo a entregarte a mi criatura. Te la entrego. Te la encomiendo. Para que todos los días, como se lleva el cántaro al río para llenarlo, lleves su corazón a la presencia de los beneficios que de sus siervos ha recibido. Para que nunca le falte gratitud. Que se siente ante su mesa, donde jamás se ha sentado el hambre. Que bese el paño que la cubre y que es hermoso. Que palpe los muros de su casa, verdaderos y sólidos. Esto es nuestra sangre y nuestro trabajo y nuestro sacrificio.

Oímos, en el corredor, el trajín de los arrieros, de las criadas ayudando a remachar los cajones. Los caballos ya están ensillados y patean los ladrillos del zaguán. La voz de mi madre dice mi nombre, buscándome.

La nana se pone de pie. Y luego se vuelve a mí, diciendo:

—Es hora de separarnos, niña.

Pero yo sigo en el suelo, cogida de su tzec, llorando porque no quiero irme.

Ella me aparta delicadamente y me alza hasta su rostro. Besa mis mejillas y hace una cruz sobre mi boca.

—Mira que con lo que he rezado es como si hubiera yo vuelto, otra vez, a amamantarte.

XXI

Cuando salimos de Comitán ya está crecido el día. Mi padre y Ernesto van adelante, a caballo. Mi madre, mi hermano y yo, en sillas de mano que cargan los indios. Vamos sujetos al paso del más lento. El sol pica a través del palio que colocaron sobre nuestra cabeza y que está hecho con sábanas de Guatemala. El aire se adensa bajo la manta y se calienta y nos sofoca.

Tardan para acabar los llanos. Y cuando acaban se alza el cerro, con sus cien cuchillos de pedernal, con su vereda difícil. Mido la altura de lo que vamos subiendo por el jadeo del indio que me carga. Parejos a nosotros van los pinos. Detienen al viento con sus manos de innumerables dedos y lo sueltan ungido de resinas saludables. Entre las rocas crece una flor azul y tiesa que difunde un agrio aroma de polen entre el que zumba, embriagada, la abeja. El grueso grano de la tierra es negro.

En algún lugar, dentro del monte, se precipita el rayo. Como al silbo de su pastor, acuden las nubes de lana oscura y se arrebañan sobre nosotros. Mi padre grita una orden en tzeltal al tiempo que descarga un fuetazo sobre el anca de su caballo.

Los indios apresuran la marcha. Tenemos que llegar a Lomantán antes de que cunda el aguacero. Pero estamos apenas traspasando la cresta de esta serranía y ya empiezan a menudear las gotas. Al principio es una llovizna leve y confiamos en que no durará. Pero luego la llovizna va agarrando fuerza y los chorritos de agua vencen el ala doblada de los sombreros; resbalan entre los pliegues de la manga de hule que no basta para cubrirnos.

Por fin, a lo lejos, divisamos un caserío. Son chozas humildes, con techos de palma y paredes de bajareque. Cuando olfatean la presencia extraña salen a ladrar los perros flacos, sarnosos, escurriendo agua. Él alboroto convoca a la gente que se asoma a las puertas. Son indios. Mujeres de frente sumisa que dan el pecho a la boca ávida de los recién nacidos; criaturas barrigonas y descalzas; ancianos de tez amarillenta, desdentados.

Mi padre se adelanta y sofrena su caballo ante una de las chozas. Habla con el que parece dueño. Pero a las razones de mi padre el otro responde con un estupor tranquilo. Mi padre nos señala a todos los que estamos empapándonos bajo la lluvia. Explica que nos hace falta fuego para calentar la comida y un sitio donde guarecernos. Saca de su morral unas monedas de plata y las ofrece. El indio ha comprendido nuestra necesidad, pero no acierta a remediarla. Ante lo que presencia no hace más que negar y negar con su triste rostro ausente, inexpresivo.

Tenemos que seguir adelante. Avanzamos ahora entre la neblina que juega a cegarnos. Los animales se desbarrancan en las laderas flojas o sus cascos rayan la superficie de las lajas produciendo un sonido desagradable y áspero. Los indios calculan bien antes de colocar el pie.

Como a las siete de la noche llegamos a Bajucú. El ocotero está encendido a media majada. En el corredor de la casa grande, en unas largas bancas de madera, están las mujeres sentadas, envueltas en pesados chales negros.

—Buenas noches, casera —dice mi padre desmontando—. ¿No das posada?

—El patrón está en Comitán y se llevó las llaves de los cuartos. Sólo que quieran pasar la noche aquí.

Nos instalamos en el corredor después de haber bebido una taza de café. Las mangas de hule nos sirven de almohada. Sobre el suelo de ladrillo ponemos petates y zaleas de carnero. Estamos tan cansados que nos dormimos antes de que la llama del ocote se extinga.

XXII

El aire amanece limpio, recién pronunciado por la boca de Dios. Pronto va llenándose del estrépito del día. En el establo las vacas echan su vaho caliente sobre el lomo de los terneillos. En la majada se esponjan los guajolotes mientras las hembras, feas y tristes, escarban buscando un gusano pequeño. La gallina empolla solemnemente, sentada en su nido como en un trono.

Ya aparejaron las cabalgaduras. Salimos temprano de Bajucú, porque la jornada es larga. Vamos sin prisa, adormilados por el paso igual de los indios y de las bestias. Entre la espesura de los árboles suenan levemente los pájaros como si fueran la hoja más brillante y más verde. De pronto un rumor domina todos los demás y se hace dueño del espacio. Es el río Jatatá que anuncia su presencia desde lejos. Viene crecido, arrastrando ramas desgajadas y ganado muerto. Espeso de barro, lento de dominio y poderío. El puente de hamaca que lo cruzaba se rompió anoche. Y no hay ni una mala canoa para atravesarlo.

Pero no podemos detenernos. Es preciso que sigamos adelante. Mi padre me abraza y me sienta en la parte delantera de su montura. Ernesto se hace cargo de mi hermano. Ambos espolean sus caballos y los castigan con el fuete. Los caballos relinchan, espantados, y se resisten a avanzar. Cuando al fin entran al agua salpican todo su alrededor de espuma fría. Nadan, con los ojos dilatados de horror, oponiendo su fuerza a la corriente que los despeña hacia abajo, esquivando los palos y las inmundicias, manteniendo los belfos tenazmente a flote. En la otra orilla nos depositan, a Mario y a mí, al cuidado de Ernesto. Mi padre regresa para ayudar el paso de los que faltan. Cuando estamos todos reunidos es hora de comer.

Encendemos una fogata en la playa. De los morrales sacamos las provisiones: rebanadas de jamón ahumado, pollos fritos, huevos duros. Y un trago de comiteco por el susto que acabamos de pasar. Comemos con apetito y después nos tendemos a la sombra, a sestear un rato.

En el suelo se mueve una larga hilera de hormigas, afanosas, transportando migajas, trozos diminutos de hierba. Encima de las ramas va el sol, dorándolas. Casi podría sopesarse el silencio.

¿En qué momento empezamos a oír ese ruido de hojarasca pisada? Como entre sueños vimos aparecer ante nosotros un cervato. Venía perseguido por quién sabe qué peligro mayor y se detuvo al borde del mantel, trémulo de sorpresa y de miedo; palpitantes de fatiga los ijares, húmedos los rasgados ojos, alerta las orejas. Quiso volverse, huir, pero ya Ernesto había desenfundado su pistola y disparó sobre la frente del animal, en medio de donde brotaba, apenas, la cornamenta. Quedó tendido, con los cascos llenos de lodo de su carrera funesta, con la piel reluciente del último sudor.

—Vino a buscar su muerte.

Ernesto no quiere adjudicarse méritos, pero salta a la vista que está orgulloso de su hazaña. Con un pañuelo limpia cuidadosamente el cañón de la pistola antes de volverla a guardar.

Mario y yo nos acercamos con timidez hasta el sitio donde yace el venado. No sabíamos que fuera tan fácil morir y quedarse quieto. Uno de los indios, que está detrás de nosotros, se arrodilla y con la punta de una varita levanta el párpado del ciervo. Y aparece un ojo extinguido, opaco, igual a un charco de agua estancada donde fermenta ya la descomposición. Los otros indios se inclinan también hacia ese ojo desnudo y algo ven en su fondo porque cuando se yerguen tienen el rostro demudado. Se retiran y van a encuclillarse lejos de nosotros, evitándonos. Desde allí nos miran y cuchichean.

—¿Qué dicen? —pregunta Ernesto con un principio de malestar.

Mi padre apaga los restos del fuego, pisoteándolo con sus botas fuertes.

—Nada. Supersticiones. Desata los caballos y vámonos.

Su voz está espesa de cólera. Ernesto no entiende. Insiste.

—¿Y el venado?

—Se pudrirá aquí.

Desde entonces los indios llaman a aquel lugar "Donde se pudre nuestra sombra".

XXIII

La próxima estación es Palo María, una finca ganadera que pertenece a las primas hermanas de mi padre. Son tres: tía Romelia, la separada, que se encierra en su cuarto cada vez que tiene jaqueca; tía Matilde, soltera, que se ruboriza cuando saluda, y tía Francisca.

Viven en el rancho desde hace años. Desde que se quedaron huérfanas y tía Francisca tomó el mando de la casa. Rara vez bajan al pueblo. Las vemos llegar montadas a mujeriegas en sus tres mulas blancas, haciendo girar la sombrilla de seda oscura que las protege del sol. Se están con nosotros varios días. Consultan al médico, encargan ropa a la costurera y cuando van de visita escuchan (tía Romelia con delicia, tía Matilde, atónita; tía Francisca, desdeñosa) los chismes que mantienen en efervescencia a Comitán. Y al despedirse nos regalan, a Mario y a mí, un peso de plata. Nos aconsejan que nos portemos bien, y ya no volvemos a saber de ellas más que por cartas espaciadas y breves.

Ahora los huéspedes somos nosotros. Como no nos esperaban, al vernos mezclan las exclamaciones de bienvenida con las órdenes a la servidumbre que se desbanda a preparar la cena, a abrir y limpiar las habitaciones que nos han destinado. Mientras, nos sentamos todos en el corredor y tomamos un vaso de temperante.

—Nos da mucho gusto tenerlos entre nosotras —dice tía Matilde mirando especialmente a Ernesto.

—¿Por qué no tocas algo en el piano? —pide tía Romelia. Y agrega en tono confidencial—: Matilde sabe un vals que se llama *A la sombra de un manglar*. Es precioso, lleno de arpegios. Por desgracia yo no soporto la música. Al primer arpegio ya está la jaqueca en su punto.

—¿No te aliviaron las medicinas del doctor Mazariegos?

—El doctor Mazariegos es un pozo de ciencia. Pero mi caso es complicado, César, muy complicado.

Está orgullosa de su mala salud y la exhibe como un trofeo.

—¿Ya terminó, señor?

Tía Matilde recibe el vaso de Ernesto.

—No le digas señor. Es tu sobrino. Es hijo de mi hermano Ernesto.

—¿De veras?

Tía Matilde no sabe ocultar su contrariedad. Interviene tía Francisca.

—Me alegra saber que eres de la familia.

—¿Aunque no sea yo más que un bastardo?

La voz de Ernesto es desafiante y dura. Tía Matilde enrojece y deja caer el vaso al suelo. Echa a correr hacia el interior de la casa, cubriéndose el rostro con el delantal.

—Allí tienes a tus primas, César —dijo tía Francisca—. Lloran si oyen volar un mosquito, se ponen nerviosas, toman aspirinas. Y yo soy la que tiene que coger la escoba y barrer los vidrios rotos.

Después de cenar, mi madre, que está muy cansada, fue a acostarse. La acompañaron tía Romelia y tía Matilde. Nosotros quedamos en el comedor un rato más. Colgada del techo, la lámpara de gasolina zumba como si devorara los insectos que incesantemente se renuevan rondando a su alrededor.

Tía Francisca dice:

—Creí que este año no subirías a Chactajal, César.

—¿Por qué no? Siempre he venido a vigilar la molienda y las hierras.

—Pensé que, si acaso, vendrías solo. ¿Para qué trajiste a tu familia?

—Zoraida quiso acompañarme. Y como los niños no están en la escuela. . .

—Es una imprudencia. Las cosas que están sucediendo en estos ranchos no son para que las presencien las criaturas. Hasta estoy considerando que a mis hermanas les convendría hacer un viaje a México. Ya ves a Romelia. Está perfectamente sana pero le consuela pensar que sufre todas las enfermedades. Con ese pretexto la mandaré. En cuanto a Matilde, todavía no es propiamente una vieja. ¿No te parece, Ernesto? —tía Francisca no obtuvo respuesta. Continuó—: Debe divertirse un poco.

Mi padre tomó la mano de su prima entre las suyas.

—¿Y tú?

Ella fue retirando su mano sin vacilación, sin violencia. Y se puso de pie como para dar por terminada la plática.

—Yo me quedo aquí. Éste es mi lugar.

XXIV

Llegamos a Chactajal a la hora en que se pone el sol. Alrededor de la ceiba de la majada nos esperan los indios. Se acercan para que toquemos su frente con nuestros dedos y nos hacen entrega del "bocado": gallinas bien maneadas para que no escapen, huevos frescos, medidas pequeñas de maíz y frijol. A nosotros nos corresponde recibirlo con gratitud. Mi padre ordena que se reparta entre ellos un garrafón de aguardiente y una pieza de manta. Después vamos a la ermita para dar gracias por haber llegado con bien. La adornaron como en los días de fiesta: guirnaldas de papel de China, juncia regada en el suelo. En el altar la Virgen muestra su vestido de seda bordado con perlas falsas. A sus pies un xicalpextle con frutas exhala cien perfumes mezclados. Mi madre se arrodilla y reza los misterios del rosario. Los indios responden con una sola voz anónima.

Después de rezar nos sentamos en las bancas que están adosadas a la pared. Una de las indias (de las principales ha de ser, a juzgar por el respeto que le tributan las otras) pone en manos de mi madre una jícara con atole. Mi madre apenas prueba la bebida y me la pasa a mí. Yo hago el mismo gesto y se la doy a la que me sigue y así hasta que todos hemos puesto nuestros labios en el mismo lugar.

En uno de los ángulos de la iglesia los músicos preparan sus instrumentos: un tambor y una flauta de carrizo. Mientras, los hombres, colocados del lado izquierdo, se preparan a escoger su pareja para el baile. Carraspean y ríen entrecortadamente. Las mujeres aguardan en su lugar, con las manos unidas sobre el regazo. Allí reciben el pañuelo rojo que les lanza el hombre, si es que aceptan salir a bailar con él. O lo dejan caer, como al descuido, cuando rechazan la invitación.

La música —triste, aguda, áspera, como el aire filtrándose entre los huesos de un muerto— instala entre nosotros su presencia funeral. Las parejas se ponen de pie y permanecen un momento inmóviles, uno frente a la otra, a la distancia precisa. Las mujeres con los ojos bajos y los brazos caídos a lo largo del cuerpo. Los hombres con las manos a la espalda, encorvados hacia adelante. Danzan casi sin despegar sus pies de la tierra y se están horas y horas, con la presión alterna de sus pasos, llamando insistentemente a un ser que no responde.

La juncia pierde su lozanía y su fragancia. Las velas se consumen. Yo reclino mi cabeza, rendida de sueño, sobre el hombro de mi madre. En brazos me llevan a la casa grande. A través de mis párpados entrecerrados distingo el resplandor del ocotero ardiendo en la majada, las palmas que cubren los pilares del corredor, y, entre las sombras, la mirada hostil de los que no quisieron ir a la fiesta.

Desde mi cama sigo oyendo, quién sabe hasta cuándo, el monótono ritmo del tambor y la flauta; el chisporroteo de la leña quemándose; los grillos latiendo ocultamente entre la hierba; a veces, el alarido de un animal salvaje que grita su desamparo en la espesura del monte.

—¿Quién es?

Me incorporo temblando. En la tiniebla no acierto con las facciones del bulto que ha venido a pararse frente a mí. Creo adivinar la figura de una mujer india sin edad, sin rostro.

—Nana, llamo quedamente.

La figura se aproxima y se sienta al borde del lecho. No me toca, no acaricia mi cabeza como mi nana lo hacía siempre para arrullarme, no me echa su aliento sobre la mejilla. Pero sopla a mi oído estas palabras:

—Yo estoy contigo, niña. Y acudiré cuando me llames como acude la paloma cuando esparcen los granos de maíz. Duerme ahora. Sueña que esta tierra dilatada es tuya; que esquilas rebaños numerosos y pacíficos; que abunda la cosecha en las trojes. Pero cuida de no despertar con el pie cogido en el cepo y la mano clavada contra la puerta. Como si tu sueño hubiera sido iniquidad.

SEGUNDA PARTE

> Toda luna, todo año, todo día, todo viento camina y pasa también. También toda sangre llega al lugar de su quietud, como llega a su poder y a su trono.
>
> *Chilam-Balam de Chumayel*

Esto es lo que se recuerda de aquellos días:

I

EL VIENTO del amanecer desgarra la neblina del llano. Suben, se dispersan los jirones rotos mientras, silenciosamente, va desnudándose la gran extensión que avanza en hierba húmeda, en árboles retorcidos y solos, hasta donde se yergue el torso de la montaña, hasta donde espejea el río Jataté.

En el centro del llano está la casa grande, construcción sólida, de muros gruesos, capaces de resistir el asalto. Las habitaciones están dispuestas en hilera como por un arquitecto no muy hábil. Son oscuras, pues la luz penetra únicamente a través de las estrechas ventanas. Los tejados están ennegrecidos por la lluvia y el tiempo. Los tres corredores tienen barandales de madera. Desde allí César señalaba a Ernesto los cobertizos que servían de cocina y trojes. Y, al lado contrario de la majada, los corrales.

—Estos corrales los mandó hacer la abuela Josefa. Cuando por su edad ya no podía salir al campo. Sentada en el corredor, vigilaba las hierras. El ganado se contaba ante su vista.

—Era desconfiada.

—¿Y quién no? Los administradores son una partida de sinvergüenzas. El último que tuve está todavía refundido en la cárcel.

Después del copioso desayuno, en esta hora fresca, nueva de la mañana, cuando todos, cada uno en su puesto, comenzaban a cumplir los quehaceres con una precisión perfecta, César era feliz. Y se sentía inclinado a la benevolencia aun con aquellos que habían intentado arrebatarle su felicidad. Como ese hombre, por ejemplo.

—Por poco me deja en la calle. Yo estaba en Europa. Muy joven. Me mandaron —como a todos los hijos de familias pudientes de Comitán— a estudiar una carrera. No tengo cerebro para esas cosas y no alcancé ningún título. ¡Ah, pero cómo me divertí! Imagínate: a esa edad, con dinero de sobra y en París. Mientras mis padres vivieron, todo marchó muy bien. Pero después vino la mala época y ya no pude sostenerme. El administrador, con el pretexto de la bola revolucionaria, me estaba haciendo las cuentas del Gran Capitán. Regresé apenas a tiempo para salvar el rancho.

A Ernesto no le interesaban los asuntos de negocios. No entendía de qué estaba hablando su tío: hipotecas, embargos, demandas.

—¿Y le fue fácil aclimatarse de nuevo en Chiapas, después de haber vivido en el extranjero?

—Tú no sabes lo que se extraña la tierra cuando está uno lejos. Hasta en el mismo París hacía yo que me mandaran café, chocolate, bolsas de posol agrio. No, no cambiaría nunca Chactajal por ninguno de los Parises de Francia.

César no era de los hombres que se desarraigan. Desde donde hubiera ido, siempre encontraría el camino de regreso. Y donde estuviera siempre sería el mismo. El conocimiento de la grandeza del mundo no disminuía el sentido de su propia importancia. Pero, naturalmente, prefería vivir donde los demás compartían su opinión; donde llamarse Argüello no era una forma de ser anónimo; donde su fortuna era igual o mayor que la de los otros.

Ernesto estaba entrando, por primera vez, en la intimidad de uno de estos hombres a quienes tanto había envidiado y admirado desde lejos. Bebía, ávidamente, cada gesto, cada palabra. El apego a las costumbres, la ignorancia tan impermeable a la acción de los acontecimientos exteriores le parecieron un signo más de fuerza, de invulnerabilidad. Ernesto lo sabía ahora. Su lugar estaba entre los señores, era de su casta. Para ocultar la emoción que este descubrimiento le producía, preguntó mostrando el edificio que se alzaba, a cierta distancia, frente a ellos:

—¿Ésa es la ermita donde rezamos anoche?

—Sí. ¿Te fijaste que la imagen de Nuestra Señora de la Salud es de bulto? La trajeron de Guatemala, a lomo de indio. Es muy milagrosa.

—Hoy estuvieron tocando la campana desde antes que amaneciera.

—Para despertar a los peones. Mi padre me decía que antes, cuando los indios oían las campanadas, salían corriendo de sus jacales para venir a juntarse aquí, bajo la ceiba. El mayordomo los esperaba con su ración de quinina y un fuete en la mano. Y antes de despacharlos a la labor les descargaba sus buenos fuetazos. No como castigo, sino para acabar de despabilarlos. Y los indios se peleaban entre ellos queriendo ganar los primeros lugares. Porque cuando llegaban los últimos ya el mayordomo estaba cansado y no pegaba con la misma fuerza.

—¿Ahora ya no se hace así?

—Ya no. Un tal Estanislao Argüello prohibió esa costumbre.

—¿Por qué?

—Él decía que porque era un hombre de ideas muy avanzadas. Pero yo digo que porque notó que a los indios les gustaba que les pegaran y entonces no tenía caso. Pero lo cierto es que los otros rancheros estaban furiosos. Decían que iba a cundir el mal ejemplo y que los indios ya no podían seguir respetándolos si ellos no se daban a respetar. Entonces los mismos patrones se encargaron de la tarea de azotarlos. Muchos indios de Chactajal se pasaron a otras fincas porque decían que allí los trataban con mayor aprecio.

—¿Y don Estanislao?

—En sus trece. Los vecinos querían perjudicarlo y picaron pleito por cuestiones de límites. Pero toparon con pared. El viejo era un abogado muy competente y los mantuvo a raya. Fue hasta después, en el testamento de mis padres, que Chactajal se partió. Una lástima. Pero con tantos herederos no quedaba más remedio.

—Usted no tiene de qué quejarse. Le tocó el casco de la hacienda.

—Soy el mayor. También me correspondía la indiada para desempeñar el trabajo.

—Conté los jacales. Hay más de cincuenta.

—Muchos están abandonados. Dicen que el primer Argüello que vino a establecerse aquí encontró una población bien grande. Poco a poco ha ido mermando. Las enfermedades —hay mucho paludismo y disentería— diezman a los indios. Otros se desperdigan. Se meten al monte, se huyen. Además yo regalé algunas familias a los otros Argüellos. Bien contadas no alcanzan ni a veinte las que quedaron.

Miró el caserío. Sólo de algunas chozas brotaba humo. En las demás no había ningún signo de estar habitadas.

—Los jacales vacíos se están cayendo. Tú pensarás que tienen razón los que dicen que éste es el acabóse, porque eres nuevo y no tienes experiencia. ¡Cuántas veces pusimos el grito en el cielo por motivos más graves: pestes, revoluciones, años de mala cosecha! Pero viene la buena época y seguimos viviendo aquí y seguimos siendo los dueños.

¿Por qué no iba a ser igual ahora, precisamente ahora que Ernesto había llegado? Tenía derecho a conocer la época de la abundancia, de la despreocupación. También él, como todos los Argüellos.

Un kerem venía de la caballeriza jalando por el cabestro dos bestias briosas, ligeras, ensilladas como para las faenas del campo. César y Ernesto descendieron los escalones que separan el corredor de la majada. Montaron. Y a trote lento fueron alejándose de la casa grande. El kerem corría delante de ellos para abrir el portón y dejarles paso libre. Todavía cuando iban por la vereda que serpentea entre los jacales, su paso despertaba el celo de los perros, flacos, rascándose la sarna y las pulgas, ladrando desaforadamente. Las mujeres, que molían el maíz arrodilladas en el suelo, suspendieron su tarea y se quedaron quietas, con los brazos rígidos, como sembrados en la piedra del metate, con los senos fláccidos colgando dentro de la camisa. Y los miraron pasar a través de la puerta abierta del jacal o de la rala trabazón de carrizos de las paredes. Los niños, desnudos, panzones, que se revolcaban jugando en el lodo confundidos con los cerdos, volvían a los jinetes su rostro chato, sus ojos curiosos y parpadeantes.

—Ahí están las indias a tu disposición, Ernesto. A ver cuándo una de estas criaturas resulta de tu color.

A Ernesto le molestó la broma porque se consideraba rebajado al nivel de los inferiores. Respondió secamente:

—Tengo malos ratos pero no malos gustos, tío.

—Eso dices ahora. Espera que pasen unos meses para

cambiar de opinión. La necesidad no te deja escoger. Te lo digo por experiencia.

—¿Usted?

—¿Qué te extraña? Yo. Todos. Tengo hijos regados entre ellas.

Les había hecho un favor. Las indias eran más codiciadas después. Podían casarse a su gusto. El indio siempre veía en la mujer la virtud que le había gustado al patrón. Y los hijos eran de los que se apegaban a la casa grande y de los que servían con fidelidad.

Ernesto no se colocaba, para juzgar, del lado de las víctimas. No se incluía en el número de ellas. El caso de su madre era distinto. No era una india. Era una mujer humilde, del pueblo. Pero blanca. Y Ernesto se enorgullecía de la sangre de Argüello. Los señores tenían derecho a plantar su raza donde quisieran. El rudimentario, el oscuro sentido de justicia que Ernesto pudiera tener, quedaba sofocado por la costumbre, por la abundancia de estos ejemplos que ninguna conciencia encontraba reprochables y, además, por la admiración profesada a este hombre que con tan insolente seguridad en sí mismo cabalgaba delante de él. Como deseoso de ayudar guardando el secreto, preguntó:

—¿Doña Zoraida lo sabe?

Pero su complicidad era innecesaria.

—¿Qué? ¿Lo de mis hijos? Por supuesto.

Habría necesitado ser estúpida para ignorar un hecho tan evidente. Además toda mujer de ranchero se atiene a que su marido es el semental mayor de la finca. ¿Qué santo tenía cargado Zoraida para ser la única excepción? Por lo demás no había motivo de enojo. Hijos como ésos, mujeres como ésas no significan nada. Lo legal es lo único que cuenta.

Habían dejado atrás el caserío. Una vegetación de arbustos, rastreros, hostiles, flanqueaban la vereda. Las espinas se prendían al género grueso de los pantalones, rayando la superficie lisa de las polainas de cuero. César espoleó levemente a su caballo para que trotara con mayor rapidez hasta donde la maleza se despejaba.

—Éste es el potrero del Panteón. Lo llaman así porque cuando estábamos posteando para tender las alambradas se encontró un entierro de esqueletos y trastos de barro. Un gringo loco que andaba por aquí dizque cazando mariposas...

—¡Ah, sí, ese que le pusieron de apodo Míster Peshpen.

—Pero qué mariposas. Lo que buscaba ha de haber sido petróleo o minas o algo por el estilo. Bueno, pues ese Míster Peshpen se entusiasmó con el hallazgo. Quería que siguiéramos haciendo excavaciones porque los libros dicen que todo este rumbo es zona arqueológica y podíamos descubrir ruinas muy importantes. Pero la única ruina iba a ser la mía si descuidábamos el trabajo para dedicarnos a abrir agujeros. Cuando Míster Peshpen vio que no iba yo a cejar estuvo dale y dale, pidiéndome unos papeles que tengo en la casa de Comitán y que escribió un indio.

—¿Que los escribió un indio?

—Y en español para más lujo. Mi padre mandó que los escribiera para probar la antigüedad de nuestras propiedades y su tamaño. Estando como están las cosas tú comprenderás que yo no iba a soltar un documento así por interesante y raro que fuera. Para consolar a Míster Peshpen tuve que regalarle los tepalcates que desenterramos. Se los llevó a Nueva York y desde allá me mandó un retrato. Están en el Museo.

Continuaron cabalgando. Ante ellos se tendía la pradera de zacatón alto, mecido por el viento. Apenas sobresalía la cornamenta y el dorso de las reses que pastaban diseminadas en la extensión.

—Así que estos potreros son recientes.

—Los mandé hacer yo. No tanto por el lugar. Hay otros más apropiados. Sino para poner mojones que dividieran mi parte de la de los otros dueños.

—¿Por qué rumbo quedaba la parte de mi padre?

—Tú padre recibió su herencia en dinero.

—¿Nunca trabajó aquí?

—Es lo que yo he dicho siempre: el dinero no rinde, no puede durar. Lo despilfarró en menos que te lo cuento: malos negocios, parrandas. Cuando murió estaba en quiebra.

—Si hubiera tenido tiempo —dicen que era un hombre muy listo— habría podido rehacerse. De no ser por ese desdichado accidente. . .

César dirigió a Ernesto una rápida mirada de reojo. ¿El muchacho hablaba así por ingenuidad o por cálculo?

—No fue accidente. Fue un suicidio.

Ernesto sofrenó su caballo. Había oído ese rumor, pero nunca le pareció digno de crédito. Y ahora la brutalidad de la afirmación lo aturdía.

—¿Matarse? ¿Por qué?

—Estaba hasta el cuello de compromisos y sin manera de solventarlos.

—Pero acababa de casarse con una mujer muy rica, esa Grajales de Chiapa.

—Ella no quiso soltar ni un centavo para ayudarlo.

—¡Maldita!

—Descubrió que Ernesto sólo se había casado con ella por interés. Las tierracalentanas no son tan mansas como nuestras mujeres. No se lo pudo perdonar. Pero después, ya viuda, ella misma fue a buscar a los acreedores para pagarles.

—¿Murió intestado?

—Dejó una carta con sus últimas recomendaciones.

—¿No hablaba de mí?

—No. ¿Por qué?

—Porque soy su hijo.

—No eres el único. Además, nunca te reconoció.

César había pronunciado estas palabras sin ánimo de ofender. Para él era tan natural el comportamiento de su hermano que no se preocupaba siquiera por encontrarle un atenuante, una disculpa. Pero si se hubiera vuelto a ver tras de sí habría encontrado el rostro de Ernesto con una marca purpúrea como si acabaran de abofetearlo. Todo él, temblando de cólera, no podía contradecir la aseveración de César porque lo que había dicho era verdad. No, no era cierto que perteneciera a la casta de los señores. Ernesto no era más que un bastardo de quien su padre se avergonzaba. Porque cuantas veces pretendió aproximarse a él, siguiendo los consejos de su madre y sus propios deseos, su propia necesidad, fue despedido con una moneda como si fuera un mendigo. Y a pesar de todo, él había querido a ese hombre que nunca consintió en ser para su hijo más que un extraño. Ernesto se sublevaba contra esa debilidad de su corazón con la que probaba el cinismo de su padre, la indiferencia, la facilidad con que —bastaba un movimiento de hombros— se despojaba de las responsabilidades. Le alegró saber la noticia del matrimonio de su padre y el que la novia fuera una mujer de tal apellido y de tal riqueza. No podría perdonarle nunca a esa advenediza —¡una chiapaneca, una tierracalentana!— que lo hubiera dejado morir. La vida de su padre valía mucho más que los celos, el despecho de ninguna mujer. Él, su hijo, el abyecto, hubiera deseado estar cerca y ayudarlo. Él, que tenía más motivos de rencor que ninguno. Pero ya nada podía remediarse. Y ahora Ernesto seguía arrimándose a una sombra del difunto; al hermano, que tenía el mismo acento de autoridad cuando hablaba; que hacía ademanes semejantes; que se mantenía a la misma distancia desdeñosa que el otro.

Habían llegado hasta un corral pequeño. Pararon sus cabalgaduras bajo un árbol. Desde allí se escuchaba, cada vez más próximo, el grito de los vaqueros arreando el ganado —¡Tou, tou, tou!—, el ladrido de los perros pastores, más insistente cuando querían atajar al novillo que, agachando la cabeza, pretendía separarse de los demás y correr libremente. Atropellándose, mugiendo, ciegas de la polvareda que levantaba su carrera, las reses entraron en el corral.

—Este trozo es de ganado fino, cruza de cebú. Dan carne buena y los bueyes resultan muy resistentes para el trabajo. Pero son bravos y los partideños huyen de esta raza como de la peste. Míralos: peleando.

Los toros se trenzaban de los cuernos en un forcejeo rudo y sin desenlace. La mirada torva, sanguinolenta, las pezuñas golpeando amenazadoramente la tierra, el bufido caliente y ronco.

Los vaqueros vaciaban bolsas de sal sobre las canoas de madera. Los animales se precipitaron a lamerla con su lengua gruesa y morroñosa. Sin cesar de rumiar, las vacas dilataban los ojos maravillados, enormes, buscando a la cría recién nacida, empujándola con delicadeza a probar este grano colorado y vidrioso.

César gritó a uno de los vaqueros.

—Ey, vos, mirá aquel becerrito, el negro con la estrella en la frente, como que tiene gusanera.

Guiado por la señal de César, el vaquero localizó al animal. Cogió su soga y después de escupirse las manos empezó a ondearla en el aire. El becerro tiritaba cerca de la vaca y no se dio cuenta del momento en que el lazo de la soga ciñó su garganta. El vaquero corrió al poste más cercano y allí enroscó la soga y empezó a jalar. El becerro bramaba, con la lengua de fuera, debatiéndose. Pero no por mucho tiempo. Otro vaquero le maneó las patas para derribarlo. Se retorcía, como en un ataque convulsivo, pero no pudo soltarse. La vaca lo miraba mugiendo tristemente. Hasta que las carreras de los otros animales la empujaron apartándola de allí.

Una de las ancas del becerro derribado estaba herida y en la llaga pululaban los gusanos. El vaquero vertió sobre ella un chorro de creolina y la frotó mezclándola al estiércol. El becerro soportaba esta operación con un semblante extrañamente inexpresivo. Sólo el estertor, retorcido en su garganta, delataba su sufrimiento. Ernesto no pudo resistir más y volvió la cara a otro lado para no verlo. Su movimiento no escapó a la observación de César que dijo con sorna:

—Eres tan mal ranchero como tu padre. Vámonos. Porque cuando empiece la capazón de los toros te vas a desmayar.

En la frente de Ernesto brotaba un sudor frío. Sus mejillas estaban sin color. Entre los dientes trabados alcanzó a musitar esta frase:

—No es nada. Falta de costumbre.

Pero no insistió en que permanecieran allí. Y cuando el caballo de César echó a andar, el suyo lo siguió dócilmente.

—Quiero que conozcas el cañaveral. La cosecha de este año promete ser buena.

Las cañas se alzaban en un haz apretado y verde rasgando el aire con el filo de sus hojas.

—Aquél es el trapiche.

Bajo un cobertizo de teja estaba la máquina, del modelo más antiguo, de las que todavía se mueven por tracción animal.

—En caso de necesidad puede engancharse un indio.

Naturalmente que César había oído hablar de aparatos más modernos, más rápidos. Los había visto en sus viajes. Pero como éste aún daba buen rendimiento, César no veía ningún motivo para cambiarlo.

—Es hora de volver a la casa grande. Estarán esperándonos para tomar el posol.

La mano que regía la rienda hizo un viraje brusco. Los caballos, presintiendo su querencia, trotaban alegremente.

Ernesto iba pensativo. César le preguntó:

—¿Qué te parece Chactajal?

Ernesto no podía responder aún. Su paladar estaba todavía reseco de asco por lo que había presenciado en los corrales. El olor, en que se mezclan el estiércol y la creolina, no había cesado de atormentar su nariz. El polvo le escocía en los párpados. Y, ¡Dios mío!, la vergüenza de haber parecido despreciable, ridículo, débil, según la opinión de César.

—Chactajal es la mejor hacienda de estos contornos. Pregúntale a cualquiera si hay por aquí rebaños con mejor pie de cría que los que has visto. En cuanto a las semillas me las mandan especialmente de los Estados Unidos. Ya te mostraré los catálogos. La tierra es muy agradecida. Siembras y como una bendición te da el ciento por uno. Ni qué decir de la casa grande. No hay otra que se le pueda comparar en toda la zona fría. Es construcción de las de cuánto ha, bien hecha.

—Sí, se ve.

Ernesto afirmó con desgano. Qué pueril resultaba César insistiendo en el valor de sus propiedades como si se tratara de venderlas. Pero Ernesto no era un comprador. Cuando le hablaban de riqueza pensaba en otra cosa, en aquellas películas que había visto en el cine de Comitán. Los ricos son los que viven en palacios; los que ordenan a lacayos vestidos de librea; los que comen viandas deliciosas en vajillas de oro. Pero aquí no había más que un caserón viejo. En el cuarto de Ernesto había goteras y sobre las vigas del techo corrían, toda la noche, las ratas y los tlacuaches. Más valía no hablar de la servidumbre. Las criadas y los mozos eran indios. Harapientos. Y no había modo de entenderse con ellos. Se apresuraban a cumplir las órdenes. Pero como no las entendían siempre las cumplían mal. Los platos eran de peltre, estaban descascarados por el uso. La comida no era mejor que la que su madre preparaba en Comitán. Comida de rancho, decían, como enorgulleciéndose en vez de disculparse, cuando partían los tasajos de carne salada, cuando servían los plátanos fritos.

De modo que esto era ser rico. Bien. Ernesto no iba a decepcionarse de sus parientes. Al contrario, estaba contento. Claro que le habría gustado disfrutar de una de aquellas vidas de película. Pero no a costa de su humillación. La riqueza real, verdadera, tal como aparecía en el cine, habría abierto un abismo más hondo entre él y los Argüellos. Si su familia lo admitía así con tanta dificultad, con tantas reticencias. Y era en estas privaciones, en estas necesidades, en lo que podían identificarse, aproximarse. La misma sangre, el mismo apellido, las mismas costumbres. ¿En qué el uno era superior al otro?

Habían llegado ante una tranca. Ernesto, absorto en sus pensamientos, no hizo el menor ademán para desmontar. César aguardó unos instantes, tamborileando los dedos sobre la manzana de su silla. Cuando habló su voz estaba pesada de impaciencia y disgusto.

—¿Qué esperas para bajar a abrir?

Ernesto parpadeó, despertando. Midió la distancia que lo separaba de este hombre. Y con la boca llena de saliva amarga, obedeció.

II

Estas mecedoras de mimbre ya están muy viejas. ¡Y cómo las ha comido la polilla! Deberíamos comprar un ajuar moderno, como ese que tiene en su sala don Jaime Rovelo y que le dicen pulman. Pero César me baraja la conversación cada vez que le trato el punto. Dice que no es por tacañería sino que porque estos muebles son herencia de quién sabe quiénes y que hay que conservarlos como si fueran una reliquia. Ay, me va a regañar cuando se dé cuenta de que los retratos están llenos de polvo y las moscas se han dado sus buenas paseadas en ellos. Hoy mismo, antes de que se me olvide, voy a decirle a la criada que les pase un trapo encima. Es una india más tarda de entendimiento... ¡Qué va las de Comitán! Éstas sí son arrechas. Pero César no quiso que trajéramos a ninguna. Por lo que cobraban, digo yo. Así que no hay más que atenerse a lo que haya. Y más vale arriar el burro... No me voy a meter yo hasta de sacudidora. En mi casa no éramos así. Qué íbamos a estar guardando cháchara como si fuera oro en paño. Tal vez porque siempre fuimos tan pobres. Mamá enviudó cuando yo tenía cinco años. ¡Qué trabajos pasó para criarme! Haciendo sombreros de palma, camisas de manta para los burreros. Todo el día nos quebraban la puerta los que venían a cobrar: la renta, la mujer de las verduras. Mamá los recibía muy amable, como si fueran visitas. Les contaba sus apuros y les prometía pagarles en cuanto juntara el dinero. Nunca juntábamos nada. Una vez, me acuerdo, ya era yo varejoncita, ya me gustaba presumir, cuando llegaron los custitaleros a la feria de San Caralampio. Yo me enamoré de unos choclos que vi en un puesto. Eran unos choclos de vaqueta muy bien curtida. Costaban tres pesos, un capital. Diario pasaba yo a verlos, con una angustia de que alguno los hubiera comprado. No sé qué le movió el corazón a mi madrina que se puso muy espléndida y me dio cinco pesos de gasto. Corriendo me fui al puesto donde vi los choclos. Con los dos pesos que me sobraron me compré un par de medias de popotillo, negras. Cuando iba yo estrenando hubiera yo querido que las calles relumbraran de limpias y no tuvieran tantas piedras. Pisaba yo con tiento para que mis choclos no se me fueran a raspar ni a ensuciar. Era la última noche de la feria. Había serenata con música de viento y yo bajé a sentarme en las gradas de la iglesia. Alargaba yo los pies, todo lo que podía, para que la gente viera mis zapatos nuevos. Me apretaban, tenían chillera. Pero eran tan bonitos. Amalia, que siempre me ha tenido envidia, me puso de apodo "La choclitos", y empezó a decir que no me quitaba yo los zapatos ni para dormir y que cuando yo me muriera me iban a enterrar calzada. Entonces di en rezar un triduo a Santa Rita de Casia, abogada de los imposibles, para que me hiciera el milagro de que, de vez en cuando, no siempre, los choclos parecieran botines y Amalia creyera que tenía yo dos pares de zapatos. Pero antes de que acabara el triduo vinieron unos hombres a embargar lo que teníamos y se lo llevaron todo. Hasta los choclos. Nos dejaron como quien dice en un petate. Tuvimos que irnos a vivir a un cuarto redondo. Mamá trajinaba todo el santo día para ganar un poco más y que no pasáramos tantos ajigolones. Y al llegar la noche rezaba su rosario, y lo ponía todo en manos de la Divina Providencia y se dormía como un lirón. Yo era la que me pasaba la noche en vela, subiendo y bajando libros, pensando en que el hombre que nos surtía el pichulej de los sombreros ya no quería fiarnos más. Se me caía la cara de vergüenza cuando tenía yo que ir a hablar con él para pedirle que nos esperara, que estábamos pendientes de recibir un giro. Mentiras. ¿Quién nos iba a mandar ningún giro si no teníamos apoyo en ninguna parte? Por eso cuando César se fijó en mí y habló con mamá porque tenía buenas intenciones vi el cielo abierto. Zoraida de Argüello. El nombre me gusta, me queda bien. Pero me daba miedo casarme con un señor tan alto, tan formal y que ya se había amañado a vivir solo. Porque no se le conocían queridas. Queridas de planta, pues, formales. Quebraderos de cabeza nunca le han faltado. Dejaría de ser hombre. Pero no se casó más que conmigo. El vestido de novia era precioso, bordado de chaquira como entonces se usaba. César lo encargó a Guatemala. Era rico y como quería quedar bien. ¡Qué vueltas da el mundo! Ahora dice que está escaso de dinero y hasta me hace devolver lo que compro. Tengo que pedir permiso antes. ¡Qué azareada me dio ante doña Pastora! Un color se me iba y otro se me venía mientras le inventaba yo que las sábanas que escogí resultaron falsas. Que tu boca sea la medida, dijo. Y me aventó la paga encima y no quiso llevar las sábanas. Ay, siquiera mamá no alcanzó a ver estas cosas. Mientras ella vivió estuve pendiente de que no le faltara nada. Hasta sus libras de chocolate le compraba yo, arañando de lo que César me daba para gastar. Y fui pagando, poco a poco, todas sus ditas. Los últimos años de la pobre fueron más tranquilos. Aunque siempre se afligía de verme como gallina comprada. Y es que la familia de César me consideraba menos porque mi apellido es Solís, de los Solís de abajo y yo era muy humilde, pues. Pero nada tenían que decir de mi honra. Y cuando me casé estaba yo joven y era yo regular. Después me vinieron los achaques. Me sequé de vivir con un señor tan reconcentrado y tan serio que parece un santo entierro. Como es mayor que yo, me impone. Hasta me dan ganas de tratarlo de usted. Pero delante de él por boba sí lo demuestro. ¿Por qué voy a dar mi brazo a torcer? Para que yo deje que se me acerque todavía me tiene que rogar. No sé cómo hay mujeres tan locas que se casan nomás por su necesidad de hombre. Ni que fuera la vida perdurable. Después de que nació Mario quedé muy mala. Ni un hijo más, me sentenció el doctor Mazariegos. Lástima. Yo hubiera querido tener muchos hijos. Alegran la casa. César dice que para qué queremos más. Pero yo sé que si no fuera por los dos que tenemos ya me habría dejado. Se aburre conmigo porque no sé platicar. Como él se educó en el extranjero. Cuando éramos novios me llegaba a visitar de leva traslapada. Y me quería explicar lo de las fases de la luna. Nunca lo entendí. Ahora casi no habla conmigo. No quiero ser una separada como Romelia. Se arrima uno a todas partes y no tiene cabida con nadie. Si se arregla uno, si sale a la calle, dicen que es uno una bisbirinda. Si se encierra uno piensan que a hacer mañosadas. Gracias a Dios tengo mis dos hijos. Y uno es varón.

III

Al atardecer, la familia se congrega en el corredor de la casa grande.

Los rebaños de ovejas regresan lentamente y en el establo las vacas mugen, desconsoladas, cuando las separan de sus crías. Los rumores de las faenas disminuyen. Los utensilios vuelven a su lugar de reposo. En la caballeriza, las monturas, impregnadas del sudor de los caballos, se orean y el viento se retira de ellas transformado en un olor acre. Los animales de labor, mansos y taciturnos, pacen libremente. De los jacales, de la cocina, sale el humo haciendo más indecisa y velada la luz de esta hora.

—¿No quieren tomar un tentempié? —ofrece Zoraida.

Ernesto, que está acodado en el barandal contemplando el cielo remoto, hace un gesto negativo. Desde la hamaca en que se recuesta, César hace un signo de aceptación. Y agrega:

—Procura alimentarte, Ernesto. Hoy casi no comiste.

Es verdad. Desde la primera vez que Ernesto habló con su tío en Comitán, está nervioso, no puede dormir bien, se sobresalta en sueños, tiene pesadillas. Los incidentes del viaje a Chactajal (el venado aquel sobre el que disparó tan irreflexivamente) acabaron de hacerle perder el sosiego. Y ahora es peor, instalado en el corazón de una rutina desagradable y tonta. No tiene ningún trabajo fijo qué desempeñar y por eso mismo se le multiplican los encargos diversos, nimios, humillantes. César lo desechó desde el primer día como inepto para las tareas del campo. Entonces permanecía en la casa grande a merced de los caprichos imprevisibles e inútiles de Zoraida. Porque era inútil que sacudiera los muebles una y otra vez, que los barnizara. Jamás lograrían adquirir un aspecto menos deslucido. Y esto es todavía tolerable. Lo que no soporta es que lo pongan a cuidar a los niños. Ernesto siente una desconfianza instintiva de ellos. Los imagina solapados, astutos, sabedores de muchas más cosas de las que sus semblantes limpios dejan transparentar. Esos ojos tan agudos, tan nuevos, son implacables para descubrir los secretos vergonzosos, las debilidades ridículas de los mayores. Y Ernesto experimenta una desazón extraña al sentirse observado, sujeto a examen. En cuanto alguien le dirige una mirada crítica echa a temblar inconteniblemente y se apodera de él una violencia irracional que sólo se saciaría destruyendo al que se erige en su juez. Aún ignora cómo pudo reprimirse el primer día en que estos dos niños, señalando a Ernesto como si fuera un juguete mal hecho y divertido, se habían puesto a gritar: "bastardo, bastardo". Cierto que los niños no conocen con exactitud el significado de esta palabra. Que la estaban repitiendo mecánicamente, como los loros, porque la oyeron decir. Pero aprendieron bien el acento despectivo, la mueca de ironía que acompaña siempre a palabras como ésta.

—San tat, patrón.

En fila, con los maltratados sombreros de palma girando entre sus dedos, han ido subiendo los indios. Desde sus chozas, desde el tiempo que se les permite entregarse al descanso, vienen a saludar a César. Se aproximan a él, uno por uno, primero los ancianos, los rodeados de respeto. Y ofrecen su frente a una mano de cuyo poder debía emanar una especie de bendición. Luego van al lugar de Zoraida, pero ya únicamente por cortesía, y ante ella la ceremonia vuelve a repetirse. Después se encuclillan apoyando su espalda contra los barrotes del barandal.

César extrae de una de las bolsas de su camisa un atado de cigarros de hoja y los convida a fumar. Los indios aceptan con gesto grave como si se tratara del cumplimiento de un rito. Entre la oscuridad, cada vez más densa, brillan las puntas encendidas de los cigarros y apagan intermitentemente su brillo, igual que las luciérnagas.

—Diles que estén pedientes. Que se acerca el tiempo de rezar la novena de Nuestra Señora de la Salud. Que barran bien la ermita y que junten flores del monte para adornarla.

César repite el recado en tzeltal. Los indios escuchan seriamente, asintiendo. Cuando el patrón termina de hablar les toca su turno a ellos. Narran los incidentes del día y luego dejan un lapso de silencio para recibir la aprobación, el consejo, el reproche del amo. César sabe modular el tono y escoger las frases adecuadas. Dosifica la aprobación de modo que no parezca absoluta y el consejo pese de autoridad y el reproche inspire temor. Conoce a cada uno de sus interlocutores. Han compartido juntos muchas vicisitudes y azares y ellos están ahora probando su lealtad. Porque las épocas son difíciles para la gente de orden y el mismo gobierno azuza a los indios contra los patrones, regalándoles derechos que los indios no merecen ni son capaces de usar. La lealtad es valiosa hoy, comparándola con la traición de los otros. Porque muchos de los que César contaba como suyos (tal vez alguno de sus hijos entre ellos) se han rebelado. Exigen el salario mínimo, se niegan a dar el baldío como era la costumbre, abandonan la finca sin pedir permiso. Claro, allí estaban sonsacándolos los dueños de las monterías, extranjeros a los que no les interesa más que la prosperidad de su negocio y que enganchaban a los indios para llevárselos de peones a las madererías o de recolectores en los cafetales de la costa. Se van, los muy brutos, pensando en la ganancia sin saber que nadie vuelve vivo de aquellos climas. No son dignos de compasión, se buscan su desgracia. A los que se quedan aquí César les muestra, en cambio, una deferencia especial no muy distante de la gratitud. Aunque siga conservando su severidad y su rigor y a la hora de exigir el rendimiento de una tarea, su gesto, su voz, sean naturalmente despóticos. Lo trae en la sangre y es el ejemplo que contempla en los vecinos y en los amigos. Pero sabía ser cordial en estas conversaciones de asueto, meciéndose perezosamente en la hamaca, fatigado del esfuerzo del día, satisfecho de su cumplimiento. Entretiene a los indios, como a niños menores, con el relato de sus viajes. Las cosas que había visto en las grandes ciudades; los adelantos de una civilización que ellos no comprenden y cuyos beneficios no han disfrutado jamás. Los indios reciben estas noticias ávidamente, atentos, maravillados. Pero nada de lo que escuchan tiene para ellos una realidad más verdadera que la de una fábula. El mundo evocado en los relatos de César era hermoso, ciertamente. Pero no hubieran movido una mano para apoderarse de él. Habría sido como un sacrilegio.

Zoraida se aburre. La escena que está presenciando es la misma del día anterior y del otro y del otro. Le molestan estos rostros oscuros e iguales y el rumor del dialecto incomprensible. Desperezándose, se levanta de la mecedora y va hasta el barandal, cerca de Ernesto.

—¿Entiendes lo que están diciendo? —pregunta señalando al grupo de indios.

—No.

—Ellos son tan rudos que no son capaces de aprender a hablar español. La primera vez que vine a Chactajal quise enseñarle a hablar a la cargadora de la niña. Y ni atrás ni adelante. Nunca pudo pronunciar la *f*. Y todavía hay quienes digan que son iguales a nosotros.

Nosotros. El círculo de exclusión en que Ernesto se siente

confinado está roto. Pero su satisfacción no es completa. Habría preferido que quien lo rompiera hubiera sido César, el hombre, el Argüello.

Es ya noche cerrada. Los indios empiezan a ponerse de pie y a despedirse. Un kerem atravesó la majada llevando entre las manos un hachón de ocote encendido para prender la luminaria. Sopla el viento frío y hostil. Un batz aúlla lastimeramente en la distancia. Zoraida se estremece.

—Entremos. Estoy temblando.

En el comedor, alumbradas por la llama insegura, amarilla de las velas, dos criadas preparan la mesa: un mueble de cedro, pesado, tosco, con las patas sumergidas en pequeñas escudillas de barro llenas de agua para evitar el paso de las hormigas. Al ver entrar a la familia las criadas se apresuran a terminar y salen para servir la cena. Mientras los demás ocupan la silla que les corresponde, Zoraida inspecciona la correcta disposición de los platos y los cubiertos, cambiándolos de lugar mientras mueve desaprobatoriamente la cabeza.

—Ernesto, por favor, endereza la servilleta de Mario. Está torcida.

Las criadas entran trayendo un platoncillo donde humean los frijoles. El pumpo lleno de tortillas calientes. La jarra de café.

Zoraida reparte las raciones. Comen en silencio. Contra la tela metálica de la puerta vienen a estrellarse, desde la oscuridad de afuera, los insectos. De pronto, la puerta se abre para dar paso a un indio. Sus facciones se distinguen mal a la fluctuante claridad de las velas.

Ernesto había levantado la cuchara rebosante de caldo de frijol y esperó, para llevársela a la boca, que el indio se inclinara en la reverencia habitual. Pero el tiempo transcurre sin que el indio haga el menor movimiento de sumisión. Ernesto vuelve a depositar cuidadosamente la cuchara en su plato. Zoraida muestra a César un rostro contrariado y que exige una explicación. César habla entonces al intruso dirigiéndole una pregunta en tzeltal. Pero el indio contesta en español.

—No vine solo. Mis camaradas están esperándome en el corredor.

Zoraida se replegó sobre sí misma con violencia, como si la hubiera picado un animal ponzoñoso. ¿Qué desacato era éste? Un infeliz indio atreviéndose, primero, a entrar sin permiso hasta donde ellos están. Y luego a hablar en español. Y a decir palabras como "camarada", que ni César —con todo y haber sido educado en el extranjero— acostumbra emplear. Bebe un trago de café porque tiene la boca seca. Espera una represalia rápida y ejemplar. Pero César (¡qué extraños son los hombres, portándose siempre de un modo contrario al que se espera de ellos!) parece no tener prisa. Escucha pacientemente, espolvoreando un trozo de queso encima de los frijoles, lo que el indio continúa diciendo.

—Me escogieron a mí, Felipe Carranza Pech, para que yo fuera la voz.

—Estuviste en las fincas de Tapachula, ¿verdad? Y por poco no contás el cuento. Estás flaco, acabado de paludismo. Creí que no ibas a regresar, aunque vivieras, porque como te fuiste sin pagar la deuda de tu tata, sin pagar tu propia deuda...

—Vine a ver mi casa y mis milpas.

Zoraida va a reír con sarcasmo ante esta presuntuosa manera posesiva de referirse a cosas que no le pertenecen. Pero un gesto de César la contiene.

—Te voy a volver a recibir, con la condición de que...

Felipe no atiende las palabras del patrón. Está mirando a Ernesto. Así, no se da cuenta de que interrumpe el principio de una amonestación, cuando dice:

—Mis camaradas me mandaron para que preguntara si éste es el maestro que vino de Comitán.

Adelantándose a César, Ernesto responde:

—Soy yo. ¿Qué quieren conmigo?

—Mis camaradas me mandaron a preguntar cuándo vas a abrir la escuela.

Ernesto mira a César con unos ojos desorientados y como quien pide auxilio. César está mondando parsimoniosamente una naranja. Sin dignarse a levantar los ojos hacia el indio, interroga:

—¿Les interesa mucho el asunto?

—Sí.

—¿Por qué?

—Para que se cumpla la ley.

Pero esto no puede ser verdad. Está soñando. Es una de esas pesadillas horrorosas que le amargan las noches cuando despierta, cerniéndose de miedo, porque ha soñado que alguien le arrebata a sus hijos. Tiene que encender la luz y levantarse y correr descalza al cuarto de los niños para convencerse de que están allí y de que nada ha sucedido. Pero ahora la pesadilla se prolonga. Y es ella, Zoraida, la que está en el centro de esta conversación absurda, oyendo la voz inflexible y sin fatiga de un indio que machaca esta sola frase:

—Lo manda la ley.

César ha terminado por impacientarse y da un manotazo enérgico sobre la mesa.

—¿Cuál escuela quieren que se abra? Yo ya cumplí con mi parte trayendo al maestro. Lo demás es cosa de ustedes.

César espera una respuesta balbuciente, una humildad repentina, una proposición de tregua. Pero el semblante de Felipe no se altera. Y su acento no se ha modificado cuando dice:

—Voy a hablar con mis camaradas para que entre todos resolvamos lo que es necesario hacer.

La puerta rechina al abrirse para dar paso al indio. Ernesto se pone de pie, muy pálido, para encararse con César.

—Yo se lo advertí en Comitán. No voy a dar clases. No quiero, no sé. Y usted no puede obligarme.

César retira con disgusto la taza de café y volviéndose a Zoraida protesta:

—Está frío.

Zoraida toma la jarra para llevarla a la cocina. Cuando se quedan solos, César mira burlonamente a Ernesto y dice con una suavidad hipócrita:

—Me estás resultando de los que chillan antes de que los pisen.

Y luego, ásperamente:

—Aquí no eres tú quien va a disponer nada, sino yo. Y si yo mando que desquites tu comida dando clases, las darás.

Zoraida ha vuelto.

—No pude llegar a la cocina. Tuve miedo. Están todos amontonados en el corredor. Son muchos, César.

—Qué bueno. Ernesto se lamentaba precisamente de que tendría pocos alumnos.

Los niños corren a la puerta y aplastan su nariz contra la tela metálica. Pero cuando llegan ya en el corredor no hay nadie.

IV

Estaban sentados en el suelo, alrededor del fuego. De cuando en cuando, uno tomaba un puñado de copal y lo arrojaba a las brasas. El aire se difundía entonces ferviente y aromado.

—Esto es lo que me dijeron en la casa grande.

Felipe guardó silencio esperando la deliberación de los demás. Sobre su rostro se estrellaba el resplandor, enrojeciéndolo.

En uno de los ángulos del jacal, arrodillada en el suelo, Juana, la mujer de Felipe, escanciaba una jícara de atole agrio. Luego se puso de pie y la entregó a su marido. El hombre posó los labios en el borde de la jícara y la pasó al que estaba más próximo. Éste se sintió entonces autorizado a hablar.

—Nuestros abuelos eran constructores. Ellos hicieron Chactajal. Levantaron la ermita en el sitio en que ahora la vemos. Cimentaron las trojes. Tantearon el tamaño de los corrales. No fueron los patrones, los blancos, que sólo ordenaron la obra y la miraron concluida; fueron nuestros padres los que la hicieron.

Todos movieron la cabeza para indicar que el que había hablado había hablado bien. Y éste continuó:

—Han caído años sobre la casa y la casa sigue en pie. Tú eres testigo, tata Domingo.

El viejo asintió.

—Porque la autoridad del blanco movió la mano del indio. Porque el espíritu del blanco sostuvo el trabajo del indio.

Los demás callaron abatiendo los ojos como para no ver la choza que los amparaba. La pared de bejucos delgados, disparejos, unidos con lianas, no los defendía del frío que entraba a morderlos como un animal furioso. Y cuando el granizo apedrea el techo de paja lo rompe. Porque esto es todo lo que el indio puede hacer cuando la voluntad del blanco no lo respalda.

Desde la penumbra de su lugar alguno suspiró:

—¡Quién como ellos!

Felipe estaba riendo a carcajadas. Su mujer lo miró con espanto como si se hubiera vuelto loco.

—Me estoy acordando de lo que vi en Tapachula. Hay

blancos tan pobres que piden limosna, que caen consumidos de fiebre en las calles.

Los demás endurecieron sus ojos en la incredulidad.

—En Tapachula fue donde me dieron a leer el papel que habla. Y entendí lo que dice: que nosotros somos iguales a los blancos.

Uno se levantó con violencia.

—¿Sobre la palabra de quién lo afirma?

—Sobre la palabra del Presidente de la República.

Volvió a preguntar, vagamente atemorizado:

—¿Qué es el Presidente de la República?

Felipe contó entonces lo que había visto. Estaba en Tapachula cuando llegó Lázaro Cárdenas. Los reunieron a todos bajo el balcón principal del Cabildo. Allí habló Cárdenas para prometer que se repartirían las tierras. Alguien preguntó con timidez:

—¿Es Dios?

—Es hombre. Yo estuve cerca de él.

(Le había dado la mano. Pero eso Felipe no lo podía decir. Era su secreto.)

Los demás se apartaron de Felipe para buscar el regazo de la oscuridad.

—El Presidente de la República quiere que nosotros tengamos instrucción. Por eso mandó al maestro, por eso hay que construir la escuela.

Tata Domingo dudaba.

—El Presidente de la República quiere. ¿Tiene poder para ordenar?

Felipe declaró, orgulloso:

—Tiene más poder que los Argüellos y que todos los dueños de fincas juntos.

La mujer de Felipe se deslizó sin hacer ruido hasta la puerta. No podía seguir escuchando.

—¿Y dónde está tu Presidente?

—En México.

—¿Qué es México?

—Un lugar.

—¿Más allá de Ocosingo?

—Y más allá de Tapachula.

Los cobardes se desenmascararon.

—No demos oídos a Felipe. Nos está tendiendo una trampa.

—Si seguimos sus consejos el patrón nos azotará.

—¡Nadie necesita una escuela!

Se apiñaron en la sombra como queriendo protegerse, como queriendo huir. Porque las palabras de Felipe los acorralaban igual que los ladridos del perro pastor acorralan al novillo desmandado.

—No soy yo el que pide que se construya la escuela. Es la ley. Y hay un castigo para el que no la cumpla.

—Pero el guardián de la ley está lejos. Y el patrón aquí, vigilándonos.

—Yo me presenté hoy delante de César y le hablé en su propia lengua. Mira: nada malo me ha sucedido.

—¡Se estará acordando de para qué sirve el cepo!

—¡Estará embraveciendo a los perros para que nos persigan!

—¿Por qué tiene que caer el daño sobre todos nosotros? El patrón no sabe quiénes fuimos acompañando a Felipe.

—La patrona salió una vez y volvió a entrar.

—¿Pero cómo iba a conocernos la cara en aquella oscuridad?

El fuego casi se había extinguido. Con la punta de su dedo Felipe dibujaba signos sobre la ceniza. Sin alzar los ojos, con voz monótona, confesó:

—Yo le dije a César: éstos son mis camaradas. Y no olvidé el nombre de ninguno de los que iban conmigo. Y agregué: si alguno vuelve mañana a la casa grande es con el bocado de una falsa reconciliación. Guárdate de comerlo.

El estupor selló los labios de todos. Ahora sabían que lo que habían hecho era irrevocable, que no podían retroceder.

—Los que quieran irse, váyanse. Yo continuaré solo.

Felipe se puso de pie como invitándolos a retirarse. Uno hizo seña a tata Domingo para que intercediera.

—¿Adónde podemos ir ahora, kerem, sino adonde tú nos lleves?

—Yo no quiero llevarlos más que a nuestro bien. No hay razón para atemorizarse. Cuenten cuántos somos. Tú, tata Domingo, que tienes tres hijos mayores. Y Manuel, con sus hermanos. Y Jacinto, con la gente del Pacayal. Y Juan que se basta solo. Y tantos más, si los llamamos. César no tiene ni la ley de su parte.

—Lo que tú digas, Felipe, será nuestra ley.

—Me obedecerán en todo. Yo sé lo que es más prudente. Construiremos la escuela. Después de que cada uno cumpla con su tarea para que César no tenga nada que argüirnos, construiremos la escuela. Nosotros mismos acarrearemos el material.

—¿Quién nos dirá: esto se hace así y así?

—El que sabe.

—Tata Domingo.

—Estoy muy viejo, kerem. Hace tiempo que no hago este oficio. La memoria no me ayuda.

—¿Y tus hijos? ¿No les dejaste en herencia lo que sabías?

—Mis hijos son servidores de la casa grande. Se han enemistado conmigo.

—Déjalo, Felipe, otra vez será.

Estaban apresurándose a marcharse, contentos de haber aplazado la ejecución del proyecto. Pero Felipe los detuvo.

—Si no hay entre nosotros ninguno capaz, yo lo buscaré en otras fincas, en los pueblos. Mañana mismo iré a buscarlo. Pero antes de irme quiero que amarremos nuestra voluntad.

Fue a sacar una botella de aguardiente y dijo al destaparla:

—Los que bebamos ahora será en señal de compromiso.

Todos bebieron. El alcohol fuerte removió el frenesí en el pecho de cada uno. Y entonces quedaron ligados como con triple juramento.

Juana volvió a entrar después de que hubo salido el último. Y encontró a Felipe sentado todavía junto al rescoldo, cavilando.

Felipe no podía tener confianza en los hombres que había escogido. La primera vez que habló con ellos, a su regreso de Tapachula, los encontró inconformes, próximos a la rebeldía. Pero andaban aún, como él antes de su viaje, en tinieblas. Y no para consolar, no para mentir, les contó lo que había visto. Y una vez y otra vez tuvo que repetirlo para quebrar su desconfianza. No había que esperar la resurrección de sus dioses, que los abandonaron en la hora del infortunio, que permitieron que sus ofrendas fueran arrojadas como pasto de los animales. ¡Cuántos habían esperado y cerraron los ojos sin haberlos visto venir! No. Él había conocido a un hombre, a Cárdenas; lo había oído hablar. (Había estrechado su mano, pero éste era su secreto, su fuerza.) Y supo que Cárdenas pronunciaba justicia y que el tiempo había madurado para que la justicia se cumpliera. Volvió a Chactajal para traer la buena nueva. ¿Para qué más podía volver? Venir para encontrar la cerca de sus milpas derribada y los cerdos hozando en el lugar de la semilla y otras bestias pisoteando con sus pezuñas el tallo doblado del maíz. No. Venir porque sabía que era necesario que entre todos ellos uno se constituyera en el hermano mayor. Los antiguos tuvieron uno que los guiaba en sus peregrinaciones, que los aconsejaba entre sus sueños. Éste dejó constancia de su paso, una constancia que también les arrebataron. Y desde que los abandonó, años, años de tropezar contra la piedra. Nadie sabía cómo aplacar las potencias enemigas. Visitaban las cuevas oscuras, cargados de presentes, en las épocas calamitosas. Masticaban hojas amargas antes de decir sus oraciones y, ya desesperados, una vez escogieron al mejor de entre ellos para crucificarlo. Porque los blancos tienen así a su Dios, clavado de pies y manos para impedir que su cólera se desencadene. Pero los indios habían visto pudrirse el cuerpo martirizado que quisieron erguir contra la desgracia. Entonces se quedaron quietos y todavía más: mudos. Cuando Felipe les habló alzaron los hombros con un gesto de indiferencia. ¿Quién le dio autoridad a éste?, se decían. Otros hablan español, igual que él. Otros han ido lejos y han regresado, igual que él. Pero Felipe era el único de entre ellos que sabía leer y escribir. Porque aprendió en Tapachula, después de conocer a Cárdenas.

La mujer vino y tapó el rescoldo con una piedra grande, hasta el día siguiente. Sin hacer ruido, para no turbar el pensamiento de Felipe, fue a tenderse en un rincón. Sus ojos cerrados simulaban dormir. Pero bajo los párpados se sucedían, se atropellaban las imágenes. El baile en la ermita cuando Felipe la escogió tirándole el pañuelo colorado sobre la falda. Las tardes, cuando volvía del río, con el tzec todavía escurriendo agua y Felipe la miraba, ceñudo, sentado en un tronco del camino. Los tratos entre las dos familias. El año de prueba que había pasado cada uno sirviendo a los padres del otro. Ella se había esmerado, pues Felipe estaba bien para marido suyo. Cuando molía el maíz la masa del posol salía más fina y más sabrosa. (Secretamente mezclaba los granos de almendra que compró a los custitaleros y que trajo escondidos entre su camisa. Pero eso no lo sabían sus suegros cuando alababan su mano.) Conocía maneras de que todos los huevos de una nidada reventaran en pollos amarillos. Felipe sembró la milpa y cuidó de los animales domésticos. Y durante ese tiempo no se hablaron porque seguían escrupulosamente la costumbre del noviazgo para que las bendiciones no se apartaran de ellos. Se veían, sin cruzar palabra, en las fiestas; se encontraban por casualidad en los caminos. Pero no se detenían y era apenas la ropa la que se rozaba en el encuentro. Al cabo del año los padres se reunieron. Estaban de acuerdo en que Felipe había resultado listo y Juana capaz para el trabajo. Y consentían en hacer el casamiento. Pero discutieron mucho sobre el asunto de la dote. Al fin, la familia de Felipe se conformó con recibirla a ella llevando un torito de sobreaño, un almud de maíz, un zontle de frijol. Hizo entrega de todo esto a sus suegros. Y Felipe compró el garrafón de aguardiente para la fiesta de la boda y la obligó a ella a dejar sus arracadas de oro, su gargantilla de coral para pagar a sus padres el tiempo que había estado bajo su amparo. Entonces se fueron a vivir juntos. Y hasta muchos meses después, cuando vino el señor cura a solemnizar el rezo de la novena de Nuestra Señora de la Salud, se casaron.

Juana no tuvo hijos. Porque un brujo le había secado el vientre. Era en balde que macerara las hierbas que le aconsejaban las mujeres y que bebiera su infusión. En balde que fuera, ciertas noches del mes, a abrazarse a la ceiba de la majada. El oprobio había caído sobre ella. Pero a pesar de todo Felipe no había querido separarse. Siempre que se iba —porque era como si no tuviera raíz— ella se quedaba sentada, con las manos unidas, como si se hubiera despedido para siempre. Y Felipe volvía. Pero esta vez que volvió de Tapachula ya no era el mismo. Traía la boca llena de palabras irrespetuosas, de opiniones audaces. Ella, porque era humilde y le guardaba gratitud, pues no la repudió a la vista de todos, sino en secreto, callaba. Pero temía a este hombre que le había devuelto la costa, amargo y áspero como la sal, perturbador, inquieto como el viento. Y en lo profundo de su corazón, en ese sitio hasta donde no baja el pensamiento, ella deseaba que se marchara otra vez. Lejos. Lejos. Y que no regresara nunca.

Una ráfaga fría la hizo abrir los ojos, sobresaltada. La hoja de la puerta golpeaba aún contra el dintel. Y allí, en el centro del jacal, estaba tata Domingo, con la frente inclinada, como dispuesto a recibir las órdenes de Felipe.

V

—¡Patrona, patrona, ahí vienen los custitaleros!

La criada entró corriendo a la ermita, cubriéndose la cabeza con el delantal.

—Ya voy —contestó desganadamente Zoraida—. ¿Vienes, Ernesto? Si quieres comprar algo pide que lo apunten en nuestra cuenta.

—Vaya usted. La alcanzaré luego.

Zoraida salió a la majada. Allí se habían congregado ya las otras mujeres dejando en las trojes las mazorcas a medio desgranar; en el gallinero los pollitos piando de hambre; en la cocina los tasajos de carne salada al alcance del gato. Zoraida lo sabía, pero no les hizo ningún reproche. Ante la llegada de los custitaleros las costumbres podían quebrarse. Haciéndose pantalla con sus tocas de manta, para defenderse del reflejo demasiado vivo del sol, las mujeres fijaban sus ojos en el camino. Allí venían los custitaleros, descendiendo la última loma. Contaron hasta ocho mulas cargadas con grandes bultos envueltos en petate y palmotearon de alegría.

—¿Tenés dinero vos?

—He estado juntando todo el año.

Porque los custitaleros traían en aquellos enormes baúles forrados un caudal inagotable de objetos: calderas de latón, panzudas, relumbrosas; molinillos de asta fina y larga; peroles de cobre bien pulido. Para las muchachas, gargantillas de coral, listones anchos, varas de percal y de yerbilla, polvos de enamorar. Para los niños, confites teñidos de rojo con un grano de anís en el centro; trepatemicos peludos, maromeros nerviosos. Y machetes en cuyo filo culebrea el escalofrío; y fajas tejidas y sombreros de palma con un espejo incrustado, para los hombres.

—¿Desde dónde vendrán?

—De Ocosingo, tal vez.

—De San Carlos.

—De más allá, de Comitán.

Porque estos comerciantes (que radican en San Cristóbal, en el barrio de Custitali, del que toman el nombre) recorren todos los climas, todos los lugares de Chiapas llevando su figura pintoresca, su acento cantarín, su habla rebuscada, su utilidad de hormigas acarreadoras.

Un kerem se precipitó a abrir el portón de la majada. Los custitaleros desmontaron del anca de sus bestias antes de atravesar el umbral. Envueltos, como siempre, en sus gruesas frazadas de lana, avanzaron pisando fuerte para sacudir sus zapatos. Con una varita se quitaron las mostacillas que se les habían pegado a la ropa, antes de acercarse a ofrecer sus respetos a Zoraida. Después pidieron un lugarcito y autorización para vender su mercancía. Rezagada entró una mujer que venía montando una hermosa mula blanca. Envolvía su cabeza y velaba su rostro con una chalina transparente. Su vestido era de paño de buena calidad. Y cuando quiso bajar de la cabalgadura, uno de los custitaleros puso las dos manos entrelazadas para que le sirvieran como estribo. Ella posó allí los pies, tímida y torpemente, y luego en el suelo. Dio un paso, dos. Sus miembros carecían de flexibilidad, entumecidos por una jornada de tantas leguas. Iba tambaleándose como los ebrios. Zoraida la observaba con atención. Encontraba un aire familiar en esta mujer y con el ceño fruncido hacía esfuerzos por reconocerla. Entonces exclamó con un acento en el que se mezclaban la sorpresa, la alarma, el reproche:

—¡Matilde!

Porque era Matilde la recién llegada. Al oírse nombrar se quedó inmóvil. Como si la chalina no fuera suficiente se llevó las dos manos a la cara para cubrírsela.

Uno de los custitaleros avanzó hasta el sitio donde estaba Zoraida.

—Con su venia, patrona, vamos a hacerle entrega de la adonisa.

Y otro explicó:

—Cuando pasamos por Palo María, la niña Matilde estuvo buscando ocasión para hablarnos.

—Y nos ofreció dinero si la traíamos a Chactajal.

—Salimos a medianoche.

—Ninguno nos vio salir.

—Y por si nos seguían dijimos que íbamos con el rumbo de Las Delicias.

—Dios y su Santísima Madre son testigos de que la hemos cuidado como cosa propia.

—No venimos a rendir malas cuentas.

—¿Es verdad lo que dicen éstos, Matilde?

Matilde hizo un gesto de asentimiento. Todavía no podía hablar.

—Que ella declare si aceptamos un centavo del dinero que nos ofreció.

—Somos cristianos, patrona.

—Está bien. Ya recibirán su recompensa.

Con estas palabras cortó Zoraida la conversación. Y mientras Matilde, apoyada en su brazo, subía los escalones que van de la majada al corredor, el kerem echó a vuelo la campana de la ermita para avisar a todos que los custitaleros iban a empezar a desenvolver su mercancía. Ernestó oyó los pasos numerosos, rápidos, descalzos de la indiada encaminándose a la casa grande. Titubeó un momento antes de seguirlos.

Zoraida condujo a Matilde hasta la sala y la hizo recostarse en un estrado de madera. Una india de la servidumbre —contrariada por tener que permanecer aquí mientras las otras hacían ya sus tratos con los custitaleros— había traído una taza de té de azahar.

Zoraida pasó su mano por detrás de la cabeza de Matilde para sostenerla.

—Bebe. Quién quita y te haga provecho.

Matilde se esforzó por dar un trago.

—No. Tengo un nudo aquí. Hace días que no puedo pasar bocado.

Y dejó caer hacia atrás la cabeza, como tronchada.

La india salió presurosamente. Los ojos de Matilde la siguieron. No habló hasta que su figura hubo desaparecido.

—¿Son de fiar tus gentes, Zoraida?

—Hasta donde cabe. ¿Por qué?

—Porque si Francisca llega a saber que estoy aquí, me matará.

Zoraida no pudo menos que sonreír.

—Francisca ha de estar disgustada porque te viniste sin su autorización. Pero de eso a querer matarte...

—¡Sí, me matará, me matará!

Matilde estaba gritando con una voz aguda y desagradable. Zoraida se puso de pie.

—Estás muy nerviosa. Descansa un rato. Ya hablaremos después.

Matilde la detuvo cogiéndola bruscamente por la manga.

—No te vayas. No me dejes sola. Tengo miedo.

—¿Pero miedo de qué, criatura?

Matilde la miró atónita como si la pregunta fuera de las que no necesitan respuesta por obvias. No obstante dijo:

—Tengo miedo de Francisca.

—¿De Francisca?

—No repitas lo que yo digo como si creyeras que estoy desvariando. No estoy loca. ¡Francisca no ha logrado enloquecerme!

Zoraida volvió a sentarse junto a Matilde.

—¿Por qué pelearon?

—No es pleito. Tú sabes cómo la respetaba yo, cómo la quería.

(Pues Francisca tomó el lugar de la madre, muerta al nacer Matilde. Y desde ese día se acabaron las fiestas y las diversiones, se acabó el noviazgo con Jaime Rovelo. Francisca se dedicó a cuidar a Matilde. La velaba noches enteras cuando estaba enferma. Le compraba los juguetes más caros, los vestidos más bonitos. Ella misma le enseñó a leer porque en Palo María no había otro que lo hiciera. Se habían ido a vivir durante años a la finca. A trabajar, a hacerse ricas para que Matilde pudiera comprar todo lo que le viniera en gana. Para que pudiera llevar una buena dote a su matrimonio. Pero sucedió que Matilde era un alma de cántaro que se conformaba con cualquier cosa y que no se desprendía de las faldas de su hermana. Cuando ya estaba en edad de merecer dijo que no quería casarse, que quería vivir siempre con Francisca. Y así vivieron juntas y en paz. Hasta que Romelia, separada de su marido, regresó a la casa. A ponerse como una mampara entre las dos. Las aturdía con su incesante parloteo no interrumpido ni por las horribles jaquecas que padecía. Francisca la toleraba, era condescendiente con esa mujer a quien la edad no había hecho más formal ni menos voluble y frívola. Pero cuando empezó a hablarse de agrarismo y de las nuevas leyes y los indios reclamaron airadamente sus derechos, Francisca pensó en alejar a sus hermanas. Romelia aceptó de inmediato el proyecto de ir a México y, para que su viaje no pareciera una fuga, se quejó con más insistencia que nunca de sus malestares e insistió en la necesidad de consultar con los especialistas de la capital. Matilde se negó a acompañarla. ¿Cómo abandonar a Francisca en un momento que podía ser peligroso? Y ahora, apenas unas semanas después, Matilde estaba huyendo de Francisca como de su peor enemigo.)

—Estas desavenencias son pasajeras. Se reconciliarán. Yo voy a recomendarle a César que medie entre ustedes.

Matilde negó apasionadamente.

—Si te pesa haberme recibido, me voy. No faltará un alma caritativa que me recoja. Pero volver a Palo María, nunca. Óyelo bien, ¡nunca!

(Era la primera vez que Matilde hablaba de este modo. Siempre había sido apocada, sumisa, dócil. Y ahora se erguía como un gallo de pelea contra Francisca. ¿Por qué? En asuntos de intereses nunca tuvieron dificultades. Un hombre... no, no era posible. Francisca —después de la ruptura con Jaime— había rechazado a todos los pretendientes que se le presentaron. Decía, con esa franqueza suya que no perdonaba ni sus propios defectos, que a ella no podían buscarla más que pensando en el dinero, pues nunca había sido bonita y ahora, además, estaba vieja. Y a Matilde nunca se le había conocido novio. Si se había enamorado por primera vez y si Francisca se opuso a sus relaciones...)

—En Palo María ya no se puede vivir. Los indios están muy alzados.

—Pues saliste de las brasas para caer en el fuego.

—Pero aquí está César que es hombre.

—Francisca no es ninguna no nos dejes. Es de las de zalea y machete.

Los labios de Matilde se plegaron en un gesto de amarga burla.

—De zalea y machete. ¿Sabes lo que hizo? Levantó el cepo en medio de la majada. Y a punta de chicotazos metía allí a los indios y los dejaba a sol y sereno. Los que no aguantaban se morían. Pero no así nomás. Antes de que murieran Francisca los cogía y...

—¿Qué?

Ante la morbosa expectación de Zoraida, Matilde volvió el rostro ruborizada hacia la pared.

—Nada. Me da vergüenza decirlo.

Zoraida se puso en pie, defraudada.

—¡Pero esa mujer perdió el sentido! Hacer eso ahora, que la situación está tan difícil.

—Los indios llegaron a la casa grande a amenazarnos. ¿Crees que Francisca se asustó? Les dijo que si no estaban conformes con su trato que se fueran.

—Qué fácil. ¿Y de qué van a vivir ustedes si los indios dejan Palo María?

—A Francisca no le importa. No volvió a salir a campear, despidió a todos los vaqueros. Desde el corredor de la casa grande veíamos la zopilotada bajando a comer las reses que se morían de gusanera, los becerritos recién nacidos cayendo de enfermedad porque no había quien los vacunara.

—Pero criaturas, ¿adónde van a ir a parar?

—Francisca ya no salía de la casa. Dispuso que había que tapizar de negro todos los cuartos. Después ella misma clavó las tablas para hacer un ataúd. ¡Lo pintó de negro! Lo puso en el lugar donde antes tenía su cama. Y allí se acuesta. Pero no duerme. Yo lo he visto. No puede dormir.

(Aquellas interminables noches en vela. Matilde encerrada con llave, pendiente del más leve rumor, temblando hasta con el vuelo de los murciélagos, con el chirriar de la madera. Y Francisca paseándose en los corredores tapada con un chal negro. De pronto ese grito de terror. La persecución en el patio, entre el ladrido furioso de los perros y el relinchar espantado de los caballos. Al amanecer habían salido, las criadas, Matilde, a buscar a Francisca. La encontraron como muerta en el fondo de un barranco. Golpeada por las piedras, lastimada por las espinas. Cuando volvió en sí dijo que había tenido una visión. Entre los indios se corrió la voz de que la había arrastrado el dzulum. Y que si no se la llevó fue porque hizo el pacto de servirle y de obedecerle.)

—Lo del dzulum es puro cuento.

—Pregúntale a Francisca. Dice que lo vio, que hablaron.

—Son mañas para que los indios le tengan miedo.

—Los indios llegan a consultar con ella. Y al que le dice: tal cosa va a suceder, sucede.

(Había un tal Emilio Jatón. Le dijo: no vas a llegar sano a tu casa. Y en el camino le agarró una gran congoja y como mal de corazón y cayó desvanecido. Entre cuatro lo llevaron cargado a su jacal. Allí se estuvo semanas, tendido en un petate, agonizando. Hasta que le mandó un bocado a la patrona y le rogó que viniera a curarlo. Entonces Francisca preparó un bebedizo y se lo dio a tomar. El indio se alivió como con la mano. Y ahora estaba sirviendo de semanero en la casa grande.)

—¡San Caralampio bendito!

—Le supliqué, de rodillas le supliqué a Francisca que nos

fuéramos a Comitán. Tenemos dinero ahorrado, podemos comprar una casa, una tienda. Pero Francisca me contestó que si volvía yo a decir algo semejante me iba a hacer daño a mí también.

(Francisca tenía los ojos vidriosos al proferir estas amenazas. Y desde entonces miraba a Matilde con recelo y la ahuyentaba para recitar a solas conjuros y maldiciones.)

—¡Qué templada fuiste de aguantarte! Cuando se lo digas a César te va a regañar por no haberte venido desde el primer momento.

—¿Cómo iba yo a venir? No es mi casa.

—Tienes más derecho a estar aquí que yo.

Zoraida lo dijo y le dolía que fuera verdad. Esta casa perteneció a los abuelos de Matilde. No era ni una advenediza ni una extraña. Mientras que ella...

Dijo para disimular su despecho:

—Ven conmigo. Vamos a ver que te preparen tu cuarto.

Al abrir la puerta apareció en el vano la figura de Ernesto. No se turbó de que lo encontraran allí. Soportó la mirada inquisitiva de Zoraida sin inmutarse, como si no lo hubiera sorprendido escuchando. Qué hipócrita. Bastardo tenía que ser.

VI

Es muy triste ser huérfana. ¡Cuántas veces se lo dijeron a Matilde acariciando su cabeza como con lástima! Esta niña se va a criar a la buena de Dios, igual que el zacate. Porque Francisca, la segunda madre, es muy joven todavía, se casará. Y la criatura vendrá a ser como un estorbo. ¿Y si Francisca no se casa? Peor. En esta familia no habrá un respeto de hombre.

Matilde se iba, cabizbaja, con una palabra zumbando a su alrededor. Huérfana. Las visitas eran malas. Le decían eso porque creían que estaba sola, que no tenía a nadie. Sabían que el único retrato de su madre —el que estaba en la sala— estaba colgado tan alto que ella, Matilde, no alcanzaba a mirarlo ni aun subiéndose a una silla. Y que desde abajo el vidrio quebraba la dirección de la luz en un reflejo que hacía borrosa, irreconocible, la imagen. Pero ella tenía un secreto, su refugio. Lo descubrió un día, por casualidad, en el cuarto de los trebejos. Había un armario grande. Y adentro, meciéndose en sus ganchos, albergando bolas de naftalina para preservarse de la polilla, estaban los vestidos que pertenecieron a su madre. Matilde buscaba aquel lugar cuando estaba triste. Cuando Francisca la regañaba por haber hecho alguna travesura. Cuando llegaban visitas a pronosticarle desgracias. Iba, abría el armario, se metía, se encerraba. Y se estaba allí horas y horas, mientras los demás la llamaban a gritos, la buscaban en la huerta, en la cocina, en los corrales. Y se estaba allí horas y horas respirando aquel olor a desinfectante, bien guardada contra las amenazas de fuera, bien protegida por aquel regazo oscuro. Se quedaba dormida, hecha un ovillo en un rincón, fatigada de haber llorado tanto. Una vez la despertó una mano puesta sobre su hombro. Era Francisca. Sin pronunciar una palabra tomó a Matilde entre sus brazos, besó sus párpados húmedos todavía. Pero esa misma tarde ordenó que vaciaran el armario y dio regalada la ropa a los pobres.

—Niña Matilde, necesito una tapa de panela.

Sobresaltada, Matilde desató el llavero que llevaba prendido a su cinturón —y que Zoraida le confió el día de su arribo a Chactajal porque ella estaba muy ocupada con los preparativos de la novena— y fue a la despensa. Pues Matilde se había hecho cargo del manejo de la casa. Disponía lo que iba a hacerse para comer, daba los víveres a la cocinera. Estaba pendiente del aseo de las habitaciones. Y ella misma se encargó de remendar la ropa.

¡Cómo se reiría Francisca si la viera! Porque Matilde siempre fue perezosa. Le gustaba acostarse en la hamaca el día entero y estarse allí, pensando. (Era siempre en una fiesta. Matilde estaba sentada bajo una lámpara de cristal. El ruedo de su vestido se derramaba a su alrededor y ella tenía una copa en la mano. Había música. Una orquesta tocaba un vals y las parejas bailaban. Matilde tenía los ojos bajos, por modestia. Alguien la había elegido desde lejos y venía a invitarla a bailar. Ella veía primero sus pies, calzados de charol. Y luego el traje de casimir fino y la camisa blanca y el nudo de la corbata bien hecho. Y cuando iba a verle el rostro, un grito, el aletear de los gavilanes rondando el gallinero, una puerta cerrada por un golpe de viento, algo, la despertaba. El rostro de ese hombre —el que iba a llegar, al que estaba destinada— se le ocultó siempre como se le había ocultado el rostro de su madre.) Pero aquí en Chactajal era distinto. Estaba en casa ajena y tenía que agradar. Agrado quita camisa, dicen las personas prudentes. Por eso Matilde se afanaba en cumplir bien las obligaciones que se había impuesto. Porque temía que la malmiraran por estar recibiendo un favor sin merecerlo. Al principio tuvo la esperanza de que Francisca —asustada al verla partir— volvería en su juicio y vendría a buscarla. Adivinaba en la lejanía del camino la figura de la hermana mayor, su sombrilla de seda oscura. Pero Francisca aceptó la separación sin una palabra de protesta, sin hacer la menor tentativa por averiguar el paradero de Matilde. Cuando quedó sola se encerró en los cuartos tapizados de negro de Palo María, negándose a ver y a hablar a nadie, excepto a los indios que reconocían sus poderes y que acudían a ella en solicitud de consejo. Los viajeros a los que no dio hospedaje fueron los que hicieron correr —de finca en finca, y en Comitán y hasta en San Cristóbal, donde Francisca tenía parientes— su fama de bruja.

—Pobre niña Matilde, venir a parar en salera después de ser patrona.

Matilde sonrió resignadamente. De estos cambios de la fortuna, de estas traiciones súbitas e inexplicables está vestido el mundo. Una criada platicando con ella como con su igual, sintiendo una compasión que Matilde aún tenía que agradecer. Porque jamás estuvo tan desamparada y tan sola.

—El muerto y el arrimado a los tres días apestan, niña Matilde.

Sí, era verdad. Matilde se sentaba en la orilla del estrado, presta a huir, a correr, a la menor insinuación de que su presencia sobraba en esta casa. Pero ¿adónde iría? Y entonces no se le alcanzó más que tratar de ocultar su presencia para no dar molestias a los demás. La hora de comer —que era cuando todos se reunían— significaba para ella una tortura. Con el pretexto de vigilar el servicio no se sentaba a la mesa. Las primeras veces su conducta les pareció extravagante y la instaban a que los acompañara. Pero luego fue volviéndose natural el hecho de que Matilde comiera después en la cocina, con la servidumbre. Y aun allí los bocados se le atragantaban, no podía bajarlos. Desalentada, retiraba su plato.

—¿Para qué se va usted a resmoler de balde, niña Matilde? Mejor pídale usted a don César que le dé una soplada y así se averigua su voluntad.

Matilde siguió el consejo. Y una tarde, cuando estaban todos sesteando en el corredor, se acercó a ellos. Llevaba un frasco de aguardiente en la mano.

—César, como eres el hombre de la casa y el principal, vine a pedirte un favor.

—¿Sí?

—Estoy azarada de estar aquí. Y es necesario que me soples para que se me bajen los colores y yo quede en paz.

César respondió gravemente que no pusiera nada en su corazón. Tomó la botella que le ofrecía Matilde, la destapó y se llenó la boca con un sorbo de aquel trago fuerte. Matilde cerró los ojos al recibir, en plena cara, la rociadura. El alcohol le ardía en los párpados. Pero había borrado su vergüenza, la reconciliaba con los dueños de la casa, cuya voluntad ya le era conocida. Podía sosegar. Esa tarde estuvo con sus primos. Fueron juntos a bañarse al río. Cuando regresaron se sentaron en la majada, a cantar, porque Ernesto sabía tocar la guitarra y tenía buena voz.

De una cajita de cedro que trajo consigo de Palo María, Matilde sacó un manojo de hierbas. Las ocultó bajo el delantal y fue a la recámara de Ernesto. Arreglarla era una tarea que no encomendaba a las criadas. Son tan torpes. Dejan el polvo entre las junturas de los ladrillos, revuelven los papeles, se olvidan de cambiar el agua de los floreros. Matilde recogió las sábanas que habían estado asoleándose en el pretil de la ventana y las sacudió enérgicamente antes de estirarlas sobre el colchón. Después tendió las cobijas y, bajo la almohada, metió el manojo de hierbas que había traído.

—¿Por qué inventó usted esa mentira?

—¡Ernesto!

Matilde estaba roja de sorpresa. Su acento se elevó apenas por encima del timbre habitual. Quería expresar dignidad ofendida, severo orgullo. Pero no había tenido tiempo de apartar la mano de la almohada y estaba temblando como si la hubieran sorprendido en una falta.

—¿Qué mentira?

—Que usted vino a Chactajal huyendo de su hermana. Usted no vino huyendo de nadie. Usted vino buscándome a mí.

Sí, ahora estaba segura. Ernesto la había visto colocar las hierbas bajo la almohada. Con la fuerza que da la desesperación, Matilde se atrevió a replicar:

—¿Con qué derecho viene usted a insultarme? Yo no le he dado ninguna confianza, yo...

—¡No me hables en ese tono, Matilde!

—Ah, además me está tuteando.

—¿Y por qué no?

Matilde golpeó el suelo con el pie, colérica.

—No somos iguales.

—¿Cuál es la diferencia? Tú estás aquí de arrimada lo mismo que yo.

—Estoy en la desgracia, es cierto. Pero hay cosas que ninguna desgracia me puede arrebatar.

—¿Qué cosas?

—Soy... ¡soy Argüello!

—Yo también.

—¡Pero mal habido!

Respondió instintivamente, sin pensarlo, sin intención de ofender. Y ahora Matilde callaba, horrorizada de haber sido capaz de pronunciar esas palabras. Pero ella no tenía la culpa, de veras. Ernesto la había obligado. ¿En qué forma había ella provocado a Ernesto para que viniera a sacudirla con esa violencia, con esa brutalidad, con ese odio?

—Nací marcado. No tengo delito, pero nací marcado. El señor cura no quería admitirme en su escuela, porque era yo hijo de un mal pensamiento. Mi madre tuvo que humillarse para que el señor cura consintiera en recibirme. Pero no me permitía sentarme con los demás. En un rincón, aparte. Porque las señoras protestaban de que sus hijos estuvieran revueltos con un cualquiera. Yo era más listo que ellos, yo me sacaba las primeras calificaciones, pero a fin de año el premio no era para mí. Era para otro, para el hijo de don Jaime Rovelo. Porque yo soy un bastardo. ¿No has oído cómo lo gritan los niños? ¡Bastardo! ¡Bastardo!

Matilde estaba conmovida. Suavemente replicó:

—Déjame ir, Ernesto.

—¿No te divierte lo que te estoy contando?

—No.

—Entonces es verdad.

—¿Qué?

—Que me quieres.

Matilde se echó a llorar y Ernesto la atrajo hasta su pecho. Las lágrimas le empapaban la camisa, calientes, abundantes.

—Sí, es verdad. No podía yo estar equivocado. Lo noté desde la primera vez, por la manera como me miraste.

Matilde se desprendió con lentitud del abrazo de Ernesto.

—Estás desvariando. Déjame ir.

—¿Por qué?

Matilde se aproximó a la ventana y, como quien se desnuda, gritó:

—¿No te das cuenta? Mírame, mírame bien. Estas arrugas. Soy vieja, Ernesto. Podría ser tu madre.

Se retiró para defenderse de la luz y, acezante, con la espalda pegada a la pared, como un animal acosado, esperó. Ernesto no comprendía el dolor de estas palabras, el desgarramiento de esta confesión. Veía sólo la resistencia opuesta a su voluntad. Veía que esta mujer escapaba de su dominio, que no había podido subyugarla, que había fracasado.

—¡No digas el nombre de mi madre! ¡No te atrevas a compararte con ella!

El rostro de Matilde estaba rígido, bañado de una absoluta lividez. La obstinación de su silencio enardeció aún más a Ernesto.

—¿Te crees mejor que ella, más honrada? ¿Por qué? ¿Porque preferiste secarte en tu soltería que sacrificarte por un hijo? Ella se ha sacrificado por mí. Y yo no me afrento de que sea mi madre. No me afrento de que nos vean juntos en la calle, aunque vaya mal vestida y descalza. Y aunque esté ciega.

Ernesto se dejó caer en una silla. Con su pañuelo se limpió el sudor que le corría por las sienes. ¿Se estaba volviendo loco? ¿Por qué se había dejado llevar así? ¿Qué necesidad tenía esta mujer de presenciar el conflicto que lo torturaba desde que nació? Para que saliera después a contarlo con los demás y entre todos se burlaran de él. Alzó los ojos brillantes de rencor. Matilde se había vuelto de espaldas para no verlo. Dijo:

—Debajo de la almohada hay un manojo de hierbas. Son para dormir bien, para tener buenos sueños.

Empezó a caminar hacia la puerta pero Ernesto se puso en pie de un salto y la alcanzó.

—Usted las puso allí. ¿Por qué?

Matilde esquivó su mirada.

—Porque no quiero que sufras.

Los labios de Ernesto se posaron en su mejilla y fueron

borrando las arrugas, una por una. Volvió a ser joven como antes. Como cuando se sentaba bajo la lámpara de cristal, sosteniendo una copa entre su mano. Amortiguados por la música de la orquesta se acercaban los pasos. Miró primero los zapatos. Eran viejos. Los pantalones, remendados; el cuello de la camisa abierta, sin corbata. Y por fin el rostro, el rostro de Ernesto. Su mano soltó la copa que fue a estrellarse contra el suelo.

VII

"Para la construcción elegimos un lugar, en lo alto de una colina. Bendito porque asiste al nacimiento del sol. Bendito porque lo rigen constelaciones favorables. Bendito porque en su entraña removida hallamos la raíz de una ceiba.

"Cavamos, herimos a nuestra madre, la tierra. Y para aplacar su boca que gemía, derramamos la sangre de un animal sacrificado: el gallo de fuertes espolones que goteaba por la herida del cuello.

"Habíamos dicho: será la obra de todos. He aquí nuestra obra, levantada con el don de cada uno. Aquí las mujeres vinieron a mostrar la forma de su amor, que es soterrado como los cimientos. Aquí los hombres trajeron la medida de su fuerza que es como el pilar que sostiene y como el dintel de piedra y como el muro ante el que retrocede la embestida del viento. Aquí los ancianos se descargaron de su ciencia, invisible como el espacio consagrado por la bóveda, verdadero como la bóveda misma.

"Ésta es nuestra casa. Aquí la memoria que perdimos vendrá a ser como la doncella rescatada a la turbulencia de los ríos. Y se sentará entre nosotros para adoctrinarnos. Y la escucharemos con reverencia. Y nuestros rostros resplandecerán como cuando da en ellos el alba."

De esta manera Felipe escribió, para los que vendrían, la construcción de la escuela.

VIII

El día de Nuestra Señora de la Salud amaneció nublado. Desde el amanecer se escuchaba el tañido de la campana de la ermita, y sus puertas se abrieron de par en par. Entraban los indios trayendo las ofrendas: manojos de flores silvestres, medidas de copal, diezmos de las cosechas. Todo venía a ser depositado a los pies de la Virgen, casi invisible entre los anchos y numerosos pliegues de su vestido bordado con perlas falsas que resplandecían a la luz de los cirios. El ir y venir de los pies descalzos marchitaban la juncia esparcida en el suelo y cuyo aroma, cada vez más débil, ascendía confundido con el sudor de la multitud, con el agrio olor a leche de los recién nacidos y las emanaciones del aguardiente que se pegaba a los objetos, a las personas, al aire mismo. Otras imágenes de santos, envueltos a la manera de las momias, en metros y metros de yerbilla, se reclinaban contra la pared o se posaban en el suelo, mostrando una cabeza desproporcionadamente pequeña, la única parte de su cuerpo que los trapos no cubrían.

Las mujeres, enroscadas en la tierra, mecían a la criatura chillona y sofocada bajo el rebozo, e iniciaban, en voz alta y acezante, un monólogo que, al dirigirse a las imágenes que la tela maniataba y reducía a la impotencia, adquiría inflexiones ásperas como de reprensión, como de reproche ante el criado torpe, como de vencedor ante el vencido. Y luego las mujeres volvían el rostro humilde ante el nicho que aprisionaba la belleza de Nuestra Señora de la Salud. Las suplicantes desnudaban su miseria, sus sufrimientos, ante aquellos ojos esmaltados, inmóviles. Y su voz era entonces la del perro apaleado, la de la res separada brutalmente de su cría. A gritos solicitaban ayuda. En su dialecto, frecuentemente entreverado de palabras españolas, se quejaban del hambre, de la enfermedad, de las asechanzas armadas por los brujos. Hasta que, poco a poco, la voz iba siendo vencida por la fatiga, iba disminuyendo hasta convertirse en un murmullo ronco de agua que se abre paso entre las piedras. Y se hubiera creído que eran sollozos los espasmos repentinos que sacudían el pecho de aquellas mujeres si sus pupilas, tercamente fijas en el altar, no estuvieran veladas por una seca opacidad mineral.

Los hombres entraban tambaleándose en la ermita y se arrodillaban al lado de sus mujeres. Con los brazos extendidos en cruz, conservaban un equilibrio que su embriaguez hacia casi imposible y balbucían una oración confusa de lengua hinchada y palabras enemistadas entre sí. Lloraban estrepitosamente golpeándose la cabeza con los puños y después, agotados, vacíos como si se hubieran ido en una hemorragia, se derrumbaban en la inconsciencia. Roncando, proferían amenazas entre sueños. Entonces las mujeres se inclinaban hasta ellos y, con la punta del rebozo, limpiaban el sudor que empapaba las sienes de los hombres y el viscoso hilillo de baba que escurría de las comisuras de su boca. Permanecían quietas, horas y horas, mirándolos dormir.

No había testigo para estas ceremonias hechas a espaldas de la gente de la casa grande. Los patrones se hacían los desentendidos para no autorizar con su presencia un culto que el señor cura había condenado como idolátrico. Durante muchos años estos desahogos de los indios estuvieron prohibidos. Pero ahora que las relaciones entre César y los partidarios de Felipe eran tan hostiles, César no quiso empeorarlas imponiendo su voluntad en un asunto que, en lo íntimo, le era indiferente y que para los indios significaba la práctica de una costumbre inmemorial. Pero en la noche, que era cuando César asistía al rezo del último día de la novena, acompañado de toda la familia, ya no debería haber ni una huella de los acontecimientos diurnos. Las imágenes envueltas en yerbilla serían guardadas de nuevo en el lugar oculto que era su morada durante todo el año. La juncia pisoteada se renovaría por cargas de juncia fresca. Y los cirios consumidos serían remplazados por otros cirios de llama nueva, de pabilo intacto. Pero ahora, en el recinto de la ermita, los indios, momentáneamente libres de la tutela del amo, alzaban su oración bárbara, cumplían un rito ingenuo, mermada herencia de la paganía. Torpe gesto de alianza, de súplica, petición de tregua hecha por la criatura atemorizada ante la potencia invisible que lo envuelve todo como una red.

Zoraida se paseaba, impaciente, por el corredor de la casa grande. De pronto se detuvo encarándose con César.

—¿Esos indios van a estar aullando como batzes todo el santo día?

César tardó, deliberadamente, unos minutos antes de desviar los ojos de la página del periódico que estaba leyendo por enésima vez. Respondió:

—Es la costumbre.

—No. ¿Ya no te acuerdas? Los otros años se iban al monte, donde no los oyéramos, lejos. Pero ahora ya no nos respetan. Y tú tan tranquilo.

—Conozco el sebo de mi ganado, Zoraida.

—No se atreverían a hacer esto si Felipe no estuviera soliviantándolos.

César suspiró como quien se resigna y dobló el periódico. El tono de Zoraida exigía más atención que la vaga y marginal que estaba concediéndole. Como para explicarle a un niño, y a un niño tonto, César contestó:

—No podemos hacer nada. Estas cosas son, ¿cómo diré?, detalles. Te molestan. Pero si los acusas ante la autoridad no encontrarían delito.

Zoraida enarcó las cejas en un gesto de sorpresa exagerada.

—¡Ah, habías pensado recurrir a la autoridad!

Y luego, sarcástica:

—Es la primera vez. Antes arreglabas tus asuntos tú solo.

César azotó el periódico contra el suelo, irritado.

—Tú lo has dicho: antes. Pero, ¿no estás viendo cómo ha cambiado la situación? Si los indios se atreven a provocarnos es porque están dispuestos a todo. Quieren un pretexto para echársenos encima. Y yo no se los voy a dar.

Zoraida sonrió desdeñosamente. La intención de esta sonrisa no pasó inadvertida para César.

—No me importa lo que opines. Yo sé lo que debo hacer. Y deja ya de moverte que me pones nervioso.

Zoraida se detuvo, roja de humillación. César nunca se había permitido hablarle así. Y menos delante de los extraños. Su orgullo quería protestar, reivindicarse. Pero ya no se sentía segura de su poder delante de este hombre, y el miedo a ponerse en ridículo la enmudeció.

Matilde había asistido, con una creciente incomodidad, a la escena entre sus primos. Sin musitar siquiera una disculpa se puso en pie para marcharse. Ernesto la miró ir y casi dio un paso para seguirla. Pero la frialdad de Matilde lo paralizó. Ella no quería hablar con él. Había estado esquivándolo desde hacía días. Desde aquel día.

—¿Qué piensas, Ernesto?

La pregunta de César lo volvió bruscamente a la realidad. Alzó los hombros en un ambiguo ademán. Pero César no se conformó con esta respuesta y añadió:

—Yo digo que hay que ser prudentes. Sólo a una mujer se le ocurre meterse de gato bravo.

Zoraida fue hasta la silla que había desocupado Matilde

y se sentó. Se arrugaría su vestido nuevo. Y esta certidumbre le produjo una amarga satisfacción.

—Los prudentes parecen más bien miedosos.

Ernesto lo dijo con malevolencia. Pero César apenas se irguió un poco para preguntar.

—¿No saben las últimas novedades?

Y luego, como los otros callaban:

—Claro, encerrados aquí no pueden enterarse. Pero yo lo he visto cuando voy a campear. Los indios levantaron un jacal en la loma de los Horcones.

—¿Para la escuela?

—¿Y con qué permiso?

Eran Ernesto y Zoraida, arrebatándose el turno para hablar. A César le gustó el efecto que había producido con sus palabras y entonces volvió a reclinarse en la hamaca. Suavemente dijo:

—Se acabaron las vacaciones, Ernesto.

—Pero yo le advertí desde Comitán...

—Comitán... ¿Quieres regresar?

Salir de aquí. Eso era lo que deseaba Ernesto. Pero no quería responder para que se burlaran de su ansia de fuga, de su cobardía.

—Puedes regresar si quieres. Lo harás habiéndote valido de la ocasión. Y dime, ¿lo que te estoy pidiendo es un sacrificio? Además de que no olvidaré tu recompensa. ¡Palabra de Argüello!

César le había hablado con un tono de voz casi afectuoso. Pero ya no volvería a dejarse engañar. Declaró, contento de poder mostrar en alguna forma su generosidad y su desdén:

—Si me quedo no es por la recompensa. Sino porque yo sí tengo palabra.

Y se alejó de allí pisando con fuerza, lamentando que Matilde no hubiera visto lo valiente de su actitud.

A César no le quedó más que el comentario mordaz.

—¡Pobre neurasténico!

Zoraida no quiso asentir, no quiso solidarizarse con su marido. Se mantuvo seria, distante. César recogió el periódico que había dejado caer al suelo y reanudó la lectura. Zoraida entonces comenzó a remolinearse, a mover la mecedora rechinante, a suspirar ostentosamente. Estos pequeños ruidos, y la intención con que se producían, crispaban los nervios de César que simulaba una concentración en la lectura que estaba muy lejos de experimentar. Zoraida lo sabía y se alegró cuando tuvo un motivo válido para interrumpirlo.

—Parece que vamos a tener visita.

César volvió su rostro hacia el camino. Un jinete avanzaba con rapidez, desapareciendo y volviendo a aparecer según iban las subidas y bajadas del lomerío. Sin desmontar abrió el portón de la majada y desde lejos saludó:

—Buenos días, señores.

César y Zoraida se pusieron de pie para recibirlo.

—Adelante. Está usted en su casa.

—Quisiera desensillar mi bestia. ¿Dónde está la caballeriza?

—No faltaba más que se molestara. De eso se encargará el kerem. ¡Kerem! ¡Kerem!

El grito de César se extinguió sin que nadie respondiera al llamado. Zoraida abatió los párpados para ocultar su vergüenza. Pero César salió del paso afectando buen humor y deshaciéndose en explicaciones.

—Como ahora es día de fiesta... Me olvidaba que los semaneros están libres... Puede usted amarrar su caballo en aquel tronco. Y la montura queda bien aquí, sobre el barandal.

El recién venido subió los escalones. Estrechó la mano de César y saludó a Zoraida con un leve movimiento de cabeza.

—¿No habrá un refresco que podamos ofrecer al señor, Zoraida? Un vaso de... ¿de qué prefiere usted? Ya sabe de lo que se dispone en los ranchos.

Quería humillarla también delante de este hombre haciéndola ir a la cocina a preparar el refresco. Porque de sobra sabía que las criadas estaban en la fiesta. Zoraida apretó los labios, resentida y, sin embargo, dispuesta a obedecer. Pero el recién venido salvó la situación al rehusar.

—Muchas gracias. Acabo de pasar por el arroyo y bebí mi posol.

Zoraida, en una efusión de simpatía por el desconocido, le ofreció la mecedora en que había estado sentada. Pero el huésped tampoco quiso aceptar. Apoyado en el barandal, con las manos metidas en las bolsas del pantalón, preguntó:

—¿No me reconoce usted, don César?

César lo miró atentamente. Aquel rostro moreno, aquellas cejas pobladas no le despertaban ningún recuerdo.

—Soy Gonzalo Utrilla, el hijo de la difunta Gregoria.

—¿Tú? Pero cómo no me lo habías dicho. Mira Zoraida, es mi ahijado.

Gonzalo midió a César con una mirada irónica.

—Cuando te dejé eras tamañito, así. Y ahora eres un hombre hecho y derecho.

—Gracias a sus cuidados, padrino.

César decidió ignorar la ironía de esta frase. Pero su acento era mucho más cauteloso cuando dijo:

—Tú saliste de Comitán desde hace mucho tiempo, ¿verdad?

—Me fui a rodar tierras, como dicen ustedes.

—¿Y todavía no te has establecido?

Gonzalo creyó adivinar un matiz de reticencia como de quien teme una petición de ayuda. Se apresuró a aclarar, arrogantemente:

—Trabajo en el gobierno.

César asumió la actitud paternal y desde su altura reprochó:

—¿En el gobierno? ¿No te da vergüenza?

Pero inmediatamente, arrepentido de su falta de tacto:

—Bueno, yo ya estoy chocheando. Claro que no tienes de qué avergonzarte. En el gobierno están las personas aptas y capaces. Pero en mis tiempos, servir al gobierno era un desprestigio. Equivalía a... a ser un ladrón.

—Por fortuna ya no son sus tiempos, don César. Suponiendo que las cosas no hubieran cambiado. El gobierno me da de comer. En cambio, de los ricos nunca he merecido nada.

No hay enemigo pequeño, pensaba César. ¡Si hubiera sido más amable con este Gonzalo cuando no era más que un indizuelo! Llegaba de visita los domingos y se sentaba, horas y horas, en la grada del zaguán, esperando que César se dignara salir. Era por interés, no por afecto, naturalmente. Porque la costumbre es que los padrinos den gasto a sus ahijados los días de fiesta. Pero cuántas veces, y ahora se arrepentía, César en vez de ir a saludar personalmente al muchachito y poner en su mano algunas monedas, mandaba a la criada para entregarle un regalo, mal escogido y sin ningún valor. Pero cuando el regalo fue una tapa de panela, Gonzalo se negó a recibirla y no volvió nunca. Hasta ahora.

—¿En qué consiste tu trabajo?

—Soy inspector agrario.

—Y ¿vienes a Chactajal... oficialmente?

—Estoy haciendo el recorrido reglamentario por toda la zona fría. He encontrado muchas irregularidades en la situación de los indios. Los patrones siguen abusando de su ignorancia. Pero ahora ya no están indefensos.

—¿Y qué sucede cuando encuentras esas irregularidades?

—Eso lo verá usted, padrino.

—Espero que no. Mis asuntos están en orden.

—Ojalá.

Gonzalo dejaba caer sus palabras, precisas, cortantes como quien deja caer un hachazo. Decepcionado al no poder entablar una conversación amistosa, César no tuvo más remedio que ceder.

—No te ha de sobrar el tiempo. Si podemos ayudarte en algo... ¿Qué tienes que hacer?

—Hablar con los indios.

—Tuviste suerte de llegar hoy. Los vas a encontrar a todos reunidos en la ermita. Como te decía, a propósito del kerem, hoy es día de fiesta. Día de la santa patrona de Chactajal. Realmente tuviste suerte.

—No fue suerte, don César. Fue cálculo.

Gonzalo comenzó a bajar los escalones. César lo alcanzó para preguntar:

—¿Te quedarás a comer con nosotros?

—No. Sigo hasta Palo María.

Y como César insistiera en caminar a su lado, le dijo casi perentoriamente:

—Le agradeceré que no me acompañe, padrino. Quiero hablar a los indios con entera libertad.

César permaneció con la espalda vuelta a la casa grande hasta que la figura de Gonzalo desapareció confundida entre la gran multitud de indios que rodeaban la ermita. Entonces se volvió hacia su mujer para ordenarle:

—Prepara un vaso de limonada. Y que Matilde lo lleve a la ermita. Gonzalo va a decir un discurso. Probablemente tendrá sed.

Zoraida miró a su marido con desaprobación.

—Matilde..., ¿qué se yo dónde está Matilde? Nunca se le encuentra cuando se le busca. Pero si quieres rebajarte hasta ese grado, iré yo.

César se aproximó a Zoraida y la cogió por el brazo. Ella se crispó.

—No me entendiste, Zoraida. Como siempre.

—No, soy tonta. No entiendo las fases de la luna aunque me las expliques cien veces. Pero me doy cuenta cuando alguno me hace un desprecio. Y tengo dignidad.

—No se trata aquí de dignidad ni de rendirnos a un tal por cual como Gonzalo. Si yo quería mandar a Matilde era para que se enterara de lo que va a hablar con los indios. Hay que cuidarse de él. Es un hombre peligroso.

El llanto, los lamentos de los indios, habían cesado. A veces llegaba hasta la casa grande el chillido de una criatura impaciente, la explosión repentina de un petardo. Zoraida se retiró de su marido.

—Gonzalo está hablando con ellos ahora. ¿Oyes?

—No se distinguen las palabras.

Al ir subiendo los escalones Zoraida observó con disgusto:

—A buena hora se despeja el cielo.

—¡Cállate!

Porque un rumor retumbaba entre las paredes de la ermita. Gritos desordenados, exclamaciones ebrias, el torpe movimiento de la multitud. Y de pronto, desprendiéndose de ella y corriendo por la majada, Matilde con la cabeza descubierta y las manos vacías, como una loca. Zoraida se precipitó a recibirla, pero Matilde la apartó sin consideración y no se detuvo sino frente a César. Allí habló. El aliento le faltaba, partía en dos sus frases:

—Les dijo... Les dijo que ya no tenían patrón. Que ellos eran los dueños del rancho, que no estaban obligados a trabajar para nadie. Y les hizo una seña, levantando el puño cerrado.

—Fue entonces cuando los indios empezaron a gritar, ¿verdad?

—Y Felipe estaba allí —afirmó Zoraida.

Matilde hizo un signo negativo.

—Llegó al oír la gritería. No le gusta entrar a la ermita. Pero atravesó entre todos y se acercó al hombre ese que vino...

—Mi querido ahijado, Gonzalo Utrilla.

—Y le dio la mano y le empezó a decir que habían construido la escuela y que tú trajiste a un maestro de Comitán y que si podían pedir que empezaran las clases. El hombre les dijo que sí. Y entonces quisieron salir todos en montón y venir a la casa grande para hablar contigo. Pero el hombre les aconsejó que vinieran mañana, cuando estuvieran en su juicio. Porque dice que de las borracheras del indio es de lo que se han aprovechado siempre los patrones.

—De todos modos —dijo César— hay que estar preparados por si vienen. Voy a traer mi pistola. Y ustedes mejor si se encierran.

—Sí. Ahorita vamos.

Pero cuando César ya no podía escucharlas, Zoraida se volvió suspicazmente a Matilde.

—¿Qué hacías en la ermita? ¿Por qué fuiste?

—Suéltame, Zoraida, me lastimas. No me mires así. Sólo quería rezar.

Y antes de que Zoraida pudiera hacerle ninguna otra pregunta, Matilde escapó.

IX

Despertar. Bastaba un ruido de pasos en el corredor, la algarabía con que los animales reciben el amanecer, para que Matilde abandonara bruscamente esa gruta musgosa y tibia del sueño y, a tientas todavía, buscara dentro de sí misma la presencia del dolor. Porque antes de saber que despertaba en la casa ajena, lejos de Francisca, lejos del tiempo dichoso, Matilde sabía que despertaba al sufrimiento. En vano se apretaba los párpados con obstinación pidiendo al sueño un minuto más de tregua. El violento repique de la campana de la ermita, el carrereo de los pies descalzos, los gritos en tzeltal se confabulaban contra Matilde para arrojarla a esa intemperie helada que era su conciencia. Entonces abría los ojos desmesuradamente y se agitaba como el animal cuando se da cuenta de que ha sido cogido en una trampa. Galvanizada, Matilde se incorporaba, sentándose en la orilla del lecho y allí, con el rostro hundido entre las manos, repetía en voz alta, como esperando que alguien la contradijera:

—No voy a poder pasar este día.

Porque el día estaba erguido frente a ella como un árbol

enorme que era necesario derribar. Y ella no tenía más que un hacha pequeña, con el filo mellado. El primer hachazo: levantarse. Algo que no era ella, que no era su voluntad (porque su voluntad no deseaba más que morir), la ponía en pie. Como sonámbula Matilde daba un paso, otro, a través de la habitación. Vistiéndose, peinándose. Y después, abrir la puerta, decir buenos días, sonreír con una sonrisa más triste que las lágrimas.

Matilde descendió lentamente los escalones del corredor. Esquivó los grupos de indios que aguardaban a que les señalaran sus tareas y fue directamente hasta el portón de la majada. Varias veredas se le ofrecieron: la que lleva al río, la que va al trapiche, y la más larga, la vereda que conduce a Palo María. Pero Matilde echó a andar, desdeñándolas todas, entre el zacatón alto. Avanzaba apartando las varas con las dos manos, como nadando; el rocío le salpicaba las mejillas. Y las zarzas se prendían a su ropa.

El sol subía lentamente en el cielo. Matilde respiraba con dificultad, con fatiga. Se sentía mal. Había dejado atrás el zacatón del potrero y ahora caminaba en el llano de hierbas apegadas a la tierra roja y reseca. Matilde buscó con la vista la sombra de un árbol —el único en aquel alrededor—, y allí dejó caer todo su peso, con los brazos en cruz, con las manos distendidas y preguntándose: ¿Hasta cuándo? ¿Hasta cuándo? No con impaciencia, porque el cansancio la agobiaba, sino con mansedumbre, con la secreta esperanza de que su docilidad conmoviera al verdugo que estaba atormentándola y que decidiría no prolongar aquella tortura mucho tiempo. ¿Y si fuera hoy el día señalado? Un terror irracional, de yegua que se encabrita al olfatear el peligro, se apoderó de Matilde. Porque su deseo de morir había rondado, hasta entonces, en una zona de fantasmas, sólo en la imaginación. Pero ahora Matilde estaba caminando hacia su fin, lo mismo que caminó Angélica y tal vez hasta iba siguiendo la huella de aquellos pasos. No era tan fácil como cuando lo pensaba. Sus zapatos estaban empapados de rocío y la humedad le dolía en los huesos. La aspereza de la tierra estaba lastimándola a través de su vestido. Y esto, esta resistencia de los objetos, este cansancio, esta rebeldía de su cuerpo era lo único que le aseguraba que lo que estaba sucediendo era verdad y no un sueño como tantas otras veces. Matilde empezó a sudar de miedo. El sudor frío le empapaba las axilas y copiaba la forma de sus manos sobre la tierra en que se crispaban. Matilde se incorporó precipitadamente como para despertar de una pesadilla. No lo haré, no soy capaz de hacerlo, se dijo. Y siguió caminando, jugando aún con el peligro, sin tomar todavía el rumbo de la casa grande. No soy capaz de hacerlo. Una sonrisa de burla, de desprecio para sí misma afeaba su cara. No lo haré. Soy demasiado cobarde. Los que hacen esto son valientes. Y yo tengo miedo al dolor, no quiero que los animales me muerdan. No quiero que me desgarren otra vez, no quiero que me hieran. Ni una gota de sangre más. Es horrible. Me da náusea sólo al recordarlo. ¡Cómo pudo suceder, Dios mío! No, no puede ser pecado. Pecado cuando se goza. Pero así. En el asco, en la vergüenza, en el dolor. Ya. Dije que nunca volvería a pensar en lo que pasó. Ya no tiene remedio. Quiero morir. Esto es verdad. Pero ¿cómo? ¿No hay una manera de ir quedándose dormida cada vez más, cada vez más profundamente? Hasta que ya no se pueda despertar. Pero en el botiquín no hay pastillas suficientes. Y yo no me puedo arriesgar a quedar viva, a que me hagan curaciones horribles. Y dolorosas. No quiero que se rían de mí, que me señalen con el dedo: se quiso matar. Como las que se meten al convento y no aguantan y vuelven a salir.

El llano por el que vagabundeaba Matilde se había ido cerrando paulatinamente en tupidas manchas de árboles. Hasta que el espacio entre una mancha y otra acabó por desaparecer. Y el bosque comenzó a subir por las estribaciones de la montaña.

¿Y si yo no volviera?, dijo Matilde, como retando al miedo que la iba a sofrenar allí mismo, que iba a empujarla para que corriera despavorida de regreso a la casa. Pero el miedo no despertó y Matilde siguió andando, porque sabía que su amenaza era una mentira que había hablado de una historia muy remota que le sucedió alguna vez a alguien. Y Angélica, ¿estaría desesperada como ella? ¿O se perdió sin querer? Matilde repasó mentalmente su itinerario. Sí, podría regresar. Si yo no volviera me moriría de... ¿De qué se mueren los que se pierden en el monte? ¿De hambre? ¿De frío? ¿De miedo? Se los comen los animales, las hormigas. Matilde rió a carcajadas con las dos manos apretándose el vientre para que la risa no le hiciera tanto daño. ¡Qué cara pondría Ernesto! Una cara larga como las calderas de la cocina, desencajada, contraída. La cara de Matilde se puso seria, como un perfil agudo y rapaz de gavilán. Y se lanzó hacia esta idea para picotear ávidamente, como el gavilán cuando vislumbra desde lejos su presa. Ernesto sufriría, pagaría lo que la había hecho sufrir. Aquí se detuvo largo rato con delicia, saboreando esta consideración. Y la abandonó con disgusto quedando más necesitada, más vacía que antes. Porque era cobarde y nunca sería capaz de herir a Ernesto así, en mitad del corazón, con una herida definitiva, brutal. Seguiría atormentándolo con pequeños alfilerazos: esquivar su presencia, negarse a hablar con él. Pero, ¿cuánto podía durar esta situación? Ernesto se acostumbraría pronto al desvío de Matilde, dejaría de buscarla. Después de todo, ¿qué había habido entre ellos? Se amaron como dos bestias, silenciosos, sin juramento. Él tenía que despreciarla por lo que pasó. Ya no podía encontrar respeto para ella. Matilde se lo había dado todo. Pero eso un hombre no lo agradece nunca, eso se paga profiriendo un insulto. Las cualquieras retienen a los hombres sólo mientras son jóvenes. Y Matilde ya no lo era. Otras mujeres esperaban su turno y serían menos torpes de lo que ella fue.

La angustia le cayó encima como una losa, aplastándola. Y Matilde gritó alarmando a los pájaros que dormían entre las ramas, despertando ecos múltiples y confusos. Pero cuando todos los rumores volvieron a aquietarse persistió una voz infantil, una voz inerme. Irreflexivamente Matilde se lanzó al encuentro de esa voz.

Al pie de un árbol, con la cara pegada contra el tronco, estaba llorando la niña. Y cuando sintió que unos pasos se aproximaban al lugar en el que se había refugiado, cerró fuertemente los ojos, se tapó los oídos con los dedos, porque era la única manera que conocía de defenderse de las amenazas. Pero la mano que la tocó era una mano suave y protectora que la separaba del tronco cuyas asperezas habían dejado su cicatriz en la frente, en la mejilla de la criatura. Cuando la tuvo frente a sí Matilde le pasó los dedos por la cara como para borrar ese gesto de persona adulta que la desfiguraba. Y sólo entonces la niña abrió los ojos y se destapó las orejas. Matilde le preguntó con dulzura:

—¿Qué viniste a hacer aquí?

La voz de la niña, quebrada en sollozos, dijo:

—Quiero irme a Comitán. Quiero irme con mi nana.

Entonces Matilde la apretó contra su regazo y comenzó a besarla frenéticamente y a llorar, también de gratitud, porque ahora sí tenía un motivo para regresar a la casa, sin que su conciencia la acusara de cobarde.

Cuando llegaron, la niña iba dormida. Matilde la depositó sobre su cama y fue al comedor donde la familia ya había comenzado a desayunarse. Zoraida miró con extrañeza la palidez de Matilde, el desorden de su pelo y de sus ropas. Pero no dijo nada para no interrumpir el interrogatorio de César.

—¿Qué tal te va en la escuela, Ernesto?

—Bien.

El tono de la respuesta era cortante y Ernesto lo escogió deliberadamente para cerrar la puerta a otra pregunta, a ningún comentario. Ernesto no ignoraba que detrás de la aparente indiferencia de César había no sólo curiosidad, sino verdadera preocupación por saber cómo se las arreglaba su sobrino en su tarea de maestro rural. Porque la actitud de los indios no era un secreto para nadie. Al día siguiente de la fiesta de Nuestra Señora de la Salud, Felipe se había presentado en la casa grande —con una cortesía que no ocultaba bien la firmeza de sus propósitos y su ánimo de no dejarse convencer por las argucias de César— a poner a las órdenes del patrón la escuela que ellos habían levantado y que Ernesto podía utilizar inmediatamente. No había ya ningún pretexto que aducir, ningún plazo justificado que invocar y las clases comenzaron.

—Parece que te comió la lengua el loro.

Ernestó sonrió forzadamente, pero no se sintió inclinado a hablar. En el tiempo que llevaba junto a César había aprendido que el diálogo era imposible. César no sabía conversar con quienes no consideraba sus iguales. Cualquier frase en sus labios tomaba el aspecto de un mandato o de una reprimenda. Sus bromas parecían burlas. Y además, elegía siempre el peor momento para preguntar. Cuando estaban reunidos, como ahora, alrededor de la mesa. Entre el ruido de los platos y de las masticaciones; el gemido de la puerta de resorte al ser soltada. Quizá antes, cuando aún no desconfiaba de la benevolencia de César, Ernesto hubiera contado lo que acontecía por las mañanas, durante las horas de clase. Quizá ahora, aún ahora, la confidencia hubiera sido posible de mediar otras circunstancias. Pero no así, ante el rostro vigilante, maligno, desdeñoso, de Zoraida. Y ante la faz devastada de Matilde. Parece que la hubiera arrastrado el diablo, pensó.

—¿Cuántos alumnos tienes?

César otra vez. ¿Qué ganaba con averiguarlo? Pero la ansiedad había enraizado en él ya tan profundamente que se delataba en su pregunta por más cautela que tuviera al formularla.

Y este disimulo y todo lo que dejaba entrever fueron los que impulsaron a Ernesto a responder con ambigüedad:

—No los he contado.

Y cada vez con menos pudor, la insistencia.

—Serán veinte.

—Serán.

—O quince. O cincuenta. ¿No puedes calcular?

—No.

—Vaya. ¿Y llegan únicamente los niños o también hombres ya mayores?

—El primer día llegó Felipe. Ya se lo conté.

—¿Y ahora?

—Ahora ya no va. También se lo había yo dicho.

El primer día Felipe llegó para ver cómo era la clase. Se sentó en el suelo, con los niños que olían a brillantina barata y relumbraban de limpieza. Ernesto tragó saliva nerviosamente. Le molestaba la presencia de Felipe como la de un testigo, como la del juez que tanto odiaba tener enfrente. Pero tuvo que terminar por decidirse. Tenía que dar la clase de todos modos. Estaba seguro de que cuando quisiera hablar no tendría voz y que todos se reirían del ridículo que iba a hacer. Y sacando un ejemplar del *Almanaque Bristol*, que llevaba en la bolsa de su pantalón, se puso a leer. Con gran asombro suyo la voz correspondió a las palabras y hasta pudo elevarla y hacerla firme. Leía, de prisa, pronunciando mal, equivocándose. Leía los horóscopos, los chistes, el santoral. Los niños lo contemplaban embobados, con la boca abierta, sin entender nada. Para ellos era lo mismo que Ernesto leyera el *Almanaque* o cualquier otro libro. Ellos no sabían hablar español. Ernesto no sabía hablar tzeltal. No existía la menor posibilidad de comprensión entre ambos. Cuando dio por terminada la clase, Ernesto se acercó a Felipe con la esperanza de que se hubiera dado cuenta de la inutilidad de la ceremonia y renunciara a exigirla. Pero Felipe parecía muy satisfecho de que se estuviera dando cumplimiento a la ley. Agradeció a Ernesto el favor que les hacía y se comprometió a que los niños serían puntuales y aplicados.

Los niños permanecieron atentos mientras los maravilló la sorpresa del nuevo espectáculo que se desarrollaba ante sus ojos. Pero después comenzaron a distraerse, a inquietarse. Se codeaban y luego asumían una hipócrita inmovilidad; reían, parapetados tras los rotos sombreros de palma; hacían ruidos groseros. Ernesto se obligaba, con un esfuerzo enorme, a no perder la paciencia. Y como la ley no fijaba el número de horas de clase, Ernesto las abreviaba todo lo que le era posible.

—No van a aguantar el trote mucho tiempo. Ahora van porque en realidad no es época de quehacer. Pero los indios necesitan a sus hijos para que los ayuden. Cuando llegue el tiempo de las cosechas no se van a dar abasto solos. Y entonces qué escuela ni qué nada. Lo primero es lo primero.

—Yo que usted no me hacía ilusiones, tío. Parecen muy decididos.

—Es pura llamarada de doblador. Están como criaturas con un juguete nuevo. Pero pasada la embelequería ni quien se vuelva a acordar. Yo sé lo que te digo. Los conozco.

—Ojalá no se equivoque usted. Porque yo ya estoy hasta la coronilla de esta farsa.

—Ten calma, Ernesto. Ya pasará el mal paso. Y recuerda que yo no soy de los que se dan por bien servidos.

Espera, espera el premio, pensó irónicamente Zoraida. Sacrifícate por él si todavía crees que vale la pena. Todavía no has acabado de entender que los Argüellos ya no son los de antes. Daba gusto servirles cuando tenían poder, cuando tenían voz. Pero ahora andan sobre la punta de los pies, aconsejando prudencia, escatimando el dinero. Nos arrimamos a un mal árbol, Ernesto, a un árbol que no da sombra.

X

A mediodía comenzaban los preparativos para el baño. El semanero ensillaba las bestias. Una mula vieja, jubilada ya de los grandes y pesados quehaceres, y dos burros diminutos y mansos servían para transportar diariamente, de la casa grande al río, a Zoraida, a Mario y a la niña. El kerem iba adelante jalando el cabestro que apersogaba a los animales. Y una india cargaba sobre su cabeza la canasta con las toallas y los jabones. Matilde iba rezagada, siguiendo al grupo. Se defendía de la fuerza del sol con un sombrero de alas anchas y redondas.

Atravesaron lentamente en medio del caserío sin que los acompañara una palabra de benevolencia, un saludo. Las indias desviaban los ojos haciéndose las desentendidas para no mirarlos pasar.

Escogían una de las veredas. La mula tropezaba, doblaba las patas en el encuentro con cada piedra y recuperaba penosamente el equilibrio. O se detenía a arrancar manojos de zacate que masticaba con calma mientras entrecerraba los ojos y se espantaba las moscas y los tábanos que la acosaban, con un perezoso movimiento de su cola. Era en vano que Zoraida hostigara al animal azotándolo con un fuete. En vano que golpeara el abdomen de la mula con el estribo de fierro del galápago en que se sentaba. Ni el kerem, estirando hasta su límite el cabestro, podía hacerla andar. La mula no avanzaba sino después de tragar parsimoniosamente el último bocado. Sólo para volver a pararse, unos cuantos pasos más adelante, bajo la sombra de un árbol, a cabecear allí. Zoraida se desesperaba y hacía cómicos gestos de impaciencia. Los niños reían y Matilde y la india tenían tiempo para alcanzar a los que iban delante.

A la tierra roja de la vereda empezaba a mezclarse una arena parda, suelta y húmeda que formaba manchones dispersos. Entre el follaje, ya más tupido de los árboles, aturdía un escándalo de chachalacas que se comunicaban a gritos la novedad de una presencia extraña. Y en la vaharada de aire caliente se desenvainaba una ráfaga repentina, fresca y olorosa.

Desmontaron junto a una roca de la playa. El kerem ató las bestias a un tronco y se alejó, silbando suavemente, para no presenciar el baño de las mujeres. Y ellas fueron, llevando de la mano a los niños, hasta un toldo de ramas. La india sacó del cesto los camisones, desteñidos por el uso, los estropajos enmarañados, la raíz del amole para lavarse el pelo.

Zoraida y la niña caminaron, ya descalzas, sobre la arena vidriosa y chisporroteadora. La tela rígida del camisón iba dejando una huella informe, serpenteante, detrás de ellas.

—¿Y tú, Matilde?

Matilde se arrebujó en una toalla, como con escalofrío, diciendo:

—Estoy indispuesta. Si me baño se me va a cortar la sangre.

El pie de la niña quebró la superficie del agua y se retiró vivamente como si se hubiera quemado.

—Está fría.

Era necesario decidirse de golpe. Cerrar los ojos, aguantar la respiración y hundirse en aquella realidad hostil. Zoraida braceó a ciegas, sacudiendo vigorosamente su pelo, a un lado y otro, parpadeando para deshacer las gotas que le escurrían sobre los ojos. Cuando los abrió bien midió la distancia que la separaba de la orilla y, contrariando la dirección de su esfuerzo, volvió a ella. Allí estaba la niña, salpicada de espuma, tiritando.

—Ven —la animó Zoraida.

Pero la niña movía la cabeza, negándose, y Zoraida tuvo que salir a la playa. El camisón se le había untado al cuerpo dibujando todas las líneas de una obesidad naciente. Y el agua pesaba y escurría en los bordes de la tela. Condujo a la niña al río y, con el fin de darle confianza, fue tanteando la hondura que pisaba y la sostenía a flote cuando un desnivel demasiado brusco del terreno abría, bajo los pies de la criatura, un pequeño abismo.

—¿Quieres nadar?

La niña asintió castañeteando los dientes de frío. Entonces Matilde se aproximó hasta donde el agua amenazaba mojar sus zapatos y desde allí estiró los brazos para entregar el par de tecomates. Cuando la niña los tuvo atados a la espalda, sostenida más que por ellos por la certeza de que no se hundiría, nadó. Bajo la vigilancia de su madre, iba y venía sin salir de los límites de esta poza donde el agua se remansaba mientras la corriente seguía, más allá, atropellándose, bramando.

La india, desnuda hasta la cintura, con los pechos al aire, bañaba al niño vertiendo sobre su cabeza jicaradas de agua. Frotó su pelo con la raíz del amole hasta dejarlo rechinante de tan limpio. Matilde esperaba, con la toalla extendida, para arropar a Mario. Ya estaba vistiéndolo, bajo el toldo de ramas, cuando volvieron Zoraida y la niña, arreboladas y felices.

Los camisones húmedos quedaron en el suelo, enrollados como dos gruesas culebras rojas. La india fue a recogerlos y los enjuagó, azotándolos rudamente contra las piedras de la orilla.

Matilde se acercó, solícita, hasta el lugar donde se vestía Zoraida, para decirle:

—¿Vas a beber tu posol?

Y le alargó la jícara de posol batido. Pero en el momento en que Zoraida iba a recibirla, quedó suspensa, con la mano en el aire, atendiendo a un rumor como de muchas pisadas y de voces y de risas, que venía avanzando cada vez más hacia ellas. Las bestias despertaron de su sopor y pararon las orejas en señal de alarma.

—¿Qué es eso? —preguntó Matilde con un leve temblor en la voz.

—Gente —contestó Zoraida.

—¡Dios mío! Y nos van a encontrar así. Termina de vestirte pronto y vámonos.

—No te muevas, Matilde. Aprende a darte tu lugar. Sean quienes sean los que vienen tendrán que esperar. Saben que nadie tiene derecho ni a coger agua del río ni a bañarse mientras los patrones están aquí.

La india corrió hasta la enramada y apresuradamente volvió a ponerse la camisa. El ruedo de su tzec, empapado, goteaba silenciosamente sobre la arena.

El rumor de pisadas y de voces tomó, al fin, cuerpo. Era un grupo de muchachos indios, seis o siete, que venían corriendo. Zoraida los miró con severidad y luego torció el rostro, desdeñosa. Los indios se detuvieron paralizados por esta mirada. Fue sólo un momento, en el lugar donde alcanzaba su término la vereda. Pero uno entre ellos se movió para avanzar. Dándose ánimo con una risa fuerte y grosera descendió con rapidez por el talud de arena que bajaba, desmoronado y flojo, hasta la playa. Allí se paró, jadeando, más que de fatiga de expectación. Y continuó riéndose, golpeando sus muslos con la palma abierta de las manos. Los otros llevaban sus ojos, alternativamente, de la figura de su compañero a la de Zoraida. Y con cautela fueron adelantándose, reuniéndose con el que había llegado primero y que se desabotonaba ya la camisa con diez dedos torpes y temblorosos.

—Vámonos, Zoraida —suplicó Matilde.

Pero Zoraida no dio muestras de haberla escuchado. Con las pupilas dolorosamente dilatadas contemplaba cómo los indios, uno por uno, iban despojándose de la camisa, de los caites. Con el pantalón de manta bien ceñido se movieron hasta el agua y se sumergieron en ella, sin ruido, como si volvieran a su elemento propio.

—Van a ensuciar nuestra poza —dijo Zoraida con un acento soñador y remoto.

Los jóvenes de torso lustroso, como de cobre pacientemente abrillantado, nadaban. Se zambullían con agilidad, se deslizaban a favor de la corriente, volvían al punto del que partieron, todo con un silencio, con una facilidad de pez.

—¿Viste? La poza está ya turbia.

El kerem, avisado por la india, había vuelto y estaba desatando las bestias.

—Vámonos, Zoraida.

Matilde tuvo que repetir la súplica. Tuvo que sacudir delicadamente a su prima como para volverla en sí. Pero cuando Zoraida estuvo frente a la mula se negó a montar en ella.

—Prefiero ir a pie.

Subieron lentamente por el talud de arena. A cada descanso que la fatiga le exigía, Zoraida volvía el rostro y se quedaba viendo largamente el río.

—No los mires así, Zoraida. Te van a faltar al respeto.

Habían llegado a la vereda, habían caminado los primeros pasos, cuando el ruido estalló a sus espaldas. Gritos, carcajadas soeces, el retumbar del agua al romperse ante la fuerza de los cuerpos. Y el chillido de los pájaros y el despliegue rápido de las alas, huyendo.

Zoraida se detuvo.

—¿Qué dicen? —preguntó.

—Quién sabe. Están hablando en su lengua.

—No. Fíjate bien. Es una palabra en español.

—Qué nos importa, Zoraida. Vámonos. Mira hasta dónde van ya los niños.

Zoraida se desprendió con violencia de las manos de Matilde.

—Regresa tú si quieres.

Matilde bajó las manos con un gesto de resignación. Zoraida había desandado el camino para oír mejor.

—¿Ya entendiste lo que están gritando?

La intensidad de la atención le crispaba los músculos de la cara. Matilde hizo un ademán de negación y de indiferencia.

—Gritan "camarada". Oye. Y lo gritan en español.

Matilde esperaba la explosión de cólera, por lo demás ya tan conocida, de Zoraida. Pero en vez de eso Zoraida curvó los labios en una sonrisa suave, indulgente, cómplice. Y ya no hubo necesidad de insistir para que regresaran. Echó a andar con prontitud, la cabeza baja, la mirada fija en el suelo. No habló más. Pero cuando llegaron a la casa grande y vio a César recostado en la hamaca del corredor, empezó a gritar como si un mal espíritu la atormentara:

—¡Estaban desnudos! ¡Los indios estaban desnudos!

XI

César lo dispuso así: que de entonces en adelante las mujeres y los niños no volvieran a salir si no los acompañaba un hombre que sirviera como de respeto y, en caso necesario, de defensa. Ese hombre no podía ser César, porque estaba ocupado en las faenas del campo. Ernesto disponía de más tiempo libre una vez terminadas las horas de clase en la mañana. Matilde se sobresaltó y estuvo a punto de confesar a César que los acontecimientos del día anterior no habían tenido las proporciones que la exageración de Zoraida les confiriera. Ni los indios se habían desnudado delante de ellas, ni las habían insultado obligándolas a salir del río antes de terminar de bañarse. Pero Matilde había dejado pasar el momento oportuno para esta aclaración y ahora ya no resultaría creíble. Pero es que Matilde se asombró tanto al escuchar los gritos de Zoraida, su versión falsa de los hechos, que no se le ocurrió siquiera desmentirla. La miraba, sobrecogida de estupor, temiendo las consecuencias de este relato. Pero no sucedió nada. Zoraida no había vuelto a hacer alusión al asunto, como si un olvido total lo hubiera borrado. Sólo que ya no quiso volver a bañarse al río. Mandó acondicionar uno de los sótanos de la casa como baño. Una habitación lóbrega, con las paredes pudriéndose en humedad y lama, a la que los niños se negaron a entrar.

—Por fortuna estás tú aquí, Matilde, y puedo botar carga. De hoy en adelante tú los llevarás al río.

¿Cómo replicar? Matilde hizo ese gesto de asentimiento que ya se le estaba convirtiendo en automático. No sabía cómo escapar a esta obligación penosa. Confiaba en que a última hora ocurriría algo imprevisto, que Ernesto sería requerido para desempeñar alguna tarea más urgente y no los acompañaría. Pero a la hora convenida Ernesto se presentó ante Matilde, diciéndole:

—Usted sabe que no vengo por mi gusto.

Eran las primeras palabras que se cambiaban desde el día en que estuvieron juntos en el cuarto de Ernesto. El corazón de Matilde le dio un vuelco y le dolió hasta romperse y un calor repentino le quemó la cara. Bajó los párpados sin responder y echó a andar por la vereda en seguimiento de Ernesto. Detrás, venían los niños montados en sus burros, y el kerem jalando el cabestro, y la mujer con la canasta de ropa sobre la cabeza.

(Hablarme así, con esa impertinencia. Claro. Se siente con derecho porque ante sus ojos yo no soy más que una cualquiera. Y él. ¿Qué estará creyendo que es? Un bastardo, un pobre muerto de hambre. Mira nada más los zapatos que trae. Por Dios, pero si a cada paso parece que se le van a desprender las suelas.)

Y los ojos de Matilde se llenaron de lágrimas. Hubiera querido correr y alcanzar a Ernesto y humillarse a sus pies y besárselos como para pedir perdón por aquellos pensamientos tan ruines.

(Si yo dispusiera de dinero, como antes, iría corriendo a la tienda y le compraría todo, todo. ¡Qué cara tan alegre pondría! Yo conozco cuando está contento. Lo vi una vez. Se le suaviza el gesto como si una mano pasara sobre él, acariciándolo. Por volverlo a ver así sería yo capaz de... No tengo dignidad, ni vergüenza, ni nada. Y me arrimo donde me hacen cariños como se arriman los perros. Hasta que estorban y los sacan a palos. Sí, yo estoy muy dispuesta a humillarme; pero él ¿qué? Mírenlo. Ahí va caminando, sin dignarse mirar para atrás. ¿Y para qué me va a ver? No quiere nada de mí, me lo dijo. ¿Qué puede querer un hombre como él de una vieja como yo?)

Y en el preciso momento en que pronunció la palabra "vieja", Matilde sintió una congoja tan fuerte que le fue necesario pararse y respirar con ansia, porque estaba desfallecida. Vieja. Ésa era la verdad. Y volvió a caminar, pero ya no con el paso ligero de antes, sino arrastrando los pies dificultosamente, como los viejos. Y el sol que caía sobre su espalda empezó a pesarle como un fardo. Se palpó las mejillas con la punta de los dedos y comprobó con angustia que su piel carecía de la firmeza, de la elasticidad, de la frescura de la juventud y que colgaba, floja, como la cáscara de una fruta pasada. Y su cuerpo también se le mostró —ahora que estaba desnudándose bajo el cobertizo de ramas— opaco, feo, vencido. Y cada arruga le dolió como una cicatriz. ¿Cómo me vería Ernesto? Una vergüenza retrospectiva la hizo cubrirse precipitadamente. El camisón resbaló a lo largo de ella con un crujido de hoja seca que se parte.

¿Cómo le iba yo a gustar a Ernesto? Mejores habrá conocido.

Y súbita, luminosamente, se le representó a Matilde la juventud, la hermosura de Ernesto. Y volvió a estar, como todos los días anteriores, clavada en el centro mismo de la nostalgia. Y su lengua se le pegó al paladar, reseca.

(No puedo más. No puedo más, repetía. ¿Para qué seguir atormentándome y pensando y golpeándome la cabeza contra esta pared? ¿Qué me importa ya que Ernesto sea lo que sea ni que yo sea lo que soy, si todo está decidido? Ya no podrán seguir humillándome.)

Con la cabeza erguida Matilde caminó hasta el borde mismo del agua y desde allí, sin volverse, dijo en tzeltal a la india que estaba desvistiendo a los niños:

—No los desvistas todavía. Parece que el agua está muy destemplada. Voy a probar yo primero.

La india obedeció. Matilde estaba entrando en el río. El agua lamió sus pies, se le enroscó en los tobillos, infló cómicamente su camisón. El frío iba tomando posesión de aquel cuerpo y Matilde tuvo que trabar los dientes para que no castañetearan. No avanzó más. Los peces mordían levemente sus piernas y huían. El camisón inflado le daba el grotesco aspecto de un globo cautivo. Los niños rieron, señalándola. Matilde oyó la risa y con un gesto, ya involuntario, volvió el rostro y sonrió servilmente como en esta casa había aprendido a hacerlo. Y con la sonrisa congelada entre los labios dio un paso más. El agua le llegó a la cintura. La arena se desmenuzaba debajo de sus pies. Más adentro, más hondo, con el abdomen contraído por el frío. Hasta que sus pies no tuvieron ya dónde apoyarse. Entonces perdió el equilibrio con un movimiento brusco y torpe. Pero no quería quedar aquí, en la profunda quietud de la poza, y nadó hasta donde la corriente bramaba y allí cesó el esfuerzo, se abandonó. Un grito —¿de ella, de los que quedaron en la playa?— la acompañó en su caída, en su pérdida.

El estruendo le reventó en las orejas. No sintió más que el vértigo del agua arrastrándola, golpeándola contra las piedras. Un instinto, que su deseo de morir no había paralizado, la obligaba a manotear tratando de mantenerse en la superficie y llenando sus pulmones de aire, de aire húmedo que la asfixiaba y la hacía toser. Pero cada vez más su peso la hundía. Algas viscosas pasaban rozándola. La repugnancia y la asfixia la empujaban de nuevo hacia arriba. Cada vez su aparición era más breve. Sus cabellos se enredaron en alguna raíz, en algún tronco. Y luego fue jalada con una fuerza que la hizo desvanecerse de dolor.

Cuando recuperó el sentido estaba boca abajo, sobre la arena de la playa, arrojando el agua que tragó. Alguien le hacía mover los brazos y, a cada movimiento, la náusea de Matilde aumentaba y los espasmos se sucedían sin interrupción hasta convertirse en uno solo que no terminaba nunca. Por fin soltaron los brazos de Matilde y la despojaron del camisón hecho trizas y la envolvieron en una toalla. Cuando la frotaron con alcohol para reanimarla, el cuerpo entero le dolió como una llaga y entonces supo que estaba todavía viva. Una alegría irracional, tremenda, la cubrió con su oleada corriente. No había muerto. En realidad, nunca estuvo segura de que moriría, ni siquiera de haber deseado morir. Sufría y quería no sufrir más. Eso era todo. Pero seguir viviendo. Respirar en una pradera ancha y sin término; correr libremente; comer su comida en paz.

—Matilde...

La voz la envolvió, susurrante. Y luego una mano vino a posarse con suavidad en su hombro. Matilde sintió el contacto, pero no respondió siquiera con un estremecimiento.

—¡Matilde!

La mano que se posaba en su hombro se crispó, colérica. Matilde abrió los ojos abandonando el pequeño paraíso oscuro, sin recuerdos, en el que se había refugiado. La crudeza de la luz la deslumbró y tuvo que parpadear muchas veces antes de que las imágenes se le presentaran ordenadas y distintas. Esa mancha azul se cuajó en un cielo altísimo y limpio de nubes. Ese temblor verde era el follaje. Y aquí, próxima, tibia, acezante, la cara de Ernesto. El dolor, que había sobrevivido con ella, volvió a instalarse en el pecho de Matilde. Quiso apartarse de esa proximidad, huir, esconder el rostro. Pero al más leve movimiento sus huesos crujían, como resquebrajándose, y por toda su piel corrió un ardor de sollamadura. ¿Y hacia dónde huir? Los brazos de Ernesto la cercaban. Impotente, Matilde volvió a cerrar los ojos, ahora mojados de lágrimas.

—No llores, Matilde. Ya estás a salvo.

Pero los sollozos la desgarraban por dentro y venían a estrellarse con una espuma de mal sabor entre sus labios.

—Gracias a Dios no tienes ninguna herida. Raspones nada más. Y el gran susto.

Delicadamente, con la punta de la toalla, Ernesto enjugó el rostro de Matilde.

—Cuando oímos los gritos de la india, el kerem y yo corrimos a ver qué pasaba. La corriente te estaba arrastrando. Yo quise tirarme al río, también. Pero el kerem se me adelantó. Yo hubiera querido salvarte. Hubieras preferido que te salvara yo, ¿verdad?

Ernesto aguardó inútilmente la respuesta. Matilde continuaba muda y el único signo que daba de estar despierta era el llanto que no cesaba de manar de sus ojos. Entonces Ernesto frotó sus labios contra los párpados cerrados y se quedó así, con la boca pegada a la oreja de Matilde, para que sus palabras no fueran escuchadas por los niños, a quienes la india contenía impidiéndoles acercarse.

—He soñado contigo todas estas noches.

Una furia irrazonada, ciega, empezó a circular por las venas de Matilde, a enardecerla. La voz seguía derramándose, como una miel muy espesa, y Matilde se sentía mancillada de su pegajosa sustancia. No le importaba ya lo que dijera. Pero sabía que este hombre estaba usurpando el derecho de hablarle así. Sólo porque no tenía fuerzas para defenderse, porque estaba, como la otra vez, inerme en sus manos, Ernesto la acorralaba y quería clavarla de nuevo en la tortura como se clava una mariposa con un alfiler. Ah, no. Esta vez se equivocaba. Matilde había pagado su libertad con riesgo de su vida. Abrió los ojos y Ernesto retrocedió ante su mirada sin profundidad, brillante, hostil, irónica, de espejo.

—¿Por qué no me dejaron morir?

Su voz sonaba fría, rencorosa. Ernesto quedó atónito, sin saber qué contestar. No esperaba esta pregunta. Se puso de pie y desde su altura dejó caer las palabras como gotas derretidas de plomo.

—¿Querías morir?

Matilde se había incorporado y respondió con vehemencia:

—¡Sí!

Y ante el gesto de estupefacción de Ernesto:

—¡No seas tan tonto de creer que fue un accidente! Sé nadar, conozco estos ríos mejor que el kerem que me salvó.

—Entonces tú...

—Yo. Porque no quiero que nazca este hijo tuyo. Porque no quiero tener un bastardo.

Retadora, sostuvo la mirada de Ernesto. Y vio cómo su propia imagen iba deformándose dentro de aquellas pupilas hasta convertirse en un ser rastrero y vil del que los demás se apartan con asco.

—¿Por qué no te atreves a pegarme? ¿Tienes miedo?

Pero Ernesto se dio vuelta lentamente y echó a andar. Matilde respiraba con agitación. No podía quedar así, sentada en el suelo, ridícula, con todo el odio que aquel silencio sin reproche transformaba en nada. Rió entonces escandalosamente. Su risa acompañó los pasos de Ernesto. Y los niños y la india y el kerem reían también a grandes carcajadas, sin saber por qué.

XII

Ernesto empujó la puerta de la escuela. Chirriando levemente la puerta cedió. Ernesto se detuvo en el umbral a mirar el desmantelado aspecto de aquella habitación. No tenía más muebles que una mesa y una silla hechas en madera de ocote sin pulir. Las astillas se prendían en la ropa de Ernesto y acababan de rasgarla. Porque aquellos muebles eran para el maestro. Los niños se enroscaban en el suelo.

En las paredes de bajareque no había un pizarrón, un mapa, ningún objeto que delatara el uso que se le daba a esta habitación. Pero Felipe había recortado de un periódico el retrato de Lázaro Cárdenas. El presidente parecía borroso, entre una multitud de campesinos. Su retrato estaba muy alto, casi en el techo, pegado con cera cantul.

Ernesto le dedicó una irónica reverencia antes de retirar la silla para sentarse. Sacó del bolsillo trasero del pantalón una botella de comiteco y la depositó sobre la mesa. Cuando los muchachitos entraron y vieron aquel objeto tan familiar para ellos, sus caras se alegraron. Sin pronunciar una palabra, sin hacer un gesto de saludo, los niños desfilaron ante Ernesto y fueron a ocupar su sitio en el suelo. Allí se quedaron silenciosos, quietos, esperando que aquel hombre empezara a hablar de todas esas cosas que ellos no comprendían. Pero Ernesto no habló. Con parsimonia fue desenroscando el tapón de la botella y, cuando estuvo abierta, la chupó ávidamente en tragos largos y ruidosos. Entonces se limpió la boca con la manga de su camisa, sin dejar de empuñar la botella, y estirando el brazo hacia adelante, ofreció:

—¿Gustan?

Los niños se miraron entre sí, desconcertados. Conocían el ademán que sus padres hacían tantas veces delante de ellos; algunos hasta ya sabían aceptar el convite. Iban a responder a él, pero Ernesto había retirado otra vez su brazo. Y ahora les decía:

—Estamos perdiendo el tiempo en una forma miserable, camaradas. ¿De qué nos sirve juntarnos aquí todos los días? Yo no entiendo ni jota de la maldita lengua de ustedes y ustedes no saben ni papa de español. Pero aunque yo fuera un maestro de esos que enseñan a sus alumnos la tabla de multiplicar y toda la cosa, ¿de qué nos serviría? No va a cambiar nuestra situación. Indio naciste, indio te quedás. Igual yo. No quise ser burrero, que era lo natural, lo que me correspondía. Ni aprendiz de ningún oficio. Si tenía yo más cabeza que ninguno. ¿Por qué no iba yo a ser más? Te lo estoy diciendo por experiencia, haceme caso. Más te vale machete estar en tu vaina. Miren cómo vienen: limpios, recién mudados. Apuesto que hasta les cortaron las uñas y les echaron brillantina como si fueran a ir a un baile. Y tanto preparativo para venir a revolcarse enfrente de mí. Ya me imagino lo que estarán diciendo para sus adentros: ¡Por culpa de este desgraciado bastardo! ¿Cómo se dice bastardo en tzeltal? Tienen que tener una palabra. No me vengan a mí con el cuento de que son muy inocentes y no lo saben. Los niños de la casa grande, que son menores que ustedes y no son precisamente muy listos, ya aprendieron a gritar: ¡Bastardo! ¡Bastardo! A escondidas de los mayores, naturalmente. Porque si los oyeran se les desgajaría una soberana cueriza. Bueno, eso digo yo. Aunque viéndolo bien quién sabe. Con suerte son los mismos papás los que les enseñan las groserías. No se puede confiar en nadie. El hongo más blanco es el más venenoso. Ahí tienen ustedes, sin ir más lejos, a Matilde. ¿No la conocen? Pues se las recomiendo. Es una muchacha... Bueno, eso de muchacha es un favor que ustedes y yo le vamos a hacer. Porque cuando a una muchacha le cuelgan los pechos como dos tecomates, es que se está pasando de tueste. Ella no quería que yo los viera. Se jalaba la blusa para taparlos. Quiso cerrar la ventana porque era mediodía y entraba el sol que era un gusto. Yo hice como que bajaba los párpados y entonces ella se tranquilizó y se fue quedando quieta como un pulioquita. Pero yo no estaba dormido. Yo me estaba fijando en eso de los pechos que les dije. Y en otras cosas. Se las daba de señorita. Y mucho remilgo y mucho escándalo y toda la cosa. Sí, cómo no. ¿Acaso las señoritas se entregan así al primero que les dice: "qué lindos tienes los ojos"? Y yo ni siquiera se lo dije. No tuve que rogarle. Tampoco que hacerle la fuerza. Nomás la besé y se quedó como un parasimo, toda trabada. Se fue cayendo para atrás, tiesa, fría, pálida, tal como si se hubiera muerto. Yo la cargué hasta la cama y la acosté. Estaba yo asustado, palabra de honor. La sacudía yo de los hombros y le decía yo: ¡Matilde! ¡Matilde! Nada que me contestaba. Sólo se puso a temblar y a llorar y a rogarme que no le hiciera yo daño, que tenía mucho miedo de lo que le iba a doler. Y yo, para qué les voy a mentir, tengo a Dios por testigo, de que ni por aquí se me había pasado un mal pensamiento. Pero ya sobre advertencia empecé a cavilar y a cavilar. Que Matilde iba a decir que yo era muy poco hombre si la dejaba en aquella coyuntura. Además ella empezó a defenderse, a forcejear. Hasta quiso dar de gritos, pero yo le tapé la boca. Nomás eso nos faltaba, que nos encontraran allí juntos. Se lo dije a Matilde para aplacarla. ¡Qué caso me iba a hacer! No obedece a ninguno. Como la criaron tan consentida está acostumbrada a hacer siempre su regalada gana. Lo que necesita es un hombre que la meta en cintura y que la haga caminar con el trotecito parejo. Pero ya está visto que ese hombre no soy yo. Bueno, camaradas, eso merece que lo celebremos con otro trago. ¡Salud!

Ernesto volvió a beber. Un calor agradable lo envolvió. Le gustaba esta sensación que hacía contrapeso a los escalofríos del paludismo. Y luego empezar a moverse como en un sueño, como pisando sobre algodones. No le importaba decir lo que estaba diciendo porque tenía la certidumbre de que ninguno de sus oyentes lo entendía. Miró fijamente su mano extendida sobre la mesa y le sorprendió hallarla de ese tamaño. Para lo que pesaba debería ser mucho más, pero mucho más grande. Este descubrimiento le produjo un amago de risa. Movió los dedos y el cosquilleo que recorrió todo su brazo hizo que la risa se desbordara al fin. Los niños lo miraban con los ojos redondos, indiferentes.

—Yo la volví a buscar. No, no es que quedara yo muy convidado, pero la volví a buscar. En estos infelices ranchos no hay mucho dónde escoger. En el pueblo, en Comitán, la cosa hubiera sido distinta. Ahí sí hay mujeres de deveras y no melindrosas. Ay, camaradas, si hubieran visto a la mosca muerta de Matilde, seria, como si nunca rompiera un plato. No me volvió a dar ocasión de que yo le hablara. Claro, una señorita de su categoría desmerece hablando con un bastardo. Pero luego, ¿qué tal le fue? En el pecado llevó la penitencia, la pobre. Va saliendo con su domingo siete de que va a tener una criatura. Y como es muy lista no se le ocurre nada más que ir a tirarse al río para que se la lleve la corriente. Cuando lo derecho es avisarle al hombre. Yo no me iba a hacer para atrás, no la iba yo a dejar sentada en su deshonra. Eso llevando las cosas por derecho. Pero después de lo que hizo que ni sueñe que le voy a rogar. No soy tan sobrado. Para mí es como si hubiera muerto. Allá que se las averigüe con su hijo.

La lengua casi no le obedecía ya. En su torpeza se enredaban las palabras y salían escurriendo como un hilo de baba espeso, interminable. Los niños, tan acostumbrados al espectáculo de la embriaguez, hacía rato que no atendían el monólogo de Ernesto. El más audaz entre ellos principió por darle un codazo a su vecino. Éste gimió de dolor por el golpe y los demás rieron disimuladamente, cubriéndose la boca con la mano. Pero ahora se empujaban sin ningún recato, se tiraban bolitas de tierra, iniciaban luchas feroces. Los ojos turbios de Ernesto contemplaban este desorden sin hacerse cargo de él, como si fuera un acontecimiento muy remoto con el que su persona no guardaba ninguna relación.

—Pagué mi boca. Cuando mi tío César me contó que se metía con las indias —y el montón de muchachitos medio raspados, medio ladinos que andan desparramados por estos rumbos no lo dejan mentir—, dije, caray, se necesita estar muy urgido, tener muchas ganas. Porque lo que es yo, en Comitán, ni cuándo me iba yo a acercar a una envuelta. Pero aquí vine a pagar mi boca. Y miren con quién: con la molendera. Es una trinquetona que más bien parece pastora de barro de las que venden los custitaleros. Pero de cerca huele a... pues a lo que huelen las molenderas. Tiene un chuquij, que no se lo quita ni con cien enjabonadas, un chuquij de nixtamal rancio. Sólo porque era mucha la necesidad me fui a meter a su jacal. Pero después me puse a vomitar como si me hubieran dado veneno. La molendera se quedaba viéndome, así, como ahorita me están viendo ustedes, con sus ojos de idiota. Sin hablar ni una palabra. Y el vómito allí, apestando cerca de nosotros. Entonces ella se levantó y salió a traer un perro. Bueno, más vale que yo me ría. ¿Saben para qué lo trajo? Para limpiar el vómito. El perro, cómo estaría de hambre, el pobre, que se abalanzó y de una sentada se lo lamió todo hasta no dejar ni rastro. Sólo quedó una manchita de humedad en el suelo. Mi tío César, ya me lo imagino, se hubiera quedado allí, tan satisfecho. Pero yo desde ese día no puedo comer de asco. Tengo que irme a otra parte. Primero era sólo la peste del estiércol cuando lo ponen de emplasto sobre la gusanera. Pero ahora también ese chuquij de nixtamal, en todas partes. Se los digo, honradamente, no puedo seguir aquí. Ya lo probé. No se puede. Y total, ¿qué estoy haciendo? Además de que no tengo obligación. Yo se lo dije a César desde Comitán. Y él, sí, sí, muy conforme con mis condiciones. Pero en cuanto me creyó seguro, me dejó bien zocado, al palo y sin zacate. ¿Y por qué? ¿Con qué derecho? ¿No soy tan Argüello como el que más? Me distinguen sólo porque soy pobre. Pero ¿cuánto vamos que pronto estaremos parejos?

Dando un manotazo sobre la mesa, Ernesto se puso en pie, tambaleante.

—¡Vengan y acaben con todo de una buena vez! ¡Llévense las vacas y que les haga buen provecho! ¡Entren con sus piojos a echarlos a la casa grande! ¡Repártanse todo lo que encuentren! ¡Y que no quede ni un Argüello! ¡Ni uno! ¡Ni uno!

La exaltación de Ernesto se quebró en un hipo. Quiso volver a sentarse, pero no atinó con el lugar en el que se encontraba la silla y cayó al suelo. No intentó volver a levantarse. Allí se quedó, con las piernas abiertas, roncando sordamente. Los niños no quisieron acercársele por temor a que despertara y salieron en tropel, riendo, jugando, para regresar a sus jacales. Sobre la cabeza de Ernesto zumbaban los insectos. Gente de la casa grande vino a buscarlo al anochecer. Todavía inconsciente, Ernesto dejó caer su peso sobre los hombros de quienes lo cargaron.

XIII

Doña Amantina, la curandera de por el rumbo de Ocosingo, recibió varios recados antes de consentir en un viaje a Chactajal.

—Que dice don César Argüello que hay un enfermo en la finca.

—Que digo yo que me lo traigan.

—Que su estado es peligroso y no se puede mover.

—Que yo no acostumbro salir de mi casa para hacer visitas.

—Que se trata de un caso especial.

—Que voy a dejar mi clientela.

—Que se la va a pagar bien.

Entonces doña Amantina mandó preparar la silla de mano, y dos robustos indios chactajaleños —uno solo no hubiera aguantado aquella temblorosa mole de grasa— levantaron las andas de la silla. Atrás, un mozo de la confianza de doña Amantina transportaba un cofre, cerrado con llave, y en cuyo interior, oculto siempre a las miradas de los extraños, la curandera guardaba su equipaje.

Hicieron lentamente las jornadas. Deteniéndose bajo la sombra de los árboles para que doña Amantina destapara el cesto de provisiones y batiera el posol y tragara los huevos crudos, pues desfallecía de hambre. Comía con rapidez, como si temiera que los indios —a quienes no convidaba— fueran a arrebatarle la comida. Sudaba por el esfuerzo de la digestión y una hora después ya estaba pidiendo que detuvieran la marcha para alimentarse de nuevo. Decía que su trabajo la acababa mucho y que necesitaba reponer sus fuerzas.

En Chactajal la esperaban, y regaron juncia fresca en la habitación que habían preparado para ella. Doña Amantina la inspeccionó dando muestras de aprobación y luego sugirió que pasaran al comedor. Allí charlarían más tranquilamente. Y entre una taza de chocolate y la otra —los Argüellos empezaron a mostrar algunos signos de impaciencia— doña Amantina preguntó:

—¿Quién es el enfermo?

—Una prima de César —respondió Zoraida—. ¿Quiere usted que vayamos a verla? Desde hace días no sale de su cuarto.

—Vamos.

Se puso de pie con solemnidad. En sus dedos regordetes se incrustaban los anillos de oro. Las gargantillas de coral y de oro brillaban sobre la blusa de tela corriente y sucia. Y de sus orejas fláccidas pendían un par de largos aretes de filigrana.

Cuando abrieron la puerta del cuarto de Matilde se les vino a la cara un olor de aire encerrado, respirado muchas veces, marchito. Tantearon en la oscuridad hasta dar con la cama.

—Aquí está doña Amantina, Matilde. Vino a verte.

—Sí.

La voz de Matilde era remota, sin inflexiones.

—Vamos a abrir la ventana.

La luz entró para mostrar una Matilde amarilla, despeinada y ojerosa.

—Está así desde que la revolcó la corriente. No quiere ni comer ni hablar con nadie.

Ante la total indiferencia de Matilde, doña Amantina se inclinó sobre aquel cuerpo consumido por la enfermedad. Desconsideradamente tacteaba el abdomen, apretaba los brazos de Matilde, flexionaba sus piernas. Matilde sólo gemía de dolor cuando aquellas dos manos alhajadas se hundían con demasiada rudeza en algún punto sensible. Doña Amantina escuchaba con atención estos gemidos, insistía, volviendo al punto dolorido, respiraba fatigosamente. Hasta que, sin hablar una sola palabra, doña Amantina soltó a Matilde y fue a cerrar de nuevo la ventana.

—Es espanto de agua —diagnosticó.
—¿Es grave, doña Amantina?
—La curación dura nueve días.
—¿Va usted a empezar hoy?
—En cuanto me consigan lo que necesito.
—Usted dirá.
—Necesito que maten una res. Un toro de sobreaño.
A Zoraida le pareció excesiva aquella petición. Las reses no se matan así nomás. Sólo para las grandes ocasiones. Y los toros ni siquiera para las grandes ocasiones. Pero doña Amantina pedía como quien no admite réplica. Y no se vería bien que los Argüellos regatearan algo para la curación de Matilde.
—Que sea un toro de sobreaño. Negro. Junten en un traste los tuétanos. Ah, y que no vayan a tirar la sangre. Ésa me la bebo yo.
Al día siguiente la res estaba destazada en el corral principal. Espolvoreados de sal, los trozos de carne fueron tendidos a secar en un tapexco o se ahumaban en el garabato de la cocina.
—¿Quiere usted otra taza de caldo, doña Amantina?
(Si acepta, si vuelve a sorber su taza con ese ruido de agua hirviendo, juro por Dios que me paro y me salgo a vomitar al corredor.)
—No, gracias, doña Zoraida. Ya está bien así.
Ernesto suspiró aliviado. Le repugnaba esta mujer, no podía soportar su presencia. Y más sospechando qué era lo que había venido a hacer a Chactajal.
—¿Cómo a qué horas le pasó la desgracia a la niña Matilde?
—Pues se fueron a bañar como a la una. ¿No es verdad, Ernesto?
—No vi el reloj.
Que no creyeran que iban a contar con él para el asesinato de su hijo. ¿Y Zoraida era cómplice o lo ignoraba todo? No. A una mujer no se le escapan los secretos de otra. Lo que sucede es que todas se tapan con la misma chamarra.
—Para llamar el espíritu de la niña Matilde hay que ir al lugar donde se espantó y a la misma hora.
—Pero Matilde no se puede mover, doña Amantina. Usted es testigo.
—Hay que hacerle la fuerza. Si no va no me comprometo a curarla.

Y para hacer más amenazadora su advertencia:

—Es malo dejar la curación a medias.

No había modo de negarse. Porque ya en la mañana, muy temprano, doña Amantina había sacado de su cofre unas ramas de madre del cacao y con ellas "barrió" el cuerpo desnudo de Matilde. Después volvió a arroparla, pero entre las sábanas quedaron las ramas utilizadas para la "barrida", porque así, en esa proximidad, era como empezaba a obrar su virtud.

Matilde, como siempre, se prestó pasivamente a la curación. No protestaba. Y cuando le dijeron que era necesario volver al río, se dejó vestir, como si fuera una muñeca de trapo, y se dejó cargar y no abrió los ojos ni cuando la depositaron bajo el cobertizo alzado en la playa.

De repente la voz de doña Amantina se elevó, gritando:

—¡Matilde, Matilde, vení, no te quedés!

Y el cuerpo, grotesco, pesado, de la curandera, se liberó repentinamente de la sujeción de la gravedad y corrió con agilidad sobre la arena mientras la mujerona azotaba el viento con una vara de eucalipto como para acorralar al espíritu de Matilde, que desde el día del espanto había permanecido en aquel lugar, y obligarlo a volver a entrar al cuerpo del que había salido.

—Abre la boca para que tu espíritu pueda entrar de nuevo —le aconsejaba Zoraida en voz baja a Matilde, y Matilde obedecía porque no encontraba fuerza para resistir.

De pronto doña Amantina cesó de girar y llenándose la boca de trago, en el que previamente se habían dejado caer hojas de romero machacadas, sopló sobre Matilde hasta que el aguardiente escurrió sobre su pelo y rezumó en la tela del vestido. Y antes de que el alcohol se evaporara la envolvió en su chal.

Pero Matilde no reaccionó. Y pasados los nueve días su color estaba tan quebrado como antes. De nada valió que todas las noches doña Amantina untara los tuétanos de la res en las coyunturas de la enferma; ni que dejara caer un chorro de leche fría a lo largo de la columna vertebral de Matilde. El mal no quería abandonar el cuerpo del que se había apoderado. La curandera intentó entonces un recurso más: el baño donde se pusieron a hervir y soltar su jugo las hojas de la madre del cacao. Después, Matilde fue obligada a beber tres tragos de infusión de chacgaj. Pero ni por eso mostró ningún síntoma de alivio. Seguía como atacada de somnolencia y, por más antojos que le preparaban para incitar su apetito, seguía negándose a comer. Era doña Amantina la que daba buena cuenta de aquellos platillos especiales. Su hambre parecía insaciable y su humor no se alteraba a pesar del fracaso de su tratamiento, como si fuera imposible que alguno pusiera en duda su habilidad de exorcizadora de daños. Y viendo que Matilde continuaba en el mismo ser —no más grave, pero tampoco mejor—, dijo sin inmutarse:

—Es mal de ojo.

Entonces fue necesario conseguir el huevo de una gallina zarada y con él fue tocando toda la superficie del cuerpo de Matilde mientras rezaba un padrenuestro. Cuando terminó envolvió el huevo y unas ramas de ruda y un chile crespo en un trapo y todo junto lo ató bajo la axila de Matilde para que pasara el día entero empollándolo. En la noche quebró el huevo sin mirarlo y lo vertió en una vasijita que empujó debajo de la cama. Pero al día siguiente, cuando buscó en la yema los dos ojos que son seña del mal que le están siguiendo al enfermo, no encontró más que uno: el que las yemas tienen siempre.

Pero doña Amatina no mostró ni sorpresa ni desconcierto. Tampoco se desanimó. Y después de encerrarse toda la tarde en su cuarto, salió diciendo que ahora ya no cabía duda de que a Matilde le habían echado brujería; que quien estaba embrujándola era su hermana Francisca y que para curarla era necesario llevarla a Palo María.

—¡No! ¡No quiero ir!

Matilde se incorporó en el lecho, electrizada de terror. Quiso levantarse, huir. Para volver a acostarla fue precisa la intervención de la molendera y de las otras criadas. Y hubo que darle un bebedizo para que durmiera.

—Pero Matilde está imposibilitada para el viaje, doña Amantina. Luego la impresión de ver a su hermana...

—No se apure usted, patrona. Yo sé mi cuento. Las cosas van a salir bien.

Como ya habían terminado de cenar y la conversación languidecía, doña Amantina se puso de pie, dio las buenas noches y salió. Ya en su cuarto sacó de entre la blusa la llave de su cofre y lo abrió. Pero antes de que empezara a hurgar entre las cosas que el cofre contenía, un golpe muy leve en la puerta le indicó que alguien solicitaba entrar.

Una sonrisa casi imperceptible se dibujó en el rostro de doña Amantina, pero continuó trajinando como si no hubiera oído nada. Los golpes se repitieron con más decisión, con más fuerza. Entonces doña Amantina fue a abrir.

En el umbral estaba Matilde, tiritando de frío bajo la frazada de lana en que se había envuelto. Doña Amantina fingió una exagerada sorpresa al encontrarla allí.

—¡Jesús, María y José! No te quedés allí, criatura, que te vas a pasmar. Pasá adelante, estás en el mero chiflón. Pasá. Sentate. ¿O te querés acostar?

Acentuaba el *vos* como con burla, con insolencia. Nadie le había dado esa confianza, pero doña Amantina se sentía con derecho a tomarla.

Matilde no se movió. A punto de desvanecerse, alcanzó todavía a balbucir:

—Doña Amantina, yo...

—Pasá, muchacha. Yo sé lo que tenés. Pasá. Yo te voy a ayudar.

XIV

Juana, la mujer de Felipe, juntó los escasos desperdicios de la comida en un apaxtle de barro; acabó de lavar las ollas que utilizó para su trabajo y las puso a escurrir, embrocadas sobre una tabla. Retiró el comal del fuego, hasta el día siguiente. Y luego, llevando en la mano el apaxtle de los desperdicios, fue al chiquero. No había más que un cerdo flaco, hozando en el lodo.

El cerdo se abalanzó a la comida y la devoró en un instante.

—No va a estar cebado para la fiesta de Todos Santos —pensó Juana—. No va a ser posible venderlo a los custitaleros.

Y regresó al jacal, desalentada.

De la batea de ropa sacó una camisa. Era la que había usado el día de su casamiento. Después la guardó para lucirla sólo en las grandes ocasiones. Pero ahora se la ponía ya hasta entre semana y había tenido que llevarla a lavar al río varias veces. Por más cuidado que pusiera, por más delicadeza, por más esmero, el tejido iba adelgazándose y en algunos lugares estaba roto. Ahora, aprovechando estos últimos rayos de sol —la mansa lumbre del rescoldo no era suficiente—, Juana iba a zurcir las rasgaduras. Felipe podía regresar en cualquier momento y encontrarla cumpliendo esta tarea. Pero ni siquiera le preguntaría si necesitaba dinero para comprarse un corte de manta nueva. Felipe se había desobligado de los gastos de su casa. Iba y venía de las fincas, de los pueblos, sin acordarse de traerle nunca nada a su mujer. Ella había tenido que darle las pocas monedas que guardaba de ahorro para ayudarlo en los gastos del viaje. Porque con esta cuestión del agrarismo los patrones veían con malos ojos a Felipe y se negaban a darle trabajo. En cuanto a fiarles la manta como antes, ni pensarlo. El día que ella se presentó a la casa grande no sólo le negaron el fiado, sino que le reclamaron las deudas anteriores. Pero no por eso Juana se retiró de la casa grande. A veces se acercaba a ronciar por los empedrados de la majada, con un tolito lleno de frijol haciendo equilibrio sobre su cabeza. No perdía la esperanza de hablar con los patrones para interceder por Felipe y pedir que le perdonaran sus desvaríos y que le tuvieran paciencia, que iba a terminar por volver a su acuerdo. Porque Felipe no era un mal hombre. Ella lo conocía bien. Pero los Argüellos pasaban enfrente de Juana, distraídos, como si ella fuera cosa demasiado insignificante para detenerse a mirarla, para escuchar lo que decía, para prestar atención a su súplica. Y no faltó quién fuera a incriminarla delante de Felipe. Aquel día Felipe le pegó y le dijo que cuidado y volviera a saber que ella seguía en aquellas andanzas, porque la iba a abandonar. Y así tenía que ser, así debió haber sido desde hacía mucho tiempo. Sólo por caridad Felipe la conservaba junto a él. No por obligación. Porque Dios la había castigado al no permitirle tener hijos.

—Buenas noches, comadre.

Una voz trémula, como de quien está tiritando o como de quien acaba de llorar, había pronunciado, en tzeltal, aquellas palabras.

La mujer de Felipe se puso en pie para recibir a la visita. Era su hermana María quien, acompañada del menor de sus hijos, estaba parada en el umbral.

Inclinándose delante de ella la mujer de Felipe dio la frase de bienvenida:

—Comadre María, qué milagro que te dignaste venir a esta tu humilde casa.

Y le ofreció el tronco de árbol en el que ella había estado sentada. Era el único mueble. Por más que se quejaba con Felipe, él no había querido hacerle caso trayendo aunque fuera nada más otro tronco del monte.

María se sentó y disimuladamente estuvo mirando de reojo todos los rincones, ya sumidos en sombras, del jacal. Había dejado de venir durante mucho tiempo y ahora lo encontraba más miserable y desprovisto que nunca.

Juana prefirió interpretar de otra manera esta mirada de inspección y dijo:

—¿Buscabas a tu compadre Felipe?

María hizo un gesto de asentimiento. Entonces Juana fue a escoger la más pequeña, la más delgada de las astillas de ocote que atesoraba en un rincón. Mientras lo prendía en el rescoldo, arrodillada, respondió:

—Tu compadre Felipe no está. ¿Se te ofrecía algo?

—Quería yo hablar con él. Me dijeron que era mi compadre Felipe el que se entendía con los asuntos de la escuela.

Entonces el niño se desprendió de la mano de su madre y se aproximó a Juana. Buscando el sitio donde mejor fuera alumbrado por la llama del ocote, el niño alzó el rostro para que Juana lo viese. Y como Juana permaneciera atónita, sin comprender, tuvo que señalar los moretones —aquí, aquí y aquí— porque se confundían con el color oscuro de su piel.

—Me pegó el maestro.

Estaba seguro, porque ya lo había experimentado varias veces, del efecto que estas palabras producían en las personas mayores. Aguardaba la consternada exclamación. Pero Juana continuó mirándolo en silencio. Hasta que, indiferente, apartó sus ojos del rostro amoratado del niño.

El niño creyó que era necesario, para conmover a Juana, repetir el relato de la historia. Pero antes de iniciarlo sintió caer sobre él una mirada tan severa, tan hosca, de su madre, que optó por callar.

La severidad de María no tenía su origen en la conducta del niño, sino en la inexplicable actitud de Juana. Dijo, tratando de excitar su curiosidad acerca de la forma en que se había desarrollado el suceso:

—Don Ernesto estaba bolo.

El niño, que había estado esforzándose por contenerse, se abandonó a su ímpetu de hacer confidencias y empezó a hablar. Ya tenía tiempo que don Ernesto no iba a dar las clases en su juicio. Desde que llegaba a la escuela, era cierto, no paraba de hablar. Pero sin decir lo que leía en su libro, como en las primeras veces, sino que hablaba y hablaba solo. Y luego le entraba el sueño de la borrachera y se quedaba dormido.

Juana interrumpió el parloteo del niño para preguntar a María:

—¿No quieres una taza de café?

Si María aceptaba, Juana le iba a dar su propia ración, se iba a quedar sin beber café por esa noche. Pero María no saldría de su casa diciendo que Juana la había atendido mal.

María no aceptó.

El niño estaba contento de que lo hubieran interrumpido. Porque el entusiasmo de la narración casi lo había arrastrado a contar la historia completa. Él ignoraba de qué manera sería recibida por su madre a quien no se la confió más que fragmentariamente.

Él, como todos sus demás compañeros, temía ver a un hombre borracho. En su padre había visto el furor, la violencia que entonces los trastornaba. Pero Ernesto se emborrachaba de distinta manera. No se volvía a lo que le rodeaba para destruirlo, sino que se desinteresaba por completo de lo que sucedía a su alrededor. Los niños aprendieron pronto que en ese estado Ernesto no les prestaba atención. Y desde entonces la presencia de Ernesto dejó de ser un obstáculo para sus juegos y travesuras. Hubo quien se aventurara a correr y a saltar por encima del cuerpo inconsciente de Ernesto cuando yacía en el suelo. Los demás se conformaban con gritar y aventarse proyectiles. Y fue una de aquellas veces que el proyectil —una naranja agria— fue a estrellarse precisamente contra el rostro de Ernesto, el cual en aquel instante estaba tratando, con mucha dificultad, de ponerse de pie. Ernesto profirió un alarido de dolor y se levantó, entonces sí ágilmente, a descargar su furia en el primero que tuvo a su alcance sin detenerse a averiguar si era el culpable o no.

—Es lo que yo digo —decía María—. ¿Para eso nos sacrificarnos mandando a nuestros hijos a la escuela? El kerem siempre es una ayuda. Parte la leña, acarrea el agua, lleva el bastimento del tata cuando está trabajando en el campo.

Juana se encogió de hombros como para despojar aquella queja de toda su importancia. Entonces María añadió con malevolencia:

—Tú, como no tienes hijos, no puedes saber lo que es esto.

Juana le dio la espalda. Y, siempre silenciosa, empezó a moverse en el jacal buscando algo. Adonde fuera, iban siguiéndola las palabras de María:

—Por eso yo dije: voy a ver a mi compadre Felipe. Para que él nos aconseje. Porque su consejo es el que nos llevó hasta donde ahora estamos.

Por fin Juana había encontrado lo que buscaba. Una escoba de ramas, ya inservible, pero que no había querido tirar hasta no sustituirla por otra. Arrastrándola ostensiblemente, Juana atravesó todo el jacal hasta ir a poner la escoba detrás de la puerta.

María, que había seguido con atención todos los movimientos de Juana, se puso de pie, lívida de cólera. No entendía el motivo de aquel gesto. Pero sabía lo que significaba. Sin despedirse salió del jacal y el niño salió corriendo detrás de ella.

Cuando la mujer de Felipe volvió a quedarse sola se llevó ambas manos al sitio del corazón, porque sus latidos eran tan rápidos y tan fuertes que sentía como si su pecho se le fuera a romper. ¡Se había atrevido a hacer aquello! ¡Juana, la sumisa, la que era como una sombra sin voluntad, se había atrevido a echar de su casa a María! Ahora, las otras mujeres sabrían a qué atenerse. Y si tenían asuntos que arreglar con Felipe lo buscarían fuera de su jacal.

No, no eran celos. Los celos son un sentimiento humano, accesible a cualquiera y Juana hubiera sabido soportarlos, disimularlos, sentirlos. Si Felipe hubiera querido a otra mujer, Juana tendría frente a ella un adversario igual y podía luchar con sus mismas armas y podía vencer, porque ella era la legítima, aunque no tuviera hijos. Y si la derrotaban podía aceptar su derrota. Pero no era eso, y lo que era era atroz. Juana no alcanzaba a entenderlo y se golpeaba la cabeza con los puños, preguntándose qué estaba pagando para ser castigada de este modo.

Juana no veía más salida a su situación que ir a la casa grande y decir todo lo que estaba haciendo Felipe para que los patrones le hicieran el favor de considerar si éste era un caso de brujería y cómo había que curarlo. Porque no. Felipe no era el mismo desde que regresó la última vez de Tapachula. Desde que comenzó la construcción de la escuela no descansaba. Era el más madrugador y, temprano, ya andaba de casa en casa despertando a los otros. En el trabajo no había quien le pusiera un pie delante. Después, cuando la escuela estuvo terminada, el mismo Felipe derribó el árbol de ocote para hacer los muebles. ¡Y el muy ingrato no era para ver que en su jacal tenían que sentarse en el suelo! Luego quitó el retrato que hasta entonces tuvo pegado con cera cantul encima del tapexco donde dormía y se lo llevó para pegarlo en la pared de la escuela. Pero bueno hubiera sido que se conformara con eso. Seguro que en una borrachera —pues fue en los días de la novena de Nuestra Señora de la Salud— discurrió ir, él solo, a la casa grande para platicar con el patrón y decirle que ellos ya habían cumplido con levantar la escuela, que ahora venía a exigir que el patrón cumpliera la ley enviando al maestro. Cómo lo vería don César, como a un loco, pues no era otra cosa, que de lástima ni siquiera mandó que lo castigaran. Felipe era un malagradecido. En vez de rendirles, como era su obligación, ¿qué hacía? Pasarse el día entero, desde que no le daban trabajo, el día entero metido en el monte. Metido de puro haragán. Porque no era capaz ni de traer un armadillo para que ella lo adobara y lo comieran. Ni de cortar una fruta. No era capaz de nada para ayudarla. En las noches andaba de jacal en jacal, bulbuluqueando. Pero él no era el único que tenía la culpa. Eran los otros los que lo soliviantaban con el respeto que le mostraban. Lo dice Felipe. Y se iban corriendo a obedecerlo. No lo dejaban sosegar ni un rato en su casa, con su familia, con ella que era toda su familia. Bueno. Ella tampoco quería que Felipe estuviera allí. Porque cuando estaba era sólo para mostrar las malas caras, el ceño de la preocupación.

No voy a aguantar más, dijo Juana. Me voy a ir con los patrones cuando se vayan a Comitán. Voy a ser la salera. Voy a hablar castilla delante de las visitas. Sí, señor. Sí, señora. Y ya no voy a usar tzec.

Cuando Felipe abrió la puerta del jacal y entró, su mujer

inclinó la cabeza como lo hacen los carneros cuando van a embestir. Estaba excitada aún por la audacia de su acción y dispuesta a sostenerla y a no admitir ningún reproche por ella. Pero Felipe no habló. Con la misma indiferencia de siempre fue a la olla donde se guardaba el agua y bebió una jícara. Después, lentamente y como quien está pensando en otra cosa, volvió a poner todos los objetos en su sitio —la tapa de la olla, la jícara—, y fue a sentarse cerca del rescoldo. Esperó. No tardaron en llegar los demás.

—Mandamos a nuestros hijos a la escuela para que los corrijan. Si cometen una falta, el maestro es como el padre y la madre y tiene derecho a reprender.

Esto dijeron los viejos, los que no querían usar más que la prudencia.

—Empiezan por pegarles a los niños. Acabarán pegándonos a nosotros.

—¡Otra vez!

—Quizá debe ser así.

—¿Y por qué debe ser así si somos iguales?

Lo olvidaban siempre. Y era Felipe el de la obligación de recordar.

Uno, desde atrás, preguntó:

—¿Para qué seguir mandando a los keremitos a la escuela?

—Para que se cumpla la ley.

Felipe no podía explicarles más, no podía prometerles más. Pero los otros ya estaban hablando de los beneficios que disfrutarían.

—Mi hijo sabrá leer y escribir. Hablará castilla cuando esté entre los ladinos.

—Se sabrá defender. No lo engañarán fácilmente.

—A mí me vendieron una vez un zapato porque no tenía yo paga suficiente para comprar el par. Cuando me lo puse los keremitos de Comitán se reían de mí.

Felipe se aproximó y tocó el hombro del que había hablado.

—De tu hijo ya no podrán burlarse. Te lo prometo.

Cuando Felipe hablaba así los hombres que le escuchaban tenían miedo. Porque iba a pedir su valor y su decisión. Uno se lanzó a romper el silencio expectante, como con un cuchillo con esta pregunta:

—¿Qué vamos a hacer?

—Hemos tenido paciencia. ¿Y cómo han pagado nuestra paciencia? Con insultos, con abusos otra vez. Por tanto, es preciso ir a la casa grande y decir al patrón: ese hombre que trajiste de Comitán para que trabajara como maestro no sirve. Queremos otro.

Los demás se miraron entre sí, aprobando gravemente con la cabeza.

Desde un rincón la mujer de Felipe observaba con hostilidad a los reunidos. Y dijo entre sí, mirando a su marido:

—¿Quién crees que tendrá valor para ir a decir eso? Nadie. El único capaz de sacar la cara eres tú. Aquí te envalentonan y delante de los patrones te dejan solo. Y te van a matar, indio bruto. ¡Te van a matar!

—Conmigo irá solamente el padre del kerem al que ofendieron.

Ya Felipe había pronunciado su sentencia. Pero no. A los ojos de Juana él no tenía la culpa. Los culpables eran ellos. Todos estos que habían enloquecido a Felipe con su sumisión, con su obediencia. ¡Fuera de aquí, malvados!

Juana hizo un movimiento en dirección a la escoba. Alargó la mano para cogerla y arrastrarla delante de todos y arrojarla por la puerta. Pero la mano se le quedó en el aire, inútil, temblando. Porque Juana sintió sobre ella la mirada implacable de Felipe. Se fue empequeñeciendo delante del hombre. Y su fuerza la abandonó. Juana fue derrumbándose hasta quedar de rodillas en el suelo, sacudida como un arbusto por un viento de sollozos.

XV

—De modo que las cosas están así. Los indios quieren que yo cambie a Ernesto por otro. Los inocentes creen que mejorarían con el cambio. Pero yo no estoy dispuesto a desengañarlos. Yo traje a Ernesto y yo lo sostengo, porque es mi gusto. Para algo soy el mero tatón. Y ante todo, está el principio de autoridad, qué carambas. Ya estos pendejos se quieren ir con todo y reata. Bastantes errores he cometido por darles gusto. Que vayan a preguntar a las otras fincas, a ver cómo tratan a los otros indios, sus camaradas. Jaime Rovelo, por ejemplo. En su finca no se anduvo con contemplaciones. Al primero que se le quiso insubordinar le dio su buena ración de azotes y asunto que se terminó. Ahí los tiene, mansos como un cordero. Pero yo. . . La verdad es que no tengo estómago para estas cosas. Y además me ha amolado la cosa de que en Chactajal se perdió la costumbre del rigor desde hace tantos años. Y no es que mi familia fuera muy católica. Mi madre sí, iba a la iglesia y rezaba. Hizo que se bautizaran los indios de la finca. Pero mi padre no. Él era bueno por naturaleza. Les tocaron épocas mejores, también hay que ver. Los indios eran sumisos, se desvivían por cumplir a conciencia con su deber. Pero ya quisiera yo ver a ese tal Estanislao Argüello que se las daba de tan ilustrado y civilizador. Ya quisiera yo verlo en mi lugar a ver si seguía predicando la tolerancia y la amabilidad o si arreglaba sus problemas de la única manera posible. No estoy muy decidido todavía. Sé que cuento con algunos de los mozos. Pero no me quiero confiar. Estos indios solapados son capaces de traicionar al mismo Judas. Pero suponiendo que Abundio y Crisóforo y todos esos estén de mi parte, pues no es mucho consuelo, porque de todos modos siempre somos menos que los que anda soliviantando Felipe. ¿Cómo pudiera yo hablar con ese tal Felipe sin que pareciera que le estoy buscando la cara, sin rebajarme, pues? No será tan macho que con unas vaquillas que se le regalen no se aplaque bastante. Siquiera que se esperen, hombre. Y que no estén molestando ahora, precisamente ahora que es cuando va a empezar la molienda. Porque en resumidas cuentas a mí qué diablos me importa que el maestro sea Ernesto o no. Sólo por no dar mi brazo a torcer es que me negué a cambiarlo cuando vinieron a pedírmelo los indios. Aunque en realidad este dichoso Ernesto me fue resultando una alhajita. Y para colmo de los colmos, borracho. Bueno, el pobre no lo robó, lo heredó. Si mi hermano se mató fue en una borrachera. Y siquiera fueran borrachos garbosos, de los que rayan el caballo y echan vivas y alegran las fiestas. Pero no, el alcohol no les sirve más que para volverse más apulismados de lo que son. Y ahí andan bien bolos escondiéndose en los rincones y sin querer comer, porque están tristes. El muchacho salió igualito a su padre, palabra. Sólo porque Ernesto era mi hermano y con los muertos más vale no meterse, pero, dicho sea sin ofender, era un nagüilón. Eso de no querer vivir en el rancho sólo porque el rancho es triste. Triste. Claro. Porque no son capaces de amansar un potro brioso, ni de salir a campear, ni de atravesar el río a nado. Se encierran en la casa todo el día y naturalmente que es triste ver cómo va pardeando la tarde. Pero después del trabajo sí es bonito ver que se pone el sol. Ni modo. Hay gente que no lleva en la sangre estas cosas. Zoraida se aburre de estar aquí. No lo confiesa porque sabe que la voy a regañar. Pero se aburre de un hilo. Bueno, en su caso se explica. Ella nunca fue ranchera antes de casarse conmigo. Ni de familia de rancheros tampoco. Y le ha tocado la mala racha, también. Me quisiera empujar a hacer barbaridades. Cree que si me detengo y que si les he tolerado tantas cosas a estos tales por cuales es por miedo. Y no. Pase lo que pase hay que conservar la cabeza en su sitio y hacer lo que más convenga. Claro que si por mí fuera ya les hubiera yo dicho su precio a todos estos insubordinados. Pero más vale paso que dure. Ahorita no hay que arriesgarse. Ya hago mucho con estar viviendo aquí. A ver, los otros patrones. Muy sentados en el Casino Fronterizo de Comitán, dejando que los mayordomos sean los que se soplen la calentura. El mismo Jaime Rovelo, muy valiente para pegarles a los indios y meterlos en el cepo. Pero por bobo si se queda en Bajucú esperando programas. Mi prima Francisca, esa sí que es bragada. Argüello de las meras buenas. Pero lo que está haciendo es muy arriesgado. Un día esos mismos indios que tanto respeto le tienen por andar ella aparentando que es bruja la machetean y ya no cuenta el cuento. Además en una mujer no se ven mal esas astucias. Pero un hombre debe dar la cara. Y aquí, el que tiene que dar la cara soy yo. Quisiera yo darme una vuelta por Ocosingo para hablar con el Presidente Municipal. Somos amigos. Le explicaría yo mi situación y me ayudaría. A lo mejor me querría alegar que se compromete ayudándome, que las órdenes vienen de arriba y que la política de Cárdenas está muy a favor de los indios. Eso me lo podrá decir, pero yo le alego que estamos tan aislados que ni quien se entere de lo que hacemos. El mentado Gonzalo Utrilla ha de estar inspeccionando por otra zona. Y a él también se le podría convencer para que se pase de nuestro lado. Pero no sé ni para qué estoy pensando en todo esto. Si las cosas no van a llegar a más.

—Tío César...

Era Ernesto que había llegado silenciosamente a pararse en el umbral. César volvió el rostro para clavar en su sobrino una mirada fría de severidad. Ernesto sintió que esta mirada le exprimía el corazón, dejándolo sin sangre. Y supo que no le sería fácil hablar. César no lo ayudó con una pregunta, ni siquiera con un reproche.

—Hoy no di clase. Los niños no fueron a la escuela.

¡Valiente noticia! ¿Para qué iban a ir? ¿Para que les pegara el maestro? Bien podían quedarse en su casa. Como debió haberse quedado Ernesto, amarrado a las faldas de su madre, para no salir a hacer perjuicios en casa ajena. Pero Ernesto era tan irresponsable que no podía ni calcular las consecuencias de sus actos. Aquí estaba, con los ojos desencajados de sorpresa, esperando que una voluntad más fuerte que la suya volviera a poner las cosas en su lugar. César se volvió hacia él con una calma deliberada, pero también amenazadora.

—Bueno. Voy a preguntarle a Zoraida a ver si encuentra algún quehacer más apropiado para ti.

Tal vez César no hubiera añadido nada más si a los ojos de Ernesto no se hubiera asomado indiscretamente la alegría, como si se hubiera sentido perdonado. ¿Con qué derecho iba a aspirar al perdón cuando era tan tonto que ni siquiera había alcanzado a medir la gravedad de su imprudencia? Entonces, César dijo desdeñosamente:

—Un quehacer provisional. Sólo para mientras estás listo para tu viaje de regreso a Comitán.

—Es la trampa de siempre —pensó Ernesto apretando los puños—. Un poco de amabilidad, una sonrisa como la que se le dedica a un perro. Y después, la patada, la humillación. No; no hay que tratar de acercarse a él. No somos iguales. A ver si sigue considerándose tan superior cuando sepa lo que voy a decirle.

Con maligna satisfacción Ernesto anunció:

—Los indios no me dejaron entrar a la escuela. Están allí todos, vigilándola, mientras llega de Comitán el nuevo maestro.

César se puso de pie, con el semblante adusto ante la imprevista nueva.

—¿Qué dices?

—Tienen abandonado el trabajo. Dicen que no se moverán de ahí hasta que venga el maestro.

—¿Y quién rayos los autorizó para emprender esa pendejada?

Ernesto se encogió de hombros.

—No sé. No pregunté. Como no entiendo la lengua.

No eran las palabras. Era la insolencia del tono, el reto que vibraba en ellas. César tomó violentamente a Ernesto sacudiéndolo desde los hombros.

—¡Mira tu obra! ¿Y ahora con quiénes voy a hacer la molienda?

El corazón de Ernesto latía desordenadamente. Las venas de su cuello se hincharon.

—Suélteme usted, tío César, o no respondo...

En vez de soltarlo César lo acercó más a él.

—¡Y todavía quieres amenazar! ¿De dónde te salieron esas agallas? A ver, échame el juelgo.

—No he tomado nada hoy.

César abrió las manos como con asco.

—Entonces no me explico.

El ademán con que César soltó a Ernesto fue tan inesperado y brusco que Ernesto permaneció un instante tambaleándose, a punto de perder el equilibrio. La conciencia del ridículo en que lo habían colocado lo hizo gritar:

—No es justo que ahora me echen la culpa. Yo le dije desde Comitán que no servía yo para maestro. Y usted me prometió...

—¡Cállate! Esos asuntos los vamos a arreglar después. Lo que ahora urge es que la caña se muela en su día.

César dio la espalda a Ernesto y fue a la ventana. Allí se estuvo, meditando, con la barbilla caída sobre el pecho. Parecía tan ausente, tan inofensivo, que Ernesto se atrevió a insinuar:

—Podríamos traer peones de Ocosingo.

—¿Qué cosa? ¿Ir a buscar quién trabaje teniendo yo mis propios indios? Ese día no lo verán tus ojos, Ernesto.

—Pero si los indios se niegan...

—¿Y quiénes son para negarse? Estás muy equivocado si crees que les he consentido sus bravatas por miedo. Está bien. Ellos tienen razón al exigir ciertas cosas. Pero son tan imprudentes como los niños. Hay que cuidarlos para que no pidan lo que no les conviene. ¡Ejidos! Los indios no trabajan si la punta del chicote no les escuece en el lomo. ¡Escuela! Para aprender a leer. ¿A leer qué? Para aprender español. Ningún ladino que se respete condescenderá a hablar en español con un indio.

Era cierto. Y a cada frase de César, Ernesto se sentía más tocado por la verdad, más poseído de entusiasmo para sostener esta verdad por encima de cualquier ataque, para afrontar cualquier riesgo. Con voz todavía mal segura a causa de la emoción, preguntó:

—¿Qué va usted a hacer?

Porque quería ayudar, estar de parte de los Argüellos.

César fue a su armario de cedro empotrado en un ángulo de la habitación y lo abrió. Allí estaba el cinturón con el carcaj de la pistola. La sacó. Comprobó primero que estaba bien aceitada. Después abrió la caja de las balas y cogió un puñado de ellas. Cargó la pistola y dijo:

—Voy a hablar con ellos.

Empezó a caminar hacia la puerta. Ernesto lo alcanzó.

—Yo voy con usted.

Juntos llegaron a la escuela. Allí estaban los indios. Encuclillados, apoyándose en la pared de bajareque, fumando sus cigarros torcidos en un papel amarillo, corriente. No se movieron al ver venir a los dos hombres de la casa grande.

—¿No hay saludo para el patrón, camaradas?

Uno como que se quiso poner de pie. Pero la mano de otro lo detuvo rápidamente. César observó este movimiento y dijo con sorna:

—Que yo sepa no somos enemigos.

Ninguno respondió. Entonces pudo seguir hablando.

—¿En qué habíamos quedado? En que ustedes levantarían la escuela y yo pondría el maestro. Cumplimos los dos. Ahí está la escuela. Aquí está el maestro. ¿Por qué no respetamos el trato?

Felipe tragó saliva antes de contestar.

—El maestro no sirve. Cuando fuimos a hablar contigo en la casa grande te dijimos por qué queremos que lo cambies por otro.

—Claro. Y hablamos todos irreflexivamente, en el primer momento de la cólera, y las cosas nos parecen mucho más grandes de lo que son. Lo que Ernesto hizo fue una muchachada. Pero ya me ha prometido que no volverá a suceder. Digo, si no es más que por lo del kerem al que castigó. Si el kerem también ofrece que no volverá a faltarle al respeto, todo marchará bien otra vez.

Felipe movió la cabeza, negando obstinadamente.

—Tu maestro no sirve. No sabe enseñar.

César se mordió el labio inferior para disimular una sonrisa. No había que provocarlos. Pero se veían tan ridículos tomando en serio su papel de salvajes que quieren ser civilizados.

—Así que insisten en que yo les traiga otro maestro de Comitán.

—Uno que sepa hablar tzeltal para que los keremitos puedan entender lo que dice.

—Bueno. Para que vean que de veras tengo ganas de transar con ustedes, les juro que se los traeré.

César lo dijo como quien hace entrega de un gran regalo. Pero los indios, como si no hubieran comprendido la generosidad de su juramento, se quedaron quietos, cerrados, inexpresivos. César hizo un esfuerzo de paciencia para esperar a que se pusieran de pie y volvieran a sus labores. Pero ningún acontecimiento se produjo. Con voz en cuya cordialidad asomaba ya una punta de amenaza, dijo:

—Bueno, pues ahora que ya estamos de acuerdo podemos empezar a trabajar.

Felipe negó y con él todos los demás.

—No, patrón. Hasta que el otro maestro venga de Comitán.

César no esperaba esta resistencia y se aprestó a desbaratarla. Impulsivamente llevó la mano al revólver, pero logró recuperar el control de sus movimientos antes de desenfundar el arma.

—Ponte en razón, Felipe. Éste no es asunto que se resuelve así, ligeramente. Considera que tengo que ir a Comitán yo mismo. Hablar con uno y con otro hasta que yo encuentre la persona más indicada. Y luego falta que esa persona acepte venir. El trámite lleva tiempo.

—Sí, don César.

—Y en estos días yo no puedo salir de Chactajal. Es la mera época de la molienda.

—Sí, don César.

Felipe repetía la frase mecánicamente, sin convicción, como quien escucha a un embustero.

—Y si ustedes no me ayudan, nos dilataremos más todavía. Vuelvan a su trabajo. Nos conviene a todos.

—No, don César.

Felipe pronunció la negativa con el mismo tono de voz con que antes había afirmado. Esto causó gran regocijo entre sus compañeros que rieron descaradamente. César decidió pasar por alto el incidente, pero su acento era cada vez más apremiante.

—Si no hay quien levante la caña nos vamos a arruinar.

Los indios se miraron entre sí, con risa aún, y alzaron los hombros para demostrar su indiferencia.

—Si a ustedes no les importa, a mí sí. Yo no estoy dispuesto a perder ni un centavo en una pendejada de éstas.

Ahora sí, se habían puesto serios. Consultaron con los ojos a Felipe.

Felipe rehuyó su mirada.

—¡Vamos, al trabajo!

Pensó que bastaría con su voz para urgirlos, para acicatearlos. Pero los indios no dieron la menor muestra de haberse inclinado a obedecer. Entonces César desenfundó la pistola.

—No estoy jugando. Al que no se levante lo clareo aquí mismo a balazos.

El primero en levantarse fue Felipe. Los demás lo imitaron dócilmente. Uno por uno fueron desfilando entre Ernesto y César.

—Si es como yo te decía —dijo después Zoraida—. Con ellos no se puede usar más que el rigor.

XVI

Los que por primera vez conocieron esta tierra dijeron en su lengua: Chactajal, que es como decir "lugar abundante de agua".

El gran río pastor llama, con su voz que suena desde lejos a los riachuelos tributarios. Ocultan su origen. Se manifiestan después, cuando vienen resbalando entre las peñas musgosas de la montaña, cuando abren su cauce arando pacientemente la llanura. Pero desde que nacen llevan su nombre, su largo nombre líquido —Canchanibal, Tzaconejá—, para entregarlo aquí, para perderlo y que se enriquezca la potencia y el señorío del Jataté.

Agua donde se miró el mecido ramaje de los árboles. Agua, amansadora lenta de la piedra. Agua devoradora de soles. Todas las aguas no son más que una: ésta, con su amargo presentimiento del mar.

Los que por primera vez nombraron esta tierra la tuvieron

entre su boca como suya. Y era un sabor de mazorca que dobla la caña con su peso. Y era la miel espesa y blanca de la guanábana. Y la pulpa lunar de la anona. Y la aceitosa semilla del zapote. Y el lento rezumar del jugo en el tronco herido de la palmera. Pero también hálito, niebla madrugadora que deja seña de su paso en el follaje. Y el caliente jadeo de la bestia pacífica y el furtivo aliento del animal dañino. Y la acompasada respiración de las llanuras por la noche. Pero también signo: el que traza el faisán con su vuelo alto, el que deja el reptil sobre la arena.

Los que por primera vez se establecieron en esta tierra llevaron cuenta de ella como de un tesoro. La extensión del milperío y las otras cosechas. La zona para la persecución del ciervo. La encrucijada donde el tigre salta sobre su presa. La cueva remota donde amenaza el hambre del leoncillo. Y el llano que ayuda la carrera cautelosa de la zorra. Y la playa donde deposita sus huevos el lagarto. Y la espesura donde juegan los monos. Y la espesura donde los muchos pájaros aletean huyendo del más leve rumor. Y la espesura de ojos feroces de pisada sigilosa, de garra rápida. Y la piedra bajo la que destila su veneno la alimaña. Y el sitio donde sestea la víbora.

No se olvidaron del árbol que llora lentas resinas. Ni del que echa mala sombra. Ni del que abre unas vainas de irritante olor. Ni del que en la canícula guarda toda la frescura, como en un puño cerrado, en una fruta de cáscara rugosa. Ni del que arde alegremente y chisporrotea en la hoguera. Ni del que se cubre de flores efímeras.

Y añadían el matorral salvaguardado por sus espinas. Y la hojarasca pudriéndose y exhalando un vaho malsano. Y el zumbido del insecto dorado de polen. Y el parpadeo nervioso de las luciérnagas.

Y en medio de todo, sembrada con honda raíz, la ceiba, la nodriza de los pueblos.

Los que vinieron después bautizaron las cosas de otro modo. Nuestra Señora de la Salud. Éste era el nombre de los días de fiesta que los indios no sabían pronunciar. Les era ajeno. Como la casa grande Como la ermita. Como el trapiche.

Los ladinos midieron la tierra y la cercaron. Y pusieron mojones hasta donde les era posible decir: es mío. Y alzaron su casa sobre una colina favorecida de los vientos. Y dejaron la ermita allí, al alcance de sus ojos. Y para el trapiche calcularon una distancia generosa que fue cubriendo, un año añadido al otro año, la expansión del cañaveral.

El trapiche pesó sobre la tierra después de haber pesado sobre el lomo vencido de los indios. Su mole se asentó, resguardado de la intemperie, por un cobertizo de tejas ennegrecidas. Y para que los animales no pudieran aproximarse y el zacatón de los potreros conociera su límite y la hierba no rastreara en sus inmediaciones, los ladinos mandaron tender una alambrada de cuatro hilos.

Y el trapiche permanecía allí, mudo, quieto como un ídolo, mirando crecer a su alrededor la caña que trituraría entre sus mandíbulas. Pero en el día de su actividad se desperezaba con un chirrido monótono, mientras a su alrededor giraban dos mulas viejas, vendadas de los ojos, y en el cañaveral los indios ondeaban sus machetes, relampagueantes de velocidad entre las filudas hojas de la caña.

El calambre se les enroscaba a los indios en los brazos, en el torso asoleado y sudoroso. La vigilancia de César, que montado en su caballo recorría las veredas abiertas en el sembradío, los obligaba a disimular su cansancio, a hacer crecer el montón de caña cortada.

Bajo el cobertizo crecía también el jugo, rasando los grandes moldes de madera. Y el bagazo, arrojado por la máquina, se acumulaba desordenadamente.

El descanso llegaba a mediodía, a la hora de batir el posol. Entonces los indios envainaron sus machetes y fueron hasta la horqueta donde había quedado colgada la red del bastimento. Destaparon el tecomate de agua y lo vaciaron en las jícaras. Después buscaron el alero del cobertizo y allí, en cuclillas, batieron la bola de posol, con sus dedos fuertes y sucios. César los observaba desde lejos, bien resguardado del sol vertical de esa hora.

Fue un momento de quietud perfecta. El caballo, con la cabeza inclinada, abatía perezosamente los párpados. En los potreros se enroscaban las reses a rumiar la abundancia de su alimento. En la punta de un árbol plegó su amenaza el gavilán.

Y el silencio también. Un silencio como de muchas cigarras ebrias de su canto. Como de remotos pastizales mecidos por la brisa. Como de un balido, uno solo, de recental en busca de su madre.

Y entonces fue cuando brotó, entre el montón de bagazo, la primera llamarada. Y entonces se supo que toda aquella belleza inmóvil no era más que para que el fuego la devorara.

El fuego anunció su presencia con el alarido de una fiera salvaje. Los que estaban más próximos se sobresaltaron. Las mulas pararon sus orejas tratando de ubicar el peligro. El caballo de César relinchó. Y César, pasado el primer momento de confusión, empezó a gritar órdenes en tzeltal.

Los indios se movieron presurosamente, pero no para obedecer sino para huir. Atrás, esparcidas, en desorden, quedaron sus pertenencias. La red del bastimento volcada, las jícaras bocabajo, el tecomate vacío somatándose y resonando contra las piedras. Y ellos, despavoridos, hacia adelante, atropellándose unos a otros, enredando entre sus piernas las largas y curvas vainas de los machetes. Adelante. Porque una llama desperdigada venía insidiosamente reptando por el suelo, de prisa, de prisa, para morder los talones. Adelante, porque las chispas volaban buscando un lugar para caer y propagarse. Adelante. Hasta que el caballo de César, parado de manos, relinchando, los detuvo. Y César también con sus palabras. Y con el fuete que descargaba sobre las mejillas de los fugitivos, ensangrentándolas. Entonces los indios se vieron obligados a volver al trapiche que ardía. Y volcaron sobre la quemazón los moldes de madera y el jugo de la caña humeó también con un olor insoportable, sin apagarla. Y los indios gritaban, como si estuvieran dentro de la ermita y la oreja de Dios recibiera sus gritos, y agitaban sus rotos sombreros de palma como si el fuego fuera animal espantadizo. Y el humo se les enroscaba en la garganta para estrangularlos y les buscaba las lágrimas en los ojos. Resistieron mientras César estuvo atrás, tapándoles la salida. Pero cuando el caballo ya no obedeció las riendas y traspuso, galopando, los potreros, entonces los indios, con las manos ceñidas al cuello como para ayudar la tarea de la asfixia, llorando, ciegos, huyeron también.

Nadie se acordó de desatar a las dos mulas que trotaban desesperadamente, y siempre en círculo, alrededor del trapiche. El aire sollamado les chicoteaba las ancas. Y aquel olor irrespirable de jugo de caña que se combustiona las hacía toser torpemente, ahogándolas.

Una dobló las patas delanteras antes que la otra. Cayó, con los belfos crispados, y los enormes dientes desnudos. Y la otra siguió corriendo, arrastrando aquel peso muerto al que estaba uncida todavía una vuelta más.

La humareda se alzó ahora espesa del hedor de carne achicharrada.

La llanura cedió con un leve crujido, con la docilidad, con la rapidez del papel. Lo rastrero del fuego devoró primero a la hierba. Luego se quebró el zacatón alto, porque su tallo carece de fuerza. Y por último los grandes árboles de los que salieron volando multitud de pájaros. Las ramas se descuajaron estrepitosamente llenando de chispas el aire de su caída.

El incendio resollaba en esta gran extensión como una roja bestia de exterminio.

El tropel de las reses se detenía ante las alambradas para embestirlas. Los postes, carcomidos ya por la catástrofe, oponían sólo una breve resistencia y después se desmoronaban esparciendo, hasta lejos, pequeños trozos de carbón. Pero algún ternero quiso escurrir su cuerpo entre una hilada de alambre y otra y se quedó allí, trabado entre las púas, arrancándose la piel en cada esfuerzo por libertarse, mugiendo, con los ojos desorbitados, hasta que un llamear súbito vino a poner fin a su agonía.

Las vacas de vientres cargados, los bueyes con la lentitud de su condición, se desplazaban dejando en el barro chicloso la huella de su peñuza hendida. Y el fuego venía detrás, borrando aquella huella.

Los otros, los que podían escapar con su ligereza, se despeñaron en los barrancos y allí se quedaron, con los huesos rotos, gimiendo, hasta que el fuego también bajó a la hondura y se posesionó de ella.

Los que pudieron llegar a los aguajes se lanzaron al río y nadaron corriente abajo. Muchas reses se salvaron. Otras, cogidas en los remolinos, golpeadas contra las piedras, vencidas por la fatiga, fueron vistas pasar, por otros hombres, en otras playas, hinchadas de agua, rígidas, picoteadas al vuelo por los zopilotes.

En la montaña resonaron los aullidos. El batz balanceándose de una rama a otra. El tigre que hizo temblar a la oveja en su aprisco. Los pájaros que enloquecen de terror. Y las hormigas que se desparramaron sobre la tierra, con una fiebre inútil, con una diligencia sin concierto, con una desesperada agitación.

Todo Chactajal habló en su momento. Habló con su potente y temible voz, recuperó su rango de primacía en la amenaza.

Las indias temblaban en el interior de los jacales. Arrodilladas, imploraban perdón, clemencia. Porque alguien, uno de ellos, había invocado a las potencias del fuego y las potencias acudieron a la invocación, con sus caras embadurnadas de rojo, con su enorme cabellera desmelenada, con sus fauces hambrientas. Y con su corazón que no reconoce ley.

Los indios trabajaban, mirando el ojo abierto de la pistola de César, en cavar un zanjón bien hondo alrededor de la casa grande.

Las mujeres se habían encerrado en la sala. Zoraida balbucía, abrazando convulsivamente a sus hijos.

—Glorifica mi alma al señor y mi espíritu se llenará de gozo...

Las demás ahogaban estas palabras en un confuso bisbiseo. Sólo se apartaba de las otras la voz de Matilde, pronunciando:

—Santa Catalina Pantelhó, abogada de los sopetecientos carneros largos...

No pudo evitar el tono de burla, de juego al pronunciar esta oración sin sentido. Y rió, interrumpiendo su carcajada un hipo doloroso. Y luego dijo, golpeándose la cabeza con los puños cerrados, como lo hacen los indios en sus borracheras:

—Santa Catalina Pantelhó... ¡No puedo acordarme de ningún otro nombre! Dios me va a castigar...

La puerta se abrió y la figura de Ernesto se detuvo en el umbral.

—Los caballos están a la disposición.

Zoraida se volvió a él, colérica.

—No nos vamos a ir.

—Ahora todavía es tiempo. Después quién sabe.

—¿Pues qué hacen esos indios malditos que no terminan de abrir el zanjón?

—El zanjón no es una medida segura. Puede volar una chispa sobre el techo...

Pero Zoraida no atendía ya a las razones de Ernesto. Con el rostro hundido en el pecho de Mario, sollozaba.

—No quiero regresar a Comitán como una limosnera. No quiero ser pobre otra vez. Prefiero que muramos todos.

De afuera entró un clamor de alegría. Zoraida alzó el rostro, alerta. Matilde cesó la búsqueda de nombres sagrados que era incapaz de recordar. Ernesto corrió al patio y desde allí gritó:

—¡La lluvia! ¡Está empezando a llover!

Cuando la lluvia cesó pudo medirse la magnitud del desastre. Los potreros destruidos y, desperdigados en el campo, los esqueletos negruzcos de los animales. Los que sobrevivieron no querían separarse de la vecindad del río. Y durante semanas se lastimarían los belfos buscando, en la pelada superficie del llano, probando en cada bocado un sabor de ceniza.

Esa noche los indios se miraron con recelo, porque cada uno podía albergar un propósito de delación. Y comieron su comida con remordimiento. Y bebieron trago fuerte para espantar al espanto. Y en sus sueños volvió a moverse la violencia del incendio. Y sólo uno pudo pensar que se había obrado con justicia.

Los ladinos velaron toda la noche, de rencor y de miedo.

XVII

Una vela ardiendo en un rincón. Las otras ya se habían consumido. Mario dormía, en los brazos de Zoraida. De vez en cuando ella posaba los pies en el suelo y la mecedora de mimbre en que estaba sentada se mecía lentamente.

—No hagas ruido, César. Mario va a despertar.

Pero César no dio muestras de haberla escuchado. Se paseaba, de un extremo al otro de la sala, rayando los ladrillos con la suela claveteada de sus botas.

—¿Te doy un cordial? —ofreció tímidamente Matilde. La labor reposó unos momentos sobre su regazo. Parpadeaban sus ojos interrogantes como si aun aquella luz mortecina fuera demasiado hiriente. No obtuvo respuesta. Volvió a inclinarse sobre su costura.

Ernesto se levantó y fue a entreabrir las hojas de la ventana. Le sofocaba esta atmósfera, quería respirar al aire de la noche. Pero el aire que entró estaba calcinado todavía.

La llama de la vela vaciló y estuvo a punto de apagarse.

Parece un tigre en su jaula —pensó Zoraida mirando a César—. Si me hubiera hecho caso cuando le aconsejaba yo que se diera a respetar, que tratara a los indios como se merecen para que vieran quién era aquí el gamonal, otro gallo nos cantaría. Pero ya para qué echar malhayas. Estamos bien amolados. Adiós, doña Pastora, que le vaya bien. Es de balde que vaya usted a proponer su mercancía a casa de los finqueros. Ya no podemos comprar nada. Ni quien vaya a querer fiarnos. Y aunque quisieran. Eso sí que no. No estoy dispuesta a volver a estar con el alma en un hilo esperando el ton-ton de los cobradores. Ya sé adónde van a ir a parar las gargantillas de coral, los rosarios de filigrana, las sortijas de oro labrado: con las mujeres de los fabricantes de aguardiente, con esas cualquieras que no las admitiría yo ni como cargadoras de mis hijos. Pero se alzaron porque ahora son las que tienen dinero. ¿Quién era ese tal Golo Córdova? Un pileño desgraciado que empezó a escupir en rueda desde que instaló su fábrica clandestina. Le cayeron los inspectores del Timbre, pero les untó bien la mano y ahora está podrido en pesos. Con él vendió César la cosecha de caña. Yo le aconsejé que no lo hiciera, que no recibiera la paga adelantada. Pero él me dijo que tenía que solventar otros compromisos y total no me hizo caso. A ver ahora, bonita deuda se echó encima. Y ni con qué responder. El ganado gordo fue el primero que se soasó trabado en los alambres. El Golo será capaz de querer quedarse con la finca. No por el negocio, porque cuál negocio es tener un hervidero de indios sobresalidos, sino para presumir que pisa donde pisaban los Argüellos. Pero ya conozco a César. Es más testarudo. Es de los que se mueren en su ley. ¿Y yo tendré obligación de seguir viviendo con él? Porque el caso es que yo no quiero ir a pasar penas a Comitán. No quiero que me miren menos donde fui principal. Y no porque le saque yo el bulto al trabajo. Trabajar sí sé. Antes tejía yo pichulej, costuraba yo sombreros de palma. Bien me podría yo ganar la vida en cualquier parte, donde no me conozcan. Sostener la casa. Yo sola con mis hijos. Pero no en Comitán.

—Tal vez la quemazón no fue intencional —dijo Ernesto.

—¿En qué estás pensando? ¿En que fue un accidente? César se detuvo para contestar. La vehemencia quebraba sus palabras.

—¡Un accidente! El fuego empezó en el trapiche. Ardió primero el montón de bagazo. Los indios estaban cerca. Me acuerdo como si lo estuviera yo mirando. Estaban sentados batiendo su posol.

—Felipe no estaba con ellos. Se quedó aquí. Acarreando agua para la casa grande. Yo mismo lo vigilé.

—Felipe no tenía necesidad de hacerlo con sus propias manos. Bastaba con que lo hubiera mandado. Los demás le obedecen como nunca me obedecieron a mí.

César los creía muy capaces de haber hecho lo que hicieron. Y exactamente de la manera como lo hicieron. A traición. Eran muy cobardes para dar la cara. Por eso venían a la casa grande con el "bocado"; se encuclillaban en el corredor para oírlo hablar. Y luego le enterraban un cuchillo en la espalda o lo esperaban en la revuelta de un camino para cazarlo como a un venado. Porque eran cobardes. Y eso César lo sabía, lo sabía desde que nació. Pero nunca hasta ahora se había topado así, con todo el odio y toda la cobardía de los indios. De bulto, enfrente de él, como un obstáculo que le impedía avanzar. Le hervía la sangre de impaciencia y de cólera. Hubiera querido abalanzarse y estrangular el cuello de su enemigo. Pero el enemigo se le escabullía, jugaba con su rabia desapareciendo, tomando otra figura, irritándolo más con su inconsistencia de humo. Entonces César tenía que engañar su furia ejecutando acciones sin sentido. No le había bastado correr todo el día, dando órdenes, luchando por apagar el incendio. Quedó ronco de tanto gritar, los músculos le dolían por el esfuerzo. Pero el cansancio no era suficiente para mantenerlo tranquilo. Intentó dormir, cerró los ojos. Y un minuto después volvió a abrirlos, barajustado, y miró a su alrededor, tenso, a la expectativa, dispuesto a defenderse. No podía siquiera sentarse y estar quieto. Le cosquilleaban las plantas de los pies, la palma sudorosa de las manos. Tenía que moverse. Caminaba, de izquierda a derecha, de un extremo al otro de la habitación, contando los ladrillos, evitando pisar encima de las junturas, proyectando una grotesca y descoyuntada sombra. Y cada vez que miraba a su mujer sorprendía en sus ojos un ruego mudo: por favor, silencio, consideración para el sueño de Mario. ¡Consideración! Si César no la tuviera desde qué horas habría sacudido por los hombros a aquel niño enclenque, lo habría despabilado bien para que se enterara de lo que había sucedido. Ésta es tu herencia, le diría. Aprende a defenderla porque yo no te voy a vivir siempre.

César quería hacer de su hijo un hombre y no un nagüilón como Ernesto. A la edad de Mario él, César, ya sabía montar a caballo y salía a campear con los vaqueros y lazaba sus becerritos. Hubiera querido que su hijo lo imitara. Pero Zoraida ponía el grito en el cielo cada vez que hablaban del asunto. Trataba a su hijo con una delicadeza como si estuviera hecho de alfeñique. Claro. Como ella no había sido ranchera no quería que Mario le saliera ranchero. Hasta estaría haciéndose ilusiones de que iban a mandarlo a estudiar a México. Sí, cómo no. Para que le resultara una alhaja como el famoso hijo de Jaime Rovelo que nos sale ahora con la novedad de que los patrones somos una rémora para el progreso y que deberían arrebatarnos nuestras fincas. Sólo falta que nos dejemos. Creen que unos cuantos gritos bastan para asustarnos. Y no saben que estamos cansados de velar muertos. De situaciones más apuradas hemos salido con bien. Yo sé que otros en mi lugar no se tentarían el alma y el tal por cual de Felipe estaría a estas horas hamaqueándose en la ceiba de la majada, con la lengua de fuera. Pero no me quiero manchar las manos con sangre. Ni hacerles un mártir a los alzados. Más vale andar con cautela y apegarse a la ley. Como hasta ahora. ¿Acaso les estaba yo pidiendo baldío a estos infelices indios cuando los llevé al cañaveral? Pensaba yo pagarles lo justo. No el salario mínimo. Estaba loco el que lo discurrió. Lo justo. Pero en vez de obedecer por la buena se me sentaron como mulas caprichudas. Y es que creen que estoy solo, que no tengo quién me apoye. Y ellos sí, su Gonzalo Utrilla. Yo también tengo mis valedores. Para no ir más lejos ahí está el Presidente Municipal de Ocosingo que es mi compadre. En cuanto yo le eche un grito ya me está mandando la gente que yo quiera para que me ayude. Qué chasco se van a llevar estos desgraciados indios cuando se vean amarrados codo con codo, jalando para el rumbo de la cárcel. Porque lo que es yo no me voy a quedar chiflando en la loma del sosiego después de que se quemó el cañaveral. Se tiene que hacer una averiguación y el responsable será castigado. No se pierden así nomás miles de pesos. Ni les voy a salir a mis acreedores con el domingo siete de que no puedo hacer frente a mis compromisos porque hubo un "accidente" en mi rancho. Tengo que cumplir.

O aguantar que me refrieguen, en el mero patio de mi cara, que soy un informal. Y eso no lo ha aguantado ningún Argüello, ni siquiera Ernesto. Por lo pronto, la única solución es ir a Ocosingo. Pero, caray, no me arriesgo a dejar tirada la finca estando como están los ánimos de estos salvajes. Porque si en mi presencia se atrevieron a hacer lo que han hecho, cuando vean que no hay respeto de hombre, quién sabe de lo que serán capaces. Me da miedo también por la familia. Se han dado casos de abusos con las mujeres. Y ni modo de organizar una partida con todas mis gentes. Éste es asunto de hombres. Hay que ir y venir luego. Con toda la impedimenta, no llego a Ocosingo ni en tres días.

—¿Serías capaz de ir a Ocosingo y entregar una carta al Presidente Municipal, Ernesto?

La pregunta lo cogió desprevenido. Pero antes de saber con exactitud a lo que estaba comprometiéndose, Ernesto hizo un signo de afirmación. No se arrepintió. Si antes su tío no le había tolerado ni la más leve reticencia, ahora se la toleraría menos, pensando, como pensaba, que el causante de todo este conflicto con los indios era él, Ernesto. Si no se hubiera emborrachado hasta el punto de golpear a sus alumnos, los indios no hubieran protestado negándose a trabajar en la molienda. Cierto que Ernesto no había vuelto ni a oler la botella de trago desde aquella fecha, pero ya para qué, si el mal estaba hecho. Así que ahora andaba con la cola entre las piernas y no tenía más que obedecer lo que le mandaran. Por lo menos no le estaban pidiendo cosas del otro mundo. Porque un viaje a Ocosingo no era nada difícil. Y de pronto Ernesto se imaginó galopando por una llanura inmensa, ligero, sin que su cuerpo le pesara, sin esa dolorosa y constante contracción en el estómago, sin sentir el obsesionante hedor a estiércol y creolina, con esa libertad que sólo se disfruta en los sueños.

Pero al ver frente a sí a César sentado, escribiendo —la pluma rasgaba desagradablemente el papel—, se sintió de nuevo sumergido en la angustiosa realidad de su situación, y un sudor frío le empapó la camisa.

Después de rotular el sobre, César se puso de pie para entregárselo a Ernesto.

—Va dirigido al Presidente Municipal. Es para enterarlo de la coyuntura en que me encuentro. Si te pide detalles de lo que sucedió hoy, se los darás. Por lo menos de las causas estás bien enterado.

Ernesto sintió que las orejas le ardían. Volvió vivamente el rostro para ocultar su humillación y su mirada tropezó con la frente inclinada de Matilde. Creyó sorprender en ella un gesto fugaz de burla. ¿Cómo tenía entrañas para burlarse? Se estaba allí, la muy hipócrita, engañando a todos con su aspecto inofensivo. ¿Qué sucedería si él se pusiera de pronto a gritar que no se había emborrachado por vicio, sino porque Matilde era una puta que asesinó al hijo que hicieron entre los dos? Por un instante Ernesto creyó que no resistiría el impulso de confesarlo todo. Pero las palabras se le desmoronaron en la boca. Ya no era tan torpe como antes para confiar en ellos. Ya los conocía. Suponiendo que César y Zoraida no supieran qué clase de araña era la tal Matilde, bastaba con que llevara su apellido para que la protegieran y la solaparan. Y ¿él qué? Él no era más que un bastardo. Podía muy bien irse al demonio.

—Quiero que cuentes lo que sucedió, con todos los detalles. Y dile que no me voy a conformar mientras no se me haga justicia. El culpable lo va a pagar muy caro. Si ellos no lo castigan, lo castigaré yo.

Ahora que el viaje estaba decidido Matilde alzó la cabeza. Se restregó los párpados fatigados de esforzarse en la costura y miró a su alrededor. Zoraida dormitaba con la mejilla apoyada en el respaldo de la mecedora de mimbre. Tan tranquila como si nada hubiera pasado. Matilde la envidiaba. Porque ella, desde la estancia de doña Amantina en Chactajal, no había vuelto a probar el sueño. Apenas cerraba los ojos se le representaba la cara de aquella vieja gorda; con su torpe expresión de malicia y de complicidad, la oía llamarla de vos y despertaba temblando de vergüenza. Ésas eran sus noches. Y sus días no eran más alegres. Delante de Ernesto sabía que no tenía derecho a levantar la frente. Lo esquivaba lo más que le era posible. Pero a veces —la casa no era lo suficientemente grande, el mundo entero no lo sería— se encontraban y ella tenía que hablarle con naturalidad, fingir indiferencia para que los demás no sospecharan. ¿Cómo iban a sospechar? Tenían tal confianza en ella. Y ella los engañaba, desde hacía meses, a toda hora. Y les pagaba con una burla la hospitalidad y metía la deshonra en esta casa que se había abierto para su desamparo.

Trabajaba de sol a sol para ellos. Pero así hubiera podido servirles de rodillas y eso no compensaría la confianza que les había defraudado. Entonces, como para obligarlos a sospechar, como para ponerlos sobre aviso, Matilde arriesgaba frases que estaban mal en los labios de una señorita, aludía a hechos de la vida que una soltera debía forzosamente ignorar. Zoraida la miraba con una suspicacia que la hacía enrojecer. Se le venía, como un golpe de sangre a la cara, el gran terror de ser descubierta. ¿Adónde iría, adónde? Y este vacío, abierto frente a Matilde, la mantenía al borde de la crisis nerviosa. Una sombra en la pared, el vuelo insistente de un insecto, el repentino relinchar de un caballo, la hacían gritar, sollozar, quejarse sin consuelo. Cásate, le aconsejaba César palmeando su espalda entre cariñoso y burlón. Cásate para que dejes de ver visiones. Y Matilde pedía disculpas por haberlos turbado, y forzaba una sonrisa y aparentaba calmarse. Pero de pronto, otra vez el grito:

—¡Ay!

Zoraida despertó sobresaltada.

—¿Qué cosa?

Matilde había corrido hasta el centro de la sala y, temblando, castañeteando los dientes, balbucía:

—Allí, en la ventana, estaba un hombre.

Zoraida y César se miraron con inquietud. Y esta vez no se atrevieron a decir que Matilde había tenido una alucinación.

XVIII

Ernesto dobló el sobre para que la carta cupiera en la bolsa de su camisa. A cada respiración suya, a cada paso del caballo, Ernesto sentía moverse la carta con un crujido casi imperceptible. Allí, en ese trozo de papel, César había descargado toda su furia acusando a los indios, urgiendo al Presidente Municipal de Ocosingo para que acudiera en su ayuda, recordándole, con una calculada brutalidad, los favores que le debía, y señalando esta hora como la más propicia para pagárselos.

Cuando Ernesto leyó por primera vez esta carta (le habían entregado el sobre abierto, pero él mismo lamió la goma delante de toda la familia y lo cerró. Sólo que después, en su dormitorio, no la curiosidad por conocer el contenido, sino por saber cuál era el verdadero estado de ánimo de César lo hicieron rasgar el sobre y sustituirlo por otro que él rotuló con su propia mano) quedó admirado ante la energía de aquel hombre no doblegada por las circunstancias, ante su innato don de mando y su manera de dirigirse a los demás, como si naturalmente fueran sus subordinados o sus inferiores. Y se entregó de nuevo, plenamente, a la fascinación que este modo de ser ejercía sobre su persona. Sentía que obedecer a César era la única forma de semejársele, y durante las horas que se mantuvo despierto, agitado, en la cama, hasta que un llamado con los nudillos contra la puerta de su cuarto le hizo saber que era el momento de marcharse, no se propuso más que reforzar aquella vehemencia escrita con su testimonio hablado. Y se palpaba ardiendo de indignación y pensaba llegar a la presencia del Presidente Municipal de Ocosingo, ardiendo todavía como una antorcha de la que podía servirse para iluminar el oscuro antro de la injusticia.

Pero ahora que la cintura empezaba a dolerle de tanto acomodarse al vaivén de las ancas del caballo, Ernesto notó que su entusiasmo decaía. Y cuando su respiración se hizo fatigosa y difícil —porque el caballo se empeñaba en subir el cerro del Chajlib— su entusiasmo acabó por fundirse en una sorda irritación. ¿Desde qué horas estaba caminando? No tenía reloj, pero podía calcular el tiempo transcurrido desde que salió de Chactajal —antes de que amaneciera— hasta este momento en que el sol, todavía frío, todavía inseguro, le clavaba rápidos alfileres en la espalda.

"¿Y todo esto para qué?", se dijo. El Presidente Municipal no va a hacer caso ni va a mandar a nadie para que investigue el incendio del cañaveral. Ni que estuviera tan demás en este mundo. Y la mera verdad es que él mismo, César, es quien busca que no atiendan sus demandas. No tiene modos para pedir. ¿Y si yo no entregara la carta? Ernesto se imaginó desmontando frente a los portales de la presidencia y amarrando su caballo a uno de los pilares gordos y encalados. El Presidente estaría dentro, a la sombra del corredor de la casa, espantando el bochorno de la siesta con un soplador de palma. Porque Ernesto había oído decir que en Ocosingo el clima era caliente y malsano. Ernesto se aproximaría al Presidente con la mano extendida, sonriente, lleno de aplomo, como había visto en Comitán que los agentes viajeros se aproximaban a los dueños de las tiendas.

El Presidente iba a sonreír, instantáneamente ganado por la simpatía y la desenvoltura de Ernesto. Y él mismo iba a reconocer, con sólo mirarlo, que se trataba de un Argüello. Las facciones, las perfecciones como acostumbraban decir las gentes de por aquellos rumbos, lo proclamaban así. Y luego esa autoridad que tan naturalmente fluía de su persona. Sin la aspereza, sin la grosería de los otros Argüellos. Con una amabilidad que instaba a los demás a preguntar qué se le ofrecía para servirlo en lo que se pudiera. Ernesto sonrió satisfecho de este retrato suyo.

—¿Una cervecita, señor Argüello?

Sí, una cerveza bien fría, porque tenía sed y hacía mucho calor. Ernesto alzó la botella diciendo salud y su gesto se reflejó en los opacos espejos de la cantina.

Acodados en la misma mesa, próximos, íntimos casi, el Presidente Municipal y Ernesto iban a iniciar la conversación. Ernesto sabía que el Presidente iba a insistir de nuevo:

—Conque ¿qué se le ofrecía?

Y Ernesto, dejando que el humo de su cigarrillo se disolviera en el aire (no, no le gustaba fumar, pero le habían dicho que el humo es bueno para ahuyentar a los mosquitos y como Ocosingo es tierra caliente, los mosquitos abundan), le contaría lo sucedido. Él, Ernesto, estaba en Chactajal ejecutando unos trabajos de ingeniería. Por deferencia a la familia únicamente, porque clientela era lo que le sobraba en Comitán. Bueno, pues César lo había llamado para que hiciera el deslinde de la pequeña propiedad, porque había resuelto cumplir la ley entregando sus ejidos a los indios. Pero uno de ellos, un tal Felipe, que la hacía de líder, había estado azuzándolos contra el patrón. Tomando como pretexto a Ernesto precisamente. Decía que siendo sobrino legítimo de César, Ernesto no iba a hacer honradamente el reparto de las tierras. Cuando lo primero, aquí y en todas partes, no eran los intereses de la familia, sino el respeto a la profesión. Pero ¿cómo se metía esta idea en la cabeza dura de un indio? Total, que se habían ido acumulando los malentendidos hasta el punto que el mentado Felipe le prendió fuego al cañaveral y después, para evitar que fueran a quejarse a Ocosingo, tenía sitiada la casa grande de Chactajal con la ayuda de aquéllos a quienes había embaucado. Pero él, Ernesto, logró escapar gracias a su astucia y a la protección que le prestó la molendera, una india que le tenía ley.

Y aquí Ernesto respondería a la libidinosa mirada con que el Presidente Municipal iba a acoger aquella confidencia, con un severo fruncimiento de cejas. Y declararía después que aquella pobre mujer había ido a ofrecérsele. Pero que él no había querido abusar de su situación. Además, las indias —aquí sí cabía un guiño picaresco— no eran platillo de su predilección. ¡Pobres mujeres! Las tratan como animales. Por eso cuando alguien tiene para ellas un miramiento, por insignificante que sea (porque él no había hecho más que portarse como un caballero ante una mujer, que es siempre respetable sea cual sea su condición social), corresponden con una eterna gratitud. Gracias, pues, a la molendera estaba Ernesto aquí, pidiéndole al señor Presidente que lo acompañara a Chactajal y de ser posible que destacara delante de ellos a un piquete de soldados. No, no para imponer la violencia sobre los culpables. Los indios no eran malos. Lo más que podía decirse de ellos es que eran ignorantes. Le extrañaría tal vez al señor Presidente escuchar esta opinión en los labios de alguien que pertenecía a la clase de los patrones. Pero es que Ernesto era un hombre de ideas avanzadas. No un ranchero como los otros. Había estudiado su carrera de ingeniería en Europa. Y no podía menos que aplaudir, a su retorno a México, la política progresista de Cárdenas. En este aspecto el señor Presidente Municipal podía estar tranquilo. Acudir al llamamiento de los dueños de Chactajal no podía interpretarse como una deslealtad a esa política. Se le llamaba únicamente como mediador.

Vencido el último de sus escrúpulos el Presidente Municipal no vacilaría en acompañar a Ernesto. ¡Con qué gusto los verían llegar a Chactajal! Él, Ernesto les había salvado la vida. Y Matilde lo miraría otra vez con los mismos ojos ávidos con que lo vio llegar a Palo María, antes de que las palabras de César le hicieran saber que era un bastardo. Pero ahora, con ese acto de generosidad, iba a convencerlos a todos de que su condición de bastardo no le impedía ser moralmente igual a ellos o mejor. César se maravillaría de la penetración que le hizo comprender que el tono de aquella carta tenía que ser contraproducente. Y de allí en adelante no quería dar un paso, sino guiado por los consejos de su sobrino. Además, querría recompensarle con dinero. Pero

Ernesto lo rechazaría. No con desdén, sino con tranquila dignidad. César, conmovido por este desinterés, haría llamar al mejor especialista de México para que viniera a examinar a su madre. Porque cuando se quedó ciega, el doctor Mazariegos aseguró que su ceguera no era definitiva. Que las cataratas, en cuanto llegan al punto de su maduración, pueden ser operadas. Y una vez con su madre sana ¿qué le impedía a Ernesto irse de Comitán, a buscar fortuna, a otra parte, donde ser bastardo no fuera un estigma?

Había llegado al borde de un arroyo. El caballo se detuvo y empezó a sacudir la cabeza con impaciencia, como para que le aflojaran la rienda y pudiera beber. Ernesto no tenía idea del tiempo que le faltaba para llegar a Ocosingo y como la larga caminata le había abierto el apetito, dispuso tomar una jícara de posol. Desmontó, pues, y condujo su caballo a un abrevadero para que se saciara. Del morral sacó la jícara y la bola de posol y fue a sentarse, a la sombra de un árbol. Mientras el posol se remojaba sacó la carta de la bolsa de su camisa, la desdobló y estuvo leyéndola de nuevo. Habría bastado un movimiento brusco de su mano para arrugarla, para hacerla ilegible, para romperla. Pero el papel permanecía allí, intacto, sostenido cuidadosamente entre sus dedos que temblaban mientras una gran angustia apretaba el corazón de Ernesto y le hacía palidecer. De pronto, todos sus sueños le parecieron absurdos, sin sentido. ¿Quién diablos era él para intervenir en los asuntos de César? Indudablemente estaba volviéndose loco. Ha de ser la desvelada, pensó. Y volvió a doblar aquel pliego de papel y a meterlo en el sobre y a guardarlo en la bolsa de su camisa. Hasta puso su pañuelo encima para que el papel no fuera a mancharse con la salpicadura de alguna gota cuando batiera su posol. Pero apenas Ernesto iba a hundir los dedos entre la masa, cuando se escuchó una detonación. El proyectil había partido de poca distancia y vino a clavarse entre las cejas de Ernesto. Éste cayó instantáneamente hacia atrás, con una gota de sangre que marcaba el agujero de la herida.

El caballo relinchó espantado y hubiera huido si un hombre, un indio bajado de entre la ramazón del árbol, no hubiera corrido a detenerlo por las bridas. Estuvo palmeándole el cuello, hablándole en secreto para tranquilizarlo. Y después de dejarlo atado al tronco del árbol fue hasta el cadáver de Ernesto y, sin titubear, como aquel que lo vio guardarse la carta, se la extrajo de la bolsa de la camisa y la rompió, arrojando los fragmentos a la corriente. Luego cogió aquellos brazos que la muerte había aflojado y, jalándolo, arrastró el cadáver —que dejaba una huella como la que dejan los lagartos en la arena— hasta el sitio en que pacía el caballo. Lo colocó horizontalmente sobre la montura y lo ató con una soga para impedir que perdiera el equilibrio y cayera cuando el caballo echara a andar. Por fin, desató a la bestia, la puso nuevamente en la dirección de Chactajal y, pegando un grito y agitando en el aire su sombrero de palma, descargó sobre sus ancas un fuetazo. El animal partió al galope.

Cuando el caballo atravesó, sudoroso, con las crines pegadas al cuello, entre las primeras chozas de los indios de Chactajal, se desató el enfurecido ladrar de los perros. Y detrás los niños, corriendo, gritando. Los mayores se miraron entre sí con una mirada culpable y volvieron a cerrar la puerta del jacal tras ellos.

El caballo traspuso el portón de la majada, que ahora ya no vigilaba ningún kerem, y se mantenía abierta de par en par. Su galope dejó atrás la casa grande y la cocina y las trojes, porque no iba a descansar más que en su querencia. Hasta la caballeriza tuvo que ir César a recoger el cadáver de Ernesto y ayudado por Zoraida —ningún indio quiso prestarse—, transportó el cuerpo de su sobrino hasta la ermita para velarlo. Allí corrió Matilde, destocada, y se lanzó llorando contra aquel pecho que había entrado intacto en la muerte. Y besaba las mejillas frías y el cabello, todavía suave y dócil, de Ernesto.

Zoraida se inclinó hacia Matilde murmurando a su oído:

—Levántate. Vas a dar qué hablar con esas exageraciones.

Pero Matilde, arrodillada todavía junto al cadáver de Ernesto, gritó con voz ronca:

—¡Yo lo maté!

—Estás loca, Matilde. ¡Cállate!

—¡Yo lo maté! ¡Yo fui su querida! ¡Yo no dejé que naciera su hijo!

Zoraida se aproximó a César para urgirle:

—¿Por qué dejar que mienta? No es verdad lo que dice, está desvariando.

Pero ya se había adueñado de la voluntad de Matilde un

frenesí que se volvía en contra suya para destruirla, para desenmascararla. Y volviendo a Zoraida su rostro mojado de llanto, dijo:

—Pregúntale a doña Amantina cómo me curó. Yo he deshonrado esta casa y el apellido de Argüello.

Estaban solos los tres, alrededor del cuerpo de Ernesto. César miraba a su prima con una mirada fija y glacial, pero como si su atención estuviera puesta en otra cosa. El silencio latía de la inminencia de una amenaza. Matilde jadeaba. Hasta que, con una voz extrañamente infantil, se atrevió a romperlo preguntando:

—¿No me vas a matar?

César parpadeó, volviendo en sí. Hizo un signo negativo con la cabeza. Y luego, volviendo la espalda a Matilde, añadió:

—Vete.

Matilde besó por última vez la mejilla de Ernesto y se puso en pie. Echó a andar. Bajo el sol en la llanura requemada. Y más allá. Bajo la húmeda sombra de los árboles de la montaña. Y más allá. Nadie siguió su rastro. Nadie supo dónde se perdió.

Esa misma noche los Argüellos regresaron a Comitán.

TERCERA PARTE

> Y muy pronto comenzaron para ellos los presagios. Un animal llamado Guarda Barranca se quejó en la puerta de Lugar de la Abundancia, cuando salimos de Lugar de la Abundancia. ¡Moriréis! ¡Os perderéis! Yo soy vuestro augur.
>
> *Anales de los Xahil*

I

LLEGAMOS a Palo María en pocas horas. Pues hoy, los caminos están secos y todos viajamos a caballo. Mi padre ha espoleado el suyo hasta que le sangran los ijares. En la majada de la finca hozan los cerdos. Sobre el ocotero se acumula la ceniza de innumerables noches. ¡Desde qué distancia viene la aguda voz de los gallos, el rumor con que el trabajo se cumple en los jacales, en el campo! Todas las puertas, todas las ventanas de la casa grande están cerradas. Desmontamos frente al corredor y nos estamos allí, llamando, sin que nadie advierta nuestra presencia. Hasta que al cabo de un rato aparece un indio y se acerca a preguntarnos qué se nos ofrece.

—Quiero hablar con mi prima Francisca —dice mi padre.

El indio no nos invita a sentarnos. Nos deja de pie y entra en la casa. Un rato después aparece mi tía, vestida de negro, con los ojos bajos. Se para frente a nosotros. Permanecemos un minuto en silencio. Mi padre no sabe cómo decirle lo que ha pasado. Empieza, balbuciendo:

—Tu hermana Matilde...

Tía Francisca no le permite continuar.

—Ya lo sé. El dzulum se la llevó.

Mi padre la mira con desaprobación. Replica:

—¡Cómo puedes dar creencia a esas patrañas!

—No es la primera vez que el dzulum se apodera de uno

de nuestra familia. Acuérdate de Angélica. Nos llama el monte. Algunos saben oír.

Mi madre ha estado esforzándose por callar. Pero la indignación puede más que ella y exclama:

—Delante de los niños no es prudente decir la verdad. Pero Matilde la gritó sobre el cadáver de Ernesto. Y es peor de lo que tú eres capaz de pensar.

—Yo no pienso nada, Zoraida. Soy una pobre mujer.

Si nos despidiéramos ahora, tía Francisca no nos detendría. Sólo que mi padre no está conforme con dejar las cosas así.

—Cuando llegó Matilde a Chactajal y nos contó lo que estaba sucediendo aquí, no lo creímos. Parecía imposible que tú, tan entera, tan cabal siempre, te prestaras a una farsa tan ridícula como la que estás representando.

Tía Francisca responde, violenta y batalladora, como en otro tiempo:

—Pero yo soy la que se queda y ustedes los que se van, los que huyen. No era Chactajal nada para defenderlo. Eso tú lo sabrás, César, cuando tan fácilmente lo abandonas. Somos de distintos linajes. Yo no cedo nunca lo mío. Ni muerta soltaré lo que me pertenece. Y así pueden venir todos y quebrarme las manos. Que no las abriré para soltar el puñado de tierra que me llevaré conmigo.

—Tú lo has dicho. Ya no nos conocemos. A un extraño no se le ofrece hospitalidad.

Tía Francisca se ruborizó. Dio un paso para aproximarse a Mario y a mí. Pero se detuvo antes de acariciarnos.

—No quiero que me juzgues peor de lo que soy, César. Nos criamos como hermanos y yo te debo muchos favores. Pero los indios desconfiarían si vieran que les abro las puertas de mi casa. Nadie las ha cruzado desde hace meses.

Mi padre sonríe, con sorna.

—¿Y dónde preparas tus filtros mágicos? ¿Y dónde aconsejas a los que vienen a consultarte? ¿Y dónde echas los maleficios a tus enemigos? Aquí, al aire libre, me parece impropio. A la brujería le es necesario el misterio.

Tía Francisca temblaba de rabia.

—Te estás burlando de mí. Y no sabes que puedo hacer más de lo que crees. Ernesto. . .

—Ernesto fue asesinado. A balazos. Y las balas eran comunes y corrientes. De plomo, no de maldiciones ni de malos deseos.

—¿Ya descubrieron a los asesinos?

—Nadie los ha buscado.

—Y más vale que no lo hagan. Es inútil. Yo sé quién mató a Ernesto. Y sé también que mientras yo tenga en depósito la pistola con que se cometió el crimen, nadie podrá nada contra su dueño.

Mi padre la mira con un reproche para el que no encuentra palabras. Girando sobre sus talones, ordena:

—Vámonos.

Montamos otra vez. Ante nosotros se despliega suavemente una loma. Antes de dar vuelta al último recodo yo me vuelvo a contemplar la casa que dejamos atrás. Tía Francisca está todavía en el mismo sitio. Alta, vestida de negro, silenciosa, vigilada por cien pares de ojos oblicuos.

II

Con qué ansia estoy deseando llegar a Comitán para entregarle a mi nana el regalo que le traigo. Pero antes de deshacer las maletas mi padre ha dispuesto que sea mi nana precisamente quien vaya a buscar a don Jaime Rovelo, porque le urge hablar con él.

Don Jaime llega y después de saludarnos, pregunta:

—¿Qué tal les fue de temporada en Chactajal?

—Un desastre —responde mi padre con amargura—. Los indios quemaron el cañaveral y mataron a Ernesto. Poco faltó para que también nos mataran a nosotros.

—Eso es lo que Cárdenas buscaba con sus leyes. Allí está ya el desorden, los crímenes. No tardará en llegar la miseria. Es muy cómodo tener ideales cuando se encierra uno a rumiarlos, como mi hijo, en un bufete. Pero que vengan y palpen por sí mismos los problemas. No tardarían en convencerse de que los indios no merecen mejor trato que las bestias de carga.

—Zoraida —dice mi padre—, haz que nos preparen un refresco. Tengo sed.

Ella obedece y sale. Don Jaime saca una bolsita de tabaco y lía un cigarrillo. Pregunta:

—Y ahora, ¿qué piensas hacer?

—Luchar.
—¿Cómo?
—¡Como hay que hacerlo! Apegándose a la ley para que nos proteja.
—¿Otra idea brillante como la de escoger el maestro rural?
—Ni la burla perdonas, Jaime. No se trata de eso ahora. Sino de pedir al gobierno que mande un ingeniero para que haga el deslinde de la tierra y reparta a cada quien lo que le corresponde. Para defenderme necesito, primero, saber qué es lo que la ley reconoce como mío.
—¡Quién iba a decir que llegaríamos hasta este punto! ¡Admitir el arbitraje! Si los dueños somos nosotros.
—¿Y sabes por qué no hemos podido conservar nuestras propiedades? Porque no estamos unidos. Cada uno trabaja únicamente para su provecho. Nadie se preocupa por los demás.
Mi madre entra con unos vasos de limonada. Le ofrece a don Jaime. Mi padre bebe con avidez. Luego se limpia los labios con un pañuelo y dice:
—La pequeña propiedad es inafectable. Tenemos que exigir que se nos cumpla ese derecho.
—¿Exigir? ¿Ante quién?
—Ante las autoridades competentes. Si aquí hemos fracasado debemos ir a Tuxtla y hablar con el Gobernador. Es mi amigo y nos ayudará. Una vez que se hayan marcado los mojones y todos tengamos las escrituras y los planos de nuestras parcelas, entonces podremos empezar a trabajar de nuevo.
—Tu optimismo no tiene remedio, César. Empezar a trabajar de nuevo. ¿Con qué hombres? Los indios se conformarán con sembrar su milpa y comer su maíz. Y sentarse luego en el suelo a espulgarse el resto del tiempo.
—No va a ser como antes, naturalmente. Ahora ya los indios están malenseñados a no dar baldío. Si es necesario les pagaremos.
—¿El salario mínimo?
Mi padre se decide de pronto.
—El salario mínimo.
—¡Como si el dinero significara algo para ellos! Y más ahora, estando los ánimos tan enconados como están. Desengáñate, César. No cuentes con los indios para el trabajo.

—Aun admitiendo que tengas razón. Quedan los ladinos. Podríamos engancharlos aquí. Claro que los sueldos serían más altos. Y hay que agregar lo que nos costaría transportarlos de aquí a la finca.

—Y una vez en la finca, levantar casa para que vivan los ladinos. Hacer comida para que coman los ladinos. Regalar ropa para que se vistan los ladinos. ¿Cuánto tiempo serías capaz de sostener ese tren de gastos?

Mi padre bajó la cabeza y se quedó mirando, meditativamente, la punta empolvada de sus botas. La discusión parecía concluida. Entonces, agregó en voz baja y lenta:

—Todo lo que me dices ahora me lo he venido repitiendo, de día y de noche, durante el camino. Tienes razón. Lo más prudente sería dejar las fincas tiradas y buscar otro modo de ganarse la vida. Pero yo ya no estoy en edad de empezar, de aprender. Yo no soy más que ranchero. Chactajal es mío. Y no estoy dispuesto a permitir que me lo arrebate nadie. Ni un Presidente de la República. Me voy a quedar allí, en las condiciones que sea. No quiero vivir en ninguna otra parte. No quiero morir lejos.

Por la seriedad con que había pronunciado estas palabras supimos que eran irrevocables. Don Jaime depositó el vaso de refresco sobre la mesa.

—Y el único camino es Tuxtla.

—El único. Me voy mañana.

—Es una locura. Nadie nos apoyará ni nos hará caso. El patrón es una institución que ya no está de moda, como dice mi hijo.

—Tenemos que luchar. Tenemos que luchar juntos. Tú irás conmigo. ¿No es verdad, Jaime?

—Sí.

Se dieron la mano sin hablar. Salieron, uno detrás del otro, hasta la calle.

En cuanto nos dejaron solas, mi madre, ayudada por la nana, comenzó a preparar el equipaje.

—Estas camisas vinieron sucias del rancho. No hubo tiempo de arreglar nada. Como salimos huyendo...

Apartan las camisas. Escogen lo que mi padre va a precisar en su viaje y lo que no.

—¿Estará mucho tiempo lejos el patrón?

—Quién sabe. Las cuestiones de trámite son a veces muy dilatadas.

—¿Guardo estos calcetines de lana?

—No, mujer. Tuxtla es tierra caliente.

Los cajones abiertos, las maletas a medio deshacer, las camas revueltas. Sobre los muebles, en desorden, las cosas. Yo aprovecho el descuido de las dos mujeres para buscar el regalo que traje. Cuando lo encuentro salgo al corredor y allí me estoy, esperando. Al rato la nana pasa frente a mí. La llamo en un susurro.

—Ven. Tengo que darte algo.

Abre su mano y sobre la palma dejo caer un chorro de piedrecitas que recogí a la orilla del río. Los ojos de mi nana se alegran hasta que me oye decir que las piedrecitas son de Chactajal.

III

Nos visten de negro —a Mario y a mí—, para que acompañemos a mi madre que va a visitar a la madre de Ernesto.

Es una mujer de edad. Está ciega, sentada en un escalón del corredor, con un tol de tabaco sobre su falda. Lo desmenuza, asistida por una vecina.

—Buenas tardes —decimos al entrar.

La ciega alarga ambas manos como si tratara, por el tacto, de dar una figura a esa voz que no conoce.

—Es doña Zoraida Argüello y sus dos hijos —anuncia la vecina.

—Y no hay sillas para que se sienten. Me hicieras el favor de sacar el butaquito de mi cuarto.

Mientras la vecina va a cumplir la orden, la ciega se pone de pie y se apoya en un bastón. En su prisa no advierte que el tol resbala de su falda, se vuelca y el tabaco queda desparramado en el suelo.

—Trajimos desgracia —dice mi madre.

Pero la ciega no la escucha, atenta a otra cosa.

—Vecina, ¿hallaste el butaquito?

—Ya voy, doña Nati, ya voy.

—¡Cómo no nos avisaron su visita, doña Zoraida! Habríamos preparado cualquier cosa para recibirlos. Somos muy humildes, pero voluntad no nos falta. Y con las personas de cariño siempre se puede tener alguna atención.

Mi madre se acomoda en la butaca mientras la vecina empieza a recoger el tabaco que se desparramó.

—¿Y qué razón me da usted de mi hijo Ernesto? ¿Se quedará todavía mucho tiempo en Chactajal?

—Sí. Todavía mucho tiempo.

—Yo digo que él es más que mi bastón para caminar. Un hijo tan dócil, tan pendiente de sus obligaciones. Es el consuelo de mi vejez.

—Que no hable doña Nati de su hijo —comenta la vecina—, porque se le hace poco el día.

—No me habrá dejado en mal con ustedes, doña Zoraida. Tanto que le recomendé que fuera comedido, respetuoso.

Mi madre dice con esfuerzo:

—No tenemos queja de él.

—Es de buena raza. Y no lo digo por mí. Su padre, el difunto don Ernesto, era un hombre muy de veras. Cuando fracasé, mi nombre estaba en todas las bocas: era el tzite de la población. Se burlaban de mí, me tenían lástima, me insultaban. Pero cuando al fin se supo que había yo fracasado con el difunto don Ernesto, había que ver la envidia que les amarilleaba la cara. No de balde era un Argüello.

—¿Y para que le sirvió, doña Nati? ¿Iba usted a comer el apellido?

—Es la honra, mujer, la honra, lo que puso sobre la cabeza de mi hijo. Y la sangre. Ah, cómo se venía criando. Como un potro, con brío, con estampa. Los domingos mandaba yo a mi kerem, bien bañado y mudado, a que recorriera las calles para que lo mirara su padre. A veces, aunque estuviera platicando con otros señores de pro, el difunto don Ernesto lo llamaba y, delante de todos, le daba su gasto: dos reales, un tostón. Según. Y mi kerem, en vez de gastarlo en embelequerías o repartirlo con los demás indizuelos, me lo traía para ayudar a nuestras necesidades. Porque la pobreza nunca ha salido de esta casa. Después empecé a notar que mi Ernesto era formal y que tenía entendimiento. Entonces fui a hablar con el señor cura, para que lo admitiera en su colegio. Me endité para pagar las mensualidades, pero ¡qué contento venía de la escuela! Diario con palabras nuevas que le habían enseñado. O con un papel donde decía que no era rudo, que se aplicaba y que se portaba bien. No sé si alguno se lo aconsejó, o lo discurrió él mismo, que de por sí es muy sobresalido, pero es el caso que comenzó a secarse en la ambición. Quería ir a México, seguir estudiando, ser titulado como el hijo de don Jaime Rovelo. Yo lo dejaba que pensara sus cosas. Y para mientras, trabajaba yo más y más, de modo que su pensamiento no resultara vano. Porque no quería yo que le fuera a caer sangre en su corazón. Entonces, saqué fiado su primer par de zapatos y lo calcé. ¡Válgame! ¡Y cómo se puso el día del estreno! Le salieron tamañas ampollas en los pies. Pero Ernesto siempre fue muy arrecho y no se quejaba. Y se fue a dar vueltas al parque, como si desde que nació hubiera sido catrín.

Doña Nati esconde, bajo el ruedo de la falda, sus propios pies descalzos, partidos de tanta intemperie que han soportado. Mi madre hace un gesto como para interrumpirla, pero la ciega no se da cuenta y sigue hablando:

—Luego me vino la enfermedad, me cogió un mal aire. Ernesto tuvo que salir de la escuela y entró de oficial en un taller. Era cumplido, para qué es más que la verdad. Pero yo sabía que no le gustaba. Y le daba yo gracias a Dios que si me había mandado un mal, ese mal fuera cegarme, para no poder ver la desdicha de mi hijo.

Mi madre se vuelve hacia la vecina y, en voz muy baja, le ruega que vaya a preparar un poco de agua de brasa. La vecina nos mira con recelo, pero no pregunta nada y obedece. Cuando se ha marchado, mi madre dice:

—Nati, no traje carta de Ernesto.

La ciega ríe, un poco divertida.

—¿Y para qué me iba a escribir? De sobra sabe mi hijo que no sé leer, ni puedo. Además, con usted me podrá mandar a avisar cualquier cosa.

—Sí. ¿Sabes, Nati? Ernesto está un poco delicado.

—¿Le agarraron las fiebres?

La alarma hace tantear a Nati, torpemente, a su alrededor.

—Más bien fue un accidente. Salió a caballo para ir a Ocosingo...

—Y no llegó.

—En el camino lo hirieron unos indios.

—¿Herido? ¿Dónde está? ¡Llévenme donde esté!

La vecina viene a nosotros, presurosa, con una taza de peltre en la mano. Quiere acercarla a los labios de Nati, pero la ciega la retira con brusquedad.

—¿Qué es lo que quieren hacerme beber?

La vecina nos delata al decir:

—Las visitas están vestidas de negro.

Nati suelta el bastón y se lleva las manos a la cara. De pronto, se parte, hasta la raíz, en un grito:

—¡Mis ojos! ¡Mis ojos!

IV

Recién salida del baño la cabellera de mi madre gotea. Se la envuelve en una toalla para no mojar el piso de su dormitorio.

Yo voy detrás de ella, porque me gusta verla arreglarse. Corre las cortinas, con lo que la curiosidad de la calle queda burlada, y entra en la habitación una penumbra discreta, silenciosa, tibia. De las gavetas del tocador mi madre va sacando el cepillo de cerdas ásperas; el peine de carey veteado; los pomos de crema de diferentes colores; las pomadas para las pestañas y las cejas; el lápiz rojo para los labios. Mi madre va, minuciosamente, abriéndolos, empleándolos uno por uno.

Yo miro, extasiada, cómo se transforma su rostro; cómo adquieren relieve sus facciones; cómo acentúa ese rasgo que la embellece. Para colmarme el corazón llega el momento final. Cuando ella abre el ropero y saca un cofrecito de caoba y vuelca su contenido sobre la seda de la colcha, preguntando:

—¿Qué aretes me pondré hoy?

La ayudo a elegir. No. Estas arracadas no. Pesan mucho y son tan llamativas. Estos calabazos que le regaló mi padre la víspera de su boda son para las grandes ocasiones. Y hoy es un día cualquiera. Los de azabache. Bueno. A tientas se los pone mientras suspira.

—¡Lástima! Tan bonitas alhajas que vende doña Pastora. Pero hoy... ni cuando. Ya me conformaría yo con que estuviera aquí tu papá.

Sé que no habla conmigo; que si yo le respondiera se disgustaría, porque alguien ha entendido sus palabras. A sí misma, al viento, a los muebles de su alrededor entrega las confidencias. Por eso yo apenas me muevo para que no advierta que estoy aquí y me destierre.

—Ya. Los aretes me quedan bien. Hacen juego con el vestido.

Se acerca al espejo. Se palpa en esa superficie congelada, se recorre con la punta de los dedos, satisfecha y agradecida.

De pronto las aletas de su nariz empiezan a palpitar como si ventearan una presencia extraña en el cuarto. Violentamente, mi madre se vuelve.

—¿Quién está ahí?

De un rincón sale la voz de mi nana y luego su figura.

—Soy yo, señora.

Mi madre suspira, aliviada.

—Me asustaste. Esa manía que tiene tu raza de caminar sin hacer ruido, de acechar, de aparecerse donde menos se espera. ¿Por qué viniste? No te llamé.

Sin esperar respuesta, pues ha cesado de prestarle atención, mi madre vuelve a mirarse en el espejo, a marcar ese pequeño pliegue del cuello del vestido, a sacudirse la mota de polvo que llegó a posársele sobre el hombro. Mi nana la mira y conforme la mira va dando cabida en ella a un sollozo que busca salir, como el agua que rompe las piedras que la cercan. Mi madre la escucha y abandona su contemplación, irritada.

—¡Dios me dé paciencia! ¿Por qué lloras?

La nana no responde, pero el sollozo sigue hinchándose en su garganta, lastimándola.

—¿Estás enferma? ¿Te duele algo?

No, a mi madre no le simpatiza esta mujer. Basta con que sea india. Durante los años de su convivencia mi madre ha procurado hablar con ella lo menos posible; pasa a su lado como pasaría junto a un charco, remangándose la falda.

—Tomá. Con esto se te va a quitar el dolor.

Le entrega una tableta blanca, pero mi nana se niega a recibirla.

—No es por mí, señora. Estoy llorando de ver cómo se derrumba esta casa porque le falta cimiento de varón.

Mi madre vuelve a guardar la tableta. Ha logrado disimular su disgusto y dice con voz ceñida, igual:

—No hace un mes que se fue César. Me escribe muy seguido. Dice que va a regresar pronto.

—No estoy hablando de tu marido ni de estos días. Sino de lo que vendrá.

—Basta de adivinanzas. Si tenés algo qué decir, decilo pronto.

—Hasta aquí, no más allá, llega el apellido de Argüello. Aquí, ante nuestros ojos, se extingue. Porque tu vientre fue estéril y no dio varón.

—¡No dio varón! ¿Y qué más querés que Mario? ¡Si es todo mi orgullo!

—No se va a lograr, señora. No alcanzará los años de su perfección.

—¿Por qué lo decís vos, lengua maldita?

—¿Cómo lo voy a decir yo, hablando contra mis entrañas? Lo dijeron otros que tienen sabiduría y poder. Los ancianos de la tribu de Chactajal se reunieron en deliberación. Pues cada uno había escuchado, en el secreto de su sueño, una voz que decía: "que no prosperen, que no se perpetúen. Que el puente que tendieron para pasar a los días futuros se rompa". Eso les aconsejaba una voz como de animal. Y así condenaron a Mario.

Mi madre se sobresaltó al recordar:

—Los brujos...

—Los brujos se lo están empezando a comer.

Mi madre fue a la ventana y descorrió, de par en par, las cortinas. El sol de mediodía entró, armado y fuerte.

—Es fácil cuchichear en un rincón oscuro. Hablá ahora. Repetí lo que dijiste antes. Atrevete a ofender la cara de la luz.

Cuando respondió, la voz de mi nana ya no tenía lágrimas. Con una terrible precisión, como si estuviera grabándolas sobre una corteza, como con la punta de un cuchillo, pronunció estas palabras:

—Mario va a morir.

Mi madre cogió el peine de carey y lo dobló, convulsivamente, entre sus dedos.

—¿Por qué?

—No me lo preguntes a mí, señora. ¿Yo qué puedo saber?

—¿No te mandaron ellos para que me amenazaras? ¿No te dijeron: asústala para que abra la mano y suelte lo que tiene y después nos lo repartamos entre todos?

Los ojos de la nana se habían dilatado de sorpresa y de horror. Apenas pudo balbucir:

—Señora...

—Bueno, pues andá con ellos y deciles que no les tengo miedo. Que si les doy algo es como de limosna.

La nana retiró vivamente sus manos, cerrándolas antes de recibir nada.

—¡Te lo ordeno!

—Los brujos no quieren dinero. Ellos quieren al hijo varón, a Mario. Se lo comerán, se lo están empezando a comer.

Mi madre se enfrentó resueltamente con la nana.

—Me desconozco. ¿Desde qué horas estoy escuchando estos desvaríos?

La nana dio un paso atrás, suplicante.

—No me toques, señora. No tienes derecho sobre mí. Tú no me trajiste con tu dote. Yo no pertenezco a los Argüellos. Yo soy de Chactajal.

—Nadie me ha atado las manos, para que yo no pueda pegarte.

Con ademán colérico mi madre obligó a la nana a arrodillarse en el suelo. La nana no se resistió.

—¡Jurá que lo que dijiste antes es mentira!

Mi madre no obtuvo respuesta y el silencio la enardeció aún más. Furiosa, empezó a descargar, con el filo del peine, un golpe y otro y otro sobre la cabeza de la nana. Ella no se defendía, no se quejaba. Yo las miré, temblando de miedo, desde mi lugar.

—¡India revestida, quítate de aquí! ¡Que no te vuelva yo a ver en mi casa!

Mi madre la soltó y fue a sentarse sobre el banco del tocador. Respiraba con ansia y su rostro se le había quebrado en muchas aristas rígidas. Se pasó un pañuelo sobre ellas, pero no pudo borrarlas.

Silenciosamente me aproximé a la nana que continuaba en el suelo, deshecha, abandonada como una cosa sin valor.

V

"Hasta ahora no nos ha sido posible conseguir una audiencia con el Gobernador. Jaime y yo hemos ido todos los días a Palacio. Nos sientan a esperar en una sala estrecha y sofocante donde hay docenas de personas, venidas desde todos los puntos del estado para arreglar sus asuntos. No nos llaman según el turno que nos corresponde, sino según la importancia de lo que queremos tratar. Y para el criterio de los políticos de ahora es mucho más urgente remendar los calzones de manta de un ejidatario que hacerle justicia a un patrón. Tal vez por eso muchos de los que estaban con nosotros al principio, gestionando la devolución de sus tierras, se han desanimado y se fueron. Pero yo todavía creo firmemente que no hay que perder la esperanza. Chactajal volverá a ser nuestro. No en las mismas condiciones de antes, no hay que hacerse ilusiones. Pero podremos regresar y vivir allí. Para que Mario se críe en la propiedad que más tarde será suya, y así aprenda a cuidarla y a quererla.

"La cuestión es tener paciencia y mañas. Durante el tiempo que llevamos aquí nos hemos relacionado con muchas personas. Claro que procuramos que esas personas sean importantes y que tengan influencias en el gobierno. Es preciso agasajarlos, atenderlos, correrles caravanas. Lo que aquí se acostumbra es tomar refrescos o cerveza helada, porque el calor es muy fuerte. No se ve mal que los señores entren en las cantinas, como en Comitán. Por otra parte es difícil distinguir, a primera vista, a un señor de un cualquiera. El clima no permite más que ropa muy ligera y todos andan igual de desguachipados. De poco me sirven aquí los chalecos que me pusiste en la maleta. No he tenido oportunidad de usarlos ni una sola vez. Pero aparte del clima y la ropa, aquí no hay propiamente señores. Casi todos los habitantes de Tuxtla viven a expensas del erario, a base de empleos y sueldos miserables. No ha de ser difícil sobornarlos para lograr que nos ayuden a que se solucionen favorablemente nuestros problemas. Tú sabes cómo me avergüenza recurrir a estos medios, pero no tenemos otros a nuestra disposición. Yo no pienso detenerme ante nada para lograr lo que me he propuesto. Y te juro que no regresaré a Comitán sin llevar todos los papeles que me garanticen que podemos vivir de nuevo en la finca.

"Los niños y tú me hacen mucha falta. En las noches salimos con Jaime a dar la vuelta, porque no se puede uno quedar encerrado en el cuarto del hotel. Se asfixia uno respirando ese aire caliente y estancado, mirando correr las cucarachas por las paredes, junto a un ventilador descompuesto y una regadera sin agua. Las calles son un achigual de lodo o un remolino de polvo según que llueva o no. Las casas son aplastadas y feas. Sólo en el parque corre un poco de brisa. Y hay flamboyanes que florean siempre. Y se oye música.

"Pero no, no vayas a creer que estoy contento, no me acostumbro a la manera de vivir de los tuxtlecos. Yo soy de tierra fría. Y quiero mi casa y estar con ustedes. Sólo por ustedes estoy haciendo este sacrificio. Pero el resultado tendrá que compensarlo todo.

"Jaime ya no aguanta más y ha pedido una tregua. Va de mi parte a hablar con Golo Córdova, el aguardentero, a ver si nos tiene un poco más de paciencia. En este momento no me es posible cumplir con ese compromiso. También le recomendé a Jaime que te entregara esta carta."

Mi madre dobló el pliego meditativamente.

—¿Cómo ve usted la situación, don Jaime?

—Mal. César no quiere desengañarse. Pero en realidad el gobierno tiene el deliberado propósito de no escuchar nuestras protestas. Podremos tener la razón de nuestra parte. Hasta la ley. Pero ellos tienen la fuerza y la emplean a favor de los que prefieren. Ahora están tratando de congraciarse con los de arriba. Y se están haciendo los Bartolomés de las Casas, los protectores del indio y del desvalido. Pura demagogia.

—¿Entonces?

—Entonces hay que dejar que el mundo ruede, que los zopilotes acaben con la carroña.

—¿No tiene usted intención de volver a Tuxtla?

—¿Para qué?

—Pero si está usted convencido de que es inútil, ¿por qué dejó usted a César allá?

—¿Y cree usted que no le hice toda la lucha para traérmelo? Pero a César no hay quien le haga desistir cuando se le mete un propósito entre ceja y ceja. Está obstinado. Y en cierto modo tiene razón. No pelea únicamente para él, sino para Mario. Yo ya estoy viejo. Y después de mí, ¿quién?

—No ofenda usted a Dios, don Jaime. Tiene usted un hijo.

—Ah sí, un hijo modelo. Hizo una carrera brillante y acaba de recibir el título de abogado. Nadie mejor que él para defendernos en esta coyuntura. Ganaría nuestro caso. Y no lo ganaría para mí, sino para él, porque es su herencia. Pero ¿sabe usted lo que me contestó cuando se lo propuse? Que él renunciaba a la parte que le correspondía en ese botín de ladrones que son los ranchos. Que nosotros podíamos suponer que eran nuestros, pues siquiera nos había costado el trabajo de robarlos.

Mi madre estaba escandalizada.

—¡Pero no es posible que haya dicho eso! Es una falta

de respeto, es una mentira. Nosotros somos los dueños, los legítimos dueños.

—Mi hijo no es de la misma opinión, doña Zoraida. Está en la edad de los ideales. Cree en esas teorías nuevas, comunistas o como se llamen.

—¡San Caralampio bendito!

—No tiene la culpa. El culpable soy yo, por haberlo mandado a estudiar. Pero ya ni quejarse sirve. A lo hecho, pecho.

Callaron los dos. Después de una breve pausa don Jaime aconsejó:

—Escríbale usted a César, doña Zoraida. Escríbale usted. Tardará mucho tiempo en regresar.

—Le voy a escribir... para darle una mala noticia. ¿Se acuerda usted de aquella india, una tal que servía de nana a la niña? No se ha de acordar, porque ni quién se fije en los mozos y más si son de casa ajena. Bueno. Pues esta que le digo fue crianza de los Argüellos y siempre bebiendo los vientos por nosotros, siempre muy dada con la familia. Pero tenía que salir con su domingo siete.

—¿Qué hizo?

—Con grandes aspavientos vino a anunciarme que los brujos de Chactajal se estaban comiendo a Mario. Que no se iba a lograr.

Mi madre contó esto con ligereza, con aparente frivolidad. Pero se adivinaba una tensa expectativa a través de sus palabras. Don Jaime no hizo ningún comentario.

—¿Cree usted que sea posible?

—Perder un hijo es siempre muy doloroso. Y hay tantas maneras de perderlos.

—¡Pero Mario no puede morir!

Don Jaime se puso de pie, irritado.

—¿Y por qué no?

Luego, arrepentido de su brusquedad:

—Además, es preferible. Se lo aseguro. Es preferible.

VI

En el cuarto de mi nana está todavía el cofre de madera con su ropa: el tzec nuevo, con sus listones de tantos colores; la camisa de vuelo; el perraje de Guatemala. Y, envueltas en un pedazo de seda, las piedrecitas que le traje de Chactajal. Vuelvo a cogerlas. Las guardo, para que se entibien, entre mi blusa. Después voy a desayunar.

En el comedor, de techo alto y muebles oscuros, en medio de esas intermitentes llamadas de atención que hacen los cubiertos de metal chocando contra los platos.

Luego el vagabundeo solitario por la casa. ¡Qué grande es! El jardín en el que mi madre ha estado sembrando dalias; y un patio. Y el que está detrás. Y las recámaras. Y el corredor. Y la despensa. Todo vacío. Aunque otras gentes, como tía Romelia, hayan venido a vivir con nosotros.

Ella y mi madre se sientan en el corredor a tejer el interminable mantel para el altar del oratorio. A las dos les gusta charlar y se pasan las horas tejiendo y platicando.

—¿Qué habrá sido de Matilde?

—Si no se la devoró ningún animal del monte ha de estar sirviendo como criada en algún rancho.

—¡Pobre!

—Qué pobre ni qué nada. Bien merecido se lo tiene por haber deshonrado a la familia. Aunque aquí, en confianza, te diré que era el único modo de salir del maíz podrido. Por muy mi hermana que sea no dejo de reconocer que Matilde ya estaba talludita y que nunca fue lo que se dice galana. Francisca menos. Y ésa con el además de su carácter tan fuerte. No sabía más que dar órdenes. Y mira en lo que ha venido a parar.

—César dice que Francisca no está loca. Que fingirse bruja es un ardid suyo para quedarse en Palo María. Y si no que se vean los resultados. Todos los dueños de fincas han tenido que salir huyendo. Menos ella. Al final de cuentas Francisca será la única que salga ganando.

—¿Quién dice que está loca? Lo que digo y sostengo es que Francisca está embrujada.

Mi madre soltó su labor y quedó viendo a tía Romelia con inquietud.

—¿Crees en esos cuentos?

—Por Dios, cositía, si es verdad. ¡Lo que he visto en la finca! Y luego quieren que se quede uno tan rozagante. Si entonces me hubieran curado de espanto, para borrarme lo que vi, no estaría yo ahora tan enferma.

—¿Viste a los brujos?

—Cerca de Palo María vive un mi compadre. Tenía sus animales bien cebados, contentos. Y de pronto empezaron a caer como si un rayo los hubiera derribado, con la lengua de fuera, negra como el carbón. Y los sembradíos. Haz de cuenta que pasó encima de ellos el chapulín. No quedó una hoja ni para remedio.

—Alguna enfermedad, alguna peste.

—No. Un brujo era su enemigo y había marcado con ceniza la puerta de su casa. Por eso le sucedió el daño.

—¿Y los brujos también pueden dañar a la gente? (Y mi madre agrega, casi en un susurro:) ¿A los niños?

—Sobre todo a los niños. Porque como que están más a la intemperie. Los recién nacidos amanecen morados de asfixia.

—¡Será porque no tienen quién los defienda!

—Y los keremitos, cuando ya empiezan a granar. Se hinchan, se emponzoñan.

Mi madre arrojó lejos de sí el tejido y se puso de pie, llameando.

—¡Eso no es verdad más que entre los indios! Ante nosotros sus amenazas no valen. Somos de otra raza, no caemos bajo su poder.

Tía Romelia insiste, con voz monótona.

—También para nosotros. Allí tienes a Francisca.

Mi madre volvió a sentarse, muy pálida.

—Pero habrá un modo de aplacarlos. Si lo que quieren es venganza que se venguen. Pero no en los hijos.

—Ay, Zoraida, yo no sé cómo pensarán ellos. Lo único que te digo es que yo no regreso a Palo María por nada del mundo. Imagínate que un día Francisca amanece de mal humor y me echa el daño encima. De por sí nunca me quiso. Siempre me echó en cara que era ya una ideática y que mis enfermedades no eran más que mentiras. ¡Mentiras! Ya hubiera yo querido que oyera lo que decían los doctores de México. Fíjate que me aseguraron que lo que yo necesito... bueno, que me conviene volver a juntarme con mi marido. ¿Qué te parece?

Mi madre no la escucha. Sólo la ve fugazmente con sus ojos sin rumbo, vacíos.

—Sí, ya sé que ese dichoso marido es un holgazán, un inútil. Por algo me separé de él. Pero tengo que hacer corazón grande porque si no la que se vuelve loca soy yo.

Tía Romelia busca, para su proyecto, la aprobación o el rechazo de los labios de mi madre. Pero permanecen cerrados, sin palabras. Mi madre teje muy de prisa, concentrada, obstinadamente. Y después de un largo trecho tiene que desbaratarlo todo porque ha cometido un error.

VII

Hoy nos levantaron, a Mario y a mí, antes de que aclarara bien el día. Bostezando, restregándonos los párpados, inertes, dejamos que nos vistieran. Para despabilarnos dijo mi madre:

—Apúrense, que vamos a casa de la tullida.

Mario y yo nos miramos con sorpresa. ¿A casa de la tullida? Entonces, basta. Que no nos abotonen el abrigo como si fuéramos unos muñecos. No, no. Los zapatos podemos ponérnoslos nosotros mismos.

¡Qué solas están las calles a esta hora! Los burreros no han acabado de aparejar sus animales para el acarreo del agua. Las criadas están todavía preparando el nixtamal para llevarlo al molino. De modo que el silencio está entero delante de nosotros y vamos rompiéndolo con nuestros pasos como si fuera una delgada capa de hielo. Resuenan largamente las pisadas y quedan atrás una cuadra y otra y otra. La bajada de San Sebastián. El parque. Cogemos por la salida de Yaxchivol. Aquí se acaba el empedrado y el camino va, angosto y sinuoso, entre el zacatillo verde, coronado de rocío, tierno.

—Estos sitios son de mi amiga Amalia.

Detrás de las bardas de piedra cabecean los árboles: jocotes, con sus frutos amarillos, ácidos. Anonas de follaje ancho y tupido. Aguacates.

Cuando miramos la primera casa de tejamanil sabemos que hemos llegado al barrio de los pobres. Nos detenemos ante una puerta que cede a la más leve presión de la mano de mi madre.

—Adelante, doña Zoraida —dice una voz.

No atinamos desde qué lugar del cuarto ha salido aquella voz porque venimos deslumbrados por la luz de afuera. Pero mi madre conoce bien este cuarto y sin titubeos se dirige hacia la única ventana y la abre. Se ilumina una estancia estrecha, miserable. La mujer que habló está inmóvil, tendida sobre el catre. Su pelo entrecano y largo se desparrama sin orden sobre la almohada. La cara de esta mujer parece una llanura reseca donde los ojos se ahondan como dos remansos de agua zarca.

—¿Qué tal amaneciste?

—Me duele un poco el cuerpo. Pero ha de ser porque es efecto de luna.

Ayudada por mi madre la tullida se incorpora y queda sentada a la orilla del catre. A un lado de él está una mesa y encima algunos frascos a medio vaciar. Mi madre escoge de entre ellos, uno.

—Te voy a untar el linimento a ver si se te alivia la molestia.

Empieza a alzar el camisón. Mario y yo nos volvemos pudorosamente hacia la pared. Está tapizada de tarjetas postales: a colores, en blanco y negro, prendidas con tachuelas o con cera cantul.

Este sol, poniéndose tras una montaña, es el crepúsculo que contempla a todas horas la tullida. Estas muchachas, con un ramo de lirios entre los brazos, son las amigas fieles, las interlocutoras del diálogo incesante de los largos días. Estas palomas le traen siempre una carta lacrada entre su pico.

—Mario, acerca la silla.

Mi hermano obedece. Sobre el palo duro se sienta la tullida, aguardando a que mi madre la peine.

—¿Éstos son sus niños, doña Zoraida?

—Dos. No pude tener más.

Después de peinarla mi madre va al rincón en el que está el brasero de barro blanqueado. Sopla la ceniza, la avienta y el pulso del rescoldo empieza a latir otra vez. Apenas. Y luego más, más rojo. Entonces arrima la caldera de café. Al rato empieza a borbotear.

—Traje un tasajo de carne salada para el desayuno.

Mi madre lo desmenuza con sus dedos y lo coloca sobre un plato. De allí va tomando los bocados y poniéndolos entre los dientes de la tullida que mastica lentamente, con las manos quietas sobre el regazo. Sus ojos van, por encima de nosotros, hasta las tarjetas postales. Y allí se quedan tranquilos, colmados.

Cuando termina de comer, mi madre le limpia las comisuras de los labios con una servilleta. Luego va a lavar el plato en una pequeña batea de madera.

—¿Qué te parecen mis hijos?

—Muy bien portados, muy primorosos. No se asustaron de verme ni me hicieron burla.

—El niño tiene seis años. Después de él ya no nació ninguno más. Es el único varón. Y es necesario que se logre. Es necesario.

—¿Por qué no se ha de lograr, doña Zoraida? Dios bendecirá en él sus caridades.

Mi madre había terminado de poner orden en la habitación y vino a sentarse en un extremo del catre. Se mordía el labio, irresoluta. De pronto volvió la cara hacia la tullida para decirle:

—Es la primera vez que te traigo a mis hijos. Quería yo que los conocieras. Al niño principalmente. Porque te voy a pedir un favor.

—¿A mí, doña Zoraida? ¿A mí que soy tan pobre y tan inútil?

—Quiero que me eches las cartas.

Rápidamente mi madre fue hasta la mesa y la arrastró dejándola al alcance de la tullida. Quitó algunos frascos y colocó un naipe encima.

—Señora, si yo no sé. . .

—No tienes que saber. Quiero que me prestes tu mano. Nada más. Te lo juro.

La tullida bajó la mirada hasta esas manos que desde tanto tiempo atrás no le pertenecían.

El naipe estaba en el centro de la mesa. La mano de mi madre cogió la de la tullida y la levantó hasta allí. Al soltarla chocó sordamente contra la madera.

—Haz un esfuerzo, mujer. Tienes que ayudarme.

Mi madre respiraba con agitación. Sus mejillas estaban encendidas de fiebre. Los ojos de la tullida iban de ese rostro convulso que tenía frente a ella, a sus propios dedos, contrahechos por el reumatismo, sarmentosos. No sabía cómo era posible que hubieran apartado una baraja de las otras.

—¿Qué carta salió?

Mi madre no se atrevía a verla. Con los párpados bajos aguardó la respuesta.

—Espadas.

—Espadas, penas. No, no lo hicimos bien. Vamos a probar de nuevo.

Barajó el naipe otra vez. Volvió a colocarlo sobre la mesa. Volvió a coger la mano de la tullida y a guiarla y a moverla y a hacer que se deslizara arrastrando una carta y separándola de las demás.

—Espadas.

La violencia del ademán de mi madre hizo que la mesa se tambaleara y los frascos chocaran entre sí, tintineando. Las cartas cayeron al suelo, boca arriba, sin secreto. Y todas eran espadas, espadas, espadas.

Mi madre las miró con horror. Temblando se enfrentó a la tullida.

—¿Y ésta es tu gratitud? ¿Y para recibir esta recompensa he venido, día tras día durante años, a limpiar tus llagas apestosas, a arrastrarte de un lugar a otro como si fueras un tronco, a aplacar el hambre tuya que no se sacia nunca?

La tullida la miraba con sus enormes ojos secos, desamparados.

Pero ya el ímpetu que irguió a mi madre la había abandonado y ahora estaba de rodillas, besando los pies de la tullida, suplicándole con su voz más profunda y verdadera:

—Perdóname, por Dios, perdóname. No sé lo que digo, estoy como loca. En nombre de lo que más quieras pide que si es necesario que alguno muera, sea yo. Pero no él, que es inocente. No él, que no ha tenido más culpa que nacer de mí.

La tullida había palidecido. Gotas de sudor le salpicaban la frente y su boca se distendía en un gesto de sufrimiento. Gimió. Corrimos a detenerla pero llegamos demasiado tarde. Sus párpados se abatieron. Su cabeza se dobló, tronchada, sobre el hombro. Toda ella iba entregada a esta corriente que la llevaba rápida, lejos de nosotros, de nuestra voz, de nuestra angustia.

VIII

Cuando cierro los ojos en la noche se me representa el lugar donde mi nana y yo estaremos juntas. La gran llanura de Nicalococ y su cielo constelado de papalotes. Habrá algunos que vuelen a ras del suelo por falta de cordel. Otros que desde arriba se precipitarán con las varas quebradas y el papel hecho trizas. Pero el de Mario permanecerá, en medio de los más altos, de los más ligeros, de los más hermosos, como una estrella fija y resplandeciente.

Después vendrá la marimba y el hombre que se sube a un

cajón para anunciar la llegada del circo. De un tren, que han traído especialmente para que lo conozcamos, bajará —contorsionándose— don Pepe. Y las hermanas Cordero ejecutarán esa suerte dificilísima, que no podemos siquiera imaginar, y que se llama la soga irlandesa. Y se desenroscarán tantas serpentinas y lloverá tanto confeti que nos costará trabajo ver el desfile de extranjeros.

Mi nana me dirá: ese que va allí es un chino. Se le reconoce porque tiene la piel amarilla y va montado en un dragón. El que está pasando ahora es de México. Fíjate, no sabe hablar más que de usted y de tú. Ni a mí me trata de vos. Aquél es negro. No, no pases tu dedo con saliva sobre su cara. No se destiñe. Y el otro, con esos tatuajes sobre las mejillas y ese aro en la nariz.

Y de pronto mi nana bajará los párpados y me obligará a bajarlos a mí también. Porque delante de nosotros estará el viento con su manto de gala. Paseará por el llano hasta no dejar más presencia que la suya, cuando todos se hayan rendido a su calidad de rey. Oiremos su gran voz, temblaremos bajo su fuerza. Poco a poco, sin que él se dé cuenta, iremos arriesgando los ojos hasta que nos rebalsen de su figura. Y mi nana y yo quedaremos aquí sentadas, cogidas de la mano, mirando para siempre.

IX

Hoy, como a las siete de la noche, vino a buscarnos Amalia, la amiga soltera de mi madre. No esperó a que termináramos de merendar para llevarnos a su casa.

Había allí mucho gente sentada en las bancas que colocaron en el zaguán y en el corredor. Mujeres humildes, tapadas con rebozos, descalzas. Niños que chillaban, sudorosos, dentro de sus ropones. Señoras. Erguidas, aisladas, procurando no hablar con nadie, frunciendo la nariz para rechazar el olor que las cercaba.

Amalia invitó a mi madre.

—¿No quieren pasar a visitar a Nuestro Amo?

Fuimos a la sala. ¿Dónde está la viejecita? ¿Y los muebles? Sobre una mesa cubierta con un blanquísimo mantel resplandecía una custodia. Flanqueándola, dos candeleros de metal donde ardían las velas gruesas y altas. Enfrente los reclinatorios. Allí nos arrodillamos. Mi madre cerró los ojos hundiéndose en un pensamiento difícil y doloroso. Sus labios estaban crispados. Mario y yo nos distraíamos contemplando el aspecto tan inusitado de la habitación. Amalia se inclinó hacia nosotros para recomendarnos en un susurro:

—Más respeto, niños, que está expuesto el Santísimo.

Mi madre se persignó y se puso de pie. Salimos al corredor.

—¿Es seguro que vendrá?

—Seguro. Él mismo me avisó que yo tuviera todo preparado.

—Mira cuánta gente. No va a tener tiempo para atender a todos.

—Ustedes serán los primeros. Te lo prometí.

—¿Pero irás a poder?

—De algo me ha de servir correr los riesgos que corro. Imagínate si ahora vinieran los gendarmes a catear la casa.

—¡San Caralampio nos ampare!

—A la cárcel íbamos a parar todos.

—¿No tienes miedo?

—Alguien debe prestarse a ayudar.

—¿Pero por qué tú? Eres una mujer sola.

—A las casadas no les dan permiso sus maridos. Con qué trabajo las dejan venir aquí. Mira: ésas ya se van. No pueden estar más porque su señor las regaña.

—Por fortuna César está en Tuxtla. Puedo quedarme todo el tiempo que sea necesario.

Horas y horas, sentados en el corredor. Mario y yo —apoyados uno en el otro— cabeceábamos.

—No se duerman. Ya no dilata en venir.

Como a las diez de la noche oímos el trote lento de un caballo que se detuvo frente a la puerta. Amalia corrió a abrir con mucho sigilo y precauciones.

—Pase usted, señor.

Todos se pusieron de rodillas para recibir al recién llegado. Era un hombre de mediana edad; alto, fornido, con ademán de quien está acostumbrado a que lo obedezcan. Vestía traje de camino y llevaba un fuete en la mano. Algunas mujeres se arrastraron hasta él, suplicantes.

—Su bendición, señor cura.

Hizo un signo breve, dibujando una cruz en el aire. Con

la punta del fuete iba abriéndose paso entre la multitud. A la luz de los focos su rostro parecía esculpido a hachazos.

—¿Gusta usted tomar algo, padre?

Amalia lo condujo al comedor. Detrás de ella se levantaron muchas gentes, ansiosas de entrar. Pero Amalia únicamente nos lo permitió a nosotros.

El señor cura rezó un Ave María antes de sentarse a la mesa.

—¿Es así como le gusta la carne, señor?

—Cualquier cosa es un banquete viniendo de esos ranchos miserables donde no hay nada que comer. Y conste que a mí me reservan lo mejor. Pero lo mejor es una tortilla fría y una taza de café aguado.

Amalia sonrió servilmente pero el señor cura no lo advirtió. Masticaba con rapidez, sin levantar la mirada del plato.

—Padre, usted conoce a mi amiga Zoraida, la esposa de César Argüello.

—Por referencias. No es de las devotas.

—Ahora vino porque quiere consultar algo con usted.

Hasta entonces el señor cura alzó el rostro y por primera vez se fijó en quienes estábamos alrededor de él. Su mirada fue como un muro ante el cual nos estrellamos.

—Me imagino que se trata de un caso de conciencia.

Mi madre dio un paso para aproximarse al sitio en que el señor cura estaba sentado.

—No sé, padre. Usted se va a burlar de lo que voy a decirle. Yo también me burlé al principio. Pero ahora tengo miedo y necesito que usted me ilumine.

El padre retiró su plato como para disponerse a escuchar.

—¿No es mejor que salgan los niños para que se explaye usted más libremente?

—Es que se trata de ellos. De Mario. Éste.

—¿Tan pequeño y ya causando perturbaciones?

—Una mujer, una india del rancho, me amenazó con que se lo comerían los brujos.

El señor cura cerró los puños y golpeó la mesa con un vigor en el que se volcaba su persona entera.

—Eso es todo. Debí figurármelo. Brujerías, supersticiones. Me traen a las criaturas para que yo las bautice, no porque quieran hacerlas cristianas, pues nadie jamás piensa en Cristo, sino por aquello del agua bendita que sirve para ahuyentar a los nahuales y los malos espíritus. Si se casan es por la ostentación de la fiesta. Y van a la iglesia únicamente a murmurar del prójimo.

Sus ojos estaban vidriosos de cólera. Temblaba como ante un animal rastrero y vil que, sin embargo, no podía aplastar con el pie.

—Tengo los sacramentos en mis manos y no puedo guardarlos, defenderlos. Cada vez que pongo la hostia sobre la lengua de uno de ustedes es como si yo la entregara a las llamas. Pronuncio siempre la misma absolución sobre los mismos pecados. No he conocido dureza de corazón igual a la de la gente de este pueblo.

Amalia estaba asustada.

—Señor, no quisimos ofender...

—No es a mí a quien ofenden. Como tampoco es por ustedes por quienes yo me sacrifico. ¿Valdría la pena aguantar hambres en honor de un ranchero que conoce todas las argucias para no pagar los diezmos y primicias a la Iglesia? ¿Soportar el cansancio, el frío, en esos caminos que no llegan jamás a ninguna parte, por atender a un rebaño de mujeres indóciles que no conocen ni cumplen sus obliganes de católicas? ¿Consumirse luchando contra el terror de esta persecución inicua y sin sentido para que los hijos de esta masa de perdición, sus muy queridos hijos, crezcan y sean iguales que los padres?

En su frente se hinchaba una arteria y palpitaba como a punto de romperse.

—No, entiéndanlo bien, no es por ustedes.

Se llevó la mano a la frente y aplastó la arteria con sus dedos. Tras una pausa ordenó:

—Abra la ventana, Amalia. Estamos ahogándonos.

La soltera obedeció. Desde la ventana abierta miró de reojo al señor cura, temerosa y escudriñadora. Mi madre, que no había tenido la respuesta que esperaba, insistió:

—Pero los brujos no pueden hacer daño, ¿verdad?

—Son hombres. Todos los hombres pueden hacer daño.

Mi madre se desplomó sobre una silla, traspasada de abatimiento. Casi inaudiblemente, dijo:

—Entonces no hay remedio.

Amalia intervino con timidez.

—Yo le había aconsejado que el niño hiciera su primera comunión...

—Que la haga si ya está en edad.

El desfallecimiento de mi madre había sido pasajero. Se recobró y estaba nuevamente de pie. Con mal disimulado reproche, con la decepción enroscada en la garganta, reclamó:

—¿Eso es todo lo que puede usted decirme, padre?

—Ten fe. Y confórmate con la voluntad de Dios.

—Si Dios quiere cebarse en mis hijos... ¡Pero no en el varón! ¡No en el varón!

—¡Zoraida!

Amalia se abalanzó a mi madre como para arrebatar de sus manos un arma con la que estaba hiriendo a ciegas.

—¡No en el varón! ¡No en el varón!

—Cállate, mujer. Lo que dices es una blasfemia.

El sacerdote se irguió, crispando los puños hasta que los nudillos se le pusieron blancos. Luego, poco a poco, fue aflojándolos, extendiendo los dedos sobre la mesa mientras la sangre volvía a circular en sus manos y a teñirlas de su color normal. Cuando habló su voz era indiferente y sin inflexiones.

—Déjala. No está blasfemando. El dolor no sabe hablar más que así.

Mi madre nos empujó para que saliéramos. Al pasar cerca del señor cura él hizo un gesto como para detenernos. Pero mi madre nos apartó con violencia.

—¡No! También usted es enemigo nuestro.

Era medianoche cuando atravesamos las calles, oscuras y desiertas, para volver a la casa. Y en todo el camino mi madre iba llorando.

X

La Divina Providencia no desampara a quienes confían en su poder.

Tía Romelia se permitió una risita corta y burlona.

—Ay, Amalia, cómo se ve que no has vivido.

Amalia alzó unos ojos tranquilos y sin reproche.

—No, no me casé, no tuve hijos, no pude ser monja. Y durante años he estado avergonzándome de ser como un estorbo, como una piedra contra la que tropiezan los que caminan. Pero ahora es distinto. Ahora sirvo para algo.

—Naturalmente. ¿Qué sería de tu madre si tú no la cuidaras?

—No me refiero a mi madre. La pobrecita no me va a durar mucho. Hay otra cosa. Desde que empezó la persecución presté mi casa para las ceremonias del culto y para dar hospedaje a los sacerdotes.

—¡Bonitos sacerdotes! Ya me contó Zoraida cómo la recibió ese basilisco.

Amalia estaba trémula de indignación.

—Sí, los quisieran mansos, indefensos, para acabar más pronto con ellos. Los quisieran sumisos para manejarlos a su antojo. ¡Pero qué esperanzas! El señor cura puede más que Comitán entero.

Mi madre se apretó las sienes con las dos manos y gimió, suplicante:

—Por caridad, no discutan más. Me duele la cabeza.

—Hazme caso, Zoraida. La Divina Providencia vela siempre por nosotros. Haz un acto de confianza y ponte en sus manos. Te recompensará como me ha recompensado a mí.

Tía Romelia se volvió, incrédula.

—¿A ti?

—Entre tanta gente que llega a mi casa ninguna ha llegado para espiar, ninguna. La esposa del Presidente Municipal me lo contó: no han recibido una sola denuncia. Y no es por prudencia mía. Yo dejo entrar a todos. Muchos no sé siquiera quiénes son. Pero la Divina Providencia nos cuida.

—¿Y qué quiere la Divina Providencia que haga Zoraida?

—Quiere que Mario comulgue.

—¿Y por qué no? —concedió tía Romelia—. Es como la homeopatía. Si no cura tampoco hace daño.

—Pero tú no recurriste a la homeopatía para curarte, sino a tu marido —replicó violentamente mi madre.

Amalia saboreaba la sorpresa.

—¿De veras? ¿Va a volver a juntarse con él?

Evidentemente a tía Romelia no le agradaba que sus proyectos se divulgasen.

—Me lo aconsejaron los doctores de México.

—Pero si cuando te separaste decías...

—Pues ahora pago mi boca. Además prefiero vivir en mi propia casa, por humilde que sea, y no de arrimada en casa ajena. Para que a cada chico rato me champen el favor.

Tía Romelia se levantó y se marchó. Hubo una pausa.

—Va sentida contigo, Zoraida.

—¿Y qué me importa? Ni ella ni nadie en el mundo. Estoy desesperada, Amalia, desesperada.

Amalia acarició la cabeza dolorida de mi madre.

—No sé si escribirle a César pidiéndole que venga. Mil veces he empezado la carta y acabo rompiéndola. Que venga ¿para qué? Y luego me arrepiento: si sucediera algo...

—No puede suceder nada. Los brujos serán poderosos. Todos lo dicen. No respetarán ni la puerta de la casa del patrón. Pero ante la puerta del Sagrario tienen que detenerse.

—Has sido muy buena conmigo, Amalia. Sólo tú me consecuentas y me oyes. Los demás piensan que estoy loca. Y cuando les pido un consejo me lo niegan porque a nadie le importa que me maten a mi hijo. ¿Verdad que no, Amalia, que no puede ser?

—Déjame que te ayude. Manda a los niños a mi casa para que les enseñe la doctrina.

Esa misma tarde fuimos Mario y yo.

Las clases eran en el corredor. Entre las macetas y las jaulas de los canarios estrepitosos. Nos sentaron en unas sillitas de mimbre, bajas. Y Amalia, enfrente de nosotros, en una mecedora. Abrió el catecismo.

—"Decid, niños ¿cómo os llamáis?"

Mario y yo nos miramos con estupor y no acertamos a responder.

—No se asusten así. Es la primera pregunta del padre Ripalda.

Leyó en silencio durante unos minutos y luego cerró el libro.

—Lo que sigue es muy complicado para ustedes. Mejor voy a enseñarles las cosas a mi modo. No saben nada de religión, ¿verdad?

Hicimos un gesto negativo.

—Entonces es necesario que sepan lo más importante: hay infierno.

No era una revelación. Otras veces habíamos oído pronunciar esta palabra. Pero sólo hasta ahora estábamos aprendiendo que significaba algo rojo y caliente donde hacían sufrir de muchas maneras a quienes tenían la desgracia de caer allí. Los bañaban en grandes peroles de aceite hirviendo. Les pinchaban los ojos con alfileres "como a los canarios, para que canten mejor". Les hacían cosquillas en la planta del pie.

Mario y yo habíamos vivido siempre distraídos, mirando para otro lado, sin darnos cuenta cabal uno del otro. Pero ahora adquirimos, repentinamente, la conciencia de nuestra compañía. Con una lentitud casi imperceptible fuimos arrimando nuestras sillas de tal modo que, cuando Amalia nos participó que en el infierno bailaban los demonios bajo la dirección de Lucifer, pudimos cogernos, sin dificultad, de la mano. Estaban sudorosas y frías de miedo. Y más en esta hora. Cuando ya la sombra había ido apoderándose de los ladrillos del corredor, uno por uno, y nosotros quedábamos reducidos a su dominio. Y más en esta hora, cuando la viejecita estaría sollozando, frente a la ventana, sin que nadie la consolara. Y más en esta hora en que los pájaros se han silenciado y las enredaderas toman formas caprichosas y terribles.

—Al infierno van los niños que se portan mal.

¿Qué es portarse mal? Desobedecer a los padres, por ejemplo. No resulta muy fácil. Mario y yo lo hemos intentado algunas veces y ninguna con éxito. De hoy en adelante no lo intentaremos más. Robar dulces. Después de todo no son tan sabrosos. No estudiar las lecciones. Pero si ya no vamos a la escuela. Pelear con los otros niños. ¿Cuáles? Siempre nos tienen encerrados y no nos permiten salir a jugar con ellos. ¿Entonces? Pues entonces las posibilidades de un viaje al infierno no son tan inminentes. Mario y yo aflojamos la presión que mantenía unidas nuestras manos. Además ya son las seis de la tarde. Y acaba de encenderse la luz.

XI

—¡Andares! ¡Andares!
—¿Qué te dijo Andares?
—Que me dejaras pasar.
—¿Con qué dinero?
—Con cascaritas de huevo huero.
—¿Con qué se entablan?
—Con tablitas y tablones.
—¿En qué se embolsan?
—En bolsitas y bolsones.

—¿Qué me das si te dejo pasar?
—El borriquito que viene atrás.

Estamos jugando en el traspatio. Nuestras dos cargadoras (una se llama Vicenta y otra Rosalía, pero en este juego de la frontera Rosalía se puso el nombre de Guatemala y Vicenta el de México) entrecruzaron sus brazos para impedir que pasáramos Mario y yo. Nos interrogaron minuciosamente hasta que declaramos con quién queremos irnos.

—¿Yo? Con México.

—¡Yo, yo con Guatemala!

Y entonces cada uno se abraza a la cintura de la que eligió ayudándola en el forcejeo que sostiene con su rival y del que resulta vencedora la que resiste más. Pero, hoy, intempestivamente, Rosalía se soltó, cesó de esforzarse, y hasta allá fueron a dar Vicenta y Mario, tambaleándose antes de recuperar el equilibrio. Rieron. Porque esta novedad introducida en el juego lo hace más divertido.

—¡Otra vez, Vicenta! ¡Otra vez!

Pero Vicenta se arreboza en su chal como si tuviera frío y niega con la cabeza.

—Es muy tarde. Está empezando a oscurecer. Mejor vamos a los cuartos de adentro, a jugar "mono seco".

Yo me opongo con seriedad.

—Mi mamá no nos da permiso de jugar así.

—¿Por qué?

—Porque no.

—Y tú tan obediente. Bien se ve que estás recibiendo clases de doctrina.

No quiero disgustar a Vicenta porque me ha amenazado con dejar de contarme cuentos. Hace pocos días que entró a servirnos. Es la encargada de cuidarme, en sustitución de mi nana. Pero tampoco quiero desobedecer a mamá porque es pecado y me voy al infierno. Entonces propongo con un entusiasmo exagerado:

—¡Vamos a jugar colores!

Vicenta parece extrañarse como si hubiera escuchado una proposición absurda. Se persigna apresuradamente mientras dice:

—¿Colores? Ni lo permita Dios.

—No tiene nada de malo.

—¿No saben lo que les sucedió por jugar colores a los

dos hijos de don Límbano Román? Fue en la casa donde yo estaba sirviendo antes de venirme aquí.

Negamos, ya con un principio de temor.

—¿Quieren que les cuente el cuento?

Mario se vuelve de espaldas para no verse obligado a contestar, porque los cuentos de Vicenta lo aterrorizan. Quedé sola y con un hilo de voz contesté:

—Sí.

—Pero no en este ventarrón. Vamos, vamos a la cocina. Porque estos cuentos son de los que hay que contar bajo techo.

Iban adelante de nosotros, Vicenta y Rosalía, cuchicheando, ocultando su risa bajo el chal.

Encendimos una vela al entrar en la cocina. Y cuando estuvimos todos sentados alrededor del fogón, Vicenta dio principio a su relato.

—Pues ahí tienen que éstos eran dos niños que les decían por nombre Conrado y Luis. Todas las noches se juntaban con otros indizuelos y se iban a jugar al traspatio. ¡Ay, nanita, qué miedo! El traspatio era muy oscuro porque no había foco y más con el follaje tan tupido de las matas. Pero los muchachitos, que eran muy laberintosos, buscaban ese lugar porque allí ni quien se acomidiera a vigilarlos. Bueno. Pues una de tantas noches los muchachitos dispusieron que iban a jugar colores. Se acomodaron bajo un árbol de durazno y mientras el niño Luis, que fue el que le tocó hacer de ángel de la bola de oro, se fue un poco lejos para esperar que los demás escogieran su color. Pero ya tenía rato que todos lo habían escogido y el niño Luis no se asomaba. Le empezaron a gritar y por fin oyeron un ruido como de pasos entre las hojas y una voz ronca, como de gente grande, que decía:

—Ton-ton.

Los indizuelos preguntaron:

—¿Quién es?

Y la voz ronca les contestó:

—El diablo de las siete cuerdas.

Les extraño que el niño Luis contestara que era el diablo de las siete cuerdas porque habían quedado en que era el ángel de la bola de oro. Pero, atrabancados como son los muchachos, no se iban a parar a averiguar, sino que siguieron jugando.

—*¿Qué quería?*

—*Un color.*

—*¿Qué color?*

—*Belesa.*

Conrado no se quería levantar porque sentía como recelo. Pero los demás lo empujaron, pues él era quien había escogido ese color. Así que haciendo corazón grande se fue tanteando hasta donde había sonado la voz. Allí, atrás de la mata, estaba parado un muchachito. Conrado no podía verle bien la cara porque, como les digo, el traspatio de esa casa era muy oscuro. Y de pronto, quién sabe en qué artes, se fue encendiendo una luz. Y cuál se va quedando el niño Conrado al catar delante de él un muchachito pero que no era su hermano Luis. Su cara era como la de los niños pero llena de arrugas y de pelos. ¡Era el diablo de las siete cuerdas, por mal nombre Catashaná!

El niño Conrado quiso salir corriendo pero tropezó con un cuerpo que estaba tirado boca abajo, en el suelo. Catashaná lo detuvo cogiéndolo de la mano y le dijo señalando el cuerpo:

—Mira cómo dejaste a tu hermano Luis de tanto pegarle.

Se lo dijo porque Catashaná es el padre de la mentira. Pero el niño Conrado tenía un susto tan grande que le castañeteaban los dientes y no podía contestar. En su aturdimiento no se le alcanzó siquiera invocar a San Caralampio, ni hacer el signo de la cruz, ni nada. Entonces Catashaná le dijo:

—Desde ahora tú me perteneces y vas a obedecer todo lo que yo te mande.

Y no le soltaba la mano y al niño Conrado le ardía como si lo estuviera agarrando una brasa.

Entonces Catashaná le dijo:

—Quiero que me traigas una sagrada hostia para que yo me la coma.

Al día siguiente el niño Conrado fue a avisarle al señor cura que quería hacer su primera comunión y empezó a aprender la doctrina. Pero en vez de fijarse en lo que le enseñaban nomás estaba pendiente viendo qué travesura se le ofrecía. Era malcriado, sobresalido, en fin, la cola de Judas. No valían regaños ni amenazas, ni nada. Pero Catashaná hacía que el señor cura no se diera cuenta y creyera que era un niño muy bueno y le dijo que ya estaba listo para comulgar. Y así, con la boca sucia de malcriadeces, subió hasta el comulgatorio. Pero en el momento en que el señor cura le puso la hostia entre su boca, Dios castigó al niño Conrado. La hostia se convirtió en una bola de plomo. Y por más esfuerzos que hacía el niño Conrado para tragársela no se la podía tragar. Y en una de tantas se le atoró en la garganta y el niño Conrado cayó allí mismo ahogado, muerto.

El relato de Vicenta había terminado. Mario salió corriendo de la cocina y al pasar junto a la vela la apagó. Yo corrí tras él. Y cuando le di alcance en el corredor, me dijo al oído, sollozando:

—No quiero comulgar.

XII

Mi madre tentó la pechuga de los guajolotes, los sopesó.

—Están flacos, marchanta.

—Pero de aquí al día de la fiesta tienen tiempo de engordar. Bien valen sus veinte reales cada uno.

La marchanta recibió el dinero y se fue. Desde entonces los guajolotes están en el traspatio de la casa, desplegando su cola mientras con el buche hacen ruido como de cántaro que se vacía. Picotean ávidamente los granos de maíz que Vicenta y Rosalía les avientan y duermen donde les cae la noche. Mario y yo hemos corrido detrás de ellos, agitando sábanas, sonando cacerolas para espantarlos y que vuelen. Pero los guajolotes se arriman a la tapia, temblorosos, y no vuelan porque su peso, cada vez mayor, los mantiene cautivos. Cuando vino la mujer que apalabraron para que hiciera los tamales y se asomó al traspatio, los miró apreciativamente y los aprobó desde lejos.

Mi madre mandó llamar a Chepe de Todos, el jardinero, para que viniera a podar las plantas. Estuvo arrancando las hierbas inútiles y fue juntándolas con una escoba y amontonándolas en uno de los rincones del jardín. Pero cada vez que Chepe se descuida, Mario y yo vamos a ese rincón y tomamos puñados de basura y los regamos entre los arriates para que Chepe tenga que recomenzar su trabajo. Pero no se ha dado cuenta. Subido en una escalera está adornando los árboles y los pilares con tanales de diferentes nombres.

Se da prisa porque prometió que los tanales reventarían para la mañana de la primera comunión.

Todos los cuartos de la casa están abiertos de par en par, desmantelados. Menos el cuarto donde trabaja la chocolatera, al que nos prohibieron que entráramos. En las otras piezas se afanan Vicenta y Rosalía. Cambian de lugar los muebles, cuelgan cortinas nuevas en las ventanas, limpian los espejos con un papel húmedo que produce un chirrido escalofriante. Mario y yo vamos detrás de ellas. Como por travesura volcamos las sillas, pintamos rayas en las paredes, dejamos un reguero de tinta sobre el piso. Ellas, que ven inutilizado su esfuerzo, rabian y profieren insultos en voz baja. Mario y yo corremos a refugiarnos cerca de mi madre.

Tiene los ojos irritados. Ha estado tejiendo de día y de noche para terminar el mantel que colocará en el altar del oratorio. Teje ella sola. Porque tía Romelia, que era quien la ayudaba, se fue con su marido desde hace más de un mes. Hoy, apenas, el mantel quedó terminado. Lo almidonaron y está secándose, prendido con alfileres para que no se deforme, sobre la mesa de planchar. Mientras está listo para colocarlo mi madre emprendió la limpieza del oratorio. Sacude las imágenes y vuelve a colocarlas en su lugar: el niño Dios, sentado en un risco cuyas agudas puntas están cubiertas por celajes de algodón; San Caralampio, barbudo, arrodillado dentro de un nicho. Las tres Divinas Personas, en conversadora amistad.

Vicenta y Rosalía traen el mantel ya planchado. Al trasluz miramos las guirnaldas de flores que se entrelazan con corazones ensangrentados y letras cabalísticas. Cubren el altar con el mantel; lo emparejan estirándolo de las puntas, lo alisan con breves golpecitos. Hasta que por fin quedan satisfechas.

Mi madre ordena que cierren las ventanas del oratorio, y que cierren la puerta con dos vueltas de llave. Vicenta y Rosalía obedecen. Dejan la llave prendida en la chapa y se van.

Mario y yo nos quedamos contemplando como hipnotizados ese pedazo de fierro que separa el oratorio de nosotros, del día de nuestra primera comunión. Empujada por un impulso irresistible fui y arranqué la llave de la cerradura.

Mario retrocedió espantado.

No quiso acompañarme. Se quedó allí mientras yo iba, sin testigos, a esconder la llave en el cofre de mi nana entre su ropa y las piedrecitas de Chactajal.

XIII

Amalia bebió un pequeño sorbo de café y luego, delicadamente, volvió a colocar la taza en el plato.

Entonces declaró:

—Dios está en el cielo, en la tierra y en todo lugar.

Nos ha anunciado que ésta es una de las últimas clases de catecismo. Ya comunicó a mi madre que Mario y yo estamos listos para comulgar. Y le aconsejó que aprovecháramos la primera visita que el señor cura hiciera a Comitán.

—¿Está Dios ahora aquí, con nosotros?

Mario necesita que se lo expliquen bien, que se lo aclaren.

—Dios nos está mirando y está diciendo: ¡Qué par de niños tan primorosos! Atienden su lección, no hacen travesuras, no dicen mentiras, no desobedecen a sus mayores. Y también ha de decir: no anduve tan desatinado al darle vida a esta pobre mujer. Ha servido de algo. Ha ayudado a que me conozcan.

—¿Dios nos está mirando?

—Siempre. Todavía ibas de contrabando en el maletín del doctor Mazariegos y ya Dios te miraba. Y después, ¿no te has fijado cómo parpadean las estrellas? Son agujeritos que hacen nuestros ángeles en el cielo para vigilarnos y dar cuenta a Dios de todo lo que hacemos.

—Pero de día las estrellas se cierran.

—De día el ángel está más cerca de nosotros.

—¿El ángel de la bola de oro?

—Y de noche el diablo de las siete cuerdas. Basta por ahora, niños. Ya están cansados. Ya están pensando en jugar.

Amalia se pone de pie y antes de que nos marchemos nos obsequia unos dulces que saca de su pomo de cristal. Mario y yo los apretamos entre nuestras manos húmedas y allí se van derritiendo, cubriéndonos la piel de una sustancia pegajosa, mientras cabizbajos, escoltados por Vicenta y Rosalía, Mario y yo regresamos a la casa.

Mi madre ocupa el sitio principal en la mesa del comedor. A su lado derecho se sienta Mario. Al izquierdo yo.

Vicenta y Rosalía entran y salen sirviendo la cena: una olla humeante y olorosa con patzitos de momón; plátanos hervidos, frijoles de enredo.

Mario y yo los rechazamos conforme las criadas nos los van ofreciendo.

—¿No tienen hambre? —pregunta mi madre con un dejo de inquietud.

Mario y yo hacemos un gesto negativo.

—Quién sabe en qué se desmandarían. Pero siquiera prueben el pan. Escogí el que les gusta.

Aparta la servilleta almidonada y aparecen las semitas con su granizada de ajonjolí; las rosquillas chujas trenzadas de blanco y negro; las cazueleja, esponjosa y amarilla; el salvadillo, hueco por dentro, bueno para comerse con miel. Las empanadas de mil capas.

Hacemos un ademán de desgano. Entonces mi madre emplea el recurso supremo para hacernos comer. Dice:

—Es pan bendito.

Mario retira la cesta lo más lejos posible de nosotros.

—Por Dios, Mario, no me estés afligiendo. Come aunque sea un bocado.

—Tengo sueño. Mañana.

—¿No te sientes bien? ¿Tienes calentura?

Con el dorso de la mano palpa su frente, sus mejillas.

—Están frescas. Dime qué tienes. ¿Te duele algo?

—Tengo sueño. Hasta mañana, mamá.

Vicenta y Rosalía nos desvisten. Nos ponen unos largos camisones de franela. Nos arropan bien. Y luego, desatan sobre la cama de Mario y sobre la mía el pabellón de tul.

—Que quede encendida la veladora. Tengo miedo de la oscuridad.

—Está bien, niño Mario. Hasta mañana, patroncitos.

Nos dejan solos. Cierro los ojos porque no quiero ver las sombras que la llama de la veladora proyecta sobre la pared. Amortiguados por la nube de tul que me envuelve, llegan los sonidos: el jadeo intranquilo de Mario. Las pisadas, las voces lejanas, en la casa, en la calle. El tzisquirín de los grillos. Sube y baja la respiración, acompasada, igual. El sueño me va llenando de arenilla los párpados.

De pronto un rumor, levísimo, casi imperceptible, me despierta. Abro los ojos y veo, medio borrosa a través de los pliegues de tul del pabellón, imprecisa a contraluz de la trémula llama de la veladora, la figura de mi madre. Cubierta con un fichú de lana, descalza para no hacer ruido, se inclina a la cama de Mario como para escrutar su sueño. Sólo un minuto. Y después, tan silenciosamente como entró, vuelve a salir.

El reloj del Cabildo dio la hora. Empecé a contar las campanadas. Una, dos, tres, cuatro, cinco... Pero me quedé dormida antes de que se desgajara la última.

El grito de Mario vino a partir en dos la noche.

Gritó de dolor, de angustia, debatiéndose todavía contra quién sabe qué monstruo de su sueño. Entre su delirio repetía:

—La llave... Nos vieron cuando robamos la llave... Si no devolvemos la llave del oratorio nos va a cargar Catashaná.

La luz eléctrica resplandeció intempestivamente. Y mi madre apareció en el umbral de nuestra recámara. Ahí estaba descalza todavía, las manos crispadas sobre la moldura de madera y contemplaba la cama de Mario con los ojos desmesuradamente abiertos.

XIV

El doctor Mazariegos es un hombre de baja estatura, rechoncho, con una mirada infantil, su sonrisa inocente y mejillas rubicundas y vellosas como las de los duraznos. Usa polainas de cuero y monta en una mula desteñida y vieja que le sirve desde que llegó a Comitán con su título flamante bajo el brazo.

La mula conoce la casa de todos los clientes del doctor. Ante la nuestra se detuvo sin titubear.

—Ya estoy aquí —gritó el médico desde el zaguán. Al escuchar su voz, tan alegre, tan fresca, corrí a recibirlo. Me cogió entre sus brazos y me hizo girar locamente en el aire. Cuando volvió a depositarme en el suelo estaba ya mareada y feliz. Entonces me regaló un chicle.

—Buenos días, señora. Aquí me tiene usted a sus órdenes.

Mi madre había salido, desencajada, y se precipitó hacia el doctor, reclamando:

—Lo mandé llamar desde ayer.

Él no le permitió terminar.

—Me fue imposible venir antes. Sobre este pueblo se ha

desatado una verdadera epidemia de nacimientos. Y es que como hay tan pocas diversiones.

—Es un caso muy urgente.

El doctor Mazariegos se aproximó a mi madre y, palmeando paternalmente su espalda, dijo:

—Calma, calma, no hay motivo para preocuparse así. Todos los males tienen remedio. Vamos a ver, ¿de qué se trata?

—Mario...

Sus palabras se quebraron en un temblor incontenible.

—Vamos a ver de qué se queja el kerem. Acompáñeme usted, doña Zoraida. Voy a examinarlo.

Entraron juntos a la recámara de mi madre y yo aproveché que no reparaban en mí para entrar detrás de ellos. Mario yacía en la cama ancha de mis padres, boca arriba, cubierto por una sábana. Tenía los ojos cerrados, la nariz afilada y el sudor le apelmazaba el pelo sobre la frente.

El doctor Mazariegos arrimó una silla y se sentó. Extrajo de su maletín un aparato para auscultar al enfermo.

Tomó una de las manos de Mario que se abandonó, inerte, entre las suyas.

—El pulso es normal. ¿Se ha quejado de algún dolor?

—No sé qué dice de una llave. Toda la noche estuvo repitiendo lo mismo.

El doctor apartó la sábana que cubría el abdomen de Mario. Lo recorrió, palpándolo rudamente con sus dedos ásperos, mientras mi hermano exhalaba débiles gemidos.

El doctor Mazariegos se puso de pie. Su ceño estaba fruncido de preocupación. Sin intentar acercarse de nuevo al enfermo, le ordenó:

—Saca la lengua.

Mario tenía ahora las pupilas dilatadas; la mirada fija como si intentara taladrar las imágenes que se colocaban frente a él. No obedeció. Sus mandíbulas permanecieron tercamente trabadas.

—¿Por qué no obedece, doctor? ¿No oye?

El doctor Mazariegos hizo una seña a mi madre para que callara. Salió de puntillas al corredor. Ella iba detrás de él.

—¿Qué tiene mi hijo, doctor?

Mazariegos se encogió de hombros con desconcierto. Pero arrepentido de haber revelado su ignorancia, dijo con tono de suficiencia:

—Es demasiado pronto para diagnosticar. Esperemos a que

los síntomas sean más precisos. En resumidas cuentas no tenemos nada que nos guíe. Ni temperatura, ni dolores, ni...

—¡Pero no es natural que esté así! No quiere comer, no puede dormir. No habla, no entiende lo que se le dice.

—Realmente es muy extraño. Pero puede ser un estado transitorio. Tal vez mañana ya esté haciendo de nuevo su vida normal.

Mi madre urgió, apasionadamente:

—Tenemos que ayudarlo, doctor.

—Claro, lo ayudaremos. Pero con calma, señora. Hizo usted bien en llamarme. Si este caso hubiera caído en manos de un médico joven, un doctor soflamero y atrabancado, no titubearía en darle un nombre, uno de esos nombres nuevos que jamás hemos oído mentar. Prescribiría, tal vez, una operación. Prefieren cortar el mal de raíz antes de tener la paciencia de combatirlo por otros medios, más lentos, pero a la larga más eficaces y más inofensivos. Porque la experiencia lo demuestra: toda intervención quirúrgica tiene sus riesgos. Y luego, las consecuencias son incalculables. Por ejemplo, se ha comprobado que un gran porcentaje de pacientes a los que se extirpa el apéndice resultan después con sordera.

—Entonces, es apendicitis lo que tiene Mario.

—No he dicho eso, doña Zoraida, no hay que precipitarse. Estoy exponiendo la teoría general.

—Pero, doctor.

—Ahora voy a explicarle nuestro caso concreto. Desde luego no es desesperado, ni muchísimo menos. Pero aun cuando lo fuera, aquí en Comitán no contamos con los elementos suficientes para practicar esta clase de curaciones. El manejo de la anestesia es delicado y debe confiarse a un especialista. De sobra sabe usted que aquí no hay ninguno. En cuanto al cirujano... Naturalmente, seguí mis cursos en la Facultad de Medicina y los aprobé con muy buenas notas. Pero de eso hace ya tantos años. Y como no he tenido la oportunidad de ejercer esta rama de mi profesión, pues he perdido la práctica y...

—¡Ya basta, doctor! Entonces nos iremos a México, hoy mismo.

El doctor Mazariegos cortó las alas al arrebato de mi madre con sólo preguntar:

—¿Cómo?

—Pues en automóvil, en tren, en cualquier cosa.

—Estamos a cinco días de distancia. En el estado de postración en que se encuentra el niño es muy dudoso que pueda resistir un viaje tan pesado.

—Tiene que haber otro modo. En Tuxtla hay servicios aéreos. Telegrafiaré a mi marido para que consiga un avión.

—Se lo mandarán cuando tengan un aparato libre. Como siempre están recargados de trabajo el avión llegará dentro de una semana, de un mes. En ese plazo la crisis ya se habrá resuelto.

Mi madre parecía muy cansada. Sin peinar, pálida, consumida, con todas las jornadas agotadoras doblegando sus hombros. El doctor Mazariegos volvió a palmearlos con actitud protectora.

—Por otra parte, piense usted en los gastos. Según he oído decir, los negocios de su esposo han sufrido algunos reveses.

Los ojos de mi madre relampaguearon.

—Robaría yo si fuera preciso.

—Pero no lo es. ¿Quién dice que Mario tenga apendicitis ni que la operación sea necesaria?

—Ya lo sabía yo. No podemos hacer nada. Ni usted ni nadie, doctor. Porque a mi hijo se lo están comiendo los brujos de Chactajal.

—Señora, usted dar crédito a esas supersticiones. . .

—¿Puede usted decirme cuál es la enfermedad de Mario?

—No quiero embarullarla con nombres técnicos. Pero hay a nuestro alcance muchos recursos y los emplearé todos. Yo me comprometo a estudiar el caso con mucha dedicación. Cuente usted conmigo a cualquier hora del día o de la noche.

Sacó un block de recetas de la bolsa interior de su chaleco. Lenta, cuidadosamente, escribió algo en una hoja. Mientras escribía, dijo:

—A propósito de esa llave de que habla el niño. . .

—Está delirando. No sé a qué se refiere.

—Lástima. Sería bueno complacerlo. Contribuiría a su restablecimiento.

Después, con un brusco ademán, arrancó la hoja del block y la entregó a mi madre. Ella leyó el papel y alzó hacia el médico unos ojos extraviados.

—¿Quinina?

El doctor desvió los suyos. Sin convicción, respondió:

—En la ciénaga (que las autoridades no se preocupan por desecar, pese a que se los he aconsejado) hay un criadero de zancudos. Por eso el paludismo es la enfermedad endémica de esta región.

—Pero Mario...

—Mario ha de estar infectado de paludismo, no hay motivo para que él sea la excepción. Con la quinina nosotros ayudamos a su naturaleza para que reaccione.

Mi madre miraba al doctor Mazariegos con una intensidad de reproche que él no pudo soportar. Antes de marcharse suplicó:

—Perdóneme usted.

Cuando mi madre quedó sola arrugó la receta entre sus manos y la dejó caer al suelo.

XV

—¿Qué te parece para lo que me llamaron, Amalita? Para que yo ahuyente los malos espíritus que están atormentando al niño. ¡No faltaba más sino que yo también fuera brujo! Y éste es un crimen que me han levantado las malas lenguas, las malas lenguas que no descansan inventando calumnias. Lo que yo soy no es un secreto para nadie. Soy cazador, y a mucha honra. Cazador de quetzales, para más señas. Que me haya sucedido una desgracia eso no quiere decir que yo sea brujo. Fue una desgracia. Nadie está libre de que le suceda una desgracia. Y, además, a mí no me avisaron cuando me interné por primera vez en la zona de Tziscao...

—Ya está bien, tío David, ya está bien. Nadie le está reclamando.

—Pero es que me da cólera que ahora Zoraida, a quien yo conozco desde que era así, tamañita, me haya salido con esa embajada de la brujería. Nomás porque ella, desde que se casó con César es gente de pro, se siente con derecho a insultar a la gente menuda. Pero yo la conozco desde que era así, tamañita.

—Dispénsela usted, tío David. Está muy atormentada, la pobre.

—Sí, no es para menos. El niño está cayendo igual que los quetzales cuando les dan un balazo en el mero corazón.

—¡Por caridad, tío David, no diga usted eso! Lo pueden oír.

—Sí, ya sé que no hay que hacer ruido. Por eso no traje guitarra.

—En estos tiempos de calamidades, ¿quién tiene humor para cantar?

—¡Bonita está la hora! Si yo me hubiera esperado a tener humor para cantar no hubiera yo cantado nunca. ¿Pero quién te dijo que yo canto porque estoy alegre? Yo canto para divertir a las personas que me invitan a comer... o a tomar una copa.

—Ay, tío David, qué bueno que me lo recuerda usted. Ahorita, en un momentito va a estar lista su comida.

—Creí que no la había yo merecido.

—No faltaba más. Pero es que con tanto rebumbio no sé ni dónde tengo la cabeza. Pero ahorita, ahorita le preparo su comida. Sólo estoy acabando de hervir un té que va a tomar el niño.

Tío David se acercó al fogón, donde desde hacía rato trajinaba Amalia, para curiosear. Se inclinó a oler la caldera que borboteaba. Luego alzó el rostro, decepcionado.

—No huele.

Amalia se ruborizó y retiró vivamente la caldera de las brasas. Quiso escapar a la curiosidad de tío David volviéndole la espalda, pero tío David se asomó por encima del hombro de la soltera mientras ella vertía aquella infusión hirviente en una taza. Antes de que Amalia pudiera evitarlo, tío David se apoderó de la caldera y volcó su contenido sobre el fogón.

—¿Qué es esto?

Tío David sostenía entre la punta de sus dedos un pequeño y delgado cordón oscuro.

—¡Devuélvamelo usted, tío David! —gritó Amalia a la vez que hacía un ademán para arrebatárselo.

—Ajá, conque ésas tenemos, mañosona. Conque preparando bebedizos.

—No tiene nada de malo —replicó Amalia con vehemencia—. Es agua de Lourdes y este escapulario es de la Virgen del Perpetuo Socorro.

—Pues buen provecho, Amalita. Y apúrate a llevar ese bebedizo al enfermo antes de que se enfríe. Quién quita y Dios haga un milagro y el niño sane.

Cuando Amalia salió de la cocina tío David se volvió hacia mí, que había permanecido quieta en un rincón, y me hizo una seña con la mano para que yo me acercara.

A mí me disgusta el aspecto de tío David, tan descuidado

y tan sucio. Me repugna el olor a mistela que emana siempre de su boca. Pero mis padres nos han recomendado que respetemos a este viejo, que lo tratemos con cariño, que le digamos tío, como si fuera de la familia, para que no se sienta solo. Y, arrastrando los pies para dilatar lo más que me fuera posible la aproximación, obedecí.

Tío David me sentó sobre sus rodillas, me acarició los cabellos y dijo:

—¿No te gustaría hacer un viaje conmigo? Nos iríamos al monte, al mero corazón de Balún-Canán, al lugar donde viven los nueve guardianes. Los mirarías a todos, tal y como son, con su verdadera cara, te dirían su verdadero nombre...

Moví la cabeza, negando enérgicamente. Entonces tío David, a punto de llorar, insistió:

—¡Vámonos! No te quedes aquí, no hagas lo que hice yo. Date cuenta de que la casa se está derrumbando. ¡Vámonos antes de que nos aplaste!

Volví a negar. Pero ahora con dulzura. Y para que el tío David no sospeche que le digo que no porque no lo quiero, porque sus razones me atemorizan y su figura me desagrada, añadí, mintiendo, porque no estoy dispuesta a entregar lo que escondí:

—No puedo irme. Tengo que entregar una llave.

XVI

"Me invitaron a una barbacoa, en una finca de los alrededores de Tuxtla. Fui, porque estaba yo enterado de que iría el Gobernador, y por si acaso se presentaba la coyuntura de platicar con él. Un amigo nos presentó. Yo creí que el Gobernador no se acordaría ni de mi nombre. Porque aunque nos conocimos y hablamos varias veces cuando él estuvo en Comitán haciendo su campaña política, pues el mundo es mundo y un personaje como él no puede tener cabeza para tantas cosas como le solicitan. Pero me sorprendió al preguntarme por Chactajal. Estuvimos conversando un rato, entre las interrupciones de los demás. Y en aquel ambiente de fiesta no creí oportuno exponerle mis problemas. Sólo le dije que tenía yo varias semanas de radicar en Tuxtla, tratando de obtener una audiencia con él. Me prometió que me recibiría al día siguiente. Pero al día siguiente que me presenté muy formal al Palacio de Gobierno me dieron la noticia de que había tenido que hacer un viaje muy intempestivo a México, pues lo llamaron para arreglar unos asuntos con el Presidente de la República. Pero que estuviera yo al tanto de su regreso. Y aquí me tienes, esperando. Ahora sí, muy contento, porque estoy seguro que en cuanto el Gobernador regrese y me reciba y se entere de mi situación, pondrá todos los medios para resolverla favorablemente. Es un hombre muy simpático, muy sencillo y cordial. Uno de esos chiapanecos mal hormados, pero de gran corazón.

"En cuanto a lo que me dices de la enfermedad de Mario, no veo que haya motivo para alarmarse. Tú sabes cómo son de escandalosos los síntomas en las criaturas. Pero si el doctor Mazariegos te ha dicho que no tiene importancia es porque efectivamente no tiene importancia. De sobra entiendes que es un médico muy capaz y de mucha conciencia, en quien se puede confiar.

"No te impacientes, pues. Yo voy a regresar. Pero no con la rapidez que tú me exiges. Necesito antes haber hablado con el Gobernador."

Mi madre le tendió el pliego de papel a Amalia.

—Lee.

La soltera leyó moviendo desconsoladoramente la cabeza.

—Pero Zoraida, César no tiene la culpa. A esa distancia no puede darse cuenta de la gravedad de las cosas. Pero si tú le pusieras un telegrama diciéndole cuál es el estado de Mario...

—Ya no llegaría a tiempo.

—¡Zoraida, no hables así, es desconfiar de la Divina Providencia! No lo hemos intentado todo, tenemos que luchar hasta el fin.

—Éste es el fin.

—No. Todavía podemos hacer algo.

—¿Qué?

—El señor cura. Hazme caso, por favor, Zoraida. El señor cura es el único que puede salvar a Mario. Rezaría exorcismos para que el demonio se aleje de esta casa. Porque es el demonio, todos se dan cuenta. Hasta el doctor Mazariegos. ¿Por qué crees que no quiso ni intentar siquiera la operación del niño? Porque sabe que no serviría de nada.

La esperanza pugnaba por brillar en los ojos de mi madre.

—¿Y tú crees que el señor cura consentiría en venir después de...?

—¿Después de lo que dijiste aquella noche? Él mismo me rogó que yo te pidiera perdón.

—¡Entonces corre, Amalia! ¿Qué estás esperando? Ve a llamar al señor cura.

El señor cura. Yo no voy a entregar la llave. Cuando vengan no podrán abrir el oratorio. Castigarán a Mario creyendo que él es el culpable, y lo entregarán en manos de Catashaná.

—¡Que no venga el señor cura, que no venga! ¡Yo no lo dejaré entrar!

Mi madre se volvió hacia mí, impaciente, murmurando:

—¡Faltabas tú! Amalia, por favor, llévate de aquí a esta niña. No va a dejar dormir a Mario con sus gritos.

Amalia me tomó de la mano creyendo que yo la seguiría dócilmente. Pero al sentir mi resistencia sus dedos se cerraron, fuertes y duros como garfios, alrededor de mis muñecas. Jalándome, me hizo avanzar unos pasos. Pero yo me dejé caer al suelo. Amalia me arrastró porque no soportaba mi peso entre sus brazos y, ayudada por Vicenta, me llevó hasta el zaguán. Con el vestido desgarrado, despellejándome las piernas en el roce contra los ladrillos yo gritaba más, más alto, porque ahora la distancia era mayor.

—¡No dejen entrar al señor cura! ¡No lo dejen entrar!

XVII

Me sentaron en el sofá de la sala de Amalia y se fueron. Ella y Vicenta. Y yo quedé allí, despeinada, sudorosa de haber luchado, sucia de tierra porque me arrastraron. De nada me había valido. Amalia y Vicenta me dejaron aquí, ante un espejo impávido y una anciana que no prestó atención al escándalo de mi llegada. Continúa, como siempre, embebida en la contemplación del trozo de calle que la ventana permite entrar. Y Mario allá, solo en su cuarto, jadeando de dolor, mientras el señor cura avanza hasta él.

"Tilín-tilín, ya voy dando vuelta a la esquina. Tilín-tilín, ya estoy tocando la puerta. Tilín-tilín, ya estoy en la orilla de tu cama. Tilín-tilín, ¡ya te atrapé! Vamos a comulgar al oratorio. ¿Dónde está la llave? ¡Tú la escondiste! ¡Te va a castigar Dios! ¡Te va a cargar Catashaná!"

Y Mario apretando los dientes, resistiendo enmedio de sus dolores y pensando que yo lo he traicionado. Y es verdad. Lo he dejado retorcerse y sufrir, sin abrir el cofre de mi nana. Porque tengo miedo de entregar esa llave. Porque me comerían los brujos a mí; a mí me castigaría Dios, a mí me cargaría Catashaná. ¿Quién iba a defenderme? Mi madre no. Ella sólo defiende a Mario porque es el hijo varón.

La viejecita solloza, murmura su deseo de que la lleven a Guatemala. Maquinalmente me pongo de pie y me acerco al sillón. La empujo con todas mis fuerzas, pero el sillón no se mueve. Y los sollozos son cada vez más apremiantes, más desconsolados. La viejecita repite una y otra vez: Guatemala, Guatemala. Y de pronto, este nombre se abre paso hasta mi entendimiento. ¿Guatemala? Sí, el lugar adonde uno va cuando huye. Doña Pastora le prometió, hace tiempo, venderle un secreto a mi madre: el punto de la frontera que no está vigilado. Se puede pasar sin que nadie lo detenga a uno. Del otro lado ya no podrían darnos alcance. Ni Amalia, ni el señor cura, ni Dios, ni Catashaná. Porque ninguno conoce este camino, es el secreto de doña Pastora. Un secreto que vende por dinero. No tengo dinero. Pero tengo entre mi blusa, calentándolo, el regalo que le traje a mi nana de la finca y que ella no se llevó consigo. Un chorro de piedrecitas cayendo sobre la palma de doña Pastora. Las mirará con extrañeza, como mi nana las miró al principio. Hasta es posible que diga que no quiere hacer el trato. Pero cuando yo le diga que estas piedrecitas son de Chactajal se alegrará y su secreto será nuestro. Y correremos, lejos, hasta donde estemos libres de esta persecución, de esta pesadilla.

Pero Mario no puede correr; está enfermo. Y yo no puedo esperar. No, me marcharé yo sola, me salvaré yo sola.

De prisa, de prisa. ¿Dónde estará doña Pastora? Hay que ir a buscarla, ahora mismo, sin perder un minuto más. No sé dónde vive. Pero saldré a la calle y preguntaré con uno y con otro hasta que alguien me diga: camina dos cuadras, derecho. Y después, al llegar a las siete esquinas das vuelta a la izquierda. Y frente al tanque de los caballos. . .

Sigilosamente me asomo al corredor. No hay nadie. Avanzo de puntillas para no despertar ni al eco. Pero cuando estoy levantando la aldaba de la puerta de la calle, una voz cae sobre mí, tremenda, y me deja clavada en el suelo.

—¿Dónde vas?

Me vuelvo con lentitud. La que está frente a mí es Vicenta, con su largo delantal salpicado de grasa. Tengo miedo. Pero algo más fuerte que el miedo me sostiene y digo:

—Quiero salir.

—Ningún salir, niñita. A tu lugar. En la sala.

—No me dilato. Regreso luego. Por favor. . .

—Yo obedezco a quien tengo que obedecer. Me recomendaron que yo te cuidara ¿y qué cuentas voy a entregar si te dejo salir? Vamos, a la sala.

Ya no puedo gritar más. Estoy ronca, tengo moretones en los brazos de donde me jalonearon para traerme hasta aquí. Y esta mujer, enorme y ruda, está dispuesta a no dejarme pasar. Si yo le explicara tal vez consentiría.

—Tengo que hablar con doña Pastora, la mujer que pasa contrabando. Dime dónde vive.

—Cómo no niñita. Con mucho gusto. Vive en la sala. Anda a buscarla allí.

—No estoy jugando, Vicenta. Es verdad.

—Yo tampoco estoy jugando. Y si no te vas a la sala ahorita mismo, va a bajar Justa Razón.

Tiemblo, pasmada, ante este nombre que no escuché nunca antes y ha de ser de alguno muy poderoso y muy malo puesto que Vicenta lo invoca. Me dejo conducir, ya sin protestar. Detrás de mí se cierran, se ajustan bien, los dos maderos de la puerta. Me quedo un instante inmóvil, parada en el centro de la sala. Los retratos me hacen guiños burlones desde el terciopelo de sus marcos. Los abanicos se abren y se cierran desplegando todos sus dientes en una carcajada cruel. El espejo. . . ¡No, no quiero que me vea! Y corro hasta el sillón donde está sentada la viejecita y hundo mi rostro en su regazo y juntas sollozamos nuestro imposible viaje a Guatemala.

XVIII

Amalia me despertó, sacudiéndome bruscamente. Mis párpados estaban pesados de sueño y de la fatiga del llanto.

—Se ha portado muy mal —me acusó la cargadora—. Quiso salir a la calle y cuando la encerré. . .

Ahora lo diría todo. Sí, es cierto que estuve revolcándome en el suelo y que lancé uno de los abanicos contra el espejo para destrozarlo.

Pero Amalia no hizo caso de las acusaciones de Vicenta. Aproximó mi cara a la suya (el entrecejo fruncido, los ojos inflamados, las arrugas congregadas alrededor de su boca, el pelo que se le está volviendo blanco) y dijo:

—Tienes que ser muy valiente, niña. Mario acaba de morir.

—¿Llegó el señor cura?

—Alcanzó a llegar. Pero los gendarmes lo detuvieron al salir de la casa. Ahora está preso.

El señor cura alcanzó a llegar. Alcanzó a saberlo todo. Alcanzó a castigar a Mario. Pero la llave está bien guardada en el cofre, entre la ropa de mi nana. Y yo estoy a salvo.

—Estate quieta, niña. Ten alguna consideración.

No opuse ya ninguna resistencia. Dejé que entre Amalia y la cargadora me cambiasen el vestido que traía yo puesto, y que estaba hecho jirones, por otro de luto, el mismo que usé para la visita de pésame a doña Nati. Un vestido negro como el plumaje de los zopilotes.

Volvimos a mi casa. La puerta de calle estaba abierta de par en par, a esas horas de la noche. En el zaguán, en los corredores, en el jardín, había pequeños grupos de hombres y mujeres enlutados que murmuraban, que cuchicheaban, produciendo un rumor como de agua que hierve. A veces se levantaba un amago de risa, pero pronto volvía a disolverse en el fondo de tantas voces en ebullición.

Amalia y yo pasamos entre ellos. Cuando los señores y las señoras me tenían a su alcance, me acariciaban, frotaban contra el mío su rostro húmedo de saliva, de lágrimas, de sudor. Desde su altura de personas mayores me contemplaban con ojos benévolos y tristes. Hablaban, entrecortando su conversación con suspiros.

Don Jaime Rovelo se inclinó hacia mí y me tomó entre sus brazos mientras musitaba:

—Ahora tu padre ya no tiene por quién seguir luchando. Ya estamos iguales. Ya no tenemos hijo varón.

Amalia me separó de él para llevarme a la sala. Todos los focos de la lámpara principal estaban encendidos. Y había flores, flores por todas partes. Sobre los muebles, alrededor del ataúd blanco, desparramadas en el suelo. Su olor se mezclaba con el de la cera que ardía en cuatro grandes cirios.

Amalia dijo, alzando la tapa del ataúd:

—¿No quieres ver a tu hermano por última vez?

Vuelvo la cara con repugnancia. No, no lo podría soportar. Porque no es Mario, es mi culpa la que se está pudriendo en el fondo de ese cajón.

XIX

Esta muerte es castigo del cielo. ¿Por qué iba a morir un niño así, cuando apenas estaba despuntando su flor? ¡Y era tan rozagante y tan galán!

Es Rosalía la que ha hablado de este modo. Y luego se enjuga el llanto con la punta de su chal. Tío David asiente.

—Dicen que los brujos de la finca se lo comieron. Por venganza, porque los patrones los habían maltratado.

Tío David estaba calentándose las manos junto al fogón de la cocina. Vino aquí porque los señores del velorio lo desdeñan y evitan su compañía. Vicenta le allega una taza de café.

—¡Quién los mira tan orgullosos! Nomás porque usan chaleco y leontina de oro. Pero estas familias tienen muchos delitos que pagar.

—Y si no que lo diga doña Nati, la ciega. ¿Por qué, más que por causa de los Argüellos, mataron a su hijo, al difunto Ernesto?

Vicenta ofreció una copa de comiteco al tío David.

—Para cargar su café.

Y luego dice dirigiéndose a Rosalía:

—Pero doña Nati recibió su buen potz de dinero. Yo la he visto en la calle. Anda presumida porque va calzada.

—¡Dinero!

—¿Y diay, qué más quería?

—Como si se pudiera pagar con algo la vida de un hijo. Ahora doña Zoraida ya lo sabe. Ahora que le echaron la sal.

Vicenta ríe larga, sabrosamente.

—¡Qué simple sos, Rosalía! Yo sé quien hizo que muriera el niño Mario. No fue doña Nati. Ni tampoco los brujos de Chactajal, como dice don David. Yo conozco quién dejó que muriera el niño.

¡Ha abierto el cofre de mi nana, ha visto la llave escondida entre la ropa, ha visto en mis ojos el remordimiento!

Y antes de que pronuncie mi nombre, y antes de que me señale, salgo corriendo al patio, a la oscuridad.

XX

La luz regresa y vuelve a irse. El reloj del Cabildo da fielmente las horas. Pero yo no llevo la cuenta del tiempo que ha transcurrido desde que estoy recorriendo la casa, abriendo y cerrando las puertas, llorando.

Camino torpemente, con lentitud. Doy un paso y después, mucho después, otro. Avanzo así en esta atmósfera irrespirable de estrella recién derribada. El día se esparce, desmelenado y sin olor, en el jardín.

En el patio las gallinas dan de comer a los polluelos que no saben más que ser amarillos y tiritar.

En la caballeriza las bestias patean y relinchan, atormentadas por un tábano invisible. Y en otros patios, en otras casas, perros lejanos aúllan como si estuvieran venteando la desgracia.

Voy a la cocina. En el fogón el copo enfriado de ceniza. En las alacenas, durmiendo un sueño definitivo, los trastes. Las ollas con su gran panza de comadre satisfecha. Las tazas de ancha risa. Los tenedores con sus patitas de garza. Muertos.

Y el comedor donde un orden frío impera. Y los muebles de la sala sobre cuyo dorso indefenso cae una lluvia imperceptible de polvo. Y el oratorio con su puerta cerrada.

Llego hasta la recámara de mi madre. Allí está ella sobre su cama, la cama en que murió su hijo, retorciéndose y gimiendo como la res cuando el vaquero la derriba y su piel humea al recibir la marca de la esclavitud.

A la orilla del lecho, Amalia, con voz pareja, sin inflexiones, salmodia:

—Es bueno vivir a la orilla de los ríos. Mirando pasar el agua se limpia la memoria. Oyendo pasar el agua se adormece la pena. Iremos a vivir a la orilla de un río.

XXI

Amalia y Vicenta están en el cuarto de los trebejos, apartando los juguetes de Mario y empacándolos, pues los van a regalar a los niños pobres.

—Zoraida quería guardarlos. Pero yo le dije ¿para qué? Los recuerdos siempre duelen.

—La patrona está muy triste. No sale de su cuarto. No quiere ver a nadie.

—Tiene que aprender a conformarse. El tiempo todo lo borra. Dios sabe mejor que nosotros lo que nos conviene. Y cuando su misericordia nos despoja de algo es por nuestro bien y aunque no lo comprendamos así debemos sufrirlo con gratitud y con paciencia.

—¡Qué bonito habla usted, niña Amalia! ¿Es verdad lo que dicen que ya mero iba usted a ser monja?

—Sí. De muchacha quise entrar en un convento, allá en San Cristóbal. Pero mamá se opuso. Me desheredó. Y para juntar el dinero de mi dote tuve que ponerme a trabajar. Hacía yo costuras, dulces, lo que se ofreciera. Ahorraba yo hasta el último centavo. Lo primero que me compré fueron los hábitos. Y los guardé en un cofre de cedro para que embebieran bien el olor.

—¿Y diay?

—Un mes antes de la fecha que había yo fijado para irme, mamá cayó con un ataque. No pudo recuperarse nunca. Quedó como está hoy. Como una criatura. No es capaz ni de persignarse sola. Y todo lo confunde: los lugares, la cara de la gente. Pobrecita.

—¡Pobrecita! ¿Cómo iba usted a tener entrañas de abandonarla?

—No creas, Vicenta. Yo soy muy ingrata. Quise irme al convento pasando por encima de todo. Pero mi confesor no me lo permitió.

Vicenta está envolviendo en papel el caballito de cartón, con crines de cerda, largas y amarillas, en el que montaba Mario.

—De modo que no salí de mi casa. ¿Te has fijado, Vicenta, que las casas de Comitán son muy tristes? En la mía no teníamos ni flores, ni pájaros. Y andábamos a palias y hablábamos en secreto y no abríamos las ventanas para no molestar a la enferma.

—Cada quien tiene su cruz, niña Amalia. A mí me ajenaron desde que era yo asinita.

—La regla del convento dice que no se admiten postulantes mayores de treinta años. Y mamá estaba tan débil que yo creí... Tenía yo todo listo para cuando mamá muriera. El vestido de gro, un pañuelo de lino que bordé yo misma, todo. Y mira: mi pelo se está volviendo blanco.

—Tal vez era su suerte ser niña quedada.

—Mi confesor me aconsejaba que yo ofreciera a Dios este sacrificio. Pero ¿cómo lo iba yo a ofrecer si me sacrificaba con disgusto, con impaciencia, como si la pobrecita de mamá hubiera tenido la culpa?

—¿También se va a regalar la ropa del niño Mario?

—También. Que no la vea Zoraida. Su pena está todavía muy tierna. Con los años va uno amansándose. Yo me quedé ya en un corazón cerca de mamá.

Han terminado. Se ponen de pie para irse. Pero antes de que salgan yo me acerco a Amalia, suplicante.

—Llévame al panteón: quiero ver a Mario.

Ella no parece sorprenderse por este repentino deseo. Me acaricia la cabeza y responde:

—Ahora no. Iremos después. Cuando sea tiempo de comer el quinsanto.

XXII

Noviembre. Un largo viento fúnebre recorre, ululando, la llanura. De las rancherías, de los pueblos vecinos, bajan grandes recuas de mulas cargadas para el trueque de Todos Santos. Los recién venidos muestran su mercancía en la cuesta del Mercado y las mujeres acuden a la compra con la cabeza cubierta por chales de luto.

Los dueños de las huertas levantan las calabazas enormes y las parten a hachazos para ponerlas a hervir con panela; y abren en dos los descoloridos tzilacayotes de pulpa suave. Y apiñan en los canastos los chayotes protegidos por su cáscara hirsuta.

Vicenta y Rosalía han hecho todos los preparativos para nuestra marcha. Porque hoy es el día en que Amalia cumplirá su promesa. Iremos al panteón a comer el quinsanto.

—Tu madre no va con nosotros porque se siente indispuesta. Pero me recomendó que yo te cuidara y que te portaras bien.

Salimos a la calle. Sobre las banquetas avanzan, saludándose ceremoniosamente, cediéndose unas a otras el lugar de preferencia, las familias, que consagran esta fecha del año a comer con sus difuntos. Adelante va el señor con su chaleco y su leontina de oro. A su lado la señora envuelta en el fichú de lana negra. Detrás los niños, mudados y albeantes. Y hasta al último, las criadas, que sostienen en equilibrio sobre su cabeza los pumpos y los cestos de los comestibles.

La caminata es larga. Llegamos fatigados al panteón. Los cipreses se elevan al cielo, sin un trino, en sólo un ímpetu de altura. Bordeando las callejuelas angostas y sinuosas, devoradas por el césped, están los monumentos de mármol; ángeles llorosos con el rostro oculto entre las manos; columnas truncadas, nichos pequeños en cuyo fondo resplandecen letras y números dorados. Y, a veces, montones de tierra húmeda, recién removida, sobre la que se ha colocado provisionalmente una cruz.

Nos sentamos a comer en la primera grada de una construcción pesada y maciza en cuyo frente anuncia un rótulo: "Perpetuidad de la familia Argüello." Las criadas extienden las servilletas en el suelo y sacan trozos de calabaza chorreando miel y pelan los chayotes y los sazonan con sal.

A la orilla de otras tumbas están, también comiendo, personas conocidas a las que Amalia saluda con una sonrisa y un ademán ligero de su mano. Don Jaime Rovelo; tía Romelia, del brazo de su marido; doña Pastora, acalorada y roja; doña Nati con un par de zapatos nuevos, guiada por su vecina.

Cuando terminamos de comer, Amalia empujó la puerta de aquel monumento y recibimos, en pleno rostro, una bocanada de aire cautivo, denso y oscuro, que subía de una profundidad que nuestros ojos aún no podían medir.

—Aquí comienza la escalera. Baja con cuidado.

Amalia me ayudaba a descender, mostrando la distancia entre los escalones, señalando el lugar donde el pie tenía mayor espacio para posarse. Íbamos avanzando con lentitud, a causa de la oscuridad. Ya abajo Amalia prendió un cerillo y encendió las velas.

Transcurrieron varios minutos antes de que nos acostumbráramos a la penumbra. Era frío y húmedo el lugar adonde habíamos llegado.

—¿Dónde está Mario?

Amalia alzó uno de los cirios y dirigió el haz de luz hasta un punto de la pared. Allí habían trabajado recientemente los albañiles. La mezcla que usan aún no acababa de secar.

—Todavía no han escrito su nombre.

Falta el nombre de Mario. Pero en las lápidas de mármol que cubren el resto de la pared están escritos otros nombres: Rodulfo Argüello, Josefa, Estanislao, Abelardo, José Domingo, María. Y fechas. Y oraciones.

—Vámonos ya, niña, es tarde.

Pero antes dejo aquí, junto a la tumba de Mario, la llave del oratorio. Y antes suplico, a cada uno de los que duermen bajo su lápida, que sean buenos con Mario. Que lo cuiden, que jueguen con él, que le hagan compañía. Porque ahora que ya conozco el sabor de la soledad no quiero que lo pruebe.

XXIII

Afuera brillaba un sol glacial y remotísimo. Amalia y yo pasamos entre los grupos dispersos diciendo adiós. Adiós, doña Pastora, a quien ya no entregaré nunca las piedrecitas de Chactajal; adiós, doña Nati, que camina en la oscuridad con zapatos nuevos; adiós, adiós, don Jaime.

Allá lejos nos esperaba Comitán, coronado de ese aire amarillo que hacen, zumbando, el día y las abejas. Allá lejos las torres de alas plegadas, reposando; las casas con su tamaño de paloma.

Atravesamos por el barrio de los pobres. Me acuerdo que esta puerta es la del cuarto de la tullida. ¿Quién vendrá a visitarla, ahora que mi madre ya no viene? ¿Quién le traerá su desayuno?

En el barrio de San Sebastián viven gentes ricas —fabricantes de aguardiente, plateros, dueños de tiendas—, pero no se les considera de buenas familias. Sus casas, encaladas de colores chillantes, rodean el parque. Y ellos mismos cuidan de que los niños no arranquen las flores ni quiebren las ramas de los árboles. Sentadas en una banca de fierro, Amalia y yo vemos venir a la señorita Silvina. Va mirando en torno suyo con desconfianza. Lleva, escondido bajo el chal de lana, un pliego de papel cartoncillo.

—¿Qué hace usted por estos rumbos, señorita? ¿Y en día de fiesta?

Se detiene confusa, como si la hubiéramos sorprendido cometiendo un delito. Declara:

—Desde que me cerraron la escuela doy clases a domicilio. Me apalabraron los de la familia de don Golo Córdova. Ninguno de ellos sabe leer.

—Es una vergüenza que gentes así sean ahora las dueñas del dinero —sentencia Amalia.

—¿Y para qué es el papel cartoncillo? —pregunto yo, celosa de este privilegio que ahora otros van a disfrutar.

—Es... es por si se ofrece.

Nos despedimos de la señorita Silvina y echamos a andar. Dejamos atrás la sombra rumorosa de los fresnos, el escandaloso vuelo de los zanates. Tambaleándose, arrastrando en el suelo su guitarra, avanza hacia nosotros el tío David. Se inclina haciendo una cómica reverencia. Amalia lo observa desaprobatoriamente.

—¿No le da vergüenza, tío David? Ofender así los sentimientos de la gente.

—¿Y qué tengo yo que ver con la gente? Yo soy un hombre solo. ¡Yo no tengo difuntos!

Amalia me arrastra para que nos apartemos rápidamente de allí. Al pasar junto al Casino Fronterizo vemos, al través de los vidrios de la ventana, la figura del doctor Mazariegos. Está sentado en un sillón, dormitando.

Ahora vamos por la calle principal. En la acera opuesta camina una india. Cuando la veo me desprendo de la mano de Amalia y corro hacia ella, con los brazos abiertos. ¡Es mi nana! ¡Es mi nana! Pero la india me mira correr, impasible, y no hace un ademán de bienvenida. Camino lentamente, más lentamente hasta detenerme. Dejo caer los brazos, desalentada. Nunca, aunque yo la encuentre, podré reconocer a mi nana. Hace tanto tiempo que nos separaron. Además, todos los indios tienen la misma cara.

XXIV

Cuando llegué a la casa busqué un lápiz. Y con mi letra inhábil, torpe, fui escribiendo el nombre de Mario. Mario, en los ladrillos del jardín. Mario en las paredes del corredor. Mario en las páginas de mis cuadernos.

Porque Mario está lejos. Y yo quisiera pedirle perdón.

Ciudad Real

Cuentos. Colección Ficción, Universidad Veracruzana, 1960. Segunda edición, Colección Grandes Escritores Mexicanos, Novaro, 1974. Tercera edición, Universidad Veracruzana, 1982. Cuarta edición, Universidad Veracruzana, 1986.

Fragmento de una entrevista con Emmanuel Carballo, *Diecinueve protagonistas de la literatura mexicana del siglo XX*, Empresas Editoriales, 1965.

Si me atengo a lo que he leído dentro de esta corriente, que por otra parte no me interesa, mis novelas y cuentos no encajan en ella. Uno de sus defectos principales reside en considerar el mundo indígena como un mundo exótico en el que los personajes, por ser las víctimas, son poéticos y buenos. Esta simplicidad me causa risa. Los indios son seres humanos absolutamente iguales a los blancos, sólo que colocados en una circunstancia especial y desfavorable. Como son más débiles, pueden ser más malos (violentos, traidores e hipócritas) que los blancos. Los indios no me parecen misteriosos ni poéticos. Lo que ocurre es que viven en una miseria atroz. Es necesario describir cómo esa miseria ha atrofiado sus mejores cualidades. Otro detalle que los autores indigenistas descuidan, y hacen muy mal, es la forma. Suponen que como el tema es noble e interesante, no es necesario cuidar la manera como se desarrolla. Como refieren casi siempre sucesos desagradables, lo hacen de un modo desagradable: descuidan el lenguaje, no pulen el estilo... Ya que pretenden objetivos muy distintos, mis libros no se pueden incluir en esta corriente.

Al Instituto Nacional Indigenista,
que trabaja para que cambien
las condiciones de vida de mi pueblo.

¿En qué día? ¿En qué luna? ¿En qué año sucede lo que aquí se cuenta? Como en los sueños, como en las pesadillas, todo es simultáneo, todo está presente, todo existe hoy.

LA MUERTE DEL TIGRE

LA COMUNIDAD de los Bolometic estaba integrada por familias de un mismo linaje. Su espíritu protector, su waigel, era el tigre, cuyo nombre fueron dignos de ostentar por su bravura y por su audacia.

Después de las peregrinaciones inmemoriales (huyendo de la costa, del mar y su tentación suicida), los hombres de aquella estirpe vinieron a establecerse en la región montañosa de Chiapas, en un valle rico de prados, arboleda y aguajes. Allí la prosperidad les alzó la frente, los hizo de ánimo soberbio y rapaz. Con frecuencia los Bolometic descendían a cebarse en las posesiones de las tribus próximas.

Cuando la llegada de los blancos, de los caxlanes, el ardor belicoso de los Bolometic se lanzó a la batalla con un ímpetu que —al estrellarse contra el hierro invasor— vino a caer desmoronado. Peor que vencidos, estupefactos, los Bolometic resintieron en su propia carne el rigor de la derrota que antes jamás habían padecido. Fueron despojados, sujetos a cárcel, a esclavitud. Los que lograron huir (la ruindad de su condición les sopló al oído este proyecto, los hizo invisibles a la saña de sus perseguidores para llevarlo al cabo) buscaron refugio en las estribaciones del cerro. Allí se detuvieron a recontar lo que se había rescatado de la catástrofe. Allí iniciaron una vida precaria en la que el recuerdo de las pasadas grandezas fue esfumándose, en la que su historia se convirtió en un manso rescoldo que ninguno era capaz de avivar.

De cuando en cuando los hombres más valientes bajaban a los parajes vecinos para trocar los productos de sus cosechas, para visitar los santuarios, solicitando a las potencias superiores que cesaran de atormentar a su waigel, al tigre, que los brujos oían rugir, herido, en la espesura de los montes. Los Bolometic eran generosos para las ofrendas. Y sin embargo sus ruegos no podían ser atendidos. El tigre aún debía recibir muchas heridas más.

Porque la codicia de los caxlanes no se aplaca ni con la predación ni con los tributos. No duerme. Vela en ellos, en sus hijos, en los hijos de sus hijos. Y los caxlanes avanzaban, despiertos, hollando la tierra con los férreos cascos de sus caballos, derramando, en todo el alrededor, su mirada de gavilán; chasqueando nerviosamente su látigo.

Los Bolometic vieron que se aproximaba la amenaza y no corrieron, como antes, a aprestar un arma que ya no tenían el coraje de esgrimir. Se agruparon, temblorosos de miedo, a examinar su conducta, como si estuvieran a punto de comparecer ante un tribunal exigente y sin apelación. No iban a defenderse, ¿cómo? si habían olvidado el arte de guerrear y no habían aprendido el de argüir. Iban a humillarse. Pero el corazón del hombre blanco, del ladino, está hecho de una materia que no se ablanda con las súplicas. Y la clemencia luce bien como el morrión que adorna un yelmo de capitán, no como la arenilla que mancha los escritos del amanuense.

—En este papel que habla se consigna la verdad. Y la verdad es que todo este rumbo, con sus laderas buenas para sembrar trigo, con sus pinares que han de talarse para abastecimiento de leña y carbón, con sus ríos que moverán molinos, es propiedad de don Diego Mijangos y Orantes, quien probó su descendencia directa de aquel otro don Diego Mijangos, conquistador, y de los Mijangos que sobrevinieron después, encomenderos. Así es que tú, Sebastián Gómez Escopeta, y tú, Lorenzo Pérez Diezmo, y tú, Juan Domínguez Ventana, o como te llames, estás sobrando, estás usurpando un lugar que no te pertenece y es un delito que la ley persigue. Vamos, vamos, chamulas. Fuera de aquí.

Los siglos de sumisión habían deformado aquella raza. Con prontitud abatieron el rostro en un signo de acatamiento; con docilidad mostraron la espalda en la fuga. Las mujeres iban adelante, cargando los niños y los enseres más indispensables. Los ancianos, con la lentitud de sus pies, las seguían. Y atrás, para proteger la emigración, los hombres.

Jornadas duras, sin meta. Abandonando este sitio por hostil y el otro para no disputárselo a sus dueños. Escasearon los víveres y las provisiones. Aquellos en quienes más cruelmente mordía la necesidad se atrevieron al merodeo nocturno, cerca de las milpas, y aprovechaban la oscuridad para apoderarse de una mazorca en sazón, de la hoja de algunas legumbres. Pero los perros husmeaban la presencia del extraño y ladraban su delación. Los guardianes venían blandiendo un machete y suscitaban tal escándalo que el intruso, aterrorizado, escapaba. Allá iba, famélico, furtivo, con el largo pelo hirsuto y la ropa hecha jirones.

La miseria diezmó a la tribu. Mal guarecida de las intemperies, el frío le echó su vaho letal y fue amortajándola en una neblina blancuzca, espesa. Primero a los niños, que morían sin comprender por qué, con los puñezuelos bien apretados como para guardar la última brizna de calor. Morían los viejos, acurrucados junto a las cenizas del rescoldo, sin una queja. Las mujeres se escondían para morir, con un último gesto de pudor, igual que en los tiempos felices se habían escondido para dar a luz.

Éstos fueron los que quedaron atrás, los que ya no alcanzarían a ver su nueva patria. El paraje se instaló en un terraplén alto, tan alto, que partía en dos el corazón del caxlán aunque es tan duro. Batido de ráfagas enemigas; pobre; desdeñado hasta por la vegetación más rastrera y vil, la tierra mostraba la esterilidad de su entraña en grietas profundas. Y el agua, de mala índole, quedaba lejos.

Algunos robaron ovejas preñadas y las pastorearon a hurtadillas. Las mujeres armaban el telar, aguardando el primer esquileo. Otros roturaban la tierra, esta tierra indócil, avara; los demás emprendían viajes para solicitar, en los sitios consagrados a la adoración, la benevolencia divina.

Pero los años llegaban ceñudos y el hambre andaba suelta, de casa en casa, tocando a todas las puertas con su mano huesuda.

Los varones, reunidos en deliberación, decidieron partir. Las esposas renunciaron al último bocado para no entregarles vacía la red del bastimento. Y en la encrucijada donde se apartan los caminos se dijeron adiós.

Andar. Andar. Los Bolometic no descansaban en la noche. Sus antorchas se veían, viboreando entre la negrura de los cerros.

Llegaron a Ciudad Real, acezantes. Pegajosa de sudor la ropa desgarrada; las costras de lodo, secas ya de muchos días, se les iban resquebrajando lentamente, dejando al descubierto sus pantorrillas desnudas.

En Ciudad Real los hombres ya no viven según su capricho o su servidumbre a la necesidad. En el trazo de este pueblo de caxlanes predominó la inteligencia. Geométricamente se entrecruzan las calles. Las casas son de una misma estatura, de un homogéneo estilo. Algunas ostentan en sus fachadas escudos nobiliarios. Sus dueños son los descendientes de aquellos hombres aguerridos (los conquistadores, los primeros colonizadores), cuyas hazañas resuenan aún comunicando una vibración heroica a ciertos apellidos: Marín, De la Tovilla, Mazariegos.

Durante los siglos de la Colonia y los primeros lustros de la Independencia, Ciudad Real fue asiento de la gubernatura de la provincia. Detentó la opulencia y la abundancia del comercio; irradió el foco de la cultura. Pero sólo permaneció siendo la sede de una elevada jerarquía eclesiástica: el obispado.

Porque ya el esplendor de Ciudad Real pertenecía a la memoria. La ruina le comió primero las entrañas. Gente sin audacia y sin iniciativa, pagada de sus blasones, sumida en la contemplación de su pasado, soltó el bastón del poder político, abandonó las riendas de las empresas mercantiles, cerró el libro de las disciplinas intelectuales. Cercada por un estrecho anillo de comunidades indígenas, sordamente enemigas, Ciudad Real mantuvo siempre con ellas una relación presidida por la injusticia. A la rapiña sistemática correspondía un estado latente de protesta que había culminado varias veces en cruentas sublevaciones. Y cada vez Ciudad Real fue menos capaz de aplacarlas por sí misma. Pueblos vecinos —Comitán y Tuxtla, Chiapa de Corzo— vinieron en auxilio suyo. Hacia ellos emigró la riqueza, la fama, el mando. Ciudad Real no era ya más que un presuntuoso y vacío cascarón, un espantajo eficaz tan sólo para el alma de los indios, tercamente apegada al terror.

Los Bolometic atravesaron las primeras calles entre la tácita desaprobación de los transeúntes que esquivaban, con remilgados gestos, el roce con aquella ofensiva miseria.

Los indios examinaban, incomprensiva, insistente y curiosamente, el espectáculo que se ofrecía a su mirada. Las macizas construcciones de los templos los abrumaron como si estuvieran obligados a sostenerlas sobre sus lomos. La exquisitez de los ornamentos —algunas rejas de hierro, el labrado minucioso de algunas piedras— les movía el deseo de aplastarlas. Reían ante la repentina aparición de objetos cuyo uso no acertaban a suponer: abanicos, figuras de porcelana, prendas de encaje. Se extasiaban ante esa muestra que de la habilidad de su trabajo exhibe el fotógrafo: tarjetas postales en las que aparece una melancólica señorita, meditando junto a una columna truncada, mientras en el remoto horizonte muere, melancólicamente también, el sol.

¿Y a las personas? ¿Cómo veían a las personas los Bolometic? No advertían la insignificancia de estos hombrecitos, bajos, regordetes, rubicundos, bagazo de una estirpe enérgica y osada. Resplandecía únicamente ante sus ojos el rayo que, en otro tiempo, los aniquiló. Y al través de la fealdad, de la decadencia de ahora, la superstición del vencido aún vislumbraba el signo misterioso de la omnipotencia del dios caxlán.

Las mujeres de Ciudad Real, las "coletas", se deslizaban con su paso menudo, reticente, de paloma; con los ojos bajos, las mejillas arreboladas por la ruda caricia del cierzo. El luto, el silencio, iban con ellas. Y cuando hablaban, hablaban con esa voz de musgo que adormece a los recién nacidos, que consuela a los enfermos, que ayuda a los moribundos. Esa voz de quien mira pasar a los hombres tras una vidriera.

El mercado atrajo a los forasteros con su bullicio. Aquí está el lugar de la abundancia. Aquí el maíz, que sofoca las trojes con su amarillez de oro; aquí las bestias de sangre roja, destazadas, pendiendo de enormes garfios. Las frutas pulposas, suculentas: el durazno con su piel siempre joven; los plátanos vigorosos, machos; la manzana que sabe, en sus filos ácidos, a cuchillo. Y el café de virtudes vehementes, que llama desde lejos al olfato. Y los dulces, barrocos, bautizados con nombres gentilicios y distantes: tartaritas, africanos. Y el pan, con el que Dios saluda todas las mañanas a los hombres.

Esto fue lo que vieron los Bolometic y lo vieron con un asombro que ya no era avidez, que desarmaba todo ademán de posesión. Con un asombro religioso.

El gendarme, encargado de vigilar aquella zona, se paseaba distraídamente entre los puestos, canturreando una cancioncilla, espantando, aquí y allá, una mosca. Pero cuando advirtió la presencia de esos vagabundos andrajosos (estaba acostumbrado a verlos pero aislados, no en grupo y sin capataz ladino como ahora), adoptó automáticamente una actitud de celo. Empuñó con más fuerza el garrote, dispuesto a utilizarlo a la primera tentativa de robo o de violación a ese extenso y nebuloso inciso de la ley, que jamás había leído, pero cuya existencia sospechaba: perturbaciones del orden público. Sin embargo, los Bolometic parecían tener intenciones pacíficas. Se habían alejado de los puestos para ir a buscar un sitio vacío en las gradas de la iglesia de la Merced. Encuclillados, los indios se espulgaban pacientemente y comían los piojos. El gendarme los observaba a distancia, complacido, porque el desprecio estaba de su parte.

Un señor, que rondaba en torno de los Bolometic, se decidió, por fin, a abordarlos. Rechoncho, calvo, animado por una falsa jovialidad, les dijo en su dialecto:

—¿Yday, chamulas? ¿Están buscando colocación?

Los Bolometic cruzaron entre sí rápidas y recelosas miradas. Cada uno descargó en el otro la responsabilidad de contestar. Por último el que parecía más respetable (y era más respetado por sus años y porque había hecho un viaje anterior a Ciudad Real), preguntó:

—¿Acaso tú puedes darnos trabajo? ¿Acaso eres enganchador?

—Precisamente. Y tengo fama de equitativo. Me llamo Juvencio Ortiz.

—Ah, sí. Don Juvencio.

El comentario era, más que eco de la fama, seña de cortesía. El silencio se extendió entre los interlocutores como una mancha. Don Juvencio tamborileaba sobre la curva de su abdomen, a la altura del botón del chaleco donde debería enroscarse la leontina de oro. Comprobar que no era propietario aún de ninguna leontina, le hizo hincar espuelas a la conversación.

—¿Entonces qué? ¿Hacemos trato?

Pero los indios no tenían prisa. Nunca hay prisa de caer en la trampa.

—Bajamos de nuestro paraje. Hay escasez allá, patrón. No se quieren dar las cosechas.

—Más a mi favor, chamula. Vamos al despacho para ultimar los detalles.

Don Juvencio echó a andar, seguro de que los indios lo seguirían. Hipnotizados por esta seguridad, los Bolometic fueron tras él.

Lo que don Juvencio llamaba, con tanta pompa, su despacho no era más que un cuchitril, un cuarto redondo en una de las calles paralelas a la del mercado. El moblaje lo constituían dos mesas de ocote (en más de una ocasión las astillas de su mal pulida superficie habían rasgado las mangas de los únicos trajes de don Juvencio y de su socio), un estante repleto de papeles y dos sillas de inseguras patas. En una de ellas, posando con una provisionalidad de pájaro, estaba el socio de don Juvencio: un largo perfil, protegido por una viseca de celuloide verde. Graznó cuando tuvo ante sí a los recién venidos.

—¿Qué trae usted de bueno, don Juvencio?

—Lo que se pudo conseguir, mi estimado. La competencia es dura. Enganchadores con menos méritos —¡yo tengo título de abogado, expedido por la Escuela de Leyes de Ciudad Real!— y con menos experiencia que yo, me arrebatan los clientes.

—Usan otros métodos. Usted nunca ha querido recurrir al alcohol. Un indio borracho ya no se da cuenta ni de lo que hace ni de a lo que se compromete. Pero con tal de ahorrar lo del trago...

—No es eso. Es que aprovecharse de la inconsciencia de estos infelices es, como dice Su Ilustrísima, don Manuel Oropeza, una bribonada.

El socio de don Juvencio mostró los dientes en una risita maligna.

—Pues así nos va con sus ideas. Usted era el que afirmaba que todo podía faltar en este mundo pero que siempre sobrarían indios. Ya lo estamos viendo. Las fincas que nos encargaron sus intereses corren el riesgo de perder sus cosechas por falta de mano de obra.

—Es de sabios cambiar de opinión, mi querido socio. Yo también decía... pero, en fin, ahora no hay por qué quejarse. Ahí los tiene usted.

Don Juvencio hizo el ampuloso ademán con que el prestidigitador descorre el velo de las sorpresas. Pero el sentido de apreciación de su socio permaneció insobornable.

—¿Ésos?

Don Juvencio se vio en el penoso deber de impostar la voz.

—¡Ésos! ¡Con qué tono lo dice usted, señor mío! ¿Qué tacha puede ponérseles?

El socio de don Juvencio se encogió de hombros.

—Están con el zopilote en l'anca, como quien dice. No van a aguantar el clima de la costa. Y como usted es tan escrupuloso...

Don Juvencio se aproximó a su socio, enarbolando un dedo humorísticamente amenazante.

—¡Ah, mañosón! Si bien hacen en llamarle ave de mal agüero. Pero tenga presente, mi estimado, aquel refrán que aconseja no meterse en lo que a uno no le importa. ¿Es acaso responsabilidad nuestra que estos indios aguanten o no el clima? Nuestra obligación consiste en que comparezcan vivos ante el dueño de la finca. Lo que suceda después ya no nos incumbe.

Y para evitar nuevas disquisiciones fue al estante y apartó

un fajo de papeles. Después de entregarlos a su socio, don Juvencio se volvió a los Bolometic, conminándolos:

—A ver, chamulas, pónganse en fila. Pasen, uno por uno, ante la mesa del señor y contesten lo que les pregunte. Sin decir mentira, chamulas, porque el señor es brujo y los puede dañar. ¿Saben para qué se pone esa visera? Para no lastimarlos con la fuerza de su vista.

Los Bolometic escucharon esta amonestación con creciente angustia. ¿Cómo iban a poder seguir ocultando su nombre verdadero? Lo entregaron, pusieron a su waigel, al tigre herido, bajo la potestad de estas manos manchadas de tinta.

—Pablo Gómez Bolom.

—Daniel Hernández Bolom.

—José Domínguez Bolom.

El socio de don Juvencio taladraba a los indios con una inútil suspicacia. Como de costumbre, estaban tomándole el pelo. Después, cuando se escapaban de las fincas sin satisfacer sus deudas, nadie podía localizarlos porque el paraje al que habían declarado pertenecer no existía y los nombres que dieron como suyos eran falsos.

¡Pero no, por la Santísima Virgen de la Caridad, ya basta! El socio de don Juvencio dio un manotazo sobre la mesa, dispuesto a reclamar. Sólo que sus conocimientos de la lengua indígena no eran suficientes como para permitirle ensarzarse en una discusión. Refunfuñando, apuntó:

—¡Bolom! Ya te voy a dar tu bolom para que aprendáis. A ver, el que sigue.

Cuando hubo terminado notificó a don Juvencio.

—Son cuarenta. ¿A cuál finca los vamos a mandar?

—Le taparemos la boca a don Federico Werner, que es el que más nos apremia. Apunte usted: Finca Cafetera El Suspiro, Tapachula.

Mientras escribía, con los ojos protegidos por la visera verde, el socio de don Juvencio hurgó en la llaga:

—No son suficientes.

—¿Que no son suficientes? ¿Cuarenta indios para levantar la cosecha de café de una finca, peor es nada, no son suficientes?

—No van a llegar los cuarenta. No aguantan ni el viaje.

Y el socio de don Juvencio dio vuelta a la página, satisfecho de tener razón.

Con el anticipo que recibieron, los Bolometic iniciaron la caminata. Conforme iban dejando atrás la fiereza de la serranía, un aire tibio, amoroso, los envolvió, quebrando la rigidez de su ascetismo. Venteaban, en este aire endulzado de confusos aromas, la delicia. Y se sobresaltaban, como el sabueso cuando le dan a perseguir una presa desconocida.

La altura, al desampararlos tan bruscamente, les reventó los tímpanos. Dolían, supuraban. Cuando los Bolometic llegaron al mar creyeron que aquel gran furor era mudo.

La única presencia que no se apartó fue la del frío. No abandonaba este reducto del que siempre había sido dueño. A diario, a la misma hora, aunque el sol de los trópicos derritiera las piedras, el frío se desenroscaba en forma de culebra repugnante y recorría el cuerpo de los Bolometic, trabando sus quijadas, sus miembros, en un terrible temblor. Después de su visita, el cuerpo de los Bolometic quedaba como amortecido, se iba encogiendo, poco a poco, para caber en la tumba.

Los sobrevivientes de aquel largo verano no pudieron regresar. Las deudas añadían un eslabón a otro, los encadenaban. En la cicatriz del tímpano resonaba, cada vez más débilmente, la voz de sus mujeres, llamándolos, la voz de sus hijos, extinguiéndose.

Del tigre en el monte nada se volvió a saber.

LA TREGUA

ROMINKA PÉREZ TAQUIBEQUET, del paraje de Mukenjá, iba con su cántaro retumbante de agua recién cogida. Mujer como las otras de su tribu, piedra sin edad; silenciosa, rígida para mantener en equilibrio el peso de la carga. A cada oscilación de su cuerpo —que ascendía la empinada vereda del arroyo al jacal— el golpeteo de la sangre martilleaba sus sienes, la punta de sus dedos. Fatiga. Y un vaho de enfermedad, de delirio, ensombreciendo sus ojos. Eran las dos de la tarde.

En un recodo, sin ruidos que anunciaran su presencia apareció un hombre. Sus botas estaban salpicadas de barro, su camisa sucia, hecha jirones; su barba crecida de semanas.

Rominka se detuvo ante él, paralizada de sorpresa. Por la blancura (¿o era una extrema palidez?) de su rostro, bien se conocía que el extraño era un caxlán. ¿Pero por cuáles caminos llegó? ¿Qué buscaba en sitio tan remoto? Ahora, con sus manos largas y finas, en las que se había ensañado la intemperie, hacía ademanes que Rominka no lograba interpretar. Y a las tímidas, pero insistentes preguntas de ella, el intruso respondía no con palabras, sino con un doloroso estertor.

El viento de las alturas huía graznando lúgubremente. Un sol desteñido, frío, asaeteaba aquella colina estéril. Ni una nube. Abajo, el gorgoriteo pueril del agua. Y allí los dos, inmóviles, con esa gravedad angustiosa de los malos sueños.

Rominka estaba educada para saberlo. El que camina sobre una tierra prestada, ajena; el que respira está robando el aire. Porque las cosas (todas las cosas; las que vemos y también aquellas de que nos servimos) no nos pertenecen. Tienen otro dueño. Y el dueño castiga cuando alguno se apropia de un lugar, de un árbol, hasta de un nombre.

El dueño —nadie sabría cómo invocarlo si los brujos no hubiesen compartido sus revelaciones—, el pukuj, es un espíritu. Invisible, va y viene, escuchando los deseos en el corazón del hombre. Y cuando quiere hacer daño vuelve el corazón de unos contra otros, tuerce las amistades, enciende la guerra. O seca las entrañas de las paridoras, de las que crían. O dice hambre y no hay bocado que no se vuelva ceniza en la boca del hambriento.

Antes, cuentan los ancianos memoriosos, unos hombres malcontentos con la sujeción a que el pukuj los sometía, idearon el modo de arrebatarle su fuerza. En una red juntaron posol, semillas, huevos. Los depositaron a la entrada de la cueva donde el pukuj duerme. Y cerca de los bastimentos quedó un garrafón de posh, de aguardiente.

Cuando el pukuj cayó dormido, con los miembros flojos por la borrachera, los hombres se abalanzaron sobre él y lo ataron de pies y manos con gruesas sogas. Los alaridos del prisionero hacían temblar la raíz de los montes. Amenazas, promesas, nada le consiguió la libertad. Hasta que uno de los guardianes (por temor, por respeto, ¿quién sabe?) cortó las ligaduras. Desde entonces el pukuj anda suelto y, ya en figura de animal, ya en vestido de ladino, se aparece. Ay de quien lo encuentra. Queda marcado ante la faz de la tribu y para siempre. En las manos temblorosas, incapaces de asir los objetos; en las mejillas exangües; en el extravío perpetuamente sobresaltado de los ojos conocen los demás su tremenda aventura. Se unen en torno suyo para defenderlo, sus familiares, sus amigos. Es inútil. A la vista de todos el señalado vuelve la espalda a la cordura, a la vida. Despojos del pukuj son los cadáveres de niños y jóvenes. Son los locos.

Pero Rominka no quería morir, no quería enloquecer. Los hijos, aún balbucientes, la reclamaban. El marido la quería. Y su propia carne, no importaba si marchita, si enferma, pero viva, se estremecía de terror ante la amenaza.

De nada sirve, Rominka lo sabía demasiado bien, de nada sirve huir. El pukuj está aquí y allá y ninguna sombra nos oculta de su persecución. ¿Pero si nos acogiésemos a su clemencia?

La mujer cayó de rodillas. Después de colocar el cántaro en el suelo, suplicaba:

—¡Dueño del monte, apiádate de mí!

No se atrevía a escrutar la expresión del aparecido. Pero suponiéndola hostil insistía febrilmente en sus ruegos. Y poco a poco, sin que ella misma acertara a comprender por qué, de los ruegos fue resbalando a las confesiones. Lo que no había dicho a nadie, ni a sí misma, brotaba ahora como el chorro de pus de un tumor exprimido. Odios que devastaban su alma, consentimientos cobardes, lujurias secretas, hurtos tenazmente negados. Y entonces Rominka supo el motivo por el que ella, entre todos, había sido elegida para aplacar con su humillación el hambre de verdad de los dioses. El idioma salía de sus labios, como debe salir de todo labio humano, enrojecido de vergüenza. Y Rominka, al arrancarse la costra de sus pecados, lloraba. Porque duele quedar desnudo. Pero al precio de este dolor estaba comprando la voluntad del aparecido, del dueño de los montes, del pukuj, para que volviera a habitar en las cuevas, para que no viniera a perturbar la vida de la gente.

Sin embargo, alguna cosa faltó. Porque el pukuj, no conforme con lo que se le había dado, empujó brutalmente a Rominka. Ella, con un chillido de angustia y escudándose en el cántaro, corrió hacia el caserío suscitando un revoloteo de gallinas, una algarabía de perros, la alarma de los niños. A corta distancia la seguía el hombre, jadeante, casi a punto de sucumbir por el esfuerzo. Agitaba en el aire sus manos, decía algo. Un grito más. Y Rominka se desplomó a las puertas de su casa. El agua escurría del cántaro volcado. Y antes de que la lamieran los perros y antes de que la embebiera la tierra, el hombre se dejó caer de bruces sobre el charco. Porque tenía sed.

Las mujeres se habían retirado al fondo del jacal, apretando contra su pecho a las criaturas. Un chiquillo corrió a la milpa para llamar a los varones.

No todos estaban allí. El surco sobre el que se inclinaban era pobre. Agotado de dar todo lo que su pobre entraña tenía, ahora entregaba sólo mazorcas despreciables, granos sin sustancia. Por eso muchos indios empezaron a buscar por otro lado su sustento. Contraviniendo las costumbres propias y las leyes de los ladinos, los varones del paraje de Mukenjá destilaban clandestinamente alcohol.

Pasó tiempo antes de que las autoridades lo advirtieran. Nadie les daba cuenta de los accidentes que sufrían los destiladores al estallar el alambique dentro del jacal. Un silencio cómplice amortiguaba las catástrofes. Y los heridos se perdían, aullando de dolor, en el monte.

Pero los comerciantes, los custitaleros establecidos en la cabecera del municipio de Chamula, notaron pronto que algo anormal sucedía. Sus existencias de aguardiente no se agotaban con la misma rapidez que antes y se daba ya el caso de que los garrafones se almacenasen durante meses y meses en las bodegas. ¿Es que los indios se habían vuelto repentinamente abstemios? La idea era absurda. ¿Cómo iban a celebrar sus fiestas religiosas, sus ceremonias civiles, los acontecimientos de su vida familiar? El alcohol es imprescindible en los ritos. Y los ritos continuaban siendo observados con exacta minuciosidad. Las mujeres aún continuaban destetando a sus hijos dándoles a chupar un trapo empapado de posh.

Con su doble celo de autoridad que no tolera burlas y de expendedor de aguardiente que no admite perjuicios, el Secretario Municipal de Chamula, Rodolfo López, ordenó que se iniciaran las pesquisas. Las encabezaba él mismo. Imponer multas, como la ley prescribía, le pareció una medida ineficaz. Se estaba tratando con indios, no con gente de razón, y el escarmiento debía ser riguroso. Para que aprendan, dijo.

Recorrieron infructuosamente gran parte de la zona. A cada resbalón de su mula en aquellos pedregales, el Secretario Municipal iba acumulando más cólera dentro de sí. Y a cada aguacero que le calaba los huesos. Y a cada lodazal en el que se enfangaba.

Cuando al fin dio con los culpables, en Mukenjá, Rodolfo López temblaba de tal manera que no podía articular claramente la condena. Los subordinados creyeron haber entendido mal. Pero el Secretario hablaba no pensando en sus responsabilidades ni en el juicio de sus superiores; estaban demasiado lejos, no iban a fijarse en asuntos de tan poca importancia. La certeza de su impunidad había cebado a su venganza. Y ahora la venganza lo devoraba a él también. Su carne, su sangre, su ánimo, no eran suficientes ya para soportar el ansia de destrucción, de castigo. A señas repetía sus instrucciones a los subordinados. Tal vez lo que mandó no fue incendiar los jacales. Pero cuando la paja comenzó a arder y las paredes crujieron y quienes estaban adentro quisieron huir, Rodolfo López los obligó a regresar a culatazos. Y respiró, con el ansia del que ha estado a punto de asfixiarse, el humo de la carne achicharrada.

El suceso tuvo lugar a la vista de todos. Todos oyeron los alaridos, el crepitar de la materia al ceder a un elemento más ávido, más poderoso. El Secretario Municipal se retiró de aquel paraje seguro de que el ejemplo trabajaría las conciencias. Y de que cada vez que la necesidad les presentara una tentación de clandestinaje, la rechazarían con horror.

El Secretario Municipal se equivocó. Apenas unos meses

después la demanda de alcohol en su tienda había vuelto a disminuir. Con un gesto de resignación envió agentes fiscales a practicar las averiguaciones.

Los enviados no se entretuvieron en tanteos. Fueron directamente a Mukenjá. Encontraron pequeñas fábricas y las decomisaron. Esta vez no hubo muertes. Les bastó robar. Aquí y en otros parajes. Porque la crueldad parecía multiplicar a los culpables, cuyo ánimo envilecido por la desgracia se entregaba al castigo con una especie de fascinación.

Cuando el niño terminó de hablar (estaba sin aliento por la carrera y por la importancia de la noticia que iba a transmitir), los varones de Mukenjá se miraron entre sí desconcertados. A cerros tan inaccesibles como éste, sólo podía llegar un ser dotado de los poderes sobrenaturales del pukuj o de la saña, de la precisión para caer sobre su presa de un fiscal.

Cualquiera de las dos posibilidades era ineluctable y tratar de evadirla o de aplazarla con un intento de fuga era un esfuerzo malgastado. Los varones de Mukenjá afrontaron la situación sin pensar siquiera en sus instrumentos de labranza como en armas defensivas. Inermes, fueron de regreso al caserío.

El caxlán estaba allí, de bruces aún, con la cara mojada. No dormía. Pero un ronquido de agonizante estrangulaba su respiración. Quiso ponerse de pie al advertir la proximidad de los indios, pero no pudo incorporarse más que a medias, ni pudo mantenerse en esta postura. Su mejilla chocó sordamente contra el lodo.

El espectáculo de la debilidad ajena puso fuera de sí a los indios. Venían preparados para sufrir la violencia y el alivio de no encontrar una amenaza fue pronto sustituido por la cólera, una cólera irracional, que quería encontrar en los actos su cauce y su justificación.

Barajustados, los varones se movían de un sitio a otro inquiriendo detalles sobre la llegada del desconocido. Rominka relató su encuentro con él. Era un relato incoherente en que la repetición de la palabra pukuj y las lágrimas y la suma angustia de la narradora dieron a aquel frenesí, todavía amorfo, un molde en el cual vaciarse.

Pukuj. Por la mala influencia de éste que yacía aquí, a sus pies, las cosechas no eran nunca suficientes, los brujos comían a los rebaños, las enfermedades no los perdonaban. En vano los indios habían intentado congraciarse con su potencia oscura por medio de ofrendas y sacrificios. El pukuj continuaba escogiendo sus víctimas. Y ahora, empujado por quién sabe qué necesidad, por quién sabe qué codicia, había abandonado su madriguera y, disfrazado de ladino, andaba las serranías, atajaba a los caminantes.

Uno de los ancianos se aproximó a él. Preguntaba al caído cuál era la causa de su sufrimiento y qué vino a exigirles. El caído no contestó.

Los varones requirieron lo que hallaron más a mano para el ataque: garrotes, piedras, machetes. Una mujer, con un incensario humeante, dio varias vueltas alrededor del caído, trazando un círculo mágico que ya no podría trasponer.

Entonces la furia se desencadenó. Garrote que golpea, piedra que machaca el cráneo, machete que cercena los miembros. Las mujeres gritaban, detrás de la pared de los jacales, enardeciendo a los varones para que consumaran su obra criminal.

Cuando todo hubo concluido los perros se acercaron a lamer la sangre derramada. Más tarde bajaron los zopilotes.

El frenesí se prolongó artificialmente en la embriaguez. Alta la noche, aún resonaba por los cerros un griterío lúgubre.

Al día siguiente todos retornaron a sus faenas de costumbre. Un poco de resequedad en la boca, de languidez en los músculos, de torpeza en la lengua, fue el único recuerdo de los acontecimientos del día anterior. Y la sensación de haberse liberado de un maleficio, de haberse descargado de un peso insoportable.

Pero la tregua no fue duradera. Nuevos espíritus malignos infestaron el aire. Y las cosechas de Mukenjá fueron ese año tan escasas como antes. Los brujos, comedores de bestias, comedores de hombres, exigían su alimento. Las enfermedades también los diezmaban. Era preciso volver a matar.

ACEITE GUAPO

CUANDO cavaba los agujeros para sembrar el maíz en las laderas de Yalcuc, Daniel Castellanos Lampoy se detuvo, fatigado. Ahora el cansancio ya no lo abandonaba. Sus fuerzas habían disminuido y las tareas quedaban, como ahora, sin terminar.

Reclinado contra un árbol, Daniel se quejaba, predecía amargamente otro año de escasez y malas cosechas, inventaba disculpas para satisfacer al dueño del terreno con quien seguiría en deuda. Pero no se detenía en la causa más inmediata de sus desgracias: había envejecido.

Tardó en darse cuenta. ¿Cómo iba a advertir el paso del tiempo si su transcurso no le había dejado nada? Ni una familia, que se disgregó con la muerte de la mujer; ni el fruto de su trabajo, ni un sitio de honor entre la gente de su tribu. Daniel estaba ahora como al principio: con las manos vacías. Pero tuvo que admitir que era viejo porque se lo probaron las miradas torvas de sospecha, rápidas de alarma, pesadas de desaprobación de los demás.

Daniel sabía lo que significaban esas miradas: él mismo, en épocas anteriores, había mirado así a otros. Significaban que un hombre, si a tal edad ha sido respetado por la muerte, es porque ha hecho un pacto con las potencias oscuras, porque ha consentido en volverse el espía y el ejecutor de sus intenciones, cuando son malignas.

Un anciano no es lo mismo que un brujo. No es un hombre que conoce cómo se producen y cómo se evitan los daños; no es una voluntad que se inclina al soborno de quienes la solicitan ni una ciencia que se vende a un precio convenido. Tampoco es un signo que se trueca a veces en su contrario y puede resultar beneficioso.

No, un anciano es el mal y nadie debe acercársele en busca de compasión porque es inútil. Basta que se siente a la orilla de los caminos, a la puerta de su casa, para que lo que contempla se transforme en erial, en ruina, en muerte. No valen súplicas ni regalos. Su presencia sola es dañina. Hay que alejarse de él, evitarlo; dejar que se consuma de hambre y necesidad, acechar en la sombra para poner fin a su vida con un machetazo, incitar a la multitud para su lapidación.

La familia del anciano, si la tiene, no osa defenderlo. Ella misma está embargada de temor y ansía acabar de una vez con las angustias y los riesgos que trae consigo el contacto con lo sobrenatural.

Daniel Castellanos Lampoy comprendió, de golpe, cuál era el futuro que le aguardaba. Y tuvo miedo. Por las noches el sueño no descendía a sus ojos, tensamente abiertos al horror de su situación y a la urgencia de hallar una salida.

Insensiblemente Daniel se apartó de todos; ya no asistía a la plaza en los días de mercado porque temía encontrarse con alguien que después atribuyera a ese encuentro un tropezón en el camino, un malestar súbito, la pérdida de un animal del rebaño.

Pero ese mismo apartamiento terminaría por hacerlo sospechoso. ¿A qué se encerraba? Seguramente a fraguar la enfermedad, el quebranto, el infortunio que luego padecerían los otros.

No es fácil borrar el estigma de la vejez. La gente recuerda: cuando yo era niño, Daniel Castellanos Lampoy ya era un hombre de respeto. Ahora el hombre de respeto soy yo. ¿Cuántos años han tenido que pasar?

No importa la cuenta. Lo que importa son los surcos de la piel, el encorvamiento de la espalda, la debilidad del cuerpo, las canas, cuya misma rareza son un signo más de predestinación. Y esas pupilas cuya opacidad oculta una virtud aniquiladora.

¿Dónde refugiarse contra la persecución sorda, implacable de la tribu? Instintivamente Daniel pensó en la iglesia: junto al altar de las divinidades protectoras nadie se atrevería a acercarse para rematarlo.

Sí, lo que Daniel necesitaba era convertirse en "martoma", en mayordomo de algún santo de la iglesia de San Juan, en Chamula.

Para lograr su propósito iba a encontrar dificultades y esto no lo ignoraba Daniel. ¿Qué méritos podía aducir delante de los principales? En sus antecedentes no había un solo cargo, ni siquiera civil, mucho menos religioso. No podía ostentar un título de "pasada autoridad" y además ahora había sido ya marcado por la decrepitud. Y sin embargo, Daniel tenía que convencer a todos con el calor de sus alegatos, la humildad de sus ruegos, la abundancia de sus dádivas.

Pero Daniel no era elocuente. Hacía años, los años de la viudez, de la ausencia de los hijos, de la soledad, que no hablaba con nadie. Había ido olvidando lo que significaban las palabras y ya no atinaba con el nombre de muchos objetos. Para hilvanar una frase buscaba arduamente las concordancias y no lograba expresarse con claridad ni con fluidez. Al sentir fija en él la atención de sus interlocutores un golpe repentino de sangre le sobrevenía a la garganta y se precipitaba a terminar en un tartamudeo penoso. ¿Cómo iba a presentarse a la asamblea y de qué manera iba a defender su ambición? La única posibilidad de éxito que le restaba era el soborno.

Daniel Castellanos Lampoy desenterró la olla de su dinero para contarlo. Con incredulidad pasaba y repasaba las monedas entre sus dedos; siempre había tenido la certidumbre de que eran más y ahora, al verlas tan pocas y tan sin valor, no salía de su asombro.

Por fin tomó un camino conocido: el de la hacienda El Rosario, de la que era peón acasillado.

Don Gonzalo Urbina lo vio acercarse con desconfianza y antes de que empezara a exponer el motivo de su visita se adelantó a reclamarle el atraso de sus pagos. Daniel tuvo que conformarse con aplacar las exigencias del caxlán, con prometer mayor puntualidad en el futuro, pero ya no tuvo ocasión de pedir el empréstito que tanta falta le hacía.

Don Gonzalo escuchaba las protestas de Daniel con un gesto de severidad fingido. En el fondo estaba contento. Desde el principio olfateó lo del préstamo y con una argucia lo había evitado. Le daba lástima este pobre indio que no tenía siquiera un petate en que caerse muerto y cuyos hijos se negaban, desde hacía años, a reconocer las deudas que contrajera. Le daba lástima ¿pero a dónde iba a ir a parar su negocio si se ponía a hacer favores? Primero es la obligación y luego la devoción, qué caray.

Daniel regresó a su jacal, desalentado. ¿A quién iba a recurrir ahora? Pensó en los enganchadores de Ciudad Real, pero desechó pronto esa idea. Ningún enganchador iba a admitir para las fincas un hombre en sus condiciones. Tres años antes, cuando quiso irse a la costa para juntar algunos centavos, lo rechazaron porque querían hombres más jóvenes, más resistentes para los rigores del clima y la fuerza del trabajo.

Pero lo que el día le ocultaba se lo mostró el insomnio: un plan que iba a proponerle a don Juvencio Ortiz.

Don Juvencio, el enganchador, tenía a Daniel Castellanos en buen predicamento porque nunca le había quedado mal. Dinero había sudado para él en las fincas, antes, cuando no era viejo; recomendaciones favorables había traído de los patrones. Don Juvencio daría crédito a sus palabras, lo engañaría con la promesa de que el enganchado no era él sino uno de sus hijos... o quizá los dos. Pediría el anticipo y se fugaría. ¿Quién iba a encontrarlo si se marchaba de su paraje? Además nadie tendría interés en buscarlo a él sino a sus hijos, que eran los del compromiso, y de quienes llevaría el retrato. Si los encontraban los fiscales y los obligaban a irse a las fincas, Daniel estaría contento. Justo castigo al abandono en que lo mantuvieron durante tantos años; justo castigo a su ingratitud, a la dureza de su corazón.

Don Juvencio no desconfió de las razones de Daniel. Se acordaba de este indio que en sus buenos tiempos fue un peón cumplido; conocía también a sus hijos, pero algo le hacía rascarse meditativamente la barbilla. ¿No había oído decir que estaban distanciados del padre? Daniel negó con vehemencia. La prueba de lo contrario la traía él en los retratos y en el encargo que le hicieron para que arreglara sus asuntos con el enganchador y para que recogiera los anticipos. No de uno, sino de los dos, insistía Daniel.

—¿Sabes lo que te pasará si me estás echando mentiras, chamulita?

Daniel asintió; sabía que don Juvencio estaba en poder de su nombre verdadero, de su chulel y del waigel de su tribu. Tembló un instante, pero luego se repuso. Junto a los altares de San Juan ya no lo amenazaría ningún riesgo.

Don Juvencio Ortiz terminó por aceptar apuntando los nombres de los hijos de Daniel en sus libros. Entregó el dinero al anciano quien se puso en camino directamente a Chamula.

Allí se informó de los trámites que era necesario seguir para alcanzar el nombramiento de "martoma". Habló con el sacristán del templo, Xaw Ramírez Paciencia, asistió a las deliberaciones públicas de los principales y, en su oportunidad, hizo sonar las monedas que traía.

Los demás lo miraban con un destello de burla. ¿Cómo había crecido, en un hombre ya doblado por la edad, ambición tan extemporánea? Pobre viejo; quizá ésta sería su última satisfacción.

Mientras tanto, Daniel ponía en práctica las argucias que su malicia le aconsejaba. Se había vuelto más madrugador de lo que solía. Cuando el sacristán, soñoliento y desgreñado, bajaba de las torres con sus enormes llaves para abrir las puertas de la iglesia, encontraba a Daniel ya aguardándolo. Entraba en su seguimiento y permanecía horas y horas de rodillas ante cualquier imagen, rezando confusamente en alta voz.

Hizo Daniel tantos aspavientos de devoto que eso y la esperanza de la recompensa que de él recibirían determinaron a los principales a obrar en favor del anciano. Se le concedió la dignidad de mayordomo de Santa Margarita.

Ahora Daniel ya tenía, por fin, delante de quién arrodillarse, a quién hacer objeto de sus cuidados y sus atenciones más esmeradas. Ya tenía, por fin, con quién hablar.

El miedo, que lo había empujado violentamente a los pies de la santa, cedió, poco a poco, su lugar al amor. Daniel se enamoró de la que sería su última patrona.

Se extasiaba durante horas ante esa figura casi invisible entre el amontonamiento de trapos que la envolvían. Hizo un viaje a Jobel para comprarle piezas de chillonas telas floreadas, espejitos con marco de celuloide, velas de cera fina, puñados de incienso. Y del monte le traía sartales de flores.

A la ceremonia del cambio de ropa de la santa, Daniel invitó a los otros mayordomos. Asistieron y se sentaron enfrente del altar, en un espacio bien barrido y regado de juncia y con el garrafón de trago al alcance de su mano.

Con un respeto tembloroso Daniel desabrochó los alfileres que sujetaban la tela y empezó a desenrollarla. Cuidadosamente dobló el primer lienzo. Entonces los mayordomos llenaron de alcohol una jícara y bebieron. Cuando el segundo lienzo estuvo doblado repitieron su libación y lo mismo sucedió con los lienzos siguientes. Al fin la santa resplandeció de desnudez, pero ninguno fue capaz de contemplarla porque todos habían sido cegados por la borrachera.

Los lienzos sucios fueron cambiados por otros nuevos y llevados al arroyo. Allí tuvo lugar la ceremonia que purificaría los manantiales y a la cual asistieron, con el garrafón de trago, todos los mayordomos. Mientras Daniel lavaba los otros aguardaban el momento en que iban a ser convidados a tomar el agua jabonosa que había lavado la ropa de Santa Margarita. Para quitarse el mal sabor y ayudar a su deglución recurrían al aguardiente. La borrachera era parte del ritual y todos se entregaban a ella sin remordimientos, con la satisfacción de quien cumple un deber.

Daniel volvía en sí después de estas celebraciones y le sobrecogía una gran congoja. ¿Cuánto tiempo le quedaba junto a la sombra protectora de Santa Margarita? Al terminar el plazo de su mayordomía iba a volver a la intemperie, a los peligros de afuera. Y no se sentía con ánimos para afrontar la situación. Estaba muy viejo ¡y tan cansado!

Mientras tanto seguía acudiendo a la iglesia antes que ningún otro. Xaw Ramírez Paciencia, el sacristán, lo observaba desde el bautisterio, intrigado. ¿Cuántas horas va a soportar así, de rodillas? ¿Y qué hace? ¿Reza? Se le ve mover los labios. Pero ni aun aproximándose se entenderían sus palabras. No parece un verdadero tzotzil. Los tzotziles rezan de otro modo.

Las palabras de Daniel no eran una oración. Era algo más sencillo: delante de su patrona "le subía la plática". Nada más que asuntos indiferentes, comentarios casuales. Que si las lluvias se han retrasado; que si un coyote anda rondando por los gallineros de San Juan y anoche dio buena cuenta de los pollos de la señora Xmel; que si el segundo alcalde está enfermo y los pulseadores no atinan con la causa del daño.

Ninguna petición, ningún reproche. Cierto que la santa, como niña, y niña atrabancada que es, descuida sus obligaciones. Abandona el mundo al desorden, se olvida de quienes se le han confiado. Pero Daniel prefiere agradecerle sus favores y pondera la cosecha, la gran cosecha que este año levantarán en el paraje de Yalcuc; y se admira del número de niños varones que han nacido últimamente entre las familias de su tribu y se alegra de que regresen sanos y salvos de las fincas (entre ellos vendrán sus hijos, a saber) casi todos los que fueron a la cosecha de café a la costa.

De sí mismo nunca hablaba Daniel. ¿Qué podría decir? Era viejo y a Santa Margarita no iban a divertirla las historias de cuanto ha. Y aunque hiciera por recordarlas, su memoria confundía personas, trastocaba lugares. ¿Qué iba a pensar la señora? Que Daniel desvariaba, que era un embustero, que estaba chocheando.

En estas y otras razones las velas que había traído Daniel en la madrugada se consumían, el día terminaba. ¿Tan pronto? Y Daniel aún no ha dicho lo que quiere decir. Pero se despide con la promesa de volver mañana. Porque ya el sacristán, Xaw Ramírez Paciencia, está sonando las llaves, las enormes llaves del portón, y es seña de que va a cerrar.

Daniel se decía a sí mismo al salir: de mañana no pasa. Le cuento mi pena a Santa Margarita y le pido un milagro, el milagro de que yo no tenga que volver a Yalcuc, de que yo siga siendo su mayordomo, siempre, siempre.

Pero cuando mañana era hoy, una especie de timidez paralizaba la lengua del anciano y no la dejaba suelta más que para referir nimiedades ajenas, para balbucear letanías incoherentes.

Un tarde, en que había asistido junto con los otros mayordomos al cambio de ropa de San Agustín, la embriaguez lo arrastró, frenético, desmelenado, gesticulante, hasta el altar de su patrona. A gritos la instaba para que lo protegiese contra la persecución de la gente de su tribu, para que lo guardase de una muerte infamante, para que le proporcionara los medios de permanecer aquí, con el cargo de mayordomo, un año más, aunque fuera un año más.

Al día siguiente Daniel tenía la confusa sensación de que su secreto ya no lo era para Santa Margarita. Se aproximó a ella esperando encontrar un signo de benevolencia. Pero la santa continuaba inmóvil dentro de sus pesadas vestiduras, desentendida de lo que acontecía a su alrededor.

Daniel comenzó a hablarle en voz baja, pero inconteniblemente fue enardeciéndose hasta aullar, hasta golpearse la cabeza con los puños cerrados. Sintió que una mano le sacudía el hombro. Era el sacristán.

—¿Para qué gritas, tatik? Ninguno te oye.

Daniel escuchó esta aseveración con el mismo escándalo con que se escucha una herejía. El sacristán, el hombre que rezaba la misa de los santos en el tiempo de su festividad, ¿se atrevía a sostener que los santos no eran más que trozos inertes de madera, sordos, sin luz de inteligencia ni de bondad? Pero Xaw, ansioso de exhibir sus conocimientos, agregó:

—Fíjate en la cara de Santa Margarita. Es blanca, es ladina, lo mismo que San Juan, que Santo Tomás, que todos ellos. Ella habla castilla. ¿Cómo vas a querer que entienda el tzotzil?

Daniel quedó atónito. Xaw tenía razón. Y a partir de entonces trató de recordar las únicas palabras de español que antes, cuando estuvo en las fincas, cuando comerciaba con los marchantes de Jobel, llegó a pronunciar. Pero no, eran inútiles. Ninguna expresaba su desesperación, su urgencia de socorro. Xaw volvió a acercarse con sus consejos.

—¿Queres hablar castilla, martoma? Hay un bebedizo que

sirve para eso, yo lo tomo cuando tengo precisión. Se llama aceite guapo. Lo venden en las boticas de Jobel. Pero hay que llevar la paga, bastante paga. Porque es bien caro.

Daniel Castellanos Lampoy echó mano de las limosnas que los fieles daban a su patrona y emprendió el viaje a la ciudad.

Anduvo tonteando hasta que dio con la botica en la que atendieron su pedido. Esperó pacientemente a que todos los demás fueran despachados, aunque él hubiera llegado antes que nadie; soportó con humildad los malos modos y las burlas de los dependientes; aceptó sin protestar el abuso en el precio y el robo en el cambio. Pero al final del día Daniel regresaba a Chamula con su botella de aceite guapo que le permitiría hablar con Santa Margarita.

Aguardó a hincarse a los pies de su patrona para destaparla; el sabor era desagradable y fuerte, los efectos muy parecidos a los del alcohol. Bajo el influjo de la droga Daniel comenzó a sentir que todo giraba a su alrededor. Un humor festivo iba apoderándose de él. Reía desatinadamente considerando ahora falsos, remotos y sin consistencia los peligros que lo amenazaban. Se burlaba de todos porque se sentía más fuerte que ninguno y joven y libre y feliz. Allá, en la nebulosa que rodeaba a Santa Margarita, creía adivinar un guiño cómplice que lo enloquecía aún más.

Xaw reía también, desde lejos. Pero no todos hallaron el espectáculo igualmente divertido. Los martomas censuraban que uno de ellos violara las costumbres y se entregase a una embriaguez solitaria y sin motivo, mancillando así la dignidad de su cargo y el respeto debido a la iglesia.

Al día siguiente los sentidos de Daniel Castellanos Lampoy estaban tan embotados que no advirtió la atmósfera hostil que ya lo rodeaba.

A la tercera vez que se intoxicó con el licor milagroso los martomas, reunidos en conciliábulo, acordaron despojar de sus responsabilidades a aquella ancianidad sin decoro y arrojarla afrentosamente del templo.

Xaw no pudo hacer nada para interponerse y Daniel durmió su última borrachera a campo raso.

Una inconsciencia piadosa lo envolvía; durante algunas horas más el miedo no le enfriaría las entrañas; no le haría huir sin rumbo de un perseguidor desconocido y de un destino inexorable.

LA SUERTE DE TEODORO MÉNDEZ ACUBAL

AL CAMINAR por las calles de Jobel (con los párpados bajos como correspondía a la humildad de su persona) Teodoro Méndez Acubal encontró una moneda. Semicubierta por las basuras del suelo, sucia de lodo, opaca por el uso, había pasado inadvertida para los caxlanes. Porque los caxlanes andan con la cabeza en alto. Por orgullo, avizorando desde lejos los importantes negocios que los reclaman.

Teodoro se detuvo, más por incredulidad que por codicia. Arrodillado, con el pretexto de asegurar las correas de uno de sus caites, esperó a que ninguno lo observase para recoger su hallazgo. Precipitadamente lo escondió entre las vueltas de su faja.

Volvió a ponerse de pie, tambaleante, pues lo había tomado una especie de mareo: flojedad en las coyunturas, sequedad en la boca, la visión turbia como si sus entrañas estuvieran latiendo enmedio de las cejas.

Dando tumbos de lado a lado, lo mismo que los ebrios, Teodoro echó a andar. En más de una ocasión los transeúntes lo empujaban para impedir que los atropellase. Pero el ánimo de Teodoro estaba excesivamente turbado como para cuidar de lo que sucedía en torno suyo. La moneda, oculta entre los pliegues del cinturón, lo había convertido en otro hombre. Un hombre más fuerte que antes, es verdad. Pero también más temeroso.

Se apartó un tanto de la vereda por la que regresaba a su paraje y se sentó sobre el tronco de un árbol. ¿Y si todo no hubiera sido más que un sueño? Pálido de ansiedad, Teodoro se llevó las manos al cinturón. Sí, allí estaba, dura, redonda, la moneda. Teodoro la desenvolvió, la humedeció con saliva y vaho, la frotó contra la tela de su ropa. Sobre el metal (plata debía de ser, a juzgar por su blancura) aparecieron las líneas de un perfil. Soberbio. Y alrededor letras, números, signos. Sopesándola, mordiéndola, haciéndola que tintinease, Teodoro pudo —al fin— calcular su valor.

De modo que ahora, por un golpe de suerte, se había vuelto rico. Más que si fuera dueño de un rebaño de ovejas, más que si poseyese una enorme extensión de milpas. Era tan rico como... como un caxlán. Y Teodoro se asombró de que el calor de su piel siguiera siendo el mismo.

Las imágenes de la gente de su familia (la mujer, los tres hijos, los padres ancianos) quisieron insinuarse en las ensoñaciones de Teodoro. Pero las desechó con un ademán de disgusto. No tenía por qué participar a nadie su hallazgo ni mucho menos compartirlo. Trabajaba para mantener la casa. Eso está bien, es costumbre, es obligación. Pero lo demás, lo de la suerte, era suyo. Exclusivamente suyo.

Así que cuando Teodoro llegó a su jacal y se sentó junto al rescoldo para comer, no dijo nada. Su silencio le producía vergüenza, como si callar fuera burlarse de los otros. Y como un castigo inmediato crecía, junto a la vergüenza, una sensación de soledad. Teodoro era un hombre aparte, amordazado por un secreto. Y se angustiaba con un malestar físico, un calambre en el estómago, un escalofrío en los tuétanos. ¿Por qué sufrir así? Era suficiente una palabra y aquel dolor se desvanecería. Para obligarse a no pronunciarla Teodoro palpó, al través del tejido del cinturón, el bulto que hacía el metal.

Durante la noche, desvelado, se dijo: ¿qué compraré? Porque jamás, hasta ahora, había deseado tener cosas. Estaba tan convencido de que no le pertenecían que pasaba junto a ellas sin curiosidad, sin avidez. Y ahora no iba a antojársele pensar en lo necesario, manta, machetes, sombreros. No. Eso se compra con lo que se gana. Pero Méndez Acubal no había ganado esta moneda. Era su suerte, era un regalo. Se la dieron para que jugara con ella, para que la perdiera, para que se proporcionara algo inútil y hermoso.

Teodoro no sabía nada acerca de precios. A partir de su siguiente viaje a Jobel empezó a fijarse en los tratos entre marchantes. Ambos parecían calmosos. Afectando uno, ya falta de interés, otro, ya deseo de complacencia, hablaban de reales, de tostones, de libras, de varas. De más cosas aún, que giraban vertiginosamente alrededor de la cabeza de Teodoro sin dejarse atrapar.

Fatigado, Teodoro no quiso seguir arguyendo más y se abandonó a una convicción deliciosa: la de que a cambio de la moneda de plata podía adquirir lo que quisiera.

Pasaron meses antes de que Méndez Acubal hubiese hecho su elección irrevocable. Era una figura de pasta, la estatuilla de una virgen. Fue también un hallazgo, porque la figura yacía entre el hacinamiento de objetos que decoraban el escaparate de una tienda. Desde esa ocasión Teodoro la rondaba como un enamorado. Pasaban horas y horas. Y siempre él, como un centinela, allí, junto a los vidrios.

Don Agustín Velasco, el comerciante, vigilaba con sus astutos y pequeños ojos (ojos de marticuil, como decía, entre mimos, su madre) desde el interior de la tienda.

Aun antes de que Teodoro adquiriese la costumbre de apostarse ante la fachada del establecimiento, sus facciones habían llamado la atención de don Agustín. A ningún ladino se le pierde la cara de un chamula cuando lo ha visto caminar sobre las aceras (reservadas para los caxlanes) y menos cuando camina con lentitud como quien va de paseo. No era usual que esto sucediese y don Agustín ni siquiera lo habría considerado posible. Pero ahora tuvo que admitir que las cosas podían llegar más lejos: que un indio era capaz de atreverse también a pararse ante una vitrina y contemplar lo que allí se exhibe no sólo con el aplomo del que sabe apreciar, sino con la suficiencia un poco insolente del comprador.

El flaco y amarillento rostro de don Agustín se arrugó en una mueca de desprecio. Que un indio adquiera en la Calle Real de Guadalupe velas para sus santos, aguardiente para sus fiestas, aperos para su trabajo, está bien. La gente que trafica con ellos no tiene sangre ni apellidos ilustres, no ha heredado fortunas y le corresponde ejercer un oficio vil. Que un indio entre en una botica para solicitar polvos de pezuña de la gran bestia, aceite guapo, unturas milagrosas, puede tolerarse. Al fin y al cabo los boticarios pertenecen a familias de medio pelo, que quisieran alzarse y alternar con las mejores y por eso es bueno que los indios los humillen frecuentando sus expendios.

Pero que un indio se vuelva de piedra frente a una joyería... Y no cualquier joyería, sino la de don Agustín Velasco, uno de los descendientes de los conquistadores, bien recibido en los mejores círculos, apreciado por sus colegas, era —por lo menos— inexplicable. A menos que...

Una sospecha comenzó a angustiarle. ¿Y si la audacia de este chamula se apoyaba en la fuerza de su tribu? No sería la primera vez, reconoció el comerciante con amargura. Rumores ¿dónde había oído él rumores de sublevación? Rápidamente don Agustín repasó los sitios que había visitado durante los últimos días: el Palacio Episcopal, el Casino, la tertulia de doña Romelia Ochoa.

¡Qué estupidez! Don Agustín sonrió con una condescendiente burla de sí mismo. Cuánta razón tenía Su Ilustrísima, don Manuel Oropeza, cuando afirmaba que no hay pecado sin castigo. Y don Agustín, que no tenía afición por la copa ni por el tabaco, que había guardado rigurosamente la continencia, era esclavo de un vicio: la conversación.

Furtivo, acechaba los diálogos en los portales, en el mercado, en la misma Catedral. Don Agustín era el primero en enterarse de los chismes, en adivinar los escándalos y se desvivía por recibir confidencias, por ser depositario de secretos y servir intrigas. Y en las noches, después de la cena (el chocolate bien espeso con el que su madre lo premiaba de las fatigas y preocupaciones cotidianas), don Agustín asistía puntualmente a alguna pequeña reunión. Allí se charlaba, se contaban historias. De noviazgos, de pleitos por cuestiones de herencias, de súbitas e inexplicables fortunas, de duelos. Durante varias noches la plática había girado en torno de un tema: las sublevaciones de los indios. Todos los presentes habían sido testigos, víctimas, combatientes y vencedores de alguna. Recordaban detalles de los que habían sido protagonistas. Imágenes terribles que echaban a temblar a don Agustín: quince mil chamulas en pie de guerra, sitiando Ciudad Real. Las fincas saqueadas, los hombres asesinados, las mujeres (no, no, hay que ahuyentar estos malos pensamientos) las mujeres... en fin, violadas.

La victoria se inclinaba siempre del lado de los caxlanes (otra cosa hubiera sido inconcebible), pero a cambio de cuán enormes sacrificios, de qué cuantiosas pérdidas.

¿Sirve de algo la experiencia? A juzgar por ese indio parado ante el escaparate de su joyería, don Agustín decidió que no. Los habitantes de Ciudad Real, absortos en sus tareas e intereses cotidianos, olvidaban el pasado, que debía servirles de lección, y vivían como si no los amenazara ningún peligro. Don Agustín se horrorizó de tal inconsciencia. La seguridad de su vida era tan frágil que había bastado la cara de un chamula, vista al través de un cristal, para hacerla añicos.

Don Agustín volvió a mirar a la calle con la inconfesada esperanza de que la figura de aquel indio ya no estuviera allí. Pero Méndez Acubal permanecía aún, inmóvil, atento.

Los transeúntes pasaban junto a él sin dar señales de alarma ni de extrañeza. Esto (y los rumores pacíficos que llegaban del fondo de la casa) devolvieron la tranquilidad a don

Agustín. Ahora su espanto no encontraba justificación. Los sucesos de Cancuc, el asedio de Pedro Díaz Cuscat a Jobel, las amenazas del Pajarito, no podían repetirse. Eran otros tiempos, más seguros para la gente decente.

Y además ¿quién iba a proporcionar armas, quién iba a acaudillar a los rebeldes? El indio que estaba aquí, aplastando la nariz contra la vidriera de la joyería, estaba solo. Y si se sobrepasaba nadie más que los coletos tenían la culpa. Ninguno estaba obligado a respetarlos si ellos mismos no se daban a respetar. Don Agustín desaprobó la conducta de sus coterráneos como si hubiera sido traicionado por ellos.

—Dicen que algunos, muy pocos con el favor de Dios, llegan hasta el punto de dar la mano a los indios. ¡A los indios, una raza de ladrones!

El calificativo cobraba en la boca de don Agustín una peculiar fuerza injuriosa. No únicamente por el sentido de la propiedad, tan desarrollado en él como en cualquiera de su profesión, sino por una circunstancia especial.

Don Agustín no tenía la franqueza de admitirlo, pero lo atormentaba la sospecha de que era un inútil. Y lo que es peor aún, su madre se la confirmaba de muchas maneras. Su actitud ante este hijo único (hijo de Santa Ana, decía), nacido cuando ya era más un estorbo que un consuelo, era de cristiana resignación. El niño —su madre y las criadas seguían llamándolo así a pesar de que don Agustín había sobrepasado la cuarentena— era muy tímido, muy apocado, muy sin iniciativa. ¡Cuántas oportunidades de realizar buenos negocios se le habían ido de entre las manos! ¡Y cuántas, de las que él consideró como tales, no resultaron a la postre más que fracasos! La fortuna de los Velascos había venido mermando considerablemente desde que don Agustín llevaba las riendas de los asuntos. Y en cuanto al prestigio de la firma se sostenía a duras penas, gracias al respeto que en todos logró infundir el difunto a quien madre e hijo guardaban todavía luto.

¿Pero qué podía esperarse de un apulismado, de un "niño viejo"? La madre de don Agustín movía la cabeza suspirando. Y redoblaba los halagos, las condescendencias, los mimos, pues éste era su modo de sentir desdén.

Por instinto, el comerciante supo que tenía frente a sí la ocasión de demostrar a los demás, a sí mismo, su valor. Su celo, su perspicacia, resultarían evidentes para todos. Y una simple palabra —ladrón— le había proporcionado la clave:

el hombre que aplastaba su nariz contra el cristal de su joyería era un ladrón. No cabía duda. Por lo demás el caso era muy común. Don Agustín recordaba innumerables anécdotas de raterías y aun de hurtos mayores atribuidos a los indios.

Satisfecho de sus deducciones don Agustín no se conformó con apercibirse a la defensa. Su sentido de la solidaridad de raza, de clase y de profesión, le obligó a comunicar sus recelos a otros comerciantes y juntos ocurrieron a la policía. El vecindario estaba sobre aviso gracias a la diligencia de don Agustín.

Pero el suscitador de aquellas precauciones se perdió de vista durante algún tiempo. Al cabo de las semanas volvió a aparecer en el sitio de costumbre y en la misma actitud: haciendo guardia. Porque Teodoro no se atrevía a entrar. Ningún chamula había intentado nunca osadía semejante. Si él se arriesgase a ser el primero seguramente lo arrojarían a la calle antes de que uno de sus piojos ensuciara la habitación. Pero, poniéndose en la remota posibilidad de que no lo expulsasen, si le permitían permanecer en el interior de la tienda el tiempo suficiente para hablar, Teodoro no habría sabido exponer sus deseos. No entendía, no hablaba castilla. Para que se le destaparan las orejas, para que se le soltara la lengua, había estado bebiendo aceite guapo. El licor le había infundido una sensación de poder. La sangre corría, caliente y rápida, por sus venas. La facilidad movía sus músculos, dictaba sus acciones. Como en sueños traspasó el umbral de la joyería. Pero el frío y la humedad, el tufo de aire encerrado y quieto, le hicieron volver en sí con un sobresalto de terror. Desde un estuche lo fulminaba el ojo de un diamante.

—¿Qué se te ofrece, chamulita? ¿Qué se te ofrece?

Con las repeticiones don Agustín procuraba ganar tiempo. A tientas buscaba su pistola dentro del primer cajón del mostrador. El silencio del indio lo asustó más que ninguna amenaza. No se atrevía a alzar la vista hasta que tuvo el arma en la mano.

Encontró una mirada que lo paralizó. Una mirada de sorpresa, de reproche. ¿Por qué lo miraban así? Don Agustín no era culpable. Era un hombre honrado, nunca había hecho daño a nadie. ¡Y sería la primera víctima de estos indios que de pronto se habían constituido en jueces! Aquí estaba ya el verdugo, con el pie a punto de avanzar, con los dedos hurgando entre los pliegues del cinturón, prontos a extraer quién sabe qué instrumento de exterminio.

Don Agustín tenía empuñada la pistola, pero no era capaz de dispararla. Gritó pidiendo socorro a los gendarmes.

Cuando Teodoro quiso huir no pudo, porque el gentío se había aglomerado en las puertas de la tienda cortándole la retirada. Vociferaciones, gestos, rostros iracundos. Los gendarmes sacudían al indio, hacían preguntas, lo registraban. Cuando la moneda de plata apareció entre los pliegues de su faja, un alarido de triunfo enardecía a la multitud. Don Agustín hacía ademanes vehementes mostrando la moneda. Los gritos le hinchaban el cuello.

—¡Ladrón! ¡Ladrón!

Teodoro Méndez Acubal fue llevado a la cárcel. Como la acusación que pesaba sobre él era muy común, ninguno de los funcionarios se dio prisa por conocer la causa. El expediente se volvió amarillo en los estantes de la delegación.

MODESTA GÓMEZ

¡QUÉ FRÍAS son las mañanas en Ciudad Real! La neblina lo cubre todo. De puntos invisibles surgen las campanadas de la misa primera, los chirridos de portones que se abren, el jadeo de molinos que empiezan a trabajar.

Envuelta en los pliegues de su chal negro, Modesta Gómez caminaba, tiritando. Se lo había advertido su comadre, doña Águeda, la carnicera:

—Hay gente que no tiene estómago para este oficio, se hacen las melindrosas, pero yo creo que son haraganas. El inconveniente de ser atajadora es que tenés que madrugar.

Siempre he madrugado, pensó Modesta. Mi nana me hizo a su modo.

(Por más que se esforzase, Modesta no lograba recordar las palabras de amonestación de su madre, el rostro que en su niñez se inclinaba hacia ella. Habían transcurrido muchos años.)

—Me ajenaron desde chiquita. Una boca menos en la casa era un alivio para todos.

De aquella ocasión Modesta tenía aún presente la muda de ropa limpia con que la vistieron. Después, abruptamente, se hallaba ante una enorme puerta con llamador de bronce: una mano bien modelada en uno de cuyos dedos se enroscaba un anillo. Era la casa de los Ochoa: don Humberto, el dueño de la tienda La Esperanza; doña Romelia, su mujer; Berta, Dolores y Clara, sus hijas; y Jorgito, el menor.

La casa estaba llena de sorpresas maravillosas. ¡Con cuánto asombro descubrió Modesta la sala de recibir! Los muebles de bejuco, los tarjeteros de mimbre con su abanico multicolor de postales, desplegado contra la pared; el piso de madera, ¡de madera! Un calorcito agradable ascendió desde los pies descalzos de Modesta hasta su corazón. Sí, se alegraba de quedarse con los Ochoas, de saber que, desde entonces, esta casa magnífica sería también su casa.

Doña Romelia la condujo a la cocina. Las criadas recibieron con hostilidad a la patoja y, al descubrir que su pelo hervía de liendres, la sumergieron sin contemplaciones en una artesa llena de agua helada. La restregaron con raíz de amole, una y otra vez, hasta que la trenza quedó rechinante de limpia.

—Ahora sí, ya te podés presentar con los señores. De por sí son muy delicados. Pero con el niño Jorgito se esmeran. Como es el único varón...

Modesta y Jorgito tenían casi la misma edad. Sin embargo, ella era la cargadora, la que debía cuidarlo y entretenerlo.

—Dicen que fue de tanto cargarlo que se me torcieron las piernas, porque todavía no estaban bien macizas. A saber.

Pero el niño era muy malcriado. Si no se le cumplían sus caprichos "le daba chaveta", como él mismo decía. Sus alaridos se escuchaban hasta la tienda. Doña Romelia acudía presurosamente.

—¿Qué te hicieron, cutushito, mi consentido?

Sin suspender el llanto Jorgito señalaba a Modesta.

—¿La cargadora? —se cercioraba la madre—. Le vamos a pegar para que no te resmuela. Mira, un coshquete aquí, en la mera choya; un jalón de orejas y una nalgada. ¿Ya estás conforme, mi puñito de cacao, mi yerbecita de olor? Bueno, ahora me vas a dejar ir, porque tengo mucho quehacer.

A pesar de estos incidentes los niños eran inseparables; juntos padecieron todas las enfermedades infantiles, juntos averiguaron secretos, juntos inventaron travesuras.

Tal intimidad, aunque despreocupaba a doña Romelia de las atenciones nimias que exigía su hijo, no dejaba de parecerle indebida. ¿Cómo conjurar los riesgos? A doña Romelia no se le ocurrió más que meter a Jorgito en la escuela de primeras letras y prohibir a Modesta que lo tratara de vos.

—Es tu patrón —condescendió a explicarle— y con los patrones nada de confiancitas.

Mientras el niño aprendía a leer y a contar, Modesta se ocupaba en la cocina; avivando el fogón, acarreando el agua y juntando el achigual para los puercos.

Esperaron a que se criara un poco más, a que le viniera la primera regla, para ascender a Modesta de categoría. Se desechó el petate viejo en el que había dormido desde su llegada, y lo sustituyeron por un estrado que la muerte de una cocinera había dejado vacante. Modesta colocó, debajo de la almohada, su peine de madera y su espejo con marco de celuloide. Era ya una varejoncita y le gustaba presumir. Cuando iba a salir a la calle, para hacer algún mandado, se lavaba con esmero los pies, restregándolos contra una piedra. A su paso crujía el almidón de los fustanes.

La calle era el escenario de sus triunfos; la requebraban, con burdos piropos, los jóvenes descalzos como ella, pero con un oficio honrado y dispuestos a casarse; le proponían amores los muchachos catrines, los amigos de Jorgito; y los viejos ricos le ofrecían regalos y dinero.

Modesta soñaba, por las noches, con ser la esposa legítima de un artesano. Imaginaba la casita humilde, en las afueras de Ciudad Real, la escasez de recursos, la vida de sacrificios que le esperaba. No, mejor no. Para casarse por la ley siempre sobra tiempo. Más vale desquitarse antes, pasar un rato alegre, como las mujeres malas. La vendería una vieja alcahueta, de las que van a ofrecer muchachas a los señores. Modesta se veía en un rincón del burdel, arrebozada y con los ojos bajos, mientras unos hombres borrachos y escandalosos se la rifaban para ver quién era su primer dueño. Y después, si bien le iba, el que la hiciera su querida le instalaría un negocito para que la fuera pasando. Modesta no llevaría la frente alta, no sería un espejo de cuerpo entero como si hubiese salido del poder de sus patrones rumbo a la iglesia y vestida de blanco. Pero tendría, tal vez, un hijo de buena sangre, unos ahorros. Se haría diestra en un oficio. Con el tiempo correría su fama y vendrían a solicitarla para que moliera el chocolate o curara de espanto en las casas de la gente de pro.

Y en cambio vino a parar en atajadora. ¡Qué vueltas da el mundo!

Los sueños de Modesta fueron interrumpidos una noche. Sigilosamente se abrió la puerta del cuarto de las criadas y, a oscuras, alguien avanzó hasta el estrado de la muchacha. Modesta sentía cerca de ella una respiración anhelosa, el batir rápido de un pulso. Se santiguó, pensando en las ánimas. Pero una mano cayó brutalmente sobre su cuerpo. Quiso gritar y su grito fue sofocado por otra boca que tapaba su boca. Ella y su adversario forcejeaban mientras las otras mujeres dormían a pierna suelta. En una cicatriz del hombro Modesta reconoció a Jorgito. No quiso defenderse más. Cerró los ojos y se sometió.

Doña Romelia sospechaba algo de los tejemanejes de su hijo y los chismes de la servidumbre acabaron de sacarla de dudas. Pero decidió hacerse la desentendida. Al fin y al cabo Jorgito era un hombre, no un santo; estaba en la mera edad en que se siente la pujanza de la sangre. Y de que se fuera con las gaviotas (que enseñan malas mañas a los muchachos y los echan a perder) era preferible que encontrara sosiego en su propia casa.

Gracias a la violación de Modesta, Jorgito pudo alardear de hombre hecho y derecho. Desde algunos meses antes fumaba a escondidas y se había puesto dos o tres borracheras. Pero, a pesar de las burlas de sus amigos, no se había atrevido aún a ir con mujeres. Las temía: pintarrajeadas, groseras en sus ademanes y en su modo de hablar. Con Modesta se sentía en confianza. Lo único que le preocupaba era que su familia llegara a enterarse de sus relaciones. Para disimularlas trataba a Modesta, delante de todos, con despego y hasta con exagerada severidad. Pero en las noches buscaba otra vez ese cuerpo conocido por la costumbre y en el que se mezclaban olores domésticos y reminiscencias infantiles.

Pero, como dice el refrán: "Lo que de noche se hace de día aparece". Modesta empezó a mostrar la color quebrada, unas ojeras grandes y un desmadejamiento en las actitudes que las otras criadas comentaron con risas maliciosas y guiños obscenos.

Una mañana Modesta tuvo que suspender su tarea de moler el maíz porque una basca repentina la sobrecogió. La salera fue a dar aviso a la patrona de que Modesta estaba embarazada.

Doña Romelia se presentó en la cocina, hecha un basilisco.

—Malagradecida, tal por cual. Tenías que salir con tu domingo siete. ¿Y qué creíste? ¿Que te iba yo a solapar tus sinvergüenzadas? Ni lo permita Dios. Tengo marido a quién responder, hijas a las que debo dar buenos ejemplos. Así que ahora mismo te me vas largando a la calle.

Antes de abandonar la casa de los Ochoas, Modesta fue sometida a una humillante inspección: la señora y sus hijas registraron las pertenencias y la ropa de la muchacha para ver si no había robado algo. Después se formó en el zaguán una especie de valla por la que Modesta tuvo que atravesar para salir.

Fugazmente miró aquellos rostros. El de don Humberto, congestionado de gordura, con sus ojillos lúbricos; el de doña Romelia, crispado de indignación; el de las jóvenes —Clara, Dolores y Berta— curiosos, con una ligera palidez de envidia. Modesta buscó el rostro de Jorgito, pero no estaba allí.

Modesta había llegado a la salida de Moxviquil. Se detuvo. Allí estaban ya otras mujeres, descalzas y mal vestidas como ella. La miraron con desconfianza.

—Déjenla —intercedió una—. Es cristiana como cualquiera y tiene tres hijos que mantener.

—¿Y nosotras? ¿Acaso somos adonisas?

—¿Vinimos a barrer el dinero con escoba?

—Lo que ésta gane no nos va a sacar de pobres. Hay que tener caridad. Está recién viuda.

—¿De quién?

—Del finado Alberto Gómez.

—¿El albañil?

—¿El que murió de bolo?

(Aunque dicho en voz baja, Modesta alcanzó a oír el comentario. Un violento rubor invadió sus mejillas. ¡Alberto Gómez, el que murió de bolo! ¡Calumnias! Su marido no había muerto así. Bueno, era verdad que tomaba sus tragos y más a últimas fechas. Pero el pobre tenía razón. Estaba aburrido de aplanar las calles en busca de trabajo. Nadie construye una casa, nadie se embarca en una reparación cuando se está en pleno tiempo de aguas. Alberto se cansaba de esperar que pasara la lluvia, bajo los portales o en el quicio de una puerta. Así fue como empezó a meterse en las cantinas. Los malos amigos hicieron lo demás. Alberto faltaba a sus obligaciones, maltrataba a su familia. Había que perdonarlo. Cuando un hombre no está en sus cabales hace una barbaridad tras otra. Al día siguiente, cuando se le quitaba lo engasado, se asustaba de ver a Modesta llena de moretones y a los niños temblando de miedo en un rincón. Lloraba de vergüenza y de arrepentimiento. Pero no se corregía. Puede más el vicio que la razón.

Mientras aguardaba a su marido, a deshoras de la noche, Modesta se afligía pensando en los mil accidentes que podían ocurrirle en la calle. Un pleito, un atropellamiento, una bala perdida. Modesta lo veía llegar en parihuela, bañado en sangre, y se retorcía las manos discurriendo de dónde iba a sacar dinero para el entierro.

Pero las cosas sucedieron de otro modo; ella tuvo que ir a recoger a Alberto porque se había quedado dormido en una banqueta y allí le agarró la noche y le cayó el sereno. En apariencia Alberto no tenía ninguna lesión. Se quejaba un poco de dolor de costado. Le hicieron su untura de sebo, por si se trataba de un enfriamiento; le aplicaron ventosas, bebió agua de brasa. Pero el dolor arreciaba. Los estertores de la agonía duraron poco y las vecinas hicieron una colecta para pagar el cajón.

—Te salió peor el remedio que la enfermedad —le decía a Modesta su comadre Águeda—. Te casaste con Alberto para estar bajo mano de hombre, para que el hijo del mentado Jorge se criara con un respeto. Y ahora resulta que te quedás viuda, en la loma del sosiego, con tres bocas que mantener y sin nadie que vea por vos.

Era verdad. Y la verdad que los años que Modesta duró casada con Alberto fueron años de penas y de trabajo. Verdad que en sus borracheras el albañil le pegaba, echándole en cara el abuso de Jorgito, y verdad que su muerte fue la humillación más grande para su familia. Pero Alberto había valido a Modesta en la mejor ocasión: cuando todos le voltearon la cara para no ver su deshonra. Alberto le había dado su nombre y sus hijos legítimos, la había hecho una señora. ¡Cuántas de estas mendigas enlutadas, que ahora murmuraban a su costa, habrían vendido su alma al demonio por poder decir lo mismo!)

La niebla del amanecer empezaba a despejarse. Modesta se había sentado sobre una piedra. Una de las atajadoras se le acercó.

—¿Yday? ¿No estaba usted de dependienta en la carnicería de doña Águeda?

—Estoy. Pero el sueldo no alcanza. Como somos yo y mis tres chiquitíos tuve que buscarme una ayudadita. Mi comadre Águeda me aconsejó este oficio.

—Sólo porque la necesidad tiene cara de chucho, pero el oficio de atajadora es amolado. Y deja pocas ganancias.

(Modesta escrutó a la que le hablaba, con recelo. ¿Qué perseguía con tales aspavientos? Seguramente desanimarla para que no le hiciera la competencia. Bien equivocada iba. Modesta no era de alfeñique, había pasado en otras partes sus buenos ajigolones. Porque eso de estar tras el mostrador de una carnicería tampoco era la vida perdurable. Toda la mañana el ajetreo: mantener limpio el local —aunque con las moscas no se pudiera acabar nunca—; despachar la mercancía, regatear con los clientes. ¡Esas criadas de casa rica que siempre estaban exigiendo la carne más gorda, el bocado más sabroso y el precio más barato! Era forzoso contemporizar con ellas; pero Modesta se desquitaba con las demás. A las que se veían humildes y maltrazadas, las dueñas de los puestos del mercado y sus dependientas les imponían una absoluta fidelidad mercantil; y si alguna vez procuraban adquirir su carne en otro expendio, porque les convenía más, se lo reprochaban a gritos y no volvían a despacharles nunca.)

—Sí, el manejo de la carne es sucio. Pero peor resulta ser atajadora. Aquí hay que lidiar con indios.

(¿Y dónde no?, pensó Modesta. Su comadre Águeda la aleccionó desde el principio: para el indio se guardaba la carne podrida o con granos, la gran pesa de plomo que alteraba la balanza y el alarido de indignación ante su más mínima protesta. Al escándalo acudían las otras placeras y se armaba un alboroto en que intervenían curiosos y gendarmes, azuzando a los protagonistas con palabras de desafío, gestos insultantes y empellones. El saldo de la refriega era, invariablemente, el sombrero o el morral del indio que la vencedora enarbolaba como un trofeo, y la carrera asustada del vencido que así escapaba de las amenazas y las burlas de la multitud.)

—¡Ahí vienen ya!

Las atajadoras abandonaron sus conversaciones para volver el rostro hacia los cerros. La neblina permitía ya distinguir algunos bultos que se movían en su interior. Eran los indios, cargados de las mercancías que iban a vender a Ciudad Real. Las atajadoras avanzaron unos pasos a su encuentro. Modesta las imitó.

Los dos grupos estaban frente a frente. Transcurrieron breves segundos de expectación. Por fin, los indios continuaron su camino con la cabeza baja y la mirada fija obstinadamente en el suelo, como si el recurso mágico de no ver a las mujeres las volviera inexistentes.

Las atajadoras se lanzaron contra los indios desordenadamente. Forcejeaban, sofocando gritos, por la posesión de un objeto que no debía sufrir deterioro. Por último, cuando el chamarro de lana o la red de verduras o el utensilio de barro estaban ya en poder de la atajadora, ésta sacaba de entre su camisa unas monedas y, sin contarlas, las dejaba caer al suelo de donde el indio derribado las recogía.

Aprovechando la confusión de la reyerta una joven india quiso escapar y echó a correr con su cargamento intacto.

—Ésa te toca a vos —gritó burlonamente una de las atajadoras a Modesta.

De un modo automático, lo mismo que un animal mucho

tiempo adiestrado en la persecución, Modesta se lanzó hacia la fugitiva. Al darle alcance la asió de la falda y ambas rodaron por tierra. Modesta luchó hasta quedar encima de la otra. Le jaló las trenzas, le golpeó las mejillas, le clavó las uñas en las orejas. ¡Más fuerte! ¡Más fuerte!

—¡India desgraciada, me lo tenés que pagar todo junto!

La india se retorcía de dolor; diez hilillos de sangre le escurrieron de los lóbulos hasta la nuca.

—Ya no, marchanta, ya no...

Enardecida, acezante, Modesta se aferraba a su víctima. No quiso soltarla ni cuando le entregó el chamarro de lana que traía escondido. Tuvo que intervenir otra atajadora.

—¡Ya basta! —dijo con energía a Modesta, obligándola a ponerse de pie.

Modesta se tambaleaba como una ebria mientras, con el rebozo, se enjugaba la cara, húmeda de sudor.

—Y vos —prosiguió la atajadora, dirigiéndose a la india—, dejá de estar jirimiquiando que no es gracia. No te pasó nada. Toma estos centavos y que Dios te bendiga. Agradecé que no te llevamos al Niñado por alborotadora.

La india recogió la moneda presurosamente y presurosamente se alejó de allí. Modesta miraba sin comprender.

—Para que te sirva de lección —le dijo la atajadora—, yo me quedo con el chamarro, puesto que yo lo pagué. Tal vez mañana tengás mejor suerte.

Modesta asintió. Mañana. Sí, volvería mañana y pasado mañana y siempre. Era cierto lo que le decían: que el oficio de atajadora es duro y que la ganancia no rinde. Se miró las uñas ensangrentadas. No sabía por qué. Pero estaba contenta.

EL ADVENIMIENTO DEL ÁGUILA

En él la juventud tomó el perfil de un ave de rapiña: los ojos juntos, la frente huidiza, las cejas rasgadas. Una planta de hombre audaz. Piernas abiertas y bien firmes, hombros macizos, caderas hechas como para sostener un arma. Y encima el nombre: Héctor Villafuerte.

¿Pero qué se hace con este hervor en la cabeza, en la sangre, en las entrañas, cuando se vive en un pueblo como Ciudad Real? ¡Y cuando, además, se es hijo de viuda!

La casa de la infancia huele a membrillo, a incienso. Gorgotean las ollas, las pequeñas ollas de carnequijote, las tímidas ollas de cocido, sobre el fogón. Se resquebrajan los fustanes almidonados bajo el tacto del viento en los corredores, en los patios.

¡Qué mal le sentaba a Héctor la sotana de monaguillo! Con ella enroscada en la cintura, se trepó a los árboles, brincó las cercas, trabó feroces riñas con otros indiezuelos. A los ocho días tuvo que devolverla, hecha una lástima, al padre Domingo, que acariciaba la esperanza de hacer, de aquel muchacho revoltoso, un sacerdote enérgico, un misionero con agallas.

El paso de Héctor por la escuela fue turbulento. Travesuras en clase, malas calificaciones y una estrepitosa expulsión final "por haber sido el cabecilla de un motín que destruyó todos los vidrios (amén de maltratar puertas, paredes y muebles) de su salón de clases".

Aprender un oficio era desdoro para la familia. Tenían, guardados en un arcón muy antiguo, títulos de nobleza que firmó el mero Rey de España y un escudo que el tiempo había borrado de la fachada principal de la casa. La pobreza no afrenta a quien la padece. Pero un trabajo vil...

Una especie de selección natural, que apartó a Héctor de la sacristía, las aulas y los talleres, lo dejó en la calle con los amigos, de cigarro insolente y escupitajo despectivo. Ellos lo condujeron a la cama miserable de la prostituta, a la mesa maltratada de la cantina, a la atmósfera, sórdida, de luz artificial y humo, de los billares.

Héctor se hizo compañero de los músicos de mala muerte. Dondequiera que tocase la marimba, ahí estaba él ayudando a cargar y descargar el instrumento, con la misma delicadeza que si se tratara de un cadáver. Llegó a ser imprescindible para echar vivas estentóreos a los que pagaban la serenata. Y al amanecer disparaba, con una pistola ajena, tiros al aire, confiando a la pólvora inútil su ímpetu rebelde, ese potro al que la rutina puso —tan tempranamente— su freno.

Aprendió ciencias mezquinas: cómo se corta un naipe y se mezclan las cartas; cómo se cala un gallo de pelea y cuál es el mejor perro de caza. Para ser un señor, a Héctor no le faltaba más que la fortuna.

Porque Héctor no podía pagarse el lujo de la pereza. Su madre comenzó por empeñar las alhajas para librarlo del deshonor de una deuda de juego. Después fue fácil irse desprendiendo de cuadros, vajilla, ropa. Los compradores no quieren vejestorios. Regatean, entregan el dinero a regañadientes. Y, como para desquitarse, dan la propina de un comentario severo, de una amonestación que apenas puede disimular la sonrisa interior de complacencia propia, de un consejo ineficaz.

La viuda luchó, hasta el fin, para defender a los santos del oratorio de los despilfarros de su hijo. Cuando el oratorio quedó vacío la anciana renunció a continuar viviendo. Su muerte fue cortés: sin un arrebato, sin un desmelenamiento. Parientes lejanos, señoras caritativas hicieron una colecta para pagar los gastos del funeral.

Durante los primeros meses de su orfandad, Héctor se convirtió en el asistente obligatorio de celebraciones y fiestas. Ocupaba un puesto discreto, para guardar el luto, y desde allí veía a los demás comer o divertirse. Los veía con una mirada distante, porque el desdén era en él una actitud, no un estado de ánimo.

Cuando las rodilleras de sus pantalones empezaron a brillar escandalosamente y cuando tuvo que posar el pie con cuidado para no dar a las suelas el desgarrón final, Héctor pensó que era necesario sentar cabeza.

Propaló a los cuatro vientos su propósito, exhibió su calidad de soltero disponible, seguro de que su mercancía era de las que siempre tienen demanda. Las mujeres lo miraban codiciosamente y Héctor respondía a todas —sin hacer distinciones para no comprometerse— con la misma sonrisa de cínica espera y de indiferente voluptuosidad.

¡Si por lo menos Héctor hubiera tenido un caballo para rayar las piedras de las calles, para sacarles chispas de orgullo y desafío! Paciencia. Ya lo tendrá después. Tendrá mesa bien servida, billetes en la cartera, el saludo respetuoso y servil de quienes ahora lo esquivan o lo desprecian. La esposa que ha de proporcionarle holgura y respeto. . . bueno. Puede ser ésta o la otra. A oscuras todas las hembras son iguales. Héctor cumpliría sus deberes como marido preñándola anualmente. Entre los embarazos y la crianza de los hijos, ella se mantendría tranquila en su rincón.

Pero da la casualidad de que las mujeres de Ciudad Real no andan de partida suelta por las calles. Si por su gusto fuera, tal vez; pero hay padres, hermanos, paredes, costumbres que las defienden. Y no es cosa de meterse, de buenas a primeras, a gato bravo. Los mayores acaban siempre por vencer. O por desheredar.

Las tentativas de matrimonio de Héctor no prosperaron. El hombre aplanaba las banquetas, silbaba en las esquinas con un aire estudiado de perdonavidas y arriesgaba uno que otro requiebro al pasar frente a las ventanas. Huían las muchachas con un estrépito de postigos cerrados. Y ya detrás de los cristales se burlaban de las solicitaciones de Héctor, acaso un poco tristes por no poder complacerlas.

Hubo, sin embargo, una mujer sin parientes, sin perro que le ladrase; con sólo una señora de respeto para cuidar la casa y las apariencias, pero en lo demás, libre. Un poco talludita, ya pasada de tueste. De ceño grave y un pliegue amargo en los labios. Jamás hombre alguno se había acercado a ella pues, aunque tuviese fama de rica, la tenía más de avara.

Cuando una mujer, razonaba el pretendiente, está en las condiciones de Emelina Tovar, se enamora y abre la mano. Enamorarla no será difícil. Basta mover ante ella un trapo rojo y ha de embestir, ciega de furor y de ansia.

Contra todos los cálculos de Héctor, Emelina no embistió. Miraba al galán rondando sus balcones y fruncía más las cejas en un supremo esfuerzo de atención. Eso era todo. Ni un aleteo de impaciencia, ni un suspiro de esperanza en aquel pecho árido de solterona.

Cuando Héctor logró hablarle por primera vez, Emelina lo escuchó parpadeando como si una luz excesiva la molestase. No supo responder. Y en este silencio el pretendiente entendió su aceptación.

La boda no fue lo que podría llamarse brillante. El novio guapo, eso sí, pero que no tenía ni en qué le hiciera maroma un piojo. Y de sobornal, derrochador.

Emelina desfiló por la nave de la iglesia de la Merced (porque había hecho un voto a la Virgen, que era tan milagrosa, de casarse ante su altar) bien cogida del brazo de Héctor, temerosa, aun enmedio de este triunfo precario que al fin de una larga, humillante soledad, le había regalado su destino.

Emelina se mantenía de hacer dulces. Todo el tiempo zumbaban los insectos en el traspatio de la casa, donde tendía —a que se asolearan— los chimbos, los acitrones, las tartaritas. El oficio no rinde mucho. Pero una mujer ordenada y precavida puede ahorrar. No tanto como para juntar una fortuna, pero bastante para hacer frente a un caso repentino, una enfermedad, una pena. ¡Cuántas no iba a darle este marido más joven, cerrero y que no buscaba más que su conveniencia!

Si Emelina no hubiese estado enamorada de Héctor acaso habría sido feliz. Pero su amor era una llaga siempre abierta, que el ademán más insignificante y la más insignificante acción del otro hacían sangrar. Se revolcaba de celos y desesperación en su lecho frecuentemente abandonado. A un pájaro de la cuenta de Héctor no le basta el alpiste. Rompe la jaula y se va.

A todo esto el recién casado no lograba ver claro. ¿Y el dinero de su mujer? Revolvía cofres, levantaba colchones, excavaba agujeros en el sitio. Nada. La muy mañosa lo tenía bien escondido, si es que lo tenía.

Lo cierto es que los ahorros se agotaron en los primeros meses y hubo que echar mano del capital. Todo se iba en parrandas de Héctor, comilonas y apuestas perdidas.

Se acabó. Emelina no pudo soportar un mal parto, que su edad hizo imposible. Y Héctor quedó solo, milagrosamente libre otra vez. Y en la calle.

¿Para cuándo son los amigos? Para trances como éste, precisamente. El que ayer era compañero de juergas hoy ocupa un puesto de responsabilidad y puede recomendarlo a uno con los meros gargantones.

—¿Sabes escribir, Héctor? Un poco. Bueno. Mala letra, nada de ortografía. ¡Si hubieras aprendido cuando tu madre, que de Dios goce, te pagaba la escuela! Pero no es hora de echar malhayas. Leer de corrido, sí. ¿Y las cuentas? Regular nada más. No puedo prometerte nada. Pero, en fin, veremos qué se hace.

Unos meses más tarde Héctor Villafuerte tuvo ante sí el nombramiento de Secretario Municipal en el pueblo de Tenejapa.

¡Desdichado pueblo! La Presidencia, la Parroquia y unas cuantas casas de ladino son de adobe. Lo demás, jacales de bajareque. Lodo en las calles, maleza, campo abierto a la vuelta de la primera esquina. Hay desperdicios por todas partes y los animales domésticos y los niños desnudos vagan libremente.

—¡Aquí te quería yo ver! —se decía Héctor a sí mismo. Sin con quién hablar, solíngrimo, porque los ladinos de por estos rumbos son unos cualquieras y los indios no son personas. No entienden el cristiano. Agachan la cabeza para decir, sí, patrón, sí, marchante, sí ajwalil. No se alzan ni cuando se embolan. Trago y trago. Y no pegan un grito de alegría, no relinchan de gusto. Se van volviendo como piedras y de repente caen redondos. No me quiero rozar con ellos, con ninguno. Porque dice el dicho que el que entre lobos anda a aullar se enseña. Y ni esperanzas tengo de salir de esta ratonera. El sueldo rascuache que gano se me va en pagar mi asistencia y el aseo de mi ropa. No hay por dónde agenciarse un caidito. Parece que aquí no hay más palo en qué ahorcarse que la venta de aguardiente. Todos los ladinos ponen su expendio en el zaguán los días de fiesta o de mercado. Los indios entran allí muy formales y salen rechazando de bolos. No se puede ni andar entre tanto cuerpo tirado por las calles. Tal vez me costearía más ser enganchador. ¿Pero con qué dinero me establezco?

Secretario Municipal. ¡Bonito título! Hasta podía hacer creer que Héctor desempeñaba un cargo de importancia. Pero no atendía más que asuntos de poca monta; robos de gallinas, carneros y, cuando más, vacas. Crímenes por brujería, por celos, por pleitos de borrachera. Venganzas privadas en las que ninguno se sentía con derecho a intervenir. Pero eso sí, todos exigían para cada suceso un acta formal.

—¡Qué pichicatería la de este Gobierno! —se lamentaba Héctor. Quiere que se sostenga uno de milagro. Nada le importa la dignidad del nombramiento. Porque un Secretario Municipal, para estas gentes ignorantes, debería ser respetable. ¿Y quién me va a tomar en serio si yo ando en estas trazas de limosnero? Un cuarto redondo para trabajar, para comer, para dormir. ¡Y hay que quitarse el sombrero ante el mobiliario! Un catre de reatas y una mesa y unas sillas de mírame y no me toques. Si hasta el sello es tan viejo que ya ni pinta. Y estos desgraciados quieren que toda la correspondencia lleve su sellote. ¡Qué fregar!

Después de este soliloquio Héctor se negó a seguir redactando los escritos. No hay sello, decía con malos modos a los indios. Y sin sello no vale nada lo que yo escriba.

Con paso silencioso la comisión de "principales" salió. Estuvo un rato en el corredor del Palacio Municipal cuchicheando y luego volvió al cuarto de Héctor. El más viejo de estos hombres tomó la palabra.

—Queremos averiguar, ajwalil, lo que dijiste de que ya se acabó el sello.

—¿Cuál es el sello? —preguntó con humildad otro anciano.

—Es el águila —repuso arrogantemente el funcionario.

Los indios comprendieron. Todos habían visto alguna vez su figura en el escudo nacional. E imaginaron que sus alas tenían por misión conducir las quejas, los alegatos, a los pies de la justicia. Y he aquí que ahora el pueblo de Tenejapa se ahogaría entre delitos sin consignar, entre documentos incapaces ya de levantar el vuelo.

—¿Cómo fue que se vino a acabar el águila?

La interrogación se la planteaban todos con ese estupor que suscitan las grandes catástrofes naturales. Héctor Villafuerte se alzó de hombros para evitarse una respuesta que, de todas maneras, estos indios brutos no entenderían.

—¿Y no se puede conseguir otra águila? —propuso cautelosamente alguno.

—¿Quién la va a pagar? —interrumpió Héctor.

—Eso depende, ajwalil.

—¿Cuánto cuesta?

Héctor se rascó la barbilla para ayudarse a hacer el cálculo. Deseaba conferirse importancia ante los demás con el precio de los instrumentos que manejaba. Afirmó:

—Mil pesos.

Los indios se miraron entre sí, asustados. Como si la cifra hubiera poseído una virtud enmudecedora, un gran silencio llenó la estancia. Lo rompió la carcajada de Héctor.

—¡Qué tal! Se quedaron teperetados, ¿verdad? ¡Mil pesos!

—¿No habrá un águila más barata?

—¿Qué estás creyendo, indio pendejo? ¿Que vas a regatear como cuando se compra una vara de manta o una medida de trago? El águila no es cualquier cosa; es el nahual del Gobierno.

¡Qué conversación tan absurda! Si se prolongaba era por el aburrimiento de Héctor, por su empeño en sostener la infalibilidad de su juicio.

—Está bueno, ajwalil.

—Hasta mañana, ajwalil.

—Que pases buenas noches, ajwalil.

Se fueron los indios. Pero al día siguiente, a primera hora, ya estaban de nuevo allí.

—Queremos levantar un acta, ajwalil.

—¡Qué intendibles son! El acta no sirve de nada sin el sello del águila.

—¿No habla el papel?

—No habla.

—Está bueno pues, ajwalil.

—Adiós, ajwalil.

Volvieron a irse los indios. Pero no muy lejos de la Presidencia Municipal; merodeaban por los alrededores, discutiendo.

—¿Qué tramarán? —se preguntó con inquietud Héctor. Había oído historias de ladinos a los que les incendiaban la casa y perseguían por el monte con el machete desenvainado.

Pero los "principales" parecían tener intenciones pacíficas. Al filo de la tarde se dispersaron.

Al otro día el grupo estaba de nuevo allí, gargajeando, sin atreverse a hablar. Por fin uno se aproximó a Héctor.

—¿Cómo amanecería el pajarito, ajwalil?

—¿Cuál pajarito? —indagó con malhumor Villafuerte.

—El que va en el papel.

—Ah, el águila. Ya te lo dije antes: se murió.

—Pero tendrás otro.

—No tengo.

—¿Y dónde se puede conseguir?

—En Ciudad Real.

—¿Cuándo vas?

—Cuando se me hinchen los huevos. Y además ¿con qué pisto?

—¿Cuánto vas a querer?

La insistencia de los indios ya iba más allá de la terquedad. Había en ella un verdadero interés. De pronto Héctor se dio cuenta de que la oportunidad, por la que tanto había suspirado, estaba allí, con su gran trenza para agarrarla. Con una entonación casual, aunque apenas podía contener la excitación que le produjo su descubrimiento, decretó:

—Quiero cinco mil pesos.

—Dijiste mil, la primera vez.

—¡Mentira! ¿Quién va a saber más de esto: tú o yo? Aquí lo dice (y febrilmente abría Héctor ante el indio un libro cualquiera): el águila cuesta cinco mil pesos.

La voluntad de los indios desfalleció. Sin agregar una palabra todos salieron a deliberar afuera. Villafuerte los miró alejarse, preocupado.

—La codicia rompe el saco. Me desmandé en pedir tanto dinero. ¡Dónde lo van a conseguir estos infelices! Y ultimadamente, a mí qué me importa. Que trabajen, que se enganchen para ir a las fincas de la costa, que pidan prestado, que desentierren sus ollas con pisto. No soy yo el que les va a tener lástima, ¡qué moler! Como si yo no supiera que para pagar a un brujo o para celebrar una fiesta de sus santos no les duele botar montones de pesos. Para la iglesia sí, muy garbosos: misa de tres padres, jubileo. ¿Por qué el Gobierno ha de ser menos?

El razonamiento llevó a Héctor a convencerse de que la compra del sello era indispensable y el valor que él le había fijado, justo. Su propósito de no transigir se consolidó.

Pero los indios son obstinados. Se van y vuelven a machacar con el mismo tema.

—Que sean dos mil pesos, ajwalil. No podemos juntar más.

—¿Para qué va a servir el águila? ¿Para mi provecho?

—Somos muy pobres, patrón.

—No me vengan a llorar, plagas.

—Que sean tres mil pesos, marchante.

—Dije cinco mil.

Siguieron regateando por inercia. Los indios sabían que, al fin, ellos tendrían que ceder.

Esa noche Héctor recontaba su tesoro a la luz de un quinqué. Monedas antiguas, guardadas quién sabe durante cuántos siglos. Efigies anacrónicas, leyendas ya incomprensibles. El celo de su poseedor no las entregó ni ante el ahogo de la miseria ni ante el aguijón del hambre. Y ahora servirían para comprar el dibujo de un pájaro.

Héctor marchó a Ciudad Real seguido de la escolta de "principales". Cuando se cansaba de montar a caballo sus tayacanes tenían lista la silla de mano. A lomo de indio pasó Héctor los tramos más peligrosos del camino.

Los indios se prestaron sumisos a esta exigencia. Era una condición para hacerse merecedores, al regreso, de transportar el sello.

Porque el sello, los aleccionó Villafuerte, es un objeto muy codiciado. Para que los ladrones no se apoderen de él es preciso actuar con disimulo. Si se finge que el viaje tiene otro propósito, comerciar por ejemplo, nadie lo estorbará.

Así que en Ciudad Real Héctor compró grandes cantidades de mercancía: víveres, candelas y, especialmente, trago. En uno de tantos bultos que los indios cargaban iba el famoso sello.

Ya en Tenejapa Héctor Villafuerte consiguió un local para abrir su tienda. Aquellos cinco mil pesos (cuatro mil novecientos noventa, para ser exactos, porque el sello le costó diez) fueron la base de su fortuna. Héctor prosperó. Pudo volver a casarse, ahora sí a su gusto. La muchacha era joven, sumisa y llevó como dote una labor de ganado.

Pero Héctor no quiso renunciar a su puesto de Secretario Municipal. En su trato con los demás comerciantes le daba prestigio, influencia, autoridad.

Y además los sellos no duran siempre. El que usaba entonces ya se estaba gastando. Ya los rasgos del águila eran casi irreconocibles. Ya parecía un borrón.

CUARTA VIGILIA

La niña Nides despertó a medianoche con la camisa de manta empapada en sudor. ¡Dios mío, ahora sí había estado a punto de suceder! Venían los carrancistas, los carranclanes, que son como las arrieras y que no respetan nada; tocaban fuerte —ton-ton— con la aldaba de hierro contra la puerta grande de madera. La niña Nides corría enloquecida por toda la casa, buscando un escondite para el cofre...

Por fortuna, despertó en el momento mismo en que los carrancistas estaban a punto de tumbar la puerta. Con sus dedos nudosos, torcidos, de reumática, la niña Nides tacteó en la oscuridad hasta dar con los cerillos. Prendió la vela de sebo. Un resplandor vacilante y amarillento se difundió por la habitación. El perfil de la vieja se proyectaba, grotesco, sobre las paredes desnudas. En uno de los rincones se advertía aún la mancha descolorida donde estuvo el cofre.

La niña Nides contempló esa mancha, con fijeza, durante algunos segundos. Hasta entonces la certidumbre de lo real se impuso a los terrores de su sueño: el cofre estaba a salvo, no importaba que llegaran los carrancistas.

¡Cuánto había dudado antes de poner el cofre en seguridad! La niña Nides subía y bajaba libros, pensando en las maneras y las coyunturas. Por fin una tarde se asomó a la puerta de calle. Había unos cuantos niños jugando chepe-loco de una esquina a otra; pero ellos, en su entretenimiento, no se fijarían en nada. Desde lejos la niña Nides vio venir a un chamula, de partida suelta, y como mandado a hacer para lo que ella meditaba. La niña Nides le hizo una seña rápida y se ocultó detrás de la puerta para esperarlo.

El indio entró con sus calzones arremangados hasta la pantorrilla y el machete envuelto en su chamarro.

—¿Cuánto vas a pagar? —preguntó antes de saber en qué consistía el trabajo.

La niña Nides contestó una cifra cualquiera: veinte reales. El chamula se rascó la cabeza, sin comprender si era mucho o poco. Pero aceptó.

Caminaron juntos hasta el lugar que la niña Nides le señaló al indio, un lugar que ella había escogido cuidando de no perjudicar las raíces de los árboles frutales.

—Dejá a un lado tu machete porque no te va a servir, marchante —le dijo la niña Nides al hombre mientras le entregaba una coa.

Antes de agarrarla el indio volvió a preguntar por su paga. ¡Qué terco!

—Ya te dije que veinte reales.

—Sí, dijiste, dijiste. Pero a la mera hora, cuando yo haya acabado el trabajo, te ponés a gritar que soy un ladrón y me sacan a empujones de la casa.

La niña Nides le dijo que no, que no fuera bruto y que se apurara porque les iba a caer la noche.

El hombre empezó a cavar. Un hoyo grande, porque la niña Nides se acordaba bien del consejo de su abuela: que quepa holgadamente el cofre y que todavía quede lugar para un cuerpo. En casos así no sirve de nada cortar la lengua del que te ayudó. Vienen y señalan y otros desentierran lo que enterraste.

La niña Nides se había sentado en el tronco de un árbol para observar el trabajo del indio. Las paletadas de tierra salían abundantes, regulares, y se iban amontonando a un lado del agujero. Si sigue así terminará pronto, se dijo la mujer. ¡Qué bueno! Ahora sí, que vengan los carrancistas cuando se les antoje.

El acarreo del cofre no fue cosa del otro mundo. Con una sola mano lo levantó el indio y cuando estaba agachado para depositarlo en el fondo del agujero, la niña Nides se aproximó por detrás y le descargó un golpe con la parte plana de la coa. El hombre no alcanzó ni a quejarse. Su cuerpo cayó desguanzado, al fondo.

La niña Nides arrojó encima el chamarro y empezó a cubrirlo de tierra con la misma coa. ¡Qué fatiga! No estaba acostumbrada a tales trajines y los dedos se le agarrotaban y un calambre le paralizaba la espalda. Cuando terminó estaba sudando, lo mismo que ahora, al despertar de la pesadilla.

La niña Nides recogió el machete que el indio había apoyado contra la pared. Era de buena clase y no muy viejo. Así que fue a guardarlo en el cuarto de cháchara, junto con la coa.

Sacando fuerzas de flaqueza, porque a su edad ya no estaba para esas danzas, la niña Nides regresó al lugar del entierro para apisonarlo y sembrar una mata de malva que le sirviera de seña.

Temblorosa de frío, ahora que el sudor se había secado, la niña Nides volvió a mirar con inquietud la mancha descolorida donde estuvo el cofre. Para borrarla hubiera sido necesario lavar todo el piso con bastante jabón y con un cepillo fuerte. Pero ella, con sus años y sus achaques, no tenía alientos para eso.

—Y si llamo a alguno para que me lo haga se le va a calentar la cabeza imaginando dónde escondí el cofre.

La niña Nides se puso de pie dificultosamente y trató de arrastrar su cama para colocarla encima de la mancha. Pero el mueble era demasiado pesado (en él durmió siempre su abuela) y no había otro en la habitación.

La niña Nides se sentó, desalentada. Nunca, hasta ahora, había reparado en la escasez de su ajuar. Su abuela, una mujerona enorme y con un bocio que le enronquecía la voz y se la hacía brotar como del fondo de una marmita, no tuvo mejor alojamiento. Y andaba tan mal trazada que en una ocasión un forastero, compadecido de su miseria, le había dado una caridad en la calle. Doña Siomara la aceptó con una risita socarrona de agradecimiento. ¡Ella, que era la dueña de tantas fincas en la tierra fría y de las mejores casas de Ciudad Real! Pero no le gustaba presumir. Y ahorraba en todo lo que podía. Cuando llegaban semaneros de sus ranchos, ordenaba que no se pusiera al fuego ni la olla del cocido, que era la comida diaria, sino que se aprovecharan todos de las tostadas y el posol que los indios traían como bastimento.

—De grano en grano llena la gallina el buche —solía decir doña Siomara—. ¿Dónde están los que se hartan, los que se echan todo el capital encima, en lujos y francachelas? Corriendo borrasca, en la calle de los compromisos y las deudas, agenciándose su ruina.

En cambio doña Siomara tenía sus cofres llenos de centenarios de oro y de cachucos macizos de Guatemala. No permitía que nadie se les acercara. Nadie. Sólo su nieta preferida, Leónides Durán.

Porque la niña Nides, como le dijera desde que nació, era distinta de las otras. Ni fue traviesa de criatura, ni loca de muchacha. No andaba el día entero asomándose a los balcones, ni se rellenaba el busto con puñados de algodón, como sus primas, para ir a los bailes. Nunca se ocupó de disimular sus defectos.

—Si alguno te busca —le decía la abuela—, que vaya sobre seguro y no después se llame a engaño. Además de que vos tenés con qué toser fuerte aquí y en cualquier parte. Porque uno de estos cofres, el más grande, va a ser el tuyo.

La niña Nides miraba el cofre, su cofre, y ya no le importaba que no le llevaran serenata, ni le dijeran piropos en las kermesses, ni le mandaran camelias envueltas en papel de China cuando iba a dar vueltas al parque. Sus diversiones eran otras. Cuando la abuela y ella se quedaban íngrimas en el caserón, abrían los cofres para contar el dinero. ¡Con qué ruidito tan especial se rasgaba el papel de los cartuchos y se iban desparramando las monedas en su regazo! ¡Cómo pesaban allí! ¡Y qué olor agrio y penetrante emanaba de ellas!

Si el día era bueno, doña Siomara y la niña Nides salían al patio y, después de cerrar bien todas las puertas, hacían un tendal de dinero sobre los petates. Las dos miraban los reflejos del oro y la plata y se sonreían sin hablar.

Así fue como pasó el tiempo y las primas de la niña Nides fueron casándose una por una: María con un tendero, Hortensia con un boticario, Lupe con un enganchador. Habrían podido encontrar partidos mejores si hubieran tenido paciencia. Doña Siomara no iba a ser eterna. Pero las muchachas nunca entendieron lo que les convenía y se pagaron de su gusto. Luego vinieron los hijos.

Todas las noches iban las tres, acompañadas de sus maridos, a visitar a doña Siomara; y hablaban de las novedades y se quejaban de sus penas. Pero en el fondo nadie pensaba más que en los cofres.

De repente, nadie supo cómo, empezaron a correr rumores; que si estalló la revolución en México, que si van a entrar los villistas, que si van a entrar los carrancistas. Ciudad Real se llenó de muertos, de un bando y del contrario. Y los que tenían dos dedos de frente y un quinto en la bolsa consideraron que era mejor emigrar a Guatemala.

Menos doña Siomara, que se mantuvo en sus trece; que al ojo del amo engorda el caballo, que el que tiene tienda que la atienda. ¿Para qué majar en hierro frío? No se quiso ir. Enterró todos los cofres en el traspatio de la casa y en el último agujero enterró también a un chamula.

¿Pero qué secreto se podía guardar en aquellas confusiones? Lo que no se sabe se inventa. Y antes de que a doña

Siomara se le pasase la idea por la cabeza, ya la gente la había dado como un hecho y andaba bulbuluqueando por las esquinas que había enterrado su dinero.

Y claro, cuando llegan los carrancistas, ¿qué es lo primero que hacen? Pues agarrar presa a doña Siomara "por ocultamiento de bienes" y amenazarla de muerte si no revelaba el escondite de sus tesoros.

Dicen que la vieja se estaba secando en la cárcel, que hasta el güegüecho se le veía chupado, como de jolote. Pero no era de hambre ni de miedo, sino de una especie de obstinación. Estaba decidida a no hablar.

Pero mientras ella se resistía los otros fueron y catearon su casa. Levantaron planchones en los cuartos, abrieron boquetes en los muros, derribaron alacenas. Hasta dar con el entierro en el traspatio.

Cuando doña Siomara salió de la cárcel encontró sus cofres muy sacudidos por fuera, sin una brizna de polvo y repletos de bilimbiques por los que los carrancistas cambiaron las monedas.

¿Quién sobrevive a colerón semejante? Doña Siomara murió delirando mientras la niña Nides no se despegaba de su cabecera. A ella le dictó su última voluntad: que repartiera los cofres entre las nietas. Y que se quedara, como se lo había prometido siempre, con el más grande.

Al velorio no asistió nadie. ¿Quién iba a tener una atención que recordar de la difunta, ni un compromiso que cumplir, ni un favor que agradecer, ni un beneficio que esperar? Y los maridos de Hortensia, María y Lupe andaban emborrachándose en las cantinas y gritando a los cuatro vientos su despecho por una herencia que se les había convertido en agua de borrajas.

Así que la niña Nides, sola y su alma, amortajó a la difunta y la acompañó al panteón y repartió los cofres como se le había indicado.

Mientras tanto algo pasaba en el Gobierno, pues nadie podía comprar porque no había qué, ni vender porque nadie tenía dinero y los víveres estaban por las nubes. El caso es que cuando se aplacó el vendaval nada había quedado en su sitio. Las casas de doña Siomara estaban en poder de unos cualquieras y de los ranchos desaparecieron todas las cabezas de ganado y, al fin, vinieron los agraristas para hacer "viva la flor" con lo demás.

La niña Nides se fue con su cofre a vivir a un cuarto redondo, que ni excusado tenía, y a cada rato había de pasar la vergüenza de pedir el favor de un lugarcito a las vecinas.

¿De qué se iba a mantener? Oficio no le había enseñado su abuela más que el de contar centenarios y cachucos y sacarlos a asolear. Tampoco estaba ya en años de aprender.

Pero resulta que Dios aprieta, mas no ahoga y la niña Nides tenía la gracia de leer con claridad. Así que aunque no hubiera sido nunca muy devota, empezaron a solicitarla para que rezara las novenas. A la gente le gustaba el modo con que impostaba la voz y ponía énfasis en las palabras más insignificantes y hacía unas pausas misteriosas y como cargadas de augurios y promesas.

Desde temprano la niña Nides se iba a la Catedral y, arrodillada ante el altar del santo de la devoción de quien pagaba el encargo, lo iba despachando con lentitud y minuciosidad.

Años más tarde sus primas comenzaron a levantar cabeza. Con el favor de Dios los negocios de sus maridos no eran de ranchos. Y Hortensia compró, con sus ahorros, un sitio de árboles frutales en las orillas del pueblo. ¿Qué le costaba mandar a hacer una casita de tejamanil para la niña Nides? Además ella podía vigilar que no entraran los indiezuelos a robar los duraznos y las manzanas y los perones.

La niña Nides se hizo de la media almendra para cambiarse. El sitio estaba muy lejos y a ella, con su reuma, se le iba a dificultar venir hasta el centro a hacer sus mandados. Además, si entraba un ladrón (la niña Nides dijo ladrón, pero estaba pensando en los carrancistas) ¿quién iba a defender su cofre?

—¡Bonito apuro! —replicó Hortensia—. Un cofre lleno de bilimbiques. Nosotros hace tiempo que quemamos el nuestro.

La niña Nides frunció el ceño. ¡Quemar su cofre! No faltaba más y sólo que estuviera loca. Pero no le gustaba discutir y cuando le hablaron de la ventaja de que no tendría que pagar alquiler, se decidió. Además, desde que el Gobierno había cerrado las iglesias, lo de las novenas casi no le dejaba ni para irla pasando.

La niña Nides vivía en la huerta con más desahogo. Cuando los mocitos y las criadas llegaban a recoger la fruta, ella vigilaba que llenaran los canastos. Si otra hubiera sido habría hecho su apartado de priscos maduros. Pero a la niña Nides ni por aquí se le pasaba aprovecharse de algo. Ella comía lo suficiente en casa de sus amistades.

Se sentaba a la mesa ajena sin avidez, sin humillación y

acaso sin gratitud. No se apresuraba a hacer un favor menudo, que era cuestión de la servidumbre; no se prestaba a transmitir un chisme escandaloso ni a escuchar confidencias inoportunas. ¿Por qué voy a rebajarme si tengo mi cofre?, se decía. Valgo tanto como cualquiera. Todos la respetaban y su presencia muda había llegado a ser tan habitual que, cuando faltaba, las dueñas de casa mandaban informarse por su salud o le enviaban un bocado "para el hoyito de su muela", con la recomendación de que volviera lo más pronto posible.

Con esos bocados se mantenía la niña Nides cuando el reumatismo se le recrudecía por la humedad y se encerraba a untarse linimentos.

Estaba contenta porque del dinero de su cofre todavía no había tenido que echar mano, ni en los tiempos de mayor apuro, cuando le vino aquella gravedad y hubo hasta junta de médicos. Allí sí que fue muy lista, porque se hizo la moribunda y los demás dijeron que era una desgracia, pero no hubo más remedio que afrontar los gastos. Les dio remordimiento que una nieta de doña Siomara Durán fuera a acabarse en el Hospital Civil, como cualquier limosnera.

Aunque una vida como la de la niña Nides, cuchicheaban cerca de su cama, ¿para qué sirve? Y sin embargo la enferma quería vivir, se aferraba a la vida con una tenacidad de esas que no desperdician su energía en ningún aspaviento, pero que se ejercen sin tregua.

Pese a las predicciones de los médicos y al fácil pesimismo de sus parientes, la niña Nides vivió. ¿Cómo iba a morir dejando desamparado el cofre?

En cambio ahora ya estaba en paz. En el fondo de un agujero, bajo el cadáver desnucado de un chamula, reposaba su tesoro.

—Dicen que donde hay un cuerpo aparece un espanto —dijo la niña Nides y un escalofrío de terror estuvo a punto de nacer en su espinazo. Involuntariamente volvió la cara hacia afuera y, al través de la ventana y de la oscuridad, trató de distinguir la mata de malva.

Una risa ronca, esa risa convulsiva que en los viejos pronto se convierte en tos, la sacudió durante un momento.

—¿Pero cómo va a aparecer un espanto si el cuerpo era de un indio, no de una gente de razón?

Tranquilizada, la niña Nides apagó la vela y se acostó. Iba a dormir un rato más. Todavía faltaba mucho para que amaneciera.

LA RUEDA DEL HAMBRIENTO

pero dadme
en español
algo, en fin, de beber, de comer, de vivir,
de reposarse, y después me iré.

CÉSAR VALLEJO

ALICIA MENDOZA despertó con dolor de nuca y espalda. ¡Qué viaje tan largo! Horas y horas en el autobús. Y el retraso porque habían tenido que pararse a cambiar una llanta. Durante todo el camino el motor había roncado dificultosamente.

El paisaje no era como para llamar la atención. Tierras áridas, plantas desérticas. Por Oaxaca pasaron cuando ya había anochecido. Alicia se asomó a la ventanilla, pues quería escribir a su amiga Carmela y contarle que había conocido esta ciudad, la más importante de la ruta. Pero no alcanzó a ver más que el ajetreo y el bullicio de la estación.

Alicia se esforzó por dormir el resto de la noche. El asiento era incómodo y una vecina demasiado gorda le robaba espacio. Pero se las arregló de alguna manera para acomodarse y no despertar sino cuando ya estaba amaneciendo.

—¡Qué frío hace! —musitó echando el aliento entre el hueco de sus manos. El autobús avanzaba en medio de una neblina espesa. Por algún resquicio de ella se veían pasar fugazmente las crestas de los cerros, las ramas de los pinos.

Alicia iba a cerrar otra vez los ojos cuando su vecina le advirtió:

—Es mejor que se esté pendiente. Ya vamos a llegar.

Sonreía, bien arrebujada en un fichú de lana. Parecía deseosa de entablar conversación. Pero Alicia se había desentendido de ella. ¿Ciudad Real era ese pueblo cuyas primeras casas se desperdigaban por el campo? No se lo había imaginado así. Cuando le dijeron que iría a Chiapas pensó inmediatamente en la selva, los bungalows con ventiladores —como en las películas—, los grandes refrescos helados. En cambio ese frío, esta niebla, estas cabañas de tejamanil... ¡Qué lástima! La ropa que se había comprado no iba a servirle para nada.

Tendré que gastar mi primer sueldo en un abrigo, pensó saboreando con orgullo las palabras: "mi primer sueldo". La madrina de Alicia había muerto con la preocupación de no haberle podido dar ni un oficio ni una carrera.

—¿Qué vas a hacer cuando yo te falte? —se lamentaba—. Si al menos te viera yo tomar estado...

¡Como si fuera fácil! Para monja no tenía vocación y para casada le faltaba el novio.

"Chiquita pero mal hecha." Así definió una vez a Alicia un pelado de la calle. No resultaba atractiva para los muchachos; la sabían de buen corazón y le dispensaban un afecto fraternal. Poco a poco fue convirtiéndose en confidente de todos los jóvenes de la palomilla. Les guardaba los secretos, les servía de correveidile, les aconsejaba en sus dificultades y esperaba, sumisamente, el turno en aquellos incesantes cambios de pareja que se sucedían a su alrededor.

Su madrina la dejaba estar. ¡Pobre Alicia! Huérfana y con una madrastra que la aborreció desde el principio y que jamás quiso hacerse cargo de ella.

—En cambio para mí, viuda y sin hijos, Alicia ha sido un consuelo. Tan dócil, tan cariñosa. Sería muy buena mujer. Pero los hombres de estos tiempos no se fijan más que en la figura y en la carita.

Para compensarla en algo, su madrina le compraba vestidos y alhajas de fantasía. En eso gastaba sus ahorros. Hasta que vino la enfermedad.

El diagnóstico fue claro y terminante: cáncer en el último grado. Pero Alicia tenía fe en los milagros y confió, hasta el fin, en que su madrina se aliviaría. Santa Rita de Casia, abogada de los imposibles, ¿qué no lograría hacer? Si se lo pido, sanará, pensaba. Y mientras tanto no dejaba de cuidarla con abnegación. Durante los meses de su agonía, Alicia aprendió a poner inyecciones, a contemplar sin asco las heridas, a cambiar vendas, a discernir entre los innumerables frascos y saber cuál era el que debía usarse en cada ocasión.

No hay mal que por bien no venga. Este adiestramiento fue el que permitió a Alicia encontrar después un trabajo de enfermera.

Todo sucedió en una forma que Alicia gustaba de calificar como providencial. Su amiga Carmela, que la había acompañado en el duelo y que se preocupaba por su futuro (además de estar muy relacionada en sociedad), le habló de un puesto en la Misión de Ayuda a los Indios establecida en Chiapas.

—¿Es cosa de la Iglesia? —exclamó Alicia con una mezcla demasiado confusa de sentimientos como para permitirse analizarla.

—¡No seas tonta! —la contradijo Carmela—. Bien sabes que la Iglesia es pobre. ¡Y en estos tiempos de herejía!

Alicia suspiró como si le hubieran quitado un peso de encima. Siempre temió terminar con un hábito de monja entre los hielos de Alaska.

—Entonces es del Gobierno —dedujo Alicia con aprensión.

—Tampoco. Es asunto privado. Son gentes de buena voluntad, personas de posibles. Lo que se llama los administradores de los bienes de Dios en la tierra.

—Ah, sí, esas señoras tan elegantes que organizan tés de beneficencia y desfiles de modas.

La mirada de Carmela fue fulminante.

—No precisamente ellas, sino sus maridos. Hombres de negocios, de los que se asocian en clubs y se reúnen mensualmente en banquetes. Tienen distintivos. Tú no has de conocer ni siquiera los nombres.

—Entonces han de ser muy exigentes. Y yo no tengo título.

—Eso no es problema. Si hacemos valer algunas influencias... Además tú tienes práctica, que es lo esencial. Y no te preocupes. La Misión está empezando, apenas. Pagan poco, tendrás que conformarte ¿eh? Además lo mandan a uno hasta el fin del diablo. No pueden darse el lujo de ser muy exigentes.

—Sí, claro. ¿Sabes a dónde me mandarían a mí?

—A una clínica en Chiapas. Bueno, una especie de clínica. Además no hay otra. La Misión ha tropezado con muchas dificultades. Parece que la casa es muy pequeña. Y no hay más que un doctor.

—Su esposa y yo nos haremos compañía.

—No sé si es casado —respondió Carmela.

Esta duda disipó todas las objeciones que iba a oponer Alicia al ofrecimiento del empleo. "Que Chiapas está muy lejos y no voy a tener quién vea por mí; que el sueldo es una bicoca..." No importa, se replicaba a sí misma con impaciencia. Hay otras ventajas. Si la hubiesen obligado no habría acertado a enumerarlas. Pero en realidad se soñaba viviendo la gran aventura en la jungla, con un profesionista soltero, apuesto y enamorado. El final no podía ser otro que el matrimonio. Y Alicia, esposa ya del doctor, se afanaba poniendo cortinitas de cretona en las ventanas de la clínica y criando a sus hijos (muchos, todos los que Dios quisiera) en la atmósfera saludable del campo.

Alicia malbarató la herencia de su madrina, se hizo de ropa (vestidos escotados, por aquello del calor, pero decentes) y compró un boleto de autobús. A la estación fue a despedirla Carmela.

—¿Es la primera vez que viene usted a Ciudad Real? —indagó su vecina.

—Sí.

—Tendrá usted familia o intereses por estos rumbos.

—No. Vengo a trabajar.

—¿Con el Gobierno?

Había ya cierta suspicacia en su voz.

—En la Misión de Ayuda a los Indios.

—Ah.

El monosílabo fue pronunciado con un tono sarcástico que Alicia no comprendió. Quiso reanudar la plática, pero su vecina parecía muy ocupada en contar los bultos del equipaje y descendió del autobús sin decirle adiós.

La niebla se había disipado ya, pero el día era desapacible y opaco. Las mujeres cruzaban por la acera embozadas en gruesos chales negros.

—¿Le llevo su maleta, señorita?

El que así se dirigió a Alicia era un niño como de diez años, descalzo y con el pelo hirsuto. Muchos otros se arremolinaron a su alrededor para disputarle el trabajo. Los ahuyentó con golpes y amenazas. Ya vencedor repitió su pregunta. Alicia titubeó un momento, pero no tuvo más remedio que aceptar.

—¿Hay algún hotel no muy caro y que sea decente?

El niño asintió y ambos echaron a andar. La plaza, los portales. El reloj de catedral dio ocho campanadas. A cada momento Alicia tenía que desviarse para no chocar con los indios quienes, agobiados por su carga, andaban de prisa, acezantes. Otros estaban sentados plácidamente en las banquetas, espulgándose o registrando la red de su bastimento. Al pasar junto a uno de ellos el niño le propinó un fuerte coscorrón en la cabeza. Alicia reprimió un grito de alarma;

temía que de aquí resultara un incidente largo y molesto. Pero el indio ni siquiera se volvió a ver quién lo había golpeado y Alicia y el niño continuaron su camino.

—¿Por qué le pegaste? —preguntó ella, al fin.

El niño se rascó la cabeza, con perplejidad.

—Pues... porque sí.

En el ánimo de Alicia luchaban su timidez natural y su natural rectitud. Se atrevió a aconsejar al niño, procurando despojar a sus palabras de toda aspereza, de toda acritud, que no repitiera su hazaña, pues no siempre saldría tan bien librado.

—Alguno te puede contestar... y son hombres mayores, más fuertes que tú...

El niño sonreía socarronamente.

—¿Acaso yo soy indio para que se me igualen?

Habían llegado al hotel. Su apariencia era lúgubre. Un caserón viejo, con las puertas de sus cuartos numeradas toscamente.

Acudió a recibirlos una mujer gorda y pacífica. Alicia le advirtió que su estancia sería breve: sólo el tiempo necesario para descansar y asearse un poco. Si se presentaba así, dijo señalando el traje marchito, el desorden de su pelo, sus superiores se formarían una pésima idea de su persona.

—Vine a trabajar en la Misión de Ayuda a los Indios —concluyó observando el efecto que estas palabras producirían en su interlocutora.

La mujer no dio ninguna señal de desaprobación. Pero a la hora de presentar la cuenta, la cifra había sido alterada.

—Ustedes (dijo a Alicia para contestar a su reclamación) vienen a Ciudad Real a encarecer la vida. Cuando los indios se alzan ya no quieren trabajar de balde en las fincas, ya no quieren vender su mercancía al precio de antes. Los que padecemos somos nosotros. Es justo que ustedes paguen también por el perjuicio que nos causan.

Alicia no entendió el razonamiento, pero el tono autoritario de su huéspeda la había cohibido. Horas más tarde comentaba el incidente con el director de la Misión, un hombre de mediana edad, sin ningún título pero, según la fama, con grandes dotes administrativas.

—Bueno, ya empieza usted a pasar su noviciado, Alicia. En cuanto se enteren de que trabaja usted con nosotros, los propietarios de tiendas y farmacias, los dueños de zapaterías, todos, le cobrarán el doble de lo que valgan sus artículos.

—¿Pero por qué?, la Misión no les hace ningún daño.

—Para esas gentes no hay peor daño que alguien trate a los indios como personas; siempre los han considerado como animales de carga. O cuando llegan a un exceso de humanitarismo, como esclavos.

—¿Y no hay modo de convencerles de que no tienen razón?

—Yo quise hacerlo, al principio. Fue inútil. Porque aquí no se trata de razones sino de intereses; el finquero que se niega a pagar un jornal a sus peones, el farmacéutico que quiere seguir vendiendo aceite guapo y pezuña de la gran bestia... ¿Cómo se puede discutir? Ahora la guerra es declarada y franca. Ya irá usted descubriendo, por propia experiencia, cuántas maneras tienen los coletos...

—¿Los coletos?

—Así le llaman a la gente de Ciudad Real. Pues le decía, cuántas maneras tienen los coletos de hostilizarnos.

—Y nosotros ¿cómo nos podemos defender?

El director se alzó de hombros.

—Eso todavía está por averiguarse.

Alicia escuchó aquellas revelaciones con asombro. Desde ese instante su espíritu, hasta entonces sin arraigo y sin más núcleo alrededor del cual girar que sus preocupaciones personales, pasó a formar parte de un grupo —la Misión— con el que, por lo pronto, se solidarizaba en su lucha contra los coletos.

Alicia se instaló en la casa que la Misión alquilaba para sus empleados. Estaría allí provisionalmente pues su destino era la clínica de Oxchuc. Pero los caminos estaban ahora intransitables por las lluvias. No quedaba más remedio que esperar unos días de canícula, una coyuntura favorable para partir. Mientras tanto Alicia no tenía ninguna tarea obligatoria. Deambulaba por las oficinas cuyo funcionamiento jamás llegó a descifrar. Había legajos de papeles, archiveros, máquinas de escribir, secretarias. Algún timbre sonaba alguna vez perentoriamente. Se suscitaba un pequeño revuelo, cuyas consecuencias jamás eran percibidas, y luego volvía a reinar la calma. Bostezos, miradas impacientes o furtivas al reloj, un crucigrama apasionante, un bordado clandestino. Y al salir todos los empleados sonreían con la satisfacción de haber cumplido su deber.

Alicia procuraba hacerse amable. Pero a sus tímidas insinuaciones las empleadas coletas respondían con esa reticencia astuta de los provincianos. Querían sonsacarle sus secretos, si algunos tenía, para burlarse. Pero ellas jamás soltaban prenda.

Decepcionada, Alicia se iba afuera. En el corredor (de una casa enorme que se construyó con las vagas intenciones de servir de seminario o convento) estaban los indios: amontonados, malolientes e idénticos, aguardando que solucionaran sus asuntos. Líos de tierras con los hacendados, reclamaciones de trabajo con los enganchadores. Hablaban mucho y muy vivamente entre sí. Alicia les sonreía tratando de serles simpática. Pero ellos no comprendían la intención de su gesto.

Acabó por solicitar audiencia con el director. Le remordía la conciencia su inactividad y quería ver si no era posible que la utilizaran en algo. El director sonrió afablemente.

—No se preocupe usted. Ya llegará su turno. Aquí, como no tenemos clínica, una enfermera no puede hacer nada. Lo que necesitamos son abogados.

—Dicen que en Ciudad Real sobran.

—Pero ninguno ha querido colaborar con nosotros. Para ellos significaría una traición a su raza, a su pueblo.

—¿Y por qué no traer uno de México?

—Nuestros recursos son muy limitados. No podemos contratar a un profesionista competente, incluso con cierto prestigio. Tenemos que conformarnos con lo que caiga.

Alicia enrojeció violentamente.

—Señor director, yo...

—No, no quise ofenderla. Yo también soy un improvisado. Claro que tengo experiencias anteriores; he administrado asuntos. Pero lo que aquí sucede es tan distinto... En fin, por lo menos se tiene buena voluntad. Y eso es lo que exige la Asociación que nos refacciona con el dinero.

El director se puso de pie para dar por terminada la entrevista.

—En cuanto a usted, no se preocupe. Váyase a su cuarto y descanse. De los indios tendrá usted que aprender una cosa: que el tiempo no tiene ninguna importancia.

Llovía incesantemente. La mañana iba nublándose poco a poco y al mediodía se desataba un aguacero violento que golpeaba con furia los tejados. En el interior de su cuarto Alicia cepillaba sus ropas, llenas de los hongos verdes que hace brotar la humedad.

—¿Cuándo saldré de aquí?

La imposibilidad de marcharse de Ciudad Real la angustiaba. Un día se sorprendió pensando: "el doctor tampoco puede salir de la clínica". Y desde entonces su angustia fue más honda.

—No se queje usted —le recomendaba Angelina, la secretaria del director—. Es preferible estar aquí que en Oxchuc.

—¿Es un pueblo muy triste?

—Ni a pueblo llega. Dos o tres casas de ladinos y lo demás la indiada. Muchas veces no se consigue ni qué comer.

—¿Y qué hace el doctor? ¿Quién lo atiende?

—¿Salazar? Yo me imagino que ha de estar compatiado con el diablo. Se pasa meses y meses sin buscar un pretexto para venir a Ciudad Real. Y cuando viene ni habla con nadie, ni enamora a las muchachas. Se pone unas borracheras sordas y el resto de su dinero lo gasta en relojes. Dicen que tiene un montón.

Un desengaño amoroso, decidió Alicia. Eso es lo que hace al doctor Salazar tan huraño. La hipótesis la halagaba. Después de una experiencia semejante es cuando un hombre aprecia en lo que valen los buenos sentimientos de una mujer. Y estos buenos sentimientos eran la especialidad de Alicia. A partir de entonces pudo contemplarse en el espejo con menos inquietud.

—¿Y cómo es el doctor Salazar? ¿Guapo?

Angelina quedó pensativa. Nunca se le había ocurrido considerarlo desde ese punto de vista.

—No sé... es... Es titulado.

Para ella, y para todas las solteras de Ciudad Real,. eso era lo más importante. Un buen partido. Al que podían aspirar las ricas, las hijas de los finqueros, de los grandes comerciantes. No una simple mecanógrafa. ¿Para qué iba a perder el tiempo viéndolo con mayor atención?

En junio las lluvias amainaron un poco.

—Los caminos todavía no están secos —dijo el director—. Pero no podemos esperar más. Enviaremos víveres y medicinas a Oxchuc. Ésta es una buena ocasión para que usted se vaya.

Alicia alistó sus maletas con el corazón palpitante de alegría. ¡Por fin! Compró, por su cuenta, varias latas de conservas. Y, para colmo de lujos, una de espárragos. Estaba segura de que le gustarían al doctor.

Partieron a la mañana siguiente, muy de madrugada. Las calles de Ciudad Real estaban casi desiertas. No obstante, los escasos transeúntes se detenían, escandalizados y divertidos, a contemplar el espectáculo de "una mujer que monta como hombre". Alicia se sentía incómoda bajo de esas miradas, pues era la primera vez que se subía a un caballo y estaba, a cada momento, a punto de caer.

Adelante iban los arrieros y la carga. Alicia iba hasta atrás. El caballo comprendió de inmediato que su jinete no ejercía ningún dominio sobre él y se aprovechaba para caminar con desgano, para correr intempestivamente y para estornudar sin motivo.

Alicia iba demudada de espanto. Los arrieros reían, con disimulo, de su ineptitud.

Era apenas el principio. A la planicie inicial comenzaron a suceder los cerros. Escarpados, pedregosos, surcados de veredas inverosímiles. Las bestias resbalaban en las lajas enormes, se desbarrancaban en las laderas flojas. O se atascaban, con el lodo hasta la panza, debatiéndose desesperadamente para avanzar.

Alicia miró su reloj. No habían transcurrido más que dos horas. ¿Cuánto faltaría aún? Preguntó. Cada arriero dio una respuesta diferente.

—Lo que falta es poco y pura planada —dijo uno.

—Puro pedregal, dirás —refutó otro.

—Si acaso son cuatro leguas.

—¡Qué esperanzas! Llegaremos con luna.

Entretanto el camino continuaba desarrollándose, indiferente a todas las predicciones, variando hasta el infinito sus obstáculos, proponiendo cada vez nuevos peligros.

Ya está oscureciendo, observó con sorpresa Alicia. Consultó nuevamente su reloj. Eran las tres de la tarde.

—Es la neblina —explicó un arriero.

—Por estos rumbos siempre está nublado. Dicen que es culpa de Santo Tomás, el patrón de Oxchuc.

—¿Y por qué, vos?

—Es un santo muy reata y muy chingón. Comenzando porque no creía en Nuestro Señor Jesucristo...

—¡Hiju'e la gran flauta!

—¿Yday?

—Pues ahí tienen ustedes que un día Santo Tomás tiró al cielo una piedra, asinota de grande.

—¡Ah, qué fregar! No me vas a decir que el cielo se cayó.

—¿Y qué querías que hiciera? Nuestro Señor Jesucristo no quiso levantarlo. Que le sirva de escarmiento a ese tal por cual, dijo. Que lo levante el que lo haya derrumbado. Y desde entonces Santo Tomás hace la fuerza, todos los días. ¡Pero qué va a poder! Aguanta un poco; y luego el cielo lo vence y se derrumba otra vez. Como si dijéramos, ahorita. Sientan cómo nos está cayendo encima. Es lo que nombramos niebla.

—¿Y no van a encender las lámparas? —indagó con aprensión Alicia.

—No precisan, patrona; los caballos conocen su querencia.

Uno de los arrieros se había quedado con una grave duda teológica.

—Oí vos, ese Nuestro Señor Jesucristo que acabás de mentar, ¿es el mismo que manija San José?

Ninguno se dignó contestarle. Hubo sólo una risa burlona.

El resto del viaje lo hicieron a ciegas. A los terrores ya conocidos, Alicia añadió otros mil imaginarios: abismos, despeñaderos, víboras repentinas. Cada uno de sus músculos estaba crispado. Entonces comenzó a llover.

Llovió toda la noche. La lluvia se filtraba a través de la manga de hule, del sombrero de palma, hasta calar el cuerpo aterido de los viajeros. Alicia gemía sordamente a cada vaivén del caballo, a cada torpe reculón. Las lágrimas tibias, saladas, se mezclaban al agua que le empapaba las mejillas.

—¡No se me raje, patrona, que ya vamos a llegar!

Alicia no creía en estos consuelos. ¿Desde qué horas "ya iban a llegar"? No llegarían nunca, a ninguna parte. Estaban condenados a errar siempre en las tinieblas.

Primero fue una luz amarillenta y vacilante, a mucha distancia. Luego otra y otras más próximas. Oxchuc estaba a la vista.

La inminencia hizo intolerables los últimos kilómetros. Cada paso del caballo debería de ser el último y no lo era. Para soportar el siguiente, el cansancio de Alicia tenía que hacer un esfuerzo sobrehumano.

Salieron de los jacales perros que ladraban su hambre, no su cólera, y alguna ventana se abrió tímidamente. Alicia no pudo ni volver el rostro porque tenía la nuca agarrotada. Empezaron a aparecer algunas precarias construcciones de adobe y de pronto, incongruentemente, estuvieron frente a la mole de una iglesia sólida y de un Palacio Municipal definitivo.

—Allá está la clínica —señaló un arriero.

Por más que se empeñase, Alicia no podía vislumbrar nada entre las sombras. Un rato después todos se detenían frente a una casa, igual en tamaño y forma a las del resto del pueblo. Sólo se distinguían por unas letras enormes las iniciales de la Misión.

—¿Ésta es la clínica? —preguntó Alicia con desaliento.

—Tiene chimenea —alardeó uno de los arrieros.

—Para entrar se necesita la llave. El candado está puesto. Ha de haber salido el doctor.

—¡Ya nos amolamos!

—Hay que ir a buscarlo.

—Que vaya Sabás; ése conoce sus bebederos.

—¡Pero que vaya pronto! —urgió Alicia.

Se llevó la mano a la boca, asustada por el tono perentorio de su voz. Los arrieros no habían reparado en él sino para apresurarse a obedecerla.

Alicia no pudo desmontar sin la ayuda de todos. Estaba paralizada de frío y el terror había impuesto a sus músculos una incoercible rigidez. Casi arrastrándola, los arrieros la arrimaron a la pared de la clínica. Allí se guareció bajo un saledizo de tejas. Acurrucada, para escapar a las salpicaduras de la lluvia y guardar el escaso calor de su cuerpo, Alicia se quedó dormida. No despertó sino hasta que el sol estaba ya bien alto. Alguien le decía, sacudiéndola por los hombros:

—Aquí está ya el doctor, patrona.

Alicia se pasó las manos sobre el rostro, contrariada. ¿Cómo iba a presentarse así, maltrecha y sin arreglar? ¡Dios mío, no era capaz siquiera de ponerse en pie! Hizo un esfuerzo que no la condujo más que a una caída ridícula. Cuando alzó los ojos Alicia vio a un hombre que la observaba con burlona curiosidad.

—¡Con que ésta es la enfermera que vino a sacarme de apuros!

Alicia lo contemplaba ávidamente. ¿Qué edad podía tener este hombre? Era difícil adivinarlo bajo la barba crecida de dos semanas y la lividez que deja una noche de insomnio y alcohol. Su aspecto era tan deplorable como el de la recién llegada.

Salazar debió darse cuenta de que lo estaban examinando porque abruptamente giró sobre sus talones. Empuñaba la llave de la clínica. De espaldas parecía fornido, gracias a la chamarra de cuero con que se cubría.

Alicia le dio alcance en el patio. El doctor estaba contando y revisando los bultos que los arrieros habían traído. Refunfuñaba.

—Como de costumbre, nada de lo que necesitamos. Muestras de laboratorios, sobras de las medicinas que usan los ricos. Sedantes nerviosos, naturalmente. Ni una vitamina, ni un antibiótico. ¡Me lleva el carajo!

Alicia emitió un ¡oh! levísimo. Salazar no iba a tomarse la molestia de pedirle disculpas. La miró con severidad.

—Por lo menos sabrá cocinar. Estoy hasta el copete de estas inmundas latas de sardina.

—Sí, doctor. También traje algunas provisiones —exclamó Alicia encantada de demostrar sus habilidades—. . . pero vengo tan sucia que antes que nada quisiera tomar un baño.

—¿Un baño? —repitió Salazar como si acabaran de pedirle peras a un olmo. Luego hizo un ademán de indiferencia—. Si quiere ir al río tendrá que caminar una legua. Y a pie. Además, le prevengo que a estas horas el agua está helada.

Los arrieros soltaron la risa. Trémula de humillación, Alicia tuvo que conformarse con remojar una toalla y pasársela sobre la cara. Se cambió los pantalones llenos de lodo por un vestido arrugado y con este atuendo hizo su primera incursión en la cocina.

Si sus guisos fueron del gusto del doctor nunca lo supo. Contaba con muy escasos medios y hacía prodigios para darles un sabor variado y una presentación aceptable. Pero Salazar comía en silencio, con un periódico viejo desplegado siempre frente a sí.

—¿Qué es lo que lee usted? —se atrevió a preguntarle una vez Alicia.

—Las noticias del mundo —condescendió a responder Salazar, como se responde a los niños o a los imbéciles.

—Pero lo que dice allí sucedió hace mucho tiempo.

—Entonces ya no será noticia, sino historia. Además, ¿qué tiene que ver el tiempo? Nada cambia. Todo sigue siempre igual.

Alicia recogió los platos. En una artesa de lámina fue lavándolos, uno a uno, produciendo un ruido deliberado y pertinaz.

—Cuando usted disponga, doctor, estoy lista para ayudarle en el consultorio —anunció Alicia unos días después.

Salazar levantó los ojos, molesto por la interrupción.

—¿Qué ya no hay nada qué hacer en la casa?

Alicia no se sentía mortificada por estar desempeñando los menesteres de una sirvienta. Pero estaba segura de que la reclamaban otras tareas más importantes.

—Conseguí que viniera a ayudarme una muchachita. Está

todo en orden. Lo que no hemos logrado es que funcione la chimenea. Y con este frío...

—La chimenea es un adorno. El tiro no sirve.

Alicia no se sorprendió. ¿Qué otra cosa podía esperarse? Pero no se trataba de esto. Entrelazó las manos, como en espera de instrucciones. Salazar percibió la expectativa y para romperla insistió:

—Así que no hay nada pendiente...

—Salvo su cuarto, doctor; como usted lo deja con llave cada vez que sale...

—No me gusta que nadie fisgonee en mis cosas.

Alicia lo había hecho, sin escrúpulo y sin resultados, desde el principio de su estancia en Oxchuc. Lo único que encontró fue un revoltijo de papeles garabateados, ropa sucia (algunas prendas de mujer, muy corrientes) y la fabulosa caja llena de relojes de todas marcas y formas.

—Un día que yo pueda vigilarla ya entrará usted a barrer mi recámara. Ahora no es posible. Voy a salir.

—Vinieron a buscarlo, doctor. Hay unas personas que quieren consulta.

—Ya no es hora. La clínica se abre de las diez de la mañana a las dos de la tarde. Ni antes ni después se atiende a nadie.

—Son unas pobres gentes. Dicen que vinieron de muy lejos; traen a su enfermo en parihuela. Les di lugar en el corredor.

—¡Pues hizo usted muy mal! Van a llenarnos de piojos y quién sabe de qué otros bichos. Desalójelos usted cuanto antes de allí.

—Pero doctor —protestó Alicia, desconcertada— no entiendo...

—Pues si no entiende limítese a obedecer. Y se lo advierto desde hoy: no tome ninguna medida sin mi consentimiento. El único responsable de la clínica soy yo.

—Está bien, doctor. Pero ahora ¿va usted a dejar que esos que están esperándolo se marchen así?

El doctor dio un golpe con el periódico sobre la mesa.

—¿Qué quiere usted? ¿Que yo vea al enfermo? ¿Para qué? ¿Para pulsear las vueltas de su sangre? La remesa de medicinas que me enviaron ya se acabó. No tengo nada que darle. ¿Comprende usted? Nada.

—Por lo menos hable usted con ellos. Se regresarían más conformes si usted les dijera una palabra.

—Una palabra que esos indios no entienden; una palabra que me desprestigiaría a mí y de paso a la Misión, porque sería falsa. Si me callo le parezco injusto a usted, lo que a fin de cuentas me viene muy guango. Si hablo pierdo la confianza de ellos. Y la necesito. Usted no los conoce. A pesar de sus modos humildes no vienen aquí a pedir un favor. Vienen a exigir milagros. No nos consideran hombres, iguales que ellos. Quieren adorarnos como a dioses. O destruirnos como a demonios.

Alicia no entendía estos razonamientos. Era ignorante; no había hecho una carrera ni tenía los años de experiencia del doctor en Oxchuc.

—Él es hombre —se decía—. Sabe lo que hace, yo no tengo ningún derecho para criticarlo.

Pero no lograba disipar esa desazón que la invadía cada vez que pensaba en la conducta de Salazar.

Diciembre vino con su frío intolerable. Tiritando, Alicia se refugiaba junto a la chimenea inservible. Desde algún tiempo atrás el doctor había abandonado su periódico y se acercaba a conversar. Hablaba con animación, haciendo grandes ademanes. Alicia seguía con dificultad sus historias. Eran confusas pero se referían siempre al mismo hecho: una huelga estudiantil de la que Salazar conservaba aún cicatrices, pues la policía la había disuelto violentamente. Luego, para borrar el mal sabor de este recuerdo, evocaba los partidos de futbol contra el equipo de la Universidad.

—Los del Politécnico peleábamos con fibra; se trataba de ganarles porque eran los niños bien, los ricos. Eso bastaba para que los creyéramos culpables de todo lo malo que sucedía en el mundo. ¡Qué fácil! En cambio ahora...

—¿Qué pasa ahora? —preguntó Alicia. Porque el doctor no parecía dispuesto a continuar.

—Ahora ya conozco a los pobres.

Hizo una pequeña pausa. La expresión de su rostro era la de una crueldad divertida.

—¡Qué estupidez! Durante años creí que yo era uno de ellos. Y tuve que venir a Chiapas, a Oxchuc, para darme cuenta de que ni siquiera tenía la menor idea de lo que era un pobre. Y ahora puedo decir que lo que he visto no me gusta.

Alicia no comprendía esta manera de juzgarlos. Nunca se le ocurrió considerar a los pobres como algo que se rechaza o se aprueba por las molestias que causan. Los asociaba siempre a la caridad, a la limosna, a la compasión. Estaba irritada.

—¿Por qué?

—Los ricos nos explotan, abusan de nosotros. Correcto. Pero nos dejan la posibilidad, o mejor dicho, nos obligan a defendernos. En cambio, los pobres piden, piden sin descanso. Quieren pan, dinero, atención, sacrificios. Se nos paran enfrente con su miseria y nos convierten en culpables a nosotros.

Salazar guardó silencio durante unos instantes. Parecía estar descubriendo algo.

—¿No será que yo también me he vuelto rico?

Alicia sonrió.

—Perdóneme usted, pero no se le nota.

—Digo, por dentro. De estudiante vivía con las becas del Gobierno. Dormía donde me agarraba la noche. Comía cuando alguno me invitaba. Juzgaba siempre, condenaba siempre a los demás. En cambio ahora tengo un alojamiento, no muy cómodo, pero seguro. Un puesto, no muy elevado, pero digno. Gano un sueldo. Ahorro. Me compro cosas. Usted va a ver la colección de relojes que tengo.

—¿Para qué le sirven aquí, donde el tiempo no cuenta?

—Ahí está la clave, precisamente. Cuando uno puede comprar algo perfectamente inútil es que ya es rico.

Comenzó a pasearse, a grandes zancadas. Alicia lo miraba ir y venir y se acordaba que junto a la colección de relojes estaba el revoltijo de papeles y la ropa sucia y corriente de mujer. Es de su querida, le contó la muchachita que la ayudaba con el quehacer. ¡Qué asco!

—Esto complica las cosas. A veces me cuesta trabajo distinguir entre lo que está bien y lo que está mal. Y aquí, ya usted lo irá comprobando, los asuntos no están claros. Nada claros. Haga uno lo que haga siempre se equivoca.

Alicia se equivocaba. Salazar no respondía nunca a sus previsiones. Cuando ya, definitivamente, había resuelto que el doctor era un hombre a quien su profesión no le importaba un comino, lo vio entrar, exultante de alegría.

—¡Buenas noticias, criatura! Acabo de recibir de Ciudad Real una caja llena de vacunas. Ahora sí, que nos echen las epidemias, que ya tenemos con qué hacerles frente.

Alicia sonrió de mala gana. Le era difícil recuperar su entusiasmo de los primeros días.

—Saldremos de gira con un intérprete y un ayudante. Usted nos acompañará; la presencia de una mujer quita muchos recelos. Iremos de paraje en paraje; no quedará un solo niño expuesto a la tos ferina, ni a la difteria, ni al tétanos.

La comitiva salió temprano a la mañana siguiente. Los caminos eran arduos y avanzaron con lentitud entre las piedras y los lodazales. Al mediodía llegaron a un paraje que se llamaba Pawinal.

Eran unos treinta jacales diseminados en un lomerío. Al ver llegar a los extraños la gente de Pawinal corrió a encerrarse.

—¿Por qué se esconden? —preguntó Alicia.

—Tienen miedo; sus brujos les han aconsejado que no nos reciban. Y también el cura de Oxchuc.

—¿Por qué?

—Por diferentes razones; los brujos no toleran la competencia. También curamos. O si usted lo prefiere, también ayudamos a bien morir.

—¿Y el cura?

—No sabe qué pensar. Primero dijo que éramos protestantes. Ahora dice que somos comunistas.

—¡Es una calumnia!

—¿Usted sabe en qué consiste eso de ser comunista?

—Pues... en realidad no.

—El cura tampoco. Lo dice de buena fe. Supone que representamos un peligro y es natural que quiera defender su rebaño.

Meses antes Alicia habría exclamado: "¡Es increíble!" Pero desde su llegada a Chiapas los límites de su credulidad se habían vuelto muy elásticos.

—¿Qué somos, doctor?

—¿No se lo dijeron antes de venir? Gente de buena voluntad.

—Entonces hay que decírselos.

—¿A quiénes?

—A todos. A estos indios, por lo pronto.

—Es lo que está haciendo, desde que llegamos, el intérprete. Va de casa en casa y les explica que no buscamos ningún provecho para nosotros. Que no vamos a explotarlos, como los demás ladinos. Que nuestro afán es ayudar, librarlos de la amenaza de una enfermedad.

—¡Pero ni siquiera lo escuchan! ¿Por qué echan a correr o le cierran la puerta o se tapan los oídos?

—Porque no entienden de qué les están hablando. ¡Buena voluntad! Probablemente no existan esas palabras en su idioma. Y en cuanto a las enfermedades de que los queremos librar, son posibles, remotas. En cambio, con la vacuna vamos a provocarles un malestar inmediato: calentura y dolor. ¿A nombre de qué tienen que sufrirlo? De un microbio en cuya existencia no pueden creer puesto que jamás lo han visto.

—¿Entonces?

—Entonces vámonos. No tenemos nada que hacer aquí.

Alicia estaba demasiado cansada para discutir. Emprendieron el regreso. El intérprete, un ladino de Oxchuc, iba adelante. Silbaba, como si lo sucedido lo complaciera. Atrás el doctor, reconcentrado en sus meditaciones. El ayudante llevando el cargamento. Y Alicia, triste.

Por la noche, después de haber servido la cena, Alicia vino a sentarse junto al doctor. Necesitaba hablar con él, escuchar sus argumentos, la justificación de sus actos que le eran siempre incomprensibles. Preguntó:

—¿Por qué trabaja usted aquí?

—Puedo darle dos respuestas: una idealista: porque en todas partes se puede servir a los demás. Otra, cínica: porque me pagan.

—¿Cuál es la verdadera?

—Una y otra, según lo quiera usted ver. Yo estudié con muchos trabajos, con muchos sacrificios. Cuando me recibí no tenía más que un título muy modesto: médico rural. Con eso no podía abrir un consultorio ni en el pueblo más infeliz. Mi familia se angustiaba. ¡Era yo su única esperanza, desde hacía tantos años! Había que darse prisa para demostrarles que yo no era un estafador. Entonces supe que una asociación, o grupo de gentes de buena voluntad, como les gusta llamarse, planeaba enviar un médico a una clínica de Chiapas. Era mi oportunidad.

—¿Y desde el principio estuvo usted aquí, en Oxchuc?

—Hasta ahora no hay otra clínica.

—¿Qué esperaba usted hacer?

—Prodigios. Para los demás, las manos llenas de favores. Para mí, la recompensa merecida: la fama, el dinero.

Alicia se puso de pie, avergonzada. Pensó en sus propios motivos: el sueldo también, la esperanza de casarse. ¡Qué ridiculez! ¿Con qué derecho podía juzgar al otro?

—Hay una gran diferencia entre lo que se espera y lo que se obtiene, ¿verdad?

—Si fuéramos honrados, renunciaríamos.

—¿Por qué?

—Porque esto es para volver loco a cualquiera. ¡Una clínica que no tiene medicinas, un médico al que le cierran la puerta los enfermos, hasta una chimenea que no funciona! ¡Es una burla, doctor, y yo no voy a soportarla más! ¡Yo quiero irme de aquí!

—Calma, Sarah Bernhardt. De nada sirve exaltarse. Lo mejor es analizar la situación. Esto no marcha, de acuerdo. Pero debe existir alguna causa, la base debe de estar mal planteada. Si damos con el error podemos solucionarlo todo.

Alicia abrió unos ojos anchos de esperanza. El doctor tuvo una sonrisa maligna.

—Pero mientras tanto podemos disfrutar de todas nuestras ventajas: un sueldo seguro, casa, comida. Y tiempo de sobra. ¿Qué le divierte? A muchas mujeres les gusta tejer; otras leen novelas cursis o simplemente se aburren. En ninguna parte la vida le será tan fácil como aquí.

—Ya lo sé. Siempre habría alguien para vigilarme y para hacer que, si yo no cumplo con mis obligaciones, me despidieran inmediatamente.

—Supongo que lo que usted ha dicho es una alusión. Pero no tengo por qué darle explicaciones de mi conducta, puesto que usted no es más que una subordinada. Sin embargo, voy a tranquilizar su conciencia sensible. Ni usted ni yo estamos defraudando a nadie. No nos enviaron aquí para que hiciéramos milagros: la multiplicación de las medicinas, la luz en el cerebro de los ignorantes. Nos enviaron para que aguantáramos el frío, la soledad y el desamparo. Para que compartiéramos la miseria de los indios, o para que la presenciáramos, ya que no podemos remediarla. Basta con que hagamos esto, a conciencia, para desquitar el sueldo que nos pagan. ¡Y por Dios, yo le juro que no nos pagan bastante!

La luz de la lámpara se debilitaba. Dos lágrimas incoloras rodaron sobre las mejillas de Alicia. El doctor se puso de pie.

—Con lo cual se levanta la sesión. Si quiere usted tomar algún calmante los hay de sobra en el botiquín.

Alicia quedó sentada, todavía un rato más, casi a oscuras. Luego atravesó lentamente el patio, bajo la llovizna. Recostada en su catre pensaba que lo había echado todo a perder. ¿Por qué no podía callarse? ¿Qué estaba defendiendo? Los ojos de Alicia, ya secos, se abrieron desmesuradamente en la oscuridad. Tuvo miedo. Deseaba huir, estar en otra parte. En un mundo limpio, con caminos fáciles y donde la gente fuera alegre y sana y hablara español. Esa noche soñó la casa de su infancia.

Las jornadas se sucedían, monótonas. A veces el doctor llamaba a Alicia para alguna curación. Ella lo asistía, temblando de timidez, apresurándose a cumplir —¡y cuántas veces equivocadamente!— sus órdenes. Pero bajo la mirada irónica de Salazar estos actos perdían su sentido, se convertían en una rutina absurda.

Una noche, ya muy tarde, vinieron a llamar a la puerta. Alicia despertó sobresaltada y, contraviniendo las indicaciones expresas del doctor, fue a abrir.

Eran dos indios; la fatiga entrecortaba sus palabras. No obstante eso, y la torpeza con que se servían del castellano, Alicia pudo entender que traían consigo a una mujer moribunda por un parto difícil. Alicia los hizo entrar. A la luz de la vela se veía el rostro demacrado de la enferma. Entre todos la acomodaron en el catre de Alicia. Luego ella corrió a la cocina y puso a hervir una olla con agua.

—¿Qué escándalo es éste?

Era el doctor (todavía con su ropa de dormir), quien indagaba desde el umbral.

Alicia se aproximó a él, suplicante.

—Es un caso de emergencia, doctor. No pude negarles la entrada.

—¿Algún herido?

—Una parturienta.

—¡Qué extraño! Ése es menester del brujo, de la comadrona. El médico no les sirve más que para accidentes.

Pero mientras hacía tales comentarios, Salazar no permanecía inactivo. Estaba ya en su cuarto, vistiéndose, y luego en el consultorio desinfectando el instrumental que usaría. Alicia no tuvo que azuzarlo. Toda la noche el médico veló a la enferma con una solicitud que Alicia se regocijó en atribuir a sus conversaciones. Al amanecer un varoncito reposaba junto a su madre, envuelto en pañales improvisados.

Salazar fue a la cocina a pedir una taza de café negro.

—Esa mujer le debe la vida, doctor. Y si no lo nombran padrino de la criatura es que son unos ingratos.

—No me hacen falta ahijados —protestó Salazar. Pero los ojos de Alicia descubrían la satisfacción oculta entre los ademanes hoscos.

—Lo único que quiero es dormir. Que no me despierten más que si es muy urgente.

—Vaya tranquilo, doctor.

Alicia recomendó silencio a todos. El marido y el suegro de la enferma andaban de puntillas por la clínica. La mujer reposaba abrazando a su hijo. Alicia se acostó en el diván del consultorio. Así transcurrieron muchas horas.

Cuando Salazar despertó fue a revisar a la enferma y al recién nacido. Todo estaba en orden. Tanto que su presencia no era indispensable en la clínica. Así es que había decidido ir a la tertulia del secretario municipal. Si algo se ofrecía allí era posible localizarlo.

—¡Tertulia! —pensó para sí Alicia. Cantina. De esas parrandas Salazar no volvía pronto. Pero, en fin. Había que confiar en que no sería necesario llamarlo.

Alicia preparó durante el día los alimentos de la enferma que estaba demasiado débil por la hemorragia que había sufrido. La india comía con timidez y como para no hacer el desaire. Pero no tenía apetito sino sueño. Volvió a dormir profundamente, sin darse cuenta de que anochecía. Al amanecer la despertó, intempestivamente, el llanto de su hijo.

Procuró calmarlo dándole el pecho. El recién nacido lo chupó desesperadamente algunos minutos y lo soltó para llorar de nuevo. No había logrado extraer ni una gota de leche. La madre miraba a su alrededor sin comprender.

El llanto de la criatura era, al principio, colérico, vigoroso. Pero después fue convirtiéndose en un gemido lastimero. La india se exprimía en vano los pezones.

El marido y el suegro se miraron entre sí con una mirada rápida de entendimiento. Era indudable que esta mujer había sido víctima de algún maleficio. Todas paren con facilidad, todas pueden amamantar a sus crías. ¿Por qué ella no? ¿Acaso era culpable y su desgracia le venía como un castigo?

Después de algunos minutos de dudas y vacilaciones, Alicia envió a la muchachita que la ayudaba en el quehacer a que buscase al doctor. Salazar llegó a la clínica furioso y ligeramente borracho.

—¿Qué sucede aquí? —preguntó al entrar.

—La mujer no tiene leche —dijo Alicia.

—Pues déle alimento artificial. En el botiquín hay biberones y latas de leche condensada.

—Pero es que usted se llevó la llave.

—Está bien, téngala. Saque lo que sea necesario. Vea los precios y cóbrele al padre. Pero cobre usted antes de entregar las cosas porque después ni quién le pague.

Alicia quedó estupefacta. No sabía que la Misión cobraba. Salazar le explicó con impaciencia.

—Es una disposición reciente, dictada por mí. Nada del otro mundo. Una cuota simbólica, nada más. Y ya basta. Yo tengo también derecho a descansar. ¿O no?

Tambaleándose, Salazar se dirigió a su cuarto mientras Alicia hacía las cuentas. El importe del bote de leche y el biberón sumaba diez pesos.

—No tengo dinero —dijo el indio más joven. El viejo lo apoyó con un gesto de asentimiento.

—No importa —empezó a decir Alicia—. Ya me lo darán después...

Lo urgente era aplacar el hambre del niño. Y si no me pagan, se dijo entre sí Alicia —pues de estos indios no hay que fiarse—, pondré el dinero de mi bolsa. No por eso me voy a quedar en la calle.

A sus espaldas sonó la voz de Salazar.

—¿Con que no hay "takín", eh? Ya me estaba yo oliendo la trampa y por eso volví. No hay dinero. Pues anda a tu casa a traerlo. Tu hijo no beberá un trago de nada mientras tú no regreses.

Alicia volvió hacia el doctor unos ojos incrédulos. Pero Salazar, en vez de arrepentirse de su decisión, le arrebató con violencia el bote de leche y la mamila.

—Y en cuanto a usted, señorita enfermera, le prohíbo que entregue estas cosas mientras yo no se lo autorice.

El doctor fue hasta el botiquín y, con ademanes inseguros, guardó los objetos y echó llave. Después se enfrentó al par de indios.

—Yo los conozco desde hace tiempo. A mí no me van a tomar el pelo. El apellido de ustedes es Kuleg, que quiere decir rico.

—Pero no tengo dinero, ajwalil.

—Regístrate bien, desdobla tu cinturón; tal vez guardes un cachuco de Guatemala, tú, viejo. Pagar tres o cuatrocientos pesos al brujo no te duele, ¿verdad?

Los dos indios bajaron la cabeza y repitieron su única frase:

—No tenemos dinero.

Salazar se encogió de hombros y sin añadir una palabra

más se dirigió a su cuarto. Alicia lo alcanzó antes de que cerrara la puerta.

—¡No podemos dejar que esa criatura se muera de hambre!

—¿Acaso depende de nosotros? Allí tiene usted al flamante padre, al abuelo. Son ellos quienes tienen la obligación de alimentarlo.

—Pero si no tienen dinero.

—¡Mentira! Sí tienen. Yo lo sé positivamente. El viejo es dueño de una milpa y de algunas ovejas. El joven podría engancharse para las fincas de la costa y pedir un anticipo.

—¡Y mientras tanto el niño se muere!

Los gritos habían cesado. Alicia hizo una mueca de alarma. Salazar sonrió.

—No es tan fácil morir, como usted supone. Se ha quedado dormido, seguramente. Pero si así no fuera ¿por qué asustarse? Si ese niño muere hoy se habrá evitado treinta o cuarenta años de sufrimiento. Para venir a acabar en una borrachera o consumido por las fiebres. ¿Cree usted que vale la pena salvarlo?

—¡No me importa! Y usted no tiene ningún derecho a decidir. Su obligación...

—¿Cuál es mi obligación? Suponga usted que le regalo un bote de leche a Kuleg. Bastaría para algún tiempo, tres o cuatro días a lo sumo. Entonces sería necesario darle más. Los conozco, Alicia, son abusivos, como todos los indios, como todos los pobres. Y la clínica apenas puede sostenerse. No puede darse el lujo de criar niños.

—Doctor, se lo ruego...

Alicia no escuchaba los argumentos del otro. Sólo quería correr hasta donde estaba el recién nacido y ponerle en la boca una mamila llena de leche caliente.

—¡Qué buen ejemplo daríamos! Hoy es Kuleg el que nos ve la cara ¡porque tiene dinero, yo lo sé positivamente! Mañana será otro. Y cuando terminemos de repartir las medicinas ¿qué? No tendremos ni un centavo para comprar otras nuevas. Pero además nos habremos quedado sin un cliente. Porque lo que se recibe sin pagar no se estima. ¡El brujo puede más que nosotros puesto que cuesta más!

Alicia se tapó los oídos. Precipitadamente se apartó de Salazar. En el patio encontró a los dos Kuleg sentados, fumando. Se acercó al joven.

—Yo te voy a facilitar el dinero; pero no se lo digas a nadie y corre a entregárselo al doctor. Apúrate, antes de que sea demasiado tarde.

Alicia se había arrodillado y hablaba de prisa. Sacó unas monedas que los dos indios contemplaron sin hacer el menor ademán para apropiárselas.

—El pukuj se está comiendo a mi hijo.

Esta explicación, tan sencilla, hacía superflua toda acción. Alicia se volvió, suplicante, al anciano. Pero él también la miraba con una fijeza estúpida que las palabras extranjeras, que los gestos incoherentes, no alcanzaban a penetrar.

Alicia se puso de pie con desaliento y fue a su cuarto. La enferma estaba sentada en la orilla del catre y se trenzaba el cabello. Su semblante estaba pálido aún, pero no había en él ningún signo de ansiedad. El niño dormía chupándose la mano entera.

Alicia empezó a hablar apresuradamente. Sacudía a la india por los hombros, como para despertarla. Ella no protestaba y a todo asentía con docilidad. No entendía lo que estaban pidiéndole. Pero se reservaba para obedecer sólo a su marido.

Alicia abandonó el cuarto y fue al consultorio. Estuvo forcejeando largo rato con la puerta del botiquín, pero la cerradura no cedió. Y no tenía fuerzas para romperla.

Agotada por la noche de insomnio y por los acontecimientos que presenciaba sin poder remediar, Alicia se sentó en el suelo, bajo un alero del patio. Así pasaron las horas. A veces rompía el silencio el llanto ronco del niño. Luego todo volvía a quedar en paz.

Al anochecer abandonaron la clínica el anciano, su hijo y la mujer con un pequeño cadáver entre sus brazos. Salazar no había despertado aún.

Cuando despertó, Alicia estaba haciendo sus maletas. Bostezando, absorto en algún pensamiento, Salazar no comentó nada de lo que había sucedido.

—Yo se lo he dicho muchas veces al director de la Misión: no basta poner paños calientes sobre una llaga. Hay que arrancar el mal de raíz. ¿Se acuerda de lo que usted y yo comentábamos la otra noche? Hay que saber cuál es el verdadero problema. Y yo ya me he dado cuenta, por fin. El verdadero problema es educar a los indios. Hay que enseñarles que el médico y la clínica son una necesidad. Ellos ya saben que las necesidades cuestan; si se lo regalamos todo, no aprecian lo que reciben. Son muy llevados por mal. Yo los conozco, vaya si no. He vivido años entre ellos. Solo, como un perro. Sin con quién hablar. Y con miedo. Miedo de la venganza de los brujos, de los despechados porque su enfermo no se salvó. ¿Cómo quieren que se salve? Lo traen cuando ya está desahuciado. No hay gratitud. El mérito siempre lo tiene otro: el santo, el brujo. Pero son cobardes, no saben matar más que a traición. No dan la cara nunca, no lo ven a uno a los ojos. Y sin con quién hablar. Los ladinos de Oxchuc son unos intrigantes, unos envidiosos. También hay que cuidarse de ellos, porque cualquier día me ponen un cuatro. Se necesitan riñones para aguantar esto. Antes de que usted viniera yo mismo me hacía la comida, porque tenía miedo de que me envenenaran. No es justo. Se estudia una carrera, se quema uno las pestañas durante años. No hay diversiones, no hay mujeres, no hay nada. Y la familia sacrificándose para que uno tenga su título. Ya vendrá la compensación. Y luego lo mandan a uno a refundirse aquí. Claro que yo podría irme, en el momento en que se me antoje. Soy muy buen médico, en cualquier parte encontraría un empleo mejor... Me convendría. Yo necesito ver gente, necesito encontrar alguno a quien decirle, a quien explicarle... Porque yo he descubierto algo, algo muy importante. La buena voluntad no basta; lo esencial es la educación, la educación. Estos indios no entienden nada y alguien tiene que empezar a enseñarles... Luego llega usted, con sus remilgos y sus modos de monja y cree que es muy fácil despreciarme porque me emborracho de vez en cuando y porque ha averiguado usted que tengo una querida y porque...

Alicia no contestó. Los sollozos le apretaban la garganta.

—A veces les doy cuerda a todos los relojes juntos. Es bonito oírlos caminar. No paran, nada para nunca.

De pronto Salazar se acercó y tomó a Alicia por los hombros.

—¿Qué cree usted que vale más? ¿La vida de ese muchachito o la de todos los otros? Kuleg les contará lo que ha pasado. Le dimos una lección ¡y qué lección! Ahora los indios habrán aprendido que con la clínica de Oxchuc no se juega. Empezarán a venir ¡vaya que sí! y con el dinero por delante. Podremos comprar medicinas, montones de medicinas...

Salazar gesticulaba. Alicia se apartó de él y cuando terminó de guardar su ropa cerró la maleta. Afuera llovía.

EL DON RECHAZADO

ANTES que nada tengo que presentarme: mi nombre es José Antonio Romero y soy antropólogo. Sí, la antropología es una carrera en cierto modo reciente dentro de la Universidad. Los primeros maestros tuvieron que improvisarse y en la confusión hubo oportunidad para que se colaran algunos elementos indeseables, pero se han ido eliminando poco a poco. Ahora, los nuevos estamos luchando por dar a nuestra Escuela un nivel digno. Incluso hemos llevado la batalla hasta el Senado de la República, cuando se discutió el asunto de la Ley de Profesiones.

Pero me estoy apartando del tema; no era eso lo que yo le quería contar, sino un incidente muy curioso que me ocurrió en Ciudad Real, donde trabajo.

Como usted sabe, en Ciudad Real hay una Misión de Ayuda a los Indios. Fue fundada y se sostuvo, al principio, gracias a las contribuciones de particulares; pero ha pasado a manos del Gobierno.

Allí, entre los muchos técnicos, yo soy uno más y mis atribuciones son muy variadas. Lo mismo sirvo, como dice el refrán, para un barrido que para un fregado. Llevo al cabo tareas de investigador, intervengo en los conflictos entre pueblos, hasta he fungido como componedor de matrimonios. Naturalmente que no puedo estar sentado en mi oficina esperando a que lleguen a buscarme. Tengo que salir, tomar la delantera a los problemas. En estas condiciones me es indispensable un vehículo. ¡Dios santo, lo que me costó conseguir uno! Todos, los médicos, los maestros, los ingenieros, pedían lo mismo que yo. Total, fuimos arreglándonoslas de algún modo. Ahora yo tengo, al menos unos días a la semana, un jeep a mi disposición.

Hemos acabado por entendernos bien el jeep y yo; le conozco las mañas y ya sé hasta dónde puede dar de sí. He descubierto que funciona mejor en carretera (bueno, en lo que en Chiapas llamamos carretera) que en la ciudad.

Porque allí el tráfico es un desorden; no hay señales o están equivocadas y nadie las obedece. Los coletos andan a media calle, muy quitados de la pena, platicando y riéndose como si las banquetas no existieran. ¿Tocar el claxon? Si le gusta perder el tiempo puede usted hacerlo. Pero el peatón ni siquiera se volverá a ver qué pasa y menos todavía dejarle libre el camino.

Pero el otro día me sucedió un detalle muy curioso, que es el que le quiero contar. Venía yo de regreso del paraje de Navenchauc e iba yo con el jeep por la Calle Real de Guadalupe, que es donde se hace el comercio entre los indios y los ladinos; no podía yo avanzar a más de diez kilómetros por hora, en medio de aquellas aglomeraciones y de la gente que se solaza regateando o que se tambalea, cargada de grandes bultos de mercancía. Le dije diez kilómetros, pero a veces el velocímetro ni siquiera marcaba.

A mí me había puesto de mal humor esa lentitud, aunque no anduviese con apuro, ni mucho menos. De repente sale corriendo, no sé de dónde, una indita como de doce años y de plano se echa encima del jeep. Yo alcancé a frenar y no le di más que un empujón muy leve con la defensa. Pero me bajé hecho una furia y soltando improperios. No le voy a ocultar nada, aunque me avergüence. Yo no tengo costumbre de hacerlo, pero aquella vez solté tantas groserías como cualquier ladino de Ciudad Real.

La muchachita me escuchaba gimoteando y restregándose hipócritamente los ojos, donde no había ni rastro de una lágrima. Me compadecí de ella y, a pesar de todas mis convicciones contra la mendicidad y de la ineficacia de los actos aislados, y a pesar de que aborrezco el sentimentalismo, saqué una moneda, entre las burlas de los mirones que se habían amontonado a nuestro alrededor.

La muchachita no quiso aceptar la limosna pero me agarró de la manga y trataba de llevarme a un lugar que yo no podía comprender. Los mirones, naturalmente, se reían y decían frases de doble sentido, pero yo no les hice caso y me fui tras ella.

No vaya usted a interpretarme mal. Ni por un momento pensé que se tratara de una aventura, porque en ese caso no me habría interesado. Soy joven, estoy soltero y a veces la necesidad de hembra atosiga en estos pueblos infelices. Pero trabajo en una institución y hay algo que se llama ética profesional que yo respeto mucho. Y además ¿para qué nos andamos con cuentos? Mis gustos son un poco más exigentes.

Total, que llegamos a una de las calles que desembocan a

la de Guadalupe y allí me voy encontrando a una mujer, india también, tirada en el suelo, aparentemente sin conocimiento y con un recién nacido entre los brazos.

La muchachita me la señalaba y me decía quién sabe cuántas cosas en su dialecto. Por desgracia, yo no lo he aprendido aún porque, aparte de que mi especialidad no es la lingüística sino la antropología social, llevo poco tiempo todavía en Chiapas. Así es que me quedé en ayunas.

Al inclinarme hacia la mujer tuve que reprimir el impulso de taparme la nariz con un pañuelo. Despedía un olor que no sé cómo describirle: muy fuerte, muy concentrado, muy desagradable. No era sólo el olor de la suciedad, aunque la mujer estuviese muy sucia y el sudor impregnara la lana de su chamarro. Era algo más íntimo, más... ¿cómo le diría yo? Más orgánico.

Automáticamente (yo no tengo de la medicina más nociones que las que tiene todo el mundo) le tomé el pulso. Y me alarmó su violencia, su palpitar caótico. A juzgar por él, la mujer estaba muy grave. Ya no dudé más. Fui por el jeep para transportarla a la clínica de la Misión.

La muchachita no se apartó de nosotros ni un momento; se hizo cargo del recién nacido, que lloraba desesperadamente, y cuidó de que la enferma fuera si no cómoda, por lo menos segura, en la parte de atrás del jeep.

Mi llegada a la Misión causó el revuelo que usted debe suponer; todos corrieron a averiguar qué sucedía y tuvieron que aguantarse su curiosidad, porque yo no pude informarles más de lo que le he contado a usted.

Después de reconocerla, el médico de la clínica dijo que la mujer tenía fiebre puerperal. ¡Hágame usted favor! Su hijo había nacido en quién sabe qué condiciones de falta de higiene y ahora ella estaba pagándolo con una infección que la tenía a las puertas de la muerte.

Tomé el asunto muy a pecho. En esos días gozaba de una especie de vacaciones y decidí dedicárselas a quienes habían recurrido a mí en un momento de apuro.

Cuando se agotaron los antibióticos de la farmacia de la Misión, para no entretenerme en papeleos, fui yo mismo a comprarlos a Ciudad Real y lo que no pude conseguir allí fui a traerlo hasta Tuxtla. ¿Que con cuál dinero? De mi propio peculio. Se lo digo, no para que me haga usted un elogio que no me interesa, sino porque me comprometí a no ocultarle nada. ¿Y por qué había usted de elogiarme? Gano bien, soy soltero y en estos pueblos no hay mucho en qué gastar. Tengo mis ahorros. Y quería yo que aquella mujer sanara.

Mientras la penicilina surtía sus efectos, la muchachita se paseaba por los corredores de la clínica con la criatura en brazos. No paraba de berrear, el condenado. Y no era para menos con el hambre. Se le dio alimento artificial y las esposas de algunos empleados de la Misión (buenas señoras, si se les toca la fibra sensible) proveyeron de pañales y talco y todas esas cosas al escuincle.

Poco a poco, los que vivíamos en la Misión nos fuimos encariñando con aquella familia. De sus desgracias nos enteramos pormenorizadamente, merced a una criada que hizo la traductora del tzeltal al español, porque el lingüista andaba de gira por aquellas fechas.

Resulta que la enferma, que se llamaba Manuela, había quedado viuda en los primeros meses del embarazo. El dueño de las tierras que alquilaba su difunto marido le hizo las cuentas del Gran Capitán. Según él, había hecho compromisos que el peón no acabó de solventar: préstamos en efectivo y en especie, adelantos, una maraña que ahora la viuda tenía la obligación de desenredar.

Manuela huyó de allí y fue a arrimarse con gente de su familia. Pero el embarazo le hacía difícil trabajar en la milpa. Además, las cosechas habían sido insuficientes durante los últimos años y en todos los parajes se estaba resintiendo la escasez.

¿Qué salida le quedaba a la pobre? No se le ocurrió más que bajar a Ciudad Real y ver si podía colocarse como criada. Piénselo usted un momento: ¡Manuela criada! Una mujer que no sabía cocinar más que frijoles, que no era capaz de hacer un mandado, que no entendía siquiera el español. Y de sobornal, la criatura por nacer.

Al fin de las cansadas, Manuela consiguió acomodo en un mesón para arrieros que regenteaba una tal doña Prájeda, con fama en todo el barrio de que hacía reventar, a fuerza de trabajo, a quienes tenían la desgracia de servirla.

Pues allí fue a caer mi dichosa Manuela. Como su embarazo iba ya muy adelantado, acabalaba el quehacer con la ayuda de su hija mayor, Marta, muchachita muy lista y con mucho despejo natural.

De algún modo se las agenciaron las dos para dar gusto a la patrona quien, según supe después, le tenía echado el ojo a Marta para venderla al primero que se la solicitara.

Por más que ahora lo niegue, doña Prájeda no podía ignorar en qué estado recibía a Manuela. Pero cuando llegó la hora del parto, se hizo de nuevas, armó el gran borlote, dijo que su mesón no era un asilo y tomó las providencias para llevar a su sirvienta al Hospital Civil.

La pobre Manuela lloraba a lágrima viva. Hágase usted cargo; en su imaginación quién sabe qué había urdido que era un hospital. Una especie de cárcel, un lugar de penitencia y de castigo. Por fin, a fuerza de ruegos, logró que su patrona se aplacara y consintiera en que la india diera a luz en su casa.

Doña Prájeda es de las que no hacen un favor entero. Para que Manuela no fuera a molestar a nadie con sus gritos, la zurdió en la caballeriza. Allí, entre el estiércol y las moscas, entre quién sabe cuántas porquerías más, la india tuvo su hijo y se consiguió la fiebre con que la recogí.

Apenas aparecieron los primeros síntomas de la enfermedad, la patrona puso el grito en el cielo y, sin tentarse el alma, echó a la calle a toda la familia. Allí podían haber estado, a sol y sereno, si un alma caritativa no se compadece de ellas y le da a Marta el consejo de que recurriera a la Misión, ya que el Hospital Civil aterrorizaba tanto a su madre.

Marta no sabía dónde quedaba la Misión, pero cuando vieron pasar un jeep con nuestro escudo, alguien la empujó para que yo me parara.

Si hacemos a un lado el susto y el regaño, el expediente no les salió mal, porque en la Misión no sólo curamos a Manuela, sino que nos preocupábamos por lo que iba a ser de ella y de sus hijos después de que la dieran de alta en la clínica.

Manuela estaba demasiado débil para trabajar y Marta andaba más bien en edad de aprender. ¿Por qué no meterla en el Internado de la Misión? Allí les enseñan oficios, rudimentos de lectura y escritura, hábitos y necesidades de gente civilizada. Y después del aprendizaje, pueden volver a sus propios pueblos, con un cargo que desempeñar, con un sueldo decente, con una dignidad nueva.

Se lo propusimos a Manuela, creyendo que iba a ver el cielo abierto; pero la india se concretó a apretar más a su hijo contra su pecho. No quiso responder.

Nos extrañó una reacción semejante, pero en las discusiones con los otros antropólogos sacamos en claro que lo que le preocupaba a Manuela era el salario de su hija, un salario con el que contaba para mantenerse.

Ya calculará usted que no era nada del otro mundo; una bicoca y para mí, como para cualquiera, no representaba ningún sacrificio hacer ese desembolso mensual. Fui a proponerle el arreglo a la mujer y le expliqué el asunto, muy claramente, a la intérprete.

—Dice que si le quiere usted comprar a su hija, para que sea su querida, va a pedir un garrafón de trago y dos almudes de maíz. Que en menos no se la da.

Tal vez hubiera sido más práctico aceptar aquellas condiciones, que a Manuela le parecían normales e inocentes porque eran la costumbre de su raza. Pero yo me empeñé en demostrarle, por mí y por la Misión, que nuestros propósitos no eran, como los de cualquier ladino de Ciudad Real, ni envilecerlas ni explotarlas, sino que queríamos dar a su hija una oportunidad para educarse y mejorar su vida. Inútil. Manuela no salía de su cantilena del trago y del maíz, a los que ahora había añadido también, al ver mi insistencia, un almud de frijol.

Opté por dejarla en paz. En la clínica seguían atendiéndola, a ella y a sus hijos, alimentándolos, echándoles DDT en la cabeza, porque les hervía de piojos.

Pero no me resignaba yo a dar el asunto por perdido; me remordía la conciencia ver a una muchachita, tan viva como Marta, criarse a la buena de Dios, ir a parar en quién sabe qué miseria.

Alguien sugirió que el mejor modo de ganarme la confianza de la madre era por el lado de la religión: un compadrazgo es un parentesco espiritual que los indios respetan mucho. El recién nacido no estaba bautizado. ¿Por qué no ir convenciendo, poco a poco, a Manuela, de que me nombrara padrino de su hijo?

Empecé por comprarle juguetes a la criatura: una sonaja, un ámbar para el mal de ojo. Procuraba yo estar presente en el momento en que la enfermera lo bañaba y hasta aprendí a cambiarle los pañales sin causar demasiados estropicios.

Manuela me dejaba hacer, pero no sin inquietud, con un recelo que no lograba disimular tras sus sonrisas. Respiraba tranquila sólo cuando el chiquillo estaba de nuevo en su regazo.

A pesar de todo, yo me hacía ilusiones de que estaba ganando terreno y un día consideré que había llegado el momento de plantear la cuestión del bautizo.

Después de los rodeos indispensables, la intérprete dijo

que aquella criatura no podía seguir viviendo como un animalito, sin nombre, sin un sacramento encima. Yo veía a Manuela asentir dócilmente a nuestras razones y aun reforzarlas con gestos afirmativos y con exclamaciones de ponderación. Creí que el asunto estaba arreglado.

Pero cuando se trató de escoger al padrino Manuela no nos permitió continuar; ella había pensado en eso desde el principio y no valía la pena discutir.

—¿Quién? —preguntó la intérprete.

Yo me aparté unos pasos para permitir a la enferma que hablara con libertad.

—Doña Prájeda —respondió la india en su media lengua.

No pude contenerme y, asido a los barrotes de la cama, la sacudía con un paroxismo de furor.

—¿Doña Prájeda? —repetía yo con incredulidad—. ¿La que te mandó a la caballeriza para que tu hijo naciera entre la inmundicia? ¿La que te echó a la calle cuando más necesidad tenías de su apoyo y su consuelo? ¿La que no se ha parado una sola vez en la Misión para preguntar si viviste o moriste?

—Doña Prájeda es mi patrona —respondió Manuela con seriedad—. No hemos deshecho el trato. Yo no he salido todavía de su poder.

Para no hacerle el cuento largo, la alegata duró horas y no fue posible que Manuela y yo llegáramos a ningún acuerdo. Yo salí de la clínica dándome a todos los demonios y jurando no volver a meterme en lo que no me importaba.

Unos días después, Manuela, ya completamente restablecida, dejó la Misión junto con sus hijos. Volvió a trabajar con doña Prájeda, naturalmente.

A veces me la he encontrado en la calle y me esconde los ojos. Pero no como si tuviera vergüenza o remordimientos. Sino como si temiera recibir algún daño.

¡No, por favor, no llame usted a Manuela ni ingrata, ni abyecta, ni imbécil! No concluya usted, para evitarse responsabilidades, que los indios no tienen remedio. Su actitud es muy comprensible. No distingue un caxlán de otro. Todos parecemos iguales. Cuando uno se le acerca con brutalidad, ya conoce el modo, ya sabe lo que debe hacer. Pero cuando otro es amable y le da sin exigir nada en cambio, no lo entiende. Está fuera del orden que impera en Ciudad Real. Teme que la trampa sea aún más peligrosa y se defiende a su modo: huyendo.

Yo sé todo esto; y sé que si trabajamos duro, los de la Misión y todos los demás, algún día las cosas serán diferentes.

Pero mientras tanto Manuela, Marta... ¿Qué será de ellas? Lo que quiero que usted me diga es ¿si yo, como profesionista, como hombre, incurrí en alguna falta? Debe de haber algo. Algo que yo no les supe dar.

ARTHUR SMITH SALVA SU ALMA

un hombre,
en el mejor sentido de la palabra, bueno

ANTONIO MACHADO

MIENTRAS volaban en helicóptero sobre la sierra (picachos agresivos, despeñaderos, algo diminuto que se movía entre la vegetación), Arthur Smith pensó que el mundo, definitivamente, estaba bien hecho. Por lo menos en lo que se podía contemplar a simple vista, en su parte natural, en su aspecto externo, ganaría uno si apostara que era hermoso. Esas combinaciones de colores que tenía frente a él ahora, por ejemplo. Cada uno de los elementos —azul, verde, morado sombrío— era de una nitidez, de una pureza que, a pesar de su proximidad y aun de su entrecruzamiento, resultaba imposible confundirlos.

La confusión viene de una mirada desatenta y rápida. En cuanto el ojo se detiene puede discernir, puede calificar con exactitud.

Arthur Smith extrajo una libreta de pastas negras y escribió con apresuramiento algunos signos y abreviaturas donde quedaba apuntada su meditación. Podría serle útil más adelante. Este tipo de observaciones tan sencillas, tomadas de las cosas cotidianas, es el que a la gente le gusta y lo que capta.

La gente, para Arthur Smith, era el pueblo, humilde en su ignorancia, a quien el Señor se había dirigido en parábolas. El sentido de ellas, tan diáfano y sin embargo tan multívoco, se revelaba en secreto a cada corazón y aparecía, clarísimo, en cada circunstancia especial. A veces un sentido daba la impresión de contradecir a otro o de restarle validez. Pero esto no era más que consecuencia de la irremediable limitación del intelecto humano ("la razón, soberbia para proclamar sus conquistas, ciega para reconocer sus errores, incapaz de saltar sus barreras", escribió) que encuentra siempre inescrutables los designios de Dios y sus caminos.

El helicóptero, manejado hábil y seguramente (¿y cómo no, si el piloto era norteamericano?), fue perdiendo altura. En el bosque de coníferas se había abierto, de pronto, un gran claro donde podía aterrizar, no sólo un aparato tan pequeño como el que transportaba a Arthur, sino también aviones de gran tamaño y potencia.

Arthur Smith cerró su libreta de pastas negras y la guardó. Le era imposible continuar escribiendo con este bamboleo y con las leves e intermitentes sacudidas con que las ruedas del helicóptero tocaron tierra.

Al finalizar el descenso el piloto se volvió hacia Arthur —el único pasajero— con una sonrisa amplia, de dentífrico recomendable, de chicle con clorofila, que expresaba, a la vez, la satisfacción de la hazaña cumplida y la alegría de haber tenido un espectador.

—Como usted ve no estamos mal instalados aquí —comentó el piloto mirando en torno suyo. Varios hangares amplios —y por lo pronto vacíos— y una pequeña torre de control constituían el panorama inmediato. Detrás había una apretada arboleda de pinos.

De la torre salió, exuberante, a saludar a sus compatriotas, el encargado de los aparatos de radiotransmisión y recepción.

Por una deferencia natural se dirigió primero a Arthur Smith a quien dio un vigoroso apretón de manos y una bienvenida esquemática a nombre del pastor Williams, ausente por deberes inaplazables de su ministerio. Después, la conversación se deslizó, fluida y sabrosa, como si nunca se hubiera interrumpido, hacia el piloto. Ambos hablaban de mecánica, de un cargamento que todos aguardaban con impaciencia y, en un instante en que los dos supusieron que Smith no los escuchaba, de asuntos profanos. El piloto proporcionó una sorpresa muy agradable al radiotécnico al revelarle que en su equipaje había traído una magnífica colección de postales.

Arthur, que procuraba distraerse pateando las piedrecillas del camino, no pudo evitar entender el significado de lo que los otros cuchicheaban. Se ruborizó hasta la raíz de los cabellos, apretó los puños. ¿Cómo era posible que estos hijos de perra. . .? Pero un largo entrenamiento de dominio sobre sus impulsos hizo desaparecer los síntomas de la ira. Después de todo, reflexionó, ese par de hombres que iban delante de él formaban parte del "rebaño de perdición". No habían sido tocados por ninguna gracia, ni señalados para ninguna misión especial. Con su barro se amasó un receptáculo vil. En cambio él, Arthur... suspiró satisfecho: él estaba, por fin, en su sitio y su sitio era de elección. Había llegado a su destino.

Recordó ahora los años de dudas, de postergaciones. "Señor, ¿seré digno de servirte?" Y nunca supo si en esta pregunta había humildad o cobardía.

Lo tentaba el mundo, aquel mundo que los antiguos consideraron peligroso, sin imaginar siquiera los extremos de seducción que alcanzaría. Todos los aparatos para vivir cómoda y fácilmente; todos los instrumentos para proporcionar placer; todos los colores y los ruidos para aturdir. Todo al alcance de la mano de todos. "Obténgalo ahora; páguelo después." Y allí se precipitaban las muchedumbres, con las manos ávidas para asir lo que se pudiera y al precio que fuese. Y cada uno empujando a los demás porque quería llegar primero, porque necesitaba ser el único. Había que apartarse del montón, mostrarse original, excéntrico, alcanzar la fama. No importaban los medios. "Yo fui esposa de un presidiario de Sing-Sing." "Yo amaestré un avestruz." "Yo comí doscientas hamburguesas en tres horas."

Fama significaba dinero. Y dinero... ¡Vamos! ¿Quién no sabe lo que significa el dinero? Arthur Smith deseaba ambas cosas, pero de una manera abstracta y pasiva. Si alguien hubiera venido a ofrecérselas no las habría rechazado. Pero conquistarlas, abrirse paso a empujones... No, evidentemente no estaba hecho de la pasta de los pioneros ni de los ejecutivos agresivos. Entonces Arthur se justificaba considerando que el mundo era vanidad de vanidades y que más le valía perderlo, con tal de salvar su alma.

Pero también estas consideraciones eran remotas. Adquirieron consistencia sólo al morir su madre. Aquel cáncer... ¡Dios mío! ¿Habría algo que pudiera borrar el olor repugnante de carne que se pudre con lentitud, con morosidad? Y los alaridos de dolor. ¿Dónde se refugiaba el espíritu, en aquellos pobres cuerpos torturados por la enfermedad y por los tratamientos, embrutecidos por la anestesia? Y sin embargo, el último instante de la agonía fue tan luminoso que Arthur Smith quedó maravillado. Su madre lo miró con una mirada ancha, húmeda, donde hubiera podido caber el cielo. Una mirada de reconciliación, de certidumbre de que todo estaba en orden y era bueno, de paz.

A partir de entonces Arthur Smith asistió con más frecuencia al templo del que su madre había sido feligresa: el de la secta protestante de los Hermanos de Cristo.

Arthur se hallaba a gusto en el interior de un edificio solemne y sin imágenes, entre personas de aire benévolo, tocadas con sombreros ligeramente pasados de moda.

En los sermones que escuchaba había algo (¿la semejanza con las palabras de su madre?) que le hacía revivir su infancia. La figura de Cristo aparecía siempre resplandeciente de bondad y de ternura. Sus actos eran sencillos. Se inclinaba a consolar a los tristes, a perdonar a los pecadores, a ablandar a los empedernidos. Ser bueno era entonces fácil. Tan fácil como caminar sobre las aguas.

Arthur Smith hizo algunas pequeñas tentativas para practicar el bien en su parroquia. Pero el carácter emprendedor (después de todo Arthur era también un norteamericano) no podía conformarse con la limosna ocasional a algún vagabundo, cuya puntualidad nadie podía garantizarle. Por lo demás le repugnaba visitar los barrios bajos de su pueblo. Había en ellos tal prostitución (cantinas, hoteles de paso, holgazanería), que su miseria no podía considerarse más que como un castigo divino que no era lícito paliar.

Arthur Smith consultó la opinión de varias personas más avisadas que él y todos le aconsejaron que se inscribiera en una Organización vasta y poderosa, cuyas sucursales operaban en los puntos más aislados y primitivos de la América Latina.

La Organización tenía unas siglas impronunciables cuya pretensión era sintetizar las iniciales de todos los clubes privados que contribuían a su sostenimiento y todas las sectas religiosas que prestaban su colaboración.

Cuando Arthur Smith se presentó a las oficinas de enrolamiento de la Organización, no le exigieron más que dos requisitos: ser cristiano y adiestrarse en alguna especialidad útil en el medio en que iban a requerirse sus servicios.

Arthur Smith se inscribió en un curso intensivo de dialectos mayences, con particularidad el tzeltal, ya que el sitio que había escogido como término de su viaje era un campamento llamado Ah-tún, en los Altos de Chiapas, al sur de la República Mexicana.

Sus estudios no lo hicieron descuidar, sino antes al contrario fortalecer, sus disciplinas morales. Mientras su estado civil fuera la soltería (y no abrigaba la menor intención de cambiarlo), le era forzoso guardar la castidad. No siempre le era posible. Pero se consolaba releyendo el pasaje aquel en que se afirma que la carne es flaca y que el justo cae setenta veces cada día.

En cuanto a los otros pecados casi no lo atosigaban. La avaricia, desde que la Organización se había encargado de darle alojamiento, ropa, comida, pago de las colegiaturas y un pequeño excedente para gastos imprevistos, había desaparecido de su horizonte. La vanidad estaba satisfecha. ¿Y no era legítima, en el grado mínimo en que la experimentaba, cuando Arthur había sido capaz de buscar la senda estrecha y cuando estaba dispuesto a sacrificarse con tal de redimir a los demás?

Arthur Smith recibió un diploma que lo acreditaba como conocedor de la lingüística prehispánica en Mesoamérica y con él, bien enrollado en la maleta, se dirigió al campamento de Ah-tún.

El viaje fue rápido y por los medios más modernos. Aviones de retropropulsión en el territorio de los Estados Unidos. Tetramotores desde la capital de México a la de Chiapas. Y helicóptero desde Tuxtla Gutiérrez hasta Ah-tún.

A primera vista el proceso era el de una decadencia. Pero mientras Arthur Smith se deslizaba por los aires, raudo y seguro, otros menos privilegiados que él (los funcionarios de la Misión de Ayuda a los Indios, los particulares, los nativos, tenían que atravesar las serranías chiapanecas a bordo de jeeps inverosímiles, a lomo de bestias y de indios pacientes, a pie.

Detentar el privilegio del helicóptero no lesionaba la humildad de Arthur, sino que más bien fortalecía el sentimiento de que estaba del "buen lado". Su religión era verdadera, su raza era superior, su país era poderoso. Dios, aseveraba Arthur, no necesitaba que las almas humanas transitasen de este al otro mundo para manifestar sus predilecciones, para premiar ciertas conductas con el éxito, porque su justicia era expedita, además de infalible e inapelable.

Desde luego que estar del "buen lado" no podía admitirse de ninguna manera como una casualidad. El hecho había sido largamente objeto de meditaciones, desde el principio de la creación, por la inteligencia divina. Ahora bien, al hombre, a Arthur Smith, le correspondía, como era usual, retribuir de algún modo los favores que había recibido.

(La palabra "favor" no era de las preferidas por Arthur,

ya que podía interpretarse como una disminución del mérito propio. Por desgracia el mérito estaba en relación directa con la responsabilidad y ésta podía traer como consecuencia la culpa, que a su vez acarreaba el castigo. Arthur Smith se resignaba, entonces, a dejar las cosas en el punto en que las había encontrado.)

Quedamos, pues, en que Arthur Smith había recibido de la Providencia innumerables favores: el de comprender y aceptar la Revelación; el de practicar e imponer la moral; el de ostentar la ciudadanía más respetada del mundo; el de lucir el pigmento adecuado de piel; el de manejar una moneda que valía siempre más que las otras.

Ahora bien, ¿cómo hacer que esta inversión de la Providencia en su persona redituara los mayores beneficios posibles? Podía convertirse en un próspero hombre de negocios. En su religión no existía un solo mandamiento que se lo prohibiese y las leyes de su país le brindaban todas las oportunidades posibles. Sin embargo (y a pesar de las abundantes autobiografías de millonarios que habían comenzado su carrera como limpiabotas), la competencia era feroz.

Arthur Smith transigió entonces con la burocracia. Pero la mayor parte de los puestos estaban ocupados por personas con una inexcusable tendencia a la inmortalidad. Y en cuanto se producía un hueco aparecía inmediatamente, para llenarlo, la misma multitud que se aglomeraba en las entradas de los ferrocarriles subterráneos y de los elevadores.

Quedaban otros recursos: la suerte, por ejemplo. Pero las estadísticas se empeñaban en indicar que todos los yacimientos petrolíferos habían sido ya descubiertos, lo mismo que las minas de metales preciosos o de esas nuevas sustancias que la industria moderna exigía, cada vez en cantidades mayores, para su desarrollo.

El recurso de los inventos fue desechado por Arthur después de una melancólica ojeada a los archivos de la Oficina de Patentes.

Con cierta intermitencia surgía una oportunidad: la guerra. Pero el ánimo de Arthur Smtih no era especialmente combativo. El Dios de los Ejércitos establecía, muy de tarde en tarde, comunicación con él y aun entonces sus mandatos eran más ambiguos que imperativos. Sin embargo, cuando vio aparecer por todas las paredes y postes de la ciudad enormes cartelones en los que se hacía un dramático llamamiento a su heroísmo para que salvara el sagrado patrimonio de la Libertad, de la Democracia y de la Dignidad Humana, amenazado por un enemigo implacable en una remota isla del Pacífico, Arthur Smith acudió con rapidez, aunque con pies tan planos, al puesto de reclutamiento, que su solicitud fue rechazada.

Mamá y su pequeña pensión de viuda lo ayudaron en años difíciles en los que ser vendedor ambulante significaba exponerse a embestidas de perros bravos, travesuras de chicos irrespetuosos y portazos de señoras desgreñadas.

Por lo demás, su elocuencia —que en un púlpito hubiera brillado esplendorosamente comentando pasajes del Evangelio— se convertía en un tartamudeo ineficaz cuando se trataba de ensalzar las virtudes omnicomprensivas de un detergente, de un abrelatas convertible en el utensilio más inesperado, de un cepillo multifacético.

—Tu problema —le advirtió su madre con esa clarividencia que sólo da el amor— es que no tienes fe.

Y era exacto. Arthur no podía tener fe en algo tan deleznable como un cepillo. La reservaba para ideales más elevados. Creía en las promesas de los políticos; confiaba en la honestidad de los manejadores de las ligas de beisbol; habría puesto la mano en el fuego para avalar los conocimientos enciclopédicos de los participantes en los programas de preguntas y respuestas en la televisión.

Cuando estos ideales, por uno u otro motivo, se derrumbaron, la fe de Arthur Smith se orientó, en forma total y ferviente, hacia el único prestigio que la publicidad no podía ni fabricar ni deshacer a su antojo: hacia Dios.

La fe en Dios era la que ahora había movido a Arthur hasta regiones inexploradas, donde tribus de indios salvajes aguardaban el mensaje de luz y redención.

—Ése es el campamento de Ah-tún —anunció el radiotécnico al señalar un grupo de casitas de madera, pintadas de vivos colores. En la calle única, implacablemente recta e impecablemente pavimentada, circulaban niños rubios y sanos, montados en bicicletas o encaramados en patines.

El piloto preguntó dónde estaba la fuente de sodas más próxima. Era una broma que él y su amigo, el radiotécnico, se gastaban invariablemente. Pero eso lo ignoraba Arthur Smith, quien fulminó a ambos con una severa mirada de admonición. Lo primero que había que averiguar, dijo, era la ubicación del templo. Como cristianos debían ir a dar gracias al Señor por haberlos conducido con bien hasta el término de su viaje.

El radiotécnico se mostró un poco embarazado para responder. El templo, dijo, se hallaba a considerable distancia, en plena jungla. (Llamaba jungla a todo lo que fuera campo, sin distinguir esos pequeños matices que hacen que una llanura no sea un bosque ni un desierto.)

Lo más prudente, añadió, era que los recién llegados descansaran un rato. Los conduciría a la casa de visitantes en uno de cuyos cuartos se instalaría Arthur ya que, según tenía entendido, era soltero y no precisaba de una casa. En cuanto al piloto, conocía de sobra su cubil.

—Mientras tanto yo ordenaré que les preparen algo de beber.

A Arthur le pareció poco hospitalario, de parte de las amas de casa, que no hubieran salido a recibirlo. Después de todo su puesto de lingüista era de cierta importancia y además siempre es agradable hacerle los honores a un compatriota en una tierra extraña. Alguna reminiscencia infantil lo había hecho soñar con pasteles de manzana recién horneados. Pero en la atmósfera no se percibía más que un vago olor de desinfectante. Las cocinas estaban cerradas y silenciosas. Éste era el momento en que las señoras escuchaban un complicadísimo episodio en que un hombre seductor, moreno y vil, estaba a punto de hacer caer en sus redes a la ingenua heredera, salvada a última hora por la lealtad del administrador de los bienes de su difunto padre. El administrador era un joven rubio, pecoso y sencillo, que la había amado siempre, aunque jamás se atrevió a confesárselo.

El pastor Williams regresó al anochecer. De las cocinas escapaban ahora humos tenues y deliciosos y la planta de luz eléctrica emitía un zumbido continuo y tranquilizador.

Arthur y Williams se entrevistaron en la estancia de la casa de visitantes. Hubo instantáneamente entre los dos una corriente de simpatía al descubrir asombrosas coincidencias en sus gustos. En efecto, preferían la Coca-Cola a otras marcas de refrescos embotellados y los tabacos suaves a los fuertes. Su conversación, que se iniciaba bajo tan buenos auspicios, no pudo prolongarse mucho porque al piloto le urgía que el pastor Williams firmara el visto bueno de los artículos que había transportado: varios rollos de película de 16 milímetros, algunas cajas de antibióticos y un paquete de ejemplares de los Evangelios y otros libros y revistas. No le era posible esperar porque partiría de regreso a Tuxtla al día siguiente, de madrugada.

Para Arthur el día siguiente también tenía planes definidos. Alguien lo guiaría por el campamento para que admirara sus instalaciones: una alberca de agua templada (el clima lo exigía así), un salón de actos en el que se efectuaban conferencias, exhibiciones de cine y hasta representaciones de aficionados al teatro. A la hora de comer disfrutaría de la invitación del pastor Williams y de su familia para acompañarlos.

La señora Williams —edad mediana, belleza que se marchitaba sin rebeldía, dos hijos— se mostró encantada con la visita de Arthur. Cualquier novedad en este destierro, declaró sin cuidarse de que sus palabras fueran malinterpretadas como una descortesía, resultaba excitante. Tan excitante que era ésta la primera vez, en meses, que había intervenido personalmente en la elección del menú y hasta en la elaboración de los platillos. Porque las cocineras indias, lo mismo que lo demás de la servidumbre de que su marido la había provisto, más bien servían de estorbo que de ayuda.

—Son estúpidas, sucias, tercas, hipócritas...

—Por favor, Liz —la interrumpió el Pastor, tendiendo hacia ella una bandeja con refrescos—. Recuerda que prometiste tener paciencia.

Liz sonrió casi entre lágrimas y se bebió de un sorbo gran parte del contenido de su vaso.

—Voy a ver si la comida está lista —dijo.

Y abandonó la habitación con pasos rígidos y deliberadamente ruidosos.

A la mesa se sentaron los tres. Los niños, explicó Liz, estaban fuera. Y bueno, esperaba que nadie protestaría por eso. Los niños no saben más que interrumpir las pláticas de los mayores, hacer preguntas tontas y derramar cosas sobre el mantel.

—Es resultado de la educación que reciben —dijo con displicencia el pastor Williams.

—¿Y he de ser yo la única que los eduque? Tú estás siempre fuera. Y los niños no ven más que malos ejemplos por todas partes. El otro día encontré a Ralph llorando porque no tenía piojos como los nativos.

Las mejillas de Liz llameaban. En ese momento entró al

comedor una india llevando una fuente de carne que depositó con torpeza junto al Pastor.

—¿No te he repetido mil veces que la que sirve la comida soy yo?

Era la voz de Liz, colérica. La india abatió los párpados y sonriendo, sin comprender, sin rozar apenas el suelo con sus pies descalzos, volvió a la cocina.

—¿Han visto? —se quejó Liz al Pastor, a Arthur, a todos—. Y todavía pretenden que los niños se eduquen.

—Querida, a nuestro huésped no le interesan los problemas domésticos.

—¡Perdón, señor Smith! Y además qué absurdo, perder el tiempo en tonterías cuando hay tantas cosas interesantes que comentar.

Liz hablaba como si temiera que alguna operadora invisible, como la de los teléfonos, fuera a cortarle la comunicación. De prisa, ansiosa. ¿Qué tal Nueva York? ¿Era de veras tan enorme como decían? Ella nunca pudo conocerlo, como tampoco pudo conocer Hollywood, ni Florida, ni Las Vegas, ni las Cataratas del Niágara. En cambio, dijo mirando con ironía a su marido, había conocido Ah-tún.

—Sírvenos el café, por favor.

Sentados en el porche, con la cafetera de cristal refractario ante ellos y con sendos cigarrillos, de marcas iguales, encendidos, Arthur y Williams quedaron a solas.

—Creo que Liz necesita unas vacaciones. Ha estado aquí demasiado tiempo.

No la mencionó más. Arthur esperaba que ahora el Pastor le especificara las tareas que iba a encomendarle en el campamento. Pero no fue así. Se limitó a recomendarle que procurase conocer el ambiente, relacionarse con los demás.

Arthur fue, poco a poco, distinguiendo a sus compañeros, enterándose de sus profesiones y sus actividades, aunque muchas de ellas no acertaba cómo hacerlas encajar dentro de un marco de acción estrictamente religiosa. Había, por ejemplo, un botánico que se dedicaba a clasificar las especies raras de la región; un geólogo que llevaba al cabo investigaciones sobre la edad y variedades de las piedras; otros especialistas que levantaban mapas o elaboraban gráficas sobre el número de habitantes de la zona, sus costumbres, su nivel cultural, las enfermedades a las que eran más susceptibles y los índices de mortalidad y natalidad.

Los técnicos eran gente eficaz y bien remunerada. En sus

esposas se encontraba, a menudo, el descontento de Liz. Aunque alguna se divirtiera pensando en cómo iba a asombrar a sus amistades de Iowa cuando les contara las aventuras de Ah-tún.

Los niños norteamericanos asistían con regularidad a la escuela y el tiempo libre excursionaban por los alrededores. Sus padres les prohibían, invariablemente, tres cosas: que tomaran agua sin purificar, que establecieran amistad con desconocidos (sobre todo si eran nativos) y que se demorasen hasta después del anochecer.

La segunda recomendación, por lo menos, era superflua. Ninguno de los niños hablaba otro idioma más que el inglés, totalmente ignorado por los ladinos de la zona. Algunos indios (los que servían en las casas del campamento, o ayudaban como peones a los técnicos o concurrían con excesiva regularidad a las ceremonias religiosas) habían logrado aprender algunas palabras. Pero su timidez, su índole reservada, su ancestral respeto a los caxlanes les impedían pronunciarlas más que entre sí.

—Como usted ve —explicó por fin el pastor Williams a Arthur—, un lingüista nos era indispensable. Lo que urge es que iniciemos la traducción del Evangelio al tzeltal. Sólo así será posible predicarlo con eficacia.

—Y para que la Buena Nueva se difunda más, también podríamos imprimir folletos, repartirlos gratuitamente.

El pastor Williams sonrió.

—Es inútil. Los nativos de esta zona no están alfabetizados.

—Entonces ¿por qué no abrir una escuela?

—Tómelo con calma, amigo Smith. No se puede lograr todo al mismo tiempo. Cuando decidimos establecernos aquí lo esencial era que saneáramos la región. Había de todo: paludismo, parasitosis, tifoidea. Si no hubiéramos principiado por esto, los primeros en perecer habríamos sido nosotros.

—¿Y ahora?

—Hay que mantener las instalaciones. Los filtros purificadores, las pistas de aterrizaje, la alberca.

—Yo he visto que los indios trabajan allí sin cobrar.

—Sí, es su forma de demostrarnos su gratitud. Pero lo que resulta caro son los aparatos, los aviones, por ejemplo, que deben estar siempre en condiciones de disponibilidad.

Arthur había creído, al principio, que únicamente el helicóptero era indispensable. Pero ahora los hangares estaban ocupados por tetramotores.

—Hubo que construir el campamento —continuó con orgullo el pastor Williams—. Cuando nosotros llegamos no había nada más que jungla. Ahora ya lo ve usted. Casi no tenemos motivo para sentir nostalgia del hogar.

Casi. Faltaba sólo la fuente de sodas, la sucursal de banco.

—Bien —concluyó Williams—. Su tarea en Ah-tún consistirá en hacer las traducciones de que hablamos. Tómese su tiempo, amigo, porque no nos corre ninguna prisa. Y no es necesario que proceda por orden. Yo le iré señalando los versículos que se leerán y se comentarán en las reuniones dominicales.

A Arthur Smith le fue asignado un ayudante: un joven indígena —Mariano Sántiz Nich—, que hasta hoy no había cedido a nadie su primer lugar en conocimiento del inglés.

Arthur y Mariano trabajaban en un salón espacioso, ante una mesa cómoda, con todos los elementos de los que iban a hacer uso a su alcance. Mariano, dócil como correspondía a su condición, se sentaba ante el otro. Pero su esfuerzo mayor no consistía ni en concentrarse en los textos, ni en querer penetrar su significado, ni en transvasarlos con exactitud de un idioma a otro. Lo más difícil era permanecer sentado, mirar los árboles y el campo desde lejos, al través de un vidrio, ejercitar la mano en un menester que no exigía rudeza.

A Mariano se le bañaba la cara y el cuello de sudor y cuando Arthur le pedía la correspondencia precisa de un vocablo, respondía con el primero que se le venía a la mente. Y si el texto decía Espíritu Santo, Mariano interpretaba Sol y principio viril que fecunda y azada que remueve la tierra y dedos que modelan el barro. Y si decía demonio, no pensaba en el mal, no temía ni rechazaba, sino que se inclinaba con sumisión, porque después de todo el demonio era sólo la espalda de la otra potencia y había que rendirle actos propiciatorios y concertar alianzas convenientes. Lo que echaba de menos, porque no se mencionaba jamás, era la gran vagina paridora que opera en las tinieblas y que no descansa nunca.

Al cabo de los meses Mariano estaba casi acostumbrado al reposo. Pero entonces el pastor Williams dispuso que Arthur Smith y su ayudante iniciaran una labor más activa de predicación en el templo.

A las reuniones dominicales asistían ancianos de una consistencia ya mineral; hombres endurecidos por la fatiga; mujeres inclinadas bajo el peso de sus hijos. Miraban a su alrededor, secretamente decepcionados por la falta de adornos que en las iglesias católicas eran tan abundantes. Pero aguardaban el sermón, como un suceso tan sobrenatural, que la primera vez que Arthur Smith subió al púlpito a pronunciarlo ante ellos, sintió vergüenza.

Por tratarse de un "debut" el pastor Williams había acordado a Arthur la gracia de la libre iniciativa. Y Arthur improvisó una modesta presentación de sí mismo. Dijo que venía de un país lejanísimo y que durante su viaje afrontó innumerables adversidades y peligros. Ahora bien ¿qué lo había movido a emprender tan temeraria aventura? El afán de difundir la palabra de Cristo, de que todos, hasta los que el "mundo" en su frivolidad y los "sabios" en su insensatez califican como los más pequeños, tuvieran la oportunidad de conocer el ejemplo del gran Maestro, de imitarlo y de salvarse. Pero, añadió Arthur humorísticamente, este afán suyo no era desinteresado. Recordaba aquí una frase, habitual en los labios de su madre: "Nadie se salva solo. Si quieres salvarte tú, tienes que salvar a otro."

—Pues bien, hermanos míos en Cristo, vosotros no tenéis nada que agradecerme. Al contrario, el que os debe gratitud soy yo. Porque gracias a la labor que yo logre llevar a cabo entre vosotros, espero alcanzar lo que tanto anhelo: la salvación de mi alma.

Las reacciones del auditorio norteamericano fueron diversas e inmediatamente perceptibles. Liz sonreía con una tolerancia que estaba muy próxima a la burla. El pastor Williams dijo, aunque sin mucha convicción: "Bien, muchacho." Los demás le apretaron la mano con un gesto automático que más que felicitación era desconcierto.

Arthur no admitió la idea de un fracaso hasta que los especialistas respectivos dieron a conocer el resultado de la encuesta que se practicó entre el público nativo. Nadie había entendido nada. Y para colmo de males, Mariano Sántiz Nich, a quien suponían enterado de estos asuntos por ser el ayudante de Arthur, había estado divulgando la especie, si no subversiva, por lo menos irreverente, de que los "cristos" (como llamaban a los americanos y a quienes se apegaban a sus doctrinas) no podían presentarse al cielo, ante su Dios, si no llevaban a un indio de la mano. Que este indio era una especie de pasaporte sin el cual se les negaba la entrada. Así, pues, eran verdaderamente hermanos de los otros y, aunque menores, indispensables.

El pastor Williams no se irritó, pero de allí en adelante fue implacable para exigir que Arthur no se apartara de la rutina establecida por él y por quienes lo habían antecedido. Arthur obedeció.

De las exposiciones teológicas, los asistentes a la reunión, rubios y morenos, sacaban poco en claro, sobre todo cuando se referían a las diferencias de matiz entre unas sectas protestantes y otras o cuando condenaban a la Cortesana de Roma. Pero esto servía a los indios de ocasión para recordar sus propios mitos, para quitar del rostro de sus antiguos dioses la costra que sobre ellos había depositado el tiempo, el abandono, el olvido y que los había vuelto irreconocibles.

A la hora de cantar los salmos los indios sentían que esa voz, temblorosa en algunos, desafinada en otros, a destiempo en los demás, era el momento único —en la semana de dura brega— en que les nacía algo semejante a las alas, en que se les desataba un nudo inmemorial, en que "la piedra del sepulcro era apartada".

Pero lo importante, según el pastor Williams, era inculcarles ciertas normas elementales de ética. Por lo pronto extirpar los vicios que estaban en ellos más arraigados. La tenacidad de su labor había rendido ya sus primeros frutos. Ahora podía presentar a sus feligreses ante cualquier visitante, sin temor de que ninguno fuera a suscitar un incidente desagradable. Porque al principio muchos acostumbraban asistir a las reuniones en estado de embriaguez y otros no creían que constituyera una falta de respeto fumar en el interior del templo.

Poco a poco (son gente de buena índole, aunque cerrada de la cabeza, concedía el Pastor) fueron doblegándose a los requerimientos hechos siempre en nombre de Cristo. En nombre de Cristo muchos dejaron de beber y de fumar, hasta el punto que esto había acabado por constituirse en el rasgo principal que los distinguía de los católicos de la zona, siempre entregados a borracheras, riñas y escándalos.

El Pastor procuraba también extender entre su rebaño la práctica de la higiene más rudimentaria. Lo indispensable para que la aglomeración en el templo no produjera olores ofensivos para la pituitaria de los norteamericanos y para que ni éstos ni sus familiares corrieran el riesgo de llevar de regreso a su casa, escondido entre los pliegues de la ropa, algún insecto asqueroso, provocador de infecciones.

Con tal fin se habían instalado, en las proximidades del

templo, unos baños públicos y periódicamente se hacían reparticiones gratuitas de brillantina perfumada con DDT.

La Organización ganaba cada día nuevos adeptos. Pronto, aseguró el pastor Williams, se necesitaría ampliar el campamento, construir otros lugares dedicados a la oración, contar con nuevos colaboradores.

Arthur Smith esperaba el elogio para el granito de arena con el que estaba contribuyendo a semejante éxito. Las traducciones del Evangelio al tzeltal eran precisamente el elemento catalizador que hasta entonces había faltado. El elogio no llegó. Y Arthur Smith hubo de alegrarse de ello más tarde. Cuando empezaron a presentarse los problemas.

El primero fue con la Misión de Ayuda a los Indios. A pesar de que la Organización les había prestado su apoyo en casos de apuro (transportando en helicóptero a enfermos graves o a personajes distinguidos, haciendo préstamos de vacunas cuando había peligro de que se presentase una epidemia), la Misión objetaba algunos de los puntos teóricos que servían de base al trabajo de la Organización.

En primer lugar no se preocupaban por castellanizar a los indios. Cuando uno de ellos salía del monolingüismo era para expresarse en una lengua extranjera a la cultura nacional: el inglés. Por otra parte no se le concedía ningún cuidado a la formación cívica. La Organización no pronunciaba jamás ante los indios el nombre de México y si lo hacía no era para explicar que ellos, los indios, eran ciudadanos del país llamado así y que por lo tanto podían reclamar a su Gobierno los derechos que les correspondían, pero también debían cumplir con las obligaciones que les eran exigibles.

En cuanto al aspecto educativo, la manera de encararlo que tenía la Organización era no sólo contraria sino contradictoria de la oficial, que se sustentaba en el artículo 3º de la Constitución Mexicana. La Organización atribuía el origen del mundo y explicaba sus fenómenos a causas religiosas y probaba sus asertos con libros que consideraba directamente dictados por Dios. El artículo 3º pugnaba por la enseñanza laica, sostenía que la razón del hombre era la única apta para guiarlo en el laberinto de los hechos que tenía ante sí, la única capaz de establecer las leyes de causa y efecto (desestimando, como es natural, los milagros) y de encontrar las normas de conducta que enaltecieran y vigorizaran la dignidad humana.

Tales discrepancias dieron origen a un voluminoso intercambio epistolar. La Misión elevó su protesta ante el Gobierno del Estado y no obtuvo más que el clásico lavatorio de manos de Pilatos y la promesa de remitir el asunto a la instancia superior del Gobierno de la República. De allí recibió la Misión un oficio en el que se invocaba la libertad de cultos, "una de las conquistas más caras de nuestras Revoluciones" y se asentaba que la Organización cumplía con todos los requisitos establecidos y tenía todos sus documentos en regla para operar en la zona, como estaba haciéndolo. Terminaba el oficio con un llamado a la concordia y a la cooperación. ¿Por qué dos organismos que perseguían metas comunes —aunque con métodos diferentes— tenían que rivalizar entre sí y obstaculizarse? El problema indígena era tan vasto y tan complejo que no podría solucionarse más que con la participación de todos: instituciones oficiales y particulares, sin tener en cuenta su nacionalidad ni su ideología.

La Misión tuvo que resignarse y poner al mal tiempo buena cara. Pero el cura de Oxchuc, que defendía intereses mucho más concretos e inmediatos, se lanzó al ataque. Estaba en el mismo terreno de la Organización. Si ésta esgrimía un Cristo recién importado, él contaba con los siglos de tradición de su iglesia en la que no era necesario pronunciar ningún nombre, explicar ninguna doctrina, ni desentrañar ningún misterio. A él, personalmente, le había bastado, para ser próspero, hacer una gira anual por su parroquia, efectuando ciertas ceremonias a las que la indiada acudía en masa: bautizos, extremaunciones, matrimonios. Estas ceremonias, que a los ojos del indio no dejaban de tener carácter mágico (que ahuyentaba los poderes malignos, que haría llover a su debido tiempo, que multiplicaría las cosechas), se pagaban con magnanimidad. El cura regresaba a Ciudad Real a disfrutar, durante meses, de sus ganancias.

Pero esas ganancias estaban mermando a últimas fechas. Primero fue el paraje de Ah-tún, insignificante, el que dejó de entregar diezmos y primicias al párroco. Se podía tolerar y se explicaba por la presencia de los gringos. Pero los gringos no iban a echar raíces en la zona tzeltal. Tienen fama de comodines, no son capaces de mantenerse mucho tiempo tan lejos de la civilización.

El cura de Oxchuc se desengañó pronto. Supo que los gringos no se privaban de nada y que cada vuelo del helicóptero traía nuevos elementos para completar su equipo y nuevas gentes para aumentar su personal.

Evidentemente la Organización había planeado un establecimiento definitivo en Ah-tún. Entonces el cura de Oxchuc recurrió al consejo del obispo de Chiapas que residía en Ciudad Real.

Allí se convocó urgentemente a un cónclave en el que sacerdotes urbanos y rurales se sometieron a largas deliberaciones. El resultado de ellas fue que el clero católico reconoció haber cometido una negligencia en el cuidado de su rebaño. De eso se había aprovechado el lobo para entrar al redil y devorar a sus anchas los corderos. Era necesario reparar, cuanto antes, el error.

Se inició una intensa campaña que abarcaba todo el municipio de Oxchuc. Al párroco titular se agregaron otros, muchos, que comenzaron a visitar las pequeñas aldeas, los parajes aislados. Era un sacrificio porque no contaban más que con los medios de transporte más primitivos e incómodos.

Desde los púlpitos los curas tronaban contra la cizaña que estaba extendiéndose desde Ah-tún. Hicieron historia de los cismas. Desenmascararon los vicios secretos de Lutero y de Calvino, exhibieron la lujuria de Enrique VIII, condenaron el escepticismo de los monarcas franceses. Los indios escuchaban atónitos. Pero los curas acababan por desembocar en algo que estaba muy próximo y que cualquiera podía palpar por su propia experiencia: los tzeltales estaban divididos. Había unos, los cristos, que no fumaban ni bebían para sentirse superiores a los otros que, más humildes, más fieles, conservaban celosamente las costumbres de sus padres y de sus abuelos.

De esta situación, continuaba la silogística implacable de los curas, no podían sino derivarse males terribles. El castigo de Dios, hijos míos. El rayo que cae sobre el caminante, la fiebre que consume a las criaturas. el hambre que no se aplaca porque no hay maíz, el brujo cuyos maleficios nadie puede conjurar. Y en las tinieblas de la noche, el Negro Cimarrón arrebatando doncellas; la Yehualcíhuatl atrayendo a los varones a la perdición y a la muerte; el esqueleto de la mujer adúltera, cuyos huesos entrechocaban lúgubremente, como un anuncio de la desgracia.

Los indios salían de la iglesia anonadados de angustia y rabia. Iban directamente a los expendios de trago del pueblo y se emborrachaban de golpe. En el camino de regreso a su jacal desenvainaban el machete y rasgaban el aire con tajos torpes y feroces que partían algún tronco indefenso de árbol.

Los cristos procuraban evitar los malos encuentros peligrosos. El domingo, día sagrado, lo pasaban en el templo cantando y orando alternativamente y al anochecer volvían a sus parajes por veredas poco frecuentadas y aun por caminos improvisados.

De sus inquietudes y temores no hicieron partícipe al pastor Williams. Y los meteorólogos del campamento de Ah-tún, tan atentos a las más nimias variaciones de la atmósfera y tan minuciosos para registrarlas, no advirtieron que una nube de tormenta se estaba formando a su alrededor.

Por lo demás todo seguía su ritmo de costumbre. Mariano Sántiz Nich continuaba asistiendo con puntualidad a su trabajo. Sólo faltó el día de la muerte de su hijo mayor. Pero al día siguiente ya estaba de nuevo, muy tieso en su silla, dispuesto a cumplir las órdenes de su superior.

Arthur no sabía cómo empezar. De algún modo tenía que referirse a la pérdida que acababa de sufrir Mariano. Seguramente existían entre los indios fórmulas para expresar los sentimientos en casos semejantes. Pero Arthur no las conocía y temía proceder sin tacto si hacía uso de sus fórmulas propias. Pero otro hecho, además, lo desconcertaba. ¿Qué importancia tenía para Mariano la muerte de su hijo? A juzgar por su actitud, ninguna.

—¿Cuántos años tenía? —preguntó Arthur, al fin.

—Iba para los doce.

(Entonces este hombre tuvo que engendrarlo casi a esa misma edad. Y su mujer es aún más joven que él. Matrimonios tan precoces deberían estar prohibidos por la ley, pensó Arthur.)

—¿Y de qué murió?

Era como hurgar en una herida. Pero aparentemente no había herida.

—De calentura.

—¿Pero qué dijo el médico?

—Que el mal se llamaba tifoidea.

—¿En tu casa no hierven el agua que van a beber?

—No.

—¿Es que nadie te ha enseñado que el agua que toman ustedes está llena de microbios y que los microbios son los que producen esa enfermedad?

Mariano hizo un gesto ambiguo. Su indiferencia exasperó a Arthur.

—Si hubieran hervido el agua tu hijo estaría vivo.

No hablaba así por crueldad. Mariano tenía otros hijos; también estaban en peligro de morir.

El ayudante de Arthur no pareció muy afectado ni convencido por el argumento.

—Mi hijo mayor está en el cielo. Allá no hay hambre, no hay frío, no hay palo. Allá está contento.

Y se inclinó sobre el cuaderno que tenía enfrente, dispuesto a comenzar a escribir.

Esa noche Arthur Smith buscó al pastor Williams para comentar ese episodio que lo había turbado. Pero encontró su casa a oscuras y, a pesar de que estuvo llamando más de un cuarto de hora, no le respondió nadie. Un vecino se asomó por la ventana para informarle que Liz se había marchado a pasar unos meses de vacaciones en los Estados Unidos. Que los muchachos la acompañaban y que el Pastor estaría, probablemente, aprovechando esta ausencia.

La manera que tenía el Pastor de aprovechar la ausencia de su familia no era conocida, a ciencia cierta, por ninguno, pero era reprobada con energía por todos. Unos supusieron que frecuentaba los burdeles de Tuxtla o de Ciudad Real; otros que mantenía una querida de planta en Oxchuc, una mestiza descuidada y vejancona; los últimos, que hacía visitas pastorales a las chozas de los nativos en las horas en que los hombres estaban en la milpa.

Arthur no quiso dar oídos a estas murmuraciones. Después de todo ¿de dónde procedían? De mujeres malévolas, ociosas, que se pasaban el día entero pintándose las uñas y que no llenaban su mente más que con inmundicias de las "historias confidenciales", de los "romances verdaderos", de las mezclas de "sexo y violencia" que recibían ávida y semanalmente gracias al helicóptero.

En cuanto a los hombres... Algunos podían pasar. El botánico, por ejemplo. Estaba siempre absorto en las nervaduras de una hoja o calculando cifras vertiginosas para determinar la juventud o vejez de una planta. Los seres humanos, incluyendo en el género a su esposa, no le interesaban. Era afable con todos porque eso facilitaba el trato y evitaba fricciones que luego requerían más atención. A los nativos los distinguía de sus compatriotas por el olor (lana percudida ¿o qué era?) y como ese olor le era desagradable, procuraba mantenerse a distancia de ellos. Por lo demás, en su trabajo no necesitaba más que el ocasional auxilio de un guía.

El geólogo ya era otra cosa. Padecía un fanatismo ambulante cuya constancia radicaba únicamente en la ferocidad de sus manifestaciones. Unas veces la exaltación tenía como objeto el poderío de su país, a cuyo engrandecimiento y mantenimiento contribuía él en la actualidad de un modo oscuro y anónimo, aunque eficaz. Pero en caso necesario, juraba, estaba dispuesto a defenderlo aun a costa de cuantas vidas tuviera disponibles.

En otras ocasiones enarbolaba su rayo exterminador contra los herejes, tanto en el terreno religioso como en el político y aun en el de los eventos deportivos. La pureza, perfección e infalibilidad a las que él servía de núcleo deberían de ser preservadas contra todo tipo de contaminaciones. Y el geólogo rehuía, con una intermitencia incoherente, a los que le parecían portadores de gérmenes de contagio. En esos días el papel lo desempeñaba el pastor Williams. En sus escapatorias había caído en ignominias aún mayores que las del piloto del helicóptero o las del radiotécnico. Ellos, aparte de ser más útiles a la nación en un momento de peligro, se conformaban con mirar fotografías de mujeres desnudas. Y de mujeres americanas, además. En cambio el otro...

Lo que faltaba, concluyó el geólogo, era que en el campamento de Ah-tún se estableciese una Comisión Depuradora de Honor y Justicia. Podría funcionar efectuando asambleas mensuales en las que se examinara públicamente la ortodoxia de todos y de cada uno, para premiar al que lo mereciera y para no permitir que quedara impune el que hubiese cometido alguna falta. ¡Cuántas cosas saldrían a relucir! ¡Cuántas sorpresas se llevarían todos!

—¿No sería un poco indiscreto? —se aventuró a insinuar Arthur.

No, rebatió vigorosamente el geólogo. Eso era poner en práctica el verdadero espíritu democrático americano. Un espíritu que, lejos del hogar, corría el riesgo de corromperse.

Arthur Smith no se opuso a estas aseveraciones por un temor instintivo a que su ortodoxia fuese la primera que se pusiese en duda. Y se despidió cordialmente del geólogo. Pero todas sus precauciones no fueron suficientes. A lo largo de la calle lo siguió la mirada suspicaz, de ave de rapiña, de su interlocutor.

Como Williams tardaba en volver, Arthur recurrió al médico. Quería que le explicara la muerte del hijo de Mariano, que la justificara si era posible.

Arthur tuvo que dar muchos detalles para que el médico llegara a identificar a quién estaba refiriéndose. ¡Ah, sí! Lo había atendido a última hora, cuando ya no había nada que hacer. Los nativos nunca creen que algo es grave hasta que ya no tiene remedio.

—Pero la tifoidea es curable, doctor. Hay antibióticos... De cualquier manera en este caso habrían sido inútiles. Aun aplicados oportunamente. El niño había llegado a un punto extremo de desnutrición en el que no podía soportar ni siquiera un catarro.

—¿Pero no podrían tomarse precauciones para que casos semejantes no se repitan? —insistió Arthur—. La Organización enviaría alimentos, nosotros los repartiríamos.

—La Organización tiene una oficina especial para los asuntos de dietética. Muchas fábricas le regalan excedentes de sus productos y en el territorio de los Estados Unidos ha hecho un arreglo con las compañías ferrocarrileras para que transporten gratuitamente esta clase de carga. Podríamos llenar, hasta los topes, las bodegas del campamento de Ah-tún con latas de leche en polvo, paquetes de cereales y muchos otros tipos de alimentos en conserva.

—¿Entonces por qué no lo hacen?

—Lo intentamos una vez. Todo marchó bien hasta que la carga llegó a la frontera del Río Bravo. Allí se detuvo. Los trenes mexicanos exigían el pago de fletes. Y sus tarifas son muy elevadas.

—¡Pero la Organización tiene dinero de sobra para pagarlas!

—Claro que lo tiene. Pero era una cuestión de principios. En un acto de beneficencia debía de colaborar el país beneficiado, que era México. Ahora la Organización no envía alimentos más que a los países donde la red de ferrocarriles es nuestra.

—Así que no nos queda nada que hacer.

—No va usted a juzgar una obra tan importante como ésta, por un caso aislado. Aquí están las estadísticas, mírelas, compárelas. Un niño se muere, pero muchos otros se salvan. Tenemos penicilina, sulfas, reconstituyentes...

—Sí, se salvan para seguir sufriendo hambre, frío, palo. Después de todo creo que Mariano tenía razón.

—¿De qué está usted hablando? —preguntó el médico.

—De nada, doctor. No me haga caso. Estoy un poco nervioso. Hace noches que no puedo dormir.

—Aguarde un momento. Le voy a dar un sedante —era un frasquito de píldoras rojas—. Sólo una, antes de acostarse. Y únicamente cuando considere que ha llegado al límite.

Esa noche Arthur Smith durmió como no había dormido desde su infancia: profunda, sosegadamente, sin sueños, sin esas imágenes furtivas a las que perseguía sin lograr nunca darles alcance. Despertó con la sensación un poco vaga de que había estado a punto de descubrir algo importante, muy importante. Pero pronto esta nebulosa fue sustituida por la robusta certidumbre de que todo estaba en orden.

Arthur cantó (¿desde cuánto tiempo atrás no lo hacía?) mientras tomaba una ducha; desayunó con apetito y, fresco, despejado, eufórico, se dispuso a trabajar.

Mariano estaba frente a él, pero su presencia no evocaba ningún pensamiento grave. La muerte —de los seres queridos, la propia—, el vínculo que los había atado un momento el día anterior, estaba roto. Ahora se extendía nuevamente entre ellos una mesa llena de papeles que uno conocía y el otro ignoraba.

Poco después de las once llegó un recadero indígena a avisar a Arthur que el pastor Williams estaba de regreso y que lo aguardaba en su despacho.

—¿Hay algún problema? —le dijo a modo de saludo—. He sabido que rondaba usted por el campamento como perro sin dueño.

—Pues en realidad —respondió Arthur— no sé cómo llamarlo. Ha ocurrido algo penoso.

(¿Penoso? Arthur no sentía ya dentro de sí ningún rastro de pena.)

—¿La muerte del hijo de Mariano?

—¿Cómo lo supo usted?

—Estuve presente allí, hasta el último momento. Consolándolos, como era mi deber.

Arthur vaciló antes de continuar.

—Bueno, pues no sé por qué, de pronto, se me vino a la cabeza la idea de que esa muerte podía haber sido evitada.

—Recuerde lo que está escrito: "No se mueve la hoja del árbol sin la voluntad del Señor."

—Sí, pero nosotros tenemos la obligación de poner todo lo que esté de nuestra parte para conservar lo que es valioso. Y la vida de un niño, aun cuando ese niño sea indio, vale.

—¿Está usted insinuando que el doctor ha procedido con negligencia?

—No, ya me ha explicado que el hijo de Mariano estaba muy débil y que carecía de resistencias. Me explicó también que la Organización está imposibilitada de enviar alimentos a México. Pero ¿no se podría intentar alguna otra cosa?

—¿Tiene usted algo qué sugerir?

—Bueno, por lo pronto, el botánico podría ensayar cultivos nuevos, abonos, fertilizantes. Los indios comerían mejor.

—El botánico tiene una tarea muy concreta y útil.

—No lo dudo. Servirá, alguna vez, más tarde. ¡Pero mientras tanto una criatura se nos ha muerto de hambre!

—Además —continuó el Pastor como si no hubiera escuchado la última frase de Arthur, aunque fue en la que puso más énfasis— confunde usted las especialidades. Un botánico no es un técnico agrícola.

—¿Y por qué no sustituirlo entonces por un técnico agrícola? Ya que la Organización puede darse el lujo de pagar a tantos funcionarios, por lo menos que escoja a los que se necesitan con mayor urgencia.

—Usted sabe que la Organización no es autónoma. Y que el criterio para decidir quiénes son más necesarios y quiénes lo son menos, en el campamento de Ah-tún, no es únicamente el suyo, sino también el del Gobierno de los Estados Unidos.

La revelación aturdió momentáneamente a Arthur.

—Ahora comprendo lo que hacen aquí el geólogo, el radiotécnico y los demás. Nunca había podido entender de qué manera contribuían a difundir las enseñanzas de Cristo.

Hubo una pausa. Breve. Arthur insistió.

—Dígame usted, ¿entonces qué rayos están haciendo esos hombres aquí?

El pastor Williams contempló a Arthur con algo peor que severidad. Con lástima.

—Protegernos.

—¿De quiénes? ¿De esos pobres indios que vienen a cantar salmos al templo?

—Con los nativos nunca se sabe de qué manera van a reaccionar ni qué es lo que urden en sus mentes primitivas y salvajes. Esos pobres indios, a los que usted se refiere, no son los únicos. Hay otros y son mayoría: los católicos, a quienes sus sacerdotes están tratando de lanzar en contra de nosotros.

El pastor Williams observó complacido la sorpresa en el rostro de Arthur.

—¿Quiere usted fumar un cigarro?

—Creo que lo necesito.

Williams alargó la cajetilla, abierta.

—¿Y en caso de que se produzca un incidente?

—No se atreverán a atacar el campamento. Saben de sobra que contamos con aviones, con armas.

—De todos modos el asunto no me gusta. Cristo predicó la paz.

—Pero también dijo: "No vine a traer la paz, sino la espada." Y usted mismo acaba de reconocer que cuando queremos lograr algo valioso es preciso que luchemos por ello.

Arthur dio la última fumada y aplastó la colilla en el cenicero.

—¿Por qué estamos luchando, Pastor?

Williams no supo, de momento, qué responder.

—Es tan obvio...

—Sí, es obvio que nosotros, los norteamericanos, tenemos un patrimonio de ideales, de tradiciones, de riquezas y de intereses que conservar, que defender y si es posible que aumentar. Pero ellos, los indios ¿qué tienen? Han perdido todo nexo con su pasado; el presente es agobiador. Y venimos nosotros, con aire de benefactores, a darles ¿qué?

—Voy a referirme al caso concreto que ha suscitado esta controversia. Usted ha visto a Mariano después de la muerte de su hijo, ¿verdad?

—Sí.

—¿Le pareció desesperado, triste o siquiera inconforme?

—No.

—Pues eso nos lo debe a nosotros. Le hemos dado algo que no tenía: una esperanza para el futuro.

—Una esperanza es bastante para los nativos, como usted los llama, ¿no? Pero no es suficiente para un ciudadano norteamericano. Ni usted, ni ninguno como usted, ni siquiera yo, se conformaría con la promesa de un banquete que se iba a celebrar en una fecha y en un lugar indeterminados. Todos exigimos nuestra buena tajada de carne, nuestra ración suficiente de pan. Y la exigimos hoy.

—No entiendo a dónde quiere usted ir a parar.

—Yo tampoco. Y perdóneme, Pastor. He abusado de su paciencia.

—Si se siente usted alterado, mal...

—Ya hablamos de eso el doctor y yo. Resulta que, lo mismo que los indios, yo no necesito medicinas sino sedantes.

Sedantes. Arthur Smith se alegró de que hubiera llegado ya la hora de tomarlos. ¡Ah, qué falta le hacía dormir, súbita, totalmente, como una piedra, como un tronco!

Porque cuando estaba despierto, después de terminar su jornada de labor, Arthur Smith no sabía en qué emplear su tiempo. Como era soltero (¿quién hubiera podido sustituir a su madre?), las esposas de los demás lo miraban con recelo y no permitían a sus maridos que lo invitaran a sus casas. El único que, a veces, se rebelaba contra tal acuerdo tácito era el radiotécnico, a quien le gustaba jugar partidas de póker y no siempre hallaba contrincantes.

—¿Y qué hay de los indios católicos? ¿Siguen alborotando? —le preguntó Arthur Smith.

El radiotécnico plegó y desplegó el naipe con una habilidad de tahúr.

—¡Pamplinas! No se atreven a intentar nada serio.

—Entonces ustedes, quiero decir, los que están aquí para defendernos, han de aburrirse de la inactividad.

—Los tiempos no siempre son tan tranquilos. No cesamos de vigilar. De repente cae un pez gordo y entonces desquitamos el sueldo. ¡Vaya que sí!

—¿Un pez gordo? —repitió Arthur que no había comprendido.

—Contamos con un archivo completo de fotografías, de filiaciones. Hay quienes han recurrido hasta a la cirugía plástica para desfigurarse. Como en el caso de John Perkins —¿recuerda usted? Creyó que lograría despistarnos. Lo habían perseguido, durante meses, todas las policías de los Estados Unidos. Logró burlarlas y llegar hasta la frontera de Guatemala. Allí fue donde nosotros lo capturamos.

—¿Y qué delito había cometido?

El radiotécnico repartió las cartas.

—Espionaje.

El juego iba a ser reñido. Pero Arthur Smith no podía concentrarse en él.

—¿Lo juzgaron?

—¿A quién? ¿A Perkins? Naturalmente. Fue un proceso sensacional. Ocho columnas en todos los periódicos. El asunto se discutió mucho porque la condena se basaba en pruebas circunstanciales. Y Perkins juró que era inocente hasta el momento en que lo sentaron en la silla eléctrica.

Arthur Smith tuvo un amago repentino de náusea.

—¿Qué pasa con usted? —preguntó bruscamente el radiotécnico—. Está muy pálido. ¿Quiere un whisky?

—No, no se moleste —respondió Arthur poniéndose de pie—. Creo que lo que me hace falta es un poco de aire fresco.

Este tipo no tiene agallas, sentenció el radiotécnico al verlo salir.

Arthur se alejó de la única calle del campamento y llegó hasta la orilla del río. Desde esa soledad podía contemplar el brillo de los astros puros. Pero algo en sus ojos —algo trémulo, irritante— le impedía distinguirlos bien.

A la hora de acostarse Arthur decidió no tomar los barbitúricos.

—¿Por qué he de tener miedo? Como dice el pastor Williams estamos protegidos. Los perros de presa nos cuidan. Tienen buen olfato, buenos colmillos. El radiotécnico me los acaba de enseñar.

Y de pronto Arthur Smith advirtió que estaba sudando y que su sudor era frío, como cuando la angustia o el terror son intolerables.

—Al que le temo no es a mi enemigo, sino a mi guardián.

Automáticamente alargó la mano hacia el sitio donde estaba el frasco de las píldoras rojas. Al darse cuenta de que no le quedaba más que una y que, como se había acostumbrado a tomar dosis más altas ya no le era suficiente, volvió a vestirse con apresuramiento y fue a despertar al médico. Tuvo que inventar una mentira: el frasco se le había roto, las pastillas se fueron por el lavabo.

—Debería usted procurar prescindir de ellas. El hábito es perjudicial.

—No tema por mí, doctor. Estoy bien protegido.

Como lo está el preso en la cárcel. Tal fue la última reflexión que hizo Arthur. Un minuto después roncaba.

Los despertares de Arthur Smith ya no eran tan placenteros como antes. Sentía una molestia en el estómago, la cabeza le zumbaba como si estuviera hueca y percibía cierta dificultad para coordinar sus pensamientos y para hilvanar sus frases. Pero todos estos inconvenientes tenían una compensación: la indiferencia con que podía ver lo que estaba sucediendo a su alrededor.

En cambio los demás parecían muy excitados. Liz escribió al Pastor notificándole que había entablado una demanda de divorcio alegando crueldad mental y la gente del campamento cruzaba apuestas sobre la actitud que Williams tomaría. ¿Iba a instalar en su propia casa a la querida de Oxchuc? Ésa era una afrenta que ninguno estaba dispuesto a tolerar. ¿Reconocería como suyo al hijo que había tenido con una nativa? El parentesco no era una hipótesis de los maledicentes sino una evidencia que la semejanza hacía innegable. ¿Pediría un permiso para emprender un viaje a los Estados Unidos y tratar de reconciliarse con su esposa?

El pastor Williams, ajeno a estas especulaciones, se mostraba preocupado por otro tipo de dificultades: los católicos habían empezado a pasarse de la raya, verdaderamente. Su última fechoría consistió en ir a buscar a su milpa a uno de los cristos y amenazarlo de muerte si no se acababa, allí mismo, frente a ellos, una botella de aguardiente y si no fumaba todos los cigarros que le ofrecieran. El cristo había cedido a las amenazas, pero dos días después, en cuanto se le pasaron los efectos de la borrachera y de la intoxicación por el tabaco, se presentó al templo de Ah-tún a confesar públicamente su cobardía —¡y debió morir como un mártir!—, a declararse indigno de pertenecer a esa comunidad de elegidos y a pedir expiación para su culpa.

El pastor Williams exhortó a la reunión de fieles a que se inclinasen a la benevolencia. Pero los nativos volvieron la espalda al penitente y más de uno, al pasar cerca de él, lo escupió. El condenado no levantó la cabeza. Abandonó el templo, su paraje, su familia y se fue al moridero de la costa.

En alguno de los días siguientes Arthur preguntó a Mariano, con displicencia, pues la respuesta no le interesaba mucho, qué habría hecho él en el caso del apóstata. Mariano dijo que no quería pecar, que no quería condenarse. Que cuando muriera iba a estar junto a su hijo mayor, en el cielo. Allí ya ninguno podría separarlos.

Ésta fue, quizá, la única alusión al incidente que los norteamericanos acabaron por considerar sin importancia y sin consecuencias.

Pero los indios tienen una memoria caprichosa. Olvidan los favores (¡han recibido tan pocos y se los cobran de tantas maneras!) mientras que un agravio se les convierte en idea fija, de la cual se liberan únicamente por la venganza.

Y los mismos cristos que habían arrojado al apóstata del templo, como a una oveja sarnosa, fueron los que de noche, sigilosos, implacables, prendieron fuego al paraje católico de Bumiljá.

Las represalias fueron inmediatas. Asesinatos de cristos en las encrucijadas, saqueos de jacales, incendios de siembras.

Desde el altar mayor de la iglesia de Oxchuc el sacerdote bendecía.

Al campamento de Ah-tún las noticias llegaron deformadas por el odio y la alarma y al oírlas sus proporciones fueron aumentadas hasta lo inverosímil, por esa necesidad, que experimentan los grupos confinados, de romper el tedio de los días iguales con un suceso extraordinario.

El pastor Williams convocó a sus colaboradores a una asamblea general en el salón de actos. Su propósito era discutir las medidas más prudentes ante la emergencia que se presentaba.

El geólogo propuso una acción rápida. ¿No estaban los aviones enmoheciéndose en los hangares? ¿Carecían acaso de un arsenal surtido? Pues bien, había llegado el momento de emplearlos. Un pequeño, limpio, eficaz bombardeo sobre Oxchuc y sus alrededores y los católicos aprenderían la lección.

Arthur Smith se puso de pie, lívido de rabia. Tartamudeaba. Era, dijo, un crimen contra gente indefensa —mujeres, niños, ancianos—, inocentes de lo que estaba ocurriendo. Los verdaderos responsables son otros, finalizó. Y volvió a sentarse, sin aliento, enjugándose con el pañuelo lo que le humedecía la cara.

El pastor Williams hizo un comentario jovial acerca de la vehemencia de Arthur y agregó que él también se oponía al consejo del geólogo, aunque por otras razones. En su juventud ya lejana (se percibieron leves murmullos de protesta), había estudiado nociones elementales de derecho internacional. Un ataque, como el que el geólogo había propuesto, constituía, desde luego, la violación de un territorio extranjero. A medidas semejantes no se recurría más que en el caso extremo de que estuvieran en peligro la vida o las propiedades de los ciudadanos norteamericanos. Pero no era ésa la situación actual y exagerar el rigor no redundaría más que en el perjuicio de las relaciones tan cordiales que existían entre los Estados Unidos y México. A la larga podría acarrear, incluso, la cancelación del permiso que la Organización había obtenido para instalar una de sus filiales en Ah-tún. Y eso no era conveniente.

No, el plan del pastor Williams era mucho más sencillo,

más directo y, acaso por eso mismo, más eficaz: entrevistarse con los verdaderos responsables, a los que Arthur había señalado, probablemente sin conocer ni sus nombres ni sus dignidades eclesiásticas. Eran Manuel Oropeza, obispo de Chiapas; Teodoro Hernández, cura de Oxchuc, y otros de menor importancia.

La opinión del pastor Williams prevaleció sobre las otras no porque fuera la más razonable, sino porque el Pastor había recuperado su prestigio y su autoridad moral gracias a la observancia de una conducta de divorciado sin tacha. Todos aquellos rumores (de frecuentación de lupanares, de contubernios con mestizas, de paternidades clandestinas) se redujeron a nada por falta de fundamento. El Pastor, siempre localizable, siempre con testigos o con justificaciones para cada uno de sus actos, se mostraba discretamente triste en ocasiones oportunas, generosamente dispuesto a asumir toda la culpa cuando era necesario y deportivamente deseoso de que Liz encontrara un marido adecuado y una felicidad duradera.

Cuando la asamblea aplaudió su moción, aplaudía también al hombre que muestra su entereza en una coyuntura difícil, su coraje para sobrellevar las adversidades y su indomeñable espíritu optimista.

Mientras el pastor Williams permaneció en Ciudad Real, conferenciando con el obispo y sus allegados, en el municipio de Oxchuc surgieron todavía algunos brotes aislados de violencia. Entre ellos la muerte, a machetazos, de Mariano Sántiz Nich.

Cuando Arthur lo supo se admiró de la insensibilidad con que aceptaba el acontecimiento. Después de todo, a pesar de la tarea común en la que se empeñaron tantos meses, no habían dejado de ser nunca extraños el uno para el otro.

Pero esa noche Arthur tuvo que tomar una dosis triple de barbitúricos.

Esperaba despertar embotado y, sin embargo, lo asaltó desde el primer momento una lucidez extraña y dolorosa. De pronto se dio cuenta de que podía recomponer, rasgo a rasgo, las facciones del que había sido su ayudante. De que, a pesar de que nunca se hubiera fijado en ello, ahora recordaba que tenía una manera peculiar de sostener el lápiz con que escribía; de mesarse los cabellos cuando el esfuerzo de atención era excesivo; de sonreír, como por dentro, cuando había logrado entender algo.

Arthur comprendió, por fin, que quien había muerto no era un número en las estadísticas, ni un nativo de traje y costumbres exóticas, ni una materia sobre la que se podía presionar con un aparato muy perfeccionado de propaganda. Que el que había muerto era un hombre, con dudas como Arthur, con temores como él, con rebeldías inútiles, con recuerdos, con ausencias irreparables, con una esperanza más fuerte que todo el sentido común.

Y en esta solidaridad, repentinamente descubierta por Arthur, había aún otro elemento. Mezclaba las palabras de su madre ("nadie se salva solo") con el complemento que, después de su primer sermón, le añadió Mariano.

—Éste era el que podía salvarme si hubiera podido salvarlo yo. Mariano me habría abierto las puertas del cielo y habríamos entrado juntos, tomados de la mano.

Esta idea le produjo una desesperación repentina e intolerable. Quiso desecharla.

—Son locuras. Estoy perdiendo el dominio de mis nervios.

Desazonado, Arthur fue al consultorio del médico. Necesitaba un sedante más fuerte, dijo; el que le había recetado ya no le producía efectos.

—Iría contra mi ética profesional si le proporcionara a usted un medicamento que, a todas luces, le daña. Sus errores de conducta, en los últimos tiempos, podríamos atribuirlos al abuso de barbitúricos. Porque de otro modo...

Arthur, irritado por la negativa del médico, preguntó en tono desafiante:

—¿De otro modo qué?

—Tendríamos que juzgarlo más severamente.

—¡Jueces por todas partes, delatores, verdugos!

Y Arthur abandonó el consultorio dando un portazo.

El retorno del pastor Williams fue triunfal. En el informe que rindió a la asamblea dijo que había encontrado en la totalidad del clero chiapaneco, y especialmente en el obispo (hombre accesible, simpático y a quien no se le escapaba ningún aspecto de la cuestión) un espíritu conciliador. Que después de varias pláticas muy cordiales habían dejado claramente establecidas cuáles serían sus respectivas zonas de influencia y ambas partes habían aceptado el compromiso de respetarlas, con minuciosa escrupulosidad, para evitar, de allí en adelante, toda posible discordia.

—En suma —terminó el Pastor— las cosas volverán a marchar como sobre rieles.

—¿Y la sangre derramada?

Era Arthur Smith, naturalmente. Y clamaba no por una sangre anónima, impersonal, sino por la sangre de hombres iguales a él, iguales a todos los demás, de hombres a quienes, si se les hubiera dado una oportunidad, un poco de tiempo, habrían llegado a ser sus amigos, sus hermanos. Clamaba por la sangre de Mariano.

Algunos sisearon la interrupción. Pero el Pastor impuso silencio con un ademán que, a la vez, exigía obediencia a su autoridad y compasión para la oveja descarriada.

—Esa sangre que, después de todo ya no podemos recoger, no se ha vertido en vano. Uno de los familiares del señor obispo, sacerdote con vasta experiencia entre los nativos de Chiapas, tuvo a bien explicarme que, de cuando en cuando, era conveniente una sangría, como la que se aplicaba en la Edad Media a los amenazados de congestión. Pues bien, cuando los indios se lanzan unos contra otros, encuentran una válvula de escape para ese odio irracional, ciego, demoniaco, que les envenena el alma y que, de no hallar esa salida, estallaría en una sublevación contra los blancos.

—De modo, pastor Williams, que este viaje a Ciudad Real le ha servido para descubrir que entre la Cortesana de Roma y los Hermanos de Cristo existe una solidaridad de raza.

Otra vez Arthur Smith. ¿Es que no podía callarse?

—Y no sólo de raza. Recuerde usted nuestro origen común, nuestras tradiciones compartidas. Cualquier discrepancia teológica, cualquier distanciamiento histórico resulta fútil cuando los cristianos todos tienen frente a sí a un mismo enemigo.

—¿Cuál es? ¿El diablo?

El radiotécnico intervino ruidosamente. ¿Era posible que Arthur Smith no estuviese al tanto de los acontecimientos mundiales? Pues si quería remediar esta falla él, personalmente, estaba dispuesto a proporcionarle un aparato en el que pudiera escuchar todos los días, a la misma hora, la transmisión que se hacía, desde Norteamérica, de un boletín informativo.

—El diablo, si usted quiere llamarlo así —continuó el pastor Williams, como si la interrupción no se hubiera producido—. Pero la mayoría lo conoce con el nombre de comunismo.

Arthur rió a carcajadas.

—¿Y quiere usted decirme dónde están los comunistas

aquí? Yo no he visto, en toda la zona tzeltal que he recorrido, más que miseria, ignorancia, superstición, mugre, fanatismo. ¿Es así como se manifiestan o como se ocultan los comunistas?

—Alguna vez le hablé de la captura del espía John Perkins —dijo el radiotécnico.

—Oh, sí. Me olvidaba de felicitarlo por su gloriosa hazaña. Gracias a usted lo frieron en la silla eléctrica.

—¡No puedo permitir que un traidor me insulte!

Hubo un remolino en la sala. Alguien sujetó al radiotécnico; otros, como con repugnancia, detuvieron a Arthur. Ninguno se fijó en el geólogo y fue él quien descargó un puñetazo a Smith en plena cara.

El pastor Williams gritó con voz sonora e irrebatible:

—¡Señores, se levanta la sesión!

Mientras los demás se dispersaban en pequeños grupos de amigos, de cómplices, de hombres que no sabían sino arrimarse a otros, Arthur Smith volvió solo, a su solitaria habitación de la casa de visitantes.

Prendió la luz del baño y se contempló en el espejo del botiquín.

—Un golpe bien dado. Se ve que el tipo ése tiene práctica.

Se aplicó unas cuantas compresas de agua caliente sobre la parte dolorida y se dispuso a acostarse.

—No voy a poder dormir —pensó.

Pero era extraño. Esa certidumbre, que en otras ocasiones lo hubiera trastornado, hoy ni siquiera lo angustiaba. Y el miedo (cómo?, ¿por qué?) se había desvanecido.

—Tengo toda la noche, toda una larga noche, y quizá toda la vida por delante para pensar. Necesito pensar mucho; necesito llegar a entender lo que sucede.

Porque ahora todo lo que antes era nítido y ostentaba un rótulo indicador, se había vuelto confuso, incomprensible. Entre el lado bueno y el lado malo no había fronteras definidas y el villano y el héroe ya no eran dos adversarios que se enfrentaban sino un solo rostro con dos máscaras. La victoria ya no era recompensa para el mejor, sino botín del astuto, del fuerte.

Al otro día Arthur Smith se presentó a la oficina de Williams. Éste no hizo el menor gesto de bienvenida.

—Supongo que entregará usted su dimisión.

—Pero no en los términos en que usted cree. Antes exijo

que se me responda por el fraude que se ha cometido conmigo.

—¿Un fraude? ¿Está usted loco?

—En los Estados Unidos, en la Organización, se me dijo que la Casa del Señor tenía muchas mansiones y que Ah-tún era una de ellas. Y luego resulta que no hay más que una fachada endeble, llena de cuarteaduras, detrás de la cual se esconden...

—¡Basta!

—Sí, basta. No es preciso nombrar lo que usted conoce mejor que yo, puesto que lo solapa.

—La Religión y la Patria van siempre juntas. No tengo nada de qué avergonzarme. Y en un momento de lucha...

—¿Por qué traer la lucha hasta aquí?

—Porque no hay un solo lugar en el mundo que no se haya convertido en campo de batalla. Porque América Latina es parte de nuestro hemisferio. Y porque en América Latina el comunismo está infiltrándose cada vez más.

—Es curioso. El comunismo se infiltra en los países donde pocos tienen el derecho a comer o a instruirse. Donde la dignidad es un lujo que no pueden pagar más que los ricos y la humillación es la condición del pobre. Donde un puñado de hombres dignos, instruidos y bien alimentados explotan a la muchedumbre de humillados, ignorantes y hambrientos.

—¿Ha terminado usted su sermón?

—No era un sermón. ¿Acaso no reparó usted en que no he mencionado ninguna de las grandes palabras? Ni el amor, ni la mansedumbre, ni el perdón. Ésas sirven para adornarse los domingos. Yo estaba pidiendo lo que debe ser el pan nuestro de cada día: la justicia.

El pastor Williams encendió con insolencia un cigarrillo.

—Le aconsejo que se mantenga usted lo más lejos posible de ella.

—Usted entendió policía: yo dije justicia. Y de ella el que debe alejarse es usted.

El pastor Williams aplastó el cigarrillo contra el cenicero.

—En cuanto a su partida del campamento de Ah-tún, debe usted acelerarla. Entre los medios con los que haya contado para llevarla a cabo, debo advertirle que no incluya el helicóptero.

—Gracias. Lo suponía.

—Y le advierto también que he enviado un reporte muy completo a mis superiores de la Organización, sobre la personalidad de usted, sobre su conducta en Ah-tún y sobre sus últimas actividades que al principio califiqué como arrebatos, pero ahora comprendo que obedecían a un propósito deliberado y funesto.

—Admiro su perspicacia, Pastor.

—No trate usted de pasarse de listo. Ese reporte mío se distribuirá en los lugares precisos. Le hará la vida imposible en Norteamérica. No encontrará trabajo, porque nadie quiere dárselo a un traidor; no tendrá amigos, porque todos se apartan de un sospechoso, como de la peste.

—¿Y no me admitirían en la cárcel?

—Ni siquiera allí.

—¿Es que no tienen pruebas suficientes para acusarme?

—Es que no tiene usted importancia suficiente. El Estado no va a mantener un holgazán.

—A veces resulta usted muy persuasivo, Pastor. No voy a volver a los Estados Unidos. Por lo menos ahora, no.

—¿Piensa usted permanecer aquí? Sepa que ni los católicos, ni nosotros le permitiremos que viva en nuestras zonas de influencia.

—Pero hay otras zonas. Hasta luego, Pastor.

Arthur Smith no alargó la mano para despedirse. Simplemente se fue. Llegó a su habitación a empacar sus cosas, las más indispensables, porque de hoy en adelante él mismo tendría que cargarlas.

Tomó un ejemplar del Evangelio, maltratado por el uso. Era un regalo de su madre y había sido su libro predilecto desde la niñez. Lo amaba. Pero ahora los demás se lo habían envilecido. Lo soltó.

—No quiero que me confundan con los otros.

Cuando Arthur atravesó la recta, única y larga calle de Ah-tún ninguno se asomó a verlo. Era la hora del episodio radiofónico. Sólo el Pastor, detrás del vidrio de su ventana, murmuraba.

—Ese tonto, imbécil. Podría haber hecho una buena carrera.

Arthur caminó entre la sombra fresca, aromática y movible de los pinos. Luego sobre una planicie breve. Al atardecer se sentó a descansar contra una piedra.

¡Qué hermoso era el paisaje! ¡Y qué libre se sentía él porque nada de lo que estaba contemplando le movía a codicia, nada le despertaba el instinto de posesión!

—Bueno, Arthur —se dijo al fin—. Es hora de hacer cuentas. Aquí estás, a la intemperie. De la noche a la mañana perdiste todos los puntales que te sostenían. Ya no hay más religión, ni patria, ni dinero.

Respiró sosegadamente. No experimentaba nostalgia, no sentía miedo ni desamparo. Igual que Mariano, no tenía más que esperanza.

—Soy joven. Y lo único que necesito es tiempo. Tiempo para entender, para decidir.

A lo lejos, en el crepúsculo, humeaba una choza, con ese humo escaso, vacilante, de cocina pobre. Arthur se encaminó a ella.

—Tengo hambre; quizá me den alojamiento por una noche. Alguna cosa habrá en la que yo pueda serles útil.

Arthur iba de prisa, ansioso de llegar.

—Será cuestión de ponerse de acuerdo. Por lo menos estos hombres y yo hablamos el mismo idioma.

Oficio de tinieblas

Novela. Joaquín Mortiz, 1962. Quinta edición, 1986. Promexa Editores, 1979.

Fragmento de una entrevista con Margarita García Flores, *Cartas marcadas*, UNAM, 1979.

El oficio de tinieblas se reza, por la liturgia católica, en el viernes santo. Escogí este nombre porque el momento culminante de la novela es aquel en que un indígena es crucificado, en un viernes santo también, para convertirse en el Cristo de su pueblo. Y porque además la palabra tinieblas corresponde muy bien al momento por el que atraviesan tanto los indios como los "blancos" que los explotan, en Chiapas. [...]

El arte tiene, ante todo, el deber de ser arte. Como fenómeno social que es, puede teñirse de propaganda política, religiosa, etc. Pero esta propaganda no será de ninguna manera eficaz si no se subordina a las exigencias estéticas.

Fragmento de una entrevista con Emmanuel Carballo, *Diecinueve protagonistas de la literatura mexicana del siglo XX*, Empresas Editoriales, 1965.

Está basada en un hecho histórico: el levantamiento de los indios chamulas, en San Cristóbal, el año de 1867. Este hecho culminó con la crucifixión de uno de estos indios, al que los amotinados proclamaron como el Cristo indígena. Por un momento, y por ese hecho, los chamulas se sintieron iguales a los blancos. Acerca de esta sublevación casi no existen documentos. Los testimonios que pude recoger se resienten, como es lógico, de partidarismo más o menos ingenuo. Intenté penetrar en las circunstancias, entender los móviles y captar la psicología de los personajes que intervinieron en estos acontecimientos. A medida que avanzaba, me di cuenta que la lógica histórica es absolutamente distinta de la lógica literaria. Por más que quise, no pude ser fiel a la Historia. Abandoné poco a poco el suceso real. Lo trasladé de tiempo, a un tiempo que conocía mejor, la época de Cárdenas, momento en el que, según todas las apariencias, va a efectuarse la reforma agraria en Chiapas. Este hecho probable produce malestar entre los que poseen la tierra y los que aspiran a poseerla: entre los blancos y los indios. El malestar culmina con la sublevación indígena y el aplastamiento brutal del motín por parte de los blancos. Según la historia, el levantamiento amenazó la seguridad de San Cristóbal. Los chamulas estuvieron a punto de invadir la ciudad; se retiraron, estando frente a ella, porque les aterrorizó el prestigio secular de los blancos, no tanto la fuerza ya que en ese momento estaban desarmados. De acuerdo con la manera de vivir y concebir el mundo, a los chamulas les era imposible conquistar la ciudad enemiga. Me explico. Entre ellos la memoria trabaja en forma diferente: es mucho menos constante y mucho más caprichosa. De ese modo, pierden el sentido del propósito que persiguen. Se lanzan contra pequeños poblados, contra ranchos sin dueño y, en unos y en otros, desahogan la violencia. Conforme se produce el desahogo, la violencia deja de ser necesaria, aunque no haya producido los efectos que se proponía. En ese momento, *Oficio de tinieblas* se convierte en novela y se aparta definitivamente de la historia. [...]

Se ajusta de principio a fin a los moldes tradicionales. De acuerdo con el tema, respeté la ordenación cronológica de los sucesos. La historia es, de por sí, complicada y confusa para agregarle dificultades arquitectónicas y estilísticas. Por el contrario, la construcción arroja claridad sobre los hechos. Por esa misma razón penetré en la psicología de los personajes. Doy antecedentes de sus vidas para, de esta manera, ayudar a comprender su conducta. En ocasiones parecen reaccionar de un modo arbitrario si nos desentendemos de sus antecedentes. La arbitrariedad existe y subsiste porque en la situación en que se encuentran no rige la justicia sino la fuerza. El poder lo poseen primero unos y después los otros. Cuando cada uno de los bandos lo usa, lo usa a la medida de sus pasiones. Si la construcción es tradicional, no creo que el asunto sea muy frecuente. [...]

Escribir ha sido, más que nada, explicarme a mí misma las cosas que no entiendo. Cosas que, a primera vista, son confusas o difícilmente comprensibles. Como los personajes indígenas eran, de acuerdo con los datos históricos, enigmáticos, traté de conocerlos en profundidad. Me pregunté por qué actuaban de esa manera, qué circunstancias los condujeron a ser de ese modo. Así, comencé a desentrañarlos y a elaborarlos. Un acto me llevaba al inmediato anterior y, por ese método, llegué a conocerlos íntegramente. [...]

El cuento me parece más difícil porque se concreta a describir un solo instante. Ese instante debe ser lo suficientemente significativo para que valga la pena captarlo. En oposición, la novela es capaz de enriquecerse con multitud de detalles. Se pueden mencionar rasgos de las criaturas que no necesariamente condicionen la acción o el sentido de la novela. En el cuento esta oportunidad no halla cabida. El espacio es mucho menor. Es necesario reducir hechos y personas a los rasgos esenciales. [...]

No soy lo suficientemente reflexiva, aunque me lo proponga. En *Oficio de tinieblas* la reflexión alcanza cierta altura y consistencia. Al crear el carácter de un personaje o al describir sus acciones trato de iluminar los móviles, las circunstancias, las consecuencias que cada acto pueda producir. No ofrezco el hecho en bruto, trato de explicármelo y de explicarlo.

Puesto que ya no es grande vuestra gloria;
puesto que vuestra potencia ya no existe
—y aunque sin gran derecho a la piedad—,
vuestra sangre dominará todavía un poco...

Todos los hijos del alba, la prole del alba,
no serán de vosotros;
sólo los grandes habladores se os abandonarán.

Los del Daño, los de la Guerra, los de la Miseria,
vosotros que hicisteis el mal,
lloradlo.

El libro del consejo

I

San Juan, el Fiador, el que estuvo presente cuando aparecieron por primera vez los mundos; el que dio el sí de la afirmación para que echara a caminar el siglo; uno de los pilares que sostienen firme lo que está firme, San Juan Fiador, se inclinó cierto día a contemplar la tierra de los hombres.

Sus ojos iban del mar donde se agita el pez a la montaña donde duerme la nieve. Pasaban sobre la llanura en la que pelea, aleteando, el viento; sobre las playas de arena chisporroteadora; sobre los bosques hechos para que se ejercite la cautela del animal. Sobre los valles.

La mirada de San Juan Fiador se detuvo en el valle que nombran de Chamula. Se complació en la suavidad de las colinas que vienen desde lejos (y vienen como jadeando en sus resquebrajaduras), a desembocar aquí. Se complació en la vecindad del cielo, en la niebla madrugadora. Y fue entonces cuando en el ánimo de San Juan se movió el deseo de ser reverenciado en este sitio. Y para que no hubiera de faltar con qué construir su iglesia y para que su iglesia fuera blanca, San Juan transformó en piedras a todas las ovejas blancas de los rebaños que pacían en aquel paraje.

El promontorio —sin balido, inmóvil— quedó allí como la seña de una voluntad. Pero las tribus pobladoras del valle de Chamula, los hombres tzotziles o murciélagos, no supieron interpretar aquel prodigio. Ni los ancianos de mucha edad, ni los varones de consejo, acertaron a dar opinión que valiera. Todo les fue balbuceo confuso, párpados abatidos, brazos desmayados en temeroso ademán. Por eso fue necesario que más tarde vinieran otros hombres. Y estos hombres vinieron como de otro mundo. Llevaban el sol en la cara y hablaban lengua altiva, lengua que sobrecoge el corazón de quien escucha. Idioma, no como el tzotzil que se dice también en sueños, sino férreo instrumento de señorío, arma de conquista, punta del látigo de la ley. Porque ¿cómo, sino en castilla, se pronuncia la orden y se declara la sentencia? ¿Y cómo amonestar y cómo premiar sino en castilla?

Pero tampoco los recién venidos entendieron cabalmente

el enigma de las ovejas petrificadas. Comprendían sólo el mandato que obliga a trabajar. Y ellos con la cabeza y los indios con las manos dieron principio a la construcción de un templo. De día cavaban la zanja para cimentar pero de noche la zanja volvía a rasarse. De día alzaban el muro y de noche el muro se derrumbaba. San Juan Fiador tuvo que venir, en persona, empujando él mismo las piedras, una por una; haciéndolas rodar por las pendientes, hasta que todas estuvieron reunidas en el sitio donde iban a permanecer. Sólo allí el esfuerzo de los hombres alcanzó su recompensa.

El edificio es blanco, tal como San Juan Fiador lo quiso. Y en el aire —que consagró la bóveda— resuenan desde entonces las oraciones y los cánticos del caxlán; los lamentos y las súplicas del indio. Arde la cera en total inmolación de sí misma; exhala su alma ferviente el incienso; refresca y perfuma la juncia. Y la imagen de San Juan (madera policromada, fino perfil) pastorea desde el nicho más eminente del altar mayor a las otras imágenes: Santa Margarita, doncella de breve pie, llovedora de dones; San Agustín, robusto y sosegado; San Jerónimo, el del tigre en las entrañas, protector secreto de los brujos; la Dolorosa, con una nube de tempestad enrojeciendo su horizonte; la enorme cruz del Viernes Santo, exigidora de la víctima anual, inclinada, a punto de desgajarse igual que una catástrofe. Potencias hostiles a las que fue preciso atar para que no desencadenasen su fuerza. Vírgenes anónimas, apóstoles mutilados, ángeles ineptos, que descendieron del altar a las andas y de las andas al suelo y ya en el suelo fueron derribados. Materia sin virtud que la piedad olvida y el olvido desdeña. Oído duro, pecho indiferente, mano cerrada.

Así como se cuentan sucedieron las cosas desde sus orígenes. No es mentira. Hay testimonios. Se leen en los tres arcos de la puerta de entrada del templo, desde donde se despide el sol.

Este lugar es el centro. A él se arriman los tres barrios de Chamula, cabecera de municipio, pueblo de función religiosa y política, ciudad ceremonial.

A Chamula confluyen los indios "principales" de los más remotos parajes, en los altos de Chiapas, donde se habla tzotzil. Aquí reciben su cargo.

El de más responsabilidad es el de presidente, y al lado suyo, el de escribano. Los asisten alcaldes, regidores, mayores, gobernadores y síndicos. Para atender el culto de los santos están los mayordomos y para organizar las festividades sacras los alféreces. Los "pasiones" se designan para la semana de carnaval.

Los cargos duran doce meses y quienes los desempeñan, transitorios habitantes de Chamula, ocupan las chozas diseminadas en las laderas y llanuras, atienden a su manutención labrando la tierra, criando animales domésticos y pastoreando rebaños de ganado lanar.

Concluido el término los representantes regresan a sus parajes revestidos de dignidad y prestigio. Son ya "pasadas autoridades". Deliberaron en torno de su presidente y las deliberaciones quedaron asentadas en actas, en papel que habla, por el escribano. Dirimieron asuntos de límites; aplacaron rivalidades; hicieron justicia; anudaron y desanudaron matrimonios. Y, lo más importante, tuvieron bajo su custodia lo divino. Se les confió para que nada le faltase de cuidado y de reverencia. Por esto, pues, a los escogidos, a la flor de la raza, no les es lícito penetrar en el día con el pie de la faena sino con el de la oración. Antes de iniciar cualquier trabajo, antes de pronunciar cualquier palabra, el hombre que sirve de dechado a los demás debe prosternarse ante su padre, el sol.

Amanece tarde en Chamula. El gallo canta para ahuyentar la tiniebla. A tientas se desperezan los hombres. A tientas las mujeres se inclinan y soplan la ceniza para desnudar el rostro de la brasa. Alrededor del jacal ronda el viento. Y bajo la techumbre de palma y entre las cuatro paredes de bajareque, el frío es el huésped de honor.

Pedro González Winiktón separó las manos que la meditación había mantenido unidas y las dejó caer a lo largo de su cuerpo. Era un indio de estatura aventajada, músculos firmes. A pesar de su juventud (esa juventud tempranamente adusta de su raza) los demás acudían a él como se acude al hermano mayor. El acierto de sus disposiciones, la energía de sus mandatos, la pureza de sus costumbres, le daban rango entre la gente de respeto y sólo allí se ensanchaba su corazón. Por eso cuando fue forzado a aceptar la investidura de juez, y cuando juró ante la cruz del atrio de San Juan, estaba contento. Su mujer, Catalina Díaz Puiljá, tejió un chamarro de lana negra, grueso, que le cubría holgadamente hasta la rodilla. Para que en la asamblea fuera tenido en más.

De modo que a partir del 31 de diciembre de aquel año Pedro González Winiktón y Catalina Díaz Puiljá se establecieron en Chamula. Les fue dada una choza para que vivieran; les fue concedida una parcela para que la sembraran. La milpa estaba ahí, ya verdeando, ya prometiendo una buena cosecha de maíz. ¿Qué más podía ambicionar Pedro si tenía la abundancia material, el prestigio entre sus iguales, la devoción de su mujer? Un instante duró la sonrisa en su rostro, tan poco hábil para expresar la alegría. Su gesto volvió a endurecerse. Winiktón se consideró semejante al tallo hueco; al rastrojo que se quema después de la recolección. Era comparable también a la cizaña. Porque no tenía hijos.

Catalina Díaz Puiljá, apenas de veinte años pero ya reseca y agostada, fue entregada por sus padres, desde la niñez, a Pedro. Los primeros tiempos fueron felices. La falta de descendencia fue vista como un hecho natural. Pero después, cuando las compañeras con las que hilaba Catalina, con las que acarreaba el agua y la leña, empezaron a asentar el pie más pesadamente sobre la tierra (porque pisaban por ellas y por el que había de venir), cuando sus ojos se apaciguaron y su vientre se hinchió como una troje repleta, entonces Catalina palpó sus caderas baldías, maldijo la ligereza de su paso y, volviéndose repentinamente para mirar tras de sí, encontró que su paso no había dejado huella. Y se angustió pensando que así pasaría su nombre sobre la memoria de su pueblo. Y desde entonces ya no pudo sosegar.

Consultó con los mayores; entregó su pulso a la oreja de los adivinos. Interrogaron las vueltas de su sangre, indagaron hechos, hicieron invocaciones. ¿Dónde se torció tu camino, Catalina? ¿Dónde te descarriaste? ¿Dónde se espantó tu espíritu? Catalina sudaba, recibiendo íntegramente el sahumerio de hierbas milagrosas. No supo responder. Y su luna no se volvió blanca como la de las mujeres que conciben, sino que se tiñó de rojo como la luna de las solteras y de las viudas. Como la luna de las hembras de placer.

Entonces comenzó la peregrinación. Acudía a los custitaleros, gente errante, sabedora de remotas noticias. Y entre los pliegues de su entendimiento guardaba los nombres de los parajes que era preciso visitar. En Cancuc había una anciana, dañera o ensalmadora, según la solicitaran. En Biqu'it Bautista, un brujo, sondeaba la noche para interpretar sus designios. En Tenejapa despuntaba un hechicero. Y allá iba Catalina con humildes presentes: las primeras mazorcas, garrafones de trago, un corderito.

Así para Catalina fue nublándose la luz y quedó confinada en un mundo sombrío, regido por voluntades arbitrarias. Y aprendió a aplacar estas voluntades cuando eran adversas, a excitarlas cuando eran propicias, a trastrocar sus signos. Repitió embrutecedoras letanías. Intacta y delirante atravesó corriendo entre las llamas. Era ya de las que se atreven a mirar de frente el misterio. Una "ilol" cuyo regazo es arcón de los conjuros. Temblaba aquel a quien veía con mal ceño; iba reconfortado aquel a quien sonreía. Pero el vientre de Catalina siguió cerrado. Cerrado como una nuez.

De reojo, mientras molía la ración de posol arrodillada frente al metate, Catalina observaba la figura de su marido. ¿En qué momento la obligaría a pronunciar la fórmula de repudio? ¿Hasta cuándo iba a consentir la afrenta de su esterilidad? Matrimonios como éste no eran válidos. Bastaría una palabra de Winiktón para que Catalina volviera al jacal de su familia, allá en Tzajal-hemel. Ya no encontraría a su padre, muerto hacía años. Ya no encontraría a su madre, muerta hacía años. No quedaba más que Lorenzo, el hermano, quien por la simplicidad de su carácter y la vaciedad de la risa que le partía en dos la boca, era llamado "el inocente".

Catalina se irguió y puso la bola de posol en el morral de bastimento de su marido. ¿Qué lo mantenía junto a ella? ¿El miedo? ¿El amor? La cara de Winiktón guardaba bien su secreto. Sin un ademán de despedida el hombre abandonó la choza. La puerta se cerró tras él.

Una decisión irrevocable petrificó las facciones de Catalina. ¡No se separarían nunca, ella no se quedaría sola, no sería humillada ante la gente!

Sus movimientos se hicieron más vivos, como si allí mismo fuera a entablar la lucha contra un adversario. Iba y venía en el interior del jacal, guiándose más por el tacto que por la vista, pues la luz penetraba únicamente a través de los agujeros de la pared y la habitación estaba ennegrecida, impregnada de humo. Aún más que el tacto, la costumbre configuraba los gestos de la india, evitándole rozar los objetos amontonados sin orden en tan reducido espacio. Ollas de barro, desportilladas, rotas; el metate, demasiado nuevo, no domado aún por la fuerza y la habilidad de la molendera; troncos de árboles en vez de sillas; cofres antiquísimos, de cerradura inservible. Y, reclinadas contra la fragilidad del muro, cruces innumerables. De madera una, cuya altura alcanzaba y parecía sostener el techo; de palma entretejida las demás, pequeñas, con un equívoco aspecto de mariposas. Pendientes de la cruz principal estaban las insignias de Pedro González Winiktón, juez. Y, desperdigados, los instrumentos del oficio de Catalina Díaz Puiljá, tejedora.

El rumor de actividad, proveniente de los otros jacales, cada vez más distinto y apremiante, hizo que Catalina sacudiera la cabeza como para ahuyentar el ensueño doloroso que la oprimía. Apresuró sus preparativos: dentro de una red fue colocando cuidadosamente, envueltos en hojas para evitar que se quebraran, los huevos recolectados en los nidos la noche anterior. Cuando la red estuvo llena Catalina la cargó sobre su espalda. El mecapal que se le incrustaba en la frente parecía una honda cicatriz.

Alrededor de la choza se había reunido un grupo de mujeres que aguardaban en silencio la aparición de Catalina. Una por una desfilaron ante ella, inclinándose para dar muestra de respeto. Y no alzaron la frente sino hasta que Catalina posó en ella unos dedos fugaces mientras recitaba la cortés y mecánica fórmula de salutación.

Cumplida esta ceremonia echaron a andar. Aunque todas conocían el camino ninguna se atrevió a dar un paso que no fuera en seguimiento de la ilol. Se notaba en los gestos expectantes, rápidamente obedientes, ansiosamente solícitos, que aquellas mujeres la acataban como superior. No por el puesto que ocupaba su marido, ya que todas eran también esposas de funcionarios y alguna de funcionario con dignidad más alta que la de Winiktón, sino por la fama que transfiguraba a Catalina ante los ánimos temerosos, desdichados, ávidos de congraciarse con lo sobrenatural.

Catalina admitía el acatamiento con la tranquila certidumbre de quien recibe lo que se le debe. La sumisión de los demás ni la incomodaba ni la envanecía. Su conducta acertaba a corresponder, con parquedad y tino, el tributo dispensado. El don era una sonrisa aprobatoria, una mirada cómplice, un consejo oportuno, una oportuna llamada de atención. Y conservaba siempre en su mano izquierda la amenaza, la posibilidad de hacer daño. Aunque ella misma vigilaba su poder. Había visto ya demasiadas manos izquierdas cercenadas por un machete vengador.

Así pues Catalina iba a la cabeza de la procesión de tzotziles. Todas uniformemente cubiertas por los oscuros y gruesos chamarros. Todas inclinadas bajo el peso de su carga (la mercancía, el niño pequeño dormido contra la madre). Todas con rumbo a Ciudad Real.

La vereda —abierta a fuerza de ser andada— va serpenteando para trasponer los cerros. Tierra amarilla, suelta, de la que se deja arrebatar fácilmente por el viento. Vegetación hostil. Maleza, espinos retorciéndose. Y, de trecho en trecho, jóvenes arbustos, duraznos con su vestido de fiesta, duraznos ruborizados de ser amables y de sonreír, ruborizados de ser dichosos.

La distancia entre San Juan Chamula y Ciudad Real (o Jobel en lengua de indios) es larga. Pero estas mujeres la vencían sin fatiga, sin conversaciones. Atentas al sitio en que se coloca el pie y a la labor que cunde entre las manos; ruedas de pichulej a las que su actividad iba añadiendo longitud.

El macizo montañoso viene a remansarse en un extenso valle. Aquí y allá, con intermitencias, como dejadas caer al descuido, aparecen las casas. Construcciones de tejamanil, habitación de ladino que vigila sus sementeras o sus menguados rebaños, precario refugio contra la intemperie. A veces, con la insolencia de su aislamiento, se yergue una quinta. Sólidamente plantada, más con el siniestro aspecto de fortaleza o de cárcel que con el propósito de albergar la molicie refinada de los ricos.

Arrabal, orilla. Desde aquí se ven las cúpulas de las iglesias, reverberantes bajo la humedad de la luz.

Catalina Díaz Puiljá se detuvo y se persignó. Sus seguidoras la imitaron. Y luego, entre cuchicheos, prisa y diestros ademanes, hicieron una nueva distribución de la mercancía que transportaban. Sobre algunas mujeres cayó todo el peso que podían soportar. Las otras simularon doblegarse bajo una carga excesiva. Éstas iban adelante.

Calladas, como quien no ve y no oye, como quien no está a la expectativa de ningún acontecimiento inminente, las tzotziles echaron a andar.

Al volver la primera esquina el acontecimiento se produjo y no por esperado, no por habitual, fue menos temible y repugnante. Cinco mujeres ladinas, de baja condición, descalzas, mal vestidas, se abalanzaron sobre Catalina y sus compañeras. Sin pronunciar una sola palabra de amenaza, sin enardecerse con insultos, sin explicarse con razones, las ladinas forcejeaban tratando de apoderarse de las redes de huevos, de las ollas de barro, de las telas, que las indias defendían con denodado y mudo furor. Pero entre la precipitación de sus gestos ambas contendientes cuidaban de no estropear, de no romper el objeto de la disputa.

Aprovechando la confusión de los primeros momentos algunas indias lograron escabullirse y, a la carrera, se dirigieron al centro de Ciudad Real. Mientras tanto las rezagadas abrían la mano herida, entregaban su presa a las "atajadoras" quienes, triunfantes, se apoderaban del botín. Y para dar a su violencia un aspecto legal lanzaban a la enemiga derribada un puñado de monedas de cobre que la otra recogía, llorando, de entre el polvo.

II

MARCELA GÓMEZ OSO fue una de las que lograron escapar. Con movimientos furtivos y rápidos, como de animal avezado a la persecución y al peligro, Marcela se deslizaba por las calles empedradas de Ciudad Real. Iba con su fardo a cuestas, en medio del arroyo, porque a las personas de su raza no les está permitido transitar en las aceras. Turbada por el gentío; aturdida por el lenguaje extraño que le golpeaba los oídos sin conmover su inteligencia, maravillada y torpe, avanzaba Marcela. No quiso escoger el rumbo del mercado sino que se desvió por caminos laterales. Barrios apacibles aquéllos. Roza el silencio el pie desnudo del pobre; lo rasguña la espuela brillante del hacendado; lo quiebra el pesado casco de las bestias.

Marcela se asomaba a los zaguanes abiertos y, modulando con voz insegura y alta las únicas palabras españolas de las que era dueña, pregonaba su mercadería. De más allá de los patios florecidos, del interior de cámaras invisibles, llegaba la respuesta: un "no", impaciente o desganado, un rechazo impersonal y anónimo. A veces las sirvientas la introducían hasta sus dominios. Allí eran las bromas crueles, el regateo intolerable que Marcela entendía sólo a medias pero que la azoraba y la hacía temblar como un pájaro caído en el lazo. Cuando las criadas se aburrían del juego la dejaban partir.

—¿Qué estás vendiendo, marchanta?

La pregunta la formuló una mujer cuarentona, obesa, con los dientes refulgiendo en groseras incrustaciones de oro. Estaba sentada en una sillita de madera, con las enaguas derramándose a su alrededor. Fumaba un largo cigarro envuelto en papel amarillo. Había hablado en tzotzil. Los ojos de Marcela brillaron de gratitud.

—Cántaros —respondió.

—¿Y serán de buena clase tus cántaros?

La india hizo un vehemente signo de asentimiento, mientras se descargaba de la red para que su interlocutora examinara por sí misma la calidad.

—¿No se me irán a ventear? ¿No se me irán a romper muy luego?

Marcela negó casi con angustia y esto pareció satisfacer a la compradora, quien se aplicó a palpar, una por una, las piezas de barro.

Marcela permanecía de pie, sin moverse, procurando no hacer ruido al respirar. El sudor le humedecía la cara.

Se hallaban en una amplia habitación. La puerta de la calle estaba abierta de par en par, en tanto que la puerta posterior —que daba acceso al fondo de la casa— estaba sólo entornada. Un mostrador de coyunturas flojas; un estante de cuatro tablas, querían producir la impresión de que aquel cuarto era una tienda. Pero la exigüidad del surtido (varios atados, incompletos, de panela; tres botellas de temperante; algunos manojos de hierbas de olor) indicaba la poca prosperidad del negocio.

—Sentate, marchanta. Me da tentación verte parada allí.

Las palabras de la ladina salieron veladas por el humo del cigarro. Marcela, confundida por la amabilidad de la proposición, cambió de postura pero continuó de pie. La mujer insistía:

—Sentate, no tengás resquemor. ¿Acaso no venís cansada del camino?

Marcela sonrió ambiguamente.

—Aunque a tu edad se tienen bríos para eso y para más. Yo me acuerdo de mis tiempos... Vos bien que andarás andando ya en los catorce años.

—No sé, patrona. Mi nana no me ha dicho nunca cuándo nací.

—¿Vivís con tu nana todavía? ¿No te ha juntado con hombre?

—Todavía no, patrona.

La ladina dio una última chupada a su cigarro. Su pecho ronroneó placenteramente. Sus ojos permanecían atentos a la figura de Marcela. Como quien llega al final de una reflexión, dijo:

—Sos bastante regular.

Marcela había terminado por sentarse en el suelo. Con los párpados bajos, se entretenía en dibujar rayas sobre el ladrillo. Sus orejas se encendieron al escuchar el elogio.

—¿Ya tuviste marido?

—No.

—¿Por qué?

—Mi nana no me quiere apartar de ella.
—Será porque ya la podés ayudar con el trabajo.
—Será.
—Así te da a valer. Va a pedir un garrafón grande de trago por vos.
Una risa ronca, relampagueante de oro, hizo temblar el abundante pecho de la ladina. Marcela sintió un indefinible malestar, un remoto escalofrío de alarma. La mujer cambió la conversación.
—Conque ¿cuánto es lo que querés por tus cántaros?
—Doce reales, patrona.
Marcela aventuró la cifra sin saber exactamente su magnitud. Suponía que era mucho dinero y que se lo iban a negar. Esperaba la escandalosa protesta de la compradora, contaba con ella para disminuir su demanda. Pero la ladina no protestó. Se limitó a comentar:
—No se va a poder venderlos con ganancia. ¡Vaya por Dios!
Entonces Marcela tuvo la certidumbre de que no había pedido el precio justo, de que estaba regalando su trabajo. Pero ya no era posible desdecirse. Hizo una última objeción.
—¿Los vas a coger todos, patrona?
—No me digás patrona. Me llamo Mercedes. Mercedes Solórzano. Habrás oído hablar de mí.
—No, patrona.
Un "tanto mejor" mascullado apenas y luego la decisión.
—Sí, los voy a coger todos.
Doña Mercedes se levantó con dificultad.
—Esperame un rato.
Abrió la puerta posterior y desapareció.
Cinco, diez, quince minutos. Marcela sentía ascender por sus piernas, paulatino, el entumecimiento. Cambió de postura. La sangre volvió a circular de nuevo, hormigueadora.
Sin hacer ruido había regresado doña Mercedes.
—Está bien. Dejame aquí los cántaros y vení conmigo. Allá dentro te van a pagar.
Doña Mercedes iba señalando el camino. Al llegar frente a una puerta se detuvo. Tocó discretamente antes de traspasarla. Marcela se detuvo en el umbral.
—Ésta es —dijo, señalándola, doña Mercedes.
Un hombre de complexión robusta, de mediana edad, sacaba brillo al cañón de una pistola con un retazo de gamuza. Vestía traje de dril, calzaba botas de campo. Se reclinaba

perezosamente en el respaldo de un sillón giratorio. Al entrar las mujeres alzó levemente la cabeza. Un ojo rapaz y certero valuó a la muchacha indígena. Hizo un imperceptible guiño de consentimiento. Entonces doña Mercedes aguijó a Marcela.

—Pasá. Te están esperando.

Pero como Marcela no obedecía con la rapidez necesaria, la ladina la empujó sin contemplaciones.

—Se te está diciendo que pasés.

Marcela se tambaleó y para sostenerse buscó apoyo en un mueble. Doña Mercedes se dispuso a salir.

—Cierre usted la puerta —recomendó la voz del hombre.

Doña Mercedes se alejó, refunfuñando.

—Este Leonardo... ¡como si yo no conociera bien mi oficio!

Volvió a su tienda, a sentarse en la sillita baja. Empezó a liar otro cigarro.

El temperamento de doña Mercedes era comunicativo y se avenía mal con las prolongadas soledades a las que las circunstancias la sometían. Acabó por adquirir la costumbre de hablar sola, imaginando un impreciso auditorio.

—Hay cosas que no se creerían si no se palparan. Don Leonardo Cifuentes, una de las varas altas de Ciudad Real, un señor tan bien visto y tan aseado, al que le bastaría alzar un dedo para que se le rindieran las adonisas más pretenciosas, es un codicioso de indias. Cierto que, como dicen, en la variedad está el gusto. Y que el que diario come faisán bien apetece un plato de frijoles de la olla. Pero una india... eso es como ir a josear en una batea de puercos. ¿No sos de mi misma opinión, compadre? Ya lo ves: yo procuro, hasta donde está a mi alcance, que sean muchachas medio limaditas, que siquiera estén limpias. Pero de todos modos no vayas a creer que me he vuelto tan vaquetona que no me da remordimiento hacer estas cosas. En mis tiempos ¡qué esperanzas que yo anduviera de correchepe, como otras que conozco y que se pasan de sobradas! No, yo adentro de mi casa, como una reina, que para eso tenía yo muchos que dieran la cara por mí. Ya se podía desvivir la gente, murmurando. Era mi suerte la que las afrentaba. Porque lo que es en la honra nadie me ha puesto nunca un pie adelante. Las señoras bien se pueden mirar en mí, que soy un espejo de cuerpo entero.

—¿Te acordás cómo en mi casa abundaba todo? ¡Qué iba yo a pedir que no me lo dieran! ¿Quién me iba a ahuizotear que me iba yo a ver en estos trances? Me pasó lo que a la cigarra del cuento. Me fui quedando íngrima, sin apoyo, sin consuelo. Aunque pecado sería que yo me quejara. Tengo mucho que agradecer, primeramente a la Virgen Santísima de la Merced, mi patrona, y después a Leonardo. Me acuerdo cuando lo conocí. Asinita era. Lo llevaron a mi casa unos sus amigos, tamaños hombrones. El pobre patojo estaba trasijado de miedo. Sentate en la orilla de mi cama, le dije. No sé qué me dio por hablarle de vos, como si fuéramos de confianza. Acercate, no te voy a comer. Sentí cómo se iba amansando su corazón, poco a poco. Te lo voy a pagar cuando yo sea grande, me dijo. ¿Quién lo iba a creer? Palabras de muchacho. Pero me las hizo buenas en la mejor ocasión. Aquí me tiene arrimada a su casa, a la casa de los Cifuentes. Si no fuera por él ¿a dónde hubiera ido yo a parar? Estaría yo de atajadora, como tantas infelices que no tienen donde les haga maroma un piojo. O de custitalera, o de placera... a saber. Y en vez de eso... La señora no me ve con buenos ojos. Según ella soy una alcahueta que solapo las sinvergüenzadas de su marido. Pero ya quisiera yo verla en mi lugar. A ver si a la hora de devolver el favor se iba a hacer la melindrosa.

Por la calle cruzaba, de cuando en cuando, algún transeúnte. Algún señor que saludaba a doña Mercedes llevándose la mano al ala del sombrero con gesto furtivo y después miraba en torno suyo y suspiraba con satisfacción al notar que no había sido observado.

—Más te detenías antes conmigo, viejo hipócrita, mi compañero.

Doña Mercedes lo decía sin alterar el tono de su voz, sin amargura, sin resentimiento; como quien conoce bien la veleidad del mundo y la mezquindad del hombre. Sus dos manos, acostumbradas al ocio, descansaban sobre el regazo.

La puerta posterior se abrió. En el vano apareció Marcela. Venía desencajada. Su pelo negrísimo, en desorden, daba a su rostro un nimbo patético. Se cubría los hombros con las manos como si tuviera frío. Doña Mercedes la contempló sin curiosidad.

—Ah, ya estás aquí, marchanta. Esperate. Te voy a dar tu paga.

Doña Mercedes sacó un envoltorio de entre su blusa. Lo desató, apartó unas monedas y las contó parsimoniosamente.

—Cabal. Doce reales.

Marcela apretó el dinero, convulsa. Y de pronto, en una

súbita resolución, lo arrojó sobre doña Mercedes. Corrió hasta el sitio donde yacían, amontonados, los cántaros y los estrelló contra el mostrador, contra los estantes, contra el suelo. Los fragmentos volaron, cayeron dispersos. El estrépito ahogó las injurias de la alcahueta que, a media calle, apostrofaba a la fugitiva.

—¡India desgraciada! ¡No te vaya yo a agarrar que no salís viva de mis manos! Mirá que venir a hacerme perjuicios... ¡Puta, malnacida!

La precipitación de la carrera, los gritos de doña Mercedes, rebotaban contra los muros, se multiplicaban en innumerables y confusos ecos.

Atraída por el escándalo una mujer descorrió el visillo de una ventana. Era Isabel Zebadúa, la esposa de Leonardo Cifuentes. Por un instante su rostro se dibujó tras los vidrios. Un rostro trabajado por el sufrimiento, roído de ansiedad, troquelado en el desdén.

Vio la india despavorida; vio la encubridora furiosa y no necesitó más para entender lo que no era la primera vez que presenciaba.

No pudo evitar un gesto de asco. Vivamente se retiró de la ventana, atravesó la habitación, abrió una puerta. Sus pupilas se dilataban para escrutar en la penumbra. Vagamente surgían de ella los objetos: un armario, sillones. Al fondo una cama de dosel.

Con los brazos extendidos, como una sonámbula, Isabel avanzó. Se detuvo a la orilla del lecho, murmurando:

—Idolina.

No obtuvo respuesta. Se arrodilló sobre la alfombra. Sus dedos se aferraron a las sábanas.

—Idolina, despierta. Puñadito de mirra, amarga, amarga; patitas de canario que no saben andar, despierta. ¿Hasta cuándo voy a ver el sol? ¿Hasta cuándo me va a alumbrar el día? Hijita de mis penas, colibrí, patitas flacas que no saben andar, despierta.

La letanía, incoherente, adelgazada en diminutivos —ternura, urgencia, desesperación—, se quebraba en sollozos.

Idolina no hizo ningún movimiento que delatara su vigilia. Se mantuvo rígida, vuelta de espaldas como quien huye, con los ojos tercamente fijos en la pared.

III

MARCELA se detuvo, jadeante. Había corrido hasta sentir que el corazón se le quebraba. No era posible correr más. Avanzó unos pasos, tambaleándose como a punto de caer desplomada. Se sentó en el filo de la banqueta, apretó los párpados con la yema de sus dedos y respiró profunda, ansiosamente.

La ciudad entera, con sus ruidos, zumbaba a su alrededor, martirizándola. Esa puerta, batida por un golpe de viento; esas campanadas perezosas y lúgubres; el chasquido del fuete al restallar en el anca del caballo; la insistencia irritante del mendigo. Y el insulto, saliendo a borbotones, torciendo la boca taraceada de oro de una prostituta.

Doña Mercedes —repetía el zumbido—, doña Mercedes Solórzano. Y Marcela perseguía este nombre, sílaba por sílaba, letra por letra, como si al apoderarse de él entrara en posesión de lo más preciado: la noche, el sueño, la muerte.

Porque Marcela no guardaba sino una imagen confusa de la violencia que había sufrido. Detrás de los gestos autoritarios y voraces de Cifuentes (a los que se resistió como lo hacen las bestias, por instinto; y se resistió de manera salvaje, a mordiscos, a arañazos) Marcela vislumbró algo. No lo que tantas mujeres de su condición: el orgullo de ser preferidas por un caxlán. No lo que otras hembras: el peligroso deleite de suscitar un deseo brutal. No, Marcela había adivinado un paraíso: la suprema abolición de su conciencia.

Fue sólo un instante. Aflojar las manos, soltar lo que traía entre ellas: la miseria, la zozobra. Entregarlo todo y quedar libre. De su cuerpo, como de un planeta distante, le llegaba un rumor doloroso. Pero Marcela estaba lejos, flotando en una atmósfera densa y tibia, maternal. ¿Por qué la habían arrojado otra vez a la intemperie? Volvió en sí, rodeada de alaridos, cuando la persecución mordió su calcañar. Y había corrido no sabía si huyendo o regresando. ¿Pero cómo se regresa, Dios mío, cómo se regresa?

Sentada en el filo hostil, con las rodillas juntas para sostener su frente abatida, Marcela se balanceaba con extrema lentitud, acompañando este movimiento con un arrullo ronco, de paloma arisca.

Así. Ya está el sopor cargándote de plomo las entrañas. Así. La paloma se amansa poco a poco. Así.

El mediodía volaba despacio.

—Miralo vos, está bien bola.

Dos niños, hasta de once años, se codeaban para señalar a Marcela. En sus ojos, mancillados ya por el espectáculo de la degradación humana, brillaba un chispazo de regocijo.

Marcela no escuchó este comentario. En su interior seguía taladrando un zumbido, el zumbido que dice: doña Mercedes, doña Mercedes Solórzano. Y después el despeñadero, la nada.

—Se está haciendo la sonsa, vos.

—Yday pues.

Uno de los niños extrajo de la bolsa de su pantalón de dril —remendado con grandes parches a la altura de la rodilla— una resortera. Le acomodó una cáscara de naranja. Apuntó. El proyectil dio en el blanco. Marcela abrió los ojos enormes de la sorpresa, los ojos desorientados del miedo.

—¡Ejush! ¡Ejush!

Gritaban los niños, parapetándose tras de la esquina, provocando una cólera que no podía manifestarse.

Súbitamente, de la misma manera que habían surgido, el miedo, la sorpresa, se extinguieron, llamaradas sin pábulo. Marcela volvió a abatir los párpados.

Los niños, envalentonados por aquella primera travesura de la que salieron impunes, planeaban otra mayor. Pero algo los contuvo. Ocultaron la resortera; afectaron un inocente descuido, una expresión angelical que contradecían sus cabellos revueltos, sus manos sucias, sus ropas mal puestas. Querían fingir así ante quienes se acercaban: don Alfonso Cañaveral, obispo de Chiapas, y un joven seminarista, Manuel Mandujano.

—Dale una limosna a esa pobre mujer —ordenó el señor obispo a su acompañante.

Manuel trató de depositar una moneda en la mano de la muchacha. Pero la mano, laxa, dejó caer la moneda hasta el suelo.

Las cejas, canosas ya, de don Alfonso, se juntaron en un ceño de incrédulo asombro. Era la primera vez que presenciaba la indiferencia de alguien hacia el dinero. No podía suceder sino por una causa muy grave.

—Pregunta qué le pasa, si está enferma.

—No sé hablar la lengua, Su Ilustrísima.

—Yo tampoco. Y tendría la disculpa de no ser de aquí si no hubiera vivido en Ciudad Real más años de los que tú cuentas.

Don Alfonso requirió el brazo de su compañero para apoyarse en él porque le gustaba exagerar su debilidad. Continuaron su camino. En torno de la pareja flotaban los amplios, oscuros manteos.

A su hora pasaron, con su paso lento, procesional, las otras gentes. La mujer que va a entregar el pan de casa en casa; la beata que acude a los oficios vespertinos; el aprendiz que sale de su trabajo; la modista que acaba de cerrar, con varias vueltas de llave, su taller. Señores de bastón con empuñadura de oro que van de paseo, entre dos luces, silbando para ocultar sus intenciones.

Marcela se estremeció y maquinalmente se puso de pie. Miró a su alrededor con extrañeza. ¿Quién la condujo hasta aquí? ¿Cuánto tiempo había permanecido en este sitio? ¿Por qué? No alcanzaba a comprender, no recordaba. Tenía un propósito: volver a Chamula. Echó a andar de prisa, equivocándose, hasta detenerse en el mercado. Allí, sentadas en los escalones, estaban las tzotziles. Aguardaban a Marcela. Enmudecieron al verla aproximarse.

Marcela se paró frente a ellas. Muda también. Sus ojos sobrenadaban en un agua turbia y sin fondo.

De entre el mujerío surgió una voz que la increpaba.

—¿Por qué te dilataste tanto? Ya se va a meter el sol. Por tu culpa vamos a regresar de noche.

Tenía derecho a hablar. Era Felipa, la madre de Marcela. Pero Marcela no respondió. Su mutismo irritaba a la mujer. Chillando, con un chillido frágil y ridículo, exigía:

—¡Contesta!

¿Qué iba a contestar Marcela? Había entrado en una casa desconocida: había ofrecido sus cántaros a una compradora desconocida.

—¿Dónde está la paga?

Felipa extendió la mano para recibirla. Pero Marcela no tenía nada que dar.

—¿Dónde está la paga?

Felipa se irguió. Sus pómulos estaban amoratados de ira. Las demás asistían, atónitas, a la escena. Algunas desviaron el rostro porque la desobediencia no es buena de contemplar.

Felipa descendió los escalones, amenazante.

—Me vas a entregar ese dinero, grandísima cabrona.

Esta palabra repentina, la única en español de aquella fra se, restalló como un latigazo. Se alzó el puño colérico, cay sobre el rostro de la muchacha. El dolor se le quebró en so llozos.

—¿Y qué? ¿Qué me vas a decir? ¿Que te robaron por an dar de boca abierta?

Por fin toda la energía que las horas de espera habían acu mulado en el corazón de aquella mujer, se descargaba en e castigo. También la decepción. Y no sólo de este día. Lo años de paciencia ante el infortunio; los años de sufrimient soportados sin una queja; toda la memoria amarga que e indio adormece en la embriaguez y en la oración, pesaba e el puño cerrado de Felipa. Y cada gemido de Marcela enar decía más y más a su madre. Ya estaba bañada en sudor; y un calambre agarrotaba su brazo y aún no quería soltar a l víctima. Hasta que una voz imperiosa la paralizó:

—¡Déjala!

Era Catalina Díaz Puiljá. Desde su sitio, en el escalón má alto, habló. Y no le fue necesario más que ser escuchada par ser obedecida.

Felipa se volvió, inerme, hacia Catalina. Sumisos los pár pados, trémula de fatiga y de aflicción, quiso justificarse.

—No merezco reproches, madrecita. Tú misma lo atesti guaste. Yo le pegué a esta Marcela. ¿Pero acaso ella tuvo com pasión de mi cara? Mírame. Yo no soy más que una pobr vieja. Mis lomos ya no aguantan el trabajo. Me duelen much mis pies. Antes ¿dónde iba a ir Dios, que no tuviéramos qu darle de comer a nuestra boca? Pero hoy el hombre tien cargo; desatiende la milpa; las deudas vienen a levantar la cosecha. ¿Y el dinero? ¿Es que se barre con escoba? ¿Es que se recoge entre la basura? Ay, madrecita, qué te esto contando. Hace tiempo que el hambre me muerde aquí, en tre las costillas.

La ilol hizo un gesto displicente para detener aquella ca tarata de lamentaciones.

—Te estorba tu hija. Dámela. Yo la voy a tener bien.

Felipa no esperaba esta proposición. El desconcierto mos tró desamparadas sus facciones. Ensayó torpemente una ex cusa.

—Te la diera yo, madrecita, si esta Marcela no fuera ta dejada. Pero lo acabas de ver con tus propios ojos. Le roba ron la paga de los cántaros. Y así es, siempre. Si la mandas a traer leña te trae leña verde. Si la mandas a tortear deja que las tortillas se tuesten en el comal. Pierde las ovejas del rebaño.

Catalina sonrió ante la puerilidad de estos pretextos.

—Entonces es mejor que esté conmigo y no contigo. Tú ya no tienes alientos para enderezarla. Yo sí.

El tono con que Catalina había hablado era concluyente. Felipa asintió. Dijo bruscamente a Marcela:

—Levántate. Desde ahora vas a quedar ajenada. Ya no estás en mi poder.

Marcela se limpió las lágrimas con el dorso de la mano y fue a colocarse detrás de Catalina. Así anduvieron. Así llegaron a San Juan Chamula.

Catalina apartó el cerrojo que trababa las dos puertas de su choza y entró. Marcela no traspuso el umbral, temerosa de arriesgarse a oscuras en un sitio que jamás había visitado antes.

La luz temblaba desde un velón de sebo transfigurando las cosas con su amarillento, macabro resplandor. Catalina tomó el velón y fue a colocarlo en una pequeña tabla que pendía del techo.

—Dormirás aquí.

Desenrolló un petate corriente, deshilachado por las orillas, y lo extendió en un rincón. Marcela se acurrucó encima de él. Miraba el trajín de Catalina para reanimar el fuego sin atreverse a ofrecerle su ayuda. Se preguntaba cuál podía ser el motivo que indujo a la ilol a interponerse entre el castigo de su madre y ella y para qué la trajo a vivir consigo. No le era posible ceder a la gratitud mientras no desapareciera la desconfianza.

—Agarra tu cena.

La muchacha había pasado el día entero sin comer. Pero el malestar que le llenaba de saliva la boca era más bien asco que hambre. Titubeó un momento. Hasta que el tono de las palabras de Catalina —persuasivo como de quien solicita un favor, inflexible como de quien decreta una orden— la decidió. Partió en dos una tortilla y la sumergió en el caldo de los frijoles fríos para reblandecerla. Empezó a masticar con la minuciosidad del que no puede deglutir sino a costa de un gran esfuerzo. Estaba preparando el segundo bocado cuando una ráfaga la sobrecogió. La puerta había vuelto a abrirse para dar paso a Pedro González Winiktón.

—¿Dónde estás, Catalina?

Dijo y fue a sentarse junto al rescoldo. Pareció no advertir la presencia de una intrusa. Pero su mujer se apresuró a informar.

—Ésta es Marcela Gómez Oso. Hija del "martoma" Rosendo Gómez Oso.

Pedro aceptó la noticia, indiferente. Catalina tuvo que insistir.

—Va a quedarse con nosotros.

Esto ya exigía una explicación.

—¿Por qué? ¿Acaso es huérfana?

Marcela se deslizó, con un leve crujido, a lo largo del petate. Quería irse, llorar, perderse en lo oscuro, alejarse de este hombre taciturno que la examinaba con tan remoto desdén. Pero estaba subordinada ya a los designios incomprensibles de la ilol. Ahora decía.

—Está ajenada conmigo.

—¿Por qué?

—Un caxlán abusó de ella.

Marcela no hizo ningún movimiento más. Alzó hacia Catalina unos ojos en los que la admiración y el respeto pugnaban por ser, cada uno, los únicos en manifestarse. ¿De qué medios se había valido esta mujer para averiguar lo que Marcela no había confesado a nadie, lo que ella misma ignoraba? Indudablemente era una ilol muy poderosa. Se alegró de estar bajo su potestad. Repitió mentalmente la frase, saboreándola: "un caxlán abusó de ella". Esto era lo que había sucedido. Algo que podía decirse, que los demás podían escuchar y entender. No el vértigo, no la locura. Suspiró aliviada.

Pero ante los ojos de Winiktón la frase relumbró de muy otra manera. Como si los años no hubiesen transcurrido y él, adolescente aún y desde la impotencia de su edad, estuviera contemplando una imagen atroz: su hermana más pequeña, con el pie traspasado por el clavo con que un caxlán la sujetó al suelo para consumar su abuso. Pedro, al mirar la sangre que manaba (lenta, espesa, negra) gritó con un alarido salvaje y golpeó furiosamente la tierra. A espaldas suyas, entre los murmullos desaprobatorios, se desenvainó un relámpago: la palabra justicia. ¿Quién la pronunció? Su fuego no había sollamado ninguna de las bocas impasibles. Pedro interrogaba, uno por uno, a los varones del consejo, a los ancianos de mucha edad. Nadie respondía. Si los antiguos poseyeron esta noción no la legaron a sus descendientes. Winiktón no pudo entonces sopesar el valor del término. Sin embargo, cada vez que su raza padecía bajo la arbitrariedad de los ladinos, las sílabas de la palabra justicia resonaban en su interior, como el cencerro de la oveja madrina. Y él iba detrás, a ciegas, por veredas abruptas y riesgosas, sin alcanzarla nunca.

Más tarde Winiktón se apegó a Xaw Ramírez Paciencia, el sacristán de la parroquia de Chamula. Un hombre solo, que vivía en la torre del campanario, que chupaba a hurtadillas la punta de sus dedos impregnados del sabor de pabilo, de aceite, de barniz. Se impuso, caricaturizándola con su torpeza, la gesticulación de los sacerdotes. Mascullaba rezos en un idioma aún más impenetrable que el español, el latín, y de pronto se derrumbaba fulminado por una embriaguez sin exaltaciones, sin ensueños. Pero había asistido a la gente de razón, a los frailes. Los oyó hablar, alguna vez, en otras épocas, y era memorioso. A la insistencia de Winiktón cedió paulatinamente hasta terminar revelando lo único que sabía: que la justicia es el oficio de los jueces. Y Pedro ya no quiso más que ser mayor para tener entre sus manos la balanza que pesa las acciones de los hombres.

Logró lo que se propuso. Fue designado juez.

Las audiencias tenían lugar en la sala de cabildos. Hasta ellas llegaban únicamente los conflictos no resueltos por la deliberación de familia ni la intervención del brujo. El acusado y el acusador se presentaban llevando regalos para excitar la benevolencia, la parcialidad de las autoridades. Tomaban asiento, destapaban los garrafones de aguardiente, ofrecían la bebida de acuerdo con el rango de los que estaban allí. Y entre un trago y otro, acusadores, acusados, jueces, merodeaban largamente alrededor del asunto que los había reunido, complaciéndose en reticencias sin fin. Cuando ya el licor había obrado sus efectos y la lógica era insegura, se planteaba la cuestión. Las denuncias se formulaban envilecidas por el hipo; los alegatos de los inculpados eran lastimeros y absurdos. Los jueces avanzaban a tropezones entre este matorral de argumentos contradictorios. Los papeles se trocaban caprichosamente y la víctima y el verdugo cambiaban alternativamente de máscara. En la imposibilidad de sentenciar los jueces exhortaban a la reconciliación. Recordaban la infancia común, las vicisitudes compartidas, las consideraciones que se deben al parentesco y a la vecindad. Los contendientes lloraban, enternecidos por la evocación, por la embriaguez. Se despedían conformes. Marchaban abrazados, apoyando uno en el otro la inestabilidad alcohólica de su equilibrio. Llegaban al paraje como aliados. Pero una vez que la ebriedad se desvanecía la discordia los avasallaba nuevamente. Los jueces, prontos a la exasperación, encerraban a los alborotadores en el calabozo. Pero de la cárcel se sale. Abren las prisiones las dádivas o el tiempo. Y el nudo ¿cómo ha de romperse sino con el tajo de un arma? A machetazos se marcaban los límites entre las propiedades; a machetazos se castigaba el hurto y la maledicencia; sangre bebía la fidelidad conyugal.

Pero Winiktón se familiarizó, bajo su investidura de juez, no con la justicia sino con su contraria, la bestia que la devora. A fuerza de topar con ella en todas las encrucijadas fue aprendiéndola, rasgo por rasgo. Conoció sus mañas de animal dañino, el cubil donde se refugia, sus disfraces, su rapidez para huir. La voluntad de exterminio, el instinto de cazador se agudizó, se hizo más exigente en Pedro. Perseguía rastros, armaba asechanzas. Y la presa (la presa cuyo nombre se le dio trocado) lo burlaba siempre. Y he aquí que hoy esta frase —"un caxlán abusó de ella"— se enroscaba como una soga al testuz de la injusticia y la entregaba a Pedro con la misma figura que le mostró la primera vez. Allí estaba, debatiéndose, recién cebada en una carne endeble de mujer, de niña casi. Pedro González Winiktón la reconoció. Tembló de ansia de defender; tembló de necesidad de destruir. Y sin embargo permaneció quieto, inmóvil, fascinado.

Catalina empujó la olla repleta de frijoles (ahora sí humeantes) hasta dejarla al alcance de su marido. Pero el dignatario tzotzil no lo advirtió. Estaba absorto en sus pensamientos. Los frijoles, intactos, cesaron de humear. Entonces Catalina preguntó:

—¿No vas a comer?

Pedro negó con un ademán. Su mujer lo vigilaba, ceñuda, alerta. Winiktón fue siempre reservado, poco amigo de expansiones y confidencias. Así que la parquedad de sus palabras no podía alarmarla. Pero el mutismo era su modo de concentrarse más profundamente en lo que le rodeaba. Y esta vez Pedro no atendía. Estaba distraído, ausente.

¿Se disgustó porque Catalina había tomado la determinación de traer un huésped a la casa sin su consentimiento? Una boca más, pensaría. Pero a cambio de eso Catalina iba a tener quien le ayudase en las faenas más rudas. Catalina... ¿Con qué derecho una mujer estéril como ella trataba de eludir lo penoso de sus obligaciones? Al contrario; debería compensar esta falta suya aventajando a las demás en abnegación. Sí, esto era lo que estaba considerando en sus adentros Winiktón; Catalina tuvo la áspera satisfacción de adivinarlo. Y la rebeldía reventó, como un golpe de sangre, en su pecho. ¿Acaso ella era culpable de no tener hijos? ¿A qué medio, por doloroso, por repugnante que fuera, no había recurrido para curarse? Todos resultaron inútiles. Tiene la matriz fría, diagnosticaban, burlándose, las mujeres. Estaba señalada con una mala señal. Cualquiera podía despreciarla. Cualquiera. Pero no Pedro, no su marido.

Catalina se volvió, rencorosa, hacia Winiktón, para hallar en su gesto una prueba condenatoria. Pero lo que halló fue un semblante desollado por una congoja tan tremenda que avergonzaría a quien fuera capaz de contemplarla. Catalina buscó, entre todos los nombres, uno, para arrojarlo como un velo sobre esta visión. ¿Pero qué nombre tiene el sufrimiento cuando lo padece el ser que amamos? Catalina sopló abruptamente sobre la llama de la vela. La llama de la vela se apagó.

—Es hora de dormir.

Se oyeron ruidos breves, menudos rumores domésticos. Luego sobrevino el gran silencio nocturno, ese silencio que se vuelve más compacto, más verdadero, cuando aúllan los coyotes, cuando titilan —medrosos— los grillos.

Pedro se acostó dando la espalda a su mujer. Respiraba acompasadamente como los que han entrado ya en el sueño. Catalina medía esta respiración para medir la profundidad de su angustia.

—Ya no piensa en nada; ya no piensa en nadie.

Y esta certidumbre la apaciguó.

Pero Winiktón fingía, haciendo lo que algunos animales cuando el peligro mayor los amenaza; cerrar los ojos, paralizarse, imitar la muerte. Porque la injusticia estaba allí, agazapada en uno de los rincones del jacal.

La sien de Pedro latía contra la dureza de la tabla. Una sensación de inminencia vibraba en la punta de sus dedos, recorría, encendiéndolas, sus venas, electrizándolo. Por primera vez su vida se le representó como un río de acontecimientos continuos, con un cauce que lo trajo a desembocar aquí y precisamente hoy. La influencia ejercida sobre sus hermanos de raza, su cargo político, hasta el hecho de que en él acabara su linaje (porque lo volvía más solo, porque lo dejaba más libre para aceptar y cumplir destinos ambiciosos), todo adquiría sentido, encontraba una explicación, alcanzaba su coronamiento si Pedro era capaz de responder al desafío lanzado por la injusticia, esa injusticia que no se detuvo, para venir a provocarlo, ni aun en los umbrales de su propia casa.

¿Cómo luchar? ¿Contra quiénes? La conciencia de Pedro ardió en una llamarada vengativa. Vio el caxlán asaeteado; vio el incendio corriendo por las calles de Jobel; vio la muchedumbre ladina humillándose bajo el látigo de la esclavitud. Winiktón se abalanzó sobre estas imágenes como la fiera hambrienta sobre el trozo de carne. Pero antes que la saciedad lo apartó la decepción. No, no era tan fácil engañarlo. Ya lo sabía, lo había visto demasiadas veces: la injusticia engorda con la venganza.

—Es imposible hacer nada —dijo con desaliento.

Y su vida se le escapó, como el agua, cuando para recogerla no se tiene entre las manos más que un cedazo.

Cuidadosamente, para no despertar a Catalina, Pedro se movió. Ahora que la derrota estaba consumada Winiktón no quiso más que huir. No podía soportar esa ronda lenta de los objetos familiares, astros sin luz, cuyo centro de gravitación era él. Sigiloso, ganó la puerta. El viento de la medianoche azotó su mejilla.

Catalina no advirtió que había quedado sola. Soñaba. Se soñaba en conversación con el agua. El diálogo es difícil cuando el otro tiene la cara esquiva, los ojos huidizos, la atención vagabunda del que apenas oye una palabra y ya la olvida y olvida a quien la ha pronunciado. Sólo que Catalina era sabia en la paciencia. Se sentaba en las orillas, a esperar. Hasta que el agua respondió. Se cuajó en cristales y los cristales fueron dejando transparentar, primero indecisos, luego fieles, unas facciones humanas. La frente lisa, sin resonancias, pétrea; los ojos en los que mira la mansedumbre; la risa inmotivada: Lorenzo Díaz Puiljá, su hermano, el inocente.

IV

Catalina fue temprano a bañarse al arroyo; se lavó el pelo con la raíz del amole hasta dejarlo rechinante de limpio; se lo untó de brillantina olorosa; se lo trenzó. Ya de regreso en su casa fue desdoblando el chamarro de los días de fiesta; fue sopesando el collar de monedas antiguas —plata de sólido acento— que atesoraba en el fondo del cofre, y con todo ello se atavió.

Pedro González Winiktón la esperaba a la puerta de la choza. Estrenó un sombrero de palma del que llovían listones de colores; estrenó un cincho de gamuza; alzaba en su mano derecha la vara de autoridad.

Anduvieron entre los grupos de indígenas suscitando comentarios: "Ahí va el juez con Catalina, los dos bien mudados. ¿A dónde llevarán ese garrafón de aguardiente?"

—Que la mañana ilumine tu campo, martoma Rosendo Gómez Oso.

Viniendo de la luz de afuera (aquí la luz anda desnuda y al mediodía su desnudez parece la de una espada) el penumbroso interior del jacal se hacía doblemente impenetrable. Hasta que hubieron transcurrido algunos minutos los recién llegados lograron dar alguna configuración a las sombras. Rosendo estaba acurrucado junto al rescoldo. Dormitaba. La esposa, de rodillas, hacía girar el huso que, a cada movimiento de rotación, se engrosaba de lana. Los niños —sucios, desgreñados, llorones— se arrastraban en el suelo. Y uno, el menor, hinchado, deforme por la envoltura de trapos, dormía en una hamaca (¿o era sólo una red?) suspendida de los travesaños del techo.

Felipa, la mujer del martoma, acogió a los visitantes con recelo. Desde hacía más de un mes su hija Marcela estaba ajenada en poder de la ilol y desde entonces no había cambiado una palabra, ni siquiera una mirada con ella. Se cruzaban a menudo en el camino del manantial y pasaban una junto a la otra sin saludarse, como dos extrañas. Tenía miedo, miedo a recibir un daño de Catalina si le disputaba lo que se había alzado como suyo. Eso en un principio. Después la ausencia fue mostrándole a Felipa su buena cara: menos gastos, más lugar libre, menos obligaciones. Pronto se resignó a perder a Marcela. No había previsto la posibilidad de una devolución. Debe de haber hecho un perjuicio, pensó. Con lo descuidada que es. Y ahora vienen a cobrarlo. Querrán cobrar también los días que la mantuvieron. Pero nosotros no tenemos con qué pagar. Miren, registren. Todo lo que yo gano ¡y es tan poco! se lo comen mis hijos. Ay, parecen sanguijuelas. Nada les basta, nada los deja contentos. Y lo que queda, cuando queda algo, lo despilfarra éste en su mayordomía. Yo no guardo nada. A mí me está secando la tristeza.

—¿Dónde estás, Felipa Gómez Oso?

La aludida humilló la frente ofreciéndola al roce de los dedos de Catalina. Y luego, a distancia otra vez, espiaba los gestos de la ilol, quería sorprender sus intenciones.

—Van a perdonar que les hayamos traído este regalo. Pero no reciban lo que es, sino el cariño.

Pedro hizo entrega del garrafón de aguardiente al martoma. Rosendo lo recibió con un gesto de gratitud. La cortesía lo forzaba a hacer partícipes de su contenido a los huéspedes. Puso el garrafón en manos de Felipa y le ordenó que lo abriera para convidar a todos.

Felipa obedeció en silencio. Pero las comisuras de su boca se distendieron en una mueca sarcástica. Ya estaba segura: Catalina y Pedro habían venido a pedir algo. Era preciso mantenerse en guardia, no ceder.

La esposa de Rosendo enjuagó una jícara y la llenó de licor. La presentó primero a Pedro. Éste mojó apenas los labios en el borde antes de cederla al dueño de la casa.

Al martoma no le disgustaba beber. Y desde que las obligaciones de su cargo le propiciaban una ocasión lícita de hacerlo con asiduidad, el gusto se le había acrecentado. Bebió pues un trago largo, deleitoso. Las mujeres se conformarían con lo que sobrara.

Todos quedaron inmóviles, callados. De cuando en cuando se escuchaba un suspiro estrepitoso y convencional del martoma. Quería advertir así, disimuladamente, a las visitas que su situación era como la de todos los mortales: menos satisfactoria de lo que hubiera sido menester. Sí, a pesar de que la suerte lo favoreció exaltándolo hasta un puesto de tal categoría como era el de mayordomo de Santa Rosa, no por eso estaba exento de las comunes servidumbres que afligen a los hombres.

—¿Qué tal se va a dar la cosecha este año? —preguntó Winiktón.

Rosendo aprovechó la coyuntura para mostrarse plañidero. No quería excitar la envidia de personas menos afortunadas que él. Porque el cargo de juez es ciertamente un título honorífico. Pero eso no obsta para que sea sólo de funcionario civil. Mientras que una mayordomía es un cargo religioso. Pocos pueden ostentarlo y esos pocos son, a no dudar, los mejores de los mejores. Ah, qué sacrificios impone la modestia. Para ser capaz de llevar al cabo el que ahora se le exigía, Rosendo se sirvió un poco más de aguardiente. Hasta después de beberlo no estuvo en condiciones de contestar.

—La cosecha va a ser mala este año. La tierra ya no es joven, tatic.

¡Mentira! pensó apasionadamente Felipa. No es la tierra la que ya no es joven; eres tú. Y si esta tierra no rinde ¿por qué vender la que teníamos en nuestro paraje de Majomut? Era buena. Pero estás comiendo el cargo de mayordomo. Emborrachándote el día entero, sin salir de la iglesia, junto con los otros mayordomos y ese sacristán, alcahuete, consentidor, ese Xaw Ramírez Paciencia.

—Voy poco a la milpa. Tengo que atender los deberes de mi cargo.

Catalina vio refluir estas palabras sobre la expresión de la cara de Felipa. Eso fue suficiente. Ya sabía dónde apretar para ahorcarla. Dijo:

—Todos están muy de acuerdo con las acciones del martoma Rosendo Gómez Oso. Dicen que van a obligarlo para que acepte la mayordomía durante un año más.

Rosendo sintió el roce suavísimo del halago. No, no podía fingir que se asombraba. Después de todo era lo más natural. Pero sí le era necesario admitir que sus maniobras para reelegirse (cohecho, adulación) tuvieron éxito gracias a la habilidad con que las había planeado.

Felipa volvió a coger el huso para ocultar su contrariedad. Un año más en Chamula. Mientras tanto su jacal cerrado tanto tiempo en el paraje de Majomut se derrumbaría. Ya circulaban malévolas denuncias: vecinos codiciosos estaban desmantelándolo. Un año más sería la ruina.

La ilol había calculado bien el golpe. Ahora observaba tranquilamente sus efectos. Esperó.

En la pausa que sobrevino latía un nombre que una de las dos mujeres no se atrevía a pronunciar.

—Marcela está bien —dijo Catalina.

El martoma escuchó este nombre entre la niebla alcohólica que lo envolvía, que le amortiguaba el choque con los elementos exteriores a su ensueño. Dio un respingo como si lo hubiera pinchado la punta de un alfiler. El globo de su grandeza se desinfló. Porque, vamos a ver, ¿es correcto que la hija del mayordomo de Santa Rosa esté ajenada, en poder de extraños como una huérfana, como una muchacha pobre a quien su familia no puede sostener? Evidentemente no es correcto. Es una anomalía que sólo la flaqueza de ánimo de Felipa fue capaz de admitir. Pero esa anomalía iba a cesar hoy mismo. Carraspeó para que el vigor de su requisitoria saliera intacto. Pero quien habló no fue él, fue la ebriedad.

—¡Mi hijita, mi Xmel, desde que se fue cayó sangre en mi corazón!

Hipaba, gimoteaba. Lentas lágrimas gruesas, innobles, le empapaban las mejillas, se perdían entre la laciedad de sus bigotes.

A Pedro le irritó el impudor de este sentimiento. Nadie tenía derecho a exhibir así lo que le atormentaba. ¿Acaso él no estaba obligado a ocultarlo? Secamente interrumpió al martoma:

—Es de Marcela de quien vinimos a hablar.

Catalina ahogó una exclamación decepcionada. Le era muy agradable la expectativa tensa, la angustiosa duda que había creado en Felipa.

—¿La quieren devolver?

¿Qué recataba aquella pregunta? ¿Una inconfesada esperanza? ¿Un egoísta y convenenciero temor?

—No. Ya le encontramos marido.

Un mayordomo no podía permitir que un funcionario cualquiera —y civil por añadidura— se apropiara de sus atributos de padre para buscar destino a una muchacha. Nadie debería escoger el marido de Marcela más que Rosendo. Quiso replicar, discutir. Pero su ademán, vago, inconcreto, cayó en el vacío. Sus músculos obedecían ya a la embriaguez, no a su voluntad.

—¿Cuánto va a pagar por ella?

Winiktón se avergonzó de que una madre preguntara el precio antes que ninguna otra cosa. La quiere vender como a un animal, pensó. Pero después de todo Pedro no estaba investido de ningún derecho para criticar los sentimientos de los demás. ¿Acaso no era él más cobarde, más vil que ninguno?

—Va a pagar en justicia.

Felipa se arrepintió de la pregunta por la que había asomado la oreja su avidez. Mecánicamente se acogía ya a las fórmulas consagradas por la costumbre.

—Es una muchacha muy haragana esta mi hija. Ustedes todavía no la han tanteado bien.

En los labios de la ilol jugueteaba una sonrisa burlona.

—No sabe tejer —insistió Felipa—. No sabe moler el posol; deja que se agrien los frijoles.

Su voz había ido subiendo en la escala hasta hacerse ríspida. No quería que creyeran lo que afirmaba; no quería rebajar la estimación de su hija. Catalina permaneció impávida.

—El hombre está de acuerdo.

—¿Quién es el hombre?

—Mi hermano. Lorenzo Díaz Puiljá.

Felipa oyó incrédulamente la respuesta. Y después prorrumpió en una carcajada espasmódica, dolorosa, agresiva, incontrolable. Catalina la interrogó severamente.

—¿Por qué te ríes?

La risa, inaudible ya, se le petrificó en la cara. Cubriéndosela con ambas manos la pusilanimidad de Felipa respondió:

—No sé.

Pero sabía. Sabía que Lorenzo Díaz Puiljá era un idiota y que Catalina, para despreocuparse de él cuando sus padres murieron, arregló su casamiento. No le importó pagar una dote excesiva. Lo había casado. Pero a las pocas semanas la desposada huyó a refugiarse con los suyos y la familia tuvo que devolver los regalos. Catalina no quedó conforme y promovió pleito. La muchacha tuvo que comparecer ante los jueces. Allí declaró que Lorenzo "no sabía hacer uso de ella por la noche". Los jueces estuvieron acordes en anular el matrimonio. Desde esa fecha Lorenzo vivía solo, en el paraje de Tzajal-hemel.

—Mi hermano es buen hombre.

Con cautela, para no desencadenar la ira de Catalina, Felipa arriesgó una objeción.

—Dicen. . . dicen que Lorenzo está como ido.

—Fue una desgracia. Un gran pukuj lo arrastró cuando era niño. Estaba en la milpa. El gran pukuj lo llevó lejos, volando. a otro paraje. Muchos lo vieron volar. Muchos de nuestros mayores en cuya boca no cabe la mentira. A Lorenzo lo encontraron tirado en el monte. Nunca recuperó su espíritu, nunca volvió a acordarse de hablar.

Fueron vanos los esfuerzos de los brujos para curarlo. El niño creció como los árboles cuando una torcedura los afea.

—No quiero malcasar a mi hija, Catalina Díaz Puiljá. Por eso te digo que si va a ser mujer de tu hermano voy a pedir cinco carneros gordos, tres garrafones de trago, un almud de maíz.

—Mi hermano no los va a dar.

—¿Por qué?

—Porque tu hija no los vale.

—¿Cuánto va a dar entonces?

—Nada.

Felipa volvió los ojos a su marido para obligarlo a intervenir en esta transacción de la que no sacarían ninguna ganancia. La voz de un hombre siempre se escucha con mayor respeto. Pero el martoma roncaba, con la boca abierta, arrimado a la pared.

—¿Es bueno lo que me está proponiendo tu mujer, Pedro González Winiktón?

No era a Pedro González Winiktón, marido de Catalina Díaz Puiljá, a quien se dirigía esta desesperada consulta. Era a Pedro González Winiktón, juez, pesador de las acciones de los hombres. Sin embargo, ya consumada la primera ofensa a la justicia (aquella de la noche en que Marcela se cobijó bajo su techo y nada se hizo para reparar el daño que le infligió el caxlán), las otras sólo aguardaban su turno. Sin vacilaciones, sin remordimientos, Pedro contestó:

—Es bueno.

—¿Pero por qué voy a entregar a mi hija de balde, a un hombre que ni siquiera sabrá hacerla suya?

Nadie, desde que la primera mujer del inocente confesó en el Cabildo, ante todos los principales, las causas por las que solicitaba el divorcio, nadie había osado repetir que Lorenzo Díaz Puiljá era impotente. Se cuchicheaba, tal vez, en los rincones; servía de tema para groseras burlas, para equívocas bromas. Pero ahora Catalina había obligado al animal mañoso a que abandonara su escondite. Hizo lo que hacen los perseguidores del armadillo cuando lo asfixian con humo y lo acosan con tizones ardiendo. El rumor había dado, por fin, la cara. En ella recibiría el castigo.

—Ningún otro hombre, a no ser Lorenzo Díaz Puiljá, aceptaría a tu hija.

Felipa ya no midió el peligro. Llevó hasta el límite su provocación.

—¿Por qué? ¿Le vas a echar la sal?

—En Jobel un caxlán abusó de ella.

Felipa no podía seguir ignorando lo que en forma de sospecha la punzaba desde el día en que Marcela regresó sin los cántaros, sin el dinero de los cántaros. Pero una furia irrazonada le dictó las últimas protestas.

—¡No es cierto! ¡No es cierto! Mi Xmel no es mazorca que se desgrane así nomás. Le levantaron esa calumnia porque se la quieren llevar sin pagarme lo que vale.

Catalina cogió a Felipa por los hombros y la sacudió para volverle los sesos a su lugar.

—¿Quieres poner a tu hija en vergüenza delante de todos? Vamos a llamarlos. ¡Que le pregunten, que la registren!

Felipa sollozaba de nuevo. Los sollozos la estrangulaban, estrangulaban sus palabras. Pero la cabeza se movía aún, ansiosamente, negando. Catalina la soltó. Se puso de pie y, sin mirarla, dijo:

—Pedro y yo lo pensamos mucho. Y convinimos en avisarte lo del compromiso de Marcela. Sólo por consideración, pues al fin y al cabo tú eres su madre. Pero tu consentimiento no es necesario. Entiéndelo bien. Y díselo al martoma Rosendo Gómez Oso cuando vuelva en sí de la borrachera.

Catalina y Winiktón salieron. Felipa los miró alejarse sin intentar detenerlos, sin suplicarles hasta hacer que cambiaran su determinación, sin arrodillarse para conjurar ese nuevo infortunio que había venido a aniquilarla.

Permaneció un rato inmóvil, mirando fijamente el huso que dormía entre sus manos. Luego, como si alguien la escuchara, dijo:

—Rosendo, vámonos a nuestro paraje, a nuestra casa de Majomut. Te juro que ya no puedo trabajar más. Te lo juro. Me duelen mucho mis pies.

V

WINIKTÓN fue a Tzajal-hemel. De regreso él venía adelante y Lorenzo, cargando sus enseres, atrás. Catalina lo ayudó a librarse de la carga y lo atrajo a sí, acariciándolo con lentitud y torpeza, como quien acaricia un animal de lomo hirsuto. El inocente la contemplaba y la limpidez de sus pupilas se empañó un instante en el reconocimiento. Fue dócil para dejarse conducir al jacal donde Marcela, lívida de sobresalto y timidez, aguardaba. Señalándola, dijo la ilol:

—Ésa es tu mujer.

Lorenzo la miró con la tarda escrupulosidad de las bestias. Pero ni el asombro, ni la alegría, ni el disgusto, dibujaron su raya en aquella frente. Marcela fue, poco a poco, serenándose. Permaneció tranquila ante el recién venido; tranquila como cuando estaba sola.

Winiktón presidió la comida. Catalina preparó un platillo especial: carne de venado. Comían todos, en silencio, con la compostura del que cumple un rito. Lorenzo era el único que reía a veces, sin tener por qué, con una risa floja, desgonzada. Pero la ilol lo reducía nuevamente al mutismo con solo una presión leve, sobre su brazo.

Marcela lo observaba a hurtadillas. Los dedos de Lorenzo temblaban de tal modo que la mitad del bocado caía, manchándole la ropa, ensuciando su alrededor.

Pedro no levantaba los ojos pero su atención estaba alerta, figurándose los ademanes de su cuñado. Y esta morbosa fijeza le crispaba los músculos, le hacía rechinar casi perceptiblemente las mandíbulas. Y si aparentaba no advertir la inhabilidad de aquellas manos era en un esfuerzo infantil para que, al ignorarla él, la ignoraran también los demás: Marcela, a quien no quería oír respirando desprecio o burla. Porque ¿a quién iba a despreciar lícitamente sino a Pedro?, ¿de quién se iba a burlar sino de la justicia, pues ambos —la justicia y Pedro— habían propiciado, habían permitido esta alianza?

Catalina ni siquiera se propuso disfrazar su satisfacción. Siempre fue responsable de su hermano y siempre le dispensó los cuidados que necesitaba. Desde niña, desde antes de la orfandad, Catalina fue la protectora de Lorenzo, su apoyo. No le pesaba. Pero su posición de mujer sin hijos era tan precaria que no se atrevía a agravarla con otras exigencias al marido. Por eso cuando designaron juez a Pedro y fue necesario irse a vivir a San Juan, Catalina no quiso ni siquiera insinuar la posibilidad de que su hermano los acompañase. Pero no pudo dejarlo sin remordimientos. Lorenzo lejos; Lorenzo librado a sus propios recursos, a la buena voluntad de los vecinos. Los guardianes invisibles condenan estos actos.

Si Lorenzo se casara... El fracaso de su primer matrimonio irritó a la ilol tanto más cuanto que desde el principio tuvo que considerarlo inevitable. La novia salió honradamente de la casa de su familia, empujada por la avaricia paternal que no consideró más que el valor de la dote. Pero si la muchacha obedeció los mandatos de sus parientes más tarde fue inflexible para exigir la separación. Ante las razones que adujo de nada valieron las súplicas ni las amenazas. Los jueces apoyaron su exigencia y ella, al verse libre, escapó. Se fue primero a Jobel. Después se supo que había ido a parar hasta México. Lorenzo volvió a quedar solo, a buscar la compañía de su hermana que no quiso arriesgar nuevamente su prestigio y el de Pedro en una falsa maniobra. Catalina prefirió esperar. Pero su pasividad era sólo aparente. No cesaba de invocar a sus aliados oscuros, a las potestades que pueblan el aire, a las que rigen la noche, a las que presiden los hechos. No cesaba de hacerles ofrendas ni de prometer sacrificios para que su petición fuera atendida. Y cuando Marcela se presentó, inerme y como perseguida, en el graderío de la Merced, cuando fue castigada con tanta desconsideración por su madre, un oscuro impulso movió a Catalina a defenderla. Después, y entre sueños, supo que ésta era la contestación a sus oraciones y que aquí llegaba a término su esperanza. Lo demás fue fácil. Los allegados de Marcela no representaron un obstáculo. De sobra era conocida la vanidosa índole del martoma, la inconsistencia de su carácter, su total vasallaje al alcohol. Y en cuanto a Felipa las costumbres no la autorizaban a tener voz propia. Y aun cuando la hubiese tenido no habría hablado jamás eficazmente en favor de su hija, no habría acertado a salvarla. Le gustaba gemir y lamentarse. Le gustaba sufrir.

Así que el matrimonio se efectuó. De allí en adelante Lorenzo tendría quien velara por él. En Marcela no había hechuras todavía para ser algo más de lo que Catalina se propusiera que fuese. Si pensaba en su suerte Marcela comprendería que tenía motivos para estar contenta con ella. ¿O es que iba a preferir el desdén, el escupitajo de los suyos sobre su deshonra? ¿O iba a soportar la intemperie del monte, la vergüenza de la mendicidad en pueblo de caxlanes? Aquí tenía asilo para su desvalimiento, nombre para cubrir su cabeza, título de esposa ante la gente.

—De Lorenzo no puede recibir daño alguno. Ahora, si lo que quiere Marcela es satisfacción de hombre. . . pues que se aguante. Con algo ha de pagar lo que le falta.

Este razonamiento disipó el último escrúpulo de Catalina. Había terminado de comer su ración de carne y se sirvió otra.

Durante semanas Marcela se mantuvo a la expectativa, asustada, con un temblor de liebre. Después, insensiblemente, fue acostumbrándose a la presencia casi vegetal de este hombre.

La pareja se daba la mano para ir a cortar leña; para ir a pastorear el rebaño; para ir a Jobel.

No el amor, sino la piedad, fue colmando el corazón de Marcela de un agua profunda y reposada. De ella bebía cuando, con delicado ademán, se aproximaba a su marido para llevarle el bocado a la boca, o cuando lo arropaba, a la hora de dormir, para que no tuviese frío.

Así fueron sucediéndose los días. A media tarde se sentaban las dos mujeres bajo el alero de palma de la choza, con el telar extendido frente a ellas, como un breve horizonte. Los hilos se entrecruzaban con precisión, con arte, y la labor iba apareciendo perfecta. Suave al tacto, agradable a la mirada, útil. A veces volaba entre las dos una palabra. La pronunciaba Catalina. Sílabas simples, nimias recomendaciones, cordel corto para mantener atado al pájaro. Marcela escuchaba distraídamente, asintiendo al sonido, nada más que al sonido.

Porque una gran paz —la paz que tiene párpados de sueño— había untado las coyunturas de la muchacha: en el lugar donde dolía la memoria, en el lugar donde va a doler la esperanza. No es una víscera sangrante ya lo que palpita sino un momento, este momento maravillosamente vacío.

Al través de su transparencia ¡qué hermoso parecía el paisaje! Por los caminos del crepúsculo regresan los hombres: con la azada en la mano, con el bastón de autoridad, según hayan estado en la milpa o en el Cabildo. Xaw Ramírez Paciencia, el sacristán, tañía los bronces de la iglesia. Del techo de los jacales brotaba humo, un humo tímido, hesitante, de cocina pobre. Brillaban, aquí, allá, como ojos de bestia fugitiva, las luminarias. Después la noche era la potencia única.

Pero es preciso vigilar, no dormir. Algo acecha siempre. Catalina fue la primera en advertirlo. Se asegura que a una ilol le basta examinar las huellas de una hembra para decir los meses de su preñez. Y más si la envidia agudiza los sentidos haciéndolos percibir lo que está más allá de las huellas, más allá de lo que las ojeras, en su círculo violáceo, aprisionan, de lo que la frente, empañada como un espejo, oculta.

Catalina lo supo y sin embargo calló. Enmudecía en lo que es más doloroso, más verdadero: en el hambre. El hambre que obliga a retorcerse y a gemir, que se hace intolerable cuando contempla la hartura de los otros.

La ilol espiaba a Marcela con los ojos desvariadores, dilatados. ¿Cómo era posible que esta muchacha insignificante y estúpida que ella usaba como un simple instrumento de sus propósitos hubiera llegado a convertirse en la depositaria del tesoro que a Catalina se le negaba? Y lo que era aún más ridículo: Marcela era inconsciente de sus privilegios. Seguía cumpliendo, con indiferencia, por rutina, sus deberes; seguía en su cotidiano ir y venir, ahora un poco más lento, sólo un poco más lento.

Pero esta despreocupación, en vez de aplacar los celos de Catalina, los excitaba. La ignorancia es a veces demasiado semejante a la burla y la pasividad se confunde con la provocación y el insulto. Exasperada, Catalina gritó (y fue como si estuvieran sajándole un absceso):

—¡Vas a tener un hijo!

La revelación sacudió a Marcela. Instintivamente se llevó las dos manos al vientre como para detener eso que iba creciendo, implacable, dentro de ella, hora tras hora, más y más, y que terminaría por devorarla. Empezó a sentirlo: *eso* se movía, golpeaba, asfixiaba. Un espasmo de asco, último gesto de defensa, la curvó. Un ansia incontrolable de arrojar la masa gelatinosa que pacientemente roía sus entrañas para alimentarse; un deseo de destruir esa criatura informe que la aplastaba ya con el pie del amo.

Catalina dejaba sola a Marcela durante sus accesos. Desde

afuera la miraba debatirse en una batalla inútil cuyo único desenlace posible era la derrota. Pero cuando la muchacha, rendida, con el pelo apelmazado de sudor y los párpados enrojecidos por el esfuerzo se acurrucaba en un rincón, Catalina se acercaba a ella con el bebedizo que le tenía preparado para que se repusiese. En vano Marcela intentaba rechazarlo. Siempre terminaba por abrir la boca, por tragar lo que le ofrecían. Y después lloraba largamente, con sollozos entrecortados, con suspiros pronto reprimidos, porque sus músculos desgarrados le dolían. Y la cosa, aquella cosa, continuaba allí, abultando de manera grotesca su vientre, pesando.

Qué difícil era seguir los senderos de ovejas; qué problemático ponerse de pie, acomodarse en el tronco que se usaba como silla. Pedro ayudaba, a veces, a Marcela. Lorenzo reía, observando la torpeza de los movimientos de su mujer, la tardanza de sus reacciones.

Un día que Marcela fue, sin que nadie la acompañara, a pastorear el rebaño, no quiso regresar. Abandonó los animales y caminó sin vereda, a tropezones, esquivando mal los espinos que le rasgaron la ropa y la piel, que la sangraron. Iba sin rumbo, espantada de su decisión y de llevar dentro de sí una carga inmunda y tibia, deteniéndose de cuando en cuando para vomitar, hasta que vino a caer junto a una piedra anónima.

Leñadores que pasaban la encontraron y dieron aviso a la familia del juez. Entre todos cargaron a Marcela para llevarla al jacal. Allí convaleció lentamente, ante la mirada opaca de Lorenzo, la culpable esquivez de Winiktón y las eficaces atenciones de Catalina. Gracias a eso (a su poder, prefería decir la ilol) la amenaza de un aborto se conjuró. Y ahora, cada vez que una incomodidad de Marcela la obligaba a cambiar, demasiado rápidamente, de postura, Catalina se precipitaba a contenerla, amonestándola:

—Vas a tener ese hijo. No me importa que quieras o no. ¿Acaso va a ser tuyo?

Marcela, a quien la adversidad había reblandecido los tuétanos, ya no protestaba. Asentaba mansamente. Observaba los preparativos para el parto, sin interés, sin curiosidad siquiera, como si se tratara de un acontecimiento que no le concerniese.

Los varones de la casa se ocuparon de construir, al lado de ella, el pus, el baño de vapor. Juntaron carrizos, cubrieron las hendiduras con lodo, dejaron un boquete por el que no se podía penetrar sino reptando. Catalina apalabró a los pulseadores más famosos de la comarca para que, en el momento preciso, vinieran a rezar ante la cruz principal de la choza y ahuyentaran las malas influencias, los torvos deseos de los enemigos.

Los demás contaban el tiempo. Marcela no. Estaba allí, tendida como la tierra donde pacen los rebaños. Indefensa, agostada.

Y cuando llegó el día no fue como todos los días sino que se mostró oscurecido de presagios. El sol y la luna luchaban en el cielo. La tribu de los tzotziles asistía, aterrorizada, a esta lucha, procurando con gritos, con ensordecedor resonar de tambores, con estrepitoso voltear de campanas, el triunfo del más fuerte.

Cuando Catalina supo la novedad del eclipse corrió precipitadamente junto a Marcela. Con cortezas de árboles había hecho una máscara para defenderla de los ojos del gran pukuj que ahora andaba suelto.

La máscara cayó sobre el rostro devastado de la parturienta. Su cuerpo había entrado, repentinamente, en una zona en que la pujanza de la juventud vivificaba hasta su última célula, desnudándola por el dolor, haciéndola infinitamente sensible para el desgarramiento. Y la rebeldía, que se hubiera creído exangüe en Marcela, volvió a surgir, encabritada como los potros cuando se resisten a atravesar un río demasiado impetuoso.

Afuera la gente corría, ululando, mientras los animales domésticos, empavorecidos, aullaban, gañían, relinchaban rompiendo sus ataduras, saltando sus corrales, abandonando la querencia. Porque habían olfateado el desastre.

Como los pulseadores no quisieron venir Pedro encendió las velas al pie de la cruz, se arrodilló y se cubrió las orejas con las manos para no escuchar ni el pánico ni la agonía, sólo la otra voz:

—Mírala, Pedro González Winiktón. La injusticia engendró delante de ti y tú lo consentiste. ¿Cómo se llama lo que has hecho? Pedro González Winiktón, eres juez. Júzgate.

Catalina arrastró a Marcela hasta el pilar más sólido de la casa para que, asida a él, forcejease, se debatiese. Lorenzo miraba esta figura de mujer arrodillada, con el rostro extravagantemente cubierto por una máscara, sin saber qué hacer. La costumbre ordenaba que el marido apretase el ceñidor a la cintura de la esposa para que el niño siguiera el camino natural "y no fuera para arriba". ¿Pero qué puede entender un inocente de todas estas cosas? Catalina lo retiró de allí. Nadie más que ella se haría cargo de recibir al recién nacido, de cortarle el cordón umbilical (sobre una mazorca, para propiciar la fecundidad de las siembras), de envolverlo en sus pañales.

Marcela se soltó del pilar, acezante. Pedro corrió a sostenerla. Desmañadamente, con miedo de lastimar, Winiktón enjugó aquel cuello lustroso de sudor. En el rescoldo borbollaba lo que iba a devolver a la parida los ánimos: agua de chile.

Afuera, el fragor del eclipse había cesado. Entonces ya se pudo, sin peligro, despojar a Marcela de su máscara. El rostro apareció sereno, dulce, dormido.

Al día siguiente la madre entró con la criatura al baño de vapor. Entre la humareda exhalada por las piedras Marcela conoció a su hijo. Tenía la piel de color firme, los ojos en almendra, tenaces, de su raza. Pero los cabellos eran crespos como los de un caxlán. Entonces Marcela sintió repugnancia, lo rechazó.

El niño iba a criarse en el regazo de Catalina. Lo amadrinó escogiendo el nombre: Domingo Díaz Puiljá, como el padre de Lorenzo y de ella. Creyó que así su memoria se perpetuaría. Pero todos llamaron al niño de otro modo: "el que nació cuando el eclipse".

VI

CUANDO Pedro González Winiktón dejó de fungir como juez en la capital de Chamula volvió con su familia al paraje de Tzajal-hemel.

Todo, en el jacal, en los chiqueros, en la milpa, hablaba de abandono. La palma del techo se había luido en grandes desgarraduras por las que silbaba el viento y escurría la lluvia. Las puertas no ajustaban bien y, en los rincones, telarañas sucias, espesas y rotas se mecían.

El tiempo de descanso no había hecho más fértil la parcela de Winiktón. Al contrario. La maleza invadió los surcos; los aguaceros cavaron innumerables y profundos canales y las cercas fueron derribadas por las bestias que pastaban, despreocupadas, impunemente en el lugar.

Pedro, ayudado en lo que era posible por su cuñado Lorenzo (las mujeres se ocupaban del quehacer de la casa y el pastoreo del rebaño), trabajó con ahínco. Sembró la milpa en el día propicio, vigiló el crecimiento del maíz librándolo de cizakas y encomendándolo a la lluvia oportuna.

La estación avanzó serena y sin perturbaciones; para muchos fue beneficiosa. Pero la cosecha de Winiktón no correspondió ni a sus esfuerzos ni a sus necesidades. Aquellas laderas demasiado pendientes; aquella extensión breve irregular y pedregosa, ya no daban más de sí. El futuro no haría más que agravar la escasez que ahora estaban sufriendo.

Sin embargo, hubo que pagar puntualmente, con faenas y especies, la renta al dueño del terreno, un ladino de Ciudad Real.

Las comidas de la familia de Winiktón eran silenciosas. Pedro se despachaba rápidamente sin atreverse a levantar los párpados para no ver el rostro de quienes lo rodeaban. En cada gesto, en cada ademán, adivinaba una recriminación, una inútil llamada de socorro. Y el niño, colgado de su red en el centro de la choza, lloraba desesperadamente de hambre.

Aquel llanto perseguía al pasado juez dondequiera que fuese; en vano se internaba cada vez más en el monte, persiguiendo el rastro huidizo de un venado; en vano se aturdía en el alboroto de la plaza; en vano participaba en las ceremonias. El grito de la criatura iba con él, resonaba aquí y allá, en las grutas del cerro, en las esquinas del mercado, en los ámbitos de la iglesia y del Cabildo. El grito de la criatura se dilataba en la gran oscuridad de la noche, cuando Pedro buscaba en la embriaguez un refugio y una tregua.

Los mayores le aconsejaron:

—Haz lo que nosotros, tatik; no se puede estar lo mismo que los animales, sin amparo ni redil. Busca la sombra del patrón; él te ayuda en tiempo de la necesidad; él saca la cara por ti en los apuros.

Eso decían los viejos; pero callaban las humillaciones, las fatigas del peón acasillado, del sujeto a baldío. Y Pedro, que había sido hombre de autoridad en su tribu; que comprometió, bajo su investidura de juez, sus actos más íntimos y sus pensamientos más secretos, no podía descender a tayacán de ladino, a mediero de rancho, a mozo de casa grande.

Sostenido con préstamos, ceñido a estrecheces, Pedro pudo resistir todavía un año más. Pero la cosecha volvió a defraudarlo. El niño ya gateaba en el jacal, flaco y sucio. Ya no gritaba, ya no tenía aliento para gritar. Se quejaba suavemente y dormía arrimado a las piedras del rescoldo.

Pedro González Winiktón consintió en partir. Y cuando el enganchador llegó a San Juan para formar su cuadrilla el pasado juez pidió que apuntaran su solicitud en el cuaderno.

Cuando le preguntaron cómo se llamaba dijo nada más Pedro González. Calló el nombre de su chulel, salvaguardó su alma del poder de los extranjeros, dejó al margen de este trato lo más profundo y verdadero de su ser.

La cuadrilla, integrada por hombres procedentes de todos los rumbos de Chamula, bajó primero a Ciudad Real.

Desde el momento en que se alejaron de sus parajes se operó en los indios una extraña transformación. Dejaron de ser Antonio Pérez Bolom, tocador de arpa, avecindado en Milpoleta; o Domingo Juárez Bequet, cazador de gatos de monte y famoso pulseador; o Manuel Domínguez Acubal, entendido en cuestiones de encantamientos y brujerías. Eran solamente una huella digital al pie de un contrato. En su casa dejaron la memoria, la fama, la persona. Lo que andaba por los caminos era un hombre anónimo, solitario, que se había alquilado a otra voluntad, que se había enajenado a otros intereses.

Pedro resintió muy vivamente este cambio. Desde el momento en que entró a formar parte del grupo de enganchados la mirada de los otros se posó en él con una indiferencia que lo despojaba de su prestigio, de sus atributos y lo reducía a cosa, una cosa útil tal vez para algo, pero sin valor en sí.

La entrada de los enganchados a Ciudad Real fue un desfile grotesco. La gente se detenía, cuchicheando y riendo, a mirar a estos indios que caminaban a media calle, uno detrás de otro, como si tuvieran miedo de extraviarse o de ejecutar cualquier movimiento, cualquiera acción que no hubiese dictado su guía.

Los indios estorbaban el tránsito, se tropezaban entre sí lastimándose con sus toscos caites de cuero; soportaban el examen de los ladinos con una zozobra que, antes que aplacarlo, exacerbaba su ánimo burlón.

Por fin llegaron a la oficina del enganchador. Para aguardar su turno se sentaron en la orilla de la banqueta donde algunos se espulgaban pacientemente y comían con rapidez los piojos capturados.

Cada indio fue sometido a inspección. Se apuntaron sus datos, se les tomó una fotografía y su ficha fue colocada en el archivo. De esta manera, les aseguraba el enganchador, había entrado en posesión del chulel de cada uno. ¿De qué les serviría fugarse de las fincas, marcharse sin terminar la tarea ni satisfacer las deudas? ¿Acaso podían ir lejos sin alma que los sostuviera? En cambio, si sabían merecerlo, el enganchador les devolvería, al terminar el compromiso, lo que ahora quedaba en depósito y como garantía de su conducta.

Deudas, el enganchador había hablado de deudas. Winiktón no esperaba oír esta palabra. Pero don Remigio Flores insistió en ella:

—Oíme bien, chamula, que vamos a hacer cuentas. El salario mínimo es de setenta y cinco centavos diarios, seis reales. Esto hace veintidós pesos con un tostón al mes. De aquí yo descuento el porcentaje de mi comisión, el anticipo que hacemos para los gastos del viaje; el alquiler del alojamiento en la finca; el precio del machete y de otras cositas que pidás en la tienda del patrón... Total, que el primer mes vas a salir perdiendo. Más tarde, si sos ordenado y no despilfarrás en trago; si no se te antoja el calzón y el caite nuevo; si no tenés necesidad de medicina para el paludismo, entonces puede ser que te emparejés un poco.

Don Remigio hablaba con una volubilidad convincente; y

aunque dominaba lo bastante la lengua tzotzil como para servirse de ella, en estas explicaciones en que intervenían cifras y cálculos prefería usar el español. Así que Pedro, aunque hizo un enorme esfuerzo para comprender sus argumentos, tuvo que conformarse con asentir a ciegas. Más tarde, cuando todos dormían amontonados en el zaguán de la casa del enganchador, Pedro daba vueltas en su cabeza a las palabras de don Remigio.

—¿Cómo está esto? —se decía—. Yo dejo mi casa, mi familia, mi paraje; camino leguas, bajo montañas. Sufro el calor, me duele la enfermedad, no estoy de haragán, tirado todo el día en la hamaca, sino que rindo la jornada completa. Y cuando llega la hora de regresar resulta que regreso con las manos vacías. A mi modo de ver no está bien. No es justo.

Inquieto por semejante descubrimiento, Winiktón ansió compartirlo con quienes estaban próximos a él. Roncaban a pierna suelta y cuando Pedro intentó despertarlos respondieron con gruñidos de amenaza y, arrebujándose más en su cobija, volvieron a caer en el sopor.

No había amanecido aún cuando los enganchados se pusieron en camino. Iban de prisa y en silencio y los descansos eran tan breves que no había oportunidad más que de devorar un bocado o beber un sorbo de posol.

No obstante, Pedro habló; dirigiéndose a los que podían escucharlo, dijo:

—El trato con don Remigio no es justo.

—¿Yday? ¿Qué querías? Fue tu suerte de nacer indio —respondió alguno, mirando con inquietud al capataz. Los otros asintieron con una inclinación y esquivaron el rostro.

Indio. La palabra se la habían lanzado muchas veces al rostro como un insulto. Pero ahora, pronunciada por uno que era de la misma raza de Pedro, servía para establecer una distancia, para apartar a los que estaban unidos desde la raíz. Fue ésta la primera experiencia que de la soledad tuvo Winiktón y no pudo sufrirla sin remordimiento.

—Yo tengo la culpa —reflexionaba—. Me aparto de los demás, cavilo en cosas que no son legítimas.

Se propuso borrar de su mente las ideas que le obsesionaban, pero en los momentos más inesperados y ante los detalles más nimios volvían a surgir. Sus esfuerzos fueron inútiles también en otro sentido: entre sus compañeros y él no se estableció otra vez la corriente de confianza que antes los unía. Quedó siempre un recelo, una reserva, que los días hicieron irrevocable.

La sierra había ido dejando atrás sus moles abruptas, donde ni los ojos podían descansar, para resolverse en colinas suaves y por último en llanuras dilatadas, henchidas de un aire caliente de una densidad casi carnal.

Pedro contemplaba el nuevo paisaje con una turbación que no sabía definir. Alguna rigidez interior, que la montaña mantenía tensa, cedió aquí. Caminaba al mismo ritmo de los otros y obedecía con prontitud los mandatos del capataz. Pero durante la marcha y en medio de la obediencia, un ojo ávido iba recogiendo el color de un ave furtiva; y unos poros sensibles iban calificando la tierra fértil que pisaban, el tronco rugoso en que una herida servía de señal.

Por la noche, en vez de rendirse a la fatiga como los demás, Pedro velaba. Nunca el cielo había estado tan próximo ni los racimos de estrellas tan al alcance de la mano. Las constelaciones se deslizaban con el silencio de un gran río. Eran los seres pequeños los que se manifestaban con rumores: la resquebrajadura de la hojarasca, los balidos del recental desamparado, la algarabía de los monos, la tumultuosa voz del tigre.

Tapachula, después de tantos días de viaje, pudo parecer a los caminantes (y más a estos chamulas, acostumbrados a la miseria de sus parajes o a la pobreza vergonzante de Ciudad Real) un sitio espléndido. La naturaleza no había regateado aquí ninguno de sus lujos: ni las plantas benéficas, ni los frutos ubérrimos, ni las parásitas ornamentales. Las construcciones, que en otro sitio habrían sido modestas, aquí parecían mezquinas. ¿De qué rigor tenía qué defenderse el habitante, de cuál intemperie cubrirse? Lo que se precisaba era únicamente un poco de sombra y para conseguirla bastaba desplegar unas cuantas hojas gigantescas y darles, como sostén, el ralo entrecruzamiento de vigas endebles, de troncos retorcidos y sin pulir.

Mas en el centro de la ciudad la perspectiva cambiaba; la mezcla y el cemento sustituían a la madera y la palma y las paredes rodeaban un interior que los vanos sin puertas se empeñaban en mostrar. Patios de los que la vegetación fue expulsada por indomeñable, argamasa caliente, agrietada aquí y allá, en todas partes, por semillas invisibles en trance de germinar, de irrumpir, de crecer.

En los corredores grandes hamacas tendidas; mujeres ojerosas y pálidas durmiendo el sueño del embarazo o abandonando con distracción al lactante un pecho flácido y ya estéril. Niños descalzos, barrigones, descoloridos; animales domésticos jadeantes y soñolientos; alguna anciana abanicándose con un gesto mecánico en el que ya no ponía ninguna esperanza, ninguna convicción.

Los indios sudaban. Sus chamarros, intolerables en un clima como éste, habían sido desechados. Y hubieran querido despojarse también de esa masa sólida del cuerpo donde la temperatura se instala y atormenta.

—Va a ser difícil trabajar aquí —pensó Pedro—. No estamos acostumbrados a estos modos.

La finca a la que los chamulas estaban destinados (La Constancia, propiedad de un alemán, don Adolfo Homel) quedaba a cinco leguas de Tapachula. En la casa grande, amplia y bien acondicionada, soplaban los ventiladores, se fabricaba hielo en un pequeño aparato y la tela de alambre protegía todas las aberturas de la invasión de los insectos. Gracias a estas comodidades la vida podía ser agradable aquí. Pero la familia de don Adolfo no soportaba más que estancias breves y excursiones de paseo. Residía en la ciudad, donde las muchachas Homel —de piel blanca, ojos azules y carácter alegre— constituían uno de los partidos más codiciados y uno de los elementos más entusiastas en clubes, sociedades de beneficencia y otras organizaciones semejantes.

La madre, doña Ifigenia, se mantenía en discreta penumbra. Había tenido el acierto de no legar ni el color de su tez (oscuro, de india zoque), ni la rudeza de su intelecto ni la ordinariez de sus costumbres, a sus descendientes. Había tenido también la prudencia de no hacerse visible como la esposa de don Adolfo cuando la riqueza coronó los esfuerzos del alemán y la aristocracia premió sus virtudes. Doña Ifigenia andaba de la cocina al cuarto de plancha, contenta con sus grandes arracadas de oro y sus torzales de filigrana, esperando convertirse en abuela para ser útil otra vez.

En cuanto a don Adolfo, jamás se arrepintió de matrimonio tan desigual. Él había necesitado una mujer dócil, sumisa y que viviera deslumbrada por la superioridad de su marido. ¿Quién mejor que doña Ifigenia para satisfacer estas condiciones? Nunca intentó equipararse a él y la barrera del idioma había puesto, desde el principio, un límite real y tangible a su intimidad. Esta distancia mantenía tranquilo a don Adolfo porque le incomodaban las relaciones personales directas. No fue capaz de establecerlas ni con sus hijas, ante quienes se contentó con desempeñar el papel de proveedor.

Minucioso en el manejo de sus asuntos, exigente, activo y enterado del ramo de su negocio, don Adolfo era un patrón difícil. Los mayordomos se separaban de su empleo con frecuencia, decepcionados de no poder robar con impunidad ni disponer sin vigilancia. Pero, a pesar de estos fracasos, don Adolfo se negaba a prescindir de un intermediario que se entendiera con sus peones. Así podía exigir trabajo sin escrúpulos y disfrutar ganancias sin remordimiento.

Porque don Adolfo tenía un corazón sensible. Si en su finca se recurría, cuando era necesario, al cepo, al calabozo y al látigo, era porque apreciaba la disciplina. Si en la tienda de raya se expendía aguardiente a precios más altos que los del mercado y si las jornadas de trabajo eran de sol a sol, era porque respetaba las costumbres.

En cambio instaló una letrina, en la galera ocupada por los indios, como tributo a la higiene, y abrió una escuela y sostuvo un maestro por otras razones; desde luego la disposición gubernamental había conmovido profundamente su instinto germánico de obediencia. Además, no estaba conforme con los argumentos en que sus vecinos se escudaban para no cumplir esta disposición.

—Indio alzado es indio perdido —decían—. Cuando estos tales por cuales sepan leer y hablar castilla no va a haber diablo que los aguante.

—Al contrario —replicaba Homel—. Los indios nos sirven de mala gana; como son cortos de alcances no pueden sernos muy útiles. Pero con la instrucción todo mejorará.

A don Adolfo le gustaba pronunciar estas palabras: instrucción. Le despertaba la nostalgia de una patria cuyo recuerdo era cada vez más impreciso y caprichoso. Una patria en la que (como ya no tenía presentes los motivos para emigrar) todo era prosperidad y abundancia; gracias, naturalmente, a las escuelas, liceos y universidades, donde la instrucción se dispensaba. En cambio en América... El clima y la raza eran factores determinantes de su atraso, claro está; pero sólo porque ambos elementos debilitaban al hombre en su lucha contra la ignorancia.

—Hombres instruidos —repetía don Adolfo— hacen naciones prósperas.

Y se imaginaba un mundo sin miseria, sin conflictos, cuando todos los hombres hubiesen alcanzado un mismo nivel de conocimientos.

Los patrones de las fincas vecinas escuchaban hablar a don Adolfo con una mezcla de recelo y admiración. Como extranjero tenía derecho a pronunciar esas grandes palabras que en boca de los otros parecían pedantes o impropias. ¿Pero sabía lo suficiente de su país de adopción, y de esta zona de Chiapas, para suponer que las medidas eficazmente aplicadas en Europa no serían contraproducentes aquí?

—Cuando los indios sepan lo que sabemos nosotros nos arrebatarán lo nuestro.

Don Adolfo se encogía de hombros. Era viejo ya y la idea de que lo que había atesorado iría a parar a manos de yernos codiciosos no le impulsaba, ciertamente, a defenderlo.

La escuela, pues, empezó a funcionar en La Constancia. Los vecinos dejaron de inquietarse cuando advirtieron que tenía muy escaso éxito.

Las clases eran nocturnas. Después de que los indios entregaban completa la faena y cuando de todo el rumbo llegaban ecos de marimbas y estampidos de cohetes con que los peones de otras fincas entretenían su descanso.

Los indios no se opusieron de una manera descarada a la orden de don Adolfo de asistir a clase. Bajaron sumisamente los párpados y murmuraron frases de agradecimiento, aunque en el fondo de su corazón se sintiesen víctimas de un nuevo abuso. Por eso, en cuanto el capataz se descuidaba, desaparecían de su vista. Se les hallaba, horas más tarde, debajo de cualquier árbol, durmiendo un sueño pesado de borrachera.

Don Adolfo no comprendía tal ingratitud. Estaba atónito, pues había creído que los indios se apresurarían a aprovechar la oportunidad, que él les brindaba, de mejorar sus condiciones de vida. Pero no era hombre de perderse en divagaciones y así dijo al capataz que castigara severamente a quienes desobedecieran sus órdenes. A partir de entonces las clases se vieron concurridas por unos alumnos distraídos, incapaces de estarse quietos ante una hoja de papel, torpes para empuñar el lápiz, rebeldes a las indicaciones del maestro, desconfiados del daño que podía sobrevenirles.

Uno que otro se esforzaba por cumplir este nuevo deber. Pedro González Winiktón lo hacía con la seriedad con que antes desempeñó su cargo de juez. Pronto, sobre este hábito previo, surgió un interés directo por las lecciones del maestro, interés que no decaía al terminar la clase.

Pedro se desvelaba, con los ojos fijos en la cartilla de San Miguel, contemplando aquellos signos que lentamente penetraban en su entendimiento. ¡Qué orgullo, al día siguiente, presentarse ante los demás con la lección sabida! ¡Qué emoción descubrir los nombres de los objetos y pronunciarlos y escribirlos y apoderarse así del mundo! ¡Qué asombro cuando escuchó, por vez primera, "hablar el papel" !

Don Adolfo, a quien los informes del maestro mantuvieron al tanto de este proceso, retiró a Winiktón de las tareas más rudas para tenerlo junto a sí como mozo de estribo. Pedro acompañaba al patrón en sus recorridos por la finca y en sus viajes a Tapachula. Así se familiarizó con la ciudad y traspasó las puertas que de otro modo hubieran siempre permanecido cerradas para un indio. Conoció, desde los zaguanes, desde las cocinas, desde los patios en que aguardaba a su amo, la casa de los ricos; aprendió los vericuetos de los edificios municipales y entrevió los salones de los casinos. Le hubiera gustado acercarse y escuchar las pláticas de los señores, ahora que entendía su idioma.

Pero si Winiktón se hubiese acercado a la tertulia de don Adolfo y sus amigos le hubiera sido difícil seguir el hilo de la conversación, tan rápida y atropelladamente comentaban todos el gran acontecimiento: la llegada a Tapachula del Presidente de la República.

—Para recibirlo habrá que echar la casa por la ventana.

—Dicen que no es amigo de lujos.

—¿Y nuestra categoría? No podemos ser menos que los demás. En Huixtla pusieron arcos triunfales desde la estación del ferrocarril hasta Palacio.

—¿Y qué me dicen de la zona fría?

—Ahí es por miedo; como tienen el agrarismo encima y por órdenes del señor Presidente están repartiendo los ranchos. . .

—¿No nos irá a tocar nuestro turno?

—No hay riesgo; el cultivo del café no es costeable más que en grandes extensiones. Además ¿quién nos disputa la propiedad de la tierra? No se la hemos arrebatado a los indios.

—Por fortuna los indios sólo están aquí de paso.

—Y ni cuando decidan quedarse.

—No aguantan el clima.

—¡Moción de orden, señores, nos estamos apartando del tema!

—Las muchachas deben ir vestidas con trajes típicos.

—Sus hijas, don Adolfo, pondrán la muestra, como de costumbre.

—Se impone un banquete en el Club de Cafetaleros.

—¿Y por qué no una jira al mar?

—Con tantas incomodidades...

—Es parte de la diversión. Además, dicen que el señor Presidente es un hombre muy sencillo, muy tratable.

No del modo que los finqueros hubieran deseado. El Presidente disponía de poco tiempo y no quería desperdiciarlo en homenajes sino emplearlo en audiencias; desde temprano la habitación de su hotel se abría a la avalancha de gente que quería hablarle. Grupos de campesinos, comisiones de trabajadores, viudas que querían becas para sus hijos, solicitantes de empleos, aspirantes a puestos políticos. El Presidente los escuchaba a todos con el mismo respeto, con la misma atención. Sus ojos verdes, tan sorprendentes en aquel rostro bronceado, interrogaban, descubrían, calificaban.

Los finqueros organizaron un precipitado conciliábulo.

—El señor Presidente ha dicho que quiere conocer una de nuestras fincas.

Cada uno hubiera querido ofrecer la suya. Pero la prudencia los detuvo. ¿Cómo habilitar, en tan poco tiempo, una casa impresentable? ¿Dónde ocultar a la querida y a los hijos bastardos? ¿Cómo dar a las barracas de los peones el aspecto de una vivienda humana?

—Habría que llevarlo a La Constancia, don Adolfo.

El aludido sonrió, afirmativamente. He aquí cómo, parecía decir, sus costumbres morigeradas, sus hábitos de limpieza y orden, su fe en el progreso, sus virtudes de extranjero, en fin, hallaban pública recompensa.

El Presidente visitó La Constancia. Con orgullo, el dueño exhibió ante él la maquinaria que beneficiaba el café y los grandes plantíos en sazón. La comitiva visitó los enormes terraplenes en que se secaba el grano y las bodegas de almacenamiento. Don Adolfo espiaba la aprobación de los visitantes y, al obtenerla, enrojecía de placer.

Durante la comida la conversación derivó hacia las nuevas leyes decretadas por el Gobierno. Éste era el momento que don Adolfo aguardaba. Como algo fuera de programa propuso que, para ayudar a la digestión, hicieran un recorrido por las secciones de la finca reservadas a sus empleados.

El Presidente y sus acompañantes conocieron los galerones que servían de dormitorio, la cocina en actividad y la escuela.

—Procuramos cumplir con sus mandatos, señor Presidente —dijo don Adolfo—, hasta donde nuestros medios nos lo permiten.

Incómodos dentro de sus vestidos domingueros, los chamulas se ofrecían a la curiosidad de los visitantes. El Presidente volvió hacia ellos el rostro animado por una sonrisa afable. Durante unos minutos habló con lentitud, y escogiendo los giros más comprensibles, del esfuerzo que hombres como ellos tenían que hacer para igualarse con los demás mexicanos y para llevar una existencia digna y respetada. Pero ese esfuerzo, añadió, ya no sería estorbado y castigado, como antes, por los poderosos que querían seguir explotándolos. Ahora los indios contaban con el apoyo de las autoridades; se les haría justicia, se les restituirían las tierras de las que eran los dueños primitivos y legítimos.

Los patrones asentían ostensiblemente, aunque en su fuero interno no dejasen de sentir un asomo de inquietud. La calmaban confiando en que promesas de político se las lleva el viento; y aquí, además, el auditorio, con su deficiente dominio del español y su costumbre de oír sin atender, no haría de estas promesas ningún caso. Acertaron, quizá, con los otros. Pero no con Pedro González Winiktón.

A Pedro se le escaparon muchas ideas y otras las recibió desfiguradas. Pero le impresionó vivamente oír en los labios presidenciales una palabra que despertaba en él tantas resonancias: la palabra justicia. Incapaz de representársela en abstracto, Pedro la ligó desde entonces indisolublemente con un hecho del que tenía una experiencia íntima e inmediata: el de la posesión de la tierra. Esto era lo que el ajwalil había venido a anunciarles. Y en el apretón de manos con que el Presidente se despidió de cada uno de los congregados Pedro vio el sello de un pacto.

Fue un día memorable para todos. Los patrones comentaron, durante semanas, sus incidentes, calculando las ventajas y desventajas que podía traerles la política presidencial y las maneras de sacar el mayor provecho de unas y evitar, hasta donde fuese posible, las otras.

En Pedro las huellas de la entrevista no se borraron ni

cuando, por primera vez, fue con sus compañeros a la zona roja de Tapachula.

Los indios llegaron en grupo, envalentonados por el número y el alcohol, riendo y empujándose.

Barrio miserable, calles polvorientas en que el aire hacía furiosos y breves remolinos. Arriba de los tejados cabeceaban, con un rumor continuo, las palmeras.

En los quicios, en las ventanas, mujeres toscamente pintadas sonreían con fatiga, mascullaban frases de invitación.

Pedro las observaba al pasar, con furtivo interés, con la desconfianza con que se observa a los animales de especie diferente. Esperaba la respuesta de las ladinas de Ciudad Real: el brusco desdén, la carcajada burlona. Pero nada de eso ocurrió. Por unas cuantas monedas cualquiera de estas mujeres entregaba su cuerpo al abrazo rápido y brutal de los chamulas.

Pedro apoyó la cabeza en el regazo femenino, apaciguado. ¡Qué diferente de la de su esposa, tensa y siempre defraudada, esta carne dócil, humilde para recibir el placer, generosa y hábil para darlo! Su encuentro fue sin palabras, sin ese juramento con que Catalina reclamaba la eternidad.

Después de esa noche Pedro ya pudo adivinar, bajo la apariencia orgullosa de las mujeres blancas (de todas, aun de las de Ciudad Real), la avidez secreta, la crispación del instante supremo en que toda máscara se funde, el desordenado reposo final. Ya no eran aquellos seres míticos hechos de una sustancia diferente a la suya. Hembras, sí, hembras, barro que la mano del varón moldea a su antojo.

Tales descubrimientos dieron a Winiktón una perspectiva diferente de las cosas. Ya no se sentía inferior a nadie y para proclamar su igualdad abandonó la ropa de manta para vestir pantalones y chompas de mezclilla; sustituyó los caites por zapatos corrientes y, con un dinero obsequiado por don Adolfo, pudo comprarse un reloj.

Era costumbre de los enganchados regresar a sus parajes luciendo sus adquisiciones. Desde lejos anunciaban su presencia tocando en un acordeón nuevo una música triste y monótona que, de cuando en cuando, rompían con un alarido de gozo y exultación.

Las familias, atraídas por el estrépito, abandonaban jacal y faena para ver a los recién llegados. Los niños palmoteaban de gusto por el aire de fiesta que latía en el ambiente. Pero los hombres volvían el rostro con falsa indiferencia y las mujeres torcían la boca con franca desaprobación.

Unas semanas después la tribu había absorbido nuevamente a los enganchados. Un día guardaban los zapatos en el cofre porque los lodazales de Chamula y los accidentes de sus cerros hacían necesario un calzado más resistente. Otro día exhumaban el calzón de manta y el chamarro de lana, porque les resultaba incómodo distinguirse de los demás por la indumentaria. El acordeón, el reloj, se vendían para adquirir objetos más útiles y perentorios. De su lengua, de su memoria, iban borrándose, poco a poco, las palabras españolas hasta desaparecer.

Pedro, que al regresar volvió a su rango de pasada autoridad, cedió rápidamente a la presión de su grupo y en ningún signo externo se notaba en él rebeldía contra las tradiciones o criterio independiente para juzgar los hechos o "aladinamiento". Pero, a escondidas —igual que Catalina ejercía sus poderes de ilol—, Pedro repasaba sus cuadernos, repetía las lecciones de sus libros y recordaba, con minuciosa aplicación, lo que había aprendido en Tapachula.

En las conversaciones con los principales Pedro habló del Presidente y de sus promesas de justicia. Los demás lo escucharon con impaciencia y malestar. Porque la vida de los chamulas era trabajosa, pero de los sufrimientos heredados y transmitidos a sus hijos ellos ya conocían la rutina. Y he aquí que, de pronto, este hombre les decía una palabra nueva que significaba grandes trastornos. Decir justicia en Chamula era matar al patrón, arrasar la hacienda, venadear a los fiscales, resistir los abusos de los comerciantes, denunciar los manejos del enganchador, vengarse del que maltrata a los niños y viola a las mujeres. Decir justicia en Chamula era velar, día y noche, sostenido por la promesa de un hombre remoto cuya buena fe ninguno había probado aún. Era preferible callar.

—Pero yo lo he visto —insistía desesperadamente Winiktón—; yo soy testigo y fiador de que lo que dice el gran ajwalil es valedero.

Xaw Ramírez Paciencia carraspeó antes de responder.

—Es bueno, hijo mío, que guardes estas noticias para tiempos más oportunos, para el tiempo de su sazón.

Los demás asintieron gravemente. Los viejos se retiraron de allí embargados por una cólera sin nombre y sin salida. ¿Qué había dicho este advenedizo, este Pedro? Que los trabajos que ellos habían padecido serían exención y desagravio para las generaciones venideras. ¿Acaso su condición era, pues, circunstancia azarosa y remediable? No, era destino, mandato de las potencias oscuras, voluntad de dioses crueles. ¡Qué burla a sus creencias, qué mofa a su vida, a sus virtudes humildes, a la sumisión que ahora despojaban de sus méritos si Pedro hubiera dicho la verdad!

Sólo los jóvenes, cuyo brío no había sido aún totalmente refrenado, conservaron de aquellas pláticas una inquietud, una semilla que, para germinar, tendría que romper la dura costra de la inercia y la conformidad.

VII

Doña Mercedes Solórzano mantenía cerrada su tienda desde algunos meses antes. El verdadero motivo por el que Leonardo Cifuentes se la instaló en uno de los cuartos exteriores de su propia casa, que no fue lucrar sino conseguirse bajo esa mampara transitorias mancebas entre la servidumbre humilde y aun entre las indias, había dejado de tener vigencia. Leonardo no se había corregido de sus devaneos. Pero ahora todo su interés, toda su atención estaban orientados hacia una sola mujer a quien se conocía por el mote de "la Alazana".

La situación de la alcahueta se afirmó con este cambio porque había sabido ser indispensable para llevar a buen fin los manejos de Cifuentes. ¿A quién mejor se podía recurrir que a la experiencia de doña Mercedes? Pues se trataba de una intriga, entre personas de pro, y era preciso actuar con disimulo. Había que ocultar los hechos a la suspicacia de Isabel, que no soportaría con la misma paciencia las efímeras aventuras de su marido con quienes eran sus inferiores que la rivalidad con quien era su igual. Y había que tener cuidado para no provocar los recelos del esposo de la Alazana. Tal vez se exageraban las precauciones. La gente que viene de otras partes, los hombres que han rodado tierras —como ese Fernando Ulloa—, suelen no ser tan puntillosos en cuestiones de honor como los señores de Ciudad Real.

La misma Alazana, que había distinguido con su amistad a doña Mercedes (dando así un índice de la plebeyez de su ánimo) se quejaba de la indiferencia de Fernando. No tenía pudor en confesar que, apenas dos años antes, habían huido juntos, enamorados, hasta atreverse a desafiar la oposición de la familia y los prejuicios sociales. Después legalizamos nuestra vida, se apresuraba a añadir la Alazana. Pero doña Mercedes Solórzano, que conocía tan bien el mundo, no hubiera puesto una mano en el fuego para sostener la veracidad de esta aseveración. Se guardaba muy bien de exteriorizar sus conjeturas. Sonreía, haciendo brillar las incrustaciones de oro de sus dientes, inquiría con habilidad, provocaba la nueva confidencia. Para después dar cuenta íntegra de su conversación, tinta y papel, tal como se lo exigía Cifuentes.

—Hemos pasado muchos trabajos juntos, Fernando y yo. No me pesa. Yo estaba conforme porque nos queríamos. Pero ahora le han entrado no sé qué ambiciones. Cada día noto más su despego. Ya no se fija en mí.

—¿Y por qué no lo deja usted, niña? —insinuaba la alcahueta—. Para una mujer de su condición no es bueno eso de andar de aquí para allá como una guacha. No en balde dicen que guijarro que rueda no cría moho.

—No sé, no lo he pensado. ¿Y qué iba a ser de mí si dejaba yo a mi marido? A casa de mis padres no puedo regresar.

—Le sobrarían arrimos, niña. Miren quién, tan galana...

El mohín de disgusto de la Alazana (no muy enérgico, no como de quien trata de poner en salvo su honra, sino más bien como del que siente herida su modestia) no permitía terminar el elogio a doña Mercedes.

—Dejate estar —cavilaba la alcahueta—. Yo sé lo que vas tanteándote. Que Leonardo te sanee un capitalito para que cuando tu coima quiera levantar el vuelo no tengás necesidad de irte con él. Y buen ojo de plata es el tuyo. Porque dinero es lo que hincha los riñones de este Cifuentes. Sólo falta que esté en disposición de dártelo. Sí, ya sé que ahorita te lo ofrece porque está contigo de "dónde pongo este santo que no le dé el viento". Bien se mira en eso que vos no has querido concederle nada. Pero de ahí a hacerse de una obligación hay mucho que andar. En fin, mujer, hacé tu lucha que nada se pierde.

Y la Alazana hacía su lucha con probabilidades de ganar la partida. Porque Leonardo estaba lo que se dice picado por ella. Como no podía hacer más por lo pronto se conformaba con que las primicias de todo lo que venía de las fincas, el aguardiente añejado en sus fábricas, antes anduviera el camino de la casa ajena que el de la propia.

Éstos eran los únicos presentes que la Alazana aceptaba. Rechazaba siempre, con alguna broma graciosa para paliar la dureza de su negativa, las alhajas, las telas finísimas de las que doña Mercedes era portadora. Pero no resultaba fácil desanimar a la alcahueta, sobre todo cuando detrás de esos dengues se traslucía un espíritu codicioso y no muy firme para resistir las tentaciones.

La insistencia de doña Mercedes triunfó por primera vez al ofrecer un perraje de Guatemala, preciosa seda bordada con dibujos multicolores, que la Alazana recibió, no sin antes advertir:

—Dígale usted al señor Cifuentes que no quiero desairarlo, únicamente en consideración a la amistad que le demuestra a mi esposo. Que estrenaré este chal en el baile de la noche.

¡Ese famoso baile! Antes de que ocurriera ya había provocado la inquietud y la murmuración en Ciudad Real. Porque era la primera vez que los Cifuentes abrían su casa en una fiesta. El retraimiento había obedecido hasta entonces a dos causas: la hija única de Isabel, Idolina, guardaba cama desde hacía años, inmovilizada por una parálisis que los médicos no acertaban ni a diagnosticar ni a remitir. Por lo demás el hecho de que los Cifuentes manifestaran tan públicamente su regocijo era, en cierto modo, una provocación. Pues no podía escapar a su perspicacia que si eran saludados, admitidos en el círculo de algunas familias de Ciudad Real —las buenas familias— era únicamente gracias a su fortuna, cada vez más opulenta. Deslumbrados por el brillo del oro muchos no veían ya la turbiedad de los orígenes de Leonardo. Procuraba olvidarse también el escándalo de su boda, la segunda de Isabel Zebadúa. Pero los favorecidos deberían tener siempre presente que la benevolencia de que disfrutaban, una benevolencia tanto más extraordinaria en una sociedad que se pagaba de su rigidez, no correspondía a sus méritos.

Doña Mercedes aconsejó en muchas ocasiones a Leonardo: hay que ser prudente, no ostentar la riqueza, no hacer alarde de la ventura. Porque la envidia tiene boca y habla. Y cuando, como en este caso, hay sucias historias que contar. . .

Pero Leonardo había perdido, de pronto, el justo sentido de las proporciones. Alentado por los sucesivos golpes de suerte, afanoso de adornarse ante la Alazana de un prestigio más, el de rumboso, se empeñó en que la celebración de aquel baile excediera a cuanto se tenía acostumbrado. Contrató a las mejores marimbas de Ciudad Real, pero también hizo traer a la banda de música de viento de Acala. No le bastaron las flores de los planteles de la comarca, pues mandó que se acarreasen tanales de Comitán y flamboyanes de Tuxtla. El banquete iba a prepararlo una guisandera afamada a quien se trajo especialmente del Soconusco.

Lo natural hubiera sido que la vigilancia de todos los detalles —desde hacer que los semaneros asearan el jardín hasta ordenar a las criadas que sacasen brillo a los llamadores de las puertas— recayese en Isabel. Pero a falta suya tuvo que encargarse de ello doña Mercedes. Porque Isabel iba y venía, ajena a los preparativos de un acontecimiento al que se opuso desde el principio. Cuando se convenció de que su voluntad había sido contrariada por la de Leonardo, Isabel, demasiado orgullosa para descender a los reproches, se refugió en un silencio total. Permanecía encerrada en el cuarto de costura, bordando ante el bastidor. Y ni siquiera la curiosidad la obligaba a levantar la vista cada vez que una salera entraba al cuarto, presurosa, para cumplir tal o cual recomendación de doña Mercedes. A la hora de comer —única en que el matrimonio se reunía— las frecuentes interrupciones de Leonardo, que aludían siempre a la fiesta, no desviaban a Isabel de la tranquila y rutinaria línea de su conversación.

Pero sostener esta actitud le estaba exigiendo un esfuerzo para el que Isabel no tenía la energía suficiente. En cada respiración estaba ahogando un sollozo de rabia impotente, un alarido de dignidad pisoteada. Para evitar las preguntas de los extraños Isabel se aislaba, evitaba hasta la proximidad de su hija. Y, a solas, daba rienda suelta a su despecho en febriles y estériles desvaríos que no la conducían sino a resoluciones extremas cuya violencia misma las tornaba imposibles. Porque Isabel, a pesar de la momentánea rebeldía insuflada en ella por el furor era, por temperamento y por convicciones, un espíritu sumiso cuyo hábito era resignarse, cuyo vicio era perdonar.

Leonardo, en cambio, no había recibido casi, sobre el brío de su naturaleza, el sello de los prejuicios de una clase a la que sólo ingresó por adopción. Su carácter de advenedizo le dio un punto de vista crítico. Y cada vez que sus deseos entraban en conflicto con las normas que la sociedad proclama como intangibles Leonardo pasaba por encima de ellas dando preferencia y satisfacción a sus deseos. Gracias a tal sistema Cifuentes podía considerarse, a los cuarenta y tres años de edad, dichoso. Y mañoso también, agregaba con un guiño picaresco. Porque la maña me da lo que la suerte me niega.

A veces sus mañas habían llegado, según afirmaciones de los malquerientes, a constituir verdaderos delitos. Pero, otra vez la suerte, nadie se atrevió a acusarlo. Y la sospecha añadió a la personalidad de Cifuentes una equívoca aureola de "hombre arrecho" que amansaba a los otros hombres con los que mantenía trato y rendía a las mujeres a las que rondaba.

Tal cúmulo de coincidencias fortaleció poco a poco en Leonardo la certidumbre de la incontrastabilidad de su potencia y de la licitud de sus caprichos, certidumbre que aceptaba sin examen e imponía sin consideración. Ningún temor religioso, ninguna idea moral, ninguna reflexión intelectiva encauzaba aquel impulso ciegamente despeñado. Y Cifuentes aún era capaz de suponer, en la basta ingenuidad de su egoísmo, que aquellos a los que pasaba atropellando no iban a volver en contra suya su rencor sino su gratitud.

De ahí que fuera la sorpresa su reacción inicial ante la falta de interés con que su esposa presenciaba la realización de un proyecto en el que Leonardo había puesto tanto entusiasmo. No con ánimo conciliador sino sarcástico se acercó a Isabel la mañana misma de la fecha en que el baile iba a efectuarse.

Bordaba Isabel cuando su marido entró en el costurero. A pesar de los ademanes con que procuró hacer ostensible su presencia Isabel fingió no haberla notado. Pero no pudo seguir su fingimiento cuando la voz, deliberadamente obsequiosa, intolerablemente hipócrita de él, invitó:

—Espero que esta noche nos honrarás con tu asistencia.

Los dedos de Isabel se crisparon en torno al bastidor. Leonardo insistía.

—Porque supongo que ya te habrás enterado de que esta noche doy una fiesta en mi casa.

Bien podía replicar Isabel a ese "mi casa" tan posesivo como inexacto. Pero una contracción de ira le apretaba la garganta.

—A propósito, quería yo agradecerte las molestias que te has tomado. No dudo que gracias a ellas el baile será un éxito.

Isabel había dejado escapar la oportunidad para exigir una reivindicación. Ahora tendría que defenderse, comprobar que no había faltado a sus deberes de dueña de casa. Acaloradamente improvisó una disculpa.

—No necesitabas de mí. Ahí está doña Mercedes.

Pronunció este nombre aborrecido con el infantil resentimiento de quien ve su lugar usurpado por otro.

—No te importa si tengo o no quien te supla. Tu obligación como patrona...

—¡Yo como patrona no estoy obligada a agasajar a tu querida!

Por primera vez esta palabra —"querida"— manchaba los labios de Isabel. Porque todos los otros escarceos de Leonardo, tan fugaces, no merecieron siquiera un título. Y ahora que Isabel se lo daba a la Alazana lo hacía con el temblor del que está convirtiendo un indicio, nebuloso y ambiguo, en un hecho consumado.

—¡Celosa tú, Isabel!

Cifuentes lo constataba con incredulidad, no porque lo irreprochable de su conducta lo hiciera absurdo, sino porque la edad de su mujer lo volvía ridículo. Pero Isabel no captó este matiz en la entonación de Leonardo, atenta sólo al significado de sus frases. Y, excesivamente ansiosa por dejarse convencer de lo contrario, aventuró:

—Como si tú no me hubieras dado motivo para celarte...

—Sí, te he dado motivos. Por eso me extraña que ahora que no tienes ninguno...

—¿Me vas a negar lo que he visto? ¿Que estás que bebes los vientos por esa mentada Alazana?

Lo que el apodo tenía de malévolo puso fuera de sí a Leonardo. Arrebató a Isabel el bastidor en el que se escudaba.

—La Alazana, como le dicen las sirvientas y la gentuza de la calle, tiene un nombre: doña Julia Acevedo. Y es esposa de un hombre respetable, amigo mío, a quien no sería yo capaz de afrentar.

La rapidez con que Leonardo salió en defensa de la extranjera enardeció a Isabel hasta obligarla a proferir, puesta de pie, lívido de rabia el semblante, esta frenética acusación:

—Sería la primera vez que te conociera yo tan escrupuloso. Conmigo no fuiste así.

Desconcertado por la brusquedad de la acometida, Cifuentes no acertó más que a conminar:

—¡Cállate! El caso era distinto.

—Sí, distinto, porque Isidoro, mi marido, óyelo bien, mi marido, no lo que tú fuiste después para mí, era más que tu amigo, era tu hermano. ¿Quién, sino él, te recogió y obligó a sus padres a que te dieran asilo en su casa, porque tú no eras más que un huérfano y las monjas te maltrataban y te dejaban sin comer...?

Pero Cifuentes ya había recuperado su aplomo y la injuria no le hizo mella. Con un dejo irónico respondió:

—Deberías sentirte orgullosa, Isabel. Por ti no me dolió

pasar encima de los deberes que me imponía la gratitud, la amistad, hasta la misma decencia. Enamoré a la esposa de Isidoro Cifuentes mientras Isidoro Cifuentes vivía. Y me casé con su viuda antes de que ajustara el plazo de su luto.

En la pregunta de Isabel agonizaba una última esperanza:

—¿Por qué lo hiciste, Leonardo?

Cifuentes se encogió de hombros para despojar de su importancia a aquella interrogación, para no dar una respuesta.

—¡No lo sabes! Pero yo sí lo sé. Te tentó la codicia. Isidoro era rico.

Como quien se reviste de paciencia para explicarle a un niño, o a un imbécil, el hecho evidente a los ojos de cualquier persona normal, Leonardo dijo:

—Has tenido siempre un tino admirable para no comprender mis razones. Me malinterpretaste desde un principio. Creíste que la mejor manera de mantenerme atado a tu pretina era cerrar la bolsa que heredaste. Un gran error. Yo también soy rico, Isabel. Y para enriquecerme no necesité tocar un solo centavo de tu herencia.

Con amargura, Isabel tuvo que reconocerlo.

—También eres feliz. Y no necesitaste nada de lo que yo te podía dar para serlo.

Leonardo esbozó un ademán, casi genuino, de asombro.

—¿Te diste cuenta, Isabel? Tendrás que perdonarme. Hice lo posible por disimularlo, pero. . .

Isabel cortó en seco esta burla.

—Así que mataste a Isidoro Cifuentes por nada.

Leonardo tardó un instante, sólo un instante, en contestar. Ninguno de los músculos de su expresión se había alterado. Pero en ese instante de silencio Isabel vio, patente, el signo de su culpa.

—Lo dicen los chismes del pueblo. Y también lo dices tú. Pero si fuera verdad no estaría yo aquí, sino bien potreado en una cárcel. La muerte de Isidoro fue una desgracia. Nadie puede probar lo contrario.

Exasperada, Isabel gritó:

—¿Y quién fue testigo? Tú. La pistola era tuya, se la estabas mostrando. ¿Quién iba a pensar que estuviera cargada? Una pistola nueva, que todavía ibas a estrenar. Apuntaste por juego, aquí, en el corazón. Y se te fue el tiro. ¡Una desgracia! Yo digo que fue un crimen.

Con estudiada calma, Leonardo movió uno de los sillones del costurero. Se sentó, cruzó la pierna; extrajo, del atado de cigarrillos que guardaba en la bolsa del chaleco, uno; lo prendió; fumó a grandes bocanadas. Hasta después dijo, como quien ha llegado a la conclusión de un argumento muy peregrino:

—Y lo descubres ¿cuántos años después, Isabel? No, no los cuentes. Te entristecerías. Pero todo ese tiempo has convivido con un asesino, con el asesino de tu primer marido. Las autoridades no creerían en tu inocencia. No vacilarían en condenarte por cómplice.

—¿Y qué me importa? ¿Crees tú que no preferiría yo cualquier cosa a este infierno?

¡Pobre Isabel! Tan exagerada siempre. ¿Qué tenía de infernal esta vida? Leonardo la encontraba bastante aceptable.

—...y con tal de seguir tus veleidades no te importa pasar por encima de la salud de tu hija.

Leonardo la interrumpió con un gesto de fastidio.

—Por favor, Isabel. Idolina es hija de tu primer matrimonio. No confundas las fechas y trates de endosármela.

Isabel contempló a su marido con una fijeza acusadora.

—Tú la odias. Quisieras verla muerta, lo mismo que a Isidoro.

Leonardo hizo una mueca que no llegó a cuajar en sonrisa.

—¿Por qué había de odiarla?

—Por lo que ella sabe.

—Ella no sabe nada. Cree lo que tú le has inculcado.

—Puede hablar, denunciarte...

—¿A quién? Desde hace años está clavada en su cama. No tiene amigas, no la visita nadie.

Y luego, más lentamente, como si esta posibilidad se hubiera constituido alguna vez en objeto de su preocupación:

—Aunque hablara, nadie iba a dar oídos a una criatura desequilibrada por la enfermedad y el encierro.

El cigarro de Leonardo se había consumido. Lo arrojó sobre la alfombra y lo pisoteó. Después se puso de pie.

—Ahora, Isabel, vuelvo a rogarte que nos honres con tu asistencia al baile de esta noche. No faltará ninguno de los apellidos más granados de Ciudad Real. No me conviene dar el espectáculo de un hogar deshecho por las rencillas ni el de una mujer que no cumple sus deberes.

Y, no para compartir el proyecto que desde meses atrás, desde la llegada de la Alazana precisamente, venía inquietándolo, sino para pavonearse con la vistosidad de un nuevo plumaje, para deslumbrar, añadió:

—No me conviene para mis aspiraciones políticas.

Cuando Leonardo se hubo marchado Isabel permaneció un momento inmóvil. Después automática, servilmente, se inclinó hacia la alfombra para borrar la mancha de ceniza dejada por el cigarrillo. ¡Qué diría don Alfonso Cañaveral si entraba aquí durante el baile de la noche! Tan exigente como era para la limpieza.

Con este gesto tan simple Isabel estaba ya, de un modo tácito, dispuesta a obedecer a su marido atendiendo a los invitados. Era previsible tal cambio de actitud. La escena anterior la había dejado exhausta. A pesar de sus esfuerzos por ignorarlo empezaba a invadirla un malestar: el arrepentimiento. Le parecía entonces más ardua de cumplir una decisión tomada bajo otros estados de ánimo. Y de todo lo que dijo Leonardo una sola frase, la final, alimentaba su memoria. Al hablar de sus aspiraciones políticas ¿no estaba dando una velada satisfacción al celoso reclamo de Isabel? Ella prefirió interpretarlo así. Aunque la política no era ya menester en que los señores ennoblecían sus ocios y despilfarraban sus haberes. Desde que la gubernatura del estado pasó de Ciudad Real a la tierra caliente cualquier improvisado de la costa, cualquier acomodaticio de Comitán podía ostentar un nombramiento. Los motivos de Leonardo eran otros. Pero Isabel no le exigía fidelidad sino disimulo. Ella misma colaboraría a la ocultación de los motivos verdaderos fingiendo creer en los falsos.

Isabel se reprochó a sí misma por haber hecho juicios temerarios sobre la Alazana. ¿Qué había de reprobable en su conducta? Esa libertad de andar sola por las calles bien podía ser inocente. Andaba sola y destrenzada como... sí, eso es, como una yegua. Por algo le pusieron el apodo.

Ante la perspectiva de conocer a una mujer extraña, de costumbres equívocas, a una "fascinadora de hombres", Isabel sintió un aletazo de expectación.

Fascinadora de hombres... eso he de haberlo leído en alguna novela, pensó Isabel. Con razón las prohíbe Su Ilustrísima. Y si Leonardo visita a esa mujer no es por ella, es por el marido. Tienen negocios, creo. Y aunque no los tuvieran. Los hombres no saben estarse encerrados, prendidos de la pretina de su mujer. Y menos cuando en la casa no hay criaturas para reírles sus gracias, para festejarles sus alcances.

Porque Dios había mostrado su inconformidad con este

matrimonio no concediéndole hijos. Estaba Idolina, la hijastra, a la que Isabel mimaba en secreto para que Leonardo no fuera a decir que en ella estaba aún queriendo a Isidoro.

Isabel procedía con la misma cautela que una novia. Pues aunque hubiesen transcurrido ¿cuántos años de vivir juntos? (siempre se enredaba en los cálculos), Leonardo seguía siendo para ella un enigma. Nunca, ni cuando la pasión los ató con un nudo tan ciego, se pertenecieron entrañablemente el uno al otro. Y la gran sed que en ella despertó aquel hombre jamás fue saciada.

El demonio abandona a los que seduce, solía sentenciar Su Ilustrísima, don Alfonso, tratando de disuadir a su hija de confesión de una alianza que no le era conveniente. Isabel se acusó ante el Obispo de los primeros movimientos de su alma hacia la tentación de adulterio representada por Leonardo. Lo dijo así, vagamente, sin precisar —¿cómo se precisa?— la intensidad vertiginosa con que se apoderaba de ella el mal pensamiento. (Apaciguaba sus escrúpulos considerando que los sacerdotes tienen la obligación de suplir con su malicia lo que nosotros omitimos con la nuestra.)

Malos pensamientos —¡si yo fuera libre!— tan obsesionantes que a veces Isabel se sorprendía mirando a su alrededor como si el estruendo de estas palabras hubiera traspasado su cerebro y estuviera delatándola. Y después, cuando trajeron el cadáver de Isidoro. . .

Por primera vez Isabel tuvo a la muerte frente a sí. Pero no era tan horrible, no era tan solemne como ella había temido. El rostro de Isidoro tenía una expresión de tranquilidad, de descanso, de beatitud. La bala no lo había desfigurado. Un agujero casi imperceptible en la mitad del pecho; una mancha redonda y breve de su sangre. Y otra, igual, en la palma de la mano derecha. Por el ademán que hizo al sentirse herido.

Tal vez la gente empezó a sospechar el crimen desde entonces. Isabel no lo supo. Ninguno de sus allegados lo era a tal punto que se atreviese a repetir tales rumores delante de ella. Pero en el confesionario Su Ilustrísima, don Alfonso, escarbaba: ¿no incitaste tú a Leonardo con promesas culpables?

—No, Monseñor, no, Monseñor —Isabel podía negar a boca llena porque entre los dos nunca se cruzó una palabra que fuera necesario mantener oculta. Era el silencio, ese silencio palpitante, magnético, anunciador; era una inminencia terrible. Angustia. Una angustia que Isabel no hubiera cambiado por la felicidad más total.

Los sermones del señor obispo en aquella cuaresma versaron sobre las postrimerías: muerte, juicio, infierno. Los describía con unas imágenes tan vívidas, con unos rasgos tan espantosos que las ejercitantes, retorciéndose las manos de miedo, publicaban a gritos sus faltas, demandaban, llorando, la absolución. Sólo Isabel, hincada en su reclinatorio, recorría con dedos distraídos las cuentas de su rosario.

Se murmuró que Leonardo la pretendía. Ella negaba con un movimiento de cabeza pero su negativa la semejaba más a una novia esperanzada que a una viuda inconsolable. ¿Y por qué tenía que ser una viuda inconsolable? Era joven aún, era sana. Isidoro se pudría en la tierra, se borraba en su memoria con la misma rapidez con que se borra un sueño.

De la existencia rotunda, insultante casi, de otros seres (de Leonardo por ejemplo) no disfrutó jamás Isidoro. Neurasténico, taciturno, atormentado, ansioso. Tal vez no murió en un accidente; tal vez se suicidó en uno de aquellos accesos de melancolía que, siempre más prolongados e intensos, lo torturaban.

Isabel era quien menos debía divulgar esta suposición. Pero ¿no la instaba acaso el deber moral si la maledicencia se cebaba en el buen nombre de Leonardo? En consulta con su confesor se le prohibió terminantemente que aludiera al asunto. La fama de los finados es intocable, dijo Su Ilustrísima. Los vivos bien pueden defenderse. Y no te preocupes por Leonardo Cifuentes. Él solo se basta y sobra.

Se empeñaron todos en incriminarlo. Y allá, muy en secreto, Isabel también desconfiaba de su inocencia. Pero no quería sentirse ligada con el crimen y menos aún admitir que había sido el móvil. Espíritus como el suyo no tienen la fuerza suficiente para cargar el peso de una culpa ni la gravedad de un remordimiento. Buscó entonces en el pasado para encontrar otra raíz a la acción de Leonardo. Topó con la envidia. ¿No es natural que separe a dos que se han criado juntos si uno de ellos es el que goza de todos los privilegios mientras que el otro ocupa siempre el segundo lugar? El mismo Caín de las Escrituras procedió así contra su hermano Abel por la desigualdad del trato que se les daba.

Todos admiraron la magnanimidad de los padres de Isidoro al acoger a Leonardo como crianza de su casa. Pero después nadie fue testigo de las pequeñas mezquindades, de la perenne comparación entre el hijo legítimo y el adoptivo, en la que el último tendría que salir siempre perdidoso. No se puede tratar así impunemente a una criatura tenida por todos como de inteligencia tan despejada y sentimientos tan vehementes. ¡Quién sabe qué sangre corría por las venas del huérfano! Acaso sangre más noble, más soberbia que la de sus benefactores. ¿Y qué le habían dado, aparte del apellido? La rústica educación de un vaquero. Mientras que al otro, a Isidoro, le dieron una carrera liberal. No pudo terminarla, no tenía la cabeza muy firme. Y regresó sin ningún diploma que avalara sus años de estudiante en París.

Trajo, eso sí, un frac con la pechera fruncida de alforzas y la botonadura de brillantes. Lo llevaba puesto la noche de su declaración a Isabel. Ella aceptó mirando aquellas minúsculas piedras.

Luego todo fue tan extraño... A los quince días de la boda, establecido ya en una de las fincas de su padre, Isidoro se encerró en su habitación, negándose a hablar con la recién casada. Con los ojos turbios de llanto, Isabel, reclinada en el barandal del corredor, miraba a Leonardo galopar por los potreros. Y ella hubiera querido correr hacia aquel hombre y suplicarle que la salvara de un destino tan aciago.

Isabel evocaba aún, con nostalgia, la época de su gravidez. Meses en los que el cuerpo, que había logrado ya la plenitud, se henchía de una sensualidad elemental hecha, más que de actos, de enormes reposos. El lento balanceo de la mecedora; la resolana de la siesta; y el cabello suelto, en manos de aquella india que la peinaba y la peinaba con un peine de carey.

Allí, en la hacienda, nació Idolina. Para entonces Isidoro fingió la urgencia inaplazable de un viaje a Ciudad Real. Negocios, dijo. Pero Isabel, que ya había descifrado su carácter, supo que era un pretexto. Lo que Isidoro quería era huir del dolor que su mujer iba a soportar. Con la misma repugnancia se alejaba de los corrales cada vez que un becerro iba a ser marcado o que la gusanera de una res se curaba con creolina. Isabel lo miró partir con una sonrisa de desprecio. Hasta las consideraciones con que a veces la trataba Isidoro no era posible atribuirlas ni al esmero de su urbanidad ni a la hondura de su cariño. Era un hombre débil y eso lo explicaba todo. Y mujeres como Isabel no perdonan la debilidad. Aprecian como signo de hombría el fuete con que el macho doblega a la hembra y guardan el recuerdo de las humillaciones entre las reliquias de amor.

—Leonardo, ése sí que no se tienta el alma para arrastrar por la crin a la que se le resiste, a la que se le muestra indócil, o arisca, o caprichosa.

Leonardo en los sueños de Isabel, en las interminables divagaciones de aquellos interminables cuarenta días de su puerperio. La lluvia empañaba los cristales. Y allí, junto a la madre, diminuta, arrugada, roja, tiritando de frío, la hija.

Idolina, pronosticaron sus abuelos, será igual a Isidoro. Pronto dio señales de que la profecía iba a resultar verdadera. Cuando cumplió su primer año fue agasajada con juguetes, con regalos, con fiestas. Creyeron complacerla. Pero la excitación al contemplar en torno suyo tantos rostros extraños, de recibir tantos objetos nuevos fue tal que la acometió una altísima fiebre y estuvo toda la noche delirando. Después, esta peculiar y morbosa manera suya de replegarse cada vez que una situación le parecía ya no hostil, simplemente extraordinaria, se volvió un hábito. Medrosa, insegura, la niña no se soltaba de la mano de Isidoro. Y cuando Isidoro tenía que ausentarse de la casa Idolina se enroscaba en el lugar donde una prenda de ropa, un libro abierto, un papel a medio escribir le hablaban del ausente. Se enroscaba allí, a llorar como un perrito abandonado.

No va a soportar la pena, dijo entre sí Isabel cuando depositaron en la sala el cuerpo de Isidoro. Procuró ocultar esta visión a Idolina. Pero la curiosidad infantil burló las precauciones de los mayores e Idolina asistió hasta el último pormenor del duelo. Sin una lágrima. Con el mismo ceño de denodada atención con que ensayaba una escala difícil en el piano.

A los demás, a Isabel principalmente, pareció insólita esta actitud. Es que no entiende lo que ha sucedido, sentenciaron. Olvidaban que Idolina entendió muy precozmente de ausencia. Y ahora que la ausencia era definitiva no se le oyó jamás ni preguntar su causa ni lamentarla. Tampoco protestó cuando todos los objetos del uso personal del difunto pasaron a poder de los pobres. Y hasta meses después vino a reparar en el crespón de luto que entenebrecía el retrato de su padre.

Idolina se volvió hacia Isabel con un afecto doloroso, exigente, al que no le bastaría absorber la totalidad de la vida ajena. Isabel ya no pudo, de allí en adelante, dar un paso sin que lo siguiera la sombra de su hija. La impacientaba tal asiduidad y con desdenes, con mofas, procuraba alejarla de sí.

El nuevo matrimonio de Isabel alteró profundamente a Idolina. Durante semanas se negó a recibir ningún alimento. Enflaqueció hasta parecer esquelética. Y cada vez que se contemplaba en el espejo de su armario, sus ojos vidreaban de una maligna alegría. Isabel tuvo que rendirse, descender a las súplicas, servir ella misma los bocados. Idolina los esquivaba, terca en su voluntad de dejarse consumir.

Leonardo, poco hecho a melindres de mujeres, los tomó a escarnio. Ésta fue la primer grieta de su unión con Isabel. Por lo demás, excesivamente absorto en el trabajo, empleaba las horas de asueto en abyectas diversiones, con gente de la más baja ralea de Ciudad Real.

Isabel ocultaba, hasta donde era posible, los extravíos de su esposo. La única vez que se arriesgó a quejarse de ellos fue en el confesionario y no recibió el consuelo sino escuchó la reprimenda de quien harto le había advertido el yerro que iba a cometer. "El demonio abandona a los que seduce..."

La forzosa reserva emponzoñaba el corazón de Isabel. El veneno fue filtrándose en las pláticas con Idolina, primero al través de complicadas alusiones, más tarde en impúdicas confidencias en las que latía, oculto, un anhelo de mostrar la hondura de su desdicha para hacerse perdonar la traición.

¡Cómo saboreaba la muchacha, pues lo era ya, el relato de cada nuevo desengaño de Isabel! ¡Cómo iba grabándose en su mente ávida la imagen del hombre desaprensivo a cuya brutalidad, a cuyo voraz cinismo sucumbió Isidoro y fue inmolada Isabel!

Idolina no hacía más comentario que un leve monosílabo, lo suficiente para no ahuyentar a la quejumbrosa con su indiferencia. Pero no daba otra señal de compartir sus agravios. Veía en Leonardo el instrumento de un castigo. ¡Y necesitaba tanto que Isabel fuera castigada!

Una noche invernal estaban la madre y la hija en el salón. Isabel había prendido un brasero para templar la atmósfera y se entretenía atizándolo con unas pesadas tenazas de fierro. A Idolina la irritaba el ruido breve pero repetido, rítmico casi, del metal. Respiraba, cada vez con más repugnancia, el aire envilecido por el calor. Después de un penoso y largo titubeo alzó la tapa del piano y comenzó a practicar, con rígida testarudez, un ejercicio.

—¡Bravo! ¡Bravo!

Era Leonardo, aplaudiendo, de pie en el umbral, con el torpe reto de los beodos. Aún no se desvanecía de su cara la mueca burlona que le sirvió para pronunciar aquellas exclamaciones. Idolina cerró ambos puños y los dejó caer con estrépito sobre las teclas. El odio la asfixiaba. Quiso abalanzarse sobre Leonardo, derribarlo, destruirlo. Giró con violencia en dirección suya, se puso de pie, avanzó unos pasos. Y de pronto se derrumbó, revolcándose, arrojando espuma por la boca, inconsciente. Cuando volvió en sí ya no pudo moverse sin ayuda.

Y después los días, los años iguales. Hasta hoy.

Afuera, en los corredores, en los patios y traspatios, hervían los preparativos para el baile. Cuchicheos, prisa, ligero deslizamiento de pies.

Un súbito resplandor, una lámpara encendida, disipó la penumbra del costurero.

Las campanas de Catedral sonaban a vísperas.

VIII

—Y ANDANDO de noche se les apareció el ijc'al.

Desde pequeña a Idolina le fascinó oír cuentos de espantos; exigía que se le contaran cuando la penumbra del atardecer transforma los objetos familiares en seres fantasmagóricos y cuando cada rumor es un misterioso aviso. Idolina presenciaba entonces, con un calosfrío de aterrorizado placer, las metamorfosis del yalambaqu'et, que va dejando caer sus huesos en el camino; las malignas travesuras del xuch ni' que asoma su nariz de alquitrán durante las conmemoraciones de San Andrés. Y las asechanzas del más terrible de todos, el ijc'al, hombrecillo negro que rapta a quienes encuentra solos en la oscuridad; si son hombres los decapita para usar sus cabezas como pilares de su casa; si son mujeres las fuerza y después de los meses de su embarazo dan a luz monstruos.

Pero esta vez, a pesar del esmero de la narradora, Idolina no había sido cautivada por el relato. En varias ocasiones dio muestras de distracción terminando por volver el rostro violentamente contra la pared, con ese gesto de impaciencia que tan bien conocían quienes la cuidaban. Su perfil, afinado por la enfermedad, se distorsionó al reflejarse sobre el muro por la luz espectral de las velas.

La narradora, una india de aspecto sumiso y vestida al modo de las mujeres de Chamula (el tejido tosco de lana, donde la oveja huele todavía), pareció no entender lo que aquel movimiento expresaba de disgusto, de fastidio. Con monótonas inflexiones repitió la última frase:

—Y andando de noche se les apareció el ijc'al.

Idolina se tapó las orejas. Su ceño se había fruncido. Las lágrimas, que no trataba de reprimir, arrasaron sus ojos.

—Callate, nana. No quiero más historias.

—Niña —suplicó la mujer con tímido reproche. Pero el tono de su voz no hizo más que exasperar a la enferma.

—¡No quiero! ¡Me estás atormentando!

La nana se apartó del lecho y fue a enroscarse en uno de los ángulos de la habitación. Idolina no cesaba de observarla y cuando estuvo cierta de que había dispuesto permanecer en aquel sitio y en aquella actitud, se querelló:

—¿Por qué me dejaste sola?

La india iba a ponerse de pie para regresar junto a su ama. Pero se contuvo, alcanzando a quedar de rodillas.

—Todo te aburre. Estás muy chinaj.

La enferma se incorporó sosteniéndose con el codo derecho sobre las almohadas; se pasó el dorso de la mano que le quedaba libre por la frente como para borrar el gesto de malhumor. Sus labios se curvaron apenas en un mohín conciliatorio.

—Vení.

La india movió la cabeza negativamente.

—¿No vas a venir, nana?

Había más incredulidad (la incredulidad de quien es obedecida hasta el más insignificante de sus caprichos) que reconvención en esta pregunta. Pues Idolina había advertido la incertidumbre que embargaba el ánimo de la sierva. Respiraba anhelosamente. Pero no acudió.

—Mirá cómo salta tu corazón entre la camisa. Le está cayendo sangre.

—Niña —respondió por fin la mujer—, te has portado muy mal conmigo. No voy a ir.

—Está bien —admitió despreocupadamente Idolina—. Entonces voy a ir yo.

El anuncio fue suficiente para que la india corriera, enredándose en los pliegues del tzec, a detener a su patrona. Pero no logró evitar que apartase las sábanas que la cubrían y se sentara al borde del lecho. Sus piernas desnudas, excesivamente blancas y delgadas, pendían sin tocar el suelo.

—Niña, por Dios, te vas a pasmar.

Pero la muchacha se burlaba de los temores de la india y hacía a un lado, con bruscos ademanes, los lienzos con los que intentaban protegerla de los rigores de una temperatura no caldeada ni por el brasero que ardía mansamente en un rincón.

La nana dejó caer los brazos a lo largo del cuerpo con la lasitud de la impotencia. Ante sí las colchas se apilaban en un informe montón al que las sombras prestaban proporciones grotescas.

Asida a uno de los pilares de la cama Idolina se paró, hundiendo los pies en la alfombra. Acechaba el perdón en el rostro de la india. Para apresurarlo cogió la punta de su trenza y fingió besarla.

La nana no trató de esquivar la caricia. Dijo, con una burla cariñosa:

—Que te compre el que no te conozca.

—¿Y a quién salí? —replicó prontamente la muchacha—. Vos me criaste; vos me malcriaste.

Había entre las dos ese trato que entre ama y criada sólo establece una larga dependencia por una parte y una tierna lealtad por la otra. Su relación era un juego de concesiones e imposiciones recíprocas cuyo mecanismo había perfeccionado una intimidad exclusiva.

—Bueno; vamos a sosegar.

La nana había recogido las ropas volviendo a colocarlas en su sitio. Después de mullir los cojines, dijo:

—Ya podés acostarte.

Pero Idolina no atendía. Apoyada aún en la columna prestaba oídos a los murmullos de afuera.

—Acaba de entrar la marimba.

La mujer aprovechó el ensimismamiento de Idolina para empujarla hasta hacer que se sentase en la orilla de la cama.

—Nunca he visto una fiesta —reflexionó la muchacha con seriedad.

—Cuando estés buena y sana, mi niña. Entonces.

Idolina añadió sombríamente:

—Cuando mi padrastro y ella estén muertos. Cuando haya ardido esta casa. Cuando tú y yo nos hayamos ido a rodar tierras.

A la india le asustó escuchar, en labios tan rencorosos, las mismas palabras que ella pronunciara alguna vez. Como para detenerlas puso la mano sobre la boca de Idolina. Pero Idolina la rechazó.

—Eso dijo la ceniza.

Había tal esperanza de libertad en la aceptación de esta promesa que la india desvió la cara con un rubor culpable.

—Era juego, niña.

—¡No era juego! —se opuso enérgicamente Idolina—. Tú me juraste...

Y después, como si la duda la hubiera quebrantado de pronto, agregó:

—Pero también me juraste que me dejarías ver la fiesta.

—Es por tu bien, cutushita. Acostate. Si viene alguno que no te encuentre así.

—¿Quién querés que venga? —preguntó con amargura la muchacha—. Ella (no quería llamar a su madre de otro modo), ella viene sólo cuando no tiene otra cosa que hacer. Y por compromiso. ¿Cómo estás? Muy bien, ya se ve; me alegro mucho —dijo Idolina contrahaciendo la voz y los ademanes de Isabel. Luego, de manera abrupta, como si esta evocación la hubiera conducido a una evidencia insoportable, gritó apasionadamente:

—¡No puedo esperar más! La ceniza dijo... Pero nunca sucede nada. Y yo me pudro entre estas paredes. ¿Hasta cuándo?

—¡Santísima Virgen de la Caridad, protégenos!

La nana se santiguó para conjurar al demonio que se había apoderado de la muchacha. Idolina se golpeaba las sienes con los puños apretados. Quedó jadeante, desencajada, después del frenesí de su arrebato.

—Dame mi chal —ordenó.

El tono no admitía réplica. Mientras la india obedecía no cesaba de hacer advertencias a la imprudente:

—Es nuestro secreto, niña. Si te ven, si averiguan que puedes andar va a caer Justa Razón sobre nosotros. Sobre mí primero, por haber solapado este engaño.

Pero Idolina no escuchaba. Devorada por la inquietud urgía a la nana.

—Ligero, ligero, que ya están allí los invitados.

En una última tentativa para disuadirla, dijo la mujer:

—Están muy frías las baldosas del corredor.

Idolina se volvió a verla con un centelleo de ira.

—Regaron juncia.

Al pasar junto a la lámpara Idolina la apagó. Hubieran quedado completamente a oscuras, a no ser por el halo rojizo del brasero. Sigilosa, Idolina entreabrió la puerta.

Rompía así la clausura de muchos años. Porque desde la fecha de su primer ataque Idolina no había abandonado su habitación ni para acudir en consulta a los doctores. Venían ellos aquí, y no sólo de los más apartados barrios de Ciudad Real, sino también de Guatemala y aun de México, aquel remoto México.

Los doctores se instalaban a prudente distancia del lecho de la enferma y ni como un mal pensamiento podría ocurrírseles pedir que les permitieran aproximarse a revisarla. Preguntaban mucho, eso sí, engolando la voz siempre que tropezaban con alguna palabra técnica. Como Idolina ignoraba todos aquellos términos y le avergonzaba reconocer su ignorancia ante un extraño, sus respuestas eran vagas y muchas veces contradictorias. Para distraer la atención sobre este defecto Idolina exageraba, con quejas y gemidos, la expresión de sus dolores. Los médicos se miraban entre sí con perplejidad, limpiando el vidrio de sus anteojos con la punta de una mascada.

Después se retiraban solemnemente de la habitación para reunirse en la sala contigua en conciliábulo bisbiseante cuyas conclusiones jamás consideraban oportuno comunicar a los familiares de la enferma. Con gesto magnánimo y letra enrevesada firmaban al pie de una de las hojas de su recetario y mandaban que la botica más próxima surtiera de inmediato la medicación que, por lo general, no pasaba de ser alguna sustancia inocua.

Este aparato terminó por ejercer una influencia definitiva sobre el ánimo de la muchacha. Sin conciencia de ello cedió poco a poco a la convicción de que su caso era tan excepcional que ninguno sería capaz de diagnosticarlo. Y mientras más grande era la confianza que los demás depositaban en un nuevo tratamiento, con mayor intensidad se recrudecían en Idolina los síntomas y se agravaban las molestias, pues había hecho un punto de honor no dejarse curar.

Lo cual no era obstáculo para que las eminencias extranjeras (así se acostumbraba llamar aun a los mexicanos) y del país cobraran bien caros sus consejos.

Hasta el lecho de Idolina llegaban las protestas de Leonardo y la voz de Isabel prometiendo afrontar todos los gastos. "Porque —y ésta era la frase que crispaba a la enferma en una sonrisa sarcástica— la salud de un hijo es un bien que no tiene precio." La irritación de Cifuentes crecía hasta el extremo de proclamar que si su esposa se empeñaba en arruinarse con tal de seguirle el humor a una criatura desconsiderada, era muy su voluntad y muy su dinero. Sólo que él, Leonardo Cifuentes, por el nombre que llevaba, no iba a contribuir nunca con un centavo al mantenimiento de una farsa tan estúpida.

Tal vez las afirmaciones de su padrastro suscitaron en Idolina las primeras dudas sobre la autenticidad de sus padecimientos. Para disiparlas se esforzaba entonces por sentirse peor y demostrarlo. No quedaba tranquila sino hasta que todos sus allegados (con las huellas de la preocupación y el desvelo inmisericordemente impresas en su rostro) rivalizaban en complacerla y servirla.

Al principio la muchacha quiso vengarse de la traición, como ella calificaba al nuevo matrimonio de su madre. El despecho le dictaba resoluciones terribles: la fuga, el suicidio; la desesperación le habría dado los ímpetus para cumplir estos propósitos. Pero la muerte de su padre le fue muy aleccionadora acerca de la rapidez, de la facilidad con que los vivos, los ausentes, olvidan, se consuelan, cambian, sustituyen. Comprendió que quejándose podía hacer más duradera la tortura a la que estaba sometida Isabel. Su primer ataque tuvo un resultado espectacular: la ruptura de los esposos. Ciertamente que aún vivían bajo el mismo techo. Pero ya no los ligaba la complicidad de antaño.

Los ataques posteriores de Idolina no lograron provocar un paroxismo de angustia semejante. La repetición disminuyó su eficacia hasta colocar aquellos acontecimientos en el nivel de lo cotidiano. La madre fue, poco a poco, permitiendo que otros se hicieran cargo de la atención de la enferma. Bastaba a sus escrúpulos ofrecer sueldos más altos que los que pagara cualquier otra patrona de Ciudad Real. Pero la servidumbre, no habituada a ser retribuida con tal esplendidez, miraba recelosamente esta colocación y se apresuraba a dimitir de ella pretextando que el quehacer era excesivo y en realidad temerosas de un posible contagio.

Recordó entonces Isabel a una india, Teresa Entzin López, que había amamantado a Idolina desde la primera semana de su nacimiento. Hizo que la trajeran del rancho.

¿De quién podía esperarse más abnegación? Y Teresa sobrepasó aun lo que se esperaba de ella. Velaba por la noche, no se daba punto de reposo durante el día. Y cuando las crisis de la enfermedad cesaron y ésta se volvió estacionaria, Teresa fue la compañía inseparable de Idolina.

Asombró a todos por el ahínco que puso en el aprendizaje del castellano. Y ella, que era tan torpe hasta para darse a entender en su propio idioma, el tzotzil, dominó el idioma ajeno con cierta fluidez. Entretenía a la enferma rememorando los sucesos de su juventud, las costumbres, las supersticiones, las leyendas de su raza. Pero nunca le dijo los motivos por los que abandonó esa raza para venirse a vivir entre caxlanes. A Idolina tampoco le interesaba saberlos. No quería más que distraerse.

Pero quedaban demasiadas horas sin empleo. Las dos, ama

y sierva, inventaban fútiles pasatiempos que no lograban absorberlas. El tejido era desechado por monótono, el bordado por fatigoso y lo demás por inútil. Hastío. Hastío. Hastío. Las mismas narraciones de la nana fueron perdiendo su sabor.

Idolina no tenía amigas entre las muchachas de su edad. Sólo en una ocasión la hija de don José María Velasco, una joven muy devota y dedicada a la práctica de obras caritativas, quiso aproximarse a la enferma. Isabel y Leonardo la recibieron con una cortesía que no alcanzaba a cubrir bien su frialdad y prolongaron en la sala una conversación difícil, lánguida de silencios, frecuentemente extinguida. Estela Velasco aguardó vanamente a que se le invitara a pasar a las habitaciones de Idolina. Es más, propició la invitación aludiendo varias veces a la salud de la muchacha y a lo que podría contribuir a su restablecimiento el afecto de alguien afín a ella por los años y por la clase. Una amiga, precisó, porque la soledad no es buena para nadie. Pero los Cifuentes dejaron caer la alusión con su sonrisa más hermética.

Estela salió de esta casa a la de Su Ilustrísima, don Alfonso Cañaveral, para comunicarle el fracaso de su gestión.

Pero, en el fondo, Isabel no permaneció indiferente a las reflexiones de Estela. Conmovida por ellas acudió tres o cuatro veces junto al lecho de su hija. Se retiraba descontenta de aquellas pláticas en las que cada palabra tenía una punta hiriente de reproche. Entonces Isabel pensó que resultaría más beneficioso para ambas suspender las entrevistas. Ahora sólo enviaba a la enferma objetos que la pudieran distraer. Entre estos objetos iban unos naipes.

Idolina y Teresa no conocían las reglas de ningún juego de cartas y cada partida era ocasión de disputas. Idolina terminó por apropiarse de las barajas y prescindir de la nodriza para armar solitarios en los que las figuras se identificaban con personas de carne y hueso. El rey de espadas, por ejemplo, correspondía a su padrastro, por las ideas que ambos le sugerían de crueldad, poder y daño. La sota de oros era su madre y el caballo de bastos el médico en turno. Idolina los agrupaba en extrañas combinaciones y les prestaba voz para que sostuviesen diálogos en los que se desahogaba una imaginación exasperada por el rencor y el aislamiento.

La india presenciaba estos desvaríos con un malestar celoso. Fingiendo no concederles atención, se refugiaba en una de las esquinas del cuarto, donde siempre ardía un brasero.

Mientras miraba el rescoldo Teresa dio en hablar para sí. Era una monótona salmodia ininteligible y continua.

Bastaba poco para excitar la curiosidad de la enferma y menos aún para hacer que se sintiese defraudada en la devoción que los demás debían rendirle. Apartando los ojos de las cartas fue a posarlos en la figura inmóvil de la india, embebecida en la susurrante contemplación.

Idolina comenzó a sospechar, con más expectación que miedo, si aquella mujer de traza tan insignificante, de aspecto tan humilde, no sería una "canán", la poseedora de un nahual de fuego, dotada del poder suficiente para convertirse en este elemento y para dictarle sus mandatos. Abruptamente preguntó:

—¿Qué dice la ceniza?

Teresa se volvió con un ademán de susto. Fuera porque las palabras de Idolina la hubiesen tomado de sorpresa y no supiera qué contestar, o porque la índole de las revelaciones cuya comunicación se le exigía era tan grave que se hacía preciso paliarla con preámbulos, el hecho es que la nana aplazó la respuesta.

El interés de Idolina se exacerbó. De allí en adelante no hacía más que importunar a la india, pues con su silencio había robustecido la sospecha sobre la verdad de su ser, a la que había añadido otra: la de que removiendo la ceniza escrutaba el porvenir. Había visto algo, eso era indudable. ¿Pero qué?

Después de varias semanas de escaramuzas y hasta que la intimidad entre las dos se restableció, no menguada ya ni por las distracciones de la enferma ni por los desvíos de la criada, Teresa accedió a participar su descubrimiento:

—La ceniza dice que te curarás.

Idolina miró a su interlocutora con un escandalizado reproche. Esta profecía no estaba de acuerdo con sus intenciones y de sobra debería de saberlo Teresa. Iba a contradecir, a negar, pero la nana se le adelantó, conjurando su cólera:

—La ceniza dice que se va a quemar esta casa. Dice que el marido y la mujer van a morir.

Idolina se volvió ansiosamente hacia la boca que había hablado. No quiso averiguar ni cuándo ni cómo sucedería aquello; le bastaba estar segura de que iba a suceder.

—¿Es una promesa?

Y la india repuso sin vacilación:

—Sí.

Idolina y su nana no volvieron a hablar del asunto, aunque ya no cesaron de pensar en él. Idolina callaba, temerosa de que ante su indiscreción la certidumbre de las predicciones se desvaneciera. Temía las reticencias, las dudas del oráculo. Y Teresa se mantenía silenciosa, como pasmada por la grandeza de lo que al través suyo se había manifestado. Tales augurios, que tan bien correspondían sin embargo a sus deseos, la sobrepasaban. Y en esta desproporción arraigaba su creencia de que ideas semejantes no podían haber brotado de sí misma sino que forzosamente tuvo que haberlas recibido por medios sobrenaturales.

En una de sus raras visitas a la enferma Isabel advirtió que algo había cambiado en ella. La vivificaba una fuerza indefinible, una alegría que, sin desperdiciarse en ostentosos ademanes ni en alharaquientas efusiones, estaba allí presente y cierta. A Isabel le desagradó aquella atmósfera en la que amenazaba el estallido de una tensión, en la que palpitaba una inminencia. De sus indagaciones no pudo sacar nada en claro por lo que decidió atribuirlo a una mejoría en el estado de salud de su hija.

Y, como para confirmar esta suposición, la enferma se resistía menos obstinadamente a seguir las prescripciones de los médicos y consideraba con un escepticismo casi forzado los efectos favorables de las medicinas.

Aprovechando el tiempo que la dejaban sola con Teresa, la muchacha consintió en ensayar, auxiliada por ella, algunos movimientos. Los miembros paralizados fueron cediendo, poco a poco, su rigidez. Al principio los gestos eran torpes, se desarrollaban con lentitud, y casi siempre requerían la ayuda de la nana para consumarse.

Cuando Idolina se vio por primera vez de pie, reflejada en el espejo del armario, se espantó. Su cuerpo era muy distinto a como ella lo experimentaba desde adentro. Su estatura se exageraba por la forma del camisón largo y suelto. En su cara, consumida por los años de encierro y sufrimiento, un par de ojos enormes, zarcos, perpetuamente abrillantados por la fiebre, eran el único signo de belleza, una belleza atormentada y singular.

El día en que Idolina dio los primeros pasos por la alcoba no fue el día en que triunfó su voluntad de salud, sino en que encontró la fórmula de conciliación entre esa voluntad y su deseo de castigar, al través de sí misma, la conducta de su madre. Y esta fórmula no consistía más que en mantener secreto aquel acontecimiento.

No fue preciso recomendarle discreción a la nana. Comprendió que el alivio de la enferma era una novedad que no debía trasponer las paredes de este cuarto. Calló sin escrúpulos pues su fidelidad no reconocía más objeto que Idolina. Y calló también porque pensaba que las promesas de la ceniza necesitaban del silencio para cumplirse.

Hasta ese silencio llegó el rumor de los preparativos del baile. Idolina se negaba a creer que las puertas de su casa, cerradas tantos años por el duelo y la vergüenza, fueran a abrirse ahora para la diversión. La veracidad de estos rumores tuvo que confirmarla Isabel. Ninguna frase de disculpa, ningún signo de contrariedad y menos aún de desaprobación. Como si la fiesta fuera un hecho sobrenatural, posible, acostumbrado. Todo daba a entender, además, que su realización había partido de la iniciativa de la propia Isabel.

A unos ojos, no tan cegados por el aborrecimiento como los de Idolina, se hubiera transparentado el despecho que su madre disimulaba para no dar a la hija ocasión de burlas. Pero Idolina prefirió no opinar sobre el suceso. El pliegue de altivez que constantemente afeaba su cara tuvo apenas una breve crispación.

Pero al día siguiente ya se había derramado por el cuerpo de la enferma un color amarillo que tiñó hasta la ropa que la cubría. Su estómago no soportaba ningún alimento y se negaba a permitir que se siguieran los consejos de los médicos. Con los ojos cerrados escuchaba, sin responder, las súplicas de su madre, el llanto de la india.

Isabel, que se sentía, aunque no lo confesara, causante de aquel nuevo quebranto en la salud de su hija, se retiró de ella como de alguien que la hubiese ofendido. Desde el quicio de la puerta declaró que no volvería a preocuparse por una persona tan ingrata y que tanto abusaba de la paciencia de quienes tenían la desgraciada obligación de atenderla. Idolina repuso, erguida sobre el lecho y con las pupilas llameantes, que lo único que ella podía agradecer era que la dejasen morir en paz. Isabel dudó un momento sin pronunciar la respuesta que le hinchaba la garganta de cólera. Y por fin dio la espalda y abandonó la habitación con un portazo.

La escena logró lo que los médicos se proponían en vano: que la muchacha reaccionase. Un nuevo proyecto la galvanizaba: quería asistir a la fiesta, irrumpir con su rostro trágico en medio de la alegría de los demás. No iba a decir una palabra, pero ¿quién dejaría de interpretar su presencia como una acusación que los muertos lanzaban a los vivos? ¿Quién no vería en la muchacha una víctima?

Teresa se horrorizó. Era una imprudencia, Idolina se agravaría, sobre las dos iba a descargarse el castigo. Ninguno de estos razonamientos hizo mella sobre el ánimo de la enferma. Sólo cuando la india temió que las promesas de la ceniza no se cumplieran el empecinamiento de Idolina flaqueó.

No hasta la renuncia total de sus propósitos. El aislamiento le había sido soportable hasta entonces porque su alcoba le ofrecía un refugio contra la proximidad de gentes que, como su padrastro, le eran odiosas. Pero desde el fondo de su reclusión Idolina añoraba siempre la compañía, la ternura, la confianza, la amistad. Acechaba, en cada eco de los que resonaban en la acera, el paso de quien vendría a libertarla. Había aprendido a distinguir, con esa agudeza terrible de los solitarios, la prisa de los jóvenes, de los gozosos, de los que van en busca de la felicidad, y la prisa de los angustiados, de los que corren a detener el destino. En la autoritaria rudeza con que posaban el bastón sobre las losas conocía el rango de los señores y la gallardía de un hombre por el rasgueo de sus espuelas. Y en el más furtivo, en el más imperceptible roce, adivinaba la humildad descalza de un siervo, de un indio.

Y aunque Teresa corriera a asomarse al balcón y aunque describiese lo que veía, aquellas figuras seguían cruzando por los sueños de la confinada, sin nombre, sin rostro.

Ahora, por primera vez, se aproximaba a ella una realidad que siempre le fue inaccesible. E Idolina no podía retroceder aunque temiera tanto avanzar a su encuentro. Para satisfacer ambas exigencias cedió a medias. No asistiría públicamente al baile pero desde un sitio recatado sería su testigo invisible.

Era este sitio una especie de desván que dominaba el patio y los corredores de la casa desde una altura ligeramente superior al resto de ella. Mandada construir por el capricho de alguno de los dueños, separada de las otras habitaciones, distaba unos cuantos metros de la de Idolina. Primero sirvió como biblioteca. Pero los volúmenes fueron desapareciendo vendidos, devorados por las ratas, podridos por la humedad.

Y ahora, junto a sus restos, se amontonaban baúles, muebles inservibles, vestidos en desuso.

Sigilosa, Idolina entreabrió la puerta. Luego de cerciorarse de que no había nadie en el camino avanzó. Con lentitud, a pesar de que la aguijoneaba el miedo de ser sorprendida por alguno. Con lentitud su pie buscaba el lugar en que las púas de la juncia lo lastimaran menos, en que la resina fuera menos pegajosa. Mientras tanto la nana se adelantó a quitar llave a la cerradura para volver junto a la muchacha, a tiempo de ayudarla a subir los pocos escalones que daban acceso al desván.

Juntas penetraron Idolina y Teresa. El interior estaba a oscuras, iluminado solamente por las luces del patio que atravesaban los vidrios de una ventana. En ellos apoyó la enferma su frente abrasada de emoción y fatiga. Lo que estaba más allá de aquellos vidrios era la vida, era el mundo.

Idolina se asomaba inerme, ansiosa de dejarse fascinar. Su primera visión fue confusa, lacerante: ruidos desordenados que le martilleaban el cerebro, resplandores súbitos que le desgarraban la retina. Hasta después que se hubo serenado un poco (la arteria de su cuello ya no latía como si fuera a romperse), hasta después que sus sentidos, embotados por el tiempo de confinación, se habituaron al espectáculo que se les ofrecía, Idolina no pudo empezar a contemplar, a comprender, a calificar.

Su primer sentimiento fue la decepción. ¡Qué mezquino era lo que veía ahora si lo comparaba con sus recuerdos o con sus imaginaciones! El patio, sí, era grande. Pero no tan grande como el que recorrió su infancia. Entonces lo único que alcanzaba a cubrirlo era el cielo abierto. Ahora bastaba un toldo de lona, remendado con grandes puntadas, resonante, batido por los furiosos vendavales de marzo.

En uno de los ángulos del patio acomodaron la marimba de los hermanos Paniagua, la más famosa de Ciudad Real. En el ángulo opuesto la banda de Acala templaba sus instrumentos: el trombón, solemne y ridículo; el clarinete agudo y desafiador; los platillos estrepitosos, refulgentes; el tambor orondo.

En el espacio que dejaban entre ellos los músicos se había instalado la pista y sus baldosas, enceradas, pulidas, iban a hacer posible la velocidad, la ingravidez del baile.

En los pilares del corredor prendieron hachones de ocote que se consumían flameando con amplitud, chisporroteantes, olorosos a resina. En torno a la esbeltez de los otros pilares se ceñían palmas y guías de hiedra.

En las orillas se alinearon los asientos —largas bancas de madera, sillas plegadizas— para que pudieran descansar las parejas. En el interior de los salones, junto a la pared, estaban los sitios reservados a las personas mayores, las más reposadas y respetables, las que no debían exponerse a las traiciones del clima. Ancianos de ojillos sin pestañas y mirada inquieta y maliciosa. Señoras florecientes de maternidad, con las manos pequeñas, gordezuelas, consteladas de anillos, entrecruzadas sobre el regazo. De pie, junto a las puertas, los señores. De traje negro todos. Aunque algunos no remataban su atavío con los tradicionales choclos de charol sino con detonantes zapatos amarillos. Eran los nuevos ricos, gente faruda, repentinamente venida a más por una fluctuación favorable en los precios del café; partideños que vendían su ganado en Guatemala; fabricantes clandestinos de alcohol. Las familias de abolengo de Ciudad Real los toleraban en sus reuniones pero les hacían pagar bien caro, en burlas y en préstamos, su admisión.

Los sacerdotes, enfundados en la severidad de sus sotanas oscuras, constituían el centro de otros grupos. Solteronas, irredimibles ya, se dirigían a ellos con un aire contradictoriamente protector y sumiso; señoritas que habían visto transcurrir los mejores años de su juventud y que aún no se resignaban a la derrota pero ya no se atrevían a competir con desventaja, fingían desdeñar las diversiones mostrando su predilección por pláticas serias y morales; señoras que hacían alarde de su influencia sobre el marido al obligarlo a pagar los diezmos eclesiásticos y que por este motivo exigían al clero un trato de especial consideración. Y por último, hombres tímidos a quienes la crudeza de expresiones y maneras de los otros hombres los hacía sentirse incómodos y, no siendo capaces de acercarse a las mujeres en sazón, se conformaban con respirar esta atmósfera asexuada e insípida.

Los criados iban y venían ofreciendo copas de diversos licores: desde el áspero comiteco, que no pocas señoras aceptaban sin remilgos, hasta la empalagosa mistela de frutas: durazno, manzana, jocote. Y para abrir boca las rebanadas de carnes frías, los chicharrones crujientes, el queso de crema.

Murmullo de voces, de risas frágiles, de carcajadas jocundas, crecía, se expandía, llenando de animación los ámbitos. El dueño de la casa, don Leonardo Cifuentes, no podía quejarse. Su invitación no había sido rechazada por ninguno. La fiesta era un éxito.

A la hora señalada la música comenzó a tocar. Las notas opacas, graves, de la marimba, se esparcieron, se multiplicaron, haciendo latir en todo aquel ambiente una nostalgia profunda y dulce, un presentimiento vago de plenitud y dicha, una sensualidad remota y casta.

Las emociones evocadas, hechas presencia por la música, subieron como una ola del corazón de Idolina y lo turbaron. Agitada, contemplaba a las parejas deslizarse graciosamente sobre el encerado. Idolina habría querido ser cada una de las muchachas que bailaban. Ésta, que aguardaba con una expectación tan pudorosa las palabras de su compañero. Aquélla, que posaba su mano sobre la manga del frac con un ademán seguro de posesión y dominio. La otra que sacudía la cabeza con el gesto rebelde con que el potro rechaza el freno. El ansia de ser de Idolina no excluía a nadie. Ni a la que esperaba, palpitante de angustia, sentada al borde de la silla, que alguno la sacara a bailar. Ni a la que correspondía al requerimiento cortés de un señor casado y obeso con una desilusionada sonrisa; ni a la que, abandonada por sus compañeras más afortunadas y deseosa de no permitir que se transluciera su contrariedad, fingía entretenerse contando las baldosas. Ni a la que, obligada por la fidelidad al estatuto de ciertas cofradías; por la ausencia del novio; impedida por sus padres o por la costumbre que hace de toda mujer casada una persona que ha perdido los derechos a cualquier esparcimiento juvenil, permanecía al margen y miraba bailar a los demás con los ojos dilatados de envidia.

El alma de Idolina, ordinariamente tan deshabitada, rebosaba hoy de la realidad que le conferían otras mujeres. Un gesto, el rasgo de una figura, le daban el material suficiente para componer una personalidad, para imaginar una situación de la cual ella era el centro.

El chirrido de los goznes mohosos de la puerta hizo salir a Idolina de su ensimismamiento. Sobresaltada, se volvió hacia el lugar donde el ruido tuvo su origen. Allí, recortada contra la luz de afuera, apareció la silueta de una mujer en traje de baile. Teresa ahogó un gemido de terror.

—¿Quién está allí? —preguntó una voz imperativa.

Con la audacia de quien ya no tiene nada que arriesgar

porque lo ha perdido todo, Idolina pretendió deslizarse y ganar la salida. Pero en la oscuridad chocó contra otro cuerpo. Unas manos la detuvieron tomándola por la cintura. Pretendió desasirse, hubo un rápido forcejeo, pero la fuerza y la habilidad de su contendiente se impusieron sobre Idolina, que rodó por el suelo.

Inmóvil, Teresa observaba el episodio desde un rincón. Quiso dar el primer paso para acercarse a la muchacha cuando vio que la intrusa se inclinaba hacia ella.

El resplandor de las luces del patio se estrelló contra una cabellera destrenzada y tan roja como la llama de los hachones de ocote. Idolina la vio y vio también un rostro arrebatado, descompuesto por la violencia que acababa de ocurrir.

La intrusa se puso de pie. Al constatar que la otra no la había imitado inquirió con extrañeza:

—¿Por qué no se levanta?

—Está enferma —interpuso la india.

La intrusa pareció meditar esta respuesta. Rió, con una breve carcajada.

—De modo que es la famosa hija de Leonardo Cifuentes.

Idolina se incorporaba con dificultad. Sostenida en su intento por la nana, replicó:

—Leonardo Cifuentes no es mi padre.

La intrusa se había aproximado a las otras dos. Obligó a Idolina a caminar hasta la ventana para examinarla bien. Siguió el relieve de su rostro con la yema de uno de sus dedos.

—No te pareces a él.

Idolina se apartó bruscamente de este contacto.

—Y sin embargo —añadió la intrusa—, él se preocupa mucho por ti, por tu salud.

Teresa cuchicheaba al oído de la muchacha suplicándole que se marchasen. Pero Idolina no la atendía contemplando la hermosura, el aplomo de esta mujer. Oscuramente luchaba aún contra la avasalladora influencia a la que se estaba entregando. La marimba sonaba a lo lejos.

—Cuando sepa que ya estás bien, Leonardo va a ponerse muy contento.

La nana quiso cruzar sus ojos con los de Idolina. Pero Idolina estaba diciendo a la intrusa:

—Estoy en sus manos.

El esfuerzo que le costó reconocer esta verdad hizo que la sangre afluyera a su rostro. Pero de pronto Idolina frunció las cejas con severidad.

—¿A qué vino usted aquí? —preguntó.
La intrusa hizo un vago ademán con el que quería indicar que la respuesta era obvia.
—Iba al tocador; no conozco la casa y me perdí.
Algo en esa voz dejaba siempre un resquicio de duda. Algo que sonaba a demasiada deliberación, a demasiada coincidencia. Una voz que no es capaz de engañar del todo pero que es menos capaz aún de ser del todo sincera. Ya en las palabras que pronunció al entrar cuando, en tinieblas aún, sintió una presencia extraña, el dominio sobre sí misma era fingido, no reducía completamente el temblor que sobrecoge a quien de pronto advierte que ha caído en una trampa. Idolina se dio cuenta de esto. Pero la lucidez le resultaba ahora intolerable. No quería sacar una conclusión de sus evidencias sino atenerse tan sólo al sentido de las frases.
—¿Quién es usted?
—Me llamo Julia Acevedo.
Se olvidó de decir su apellido de casada. Bajó los párpados y dijo con un acento casi imperceptible de repugnancia:
—¿Por qué estás descalza?
Idolina trató de esconder los pies bajo el ruedo del camisón.
—No me compran zapatos porque creen que no puedo caminar.
Teresa vigilaba el semblante de la intrusa pero no pudo descubrir en él nada que la orientara. Idolina añadió precipitadamente:
—No les dirá usted nada, ¿verdad?
Julia sonrió. Ahora que sus ojos se habían acostumbrado a la penumbra podía mirar en torno suyo. Idolina siguió el rumbo de su mirada.
—Aquí están los retratos de mi padre.
—¿Lo querías mucho?
—No.
La negación surgió en Idolina con tal espontaneidad que no acertó ni a disimularla con evasivas ni a atenuar su brutalidad con explicaciones. ¿Qué había desarraigado a Isidoro del corazón de su hija? El rencor; un rencor repentino, una decepción fulminante. Idolina había experimentado la muerte de su padre como una afrenta, como un pacto incumplido y un juramento roto. Fue la primera traición que sufrió.
Nunca antes había sido consciente de tales sentimientos. Pero su propio juicio sobre ellos no le importaba; cualquier

acto, que en los demás le hubiera parecido reprobable, al ser realizado por ella se convertía en bueno sin necesidad de buscarle motivos justificatorios. Sólo que ahora había hablado en voz alta y mostró desnuda su intimidad a un extraño. Temblaba esperando el veredicto.

Julia despojó de su gravedad a este instante.

—Yo tampoco quería a mi padre. Era borracho.

No la vulgaridad de esta confidencia, sino el aire despreocupado y casual con que se hizo ofendió a Idolina. Se irguió para apartarse de esta desconocida a cuya merced se había puesto tan irreflexivamente.

A la pronta intuición de Julia no podía escapar la sospecha de que estaba pisando un terreno inseguro.

—Tendrás que acostumbrarte a mi modo de ser —dijo—. Las mexicanas somos francas. Yo no tengo nada que ocultar.

Era una amenaza. Pero Julia la contrapesó de inmediato.

—No oculto más que los secretos de mis amigos. Y tú eres mi amiga —insistió mientras rozaba levemente con sus labios la frente de la muchacha—. Por mí nadie sabrá que nos hemos conocido. Calla tú también.

Y después de llevarse el índice a la boca como para imponer silencio, partió. Su perfume, un perfume de hembra, denso, verdadero, tardó en desvanecerse.

Teresa urgía, angustiada.

—Vámonos, niña, vámonos antes de que vengan ellos.

Idolina se volvió a su nana con impaciencia.

—Julia Acevedo es mi amiga.

Y sin hacer caso de las lamentaciones de la otra volvió a asomarse a la ventana. No como la primera vez, con la atención virgen, vagabunda, dispersa. Ahora buscaba. Encontró a Julia, envuelta en un chal de seda, de pie en mitad del patio. Parecía estar en espera de alguien. A sus espaldas resonaron los pasos de Leonardo. Julia se volvió a él con el rostro iluminado por una sonrisa cínica y prometedora.

Idolina no pudo ver más. Sus ojos estaban turbios de lágrimas.

IX

Manuel Mandujano se paseaba por los corredores del Palacio Episcopal. Sus pasos resonaban secamente contra las baldosas y se desvanecían, confundiéndose con los otros rumores de la casa: el trajín de la cocina, en las trojes, en las caballerizas; el ruido del cubo al chocar contra las paredes del pozo; el estridente grito del güet, ave zancuda que, según la superstición popular, anuncia la llegada de un visitante. Toda la algarabía, en fin, de la mañana que despierta.

Con una mano el joven sacerdote abrochaba y desabrochaba nerviosamente los botones del cuello de su sotana; con la otra sostenía, abierto frente a sí aunque rara vez fijase en él la vista, su breviario. Manuel divagaba por más esfuerzos que hiciera para concentrarse en la oración. La noche anterior se había desvelado y hoy le dolía la cabeza y le sabía mal la boca. Además, el súbito requerimiento de Su Ilustrísima a una hora tan intempestiva de la mañana presagiaba novedades. Estaba inquieto. Y el señor Obispo se hacía esperar.

No por mucho tiempo. El portón de la calle rechinó al abrirse. Don Alfonso Cañaveral entraba, revestido aún de los ornamentos para celebrar la misa.

Manuel cerró el libro y fue a quitar la aldaba al cancel que dividía el zaguán del patio. El recién llegado agradeció esta solicitud con una sonrisa fatigada.

—Buenos días, hijo.

—¿Monseñor ha pasado buena noche?

—Regular. Los viejos dormimos poco. Para ti, en cambio, madrugar ha de ser todavía una mortificación.

—Maestros como usted me enseñaron a mortificarme.

El Obispo respondió a la lisonja con un leve alzamiento de hombros.

—Dispón que sirvan el desayuno. Voy a cambiarme de ropa.

Sin esperar el asentimiento del joven (lo suponía a su disposición, como todos los subordinados) don Alfonso se dirigió a sus habitaciones. Desde muchos años atrás Manuel le inspiraba simpatía. Hay siempre algo de conmovedor en los adolescentes; están todavía intactos y es posible que en ellos se realice —¿por qué no?— algo de lo que los mayores no consiguieron. El Obispo conocía bien cuáles eran las aspiraciones del muchacho, qué ambición lo sostuvo durante sus años de seminarista. Y ahora que iba a frenar sus ímpetus, a torcer el rumbo de su vida de una manera brusca, estaba preguntándose si no lo hacía con una especie de turbia complacencia.

—Como si yo sintiera envidia... Tiene lo que a mí me falta: carácter. Yo he sido siempre demasiado tranquilo, no he provocado nunca disturbios. Siempre creí que era mi virtud principal. ¿A qué vienen estas dudas ahora? Nada puede remediarse ya. ¿Y de qué se me acusa, en fin? ¿De que no hice lo que pude? Nadie lo hace. Nadie sabe lo que es capaz de hacer.

Una breve llamada a la puerta y la voz de doña Cristina, el ama de llaves, anunciando que la mesa estaba servida, interrumpieron las reflexiones de don Alfonso. Terminó rápidamente de vestirse y fue al comedor.

Allí estaba ya Manuel. Por respeto a la jerarquía no había tomado asiento. Permanecía de pie, con ambas manos apoyadas sobre el respaldo de la silla y los ojos fijos en el mantel.

¿Qué significa esa fijeza de su mirada en un punto neutro?, se preguntó el Obispo. Este joven me contempla desde la austeridad, desde la inocencia que no ha tenido tiempo de corromperse. No me admira; al contrario, me condena, protesta contra el lujo de esta casa. Ya sé que las vajillas podrían ser más modestas, los muebles más corrientes, los adornos menos abundantes. ¡Y dice que yo le enseñé a mortificarse! Se burla. No puede entender que aquí no hay nada superfluo. La soledad, el ocio, el miedo a la vejez, me hicieron persistente como un pájaro que arranca, de donde puede, las pajitas para hacer su nido. Nada de esto me pertenece. Pasará a manos de mis sucesores, lo disfrutarán otros, unos hombres desconocidos que ni siquiera lo sabrán apreciar.

Los esfuerzos con que don Alfonso arrastró hasta este sitio aquella jarra de cristal, aquel marfil tallado por ebanistas guatemaltecos, aquel tejido finísimo, le parecieron —a la luz de tales consideraciones— monstruosos y vanos.

—Rezaremos la acción de gracias —dijo el Obispo antes de sentarse.

El bisbiseo de los dos sacerdotes comenzó en el momento en que doña Cristina se disponía a traspasar el umbral. Se detuvo, con las manos ocultas bajo el mandil, hasta que la mesa fue bendecida. Después se acercó a servir los platos.

—A propósito de lo que decíamos antes —insistió don Alfonso. (La mirada interrogativa de Manuel lo obligó a puntualizar)—. Acerca de la mortificación. He tenido oportunidad de observarte durante las comidas. Rechazas siempre los guisos más apetitosos. Doña Cristina —aquí un ademán que fue correspondido con una sonrisa de gratitud por la aludida— se preocupa pensando que decaen sus habilidades culinarias. Y es que ignora que la juventud es la edad que desconfía del placer.

Su Ilustrísima iba a seguir desarrollando esta paradoja, pero lo desanimó la incomprensión de su auditorio. Doña Cristina (no había hablado para ella, naturalmente) lo contemplaba con una veneración estúpida, que parecía a punto de caer de rodillas. Y Manuel no podía ocultar su distracción. Al cabo de unos instantes de silencio contestó con visible desgano:

—Cuando la juventud no ha olvidado el hambre de la infancia es difícil que sepa estimar los refinamientos de la gula.

—Y también otros refinamientos, Manuel.

Su Ilustrísima hizo un gesto para despedir al ama de llaves. Cuando hubieron quedado solos se dispuso a hablar. Y, carraspeando para borrar de su voz ese matiz de condescendencia que podía hacerla aparecer insultante, dijo:

—Anoche, en la fiesta de los Cifuentes, no estuviste todo lo correcto que hubiera sido de desearse.

Las orejas de Manuel enrojecieron.

—La urbanidad no es mi fuerte, Monseñor. Mis maestros me enseñaron a ser cortés con Dios, no con los hombres.

—Ibas predispuesto contra el dueño de la casa. De Leonardo Cifuentes corren historias, se cuentan hazañas no muy edificantes. Pero ¿qué vamos a hacer nosotros? Nuestro oficio no es juzgar; es perdonar.

—Muy cómodo... mientras no somos los ofendidos.

—Y cuando lo seamos ya sabemos la receta: presentar la otra mejilla.

—¿Es una advertencia, don Alfonso? Bueno, escoja usted la mejilla que prefiera y empiece a descargar el escarmiento. Anoche cometí un error.

—No exageres; una falta de tacto.

—¿Con todos en general o con alguno en particular?

—Muy en particular con la señora de Ulloa.

Manuel frunció las cejas; no reconocía este nombre. Don Alfonso tuvo que añadir:

—Julia Acevedo, la Alazana. La criticaste con bastante dureza.

Como un relámpago cruzó por la mente de Manuel la imagen evocada: el escote insolente, el pelo llameante, la risa plena.

—Y con razón. Su deshonestidad. . .

—Hay que aprender a distinguir, hijo mío. Deshonestidad si se tratara de una mujer cualquiera. Pero en una señora es elegancia.

—¿Y quién nos garantiza que la Alazana sea una señora? Desde luego sus modales, su aspecto, no.

El Obispo enmudeció, desconcertado. Para él era tan evidente el rango social de Julia Acevedo que no estaba en aptitud de demostrarlo. Hasta después de unos segundos de búsqueda replicó:

—Las mejores familias de Ciudad Real la reciben.

Manuel sonreía sarcásticamente.

—No la reciben. Y si lo hicieran serían tan incautas como Monseñor. ¿Quién es esta advenediza? Nadie la conoce.

—Es la esposa de un caballero.

—¿De industria?

—¿Por qué lo supones?

El joven se encogió de hombros.

—Una simple corazonada.

—Un juicio temerario, Manuel.

—Lo extraño me parece extraño. Y esa pareja lo es.

—La posición de Fernando de Ulloa es clara: un funcionario que ocupa un puesto de cierta importancia en la administración.

—Lo cual no basta para que los coletos lo reciban como al hijo pródigo, maten al carnero mejor cebado y, como postre, crean los embustes que les cuenta.

—La gente de Ciudad Real no es hospitalaria.

—Y sin embargo alguna vez quebrantarán su reserva. No por hospitalidad, sino por aburrimiento. Lo que rompe la rutina, lo que distrae, es bienvenido. Y la Alazana sabe agradar y encandila a los hombres.

Don Alfonso bajó la vista, ruborizado. Con la punta de la uña trazaba rayas desiguales sobre el mantel.

—Las mujeres, incitadas por sus maridos, le abrirán las puertas. No van a arrepentirse. Julia paga en buena moneda: impone las costumbres relajadas de otros pueblos. Ah, cómo la envidian estas encerradas, cómo quisieran tener su desvergüenza. Y nosotros, los pastores, estamos dejando que el lobo entre en el redil y diezme a las ovejas, cuando nuestro deber es ahuyentarlo a palos.

—A la parábola que citas yo puedo oponer otra: la de la cizaña y el grano. ¿Puedes señalar hasta dónde extiende sus raíces el mal? ¿Sabes si al pretender arrancarlo no destruyes también lo que quieres proteger? Durante muchos años yo he conducido a mi grey sin violencias, a satisfacción de todos y con el beneplácito de mis superiores.

Esta última frase daba por finiquitada la escaramuza y restablecía el principio de autoridad. Manuel se inclinó, mascullando una disculpa.

—No he pretendido en ningún momento censurar su actitud, Monseñor. Sólo que. . .

Por lo demás, el celo que Manuel externaba tan imprudentemente no era legítimo. ¿Qué podía importarle esa extranjera? Pero había esperado con una vehemencia tal su conversación con don Alfonso que malgastarla en chismes lo irritaba hasta el punto de hacerle olvidar el comedimiento debido a su interlocutor. Con amargura volvió a formularse una pregunta que había sido la espina de sus días: ¿de qué sirve tener ímpetu, sentirse capaz de todo cuando se es pobre, cuando se es nadie? Manuel Mandujano, el huérfano, el hermano de su única hermana, Benita, quien, por la diferencia de edades y por otras circunstancias, hizo el papel de madre.

¡Cuántos sacrificios, decía ella suspirando, envaneciéndose, cuántos sacrificios para educar al muchacho! Porque desde que atinó a deletrear la cartilla, todos, maestros y condiscípulos, se pasmaban ante la fidelidad de la memoria de Manuel y la prontitud de su ingenio. En plazo más breve que los otros aprendió a leer, a escribir, a resolver los problemas aritméticos elementales. Debió de haberle bastado con eso, como les bastaba y sobraba a los demás. Pero era una lástima desperdiciar tan buena índole en cualquier oficio civil.

¿Qué hacer? Benita, dama del Sagrado Corazón y socia de otras cofradías, escuchó los consejos de su confesor y se esmeró, desde entonces, por inculcar en su hermano la vocación sacerdotal.

Para el muchacho, criado entre el vaho del incienso, las faldas de las beatas y el tráfago de la sacristía, la posibilidad del sacerdocio no era repugnante ni escandalosa. Y esos arrebatos sentimentales, esas efusiones entusiastas tan comunes en los adolescentes, podían interpretarse como un llamado de la gracia. En otros tal efervescencia desembocaba naturalmente en una cama de burdel, una riña o una borrachera. En este joven sin dinero y sin amigos, atado a la pretina de una hermana muy mayor, no cupo otro desenlace que el ingreso al Seminario. No dejaba de tentarle la ventaja de que sus estudios y su manutención serían gratuitos. Momentáneamente, por lo menos, el patrimonio de los Mandujanos (una bicoca, un sitio de árboles frutales en el barrio de Tlaxcaltecas) no sufriría merma.

Tras las bardas del Seminario, Manuel encontró una felicidad que no había disfrutado afuera. El trato con su hermana lo cohibía. Al fin y al cabo era una mujer y con las mujeres no se puede hablar. En cambio ahora Manuel se sentía fortalecido y madurado en la frecuentación de los varones. Se descubría al través de ellos, se afirmaba, se rectificaba constantemente. Halló compañeros para compartir sus pequeños secretos y sus inmensas revelaciones; maestros que le heredarían las fórmulas para dominar la vida, para vencer al mundo, para salvarse.

Dominar, vencer. La terminología, con el matiz que le daba Manuel, no era cristiana, ni siquiera católica. Delataba orgullo, ambición, audacia. Pero como siempre permaneció tácita y Manuel tenía las coyunturas bien untadas de humildad no era fácil deducir los móviles de su conducta. Alguien, don Alfonso que era su director espiritual y que por ello estaba más próximo a la intimidad del seminarista, sospechaba algo. Pero siempre pesaron más otros hechos más evidentes. La brillantez de los estudios, por ejemplo. La inteligencia de Manuel, ni muy aventurera ni muy innovadora, se vertió con docilidad en el molde de las disciplinas escolásticas.

En cuanto a la conducta moral nada podía reprochársele. Su sensualidad era solapada como la de todos los tierrafrianos. Ni su configuración ascética ni la reserva de sus expresiones dejaban entrever los sobresaltos de su carne. Se desahogaba con discreción y la hipocresía no lo marcó ni con el más mínimo estigma de culpa.

Manuel no se había propuesto jamás ser un santo. Se soñaba rigiendo una diócesis, guiando a las multitudes desde el púlpito, urdiendo vastas intrigas. Siempre desempeñaba el papel principal; siempre su reino era de este mundo.

¿Y por qué no? Para triunfar tenía más de lo que tienen los otros: ideas, carácter. Cuando fue destinado a la parroquia de San Diego, su primera parroquia, su primer destino, creyó que había llegado el momento de entrar en acción.

—Me harás el favor de no pensar que te he llamado para que comentemos el baile de anoche.

Manuel pareció despertar ante esta frase de don Alfonso.

—¿Es algún asunto grave, Monseñor?

—Grave, no. Un poco molesto para tu vanidad, quizá. Y muy embarazoso para el afecto que siento por ti.

Tal introducción auguraba una nueva reprimenda. Manuel hizo acopio de calma para oírla.

—Se trata otra vez de tu carácter, hijo mío. Esa vehemencia, esos arrebatos... Yo, personalmente, los admiro. Pero la autoridad civil no entiende de sutilezas y encuentra que tus actividades son sediciosas.

¿Las actividades de Manuel? La parroquia de San Diego no era de las más céntricas. Asistían a ella familias de antiguo abolengo a quienes la expansión de los nuevos potentados había ido, poco a poco, confinando hacia la periferia de la población. Sin otro patrimonio que el apellido, sin habilidad para rehacer su fortuna, sin un oficio del cual mantenerse decorosamente, estas familias se encerraban en casas ruinosas, daban la espalda a una ciudad que los había expulsado.

Por exigencias de su ministerio el padre Mandujano traspasó los umbrales de estas moradas y había visto los jardines devorados por la maleza, los patios interiores donde las mujeres se desollaban las manos en la lejía, las oscuras habitaciones en que se acumulaban objetos inútiles.

Entró hasta el cuarto de los agonizantes. ¡Qué rancio olor a moho, a ropa sin orear, a futuro abolido!

El padre Mandujano quiso, muy al principio de su llegada a San Diego, romper el aislamiento de esta gente, incorporarlos a la comunidad, hacerlos partícipes de los intereses y de las satisfacciones de los otros. Fracasó. Los varones de tales casas continuaron saliendo, al pardear la tarde, bien embozados en su capa, rumbo a la cantina más próxima, para ahogar en un alcohol barato la humillación de su vida.

Y las mujeres continuaron deslizándose subrepticiamente para proponer a sus antiguas amistades la venta de un libro de la biblioteca del abuelo, la última cuchara de plata de la vajilla o el encaje que adornó un vestido legendario de gala.

Los ricos venidos a menos y los artesanos con quienes convivían eran como el agua y el aceite. Vecinos, transeúntes de la misma calle, asistentes a la misma iglesia, ni se hablaban ni se conocían.

Las puertas de los artesanos estaban siempre abiertas de par en par. Del interior de sus casas salía el rumor del trabajo, de la máquina que se mueve rítmicamente, del operario que canta mientras se esfuerza. En los patios pululaban niños sucios, animales domésticos, clientela. Y los domingos la familia entraba al templo repartiendo codazos para hacerse lugar, ocupando las bancas preferibles (en las que habían hecho pintar ostentosamente sus nombres) y guardando, durante la ceremonia, una compostura tanto más meritoria cuanto les era muy difícil. Miraban de reojo a los aristócratas con una sólida satisfacción por el presente pero con una secreta envidia del pasado.

Para este público hablaba el padre Manuel. Su elocuencia vibraba entre los muros barrocos del templo, escurría de los altares dorados, rebotaba contra los retablos sombríos. Su auditorio carraspeaba con disimulada impaciencia, se removía en sus asientos, siseaba para acallar los ruidos que cada uno suscitaba. Y en los ojos vacíos, en los distraídos ademanes, el padre Manuel tenía la evidencia desconsoladora de que no era escuchado.

Alta la noche, en la soledad de su recámara, el padre Manuel meditaba. Es curiosa la relación entre el sacerdote y los feligreses. La investidura cohíbe al profano, cambia de conversación cuando el párroco se aproxima, no se atreve a hacerlo cómplice. Quiere establecer la distancia. Pero el carácter sacerdotal tiene la punta de un bisturí. Penetra. En el sigilo del confesionario, y con un impudor semejante al desafío, se desnudan las almas, se cuentan las historias.

Las historias de los coletos, comparaba el padre Manuel, son semejantes a las plantas. Un exceso o un defecto del temperamento, una tara hereditaria, un descuido de la educación, puede ser la semilla. Y luego el tallo gris de los años, de las costumbres invariables. La corteza de una reputación, de un nivel social. Y de pronto se abre la roja flor del escándalo, de la violencia, del crimen. Nada produce tanto la ilusión del azar como una lógica paciente.

Pero la semilla, la raíz, no crece sola. Se nutre de las creencias, de las prácticas, de las aspiraciones lícitas, de las prohibiciones inflexibles; de la moral, en suma.

Y la moral de los coletos es muy peculiar. Son escrupulosos hasta la exageración, hasta la gazmoñería, en sus tratos mutuos. Quieren conservar limpia su fama de comerciantes íntegros, de profesionistas cabales. Pero ese mismo comerciante íntegro, ese profesionista cabal, no vacila un instante si se le presenta la ocasión de robar a un indio. Es más, se enorgullecen de ello, lo narran después como una anécdota divertida que no deja de causar regocijo en sus oyentes. Cuando venden manta "pasada" a un oschuquero; cuando despojan, mediante triquiñuelas legales, a una familia de Chenalhó; cuando raptan en la calle a una niña para esclavizarla en el servicio doméstico, pueden hacer alarde de su hazaña sin que nadie la encuentre reprobable. Lo sería si de un modo indirecto perjudicara los intereses de otro ladino. Pero hecha esta salvedad ¿quién condenaría al que sacude a un árbol mostrenco para aprovecharse de sus frutos? ¿Quién, sino el que cayera en la aberración de suponer que los árboles son personas y que por lo mismo deben ser respetados como tales?

En las mujeres la virtud más preciada es la castidad y la modestia. Virtudes incómodas que exigen una vigilancia constante sobre sí, un renunciamiento a los placeres de la vanidad y de la carne, un sacrificio de los impulsos primarios. Alguna mujer será capaz de realizarlos. Pero muchas son hábiles para fingirlos.

Y en todos ¡qué cerviz orgullosa y dura! Orgullo de los antepasados, de la prosperidad, de la raza. Un orgullo que había permanecido intacto durante siglos y que ahora empezaba a resquebrajarse.

Porque Ciudad Real ya no era una ciudad cerrada. El Gobierno había abierto caminos y los caminos la acercaron a otros pueblos. El viaje dejó de ser aquel proyecto remoto que las generaciones se transmitían, sin llevarlo al cabo jamás, para convertirse en una posibilidad inmediata, en una experiencia accesible y fácil. Los coletos viajaron; atravesaron la montaña que durante centurias fue su obstáculo y su defensa, su baluarte y su reto. Vieron, palparon, compararon. Y prefirieron no comunicar a nadie sus observaciones.

Quien los oyera hablar creería que nada había sucedido. Nada. Un insecto es nada y roe los cimientos de una casa.

A Ciudad Real llegaron también extranjeros. Gente curiosa que se asombra de todo, que se alarma, que juzga. Gente boquifloja que comenta y hace aspavientos. Gente inflexible que desdeña, como ese Fernando Ulloa.

Para defenderse de la intrusión perturbadora los coletos necesitaban vivificar sus viejos prejuicios. El padre Manuel interpretó la necesidad, que él mismo padecía, y desde el púlpito fustigó a esos emisarios de Babilonia, esos portadores de ideas peligrosas que fatalmente producirían costumbres abominables. Por primera vez fue escuchado con atención.

El padre Manuel abandonó la retórica aprendida en el seminario, las caducas fórmulas de una oratoria finiquitada, para adoptar un lenguaje directo, vigoroso, donde la endeblez del argumento quedaba opacada por el ímpetu de la exposición.

Los sermones del padre Manuel empezaron a verse más concurridos cada domingo que transcurría. Feligreses de otras parroquias venían desde lejos a contemplar este relámpago de ira que se desenvainaba ante ellos, refulgiendo brevemente, deslumbrándolos, haciéndoles posible soportar una semana de rutina gris, de inercia sin color.

El padre Mandujano cayó en su propia trampa. Había descubierto su fuerza y quería acrecentarla, hacer uso de ella. ¿Olvidó ser prudente? ¿Quién, cuando está ebrio, no se olvida de serlo?

—No hice nada fuera de lo común. Una plática dominical...

—En la que incitaste al pueblo para que se rebele contra sus gobernantes.

—Son gobernantes injustos. Su injusticia nos exime de la obediencia.

—Pero la situación de crisis por la que está atravesando actualmente la Iglesia puede convertir cualquier incidente en una provocación. Tú sabes que nos persiguen en Tabasco; que deshonran a los sacerdotes, queman los templos y profanan las imágenes. Lo mismo puede suceder aquí.

—¿Y ante tal amenaza hemos de permanecer con los brazos cruzados?

—La Iglesia no necesita mártires. Un mártir supone siempre un verdugo. Y es un pecado sin remisión tratar de volver verdugos a nuestros adversarios. Lo que hace falta es la cordura y la discreción.

Manuel contempló con ahínco a don Alfonso. Había sido, según la fama, enérgico y batallador en su juventud. Y este bagazo era lo que había devuelto Ciudad Real después de triturarlo largamente con su clima demasiado afable, su paisaje demasiado accesible, su vida demasiado fácil. Manuel sintió un espolonazo de alarma. ¡No, y mil veces no! Buscaría el desierto, la arena inhóspita, el horizonte sin asidero. Quería vivir, jadear de fatiga, caminar, moverse, luchar.

—¡Yo no soy cuerdo ni discreto!

—No te envanezcas. Me estás obligando a colocarte en un lugar donde tus defectos no causen perjuicios.

Manuel se puso de pie. Un gesto de incredulidad le crispaba la cara.

—¿Quiere usted decir que ha cedido a los requerimientos de nuestros enemigos y que me ordenará abandonar mi parroquia?

—Es por tu bien, hijo mío. Aunque tú no lo creas y ahora te parezca un sarcasmo, yo me he preocupado siempre por tu porvenir. ¿Y cuál podría ser ese porvenir si te quedaras en Ciudad Real? Estás vigilado y te tendrían la rienda muy corta. ¿Ibas a conformarte con lo que yo tengo? La misa breve, el chocolate a su hora, la tertulia; un buen fuego para el invierno, una buena lámpara para la noche. Y contemporizar y absolver pecados mediocres, pecados de eunuco.

—¡Jamás!

—¿Lo ves? Y si quieres intentar algo, organizar congregaciones por ejemplo, el Gobierno diría que es política. Y la reprimiría rápidamente y con severidad.

—¿Entonces?

—Hay que salir de aquí. En este pueblo de leguleyos los sacerdotes estamos de más.

—Todavía tenemos influencias. Yo he visto a los señores más encopetados inclinarse a besarle el anillo a Su Ilustrísima.

—Sí, hacen genuflexiones pero ya no pagan los diezmos. No establezcas nunca alianza con los ricos, Manuel. Siempre exigen más de lo que dan. En cambio los pobres... ¡Qué consoladora es aquella promesa del Evangelio: "siempre habrá pobres entre vosotros"! No la había yo comprendido bien hasta hoy.

Don Alfonso no pudo dejar de advertir la incongruencia entre su exclamación y su mobiliario. Se apresuró a añadir:

—Dirás que es fácil hacer una apología de la pobreza desde un cómodo sillón y después de un suculento desayuno. Pero los obispos tenemos que mantener el rango que nuestra posición nos impone.

El padre Mandujano asintió. Escuchaba mal una disertación cuyo rumbo era incapaz de predecir. El anciano repetía:

—Hay que irse de aquí.

—¿Con qué rumbo? En la costa no son precisamente un dechado de religiosidad.

—No, no, hacia el interior.

—En el interior no hay más que pueblos de indios.

—Que nuestra Santa Madre ha abandonado a su suerte desde hace mucho tiempo.

Manuel estuvo a punto de responder con un ¡como si eso importara! Pero se contuvo oportunamente.

—Eres coleto antes que sacerdote y de ahí tienes la costumbre de despreciar a los indios —continuó don Alfonso—. En un cristiano eso es falta de caridad. Y en un político —porque tú lo eres, aunque no queramos reconocerlo— es un error de cálculo.

Los labios de Manuel se entreabrieron en una sonrisa.

—Los indios son una cantidad que no cuenta en nuestras operaciones, Monseñor.

—No siempre ha sido así. Recuerda a los misioneros de las primeras épocas de la Conquista.

—¿Y qué resultó de todo ello? El fracaso. Hombres generosos, pero equivocados.

—En cambio, los jesuitas...

—Ésos sí son los verdaderos hijos de la luz, tal como los define el Evangelio: tienen la astucia de la serpiente.

—Me alegro de que coincidamos en la opinión. Pues bien, los jesuitas hicieron un experimento muy interesante con los indios del Paraguay. ¿Lo recuerdas?

—Vagamente. Creo que intentaron fundar una especie de utopía que tampoco les dio resultado.

—Les dio resultado.

—Aunque así fuera —interrumpió con impaciencia Manuel—. Los tiempos son otros.

—Sí. Nuestra Santa Madre olvidó la lección de los jesuitas que en cambio recogieron los laicos. Son ellos los que han vuelto a pensar en los indios. ¿Sabes para qué está aquí

Fernando Ulloa? Para repartirles tierras. Y más tarde vendrán maestros para enseñarles a hablar castilla, a leer, a escribir. ¿Te das cuenta de lo que eso significa? Miles de almas, que por derecho divino nos pertenecen a nosotros, nos serán arrebatadas por ese gobierno injusto que tú combates. Y todo ¿por qué? Porque no hemos querido remediar oportunamente una negligencia culpable.

—Se alarma usted muy pronto, Monseñor. Deje que vengan los ingenieros y los maestros; deje que el gobierno se afane. No podrán hacer nada. Ante la indiferencia de los indios, ante su estupidez, acabarán por estrellarse todos sus propósitos.

—¿Y si no fuera así?

Manuel se encogió de hombros.

—¿Qué podemos hacer nosotros? Somos muy pobres... ¡y tan pocos!

—Ése es argumento de pusilánimes. Si todos pensaran como tú jamás se habría propagado el cristianismo. Recuerda la condición y el número de los apóstoles.

—Pero el Espíritu Santo habitaba en ellos y hablaba por su boca y...

—Se les mandó que fueran y predicaran y ellos fueron y predicaron. De sobrenatural no hubo más que su obediencia, tan inflamada de fe que transportó montañas. Y no me repliques que ése ha sido un episodio excepcional. En cada sacerdote la historia de los apóstoles se repite.

Manuel se replegó con una sonrisa agria.

—¿Y ahora me toca mi turno, Monseñor?

—El Espíritu sopla donde quiere. Yo sólo te pondré en el lugar propicio.

Manuel comenzó a alarmarse. La ampulosidad de los términos que usaba don Alfonso no podía ser presagio más que de una decisión grave.

—Quiero que te hagas cargo de la parroquia de San Juan Chamula.

Este nombre hizo nacer en el joven sacerdote mil imágenes confusas: indios levantiscos, borracheras bárbaras, comerciantes ladinos que huían a medianoche para salvar su vida, ya que no sus propiedades, del incendio y el saqueo.

—Los chamulas están inquietos desde hace meses. Se enteraron de lo de la Ley Agraria y exigen que se cumpla, que se repartan los ejidos. La efervescencia aumentó con la llegada de Ulloa.

Manuel hizo un gesto como para expresar su impotencia.

—¡Tú no sabes lo que es un cura para un indio! —ponderó don Alfonso—. Un representante de Dios, quién sabe si una encarnación de Dios. ¡Y con tantos años de abandono, de descuido nuestro! Es admirable.

—¿Ha considerado usted que yo no sé la lengua, Monseñor?

—No tendrás dificultades. Hay en la parroquia un sacristán que habla bien la castilla. Él puede servirte de intérprete, ayudarte a aprender el tzotzil.

Manuel comprendió que para cualquiera de sus objeciones tendría don Alfonso una respuesta que la despojaría de su validez y de su peso. Por motivos poderosos (¿y cuál era más: la presión de las autoridades civiles? ¿La conveniencia de vigilar una zona en la que el gobierno quería implantar innovaciones? ¿O la simple envidia ante un rival más brillante y osado?) don Alfonso había decidido nombrar a Manuel párroco de San Juan y ningún argumento lo disuadiría.

Pudo haber impuesto su autoridad de obispo, pensó el joven; pudo haber dictado una orden. Pero tiene miedo de mi rebeldía y acumula un montón de sofismas para convencerme de la necesidad de mi designación. ¡Apostolado entre los indios! ¡Qué ridiculez! Ni él mismo cree lo que dice; no es más que un pobre viejo cobarde y enredoso. Tal vez, a su modo, me estime y me defienda. Todavía tengo que agradecerle que se tome el trabajo de mentir.

—Partiré cuando usted lo ordene, Monseñor.

Pero en su fuero íntimo, Manuel aún no se había sometido y se proponía apelar en cuanto el tiempo hiciera decorosa esta apelación y la experiencia la hubiese fortalecido con razones. No, su estancia en Chamula de ninguna manera habría de ser definitiva.

—Me alegra verte tan bien dispuesto, Manuel. No esperaba menos de ti. Antes de que te vayas te daré mis instrucciones por escrito. Ahora urge atender los preparativos del viaje. Conseguiremos el avío; tú tienes que aprovisionarte bien de ropa y víveres; los gastos corren por mi cuenta, naturalmente. Va a ser indispensable también una persona que te asista. Yo te cedería a doña Cristina, el ama de llaves. Es una magnífica mujer, muy seria, muy cumplida y, por su edad, a salvo ya de cualquier mal pensamiento o murmuración. Pero está tan hallada conmigo que se me hace cargo de conciencia separarla del obispado.

—No se preocupe usted, Monseñor. Mi hermana Benita sin duda consentirá en acompañarme.

—Si es así el asunto está arreglado. Que Dios te acompañe, hijo mío.

Don Alfonso dio su anillo a besar al joven sacerdote. Mientras éste se inclinaba en la reverencia un gran alivio descendió sobre el ánimo del Obispo. El paso, que le parecía tan difícil, estaba dado. Cierto que el muchacho se había resistido un poco, pero menos de lo que hacía temer su temperamento colérico. Tampoco se mostró muy suspicaz. Había cedido, conformándose con las explicaciones de su superior.

Manuel abandonó el Palacio Episcopal con el corazón confuso y decepcionado. De todos sus espejismos de triunfo no quedaba más que esta sombría perspectiva: el confinamiento en una aldea insignificante para cumplir una misión desatinada. Mientras tanto lo olvidarían sus compañeros y sus maestros, él mismo olvidaría sus esperanzas, se dejaría devorar por costumbres inhumanas. Manuel respiró con ansiedad. Se asfixiaba, como un insecto aplastado bajo una piedra.

Benita se asustó al verlo llegar.

—Estás muy pálido. ¿Tuviste algún disgusto, alguna pena? Voy a la cocina a preparar un draque.

—Prepara uno para ti también —le recomendó con rudeza su hermano. El tono de estas palabras bastaron a detenerla.

—¿Qué sucede, Manuel?

—Sucede que tengo hecho un voto de obediencia y que hoy lo debo cumplir. El señor Obispo me destina a otra parroquia.

—¿No vas a seguir en San Diego?

—No, ha habido quejas contra mí.

—Pero ¿quién?, ¿quiénes?

—Los masones se alarman porque, según ellos, estoy haciendo una labor subversiva.

Benita no entendía de qué acusaban a su hermano. Humildemente preguntó:

—Es una calumnia, ¿verdad, Manuel?

—Convéncelos, si puedes. Y convence a don Alfonso de que por su propia conveniencia debería apoyarme y no dejarse amedrentar por estos pobres diablos. Pero el Obispo es un hombre prudente; no quiere problemas en su diócesis y se deshace de mí enviándome a San Juan Chamula.

—¿Qué es eso?
—Un pueblo de indios.
—¿A un pueblo de indios? ¿Tú?
—Y tú también si el sacrificio no te parece excesivo.
—¡Pero estos monseñores están chiflados, que Dios me perdone y me ampare! Refundirte a ti, a ti que fuiste el mejor alumno del Seminario; a ti que tienes a toda la gente visible de Ciudad Real embebecida con tus sermones...
Benita se enjugaba una lágrima inexistente con la punta del delantal. Manuel no pudo resistir a la tentación de exasperar aquella pena ingenua y desarmada.
—Y todavía se lamentarán de que conmigo hicieron un mal negocio. Tanto dinero gastado en educarme para que a la postre les sirva yo en una iglesia que podría atender muy desahogadamente un cura de misa y olla.
En una brusca transición Benita cesó de discutir:
—Paciencia, hermano. ¿Cuándo es la fecha de tu salida?
—Lo más pronto posible.
—Hay que empezar a hacer los preparativos.
—¿Irás tú también?
Benita asintió en silencio. Estaba conmovida y, aunque se avergonzara de admitirlo, no podía dejar de reconocer que era feliz. Los años de estudios de Manuel fueron años de soledad para ella. Un día cada mes se regocijaba con la visita del interno; un día cada mes su pulcra casa de solterona se trastornaba con la presencia de su hermano. Y cuando la tregua tocaba a su fin Benita guardaba —como una reliquia— la ceniza que descuidadamente había dejado caer el ausente sobre la colcha; o se demoraba en limpiar el rastro de lodo con que quedó marcado el tapete del umbral.

Durante ese tiempo Benita había vivido temiendo que, al fin de su carrera, Manuel partiese a un sitio lejano o alcanzara a ser un personaje tan importante que la humildad de su familia lo avergonzara. Pero, gracias a Dios, sus temores habían sido vanos. La Virgen de la Caridad recompensaba sus ruegos. Benita y Manuel ya no se separarían nunca; Manuel volvía a depender de ella totalmente; iba a exigirle cuidados, atenciones, mimos, como si hubiera regresado a la infancia.

Desde la puerta (¿quién iba a acercarse a este hombre arisco?) Benita se volvió a ver a su hermano, trémula de esperanza y gratitud.

X

DESPUÉS de la cena (un plato de frijoles sin freír y una taza de café, servidos en vajilla de peltre) el padre Manuel Mandujano se encerró en su dormitorio. Le esperaba una tarea que había venido postergando desde una semana atrás: escribir a don Alfonso. Manuel estaba seguro de la abundancia, de la importancia también, de las noticias que iba a transmitir. Y sin embargo, media hora después, bajo el resplandor tibio y silencioso de la lámpara, no había hecho sino trazar enrevesados arabescos sobre el papel, ensayos de rúbrica.

Antes, al borde del pliego en blanco, no lo detenía como ahora la perplejidad. Llenaba pronto el espacio con esa caligrafía monótona, impersonal, clara, que era el estilo del seminario. Hoy permanecía en suspenso. Tenía a su disposición datos, cifras, hechos. Todo era escrupulosamente exacto pero se resistía a considerarlo verdadero. Sólo al escribirse los sucesos quedan tan inmediatos unos de otros que esta proximidad imita la coherencia.

Por enésima vez el padre Mandujano abandonó la pluma. Su pensamiento se obstinaba en una imagen: la de su antecesor, el último cura de San Juan, un réprobo, un borracho, un lujurioso, un blasfemador. En tal lo había convertido algo peor que el aislamiento: la convivencia con estos seres extraños y herméticos que son los indios.

El semblante del padre Manuel se ensombreció. ¿Sería su propio destino tan funesto como el del otro?

Porque estas aprensiones predominaban en el ánimo del sacerdote desde el día en que aceptó la encomienda de Chamula. Lo agobiaba la certidumbre del fracaso, la angustia de que a sus pies estuviera abriéndose una sima insondable, un abismo que terminaría por devorarlo. Y su caída no iba a tener ni el mérito de un sacrificio libremente consentido y consumado, ni la fecundidad del martirio. Iba a ser como la caída de una piedra en un pozo. El eco lúgubre y nada más.

Acontecía, en los comienzos de su estancia en San Juan, que el padre se apartaba de tan amargas perspectivas entregándose a una actividad física agotadora que no le permitía desear más que el descanso.

Momentáneamente había pospuesto los viajes dentro de los límites de su parroquia. Pero aún así le sobraba trabajo con intentar hacer habitable el edificio del curato, un caserón ruinoso. La lluvia se colaba al través de las tejas rotas del techo, escurría por las paredes manchándolas, impregnándoles de una humedad en la que verdeaba el moho. Ratones, murciélagos, tlacuaches, habían encontrado allí cómodo amparo. Y el viento glacial de Chamula batía las puertas desvencijadas, las ventanas sin vidrios.

Benita hacía lo posible por ayudar a su hermano. Pero ¿de qué era capaz una mujer en estas circunstancias? Tarea de hombres, y aun de hombres fuertes, era la de Manuel.

Los vecinos de San Juan acudieron espontáneamente a ponerse a disposición del párroco. Éste aceptó a algunos, los que parecían más entendidos. Y con la ayuda del sacristán, Xaw Ramírez Paciencia, para traducir las órdenes del español al tzotzil, pudo apartar un poco los escombros que se amontonaban en la cocina, remendar las goteras y ahuyentar a los animales establecidos allí y que causaban tantos perjuicios.

Por escasez de provisiones Benita preparaba una comida frugal, no mucho mejor de la que acostumbraba comer Xaw. Éste la examinaba con un gesto casi imperceptible de decepción. ¿Por qué el recién venido desdeñaba los "bocados" con que pretendían halagarlo sus feligreses? ¿Ignoraba acaso que muchos se habían resignado a padecer hambre con tal de que su párroco tuviese bien surtida la despensa? Pero el padre Manuel rechazaba los regalos que se le ofrecían. Los antiguos frailes se comportaron de otro modo. ¿Es que éste se tenía en más y por eso su orgullo era mayor?

Manuel no advertía que su actitud (dictada por el asco hacia todo lo que proviniese de los jacales inmundos, y por la pereza de sentir gratitud) iba a provocar resentimientos. Continuaba entregado a su quehacer sin percatarse del vacío y la reserva que medraban en torno suyo.

El padre Manuel había escogido, entre las numerosas piezas del curato, aquellas en que los estragos del abandono fueran menos palpables. Allí instaló las habitaciones de su hermana y las propias.

El ajuar de su dormitorio no era lujoso ni austero: únicamente inapropiado. Una enorme cama de nogal, ancha, de las que llaman matrimoniales, donativo de una viuda rica y devota que no se decidió a desprenderse también de los colchones. El padre Manuel no quiso paliar esta carencia aunque fuese con un montón de paja, como le aconsejaba Xaw, y prefirió acostarse sobre la tabla dura.

—Ustedes duermen en el suelo —adujo con forzado humorismo—. ¿De qué estoy hecho yo para no poder soportar más que lo blando?

—Usted es ladino, padrecito.

¡Ladino! En Ciudad Real el padre Manuel podía enorgullecerse de una condición que compartía con los ricos y los poderosos. Pero en San Juan era un privilegio ambiguo que suscitaba entre los inferiores desconfianza, temor y agresividad.

—Ante Nuestro Señor todos somos iguales —afirmó el padre Manuel con resentimiento.

Xaw asintió con una sonrisa silenciosa. Ni el respeto ni su escaso dominio del español le permitían continuar la discusión. Pero dentro de sí creció una oleada irrefrenable de repulsa. ¿No sería este hombre un impostor?

He aquí el resto del mobiliario: una mesa de ocote, buena para escribir, aunque ya deslucida por el uso. Dos butacas de cuero, tan bajas, que nadie, excepto un enano, podía hallar comodidad en ellas. Sillas también de ocote, inseguras, tembeleques. Y presidiendo aquel orden irrisorio, un crucifijo. Marfil. Regalo de don Alfonso, al terminar el primer año de estudios en el Seminario.

El padre Manuel llevaba siempre esta imagen consigo. Lo hacía por hábito, una especie de apego supersticioso. Ahora habían venido a dar los dos al curato de San Juan. ¿Pero acaso este trozo de materia le hacía al sacerdote más llevadera la soledad, menos punzante el desamparo? Manuel apartó la vista de ella casi con reproche.

En verdad no tenía muchos motivos para estar contento. Su primera visita a la iglesia lo dejó estupefacto. ¿Era posible que a unas cuantas leguas de Ciudad Real, sede del obispado, no hubiera podido penetrar el cristianismo? ¿Era posible que nadie hubiera advertido y denunciado que los indígenas practicaban una religión distorsionada? Manuel contaba, gracias a las advertencias de don Alfonso, con hallar una dosis normal de idolatría, la dosis que un pueblo convertido introduce siempre en el culto católico y que el culto católico tolera y absorbe. Pero lo que halló en San Juan sobrepasaba en mucho todo lo que hubiera supuesto y delataba un estado absoluto de paganía.

Derribadas en el suelo, sin ninguna reverencia, las estatuas. Boca abajo, no preservadas, expuestas a una destrucción que la impaciencia de los indios aceleraba con el maltrato. A algunas les faltaba ya la cabeza, a otras se les habían roto las manos, torcido la nariz, desprendido los ojos. Eran grotescas, no podían inspirar devoción. ¡Y aquellos colores! No eran los colores de la vejez, del deterioro natural en la madera. Eran unos tonos verduzcos, remedo de la putrefacción.

Muy al principio el padre Manuel creyó que era únicamente el descuido el que había llevado a las imágenes a adquirir una apariencia tan absurda. Pero muy pronto tuvo oportunidad de convencerse de que la actiutd de los indios obedecía a su deseo activo de afear, de humillar, de castigar. Porque otras imágenes habían corrido distinta suerte, aunque Manuel no se atreviera a afirmar que esta suerte hubiese sido mejor.

Había pues figuras odiadas y figuras predilectas. La predilección de los indios se manifestaba acumulando sobre la estatua sagrada rollos y rollos de tela, lo que producía una obesidad cada vez más contradictoria respecto al tamaño de las partes del cuerpo que quedaban descubiertas. Y la desproporción podía llegar al punto de hacer perder a la figura su forma humana. Los santos parecían enormes tortugas puestas de pie, de la grosura de cuyo carapacho emergía una cabecita tímida.

¿Qué decir de los adornos? Sombreros de palma, diminutos espejos que centelleaban entre la profusión de las ropas, pequeñas jícaras, trastecillos de barro.

Cuando el padre Manuel quiso averiguar por qué alguna representación del sacrificio del calvario había sido tapada con un lienzo, la solicitud con que hasta entonces le había informado el sacristán pareció extinguirse para ser sustituida por una reticente ambigüedad. Y cuando el padre Manuel intento apartar el lienzo para ver lo que ocultaba, Xaw se interpuso alegando difusas y deshilvanadas razones. El sacerdote no creyó oportuno insistir. No iba a echarse encima, ahora que no tenía en su mano ningún arma para luchar, la animadversión de esta gente.

Más entremetida, Benita destapó un cuadro de la Dolorosa con el pretexto de quitarle el polvo. Xaw acudió cuando era demasiado tarde. Ya las dos mujeres se habían visto. Y ahora, se lamentaba el sacristán, era el peligro que se agazapaba tras los inmóviles ojos pintados.

Y por cierto que Xaw era desconcertante. Como para abonar méritos a su cuenta, contó al padre Manuel que durante el tiempo que la parroquia había permanecido sin vigilancia él, en su calidad de sacristán, desempeñó las funciones del cura que faltaba. Por eso todos los niños que nacieron en ese lapso estaban bautizados; nadie había muerto echando en falta los últimos auxilios; y en cuanto a las parejas de amancebados eran una lacra de la que otros lugares podían avergonzarse, pero no San Juan. El orgullo de Xaw era haber legalizado todas las uniones por medio del matrimonio eclesiástico.

Muy suavemente, para no espantar las confidencias, el padre Manuel preguntó a Xaw si no había también confesado y dado la comunión a los feligreses. El sacristán respondió que no. Y, como para disculparse, adujo que quienes se encargaban de averiguar los pecados y de establecer las condiciones para que pudieran perdonarse eran los brujos. Y los brujos se habrían enojado, muy justificadamente, si alguien que no fuese de su gremio hubiera pretendido convertirse en su competidor.

—¿Y la comunión? —insistía el padre Manuel.

Tampoco la había administrado Xaw. Porque sí, naturalmente, vio a los frailes cómo hacían las hostias, en innumerables ocasiones; pero nunca atinó con la receta para poder hacerlas por su cuenta.

El padre Manuel permaneció un instante suspenso frente a tal simplicidad. En su interior hervía de cólera. Cólera contra la ignorancia de este hombre a quien no le había enseñado nada la proximidad del altar ni la familiaridad con el servicio divino. Y cólera también contra la pereza o la estupidez de los que no acertaron a catequizar ni siquiera al que estaba en la situación más favorable para recibir sus lecciones.

El transcurso de los días se encargó de modificar estos juicios. El padre Manuel se empeñó, con el celo encarnizado de quienes no tienen para desahogar su actividad más que un cauce mezquino, en instruir a Xaw sobre las más elementales nociones de doctrina. Para lo cual, después de celebrar la misa (una misa resonante en una iglesia vacía, pues era la hora en que todos los vecinos estaban dedicados a sus labores), el padre Manuel convidaba a Xaw a compartir su desayuno. Fue difícil convencer al indio de que podía, de que debía sentarse a la mesa con el sacerdote, y no en el suelo como acostumbraba. Xaw obedeció, pero sin poder nunca disimular completamente la inquietud que esta situación le producía. Tanta, que casi no acertaba a comer. Preparaba los bocados con una minuciosidad exagerada, los tragaba con rapidez sin detenerse a saborearlos; y en cuanto el padre Manuel se distraía un momento el sacristán lo aprovechaba para sacar a hurtadillas la bola de posol de su morral y acechaba la menor ausencia para prepararlo y beberlo. El cura se dio cuenta porque un día regresó más pronto de lo que el otro había calculado y Xaw no tuvo tiempo de ocultar la jícara aún llena.

Hubiera sido más caritativo tal vez permitir al indio que comiera a solas y según se le antojase. Pero eso privaría al padre Manuel de su única oportunidad de hablar despaciosamente con Xaw: la sobremesa. Allí, y de manera casual, el sacerdote repasaba el catecismo. Le escandalizó primero la extraordinaria limitación en el vocabulario de su interlocutor. Las palabras más simples del castellano, las más usuales, tenían que ser repetidas cuatro o cinco veces, explicadas con abundantes ejemplos. Y al terminar la explicación ya nadie recordaba el tema inicial.

Manuel hacía un esfuerzo para retomar el hilo, tratando vanamente de encontrar en su alumno un rasgo, por leve que fuese, de atención comprensiva, de interés. La cara de Xaw permanecía impávida ante las más vehementes pruebas de la existencia de Dios, de su encarnación en la persona de Cristo, de la fidelidad de la Iglesia a las verdades reveladas. El único comentario que se permitía, de vez en vez, era una gruesa interjección, un eructo incontenible, un descarado bostezo, un decidido salivazo. Al padre Manuel le crispaban y le ponían fuera de sí estas reacciones y cuando, por fin, se decidió a prohibirlas, el sacristán recibió la orden con amargo despecho. Porque el recién llegado no había entendido que para la ruda mentalidad del tzotzil la interjección, el eructo, el bostezo y el salivazo eran las muestras más corteses de acatamiento que podía hacer patentes a quien le hablaba.

El padre Manuel tuvo que rectificar ¡y cuántas veces! sus métodos de catequización. Ya no por lo que le importara el caso individual de Xaw, ni porque lo que produjera buenos resultados con él podía aplicarse después entre los demás. Era una obstinación ciega que había olvidado su objetivo.

Primero el sacerdote hubo de renunciar a la vehemencia. Los ademanes, las variaciones en los registros de su voz, cualquier exceso distraía a Xaw, apartándolo del asunto y haciendo contemplar al que peroraba como si fuera un actor. No vehemencia, entonces. Sencillez. Pero la sencillez, pasado el primer momento, se convierte en monotonía. ¿Y hasta dónde se puede ser sencillo con quien no posee nuestro idioma?

El padre Manuel notaba cómo dentro de sí disminuía, hasta agotarse por completo, la simpatía, la actitud benévola y tolerante. Cada torpeza de Xaw le irritaba como si el otro la hubiese deliberado. Indio bruto, se repetía, indio animal, indio desgraciado. ¡Y hay quién te quiere considerar persona! ¡Que venga a refundirse aquí, para que se parta el alma como yo!

Y, haciendo a un lado sus escrúpulos, el padre Manuel reprendía a su alumno con excesiva dureza y no le repugnaba la idea del castigo corporal que lo rondaba tenazmente.

A veces, en un instante de brusca lucidez, se preguntaba cómo era posible que en tan poco tiempo hubiese llegado *ya* a ese punto. No sólo faltaba a la mansedumbre como sacerdote, a la caridad como simple cristiano, sino hasta a los más elementales dictados del humanitarismo. ¿Habría empezado *ya* a obrar en él el demonio que corrompió a quien lo había antecedido? Y el padre Manuel repetía el *ya* como si la violencia fuera el término fatal, ineluctable, de una evolución; y como si lo único horrible en su caso hubiera sido la prontitud con que alcanzó ese término.

Pero el remordimiento, breve, superficial, se desvanecía exacerbando un ansia de justificación. Después de todo ¿quién era este sacristán, quién salía fiador de sus buenas intenciones? Cuando fungía como intérprete seguramente tergiversaba las palabras, malinterpretaba las frases. Y no de buena fe, no; sino con el insidioso propósito de estorbar los planes del sacerdote. ¡Como si no bastara con que esos planes fueran absurdos!

¡Y con qué lentitud marchaba todo! Los feligreses estaban dispuestos a pagar los diezmos y primicias que exige anualmente la Iglesia; estaban dispuestos a dar las limosnas necesarias, a entregar dinero a cambio de los sacramentos. Laudable dadivosidad, y más teniendo en cuenta su pobreza.

Pero a esto se limitaba su práctica de la religión. Seguirían estando al margen de lo que constituye verdaderamente a un católico. No podía instruírseles en sus deberes espirituales, excitarlos a la confesión y a la penitencia porque entre sacerdote y pueblo se interponía la barrera del idioma. ¿Cuándo iba a conseguirse así que se suprimiese alguno de los ritos con que se mancillaba el templo? Los indios protestarían con furia, como cuando el padre Manuel pretendió impedir que el mayordomo de Santa Margarita se emborrachase cada vez que tenía que cambiar los vestidos de la estatua, ceremonia que exigía la ebriedad.

—Estamos dejados de la mano de Dios.

Esta certeza se afirmó en el padre Manuel después del primer domingo que pasó en San Juan.

Durante los días de la semana la enorme plaza que rodeaba a la iglesia se mantenía, hasta cierto punto, limpia porque era escaso el tráfago de hombres y rebaños. Pero el domingo todos, hasta los más remotos pobladores de la comarca, confluían allí, de madrugada, doblados bajo la carga de los productos que pensaban vender o cambiar. Sobre el suelo, sin importarles el lodo ni la lluvia incesante, se enroscaban, extendían la mercancía, abandonaban a los niños para que jugasen. Conforme avanzaban las horas se veía aquella multitud moviéndose como un gran animal torpe, por su tamaño, por su pesantez. Iban y venían los hombres, ya sin finalidad, tambaleantes por el alcohol ingerido en el momento de cerrar los tratos, apoyándose en la esposa, tan borracha como ellos, en los hijos pequeños que caían arrastrados por la fuerza de sus mayores. Lodo. Allí se revolcaban en pleitos, en lascivia, salpicando a su alrededor la sangre y la suciedad. Pedir auxilio a los gendarmes era agregar un elemento más de disturbio. Pues el gendarme venía a repartir golpes a diestro y siniestro con su vara de autoridad. Y para no empujar a alguno (cualquiera, el que estuviese más al alcance) a la prisión, pedía en pago una medida bien colmada de aguardiente.

El proyecto de atraer a los indios a la religión y convertirlos en miembros conscientes y activos de la Iglesia militante le parecía al padre Manuel más que nunca impracticable. Pero a pesar de que esta convicción había ascendido ya de los antros mudos de la persona a su cerebro y allí estalló en palabras, estas palabras no fueron escritas en la carta que el sacerdote dirigía a don Alfonso. Un pudor incomprensible, un agudo espolonazo del orgullo las desecharon para sustituirlas por otras, vagas y rutinarias.

Y allí estaba la carta, ya doblada, más concreta, más real que los hechos que no mencionaba; con un peso, con una veracidad que jamás alcanzarían las dudas y los malestares de quien la había escrito. Allí estaba, ya lista para que la enviasen. El pedazo de papel se iría, ligero y fácil, mientras el padre Manuel estaba condenado a quedarse en San Juan, repartiendo palos de ciego como en las fiestas infantiles, cuando le vendaban los ojos para que rompiera la piñata.

—Jamás acerté —comentó con triste burla de sí mismo—. Y acaso fue preferible. Yo soy de los que no saben apartarse oportunamente de las catástrofes. Si la piñata se hubiera roto habría caído encima de mí.

De un soplo el sacerdote apagó la lámpara. A oscuras se arrodilló para rezar las oraciones de la noche. El pertinaz murmullo del aguacero se había constituido en algo tan habitual que lo hubiese notado solamente si se hubiera interrumpido un momento.

Y repentinamente un estrépito, un torrente de música, inundó, estremeció la atmósfera. Una música bárbara, con un tema infantil, repetido hasta la exasperación, que se hinchaba extrañamente al revestirse con la sonoridad enorme y hueca del órgano.

Pasado el instante de estupor el padre Manuel se puso de pie. A tientas buscaba algo con qué alumbrarse y al no hallarlo abrió con impaciencia las maderas de la ventana. La lluvia, el viento, se le abalanzaron como fieras en acecho. Con dificultad pudo distinguir, más allá, la iglesia débilmente iluminada. Corriendo se dirigió a ella.

El portón cedió a su empuje. En el interior de la nave se habían congregado los indios. No de rodillas, tendidos en el suelo, resguardaban con la concavidad de las manos la llama agonizante de las velas y gemían, retorciéndose. Había otros de pie, vacilantes, ya beodos, que se enfrentaban a los altares en una grosera reclamación de agravios. Y la espuma de la gran ola de música, ese tema infantil, se derrumbaba incesantemente después de sostener un momento su nada en el espacio. Y volvía a comenzar.

El padre Manuel no intentó siquiera gritar para pedir que cesara todo aquello. Su voz se perdería dentro de la corriente de sonido más poderosa. Con paso rápido comenzó a ascender las escaleras que conducían al coro. Allí, rodeado de principales, estaba Xaw Ramírez Paciencia, ebrio también, tocando en el órgano un son chamula.

—¡Tú! —exclamó el padre Manuel.

Y en esta sílaba condenaba su sorpresa, el desaliento ante el fracaso de sus lecciones, la decepción de verse incomprendido y traicionado por el único en quien tenía derecho a confiar; la indignación por el sacrilegio que se estaba cometiendo.

—¡Diles que se vayan todos de aquí! La casa del Señor merece respeto.

Xaw contemplaba estúpidamente al padre Manuel. Acaso no entendió lo que se le ordenaba. Sus dedos continuaron aplastando las mismas teclas una vez y otra y otra, sin pausa, con la fatalidad de un mecanismo.

El ademán del padre Manuel resonó en los muros de la iglesia y fue extinguiéndose poco a poco. Los que aún estaban en uso de sus sentidos lo bastante como para advertir que algo anormal ocurría volvieron hacia arriba un rostro alerta. Los principales que rodeaban a Xaw apretaron amenazadoramente sus bastones de mando.

No vio esta amenaza el sacerdote cuando se lanzó contra el sacristán. Golpeaba, ciego de ira, y no sabía si al otro o a sí mismo. Con un alarido los principales avanzaron hacia él.

—¡Quietos!

Los detuvo la voz. El padre Manuel la oyó desde el suelo en que estaba tendido. Ahora la voz se dirigía a él.

—Levántate, cura.

No era un ruego. Era un mandato despreciativo.

Penosamente el padre Manuel se incorporó. Trató de erguirse y de dar serenidad a su porte, a su mirada. Pero la cólera le crispaba aún el rostro.

—¿Quién eres? —logró preguntar a quien había hablado. Y al mismo tiempo se esforzaba por fijar en su memoria estas facciones, cinceladas como a fuego, como a hachazos, en una materia simple y resistente.

—Soy Pedro González Winiktón, el pasado juez.

La voz correspondía a la figura. Firme, decidida, varonil. Y había hablado en español, correcto, fácil, sin esa entonación aflautada, ese "canta-castilla" del que tanto se burlan los ladinos.

El padre Manuel y Winiktón permanecieron un momento frente a frente, examinándose como si cada uno quisiera descifrar, por la expresión del otro, si serían aliados o enemigos. Porque dos fuerzas iguales se reconocían.

Abruptamente el padre Manuel rompió el hechizo. Giró sobre sus talones y se fue.

XI

CUANDO a un pueblo pequeño (y Ciudad Real lo era, a despecho de su nombre, de sus pretensiones y de su historia) llega un forastero, cunde entre sus habitantes un escalofrío de recelo, de curiosidad y expectación.

¿Pero quién viene a Ciudad Real, un sitio tan remoto, tan apartado de todos los caminos? Vienen los agentes viajeros, más por inercia que por la importancia de los negocios que aquí pueden hacer. Llegan con su portafolios repleto, su aire de eficiencia, su prisa sin justificación, su falsa desenvoltura. Tal visita remueve levemente el légamo comercial. Y después el agente viajero alborota en las cantinas, suscita pendencias con los hombres, inquieta a las muchachas. Al partir deja tras de sí alguna deuda insoluta, alguna afrenta sin desenlace, alguna virtud titubeante. O lleva prendida, como una zarza, la desesperación de una soltera para quien la aventura finaliza en el pueblo próximo.

Vienen también, a establecerse transitoriamente, los empleados del Gobierno. Su prestigio es ambiguo, su rango difícil de determinar con exactitud. Se desconfía de su procedencia, se desdeña su condición de asalariados. Aunque no por ello dejen de ser imitadas sus costumbres, temidas sus ideas, admiradas sus peculiaridades.

Fernando Ulloa era un empleado gubernamental. Su misión consistía en levantar los planos de la zona de Chamula para adjudicar los ejidos a las comunidades indígenas y establecer en los latifundios el régimen de pequeña propiedad exigido por la ley.

La llegada de Fernando Ulloa a Ciudad Real alarmó a los propietarios de fincas, quienes desempolvaron documentos, consultaron rábulas y celebraron largas y misteriosas conferencias.

¿Cómo hacer olvidar a Ulloa su deber? ¿Cómo convertirlo en un aliado, en un servidor de los intereses de los finqueros? La opinión fue unánime: por medio del soborno. Fernando Ulloa no tenía más patrimonio que su profesión ni más entrada que su sueldo. Su pobreza vergonzante, disimulada con mil trucos ingeniosos, irrumpía de pronto en el puño deshilachado de una camisa, en el brillo indiscreto de una rodillera. Para nivelar su presupuesto ¿no había aceptado un curso de matemáticas en el Instituto Superior de Ciudad Real?

Cierto que Fernando Ulloa no tenía hijos. Pero su mujer no parecía de las abnegadas, de las sufridas. Debía ser una esposa cara.

Naturalmente, porque Julia Acevedo era hermosa; no al modo de las señoras coletas, envanecidas de la blancura de su piel, signo de una ascendencia noble, y de la abundancia de su carne, evidencia de ese desahogo económico que permite llevar una vida en que la gula y el ocio son todavía el lujo supremo.

No, Julia Acevedo era diferente. Alta, esbelta, ágil. Una figura femenina que se pasea sola por las calles; una voz, una risa, una presencia sonora que se eleva por encima de los cuchicheos; una cabellera insolentemente roja, a menudo suelta al viento. No es necesario más para que las beatas, pálidas de encierro, se santigüen detrás de las ventanas; para que los hombres sueñen y tasquen el freno de su respetabilidad y para que los ancianos rememoren consejas y vaticinen catástrofes.

Ajena a esta imagen suya, que no hubiera reconocido, Julia se aburría. Los quehaceres hogareños nunca le interesaron y las satisfacciones de la convivencia con Fernando eran tan precarias que Julia buscaba, fuera de sí misma y de su casa, distracciones, un estruendo que la aturdiera para no pensar en sus problemas, en sus decepciones.

Abandonada por su esposo (un gachupín desaprensivo y ordinario) la madre de Julia Acevedo intentó sustituir la autoridad paternal con su intransigencia y su falta de ternura. Tenía la obsesión de preservar a sus hijas (eran tres, para colmo de desgracias) del fracaso que ella había sufrido; se propuso hacer de ellas mujeres capaces de sostenerse con su trabajo, de prescindir del apoyo de un marido. Y esto no era posible, según la opinión de la señora, más que aprendiendo una profesión lucrativa.

Sin consultar la vocación de las muchachas, la madre de Julia las inscribió en el Politécnico, ya que sus recursos le vedaban las escuelas particulares o las facultades universitarias. Las hermanas de Julia, más dóciles, más despejadas quizá, terminaron satisfactoriamente sus estudios de farmacia y ahora disfrutaban de una posición modesta pero con buenas perspectivas para el futuro.

En cambio Julia... Su inteligencia era tan rápida como frágil, su entusiasmo tan inagotable como voluble. Al principio asistía a las clases con la esperanza de que el maestro dijera algo que solucionase sus conflictos íntimos, iluminara las confusiones en que se debatía o confiriera un sentido a sus actos. Pronto se desengañó y las faltas empezaron a acumularse junto a su nombre en las listas.

A pesar de los regaños de su madre Julia se ligó con una pandilla de jóvenes mayores que ella, cuya preocupación fundamental era la política. Durante horas enteras discutían sobre asuntos teóricos y tácticos con una pasión desordenada y ávida que exprimía los temas y los arrojaba después como un bagazo inútil.

Julia escuchaba, atenta, sin noción de la hora ni cuidado de sus obligaciones. Se familiarizó así con muchos términos —justicia social, reparto equitativo de la riqueza, penetración de capitales extranjeros, reforma agraria— sin entender bien su significado. Era una de esas mujeres para quienes el mundo, su propio destino y hasta su personalidad, no se revelan, no adquieren un contorno definido más que al través del contacto amoroso con el hombre.

Las aventuras, breves, infructuosas, en que Julia comprometió su adolescencia perdieron importancia cuando conoció a Fernando Ulloa.

¿Qué la atrajo primero? ¿Su apostura varonil, su prestigio de líder de la pandilla? ¿O la nitidez con que ella se reflejaba en una conciencia ajena, la lúcida respuesta a sus perplejidades?

La madre de Julia se opuso a un noviazgo que bien pudo haber sido provisional y no logró con ello más que precipitar los acontecimientos. Una noche Julia hizo sus maletas y se instaló en el cuarto de Fernando "porque ya no podía soportar más".

Fernando, en un arrebato de romanticismo, decidió hacer frente a la situación. Entre los muchachos de la pandilla (todos hijos de familia, aún) la pareja de amantes, por la audacia con que habían dispuesto de sí mismos, gozaba de una preponderancia que ninguno se atrevía a disputarles.

La madre de Julia depuso su orgullo y fue a suplicarle que legalizara su posición, casándose. Julia se negó. Una mujer casada, una burguesa respetable... ¿dónde quedaría su aureola de heroína que desafía los convencionalismos? Además, inconfesado, inconsciente, empezaba a advertir en Fernando un amago de rencor que no quería agravar.

Después de unas semanas despreocupadas y caóticas Fernando se dio cuenta de que ya no tenían nada que empeñar ni ninguna deuda que adquirir. Era el momento de reconocer sus responsabilidades. Ahorcó los hábitos de estudiante y consiguió un trabajo en Tepic.

La mezquindad de la vida de provincia hirió profundamente a Julia. No era sólo la pobreza, la falta de estímulos intelectuales y de amistades adecuadas. Era que la aventura había perdido su carácter novelesco para volverse rutinaria; y que el criterio de la gente de aquí era muy diferente al de la pandilla del Politécnico. La sociedad de Tepic reprobaba a los amantes, se burlaba de ellos, hacía el vacío a su alrededor.

Esta reacción, con la que Julia no había contado, la desconcertó. Fue enfriándose paulatinamente, debilitando sus ímpetus, cediendo la razón a sus adversarios. Se convirtió en una mujer quisquillosa, siempre al acecho de agravios y a quien ninguna explicación, ninguna disculpa, aplacaban durante mucho tiempo.

¿Qué quería? le preguntaba exasperado Fernando: ¿casarse? ¿Irse? Julia no respondía. ¿Cómo hablar de esa urgencia inaplazable que se le había despertado de pronto de tener un asidero en la respetabilidad, en la riqueza, en el poder? Era tan sórdido, y sin embargo, para Julia, era lo único verdadero.

Fernando callaba también, ofendido por el silencio tenaz de la otra, sospechando vagamente lo que ahora se esperaba de él y dispuesto a no concederlo nunca. ¿Para qué sacrificarse de nuevo? Esta tensión entre ambos, estos estallidos ocasionales de cólera y lágrimas, este reproche tácito fueron la única recompensa de su pasada generosidad.

Julia, que se irritaba con la certidumbre de haber defraudado a Fernando, comprendió que ya no podría confiarse más en él. Para lograr sus ambiciones no disponía más que de su propia astucia. En Tepic había perdido la partida, había sido marcada definitivamente por el juicio desfavorable de la sociedad. Pero había ganado una experiencia. En otra parte se las ingeniaría para ocupar un sitio en el que no pudiera ser humillada, en el que los demás la reverenciasen y hasta la temiesen. Por eso soñaba con el traslado de Fernando.

Tuvo que esperar dos años. Pero Julia no desperdició el tiempo. Desde la distancia que el desprecio de los otros le había señalado, observaba las costumbres y los usos de aquellos a quienes exaltó a la categoría de modelos: los aristócratas de Tepic.

Julia pulió sus modales, se aplicó concienzudamente a borrar el estilo que habían impreso en ella la barriada, aunque guardó la dosis necesaria de insolencia para calificar los defectos y los vicios de quienes imitaba, evitando así caer en un vértigo de admiración aniquiladora. Por último se sirvió de su padre para inventar una genealogía de nobles antepasados españoles cuyo acento ensayaba a solas.

Cuando la pareja llegó a Ciudad Real, Julia podía tener una razonable confianza en su triunfo. Su aspecto, sus actitudes (así lo creía ella) eran los de una dama.

Sin embargo los coletos, con esa cazurría del provinciano que teme siempre que abusen de su buena fe y prefiere equivocarse pasándose de listo que acertar por ingenuidad, se mostraban reticentes. Mucha amabilidad en el saludo, muchas lisonjas en la conversación, pero no dejaban ningún resquicio abierto por donde pudiera filtrarse la intimidad.

El único accesible parecía ser Leonardo Cifuentes. Julia no ignoraba sus motivos y estaba dispuesta a aprovecharse de ellos. Pero temía las desventajas de una pasión indiscreta y las murmuraciones que suscitaría. Buscaba crearse vínculos más sólidos, más aceptables.

Hasta hoy la única familia a la que Julia Acevedo había sido presentada era la de Leonardo. Tenía, pues, un pretexto para frecuentarla y le era conveniente hacerlo para acallar las habladurías.

Julia fue penetrando, con lentitud, con cautela, a la órbita doméstica de los Cifuentes. Primero fue el salón, con su exigencia de distancia y ceremonia; y luego, cuando el clima lo permitía, los corredores. Cabecean los helechos, se derraman las palmas, cuelgan las enredaderas. A los pies se extiende el ladrillo rezumante de humedad; y, arriba, penden los travesaños del techo.

Pero si Leonardo se mostraba siempre rendido, Julia encontró a Isabel, a pesar de su cortesía, inaccesible. La curiosidad, el único móvil que la acercó un momento a la extranjera, alcanzó a saciarse con dos o tres alusiones no muy explícitas (y desde luego no muy exactas) al pasado de Julia y con algún comentario intrascendente acerca de su situa ción actual.

Predominó al fin en Isabel su orgullo de señora coleta que desdeña todo trato que no sea el de sus iguales y que no reconoce superiores. A cada paso de la conversación encontraba ocasiones para marcar las diferencias que la apartaban de su interlocutora; su falta de mundo le impedía advertir las fallas de su propia educación, las limitaciones de su experiencia y el casi nulo desarrollo de sus facultades. Era una Zebadúa y este solo hecho la colocaba en una categoría que ninguna crítica podía alcanzar, ninguna aplicación podía enaltecer y ninguna disciplina podía perfeccionar. Zebadúa. El nombre era un talismán y quien había nacido en posesión de él ya no precisaba de ninguna cualidad que añadir a su persona.

—¿Zebadúa? —comentó alguna vez la Alazana—. ¡Qué apellido tan raro! No lo había yo oído nunca antes de venir a Ciudad Real.

Isabel le lanzó una mirada conmiserativa. Naturalmente que estas leyes no son del dominio del público grueso y vulgar. Su conocimiento está reservado a algunos escogidos Pero en Ciudad Real nadie que se preciara de valer y significar algo ignoraba lo que el nombre de Zebadúa vale y significa.

Con este fallo sencillo e inapelable colocó Isabel a Julia en un plano de absoluta inferioridad. Así podía permitirse rechazar la amistad que una advenediza de fama y aspecto equívocos le brindaba.

Con los ojos entrecerrados —displicencia, hastío— Isabel escuchaba los pintorescos relatos de la otra, las gracias con que pretendía distraerla. Pero era demasiado vieja, había sufrido demasiado para que la sedujese el cascabeleo que se agitaba a su alrededor. Ah, cuánto prefería Isabel la soledad, el monólogo con las sombras familiares, el minucioso repaso de sus desdichas.

Los celos fueron la última convulsión de los cadáveres galvanizados. Después de todo, razonaba la esposa, ¿de qué puede despojarme esta mujer? En Leonardo yo no tengo parte desde hace muchos años. Si alguna lo ha de aprovechar ¿qué más me da que sea fulana o mengana? ¿No andaba antes mi marido como un potro suelto persiguiendo indias? Ahora irá a sentar cabeza, a tener una querida de planta. Con su pan se lo coma. ¿Que me está poniendo en ridículo ante los ojos de Ciudad Real? Más en ridículo está otro y no protesta. Anda, Leonardo, descárate más, despilfarra tu dinero en este capricho. Al cabo ya sabes bien que cuando estés en la miseria, de mí no tienes derecho a esperar ayuda.

Pero si estos argumentos contribuían a aplacar las rebeliones y las alarmas del amor propio de Isabel, dejaban siempre un sinsabor, una memoria rencorosa que no iba a favorecer, ciertamente, a que las dos mujeres simpatizaran.

—Por este lado no tengo nada que hacer —tuvo que aceptar con descorazonamiento Julia. Pero quedaban otras brechas que era preciso examinar. Por ejemplo, doña Mercedes Solórzano. Desde el principio le había testimoniado una adhesión quizá excesivamente obvia para ser sincera. Pero aun cuando lo fuese, su condición servil, la bajeza de los oficios que desempeñaba, hacían de su trato un arma de dos filos. Julia procuraba esquivarlo manteniendo, sin embargo, una oculta complicidad con la alcahueta pues temía, y no sin razón, echarse una enemiga de tal calaña.

Hasta la recámara de Idolina llegaron las novedades de una presencia inusitada: ¿una visita en casa de los Cifuentes? ¿Cómo es posible? ¿Cómo burló la desconfianza de Leonardo y el temperamento huraño de Isabel?

—Ha venido a delatarme —pensó Idolina, que no podía concebir que entre los demás se establecieran relaciones o se suscitaran intereses de los que ella no fuese el eje principal.

El miedo a la delación la obsesionaba. Se veía descubierta, abrumada de reproches por su madre y de insultos por su padrastro; se veía objeto de irrisión para la gente y no se sintió capaz de soportar tantas humillaciones. Decidió morir.

Pero cuando Julia estuvo frente a ella, sonriendo sin malicia, tan olvidada de su primer encuentro como si jamás hubiese acaecido, Idolina se tranquilizó aunque no dejara de sentirse secretamente decepcionada. Fue hasta después, en las conversaciones diarias, cuando empezó a crisparse en un gesto de alerta. Notaba que a cada queja suya por algún malestar, a cada tentativa para convertir su invalidez en un refugio hasta el que no tenían acceso las obligaciones desagradables, Julia la contemplaba con una fijeza tan irónica en el rostro que un sudor frío corría por la espalda de Idolina. Julia abría los labios. ¿Iba a denunciarla? No, suplicaba. Su ruego no velaba bien el timbre autoritario de su voz. Era una conminación para que la muchacha renunciase a sus privilegios de enferma y se preocupara un poco de no incomodar a los demás.

—¿Cómo está eso de que no quieres comer? —se escandalizaba Julia—. No, no es que te sientas peor. Es que te pasas todo el santo día acostada. Así nadie puede tener hambre. Pero si hicieras un poco de ejercicio...

—¿Ejercicio? —se asombraba Isabel, señalando el lecho en que yacía su hija.

—Idolina, tú sabes bien que no te estoy pidiendo imposibles. Sólo quiero que demuestres tu buena voluntad, que pongas algo de tu parte.

La muchacha asentía, lívida de temor.

—Mira, podrías empezar por sentarte. No, en tu cama no, sobre esa pila de cojines. En una silla, tiesecita, así.

—Se va a fatigar mucho, Julia.

—En cuanto se fatigue, descansa. Si no somos sus verdugos. A ver, Idolina, apóyate en mí para levantarte. No, deja tranquilos a los demás; éste es un asunto nuestro. Sostente en mi brazo. Con fuerza, vamos. Y los pies, firmes en el suelo.

—No puedo —gemía la muchacha.

—Te he conocido más animosa en otras ocasiones.

Esta alusión a la escena del desván bastaba para que Idolina se sometiera a los mandatos de Julia. Intentaba caminar —la silla estaba a dos pasos— sintiendo cómo se desvanecía el ficticio apoyo que le ofrecía la Alazana.

—¿Lo ves? —exclamaba ésta, triunfante—. Si es nada más cuestión de que tú te lo propongas. Y ahora, sosiégate. Mañana retiraremos la silla un poco más.

Isabel asistía a las sesiones con una sorpresa que la desazonaba un poco. Había deseado siempre, o por lo menos así lo había creído, la curación de su hija. Y ahora que esa curación era un hecho le resultaba difícil amoldarse a la nueva situación. Idolina sana; estas dos palabras que durante tantos años parecieron contradictorias se unían hoy en una evidencia que Isabel no quería calificar.

—¿Qué tienes? —le preguntó Leonardo—. No te veo muy contenta.

Isabel se ruborizó, como cogida en falta. La boca se le llenaba de argumentos tumultuosos. Es que, decía, el alivio de Idolina es tan intempestivo, el esfuerzo al que la somete Julia tan desconsiderado, que era de temerse que todos los progresos aparentes dieran lugar a una ruinosa recaída.

—¡Qué va a recaer! —replicó Cifuentes—. Si son puras mañas. Lo que pasa es que ahora sí la taimada de mi hijastra encontró la horma de su zapato.

Tal parecía. Delante de Julia Idolina no osaba permitirse una explosión de malhumor, una crisis de llanto, un paroxismo de malestar. Buscaba humildemente los ojos de la extranjera y mientras duraban sus visitas era dócil a sus indicaciones y aun procuraba adelantarse a ellas.

El alma de Idolina, sitiada por la angustia y por el desamparo, se rindió —sin más que una resistencia equivocada e ineficaz— al influjo de la Alazana. ¡Con qué efusiones brotaba la amistad en aquel pecho árido! Toda demostración de apego le parecía insuficiente, cualquier exigencia era fácil de cumplir y no había protesta de lealtad que la muchacha no estuviese pronta a jurar. Pero así también ¡cuán doloroso le resultaba el descubrimiento de que su amiga tenía otros afectos, otros intereses, hasta otras obligaciones! ¡Con qué dilatados ojos seguía Idolina los juegos de la fisonomía de Julia cuando ésta hablaba de sí misma, de su pasado, de sus proyectos! Con amargura constataba el insignificante papel que le correspondía en la vida ajena. Fingía entonces indiferencia pero ansiaba desesperadamente suscitar compasión y ser consolada.

—No juegue usted conmigo —suplicó una vez a Julia.

No, la Alazana no jugaba. Sabía que la sumisión de la adolescente podría servirle como un arma contra los mayores. Azuzando alternativamente el rencor de la muchacha contra su familia y su sed de cariño, Julia afianzaba un dominio que ya ni Isabel ni la nana se atrevían a disputarle.

En sus interminables conversaciones Julia incitaba a Idolina a las confidencias. Brotaron primero con desgano; a la muchacha le era penoso recordar los años de aislamiento. Pero con tal de satisfacer la curiosidad de Julia, hablaba. Poco a poco sus rememoraciones fueron ganando en soltura y abundancia. Eran charlas deshilvanadas en las que todo salía mezclado. Anécdotas infantiles, minucias de la vida de encierro, fantasías de muchacha boba. Pero al referirse a la muerte de su padre la voz de Idolina adquirió una seriedad adulta.

—Lo mataron; ella y mi padrastro.

—¡Dios mío! ¡Qué horror!

Alentadas por la aparente credulidad de Julia, las imaginaciones de Idolina tomaron cuerpo y consistencia de cosas verdaderas. La muchacha llegó a convencerse de que había presenciado el crimen y, aún más, de que había escuchado a los criminales planear su hazaña y felicitarse del buen éxito de ella. La Alazana atendía con aspavientos oportunos. Y no era poca la satisfacción de Idolina al aparecer, ante los ojos de la otra, como protagonista de un episodio extraordinario. Sólo este hecho establecía entre las dos cierta condición de igualdad que hacía posible a la más joven entregarse sin obstáculos a las manifestaciones de un sentimiento cada vez más absorbente y vivo.

—No te arrepentirás de confiar en mí —le dijo en cierta ocasión Julia—. Yo no procuro más que tu felicidad.

—¿Cuál es mi felicidad? —preguntó Idolina.

—No eres distinta a las demás, criatura. ¿Para qué seguir fingiéndote enferma? Lo único que vas a lograr es que tu madre y tu padrastro se aburran de la farsa y le pongan fin.

Idolina sonrió con un dejo de amargura.

—Lo sé desde hace tiempo; quieren deshacerse de mí, matarme, igual que a mi padre.

—No seas tonta, criatura. ¡Como si fuera tan fácil!

—No los conoces; son capaces de todo.

—Pero tú no tienes las manos atadas y no estás sola, además. Nos defenderíamos.

—¿Cómo íbamos a defendernos? Mi padre, que era hombre, no pudo.

—Lo traicionaron. Pero tú ya los conoces, ya estás sobre aviso.

—Tengo miedo, Julia —susurraba Idolina.

—¿De quién? ¿De Leonardo? Pero si no es más que un alma de cántaro.

—¿Y ella?

—A su modo también es débil. Dice que te quiere. Engáñala tú, hazle creer que también la quieres; así se mantendrá quieta.

—Tengo miedo —repetía temblando Idolina—. Yo quiero irme de aquí.

—Yo también. Se pudre uno en Ciudad Real.

Sí, partirían. Ahora, por primera vez, Idolina tenía la certidumbre de que la libertad, su libertad, era posible. Había que conquistarla y la única manera sería siguiendo al pie de la letra los mandatos de Julia. ¿Julia quería que Idolina se alimentara? Bien. Idolina no iba a dejar una migaja en el plato, aunque todavía le repugnase tanto comer y, más que eso, admitir ante los demás, ante su madre, que tenía hambre. Julia le prohibió que se acostara durante el día. Desde la rigidez del sillón la muchacha contemplaba con nostalgia los cojines mullidos, las sábanas entreabiertas, invitadoras. Pero se resistía a ceder. Y cuando el cansancio de su postura le era ya insoportable se ponía en pie y, rechazando el apoyo de la nana, ensayaba unos pasos por el cuarto. ¡Sola, por fin era capaz de caminar sola! Lo hizo así delante de Isabel, con los ojos relucientes de desafío.

—¿Lo ves? —exclamó, convulsa de odio—. Mi voluntad es más poderosa que la tuya. Yo he sido la más fuerte.

Isabel se retiró, herida por el tono en que habían sido pronunciadas estas palabras, aunque sin comprender su alcance ni su significado.

Absortas en sus coloquios, Idolina y Julia olvidaban lo que ocurría a su alrededor. Pero Isabel estaba atenta a los rumores de la calle, a los chismes que efervescían en la ciudad.

La curación de Idolina había sido tan fulminante y en cierto modo tan inexplicable que no podía haber dejado de suscitar comentarios. Como los más de ellos eran malévolos, Isabel aguardaba casi con impaciencia la oportunidad de transmitírselos a Julia.

Esta oportunidad no tardó en presentarse. Julia entraba y salía de casa de los Cifuentes como si hubiera sido la dueña. Por derecho de conquista había invadido hasta el último rincón. Pero su lugar favorito era el costurero. ¡Se estaba tan bien allí, en una atmósfera tibia y recogida! Los muebles invitaban a quedarse, no tenían ese envaramiento del ajuar de la sala. Y la alfombra, desgastada por el uso, había perdido noblemente sus colores. Con razón Isabel prefería también este sitio. Se pasaba las horas inclinada sobre el bastidor, bordando hasta que la luz del sol se extinguía. La servidumbre había recibido órdenes de no entrar en este aposento más que cuando fuera expresamente llamada. Pero aquellas órdenes no rezaban con Julia, que campaba por sus respetos.

Isabel sabía vengarse de esta intrusión. Con su modito coleto, muy suave, muy dulce, muy tranquilo, iba clavando un alfilerazo tras otro en la vanidad, en el orgullo, en toda la superficie que la otra mostraba vulnerable o sensible.

—La gente de Ciudad Real no tiene comparación —exclamaba ponderativamente Isabel—. No hay quien le ponga un pie adelante en eso de inventar apodos.

—En los pueblos chicos no hay otro entretenimiento —bostezaba Julia.

—Pero aquí son especiales; no perdonan ni al lucero del alba. ¿A que no adivina usted qué mote le han puesto?

—¿A quién?

—A usted.

—No tengo la menor idea.

—Prométame que no se va a disgustar; es que son tan tremendos...

—Vamos, hable ya. Si se le está quemando la miel por decírmelo.

Con una risita Isabel consentía en pronunciar, muy lentamente, las sílabas.

—La llaman la Alazana.

—¿Alazana? ¿Y por qué?

—Será por el color del pelo. Así les dicen a las yeguas.

Todo lo que había de plebeyo en el alma de Julia se revolvía con estas pullas. Pero, haciendo un esfuerzo por sonreír, fingía que le había divertido la broma e Isabel fingía creerla. De este modo continuaba la conversación.

—Los médicos no entienden cómo se ha curado mi hija.

—Tampoco entendieron cómo se enfermó. Son muy torpes. Tienen el cerebro lleno de telarañas.

—Y ésos son los titulados, ¡figúrese usted el resto!, la gente común y corriente, el vulgo como quien dice!

—¿Qué opinan ellos?

—Que lo que pasó con Idolina ha sido cosa de brujería. Que usted tiene pacto con el demonio.

—Claro, una alazana es capaz de cualquier atrocidad.

—No me va usted a creer, Julia; se va usted a reír, porque es el colmo. Un grupo de señoras, y de las de más representación de Ciudad Real, fue a hablar con Su Ilustrísima, don Alfonso Cañaveral, para que averiguara lo que hay de cierto en este asunto.

—Es raro que el señor Obispo no me haya llamado a declarar.

—Vino a hablar conmigo.

—¿Y qué le dijo usted?

Isabel alzó los ojos de su labor y los sostuvo firmemente sobre su interlocutora.

—A mí me tiene sin cuidado saber de qué medios se ha valido usted para curar a Idolina. Me basta verla buena y sana.

Pero Isabel se guardaba muy bien de afirmar que creía a Julia inocente de los manejos sobrenaturales de que la acusaban; esta reticencia enardeció a la extranjera.

—Pues a los que le pregunten respóndales que lo que la muchacha tenía era miedo.

—¿Miedo?

—¡Este caserón es tan grande, tan oscuro! De noche las sombras de los árboles del jardín parecen almas en pena. Y luego esas historias que cuentan las criadas junto al fogón; historias de espantos, de aparecidos... de asesinados.

Isabel no captaba aún a dónde quería ir a parar la otra. Pero la última palabra pronunciada por Julia la puso en guardia.

—Aquí no ha habido ningún asesinato. El padre de Idolina murió en un accidente.

—Sí —concedió Julia—. Un accidente. ¿Intervinieron las autoridades?

—¿Para qué? A nadie se le ocurrió que hubiera algo irregular.

Isabel trataba de ocultar su desasosiego. Pero su respiración se había acelerado.

—Nos estamos apartando del tema, Julia.

—Volvamos a él: el miedo a esta casa, a sus historias, a los difuntos y a los vivos, paralizó a Idolina, la clavó en una cama durante años.

—¡Pero qué absurdo atormentarse así, por una imaginación, por un delirio!

—Por una sospecha, Isabel.

—¿No podía hablar? ¿No podía decirme a mí, a su madre, lo que la asustaba? ¿Cómo no iba a ayudarla yo?

—Tal vez Idolina no le tuvo la confianza suficiente.

—Y en cambio a usted, a quien apenas conoce...

—¿Le molesta que haya sido yo?

—Voy a parecerle ingrata, pero quiero ser sincera. Me duele ver a mi hija, tan áspera, tan rebelde para mí, fundirse como cera en unas manos extrañas. ¿Qué bebedizo le dio usted para apoderarse de su voluntad?

—Es un secreto —dijo con malicia la Alazana—. Un secreto que ella y yo compartimos.

—Nunca acerté a descifrar el carácter de mi hija. Creí que bastaba quererla, mimarla.

—Idolina se queja de que en usted no halló el cariño que tenía derecho a esperar.

solas ni arrimadas. Poco valemos sin el respeto de hombre.
—¿Por eso volvió usted a casarse?
—No entiende que las mujeres no nacimos para vivir ni
Isabel bajó la frente, confusa.
—No sé... Hace tantos años...
—Los niños tienen una memoria atroz. Idolina dice que lo recuerda todo.
—¿Y qué es todo? ¡Invenciones de sus celos!
—Lo que se hereda no se hurta, Isabel. También usted está celosa.
—¿Yo? ¿De usted acaso?
—De mí. Por Idolina.
Isabel tuvo una crispación brusca.
—No ha tenido hijos, ¿verdad?
Julia no había querido tenerlos. Para entregarse por entero a Fernando. Para no ceñirlo con un nudo más. Y también porque temía la propia esclavitud. No, no era miedo ni al dolor ni al peligro. ¿No era peor un aborto que un parto? Y sin embargo ella abortó. Deliberadamente. Y tan sin remordimientos que jamás la había atormentado la necesidad de compartir, ni siquiera con Fernando, su secreto.
—Pero imagina usted lo que es el amor maternal.
Julia alzó los hombros en un gesto de ignorancia, de indiferencia.
—Por un hijo se es capaz de la mayor abnegación.
—¿Para qué generalizar? Hablemos mejor de un caso preciso. De su caso, Isabel.
—Yo no sirvo para ejemplo. Nunca fui indispensable. Ni necesaria para que Idolina viviese. Una cualquiera, una india, ocupó mi lugar desde el principio. Ahora es usted.
Isabel se esforzaba desesperadamente por aparentar dominio de sí misma. Pero sus emociones la sobrepasaban. Contempló a Julia con unos ojos inseguros, vencidos, de náufrago. De aquellos oleajes contradictorios en que se alzaban la avidez y la decepción, la voluptuosidad y el remordimiento, Isabel Zebadúa no rescató más que la sal de las canas, la red de las arrugas aprisionando su frente, sus mejillas, sus labios. Julia tuvo piedad de esta máscara de la derrota e hizo un movimiento como para borrarla. Isabel esquivó la caricia como si la hubieran herido.
—No cante usted victoria tan pronto, Julia. Para que no se envanezca demasiado voy a decirle que la mujer a quien

expulsó del corazón de Idolina no era su madre. Era la nana, la india. Teresa.

—Sí, he visto cómo la cuida.

Isabel hizo un ademán para dar a entender a Julia que no había interpretado bien sus palabras.

—No es cosa de ahora. Las raíces son viejas. Cuando Idolina nació yo no tenía leche. Me exprimieron los pechos, me hicieron tomar pólvora disuelta en trago...

—¡Qué barbaridad!

—...y todo inútil. La niña estaba ya ronca de tanto llorar. Tenía hambre y yo no pude darle de comer.

Isabel se pasó ambas manos por el pelo, como para alisarlo.

—Vivíamos en la finca de mi primer marido. Hasta el quinto infierno. Allí nos acorralaron las lluvias y me llegó la hora del mal trance. Primeriza, sin nadie que me aconsejara, tuve que arreglármelas lo mejor que pude. ¿Un médico? ¡Ni soñarlo! Entre la indiada hay comadronas con experiencia y alguna me atendió. Salí de mi cuidado sin mayores tropiezos. Las dificultades comenzaron después. Idolina lloraba de hambre.

Hubo una pausa que Julia no quiso romper con ningún comentario, con ninguna pregunta.

—Supe que allí cerca había una recién parida como yo: Teresa Entzín López. Mandé que la trajeran. Le ofrecí las perlas de la Virgen para que sirviera de nodriza a Idolina. No quiso. Era flaca, entelerida. Alegaba que su leche no iba a alcanzar para dos bocas. Hasta se huyó de la finca. Pero yo di órdenes a los vaqueros de que la buscaran. Batieron el monte, como en las cacerías. Hallaron a Teresa zurdida en una cueva, con su criatura abrazada. No hubo modo de llevarla a la casa grande más que arrastrándola.

Isabel se detuvo, sofocada por la intensidad de su evocación. Luego añadió:

—Y a todo esto yo íngrima. Mi marido había buscado cualquier pretexto para irse, para no oír aquel llanto de hambre que a mí me estaba partiendo el alma.

—¿Y Teresa consintió en quedarse?

—¡Qué iba a consentir! Tú me buscaste el genio, le dije. Ahora nos entenderemos por las malas. En la majada de la casa grande había un cepo. Allí la tuve, a sol y sereno. Y ella nos engañó a todos. Para que la soltáramos se fingió conforme con lo que se le mandaba. Después descubrí que le estaba mermando la leche a Idolina para dársela a su hija. Tuve que separarlas.

Esto parecía concluir el relato. Sin embargo Julia quiso saber.

—¿Y la otra criatura?

—Murió.

Afloró a la cara de Julia tal expresión de sorpresa desaprobatoria que Isabel no pudo menos que justificarse vehementemente.

—¿Y por qué no iba a morir? ¿Qué santo tenía cargado? Teresa no es más que una india. Su hija era una india también.

—¿Y por su raza la condenó usted?

—No he dicho eso —puntualizó con fastidio Isabel—. Ustedes, los extranjeros, vienen de otro mundo y no entienden lo que sucede en Ciudad Real. He oído las prédicas de don Fernando: que si los coletos somos unos salvajes, que si tratamos a los indios peor que a las bestias. ¡Pero si no es cierto, por Dios! Con la misma agua nos bautizaron a todos y delante de quien nos va a medir con su vara no hay dinero ni color ni lengua que nos distinga. No, no somos nosotros los que los despreciamos ¡son ellos los que se sobajan! Usted no conoce sus costumbres. Yo he vivido años entre la indiada. Y juro que lo he visto con mis propios ojos: cuando se pierde una oveja y queda desamparado el recental, las mujeres lo crían. Lo amamantan, aunque para eso tengan que destetar a sus propias criaturas, aunque se les acaben de pura necesidad. ¿Y mi hija, una ladina, iba a valer menos de lo que para ellos vale un animal?

La Alazana dudaba en responder e Isabel quiso consumar su argumentación.

—Así, de lejos y en frío, como usted, puede uno escandalizarse, hacer aspavientos. Pero bien amarrada en una coyuntura, oyendo llorar a Idolina, como yo la oí, hora tras hora, sin consuelo, no se duda. Hice lo que estuvo en mi mano. Y en mi conciencia queda que estuvo bien hecho.

Isabel se había enardecido. Su palidez se encendió en manchas púrpuras.

—Y allí tiene usted la prueba de que no hice mal: la propia Teresa, que no se ha apartado de nosotros desde entonces.

—¿Tenía a dónde ir?

—Bueno, no será por gratitud, sino por conveniencia, como

en todo. Teresa quiso regresar con su marido y el hombre la recibió a palos. Según él Teresa era la culpable de la muerte de su hija. Quería castigarla. Ella tuvo miedo de que la mataran y fue a refugiarse a la casa grande. Cuando volvimos a Ciudad Real Teresa se vino con nosotros. De nodriza pasó a cargadora. La cuestión era no separarla de Idolina, con quien se había encariñado mucho.

—Lo demostró en la enfermedad.

—Eso fue después. Yo nunca he sido partidaria de que los niños se críen pegados al tzec de las indias. Los malenseñan. Idolina —vergüenza me da decirlo— aprendió a hablar la lengua antes que la castilla. Y mientras no alejáramos a Teresa querer enderezarla era agarrar agua en cesto. Así que mejor traspasamos a Teresa con otros patrones. Sólo cuando Idolina se nos vio tan grave y no hubo sirviente que aguantara el trote, volvimos a traerla.

Después de esta confidencia la atención de Julia recayó sobre la india. En vano rastreaba, sobre aquel rostro inexpresivo, las huellas de un episodio tan cruel, de una generosidad tan desmedida o de una abyección tan profunda. No hallaba más que un olvido mineral, una inhumana resignación. Acabó por desinteresarse de ella. La veía, cada vez de una manera más casual, cumplir en silencio sus menesteres. Como ya su presencia no era indispensable casi no aparecía junto a Idolina. ¿Quién iba a advertirlo o, advirtiéndolo, a inquietarse? Estaría trajinando en algún rincón, pues quehacer nunca le faltaba. Y como Teresa tenía una aptitud tan especial para pasar desapercibida hubieron de transcurrir varios días antes de que alguien notara que la nana había abandonado la casa de los Cifuentes.

XII

AL ANOCHECER (y en San José Chiuptik el anochecer se anticipa en la espesa neblina que cubre los valles) regresan los rebaños del campo y los hombres de sus faenas. Se encienden, aquí y allá, luminarias; y cuando no llueve chisporrotea el ocotero de la ermita, difundiendo en el frío de la atmósfera su rojizo resplandor.

Grupos de indios ateridos se acurrucan en torno a la fogata. Sus jacales no los defienden lo bastante de la intemperie y buscan este calor breve y huidizo, y la compañía y la conversación. Alguno saca de entre sus ropas una flauta de caña labrada torpemente. Música de pastor que entretiene sus soledades, balbuceo de una raza que ha perdido la memoria. Los demás escuchan a ratos. Lejos, la mujer que muele el maíz suspende su tarea, absorta en el ensueño que la libera un instante del cansancio y de la rutina embrutecedora.

Pero a las primeras ráfagas del aguacero la flauta enmudece, los grupos se dispersan, el fuego se extingue. Sólo la campana, abandonada al capricho del viento, sigue sonando sin sentido.

Pasos precipitados en anchos corredores; manos que acuden a cerrar puertas, a asegurar ventanas. Unos minutos después la tormenta aúlla sin testigos alrededor de esta construcción maciza, de piedra, cal y hierro, que es la casa grande de la hacienda.

Los caminantes que avanzan entre la oscuridad y los relámpagos se internan entre las chozas sin que delate su presencia ni la alarma de un perro ni la vigilancia de un guardián.

—Tuvimos suerte de llegar donde hay consuelo de cristianos, patrón. Aquí podemos pasar la noche.

Fernando Ulloa hizo un ademán afirmativo. Un chorrito de agua escurrió del ala de su sombrero forrado de hule.

—¿Qué lugar es éste?

—San José Chiuptik, la finca de don Leonardo Cifuentes.

El que hablaba, Rubén Martínez, joven ayudante del ingeniero Ulloa, se adelantó espoleando su caballo. Supo encontrar el cerrojo del portón y abrirlo. Después cedió el paso a su jefe.

—¡Ave María! ¿Hay posada?

De la cocina se asomó un indio con un hachón de ocote en la mano. Estaba demasiado lejos para oír la pregunta. Los caballos avanzaban, entre un ladrar furioso y tardío, resbalando sobre las lajas del sendero.

—Es preferible que baje usted aquí, patrón. Yo llevaré las bestias hasta la caballeriza.

Fernando Ulloa se sentía demasiado fatigado para discutir. Obedeció. La manga impermeable entorpecía sus movimientos.

El indio con la luz en la mano les había dado alcance. Ayudó al ingeniero a subir los escalones del corredor. Se dirigieron a la puerta más ancha y llamaron. Al abrirse se dibujó en el vano una silueta familiar.

—¡Pero si es mi amigo, don Fernando Ulloa! —exclamó, cordial y sorprendido, Leonardo Cifuentes—. Por aquí, ingeniero, con cuidado, no vaya usted a tropezarse. Hágame el favor de tomar posesión de su casa.

Fernando balbucía excusas por lo intempestivo de su llegada. Pero el otro estaba obligándolo a entrar a una estancia enorme por la altura del techo, por la solidez de los muros, por la insuficiencia de los muebles, y en cuyo centro había un brasero encendido.

—Ésta sí que es casualidad, ingeniero. Sabía yo que andaba usted por el rumbo y tenía la intención de invitarlo a pasar unos días con nosotros...

—Muchas gracias, don Leonardo; yo no hubiera querido darle ninguna molestia, pero nos cayó la noche y nos extraviamos; en vez de ir a dar a San Juan Chamula, como eran nuestros propósitos, no sé en qué artes vinimos a parar aquí.

—Una casualidad que me da la ocasión de atenderlo y servirlo. Deje usted la capa ahí, en cualquier parte. Póngase usted cómodo. Mientras tanto, con su permiso, voy a dar órdenes para que preparen su cuarto y la cena.

Leonardo fue directamente a la cocina. Allí estaba el ayudante tomando un pocillo de café junto al fogón.

—¿Qué horas son éstas, Rubén? Yo pensé que ya no iban a llegar.

—Tuvimos que dar un montón de vueltas. Este bendito ingeniero es desconfiado y se orienta con no sé qué aparatito que saca de la bolsa. Pero con la oscurana y el aguacero, se destanteó.

Leonardo parecía conforme y entregó al otro unas monedas. Después, volviéndose hacia los sirvientes cuyos rostros apenas se distinguían entre la penumbra y el humo, dijo algunas frases en tzotzil que los hicieron entrar en actividad. Al retirarse fue seguido por una mestiza de edad incierta, una de esas mujeres que tienen la marchitez no de la edad sino de los trabajos y las privaciones.

—Ya está listo el dormitorio —cuchicheó.

(Se había esmerado: flores en la mesa, juncia en el suelo, agua serenada en un jarro de cristal.)

—Bueno —dijo bruscamente Leonardo—. Ahora tú procura que no te vean. Sería mejor que te quedaras a dormir en casa del mayordomo o de alguno de los vaqueros.

La mujer se inclinó con esa docilidad de perro apaleado que no comprende el mecanismo de los castigos y que los teme. Sin embargo no había dejado de sonreír. Su sonrisa, en la que brillaban numerosos e innecesarios dientes de oro, tenía algo de involuntario, de siniestro. Se cubrió la cabeza con un chal descolorido y echó a correr en la oscuridad.

La cena fue abundante: caldo y piezas de pollo, frijoles, plátanos, huevos. Fernando tuvo que rechazar algunos platos contra la insistencia de Leonardo. Estaba rendido. Agradeció a su anfitrión que no prolongara la sobremesa y que lo condujera pronto a su habitación.

Durmió sin resentir la dureza del lecho ni la delgadez de las cobijas. Lo despertó muy temprano la algarabía del gallinero, los mugidos de los animales en el corral. Se escuchaba también, distinto, insistente, obsesionante, el rumor de la lluvia.

—No pensará usted coger camino hoy —le dijo Leonardo al verlo vestido como para la marcha.

—Tengo compromisos en Ciudad Real —repuso Fernando.

—¡Ojalá se pudiera uno ir con estos lodazales! Pero corren el riesgo de quedar atascados por ahí. ¿Qué piensas tú, Rubén?

El ayudante exageró los peligros del viaje. Pero Fernando no lo escuchaba. ¿Por qué lo había tuteado Cifuentes? ¿Cómo había surgido una intimidad que no propiciaban ni una misma esfera social ni edades semejantes?

—El mal tiempo no tiene cara de durar; mañana amanece despejado.

Obviamente Leonardo y Rubén tenían razón. ¡Qué absurdo recelar que entre ellos existiera un acuerdo para detener a Fernando en San José Chiuptik!

En el desayuno se sirvieron los guisos de la noche anterior. El lujo de los ranchos es la hartura, no la delicadeza ni la variedad.

—Perdonará usted lo mal atendido, ingeniero. Donde no hay mujer tiene uno que avenirse a pasar penas.

Leonardo había tocado un tema de conversación en el que su resentimiento ponía facundia y fluidez. Las mujeres de Ciudad Real, se quejaba, no creen que se desdoran si se casan con un ranchero. Al contrario; es el capital más sólido y tiene más abolengo que el de un comerciante. Pero si se trata de acompañar al marido y vivir en el rancho, ya la cosa se dificulta. La familia pone el grito en el cielo. ¡Qué humillación! ¡Qué escándalo! Los padres no han gastado tanto dinero en educar a sus hijas (piano, bordado, alta repostería) para después verlas zurdidas en el monte. Y las hijas, por su parte, lloran y procuran estar siempre embarazadas o criando, para que así nadie se atreva a pedirles algo que contraríe sus antojos.

—Y un hombre no puede sacrificar sus intereses para estar prendido a las faldas de su mujer. Ella también quiere sus comodidades y el dinero no se levanta con pala. Así que nos venimos solos al rancho.

—No todos han de resignarse.

Leonardo sonrió como para sí.

—El que no se resigna se arregla.

Fernando no alentó las confidencias. El finquero tuvo que seguir hablando de generalidades.

—Una esposa siempre tiene su lugar y eso ni quien se lo quite. Pero con una querida no hay que andarse con requilorios; toma lo que se le da y lo agradece. Es más fácil vivir así, ¿no es verdad, ingeniero?

La finta de Leonardo podía tener dos consecuencias: o asegurarse de que sus presunciones acerca de que Julia era la amante de Fernando y no la esposa eran acertadas, o provocar una reacción violenta. No la temía, la violencia era su elemento. Pero nada de esto sucedió. Fernando asentía distraídamente. ¿Sería un cínico de los que dominan sus pasiones para sacar beneficio de las pasiones de los demás? Leonardo imaginaba a su alrededor mil asechanzas, mil posibilidades de extorsión que su astucia provinciana era incapaz de abarcar. Procuraría, entonces, ganar terreno, atraer a Fernando a su lado, comprometerlo de tal manera en sus proyectos que no le conviniese ya perjudicarlos.

Se levantaron de la mesa y se dirigieron a la estancia principal.

—Es lástima que no podamos salir al campo. Me gustaría que conociera usted la finca. No es por echármelas, pero...

Leonardo vaciló, indeciso entre su deseo de pavonearse y su cautela de propietario. Fernando aprovechó la pausa.

—De todos modos la recorreré. Usted sabe que estoy levantando un plano de la zona.

Leonardo se mordió el labio; eso era precisamente lo que le mortificaba.

—¿Y para qué tomarse un trabajo inútil, ingeniero? Los planos están levantados; cada dueño de finca tiene el suyo. Y no habrá quien no los ponga a su disposición.

Fernando se recostó en la butaca de cuero de res y estiró las piernas.

—Es curioso —observó casualmente, señalando el brasero—. A los españoles que se establecieron aquí no se les ocurrió construir chimeneas. No he visto una sola en las casas de Ciudad Real; y ahora veo que tampoco las hay en los ranchos. En Europa, con climas menos rigurosos que éste...

—¿Ha estado usted en Europa, ingeniero?

—Unos meses.

—El difunto (siempre que Leonardo aludía al primer marido de Isabel lo llamaba así), el difunto también estuvo en Europa y no unos meses, sino varios años. Y le aseguro que con eso no se volvió más listo. ¿No le pasaría lo mismo a usted?

Era la vieja táctica del coleto: provocar al otro (el otro es siempre un adversario), obligarlo a salir de sus casillas, a dar la cara. Pero en esta ocasión la táctica no dio resultado. Ulloa seguía fumando tranquilo e indiferente.

—Está por verse todavía.

La respuesta desconcertó a Leonardo, que se preciaba de conocer a los hombres y de manejarlos según su conveniencia. Pero el ingeniero pertenecía a una especie nueva, una especie que Leonardo aún no acertaba a clasificar.

Por lo pronto Ulloa servía al Gobierno, un gobierno que los propietarios, la gente de orden, miraba con desconfianza. Era, pues, un burócrata de naturaleza venal, puesto que la burocracia es el último refugio de la indigencia. Tal certidumbre resultaba alentadora en el caso de Ulloa, porque su misión de hacer vigentes las nuevas disposiciones agrarias, de dotar de tierras a las comunidades indígenas y rectificar los límites de las haciendas causaría trastornos cuya gravedad nadie podía prever. ¿Por qué entonces este hombre, cuyo precio había sido fijado en conciliábulo por los finqueros, no aceptaba un arreglo prudente con ellos? ¿Por qué dejaba pasar las oportunidades de entrar en materia y en cambio se ponía a hacer preguntas que no venían al caso?

—¿Tienen contrato de trabajo los peones de San José Chiuptik? ¿Se les paga el salario mínimo? ¿Cuántas horas de labor hacen su jornada? ¿Quién atiende su educación y su salud?

Leonardo comenzó respondiendo despreocupadamente, con datos veraces y comentarios despectivos. Pero vio en los ojos de su interlocutor tal asombro mezclado con reproche, que se sintió en ridículo. Quiso alegar, justificarse. Mas el largo ejercicio de la arbitrariedad, el ámbito sin resistencias y sin objeciones en que siempre se había desarrollado su conducta no le habían hecho necesario (y tampoco a ninguno de los otros rancheros de Ciudad Real) proveerse de argumentos. El interrogatorio de Ulloa lo tomó de improviso, inerme, desnudo, y así lo había expuesto a la luz cruel de una conciencia que juzgaba con criterios muy distintos, y hasta contradictorios, de los que él había considerado hasta entonces como los únicos valederos.

Leonardo Cifuentes no se hacía ilusiones: Ulloa lo condenaba y, por este mero hecho, había adquirido de pronto una superioridad intolerable, tan intolerable como el silencio que se alzaba entre los dos.

—¿En qué piensa usted, ingeniero?

—No hubiera yo querido recurrir a su hospitalidad.

—¿Tiene usted alguna queja?

—Lo que me preocupa es no poder demostrarle mi gratitud.

Leonardo fingió no entender lo que el otro quiso decirle.

—En los ranchos tenemos siempre un cuarto disponible para las visitas. Sabemos lo que es una necesidad. Y, gracias a Dios, podemos subsanarla. En cambio, si usted se atiene a un indio, le cierra su jacal y ni a precio de oro le vende algo de comer.

Fernando aceptó tristemente.

—Viven en la miseria.

—Son como animales. ¿Qué le vamos a hacer, ingeniero?

Ulloa se sintió irritado por esta conformidad de mala fe. Dijo, con tono tan suave que podía parecer insultante:

—Lo que vamos a hacer es devolverles lo que les pertenece.

Leonardo esperó, casi sin respirar, el final de la frase.

—La tierra.

Sonrió entonces, aliviado.

—¡Ya le fueron a usted también con el cuento de que estas tierras son suyas y de que no sé quiénes se las arrebataron! Por lo visto usted se los creyó.

—Me mostraron sus títulos de propiedad.

—¿Firmados por quién? Por el Rey de España, o por algún otro señor, que acaso tuvo autoridad el año del caldo, pero del que ahora nadie se acuerda.

—La antigüedad no quita validez a una concesión.

—Pero el sentido común, sí. Cuando nosotros llegamos en esta región no se veían más que eriales, bosques talados, quemazones. Los indios no supieron hacer otra cosa durante los siglos que fueron dueños de esto. Fuimos nosotros, con nuestro sudor, con nuestro esfuerzo, los que volvimos este lugar una hacienda fértil y productiva. Dígame usted, en justicia, ¿quién de los dos, ellos o nosotros, tiene derecho de propiedad? Y ya no por justicia, por conveniencia; gracias a nosotros hasta los mismos indios tienen trabajo, ganan su dinero. En cambio mire usted al indio suelto, al que no se acasilla ni reconoce amparo de patrón: se come los piojos porque no tiene otra cosa que comer. Haragán como ése no hay otro.

Cifuentes se había puesto de pie y medía, a grandes pasos, la estancia. De cuando en cuando se detenía para subrayar con un gesto o un "carajo" algún pasaje de su peroración.

—A nadie le interesa mucho trabajar para beneficio de otro. Pero cuando el indio sea su propio patrón se le fortalecerá un sentido de responsabilidad que ahora no puede tener.

—Y para ser patrón, según usted, basta un palmo de tierra.

¡Qué equivocado estaba Fernando Ulloa! Ser patrón implica una raza, una lengua, una historia que los coletos poseían y que los indios no eran capaces de improvisar ni de adquirir. Patrón: el que sostiene una casa en Ciudad Real, con la esposa legítima y los hijos, los muchos hijos; el que instala una querida en el pueblo y otra en el rancho (aparte de las aventuras ocasionales con muchachitas indias y pequeñas criadas mestizas; aparte, también, de las incursiones en el barrio prohibido). Patrón: el que juega con apuesta en las veladas del Casino; el que, en una parranda, enciende, por ostentación, un puro con un billete grande; el que arriesga la fortuna en una aventura política, en una asonada militar. El que da a sus hijos varones una carrera liberal y a sus hijas un buen marido. El que viaja, alguna vez, a Guatemala, a México y, en casos extraordinarios, a Europa. El que tiene asegurado, para después del viaje definitivo, la herencia jugosa, el bienestar de los deudos.

—El ejido es indispensable, desde luego; pero su explotación exige un pequeño capital que proporcionará un banco.

La hacienda, cuyos límites llegan ahora hasta donde lo permite la fuerza y la codicia del finquero vecino, se fraccionará en mil pedazos. El peón ya no vendrá a suplicar una fanega de maíz, una vara de manta, un machete nuevo, un gramo de quinina. Ya no se endeudará a cambio del garrafón de posh para la fiesta religiosa, para la ceremonia familiar, para el rato de asueto, para el vicio. Ya no morirá legando a sus hijos un compromiso de fidelidad con el patrón.

El indio, igualado, alzado por una disposición del Gobierno, ya no andará como ahora, siempre pegado a la pared, como buscando protección en ella; no se deslizará lo mismo que un animal furtivo, temeroso de la reprimenda, de la orden que jamás acierta a interpretar, de la pregunta para la que no tiene más que respuestas inadecuadas y balbucientes. Ya no se detendrá ante el amo sin atreverse a levantar los ojos.

Cuando este indio hable ya no lo hará con una vocecilla de ratón, adelgazada hasta lo increíble "para no faltar al respeto". Usará el tono normal y, si ha aprendido español, no se recatará de usarlo ante los caxlanes. Ya no será un delito dirigirse al patrón como a cualquier otro hombre.

—Hasta hoy los indios han estado bajo una tutela que se presta a muchos abusos. Pero alcanzarán la mayoría de edad cuando sepan leer, escribir, cultivar racionalmente su tierra.

—¿Qué cosa? ¡Está usted soñando, ingeniero! A un indio no es posible enseñarle nada. Lo hemos intentado nosotros y es peor que querer sacar sangre de la pared.

Fernando escuchaba sin alterarse.

—Tal vez ustedes no sepan enseñar.

Leonardo quedó suspenso. Jamás había considerado esta posibilidad. Apresuradamente añadió:

—Y mientras todos aprendemos ¿quién trabaja y de qué vivimos?

—Serán años de vacas flacas, pero no importa. Después todos estarán mejor que ahora, se lo aseguro.

Leonardo contempló un instante a su opositor. ¿Creía realmente lo que estaba diciendo? ¿O no trataba más que de elevar la cifra del soborno?

—Usted es más instruido que nosotros, ingeniero; usted ha rodado tierras, ha visto cosas. Pero nosotros conocemos muy bien el sebo de nuestro ganado y no va a ser fácil que cambiemos de opinión: un indio, aquí y donde usted quiera, es siempre el pobre y el ignorante. No tiene remedio.

—Vamos a ponerle uno.

—Ojalá que no resulte peor que la enfermedad. Ustedes, con muy buena intención, qué duda cabe, están barajustando a los indios con las prédicas de que todos somos iguales y tenemos los mismos derechos. Yo no voy a pedirle que usted comprenda y apruebe unas costumbres que no conoce; ni que crea usted, bajo mi palabra, que el avispero de los indios más vale no menearlo porque si se alborota después no hay quien lo aplaque. Lo que le voy a probar es que el Gobierno se está metiendo en camisa de once varas. Y no por primera vez.

Leonardo había recobrado la calma y se sentó, aproximando su silla a la del ingeniero.

—Le voy a contar lo que me han contado. Nosotros hemos sido siempre gente de orden y nos estamos muy tranquilos en nuestro rincón mientras nos dejen arreglar nuestros asuntos a nuestro modo. Pero de repente llegan las revoluciones y no dejan títere con cabeza.

Leonardo había prendido un cigarro y lo chupaba con delectación.

—Dicen que cuando la invasión de los franceses, algunos militares de esos que quieren hacer caravana con sombrero ajeno, prometieron que enviarían voluntarios chiapanecos. ¡Voluntarios! ¿Quién iba a querer ir? ¿A quién le importaba que las tropas extranjeras desembarcaran en Veracruz y se apoderasen de la ciudad de México? A Chiapas los franceses no llegarían jamás. No había caminos.

—Pero si hubieran llegado ¿qué habrían hecho los coletos?

—Recibirlos con los brazos abiertos, porque era gente de

orden, gente decente como nosotros. Pero los liberales de Tuxtla y Comitán (liberales de última hora, de los que se enriquecieron comprando por una bicoca los bienes de la Iglesia) se empeñaron en enviar tropas de Chiapas. Los patrones, naturalmente, no iban a combatir, ni tampoco los hijos de los patrones. Para quitarse el engorro mandaron a los indios de las haciendas. Éstos eran los dichosos voluntarios y tuvieron que cogerlos como quien coge a una res: con lazo. Sí, ingeniero, no estoy exagerando; consta en los documentos; en la lista de gastos de la tropa aparece la cantidad que se empleó en reatas para amarrarlos.

Leonardo reía, divertido; pero su risa se extinguió al contemplar la seriedad del otro.

—Nuestros peones tomaron parte en la batalla del cinco de mayo y no nos hicieron quedar mal. Pero cuando regresaron ¡qué desastre! Venían alebrestados, porque habían oído decir por ahí que en el Norte y en Yucatán había guerra de castas. Poco que les falta para desmandarse y ellos que habían aprendido a manejar armas de fuego... Total que el mal ejemplo cundió y hubo un levantamiento en que Ciudad Real estuvo a punto de desaparecer.

—Pero al fin ganaron ustedes, los ladinos.

—No sería por el apoyo del Gobierno, que siempre ha tratado de perjudicarnos. El presidente Juárez, al que usted ha de tener en un altar, no mandó un soldado ni un rifle para que nos defendiéramos. Más bien Guatemala puso a nuestra disposición su ejército. Por lealtad, una lealtad que México no agradece, no aceptamos la ayuda de los guatemaltecos y nos batimos solos. Las pérdidas fueron cuantiosas ¿y de qué valió nuestro sacrificio? Unos cuantos años de paz y ahora otra vez la amenaza.

—¡Cómo va usted a comparar! Las circunstancias son muy diferentes.

—No, usted no lo nota porque no es de aquí. Pero se palpa la inquietud, la zozobra. Ellos también están inquietos; por nada y nada huyen de las haciendas y van a juntarse con las comunidades de indios mostrencos. Se envalentonan porque son muchos y porque ya han visto que cuentan con el apoyo de unas autoridades que, a sabiendas o no, están provocando otra sublevación.

—Los tiempos cambian, don Leonardo. Ahora no tiene por qué haber derramamiento de sangre. La batalla será únicamente legal. ¿Qué más quieren ustedes? Allí es donde los coletos están en su terreno; el que no es abogado discurre más que un abogado.

—Favor que usted nos hace, ingeniero. Pero somos de la opinión de que más vale un mal arreglo que un buen pleito.

—Pueden intentarlo. No han de faltar tampoco los funcionarios venales.

Cifuentes se hizo atrás, incómodo.

—La palabra es fuerte. Lo que nosotros necesitamos no es contar con un sinvergüenza sino con un hombre que entienda la razón y que nos ayude a mantener el orden.

—¿Y la ayuda va a ser gratuita?

—Todo trabajo debe tener su recompensa. Cuando queremos somos generosos.

—¿Y tienen ya algún candidato viable?

—Usted.

Fernando no parecía ni escandalizarse ni ofenderse. Se limitó a preguntar con cierta curiosidad remota:

—¿Qué les ha hecho pensar que yo aceptaría su proposición?

—Que le conviene, ingeniero.

—¿Les convendría también a... a quienes confiaron en mí?

—Si se refiere usted al Gobierno le haré un gran favor evitándole que se meta en un berenjenal.

—Me refería más bien a los indios.

La réplica, por inesperada, dejó sin respuesta a Leonardo. Pero se repuso instantáneamente.

—Quiere usted ayudarlos ¿verdad? En eso estamos de acuerdo. ¿Por qué no hemos de entendernos también en el modo en que hay que ayudarlos?

—El único modo es el que marca la ley.

—¿Quién hizo la ley, ingeniero? Por lo que se ve alguien que no tiene la menor idea del problema; exige que se les pague un salario mínimo a los peones, lo que resulta incosteable para el patrón; que se establezca una escuela en la finca y que, naturalmente, la mantenga el dueño. Y luego salen con que no hay maestros o si los hay no hablan la lengua. Y cómo los indios no entienden la castilla se quedan en babia.

—Estos asuntos no me competen, don Leonardo. Yo vine aquí para el reparto de tierras.

—Usted vino aquí y se está unos días y dispone una cosa y otra y se va. No vuelve a acordarse de lo que pasó. Los que quedamos somos nosotros y los chamulas. Los deja usted a ellos soliviantados y a nosotros coléricos. ¿Quién va a vigilar que lo que usted ordenó se lleve a cabo?

—Un inspector, seguramente.

—Bueno, pongamos un inspector. Tendrá un área de trabajo de muchas leguas. Los caminos... ya usted los conoce, ingeniero. Y en cuanto a las posadas, los dueños de fincas no van a querer abrirles las puertas a quienes vienen a perjudicarlos. Calcule usted que su dichoso inspector aguante el trote un mes, dos. Luego preferirá dejar que la madeja se desenrede sola. Y eso suponiendo, fíjese usted bien, suponiendo que sea muy honrado y que nadie le baile la onza enfrente.

—Don Leonardo, yo no soy responsable más que de lo que a mí me toca hacer.

—¡Bonito oficio! Prender la mecha y que los demás se soplen la calentura. Porque, tal como deja usted las cosas, va a haber pleito. Y los indios llevarán la de perder; todavía los patrones somos los más fuertes.

A Fernando no le hacían mella estas advertencias; se sentía respaldado por un código, por una orientación política, por la firmeza del Gobierno.

—Los rancheros chiapanecos no somos los únicos que protestamos. En toda la república los patrones se alarman, se juntan para luchar. Van a obligarnos a que cortemos el mal de raíz.

Rectificar el código, cambiar la orientación política, sustituir el Gobierno. Fernando Ulloa sabía que tales posibilidades no eran remotas en México y que jamás se había atacado el más insignificante privilegio de los ricos sin desencadenar una reacción desproporcionada, sanguinaria y, a la larga, triunfante.

En este momento los finqueros estaban dispuestos, con tal de tener la fiesta en paz, como decían, a conceder alguna mejoría en el trato de sus peones. Pero en lo que no iban a transigir nunca era en que los indios creyeran que habían conquistado un derecho. El patrón debería ser siempre la divinidad dispensadora de favores, de beneficios gratuitos y de castigos merecidos. El ámbito de su existencia no iba a ser violado por un juicio, por una interpelación de los inferiores.

Éstos, por su parte, llevaban tan en la médula el sentimiento de que la inferioridad era su condición verdadera, que se escandalizaban contra quienes pretendían imponerles un nuevo fardo: el de la dignidad.

Hacía tiempo que los indios habían abdicado de ella y creían haberla perdido para siempre. Mas he aquí que de pronto la encontraban intacta, con todo su peso, con sus conflictos y sus desgarramientos, y que alguien dotado de autoridad los aguijaba para que la recuperasen. Tal urgencia no podía producir más que desazón en los viejos, rechazo en los cobardes, furia desordenada en los descontentos, en los jóvenes. Se excedían todos; unos en servilismo; otros en rebeldía. Se respiraba en el aire el desasosiego, el malestar. ¿Qué acontecimientos iba a parir la ley?

Fernando Ulloa no lo sabía y, lo mismo que sus contrincantes, palpaba las inminencias con temor. El sentido común lo inclinaba a asentir a los argumentos de Leonardo y a reconocer la cordura de sus consejos. Pero no sólo su inteligencia, ni su idea de la justicia, ni su ambición por hacer de México un país próspero, sino lo más entrañable de su ser se revolvía para rechazar una transacción, para calificar de imposible y monstruosa una alianza con los finqueros.

Porque Fernando Ulloa no era únicamente el empleado de mediana edad, que tiene un sueldo que no ajusta para sus necesidades y que ha alcanzado menos de lo que se propuso. Era también el huérfano del campesino que desafió a sus amos y que siguió a Emiliano Zapata por las montañas del sur en las que resonaba un grito libertario. Era el hijo de la viuda desamparada a quien el hambre empujó hasta la ciudad. Era el niño que, en los años en que los otros juegan, trabajaba en oficios viles para ganar unos cuantos centavos. Era el solicitante de becas miserables. Era el alumno interno que nunca comió lo suficiente y que jamás tuvo otros libros que los que le prestaban sus compañeros. Era el estudiante aprovechado, el que lograba las más altas calificaciones y uno de los que escogieron los profesores para hacer por Europa un breve recorrido de aprendizaje y perfeccionamiento. Y también, más tarde, el hombre que sin saber cómo se enredó con Julia y que, para sostenerla, abandonó la carrera, no obtuvo el título por el que su madre y él hicieron tantos sacrificios.

Si Fernando sufrió con este aplazamiento (no se resignaba a llamarlo renunciación definitiva) acaso tuvo compensaciones de otra índole. Mas para la madre, minada por la enfermedad, este desengaño, esta pérdida repentina de su razón de vivir, fue aniquiladora. Murió.

Y era ella, su desesperación de ánima no reconciliada, la que se erguía para decir "no" a Leonardo; y era la sangre del padre, el revolucionario oscuro que jamás vio la cara de la victoria; y eran los años laboriosos, las esperanzas diferidas; y era, más próximo, más doloroso, el fracaso de su unión con Julia. Y todos gritaban "no" a Leonardo, "no" a la prudencia, "no", "no", "no", a la componenda turbia, a la ley torcida, a las complacencias pagadas. Una lealtad llena de cicatrices mandaba en Fernando, lo mantenía fuera del alcance de las insinuaciones del otro.

—¿Qué resuelve usted, ingeniero?

Ulloa se puso de pie; lentamente se acercó a la ventana. Seguía lloviendo.

—No hay nada que resolver. Mi camino está trazado.

—¿Es su última palabra?

—Sí.

Un hueso duro de roer estaba resultando el tal Fernando Ulloa. Pero Cifuentes no se desalentó; quedaba la insistencia, la intriga. Quedaba el tiempo; un plazo que los finqueros sabrían alargar.

De pronto Fernando sintió un hormigueo en los pies, una asfixia, una opresión, un ansia de irse, de romper esta cárcel de lluvia, de lodo, de cerros.

—Voy a marcharme ahora mismo.

Y, para responder a una pregunta que no le habían formulado, añadió: —Tengo clases mañana en el Instituto.

Leonardo no pensaba en retenerlo. Ya habría otra ocasión de continuar el diálogo. Cortésmente se hizo a un lado para dejar libre el paso a su huésped.

XIII

EL EDIFICIO del Instituto Superior había sido primitivamente destinado a convento. Con el triunfo de las armas liberales y la expropiación de los bienes del clero pasó a ser propiedad gubernamental. ¿En qué utilizarlo? Para oficinas era muy grande y muy sombrío; para cuartel demasiado frágil. Decidieron convertirlo en escuela.

El resultado fue una incomodidad difusa e irritante, un aire de improvisación al que contradecían la vejez de los muebles y la borrosa decrepitud de los grabados y mapas. Las celdas oscuras, estrechas, húmedas —instrumentos para mortificar el cuerpo—, cumplían su misión sobre maestros y alumnos quienes, al atribuir a las miserias de su instalación su falta de capacidad para enseñar o su nulo interés en aprender, los justificaban.

Pese a todo los habitantes de Ciudad Real se enorgullecían de su Instituto, el único y, por lo tanto, el mejor del estado. Su prestigio atraía anualmente a jóvenes de todos los puntos de Chiapas y aun de los pueblos fronterizos de Tabasco y Guatemala. Los lánguidos tierracalentanos, los taimados hombres del centro y los jacarandosos costeños proporcionaban ganancias a las casas de huéspedes, animación a los paseos e inquietudes sentimentales a las muchachas.

Para integrar el cuadro de profesores del Instituto no se contaba con especialistas. Se recurrió, desde el principio, a la buena voluntad de quienes tenían algún título para amparar su carrera o un ejercicio tan prolongado de ella que equivaliese al documento. Cada uno enseñaba lo que podía. Abundaban los abogados, pues la Facultad de Leyes había sido fundada desde la época colonial y desde entonces funcionó ininterrumpidamente. Y, como por una tradición basada en la pereza se suponía que el abogado era capaz de impartir cualquier materia de humanidades, el Instituto podía considerarse bien abastecido en este aspecto. Pero en el técnico padecía una verdadera penuria. Escaseaban los médicos, los químicos, los ingenieros. Tal fue la causa de que solicitaran la colaboración de Fernando no sin advertirle, entre reverencias, que el sueldo era un mero símbolo y de ningún modo el reconocimiento de un mérito ni la retribución de un trabajo.

Fernando aceptó sin considerar los inconvenientes. No pretendía resolver sus problemas económicos dictando un curso de matemáticas. Por lo demás tenía un interés muy vivo en renovar su contacto con los estudiantes, contacto que había perdido desde su salida de la capital.

Así pues comenzó a preparar sus clases con cuidado y a asistir puntualmente a ellas. No se conformaba con que los alumnos salieran del paso sino que les imponía deberes y los hacía participar activamente en los asuntos de que trataba.

Tales exigencias, a las que los muchachos no estaban acostumbrados, les causaron malestar. Fernando se equivocó al suponer que encontraría en ellos lo que él y sus compañeros tenían en la adolescencia: la curiosidad que anima a descubrir, la urgencia de orientarse y de integrar una visión del mundo, el generoso interés por las cosas.

Pero sus alumnos eran todos hijos de hacendados y de ricos y, antes que las propiedades, habían heredado los prejuicios con que las disfrutarían sin remordimiento y las argucias con que las defenderían sin escrúpulos. Encallecidos en la idea de su propia importancia, orgullosos del papel que iban a desempeñar en la sociedad, aprendieron desde muy temprano los pequeños vicios de su clase. Creían que el abuso del tabaco, la resistencia para el alcohol y el ejercicio inmoderado de la sexualidad les conferían patentes de adultos. Que alguien como Fernando, que carecía de prestigio a sus ojos, viniera hoy a poner en crisis sus convicciones y a intentar sustituirlas por otras que contrariaban sus sentimientos, sus costumbres y sus intereses, ni siquiera los alarmaba. Simplemente les producía risa. Con burlona paciencia escuchaban las explicaciones de Ulloa, le hacían preguntas capciosas, ponían la piedrecilla de una observación burlesca para que tropezara su entusiasmo. Fernando percibía, aunque de un modo oscuro y sin conceptos, su fracaso. Pero no fue suficiente para modificar sus propósitos, para torcer su conducta ni para disminuir su exaltación.

La presencia de Fernando Ulloa era, para los otros maestros, fosilizados en la rutina de un oficio ejercido sin vocación y sin disposiciones especiales, un reproche vivo. Como todo reproche, turbaba la soñolencia de sus digestiones. Despertaron lo bastante para vigilar al recién llegado con una mirada que buscaba, con avidez, hallar asidero a la desconfianza. Cada gesto de Fernando, cada palabra, fue para sus colegas objeto de meditación y comentario. Sin advertirlo, Fernando Ulloa se había convertido en reo de unos jueces que serían más implacables para sus virtudes que para sus faltas.

Contribuyó a aumentar la antipatía suscitada por Fernando su ignorancia de los hábitos de la gente de Ciudad Real, el poco cuidado con que rozaba las múltiples susceptibilidades y la escasa precaución con que expresaba sus opiniones. Las faltas de tacto cometidas fueron meticulosamente consignadas en el expediente que se llevaba en su contra. A la vuelta de algunas semanas ya no se le conocía más que por un mote: "el comunista", hallazgo feliz del maestro de primer año de civismo.

Para la mayoría el vocablo —comunista— carecía de significación. Pero sonaba en sus oídos como el anuncio de algo siniestro y amenazador encarnado en este hombre de quien nadie sabía la historia.

El rumor —comunista— reventó en algunas burbujas aisladas en torno de los dignatarios eclesiásticos y civiles. Hubo algunas sospechosas interpelaciones al Director del plantel y se cambiaron sonrisas de inteligencia entre los profesores. Pero el grito de alarma estaba reservado a los padres de familia.

Un alumno, Roberto Zepeda, disgustado por el número con que Fernando calificó su desaplicación, tuvo a bien participar a su madre que el maestro, en un curso de matemáticas que obviamente no se prestaba a estas lucubraciones, sostenía que todos los hombres eran iguales, que los indios eran hombres y que por lo tanto merecían gozar de los mismos privilegios y ventajas de los ladinos.

La señora Zepeda escuchó con horror tales despropósitos y comunicó inmediatamente su alarma al señor Zepeda. Pero éste prefirió tomarla a broma, declarando que no eran dignas de tenerse en cuenta las soflamas de una vieja beata ni los remilgos de un nagüilón consentido.

Ligados por esta sentencia condenatoria madre e hijo acudieron a quien podía dar resonancia a sus quejas: un sacerdote.

El padre Balcázar, aburrido de la insignificancia moral de sus feligreses, prestó atención desproporcionada a los cuchicheos de la señora y del joven Zepeda. Inició averiguaciones entre los otros alumnos y los halló conformes con el dicho de Roberto. Dio crédito a la fama y apodo de Fernando y, ya en posesión de tales elementos, desempolvó sus libros, compulsó autoridades y se aplicó de tal manera que pudo transformar una vaga nebulosa de datos inconexos o mal pergeñados en una acusación hecha y derecha: si Fernando era comunista —de lo cual no cabía la menor duda— era también enemigo jurado de la Iglesia, peligroso para el orden establecido y corruptor de la juventud.

Armado de tales argumentos el padre Balcázar acudió a visitar al Director del Instituto, el doctor Palacios, hombre notorio por su respeto al clero.

Con patéticas frases el sacerdote mostró al médico el abismo en el que estaban precipitándose tanto él como la escuela a su cargo. Su imprudencia, pues el padre lo eximía de toda culpable premeditación, sería castigada justamente por el cielo si, habiendo sido avisado, no echaba fuera del rebaño a la oveja sarnosa.

Palacios se defendía con débiles alegatos. Resistíase a admitir sin lucha la consecuencia de esta plática, que era evidente. Después de la amonestación del padre Balcázar no le restaba más que pedir la renuncia a Fernando Ulloa.

El sacerdote no comprendía que su voluntad encontrara en Palacios la más leve resistencia. Eran del mismo pueblo, de la misma raza, de idéntica formación. No se daba cuenta de que Palacios era un hombre joven y de que los aires de México (donde hizo su carrera de medicina) barrieron con muchos de sus antiguos prejuicios.

Palacios era, además, un ambicioso. Quería actuar en política pero, al no poder ingresar directamente en ese mundo, tomó el puesto académico que le ofrecieron como el trampolín para saltar cuando le pareciese oportuno. Pero antes le convenía hacer méritos, distinguirse en algo de sus antecesores, un cortejo gris de funcionarios que se limitó a procurar que la escuela no desapareciese, pero sin preocuparse de introducir en ella ninguna mejora.

El doctor Palacios se había granjeado ya algunas enemistades y suscitado numerosos recelos por su afán de imponer innovaciones. La primera fue revisar los libros de texto usados en los cursos y encontrarlos anacrónicos, por lo que ordenó que se sustituyeran por otros de más actualidad, admitidos en los demás planteles de la República.

Tal cambio, el esfuerzo que implicaba para los maestros entender sus materias desde diferentes puntos de vista y explicarlas con distintas fórmulas de las que habían empleado durante lustros, provocó una muy natural reacción de descontento. El Director dejó que los profesores gruñeran y refunfuñaran hasta que su escasa energía, absorbida por los nuevos métodos pedagógicos, abandonó las protestas por inútiles.

Aún no había pasado la primera efervescencia causada por tales medidas cuando Palacios, antiguo alumno del Instituto y buen conocedor de las mañas de cada uno de los hombres con quienes trataba, dictó otras disposiciones. Y así el faltista se vio de pronto obligado a probar irrebatiblemente sus asistencias; el que traficaba con las boletas de aprobación tuvo un sinodal adjunto para justificar sus dictámenes, y el que malgastaba el tiempo en charlas ajenas al programa hubo de ajustarse a él, porque se sabía vigilado.

A los maestros no les quedó más remedio que aplaudir la actitud del doctor Palacios, pues así aparentaban no merecerla. Pero cuando a su feudo (pues como tal consideraban al Instituto después de tantos años de ser sus únicos e insustituibles detentadores) llegó un advenedizo, temblaron. Ulloa era la representación de un elemento con el que jamás habían contado: el competidor competente.

Palacios tenía el talento y la objetividad necesarios para apreciar las cualidades intelectuales de Fernando y le satisfacía el modo como desempeñaba su papel de aguijón para punzar la desidia de los otros. Habría querido disponer de un cuerpo docente integrado por personas tan idóneas como el ingeniero, pues entonces el prestigio del Instituto se acrecentaría y su Director se haría notar favorablemente ante los inspectores gubernamentales. Mas he aquí que, por un imprevisible conjunto de circunstancias, lejos de cumplirse este deseo, Palacios se veía presionado para desechar a Fernando Ulloa. Porque sus tentativas de suavizar el celo del padre Balcázar fueron vanas; es más, su promesa de llamar la atención al ingeniero, conminándole para que en lo sucesivo se abstuviese de turbar a sus alumnos con prédicas subversivas fue escuchada con bastante escepticismo. No, el sacerdote no se conformaba con menos que con un escarmiento y, mientras el doctor Palacios invocaba los intereses superiores que también había de tener en consideración, el padre Balcázar se retiró del despacho mascullando anatemas contra la cobardía de los mundanos y citando aquel texto evangélico que aconseja a los escandalosos colgarse una piedra de molino al cuello.

A partir de ese instante el doctor Palacios tuvo la certeza de que el caso de Fernando Ulloa estaba perdido. Sus aprensiones se confirmaron al multiplicarse los incidentes. Varios alumnos dejaron de asistir al Instituto para que la pureza de su catolicismo no fuera contaminada; llovían los anónimos, acumulando sobre Ulloa las acusaciones más peregrinas; personas graves y de criterio aseguraron que Su Ilustrísima meditaba en la conveniencia de fulminar una interdicción contra el plantel.

El doctor Palacios no quiso comprometerse más en este asunto que ya llegaba demasiado lejos. Comprendió que debía dar una satisfacción pública y una mañana que Fernando Ulloa se presentó a dictar su clase, el bedel se negó a entregarle la llave del aula porque "según comunicaciones superiores había dejado de pertenecer, por indigno, al cuerpo docente".

Esta noticia fue transmitida a Fernando delante de numerosos testigos y con el secreto placer con que un criado humilla a quien, por su posición, está siempre humillándolo a él.

Contra lo que se esperaba, la reacción de Ulloa fue más de sorpresa que de cólera. Quiso averiguar de dónde había emanado orden tan absurda y acosó a preguntas al bedel. Pero éste se alzó insolentemente de hombros negándose a darle explicaciones. Por su parte los testigos mostraron el rostro circunspecto de quien está al tanto de todo pero prefiere no inmiscuirse en el asunto.

Fernando intentó entrevistarse con el doctor Palacios pero le fue imposible porque "estaba fuera de la población". Así tuvo que retirarse a su casa, agitado por sentimientos contradictorios.

Encerrado en su estudio, después de dar a la curiosidad de Julia la respuesta de un portazo, se paseaba movido por una furia ciega que no sabía en qué desahogarse.

¿Quién ha tenido tanto interés en perjudicarme?, se preguntaba. Indudablemente había sido víctima de una intriga, objeto de una calumnia, presa de una trampa. Examinaba su conducta sin hallar en ella nada reprensible. Al contrario. En los meses en que ejerció el magisterio no se apartó jamás de la ética más escrupulosa. ¡Y cómo le habían correspondido! Con una humillación que era más repugnante cuanto que era anónima y colectiva.

Repasó sus recuerdos. Entre todas las personas a quienes había frecuentado durante los últimos tiempos no hallaba hoy un rostro amigo, una voluntad afín, un gesto cordial. A la luz de los nuevos acontecimientos adivinaba la hostilidad de las actitudes, la hipocresía de las palabras. Y andaba con su rencor a tientas exhumando frases semiborradas, facciones sin nombre y episodios truncos que ahora, por fin, alcanzaban su desenlace.

Fernando se apartó de una sociedad que le había declarado la guerra para dedicarse a las tareas de su cargo, tareas cuyas dificultades iban siendo cada vez más intrincadas y mayores. No mantenía más trato que el cortés hacia don Leonardo Cifuentes, que visitaba su casa, y el obligado con su ayudante Rubén Martínez.

Ulloa se dio a observar a Rubén como si éste, por ser coleto, compendiara todas las características de los demás. Acechaba en él los mecanismos de la conducta de un pueblo que lo había rechazado y hallaba en ella un solapamiento burdo que lo ofendía. ¿Cómo iba a pretender este ingenuo engañarlo con sus adulaciones desmesuradas y con una docilidad que no era más que el modo de salirse con la suya? Porque aun en sucesos, tan casuales en apariencia, como el haber ido a parar a San José Chiuptik una noche de tormenta, obedecían a un plan preconcebido del que Rubén era agente.

Los rancheros, decía entre sí Fernando, han puesto cerca de mí quien espíe mis movimientos y mis intenciones.

Pero a pesar de haber hecho este descubrimiento Fernando no se cuidaba. Seguía dependiendo de Rubén para la organización de sus recorridos por el interior de la zona y era por intermedio suyo como concertaba sus entrevistas con los dueños de las fincas. Así también, en las pláticas a que los orillaba el aislamiento, Fernando daba rienda suelta a sus palabras sin detenerse a pensar que seguramente el otro iba a torcerlas, a malinterpretarlas y, desde luego, a transmitirlas.

A Fernando le bastaba la más mínima provocación para desbordarse. Así Rubén, en ocasiones, aludía tímidamente a su pobreza, a la humildad de su condición. No quería sermones, ni siquiera solicitaba consuelos. Simplemente le gustaba quejarse de una situación con la que, por otra parte, estaba conforme.

Pero Fernando aspiraba a suscitar en él un descontento activo. Por lo menos, decía, que sepa a quiénes debe su desgracia. Con esto, y con no mostrársele desconfiado a pesar de que los motivos sobraban, Fernando creía atraérselo hacia su bando.

—¿Sabes para qué se hizo la Revolución, Rubén? Para que no haya esas diferencias entre los ricos que te explotan y tú; para darte una dignidad que los demás respeten.

Rubén asentía con exclamaciones de asombro: "¡Ve pues! ¡Qué tal!" Pero en el fondo estaba desazonado y se apresuró a pedirle consejo a don Leonardo Cifuentes sobre la conveniencia de renunciar a este puesto.

El consejo ha de haber sido afirmativo porque, sin más trámites, Rubén desapareció un día. Se fue diciendo a quien quisiera oírlo que el ingeniero Ulloa estaba "compatiado con el diablo" y lo dejó con un trabajo para el que no se bastaba por sí solo.

XIV

La urgencia de encontrar un sustituto para Rubén Martínez hizo al ingeniero Ulloa insertar anuncios en el único periódico de la localidad (un semanario *¡Plus Ultra!*) y en el cine que llenaba sus intermedios con avisos.

Tales medidas no fueron eficaces a pesar de que se ofrecía un sueldo decoroso y de que las oportunidades no eran ni frecuentes ni abundantes en Ciudad Real. Pero los que podían aspirar al puesto habían sido bien aleccionados por sus directores espirituales y ni siquiera por curiosidad se acercaron a hablar con Fernando.

Como pasaran los días y tal situación se prolongase, ya el ingeniero había pensado en marcharse a Tuxtla para traer de allí el ayudante que necesitaba. Fue entonces cuando recibió la visita de César Santiago.

—Pase usted —dijo Fernando, al reconocer en el recién venido a uno de sus antiguos alumnos—. ¿A qué se debe este milagro?

Por un instante creyó que César venía en representación de sus compañeros a solicitar que ocupara de nuevo su cátedra. ¡Su despido había sido tan vergonzoso, tan injustificado! Pero ya el joven estaba desdoblando uno de los ejemplares de *¡Plus Ultra!*

—Acabo de ver su anuncio... Estuve fuera unos días... Ojalá que yo no haya llegado muy tarde.

—Es usted el primero —repuso Fernando, que ahora recelaba una burla—. ¿Para quién solicita usted el trabajo?

—Para mí.

Fernando había tomado asiento después de invitar a su huésped a que hiciera lo mismo. Desconfiaba todavía.

—No creo que sea compatible con sus estudios. La mayor parte del tiempo tendría usted que pasarlo fuera de la ciudad.

—No importa. Estoy decidido a dejar la escuela.

Ahora la imagen de César se precisaba en la memoria de Fernando. Era un alumno mediocre y alguna vez tuvo que reñirlo por su negligencia para cumplir las tareas. Pero después de todo no era una excepción. Muchos más arrastraban estos defectos hasta el fin de su carrera.

—¿Y qué le indujo a tomar esta decisión?

César tartamudeaba; le era difícil expresarse.

—El Instituto ya no es el mismo desde que usted se fue.

Ulloa sonrió amargamente.

—No me fui por mi gusto.

—De todos modos ya no es igual.

César calló; no podía precisar el sentido de sus palabras.

—Bueno. Digamos que usted descubre que no tiene vocación de profesionista y se corta la coleta de estudiante. ¿Qué opina de eso su familia?

—Antes de que se enteren yo quiero independizarme de ellos, ganar un sueldo.

—El sueldo que yo le ofrezco no le bastará. Usted está acostumbrado a ciertas comodidades, a ciertos lujos.

—Otros empiezan con menos.

Fernando se alzó de hombros.

—Usted sabrá lo que hace; pero yo no alcanzo a entender los motivos por los que deja una posición segura y se lanza a una vida difícil y en compañía de un hombre que la sociedad repudia. ¿Ha pensado usted en las consecuencias que le acarreará unirse a mí?

César sonrió cautelosamente.

—Yo conozco estos pueblos, ingeniero. Cuando le clavan la puntería a alguien no descansan hasta acabarlo. ¿Por qué cree usted que yo tuve que salir de Comitán?

Era una historia de mezquindades y humillaciones que César contó con llaneza y sin ocultar ningún detalle.

La familia Santiago era comiteca y en tiempos no muy remotos había sido propietaria de un floreciente negocio de carne en el barrio de La Pila. Barrio de gente arrecha. Gente de posibles y jacarandosa también. Las fiestas en honor de su patrón, San Caralampio, eran las más famosas del rumbo. Se derrochaban cohetes, había garitas para los juegos de azar y a las entradas de flores en la iglesia acudía el pueblo entero y aun los pueblos circunvecinos. Pero que no pretendiese un pileño salir de su barrio, querer formar parte de la sociedad del centro porque era ignominiosamente rechazado. Pileño naciste, pileño te quedás.

Ése fue el error de don Timoteo Santiago, el padre de César (cuyo verdadero nombre no era éste sino Caralampio, como el del patrón de La Pila). Tenía agallas y quería subir.

Los medios no le importaban mucho. Por eso cuando empezó la persecución religiosa y vio venir una oportunidad no la desperdició.

El cura de San Caralampio, el padre Cancino, tenía en don Timoteo una confianza ilimitada. Viendo que las autoridades tomaban cada vez medidas más severas contra el clero escrituró sus propiedades a nombre de su amigo. Esas propiedades no eran grano de anís, pues la parroquia rendía: un rancho ganadero en la tierra caliente, varios sitios con árboles frutales en las orilladas del pueblo y dos buenas casas en el barrio principal.

Sucedió entonces que los trabajos de la persecución apresuraron el fin del padre Cancino y que murió repentinamente sin tiempo para testar. Había dos herederas legítimas, dos hermanas solteronas y desvalidas. Pero don Timoteo no quiso reconocerles sus derechos. Así se convirtió, de golpe y porrazo, en una de las fortunas más considerables de Comitán.

¡Pobre don Timoteo! Mal había podido disfrutar de su botín. Si alguno, de la buena sociedad, se entiende, le dirigía la palabra, era para hacerlo objeto de burlas y para abrumarlo con sus indirectas.

¿Rigor moralista? No. Don Timoteo no era el único que gozaba de una riqueza mal habida. Es más (y aunque esto parezca demérito de su inventiva), es preciso aclarar que la idea de pescar en el río revuelto de las circunstancias jamás se le hubiera ocurrido y, menos aún habría osado llevarla a la práctica, de no animarlo el ejemplo de otros. Pero los otros no tenían, como él, unos antecedentes tan desfavorables. Muchos eran de buenas familias y su apellido cubría sus desmanes. Lo que no se perdonaba a don Timoteo era que, a pesar de su posición, conservase un aire inconfundible de matancero y que, en vez de disimularlo, lo subrayase con la ridiculez de sus modales y la insolencia de sus adornos.

La reprobación se la hacían sentir los privilegiados de la alta sociedad comiteca por todos los medios a su alcance. Lo bautizaron con un apodo: "el Becerro de Oro", que aludía, a la vez, a su antiguo oficio y a su condición actual. Pinchaban sabiamente la vanidad del advenedizo al excluirlo de cualquier reunión negándole así la oportunidad de pavonearse ante los demás.

Porque si se trataba de presumir, a don Timoteo le sobraba con qué. ¿No había comprado la casa de don Sebastián

Rovelo, señor con pergaminos que probaban su descendencia noble de no sé qué familia andaluza? Ahorcado por las deudas de juego don Sebastián tuvo que deshacerse del último resto de su herencia, que pasó a poder del pileño.

¡Con qué satisfacción pisaba las antiguas alfombras con sus ordinarios pies! ¡Y con qué voluptuosa complacencia pasaba la encallecida palma de la mano sobre el peluche de los muebles, el terciopelo de las cortinas, la seda de los tapices! Quién se lo iba a decir... Él, don Timoteo, dueño de una vajilla con anagrama y de sábanas bordadas con iniciales. Esas iniciales no eran las suyas, de acuerdo. Pero le pertenecían, las usaba. ¡Lástima que nunca tuviera visitas a quienes deslumbrar con su opulencia!

Para colmo de males la mujer de don Timoteo, doña Serafina, que en los años de su pobreza se ocupó únicamente de luchar a brazo partido para salir adelante, ahora que tenía ocio suficiente para disfrutar de los placeres de la vida había dado en la flor de afligirse por la salvación de su alma. Se hizo beata y se pasaba el día entero olfateando los lugares en que iba a celebrarse misa o a cumplirse alguna ceremonia. Buscó un confesor a quien confiarle sus cuitas y el padre Damián supo presentarle con una admirable habilidad el horror del pecado que había cometido su esposo al alzarse con la hacienda de las señoritas Cancino. Machacó tanto y tan enérgicamente sobre este asunto que la pobre señora estaba crucificada en un dilema terrible: restituir o condenarse. Como la decisión de restituir no dependía de ella (y los ruegos no lograron sino exacerbar el odio de su marido contra la iglesia), doña Serafina no tuvo más remedio que convertirse también en ladrona. Robaba, en pequeña escala, desde luego, para dar limosnas a los curas y apagar, aunque fuese una sola de esas llamas del infierno que iban a atormentar a su familia durante toda la eternidad.

Los dos hijos del matrimonio Santiago crecían en el vórtice de estos conflictos. Caralampio (que con el dinero de su padre había comprado el derecho de usar un nombre elegante: César), más apegado a don Timoteo, se negaba a juzgar una conducta a la que debía su bienestar. Pero su esfuerzo de comprensión no llegaba hasta el punto de admirarlo. A su sentido crítico no podía ocultarse que el ex tablajero jamás sería digno de ocupar un puesto destacado dentro de la vida social de Comitán y que las personas de buen tono tenían razón en burlarse de su ignorancia y su falta de modales. Árbol que crece torcido, dice el refrán, nunca su rama endereza. Y menos todavía en la vejez. Los vástagos, confiaba César, se pulirían, aprenderían a comportarse, ya no dejarían ver "el pelo de la dehesa". Por ejemplo, él tenía los sentidos alerta y una regular capacidad asimilativa. No le sería imposible aprender, instruirse, figurar sin desdoro entre los mejores. En cuanto al hermano menor, Límbano...

Enfermizo, durante la niñez acaparó los escasos mimos que podía concederle una madre excesivamente absorta en procurar sus medios de subsistencia y asegurar su porvenir. Pero estos mimos eran tan satisfactorios que Límbano prolongó la lactancia hasta un límite que no había sido alcanzado nunca antes en los anales comitecos. A una edad de la que ya se empieza a guardar memoria Límbano tuvo que abandonar esta costumbre, ay, tan agradable, obligado por los brutales castigos de don Timoteo y por las implacables burlas de César. Pero esta separación de la madre fue únicamente exterior. El cordón umbilical que lo ataba a doña Serafina permanecía intacto y seguía alimentándose, al través de él, de las palabras, sentimientos y convicciones de su madre.

El conflicto moral que para doña Serafina tuvo un desenlace no muy ortodoxo pero sí harto práctico (tranquilizaba su conciencia, cuando le reprochaba sus exacciones al patrimonio conyugal, recordando aquel adagio que reza que "ladrón que roba a ladrón tiene cien años de perdón"), fue para Límbano un callejón sin salida. La adolescencia no comprende ni admite las componendas de los mayores, las sutiles trampas, las argucias con que fingen su virtud. El joven, en cuanto vislumbraba un deber, se lanzaba a cumplirlo sin que ningún razonamiento lo apartara de su propósito. Lloró, suplicó que la fortuna malhabida volviera a sus dueñas. Pero como ni sus lágrimas ni sus súplicas tuvieron éxito pasó a las amenazas. No le arredraba una pobreza digna tanto como le avergonzaba una abundancia de tan turbio origen. Sus aspavientos no lograron siquiera enfurecer a don Timoteo. Los oía con la misma impasibilidad tolerante con que un gran danés escucha los ladridos de un gozquecillo.

Desesperado de no ser a los ojos de los mayores más que un niño cuando ya se había impuesto las responsabilidades de un hombre; nostálgico de la infancia perdida, de la tibia oscuridad del seno materno, Límbano asumió la postura fetal de los cadáveres, se ovilló en el regazo de la tumba. En otras palabras, se suicidó disparándose un balazo en la cabeza, antes de cumplir los dieciséis años de edad.

La tragedia, comentaron todos repitiendo la frase con que el periódico local había consignado el acontecimiento, enlutó aquel hogar. La tumba del hijo difunto se volvió abismo insalvable para la voluntad de los esposos. Don Timoteo no encontró más refugio que el engreimiento con su dinero y lo atesoraba y recontaba a solas sus pertenencias. Doña Serafina se empecinó en sus devociones, en sus rezos por las almas en pena, pues quién quita y Límbano se hallase en ese número. Porque según dice el señor cura pudo haber tenido, en el momento de su tránsito, una perfecta contrición que lo salvara.

Par de viejos chochos, se irritaba César, ahora convertido en el heredero universal. Si yo que soy su hijo —como quien dice su carne y su sangre— los miro con ojos atravesados, cuantimás los que no son ni parientes y no saben dolerse del prójimo.

Dolerse, lo que se llama dolerse de la desgracia de los Santiagos, fueron muy pocos los que lo demostraron en Comitán. Y en cuanto pasó el primer ramalazo de horror, en cuanto el ruido del disparo se hubo extinguido, ya en plena posesión de su juicio, los espectadores comenzaron a reflexionar sobre el hecho. De la reflexión se llegó al fallo: los Santiagos habían tenido el castigo que se merecían. Y ya bajo el amparo de esta certidumbre atenuante se podía hablar del suceso y sus consecuencias con despego, con frivolidad, con burla.

¡Y vaya que la burla cae bien a los comitecos! Pueblo de gente ingeniosa y aguda, ágil para las respuestas, certera para los apodos. La "raspa" era su entretenimiento favorito.

¡Cómo no iban a reírse los comitecos de las desdichas de don Timoteo y doña Serafina! Que sus carcajadas no llegaran a oídos de los interesados era natural. No hay peor sordo... Además casi no salían, no alternaban con nadie. Él, embebido en sus negocios; ella, convertida en una rata de sacristía. El único que quedaba al alcance de la maledicencia era César. Pero tampoco era presa fácil. Sin amigos, tuvo que volverse orgulloso y reservado, y cuando alguien se le aproximaba corría el riesgo de volver con la cola entre las piernas. Porque el muchacho alardeaba —¡habráse visto descaro igual!— de su dinero. ¿Quién iba a tolerarle tales fanfarronerías? Donde hay buenos hay mejores y un comiteco no permite que nadie le ponga el pie adelante. Así que sus enemigos aprendieron pronto la respuesta. Iban a provocarlo para darse el gusto de reírse en su cara o de sacarle sus trapitos al sol. César se defendía pero los otros eran muchos y al fin tuvo que sumirse, esconderse a rumiar su disgusto en un rincón.

Sin decir adiós a nadie (¿a quién, si César era un "Juan te vas, Juan te venís"?) el muchacho partió a la finca de su padre, esa finca que le había echado la sal a don Timoteo y a toda su descendencia. Bonita la condenada. Bonita desde el nombre: Las Delicias. Y con su gran río como para darse a respetar y los pequeños arroyos útiles. Tierra buena, rendidora; harta gente. Indios de calzón blanco y sombrero de palma; indias envueltas en su tzec azul; gente con bastante amor propio como para empeñarse en conservar el rango de los mejores peones de la región. Algunos como que ya se querían aladinar. No por los modos ni por la ropa, sino así, a bulto: los ojos claros, el pelo crespo y un tinte paliduzco en la piel. Eran los "hijos de cura", como quien dice los gallos más buenos del rumbo.

Y como buenos gallos, levantiscos. César tuvo sus pendencias con ellos. El muchacho no estaba acostumbrado a mandar y el rigor fue para él un machete de dos filos que lo hirió al cogerlo. Por eso, y por otras cosas, a los pocos meses de estar en la finca César se había vuelto melancólico. Se pasaba todo el santo día encerrado en su cuarto, sin ver a nadie, sin hablar con nadie. ¿Comer? Pigpear de un plato y de otro sin agregar sustancia ni fuerza a su cuerpo. Le repugnaban los guisos rancheros. Y además temía que alguno intentara envenenarlo, darle un bebedizo. Se cuidaba de la traición aquí en la casa grande como de las emboscadas en el campo. Los indios son tan cobardes y tan viles...

César regresó a Comitán.

Pero allí tampoco se puede vivir. Se enamora a una muchacha; digamos, por ejemplo, alguna de la Rovelada. ¡Cuándo van a voltear a ver a un pileño! Como tienen pergaminos, como son blancas y garbosas se dan ínfulas. Y creen que todos se les acercan por interés. ¿Interés de qué? La familia Santiago es tan rica o más que la suya. Pero es el apellido el que las envalentona. Y tampoco César iba a hacerse menos arrastrándole el ala a una cualquiera. No hay, pues, dónde escoger.

Pero si no se tiene novia ¿a quién se le lleva serenata? Esa marimba que suena de noche en las calles íngrimas... Cuando la van cargando los marimberos retumba igual que los barriles llenos de agua sobre el lomo de los burros. Luego se planta uno frente a tal ventana y se dice: aquí es. Empiezan a desgranarse las piezas: valses y danzas, música decente, canciones honestas. Sin hacer alboroto para que no lo oigan los parientes de la muchacha y malinformen al pretendiente, pasa, de mano en mano, la botella. Tococh, tococh, el trago. Raspa el gaznate, entona para que se pueda aguantar el frío de la madrugada. Y cuando los amigos empiezan a gritar los vivas, se oyen más fuertes, más de veras.

Al otro día, claro, se amanece de goma. Entonces viene el caldo de gallina con chile tostado. Al beberlo se suelta un vaho que humedece la cara. Entre un sorbo y otro se saborean los recuerdos de la parranda. El escándalo en casa de las Lochas, donde dicen que hasta tiros hubo, nomás que uno ni cuenta se dio. Los juramentos de amistad y más que de amistad —¡yo soy tu hermano, mi hermano!— con los compañeros. Y la esperanza de que aquella que te conté, la que anoche estaba durmiendo tan quitada de ruidos mientras los hombres plantaban la marimba ante su balcón, duerma alguna vez al lado nuestro, calientita y sabrosa, acompañada, acompañando.

Pues nada de lo que dijimos es para César Santiago. Para él, si acaso, la serenata ajena, cuando se decida a soportar las guasas de los demás. No hay otro amigo que su enemigo ni más mujer que las gaviotas, las que viven en las casas malas y se pintan como los parachicos de feria. ¿Se va a casar César con una tal por cual? Bueno estaría para su orgullo y para las pretensiones de don Timoteo.

¿Qué va a hacer entonces? No le queda más remedio que irse de Comitán. A rodar tierras. No muy lejos, si se quiere que la piedra críe moho. Siempre conviene no apartarse demasiado de la casa, de la gente. Aquí nomasito. En Ciudad Real.

Con la venia de sus padres César partió. Llevaba muchas ilusiones, una regular cantidad de dinero y un equipaje que renovaría al llegar a su punto de destino.

Se estableció en una pensión para estudiantes. Corredores con macetas florecidas, cama de metal dorado y dueñas solteronas. Pasados los primeros días de aclimatación fue a matricularse al Instituto Superior de Chiapas.

Sentirse a disgusto ¿por qué? Los compañeros de clase son

corteses y finos. No se echa de menos la expansividad del comiteco que tantas veces se confunde con la grosería. Los coletos son ceremoniosos; serán hipócritas pero su discreción defiende a los demás de las pullas desagradables y las bromas malintencionadas. ¿Amigos? No esperaba Santiago hacerlos tan pronto. Ni parrandas siquiera, porque con este clima hay que jugarle la vuelta a la pulmonía. Ni esas parsimoniosas partidas de dominó, a puerta cerrada, entre la nube de humo que exhalan los fumadores. Ni perseguir criaditas en los callejones de los barrios oscuros; ni atropellar indias por las orilladas; ni rondar a las adonisas. Si acaso un paseo por los portales, entre una llovizna y otra, para desentumir las piernas; un ponche bebido de prisa, de pie ante el mostrador del expendio, y el resto del día estudiar.

Como tantos ambiciosos, César deseaba borrar la vileza de su origen con las excelencias de su educación. Su caso era, ya de por sí, difícil porque su mente (no entrenada en las disciplinas escolares) captaba con excesivo esfuerzo lo que ahora pretendía imbuírsele y lo asimilaba sin corrección. Había, además, otro obstáculo: César se inscribió en el Instituto para resolver un problema personal. Y no había encontrado en las aulas más que palabras huecas, fórmulas abstractas que de ningún modo se relacionaban con las experiencias y las urgencias de su vida.

El único que supo hablar a las necesidades de César fue Fernando. Y eso de una manera casual, ya que la materia que impartía no podía ser ni más remota ni más árida.

Pero a los alumnos les preocupaba otro enigma que el de los números: la misión del ingeniero. ¿A qué había venido a Ciudad Real? ¿Eran ciertos los rumores que decían que a despojar a los ricos de sus tierras para repartirlas entre los pobres y entre los indios?

Había en tales preguntas una malignidad soterrada, una susceptibilidad herida, unos prejuicios alarmados que Ulloa no era capaz de advertir. Sus respuestas daban una visión de conjunto, una teoría general en la que los casos particulares que estaban frente a él perdían, por lo menos a sus ojos, toda importancia.

Según Ulloa la historia mexicana podía representarse por el ensanchamiento paulatino de un círculo: el de los propietarios de la riqueza. De los conquistadores a los frailes, a los encomenderos, a los criollos... Faltaba mucho para que la riqueza llegase hasta las masas ínfimas de la población.

Grandes intereses se oponían al desarrollo de este proceso; así, cada nuevo ensanchamiento del círculo se había logrado a costa de ahogar al país en ríos de sangre, de convertirlo en fácil presa de rapiñas extranjeras, de arrojarlo a la sima del caos más bestial. Terreno propicio para la aparición de falsos redentores y de caudillos venales.

¿Por qué no imitar a otros países? En ellos el proceso histórico, que se retarda pero no se detiene, fluía dentro del cauce de una norma legal. En cierto momento México sustituyó la proclama improvisada de los militares por el trabajo concienzudo de los técnicos.

Las primeras tentativas fracasaron porque el legislador trabajó en la soledad de su bufete. La armazón legal, brotando como Minerva de la cabeza de Júpiter sin pasar por la suciedad y el calor de una entraña materna, resultaba inaplicable a nuestras circunstancias peculiares aunque se hubiese calcado de los modelos más perfectos de Europa y Norteamérica.

México había hecho de la ley un ídolo al cual reverenciar y no un instrumento útil para servirse de él. Pero no puede serlo si el legislador, al redactarlo, no tiene en cuenta los datos concretos de la realidad a la que pretende regir.

¿Y qué era México para los mexicanos sino un enigma, un vago fantasma, un monstruo sin nombre? Había que reducirlo a nociones claras, a cifras exactas. Era necesario adquirir una conciencia, lo más aproximada posible, de los elementos naturales con los que se contaba, de la cantidad de personas entre quienes hay que distribuirlos, de la manera con que debe explotárseles para lograr un mayor rendimiento.

Al hacer a un lado las mentiras de la propaganda, las exageraciones del optimismo, se hallaba como figura de la patria un inmenso horizonte desolado. Miseria, ignorancia, podredumbre. Un suelo cuya esterilidad agobia o cuya exuberancia aniquila; una población pulverizada en innumerables caseríos aislados entre sí. Un hombre al que su trabajo no salva de la lenta agonía del hambre. Otro que no conoce más voz que la del látigo.

Y aparece la verdad. ¿Cuál es la riqueza de México? El filón de las minas se acaba, la prosperidad de las urbes decae. Lo seguro es nada más la tierra.

¡Qué lástima, qué desperdicio, qué crimen las grandes extensiones ociosas! ¡Qué escándalo el precio que sus dueños exigen por arrendarlas, ya que no quieren venderlas! Un gobierno justo (y en política la justicia toma forma de habilidad) tiene la obligación de arrebatar la tierra a las "manos muertas" que la poseen y entregarlas a las manos, ahora vacías, del campesino, del indio, de los que siembran y van a compartir con todos la cosecha.

Pero esas manos muertas, que fueron manos consagradas de sacerdote, de fraile, son ahora manos poderosas de rico y saben convertirse en garras para no soltar su presa. ¿Qué se va a hacer entonces? Luchar, combatir. No sólo contra los terratenientes, a los que perjudica el reparto de los latifundios, sino contra la gran muchedumbre fanatizada que se rehúsa a aceptar un beneficio porque le han hecho creer que es un sacrilegio.

—El Gobierno tiene la fuerza suficiente para usar de ella si es necesario; pero también tiene la razón y prefiere convencer, tanto a los egoístas que no quieren renunciar a ningún privilegio como a los pusilánimes que no se atreven a reclamar ningún derecho, de que un país no es grande si no es justo; de que una sociedad no es próspera si no es equitativa, de que un bien no es un bien si no disfrutan de él todos los ciudadanos.

Los alumnos del ingeniero Ulloa lo escuchaban con reprobación, con malestar. A todos los argumentos del maestro oponían una negativa sumaria y un insistente: —¿Y nosotros? ¿Por qué han de perjudicarnos a nosotros? Que los que no tienen nada se las arreglen como puedan. Ése no es asunto de nuestra incumbencia y al Gobierno tampoco le va ni le viene.

César, por su parte, acarreaba pacientemente agua a su molino. De modo que los que se habían erigido en sus jueces, en los jueces de su padre, eran estos propietarios que para allegarse una fortuna y para conservarla habían recurrido, sin ningún escrúpulo y sin ninguna medida, a la violencia de la conquista y a la chicana legal. El poder del que se habían envanecido ya se tambaleaba. Porque ahora, Fernando lo había anunciado, la justicia se impondría por fin. Todos, antiguos y nuevos ricos, serían pasados por el mismo rasero. Todos serían confundidos en el gran acto de restitución a los desheredados que el Gobierno preparaba. Y los que manejaran esa restitución sabrían sacar beneficios.

El ingeniero Ulloa aparecía así, a los ojos de su discípulo, con el prestigio del técnico y con la atracción del político. La admiración crecía en aquel pecho mezquino de comiteco, igual que una marejada. Escuchar con reverencia a su oráculo, defenderlo de las críticas mordaces de los otros, tales eran los actos del nuevo culto al que César se había entregado. ¿Por qué no iba a renunciar al Instituto si en él no tenía cabida Fernando y abandonar todo para compartir su tarea y su triunfo?

Fernando había escuchado con atención las palabras de César y aunque sus móviles siguieron pareciéndole confusos, lo aceptó como ayudante. Por lo menos no era un cómplice de quienes trataban de obstaculizar su misión.

XV

CUANDO EN Ciudad Real se divulgó la noticia de que César Santiago se había convertido en ayudante de Fernando Ulloa hubo un murmullo de desaprobación. ¿Cómo este muchacho se atrevía a desobedecer una consigna que acataban todos los demás? La gente comenzó a fijarse en él, a mirarlo con atención para descubrir los rasgos de una personalidad que hasta entonces les había parecido insignificante pero que ahora empezaba a ser peligrosa.

Todo en Santiago les era motivo de sospecha: el acento y las palabras, la ropa y los modales, los gestos y las costumbres. El ama de la casa de pensión comentaba con las vecinas que César había rechazado hoy tal platillo en el almuerzo y las vecinas recibían el comentario como una prueba evidente de culpa. El miembro soltero de una cofradía religiosa apuntaba que César había pasado sin descubrirse ante la iglesia de Caridad:

—Cierto que allí no está expuesto Nuestro Amo... pero de cualquier modo es un signo de respeto.

El propietario de un almacén de "ropa y novedades" transmitía el monto exacto de una compra de mangas de hule, pantalones de montar, botas de campo y otros implementos que seguramente servirían a César para acompañar a Fernando en sus giras por el interior de la zona.

Acostumbrado al rechazo brutal de los comitecos, César no advertía la hostilidad secreta que lo rodeaba. Exteriormente nada había cambiado; los mismos saludos, los mismos apretones de manos, las mismas preguntas corteses acerca de su propio bienestar y del de su familia. La situación se habría prolongado así por tiempo indefinido si la dueña de la pensión, atormentada por su conciencia escrupulosa, no hubiera tomado una medida drástica: decirle a César, con las palabras más melosas, que iba a necesitar el cuarto que ocupaba "porque una prima huérfana vendría a vivir a su lado".

A César le desagradó moderadamente este requerimiento. Estaba a gusto como huésped de la señorita Morales; su habitación era amplia, bien ventilada y con unos muebles antiguos pero sólidos y de buena apariencia; la comida era abundante y nunca faltaba un buen plato de cocido y los frijoles refritos, que eran de su predilección. En cuanto al cuidado y limpieza de su ropa no dejaba nada que desear. César confiaba en que tales ventajas podría disfrutarlas también en otra parte y la excusa de la señorita Morales le pareció tan válida que ni por un momento se le habría ocurrido dudar de ella. Pero cuando hubo desfilado por una casa de estudiantes tras otra, sin hallar acomodo, supo que la prima huérfana de su antigua patrona era un pretexto tan falso como los demás con que le habían negado alojamiento.

César comunicó su apuro a Fernando Ulloa, quien no quiso permitir que su ayudante siguiera sometiéndose a la humillación de una negativa y le ofreció un lugar en su casa.

Tal ofrecimiento lo hizo sin consultar con Julia. No lo consideró indispensable puesto que la casa era demasiado amplia para esta pareja sin hijos y muchos de sus cuartos estaban cerrados por falta de utilidad; por lo demás la servidumbre era barata y fácil de conseguir. ¿Por qué Julia iba a encabritarse, como lo hizo, cuando supo que un extraño vendría a vivir bajo su mismo techo? Fernando no quiso hurgar en las razones profundas de su mujer; se había acostumbrado, en los años de convivencia con ella, a las súbitas explosiones de rebeldía o malhumor, a las crisis de lágrimas, a los arrebatos desvanecidos pronto sin dejar huella. Los atribuía, por una pereza bonachona, a la inestabilidad del alma femenina, a los vaivenes fisiológicos impredecibles, a la opresión de una rutina sin horizontes en que las mujeres se ahogan.

Pero, esta vez por lo menos, los motivos de Julia eran otros. Se había acostumbrado a vagar sola por el caserón, a disponer a su antojo hasta del último de sus rincones. Le estorbaba la presencia de un testigo. No porque ella hiciera nada malo. ¿Qué de malo había en las visitas de Leonardo Cifuentes o en las conversaciones con doña Mercedes Solórzano? ¿Por qué, entonces, espiarla así?

Pues César Santiago, a los ojos de Julia, era un espía. Lo encontraba de pronto a sus espaldas, silencioso, taimado, como en espera de sorprender algo. Estaba segura de que aprovechaba sus ausencias para curiosear en las habitaciones y de que cada vez que podía escuchaba tras las puertas. Pero era hábil para escabullirse y Julia nunca pudo acusarlo de nada ante Fernando. Entonces Julia se vengaba a su modo. Olvidaba ordenar a las criadas que cambiaran la ropa de la cama o que remendaran los calcetines de su huésped; el café del desayuno estaba siempre frío y en alguna ocasión César tuvo que dormir en el sofá de la sala porque no se encontró por ninguna parte la llave de su cuarto.

César no protestaba sino que fingía condolerse con Julia de estas irregularidades. Si ella no atinaba prontamente con la excusa plausible (y tartamudeaba al ofrecerla para que fuese menos convincente), César inventaba una para dejar a salvo el prestigio de la dueña de la casa y su propia dignidad. Pero en el fondo olfateaba la intriga en su contra y la atribuía a motivos más ruines de los que existían en realidad.

Para César era una verdad tan evidente que los rumores que corrían en Ciudad Real sobre la conducta de la Alazana eran ciertos que lo único que le faltaba por averiguar eran las ocasiones de que se valía para cometer el adulterio con Leonardo y los medios con los que contaba para mantenerlo oculto.

La admiración que el comiteco profesaba a Ulloa exacerbaba su desprecio a Julia. ¿Cómo es posible, se decía, que un hombre de tal calidad se haya casado con una mujer tan ordinaria y de tan mala índole? Pero, ya que era así, por lo menos lo lógico hubiera sido que la mujer viviese en un estado de perpetua adoración y agradecimiento ante el hombre que había descendido hasta su nivel. Y nada de esto sucedía. Julia no era capaz siquiera de apreciar las cualidades de Fernando y lo trataba con una falta absoluta de respeto. Como si la impulsara el rencor, no desperdiciaba oportunidad de herirlo con sarcasmos crueles, con observaciones irónicas. César, que había vivido en un mundo en que las mujeres son sumisas o cuando menos hipócritas, encontraba esta actitud escandalosamente injustificable.

Algunas veces quiso comentarla con Fernando porque su pasividad de marido le parecía fruto único de su inadvertencia. Pero Fernando sonrió despojando de importancia al asunto. En el fondo, si toleraba los desmanes de Julia, era por una especie de piedad hacia un ser más débil, una bestezuela salvaje en la cautividad que daba zarpazos inofensivos a quienes la rodeaban. Por otra parte Fernando veía aún en Julia a aquella muchacha entusiasta que se enamoró de él y que lo siguió, enajenando su porvenir. Pesaban también, para su juicio, elementos con los que Santiago no podía contar: los instantes de abandono y ternura, el desamparo y la dependencia en que Julia se había colocado respecto a Fernando desde el principio de su relación y que él consideraba todavía intactos, ciertos rasgos infantiles de su carácter.

Por lo demás la transformación que Julia había sufrido durante estos años fue tan gradual que Ulloa, sin dejar de advertirla, no le dio la importancia que tenía realmente. La dureza interior de Julia era calificada por su amante como desazón superficial; su cinismo no era sino desparpajo y su avidez por la riqueza y el prestigio una frivolidad natural en su sexo.

Esto permitía a Fernando dispensarle a su pareja el sentimiento que en él perduraba siempre con más fuerza: la responsabilidad. Se habían enfriado sus pasiones, se secó su ternura, pero nadie lo relevaría jamás de la obligación de proteger a Julia y de cuidarla, de asistirla en su desvalimiento y en sus tropiezos.

Pero esta actitud, que se reservaba para los grandes momentos de crisis, carecía de función en la convivencia cotidiana que cada vez se hacía más rutinaria, más indiferente. Y si Julia esperó que la presencia de Leonardo daría a sus relaciones conyugales una nueva tensión, un nuevo interés, tuvo que sentirse defraudada. La falta de celos de Ulloa la ofendía como un desprecio, no la halagaba como una prueba de confianza.

A César la actitud de Fernando le producía desconcierto y no cesaba de aludir veladamente a ella hasta que un día Ulloa condescendió a explicarle su punto de vista: Julia no tenía amistades y no era porque no las hubiese procurado.

—Yo estaría en las mismas si no fuera por usted. Y además tengo el aliciente de mi trabajo. Sus problemas me absorben; conozco gentes nuevas, nuevos lugares. En cambio mi mujer está encerrada en la casa el día entero.

—Es lo natural.

—Quién sabe. Un hijo la distraería, pero no lo tiene. El quehacer es poco y de él se encargan las criadas. Yo no puedo sacarla a pasear porque constantemente estoy fuera y además no hay muchas diversiones en Ciudad Real. Al cine no se puede ir más que dos veces a la semana, que es cuando cambian programa. Y eso si se resigna uno a que la película sea del año del caldo, a que no te interese en lo más mínimo, a que ni siquiera entiendas de qué se trata porque está llena de cortes y el aparato de sonido no funciona bien. Y a que los que van a galería se venguen de sus incomodidades escupiendo sobre las lunetas y gritando leperadas.

—Claro, la señora está acostumbrada a otro medio.

—En sus tiempos de estudiante a Julia le gustaba leer, novelas y esas cosas. ¿Pero dónde se consiguen aquí? La única librería que hay no vende más que textos escolares y artículos de escritorio.

—Pues sí, no queda más que aburrirse.

—A Julia le hace gracia Leonardo (y le confieso que no entiendo por qué, pues a mí personalmente me parece un pelmazo), no voy a prohibirle que hable con él.

—Pero la gente podría murmurar...

—A la gente no se le da gusto nunca. ¿Qué dicen de mí? Que me como a los niños crudos. ¿Y de usted? Que vendió su alma al demonio.

—Nosotros somos hombres, sabemos defendernos. Pero en una mujer la honra es asunto muy delicado.

—¿La honra, César?

—En estos pueblos las amistades entre hombre y mujer no se acostumbran. El mismo don Leonardo podría interpretar mal esta libertad que usted le concede.

—Supongamos que Leonardo se enamore de Julia; es natural. Ella es atractiva y joven, distinta de todas las otras mujeres con quienes puede tratar un ranchero de por estos rumbos. Pero Julia sabrá mantenerlo a raya; no es ninguna criatura inexperta que va a caer en manos de un seductor. Conoce sus deberes y, además de eso, ¿qué podría ligarla con Leonardo? Entre ellos hay un abismo, por la formación de ambos, por sus costumbres, hasta por su edad.

Pensar así era en Fernando un signo de profundo egoísmo; porque la más mínima duda sobre la virtud de su mujer habría implicado un esfuerzo de atención que disminuiría la que consagraba en su totalidad al trabajo.

Se planeaba ahora una gira por el municipio de Chamula, ya no para deslindar los límites de las haciendas, sino para reconocer las dotaciones de las comunidades y parajes, rehabilitando sus títulos de propiedad, hasta hoy desconocidos y violados por los rancheros.

Para llevar a cabo esta tarea Fernando Ulloa y su ayudante precisaban de la colaboración de todo el pueblo. Así que desde el primer día de su llegada a San Juan el ingeniero convocó a los "principales" a una asamblea en el Cuarto del Juramento del Cabildo Municipal.

A las tres de la tarde el Cuarto (enorme y frío, regado de juncia en honor de los visitantes y sin más mueble que una mesa rectangular de madera en el centro) estaba lleno de chamulas. La mayor parte de ellos eran ancianos pero habían acudido también algunos jóvenes que formaban un grupo aparte, el más inquieto y alborotador.

Cuando Fernando y César entraron, todos se pusieron de pie para saludarlos. Un leve rozón con la punta de los dedos, unas palabras mascullada e ininteligibles y el regreso a su lugar.

La atmósfera era irrespirable; el apiñamiento, los olores mezclados de la resina, de los cigarros de última clase, del sudor, de la lana húmeda, se condensaban en el ambiente. Se abrieron de par en par todas las puertas y una ráfaga de aire fresco alivió el malestar.

Fernando solicitó un intérprete pues lo que tenía que decirles era largo y necesitaba de explicación. Ninguno de los ancianos (aunque había quien hablara fluidamente la castilla) se ofreció a desempeñar ese servicio. Habían venido porque estaban acostumbrados a obedecer las órdenes de los ladinos; pero desconfiaban de ellos y en su interior estaban dispuestos a resistir.

Entre los jóvenes hubo una discusión breve, algunos gargajeos, signos de asentimiento y por fin se separó de ellos Pedro González Winiktón, quien se puso al lado de Fernando.

Fernando habló con lentitud, como si se dirigiera a un niño, escogiendo las palabras más fáciles, repitiéndolas como si la repetición las tornara comprensibles. Dijo que él era un amigo de los indios y que había venido desde muy lejos con una recomendación del Presidente de la República para que les devolvieran la propiedad de sus tierras; cuando cada uno sea dueño de su parcela es necesario que todos trabajen, que levanten buenas cosechas, que las lleven a vender a los mercados. Con el dinero que consigan, dijo, pueden vestirse mejor, pueden comprar medicinas, pueden mandar a sus hijos a la escuela.

Los ancianos escuchaban y de toda la peroración no sacaron en limpio más que se les estaba exigiendo que pusieran en manos de un extraño los papeles que, de generación en generación, habían atesorado y transmitido y que para ellos representaban lo más precioso.

Winiktón hablaba convirtiendo las palabras del ingeniero en la expresión de su propio sueño. Decía que había llegado la hora de la justicia y que el Presidente de la República había prometido venir a arrebatar a los patrones sus privilegios y a dar a los indios satisfacción por todas las ofensas recibidas, por todas las humillaciones, por todas las infamias.

Los ancianos escuchaban con estupor y los jóvenes con entusiasmo. Si hubiera habido alcohol ¡qué fácil habría sido arrastrarlos, poner en cada mano una tea, un fusil!

Xaw Ramírez Paciencia se había sentado hasta el fondo y hacía un esfuerzo casi sobrehumano por atender, por entender. Miraba a su alrededor para registrar las reacciones de los oyentes. ¿Por qué se abandonaban así? ¿Acaso no les había advertido el propio Xaw lo que predicaba el señor cura Manuel Mandujano? Que no hicieran caso de los consejos engañosos y que estos extranjeros eran pukujes, diablos que habían venido para perderlos y condenarlos.

Terminó la asamblea y cada uno se despidió ceremoniosamente de Fernando y con una reverencia breve, como correspondía, hecha a César. Todos prometieron registrar en sus cofres y entre sus pertenencias para ver si hallaban un documento como los que el caxlán les exigía; si tenían suerte en el hallazgo lo traerían a entregar al ingeniero. Mientras tanto él y su ayudante podían pasar la noche aquí, pues era el sitio que las autoridades chamulas destinaban a sus huéspedes.

—¿En el Cuarto del Juramento? —preguntó con incredulidad Fernando.

Sí. El hombre de más respeto, que era Ulloa, podía dormir sobre la mesa, grande, sólida y que resiste su peso; el otro se acomodaría sobre la juncia.

Así lo hicieron; y como no había luz, pues el cabo de vela de que los proveyeron se consumió muy pronto, se acostaron temprano. En la oscuridad palpitaban, intermitentemente, sus cigarros.

—¿Qué le parece la manera como nos han recibido? —preguntó el ingeniero.

—No podíamos esperar nada mejor; hay que avenirse a las incomodidades.

—No me refiero a eso. Tengo la impresión de que no entendieron lo que les dijimos; de otro modo no me explico que reaccionaran de esa manera.

—Algunos parecían muy contentos.

—Pero los demás nos miraban con una desconfianza...

—Los indios son muy desagradecidos.

—No diga los indios como si se tratara de los habitantes de otro planeta; procure entender sus actitudes; piense cómo se comportaría usted si lo colocaran en una situación semejante a la de ellos.

Santiago sonrió con un asomo de burla.

—Tienen desconfianza y es natural. Después de todo no nos conocen; somos ladinos y de los ladinos no guardan muy buena opinión. A nosotros nos toca convencerlos de que nuestras intenciones no son las de perjudicarlos sino las de hacer que se cumpla la ley que los protege.

—Los viejos son muy reacios. Con ellos no hay que contar.

Pero de los jóvenes tampoco estaba muy seguro César. Quién sabe qué es lo que piensan, quién sabe qué es lo que interpretan de lo que se les dice. El más listo era, indudablemente, este Pedro González Winiktón que se ofreció a servirles de intérprete y de guía.

Pronto iniciaron las largas caminatas; iban a caballo los caxlanes, Fernando y César, y a pie Winiktón y un muchachito al que daba trato de hijo: Domingo Díaz Puiljá.

Conocedores de la vereda, ágiles en el paso, los indios iban adelante. Pedro se detenía ante un mojón y Fernando apuntaba cifras en el papel y medía con unos aparatos extraños que transportaba en una mula de carga. De cuando en cuando movía la cabeza en signo de inconformidad o de duda.

Fernando había aprendido a beber posol. A la orilla de un arroyo, de un ojo de agua, desmontaba para batirlo. Charlaba entonces con su ayudante y preguntaba a Pedro quién era el propietario de las ovejas que ramoneaban en aquel lugar y quién había sembrado aquella milpa y cómo era el tal don Olinto Serrano que alquilaba estas tierras como si fueran suyas.

Pedro responde todo lo que sabe, preciso, deseoso de servir. Y él, a su vez, pregunta: ¿Fernando Ulloa ha visto la ley? ¿Dónde está? ¿Es verdad que dice que cada campesino debe ser dueño de la parcela que trabaja? Los finqueros ¿ya no podrán seguirse declarando dueños de grandes extensiones y desalojando de allí a los pueblos que se habían establecido desde siglos atrás?

Pedro recuerda los éxodos de su infancia. Sus padres tenían su jacal, su milpa, en un paraje que ahora ya no existe. Y de pronto vinieron las tropas y a culatazos los arrojaron de allí y los soldados se llevaron los carneros y las gallinas y los dejaron a ellos a mitad de un camino con las pocas pertenencias que habían podido salvar, durmiendo a la intemperie y buscando en el cerro más alto y más pelón un lugar donde quedarse. Hasta que de nuevo eran expulsados de allí.

—Y mis padres tenían títulos, papeles. De nada les valió.

A veces un aguacero repentino los hacía correr a refugiarse bajo la sombra de un árbol, de una enramada para ovejas, de una choza de indios.

Aquí se sentaban alrededor del fuego, con el humo escociéndoles en los ojos y ese olor de comida hirviendo, de cuerpos humanos hacinados; ese cierto husmo animal que queda todavía en los recién nacidos. Afuera el agua escurría entre las junturas mal ajustadas de los palos y la paja semipodrida del techo. Desde un rincón miraban los chiquillos, quietos, harapientos, panzudos. Arrastrándose, procurando no hacer ruido ni llamar la atención de los extraños, se acercaban a la madre que molía afanosamente el nixtamal, con los ojos bajos, vergonzosa y muda.

El dueño de la casa abría las puertas ante la petición de Pedro; era un "pasada autoridad" y se le conocía por su honradez. Si él acompañaba a estos ladinos no había que recelar de ellos ningún daño. Hospitalario, el dueño destapaba un garrafón de aguardiente y convidaba de él a los visitantes. A boca de botella bebían todos, hasta el niño Domingo. Menos César, a quien daba asco esta costumbre.

Pero si Santiago permanecía al margen, entre los otros hombres se establecía una corriente de simpatía y de amistad. Poco a poco, el dueño de la casa cedía a la persuasión y hablaba.

Y así, hoy aquí y mañana en otro lugar, cada uno dice lo que ha guardado durante años. Vienen con sus quejas como van al altar de los santos. Y es la misma salmodia, la misma letanía de abusos padecidos, de pobreza, de enfermedad, de ignorancia. La desgracia de estos hombres tiene algo de impersonal, de inhumano; tan uniformemente se repite una vez y otra y otra.

Que se quejen algunos, bueno; es la costumbre de una raza vencida, de una generación abyecta. Pero no todos tienen el mismo temple. Los hay que alzan la voz para protestar, para exigir. Y los que proponen medidas para remediar.

Responde Ulloa. Sabe que no admitirán evasivas. Y promete. Él, hombre de razón, hablará con las autoridades ladinas. No, no hay que precipitarse, no hay que obrar fuera de la ley porque la ley lo previene todo, lo ampara todo. Sólo hay que echar a andar la máquina de la justicia, hasta hoy paralizada por tinterillos y rábulas. Fernando tiene experiencia, sabe cómo arreglárselas con los tramposos. Sí, viene de otras partes, "de más allá de México". Y es verdad que conoce al Presidente, que puede apoyar a Pedro González Winiktón en su testimonio de que existe. Y de que el Presidente tiene poder para ordenar que se devuelva a los indios lo que es suyo.

—Fernando, saca el papel que habla; apunta lo que oyes para que todo lo tengas presente. Aquí está Crisanto Pérez Condiós y la historia de cuando lo engancharon a la fuerza para trabajar en las fincas. Aquí, Raquel Domínguez Ardilla, con las señas de los latigazos que todavía no cicatrizan en su espalda. Se ha de saber también lo de la hermana de Domingo Gómez Tuluc, raptada en las calles de Jobel para servidumbre de casa rica. Pon, con estas letras, que los soldados entraron al paraje de Majomut y arrasaron lo que salió a su paso. Era mentira la denuncia de que los indios habían instalado un alambique para destilar trago. Pero ahora ¿quién devuelve las gallinas robadas, el telar deshecho, la vida de los niños despanzurrados a bayonetazos? Nadie va a devolver a las mujeres aquella mirada sin espanto ni a los varones un ánimo sin rencor. Pero hay que decirlo; apúntalo, Fernando; escríbelo, caxlán.

Este hombre, rumia César al ver al ingeniero inclinado sobre sus papeles, se está metiendo en camisa de once varas con su promesa de ayudar a tales infelices valiéndose de la ley. ¿Cuál ley? En Ciudad Real, en los Altos de Chiapas, no hay más ley que la fuerza. Y la fuerza la tienen los finqueros. La tendrían los indios si fuera el número lo que importara. Aquí hay muchos. Y no son todos. Otros más están remontados en la serranía, esperando una señal, una voz que los junte. Pero Fernando no tiene agallas para jefe. Es bienintencionado y no se adelanta a las malicias de los otros.

—Si me dejaran el asunto a mí ¡ya verían cómo lo bailaba!

XVI

CATALINA DÍAZ PUILJÁ daba vueltas al huso mientras pastaban sus ovejas. De cuando en cuando miraba rencorosamente a su alrededor. Nadie.

Estaba sola; de día y de noche estaba sola. Desde que ese par de ladinos andaban rondando por los parajes, con sus palabras y con sus números, Pedro González Winiktón ya no era el mismo.

¿Pero cuándo había sido de otro modo? Catalina hacía esfuerzos por recordar, por revivir a su marido tal como era en los primeros tiempos: un agua transparente, un agua fresca que se bebe cuando se tiene sed. Y no este enemigo por el que después se lo trocaron, ensimismado siempre, pensando —¿en qué?—, remoto, triste.

Hacía tiempo que Catalina había cesado de culparse por el desvío de Pedro. Cierto que ella era estéril y que él estaba en su derecho si quería repudiarla. Pero nunca lo hizo. ¿Por qué lo perdía ahora que los dos tenían un hijo? Porque Domingo era suyo, no de Marcela Gómez Oso ni de Lorenzo Díaz Puiljá. ¿Qué sabían ellos, pobres, del don que se les había concedido? Entre la inexperiencia de la muchacha y la imbecilidad del hombre habrían acabado por dejar que Domingo muriese. Fue Catalina la que salvó a la criatura, arrebatándola al regazo de Marcela.

Marcela, mala madre, no tuvo siquiera leche para amamantarlo. Fue preciso ordeñar a las ovejas recién paridas, a las cabras, para alimentar al pequeño.

Catalina sabía secretos para preparar infusiones y bebedizos; sólo esta ciencia había librado al niño, ¡tantas veces!, de las garras de la enfermedad y de la fiebre.

Domingo se crió en las faldas de Catalina; había aprendido a andar de la mano de Catalina. Marcela sólo miraba desde lejos, indiferente. Y Lorenzo, desde más lejos aún, reía sin comprender nada; reía a solas, estúpidamente, cuando no venía al caso.

Pedro quería al niño, lo amparaba con la sombra de sus años. Cuando estuvo en edad lo llevó consigo al monte, a la milpa. Le explicaba los nombres de las cosas, las costumbres de los animales, las virtudes y modos de las plantas. Hablaba el padre, contento de entregar lo que con el tiempo había venido atesorando. El hijo escuchaba con atención, con respeto. Y al terminar el día, la labor, regresaban ambos a la choza un poco más unidos, más amigos.

Delante de las mujeres, compostura. No son ellas para oír cosas de varones. En su boca todo se vuelve charla y bulbuluqueo. Hay que enseñarlas, con el ejemplo, a ser graves.

Esto lo sabía Catalina y lo aprobaba. El niño (lo era aún, con sus diez años apenas) ya estaba exigiendo el trato que se le da al hombre. Cohibida, la ilol se acercaba a Domingo para servirlo, no para mimarlo. De las manos se le caían las caricias, de los labios los nombres de ternura. Pero estos renunciamientos de Catalina, esta distancia, eran la tierra en que estaba germinando la hombría del muchacho. Iba a ser un varón como Pedro, ponderado, severo, tenido en más por todos. Para tal se le entrenaba y estaba bien. Por eso cuando Pedro empezó a frecuentar a los caxlanes, que habían llegado ya a estar siempre presentes, y cuando no se recataba de conversar con Fernando y con César delante de Domingo, Catalina tuvo un sobresalto doloroso como cuando la danta olfatea el peligro para sus crías.

Fue inútil querer apartarlos. Por lo demás, Catalina no solía manifestar su desaprobación a la conducta de Pedro por medios directos. Y esta vez acudió a su fama de ilol para pregonar que, auxiliada por su doble vista, había advertido que la estancia de los dos caxlanes en Chamula no tenía más fin ni propósito que dañar a la gente de la tribu: ya denunciando a los fabricantes clandestinos de aguardiente, ya vendiendo los datos que alcanzaran de su observación a los rancheros, a los enganchadores de Jobel.

El rumor llegó hasta los oídos de Pedro después de haber pasado por tantas bocas que era imposible ya reconocer su origen. Delante de Catalina Winiktón afeó la pusilanimidad y la mala fe de quienes propalaban tales especies. No eran muy culpables, arguyó ella, los que veían con desconfianza a los ladinos. ¿Cuándo un indio había recibido beneficios de ellos? Salvo de los frailes y de los curas. Pero éstos no tienen sino el habla de ladinos; en lo demás son diferentes: de la raza de los ángeles, así de poderosos para repartir ¡y cuán incomprensiblemente a veces! los premios y los castigos.

—Ah, sí, me vas a decir que ese cura de San Juan, ese Manuel Mandujano tiene fuerza. ¡No es verdad! Yo lo he visto caer derribado por la cólera, por el miedo. ¡Yo lo he visto temblar ante mi voz!

Catalina volvió a replegarse en el silencio. Pero incansablemente urdía, como la araña su tela, modos de separar a Pedro de esos advenedizos con los que hablaba en español de asuntos que ella no comprendía y que lo dejaban meditabundo, irritable, inquieto.

Como para descargarse del peso de sus preocupaciones, Winiktón salía a buscar con quien compartirlas. Y buen cuidado tenía para escoger a sus interlocutores. Nunca ancianos respetables, varones de consejo. Nunca siquiera aquel Xaw Ramírez Paciencia a quien ya no visitaba por no tener que ir a la casa parroquial.

No, los nuevos amigos de Pedro eran jóvenes, irrespetuosos como él. Eran los que regresaban de las fincas de la costa, insolentes a causa de su viaje; los que habían ido más lejos, al Istmo, al mero México, los que ya no encontraban bueno seguir viviendo como habían vivido hasta entonces. La miseria los sublevaba como una injusticia. Un hombre (¡con qué orgullo de hallazgo valioso pronunciaban esta palabra!), un hombre no tiene por qué padecerla.

—Si los ladinos no nos reconocen nuestros derechos tenemos que reclamarlos. Con la fuerza si es preciso. Con la guerra.

Ellos han visto las armas bien de cerca, conocen su funcionamiento, saben cómo se organiza un ejército del que algunos han sido soldados rasos. Se excitan al husmear el olor de la pólvora. Y en sueños se lanzan contra un enemigo todavía sin cara, sin nombre.

A la hora de matar gritarían: ¡patrón, ladino, caxlán! Porque también los caxlanes mueren. ¿Acaso no los han visto caer, en una encrucijada, abatidos a machetazos? ¿O achicharrados por las llamas del incendio?

¿Quién movió los machetes? ¿Quién prendió el fuego? Indios. Los indios saben matar a traición. Ahora han de aprender a luchar a cara descubierta. Son muchos. Son más que sus enemigos. ¿Por qué han de tener miedo?

Ah, qué fácil es hablar, piensa Catalina. El que habla corre como un jinete por el llano. Y de pronto la piedra de tropiezo, una pregunta:

—¿Dónde están las armas? ¿Y el dinero? ¿Y los jefes? Antes de que alcanzáramos a levantar el machete ya los ladinos nos habrían acabado a balazos.

El jinete trastabilla y luego recupera su equilibrio.

—Hay que conseguir lo que nos falta.

La zanja honda, que no se advirtió en el vértigo de la carrera.

—¿Cómo?

Y Pedro que se adelanta a decir, seguro y enigmático:

—Yo sé cómo.

Él sabe cómo. Los demás callan, vencidos por la autoridad del que afirma. Y esperan.

La conversación continúa fuera del jacal, en el paraje, en el campo. Catalina los sigue desde lejos, ansiosa, rechazada. ¿Qué dicen ahora? Palabras de hombres, juramentos. ¿Por qué Winiktón no aparta de estos vientos fuertes a Domingo? Domingo, Domingo. Pronunciar este nombre es masticar una raíz amarga.

—Lo arrancaron de mi regazo como si ya hubiera crecido y madurado. Me dejaron sola otra vez. Bruja, mala, ilol. Castigan el daño que hice, el que quiero hacer. ¡San Juan Fiador, ten compasión de mí!

Cuando me inclino a soplar el fuego, el vaho de las ollas me cubre la cara y me la empapa de vapor. Las gotas calientes van escurriendo después por mi cuello, por mis hombros. Y sin embargo tengo frío, me castañetean los dientes, me duelen las coyunturas. Ay, se me cierran los párpados porque no quiero ver el sol. ¡Qué oscuro está aquí adentro! Tengo que andar a tientas, como en el fondo de una cueva. ¡De una cueva! Resuena el eco en el hueco de la piedra. Caminan lagartijas, alimañas de humedad. Resbalan mis pies en la laja fría. Y me penetra hasta los huesos esta tiniebla mojada. Es igual que si me hubiera yo muerto y me hubieran enterrado envuelta en un petate viejo. Y no llevo conmigo al perro que ha de ayudarme a atravesar los ríos. El perro, el tigre de San Roque, protector de los brujos. Nadie, nadie. No se puede avanzar. Voy a pudrirme aquí, en la tumba, en la cueva.

Pero a veces se encuentran piedritas con que jugar. Piedras pequeñas y grandes. Musgo. No, musgo no, que no quiero dormir. Piedras. Como aquellas que encontré una vez.

Eran mi secreto. Lo supo Lorenzo. Pero a Lorenzo lo arrastró el gran pukuj y se ha olvidado de todo. Su cabeza es como un cascabel vacío. Sólo yo sé donde está la cueva, donde están las piedras. Son tres. Y tienen figura como de persona. Hablan. Yo las he oído hablar. Pero eché a correr porque tenía miedo. Era una niña y me asustaban las sombras. Hoy... hoy no me asusta siquiera vivir con un hombre que no es mío y que no sé de quién es. Lo perdí, me lo arrebataron. Yo tenía toda mi riqueza, como los árboles del camino, desparramada alrededor de mí. Cualquiera viene y la codicia. Y yo ciega, inmóvil, voy padeciendo la desgarradura, el despojo. No sé defenderme, no puedo. Voy a abrir ya este puño que no puede retener nada. Voy a desatar el nudo de mi amor que no guardó más que el aire. Estoy sola. Es preciso entenderlo bien. Sola.

Cuando los pensamientos duelen, el dolor se asoma a la cara. A todas partes: al pastoreo, al río, al jacal, a la iglesia, Catalina llevaba sobre sí el sello del sufrimiento. Las mujeres se apartaban de ella con temor y, a distancia, espiaban sus intenciones. No podían ser buenas. ¡Dañar! ¿Qué otra cosa quiere la fiera herida sino morder y despedazar a los que se le acercan? El círculo de aislamiento que rodeaba a Catalina se cerró. Y ella quedó en medio, con la fiebre fría que le martirizaba las sienes, con aquel delirio que le llenaba los ojos de imágenes absurdas, con aquella hambre que la hacía desenterrar recuerdos.

Retroceder, borrar este día de marido ausente, de hijo raptado. ¡Si se pudiera regresar hasta el principio! Cuando el trabajo era alegre como un juego y los juegos...

Correr por los montes, trepar entre las peñas y de pronto el pasmo de aquel encuentro. La cueva oculta entre la maleza. Rodó Catalina lastimándose con los guijarros, con los espinos. Miró la breve abertura sin atreverse a entrar. Se retiró de allí asustada. Pero volvería. Volvió con Lorenzo. Un hombre es un amparo. Juntos, los dos hermanos apartaron las hierbas. Entró él adelante. Ella atisbaba en el borde, medrosa. Quería gritar, huir. Pero lo siguió. Su corazón palpitaba con tal ímpetu que la cueva entera resonó como esos tambores lúgubres del templo. Después ¡qué oscuridad y qué frescura! Aletearon los murciélagos. Buena seña encontrarlos aquí. El murciélago es un espíritu favorable, un nahual. Pero hay otra cosa que no es esta alarma, estas carreras de los pequeños animales sorprendidos. Cuando los ojos de los intrusos se habitúan a la oscuridad pueden distinguir otras figuras. Helechos grotescos, momificados. Y piedras, sí, piedras. Hay algo en ellas que resulta extraño: su forma no es, como la de otras, casual. Y de pronto los dos niños echan a correr, despavoridos. Afuera, y a distancia grande del lugar de peligro, se comunican sus impresiones. —¿Qué viste tú? —La cara de un brujo, de un demonio. ¿Y tú? No lo podría decir. Lorenzo tartamudea, es lento para expresarse. Y más cuando se azora. No puede hablar. Está mudo. Las palabras que le quedan son pocas, incoherentes. Después callará para siempre.

La experiencia de la cueva permanece en secreto. Catalina no habla. Noche a noche, y durante meses, el recuerdo la ronda. La curiosidad la obligará, una vez y otra, a aproximarse al sitio misterioso. Pero el miedo no le permite avanzar. Se queda aquí, ante la boca de la caverna. Sabe, oscuramente, que el día en que trasponga este umbral, morirá.

Catalina deja su infancia como se deja un jacal maltrecho que no nos defiende de la intemperie: sin nostalgia. Entró en su vida de mujer con el amor de Pedro sosteniéndola. Y luego los años de cavar en la roca sin la recompensa de una gota de agua. Todo el alrededor era desierto y sed. El sufrimiento la adiestró en ciencias sombrías. Los demás la temieron. Ella misma, a veces, se asustaba de ser el instrumento de potencias sobrenaturales. El relámpago podía descargarse sobre los seres que Catalina amaba. Pedro, siempre el primero; Lorenzo después. Y luego Domingo, el pequeño Domingo. No fue Marcela quien lo llevó en sus entrañas. Envidias de brujos hicieron que la apariencia de las cosas engañase a todos. La madre fue Catalina. Y el padre no era un ladino sin nombre de Jobel. El padre era el esposo de Catalina. El niño había nacido del amor de los dos y creció bajo el cuidado de los dos.

¡Mentira! ¿No ves que te has mentido, durante años y años, Catalina? Si lo que dices hubiera sido verdad, si tú fueras madre de ese niño ¿recibirías el trato que recibes? El desvío del hombre, su esquivez, son castigo de tu esterilidad. Y ahora te arrebatan a Domingo, se lo llevan lejos de ti, lo enseñan a olvidarte. ¿Dónde está tu poder? También era mentira. Tu ceño es nube sin rayo, tu mano izquierda es una catástrofe conjurada. ¿De qué sirven tus invocaciones? Sordas están las orejas de los dioses, baldías fueron sus promesas. También ellos te abandonaron, sin esperanzas, ay, los adoraste. Castigo, todo es castigo. ¿Acaso revelaste lo que sabías de ellos? ¿Acaso no los dejaste pudrirse de humedad, de sombra, de olvido, en su cueva? Verdes de musgo estarán ahora, resquebrajados por el tiempo. Nadie les lleva ofrendas ni cirios. Tú les escamoteaste la adoración al no comunicar a ninguno tu hallazgo ni exigir reverencia a sus imágenes.

Había que volver a la cueva, hacer patentes los ídolos ante los ojos de la comunidad. Las ausencias de Catalina, sus búsquedas, pasaron inadvertidas para sus familiares. Pedro estaba demasiado absorto en las conversaciones con los caxlanes. Y Domingo siempre iba detrás de Pedro. Los demás... los demás no contaban, el Lorenzo idiota y la Marcela distraída.

Catalina se acordaba del rumbo pero no del lugar preciso. Subía las peñas descuidando el rebaño, se enredaba en las zarzas. Sin temor de herirse apartaba la maleza para descubrir la boca oculta de la cueva. Y a medida que se extraviaba y que sus esfuerzos eran vanos, la fiebre iba apoderándose de la ilol. ¡Era preciso hallar aquel sitio! ¡Era preciso! Todas sus desgracias las atribuía a este solo motivo; todas sus esperanzas se fijaban en este solo punto: la cueva, la cueva, la cueva.

Desesperada, Catalina recurrió a Lorenzo, como si pudiera responder a sus preguntas. Le atenazaba el brazo, se lo retorcía, para exprimir, de aquella carne atormentada, una revelación. Marcela contemplaba, atónita, la escena, sin atreverse a intervenir porque todos los actos de su cuñada le fueron siempre incomprensibles, aunque jamás dejó de considerarlos misteriosamente justos.

Catalina soltó a su hermano y fue a sentarse junto al rescoldo. Tenía frío y sin embargo el sudor le empapaba la espalda, la palma de las manos. Trémula, sostuvo un pocillo de café y lo bebió ansiosamente. Sobre su rostro consumido bailaba el resplandor de la llama dibujando sombras grotescas. Un gran cansancio la desmadejó. Por sus mejillas amarillentas rodaron las lágrimas.

A sus rezos, a sus invocaciones, ya no acudía ninguna presencia. Catalina se inquietaba, como las yeguas pajareadoras, al escuchar un ruido, un rumor. Pero los ruidos y los rumores del mundo no traían ningún mensaje, ninguna palabra para la ilol.

Como si adivinara, la gente se sustraía a su trato. Ya nadie buscaba a Catalina para solicitar un consejo, para pedir una venganza. Su mano izquierda pendía inerte. Su mano derecha estaba vacía.

Catalina empezó a hablar. Confusamente mezclaba amenazas y promesas.

—Está madurando el tiempo; se acercan los grandes días, los días nuestros. El hacha del leñador está derrumbando el árbol que ha de caer para destruir a muchos. Te lo digo a ti y a ti. Que lo que se acerca no te coja desprevenido. Alístate, prepárate. Porque se aproxima un gran riesgo.

Los que la escuchaban casualmente, al pasar junto a ella, se iban con un vago malestar. Tenía poderes, los dioses no habían desamparado a la ilol. La enormidad de sus revelaciones le roía las entrañas; vedla, con los labios sollamados, la mirada delirante, la cabellera revuelta. Vedla por el monte, caminar como una sonámbula. Es que está escuchando. La voz se multiplica en ecos: norte y sur, este y oeste. Aquí, aquí, no, más allá. Avanza, retrocede. Tropieza, la ropa se le rasga, los cardos la muerden. ¿Dónde va caminando Catalina Díaz Puiljá? ¿Encima de la tierra o adentro de tu alma? Llegaste, al fin. Donde la memoria, subiendo de tus pies, entrando por tus ojos, despertando en el tacto, comienza a reconocer y dice: es aquí. No titubees, acércate. Desciende por esta ladera sin camino; esquiva esa ramazón, asómate por la abertura. El olor —¿no te acuerdas?—, la bocanada de aire húmedo y malsano. Atraviesa el umbral, penetra. No ves nada aún. Espera a familiarizarte con la tiniebla. Ahora sigue. Ya estuviste aquí antes. El corazón resuena, como entonces, dentro de la oquedad que te rodea. Las piedras estaban allá, en aquel rincón. ¡Pero no hay nada! ¡Han desaparecido! Soñaste lo que no existía, te robaron tu tesoro. Aguarda. No has soñado. Allí están las piedras: son tres, como antes. Tres. Eres dueña del mundo, Catalina Díaz Puiljá, ahora eres dueña del destino. Sal, grítalo a todos los vientos. ¡Que vengan! ¡Que se inclinen ante ti, todos! ¡Pedro! ¡Domingo! ¡Gente!

Las voces de Catalina se perdieron en la inmensidad vacía del campo. Quería correr y no quería apartarse de su hallazgo; lo estrechaba, macerándose la piel con la aspereza mineral. No pudo moverlo.

Ya vendrán, se decía la mujer, han de buscarme. Pero las horas pasaban, noche y día, iguales adentro de la cueva.

Vendrán. Vinieron. Hallaron a Catalina junto a sus piedras, desfallecida de alegría y de hambre.

XVII

¿EN QUÉ momento empieza la infidelidad? Julia Acevedo no podría decir con precisión cuándo comenzó a escuchar, como si fueran aceptables, las proposiciones de Cifuentes. Su resistencia había sido minada, no tanto por el seductor, sino más bien por sus decepciones conyugales.

Fernando hizo la cama para el otro, sentenciaba con malevolencia. Y acaso en su decisión de entregarse al finquero no había más que un gesto desesperado: el del jugador que apuesta lo último que tiene a una sola carta.

Así Julia se enfrentó a Leonardo. Esto es una lucha, no es una trampa, se repetía en los primeros tiempos para darse valor. Confiaba en la atracción que era capaz de ejercer y en las satisfacciones que sabía dar. Estaba segura de que conservaría el suficiente dominio de sí misma como para no perder las riendas de este asunto. Pero no contaba con la insensibilidad de Leonardo, con ese orgullo del macho que no está acostumbrado a recibir dones sino tributos. Y su prestigio más sólido, el de extranjera, quedó eclipsado ante una nueva y brutal denominación: la de querida. Era la querida de Leonardo y este hecho la colocaba, automáticamente, a su merced.

Las entrevistas de los amantes no eran fáciles. La Alazana las preparaba con cuidado, creyendo que la discreción basta para tapar la boca de la maledicencia. No había testigos pero sobraban testimonios. Y como el mal no se inventa sino que se repite, a estos gratuitos informadores de la curiosidad pública les bastaba repetir. Historias viejas, sobadas. La misma historia que Leonardo y Julia vivían, considerándola original.

Julia Acevedo aguardaba. Con la garganta seca, con la lengua pegada al paladar —¡y no era la primera vez!— acechaba el más leve rumor proveniente de la calle. Había dado licencia a la servidumbre con cualquier pretexto (la fiesta del barrio, porque siempre hay una fiesta en algún barrio) y se quedaba sola en el caserón. Sola y casi a oscuras. Únicamente una veladora parpadeaba en un ángulo de la estancia.

Julia unía las manos sobre el pecho como en actitud de orar. Su corazón golpeaba fuertemente. Gracias a Dios su latido era ahogado por el estrépito de afuera: cohetes, galopes repentinos, pasos vacilantes de beodos, canciones destempladas. ¡Gracias a Dios! ¿Pero cómo distinguir, en medio de tal algarabía, el ruido que esperaba? El rechinar de la llave en la cerradura, el leve gemido de la puerta al entreabrirse...

Nerviosa, la Alazana se asomaba al corredor. La luz de la luna proyectaba sombras caprichosas sobre el enladrillado. Una luna remota y fría. Pero entonces ¿qué hora es? Julia ha perdido la noción del tiempo. La noche es eterna. Ha comenzado siglos atrás y no terminará nunca.

—¿Qué va a pensar ese hombre si me encuentra así? Debo serenarme, hacerme dueña de mis actos. Esto es una lucha, no una trampa.

La Alazana iba a la cocina y avivaba el fogón para calentar una taza de té. Quería ayudar al esfuerzo de su voluntad y prendía las luces. El examen atento, frente al espejo, le resultaba satisfactorio. Su expresión parecía impávida y sobre la palidez se extendía artificialmente una capa de rubor.

Después Julia volvía a la sala; se acomodaba en el sofá, tomaba un libro. Cuando Cifuentes entraba Julia podía alzar un rostro genuinamente sorprendido, como si la interrupción hubiera sido fortuita.

Leonardo no reparaba en estos detalles. Iba en busca de su placer y lo solicitaba sin rodeos. Alardeaba de su potencia, estaba contento de no experimentar gratitud.

En las conversaciones posteriores Leonardo se pavoneaba ante la hembra. Recuerdos de aventuras anteriores, cuidadosamente deformados; exposición de sus proyectos actuales: negocios, política. Y, para dar sabor, una que otra referencia despectiva al marido, a Fernando.

—¿Sabes lo que está haciendo ahora? Predica a los chamulas. Que si son iguales a los ladinos, que si serán dueños de la tierra que trabajan... ¡Como si los indios pudieran entender lo que se les dice!

Julia callaba. Le producía un malestar cierto el tono de la voz del otro, sus palabras ordinarias. A veces hacía un esfuerzo por sonreír y lograba un rictus inoportuno. Para escapar al yugo de este hombre a Julia no le quedaba más recurso que ignorar su presencia, borrarlo de su imaginación y de su mente. Cerraba los ojos, se refugiaba en pensamientos absurdos, en repeticiones hipnóticas: "Pablito clavó un clavito, un clavito clavó Pablito; uno, dos, tres, cuatro, cien; Señor mío Jesucristo, Dios y hombre verdadero... cuando naranjas, naranjas, cuando limones, limones."

La conciencia de Julia empezaba a adormecerse. Pero daba un respingo sobresaltado al escuchar el nombre de Fernando. ¿A propósito de qué? Ah, sí, a propósito de los indios.

—¡No quiero ni que me los mientes! ¡Los indios! Los odio a todos, sucios, miserables, torpes. No se puede caminar por las calles de Ciudad Real sin tropezarse con indios tirados de borrachos, sin recibir la embestida de una carga con la que corren a ciegas, sin resbalar en las cáscaras y desperdicios que van dejando tras de sí.

Leonardo reía complacido con la viveza de la descripción. Sí, ahora que reflexionaba él también había sentido el mismo disgusto y por las mismas causas. Pero ni en mil años hubiese acertado a decirlo de la manera que lo decía la Alazana. Era graciosa. Y para apoderarse de esa cualidad que no comprendía y que lo inquietaba, Leonardo se abalanzaba sobre Julia imponiéndole la rotundidad de su carne, haciendo brotar de aquella boca el único lenguaje que compartía: el del placer.

Julia se resistía lo suficiente como para enardecer, hasta el colmo, a su adversario. Después iba cediendo poco a poco, desbaratando los nudos de su instinto hasta entregarse en un impulso total.

Quedaba apaciguada ¡por lo menos! Y al encontrarse otra vez sola miraba a su alrededor como si ese alrededor fuera nuevo y estuviese reconociéndolo con asombro. Todo seguía sucediendo según la monotonía de su ritmo; los cimientos del mundo estaban intactos; la catástrofe no se había producido.

—Y yo soy una adúltera —se repetía Julia para convencerse de un hecho cuya realidad no alteraba la esencia de su ser. Sólo había cambiado ante el juicio de los demás; se había convertido en un objeto de desprecio, de abyección.

Isabel escuchaba los comentarios sobre su rival con un secreto regocijo. Había descargado, ¡por fin!, en los otros el arduo oficio de sospechar, el triste menester de descubrir engaños, el indeseable privilegio de castigar. Su conducta imperturbable llenaba de elogios las murmuraciones de Ciudad Real. ¡Una santa Rita de Casia, ni que ver! Un ejemplo para esas jóvenes soflameras que por nada y nada le ponen a su marido las peras a cuarto. El propio señor Obispo hizo a Isabel una visita especial para recomendarle paciencia, esa virtud que, entre todas las cristianas, es la única equiparable a la caridad.

Isabel reía entre sí de aquellas exhortaciones. Pero un largo hábito de hipocresía la hizo componer inmediatamente un discurso de circunstancias.

—No me duelo de mí. Todo lo que me suceda es bien poco para lo que mis pecados merecen. Es ella la que me preocupa, mi hija.

—¿Qué tiene que ver Idolina con esto?

—Se ha encariñado mucho con... con esa mujer.

—¡Pero a quién se le ocurre! La Alazana es una compañía no sólo impropia, sino hasta peligrosa.

—Lo sé, Monseñor, pero no puedo prohibírsela a Idolina. ¡Está tan sola!

—Por lo menos habría que vigilar esa amistad. ¿Usted está presente en sus entrevistas?

—No.

—¿Por qué?

—¡No puedo soportarlo, Monseñor!

—Sí, lo comprendo. Pero alguien tiene que intervenir.

—Aconséjela usted, don Alfonso. A mí Idolina no me hace caso. Basta que le pida yo algo para que se esmere en llevarme la contraria.

Idolina escuchó el sermón de Su Ilustrísima con las mandíbulas tercamente trabadas. Este anciano no era nadie, aunque estuviera cubierto de sedas y amatistas. Dignidades, títulos... Idolina sabía lo que se ocultaba debajo de las apariencias: lodo y mentira. Que creyeran en estos prestigios los mayores que los establecían y los reverenciaban. ¡Los mayores! Quién los ve, tan pulcros, estirando el dedo meñique para tomar la tacita de chocolate; limpiándose la comisura de los labios con la punta de la servilleta; recogiendo el vuelo de las faldas para que no rocen los charcos. Pero cuando están a solas hacen alarde de sus vicios. Idolina ignoraba cuáles eran esos vicios, dónde los ejercían y cómo. Pero olfateaba la atmósfera de brama que se desprendía de las mujeres y de los hombres, adivinaba sus guiños de complicidad, su anhelante acecho de lo que ellos llaman "la ocasión". Idolina sentía el desdén con que la miraban porque era una muchacha, porque no crecería nunca, porque jamás descifraría los secretos de los otros, porque siempre iba a contemplar desde afuera, desde el extremo opuesto, a la asamblea de satisfechos, de hartos. Los odiaba desde su pureza malherida, desde su inocencia corrupta, desde sus pasiones sin objeto.

¿De qué habla este anciano? Es evidente que le gusta escucharse. Saborea las palabras, deja que se deslicen fácilmente. Agrada. Pero no hay que oírlo. Es pérfido. Entre los circunloquios Idolina advierte la oreja de su intención: trata de separarla de Julia. ¿Por qué? Dice que Julia no es la amiga adecuada. ¿No? ¿Y quién entonces? Idolina no conoce a las muchachas de Ciudad Real. Y las teme. Desde el otro lado del vidrio las ha visto pasar. Van con los ojos bajos. Susurran. En la oscuridad de los anocheceres salen a la calle con el rostro cubierto por un chal. ¿Adónde se dirigen? ¿Qué buscan? Al día siguiente recuerdan y se sonríen a solas. Entre ellas no cabe Idolina; es de otra especie.

El señor Obispo no se atreve a lanzar contra Julia la acusación definitiva. Pero entre una reticencia y otra va cuajando una imagen: adulterio; va dibujándose la figura de los protagonistas: la Alazana y Leonardo.

El primer impulso de Idolina es gritar que la gente los calumnia. Pero la reflexión la enmudece. Su padrastro es capaz de una hazaña semejante. Y la consideración de lo que ahora sufrirá su madre anestesia a Idolina para impedirle advertir su propio sufrimiento.

Hasta después, en la soledad, siente la herida. La han traicionado otra vez y otra vez de la misma manera y con el mismo hombre. Idolina odia a Cifuentes con un odio mezclado de secreta admiración, de oscura envidia.

Y se está sentada en un rincón, impotente, mientras la sangre le golpea las entrañas y un ahogo le entrecorta la respiración.

Los culpables están fuera de su alcance. ¿Cómo podría castigarlos? Inventa conjuros, los recita. ¡Si estuviera aquí Teresa, su nana! Pero calla cuando descubre que son palabras sin sentido, sin eficacia. Y vuelve al punto del que partió: el crimen, un crimen cuya enormidad está haciendo que le estalle el cerebro. Se pone de pie. Es medianoche y el rescoldo del brasero se ha extinguido. Tropezando, va hasta la luz y la enciende. Pero el proyecto que la empujó a levantarse se desvanece ante la llama pálida y oscilante de la vela. ¿Qué quería? Ah, sí, quejarse, protestar. Pero no mañana; transcurrirán siglos antes de que amanezca. Ansiosamente busca un papel y un lápiz. Ella, que apenas sabe escribir, está llenando ahora una página y otra con esa letra grande, desgobernada, de quienes están acostumbrados a emplear la mano en otros menesteres. Es un relato tumultuoso, una confesión infantil, el último grito del que se ahoga. Cuando termina está jadeante como si hubiera hecho un gran esfuerzo físico. Dobla los papeles y los guarda en un sobre. Sólo entonces se da cuenta de que no tiene a quien dirigírselo. Antes de apagar la vela prende fuego a una de las puntas del manuscrito. Ayudada por esta claridad vuelve al lecho.

Ahora tirita de frío y el alivio momentáneo que le produjo la escritura ha desaparecido. Ay, si se pudiera morir. Pero no alguna vez, más tarde, sino en este instante preciso. No le importa la manera y es incapaz de imaginar los detalles. Tiene miedo, además, del dolor y del minuto supremo en que el cuerpo perece. No, morir sin trámites, sin repugnantes dilaciones, con la facilidad con que las cosas suceden en los sueños. Idolina muerta. En su rostro una palidez, una serenidad que la embellece... pero su quijada cuelga y es necesario atarla con un pañuelo. No importa, sigue adelante. Alrededor del féretro los cirios chisporrotean, languidecen en su amarillez funeraria. Y ellos, los culpables ¿qué hacen? ¿Ríen? ¿Levantan los hombros con indiferencia? No, no es posible, no es justo. ¡Yo la maté!, gemiría su madre, retorciéndose las manos. ¡Yo la maté!, gritaría a los que vinieran a darle el pésame y que, después de escucharla, le volverían la espalda, horrorizados.

¿Y Julia? Julia tendría que huir de Ciudad Real, perseguida por los remordimientos.

Las mejillas de Idolina estaban húmedas de llanto. Lloraba de lástima de sí misma; lloraba representándose ese recuerdo suyo, amargo y vengativo, que para siempre iba a acompañar a quienes tanto la martirizaron.

Pero en contradicción con sus cálculos y aun con sus deseos la salud de Idolina no padeció menoscabo. Por más que buscaba en su interior, al acecho de un malestar oculto, no veía el menor síntoma que la alarmase. Recurrió a sus antiguas tretas y fingió la enfermedad. Pero Julia no cayó en el lazo.

—Arriba, holgazana. ¿Vas a desperdiciar un día tan hermoso como el de hoy? Mira ese cielo, sin una nube. Es un milagro, en este pueblo donde no hay más que llover y llover. Anda, levántate y ven conmigo. Te concedo que Ciudad Real tiene alrededores bonitos. El Peje de Oro, las labores, las huertas. Ahora es el tiempo en que se dan los duraznos. Son jugosos y dulces. ¿No te gustan? Nada, no admito pretextos. ¿Que estás decaída y quebrantada? Vamos, si tienes unos colores que no te dejan mentir.

Así Julia obligaba a Idolina a vestirse. Iban juntas por las calles de Ciudad Real.

—¿Por qué la gente no nos saluda? —observaba suspicazmente la muchacha.

—Porque no nos conocen —respondía con aparente franqueza la otra—. Tú has vivido encerrada y yo no soy de aquí.

No bastaba la explicación para Idolina. Seguía hilando sus sospechas.

No nos saludan porque nos desprecian. A ella por perdida y a mí por consentidora. Lo que se dice de Julia y de mi padrastro es verdad.

Para asirse a una certidumbre Idolina recordaba detalles, recogía alusiones sueltas, admitía como testimonio los celos de Isabel. Pero todo se derrumbaba ante la imagen, las palabras, los ademanes de Julia. Tenía una frente tan nítida, una risa tan espontánea. ¡No, no es verdad, no puede ser verdad!

Era verdad. Las relaciones entre Julia y Leonardo habían entrado ya por el seguro cauce de la rutina. Se habían abandonado a ella los amantes después de semanas de galvanizar su ansia de aventuras con el miedo. Un miedo al que Fernando no daba pábulo. Sus ausencias les concedían amplio margen para las expansiones y sus retornos eran siempre previsibles. La culpabilidad era en Julia y Leonardo un sentimiento demasiado débil como para sostener un clima de sobresaltos, arrepentimientos y temores. De modo que la pasión de los primeros tiempos fue derivando hacia un afecto conyugal y tranquilo.

Pero esto no era lo que el ranchero buscaba en una amante y menos en una amante como Julia. Hablaba de su decepción a su confidente, doña Mercedes Solórzano.

—¡Qué me estás contando, criatura! Si es muy cierto lo que dice el dicho de que "caras vemos y corazones no sabemos". Pero mirá, te voy a dar un consejo: callate, no le digás a nadie lo que pasa, no lo des a maliciar, porque lo único que vas a sacarte es que se rían de vos. ¡Si supieras la envidia que te tienen los señorones, tus amistades! La Alazana es bocado de cardenal, dicen, y ellos tienen que conformarse con unas enteleridas que consiguen a saber adónde, porque ahora ya no son las mismas épocas de antes en que había hembras tan galanas. Dejalos en su creencia. ¿Para qué les vas a dar satisfacción? Y si querés divertirte por otro lado, nadie te lo critica. Te conozco, mañoso. Te hacen falta los fustanes almidonados de las criadas y hasta el tzec descolorido de las indias. Dejate estar, que de eso me encargo yo. Ya me estaba haciendo falta una coyuntura para servirte. Yo sé muy bien que en la cárcel y en la cama es donde se conocen los amigos.

Cifuentes no aceptó, por el momento, tal oferta. Se complacía en rumiar su inconformidad. Porque al hacer un balance resultaba que, a fin de cuentas, Isabel, la legítima, había logrado mantenerlo durante un plazo más largo en un estado de tensión y expectativa y no esta mujer.

Una salud espléndida inmunizaba a Julia contra los arrebatos histéricos; la seguridad en sí misma y en sus atractivos la libraban de los celos y una cierta insensibilidad moral adormecía fácilmente sus escrúpulos. Para ella el adulterio más complicado se habría convertido pronto en una situación normal.

Leonardo observaba, además, otros síntomas. Julia estaba adquiriendo un aire de matrona satisfecha que lo sublevaba. Empezó a irritarla para ver cuál era su reacción: excusas a última hora por no asistir a una cita; esencias extrañas que de pronto exhalaban su olor desde los dobleces de un pañuelo; distracciones súbitas; y doña Mercedes, tan servicial como siempre, que muy sutilmente señaló a Julia el peligro de que el señor tuviera por ahí algún quebradero de cabeza.

Julia se encabritó. No faltaba más que un ranchero, un payo con el que ella había condescendido y al que se había rebajado, se diera el lujo de humillarla. La ofensa hecha a Julia iba más allá de su persona: en ella la provincia estaba escarneciendo a la elegancia, al buen tono, a la superioridad, en fin, de la capital.

¿En qué me he descuidado?, se preguntaba Julia exprimiéndose una espinilla indiscreta, ante el espejo. Su instinto le dictó las medidas para recuperar el terreno perdido. Medidas elementales: arrumacos que se cobraba después minuciosamente con frialdades, fingidas ausencias, olvidos deliberados. Pero Leonardo, zorro viejo en estas lides, venteaba desde lejos el engaño y lo veía venir con una sonrisa socarrona.

Jugaban los dos, en estas escaramuzas, su posición, el dominio que iban a ejercer sobre el adversario vencido. Ganaba la experiencia del hombre, perdía la índole vulnerable de la mujer. Pero la casualidad, con la que ninguno contaba, vino a decidir la contienda.

—¿Y aquel chal que te regalé? —preguntó Leonardo—. ¿Por qué no te lo pones nunca? ¿Es que no te gusta?

—Es que no hay oportunidad; no salgo a ninguna parte. Y para quedarme aquí, en estos cuartos helados, necesito algo que me abrigue mejor. Con tu mentado chal me resfriaría.

El pretexto era válido. Pero a Cifuentes le dio cierto tufo de cosa rebuscada y falsa. Volvió a insistir unos días después.

—¿Y el chal? No me dirás que hace frío hoy. En la resolana del patio hasta te sofoca el calor.

—Es cierto —respondió vagamente Julia—. Hace buen tiempo. En Tepic la gente ha de estar asándose.

Y comenzó a evocar su casa, los episodios de su estancia en aquella ciudad, las personas que había conocido. La nostalgia de sus palabras irritó a Leonardo. ¿Acaso no estaban bien aquí? ¿Qué más podía pedir una mujer como Julia? La interrumpió bruscamente.

—Barájamela más despacio, Julia. Estábamos hablando del chal.

—¡Y dale con el chal! ¿Qué quieres que haga con él? ¿Que lo coloque en un marco?

—Que te lo pongas para darme gusto.

—Yo no soy el payaso de nadie, señor. Si usted quiere que una mujer le sirva de títere búsquela en otra parte, porque lo que es conmigo se equivocó de puerta.

Se veía hermosa así, con el rostro arrebatado por la cólera. Su contracción violenta borraba aquellas insinuaciones de obesidad tan contradictorias con su tipo. Cifuentes se sintió excitado a la lucha.

—¡Cuidado con lo que dices! Si me provocas...

—Si te provoco ¿qué? ¿Me vas a amenazar con buscarte otra querida? Anda, apúrate, que me estás estorbando aquí.

—Ya sé lo que buscas, grandísima solapada: motivos para faltarme al respeto.

—Respeto no te lo debo a ti.

—¿A quién entonces? ¿Al pobre Fernando?

En jarras, habiéndose despojado en un instante del barniz de buenos modales tan difícilmente adquirido, tan cuidadosamente vigilado, Julia respondía:

—¡Miren quién habla! ¡Pero si el culpable de que Fernando sea "el pobre Fernando" eres tú!

—Igual que Isabel cuando le miento a Isidoro...

—¿Qué tiene que ver Isabel con esto? Aquí se trata de mí y únicamente de mí.

—Pues tú, tú me diste entrada con tus lagoterías. ¡Bien ensayadas las tienes! ¿Con cuántos más las usaste?

—Leonardo, te estás propasando...

Replicaba el otro y todo venía a resolverse en una crisis de lágrimas. Besos, tanto más dulces cuanto que los labios acababan de probar la hiel del insulto; caricias apasionadas que tenían que luchar contra el rencor. Y por último la embriaguez absoluta, el olvido, el aniquilamiento. Parecían dos nadadores que hubiesen abandonado en la orilla las vestiduras de sus prejuicios, de sus susceptibilidades, de sus desconfianzas. Pero tras la breve inmersión era preciso regresar, vestirse de nuevo y continuar el diálogo.

—¿Y el chal?

—¡Otra vez! ¿Cómo voy a ponérmelo ahora? Es una prenda de lujo que requiere una ocasión.

—Cuando hay esa ocasión la desperdicias. ¿Por qué no te lo pusiste en los maitines de San Cristóbal?

—No se me ocurrió.

—¡Qué casualidad!

—Déjame en paz, hombre de Dios.

—¿No será que alguno va a reclamarte si te lo pones?

—Bastantes dolores de cabeza me causas tú como para que todavía me queden ánimos de meterme en otro berenjenal.

—Entonces...

No había explicación. Julia aborrecía las discusiones y nada le costaba complacer a Cifuentes. Sólo que, al ir a buscar el chal, encontró vacío el sitio de su ropero en que lo guardaba.

—¡Qué raro! —se dijo, revolviendo con precipitación los demás cajones—. Estoy segura de haberlo dejado aquí.

Pero la evidencia se imponía: el chal no estaba allí ni en

ningún otro lado. Julia registró hasta los lugares más inverosímiles de la casa: el desván, la cocina, el cuarto de la leña. Nada. Como si el chal no hubiese existido nunca.

Naturalmente se le ocurrió sospechar de la criada. A la primera oportunidad se metió en su cuarto para registrarlo. Forzó un baúl, levantó el petate, movió la cama. Antes de marcharse puso orden en los objetos pero no lo bastante como para que la sirvienta dejara de advertir que su habitación había sido violada y armase un escándalo fenomenal.

—¡Yo soy pobre pero honrada! Puedo andar con la frente muy alta porque a mí nadie me pone un pie adelante. No como algunas señoras que yo conozco que tapan con su dinero sus sinvergüenzadas.

Hubo que aplacarla, pedirle perdón, aumentarle el sueldo. Y el chal, mientras tanto, sin aparecer.

Leonardo se mostraba cada vez más insistente y necio. Acorraló a la Alazana, quien, ahora que se sentía culpable, era incapaz de desviar la conversación ni de convertirla en disputa. Acabó por confesarlo todo.

Leonardo se enfureció. ¿Era ése el pago que merecía? Semejante descuido podría parecer natural en otras mujeres pero no en Julia que tenía su casa hecha un espejo, una tacita de plata. Si le preguntan dónde está el último alpiste para el canario lo sabe. Pero no sabe qué se hacen los regalos de su querido. ¡No habría de serlo tanto cuando tan poco aprecio concedía a sus atenciones! Y eso suponiendo que no hubiese perdido intencionalmente el chal.

La Alazana se encerró en un desdeñoso mutismo. ¡Era el colmo que le hicieran tales reproches, echándole en cara el dinero que Leonardo gastaba en regalarla! Porque no eran celos, no, era avaricia burlada todo este alboroto. Bien probaba con sus acciones el ranchero cuál era su sangre y cuáles sus costumbres. Por eso ahora Julia había decidido darse su lugar. Hasta que no le pidiera perdón, hasta que no mandara al diablo el desdichado asunto del chal, no consentiría en recibir de nuevo a su amante.

Estuvieron disgustados unos días. En ese lapso Leonardo comenzó a sentir un angustioso desasosiego. El hábito le mandaba encaminarse rumbo a la casa de Julia, quitar llave a la puerta, entrar. Y tenía que contenerse y aguantarse.

—Te falta tu querencia —comentaba doña Mercedes—. Y a lo mejor ella también te extraña, pobrecita.

—¡Qué va a ser! Si ha de estar bailando de gusto por haberse deshecho de mí.

Lo decía para que lo contradijeran, para que la otra desvaneciese con frases esta sospecha dolorosa. Pero luego las frases le parecían endebles, los argumentos rebatibles. Era preciso poner término a la situación.

Doña Mercedes fue la emisaria de paz. Tuvo que empeñarse para convencer a Julia. Le entregó un chal nuevo, más rico, más hermoso que el que se había perdido. Y Julia adornó con aquella prenda el triunfo de su dominio sobre la voluntad de Cifuentes.

XVIII

EL PARAJE de Tzajal-hemel se había convertido en un santuario, punto de llegada de los peregrinos de toda la zona de Chamula.

Hasta los rincones más lejanos donde se habla tzotzil se supo la noticia: ¡los dioses antiguos han resucitado!

Éste era, pues, el momento que todos aguardaban. Los ancianos, con los ojos nublados de vejez, agradecían haber vivido lo suficiente para ver el fin de su esperanza; los hombres, en la plenitud de su edad, acogían el maravilloso anuncio con reverencia y alegría; las mujeres, atónitas, no comprendían nada sino que la carga del sufrimiento iba a aligerarse; y los niños se movían con facilidad dentro de la atmósfera del milagro.

"El lugar que las deidades de los antepasados escogieron para manifestarse está después de una distancia larga. Pero no importa. Camina tú adelante, venteador. En la vereda angosta te seguiremos. Detente aquí, a respirar, porque la cuesta es áspera y no termina pronto. Defiéndete del aguacero al cobijo de aquellos árboles copudos, en aquella enramada bajo la que se guarecen las ovejas. ¡Cuidado! No vayas a resbalar en el lodo ni a tropezar con la piedra. Acomódate bien el fardo para que la ofrenda llegue cabal: incienso silvestre, pom, el humo que se deshace en alabanzas; velas de cera, lentas para arder; medidas de aguardiente que suscitan en quien las bebe la fluidez de la oración. ¿Acaso ignorabas que siempre que Dios mira con malevolencia al mundo y quiere destruirlo (porque lo irritan nuestros pecados, porque se avergüenza de nuestra miseria), los hombres lo aplacan con estos regalos? Dios establece su alianza entre libaciones sagradas, entre luces mortecinas, entre salmodias agradables; eso lo saben quienes pactan con él, los que escuchan sus mandatos y sirven de guía al pueblo.

"Lo dice Catalina Díaz Puiljá, lo repiten quienes van tras ella. Si antes conociste la gruta en que aparecieron los dioses, ahora ya no acertarías a reconocerla. Mira: donde no había más que monte y maleza hay caminos, caminos frecuentemente andados. Y el interior, una vez oscuro y húmedo, ahora está limpio, regado y oloroso de juncia. En el centro ¿qué se levanta? Es una caja de madera, una especie de altar donde reposa el ídolo. La caja es tosca, está mal cepillada y si no la manejas con precaución te astillas los dedos. Pero es que la han hecho aquí las manos de los indios.

"No cabe duda de que en Jobel hay mejores operarios. Pero no es bueno profanar nuestras ceremonias, permitir a los caxlanes que se mezclen en ellas. Nadie extraño debe tocar ni una tabla. Las velas, el trago, también los hemos hecho nosotros. Y eso que envuelve al santo ¿qué es? Es un chal. Vino de lejos, de Guatemala; fue tejido allá también por manos de indios. Tiene, además, una virtud: ha sido propiedad de una mujer que tiene fuego en la cabeza; llamaradas le brotan, se le derraman por la espalda y no la queman. No receles maldad de ella, no es coleta, no es de Ciudad Real. Es extranjera y esposa de nuestro protector y padre Fernando Ulloa. Se llama Julia Acevedo.

"Entre los caprichosos colores del chal ¡cómo resalta la negrura pétrea del ídolo! Mira su rostro inmóvil, su boca sellada, sus ojos fijos en un día que no existe. Ha renacido aquí, en medio de nosotros, y sin embargo ¡qué distancia de estrella hay entre su oído y nuestro lamento!

"De Huistán y Yalcuc, de Jolnautic y Yaltem, de Zacampot y Milpoleta, de todos los puntos hemos llegado. El hilo de lágrimas que sala una mejilla se une al otro hilo de lágrimas y al otro y al otro, para desembocar aquí, para anegar el llano, para cubrir el cerro.

"Y el dios ¿acaso se conmueve? ¿Acaso dice: ¡basta!? Ha renacido, es verdad; es verdad que ante nosotros yace. Pero olvidó nuestro idioma y ya no acierta a hablarnos. Calla tú también, peregrino. Inútilmente gritas; tu cosecha de maíz no ha de bastar, por eso, al hambre de tus hijos; tus deudas engordarán al patrón y las potencias malignas se cebarán, como siempre, en tus rebaños. Y tú, mujer, ¿qué cuchicheas en un rincón? Más te valdría cerrar los labios. ¿La atajadora te arrebató la tela que tejiste? Paciencia; espera que la oveja se cubra de lana otra vez; esquila de nuevo y teje. Pero no bajes a la ciudad, guárdate de aproximarte a Jobel porque el brazo del ídolo no alcanza a defenderte.

"Míralo allí, dormido, mudo. Ay, cuánto mejor hubiera sido

quedarnos en nuestro paraje, en nuestra casa y no caminar hasta aquí para que nuestros ojos contemplaran este espectáculo tristísimo.

"¡En vano, en vano te mesas los cabellos, multitud! ¡Inútilmente te golpeas el pecho, te rompes en alaridos y súplicas! Dios, el dios que viniste a reverenciar, duerme. Duerme como un recién nacido. O como un muerto."

Catalina no se apartaba de los ídolos. Su jacal ya podía derrumbarse en el abandono; su familia ya no recibía de ella cuidados ni atenciones. Estaba aquí, noche y día, esperando. Esperando no sabía qué.

Cuando Catalina volvió en sí después de su hallazgo, la rodeaban gentes de la tribu. No pudo hablar entonces. Únicamente sus ojos se obstinaban en las figuras de piedra. Los demás las miraron también y comprendieron. Y al salir de allí se diseminaron por todos los rumbos para divulgar la noticia.

Con las ofrendas de los peregrinos se adornó la cueva, con su trabajo se la mantenía limpia, a pesar de la fluencia de visitantes y del tráfago diurno. Ebria por la devoción colectiva, Catalina respiró los primeros días un aire de entusiasmo, de exaltación, de expectante inminencia de lo sobrenatural.

¿Qué podría defender a Catalina contra la intrusión sagrada? Ninguna compañía íntima, ningún afecto seguro. Sólo sombras sin tuétano, palabras sin sustancia, espejismos. Pedro, impasible, silencioso, ceñudo; Pedro, devorado por una pasión desconocida, llama cuya combustión mantenía lejos a los importunos. Domingo, ansioso de novedades, olvidadizo de la gratitud para quien lo había criado. Y los demás: un hombre idiota y una mujer con la que no se podía hablar porque no se habla con las cosas. Más reales, más verdaderos eran estos huéspedes desconocidos, llegados quién sabe de dónde. Sumisos y exigentes, como todos los devotos, los peregrinos venían esperanzados. ¿Era posible dejarlos marchar sin que su esperanza se cumpliera? Los ojos de todos convergían naturalmente en Catalina. "Lo que calla el ídolo has de decirlo tú."

(¡Tú! ¡Tú! La sílaba resuena en un cerebro hueco; oprime y dilata una respiración angustiosa; late en un pulso incierto. ¡Tú! Si únicamente fueras capaz de escuchar... Cierra los ojos, Catalina, que no te distraiga el chisporroteo de las velas, el murmullo de las oraciones, el rumor de la vida de afuera. Atiende. Este llamamiento es más débil que el vagido de un recental. Ventéalo entre los ruidos confusos y sin objeto. No hay más que una voz. Su voz.)

Los que estaban cerca de Catalina pudieron observar su palidez. Un copioso sudor le escurría de las sienes empapándole el cuello y la camisa; sus miembros, rígidos, se crispaban. Repentinamente profirió un grito y cayó convulsionándose en el suelo.

Toda la asamblea la vio caer y ninguno hizo el menor movimiento para auxiliarla, como si, de un modo tácito, se hubieran puesto de acuerdo en que el acontecimiento que sucedía ante sus ojos era de un orden en que toda intervención humana resulta ilícita.

A los pies de los suplicantes Catalina gemía; entre sus dientes apretados se filtraba una espuma espesa y abundante. Se retorcía la ilol como un reptil despedazado a machetazos. Los demás la contemplaban embargados de terror, temblando ante la inminencia de una revelación.

Y Catalina habló. Palabras incoherentes, sin sentido. Se agolpaban en su lengua las imágenes, los recuerdos. Su memoria ensanchaba sus límites hasta abarcar experiencias, vidas que no eran la suya, insignificante y pobre. En su voz vibraban los sueños de la tribu, la esperanza arrebatada a los que mueren, las reminiscencias de un pasado abolido.

El haz de potencias ceñidas en torno al nombre de Catalina se desató y al través de este desgarramiento de la personalidad, empujado por el delirio, se desbordaba el anhelo colectivo.

Nadie de los que rodeaban a la ilol pudo comprender ni su evocación ni su profecía. Pero todos estaban contagiados de un júbilo salvaje que les pedía manos para convertirse en acción. ¡Por fin! ¡Por fin! Ha terminado ya el plazo del silencio, de la inercia, de la sumisión. ¡Vamos a renacer, igual que nuestros dioses! ¡Vamos a movernos para sentirnos vivos! ¡Vamos a hablarnos, tú y yo, para confirmar nuestra realidad, nuestra presencia! Sí, es cierto lo que hemos visto, lo que hemos oído. Aún no acaba de suceder... Allí está el instrumento del que la divinidad se ha servido para manifestarse. Allí está. Ahora que lo sagrado se retiró de ella semeja un cuerpo muerto, la cáscara de una fruta devorada. ¿Quién osará aproximarse a Catalina? ¿Quién se atreverá a auxiliarla ahora que su verdadera naturaleza es conocida? Sólo los sacerdotes, los brujos, podrían tocarla sin morir.

Y sólo los sacerdotes, los brujos, eran capaces de interpretar las palabras de Catalina. Hablaron oscuramente también; se movían a tientas, entre símbolos antiguos, olvidados durante cien y cien y más años, y de cuyo significado ya no estaban seguros. Pero a sí mismos y a los demás hicieron el don de una promesa: la promesa de que el tiempo de la adversidad había llegado a su término.

Catalina los escuchó atónita. Se sentía defraudada. La gran fuerza que la había poseído no debía comprimirse así, escurrir, como en pequeñas gotas, en el tímido lenguaje de estos hombres. Catalina había sido, por un momento, lecho de un torrente, despeñadero de una catarata. Y ahora, enjuta, enmudeció.

La llevaron entre todos a su casa. Era de noche y algunos empuñaban hachones encendidos de leña. El viento luchaba con la llama. Y de pronto un cántico brotó de la multitud. Avanzaban lentamente, acomodando sus pasos al ritmo religioso de su voz. Y el monte entero vibraba y devolvía cien ecos magnificados y sonoros.

La mujer que regresó al jacal de Pedro González Winiktón aquella noche ya no era su mujer. Era una extraña. Se sentó junto al fuego, con la mirada fija en el espacio como si lo interrogase. No quería moverse, no quería hablar. Y cuando el juez quiso averiguar por ella lo acontecido Catalina no atinó más que a cubrirse el rostro con las manos y a quebrarse en sollozos. Otras mujeres dieron cuenta de los hechos. La primera reacción de Pedro fue de ira.

Le habían arrebatado, lo comprendía bien, una posesión, un dominio suyo: Catalina. Y para recuperarlo no tenía al alcance más que la violencia. Golpear a su esposa hasta que el dolor (¡ah, ese rictus tan compañero de esa cara!) borrase el gesto extraño de distracción y ausencia. Sí, castigarla por su abandono, por su traición. Pedro se sentía desnudo y más, desollado, ahora que el amor, que la necesidad de Catalina por él se habían eclipsado.

Lo contuvo la presencia de gentes ajenas a su casa, a su paraje. Y al verlas atentas a los deseos de la ilol, obedientes a sus indicaciones, Pedro fue, poco a poco, dejándose ganar por un supersticioso respeto, por un oscuro terror.

Y lo que al principio irritaba a Pedro —la intromisión constante de mujeres desconocidas en el jacal— después le fue indispensable. Temía permanecer a solas con Catalina, temía que ella volviera de pronto sus ojos cargados de presagios para posarlos sobre él, para detenerlos sobre Domingo.

Miedo de esa mirada fija de los locos, esa mirada que no discierne, que no rescata del anonimato.

Era la misma mirada para todos los que venían a servirla, a reverenciarla. ¿Los advertía siquiera? En todo caso Catalina se entregaba a la solicitud, a la sumisión de los otros, con una pasividad total.

Catalina se había convertido en algo peor que una inválida porque, gozando de la aptitud de ejecutar cualquier acción, cualquier movimiento, se negaba a ello. Perdió la costumbre de los humildes menesteres cotidianos. Acechaba un éxtasis esquivo; lo perseguía con la red del conjuro, con la trampa de la oración.

El sitio de Catalina estaba en la cueva. Allí rezaba en alta voz, coreada por los peregrinos. Inventaba un ritual en el que afloraba el recuerdo de viejas ceremonias presenciadas alguna vez y la adivinación de ciertos ademanes con los que se expresa siempre la necesidad de propiciar a los misteriosos poderes que nos rodean.

Catalina y sus secuaces fueron creando una liturgia compleja y delirante en la que el centro de los homenajes gravitaba sobre la propia ilol. En ella venía a desembocar la imprecación y la alabanza, de ella surgían la luz y la promesa. Y Catalina no esbozaba ni el más mínimo gesto sin la certidumbre de ser un velo tras el cual los otros vislumbraban una realidad divina.

Pedro no intentó siquiera detener la avalancha de acontecimientos que se precipitaban en torno suyo. Él, lo mismo que sus compañeros de raza o condición, creía en la verdad de lo que se estaba manifestando. Esperanzas, mil veces derrotadas por el infortunio, brotaban ahora de nuevo, pujantes. Y en ese frenesí combativo del que también participaba sentía el latido anunciador de hechos que darían a las vidas de todos un nuevo cauce. "La humillación ya no ha de asfixiarte más con su dogal de hierro. La injusticia será reparada. Los dioses resucitaron para decirnos que tú y tú y tú, serás libre, que serás dichoso."

Pedro avizoraba algo más, invisible todavía para los otros. Si no bastara el sufrimiento padecido (se decía entre sí) para merecer la redención, tenemos otros méritos: el haber sabido agruparnos alrededor de un hombre que se ha inclinado a escuchar nuestras quejas, que conoce la extensión de nuestra miseria y que ha sondeado nuestra angustia: Fernando Ulloa. Está midiendo lo que se nos debe y cuando haya terminado marchará en busca del Gobierno hasta la ciudad de Tuxtla, donde los ajwaliles firmarán los papeles de la restitución. Seremos, desde entonces, indios con tierra, indios iguales a los ladinos. Y ésta será la primera palabra del dios que se haya cumplido.

Lo que Pedro sabe es una verdad. Pero una verdad que apenas está germinando, que todavía no resiste ni la intemperie ni la luz. Pedro se hace silencio para protegerla.

¿Hay algo que pese más que un secreto? El juez no tiene con quién hablar. Recuerda a menudo a Xaw Ramírez Paciencia.

Xaw se sentía bien entre los suyos. Les bastaba verlo llegar para que todos, hasta los principales, inclinaran la cabeza solicitando el roce de sus dedos sobre la frente. Y después escuchaban con atención sus palabras, esperando encontrar en ellas el hilo conductor de sus acciones.

Desde años atrás Xaw había desempeñado en San Juan la función del sacerdote ausente. Su fama no era ambigua como la de los brujos. Se le respetaba por ser el más próximo al altar, por ser el único que conocía el nombre de cada uno de los santos.

Xaw cumplía de buena fe su cometido. Honradamente creía que las alucinaciones del alcohol, que los absurdos caprichos de una mente confusa por la senilidad, eran consejos inspirados, avisos de las divinidades benéficas. Los comunicaba así a sus oyentes y sobre ellos recaía el resto del trabajo: obedecer.

Del ascendiente ejercido sobre los demás Xaw no pensó nunca sacar provecho. El sacristán había traspuesto la edad de las pasiones y para sus necesidades (hombre viudo y solo) sobraba lo que tenía y no ambicionaba más. ¡Pero con qué fruición disfrutaba de su prestigio y del acatamiento de la tribu!

Por eso cuando se enteró de la llegada a Chamula del pa dre Manuel tuvo un ligero sobresalto de celos. ¿Iba un ladino a disputarle el rango que durante tanto tiempo había usurpado? Su actitud ante el recién venido fue taimada y defensiva. Los incidentes de los primeros días parecieron confirmar los tristes pronósticos del anciano. Manuel estaba muy pagado de su autoridad y era consciente de su jerarquía y de la importancia de su misión.

Pero muy pronto Xaw pudo convencerse de que la presencia de un cura no debería ser motivo de alarma ni de inquietud. Al contrario. Ante los ojos de los indios Manuel Mandujano era la materialización del dios caxlán. Incapaces de figurárselo según abstracciones, los indios preferían tener a ese dios, frente a ellos, visible, de carne y hueso. Como todas las divinidades ésta era incomprensible. Tronaba desde el púlpito en un idioma extraño; decretaba mandatos absurdos; se enternecía por motivos incógnitos. Podía temérsele, sí, reverenciársele. Pero quererlo, entregarse a él, jamás.

Por tal motivo los servicios de un intermediario eran imprescindibles. Para ello, precisamente, estaba Xaw. Traducía las palabras de uno a los otros en su torpísima lengua; explicaba, a unos y a otros, las peticiones y las disculpas, embrollándolo todo y complicándolo más. Y el resultado fue que el padre Mandujano dejó de ser un rival para convertirse en un aliado muy útil. Ah, si Xaw no hubiese estado tan próximo a su persona, si no conociera tan de cerca el hueco que cubría con su cólera; si no presenciara cotidianamente los desfallecimientos de su voluntad, las flaquezas de su cuerpo, también él hubiera creído en el padre Mandujano como en un dios.

Un escepticismo saludable moderaba la actitud del sacristán ante el sacerdote. Naturalmente al padre Manuel Mandujano se le podía juzgar y juzgarlo se había convertido en la ocupación predilecta de Xaw. Naturalmente también al padre Manuel Mandujano podía engañársele y, en caso de conflicto con sus feligreses, inclinarse siempre a la parte contraria.

Pero a pesar de que los tzotziles conocían de sobra la lealtad de su sacristán, se mostraban ingratos. ¿Acaso acudían, en el número y con la frecuencia de antes, a solicitar el consejo o las indicaciones de Xaw? ¿Acaso no descuidaban la celebración de las festividades religiosas y dejaban transcurrir semanas enteras sin una visita a la iglesia? Sucedía algo y el fino olfato de Xaw lo puso inmediatamente sobre aviso. Algo estaba gestándose en alguna parte. Xaw conocía bien los síntomas. Los temía.

Por ejemplo, esto: los demás se volvían reservados frente a Xaw. Callaban o aludían a temas indiferentes, como si en el ardor de su conversación pudiese ser traicionado un secreto. Pues había un secreto, esto era lo único indudable. Un secreto que todos compartían, menos Xaw. Todos andaban agitados, como a la expectativa de un acontecimiento. ¿Que las cosechas serán malas porque no llueve? ¿Que vendrá el hambre y nos arrebatará a nuestros hijos, a nuestros hermanos? No importa. Todos tienen los ojos vueltos hacia otra parte, como en espera de un signo. Y algo, que todos advierten en la atmósfera y es imperceptible sólo para Xaw, los hace marchar. No se recatan. Se reúnen en grandes grupos y se van. ¿Adónde? Todos lo saben, menos Xaw. Regresan exaltados, con una lumbre de confianza y desafío en los ojos. Comentan entre sí, animadamente, las peripecias del viaje. Enmudecen cuando ven llegar a Xaw.

Éste no sabe cómo vengarse. Sus quejas se extinguen sin encontrar eco; sus ironías mellan su filo en la indiferencia de sus interlocutores. Y Xaw no se atreve a encarar resueltamente la situación preguntando: ¿qué ocurre aquí? ¿Por qué de pronto me he convertido en un perro sarnoso?

A fuerza de acechar Xaw sorprende un nombre. Las sílabas se abren paso entre las nieblas de la decepción y la estupidez hasta el cerebro del sacristán. Y allí refulgen. Solo, aparte, Xaw no puede explicar las razones de su certidumbre. Pero lo sabe, le ha sido revelado. En este nombre está la solución del enigma que lo atormenta. Lo que lo ha derribado de su sitial y le ha arrebatado sus insignias de preeminencia es una palabra: Tzajal-hemel.

Era allá donde iban todos, esperanzados; de allá volvían, acezantes de una excitación que Xaw no acertaba a calificar. El sacristán se aproximó a algunos, deseoso de compartir este alimento nuevo. Y lo que supo de él lo decidió a emprender también el viaje.

Ante el cura pretextó la visita a un pariente enfermo y marchó sin compañía. Dudaba de que lo aceptaran aquellos mismos que se negaron a hacerle partícipe de su hallazgo. Pero a medida que iba acercándose a Tzajal-hemel encontraba grupos, cada vez más numerosos, de peregrinos que llevaban el mismo rumbo. Iban cantando antiguas y monótonas canciones; iban tocando en el acordeón, en la guitarra, en sus violines rudimentarios, un ritmo obsesionantemente repetido. El paso tambaleante, los ojos turbios, la voz insegura de estos hombres delataban su ebriedad.

Se encaminaban, pues, a una ocasión solemne y pronto tuvo Xaw la oportunidad de verificarlo.

Tzajal-hemel, que antes fue la triste ladera de un cerro en la que se desparramaban algunas chozas miserables, mostraba hoy un aspecto animado y bullicioso. Gente de todos los puntos de la zona se congregaba aquí. Tenejapanecos, con su largo cotón de rayas verticales; huistecos, defendidos del viento por su sombrero ladeado; pableños de largas mangas rojas. Se escuchaba el tzotzil, con todas sus variaciones dialectales, en las conversaciones de la multitud.

Los comerciantes descargaban su mercancía; redes estallantes de naranjas; pequeños montículos de sal; telas ásperamente tramadas; utensilios de madera y de barro. Y la chicha y el aguardiente retumbando en el interior de tecomates y cántaros.

Por todas partes se alzaba la algarabía de una mañana de mercado. ¡Qué contraste el de esta pequeña plaza improvisada con la de San Juan, silenciosa y desierta desde hacía varios domingos!

Pero la plaza de Tzajal-hemel era únicamente un lugar de reposo y de tránsito. Los peregrinos, después de descansar y de proveerse, continuaban adelante, se internaban en el monte hasta llegar a la cueva.

Como ésta resultaba insuficiente para dar cabida a los visitantes, muchos permanecían afuera, esperando su turno para entrar. Cuando llegó el de Xaw fue empujado por la muchedumbre al interior de un recinto asfixiante por su pequeñez y por las emanaciones de flores y de cirios consumiéndose, de los que se hallaba atestado.

En una especie de altar estaban los ídolos, irreconocibles ya bajo las varas y varas de seda en que los habían envuelto. Algunos hombres quemaban incienso o hierbas aromáticas; otros iniciaban cantos que eran desordenadamente seguidos por los demás e inmotivadamente abandonados.

Se notaba, en la incoherencia de estos actos, que ninguno estaba autorizado para dirigirlos. Eran actos espontáneos, la espasmódica manera que tiene la multitud de desahogar su impaciencia.

Por fin sobrevino lo que todos esperaban y lo anunció un gran silencio: Catalina Díaz Puiljá avanzaba, abriéndose paso entre las gentes arrodilladas. Sus acompañantes apartaron, sin ningún miramiento, hasta con brutalidad, a quienes querían acercarse a la ilol, participar (aunque fuera por la fugitiva impresión del tacto) de la virtud que irradiaba de su cuerpo.

Catalina se detuvo ante el altar y se inclinó en actitud reverente. Luego alzó la voz, una voz ronca de sufrimiento; no modulaba sílabas, no construía palabras. Era un gemido simple, un estertor animal o sobrehumano.

Xaw sintió que le recorría la espalda un escalofrío de horror. ¿Era que alguien iba a responder a esta invocación? Y deseó desesperadamente estar lejos de allí, del sitio en el que iban a desencadenarse fuerzas bárbaras y sin nombre.

Ahora la voz de Catalina alcanzaba un registro casi imperceptible por su gravedad y era semejante al murmullo de un manantial remoto y soterrado.

La languidez parecía haberse apoderado de los miembros de la ilol. Se extendió en el suelo y yacía allí, inmóvil. Después un temblor, al principio leve y paulatinamente más y más violento, la agitó en convulsiones desordenadas. Temblaban los espectadores, contagiados por la fuerza sugestiva de aquella escena a la que puso fin un grito doloroso.

¡Va a hablar! ¡Va a hablar! Tal era el rumor que se derramaba entre la muchedumbre.

Como si el grito la hubiese liberado de sus ataduras, Catalina Díaz Puiljá se irguió, transfigurada. Si alguien la hubiese llamado por su nombre no habría comprendido. Era otra y no reconocía ni parentesco ni lazos con ninguno. Todo estaba borrado ante sus ojos menos esta visión del futuro, de un futuro que debía convertirse en presente. Y ya. Ahora.

Sólo que Catalina no era capaz aún de expresar sus visiones. Balbuceante, gesticulaba, se golpeaba la cabeza con los puños crispados. O repetía palabras sin ilación, sonidos de un idioma inventado, que llenaban de maravilla y estupor a quienes la escuchaban.

Menos a Xaw. Por un milagro el sacristán había logrado mantenerse incólume, al margen del frenesí colectivo, y guardaba una actitud cautelosa. Esta mujer miente, se repetía. Son fingidos sus ademanes y sus palabras falsas. Sus palabras... ¿qué dice? Que vengan a adorar a estas imágenes que son las de sus protectores, las de los únicos santos vivientes. ¡Mentira! Los santos de verdad viven en la iglesia de Chamula. Ésos sí pueden apartar de nosotros el daño de los brujos, pueden ayudar a que la milpa crezca y los rebaños abunden.

Pero aquí... aquí nos devorarán y cuando vengamos a darnos cuenta ya estaremos muertos.

Xaw se movió, carraspeando. De alguna manera quería mostrar su inconformidad, su protesta. Una severísima mirada de los que estaban junto a él lo contuvo. Nadie permitiría que se turbase el éxtasis de Catalina. Y si el sacristán se hubiera atrevido a romper aquella atmósfera, si hubiese intentado distraer a los demás con una irreverencia, se habrían lanzado furiosos contra él para ultimarlo.

Xaw tuvo miedo. Hundió la cara entre las manos para defenderse de la ceremonia que no podía interrumpir y se quedó quieto. Cuando abrió los ojos, Catalina y sus acompañantes ya se habían marchado. Unos minutos después la cueva estaba vacía.

Por curiosidad, por miedo de singularizarse, Xaw siguió a la multitud. En el camino al paraje iban todos cantando, plañendo, rezando a gritos. Se dispersaron al llegar; buscaban la sombra de los escasos árboles para batir su posol y comer las tortillas tiesas de su bastimento. No hablaban. O muy poco y de asuntos indiferentes. En vano Xaw trató de comentar lo que habían presenciado. Eludían el tema como si para referirse a él hubiera sido preciso estar en un estado especial de gracia.

El jacal en el que penetró Catalina se distinguía de los otros por los adornos que pendían de las paredes y las puertas y por la cantidad de personas que pretendían entrar.

La ilol no tenía una regla fija para recibir a los visitantes. Actuaba por impulsos que ninguno acertaba a predecir. Ayer estuvo de mal humor, retraída, huraña y se negó a hablar con nadie. Pero hoy se fatiga escuchando las quejas de uno, la consulta de otro, la petición del de más allá. Para escogerlos los contempla a distancia y decide: éste. No importa que éste acabe apenas de llegar y los demás hayan esperado durante días enteros. Éste es el que pasa y los demás se someten a la arbitraria elección de Catalina.

No todos se conforman con acercarse un minuto a ella, con escucharla brevemente. Hay quienes insisten en quedarse aquí, y son las mujeres. Ayudan en el quehacer de la casa, que ahora ha quedado sin gobierno. Pues Marcela Gómez Oso está atónita, no entiende lo que sucede a su alrededor y no acierta a disponer ni a mandar. Con "el inocente" nunca se ha contado y Domingo es un niño todavía.

Pedro González Winiktón atiende a los hombres. Los lleva aparte y discute con ellos. Se le ilumina la cara cuando distingue el rostro de Xaw entre la multitud de desconocidos. Pero Xaw lo elude, se mezcla con los otros, desaparece.

En el interior del jacal se afanan las mujeres. Muelen el maíz en el metate, echan las tortillas al comal, vigilan el condimento de las viandas.

Pero estas mujeres son... cualquiera. Se turnan sin que nadie advierta ni la ausencia ni la sustitución. En cambio hay otras, las privilegiadas, que tienen acceso al aposento principal, a la intimidad de Catalina. La asisten hasta en los menesteres más nimios. No permiten que la ilol se moleste en hacer ni el menor esfuerzo. La visten y la aderezan para sus apariciones en público; la desembarazan de la gente importuna o necia; velan su reposo.

Todo se comenta afuera con envidia y admiración. Xaw no puede continuar escuchando y se retira abruptamente. En el camino de regreso a Chamula piensa que su pueblo, el pueblo que él apacentaba, se ha vuelto loco.

—Es el diablo —masculla—. El pukuj se ha apoderado de ellos.

Teme lo que sucederá después. Aunque ya nadie haga caso de sus advertencias, Xaw tiene la costumbre de sentirse responsable de la tribu. Es preciso hacer algo para que vuelva en sí, para que recuerde de este mal sueño.

La compasión dejaba su sitio a la cólera en el alma de Xaw. Habían usurpado su puesto. ¿Y quiénes? Una turba de advenedizos que ignoraban el ritual y la doctrina. Unos impostores sin escrúpulos.

Pero su delito no quedaría impune. Xaw iba a apelar a una instancia superior. El padre Manuel se enteraría de todo y pondría las cosas en su sitio. Ya verían estos improvisados que no era tan fácil prescindir de Xaw Ramírez Paciencia.

XIX

EL PADRE Manuel se aburría. Nunca, como en las últimas semanas, se le había hecho patente la inutilidad de su estancia en San Juan. Acodado sobre la mesa de pino que usaba como escritorio, oía caer —monótona, siempre recomenzada— la lluvia.

Su hermana Benita entró en la habitación.

—Te traje un pocillo de café; quién quita y te haga provecho.

El sacerdote sonrió e hizo un signo de gratitud. ¿Por qué iba a descargar su malhumor, su inconformidad, su impotencia, sobre esta mujer desarmada? La chispa de simpatía que Benita sorprendió en los ojos de su hermano la animó a quedarse. ¡Ansiaba de tal modo un minuto de conversación, de compañía!

—Yo no sé qué nos está pasando a todos. . .

Hablaba atropelladamente, sin escoger ni las palabras ni el tema. No sabía con qué plazo iba a contar y no era cosa de desperdiciarlo.

—Es el mal tiempo —la interrumpió el padre Manuel—. Ya nos aclimataremos.

—¿No te has fijado en Xaw? Antes se estaba muy tranquilo en el atrio de la iglesia, para tomar el sol, para espulgarse. Ahora anda barajustado, como un duende, por toda la casa y no sosiega en ninguna parte. A veces se queda en el éter y si alguno se asoma detrás de él se asusta como si hubiera visto visiones.

¿Por qué las mujeres darán tanta importancia a las nimiedades? Para soportarlas tal como son hay que ejercitar la caridad cristiana.

—¿No tendrá la conciencia intranquila por algo? Con estos indios nunca se sabe. . . Y me da miedo. ¿Por qué no hablas con él? No ahora —añadió Benita, como disculpándose al ver el gesto de fastidio de su hermano—. Después, cuando haya ocasión y no parezca forzado. —Y de una manera incongruente, concluyó—: Aunque tal vez sea mejor apurarse.

La taza estaba vacía y el padre Manuel no hizo ningún comentario para calmar las aprensiones de su hermana. Benita supo que la audiencia había terminado.

Suspirando, se dirigió a la puerta. En el momento de cerrarla tras de sí la detuvo la voz del sacerdote.

—Dile a Xaw que venga. Platicaremos un rato.

Reconocer la validez de los temores de su hermana era un modo de compensarla por la brevedad de la conversación. Benita debía agradecerlo. ¡Pero con cuánto gusto, con qué prisa habría cambiado tal recompensa por unos instantes de cercanía junto a Manuel!

El sacristán compareció ante su amo sin estar aún completamente decidido a narrar los sucesos que había presenciado en la cueva. Los conservaba en la memoria, con todos sus detalles vívidos y precisos, pero cada vez le eran más incomprensibles, cada vez iba colocándolos en una jerarquía más fuera del alcance de sus palabras y de su juicio. Aunque también, y contradictoriamente, dichos sucesos le provocaban una turbación (¿cólera? ¿rechazo? escándalo) que le impedía callar.

El padre Manuel lo hizo sentarse frente a sí y le ofreció un cigarrillo. Xaw dio unas cuantas fumadas lentas, ceremoniosas, sin gusto, y lo apagó contra el suelo.

—¿Qué dice tu corazón, sacristán?

Xaw inició una respuesta confusa y vacilante. Se traslucía en ella la necesidad de referirse a otros asuntos. El padre Manuel no dejó de advertirlo.

—¿Qué dice el corazón de tu gente, sacristán?

La pregunta era demasiado directa para que Xaw pudiera esquivarla. Balbuceó.

—Torcieron el rumbo, padrecito. Ya no quieren traerle sus velas ni su incienso a San Juan. Antes ¿dónde iba a faltar la carga de juncia para regar en la iglesia? Se miraban pleitos a la hora de la repartición de las mayordomías y los cargos.

—¿Y ahora?

—Ya no quieren, padrecito.

El sacerdote se sintió herido por la responsabilidad que le cupiera en este desvío. Bruscamente indagó:

—¿Y qué quieren entonces? ¿Un cura de contentillo?

Xaw permaneció suspenso unos instantes, dando vuelta entre sus dedos al maltratado sombrero de palma.

—No voy a ofender tu cara contándote lo que la gente hace

y lo que dice. Yo los quise aconsejar: en cumplir la obligación está tu paga, les dije. ¿Pero acaso me oyen? Se acabó el respeto, ajwalil.

El sacerdote se acercó a la ventana. Más allá de los vidrios se extendía un paisaje brumoso, de colinas estériles, de caseríos desparramados, de animales vagabundos.

Respeto. Cuando Xaw pronunció esta palabra sintió un aguijón de celos. Había recordado cómo la multitud congregada en Tzajal-hemel se inclinaba al paso de Catalina Díaz Puiljá.

Abruptamente el sacristán se puso de pie y se colocó a espaldas de su superior.

—Si San Juan les dice: es fiesta, vení desde tu paraje cargando el arpa o la guitarra de tres cuerdas para que yo oiga la música ¿qué es lo que contestan? Que es tiempo de ir a la milpa, que se va a pudrir el maíz si no lo levantan luego. Y si San Juan les dice: ando en oscuras y necesito velas y quiero oler el pom y mirar las guirnaldas de flores colgadas enfrente de mí, alegan: esperate, tatik, que este año no hay con qué y escaseó la cosecha y es mucha la enfermedad. Si San Juan les dice: quiero que mis mayordomos me lleven al río y que me laven mi ropa, no hacen caso. Mañana, patrón, o el otro mes, o nunca. Basta hay tiempo. Pero cuando les habla esa mujer. . .

El padre Mandujano se volvió con lentitud. De la maraña de quejas derramadas por Xaw no había asido más que el hilo de las dos últimas palabras.

—¿Cuál mujer?

—Es mala, padrecito. Está señalada. Nunca ha tenido hijos.

—¿Cuál mujer? —insistió el sacerdote.

Entonces Xaw habló: de lo que había visto en Tzajal-hemel, de lo que sabía de Catalina, de las catástrofes que iban a desencadenarse. A medida que su relato avanzaba la expresión del padre Manuel iba animándose.

Al principio receloso (¿cómo confiar en el testimonio de este hombre obnubilado por la ancianidad, la estupidez y el alcohol?); luego curioso, al final resuelto, el cura de Chamula interrumpió al sacristán.

—No hay tiempo que perder, Xaw. El asunto es muy grave. Mañana mismo me guiarás tú a esa cueva.

Xaw no esperaba una acción tan pronta. Temía, de una manera informulada, sus consecuencias y quiso dilatarla.

—¿Mañana? El aguacero no se va a quitar mañana, padrecito.

—No importa.

Manuel Mandujano estaba eufórico y los obstáculos le parecían insignificantes.

—Llevaremos nuestras mangas de hule. Y si nos mojamos ¡no somos de alfeñique, sacristán! Conque, apúrate. Tú te encargarás de que lacen mi caballo en el potrero y de que lo ensillen bien temprano. Yo voy a disponer que nos alisten el bastimento.

Cuando el padre Manuel se quedó solo no pudo estarse quieto; la excitación lo hacía recorrer el cuarto en todas direcciones. Cuando se detenía era para cambiar de sitio un mueble, para hojear con impaciencia y sin atención algún libro, para tamborilear sobre los vidrios de la ventana.

¡Por fin! Se había acabado la rutina inerte, la inmovilidad forzosa. La desobediencia de estos indios, su hostilidad, su contumacia, habían dado la cara. Ya no más esos fantasmas que finge la neblina, esos rumores furtivos en mitad de la noche, esa amenaza que no cuajaba jamás en un gesto, en un acto. Ahora el enemigo había tomado forma, dimensiones reales, consistencia. ¡Y cómo se enardecía el ímpetu batallador de Manuel Mandujano al ventear la lucha!

El cura y el sacristán salieron con rumbo a Tzajal-hemel la mañana siguiente. En el camino toparon con pequeños grupos de indios que se hicieron presurosamente a un lado para dejarlos pasar. Después se miraron entre sí con inquietud.

El padre Manuel cayó sobre los congregados de la cueva como un gavilán sobre un gallinero. El fanatismo de aquella gente, exacerbado hasta el colmo por las ceremonias rituales, podía ser violento y destructivo. Pero tomado, como fue, por sorpresa, permaneció expectante, desconcertado, y permitió que su adversario ganara todas las ventajas.

El sacerdote supo, instintivamente, que debía aprovechar este momento. Se abrió paso entre la multitud arrodillada, apartando los cuerpos con la punta amenazadora de un fuete. Llegó hasta el remedo de altar y con un empellón se deshizo de Catalina. Xaw temblaba detrás de él, fascinado por su valor, temeroso de que su audacia fuera a quebrarse en un titubeo que desencadenara la reacción vindicativa de los otros.

A sabiendas de que no sería comprendido, el padre Manuel habló. El volumen de su voz, apasionada, vibrante, llenó los ámbitos de la cueva. Los arrodillados lo contemplaban atónitos y empezaron a sentirse reos de una culpa desconocida para la que quizá no habría redención.

Cuando el padre Manuel puso las manos sobre los ídolos hubo, en el espinazo de los creyentes, un escalofrío de terror. ¿Cómo responderían las potencias oscuras a este sacrilegio? ¿Se derrumbaría el firmamento, se desmandarían las aguas, se aniquilaría la especie? Los minutos latían en cada sien con una gravedad angustiosa. El aire parecía extrañamente vacío, extrañamente disponible para dar acogida a un gran acontecimiento.

El padre Manuel no cesaba de hablar mientras arrancaba, a las piedras inertes, sus adornos, sus envolturas. Los espejos con marco de celuloide se hicieron trizas contra el suelo; las varas y varas de telas corrientes, chillantes, se amontonaban sin forma. Los ídolos aparecieron, al fin, ante los ojos de todos, desnudos, con la fealdad de sus rostros carcomidos, de sus manos pesadas, de su impotente mole mineral.

La profanación no suscitó más que un ¡ah! prolongado, incrédulo, de la multitud. Los cimientos del mundo continuaban sólidamente asentados, nada había sido alterado. Catalina Díaz Puiljá gemía, incapaz de expulsar de sí este asombro, esta humillación sobrehumana.

Volvió los ojos hacia sus seguidores como para demandar auxilio pero halló en ellos un reproche más vivo que el que ella pudiera dirigir a las imágenes sagradas. Sintió cómo, de golpe, este intruso le había arrebatado la reverencia y la esperanza de su pueblo y cómo ahora ella aparecía revestida de ilusiones defraudadas y de un dolor sin consuelo.

De pronto la atmósfera se le hizo irrespirable. Un sudor de agonía lo impregnaba todo; las luces comenzaron a danzar, a entremezclarse en figuras caprichosas, en estallantes floraciones. Una avispa, cien avispas, mil avispas zumbaban a su alrededor. El abismo abría sus fauces y el vértigo la precipitó en él. La caída empieza y sigue y sigue pero no terminará nunca. Una mujer, Catalina Díaz Puiljá, se desplomó sin conocimiento. Los más próximos a ella lo advirtieron pero ninguno se atrevió a socorrerla. Todos tenían los ojos fijos en el padre Manuel que gesticulaba aún, que peroraba siempre con mayor vehemencia. Por último empuñó el hisopo y, empapándolo en agua bendita, asperjó las figuras de piedra y las paredes de la gruta y la multitud paralizada, ahuyentando así a los demonios que se habían enseñoreado de ellas.

El padre Mandujano partió de Tzajal-hemel con el botín conquistado. Nadie se opuso a que arrastraran los ídolos fuera de la cueva, por la ignominia de una plaza cubierta de cáscaras, desperdicios, basura. Y aun hubo quienes se prestaran a cargarlos hasta Chamula y más tarde hasta Ciudad Real.

El padre Manuel se presentó ante Su Ilustrísima con los testimonios y con un testigo de su triunfo: Xaw Ramírez Paciencia.

Don Alfonso escuchó distraído, indiferente, el relato del episodio. No, no podía compartir la alarma del cura ni del sacristán que lo consideraban indicio de algo cuya índole, gravedad y extensión no acertaban a determinar.

—La idolatría de los indios no es mala fe, es ignorancia —dictaminó—. ¿Y quién, más que nosotros, es responsable de tal estado de cosas? Hay que esforzarse en remediarlo.

Pero el padre Manuel no estaba dispuesto a ceder tan fácilmente su presa; había logrado un magnífico pretexto para salir de San Juan y no iba a regresar con la misión de apóstol cuyas dificultades le eran bien conocidas y cuyo sentido absurdo ya nadie le podría rebatir.

—Este asunto no nos compete únicamente a nosotros, Su Ilustrísima. Es preciso poner a las autoridades civiles en conocimiento de los hechos.

—¿Qué tienen que ver ellas con estos desvaríos de los indios? —replicó desganadamente el Obispo—. Si acaso los agrandarán para darse ínfulas. O los fomentarán. Las autoridades civiles son enemigas nuestras.

—Si no las ponemos al tanto de lo que sucede en Tzajalhemel podrán, más tarde, acusarnos de complicidad. ¿No se da usted cuenta de que esto —dijo el padre Mandujano señalando a los ídolos— es un principio de sublevación?

Don Alfonso no quiso oponerse más; los viejos, reflexionaba, pierden el sentido de las proporciones y no conceden importancia ya más que al asunto de su propia muerte.

La junta, a la que asistieron dignatarios de la Iglesia, funcionarios del Estado y las personas más notables de Ciudad Real, tuvo lugar en el Obispado. Ante un auditorio fácil de convencer, propenso a condenar, el padre Manuel y Xaw Ramírez Paciencia repitieron su historia. Contestaron a infinidad de preguntas, inventaron detalles que les habían pasado inadvertidos para satisfacer la curiosidad de sus interlocutores. Al final todos coincidieron en que la situación era peligrosa. En lo que discrepaban era en las medidas que sería oportuno tomar. El Presidente Municipal, los Regidores y Síndicos se inclinaban a la prudencia, al lento pero seguro camino del papeleo y la burocracia. Escribir a las instancias superiores de Tuxtla y aun de México, informarles minuciosamente, aguardar instrucciones.

Los particulares se mostraron más fogosos; mientras las cartas iban y venían ¿quién iba a proteger sus fincas, sus tiendas, del asalto y el saqueo? ¿Quién defendería sus vidas y las de sus familiares? Porque en cuanto los indios se recuperaran del desconcierto que, indudablemente, les había causado la brusca intervención del padre Manuel, se aprestarían a la venganza. Eran numerosos, mucho más numerosos que los ladinos dispersos en la zona y aun que los que se concentraban en Ciudad Real, y su ánimo salvaje, exasperado por la ofensa sufrida, se lanzaría sin freno a la destrucción. Se imponía aprovechar este momento de parálisis por el que atravesaban para reducir a la impotencia a sus jefes o cabecillas cogiéndolos prisioneros.

Quien abogó con más vehemencia para que se votaran estas decisiones fue Leonardo Cifuentes. Desde tiempo atrás eran conocidas sus ambiciones políticas y ahora se le presentaba una coyuntura para actuar, demostrando no sólo la ineptitud y la tibieza de sus rivales sino su propio don de mando.

El señor Obispo lo observaba, constatando con una frialdad un poco desdeñosa, cómo el ansia de poder insuflaba tal brío en las palabras de un hombre, tal ímpetu en sus determinaciones. Pero desconocía un elemento que, sin embargo, arrojaba un peso considerable en la actitud de Cifuentes. Mientras discutía frotaba entre sus dedos un pedazo de tela —revolcado, sucio, descolorido— en el que vinieron envueltos los ídolos. ¡De qué extraño modo había recuperado el chal con que una vez testimonió su amor a la Alazana!

XX

CATALINA quedó sola. Como en sueños oyó los últimos pasos del último que la abandonaba. Habría querido gritar, asir, detener a ese desconocido que se llevaba, irrevocablemente, su aliento y su razón de vivir, pero sabía que era inútil. Permaneció quieta, en la misma postura en que estaba cuando derrumbaron los ídolos y los raptaron: con el rostro humillado contra el suelo, respirando un vaho impuro, una emanación malsana de juncia pisoteada y cera consumida.

Mucho tiempo estuvo allí y nunca supo si dormida o despierta, si difunta o viva. Sobre su conciencia se descargaban chispazos repentinos de dolor, pronto amortiguados por una niebla remota en la que zumbaba, en espiral, un insecto minúsculo.

Pedro González Winiktón vigilaba la entrada de la cueva sin decidirse a trasponerla. El despojo que se hallaba en el interior era suyo pero, así como en los días de triunfo lo había turbado el resplandor que circundaba la figura de su mujer, así hoy sentía vergüenza de su derrota y rehusaba compartirla.

Fue Domingo quien rescató a Catalina. Traía en su tecomate agua fresca para rociarle las sienes y los pulsos. Tocó sin miedo esta carne que la multitud había reverenciado como sagrada y después repudiado por fraudulenta. Catalina abrió los ojos a la piedad del niño y desató su pecho en un llanto de gratitud. No podía levantarse, no era capaz de hablar. Sólo dilataba las pupilas en una interrogación angustiosa: ¿por qué? ¿Por qué?

¿Quién hubiera podido contestarle? Pedro, ayudado por Lorenzo, armó una parihuela. Entre los dos hombres transportaron a Catalina hasta su jacal, ahora silencioso, sin más presencia que la huraña de Marcela.

Depositaron a Catalina junto al fogón. Sus ojos inmóviles se fijaron en la movilidad de la llama. Y no se apartaron de allí ni cuando la llama se apagó.

La convalecencia de Catalina fue lenta, dificultosa, sin auxilio. Los pulseadores se negaron a atenderla, los brujos adujeron débiles pretextos para no cumplir con su menester. Temían enfrentarse, en esta ilol vencida, a una realidad que ellos no dominaban, a hechos que no hubieran acertado a definir.

Solamente los muy allegados a Catalina la cuidaron. Marcela ponía a su alcance infusiones de hierbas saludables, manjares sencillos que la inapetencia de la enferma rechazaba. Lorenzo permanecía siempre cerca, mirando, velando un sueño esquivo, punzado de sobresaltos y congojas; guardando entre sus manos una mano inerte a la que ningún calor podía comunicar.

Para Domingo tenía, a veces, un esbozo de sonrisa, un parpadeo de entendimiento. La ilol volvía hacia el niño un rostro ansioso, expectante. Quería, sin duda, hablar; pero su garganta no daba paso más que a sonidos incoherentes, a sollozos abortados. Domingo se hundía en su regazo tapándose los oídos para no escuchar los esfuerzos inhumanos que Catalina hacía para romper su silencio.

Las fuerzas regresaron poco a poco al cuerpo rendido de la ilol y con ellas el sufrimiento. No hallaba postura cómoda y sus deseos no eran jamás comprendidos. Catalina se ahogaba en aquel jacal turbio de humo, quería salir al campo, sí, a la luz. Ya no se sentía culpable sino traicionada. Necesitaba desafiar a quienes la siguieron y después la abandonaron. No temía las interpelaciones, hervía por dentro de réplicas apasionadas, de argumentos ásperos. Pero se consumía en combates imaginarios porque el menor esfuerzo real la agotaba. Yacía en un rincón de la choza, viendo ir y venir a los demás, envidiándoles su libertad y su salud.

Un día Catalina percibió en el aire vacío que la rodeaba una palpitación, una inminencia. Con la rapidez de la alarma se irguió; iba a pedir ayuda pero no había nadie. Estaba sola. Con los ojos cerrados y un trasudor de angustia se dejó caer nuevamente sobre el jergón.

Por el cerro venían los jinetes rumbo a Tzajal-hemel. Sin apostura, sin gallardía, animados por una sórdida crueldad, investidos de un poder destructor, los fiscales habían sido enviados por las autoridades de Ciudad Real para que prendieran a los responsables del culto idolátrico, de asociaciones clandestinas, de intentos de sublevación.

Los informes de Xaw Ramírez Paciencia proporcionaron a los fiscales nombres precisos, orientaciones seguras. ¿Pero quién, cuando avanza con el impulso del castigo, se detiene a verificar? ¿Quién distingue la cara de un indio culpable de la cara de un indio inocente? ¿Quién escucha los alegatos en una lengua confusa y atropellada que siempre ha considerado indigna de ser comprendida?

Los fiscales cayeron sobre el paraje con una avidez de ave de rapiña. Los hombres se hallaban ausentes, en la milpa, en el monte, y las mujeres corrían en fuga desordenada, llevando en brazos a los niños pequeños, tratando de salvar a la cría de una oveja, al utensilio de barro recién horneado, a la tela de lana a medio tejer.

Catalina oía, desde su desvalimiento, las carreras y los gritos, el caracolear de los caballos, los cacareos agudos, los gañidos agónicos de los cerdos. Carcajadas brutales se mezclaban con los débiles estertores y el llanto de los niños seguía al estruendo de muebles derribados, de trastos rotos, de telas desgarradas.

Catalina vio las puertas de su choza abiertas de par en par. Se replegó contra la pared como para fundirse con ella en un intento pueril de ampararse. Habían penetrado a la habitación unos hombres de uniforme raído y casi sin color, de rasgos burdos donde el ascendiente indígena se eclipsaba en la abyección de una vida miserable, de costumbres degradadas, de vicios sin grandeza.

Los fiscales levantaron en vilo a Catalina asiéndola de sus ropas. Como ella no podía sostenerse en pie la sacaron del jacal arrastrándola. Vio todavía, antes de quedar a la intemperie, cómo algunos soldados robaban sus pertenencias. Unos minutos después la paja de la choza ardía.

En el centro del paraje se habían congregado las mujeres y los menores. Miraban con ojos inexpresivos cómo se incendiaba su pueblo.

Más tarde, cuando el fuego se hubo extinguido, las mujeres (cargando sobre sus espaldas a sus hijos o jalándolos de la mano si ya podían andar) fueron atadas con una cuerda y conducidas a Ciudad Real. Catalina fue puesta tranversalmente sobre la grupa de un caballo.

La llegada de la comitiva a su punto de destino produjo una extraordinaria agitación. La gente abandonaba sus ocupaciones para asomarse a ventanas y quicios; formaba corrillos en las banquetas o se unía a la caravana de fiscales y prisioneras, enardeciéndose con comentarios burlones, amenazas y aun golpes rápidos y furiosos que los soldados toleraban con indiferencia.

Las indias avanzaban de prisa, tropezando unas con otras, tratando de proteger a sus hijos. La muchedumbre hostil engrosaba a medida que se aproximaban al centro de la ciudad. Sus palabras habían perdido ya la timidez inicial; sus gestos eran cada vez más audaces, más decididos en contra de estas mujeres fatigadas, jadeantes de miedo, prestas a toda humillación. ¿Quién intercedería por ellas? ¿Quién iba a interponerse entre su desamparo y la furia de sus enemigos? Su única posibilidad de salvarse consistía en llegar al Niñado antes de que de aquellas gargantas brotara un grito colectivo de exterminio.

Catalina volvió en sí algún tiempo después. En la celda estrecha, oscura, maloliente, se apiñaban sus compañeras de prisión. Las miró interrogativamente pero no pudo hallar ninguna respuesta en aquellas caras cerradas por el rencor y el pánico.

Para esa noche las celadoras trajeron un pocillo de café a cada una y unas cuantas tostadas tiesas que se repartieron entre todas. Las madres cedían la ración a sus hijos. Catalina rechazó su parte y poco a poco vino a caer nuevamente en el sopor.

Al otro día las presas fueron sacadas del Niñado para comparecer ante sus jueces, acusadores y testigos.

La multitud se arremolinaba en los portales del Palacio Municipal, ansiosa de noticias y de venganza.

Catalina se sintió como galvanizada al reconocer entre los presentes en el Juzgado al cura de San Juan Chamula y a Xaw Ramírez Paciencia.

Ellos desempeñaron la parte principal de los papeles. Xaw acusó a Catalina de ser la instigadora y mantenedora de un culto idolátrico en la cueva de Tzajal-hemel. Respecto a las otras mujeres detenidas no podía asegurar más que eran sus cómplices, que la habían acompañado en las ceremonias y que la habían servido en su casa "mejor que a una patrona".

La declaración de Xaw fue hecha en español. Las indias no comprendían aquellas palabras que las condenaban y se volvían a la figura familiar y rutinaria del viejo sacristán, como a un refugio, como a una esperanza.

El abogado que sostenía las cargos contra las detenidas tuvo presente que la libertad de cultos era una garantía salvaguardada por la Constitución y, aunque de ninguna manera aprobara su ejercicio (era un católico que tomaba la intransigencia como baluarte de la fe), prefirió dar al asunto otro cariz tan eficaz como el que abandonaba, para predisponer el ánimo de los oyentes contra las inculpadas: el cariz político. Esas reuniones, dijo, que so pretexto de reverenciar unos falsos dioses se efectuaban en la cueva de Tzajal-hemel, ocultaban una intención mucho más peligrosa: la intención a la que nunca habían renunciado los chamulas: sublevarse contra los ladinos de Ciudad Real.

El momento, añadió el abogado, era propicio. En los últimos tiempos se había despertado la agitación en toda la zona a raíz de las disposiciones presidenciales que ordenaban revisar los títulos de propiedad de las haciendas para reducir sus límites al término marcado por la ley y, con ello, dotar de tierras a los ejidos. Este proyecto que, si era justo (el abogado no quería dudar ni de la buena intención ni de la capacidad de los funcionarios que detentaban el poder supremo en el país), era también inoportuno e imprudente, debió haberse puesto —para su realización— en las manos más idóneas. Por desgracia en Ciudad Real no había sucedido así puesto que se nombró como ejecutor de la política agraria a una persona cuyo nombre el abogado no pronunciaría pero que estaba en la mente de todos. Una persona que, lejos de conciliar los intereses en pugna, se había dedicado sistemáticamente a exacerbarlos poniéndose, sin ningún recato, en contra de los finqueros y soliviantando a los indios con prédicas de igualdad y reivindicación.

El resultado de tales errores estaban palpándolo ahora. Un pueblo que desoye los consejos y las advertencias de su párroco, que abandona la práctica de una religión de humildad y de obediencia y que se lanza a desenterrar imágenes de un pasado salvaje y sanguinario, desafiando así la cólera de sus señores naturales y poniendo en peligro el orden establecido. ¿Adónde conduciría todo esto? A su fin lógico: la toma de las armas y la exigencia violenta de unos derechos que si bien la ley se los acordaba los indios no los merecían. Nadie que conociera su índole, sus costumbres, sus tendencias, podía dudar de que los indios precisaban una tutela. ¿Y quién iba a ejercerla mejor y más beneficiosamente para todos que los patrones?

El abogado hizo una pausa para dejar que se desencadenasen los comentarios. Todos los coletos presentes en la sala asentían con vehemencia, exageraban el peligro arrostrado, pedían medidas rápidas y eficaces para desvanecerlo.

El abogado continuó. El mal, dijo (que una visión más certera de la realidad en quienes elaboraron la ley agraria, y un ánimo más accesible a los razonamientos en los encargados de su aplicación, podían haber evitado), estaba ya hecho y no quedaba sino tratar de remediarlo. ¿Cómo? ¿Con una benevolencia que sería calificada, por los mismos que disfrutaran de ella, como debilidad? No, sino con el rigor ejemplarizante. Que sobre estas detenidas, y especialmente sobre la que parecía ser acatada como principal, sobre Catalina Díaz Puiljá, cayera todo el peso del castigo. Esto aplacaría los ánimos de tanto chamula disperso en montes y cerros, haría volver el buen juicio a tanta cabeza extraviada por consejeros irresponsables.

Terminada la peroración el abogado regresó a su lugar. Desde lejos contestaba a los saludos, a los gestos de aprobación, a los simulacros de aplauso con que los oyentes querían patentizarle su gratitud por haber interpretado, con tal fidelidad y tal valor, la opinión de todos ellos.

El juez se demoraba fingiendo revisar unos papeles para permitir el desahogo de estas simpatías. Luego fue llamado a declarar el señor cura Manuel Mandujano.

Principió recalcando que su investidura le vedaba inmiscuirse en los asuntos del siglo. Era muy ajeno a lo que se había debatido antes sobre propiedades y derechos. Ya el señor abogado, que le había precedido en el uso de la palabra, había dado, con liberalidad, al César lo que era del César. A él, como sacerdote, no le tocaba más que considerar el aspecto espiritual de la cuestión.

Cuando Su Ilustrísima, don Alfonso Cañaveral, lo honró con el nombramiento de párroco de San Juan, no pensó que había sido enviado a tierra de paganos. Sin embargo, desde el día de su llegada a la cabecera del municipio de Chamula pudo advertir que se hallaba en un mundo en que las verdades del cristianismo habían sido corrompidas por la ignorancia y degenerado en ritos groseros, en bárbaras supersticiones.

Penetrar en el alma de sus feligreses no era fácil, a causa del idioma; aunque se esforzó en aprenderlo no podría serle nunca de gran utilidad en una iglesia vacía, en un confesionario cerrado. Intentó otros modos de acercamiento. Pero el indio recurría al brujo, confiaba en el pulseador y no concedía al sacerdote más que una limosna en la que el alma no estaba, de ninguna manera, comprometida.

La situación, así planteada, era grave pero no insoluble. Vino a complicarla la aparición de los ídolos de Tzajalhemel. Al referirse al descubrimiento del culto que los chamulas rendían a estos ídolos el padre Mandujano alabó la perspicacia y el celo de su sacristán, Xaw Ramírez Paciencia, así como su lealtad bien probada a la Santa Madre, a la que servía desde su más temprana juventud. En cuanto a su propio papel en los acontecimientos, el señor cura no le concedió más mérito que el de haber procedido con celeridad para enfrentarse a una amenaza, contra la seguridad del Estado, lo admitía, aunque a fin de cuentas el asunto no le incumbiera, pero sobre todo contra la autoridad de la Iglesia. Y antes de terminar no dejó de aludir, veladamente, a la intromisión abusiva del brazo secular en los problemas que, como éste, eran estrictamente de fuero religioso.

La declaración del padre Mandujano, lejos de satisfacer al auditorio, lo desconcertó. ¿Por qué esa tibieza en señalar la responsabilidad de los culpables? ¿Por qué esas distinciones, que no venían al caso, entre lo espiritual y lo profano?

El abogado acusador solicitó la venia del juez para hacer algunas preguntas al sacerdote antes de que abandonara el estrado de los testigos. Habiéndosele respondido afirmativamente, el abogado habló así:

Después de convivir una larga temporada con los chamulas el padre Mandujano ¿los creía capaces de la malicia suficiente para desenterrar unos ídolos y resucitar antiguas ceremonias rituales?

El señor cura de San Juan sonrió condescendientemente antes de responder que la suposición le parecía absurda aunque, desde luego. no veía de qué otra manera pudieron haber ocurrido los hechos.

¿No podría aceptarse la influencia malintencionada de un ladino, de un hombre de razón?

El padre Mandujano tuvo que aceptar que esta hipótesis tenía más visos de verosimilitud. Porque sí, en efecto, el alma de los indios es demasiado ruda como para inventar una forma nueva de idolatría o se encuentra demasiado estupidizada como para recordar las costumbres de sus ancestros.

El abogado acusador prosiguió: no restaba ahora más que pensar ¿a cuál influencia habían estado sometidos los chamulas últimamente? Esperó durante unos segundos que el padre Mandujano pronunciara el nombre de Fernando Ulloa, pero ante su silencio se vio obligado a puntualizar. ¿No recorría la zona, desde algunos meses atrás, un ingeniero agrónomo? El abogado acusador contaba con el testimonio de un antiguo ayudante de dicho ingeniero, el joven Rubén Martínez, para probar que no se constreñía a cumplir su cometido de deslindador sino que promovía reuniones en las que incitaba a los indios a la violencia para reclamar sus derechos. Si estas pruebas no eran calificadas de suficientes por el señor juez, concluyó el abogado con una reverencia hacia el aludido, se reservaba otras definitivas que evidenciarían la complicidad de dicho ingeniero con los chamulas de Tzajal-hemel.

Manuel Mandujano, que con su silencio y sus reticencias había logrado, sin comprometerse, que el asunto siguiera el sesgo que le convenía, expresó sus deseos —poniéndose ya de pie— de que las pruebas que se reservaba la parte acusadora fueran en verdad tan contundentes como se había asegurado, porque de lo contrario corría el riesgo de incurrir en los delitos de calumnia y difamación.

La última parte de la diligencia consistió en carear a los testigos con los inculpados y en interrogar a estos últimos. Catalina Díaz Puiljá ocupaba el centro de la atención y todos se extrañaban de que una mujer tan insignificante y abatida pudiera haber levantado tras de sí a toda una multitud ansiosa y crédula. Y esto contribuía también a robustecer la idea de una voluntad oculta a la que la india había servido únicamente de instrumento.

Los careos y los interrogatorios se llevaron al cabo con el auxilio de un intérprete que, si por una parte desconocía el significado exacto de los términos legales que manejaba el acusador, por la otra no tomaba en cuenta el nivel de comprensión de las mujeres detenidas, sus hábitos mentales, su ignorancia de la justicia tal como los coletos la practicaban y concebían; su timidez natural, el terror que les producía el haber sido atrapadas por un mecanismo tan complejo como implacable.

El resultado de esta serie de malentendidos fue que todas señalaran histéricamente a Catalina como responsable. A Catalina, que había perdido su poder y su prestigio; a Catalina que entre la gente de Ciudad Real no era nadie. Desde entonces el acusador se dirigió únicamente a ella.

No es que Catalina se negara a contestar. Es que no alcanzaba ni el sentido ni la intención de las preguntas. ¿Qué relación podía existir entre su delirio, su amor desesperado por Pedro, su anhelo de maternidad burlado por Domingo, su retorno a la infancia, su hallazgo en la cueva, su exaltación como sacerdotisa, el fervor de su pueblo y estas palabras con que ahora estaban señalándola? Catalina no encontró ninguna salida más que negar. No, no había recibido consejos de nadie. No, no había planeado una sublevación. No, no tenía cómplices a quienes delatar. No, no, no.

Catalina respondía en voz muy baja, sin levantar los párpados, sintiendo cómo dentro de sí crecía una oscuridad bamboleante, cómo se abrían grietas devoradoras, cómo retumbaba un alarido sin fin.

El abogado defensor permanecía negligentemente al margen del interrogatorio. Ninguno de los profesionistas de Ciudad Real habría querido poner en entredicho su ortodoxia, hipotecar su presente o su futuro tomando entre sus manos un caso que sabía de antemano perdido. Se siguió entonces el expediente rutinario: el juez tuvo que recurrir al defensor de oficio y éste no desperdiciaba la oportunidad de demostrar a todos cuánto le repugnaba desempeñar una comisión en la que la justicia, tan palmariamente, no lo asistía.

La sesión llegó a su fin ese día para reanudarse a la mañana siguiente. Esta vez la asistencia fue menos numerosa pues la curiosidad había disminuido desde el momento en que el desenlace ya no presentaba dudas para nadie. La condena era un hecho. Lo único que restaba por determinar era la magnitud del castigo.

Así las cosas un día bajó del monte un grupo de chamulas encabezado por Pedro González Winiktón.

La gente de Ciudad Real se detuvo a mirarlos con un pasmo de inquietud. Los recién llegados eran muy numerosos y quizá por eso avanzaban por la calle no con aire furtivo sino seguro y, en ciertos momentos, hasta desafiante.

Se dirigieron, como todo el mundo lo suponía, a la casa del ingeniero Fernando Ulloa, para solicitar su consejo y su ayuda.

XXI

MIENTRAS aguardaba la aparición de Virgilio Tovar, Fernando Ulloa se entretenía viendo el despacho al que había sido introducido.

Si la habitación era un reflejo del carácter de su dueño había razones para sentirse desanimado. La desnudez de las paredes era hostil; la altura del techo desmesurada. Los muebles severos, incómodos. Y las ventanas obstruían el paso de la luz con visillos espesos.

La llegada de Tovar fue precedida por un rumor rápido de pisadas, un carraspeo enérgico, el chasquido del picaporte. Entró un hombre de mediana edad, nervioso, alerta. Consciente de su importancia, aunque no pareciera abandonarse a las delicias de esta sensación.

Era el abogado de mayor prestigio en Ciudad Real. Se alababa, más que la honradez de sus procedimientos, su eficacia. "Sabe más que un tinterillo", decían. Y en esta frase estaba resumida la admiración hacia un talento sobre el cual el paso por las aulas y la posesión de un título no habían ejercido ninguna influencia inhibidora, sino que conservaba fresca la inventiva y que, por principio, no rechazaba ninguna coyuntura que el éxito pudiera después ungir de respetabilidad.

Saludó a Fernando con la deferencia que se debe a un funcionario federal pero también con la reserva de quien no aprueba una conducta ni quiere solidarizarse con una actitud. Ambos se sentaron ante el gran escritorio de caoba sobre cuya árida superficie se erguía un crucifijo de marfil.

—Espero que no le moleste —dijo el abogado señalando a la imagen— esta alusión tan clara a las creencias que profeso. Pero ¿qué quiere usted? Los coletos somos así: francos. No sabemos disimular.

Es precisamente lo que mejor saben hacer, pensó Fernando para sí mientras replicaba.

—Han de haberle informado mal respecto a mí, señor licenciado. Yo no condeno las creencias de nadie. Ni siquiera las discuto. Por eso exijo para todas un miramiento igual.

—¿No reconoce usted jerarquías?

—No. Y esto nos lleva directamente al asunto que he venido a plantearle: el de las mujeres de Tzajal-hemel a las que aprehendieron por rendir culto a sus ídolos.

Tovar abrió su cigarrera.

—¿Gusta usted, señor ingeniero?

Fernando hizo un breve gesto negativo, a continuación del cual el otro se sirvió a sí mismo, prendió fuego y dio las primeras chupadas ávidas.

En estos trámites dilatorios se deslizaban varias implicaciones: que al licenciado Tovar no era posible tomarlo desprevenido mencionándole un litigio del cual no estuviese enterado a fondo; que su interpretación del asunto solía discrepar de la generalmente aceptada ya que, para formularla, disponía de datos no accesibles a los demás y, tercero, que la discrepancia entre las opiniones debería entenderse como un error de sus interlocutores y un acierto propio. Satisfecho de este desenlace el profesionista apartó el cigarro de sus labios.

—No se trata de un problema religioso, sino político.

—¿Político? —repitió Fernando como si la palabra hubiera sido mal empleada.

—Exactamente. De lo que se acusa a las mujeres de Tzajal-hemel y a sus cómplices, pues debe haberlos y aun ser muy numerosos y quizá también muy influyentes, es de sedición.

—¿Y en qué se basan para hacer acusaciones tan absurdas?

—Usted ha de saberlo mejor que yo.

—¿Por qué?

Tovar apagó el cigarro contra el cenicero. No toleraba que lo supusieran cándido.

—Porque usted ha sido señalado como el instigador principal del movimiento rebelde entre los indios.

Fernando sonrió con un dejo de burla.

—Sí, eso he oído decir. Pero me gustaría saber su opinión, señor licenciado.

—Voy a hacer con usted algo que no acostumbro, ingeniero. Al fin y al cabo somos colegas, profesionistas quiero decir. No le cobraré honorarios, que es lo que suelen pagarme por mis opiniones. Escúcheme usted bien, ya que le hablo desinteresadamente: su situación es difícil. Le aconsejo que se ponga usted en manos de un defensor capaz.

—Yo había supuesto que ese defensor sería usted.

—Gracias por el elogio, pero no puedo hacerme cargo de su asunto.

—No se trata de mi asunto, sino del de esas mujeres detenidas, de sus familias, de todos los pueblos de Chamula sobre los que recae ahora la sospecha y no tardarán en abatirse las represalias.

—Le guardaré el secreto y tampoco le exigiré recompensa. Pero le advierto que no es prudente que exhiba usted, ante ningún otro, sus relaciones con esa gente, el interés que le despiertan, su preocupación por ayudarlos. Yo puedo comprender el altruismo de sus móviles. Pero los demás hallarían aquí material de prueba de que usted incita a los indios a la sublevación.

—¿Y cómo pude haberlo hecho? Ni siquiera sé hablar tzotzil.

—Hay muchos modos. Su oficio, su misión, se prestan a que usted los aproveche.

—Yo me he ceñido estrictamente al cumplimiento de mi deber.

—¿Sí?

La reticencia de Tovar para admitir la veracidad de sus palabras dio a Ulloa la primera medida de hasta qué punto era desfavorable su situación. Ahora sí estaba seguro de que los finqueros no se detendrían ante nada para lograr que lo inodaran en el delito o que, por lo menos, lo destituyeran de su cargo.

—Para defenderme necesito de una persona versada en leyes. Cuento con usted.

Tovar hizo un gesto ambiguo.

—Yo estaría encantado de servirlo, pero...

De pronto, la excusa a la que el abogado iba a recurrir le pareció innecesaria. Hay hombres que merecen la verdad, pensó mirando conmiseratívamente a Ulloa.

—Tomar su caso bajo mi responsabilidad significaría una traición.

—¿A quién?

—A mis colegas. Hay entre nosotros un pacto de caballeros para no intervenir en este proceso.

—¿Y permitir que se consume la injusticia sobre las inocentes? Permítame decirle que la ética profesional de ustedes es muy discutible.

—No son inocentes, ingeniero. Lo que se estaba fraguando en la cueva ha sucedido ya antes. Lea usted nuestra historia: sublevaciones en 1712, en 1862, en 1917. ¿Por qué no ahora? La diferencia está en que los descubrieron oportunamente, antes de que amagaran a Ciudad Real.

—¿De qué está usted hablando?

—De algo que los coletos sabemos mejor que los extranjeros: cuando los indios se juntan no es para otra cosa sino para hacer daño a los ladinos. En sus fiestas, en sus borracheras, el saldo es siempre algún caxlán herido o muerto, alguna tienda de custitalero incendiada. Basta muy poco para lanzarlos contra nosotros. Y de sobornal viene usted y los azuza con sus prédicas. Tienen miedo. Es natural, porque siempre que han intentado rebelarse lo pagaron muy caro. Por eso recurren a sus supersticiones, a sus brujerías. Como creen que sus ídolos los protegen se lanzan a matar y a destruir. ¡Se olvidan de que nuestro Dios es más fuerte y más poderoso que los de ellos!

Tovar había asido con fuerza el crucifijo. Su voz temblaba de indignación cuando prosiguió.

—¡Defenderlos! ¿Defendería usted a quien asesinó a su padre, a quien violó a sus hermanas? ¿Defendería usted a quienes lo han reducido a la miseria?

—¿Es su caso, licenciado?

—¡Es mi caso y el de cualquier otro coleto!

—Que las cosas hayan pasado de esa manera en otras ocasiones no le autoriza a sentenciar que pasarían de la misma manera hoy. La culpabilidad de los indios no puede basarse en profecías.

—Nadie profetiza. Recordamos, eso es todo. Usted no entiende esto.

—¡Aunque lo entienda, no lo acepto!

A Virgilio Tovar acabó por conmoverle una obcecación tan infantil. Miró amigablemente a Ulloa.

—No se meta usted entre las patas de los caballos, ingeniero. ¿Para qué? Es usted joven, tiene una carrera, un porvenir. Es tiempo aún: pida su traslado, renuncie, haga lo que quiera; pero no se quede en Ciudad Real.

Fernando Ulloa no se dejó engañar por el tono de la admonición. Ásperamente dijo:

—Ciudad Real no es ya lo que ustedes creen: el coto cerrado de unos cuantos señores y leguleyos. Ciudad Real es México y en México hay leyes justas y un Presidente honesto. ¡No me iré! ¡Yo tampoco traiciono a los míos!

Después, ante los tzotziles, no sabía Fernando de qué manera explicar el fracaso de su gestión sin que padeciera su prestigio. Y no por vanidad. La confianza que en él depositaban los indios era esencial para la buena marcha de sus relaciones. Por fin se decidió a llamar aparte a Pedro.

—Aquí no lograremos que nos oigan, le dijo. Los coletos están decididos a hacer un escarmiento con las mujeres presas. Pero no se detendrán allí sino que seguirán buscando a "los responsables". Quieren perjudicarnos a todos nosotros.

—¿Te vas a quejar con el Presidente?

Para la ignorancia de Pedro no había hombre ni más de fiar ni más próximo en una coyuntura de esta índole. Fernando sonrió sin burla. No, no acudirían tan lejos. Pero sí a Tuxtla. Allí había autoridades con mano más fuerte que la de los rábulas de Ciudad Real.

En el viaje los acompañó César Santiago, quien, cada vez con mayor insistencia, no cesaba de ponderar —exagerándolas— las sospechas que recaían sobre Fernando y la inutilidad de pretender sincerarse ante los coletos.

—Más valía que les diéramos una lección. Si ellos creen que usted es capaz de levantar a los chamulas...

—Se equivocan.

—Quién sabe. Los indios están muy descontentos y la esperanza de tener tierras los tiene barajustados. Si se aprovechara esta situación para amenazar a los finqueros... ¿Usted cree que van a permitir, por las buenas, que sus propiedades se dividan?

—¿Qué otra cosa pueden hacer?

—Lo que están haciendo ahora: preparar un estado de emergencia que paralice los trámites de dotación de ejidos. Mientras tanto ganan tiempo. Lo malinforman a usted ante sus superiores.

—Aunque me quitaran de aquí. Vendría un sustituto.

—Tal vez sería un hombre manejable.

Fernando permaneció pensativo. El camión en el que viajaban iba dando tumbos por un camino de lodo y piedras. Al lado derecho se abría un despeñadero.

¡Poder! ¿Era cierto que la voluntad de un pueblo estaba en sus manos? ¿Era cierto que con un gesto Fernando Ulloa podía imprimir el rumbo de los acontecimientos? Por un instante lo fascinó esta perspectiva. Poder, sí, y sin remordimientos, porque no iba a renegar ni de su pasado ni de sus ideales; porque no iba a satisfacer ninguna ambición turbia ni a conseguir ninguna ventaja ilícita. ¡Ah, cómo lo usaría! Contra las argucias de los ricos, contra la mala fe de los que ocupaban cargos desde los que se debía defender a los atropellados, a los inermes, a los desvalidos.

Fernando se volvió a ver el rostro de Pedro como buscando que confirmara sus esperanzas. Pero no halló más que la dureza de siempre, el secreto bien guardado por los ojos, las palabras detenidas ante el pliegue de los labios. ¿Cómo aproximarse a esta raza? Sólo se abre en la embriaguez, en el riesgo, en el cataclismo.

Ya habían pasado el punto más alto del trayecto y de la niebla no quedaban más que jirones deshilachados y dispersos. La llanura se extendía allá abajo, verde, caliente.

—Cuando lleguemos a Tuxtla. . .

—Confía usted mucho en el Gobierno.

César era más joven, más ignorante. ¿Por qué entonces tenía tal seguridad en sus afirmaciones?

—Los gobernadores de Chiapas están acostumbrados a obedecer. El patrón es patrón en su finca y también en Palacio. Allí pisa fuerte, como en todas partes.

César había empleado, evidentemente, una figura retórica. Porque en el Palacio de Gobierno de Tuxtla no se escuchaba más que el tecleo de las ruidosas y antiquísimas máquinas de escribir, los murmullos en las salas de espera, los pasos dóciles de los empleados y las órdenes del Gobernador.

Para Fernando Ulloa y sus acompañantes no se hizo esperar. Apoyaba la política agraria del señor Presidente de la República en todos los terrenos, dijo. Y el Ejecutivo a su cargo estaba siempre dispuesto a escuchar una queja, a remediar una anomalía. Fernando Ulloa aceptó este recibimiento cordial y esta promesa casi con decepción. Gracias a ella pudo advertir lo que había deseado la indiferencia de las autoridades o su franca parcialidad hacia los finqueros para justificarse a sí mismo en el uso de ese poder que César Santiago le había revelado que poseía.

—Conque ¿cuál es su problema?

El Gobernador, un tierracalentano sencillo y benévolo, se reclinó hacia atrás como disponiéndose a oír una relación larga. Ulloa, sin embargo, prefirió ser breve. Hizo un resumen de los datos esenciales y recalcó el sesgo que a la inminente expropiación de fincas querían darle los coletos.

—La cuestión es muy clara —concluyó Fernando—. Como el mismo licenciado Tovar lo reconoció al negarse a tomar nuestra defensa, ningún hombre nacido en Ciudad Real, o ligado a ella por sus intereses, puede ser juez de esta disputa, puesto que todos ellos son parte directamente agraviada. Por lo tanto hemos venido a solicitar una revisión total del caso y que la verifiquen personas capacitadas y sin prejuicios.

El Gobernador estuvo de acuerdo en acceder a esta petición.

—Conozco sus mañas y les vamos a dar una sopa de su propio chocolate. Pero —indagó con un asomo de duda—: ¿no existe ningún peligro de sublevación?

La pregunta parecía dirigida especialmente a Pedro. Hacia él se volvieron los ojos de los demás.

—No estaremos conformes, ajwalil, mientras la tierra que nos pertenece la tengan otras manos. Mientras no nos hayan dado un papel que diga quién es el dueño.

El tono de las palabras del indio era comedido pero no alcanzaba a ser conciliador ni mucho menos servil. Salvaguardaba un recurso, el recurso que la desesperación deja a los débiles: la violencia.

Fernando Ulloa quiso borrar esta impresión.

—Acabar con esta inquietud, como usted ve, señor Gobernador, es fácil. Basta con que se activen los trámites ya iniciados y que cada ejido reciba sus escrituras de posesión.

El Gobernador se puso de pie como para dar fin a la entrevista y sonrió elusivamente.

—Hay que darle tiempo al tiempo.

Los solicitantes no quisieron insistir. Pero su optimismo en la resolución favorable de sus asuntos se fortaleció cuando hubo llegado a Ciudad Real la orden de inmediata soltura para todos los complicados en los sucesos de Tzajal-hemel.

XXII

CUANDO las mujeres de Tzajal-hemel regresaron a su paraje fueron recibidas con júbilo. Habían sido tocadas injustamente por manos de ladino y este hecho las engrandecía. Sobre Catalina volvieron a posarse las antiguas miradas ávidas, furtivas, expectantes de quienes quisieran sondear el misterio. Donadores anónimos llegaron hasta las puertas del jacal recién construido de la ilol para depositar allí manojos de hortalizas, huevos frescos, pollos maniados.

Marcela se servía de esos presentes, contenta de ahuyentar —aunque a medias y provisionalmente— la escasez. Mas para Catalina estos tributos a su poder, estos reconocimientos de su prestigio eran como un aguijón. ¡Ah, cuán dolorosamente la despertaban del marasmo en que cayó durante el último tiempo!

Después del rapto de sus dioses, en los días del cautiverio, la voluntad, el carácter de Catalina fueron aniquilados. Se contemplaba a sí misma, como desde una remotísima atalaya, ir y venir por los caminos; oía, como si no le concerniesen, las órdenes de la escolta, las acusaciones de los testigos, la sentencia del juez. Miraba transcurrir las horas, indiferente a que le trajeran la libertad o la condenación. Y cuando las puertas de la cárcel se abrieron (nunca supo gracias a quién ni le importó) y Catalina fue restituida a su familia y a su casa, no puso de manifiesto ni sorpresa, ni gratitud, ni alegría. Se replegó dentro de sí para que no le doliese la punzadura que ya conocía: el agobio de una responsabilidad, el peso de un destino, la urgencia de una esperanza ajena que se alzaba para exigirle a ella, a la ilol, su realización y su cumplimiento.

Los signos se multiplicaban. Una mañana, al abrir la puerta de su jacal la mujer encontró, reclinados contra las paredes, aguardando, a unos peregrinos que venían desde más allá de las montañas a buscarla. Se inclinaron ante Catalina respetuosamente y permanecieron después sin decir palabra, sin dirigirle una súplica ni una petición. Pero en su silencio se adivinaba una pregunta tenaz, un ¿cuándo? ¿cuándo? irreductible.

Catalina tendió las manos en un gesto que quería prometer. Pero ella misma tenía ante sí un porvenir oscuro, un horizonte sin respuesta. Retiró las manos antes de que sus dedos tocaran la frente sumisa de los peregrinos.

Cuando Catalina sintió que había recuperado aliento suficiente volvió a pastorear el rebaño. Iba con las ovejas a prados distantes, donde ninguna intrusión humana pudiese perturbar ese momento en que se asomaba a su fondo último, en un afán desesperado por hallar el eco de una voz, el reflejo de un rostro, la memoria de un nombre.

A veces se sorprendía encaminando sus pasos hacia la cueva. Se detenía, como al borde de un peligro, y abandonaba estas veredas que había abierto la fe de su pueblo y que ahora iban cubriéndose, poco a poco, de maleza.

Pero una vez siguió adelante, hasta el fin. Vaciló apenas ante la entrada pero el olor (un olor a cera ardiendo, a flores cortadas, a juncia) la atrajo irresistiblemente hasta el interior.

En el sitio en que antes estuvo el altar se arrodillaban ahora unas mujeres. Un murmullo sordo emanaba de sus bocas. Y de pronto se derramaron en un lamento sostenido, monótono, que después se quebró en palabras: la palabra del desamparo, la del sufrimiento, la de la miseria. Rezaban a unos dioses ausentes, iluminaban el hueco que habían dejado con cirios agonizantes que, sin embargo, no acababan nunca de extinguirse.

Catalina avanzó hasta incorporarse al grupo; quería confundir su ruego con el de las otras pero en cuanto fue reconocida fue dejada sola. Las mujeres se apartaron con esa mezcla de reverencia y temor que suscita todo lo que es sagrado. Catalina intentó ir tras de las que se alejaban, confesarles que había sido desposeída de sus dones y que ya nunca podría hacer nada por nadie, pero las demás se diseminaban ya por los parajes sin oír la voz que dejaron a sus espaldas, apresurándose para compartir con todos la noticia que inflamaría los ánimos.

Catalina permaneció en la cueva. Una agitación súbita remplaza a su antigua inercia. ¿Por qué cruzar los brazos? ¿Por qué callar? ¿Por qué no enfrentarse a lo ineludible? De pronto los obstáculos carecían de consistencia y todo estaba a su alcance. Pero la excitación fue desvaneciéndose sin hallar un modo de expresarse, un acto en el cual desembocar. Y Catalina se quedó, horas y horas, en la cueva, sin atinar a irse, sin encontrar un motivo para seguir allí. Un gran estupor la paralizaba. Y en la penumbra perdió la noción del tiempo transcurrido. Pedro y Marcela tuvieron que salir a buscarla al día siguiente.

Pedro le reprochó con acritud su extravío. Pero mientras Catalina escuchaba, con la cabeza baja y los labios inmóviles, el marido acechaba la señal que viniera a dar bulto a su sospecha de que los dioses no habían muerto, de que su culto iba a reanudarse y de que el pueblo chamula no había sido, una vez más, defraudado.

A Catalina no le era posible ofrecer nada, ni siquiera a sí misma, en cuyo interior rastreaba pistas falsas, como un animal de presa famélico.

Después de aquella ocasión regresó a la cueva una vez, muchas veces. Solía quedarse allí, en la oscuridad, respirando ese aire malsano que poblaba de delirios sus sentidos. Se tendía de bruces sobre el suelo, el mismo suelo que en días más dichosos había hollado la multitud, y se sentía morir. Aflojaba las manos para soltar todos los propósitos a los que estaba asida; espantaba de su mente los recuerdos; apaciguaba su corazón borrando de él la llaga del amor, la mordedura de los celos, el pus del desprecio. Se quedaba vacía para dar acogimiento a la revelación.

Y nada sucedía. Ni una vislumbre, ni un hallazgo. La ilol regresaba a la rutina opaca tan pobre y desesperada como antes.

Sin embargo, algo estaba gestándose. No lo advirtió ni su corazón ni su cabeza. Fueron sus manos, más ciegas, más humildes, pero más obedientes, las que empezaron a buscar a tientas una materia para palpar la forma que ya habían presentido.

¿Cómo tener presente otra vez la imagen esfumada de los ídolos? Cada hora, cada día pasaban, cumpliendo su tarea de tachar un rasgo de aquellas facciones, de trastrocar una expresión, de confundir un atributo. Y Catalina, ansiando detener esa corriente, hundió las manos en el barro y allí la punta de sus dedos fue imprimiendo lo que le dictaba una memoria imprecisa, contradictoria, infiel.

El fracaso de sus tentativas la hizo encarnizarse con su trabajo. Una y otra vez rompió las figuras grotescas que modelaba. Una y otra vez desechó esos trozos casi informes de arcilla. Y siempre respiraba aliviada, como si hubiera hecho a un lado un estorbo y ahora la senda estuviese más despejada, más fácil de transitar.

La fiebre, la fiebre de los días de plenitud, volvió a poseerla. Pero ahora ya no la golpeaba como el viento encerrado sino que la erguía en el esfuerzo, la iluminaba en la concepción, la sostenía en la inconformidad. Y no fue descanso lo que tuvo Catalina cuando, al fin, la obra de sus manos correspondió —aunque imperfectamente— a las exigencias de su memoria. No fue descanso sino un frenesí, ese jadeo de la hembra que está a punto de dar a luz.

Salió de la cueva buscando a quien hablar por los caminos; halló pastoras atónitas que no comprendían su mensaje entrecortado y confuso; halló leñadores a quienes hizo más liviano el peso de su carga; halló a los que volvían de comerciar con Jobel y su noticia apresuró los pasos del regreso a los parajes, congregó a las familias alrededor del fuego, dio pábulo a la conversación hasta la alta noche.

Cuando Catalina llegó a su jacal ya Pedro se había enterado, por otras bocas, de que los dioses estaban de nuevo en su sitio. No se alegraba tan fácilmente como los demás. ¿Para qué regresan? se decía. Nosotros no sabemos adorarlos, no podemos defenderlos. Vienen únicamente a colocarnos ante la cólera del caxlán, vienen a azuzar contra nosotros a nuestros enemigos. Pero entre el hombre y el dios, pensaba Pedro, la mujer no es más que un instrumento sin conciencia. Por eso Catalina se abandonaba a la fascinación del milagro, sin ver el abismo que se abría más allá.

Ay, si pudiera dejar caer sobre su oreja una palabra, una sola palabra, mientras dormía. ¡Y si esa palabra llegase a ser depositada en el altar, para que la recogieran los ídolos!

Pedro se inclinó sobre el sueño de su mujer y, lentamente, fue pronunciando la única oración que sabía:

—La tierra, Catalina. Diles que nos devuelvan la tierra. Si nos piden la sangre, si nos piden la vida se las daremos. Pero que nos devuelvan la tierra.

Un escalofrío sacudió el cuerpo de la ilol que se tapó la oreja con la mano. Pedro se retiró de allí, seguro de que había sido escuchado.

Pero Catalina, aún despierta, no le había prestado atención. Soñaba lo que iba a venir. Las largas peregrinaciones de suplicantes llenando los caminos con música de acordeón y sones de arpa; las gruesas velas de cera ahuyentando, día y noche, las tinieblas de los recintos sagrados; el humo del copal quebrando los sentidos de la sacerdotisa hasta dejar libre cauce a la profecía. Y después el cuerpo, el propio cuerpo que se desploma como un fruto exprimido; la paulatina recuperación de las potencias; la mirada que descubre, poco a poco, un alrededor de caras maravilladas, de manos prontas, de oídos dóciles. Otra vez, entre su pueblo y ella, no había desgarradura. Catalina lo volvía a tomar de la mano, como a un niño, para conducirlo.

XXIII

CUANDO Teresa Entzín López huyó de casa de Leonardo Cifuentes (la fuga de un animal que ha dejado de ser útil y que se esconde buscando un sitio para acabar) no supo dónde ir. Los primeros pasos por las calles de la ciudad —una ciudad que había dejado de pertenecerle puesto que ya no contaba con el respaldo de sus amos— fueron vacilantes. No podía pensar en la posibilidad de acomodarse con otra familia coleta porque la servidumbre en ella había tomado forma de fidelidad. Tampoco estaba muy segura de querer regresar con los indios pero, por falta de una alternativa mejor, se dirigió al mercado donde, acabadas las transacciones, los vendedores chamulas se disponían a volver a sus parajes.

Teresa se unió a un grupo de mujeres. Se insinuaba en silencio, con humildad, para disipar el gesto de desconfianza con que la acogieron. Como ella no llevaba ningún cargamento supo hacerse agradable ayudando a las otras a transportar los suyos. Esa primera noche durmió arrimada al rescoldo de unos desconocidos y cuando le preguntaron de dónde venía y quién era contó una historia de años de secuestro en casa de unos ricos de Jobel, habló de malos tratos y de amenazas. Los demás la creyeron. ¿Qué de raro había en lo sucedido? Y a cambio de que trabajara en el jacal y en la milpa, vino a formar parte de la familia del "pasado" martoma Rosendo Gómez Oso, en el paraje de Majomut.

A Teresa el cambio brusco de perspectiva (de abajo hacia arriba en Jobel y ahora, repentinamente, en un plano de equilibrio) la hizo observadora. Escuchaba, primero con curiosidad y después con fastidio, las inacabables disputas entre el martoma y su mujer, Felipa. El motivo siempre era, al principio, insignificante. Pero luego iba creciendo como un remolino, atrayendo a su centro los hechos más dispersos y terminando en una catástrofe final; golpiza y borrachera, en la que se mencionaba con frecuencia el nombre de una muchacha a la que Teresa no había conocido —Marcela— y las circunstancias adversas de su matrimonio.

Con mayores precauciones, como para que Teresa no se enterara, surgía también a veces la figura de Catalina Díaz Puiljá, a la que, según Felipa, se debían todas las desgracias de su casa. Rosendo procuraba aplacarla recomendándole que fuera prudente si no quería que esas desgracias aumentaran, ahora que Catalina había adquirido tan gran poder. Pero Felipa no se amilanaba. Todos esos cuentos de la aparición de unos dioses en una cueva, decía, no eran más que mentiras, patrañas como las que siempre había usado Catalina para imponer a los otros su voluntad por el terror. Mas a ella, a Felipa, ¿qué daño podía hacerle ya? No temía a la muerte, ni a la propia ni a la de los suyos, decía mirando malignamente a Rosendo. Y éste, que aún quería vivir, y que disfrutaba de la embriaguez en la que se sentía importante y respetado, no hallaba otro modo de callar las irreverencias de su mujer más que con un golpe. Lograba disminuir el volumen de aquella voz pero Felipa seguía refunfuñando ante ese hombre cobarde que había cedido a su hija Marcela por nada.

Cuando, terminadas las rudas faenas del día, Teresa se acostaba junto al fogón semiextinguido, el sueño tardaba en cerrarle los párpados. La miseria en la que había venido a caer la hacía recordar, con un secreto orgullo, con un velado sentimiento de superioridad, la casa de los Cifuentes. La alfombra del costurero, se decía, rememorando la blandura, la tibieza en la que tantas veces se regocijaron sus pies. Y, hecha un ovillo para calentarse, Teresa murmuraba en castilla los nombres de las cosas por las que sentía nostalgia: las macetas del corredor, la aldaba de la puerta de calle, las bajas donde lavaba ropa, el estrado en el que dormía. Nunca murmuró el nombre de Idolina.

Porque cuando un hijo se pierde (ay, mil veces preferible verlo muerto que en manos de una intrusa, de una ladrona como esa Julia Acevedo) no se puede hablar. Sobre el lomo de la bestia caen los golpes de un amo al que se teme, al que no se conoce. Y la bestia se azora y sufre y corre para escapar y es perseguida y alcanzada y sujeta de nuevo al castigo. Y la bestia no se queja porque no sabe.

Conforme pasaban las semanas Teresa iba descubriendo dentro de sí un vacío que no se llenaba ni con los recuerdos amables ni con el trabajo agobiador del presente. Si decía algo —¿qué se podía decir a este Rosendo siempre inconsciente por el alcohol, a esta Felipa gemebunda y agria?—, aun la palabra más pequeña, la más insignificante le parecía un desperdicio. Porque no era escuchada por Idolina.

Idolina. ¿Quién le llevará, temprano, con la primera campanada de la misa primera, su café con pan? Le gustaban las rosquillas chujas, la cazueleja, el molde de yema. Y ella, su nana, escogía los más dorados, los más tiernos para dárselos. Era la única hora en que Idolina comía. Porque después, cuando ya todos los habitantes de la casa estaban despiertos y la puerta de su recámara sin pasador y su madre y su padrastro pudiendo entrar de improviso, a Idolina se le quitaba el hambre. Picoteaba aquí y allá para no exponerse a las reprimendas de los mayores. Pero no se llevaba a la boca nada consistente, nada que enrojeciera la sangre ni que fortaleciera el cuerpo. Sólo en los últimos tiempos, cuando llegaba Julia...

Teresa quería rechazar esta imagen. Pero la Alazana se imponía, sonriente, enérgica, obligando a Idolina a obedecerla en todo. Teresa acababa por dormirse pero en sus sueños aparecían, de pronto, enemigos, rostros crispados por el odio, puños, velocidad y fuerza que la hacían su víctima.

No era ella la única en sufrir así. Ahora, desde el incendio de los jacales de Tzajal-hemel y la prisión de Catalina y las otras mujeres, todos temblaban. Cuando el ladino se acuerda del indio es para acabarlo. Y cada uno esperaba su turno con una especie de sombrío fatalismo que sólo en Felipa se transformaba en una rebeldía frenética, en un apasionado reproche contra la culpable de las amenazas que se cernían sobre Chamula, contra Catalina.

Una tarde, mientras acarreaba leña, Teresa se apartó del camino y se sentó a llorar sobre su carga. No podía más. El trabajo la fatigaba hasta el aniquilamiento. ¿Y para qué trabajaba? Para tener un techo bajo del cual cobijarse, una tortilla con sal que comer. No valía la pena seguir viviendo. Porque ninguno la necesitaba realmente. La invalidez transitoria del "pasado" martoma Rosendo, producida siempre por el trago, era repugnante. Y Felipa, a pesar de sus achaques y de sus quejas era una mujer robusta y capaz. Teresa pensó en ambos con rencor. No podía tenerles piedad. Pero la piedad, sin objeto desde que se apartó de Idolina, resonaba siempre en su interior como el agua en un cántaro. Y, a veces, como hoy, el cántaro, de tan lleno, rebalsaba.

¿Por qué no volver a Ciudad Real? Este pensamiento cruzó como un relámpago por la mente de Teresa. Entrar a mediodía, cuando las puertas de las casas estaban abiertas de par en par. Ir, con los pies descalzos, silenciosamente, por los corredores. Llegar hasta el cuarto de Idolina. ¿Estaría allí? Ahora que ya podía caminar acostumbraba dar largos paseos por las afueras con Julia. No, Teresa no encontraría a Idolina. Ni siquiera llegaría a su cuarto, ni a su casa, porque los chamulas no se atrevían a bajar a Jobel ahora que la furia de los ladinos estaba desencadenada.

Secándose las lágrimas con el dorso de la mano, Teresa se puso de pie. El fardo de leña le fue más liviano ahora que acababa de verificar que su desgracia era irrevocable.

Al llegar al jacal Teresa se encontró con que el "pasado" martoma Rosendo Gómez Oso se había puesto su chamarro de gala y que Felipa hacía los preparativos para partir.

—¿Adónde van? —preguntó extrañada.

—A Tzajal-hemel —repuso con aire triunfante Rosendo—. Nuestra comadre, Catalina Díaz Puiljá, ha regresado.

—¡Comadre! —interrumpió desdeñosamente Felipa—. ¿Cuánto dinero recibiste por entregarle a Marcela?

—Es una ilol. Ni los mismos ladinos pudieron dominarla. Estaba en la cárcel y de repente ninguno de los guardianes pudo mantener cerradas las puertas. Y nuestra comadre Catalina y las otras mujeres que estaban presas salieron volando hasta su paraje. ¿Y así te la querías echar de enemiga? Tiene mucha fuerza de ilol.

Felipa soltó una carcajada desafiante.

—¡Fuerza! ¡Ni siquiera un hijo ha podido tener!

—¿Y qué son esos santos que le nacieron en la cueva?

Felipa inclinó la cabeza, momentáneamente vencida. Había oído hablar de esos santos. Que eran milagrosos, que protegían a los débiles, que curaban a los enfermos, que aconsejaban a los descarriados. Pero los quería ver con sus propios ojos, palparlos. No, a Felipa no era tan fácil engañarla.

—Dicen —prosiguió el "pasado" martoma aturdido por la repentina victoria sobre su mujer—, dicen que cuando los santos nacieron la ilol estaba sucia de barro y no de sangre, como las otras hembras. Y que los santos nacieron ya de la edad que tienen.

—¡Ave María Purísima!

Esta exclamación, tan usada por las criadas ladinas de Ciudad Real, acudió naturalmente a los labios de Teresa.

Rosendo y su mujer la miraron con un fulgor de alarma. ¿Qué había dicho, que ellos no entendían?

—¿No vas con nosotros? —preguntó Felipa.

Teresa asintió. Tenía miedo de quedarse sola; miedo de que la consideraran distinta; miedo de ser acusada de traición.

El grupo se puso en marcha rumbo a Tzajal-hemel. Cuando llegaron a la cueva no les fue fácil entrar. La gente se aglomeraba, como en otros tiempos, por todas partes. Estaban excitados y ansiosos. Se había corrido la voz de que Catalina Díaz Puiljá iba a aparecer.

A codazos y empujones el "pasado" martoma, Felipa y Teresa lograron abrirse paso hasta el interior. En el fondo, rodeado de sahumerios y velas prendidas, estaba el altar cubierto por una sábana de Guatemala. A Teresa el espectáculo la decepcionó. Había esperado un despliegue de riquezas y ofrendas pero esto era más pobre que la más pobre ermita de rancho.

Contrastando con la desnudez del santuario hizo su aparición Catalina, pesada de adornos, hierática como un cadáver, sostenida en los flancos por mujeres de su séquito. Se colocó dando la espalda al altar, ante el que no hizo ninguna genuflexión. Los ídolos que allí se adoraban ¿no eran acaso criaturas suyas, hijos suyos? No, no les temía. Había establecido con ellos un trato de igual a igual. En ese trato cada uno ponía las condiciones que le convinieran y exigía el precio que fuera justo. Ellos, sí, miraban dentro de las entrañas del tiempo y si apretaban el mundo entre sus dedos podían desbaratarlo. Pero sin Catalina, al través de la cual se habían manifestado, sin ella, que les servía de intérprete ¿a qué iban a quedar reducidos? De nuevo a la invisibilidad, a la mudez.

Catalina se enfrentó sin espanto a la multitud. Rebaño dócil, pero ¡qué pronto a dispersarse ante la menor señal de peligro! ¡Qué pronto a renegar!

Teresa Entzín López observaba los lentos ademanes de la sacerdotisa, oía su voz grave y sin modulaciones.

—Los santos no están contentos. Lo mismo que el ganado quieren lamer su sal para estar más fuertes. Y no hay sal. Ninguno tiene dinero, ninguno quiere hacer el sacrificio de traer las velas y el pom.

En algún sitio alguien se puso a sollozar.

XXIV

TERESA se acostumbró pronto a la salmodia de esa mujer cuyo rostro parecía de piedra. Dejó de oír; comenzó a mirar a su alrededor. La gente suspiraba con estrépito, como para ser advertida, se lamentaba para disculparse. Aun la misma Felipa, tan hostil contra Catalina, había caído bajo su fascinación y ahora rivalizaba con las demás en dar muestras de arrepentimiento y de compunción. Teresa la miraba con el asombro de quien se siente al margen de una corriente que va arrastrando a todos, cada vez con mayor violencia, hacia un rumbo desconocido.

—¿Qué estoy haciendo aquí? —se preguntó de pronto Teresa con un disgusto que husmeaba, para cebarse, el olor de los cuerpos apiñados, de las flores marchitas, de la cera en combustión.

—¿Qué estoy haciendo aquí? —y repentinamente la invadió una nostalgia de gentes blancas, de palabras españolas, de espacios libres.

Si esta mujer que nos reclama deberes, razonaba Teresa, fuera verdaderamente capaz de hacer algo, yo no estaría aquí sino con Idolina.

Cuando el "pasado" martoma y su mujer abandonaron la cueva iban conmovidos y borrachos. A cierta distancia, una distancia que ya no quería disminuir, los seguía Teresa. Los esposos se paraban cada vez que el viejo, tambaleante, requería el apoyo de Felipa para continuar caminando. Teresa se burlaba de los torpes esfuerzos del viejo por conservar el equilibrio, por avanzar. Y no esbozaba ningún gesto de ayuda, ningún ademán de comedimiento. Le parecía indigno y humillante servir a un indio.

Al jacal Teresa entró únicamente para recoger sus cosas: un rebozo, un pequeño envoltorio de trapos. Felipa no se daba cuenta de los manejos de su huéspeda sumida, como estaba, en la embriaguez.

Nítidamente, cuidando de no rozar ningún objeto ni con la orilla de su ropa, Teresa dio los últimos pasos en el jacal.

Colocó la escudilla en que comía, reluciente de limpia, sobre un estante. Y luego se fue.

En el camino iba pensando cómo la recibirían los Cifuentes. ¿La habría extrañado Idolina? Con qué gratitud aguardaba una sonrisa de alegría. Pero sin confiar mucho en ella. Lo que sí tenía como seguro eran los reproches de Isabel, acaso esa breve bofetada que daba fin a sus arrebatos de malhumor.

¿Y si no la acogían? Teresa quedó paralizada ante esta posibilidad. Pero luego se repuso y continuó caminando, atenta a las piedras que debía esquivar, a los charcos de lodo, a las espinas. Ya no pensaba.

En Ciudad Real los ánimos se habían calmado y un indio era visto por los caxlanes con la misma indiferencia despectiva de antes, pero ya no con encono, con miedo. Había dejado de ser un signo de peligro.

Teresa atravesó las primeras calles sin que ninguno le concediera muestra especial de atención. Tal vez una señora con la que se cruzó (y a la que había conocido en casa de sus patrones) dibujó la mitad de esa sonrisa distraída que se dirige al mueble que siempre está allí.

Teresa entró en el zaguán de la casa de sus amos pegándose a la pared para no ser advertida. Pero su llegada a la cocina causó tal alboroto entre la servidumbre que forzosamente hubo de enterarse Isabel.

Isabel apareció furiosa. ¡Haberla dejado así, sin avisar siquiera, una india desgraciada, revestida, a la que hizo tantos favores! Y escogió bien el momento para hacer daño, como todos los de su raza. Precisamente cuando se le necesitaba más porque una salera se había ido y la mujer que lavaba la ropa tampoco se daba abasto. Precisamente entonces a Teresa se le ocurrió salir con su domingo siete. Pero en fin, muy merecido se lo tenía ella, Isabel, por haber esperado gratitud de una india. Teresa lloraba de arrepentimiento y prometía no volverlo a hacer. Había estado loca, alguien le echó un maleficio, porque de otra manera no se explicaba el arranque de irse. Y mientras hablaba, entrecortándose con un acecido que quería imitar el sollozo, se excitaba las lágrimas frotándose los ojos con la punta del tápalo.

Isabel se dejaba ablandar. Después de todo ¿qué más da que sirva ésta o la otra? Por lo menos a Teresa ya le conocía las mañas. Y por otra parte era segura, servicial. Después del escarmiento al que iba a someterla no le quedarían intenciones de saltar nuevamente las trancas.

Desde esa noche le dieron a Teresa, como ración de cena, una tortilla fría (porque no va a desperdiciarse el carbón en consentir indias alebrestadas) y unos tragos de café, también sin calentar. Teresa masticaba el bocado duro, triste porque aún no había podido ver a Idolina que se encontraba ausente, visitando a la Alazana.

Idolina regresó tarde y de buen humor. Cuando descubrió que la que iba a ayudarla a desvestirse era Teresa la abrazó efusivamente, aunque con una efusividad que nacía de otras causas y que estaba dirigida a otras personas.

Teresa no dejó de sentir lo que de distancia había en ese abrazo pero cerró los ojos para no ver a esta muchacha extraña, que se movía con soltura —como si jamás hubiera estado enferma— y que charlaba sin cesar de sucedidos y cosas que Teresa no conocía. Y cuando llegó el momento de dormir Teresa permaneció largo rato, con los ojos abiertos en la oscuridad, haciéndose la misma pregunta que en la cueva: ¿qué tengo yo que hacer aquí?

Los días subsiguientes la ayudaron a instalarse en la rutina. Carecía de tiempo para reflexionar y en la noche, al acostarse, caía rendida sobre el suelo, porque su antiguo estrado servía ahora a una criada que siempre se lo había envidiado.

Teresa acechaba las breves estancias de Idolina en la casa pero, además de su brevedad, estaban tan llenas ya del proyecto y los preparativos de salir nuevamente, que no era posible cruzar más palabras que una orden, una recomendación o una señal de acatamiento. ¡Qué distinta esta Idolina presurosa, inquieta, arrebolada de excitación, de aquella otra, inerte, a la que agotaba el esfuerzo para cambiar de postura en el lecho!

Pero las personas que vamos siendo sucesivamente no se pierden jamás, no se entierran. Sobreviven, se esconden y en cuanto un resquicio favorable se les abre, asoman otra vez a la escena y se instalan en el sitio de honor.

Un día lluvioso Idolina amaneció cansada y no quiso levantarse. Teresa, como en los viejos tiempos, prendió el brasero y se arrodilló en un ángulo de la habitación.

—Cuéntame un cuento, nana —pidió indolentemente la muchacha.

Y Teresa, que estaba llena de relatos maravillosos, no quería contar más que lo que la otra no le había preguntado: lo que hizo durante los meses que abandonó la casa.

Teresa comenzó a hablar. Idolina se distraía con el tamborileo del agua contra los tejados y los vidrios y apenas atendía alguna frase inconexa de la narración. Teresa hizo un esfuerzo desesperado para ser oída por la muchacha y, al llegar al punto en que, acompañando a Rosendo y a Felipa, llegaba hasta la cueva de Tzajal-hemel, aseguró que la ilol se había dirigido a ella (como si hubiera reconocido bajo su aspecto insignificante a una canán muy poderosa) para decirle que las promesas de la ceniza serían cumplidas. Ya había sanado su niña. Ahora sólo faltaba que murieran el padrastro y la madre para que fuera libre.

Idolina se irguió para contemplar severamente a su nana.

—¡No mientas!

Teresa se santiguaba la boca e Idolina volvió a dejarse caer sobre las almohadas.

—¿Cuándo dejará de llover? —dijo mirando con impaciencia la vidriera.

—Si te vas ¿me llevas contigo? —quiso saber la nana.

Idolina hizo un gesto de asentimiento. Pero ¿adónde iba a ir? ¿Qué tendría que abandonar? De pronto la sacudió un escalofrío de miedo. Necesitaba hablar con Julia.

—Busca un paraguas. Vamos a salir.

Idolina estaba ya de pie, comenzando a vestirse.

Ama y criada caminaron por las calles desiertas, buscando en cada esquina un vado entre el torrente de lodo, agua sucia y desperdicios. La Alazana tuvo que cambiar las medias empapadas de Idolina por otras secas. La india fue a calentarse al fogón.

Mientras se dejaba asistir por su amiga, Idolina sonreía, saboreando de antemano el suculento bocado que ambas iban a compartir. ¡A ver si ahora Julia se atrevía a burlarse de ella diciéndole que era una niña, que ignoraba todo lo del mundo y que la hastiaba con sus conversaciones! Iba a admirarse, sí, de que ella conociera los secretos de esos indios a los que la extranjera veía siempre como remotos e inaccesibles.

Pero cuando Idolina transmitió a Julia el relato de Teresa, Julia no se admiró. Se le dilataron los ojos de asombro.

—Así que han vuelto a las andadas.

¿Lo sabía Fernando? ¿Por qué no la puso al tanto? ¿Quería encubrir a los chamulas? ¿O traicionarla a ella?

Me odia, pensó Julia amargamente. No quiere conservar nada de lo que yo he conseguido.

Miraba a su alrededor, con la agudeza dolorosa de las despedidas. La amplitud, la solidez de este cuarto, uno entre los muchos de los que disponía en su casa. El arreglo, en el que se aliaban la riqueza y el gusto. El poder de mandar a una servidumbre incondicional, sumisa. La seguridad de tener más dinero que necesidades. El prestigio de ser esposa de funcionario y amante de finquero. Había encontrado en Ciudad Real el término de una peregrinación azarosa que no quería volver a reanudar. ¡Y esta niña estúpida se le abrazaba al cuello, instándola para que se marchasen pronto, porque ella no podía, de veras no podía, seguir viviendo al lado de su familia, ni en ese pueblo, ni. . .!

Julia pasó la mano sobre la cabeza de Idolina para calmarla.

—Ya verás cómo todo resultará bien.

Pero tenía miedo. Y esa noche, cuando llegó a visitarla Leonardo, le contó lo de la cueva de Tzajal-hemel.

XXV

Leonardo hizo preguntas, quería detalles. Y Julia los inventó. Mientras más cuidaba ella de apartar las sospechas de Fernando, más pensaba él en confidencias imprudentes, en secretos mal guardados. Fingía creerla para enriquecer sus informes y le agradeció el aviso con la promesa de unas arracadas de oro que a la Alazana se le habían antojado al ir de paseo por el barrio de los plateros.

Al terminar su entrevista Leonardo se encaminó al Palacio Episcopal. Necesitaba un consejo antes de poner los hechos en conocimiento de las autoridades civiles. Su Ilustrísima clamó paciencia al cielo cuando supo que de nada había servido el escarmiento hecho con la prisión de las indias. Los chamulas, a más de ser contumaces, se sentían ahora fortalecidos por la impunidad que públicamente les garantizaba el Gobierno.

—Ya lo dicen las Escrituras —concluyó don Alfonso—. Hay tiempos de acometer y tiempos de retirar.

—Exactamente —abundó Leonardo—. Es tiempo de acometer, ahora.

—¿Cómo? A los ojos del Gobernador apareceríamos como provocadores y desencadenaría contra la Iglesia una persecución igual a la de Tabasco. Ha estado buscando pretextos y si ahora le proporcionamos uno. . .

—Su Ilustrísima —le reprochó suavemente Leonardo—, no parece usted coleto.

—No lo soy.

El anciano estaba exhumando un origen extranjero, una formación distinta, unas costumbres diferentes para eludir su solidaridad con un pueblo al que se había asimilado desde muchos años antes.

—El pastor debe vigilar a sus ovejas. Sin embargo, el rebaño de Chamula está mostrenco. He visto al cura Manuel Mandujano por todas partes, menos en su parroquia.

—Tiene derecho a descansar. Y yo estoy meditando sobre la conveniencia de reponerlo en su cargo. Manuel es un hombre de índole muy violenta y ha olfateado en San Juan, lo mismo que usted, que todos, una presa política.

Leonardo hizo un gesto de alarma.

—¿Y quién va a sustituirlo? ¿Un blando? ¿Un miedoso? Entre los indios se necesita alguien que sepa llevar las riendas, alguien que sea capaz de enfrentarse a Ulloa.

Don Alfonso Cañaveral acabó por acceder. ¿Cómo iba a arreglárselas él, pobre perro viejo, entre tanto mastín ladrador? Pero quiso esgrimir, todavía un momento, el arma que lo había hecho fuerte en su juventud y en su madurez e impuso una condición.

—Que de lo que hemos hablado aquí, Leonardo, no se entere nadie. Como si fuera sigilo confesional.

—¿Ni los finqueros, Monseñor? Deben estar sobre aviso. Serían los primeros perjudicados en caso de que estallara un alzamiento.

—El alzamiento estallará si cunde el pánico. ¡Nadie, he dicho! Escoja usted: si recurre a mí es porque quiere que tengamos la fiesta en paz. Si lo que busca es ejercer una represalia contra Fernando Ulloa o contra la gente de Tzajalhemel, vaya a la Presidencia Municipal, convoque a los síndicos y regidores, ponga en pie de guerra al pueblo. ¡Es muy fácil atemorizarlos porque todos, quién más, quién menos, tienen la conciencia culpable! Y usted sabe cómo se maneja a esta gente. Basta un grito, un rumor y ya están, sus dichosos finqueros, abalanzándose a las escopetas, escondiendo a sus mujeres en los aljibes y desvanes, enterrando en los traspatios su dinero.

Leonardo rió, divertido por la descripción de la escena, e hizo un gesto como para borrarla. Don Alfonso Cañaveral se había reclinado contra el respaldo de su silla. Respiraba con dificultad.

—Estoy dispuesto a guardar el secreto, Monseñor. Pero yo también pongo mis condiciones.

—¿Cuáles?

—Una que vale por muchas: que el cura que vaya a San Juan sea Manuel Mandujano.

—¿Por qué?

—Conoce el terreno.

El argumento era inobjetable y el Obispo tuvo que aceptarlo. Con lo que la entrevista tuvo un desenlace cordial que no se vislumbraba al principio. Leonardo abandonó el Palacio Episcopal de buen humor. Esta vez, reflexionaba, cumpliría con su promesa. Era contraproducente echar las campanas a vuelo antes de que el fruto hubiera madurado. Se repetiría, paso por paso, la historia que acababa de suceder. Y no iba a lograrse nada más que los indios se envalentonaran y nadie pudiera detenerlos cuando exigieran el desmembramiento de las haciendas en favor de sus comunidades. En cambio, si manejaban con tino la situación...

Manuel Mandujano se había cansado de pasear su triunfo por las sacristías y las tertulias devotas cuando le llegó la orden de partir a San Juan. Fue oportuna, porque él temía que sus laureles se marchitaran en la inacción y porque había notado ya que decaía el interés sobre el momentáneo peligro que había arrostrado la ciudad. Ahora se hablaba, con la misma pasión de antes, de pleitos por herencias, de niños recién nacidos hallados en algún albañal y de aquella conseja de los hermanos que vivían amancebados y fueron hasta Roma a ver si el Santo Padre...

Don Alfonso Cañaveral recomendó tacto al joven sacerdote, ánimo conciliador; recordó la parábola del hijo pródigo, esta vez aplicada a Tzajal-hemel, mientras el caballo del que iba a partir piafaba de impaciencia en el establo.

Manuel decía sí, sí, a todo. Estaba decidido a que su ausencia de Ciudad Real sería breve y su regreso nuevamente espectacular. Por unos cuantos días de estancia en Chamula no era preciso molestar a Benita. Así que la dejó instalada en una casa amplia, cuyos corredores se llenaron pronto de macetas y jaulas de pájaros. Para que la hermana se entretuviera y no suspirara demasiado por el ausente.

—...y no los condenes porque ahora son idólatras. Es la ignorancia, el desamparo. Sírveles de consuelo tú, que sientan, al través de tu ministerio, que nuestra Iglesia los acoge y los protege.

Mandujano asentía, ya sin oír. Con sus dedos atormentaba el fuete con que iba a hostigar a su cabalgadura. El fuete que levantó en la cueva de Tzajal-hemel y que no pudo descargar porque Catalina se interpuso entre él y los ídolos y se lo arrebató.

El padre Mandujano quiso castigar a la ilol pero unos hombres lo sujetaron por la espalda. Catalina quebró el fuete contra sus rodillas y esto fue como una señal. Algunos con palos, otros con machetes y los demás provistos con piedras, todos se abalanzaron contra el padre Manuel. Cuando se fueron de allí no quedaba más que una masa asquerosa de huesos y de sangre. El sacristán que lo acompañaba, Xaw Ramírez Paciencia, se salvó de milagro.

XXVI

XAW RAMÍREZ PACIENCIA tenía miedo. Desde su regreso a San Juan, solo (porque el padre Manuel tenía todavía asuntos que resolver en Ciudad Real), no veía a su alrededor más que rostros inexpresivos, reverencias forzadas. Y Xaw necesitaba del respeto, de la simpatía de su gente. No estaba acostumbrado a que lo temieran y mucho menos a que lo odiaran. Desde el malhadado arribo del padre Manuel a Chamula, algo muy parecido al temor y al odio había ido separando cada vez más a Xaw de su tribu.

El sacristán había dado en beber para disipar su disgusto. Bebía con los mayordomos de los santos, en las ceremonias sagradas que se reanudaron con la ausencia del sacerdote. Pero ya ni en el alcohol encontraba palabras para hacerse entender de los demás.

Luego los mayordomos descuidaron sus cargos. Las sartas de tecolúmates se marchitaban en los altares y la juncia había adquirido el color amarillento, la consistencia reseca y quebradiza de cuando va a morir.

Xaw comprendió que algo estaba pasando. No quiso preguntar qué pues nadie le hubiera respondido. Y le bastaba mirar el rumbo que seguían las peregrinaciones: el paraje de Tzajal-hemel.

Xaw siguió bebiendo, ahora ya sin compañía. Tocaba las campanas parroquiales a deshora, cuando la angustia se le volvía intolerable y le era preciso desatar un ruido estrepitoso para que se rompiera el silencio de mal agüero.

Cuando el padre Manuel regresó a San Juan Xaw no supo si alegrarse o huir. Quiso convencerlo de que desmontara del caballo, de que descansara un momento en la sacristía. Pero el padre Manuel tenía prisa. Y a las entrecortadas recomendaciones del sacristán respondió con un amistoso toquecito de su fuete. ¿Qué podía temer? Lo acompañaban varios hombres armados, entre ellos Rubén Martínez, quienes para protegerlo (y a escondidas de don Alfonso Cañaveral) le habían sido proporcionados por Leonardo Cifuentes.

Xaw hubiera preferido quedarse en San Juan pero la comitiva reclamaba a alguien que los guiase y él tuvo que ir, adelante de todos, rumbo a Tzajal-hemel.

No entró en la cueva. Permaneció afuera, hurtándose a las miradas, atento a lo que iba a suceder. Cuando escuchó el primer grito y supo que los caídos eran los caxlanes, corrió sin parar hasta Jobel, buscando las veredas más escondidas, las menos transitadas, ocultándose tras los arbustos cuando oía que se aproximaban pasos humanos.

Llegó al Palacio Episcopal jadeante de fatiga y los criados, que ya lo conocían del viaje anterior, lo dejaron entrar. Los asustó el desorden de su rostro, el pánico de su mirada y, aunque no lo hubiera pedido (porque aún era incapaz de hablar), lo condujeron hasta la presencia de Su Ilustrísima.

Don Alfonso no entendía nada de aquel relato deshilvanado, dicho mitad en tzotzil y el resto en un español inseguro. Pero poco a poco se le fue contagiando el escalofrío aterrorizado de su interlocutor y, sacudiéndolo con violencia por los hombros, pudo enterarse de que el padre Manuel y sus acompañantes (¿cuáles acompañantes?) habían sido asesinados en Tzajal-hemel.

Doña Cristina, el ama de llaves, y otras criadas de menor rango que escuchaban tras de las puertas, se dispersaron al enterarse de la noticia. Una corrió al fogón a preparar los draques que serían necesarios; otra sacó de la alacena tazas y cucharillas. Y no faltó quien se lanzara a la calle, con cualquier pretexto, para propalar lo que acababa de saber.

Don Alfonso medía la habitación con pasos lentos y vacilantes. No le importaba abandonarse así a su desconcierto delante de Xaw porque, a semejanza de los coletos, un indio no era para él un testigo.

¿En qué trampa lo habían hecho caer los finqueros? Por lo que se desprendía de lo que contaba Xaw, Leonardo Cifuentes no respetó el compromiso que entre los dos se juraron. Alertó a otros, dio una escolta al padre Manuel.

—Ellos han de haber sido los primeros en atacar. Dispararían, haciendo alarde de su fuerza. ¡Qué temeridad más imbécil!

Pero esto no me libra a mí de responsabilidad, se repetía don Alfonso. Conociendo el carácter del padre Mandujano, su agresividad, su soberbia, acrecentada desde la primera hazaña en la cueva ¿cómo pudo ceder a la presión de Cifuentes y enviarlo a Chamula que era un polvorín? Para calmar sus escrúpulos lo exhortó a la cordura antes de partir. ¿De qué servía? De lo mismo que sirve recomendar prudencia a la mecha en la que corre el fuego. El resultado no podía ser otro que el que tenía ante sus ojos.

—Y yo soy el culpable —sentenció.

Era extraño. La frase le sonaba hueca y sin sentido. Estaba tan acostumbrado a absolver sin llegar siquiera a representarse con claridad los pecados que escuchaba (¿qué es una calumnia, qué es un mal pensamiento, qué es no amar a Dios sobre todas las cosas?) que ahora, inmediatamente después de formular su falta y de calificarla, se sintió tranquilo, descansado.

—Ve a la cocina. Allí te darán un cordial —dijo a Xaw.

Cuando se quedó solo, don Alfonso fue a sentarse a un sillón. Sin advertir cuándo había aparecido junto a él una taza humeante. Agradeciendo a una sombra que se desvanecía por la puerta, y de una manera automática, empezó a beber a pequeños sorbos.

¿Cuál debería ser su actitud? ¿Reclamar a Cifuentes? Don Alfonso hizo un ademán de fatiga. Leonardo negaría las imputaciones y no podía probársele lo contrario. No quedaba ni un sobreviviente. Y en todo caso Leonardo tenía el apoyo incondicional de los finqueros, la simpatía de todos en Ciudad Real.

—¿Qué alboroto es ése? —preguntó Su Ilustrísima al ama de llaves que acababa de entrar en la habitación.

—La gente. Están asustados.

Doña Cristina retiraba con diligencia la taza vacía y la apretaba contra su pecho.

—¿Cómo han podido saber...?

Don Alfonso se había puesto de pie con un impulso colérico. Doña Cristina retrocedió, vagamente espantada. Nunca lo había visto así.

—No sé... Algunos custitaleros, quizá. Venden su mercancía en la zona de Chamula.

—¡Custitaleros! —repitió con amargura don Alfonso—. Traiciones por todas partes, intrigas...

—¡Monseñor!

—No, no lo digo por ti. Tú no sabes lo que hay en el fondo de todo esto.

Los rumores crecían en la calle. La gente se había arremolinado junto a las puertas y ventanas del Palacio Episcopal y murmuraba con excitación. Ya el suceso de Tzajal-hemel resultaba irreconocible en aquellos labios. Cada uno había añadido algo, inventado, recordado. La versión de Xaw se convirtió en un amasijo de verosimilitudes y exageraciones, de augurios apoyados en remembranzas. Y a cada nueva frase, a cada nuevo comentario, aumentaba en todos la sensación de peligro, se justificaba la cólera. Y la multitud no se movía de allí aguardando a que en el mismo sitio desde donde se propaló la noticia del asesinato del padre Manuel y sus acompañantes, surgiera también un consejo, una orientación.

Alguien dio vuelta a la esquina. Era una mujer despeinada, con el chal negro flotando a sus espaldas, seguida de otras mujeres cuyos ademanes ambiguos no se sabía si la detenían o la empujaban, y quiso abrirse paso entre la muchedumbre. Era Benita Mandujano. Gritaba, con una voz ronca, fatigada, curiosamente opaca. Se debatía, como si alguien le impidiera avanzar, aunque ahora todos se hacían a un lado para dejarle el paso libre hasta la puerta. Golpeó la madera con dos puños cerrados.

—¡Me lo mataron, Monseñor! ¡Usted lo mandó al moridero!

La gente meneaba la cabeza en gesto de conmiseración. Los más próximos a Benita se esforzaban por consolarla.

—La voluntad de Dios...

—La voluntad de Dios...

—La voluntad de Dios.

La frase iba desgranándose mecánicamente, sin inflexiones, sin convicción.

—¡Malhaya! —replicó apasionadamente Benita—. No fue la voluntad de Dios. Fue la envidia de estos poltrones —añadía señalando el Palacio Episcopal—. Ninguno tenía sus tamaños.

Adentro el ama de llaves ahogó una exclamación de rabia.

—Déjela usted —dijo don Alfonso con un gesto de conformidad—. Cree que tiene razón.

—Estando los ánimos como están —repuso doña Cristina—, esa mujer podría soliviantarlos a todos. Y se echarán contra nosotros, Monseñor.

Tantos años al servicio del clero la habían hecho sentirse una parte integrante de él.

—¿No sería oportuno que usted le hablara para calmarla? Un exorcismo, cualquier cosa, terminó balbuceando, porque no sabía con exactitud cuáles eran los procedimientos de la Iglesia con los endemoniados. Don Alfonso tuvo que sonreír.

—Hágala usted pasar. ¡Pero sólo a ella! ¡No quiero que me ensucien la alfombra los demás!

Benita no se arrodilló cuando estuvo en presencia del Obispo. No se inclinó siquiera a besarle el anillo. Había cesado de llorar y su mirada era firme y directa.

—Ni entierro, Monseñor —empezó a decir con una voz neutra, glacial—. Los zopilotes se lo van a comer, como a los animales.

Y de pronto el frenesí volvió a apoderarse de ella.

—¡Usted tuvo la culpa! ¡Usted me lo mandó al moridero!

Doña Cristina se precipitó para callar, con una bofetada, a la irreverente. Pero ya no fue necesario. Benita se había dejado caer sobre el sofá, llorando.

—¡Usted lo mató por envidia! —repetía, sofocada por la felpa de los cojines.

—¡Monseñor! —clamó doña Cristina.

Don Alfonso observaba, con una atención paciente, cómo iba perdiendo intensidad el pulso de la furia. Acabaría por extinguirse y más pronto mientras más se desangrara en acusaciones.

—¡No lo soporto! —gimoteaba el ama de llaves, con el rostro escondido entre los pliegues del delantal mientras, a ciegas, buscaba la salida.

No se trataba de que insultaran a don Alfonso, que en ese caso bien podía, si así le parecía mejor, tragarse las ofensas. Pero era su dignidad, sus investiduras moradas, el respeto y la sumisión que los fieles deben a su Santa Madre. No, doña Cristina no podía soportarlo.

Cuando Su Ilustrísima quedó a solas con Benita se aproximó a ella, poco a poco. Los sollozos eran ahora una respiración regular, rítmica, espaciada, de persona que duerme. Don Alfonso contempló aquella boca, ahora entreabierta por el sueño, de la que había brotado pocos minutos antes una inculpación, demasiado burda y sin matices, fundada en un móvil falso (¡la envidia!) pero en realidad, justa. Sí, él había enviado a Manuel Mandujano a la muerte. Intentó otra vez sentir remordimientos, pero la pequeña ola, artificialmente movida, se derrumbó en su corazón.

Los años habían destruido su creencia en el carácter sagrado de la vida. De esta vida, por lo menos. Si la del joven sacerdote no hubiera sido truncada, ¿qué? Habría llegado a ser un párroco respetable, acaso habría alcanzado otras jerarquías. Y acaso, desde la silla de su poder, cualquiera que fuese, habría podido enviar a cualquiera de sus subalternos a la muerte.

Sufrimiento y culpa, meditaba don Alfonso, son las dos orillas de la desgracia. Él había cruzado la corriente, mucho tiempo atrás. Y desde su orilla contemplaba, con mirada remota, a esa mujer abatida que roncaba, echada de cualquier manera, sobre el sofá.

XXVII

LA MULTITUD, que iba engrosando paulatinamente con la incorporación sucesiva de personas recién llegadas, se demoró un rato largo ante la fachada del Palacio Episcopal. Con miradas furtivas y rápidas la gente se volvía, con frecuencia, hacia las ventanas y las puertas, aguardando —de manera oscura— la aparición de un jefe que guiara sus acciones, que decidiera por ella, que pronunciara las palabras que iban a conferir a su conducta un calificativo y una justificación.

Alguien susurró el nombre del Presidente Municipal. Después de todo era la autoridad más alta en el pueblo y a él debía recurrirse en un momento de apuro como el que hoy se presentaba.

El nombre sonó desprovisto de significado en muchos oídos. ¿Quién era? Ah, sí, aquel anciano gordo y benévolo del que se murmuraba que había permitido a muchas mujeres de mala vida provenientes de la costa —"gaviotas"— establecerse en Ciudad Real.

Su cargo era familiar a todos. ¿Quién no lo había invocado, para maldecirlo, al atravesar una calle socavada de hoyancos que el Ayuntamiento no se había ocupado de tapar? ¿Quién no le atribuía, sin excepción, las pequeñas calamidades que azotaban al pueblo: alcabalas por los motivos más inconcebibles, falta de seguridad nocturna, aprehensiones injustificadas, exacciones irrefutables, proliferación del vicio? ¿Quién no aspiró en secreto alguna vez a detentar esa dignidad de la que se salía ineluctablemente desprestigiado pero probablemente rico? Un presidente municipal es una institución que se acepta, que se tolera y que se necesita en circunstancias normales. Pero en una emergencia, como la de ahora, un presidente municipal no tenía nada que hacer.

¿Y el Comandante de la Guarnición? Esta sugerencia no mereció siquiera los honores de ser discutida. El Comandante de la Guarnición era un extranjero y estaba pagado por el Gobierno de la República. Estas dos agravantes bastaban para descalificarlo. Confiar en él habría sido una locura.

No, lo que se precisaba era un caudillo. Y el caudillo tenía que ser coleto hasta los tuétanos y hombre enérgico, audaz y ambicioso. ¿Quién encarnaba estas virtudes? La multitud lo supo cuando Leonardo Cifuentes, seguido de otros finqueros, se abrió paso para llamar a la puerta del Palacio Episcopal.

Fue recibido de inmediato. Y desde el momento en que Leonardo Cifuentes y su séquito desaparecieron en el interior de la casa del señor Obispo la espera de la multitud cobró un sentido. Ahora se agitaban gesticulando y el murmullo había elevado su volumen hasta la vociferación. Ahora proponían planes de ataque a las comunidades indígenas y medidas de defensa de su propia ciudad. Ahora cada uno se sentía el héroe de una hazaña inminente, el responsable de la vida de sus conciudadanos, el guardián de los bienes de la colectividad.

Cuando, después de un lapso de tiempo que a los que aguardaban pareció interminable, Leonardo Cifuentes reapareció en el umbral, se produjo un brusco silencio.

Leonardo se detuvo y detrás de él sus acompañantes. Supo entonces que debía hablar.

—Su Ilustrísima les envía su bendición —dijo—. Los acontecimientos lo han postrado de tal manera que no puede acercarse personalmente a su grey.

Una anciana suspiró, compadecida. Se sentía fuerte, animosa, resguardada. ¿Cuándo los había desamparado la Iglesia? En una sublevación, de la que oyó hablar a sus abuelos, se interpuso entre los indios y los caxlanes la Virgen de la Caridad, otorgando el triunfo a la justicia. Ahora ¡quién sabe cuántos milagros, cuántos prodigios se presenciarían!

—Cada uno debe ver por sí y por todos —continuaba Leonardo—. El hombre empuñando las armas, la mujer obrando con prudencia, esa virtud que a las coletas se les reconoce en toda la región.

Se escucharon aplausos. Los pechos se dilataban por el orgullo de haber nacido en este valle cercado de altas cimas; orgullo de descender de varones famosos por sus hazañas y la limpieza de su nombre; orgullo de hablar el idioma de los elegidos.

—¡Nuestros mayores no se avergonzarán de nosotros! ¡Con nuestros hechos nos mostraremos dignos de ellos!

Las últimas palabras de Leonardo fueron coreadas con vivas y celebradas con sombreros lanzados al aire. Las mujeres cubrían su rubor con la punta del chal. Un niño aventó un cohete provocando primero el susto y la cólera, luego la risa de los más próximos.

Después cada uno siguió su rumbo. Leonardo y los finqueros se encaminaron hacia el Ayuntamiento donde se había convocado a reunión urgente a las "personas visibles" de la población. Los demás fueron a sus respectivas casas.

Y he aquí que todo había sido súbitamente transformado. El artesano ya no abría la puerta de un taller en que el trabajo lo trituraba sin ninguna recompensa. Ahora pasaba frente al telar, frente a los utensilios de talabartería, frente al yunque, sin concederles siquiera una mirada. Iba hasta las alacenas interiores y sacaba una escopeta enmohecida, un rifle antiquísimo, una pistola que había hecho con sus propias manos. Requería el aceite y un pedazo de gamuza y se sentaba, a la orilla de un catre, para frotar pacientemente los intersticios del arma hasta que se borrase el último vestigio de orín que hubiera ensuciado el metal. Los hijos no osaban acercarse a ese hombre absorto, por primera vez desde que ellos alcanzaban memoria, en una tarea importante y, a hurtadillas, imitaban sus actitudes con alguna arma de juguete. La madre los retiraba de allí sin hacer ruido. Después se dirigía a la cocina a preparar un poco de café con el que reconfortaría a su marido.

A mediodía tocaron las campanas de los templos. Era el toque de oración que cada uno acostumbraba rezar para sí. Pero hoy los transeúntes se arrodillaron en plena calle y, con las manos unidas, recitaron en voz alta los versículos de la Anunciación.

La conmoción era más evidente en los barrios del centro. Las criadas entraban y salían —descalzas, sigilosas, rápidas— agotando las provisiones de tiendas y mercados, acompañando a la patrona hasta el escondite para casos como éste, limpiando el aljibe por si alguno tenía que refugiarse en él.

Había algo semejante a una fiesta en estos preparativos. Pero era una fiesta fúnebre. El gran luto que había caído sobre Ciudad Real con la muerte del padre Mandujano y su escolta había borrado los pequeños lutos particulares que muchas familias arrastraban sin acordarse ya por causa de quién.

Las solteras abrieron la puerta de su encierro. Por fin ahora podían moverse, actuar, servir, sin que las paralizara la burla o la desaprobación de los demás. Miraron la calle, por primera vez en años, ya no al través de un vidrio, de un batiente entornado, sino a plena luz. Se incorporaban a los grupos con naturalidad, sin que su figura fuese ocasión de comentarios y suspiros compasivos. ¿Quién iba a fijarse en ellas? ¿Quién iba a reparar en sus vientres estériles, en sus años baldíos? ¿Quién iba a contar sus arrugas y sus canas? ¿Quién iba a anular sus esfuerzos por sentirse todavía esperanzadas, todavía no excluidas definitivamente del círculo de los intereses y los trabajos de los demás? Hablaban mucho y febrilmente, reían con estrépito. Ofrecían su ayuda y aprovechaban esta tregua inesperada para dar un cauce a su abnegación.

Las casadas abandonaban desde temprano el lecho del amor y del parto, el sitio donde el macho las humillaba y las exaltaba, el trono de su pereza, el refugio contra la destemplanza del clima y tomaban, con brío, las riendas de una casa que tan frecuentemente abandonaban a la servidumbre.

Ahora las criadas no podían disponer, puesto que la rutina estaba interrumpida. Ahora la cocinera tiránica, la cargadora malmodosa, la salera en celo, tascaban las órdenes inflexibles de un ama repentinamente vigilante, bullente de invenciones acertadas, de iniciativas inaplazables.

De cofres antiquísimos emergían sábanas heredadas y amarillentas, vajillas venerables, imágenes borrosas. Se sacudía el polvo de estantes preteridos, se recontaban los haberes y las posesiones. De cuando en cuando la patrona cedía, con displicencia, con magnanimidad, algún jirón ya inútil, a la avidez de la criada que la auxiliaba.

Las muchachas buscaban la coyuntura para intervenir. Se disputaban un lienzo de seda, una jarra, un cubierto de plata para el ajuar que llevarían a sus hipotéticos matrimonios. La madre mediaba en la disputa prometiendo para después un reparto equitativo, porque ahora había prisa de esconder lo mejor posible los objetos que les pertenecían.

—Si no, a la hora del saqueo, nos quedamos sin una hebra de hilo.

—¿Quién va a saquear, mamá?

—Los indios, si entran.

—¿Y si no entran?

—Entonces los pobres, los de las orilladas. Están al acecho de cualquier desorden para robar. Y también la tropa.

—¿Es cierto que los soldados se llevan a las muchachas?

La señora de respeto tuvo un sobresalto.

—Haz una cruz sobre tu boca y cállate. Vamos, al quehacer.

La señora de respeto estaba disgustada precisamente porque lo que le habían preguntado era verdad. ¡Cuántos casos no se vieron durante la Revolución! La pobre Angélica Ortiz, tan bonita y con novio formal, tuvo que sufrir el abuso de los oficiales y delante de la familia. Quedó como loca, naturalmente. Y ya nunca se pudo casar.

La historia había sucedido una vez y podía repetirse ahora. Las víctimas serían estas muchachas. La señora de respeto contempló con espanto a sus hijas que reían frente a un espejo, acomodándose sombreros pasados de moda sobre la cabeza. Sólo una había permanecido quieta, con los ojos bajos y las mejillas arreboladas. Era la mayor.

—¡Primero tendrían que matarme a mí! —exclamó la señora de respeto con violencia. Las muchachas se volvieron a verla, azoradas. La mayor sonrió.

En la sala se reunían los señores. Fumaban un cigarro tras otro y se hacían traer jarras y jarras de café.

—El señor Obispo no está con nosotros.

Leonardo hizo un gesto para disminuir la importancia de aquella exageración.

—No ha dicho eso.

—Pero tampoco ha dicho que nos apoya.

—¡Y él debería ser el más ofendido! Después de todo el padre Manuel era crianza suya.

—Por eso mismo la noticia de su muerte lo trastornó. A su edad las impresiones fuertes ya no se resisten.

—¡Tocado de la cabeza! Sólo así se puede entender que haya dicho lo que dijo.

—Bueno, propuso Leonardo. Vamos a dejar por la paz a don Alfonso ya que de momento, y gracias a Dios, no nos es indispensable. Y pensemos en las medidas que se han de tomar.

—La más importante ya está tomada: el jefe eres tú.

Leonardo hizo una breve reverencia.

—He puesto telegramas a Tuxtla, a México...

—La gente de Tuxtla no desperdiciará la oportunidad de perjudicarnos. Somos rivales viejos.

—Además yo sé de buena fuente que Fernando Ulloa está en pláticas con el Gobernador.

—No se preocupen, señores. El Gobernador no hará sino lo que le manden de arriba.

—Y arriba es más fácil que lleguemos nosotros y no un simple empleado como él.

—¡Yo tengo una finca en la zona chamula!

—Y yo una labor en las orilladas.

—Van a acabar con las tiendas, esos indios tales por cuales.

—Yo ya repartí armas entre los peones.

—¿Y si las usan contra ti?

—¿Cómo me van a dejar en la estacada? También ellos son ladinos.

—Pero ladinos pobres.

—No merecen confianza.

—¿Qué se le va a hacer? No hay otro palo en que ahorcarse.

—Si la sublevación de los indios cunde, los primeros en morir serán los peones de las fincas y los ladinos de las orilladas.

—Habría que decírselo.

—Lo saben por experiencia, hermano. Siempre ha sucedido igual.

—Si pudiéramos estar al tanto de lo que pasa en la zona.

—¡Esos indios son más taimados! Se nos van a echar encima cuando estemos desprevenidos.

—El que entrega leña en mi casa me dijo que desde hace varias noches ha visto luminarias en los cerros.

—Ya se están juntando.

—No hay tales luminarias. Son incendios. Es la época de la rozadura.

—Más vale creerlo que averiguarlo.

—Yo lo tengo averiguado —dijo Cifuentes.

Los demás lo miraron con admiración. Sobre un silencio respetuoso, continuó:

—No sé si ustedes se acuerdan de una tal doña Mercedes Solórzano.

—¿Y cómo no si bien que la conocimos?

—¡Ay, qué tiempos aquellos!

—No estés echando habladas. Siempre fuiste un apulismado.

Cifuentes les permitía que se divirtieran con las bromas. Al final él sería el único en llevar la rienda.

—Bueno, ¿qué hubo con esa madrota?

—¡Los buenos servicios que le debes, compadre!

—Sirve al que la sabe recompensar.

—Yo le he proporcionado un capitalito para que trabaje por su cuenta. Compró unas mulas, unas arrobas de sal y se fue a venderlas donde tanta falta hacen ahora: a Chamula.

—Es bragada la vieja. Porque eso de irse a meter a la mera boca del lobo...

—No está corriendo ningún peligro —aseguró Leonardo para restarle méritos—. Los indios están acostumbrados a ver a los custitaleros.

—¡Qué trabajo más ingrato! Andar por esos caminos...

—Siempre corriendo el riesgo de un asalto, de una emboscada.

—Y ni con quién hablar. No hay gente de razón en los pueblos.

—Lo compensan las ganancias. A la vuelta de unos años el custitalero, que de quedarse en su casa no habría pasado de perico perro, puede abrir su tienda en la calle Real de Guadalupe.

Alguno de los presentes carraspeó. Se sentía aludido.

—Cualquier trabajo es honrado.

—Naturalmente.

—Pues si doña Mercedes sabe alguna noticia que nos interese me la comunicará de inmediato.

—¿Y mientras?

—Mientras tomamos café, platicamos.

—Pero si la espera es larga la gente se va a desanimar.

—¿Qué podemos hacer? No tenemos recursos suficientes para remover el avispero.

—Tenemos en contra hasta a las autoridades.

—¡Gobierno de bandidos!

—Algo vamos a sacar en claro: que el Presidente sepa que en Chiapas sus leyes valen una pura y celestial chingada.

—A ver si dejan de mandar estos tituladitos que se creen más águilas que ninguno.

—Fernando Ulloa ni siquiera es titulado. Lo sé de buena tinta —remachó Leonardo. Los demás sonrieron para patentizar su complicidad.

—¡Lo que hay que ver! Un don nadie viene de otra parte y nos mete a nosotros ¡a nosotros! en semejante berenjenal.

—Porque si los indios no se sintieran respaldados por él...

—...si no los hubiera soliviantado con sus soflamerías...

—...jamás se habrían atrevido a barajustarse.

—Señores —dijo uno, con el prurito de la exactitud histórica— no olvidemos que no es ésta la primera sublevación.

—Lo que importa es que sea la última.

—¡Dios te oiga!

—Dios me oirá, aunque el señor Obispo se haya vuelto sordo.

—¡Pobre viejo! Está chocheando.

—Deberían de jubilarlos a ellos también, como a los demás empleados. Hay sacerdotes listos...

—...que están procurando pescar en río revuelto.

—Si el Gobierno los persigue tienen que defenderse a como dé lugar.

—Desde el púlpito cualquiera habla bien. El día en que alguno de ellos pegue un grito, el pueblo entero de Ciudad Real se abalanza a destrozar a los chamulas.

—Vamos a tener cuidado de que no sean ellos los que den el primer grito.

—Sirven, pero no hay que darles demasiadas alas.

—La situación la controlamos nosotros.

—Y las cosas no están saliendo mal. Han llegado refuerzos de Comitán y hasta de Guatemala.

—Olieron la chamusquina.

—Saben que somos su mampara. Si los indios acaban con nosotros después seguirán con ellos.

—De todos modos se les agradece.

El reloj del Cabildo dio las once. Los señores se pusieron de pie, empezaron a hacer preparativos para marcharse.

—Entonces, ¿en qué quedamos, mi general?

Leonardo sonrió.

—Esperaremos.

Esperar era fácil para ellos, para los ricos que tenían las despensas bien abastecidas de provisiones. Mas para la gente con obligación de figurar y sin los medios de hacerlo, el asunto se complicaba un poco más.

Muy temprano salían de los caserones medio en ruinas, criadas viejas que llevaban bajo el rebozo algún objeto que malvender. Pero los que podían adquirirlo no consideraban que fuera el momento oportuno y después de una infructuosa ronda por zaguanes y almacenes, las criadas volvían a su punto de partida con el objeto a cuestas y con alguna legumbre fiada en el canasto de la compra.

La señora se desesperaba entre los restos de un antiguo esplendor que la verían morir de hambre; las hijas se prometían a sí mismas escapar de estas humillaciones cotidianas —ahora más graves por el virtual estado de sitio en que se encontraba Ciudad Real— pero no pensaban recurrir al trabajo, pues eran incapaces de desempeñar ninguno, sino en concertar un matrimonio ventajoso. Si no era posible (¡cuánta doncellez marchitada había tras las rejas de los balcones!) aceptarían los requiebros, que nunca faltaban, de un agente de ventas, de un torero de feria, de un sobrestante de caminos.

Los varones, mientras tanto, permanecían el día entero fuera de la casa y ahora sí disponían de un buen pretexto para no quedarse a escuchar las crónicas lamentaciones de las mujeres. Con el arma al hombro patrullaban las calles, se detenían a charlar en los portales, en las cantinas, hallaban ocasión para departir con las personas visibles y de mostrarse al lado de ellas. Entre una ocasión y otra no les faltaba tiempo para gastarse bromas que pusieran en evidencia su cobardía mutua.

Existía aún la clase inferior, esa sí pobre sin tapujos, sin paliativos, sobre la cual pesaba —más duramente que sobre las otras— la anormalidad de la situación.

Las atajadoras se apostaban en vano, una madrugada tras otra, en las entradas de Ciudad Real. Ningún indio bajaba de los cerros y ellas tenían que volver a sus misérrimas viviendas con las manos vacías. Las que cultivaban un trozo de huerto pudieron engañar el hambre durante algunos días. Pero las otras se lanzaron pronto a mendigar a las calles céntricas. Medida inútil. Las tiendas estaban cerradas, los portones de las casas particulares también. Las mendigas golpeaban con insistencia, con estrépito, el llamador de hierro. Alguna criada se asomaba apenas. Al través del resquicio abierto llegaban ecos de risas, fragmentos de conversaciones. Los ricos se reunían, estrechaban sus vínculos sociales, hacían del peligro un motivo de esparcimiento. Y la menesterosa se quedaba fuera con el portón bruscamente cerrado ante su cara.

La Congregación de las Hijas de María y la de las Damas del Sagrado Corazón fueron las primeras en apiadarse y organizaron un comité de beneficencia. Repartieron, en el barrio de Mexicanos y Tlaxcaltecas, en Custitali y San Felipe, ropa vieja, pequeñas raciones de café y panela, almudes de maíz.

Los habitantes de esos barrios se apiñaban para recibir con júbilo estos socorros y las benefactoras volvían a sus casas con la conciencia henchida de un sentimiento de satisfacción.

Pero pronto descubrieron que lo que hacían no era suficiente, que nada era suficiente. ¿Dónde conseguir más? A los ricos se les habían acabado las sobras y cada vez disminuían sus donativos. Las congregantes empezaron a hacer sus recorridos matinales con un poco de miedo y un disgusto que ya no acertaban a disimular. Sin que nadie supiera de dónde, brotaban sin tregua nuevas familias desharrapadas, famélicas, y ya ninguna adoptaba el gesto de sumisión y gratitud del principio. Los chiquillos gritaban exigiendo cosas y los mayores no hacían nada para callarlos. Después los mismos mayores gritaron también, importunando a las devotas con sus peticiones, dando rienda suelta frente a ellas a su mala educación y permitiéndose bromas y faltas de respeto.

Las Hijas de María y las Damas del Sagrado Corazón se quejaron, llorando, a sus confesores. Y éstos, encabezados por el padre Balcázar porque el señor Obispo continuaba enfermo, fueron (como a misión en tierra de paganos) a esos barrios miserables que rodeaban la ciudad y que servían de tránsito, casi imperceptible, entre el mundo de los ladinos y el de los indios.

Donde los sacerdotes encontraron mayor resistencia fue en el barrio de San Diego, cuyos habitantes practican tradicionalmente la brujería. Los sacerdotes no se atrevieron a derribar los altares profanos pero sí afearon con energía la conducta de quienes los veneraban. Celebraron misas solemnes en todas las parroquias, pronunciaron sermones encendidos de fanatismo y la tensión pareció tomar otros cauces. Pero ya las devotas se negaban a volver a los barrios pobres y el reparto de víveres y ropa, cada día más escasos, tuvo que encomendarse a la tropa.

Ciudad Real estaba sucia y nadie se preocupaba de barrerla. Todas las noches las familias de las orillas acarreaban sus enseres y dormían, en montón, bajo los arcos del Ayuntamiento. Quedaba allí un hacinamiento de cáscaras y desperdicios, un olor de leche rancia —¡había tantas criaturas!—, de sudor viejo, de lana usada, que se renovaba antes de que hubiese acabado de extinguirse.

Este olor no molestaba a las autoridades puesto que sus deliberaciones no se efectuaban allí. Habían escogido como cuartel general la casa de Leonardo Cifuentes. Después de tanto tiempo de repudio su umbral fue traspasado por los comerciantes de prestigio más sólido, los finqueros de más rancia estirpe, los prelados de mayor influencia. Entre las señoras no faltaba nunca la Alazana que quería demostrar así su solidaridad con la gente decente de Ciudad Real y disminuir las murmuraciones que corrían acerca de Fernando Ulloa.

Julia, en cuanta ocasión —oportuna e inoportuna— se presentaba, sacaba a relucir el viaje a Tuxtla de Fernando, para explicarlo con motivos que ninguno creía. Sus interlocutores asentían con desconfianza y ella se aferraba entonces a la pasión de Leonardo, a la sumisión de Idolina para sentirse amparada.

¿Cuánto tiempo iba a prolongarse la espera? ¿Qué se esperaba? Muchos lo habían olvidado ya. Otros repetían, sin convicción, sin entusiasmo, los rumores. Que, en sendos telegramas, se había pedido al Presidente de la República y al Gobernador del estado su protección para defender a Ciudad Real contra la amenaza de los indios. Pero el papel había ido a parar a alguna oficina subalterna y allí seguía el trámite lento, rutinario, laberíntico de la burocracia. En México nadie se imaginaba la inminencia del peligro y en Tuxtla se felicitarían de ella.

Los auxilios enviados por Comitán y Guatemala, tan bien venidos, acabaron por resultar contraproducentes. Pesaban sobre un pueblo empobrecido y paralizado y calmaban su impaciencia por entrar en acción, cometiendo pequeños hurtos, tropelías sin importancia que, no por ello, dejaban de ofender y alarmar a los coletos.

Y a todo esto doña Mercedes Solórzano sin aparecer.

—¿No la habrán matado los chamulas?

—Mala hierba nunca muere —respondía Leonardo—. Ya regresará. Y con buenas noticias.

Mientras tanto era preciso mantener vivo el interés de la gente, atizar su odio. Con tal propósito un finquero hizo venir de su rancho a una partida de indios cerreros. No traían carga y por órdenes expresas de su patrón todos llevaban machetes y escopetas.

Bastó su figura, bastó su presencia para que la gente de Ciudad Real se lanzara a las calles. Con gritos iniciaron el ataque. Los soldados no pudieron rescatar a los indios sino después de una refriega prolongada en la que más de uno fue herido.

Los indios durmieron esa noche en la cárcel de Ciudad Real y al día siguiente fueron conducidos, por Leonardo Cifuentes, sus secuaces y los vigilantes, hasta la capital del estado.

Ante un Gobernador displicente e incrédulo se les acusó de pretender tomar por asalto a Ciudad Real y de estar conspirando en un vasto proyecto de sublevación. Los interrogatorios se llevaron al cabo por medio de un intérprete pero no pusieron nada en limpio porque los inculpados ignoraban la significación de términos como "tomar por asalto" y "vasta sublevación". Según les variaba el humor contestaban a todo que sí o que no sin distinguir lo que los incriminaba de lo que los absolvía.

Los indios suplicaron que se les permitiera hablar con su patrón porque era el único capaz de poner fin al embrollo. El patrón negó conocerlos siquiera de vista y los indios fueron declarados bien presos y confinados en la cárcel de Tuxtla.

Pero el Gobernador supo hallar excusas para negarse a acompañar a los señores en su viaje de regreso a Ciudad Real, así como aplazar la movilización de la tropa. Los conformó únicamente con la promesa de apretarle las clavijas a ese revoltoso de Fernando Ulloa.

XXVIII

LO QUE NO había hecho posible ni la simpatía ni la insistencia era hoy favorecido por el peligro. Julia Acevedo planeó una complicada red de evoluciones tácticas para lograr que las señoras que se reunían en casa de Leonardo Cifuentes lo hicieran en la de su querida. Las ventajas eran evidentes y muchas. Una anfitriona más joven, más ansiosa de agradar que Isabel, quien aparecía en raras ocasiones y siempre con un gesto forzado, displicente, aburrido o burlón.

La primera en desertar fue Idolina. Sus consejos, su ayuda, sus órdenes apresuraron la habilitación de los cuartos vacíos de casa de los Ulloa en salones de recibo.

En la adquisición del mobiliario no se regatearon precios. Las familias de abolengo que se deshicieron de estas reliquias de un pasado glorioso, ahora en desgracia, se frotaban las manos de satisfacción por haber realizado un buen negocio. Los semaneros de los ranchos de Cifuentes transportaron ajuares completos. Eran muebles pesados, sin belleza. Sus méritos residían en la calidad duradera de los materiales, en el concienzudo esmero del trabajo. Y también en haber pertenecido a antepasados famosos, opulentos, cuyos retratos habían sido también puestos a subasta.

En el arreglo de los salones se respetó, escrupulosamente, la simetría establecida por la costumbre. La más mínima alteración hecha por Julia era corregida por Idolina, como una falta intolerable contra la ortodoxia. La Alazana aceptaba las correcciones con docilidad. Sin el marco de los convencionalismos ¿cómo podría ella representar de modo convincente su papel de señora coleta?

El primer día de recepción Julia casi no pudo disfrutar de su triunfo. Ya acechaba la actitud aprobatoria o crítica de sus invitadas, ya seguía con mirada vigilante la eficacia del servicio. Hasta que el rito adquirió la fluidez de lo cotidiano sus inquietudes cesaron. Y fue capaz de advertir entonces que sus huéspedas se comportaban de una manera que, en otras circunstancias, se habría calificado de insultante.

Lejos de agradecer la hospitalidad brindada por Julia correspondían a ella con no por pequeños inofensivos actos hostiles.

La asiduidad, rayana en la manía, con que Julia conservaba la limpieza de su casa, fue su primer punto vulnerable. Las invitadas aparentaban no ver las esteritas puestas en los lugares de entrada, o ignorar el uso destinado a ellas, y penetraban al interior de la casa con los zapatos sucios del lodo de la calle.

Sostenían con distracción angustiosa los vasos de refrescos, las tazas de café o chocolate con que las agasajaba Julia y los líquidos salpicaban los muebles, dejaban obscenas manchas sobre las alfombras.

Apenas una exclamación de contrariedad, no de disculpa, daba término al incidente que no había logrado siquiera interrumpir unas conversaciones en las que la dueña de la casa permanecía al margen porque nadie la había puesto al tanto de los asuntos, ni instruido acerca del significado de los modismos, ni preguntado si le interesaban o no.

Cuando Julia pretendía romper este círculo de exclusión aventurando alguna pregunta, se le respondía con vaguedad o con impaciencia como si su curiosidad no fuera lícita ni oportuna.

Conforme transcurría el tiempo aumentaban los abusos a los que las visitas daban el nombre de confianza. Comenzaron a hacer alarde de sus antojos. Las criadas les ofrecían apresuradamente bocados de queso, butifarras, galletas. Algunas, ya saciado su apetito, no se ruborizaban al pedir una servilleta y hacer un envoltorio. Era "para el hoyito de la muela" del hijo enfermo, el anciano imposibilitado, el hombre aguerrido. La Alazana añadía raciones a las que se había concedido la visita y con aspavientos se negaba a escuchar las explicaciones con que intentaba justificarse.

Sus despilfarros no la hacían acreedora a la gratitud, sino a la suspicacia. ¿Qué iba a pedir a estas señoras a cambio de lo que les daba? Se mantendrían atentas para responder a la primera insinuación con una negativa, pero mientras tanto ahorraban sus propios víveres consumiendo los ajenos.

Pronto ya no fueron suficientes los bocados y las señoras se demoraban hasta la hora de la comida o de la cena. Había que hacerlas pasar a una mesa decorosamente provista, de la cual se levantaban apresuradamente para marcharse en cuanto habían terminado.

Ya a solas Julia sopesaba sus esfuerzos y los resultados.

Gastaba lo que a Cifuentes le parecía cada vez más excesivo y absurdo. Desatendía todas sus otras obligaciones y placeres para asegurar el éxito de su tertulia. Y continuaba aún siendo una extraña ante la cual las otras no se molestaban siquiera en disimular sus recelos. ¿Valía la pena empeñarse en penetrar un mundo tan cerrado, subir a una jerarquía tan inaccesible?

Estoy nerviosa, decidía con brusquedad. La situación era ya no tanto crítica cuanto incomprensible. No podía prolongarse mucho tiempo más.

Y como para apresurar el desenlace ordenaba a la servidumbre que recogieran los desperdicios y arreglaran otra vez los salones. Luego, cuando las cosas estaban nuevamente en su sitio y el orden producía la ilusión de seguridad, se encerraba en su recámara y bebía un calmante para poder dormir.

Dormía profundamente, sonriendo a sueños agradables. El descanso fortalecía sus propósitos de conquistar, de imponerse (ya no sólo de igualarse) a estas mujeres coletas que ahora abusaban de ella.

La imitación de sus modales y sus actitudes era cada vez más espontánea y fluida para la Alazana. Dejó de hacer preguntas y se compuso una expresión suficiente de quien está en el secreto. Discreta y hábilmente atisbaba las reacciones de las demás para no discrepar de ellas. Se consternaba cuando era preciso, como era preciso y hasta donde era preciso. Celebraba con entusiasmo lo gracioso.

A fuerza de girar en la noria de los temas pudo darse cuenta de los muy escasos que daban pábulo a los comentarios, a las confidencias, a las rememoraciones, a los proyectos, a los rencores, a la ambición de sus invitadas.

Hombres. Primero conocí a mi padre, decían. El padre, al que estaban sujetas y del que heredaban un apellido, una situación, una norma de conducta.

El padre, dios cotidiano y distante cuyos relámpagos iluminaban el cielo monótono del hogar y cuyos rayos se descargaban fulminando no se sabía cómo, no se sabía cuándo, no se sabía por qué.

El padre, ante cuya presencia enmudecen de terror los niños y de respeto los mayores. El padre, que se desata el cinturón de cuero para castigar, para volcar sobre las mesas el chorro de monedas de oro.

El padre, que bendice la mesa y el sueño, el que alarga su

mano para que la besen sus deudos en el saludo y en la despedida.

El padre que, una vez, te sentó en sus rodillas y acarició tu larga trenza de adolescente. Entonces te atreviste a mirarlo en los ojos y sorprendiste un brillo de hambre o un velo de turbación, que te lo hizo próximo y temible y deseable.

Hombres. El sacerdote que jadea tras la rejilla del confesionario.

—Acúsome de haber pecado contra la pureza.

—¿De pensamiento? ¿De palabra? ¿De obra? ¿Contigo misma? ¿Con un cómplice? ¿Has reincidido? ¿Cuántas veces?

Cuando la tentación te asalte encomiéndate a la Santísima Virgen, invócala bajo cualquiera de sus advocaciones. Arrepiéntete de corazón, cumple la penitencia. Vete en paz.

Hombres. Cuando tu primo y tú se esconden en el desván él te echa un huelgo caliente sobre la nuca. Y sus manos buscan algo que ni tú ni él saben dónde está ni cómo se oculta o se encuentra. Oyen a lo lejos los ruidos domésticos, apagados por el latir de su corazón.

De pronto, unas puertas abiertas como para sorprender la culpa y la palmada enérgica de la cuidadora.

—¡Salgan de allí! ¿No les da vergüenza? Ya no son indizuelos para entretenerse de ese modo.

Hombres. La condiscípula que pregunta, mientras la profesora se afana explicando un problema de aritmética, si no has visto desnudos a tus hermanos cuando se bañan. No, no los has visto, no los quieres ver. Pero desde entonces no puedes apartarte de las cerraduras, de las rendijas y no descubres nada pero te sientes sucia por dentro. Y triste.

Hombres. El amigo de la casa observa, con una burla trémula, que tu corpiño comienza a llenarse. Las criadas hurgan las sábanas, la ropa interior. Murmuran en la cocina, en el cuarto de plancha. Hasta que un día estalla el alarido. Sangre. Por donde vas te sigue un reguero que te delata, hembra doliente. No, no vas a morir. Sólo vas a guardar cama temporalmente, a abstenerte de tomar ácidos, de hacer movimientos bruscos, de bañarte. Tú no sabes por qué. Pero los demás sí. Y sonríen.

Hombres. En las serenatas te miran con insistencia, con intención. En las ferias te envían flores y regalos. En las kermesses te cubren de confetti. En los bailes te toman de la cintura y te hacen girar hasta el vértigo.

¡Detente, enemigo! ¡El corazón de Jesús está conmigo!

¿Pero cómo vas a reconocer el rostro del enemigo en los rincones oscuros, en los parajes solitarios? Allí socavan a tu doncellez ese "no" que la defendía.

Te desnudas ante el espejo y te contemplas con la fascinación con que se asoma uno a un abismo, con la terquedad con que se interroga a una esfinge.

El cuerpo que padeces ahora te va a ser revelado por un hombre. Madurarás en la entrega, adquirirás tu forma definitiva gracias a las caricias.

El esposo es el colmador. Él guarda, para tus ansias, placer; para tus vacíos, fecundidad. Él va a colocarte en el rango para el que estás predestinada.

Si el esposo no llega, niña quedada, resígnate. Cierra el escote, baja los párpados, calla. No escuches el crujido de la madera en las habitaciones de los que duermen juntos; no palpes el vientre de la que ha concebido; aléjate del ay de la parturienta. El hervor que te martilla en las sienes ha de volverse un puñado de ceniza. Busca el arrimo de tus hermanos cuando encanezcas. Tal es el hombre al que debes asirte, hiedrezuela.

Ni tu regazo ni tus manos permanecerán vacíos, ociosos. Quehaceres y criaturas de los demás te solicitarán hasta la muerte. Y de todos tus ataúdes únicamente el último será blanco.

Dinero. La dote con que el padre quiere cubrir una fealdad excesiva o remediar una virginidad maltrecha.

Dinero. La herencia que, en torno de la cama del moribundo, se disputan los allegados.

Dinero. Litigios interminables para apoderarse de una franja de tierra, de una escritura de propiedad. De una generación a otra se transmiten el pleito, la codicia, el odio.

Dinero. Porque este año no alcanza para ir a pasar una temporada en la tierra caliente. Porque las muchachas quieren estrenar vestidos para las fiestas. Porque los jóvenes "ya sacaron mujer" y corren parrandas con los amigos.

Dinero. Porque el señor emprende negocios arriesgados y la ganancia es a largo plazo. Dinero. Porque el señor apuesta en el palenque de gallos, en la mesa de juego del casino. Dinero. Porque el señor mantiene a sus queridas y a sus bastardos. Dinero, dinero, dinero, es la letanía de la señora.

Porque la vida cuesta cada vez más y es necesario mantener las apariencias y no sabe qué hacer con tantos ajigolones.

Dinero. Los cónyuges se dan la espalda en las noches. Los comensales guardan silencios amenazadores alrededor de la mesa. Los noviazgos se rompen, las amistades se acaban, los lazos familiares se desconocen.

Dinero. El notario recoge las últimas monedas que dejó en tu poder el médico. Y tal vez oigas cómo clavan los clavos de tu caja. Porque los herederos son impacientes.

Fama. Hay que hacerse una cruz sobre la boca para que el ángel guardián nos libre de cometer el crimen —porque sí, es un crimen— de herir la reputación de nuestros semejantes, de inventar calumnias, de propagar rumores.

¡Pero la conversación sería tan desabrida sin el granito de sal de las murmuraciones!

Con suavidad, con lentitud, con delicadeza se remueven los sepulcros blanqueados y escapa el olor fétido de los secretos que no pueden callarse porque claman al cielo. De injusticia, de dolor, de miseria.

No se puede callar. Porque si se callara lo que está oculto bajo los techos, bajo las sábanas, se pudriría, hasta contaminar al mundo entero.

Hablar es como abrir un absceso. Corre el pus; la inflamación disminuye; la fiebre y sus desvaríos se mitigan.

Julia asistía, fascinada de asco, de curiosidad, a esta operación. Hasta entonces no tuvo frente a sí, por primera vez, una imagen verdadera de Ciudad Real.

Todos los prestigios a los que rendía el tributo de su admiración, de su respeto, de su envidia, fueron descuartizados en su presencia. Bajo las vestiduras eclesiásticas, bajo las togas de los profesionistas, se retorcían las entrañas enfermas, los ánimos contrahechos, las desgracias inconsolables.

En el traspatio de una casa, en cuya puerta principal se ostentan escudos de nobleza y pruebas de linaje, está encerrado, revolcándose entre sus propias inmundicias, el loco, que se enfurece ciertas noches y quiebra los barrotes de su jaula y se pone a aullar como un animal herido.

En una habitación sin ventanas yace una criatura cuyos huesos no se endurecieron nunca lo suficiente como para tenerla erguida. Desdentada, vieja de siglos, bambolea sobre la pila de almohadones una cabeza enorme y hueca.

Hay familias de las que todos huyen porque, a deshora,

se escuchó un vagido, un llanto que se apaga sin un eco, sin un epitafio.

¿Y cómo se ha alzado, de pronto, ese lambeplatos que vivía en las orilladas y ahora se pavonea en el centro e insulta a los demás con el lujo insolente y la disipación de sus costumbres? ¿Es que arrancó un tesoro, como dicen los cuentos? ¿Y que, noche a noche, se le aparecía un alma en pena para indicarle el sitio exacto en que debía excavar? El dinero estaba reservado para misas y actos que rescatarían a un difunto de las llamas del purgatorio. Y se dilapida sin ton ni son en frivolidades.

No, con los finados no se juega. Más le valía haber despojado de su hacienda a una viuda, de su haber a una huérfana, como tantos otros. Más le valía hasta haberse apropiado de los bienes del clero, traicionando su confianza al convertirse de depositario nominal en dueño legítimo.

Las mujeres callaban tras haber cumplido su tarea de discernidoras de espíritus. Si alguna satisfacción las colmaba no era la de su malevolencia. Era la de haber desviado la atención implacable del testigo y juez, que era cada habitante de Ciudad Real, hacia vidas que no eran las suyas y pecados ajenos y el sufrimiento de los otros.

Gracias a estos ritos de iniciación Julia empezó a ser tratada como una cómplice. Después de tanto merodeo infructuoso estaba, al fin, en el interior del círculo. Y se sentía salvaguardada por un muro de secretos compartidos, de memorias comunes. Invulnerable bajo el título de señora coleta.

Idolina se inlinó hacia ella para musitar a su oído:

—Fernando y César acaban de llegar de Tuxtla.

Julia pudo, apenas, reprimir un gesto de sobresalto. No permitiría que le interrumpieran su tertulia. Idolina hizo un ademán tranquilizador.

—Están ensillando sus caballos.

Julia acechaba, entre el ruido de las voces, el otro ruido, tan lejano, tan leve que no advirtió en qué momento se desvanecía.

Sus músculos se distendieron y toda su figura adoptó una actitud de reposo, de seguro dominio. En esa atmósfera se prolongó, más tarde que otras noches, la reunión.

Después de acompañar a sus invitadas hasta la puerta Julia hizo, como siempre, la última ronda de inspección por la casa. Todo estaba en orden. Aun la recámara de Fernando.

Ningún armario había sido abierto, ningún objeto cambiado de lugar. Únicamente llamó su atención un paquete de cartas, atado con una cinta y puesto sobre la mesa de trabajo.

Julia se acercó a examinarlo. Sobres corrientes, letra irregular, ortografía plebeya. El nombre de Ulloa escrito muchas veces.

Julia extrajo un pliego y comenzó a leer: "una persona que lo estima, pero que cree más prudente no dar sus señas..." Y luego surgía la figura de ella, de Julia. Las letras se entrelazaban, de manera lasciva, como dos cuerpos en una cama, uniéndola con Leonardo Cifuentes. Julia adúltera. Julia codiciosa. Julia hipócrita.

Con palabras soeces, con imágenes groseras, Julia era denunciada, condenada, escarnecida. Y detrás de cada párrafo se adivinaba una mano. La misma que estrechaba diariamente, que se abría con avidez para recibir las dádivas, que se cerraba con fuerza sobre el botín. Esa mano trazaba signos innobles, con la aplicación de quien cumple un deber escolar.

¿Desde cuándo había estado así, destazada como una res, expuesta a la mirada impasible de Fernando? Buscó, sin hallarlo, el auxilio de una fecha. Pero algunos papeles habían comenzado a perder su color.

Con dedos torpes, Julia volvió a doblar las páginas, a acomodarlas en sus envolturas, a anudar el cordel.

Dio una última mirada a la recámara vacía, cerró la puerta con llave y salió al corredor.

Una noche desmedida se desparramaba por el cielo. Julia la contempló con los ojos dilatados de espanto.

XXIX

LA NOCHE de los indios. Un olor de resina quemada, un murmullo de hoja quebradiza, un aullido remoto. Fernando Ulloa se estremeció. ¿No había otras noches en el mundo? Calles iluminadas, interiores limpios, conversaciones, risas. ¿Cuánto tiempo hacía que esto no era más que un sueño? ¿Por qué se le presentaba ahora, con la tristeza de lo irrecuperable? ¿Porque había pertenecido a su juventud o porque presentía que iba a morir?

Algún perro ladró furiosamente a los recién llegados. Luego se fue, presuroso y lastimero, como si lo hubieran golpeado.

No había luz en los jacales de San Juan Chamula. Las puertas del Cabildo estaban cerradas por fuera con enormes candados. En el portón mayor de la iglesia había una gran tranca horizontal.

Fernando y César se miraron interrogativamente.

—Están escondidos. Tienen miedo de que les caiga encima la tropa.

—Hay espías en los cerros. A estas horas ya deben saber que estamos aquí.

Desmontaron y, con el auxilio de una lámpara de mano, se dirigieron hasta el establo de la casa parroquial. Allí comían parsimoniosamente su forraje dos bestias de carga, viejas y fatigadas.

—Parece que no somos los únicos.

Los atrajo a la cocina un sabroso husmo de comida.

—¡Ave María! —dijo una mujer obesa y se puso de pie. Su acompañante, un arriero patibulario, se palpó la cadera de la que pendía un arma. Fernando y César se detuvieron en el umbral.

—Pasen, pasen. Más vale llegar a tiempo que ser convidado, dice el dicho. ¡Lo que son las vueltas de la suerte! ¡Quién me iba a decir que un señor de las polendas del ingeniero Ulloa iba a ser mi güespede!

Al despojarse del chal que la resguardaba del frío para manejar más libremente los utensilios de la cena, Fernando reconoció las facciones de doña Mercedes Solórzano. Respondió a su cordialidad con una sonrisa.

—¿Qué está usted haciendo aquí?

—Lo que el pobre en todas partes: la lucha. Es buen negocio vender sal por estos rumbos en el tiempo de la Semana Santa.

—Pero usted estaba muy bien establecida en Ciudad Real —observó, no sin malicia, César.

—¡Malhaya! Llena de ditas. No me quedó más que echarme al monte.

—¡Arrecha la mujer! —ponderó el arriero.

—¡Callá tu boca, vos, y ayudáme a servir a estos señores que han de estar traspasados de hambre!

—Trajimos bastimento. Es cosa de calentarlo, nada más.

—No me ofenda usted, ingeniero. ¿Me va usted a rechazar porque puedo ofrecerles muy poco? Una borcelana de caldo hirviendo, una presa de pollo, una enrollada con sal. No se recibe lo que es, sino la voluntad. ¡Yo que quisiera agasajarlos con un banquete!

Fernando y César se acomodaron cerca del fuego. Era agradable el calor, pintoresca la compañía. Empezaron a comer con apetito.

César hizo una pausa entre dos bocados para preguntar.

—¿De qué rumbo viene usted ahora?

—De donde corre el Negro Cimarrón.

Doña Mercedes escanciaba café en dos grandes tazones de peltre. Después se sentó, riendo silenciosamente. No quiso añadir más.

—Yo no les pregunto adónde van ustedes. ¿Quién es una pobre custitalera para igualarse con los patrones? Pero sí les recomiendo que tengan cuidado, porque ahora no son tiempos de acometer.

El arriero había terminado su cena y se enjuagaba la boca con un sonoro buche que después escupió sobre los ladrillos del suelo.

—Cuando los indios me ven llegar a un caserío, con mi patache de mulas, corren a esconderse como si se les hubiera aparecido el diablo. Sólo cuando se aseguran que soy gente de paz, se van arrimando otra vuelta. Compran sal, que es lo único que traigo. Pero quisieran que yo les vendiera otras cosas.

Doña Mercedes y el arriero se miraron. Él se sintió autorizado para decir:

—Les hace mucha falta la pólvora.

Doña Mercedes alzó los hombros como para restar importancia a esta observación.

—Han de ser los meses en que se levanta la veda. Hay bastante venado por aquí.

El arriero se sacudió las migajas de los pantalones. Estaba de pie, malhumorado y soñoliento.

—¡Me hincharía yo de pisto si les pudiera vender a los indios lo que me piden!

El arriero interrumpió la divagación de su ama.

—Tenemos que madrugar, doña.

—¿Yday? ¿Quién te está deteniendo? Pero antes de que te vayas a dormir, échale una miradita a las mulas. No las vaya a espantar el Sombrerón.

El arriero salió de la cocina, bostezando. Doña Mercedes recogía los trastos y los limpiaba sin demasiada exigencia.

—En lo que yo les pueda servir, señores, ya saben que con mucho gusto.

—¿Regresa usted pronto a Ciudad Real?

—Depende. Si logro deshacerme de la mercancía...

—¿Quién le va a comprar en San Juan? No hay nadie.

—Ahorita, niño, no hay nadie. Pero yo conozco el sebo de mi ganado. No van a dejar sin fiesta su Semana Santa. Y les puedo vender, además de sal, las velas y el incienso para sus santos.

La seguridad con que hablaba la mujer los impresionó. ¿Cómo iban a juntarse los indios en un momento como éste? Salvo que tuvieran armas y se hubieran decidido ya a resistir. O que ignoraran el peligro que corrían.

XXX

LA MADRUGADA del Jueves Santo se rompió con un estrépito de campanas y cohetes. Desde la plaza llegaba un rumor de multitud creciente, fluctuante.

Fernando y César despertaron sobresaltados y se apresuraron a vestirse. Al salir a los corredores de la casa parroquial escucharon la voz de doña Mercedes urgiendo al arriero para que transportara la carga al puesto en que se iba a poner a la venta. Se interrumpió para saludar al ingeniero y su ayudante.

—¡Qué bonito nos amaneció Dios! Ha venido gente hasta del último paraje. Traen necesidad, y donde hay necesidad ha de haber dinero. El negocio va a ser redondo, porque tienen que recalar conmigo. Nadie más que yo quiso arriesgarse a venir hasta estos andurriales.

Sin contestar a estos comentarios más que con un breve ademán y una sonrisa, Fernando y César continuaron su camino hacia la plaza de San Juan.

A pesar de lo temprano de la hora (la niebla no se había levantado aún completamente) era ya muy grande el número de los congregados y cada momento aumentaba con la incorporación de familias que desembocaban por las diferentes veredas, vestidas de gala, llevando sus enseres y sus hijos.

—Mire usted —señaló César al campanario del templo.

Allí, varios martomas se esforzaban por colgar un Judas, un grotesco muñeco relleno de paja y cuya máscara era la de un ladino de expresión amenazadora. Fernando seguía atentamente la maniobra. De pronto creyó reconocer a uno de los que intervenían en ella.

—¿No es el sacristán?

Dudaba de su memoria y de su vista. Por otra parte no había aprendido aún a distinguir entre un indio y otro.

César se esforzó por identificarlo, a pesar de la distancia y de la constante movilidad de las figuras.

—Xaw Ramírez Paciencia. ¿Qué diablos está haciendo aquí?

—Se había refugiado en Ciudad Real. Tenía miedo. Si

regresó es que las cosas van mejorando. Todo parece tranquilo.

Fernando lo constataba con una mezcla de alivio y decepción. Tan profundamente había arraigado en él la idea de intervenir en el conflicto, de solucionarlo gracias a su mediación.

—¡No sea usted inocente, ingeniero! Los coletos no van a conformarse con una disculpa de los indios. Quieren castigar a los responsables de la muerte del padre Mandujano, hacer un buen escarmiento. De otro modo ¿qué les garantiza que el crimen no se repetirá?

—Eso depende mucho de ellos. El padre Mandujano era un provocador.

—¿A quién le importa el padre Mandujano? Se trata de no darles rienda suelta a los indios, de que sientan el sofrenazo entre los dientes. Para que reconozcan su lugar y su condición y no se les ocurra pedir que se reparta la tierra.

¿Y si los indios habían renunciado a sus derechos y los patrones se habían aplacado con la promesa de que todo continuaría como hasta entonces?

—Hay que hablar con Pedro González Winiktón. Para que nos saque de la duda.

Ni César ni Ulloa sabían dónde localizarlo. Echaron a andar sin rumbo fijo. Para permitirles el paso se hacían a un lado, respetuosamente, los hombres de edad, con sus sombreros suntuosamente adornados de listones, con sus gruesos chamarros de lana negra, con sus altísimos caites de cuero. Muchos escondían la botella de trago entre sus ropas; otros suspendían su labor de tejer palma. No daban la impresión ni de alarma ni de animosidad porque un par de caxlanes circulara entre ellos. Probablemente sabían quiénes eran Ulloa y Santiago, aunque ninguno diera señales de conocerlos.

Las mujeres no les concedían más que una mirada de reojo. Continuaban absortas en el cuidado de las pertenencias que habían acarreado para el trueque, o de los objetos que se emplearían en las ceremonias. Muchos de los niños estaban disfrazados de ángeles, con un manto blanco y una corona de papel sobre la cabeza. Estos, que causaban la mayor curiosidad de los extranjeros, eran también quienes los contemplaban con mayor asombro e iban detrás de ellos, riendo a hurtadillas, imitando sus palabras y sus ademanes.

Fernando y César, aunque incómodos por la burla, no

exteriorizaron su disgusto. Mas para desembarazarse de sus seguidores se dirigieron al templo, cuyas puertas estaban abiertas de par en par.

Se detuvieron un instante en el umbral. Con tal fuerza los había asaltado el olor de flores, de resinas quemadas, de ceras ardiendo, de muchedumbre sudorosa y compacta.

Apenas se podía avanzar entre estos cuerpos sentados o extendidos en el suelo. Las mujeres extasiadas en una salmodia ininterrumpida; los hombres derribados por el cansancio o por la embriaguez. Los niños divertidos en trenzar la juncia que servía de alfombra.

En el centro de la iglesia, dentro de un enrejado de madera y cubierto con orquídeas salvajes, yacía una imagen de Cristo con las manos cruzadas sobre el pecho y el perfil agudo y pálido de los agonizantes.

Resguardándolo, en la cabecera y a sus pies, había dos rifles cruzados y cuatro hombres con unas especies de cartucheras simuladas por sus paliacates.

Fernando quiso comunicar su inquietud a César. ¿Qué significaban estas armas? ¿Eran una costumbre que este año se repetía? ¿O los chamulas las exhibían hoy para mostrar su ánimo belicoso? Cuando pretendió acercarse a ellas Fernando fue rechazado brutalmente por los guardianes del Santo Entierro.

Cerca del altar mayor estaban sentadas ocho mujeres. Sobre la lana oscura de los chamarros se deslizaban, en figuras geométricas, estambres de colores. Un yagual, de estambre también, les cubría la cabeza desde la que bajaba, hasta sus plantas, un manto pesado y brillante. Cada una tenía ante sí un cesto con nichimes olorosos y un rosario del que pendían listones. Los daban a besar a quienes se aproximaban a ellas.

Eran las que alumbran el sacramento.

César se inclinó, simulando una reverencia, con la esperanza de encontrar, entre estas mujeres, a Catalina Díaz Puiljá. Tuvo que alejarse, defraudado.

Los dos ladinos abandonaron el templo y volvieron a la plaza. ¡Con qué avidez respiraron el aire frío y puro! Se divisaba, desde lejos, el sitio en que había instalado su puesto de ventas doña Mercedes Solórzano.

Apenas se daba abasto para atender a la clientela. El arriero la ayudaba con torpeza y desgano.

—¡Acérquense, patrones! ¿No les dije que hoy me había

yo persignado con la mano derecha? ¡Con mis ganancias de esta temporada, y si Dios quiere, bien podré volver a levantar cabeza en Ciudad Real!

Fernando y César se pusieron bajo el amparo de la manta que cubría a los comerciantes del sol agudo y fuerte de la mañana.

—Hacéles un lugarcito, vos, mi alma, que son gente delicada y hay que tratarla como se merece. Amontoná de este lado los maromeros y los trépatemicos, que al fin y al cabo no se han de maltratar. Retirá esos atados de panela. Andá carrera y venís tropel con un butaquito de cuero, para que se sienten, aunque sea por turno.

—No queremos darle molestias, doña.

—¿Cuáles molestias? Semejante vaquetón no va a ser capaz de irse jimbando hasta la casa parroquial. Mírenlo, allí viene ya, un juelgo con otro. Sosegáte, criatura, que Dios te lo pague.

El arriero colocó el mueble en un pequeño espacio libre.

—A ver, ingeniero, acomódese usted.

Ulloa quiso, por cortesía, ceder el asiento a su ayudante, pero doña Mercedes se opuso sin ningún miramiento.

—¡No faltaba más! Usted es el hombre de respeto. El niño César no se afrentará de acurrucarse sobre el petate, como nosotros. Es joven y se aviene a las incomodidades.

Durante la conversación doña Mercedes no interrumpía sus transacciones mercantiles. En una romana pesaba los confites; con sus manos cortas y gruesas medía los jemes de listón, las varas de manta y de yerbilla. Constantemente se renovaba la clientela; y ella, con seguridad y precisión, se volvía al sitio en que almacenaba las calderas, los molinillos, el cacao.

Las horas transcurrían con lentitud. La sombra se movía apenas uno, dos milímetros, en el reloj de sol que estaba en medio de la plaza. Fernando lo contemplaba con insistencia como si cada minuto tuviera el poder de convertir en realidad lo que tanto deseaba: que apareciera Pedro González Winiktón.

César se había apoderado de unas avellanas y jugaba distraídamente con ellas. Sonrió.

—¿Sabe usted lo que estoy pensando? Qué sucedería si ahora llegaran los federales.

Fernando había considerado también esta posibilidad.

—Una carnicería espantosa. Muy pocos tienen armas. Casi todos están ya borrachos.

—Además de que no cuentan con un jefe.

—Si Pedro les hablara tal vez lograría dispersarlos.

Entre los indios que se acercaban al puesto de doña Mercedes había algunos cuyo rostro era familiar a Ulloa. Pero no se atrevía a abordarlos por temor a una equivocación.

—¿Sabe usted hablar tzotzil, César?

El primer movimiento del aludido fue de defensa. Luego dos reflexiones lo calmaron: estaba con un hombre cuyo criterio era opuesto al de los finqueros. Y aun los finqueros, a pesar de su desdén por todo lo que concerniera a los indios, solían dominar el idioma de sus siervos a quienes no les permitían expresarse en español.

—Lo entiendo un poco.

Fernando hizo un ademán de impaciencia.

—No basta eso.

César continuó jugando con las avellanas. El reloj de sol parecía siempre igual.

—¿No es Winiktón aquel hombre que está allá?

Fernando, de pie, señalaba a un punto distante. No podían distinguirse claramente las facciones.

—Vamos a acercarnos antes de que se nos pierda.

César depositó las avellanas en un cesto y se sacudió las manos. Doña Mercedes miró con sospecha su esfuerzo por incorporarse.

—¿Qué mal modo les han hecho, patrones? ¿Por qué se quieren ir?

—Vamos a desentumirnos un poco, casera.

Echaron a andar. Tenían que abrirse paso entre los pequeños grupos. La actitud de los indios no era ni cordial ni indiferente como al principio. Parecían ceñudos. Comenzaban a estar ebrios.

Los hombres se tambaleaban apoyados los unos en los otros y contemplaban con una fijeza estúpida a los extraños. Las mujeres, sentadas en el suelo, no alzaban los párpados. Movían la cabeza mientras daban el pecho a sus hijos. Otras les hacían beber pequeños sorbos de trago de la limeta o les exprimían entre los labios un trapo empapado de posh. Los niños hacían muecas de disgusto pero luego cesaban de resistir.

—Pedro, hemos estado buscándote.

Ulloa acompañó estas palabras con una palmada amistosa. El indio volvió el rostro con rapidez. Catalina se irguió, atrayendo junto a sí al pequeño Domingo. Lorenzo y Marcela no concedieron más que una ojeada breve y sin curiosidad a los recién venidos.

—¿Qué pasa, Pedro? ¿Por qué se ha reunido la gente? ¿Qué no saben que las tropas pueden caer, de un momento a otro, sobre Chamula?

Pedro quería descargar su responsabilidad disculpando, al mismo tiempo, a los otros.

—Es la fiesta de la Semana Santa, ajwalil. Si no la celebramos no hay agua para las siembras.

Catalina entrecerró los ojos para que no advirtieran el relámpago de odio que la había sacudido. ¡La iglesia de San Juan llena de adornos y ofrendas y la cueva de Tzajal-hemel vacía y abandonada!

—¿No les avisaste del riesgo, Winiktón?

Sí, Pedro se había cansado de aconsejarles, aunque no le hicieron caso. La gente había sobrepasado el límite de la angustia y del miedo. La espera había sido demasiado larga y había acabado por perder su sentido. Poco a poco los indios fueron olvidando las precauciones y volviendo a la rutina de la vida normal. Salían de sus escondites, reanudaban sus labores, se atrevían a ocupar nuevamente sus casas. Tenían hambre y buscaban su sustento.

—En Ciudad Real los ánimos están muy exaltados, Winiktón.

Pedro asentía y Catalina lo miraba con lástima. Había escuchado sus discusiones con los principales. Eran obstinados y temían que si el rito de la Semana Santa no se seguía con exactitud las potencias que hasta ahora los habían protegido se les tornaran hostiles. La misma Catalina se equivocó creyendo que en algo podría influir para revocar estas decisiones. Cuando dijo, en uno de los trances en los que caía frecuentemente, que los ídolos de Tzajal-hemel exigían un culto exclusivo, los que la oían quedaron pasmados de asombro y de temor. Pero después de largas deliberaciones los principales llegaron a un acuerdo: ofrecerían a los ídolos oblaciones extraordinarias para testimoniar su sumisión. Pero celebrarían la Semana Santa en el templo de San Juan porque era también poderoso y capaz de hacer daño.

Catalina vio cómo desertaban sus seguidores conforme se acercaba la fecha de la Pasión. Exageró sus amenazas y sus predicciones adversas, sólo para comprobar que eran inútiles. Entonces optó por callar y, al fin, consintió en asistir también a las ceremonias. El contacto con la multitud se le había convertido en un vicio y no perdía la esperanza de desempeñar ante ella, otra vez, el papel principal.

—Si tú les explicaras, ajwalil, tal vez te hicieran caso. Eres hombre de razón.

—Reúnelos lo más pronto que puedas y avísame.

Catalina se apartó llevando de la mano al pequeño Domingo. Ambos se encaminaron a la iglesia.

—Pídele al Secretario Municipal que abra el Cabildo. La junta será en el Cuarto de Juramento.

Pedro hizo un gesto de obediencia y se alejó.

Cuando Ulloa y Santiago volvieron al puesto de doña Mercedes estaba casi desmantelado.

—¿Qué sucede, casera?

Doña Mercedes interrumpió su trabajo, pero no sin antes ordenar al arriero que se apresurara a enrollar las mantas que los habían resguardado del sol. Se puso en jarras para dar respuestas a César.

—¡Negocio redondo! Se nos agotó la mercancía. Ay, si todos mis clientes fueran como estos chamulitas otro gallo me cantara.

Uno de los baúles tenía la tapa aún abierta. Su interior rebosaba de objetos. Sobre él coincidieron las miradas de César y de doña Mercedes. Ella, sin inmutarse, aclaró.

—Hay cosas que no tienen demanda. Pero la sal... no me queda ni un adarme. Tendré que ir por algunas cargas más a Ciudad Real.

Doña Mercedes cerró el baúl.

—¿No se les ofrece algún recado? Regreso mañana, a más tardar. Me ajusta el tiempo como para hacerle una visita a la niña Julia, concluyó mirando con mansedumbre a Ulloa.

—No vale la pena. Nosotros también estaremos de regreso muy pronto en Ciudad Real.

—Bueno, pues. El que mucho se despide... Para que no pasen trabajos ahí queda en la cocina algo de bastimento. Es sólo cuestión de calentarlo.

El arriero trajo las bestias. Doña Mercedes montó en una mula y, con un fuetazo enérgico, la hizo andar con rapidez. Fernando y César la vieron alejarse sin encontrar ningún comentario que expresara su preocupación.

XXXI

La junta no pudo llevarse a efecto sino hasta el anochecer. Los principales abandonaron de mala gana las ceremonias en que tomaban parte activa o los corrillos familiares en los que se emborrachaban. La falsa seguridad del alcohol, el apoyo del número en que se habían congregado, el tiempo (vacío de los acontecimientos que temían) redujo su inquietud y su alarma a una realidad remota y sin sentido. ¿Qué era Jobel sino algo que estos hombres podían aplastar con el puño? Y lo cerraban con rabia y con obstinación y desenvainaban sin motivo los machetes y su brillo relampagueaba un instante y un instante el aire vibraba de peligro.

Todo el valle de Chamula retumbaba de música. El acordeón, jadeante y desigual, como una respiración de borracho; las arpas, de líneas delicadas, invisibles por la distancia y la oscuridad. El ritmo de los pies, calzados con caites de cuero grueso y mal curtido. Por todas partes al mismo tiempo —iniciándose, continuando, alcanzando su fin— el Bolonchón, la danza del tigre y la culebra, las metamorfosis del dios, de pronto reconocible en un animal al que los ojos están acostumbrados. En ese animal que preside los nacimientos, que acompaña y fortalece la vida, que despoja de su horror a la muerte. El Bolonchón, continuo, igual, inacabable.

¿Qué puede, contra lo que los dioses han dispuesto, la voluntad humana? ¿A qué viene Pedro González Winiktón, inoportuno, con sus recomendaciones de prudencia? ¿Y esos extranjeros, Fernando Ulloa y César Santiago, cuyas intenciones son confusas, cuyo lenguaje es intraducible? ¡Que se callen todos! El pueblo de Chamula está estableciendo su alianza con las potencias oscuras, está pagando su tributo a los verdaderos señores, está rescatando su derecho a vivir un año más.

Pero unos hombres, los principales, han sido apartados momentáneamente de esta comunión. Abandonaron la noche libre, los ecos, las fogatas y, guiados por un instinto ancestral de obediencia, han venido hasta el Cuarto del Juramento. Caben apretujándose. Distinguen mal sus facciones a la luz de una lámpara de petróleo. Ríen y gargajean. Están nerviosos. Winiktón ha anunciado que va a hablarles el ingeniero Ulloa.

—Vengo de Tuxtla. Estuve con el Gobernador.

Winiktón tradujo. Algunos principales eructaron con suficiencia. No ignoraban qué era eso de Tuxtla. Y en cuanto al Gobernador lo habían escuchado, una o dos veces, en ocasión de alguna gira. Los indios no recordaban el discurso al que un encargado dio respuesta en su propia lengua. Recordaban los tumbos del camión de carga en que los habían transportado, su inmovilidad frente a un kiosco o un balcón, la moneda con que los recompensaron. ¿Qué tenían que ver estas autoridades (cada principal representaba un paraje, hasta el último de la zona tzotzil) con las otras que Ulloa estaba invocando? ¿Por qué ellos tenían que temer siempre y siempre someterse? Estaban hartos ya de patrones. El Presidente de la República, que era algo más que el Gobernador, les prometió que serían libres.

—El asunto de la repartición de tierras va por muy buen camino.

Fernando mentía. Los trámites podían retrasarse durante años. Pero él contaba con su intervención para que fueran más rápidos.

César escuchaba con escepticismo. Dirigida por este hombre, flemático, reposado y que creía en la ley, la inconformidad de los indios no llegaría a ninguna parte. Pero César confiaba —más que en las decisiones individuales— en las circunstancias. Las de ahora podían ser favorables. La gente de Ciudad Real aterrorizada; el Gobernador dictando medidas que, en vez de proporcionar seguridad, aumentaban la alarma. Los indios... de ellos no se sabía nada. Probablemente estaban asustados también. Es fácil hacer que el miedo se convierta en violencia. Cuando un hombre teme ya no distingue entre la defensa y el desafío. Se lanza a la acción como cuando el toro embiste a la capa roja que se mueve frente a él.

Lo que se necesita es saber manejar el engaño. César no tenía en mucho la habilidad del ingeniero. No creía siquiera que se hubiera propuesto algún plan concreto. Su actitud era más bien la de aplacar a los indios que la de enardecerlos.

—Los finqueros quieren un pretexto para que no se cumplan las órdenes. ¡No se lo demos nosotros! ¡No nos pongamos la soga al cuello!

Winiktón titubeó ante las palabras. No comprendía bien su significado y su prestigio padecería ante los demás si mostraba ignorancia. Dijo que éste era el momento de hacer uso de la fuerza.

Uno de los principales alzó la mano para protestar. Aquí, lejos de Tzajal-hemel, dentro de otra órbita religiosa, Pedro y su mujer, la ilol, no eran personajes temibles. ¿Por qué seguir sus consejos?

Otros principales intervinieron. Hablaban animadamente. Ulloa sospechó que su mensaje había sido mal interpretado. Procurando que los demás no lo oyeran, dijo a Pedro:

—Viene la tropa. Te buscan a ti y a tu mujer por la muerte del padre Mandujano. Pero agarrarán a todos. Ahora todavía es tiempo de que huyan.

Pedro logró, al fin, acallar los murmullos y los comentarios. De pronto se dolió, no de él ni de Catalina, sino de todos éstos que serían castigados por un crimen que ya nadie sabía quién había cometido.

—Hay que regresar al monte. Hay que esconderse.

—¿Y dejar sola la iglesia de San Juan? —preguntó con incredulidad uno de los presentes. Los otros callaron estupefactos.

—¡En Semana Santa!

¡Qué insensatez! Como si San Juan y la Virgen de los Dolores y Santiago y el Cristo muerto fueran a permitir que se interrumpieran sus fiestas.

—Son soldados, muchos. Traen rifles, balas.

Fernando gesticulaba. Sus esfuerzos inútiles por hacerse entender provocaron una breve sonrisa en Santiago.

—¡Tú serás el responsable de esta matanza si no los obligas a que se dispersen!

Había asido a Winiktón por los hombros. Lo sacudía con fuerza. Pedro negaba, angustiado. Nunca había querido esto: la muerte de su gente. Quería la justicia. Pero en su imaginación la idea de la justicia y la de la sangre iban siempre unidas.

Winiktón se apartó de Ulloa y fue a mezclarse con los principales. En vano trataba de hacerse oír. Estaban excitados y no tenían miedo. ¿Qué quería de ellos este aladinado? Siempre los desconcertó y en muchas ocasiones pudo hacer que su voluntad prevaleciera. Pero hoy no iba a conseguir que ninguno saliese corriendo a refugiarse en los montes. Estaban bien todos juntos. Solos perderían el valor; irían a entregarse a sus enemigos, delatarían a los que hubiesen huido. Nadie quería estar solo.

—Las tropas van a llegar.

—¿Cómo? En los caminos cada piedra se convertiría en un guardián, cada peña en un obstáculo, cada arboleda en un ejército. Tal es el poder de San Juan, cuyo doble está en el cielo y vigila cuando la imagen de Chamula descansa.

Los principales se cruzaron de brazos. ¿Dónde está la fuerza? ¿En las armas, en los cañones? No, dentro de este cuerpo, que ha bebido el agua de los manantiales sagrados. En esta cabeza donde penetran las emanaciones del pom. En estas manos que sostienen las andas de los santos, que riegan la juncia de las festividades, que ensartan las guirnaldas de flores. ¿Qué puede, contra estos hombres invulnerables, el caxlán blasfemador, descuidado de sus deberes religiosos? ¿Qué pueden sus balas de plomo contra esta carne a la que ha comunicado sus atributos lo divino? Sin embargo, uno de los ancianos quiso saber.

—¿Los ladinos de Jobel han sacado en procesión a la Virgen de la Caridad?

Pedro iba a contestar que sí, que la Virgen de la Caridad se había aparecido en el Cerro de Tzontehuitz y que había sido vista con sus insignias de generala. Pero César Santiago se le adelantó.

—No. La Virgen de la Caridad está en su camarín, dentro de la iglesia.

Hubo entre los indios una risa colectiva de alivio. Su enemiga inmemorial, la que en los combates se encuentra en varios lugares a la vez, animando a los pusilánimes, devolviendo la vida a los moribundos, tendiendo trampas fatales a los chamulas, no había tomado participación en este conflicto. Entonces podría ser ganado. Se abrazaban entre sí, destaparon las botellas de alcohol, rieron hasta las lágrimas.

Fernando se acercó a César.

—¿Qué les dijo usted?

—La verdad.

Negligentemente dio los detalles que el otro le pedía.

—¿Y no previó que eso iba a envalentonarlos?

Naturalmente. Y lo había hecho con ese propósito. Ya en una ocasión anterior César había intervenido. Cuando se supo lo del descubrimiento de los ídolos en la cueva de Tzajal-hemel. No es que creyera en su origen milagroso. Piedras semejantes se encontraban en cualquier parte y él había visto unas muy parecidas, en el rancho de su padre, cerca de Ocosingo. Pero lo que sí era un hecho real, y sobrecogedor, fue la devoción de la gente, la gran esperanza que se despertaba en ella a la sola vista de las imágenes, la ferocidad con la que se disponían a defender su culto. César pensó que sería conveniente, para el prestigio de Ulloa en la zona tzotzil, mostrar su apoyo a estas creencias. Se lo insinuó con bastante claridad. Pero Fernando no accedió nunca a sancionar con su presencia o con sus palabras un rito que no calificaba más que como una superstición grosera.

Los indios no comprendían esta insensibilidad de quien les mostraba tanta simpatía en otros terrenos. No se atrevían a interrogar. Pero algo dentro de ellos se cerraba cuando este hombre, Ulloa, les pedía confianza o les hablaba de justicia y redención.

César advirtió dónde se encontraba la falla y, convencido de que Fernando no condescendería nunca en repararla, hizo lo que consideró conveniente: robar el chal de Julia y entregarlo a Catalina para que envolviera en él a sus ídolos. A Pedro González Winiktón, que fungió como intérprete, le dio largas explicaciones sobre lo que significaba la prenda y quién era la mujer a la que había pertenecido. La Alazana tenía, también, el poder sobrenatural de hacer andar a los tullidos. Respetaba a la ilol chamula, le enviaba un presente. ¿Que por qué no lo trajo el marido? César hizo un gesto vago con la mano. Es un secreto. No hay que hablar nunca del chal delante de él.

Los indios asintieron dócilmente. Y de una manera confusa, al pensar en la Alazana, sentían que Fernando Ulloa no era un extraño y que el silencio con que contemplaba las ceremonias en la cueva era complicidad y consentimiento. De allí en adelante fueron menos reacios a confiarle sus cosas. Los que hasta entonces habían escondido sus papeles —escrituras, planos— los desenterraron y se los dieron. Arrancaron la maleza que ocultaba los mojones entre una propiedad y otra; señalaron los antiguos cauces de los arroyos. El ingeniero desempeñaba su trabajo con exactitud y celeridad. Y cuando se congratulaba de su buena suerte y ponderaba la docilidad de los indios, César no podía menos de sonreír. Como sonreía también, a solas, cuando hasta su cuarto de Ciudad Real llegaba el eco de la voz de Julia —lamentándose, acusando— por la desaparición del chal.

—¡Retire usted inmediatamente lo que ha dicho!

—Tan escrupuloso el ingeniero y quiere ayudarse con una mentira. Y una mentira inútil, además. Vea usted a sus indios, a sus pobres corderos. Están furiosos y cuando deciden lanzarse contra los ladinos ya nada los puede detener.

—¿Y usted se alegra?

—Por lo menos no voy a convertirme en un obstáculo para que me atropellen.

Estaban frente a frente. César dominaba la situación y, con un ligero tono de condescendencia, dijo:

—Yo no tengo otra cosa que hacer más que seguirles la corriente. Pero usted que los compadece, que piensa que son víctimas de la explotación y de la injusticia ¿por qué no los acaudilla?

—Porque no creo en la violencia.

—¿No creerá usted en ella ni cuando, ante sus ojos, pasen a cuchillo a toda esta gente?

—Vine a evitarlo.

—Y les pide usted que se desbanden. ¡Como si eso sirviera de algo! Los finqueros han convencido al Gobernador de que haga un escarmiento. Y se hará. Buscarán al último indio, en el último rincón, para matarlo. Siquiera aquí, juntos, pueden defenderse mejor.

—¿Con qué armas?

—Ya las encontrarán. Un machete, una coa, una piedra. Cualquier cosa sirve. ¿No le han contado que en tiempos de la Revolución los chamulas tapaban la boca de los cañones con sus sombreros de palma?

—¿Y?

—Y volaban hechos pedazos, como era de esperar. Pero venía otro, con otro sombrero. Son muchos. No se acabaron.

De la noche llegaban los ecos lúgubres de un tambor. Y resonancias rotas de llantos y canciones.

—El que quiere azul celeste, ingeniero, que le cueste. Usted les ha hablado de tierras. Pero los finqueros no van a dárselas a los indios por su linda cara. Hay que estar dispuesto a perder algo.

César había pasado, casi insensiblemente, de la condescendencia a la petulancia. Su malicia de provinciano lo hacía sentirse superior en edad, en experiencia, a este ingenuo capitalino.

—Hay que ser práctico, ingeniero.

—Sí, yo no me opongo a lo que usted aconseja ni a lo que esta gente quiere hacer, por consideraciones morales. Sé que en la política no se conservan ni las manos limpias ni la conciencia tranquila. Pero lo que absuelve es la eficacia. ¿Qué lograríamos si encabezáramos esta sublevación?

—Asustar a los coletos.

—No es bastante. Dígame usted vencerlos y lo acepto. Pero del temor salen represalias, no concesiones.

—¿Y si venciéramos?

—No me fío de los milagros. Conozco la historia. Las rebeliones de los chamulas se han incubado siempre, como hoy, en la embriaguez, en la superstición. Una tribu de hombres desesperados se lanzan contra sus opresores. Tienen todas las desventajas de su parte, hasta la justicia. Y sin embargo fracasan. Y no por cobardía, entiéndame. Ni por estupidez. Es que para alcanzar la victoria se necesita algo más que un arrebato o un golpe de suerte: una idea que alcanzar, un orden que imponer.

—Eso es, precisamente, lo que usted podría darles, ingeniero.

Los principales solicitaron permiso para retirarse. Iban a deliberar.

Winiktón salió pensativamente tras ellos. El corredor del Cabildo estaba a oscuras. De cuando en cuando llegaba hasta allí una ráfaga sonora, luminosa, de los congregados en el valle.

Se sentaron en círculo. Tosían solemnemente. La botella de trago no dejaba de circular.

—La Virgen no ha salido en procesión. Pero los caxlanes pueden sacarla.

—Tal vez ahorita la están sacando.

—¿A quién vamos a alzar para que la mire de frente?

—Nuestro patrón es San Juan.

—San Juan pastorea rebaños. No tiene espada.

—Santiago es jinete.

—Cura los caballos cuando pisan la hierba mala. No quiere pelear.

—¿La Dolorosa?

Esta proposición no obtuvo respuesta. La Dolorosa vagaba por la tiniebla de las noches, lamentándose de sus hijos muertos. Triste, loca, madre, ¿cómo los podía defender?

Pedro no tomaba parte en aquella discusión. Olvidó que

los perseguidos por los ladinos de Jobel eran Catalina y los suyos. Olvidó que si se entregaba, según la promesa de Ulloa, había una posibilidad de salvación para su pueblo. Sólo quiso, en ese momento, ayudar. Dijo a los indios:

—¿Y si fuéramos a Tzajal-hemel?

Lo miraron con suspicacia. ¿Ir a Tzajal-hemel ahora? ¡Qué sacrilegio! Además, los ídolos de la cueva todavía no daban signos de su poder. No se habían medido ni con los santos de Chamula; menos aún con el dios de los caxlanes.

—Ellos lo clavaron en una cruz y lo mataron y bebieron su sangre. Desde entonces nadie los puede vencer.

Permanecieron en silencio. Pensaban en sus parajes abandonados, en los escondites del monte.

—Los fiscales saben rastrear. Olfatean una huella y la siguen.

—Mi mujer está preñada. En los últimos meses.

—Y mis hijos apenas están aprendiendo a andar.

—Es una vida trabajosa.

—Es.

A Winiktón le rebelaba este fatalismo.

—Podría ser de otro modo.

Ninguno escuchó. No tenían curiosidad. No les interesaba contradecirlo. Eso lo animó a proseguir.

—¿Se acuerdan de las historias antiguas?

—Cuentos de viejos. Nadie sabe ya lo que pasó.

—Cuando vinieron los primeros caxlanes, hace siglos, muchos prefirieron morir a rendirse.

Un anciano hizo signos afirmativos. Sí, había oído decir algo a sus abuelos. Algo de unos guerreros que se habían tirado desde un peñasco al fondo de un río.

—Desde entonces el Sumidero es sagrado.

El sacrificio de tantas almas santificó cada piedra, cada rama, cada declive del abismo. ¿Y Chamula iba a quedar desamparada? ¿Y en esta comarca inmensa ya no podría reinar el espíritu de San Juan, su ánimo de constructor y de dueño de rebaños? ¿Se envilecería esta tierra donde brotaban tantos manantiales, donde la niebla bajaba a posarse con tanta frecuencia? ¡Qué indignos habían sido de vivir aquí si no eran ahora capaces de disputar al ladino esta posesión!

Vendría la fuerza, desordenada y caótica, de los caballos al galope, arrasándolo todo, dejando tras de sí cenizas, ruinas y esclavitud. Las costumbres serían abolidas, las dignidades usurpadas, los santuarios profanados. ¿Qué sería del cielo si los chamulas entregaban su tierra?

Un grupo de principales, encabezado por Pedro González Winiktón, se puso de pie para hablar con el ingeniero Ulloa.

—Ajwalil, mañana es la fiesta del Viernes Santo. Queremos que asistas con tu ayudante, porque ha de ser una gran solemnidad.

XXXII

CATALINA DÍAZ PUILJÁ lo sabía: la Cuaresma es el vientre del año. En sus horas —largas, transparentes, inmóviles— fermentan las estaciones que han de regir el destino de la tribu. Aguarda la tierra sollamada; aguardan los animales famélicos. El escrutador invoca los signos de la lluvia y conjura el fantasma haraposo de la sequía.

La Cuaresma es el tiempo de las propiciaciones. Los santos abandonan la sombra de su nicho, el resguardo de su altar y salen, en hombros de sus mayordomos, a la mitad de la plaza. Allí piden alimentos, salud, vida. Y ofrecen, a cambio, sacrificios.

Pero en la Semana Santa, la última, la decisiva, ninguno (ni santos, ni mayordomos, ni fieles) soporta la intemperie. Se refugian todos en el interior de la iglesia porque un rayo en seco va a caer y nadie sabe a quién aniquilará.

Catalina lleva de la mano a Domingo. La tiene asida con firmeza para que la multitud no los separe.

La comparecencia de la ilol en el templo de San Juan no significa que traicione a sus dioses, a sus criaturas de Tzajalhemel. Sostenida por su memoria avanza, con un gesto desafiante más que reverente, hasta el lugar en que los sabidores dictan el orden de las ceremonias, puesto que este orden es necesario para que el mundo no se aparte de su camino. Y para que las costumbres de los hombres no sean quebrantadas.

Catalina, que no suelta a Domingo, que se escuda en él, se acerca a la imagen yacente, exangüe, de Cristo. No baja los párpados delante de ella porque hace tiempo que ya no teme mirar de frente el misterio. Y no la conmueve este cuerpo abatido por el sufrimiento, derrumbado por la muerte. Desprecia sus músculos fláccidos que no acertaron a vencer; su epidermis blanca cuya delicadeza no protegió a su dueño contra las heridas. Y en la que cada herida se encona y se vuelve llaga.

Alrededor de Catalina plañen las mujeres. ¿Qué le piden a este varón sordo, indefenso, sin vida? ¿Que las defienda de los mismos que lo crucificaron? ¿Que las ayude a cargar su fardo de sufrimientos y miserias cuando no pudo, siquiera, cargar su propia cruz? ¿Por qué no lo abandonan a la tumba que lo reclama y vuelven con Catalina a Tzajal-hemel? Catalina no lo entiende. Y las mujeres continúan allí, tercas. Algunas, las más menesterosas acaso, lamen la sangre de los pies, de las manos, del costado. Y luego se yerguen como el que se ha fortalecido con un sacramento.

Girando con el remolino de fieles, Catalina y Domingo llegan hasta donde Xaw Ramírez Paciencia oficia, con un cuenco de agua espesa de pétalos de rosa. Con la mano izquierda lo sostiene. Con la derecha asperja el rostro de los congregados.

Catalina recibió esta forma de bendición sin mirar a Xaw. Temía ser reconocida por su antiguo rival, cuyo momento era de triunfo, y rechazada por él. Se envolvió, lo más que pudo, en sus tocas de lana. Xaw trazó el ademán distraídamente. Para él no existía más que una sola cabeza —inclinada, sucesiva y anónima—: la de su pueblo, sobre el que había recuperado la potestad.

Tocó el turno a Domingo. Y cuando el sacristán se disponía a rociarle la cara, el cuenco (precariamente equilibrado entre los dedos torpes, reumáticos de Xaw) se inclinó hasta derramarse por completo sobre el niño, al que cubrió de agua y pétalos. El sacristán emitió una especie de gemido de cansancio, de dolor, de impaciencia. Domingo no se atrevía a secarse el líquido que le apelmazaba el cabello y le escurría por las sienes. Los testigos quedaron paralizados de alarma ante lo insólito de la situación. Catalina se despojó con brusquedad de la toca —de modo que su cara quedó al descubierto— y con ella quiso enjugar a Domingo. Muchos brazos la detuvieron. Xaw, que no la había reconocido, que ni siquiera la había mirado (porque toda su atención, interrogante, humilde, estaba vuelta hacia el niño), dejó caer el cuenco vacío al suelo y se arrodilló ante él. Con un silabeo casi inaudible le suplicaba que le permitiera seguir desempeñando su obligación.

—¡Sacristán apóstol! —exclamó con voz fuerte Catalina—. Y entonces Xaw y los demás la identificaron y se les hizo patente que Domingo era el que había nacido cuando el eclipse. Y su turbación se acrecentó.

Cuando Catalina terminó de limpiar de pétalos y de agua a su sobrino, partió con él. Se abría paso entre los arrodillados, entre los abatidos, arrogante, dominadora, como si enarbolase un trofeo conquistado.

De pronto la poseyó la certidumbre de que los ídolos de Tzajal-hemel acababan de ganar una batalla a los santos de Chamula. Y esta certidumbre la golpeó como un borbotón repentino de sangre, como un sorbo de aguardiente y la aturdió un instante y luego dio a sus sentidos una agudeza intolerable para percibir hasta la vibración más leve que electrizaba la atmósfera del templo.

La actividad se concentraba ahora alrededor de la Gran Cruz del Viernes Santo. Algunos funcionarios religiosos la apartaron de la pared en que se apoyaba.

La Cruz se tambaleó en el aire, amenazando caer y aplastar a muchos. Pero los funcionarios religiosos la sostuvieron y, lentamente, en el espacio que la multitud le había dejado libre, la Cruz fue reclinándose hasta quedar en posición horizontal.

La habilidad de los funcionarios religiosos fue celebrada. Los más próximos a ellos (y todos procuraban serlo) les ofrecieron limetas de trago y pequeños embudos para que bebieran hasta saciarse. Desde lejos Catalina los observaba: el gesto con que agradecían el convite, la facilidad con que lo aceptaban. Les era necesario recuperar las fuerzas antes de seguir cumpliendo su cometido.

Éste consistía ahora en desenrollar las mantas que cubrían la Cruz. Jalaban la tela procurando no romperla. Pero cuando, a pesar de sus precauciones, la rotura se producía, los funcionarios religiosos guardaban hasta el más pequeño de los hilos desmandados en una cajita especial.

Por fin la Cruz fue despojada de sus coberturas y la madera, antigua, sólida, sin pulir, quedó expuesta a los ojos de los que presenciaban el rito. Las madrinas acudieron con prontitud llevando algodones para limpiarla. Después la madera volvió a cubrirse. Ahora con la frescura, con la fragancia de hojas silvestres.

Luego vinieron los sahumerios. Siete sahumerios. El pom se consumía en las brasas y se difundía en el aire haciendo surgir, en quienes lo respiraban, la evocación de los grandes bosques de coníferas, la altura y la soledad de la cordillera.

Catalina cerró los ojos. Un malestar conocido la invadía. ¿En qué momento iba a sobrevenir el arrebato? ¿Hasta cuándo caería en el pozo oscuro de la inconsciencia? Porque no era posible que se prolongara más el sufrimiento. Un sudor frío de angustia, de enfermedad, le brotaba por los poros, le impregnaba la ropa.

Se desasió de Domingo sin importarle que los vaivenes de la multitud lo apartaran de ella. Y, a tientas, buscó un espacio para dejarse caer. No lo halló más que para quedar de rodillas.

Al nivel en el que quedó entonces, el aire, corrompido, casi no se podía respirar. Los acezidos de Catalina eran rápidos, obligaban a su pulso (tan atormentado de por sí) a acelerar el ritmo y a su corazón a encabritarse. Y sin embargo la inconsciencia no acababa de imperar.

Catalina volvió a abrir los ojos. Nadie había concedido la más mínima atención a su lividez, a sus ademanes dolientes. Y no estaba sola. Éstos, que hoy la desatendían, la repudiaban, eran los mismos que ayer calzaron la sandalia de la peregrinación para encaminarse a la cueva de los ídolos. Eran los mismos que excitaban el trance de la sacerdotisa con sus salmodias; que solicitaban, durante días y días, el favor de una audiencia. Porque les era preciso depositar en otro su culpa o su castigo. O hacer que les resucitaran su esperanza. O compartir la virtud de la ilol tocando las orillas de su vestido, rozando la punta de sus dedos.

Los mismos. Sí, Catalina sabía los nombres y las caras y recordaba sus penas. Y tenía aún en su boca el sabor de las promesas que pronunciaba. ¿Por qué se habían apartado? ¿Es que alguna vez Catalina antepuso su cansancio a las necesidades de los solicitantes? ¿Es que alguna vez se negó a arrojarse al vórtice en el que gira la revelación? ¿Es que alguna vez no quiso compartir sus hallazgos? Catalina examinaba su conducta, presta a la contrición, y no encontraba en ella nada reprensible.

Catalina, la estéril, pero que sabía de la maternidad más que tantas madres, había dado de sí, como en el parto, en cada acto de adoración, de admonición, de consejo. Su cuerpo (¿era todavía *su* cuerpo?) se había convertido en un receptáculo, dócil para albergar lo sobrenatural, transparente para dejar que se manifestara el milagro. Cuando Catalina se sentía colmada de dones no osaba defenderse. Inerme, se ponía al alcance de todos. ¡Que venga el sediento y beba del agua serenada! ¡Que el que padezca hambre devore esta sustancia que ha de confortarlo! Y ardía, para iluminar la tiniebla donde se pierde el ignorante. Y se endurecía para que el vacilante tuviese un asidero. Y permanecía inmóvil, como una señal para los que no atinan con el rumbo.

Ciencias arduas eran éstas en las que Catalina se había ejercitado. Desató, uno tras otro, los nudos que la trababan. Primero los de la complacencia propia. Después los de los afectos hacia los demás. Y no aspiraba a ganar la libertad sino a aherrojarse en la absoluta esclavitud. Obedecer al que vino de lejos y al que partirá lejos. Dar. Darse.

Cada desatadura (los apetitos que le exigen su satisfacción, los deudos que se quejan del desvío o nada más la fatiga del esfuerzo incesante) era una enfermedad, era un desgarramiento. ¡Qué agonía tan larga y sin desenlace!

Pero la ilol aceptaba, conforme, obediente, su destino. Su destino de agua que fecunda el lugar por donde pasa. Hasta que, de pronto, se despeñó en el vacío.

No es posible retroceder. En vano buscó, en la presencia de Pedro, el amor, la zozobra, la angustia de otros días. Y en Domingo el consuelo de épocas pasadas. Uno la rechazaba por huraño; otro la defraudaba por feliz. Y ni la visión de Lorenzo, ni el trato con Marcela eran capaces ya de revivir ni su piedad ni su desprecio.

Catalina se volvió hosca. Hosca hasta con los ídolos a los que hubiera querido maltratar, romper, como si la envoltura de la materia fuera el origen de su mudez. Y el silencio no estaba en las bocas ajenas sino en los oídos sellados, en los tímpanos deshechos de Catalina.

Porque en su interior no resonaba más que una pregunta: ¿por qué me abandonaron? Los suyos, su pueblo. No, no la habían abandonado por hartura. La ilol los vio partir muchas veces —y a pesar de lo que se desvivía por entregárseles— insatisfechos, dudosos, sin alivio. Y aunque los llamaran y volvieran, se quedaban mirándola inútilmente.

¿Pero es que sus vetas se habían agotado o es que Catalina era inhábil para buscar? Se sentía con derecho a exigir una tregua. Mas el pueblo, tornadizo siempre, traidor una vez más, ya estaba lejos. Y la cueva de Tzajal-hemel vacía. Y los ídolos sin ofrendas. Y la ilol abandonada.

Abandonada. Como el enfermo vuelve, toca, punza, su punto neurálgico, Catalina regresaba a la sensación de su aislamiento, de su superfluidad. Quería removerse el rencor pero sólo experimentaba una turbación difusa, sin asidero. El mal ahondaba su raíz no en los otros. En ella.

Ah, cómo se conocía, cuánto tiempo se había soportado. Mujer sin hijos. La nuez que no se rompe para dar paso, crecimiento y plenitud a la semilla. La piedra, inmóvil, fea, con la que se topa el caminante. El puño que aprisiona el pájaro y estrangula sus últimos estertores.

¿De qué le había valido su tenacidad equivocada? Nada era suyo. Pedro siempre fue otro y no el que Catalina amaba, el que Catalina necesitaba. No pudo tenerlo dentro de sí ni siquiera como se tiene a un hijo. Un hijo. Éste era el nombre de su soledad, de su desvalimiento, de su fracaso.

Catalina quiere expiar la culpa. Se humilla ante el marido pero luego se levanta, loca de orgullo lastimado; sirve a Lorenzo pero lo desprecia por su invalidez. Tolera a la cuñada cuando la envidia no le sube hasta la boca como una espuma amarga.

Sólo en Domingo se apacentó alguna vez y supo hallar descanso. Domingo, que se calentaba de su cuerpo cuando recién nacido; que recibía el alimento de sus manos y el cuidado y los pequeños dones sin los cuales la vida no es posible.

¿Quién, sino Catalina, sorprendió en los ojos del niño el primer destello de inteligencia? ¿A quién tendió por primera vez los brazos para que lo sostuvieran y lo alzaran? ¿Qué nombre aprendió a balbucir antes que ningún otro?

En aquellos años Catalina llevaba, como una joya resplandeciente sobre el pecho, su amor por Domingo. Después atravesó por un gran desierto hostil hasta que la aparición de lo absoluto hizo de ella su aposento y su dominio.

Pero lo absoluto es celoso. Uno por uno fue expulsando los recuerdos que se preservan de la melladura de lo cotidiano; fue debilitando los hábitos que facilitan el trabajo; fue borrando la fidelidad a los demás, a uno mismo.

Catalina esquivaba hasta la mirada de Pedro; dejaba que Lorenzo se llenara de piojos y que Marcela descuidara sus labores. Hasta el mismo Domingo se le convirtió en un extraño y su figura la veía como desde muy lejos, como al través de la niebla, como desde otro mundo.

Catalina es ya como el animal marcado por un hierro: el de los dioses. Delante de ella el gran estupor de lo desconocido. Detrás la masa de su pueblo. El pueblo que reza, que implora, que amenaza tal vez. Palabras, murmullos, confesiones. Y de repente todo se desmorona, se hunde en el silencio.

El silencio es la boca hambrienta del abismo. Hay que aplacarla arrojando a su fondo lo que ha de saciar su hambre: una víctima.

Catalina es un árbol sacudido, un cofre saqueado. Ya no tiene nada que dar. Y el silencio persiste. Nada que dar. Porque lo último que posee lo defiende y su desnudez no es perfecta como la de la Cruz.

La Cruz reclama a su crucificado. Uno por uno, a todos. ¿Pero quién ha asumido sobre sí los deberes de la tribu? ¿Quién se ha arrogado el oficio de intermediaria? Nadie más que Catalina. Y por eso en ella se magnifica el eco del clamor y en sus ijares se hunde la espuela que urge a la acción.

Embriagada, terrible, inocente, Catalina lanza un alarido. El silencio, por fin, se rompe. Ella, y lo que la yergue y la sustenta, avanzan sobre la juncia pisoteada y los desperdicios esparcidos y la gente expectante, hasta la Cruz.

Los funcionarios religiosos se apartan; las madrinas huyen; el sacristán tiembla. Y lo que va a suceder es lo que debe suceder. El instante en que lo posible y lo necesario confluyen y se mezclan y culminan, es un instante que no se puede soportar.

Catalina contempla la Cruz con la misma compasión con que se contempla a sí misma. Es la madera derrumbada a hachazos; es la contradicción y el nudo y la parálisis; es la carencia total. Y ella, la ilol, tiene en sus manos lo que falta a la Cruz para ser, no el símbolo inerte, sino el instrumento de salvación de todos. Basta un ademán, el ademán más simple, para que la esperanza cuaje en realidad. Y Catalina lo cumple.

XXXIII

¡QUÉ PEQUEÑO es el mundo si un niño puede convertirse en su centro! Es un niño cuyo nacimiento se acompaña de presagios: "el que nació cuando el eclipse". Su destino había permanecido oculto detrás de la humildad de su condición y de la rutina de las tareas cotidianas. Pero hoy se pone de manifiesto, ante la cara de la tribu, porque una ilol, una mujer que ha parido dioses, lo alza en brazos y pronuncia las palabras que ungen a los elegidos.

A Domingo no le atemorizaba la multitud. Confundido con ella estuvo en Tzajal-Hemel y asistió a los actos de adoración y desagravio de los ídolos. La multitud, que rondaba su casa, igual que un animal hambriento pero manso. La multitud que se dispersaba a la menor señal de peligro. La multitud que ahora lo rodea pero que no se atreve a traspasar cierto límite, un límite que no se sabe quién le ha marcado.

Porque Domingo debe estar solo junto a la Cruz. Aun la misma Catalina se aparta. Va a confundirse con los hombres que callan, con las mujeres que contienen la respiración; con el pueblo tzotzil que aguarda.

Pues he aquí que el plazo de la purgación ha terminado. Que los signos de prueba se cumplieron. Las potencias oscuras se reconcilian con sus siervos y les conceden el don que ha de hacerlos semejantes, en fuerza, en mando, a los caxlanes. Derramarán la sangre de un inocente y los que la beban han de levantarse llenos de ímpetu. Cristo tenían de más los otros. Cristo también tendrán ahora ellos.

Los mayordomos reconocen a la víctima que propiciará su rescate y se acercan para depositar a sus pies las ofrendas de gratitud.

A Domingo no le asombra que se arrodillen frente a él. Los mayores vigilan, de rodillas, el crecimiento de las plantas; encienden el fuego de rodillas; y de rodillas hablan con los niños cuando son demasiado pequeños.

Y Domingo es todavía un niño. Aunque sus jornadas no se alegren con juegos sino se doblen de obligaciones y trabajos; aunque sus dientes hayan mordido, tantas veces, el hueso del hambre; aunque su piel esté curtida de intemperies y su inteligencia afilada en la escasez y en los peligros, "el que nació cuando el eclipse" no es más que un niño.

Ávido. Cuando los mayordomos le alargan las botellas de trago no busca los ojos de Catalina para consultarle si es bueno que acepte el convite. Bebe. La garganta le arde. Tose. Pero después un calor agradable se le difunde por el cuerpo y se siente libre y anhela estar en el campo abierto, correteando como los cachorros, como los recentales.

Catalina lo mira con dureza, fijamente. ¿Quién es este extraño que ella ha entregado como complemento natural a la Cruz? El bastardo de un caxlán de Jobel; la deshonra de una muchacha de su raza; la vergüenza oculta de Lorenzo; el reproche de su marido, su propia llaga. Sí, la llaga que no cesa de sangrar, que no cicatriza nunca porque Domingo está presente siempre. A medianoche, cuando todos descansan, ella, Catalina, escucha la respiración del niño. Si es sosegada se apacigua. Pero si se entrecorta en un jadeo, corre a conjurar la amenaza de la fiebre, del daño, de la enfermedad. Y antes de que se declare el llanto ya ella ha dejado manar de su pecho el arrullo.

Catalina no duerme. Vela en la oscuridad. Desvaría en la luz. Y ahora que contempla, por fin, de frente, al ladrón que le ha hurtado el sueño, a la espina que se clava en su reposo, quiere gritar de rencor, pues ella no ha sido madre de ninguno para que ninguno la desgarrara así.

Domingo bebe de las botellas de los mayordomos. ¿Cómo iba a rechazar un don cuando no sabe más que recibir? Ni siquiera ha pedido nunca. En la casa de Pedro González Winiktón la comida no se repartía en raciones iguales. Si hay poco, el niño lo ignora. Porque Catalina finge desgano, malestar, y cede su parte a Domingo. Y en las épocas de abundancia escoge para él la mazorca más tierna, la carne más suave, la hortaliza más lozana. Y esos renunciamientos claman hoy su recompensa. Y Catalina quisiera llorar, como la que ha sido defraudada, porque nada puede ya devolverle esta criatura a la que ella misma ha colocado fuera de su alcance.

Inútilmente alarga hacia él las manos. Esas manos que lo ayudaron a salir del vientre de Marcela y lo limpiaron de la suciedad original; esas manos que fueron modelándolo, día tras día, con más paciencia que a los ídolos y que, una vez alcanzada la perfección, no pueden añadir ni el roce más ligero.

Porque el cuerpo de Domingo es sagrado y sólo deben tener acceso a él las madrinas del sacramento. Turbadas, torpes, lo despojan de su chamarro de lana, de su camisa y su calzón de manta, de sus caites de cuero. Atavíos de gala, sí. Pero indignos de la ceremonia que va a consumarse.

Con las mejillas arreboladas por el alcohol, Domingo se abandona a la solicitud de las mujeres. No tiene frío, no tiene miedo. ¡Con qué suavidad manejan el algodón empapado en aceite y se lo untan en la espalda, en los brazos, en los muslos!

Una salmodia grave (¿de dónde surge si todas las bocas están cerradas?) lo invita a la inconsciencia. Domingo deja que se abatan sus párpados y un paisaje de colinas defendidas por árboles, de llanuras lamidas de niebla, de charcos en que se duplica el azoro del ciervo, lo deslumbra.

Perezosamente, dejándose llevar por el flujo de la aglomeración, Marcela y Lorenzo han llegado al centro del remolino que es la Cruz. La visión de Domingo desnudo, desguanzado, no los asombra, no los alarma. A Lorenzo porque no la comprende; a Marcela porque buscará la justificación en los labios de Catalina.

Catalina sigue, con una atención implacable, los pasos del sacrificio. Ahora Domingo ha sido extendido, por el sacristán, a lo largo de la Cruz. ¡Qué desproporción tan enorme entre los dos tamaños! Y sin embargo, en la balanza de la justicia pesa más el alma que la madera. Y basta una brizna de hierba para colmar el vacío del universo.

No, estos misterios no escandalizan ya a Catalina. Los ha devanado desde su primera juventud. ¡Cuántas veces la madeja se le desbarató en muchos hilos! ¡Cuántas veces halló los cabos y ató los nudos y tejió un dechado resistente en que el dibujo era sencillo y claro!

Pero lo que no lograba entender era que un sacrificio se consumara sin dolor. Y se le rebelaba su pobre carne, consumida en la familiaridad con lo divino.

Porque Domingo parecía dormir. ¿Qué mezclaron los mayordomos con el posh? De tal manera había docilitado la voluntad, quebrantado los miembros, anonadado la resistencia "del que nació cuando el eclipse".

No, una muerte así, de vegetal, de piedra, carecería de

mérito a los ojos de las potencias oscuras. E iban a exigir otro rehén. Catalina arrebató a Xaw Ramírez Paciencia el cuenco y lo que contenía de agua. Ante el espanto de todos fue a verterlo sobre las sienes de la víctima para revivir sus sentidos.

Domingo volvió en sí con un escalofrío de alarma. Pero la imagen que ocupó su horizonte le hizo recuperar la tranquilidad. Conocía bien esa crispación de angustia, ese sobresalto que siempre había suscitado —en el rostro de Catalina— la más leve amenaza contra su salud, contra su felicidad. Ahora, como siempre, se inclinaba a protegerlo. ¿Pero por qué, en lugar de la tibieza y la suavidad de su regazo, le deparaba la rigidez vertical de la Cruz?

Domingo quiso moverse, cambiar de posición, y advirtió que no le era posible. Sus brazos habían sido extendidos en toda su longitud y alrededor de sus muñecas una cuerda, fuertemente atada, los mantenía fijos. Forcejeó para librarse de las ataduras pero no alcanzó más que a ahondar el surco que la cuerda cavaba en su carne.

Domingo quedó quieto, como los animales en la trampa, cuando no quieren precipitar su fin. Sólo sus ojos, más que asustados, estupefactos, se clavaban con insistencia en los de Catalina como pidiéndole, antes que una ayuda, una explicación.

Catalina seguía todos estos movimientos, estas prudentes e inútiles parálisis, con una extrema fascinación. Ahora sí, la muerte tomará posesión de este cuerpo como la toman siempre los dioses: haciendo alarde de su poderío sobre un enemigo al que sometió en la lucha desigual, al que redujo por la fuerza, al que ha desgarrado hasta la última fibra sensible. ¡Y son tantas!

Y los mayordomos, intérpretes de la voluntad divina, son sabios. Punzan ahí donde más profundamente duele, donde se agazapa el alarido. Pero no dejan que el alarido retumbe en los ámbitos del templo. Lo amortiguan con sus llantos, con sus lamentaciones. Persiguen la voz quebrada del agonizante con la jauría furiosa de las suyas. Y le dan alcance en todos los rincones y la aniquilan.

El primer borbotón de sangre (del costado, como en todas las crucifixiones) ciega a Catalina. Y sin embargo intenta apartar la catarata que le nubla la vista y limpiar el rostro de la agonía como con el paño de Verónica, para dejarlo limpio y evidente.

Con el primer borbotón de sangre a Domingo se le fuga el ímpetu que lo encabritaba, que lo mantenía en el vértice agudo del dolor y respira un momento de tregua. Es posible escapar, con la sangre, lejos de este sudor, de esta náusea sin desenlace, de esta expectativa intolerable del golpe, del que no se sabe nada más que ha de venir.

Lejos, lejos. Va a desvanecerse la pesadilla, va a desaparecer el horror. Con una sonrisa de placidez Domingo pierde el conocimiento.

Catalina lo observa, angustiada. ¿Se ha rendido tan pronto y tan sin resistencia? Su martirio no saciará el hambre de los dioses. ¡Su muerte no va a bastar para redimir a la tribu!

¿Qué hacen los mayordomos? ¿Se distraen de sus deberes rituales, en reverencias mutuas, que no tienen fin? ¿Y las madrinas? ¿Pretenden nublar el espectáculo con el humo de los incensarios? Sólo uno permanece atento al orden que ha de guardarse: el sacristán, que exprime sobre la boca de Domingo una bebida áspera.

Domingo siente, multiplicado, el ardor de la herida. Se debate por instinto, pero no se pregunta cómo, por qué, ha comenzado a suceder lo que está sucediendo. Es un niño pero su infancia no ha sido preservada de la contemplación de la lucha desigual entre los seres. Desde su nacimiento lo marcaron con la cifra indeleble de la única ley que rige el mundo: la de la fuerza. Presenció, temblando, los asaltos nocturnos de los coyotes a los gallineros; vio descender, rápido y certero como una flecha, el gavilán sobre su presa; se defendió de las atajadoras en las entradas de Jobel; durante la celebración de las festividades asistió a las riñas de los rivales. Y vio, sin espanto, cómo sobre la cara del caído, golpeaba, una y otra vez, el caite de suela triple y cuádruple del vencedor, hasta desfigurarlo. Pero nada era semejante a la desgracia que se había abatido sobre él. Nada. Ni siquiera ese instante en que la tribu entera enarbolaba el palo, el machete, el luk, para acabar con el perro rabioso. O con el brujo.

Domingo comprendió, de pronto, que de alguna manera se había convertido en eso que tanto temió siempre: en un perro rabioso. Y quiso ayudar a los demás en su obra de exterminio y se retorció tratando de romper las ataduras y gritó para excitar a sus verdugos y la herida volvió a sangrar, pero esta vez sin que la sangre perdida le trajera alivio ni debilitamiento.

No, esta vez Domingo no se desmayará. Va a ser la víctima, pero también el testigo, de su propia ejecución.

Los clavos con que van a traspasarle las manos y los pies son grandes y están herrumbrosos por haberse mantenido guardados mucho tiempo. Al penetrar en la carne se pulverizan los huesos, se revientan las arterias, se rasgan los tendones.

Domingo se queja, no sabe ya por qué. Pues si alguno se acomidiera a preguntarle si sufre no sería capaz de contestar. El sufrimiento es una palabra que se mide y tiene un peso determinado y para pronunciarla es bastante la voz. Y Domingo ha ido más allá de toda voz, de toda medida.

Está muriendo. Pero no es él, no es su cuerpo lo que va a desintegrarse. Es el mundo. Abre los ojos y una especie de vértigo lo acomete. Las figuras se acercan, se esfuman, se confunden. Las proporciones cambian. No, no es únicamente que la firmeza de su percepción vacile. Es que la Cruz, a la que Domingo ha sido clavado, se mueve. Los funcionarios religiosos la cargan hasta el centro del altar y allí es sembrada y se yergue. Cada vibración de la madera alcanza una prolongación dolorosa en la carne de Domingo y le arranca los últimos gemidos, le corta las últimas amarras.

La sangre continúa fluyendo pero ya no en borbotón ni en torrente. Gotea. Y cada gota es recibida abajo por los paños finísimos de las madrinas del sacramento y los tiñe de rojo. Lo que escurre a lo largo de la madera es lamido por los mayordomos, por el sacristán, por Catalina.

Los que están más lejos de la Cruz pueden contemplarla entera. Pero la distancia les borra los detalles que afean al crucificado. Pende ya, inerte, y no hay en su fin ni la belleza ni la serenidad de las estatuas. Contra todas las voluntades ajenas, y aun contra la propia, el cuerpo de Domingo se resistió a morir. Y su rebeldía quedó plasmada en contracciones grotescas de los músculos, en un gesto de cobardía, de azoro, de repulsión.

Después de la consumación aplasta a la multitud un silencio como de plomo. Hasta el llanto del recién nacido es prontamente sofocado por el pecho de la madre; hasta las incoherencias del ebrio se extinguen. En este silencio se gesta la profecía. Porque nada significa lo que ha sucedido si las palabras no le dan forma.

¿Pero quién va a hablar? Xaw tartamudea y no alcanza a entender el sentido profundo de las cosas. Los funcionarios, los mayordomos, las madrinas son buenos nada más para las tareas serviles, bestias de carga del espíritu, que ignoran lo que acarrean. No queda nadie más que la ilol y hacia ella se vuelven los ojos esperanzados, anhelantes.

Catalina conoce esta mirada, responde a ella. Por primera vez no se extravía en falsas veredas. Sabe lo que ha de decir y encuentra las palabras justas. Ni balbuceo ni enigma. Y la revelación no se abre paso como antes, como siempre, entre el delirio. Catalina conserva la lucidez; es dueña de sí misma; es libre. La piedra del sepulcro ha sido apartada.

—Aquí llegamos todos al final de la cuenta con el ladino. Hemos padecido injusticia y persecuciones y adversidades. Quizás alguno de nuestros antepasados pecó y por eso nos fue exigido este tributo. Dimos lo que teníamos y saldamos la deuda. Pero el ladino quería más, siempre más. Nos ha secado los tuétanos en el trabajo; nos ha arrebatado nuestras posesiones; nos ha hecho adivinar las órdenes y los castigos en una lengua extranjera. Y nosotros soportábamos, sin protestas, el sufrimiento, porque ninguna señal nos indicaba que era suficiente.

"Pero de pronto los dioses se manifiestan, las potencias oscuras se declaran. Y su voluntad es que nos igualemos con el ladino que se ensoberbecía con la posesión de su Cristo.

"Ahora nosotros también tenemos un Cristo. No ha nacido en vano ni ha agonizado ni ha muerto en vano. Su nacimiento, su agonía y su muerte sirven para nivelar al tzotzil, al chamula, al indio, con el ladino. Por eso, si el ladino nos amenaza tenemos que hacerle frente y no huir. Si nos persigue hay que darle la cara.

"¿Qué podemos temer? Sobre nuestras cabezas ha caído la sangre del bautismo. Y los que son bautizados con sangre, y no con agua, está dicho que no morirán.

"Salgamos, pues, al encuentro del ladino. Desafiémosle y vamos a ver cómo huye y se esconde. Pero si se resiste nos trabaremos en la lucha. Somos iguales ahora que nuestro Cristo hace contrapeso a su Cristo.

"No tiembles tú, mujer, por tu marido ni por tu hijo. Va al sitio donde se miden los hombres. Y ha de volver arrastrando por los cabellos a la victoria. Intacto, aunque haya recibido muchas heridas. Resucitado, después del término necesario. Porque está dicho que ninguno de nosotros morirá."

XXXIV

EL GRITO con que Domingo Díaz Puiljá expiró sobre la Cruz tuvo resonancia hasta en el último rincón de la zona habitada por los tzotziles. Vibraba en el aire desolado como un cuerno de caza para despertar en los varones el instinto persecutorio y rapaz.

El labrador arrancó el luk del surco a medio abrir y lo enarboló como un arma; los leñadores furtivos destrabaron el hacha del tronco, antes de terminarlo de derribar, y se afanaron en hacer que desaparecieran las melladuras que disminuían su filo. El vadeador de los arroyos, el frecuentador de los aguajes, exprimió los paños recién golpeados contra la piedra de la orilla y los puso a secar al sol; y los comerciantes, que iban y venían de Jobel, suspendieron su tráfico para encaminarse a su paraje, a su jacal, e instruir a la familia en los deberes de la orfandad, de la viudez, de la ausencia.

Los ancianos, las mujeres, los niños, permanecían en su lugar.

No podía exponerse ni a la oveja a punto de parir, ni al cordero tierno, ni al macho cabrío en celo, a los azares ni de la aventura ni de la fuga. Y aun ellos eran capaces de huir pero ¿y los demás? Los utensilios de barro, cuyo rostro modelaron y conocieron al través de una larga costumbre; el cofre de madera, cerrado en torno de pequeños, ocultos tesoros; el telar, que proporciona rango y dignidad a la tejedora: los tenamastes calientes del rescoldo. ¿Quién podría cargar con los víveres que ayudan al sustento? La cecina de res, pendiente de un tosco garabato; los almudes de las diferentes clases de frijol y de maíz; los chiles secos y el café tostado reconfortadores.

Pero lo que arraiga es lo que tiene raíces: la hortaliza inerme y el árbol frutal, también desvalido.

Cada cosa, como en los tiempos de la creación o de la vida pacífica, quedó con su guardián.

Mientras tanto la tribu se movía como un gran animal torpe, desarticulado y acéfalo. Cambia el rumbo obedeciendo a los obstáculos del terreno. Negrean los montes y retumban los valles con su marcha.

Cada uno conoce el sitio del rencor, el lugar en que se cumple la venganza y quiere acudir allí para saciarse. La tribu se desbanda. Alrededor de la voluntad de Winiktón y de las órdenes de Ulloa se agavillaron unos pocos. Su meta era Ciudad Real.

Caen sobre los caseríos en que se refugian los ladinos; sobre las fincas de ganado y de café; sobre los pueblos. Roban lo que necesitan para comer o para matar. Matan cuando tienen miedo, cuando los sacude la cólera. Se les entrega la gente y se posesionan de los territorios. No hay lucha y su triunfo no alcanza el tamaño del heroísmo. Abandonan lo que conquistan. Siguen. No importa dónde. Hay que ir más allá.

Los memoriosos se acuerdan: en la finca El Vergel dieron grandes voces exigiendo la rendición. No hubo respuesta. Parapetados tras las cercas esperaron la sombra de la noche para avanzar. A culatazos rompieron una reja que no protegía más que un patio desmantelado. Mientras registraban los corredores y quebraban las macetas buscando quién sabe qué, eran seguidos por un perro sarnoso, flaco, que aullaba lastimeramente. No tuvieron necesidad de forzar ninguna cerradura y encontraron en las recámaras el desorden de una partida precipitada. Frascos vacíos y rotos por el suelo, muebles desvencijados, alacenas revueltas. Los indios cargaron con algunos bultos de ropa que después tuvieron que ir dejando caer por el camino porque resultaban muy estorbosos. Y se hicieron de una escopeta de doble cañón.

De Arbenza habían huido todos, menos una mujer, imposibilitada para andar por la parálisis. Los recibió, tiesa en su silla de madera, con insultos. Y cuando alguno quiso taparle la boca le mordió la mano. La golpearon en la cabeza hasta que perdió el conocimiento y la dejaron inconsciente mientras recorrían la casa y sus dependencias. Estaban cansados, hambrientos. Los enfureció no encontrar nada y volvieron a la habitación de la tullida. Se quejaba apenas, hacía esfuerzos por asir algo con sus manos contrahechas de reumática. En uno de los dedos brilló un anillo de oro. Un indio se lo quiso quitar, pero no pudo por la hinchazón de las falanges. Entonces otro le descargó un machetazo. La sangre salpicó la cara de los que estaban más próximos. Se la limpiaron con la manga y remataron a la mujer allí mismo.

En Laguna Petej dieron alcance a unos niños. Vestían casi con harapos y al través de ellos se les contaban las costillas y se les hinchaba el vientre lleno de lombrices. Intentaron escapar, pero como por juego. Sus perseguidores eran muchos y más ágiles. Los acosaron a preguntas que los niños eran incapaces de contestar. Lloraban de terror y de fatiga. Un indio, ya anciano, se acercó a ellos y dijo que iba a llevárselos a su paraje pues necesitaba quien lo ayudara en la milpa. Otro quiso disputárselos y se enzarzaron en un pleito que muy pronto cundió entre los demás. Por fin uno, que estaba medio borracho, quiso zanjar el problema: de un lanzazo mató a los niños. Después todos se alejaron, con pasos de sonámbulo, hacia otra parte. Era mediodía y los atormentaba la sed.

En un prado de Baalchen hallaron ramoneando a una cabra. Tenía las ubres llenas y no se divisaba, en los alrededores, ninguna cría que fuera a descargárselas. Se acercaron al animal con precaución, para no espantarlo. Una precaución inútil, pues la cabra era mansa y se dejó coger y colocar en la postura conveniente para que la ordeñaran. Cuando no le quedaba ni una gota de leche, la mataron.

Habían prendido una gran fogata y allí asaron los trozos de carne. Se demoraron en la comida, insatisfechos porque ninguno tuvo ración suficiente ni un sorbo de trago para empujar el bocado. Alguien sacó una violineta que llevaba oculta entre sus ropas y comenzó a tocar un son. El son del tigre que lucha con la culebra; el son de la derrota de los hombres que se convirtieron en monos; el son de los sabios que contemplaban el cielo y sabían el número de los astros. Y la música hizo que el pensamiento de la muerte fuera menos amargo.

En Cruz Obispo se les enfrentó un viejo. Por los alrededores corría la fama de su riqueza y de su avaricia. Los indios lo tenían bien conocido como enganchador sin escrúpulos y como amo severo. Con él no valían el brazo en cabestrillo para disminuir la tarea; ni la historia del hijo enfermo para aumentar el préstamo.

—Vamos a jalar parejo, chamulita —decía. Y se levantaba antes que el sol para vigilar el trabajo. Recorría los términos de su hacienda montado en una mula gorda, lenta y solemne. Y donde encontraba una irregularidad se detenía inmediatamente a corregirla. No soltaba nunca un fuete que era el aviso o el ejecutor de sus castigos.

En su casa no había mujer y fuera de ella no frecuentaba amigos; no iba a Ciudad Real más que cuando algún asunto litigioso lo obligaba.

Cuando este viejo tuvo noticia de la sublevación dio órdenes estrictas a sus peones para que duplicaran el quehacer. Así no se les alebrestará la cabeza, pensó. Y cuando llegaron hasta la casa grande los indios alzados, estaba solo.

Su aspecto no era ni de sorpresa ni de temor. Se había acostumbrado a verlos en grupo y a discutir simultáneamente con varios. El viejo no se movió de su asiento, no levantó los ojos de las cuentas que revisaba. A los indios los turbó tal serenidad.

Por fin uno, antiguo asalariado suyo, que escuchó a hurtadillas las consejas sobre los tesoros que guardaba el amo, se adelantó a exigirle que se los entregara.

El viejo alzó los ojos y se le quedó mirando con una escandalizada fijeza. ¿Estaba loco? En tiempos de tantas calamidades como los que corrían ¿era alguno capaz de enriquecerse, de medrar? Precisamente ahora, que acababa de ver sus papeles, podía decirles que si las cosas seguían por ese camino pronto tendría que declararse en quiebra. Pero en fin, ése era problema suyo. En cuanto a los indios, les aconsejaba que se dejaran de pendejadas y volvieran a sus milpas porque los días eran buenos para sembrar.

¿Qué estaban persiguiendo? Daba lástima verlos, andrajosos, sucios, andando como locos por cualquier vereda.

Uno de los indios contestó que ya no iban a permitir que ningún ladino les hablara de ese modo, puesto que ahora eran iguales. Ante la risa burlona del viejo añadió el argumento irrefutable: que los chamulas tenían un Cristo propio y que habían escuchado la promesa de que no iban a morir.

—¿Vamos haciendo la prueba? —preguntó el viejo—. Yo no tengo armas. Pero si alguno de ustedes me da una y deja que yo le dispare un tiro, no cuenta el cuento.

Un indio alargó un rifle y le pidió al viejo que apuntara sobre él. El viejo consultó con la mirada a los que parecían de más respeto y vio señales aprobatorias. Entonces se llevó el rifle a la cara y dirigió la boca al corazón del indio. El estruendo, la nube de pólvora suscitados por el disparo, hizo retroceder a los chamulas mientras su compañero se desplomaba. El viejo volvió a cargar el rifle.

—¿Alguien más quiere hacer la prueba?

Ninguno aceptó. A muchos los angustiaba el hecho de que su compañero hubiera caído y pareciera exánime. Otros aconsejaron esperar. Su opinión prevaleció y los indios velaron el cadáver hasta la noche. El viejo ocupaba el sitio principal y seguía —levemente divertido— los incidentes del velorio. Se había negado a encender la lámpara de gasolina y un único hachón de ocote iluminaba la estancia. El rifle descansaba sobre sus rodillas.

Al filo de la madrugada muchos se habían marchado. Para el entierro no quedaron más que los peones de la finca.

Lejos de Cruz Obispo los alzados volvieron a reunirse. No querían comentar lo sucedido pues no eran capaces ni de comprenderlo ni de interpretarlo. Pero todos resintieron el hecho como un impulso para acciones más rápidas y más ambiciosas.

Hasta los más obtusos se daban cuenta de que ya no era posible retroceder, de que era necesario seguir adelante, aunque no contasen con el auxilio de la invulnerabilidad. Y la desesperación los empujó contra pueblos bien habitados y defendidos, sobre los cuales carecían de cualquier otra ventaja que no fuera la iniciativa del ataque, la sorpresa y el número.

El lugar más inmediato era San Pedro Chenhalhó. Cayeron sobre él inopinadamente, sin dar tiempo a la resistencia. Los hombres (artesanos, campesinos, no gente de guerra) se situaron en los puntos más favorables porque los ocultaban a la vista de sus enemigos. Pero eso también les impedía un ataque certero.

Los indios no hicieron caso de los cuerpos de quienes habían sucumbido, los cuales, además, eran pocos. Avanzaban por las calles estrechas hundiéndose, hasta las rodillas, entre el lodo y tropezando contra las piedras. Los más impacientes, los más curiosos, los más fatigados, saltaban las cercas de las casas, entraban en los gallineros y en los establos, descerrajaban las puertas para penetrar en las habitaciones de la familia, para encontrar una mesa todavía con los restos del último desayuno; las camas que aún guardaban la tibieza de los cuerpos; el cuarto de cháchCharas en el que se esparcían, sin uso, los objetos más inútiles y diversos.

Otros indios continuaban caminando, buscando el cogollo de la lucha. Cuartel no había en San Pedro Chenhalhó y el Palacio Municipal estaba desierto. Del interior de la iglesia escapaba un murmullo de gente apiñada y oculta. Sobre ella cayeron.

Echaron abajo las puertas (antiquísimas, de madera carcomida por la polilla) con la culata de sus rifles. A cada culatazo se alzaban chillidos histéricos, pronto sofocados. Cuando tuvieron el paso libre los indios entraron.

En el interior del templo no había más que mujeres rodeadas por sus hijos, por sus abuelos. Estaban de rodillas, dando la espalda al enemigo, con los ojos fijos en el altar. Ninguno se volvió a causa del estrépito de las puertas derrumbadas ni de los gritos de los invasores. Su horizonte único era una imagen doblegada bajo sus propios milagros.

Los indios se consultaron entre sí, indecisos. Los paralizaba la falta de adversario. Pero, de pronto, uno descubrió un pedazo de pan en las manos de un niño y quiso arrebatárselo. Lloró la criatura, protestando; intervino la madre, afeando la conducta del hombre.

—¡Semejante winikón! ¿Por qué no se mete con los de su tamaño? ¡Suéltalo, tal por cual!

Y le descargó una bofetada. El indio se abalanzó contra la mujer y la sacudió con violencia. Los que estaban más cerca hicieron un ademán para interponerse. Un anciano se justificó:

—¡Si no me clavaran aquí mis achaques ya nos veríamos las caras, indios desgraciados!

—¡Ni se crean que van a salir vivos de esta ratonera! Nuestros hombres les darán su merecido.

De las amenazas habían pasado a los golpes. Las mujeres esgrimieron unas tijeras que hasta entonces llevaban guardadas en el corpiño. Otras se habían provisto de agujas de arria, de puñados de pimienta que soplaban sobre la cara de sus atacantes.

—¡Cabrona! ¡Me dejaste ciego!

—¡Eso y más merecés, indio alzado! Todavía te he de ver arrastrándote para pedir perdón!

Salieron a relucir los machetes. Zumbaban en el aire, caían en el vacío o sobre algún cuerpo que se partía en dos mientras se iba formando un charco de sangre.

En silencio, continuó el encuentro. Los sitiados retrocedían hasta las paredes. Lisas. Sin un lugar donde esconderse; sin un asidero para escalarlas. Los niños se enredaban entre las piernas de los mayores, perdían el equilibrio, no podían levantarse del suelo, eran pisoteados. Fueron los primeros en comenzar a llorar.

De pronto sobrevino un aullido y los chamulas se lanzaron sobre sus víctimas. Daban alcance a las mujeres, les rasgaban la ropa, se reían a carcajadas de su desnudez. Jugaban a aventar a los niños al aire y a ensartarlos en la punta de sus lanzas. Los viejos imploraban, en vano, piedad. Morían temblando, innoblemente.

Uno se aplicaba en descuartizar, con cuidado, con minuciosidad, un cadáver. Quería encontrar algo que no fuera semejante ni a la carroña de los animales ni a los despojos del indio. Eso, que permite a los ladinos mandar. Como no lo hallaba, movía la cabeza insatisfecho, dudoso. Abandonó ese cadáver inútil para buscar otro.

Los que bajaron de las sierras más altas traían apetito de mujer. ¿Quién iba a detenerlos? Violaron a las núbiles, a las encintas, a las viejas. Y luego consumaban su obra con un golpe en el cráneo, con un tiro a boca de jarro, con el cercenamiento de una extremidad.

Otros se abrían paso, sin importarles cómo, para saciar su ansia de profanación en los objetos del culto. Rompían los cálices, hacían pedazos las custodias, despojaban de su peluca a los santos, les arrancaban los ojos de vidrio. Rodaron los manequíes desgonzados, los marcos rotos. Se desperdigaron las pestañas postizas.

Después de algún tiempo aquel episodio concluyó. Los indios estaban cansados y el aire de la iglesia era irrespirable. Al salir de ella iban manchados de sangre, con pedazos de sesos incrustados en la suela de los caites. Su botín era exiguo. Pero con él se conformaron muchos y regresaron a sus parajes.

Otros, en cambio, en cuanto se enteraron del suceso prepararon el bastimento para marcharse. Continuaron —sin orden, sin regularidad, sin sentido— las incursiones, la depredación, el incendio. Las rancherías convertidas en pavesas, las siembras arrasadas, la estampida incontenible de los rebaños.

Por el monte van los que huyen y los que los persiguen. Ambos tienen miedo de enfrentarse. Se topan, porque no hay más que un ojo de agua en el cual beben y una cueva para refugiarse y una vereda que sube o baja la sierra.

Ichinton, Ya'alcuc, Corralchen, Bechiltic. ¿Por dónde no

pasarían los indios? Con hambre, con desesperación, con furia.

El que se queda es olvidado. Nadie vuelve a preguntar de su suerte. ¿Volvió aquél? ¿Lo enterraron? Porque únicamente los sostiene, en la peregrinación sin fin, una brújula: la promesa de Catalina. Los que murieron resucitarán con una pesadumbre que los otros no han experimentado aún: la de no haber muerto. Y si no resucitan...

No pienses más, chamulita, y camina. La soledad no es buena consejera. Júntate con un compañero y otro y otro más. No preguntes nada. Porque podría resquebrajarse el cimiento en que te edificaste y te podrías derrumbar.

XXXV

JULIA estiró la mano sobre la superficie, húmeda siempre (y por eso viscosa) de la sábana. Tocó una espalda sólida y dijo con timidez:

—¿Duermes?

La asustaban los silencios, cada día más prolongados, de Leonardo. Quería atribuirlos a una causa natural. Pero la tensión, el sobresalto, que emanaban de aquel cuerpo antes dócil a su hechizo, no le permitían engañarse. Una voz desganada repuso:

—No.

Y después, más para sí mismo que para ella:

—Estoy pensando.

Julia conocía muy bien estas separaciones que impone, aun a la proximidad más íntima, la preocupación, el cuidado de asuntos ajenos al amor. Y las detestaba. En otros tiempos, cuando ella llevaba las riendas de esta relación, habría protestado con violencia. Ahora se contentó con levantarse procurando no hacer ruido, no molestar al otro.

Lo que Leonardo pensaba (de una manera difícil, dolorosa y, para él, imposible de formular) era que no valía la pena haberse esforzado tanto por ser una parte integrante, viva, de Ciudad Real. Y luego su cabeza rectora.

—¿Supiste lo que pasó ayer con los hombres de la guardia nocturna?

La Alazana había encendido una pequeña lámpara frente al espejo del tocador y estaba recogiéndose los cabellos para atarlos con una cinta. Sin poder evitar una inflexión de fastidio respondió:

—Los mataron los indios. El entierro pasó aquí enfrente. Cantaban alabados y juraban venganza.

Leonardo veía el techo con ambas manos enlazadas bajo la cabeza.

—Pero no los mataron los indios. Eso lo inventamos nosotros.

Julia se volvió, extrañada.

—¿Entonces?

—Se mataron entre ellos. De miedo.

Leonardo pronunció esta última palabra con rabia. Se conocía a sí mismo y por eso había creído conocer a su gente. Él no era cobarde. No tembló, a la hora suprema, ante Isidoro, cuando liquidaron definitivamente sus cuestiones. Gracias a esta hazaña él se había considerado igual a los señores y compartió con ellos muchas vicisitudes en las que el valor era el elemento esencial: partidas de caza en las que alardeaba de su ojo certero y su pulso firme; brutalidades para castigo y escarmiento de peones; raptos de mujeres. Y de vez en cuando, también alguna emboscada para deshacerse de un rival.

Por eso ahora Leonardo se escandalizaba de la conducta de los otros. Les había señalado, como su jefe que era en la presente situación de emergencia, obligaciones muy precisas. Todas los beneficiaban directamente a ellos y sin embargo las evadían con los pretextos más inverosímiles. Abandonaban el pueblo, el barrio, al peligro, por no presentarse a fomar parte de las patrullas de vigilancia. Y en cuanto a su propio hogar estaba a la merced, no sólo de los invasores sino de cualquier ladrón pues lo habían desamparado para refugiarse en algún escondite.

La noticia de que alguna de sus fincas había sido arrasada por los indios ni los enardecía ni los encolerizaba, sino los hacía temer. Hablaban de fuga. Al principio en voz baja, ocultándose. Ahora sin recato. Y algunos habían huido.

Leonardo volvió la cabeza para ver a Julia ya vestida, lista para su tertulia de la tarde. ¿Pero quién asistiría? Las que no estaban encerradas a piedra y lodo, refugiadas en alacenas y en el interior de aljibes vacíos, vagaban por las calles como locas, confesando a gritos sus pecados, arrodillándose ante cualquier transeúnte para pedirle perdón. Porque había que limpiar de sus pecados a Ciudad Real y ellas lo lograrían con la penitencia. A los pecadores contumaces era necesario excluirlos, lapidarlos. Los contumaces, como Leonardo, que aprovechaba la anormalidad de las circunstancias para consumar sus abominaciones. Visitaba a la Alazana sin tomar ya ninguna precaución, como si se tratara de un desafío. Y así, la ira que los coletos acumulaban contra sus enemigos y no se atrevían a descargar, se lanzaba contra quien se había impuesto el deber de defenderlos. ¿Quién era este advenedizo? El asesino de Isidoro, el amante de

Julia, el traidor que pactaría con los extranjeros las condiciones de rendición de Ciudad Real.

Cada mañana, puntualmente, Leonardo recibía los anónimos en los que se enumeraban los cargos en su contra, se repetían los insultos, se adivinaban los designios. En los pliegos sin firma pugnaba por encontrar salida el odio, un odio acumulado en años inertes, como el viento entre la cal de un caracol, vivo ahora, moviéndose, resonando.

Julia se frotaba las manos con impaciencia; iba y venía por el cuarto; cambiaba de sitio los objetos del tocador.

—Estáte quieta, que vas a acabar por ponerme nervioso. ¿A qué hora llegan tus visitas?

—Desde que no tengo nada que ofrecerles, mis visitas tienen siempre un motivo u otro para no venir.

—Es natural.

—¿Y es natural también que las criadas hayan invadido la casa con una recua de parientes que acarrean más que las hormigas y comen todo lo que encuentran?

—Échalos.

¡Qué fácil era solucionar los problemas ajenos! ¡Echar a las criadas! ¿Y quién haría los quehaceres? Julia era incapaz de barrer los enormes patios, ni de guisar en las hornillas de carbón. Ni de quedarse sola.

Espiaba la reacción de Leonardo. No fue de impaciencia ni de solicitud, ni siquiera de curiosidad. Casi sonriente, comenzó a vestirse.

—Tienes miedo tú también ¿verdad? Ya puedes presumir de que eres coleta.

Julia le tomó el rostro entre las manos, ansiosa.

—¿Es cierto que los indios nos tienen sitiados? ¿Y que no hemos hecho nada para defendernos?

Leonardo se apartó con brusquedad.

—Tú también crees lo que dicen los periódicos.

Julia no había querido volver a leerlos desde que publicaron el dato de que los ídolos que llevó Xaw Ramírez Paciencia a Ciudad Real iban envueltos en un perraje de Guatemala que muchos testigos podrían identificar como pertenencia de ella. De allí a acusarla de cómplice o de instigadora no había más que un paso que muchos dieron. Clamaban, en los editoriales, por que se hiciera una investigación a fondo. "Caiga quien caiga", decían. Y Julia se negaba a leerlos, aunque no podía desobedecer la orden de Leonardo de adquirirlos todos. Gran parte de sus entrevistas las dedicaba él a estos papeles que ahora yacían, en desorden, arrugados, alrededor de la cama.

—Antes era uno solo ¿te acuerdas? Ahora día a día brotan en montón, como los hongos después de los aguaceros. Al *Plus Ultra* ya nos habíamos acostumbrado. No es que dijera nada de importante. Al contrario. Notas sociales, pronósticos del tiempo, recetas contra el moquillo. Y la denuncia, mesurada pero firme, contra la ineptitud del Ayuntamiento que permitía que se inundaran las calles o se convirtieran en basureros. Ahora ya no puedes abrir una página sin que un profeta se desmelene lamentando las calamidades que han de abatirse sobre nosotros. Y eso cuando no aparece el generoso depositario de las soluciones más eficaces y rápidas para nuestros problemas.

—¿Exageran cuando hablan de ellos?

Leonardo, con el arma al cinto, no parecía tranquilizador.

—Lo enfocan mal. El peligro no está en los indios. Son muchos, no lo niego. Pero no tienen equipo ni jefes.

Contempló a Julia con una ligera burla en los ojos.

—No quise ofenderte. Por un momento olvidé que uno de los que los acaudillan es tu marido.

Julia se volvió de espaldas para declarar:

—No es mi marido.

La humillaba esta confesión. Y no había logrado, con ella, ni sorprender ni halagar a Leonardo. Ante él no era más que un incidente sin importancia, un detalle que no modificaba en lo más mínimo la situación.

—Nosotros tampoco tenemos con qué defendernos. Un cañón de juguete y unos soldados de chocolate. Y no vamos a recibir ayuda. México está muy lejos. Y en cuanto a Tuxtla...

Leonardo descorrió las cortinas para dar paso a una oscuridad fría.

—Hay viejas rencillas que no se han olvidado. Y tienen su interpretación de los hechos. Según ellos la sublevación de los indios no es más que una fábula inventada por nosotros. Y cuando les pedimos auxilio es porque queremos distraer sus tropas y luego caer sobre una ciudad inerme, declarar desaparecidos los poderes y volverlos a su lugar de origen: Ciudad Real.

A Julia este malentendido le parecía absurdo y muy fácil de disipar.

—¿No pueden venir y constatar que es cierto lo que se les informa?

—Su dignidad se lo impide. No han olvidado que aceptamos el socorro de un país extranjero: de Guatemala. ¡Bonito socorro! Unos pobres mercenarios a los que no se les dio siquiera uniforme y que no sabían mantener la posición de firmes ante sus superiores. Hicieron la pantomima durante unos días pero luego, en grupos, abandonaron el cuartel. Se liaron, en amasiato, con mujeres de las orillas y vendían su trabajo a un precio muy inferior al de los artesanos de Ciudad Real. Como, además, eran hábiles, les arrebataron la clientela. Los que tuvieron peor suerte parasitaban en las casas de los ricos. Julia podía decirlo por experiencia. Y en cuanto alguno quería irles a la mano en sus abusos soltaban una retahíla sobre la falta de gratitud de los coletos, que los dejaba mudos.

—¿Qué vas a hacer?

—¿Qué puedo hacer? Convertir a un talabartero en un capitán no es fácil. Hay algo que los civiles no tienen y no adquirirán más que cuando les llegue la lumbre a los aparejos: disciplina. Claro que yo podría intentar enseñársela, infundírsela —además de con el ejemplo— con ciertas medidas que es indispensable dictar... Pero te estoy aburriendo. Estas conversaciones no son para mujeres. Más bien debería yo preguntarte qué vas a hacer tú.

No había ningún interés verdadero. Sólo una forzada y distante cortesía. Julia se sintió lastimada.

—Depende de los acontecimientos. Y los acontecimientos dependen de ti.

Fue una conclusión tan abrupta que tuvo que añadir:

—Tú eres el Jefe de las Operaciones en la Zona Fría. ¿O no es ése el título con el que te honraron en la última junta de notables?

—Me llamaron así porque estaban asustados. Y porque no apareció ningún otro con ánimos de enfrentarse a lo que viniera.

—No te rebajes —repuso con calor la Alazana—. Ésta es una coyuntura favorable y para ti no significa más que el principio. Tú naciste para subir muy alto. Ciudad Real es poco. El mismo Chiapas también.

—Por favor, basta.

Leonardo protestaba sin convicción. Y Julia, para quien la lisonja había sido hasta entonces vecina de la burla, descubrió —estupefacta— que ahora creía en sus palabras y anhelaba que se convirtieran en realidad. Turbada, añadió volublemente.

—Te estoy adivinando el porvenir. Tengo algo de bruja ¿sabes? Y si no lo crees pregúntaselo a Idolina.

—No es fácil hablarle ahora. Se pasa el día entero encerrada en su cuarto.

—¿Está enferma otra vez?

—No sé. Ni me interesa.

—Dejó de venir a verme. Así, de pronto. Sin ninguna explicación, sin ningún motivo.

—Tal vez se sintió ofendida al saber lo nuestro.

—¿Se lo dijo Isabel?

—Por Isabel hablan hasta las piedras de la calle. Es un secreto a voces.

Leonardo se aproximó a examinar el rostro de Julia. Habían desaparecido las aristas, disueltas en suaves contornos, lo que le confería una expresión tranquila y mansa, de animal doméstico. Había capturado, pues, al gavilán, veloz, asustadizo y rapaz; lo había cebado pacientemente y ahora pesaba, se movía con dificultad; había adquirido hábitos sedentarios. ¿A esta conquista quedaría reducido su triunfo sobre Ulloa? ¿Nunca se enfrentarían los dos en ningún otro terreno?

Julia se esquivó, incómoda, de la mirada al mismo tiempo fija y distraída de su amante.

—Tus profecías no van a resultar ciertas, Alazana. Porque esos notables, que ahora me obedecen, desconfían de mí. No, no dudan de mi valor sino de mi lealtad. Por culpa tuya.

Fue sólo un instante: el de los sonámbulos que caminan al borde del vacío y de pronto despiertan. Por la cara inerme de Julia cruzó, fugazmente, un llamado de auxilio. Pero luego volvió a fundirse en la reserva. Recordó a tiempo que podía apelar a los sentidos de este hombre, a su cólera, a su desprecio, pero no a su compasión. Se apartó de él y fue a sentarse, dándole las espaldas, en una mecedora.

—Me estabas hablando de disciplina.

Leonardo comenzó a pasearse, contento de que la conversación hubiera derivado hacia lo que constituía su elemento natural: la acción. Cuando un proyecto importante lo embargaba, todas las otras ideas, los otros hechos, palidecían, se borraban.

—La disciplina es algo muy sencillo: unas cuantas reglas

que pueden aprenderse y enseñarse. Pero como no tenemos ni tiempo ni lugar para hacerlo directamente es necesario recurrir a una especie de... de...

—Manual.

—No, no se llama así. Tiene su nombre propio. Déjame recordar... Ordenanzas... Eso es. Ordenanzas militares.

—¿Las vas a dictar tú?

—Tengo el meollo del asunto, he estado dándole vueltas desde el principio. Pero necesito de alguien, menos rudo de entendimiento que yo, para que me lo saque en limpio.

—¿Un escribiente?

—No, por Dios. Alguien de más categoría.

—Un abogado.

—Por fortuna no faltan en Ciudad Real.

—¿Qué quieres que diga?

—Lo que sabe tan bien como yo: que este problema de los alzamientos de los indios no va a llegar a soluciones mientras sigamos andándonos con evasivas. Hay que cortar el mal de raíz.

—¿Cómo?

—El mejor indio, dice el refrán, es el indio muerto.

—¿Y crees que bastará un papel para que los coletos se dediquen a matarlos?

—Va a ser un buen empujón. Hasta ahora han tenido escrúpulos de conciencia: no quieren que muera un indio como no quisieran que mermaran sus partidas de ganado. Sienten que son cosa suya y no acaban de entender que el Gobierno se los ha arrebatado. Yo por eso se lo he dicho muchas veces: con los indios hay que acabar.

La simplicidad de esta conclusión pasmó a Julia, quien no pudo menos que echarse a reír.

—Las señoras de Ciudad Real se quejan de que no logran acabar con la plaga de las arrieras. ¡Y tú quieres que sus maridos acaben con la indiada!

—Hay muchas maneras de hacerlo y debemos aplicar todas. Para los rebeldes, sobresalidos, que nos han puesto entre la espada y la pared, la muerte es poco. Sí, la muerte de ellos, la de sus familiares, el arrasamiento de sus parajes y de sus pueblos. Y después hay que echar sal en sus sementeras para que nunca vuelva a darse una semilla.

—Ésos serán unos cuantos, las cabezas. ¿Y los demás?

En el entusiasmo de su peroración Leonardo había olvidado que la gran mayoría de indios no eran ni rebeldes ni sobresalidos sino indiferentes. Y que la sumisión la heredaron de sus padres y de sus abuelos. Rápidamente improvisó la respuesta.

—Que el Gobierno los mande a otra parte. El mapa del estado está lleno de manchones de terrenos nacionales. Que los colonicen.

—¿Y si los indios no se quieren ir?

—¡Se les mata!

Antes de volverse Julia todavía preguntó:

—¿Has consultado esto con los otros finqueros?

—Claro. Lo discutimos todos los días y a todas horas.

—¿Qué opinan?

—Al principio pensaron que era una trampa para dejarlos sin quien los sirviera en sus fincas; para arruinarlos y luego quedarme yo con sus propiedades pagándoles cualquier bicoca.

—¿Te lo dijeron?

—¿Cuándo te dice un coleto lo que piensa? Pero yo soy tan zorro como ellos y les sé las mañas. Entonces me hice el ofendido y los amenacé con dejarlos que se averiguaran como Dios les diera a entender.

—Si dictas las ordenanzas ¿quiénes las van a cumplir?

—Los soldados.

—Tú mismo has dicho que no tienen agallas.

—Porque no han olido ni la sangre ni la pólvora. Están encuevados aquí, bajo las faldas de su mamá, esperando que se les echen encima y los rematen. Yo voy a obligar a estos tales por cuales a que tomen la iniciativa y se fogueen.

Leonardo continuó hablando, exponiendo argumentos, razones, planes, como si Julia fuera uno de los finqueros reacios o de la tropa cobarde. Pero ella seguía el propio hilo de sus meditaciones. Si la relación de ambos era un obstáculo para el ansia de dominio de Leonardo estaba segura de que no vacilaría en romperla. ¿Con qué títulos podía ella entonces permanecer en Ciudad Real? Todos le eran hostiles y la veían con sospecha. Súbitamente tomó una decisión y se puso de pie.

—Voy a irme.

—¿A dónde? ¿Estás loca? ¿De qué estás hablando?

—Se puede uno ir todavía ¿verdad? Muchas familias han emigrado.

Leonardo no vio, en las facciones de Julia, ningún signo

de alteración ni de extravío. Su calma lo irritó. Yo no voy a ser quien le ruegue, se dijo. Y luego, en voz alta:

—Tendrías que quitar la casa. Y no son tiempos éstos en que la gente quiera comprar nada.

—Voy a regalarle mis cosas a doña Mercedes Solórzano si me ayuda a preparar el viaje.

—¿Ya te pusiste de acuerdo con ella?

—Quise, primero, tener tu anuencia. Ahora ya puedo mandar a llamarla.

—No te preocupes. Yo le doy el recado.

—Te lo agradezco mucho.

La última frase sonaba a despedida. Antes de separarse los dos se miraron ofendidos, cada uno por la ceguera y el desamor del otro. Y se prometieron que el adiós final dejaría, por lo menos, intacto su orgullo.

XXXVI

CATALINA DÍAZ PUILJÁ tiritaba de frío. En vano se había echado sobre el cuerpo todos los harapos que antes fueran sus vestidos de gala o de diario y a los que habían quedado reducidos en el curso de esa marcha desatinada y delirante, que comenzó a raíz de la muerte de Domingo.

La muerte de Domingo. Ahora, a la distancia, Catalina podía contemplarla con una lucidez que la hacía totalmente incomprensible. El niño aislado, colocado en el centro de un círculo inviolable; su sangre, derramada y bebida, igual que por los perros famélicos, por los que presenciaron el sacrificio y por los que lo consumaron. Catalina se golpeaba las sienes para recordar en qué sitio estaba ella mientras Domingo moría. Distraída, absorta, frenética, sí, pero ¿dónde? Si únicamente lograra saber eso sabría también todo lo demás.

Pero no era posible. Porque la losa sepulcral, que no alcanzó a cubrir el cadáver del niño, de su niño, la cubría a ella desde entonces. Bajo ella, inmóvil, yacía la ilol cuyos poderes se habían perdido. La que tuvo el maravilloso hallazgo en la cueva lo había olvidado; la que con sus propias manos dio figura a unos ídolos remotos, quizá ya inexistentes; la que en su aridez se alegró con la cercanía de una infancia. Y ésta era la parte de Catalina más muerta, más enterrada, y más podrida.

La que sobrevivió al Viernes Santo fue otra, con un perpetuo escalofrío que le trababa las quijadas y la borraba hasta el último rastro de color de su cara. Su alivio era no tener que decidir nunca nada.

Echaba a andar cuando así lo disponían los que guiaban a la tribu y por el rumbo que le marcaban sus pastores. Se detenía con los otros. Cuando las dificultades del camino hacían difícil la marcha; cuando les salía al paso algún enemigo; cuando llegaba la noche.

A veces, en un momento de reposo, Catalina veía —en la forma de una peña, en un cristal de agua, en una nube fugitiva— la imagen de un niño crucificado. La veía y hasta sus labios no ascendían las palabras que hubieran dado a este espejismo el nombre para conjurarlo.

Además, aunque ella o los otros pronunciaran palabras, no las escuchaba, ensordecida como estaba por el clamor de furia que reventó sus tímpanos después de la muerte de Domingo.

Miraba, sin entender tampoco, los gestos. Uno enarbolaba un machete o un azadón; o empuñaba piedras. Iba delante de él Pedro González Winiktón, con los ojos fijos nadie sabía en qué. Y a sus flancos los ladinos: Ulloa y Santiago.

En la confusión, en el desorden del éxodo ninguno respondía más que de sí mismo. ¿Qué se hizo de Lorenzo Díaz Puiljá, el hermano de Catalina, el inocente? Los que fueron interrogados no pudieron dar razón. Estuvo con ellos, seguramente, al principio; Marcela lo asistía en sus necesidades. Pero se fue rezagando porque siempre fue más lento que los otros y más fácil de rendirse a la fatiga. O pereció en algún combate. O simplemente decidió volver a su jacal.

Los otros seguirían subiendo y bajando cerros; se refugiarían de la lluvia bajo la copa de los árboles o en un redil de carneros; caerían sobre los parajes, hambrientos, ciegos de cólera, buscando, casi a tientas, el fin de su cansancio. Se irían después, dejando tras de sí alguna ruina humeante, un campo devastado, un despojo de animal o de hombre.

Caminarían, mirándose entre sí con recelo; tratando de ocultarse lo que habían logrado hurtar.

Catalina, a quien nadie prestaba una particular deferencia, merodeaba alrededor de las trojes, husmeaba cerca de los garabatos donde se defiende la carne y se ahúma y se orea. Quería comer, siempre, a todas horas. Y rebañaba la cacerola abandonada por los fugitivos en la cocina; y penetraba en las despensas para rasgar el costal de los cereales que masticaba larga y penosamente y que luego no podía deglutir. Y apedreaba los racimos para derribarlos y se chupaba los dedos impregnados de algún zumo ya consumido, de algún aroma ausente.

La agilidad con que Catalina se desplazaba de un punto a otro, empujada por oscuros instintos, por inaplazables necesidades, parecía asombrosa a Marcela, que la conoció agobiada por sus investiduras de sacerdotisa, hierática, como si temiera que cada movimiento pudiese desencadenar una catástrofe. Pero Marcela había renunciado, desde al principio, a comprender a Catalina. Se subordinó a ella muchos años como el buey se deja uncir al instrumento de labranza. Pero ahora algo había comenzado a resquebrajarse y la figura de la ilol, antes respetada, temida, venerada, se derrumbaba a sus pies. Marcela volvió la cara para no verla. Sin ira, sin estupefacción, sin desengaño, sin alegría. Por fin era libre.

Y Catalina también. Se unía a las otras mujeres para desempeñar las tareas más bajas. Se confundía con ellas. No la colocaba aparte ningún signo de exención ni esa marca, arbitraria y terrible, que todos adivinaban aunque la ocultase como se oculta la lepra.

Catalina se olvidaba de sí misma y de sus antiguos trabajos. Pacía con mansedumbre en el anonimato. Pero en ocasiones, cuando la esperanza abandonaba a los peregrinos; cuando la victoria les daba la espalda; cuando era demasiado aguda la incertidumbre, los otros se volvían a Catalina con su mirada, imperiosa y reverente a la vez, que ruega y que dicta una rendición incondicional y que es la mirada de los devotos.

Catalina se sentía, entonces, acosada. Se aceleraba su respiración y el pulso la golpeaba rudamente en las sienes, como una bestia capturada en una trampa.

Intentaba huir, porque ya no era capaz de resucitar ninguno de sus gestos pretéritos. Y los otros le abrían paso, no al miedo evidente y actual, sino a la memoria de una majestad que jamás conocería menoscabo ni fin.

Iba Catalina a refugiarse entre los únicos que jamás la atormentaron con miradas semejantes: los ladinos. Ulloa y Santiago, defendidos del cierzo nocturno con los toscos cotones de lana de los indios, le permitían aproximarse a la fogata semiextinguida junto a la que descansaban, como se le permite a un perro inofensivo y sin dueño.

Hasta la mujer llegaban los fragmentos, inconexos, no dichos en su lengua ni para sus oídos ni para su entendimiento, de la conversación.

Fernando Ulloa se había negado al principio, con tenacidad, con obstinación, a usar la ropa que le ofrecía Pedro y otros principales. Pero tuvo que ceder porque la suya fue desgarrándose en la caminata, haciéndose inservible a medida que aumentaba el rigor del clima. Tuvo que renunciar también a la limpieza a que estaba habituado y la barba, crecida, sin vigilancia, daba a su rostro una expresión hosca y enfermiza.

César Santiago parecía más de acuerdo con el elemento

en que le tocaba actuar y había adoptado un aire de fastidio y de aceptación de unos hechos que no eran, según su opinión, modificables pero que procuraría, en la medida de sus fuerzas, adaptarlos a sus propósitos.

—Ingeniero ¿para qué las discusiones con Winiktón?

Porque ahora se enzarzaban en ellas a propósito de todo. Y nunca llegaban a ningún acuerdo.

Fernando entrelazó las manos con nerviosidad.

—Tiene que entender que en este ir y venir sin sentido lo único que estamos logrando es debilitar nuestras fuerzas y dar tiempo a la gente de Ciudad Real para que se organice y se lance contra nosotros.

—Winiktón es indio, ingeniero. Y son indios todos los que lo siguen. Ni él ni los demás entienden. Aunque usted les dé las razones más satisfactorias y se las explique minuciosamente. Se pierde el tiempo nada más.

—¿Y entonces? ¿Voy a permitir que nos lleven y nos traigan de un extremo al otro de la Zona Fría?

—Nos han traído y llevado; nos seguirán llevando y trayendo mientras se pueda. Mientras no nos acaben los coletos.

Era tan evidente la afirmación de Santiago que su interlocutor no pudo menos que guardar silencio.

—El error, aunque no valga la pena echar malhayas, es no haberse impuesto desde el principio. Con órdenes. Pero usted los quiso tratar de igual a igual.

¿Cuántas veces se había formulado Ulloa el mismo reproche? Al principio se defendía apoyado en sus ideas de que ningún hombre es superior a otro. Pero ahora, teniendo ya los resultados de su actitud a la vista, no podía menos que reconocer que su opositor acertaba y él había errado. Por otra parte sabía que ya no era ni oportuno ni posible hacer una tentativa de ejercicio de esa autoridad que tan necia y precipitadamente había desechado.

—A estas alturas, ingeniero, yo le aconsejaría ser prudente. Ya Winiktón no come de su mano, y es natural, puesto que en todas las ocasiones que se han presentado usted ha ido contra los deseos de él y de quienes lo siguen.

—¿Pero cuáles son esos deseos?

—Son pocos. Y fáciles de realizar: el robo, el asesinato. Se desahogan y pueden dormir tranquilos.

—Pero no se trataba de eso...

—Ya nadie se acuerda de lo que se trataba.

—Yo sí: de lanzarnos contra Ciudad Real y batir a los finqueros. Cuando salimos de la iglesia de San Juan, la noche del Viernes Santo, éramos muchos y teníamos ímpetu y valor. Habríamos triunfado.

—¿De veras creyó usted a los chamulas capaces de desafiar a sus patrones?

—Los creí capaces de todo cuando crucificaron al muchacho.

Le repugnaba referirse a eso. No se atrevió a impedirlo —más que por miedo— por fascinación. Y asistió hasta el fin de la ceremonia mudo y paralizado. Se dejó llevar por el mismo impulso que arrastraba a los demás contra sus opresores. Pero después, cuando tuvo plena conciencia de que ese impulso era la sangre de una víctima, se horrorizó. Hizo partícipe de sus escrúpulos a Santiago y luego no se recató ante Pedro y otros caudillos. Recordaba los murmullos de sorpresa, de escándalo, de indignación que suscitaban sus palabras. Y el silencio que se hizo en torno suyo. Un silencio que a veces rompía Winiktón para disputar a propósito de una nimiedad cualquiera. No se volvió a mencionar nunca ni a Domingo ni a su muerte. Hasta ahora, que Fernando los invocaba como cartas de triunfo. Se detuvo un instante sobre la incongruencia de su conducta; quiso sentirse avergonzado de ella, pero no pudo. Ninguno de los acontecimientos últimos era susceptible de ser ni comprendido por la razón ni calificado por la moral. Él mismo giraba alrededor de una órbita ajena a sus convicciones más entrañables, a sus hábitos más arraigados. No se reconocía. Era parte del mecanismo de un mundo ininteligible.

—Los chamulas se alzaron, para venir hasta nosotros, desde los parajes más lejanos. No era tan absurdo suponer que esta efervescencia desembocaría en algo más que en una especie de delirio ambulatorio.

—¿Que el movimiento tenía una meta, quiere usted decir? ¿Y que esa meta era Ciudad Real? Si usted se fijó bien en el mapa, ingeniero, nunca nos orientamos hacia allá. Al contrario. Escogíamos las veredas que pudieran apartarnos, protegernos de ella. En realidad, empezamos a huir desde el momento mismo de la crucifixión.

—¿Pero por qué? ¿De quiénes huimos? No nos habían derrotado ni una sola vez.

—La Virgen de la Caridad se apareció a los ladinos y custodia el pueblo. Los indios no se atreven a luchar contra ella.

—¿Creen eso? ¿Eso es lo que los ha detenido? Winiktón no me ha dicho nada.

—Ya no le tiene confianza.

La respuesta era sencilla, irrefutable. Y la primera reacción de Ulloa no fue de amargura sino de alarma. Pero no quiso dejarla traslucir. Él tampoco era ya capaz de confiar en los otros. En nadie. Ni en Santiago.

César sacudió con la punta del pie a Catalina para despertarla y le dijo algunas frases en tzotzil. La mujer hizo un esfuerzo para entender y obedecer la orden que le dictaba. Se puso de pie y, con torpeza, comenzó a buscar en el suelo. Daba la impresión de no tener una idea muy clara de lo que estaba buscando. Alzaba los guijarros, los contemplaba larga, estúpidamente y luego volvía a dejarlos caer. César, que seguía con una mirada burlona sus movimientos, dijo una palabra, la repitió muchas veces hasta que Catalina pudo distinguir, entre la enorme, la inagotable masa de objetos que la rodeaban, la única que se le pedía. Y juntó ramas y pedazos de madera seca para reavivar el fuego.

Crujió el nuevo material, dócil; se alzaron llamas silbantes. Catalina se borró en la oscuridad.

—¿Y los coletos? ¿Qué es lo que esperan para rematarnos?

Santiago hizo un gesto de ignorancia, de indiferencia.

—¿Le importa mucho que los que nos rematen a nosotros sean los coletos o los indios?

—¿A nosotros?

—Sí. Usted y yo. Pueden un día decidir éstos que somos unos traidores, unos caxlanes a fin de cuentas, y acabarnos.

Fernando hubiera querido no creer en la viabilidad de estas suposiciones. Pero la mirada de Pedro, la de los otros —huidiza, cuando no francamente hostil— destruía su seguridad.

—Y si caemos vivos en las otras manos, usted se imaginará cuáles van a ser las consecuencias. De cabecillas de la sublevación no nos bajan. Y antes de entrar en mayores averiguaciones estaremos fusilados.

Había una especie de rencorosa satisfacción en la manera con que Santiago exhibía las evidencias. Como si demostrarle a Ulloa su ingenuidad le llenase la boca de una sustancia agradable. Y como si no advirtiera que seguir la ingenuidad de otro era aún más grave y, en último caso, más ridículo.

Fernando no contestó. Por una serie de circunstancias fortuitas —muchas de ellas involuntarias y ninguna, ahora lo comprendía, válida— se había metido en una ratonera. Lamentarse no remediaba nada. Lo urgente era buscar alguna salida. Porque debía haber alguna salida. No era lógico que las cosas terminaran así.

Deber, lógica. Soy incorregible a pesar de todo, se dijo Fernando. Y rió a carcajadas.

XXXVII

El Palacio Episcopal bullía de una agitación soterrada. La servidumbre se esforzaba, sin lograrlo, por obedecer dos órdenes contradictorias: la de no alterar el silencio ni el reposo de la casa en que sufre un enfermo y la de preparar esa casa para la recepción de huéspedes distinguidos. Estallaban, pues, breves y menudas catástrofes (un florero roto, un tropezón, una desgarradura) a las que ponía fin el regaño enérgico de doña Cristina o de su mano derecha, Benita.

La limpieza de todas las habitaciones (aun de las que los huéspedes no conocerían) fue minuciosa. Y los conciliábulos acerca de lo que era conveniente ofrecerles como agasajo, prolongados. Pero fructíferos. Cuando llegó el día y la hora los acontecimientos fluyeron con la facilidad de la perfección.

El padre Balcázar (que haría los honores del dueño, ya que Su Ilustrísima, por su edad y por sus achaques, estaba imposibilitado para fungir como anfitrión) y otros clérigos menores salieron al encuentro de la comitiva. Al frente de ella venían el Gobernador del Estado y Leonardo Cifuentes. Rodeándolos, procurando aparecer próximos e íntimos, los finqueros de más antigüedad, los comerciantes de capital más saneado, los profesionistas de mayor prestigio. Y luego los funcionarios de Ciudad Real y de Tuxtla, la cauda sin la cual no se mueve el poder.

Los saludos —que se iniciaron en el zaguán y concluyeron en la sala— fueron menos ceremoniosos de lo que los coletos acostumbraban y más de lo que el Gobernador podía soportar.

Tomaron asiento no sin disputarse, simulando cortesía, los sitios de privilegio. Cuando todos se hubieron acomodado los sobrecogió una especie de timidez. Explotaban convulsivamente toses, carraspeos. Ninguna palabra. Hasta que habló Leonardo.

—¿Por qué siguen guardados los adornos? Ya pasó todo.

Señalaba las paredes desnudas en las que manchas descoloridas eran el rastro de los crucifijos, de los espejos, de los cuadros ausentes.

—Su Ilustrísima no lo ignora. Pero a la vejez nos arrepentimos de los extravíos de la conducta y echamos cenizas sobre nuestras cabezas y nos volvemos austeros.

El padre Balcázar empleaba esa pluralidad ficticia que se reservan para sí los grandes.

—¿Pero qué se hicieron las cosas?

—Se guardaron. Aunque don Alfonso cree que se vendieron. Cree que se podían vender, que eran propiedad suya y no del Palacio. Cree que con el dinero se alivian las necesidades de los menesterosos.

—¿Y por qué lo engañan?

Era la voz directa, brutal, del Gobernador. El padre Balcázar sonrió con suavidad.

—Ya lo comprenderá usted, Excelencia, cuando vea a Su Ilustrísima.

Los coletos se miraron entre sí, con una mirada cómplice, e hicieron gestos de aprobación.

—Pero antes queremos aprovechar la ocasión, que tal vez no vuelva a presentarse, para agradecerle porque nos haya honrado, al fin, con su visita. Al fin, después de que la habíamos solicitado tantas veces y con tal urgencia.

En la bienvenida puso el padre Balcázar una dosis tan obvia de reproche que el Gobernador sintió herida la dignidad de su cargo y le fue imposible fingir una disculpa.

—No sé para qué me necesitaban. Todo está como debe de estar.

—Ahora, Excelencia, ahora. Pero hemos soportado una muy dura prueba. Hemos estado a punto de...

—¿De qué?

Era un funcionario de Tuxtla. Con la mala educación de su jefe, pero sin su rango.

—De perecer a manos de los indios.

—En la gira que he emprendido a través del estado, y de la cual ustedes no son el único ni el principal punto, me preocupo especialmente por averiguar cuál es el ánimo de los indios, si levantisco o tranquilo. Con mis propios ojos, pues, he sido testigo de que los chamulas obedecen las leyes y que no recurren a la violencia para enfrentarse a quienes atropellan sus bienes y sus personas.

Otro funcionario, que no debería de ser tan insignificante como para permitirse estas acotaciones, dijo:

—Escuchamos, en todas partes, la misma queja: los ladinos de Ciudad Real los roban y los matan.

—Hay pueblos, y ya de cierto viso, abandonados como si hubiera caído sobre ellos una plaga.

—Los diezmaron las epidemias, señor Gobernador. Pero no hay que acusarnos a nosotros sino a la suciedad en que se revuelcan.

—Sí, es cierto que son sucios. En los jacales vacíos vimos costras de sangre.

—¡Qué asco!

—Y en el campo se desparramaban las osamentas, bien peladas por los animales, de mujeres, de niños. Hasta de hombres.

—Eso le demuestra, señor Gobernador, la gravedad de la coyuntura en la que estuvimos comprometidos. Hubo que tomar medidas enérgicas. Para defendernos, primero; para escarmentar a nuestros enemigos, después.

—Estábamos indefensos, Excelencia. Nuestra guarnición es para tiempos normales.

—¿Y los voluntarios de Guatemala? ¿Y los comitecos?

—Nunca podremos agradecer lo bastante la intención, el gesto de amistad de nuestros vecinos. Pero los hombres que enviaron, a más de ser tan pocos, no eran de pelea.

—Si lo hubieran sido no lo hubiésemos importunado tanto a usted, Excelencia. Cada vez que redactábamos una carta, un telegrama; o que alguno de nosotros iba a Tuxtla a suplicar el favor de una entrevista, no dejábamos de considerar el agobio de trabajo que usted padece y la importancia de los asuntos que despacha. Junto a eso ¿qué podíamos significar nosotros?

—Pero lo nuestro no admitía demora...

—Estábamos entre la espada y la pared.

—Y cuando vengo hallo que ustedes tienen la espada en el puño y que la pared ha desaparecido.

—Hubiéramos querido deberle nuestra salvación, Excelencia, al gobierno que usted tan dignamente preside.

—Pero aunque no haya sido así, porque las circunstancias no lo permitieron, le reservamos la misma gratitud para su voluntad de escucharnos, para su deseo de examinar, usted mismo y de cerca, los hechos.

—Y ya que estamos hablando de gratitud es justo que informemos al señor Gobernador a quién se debe el orden que ha encontrado.

—He oído, en boca de todos, alabanzas para Leonardo Cifuentes.

Leonardo no quiso, no supo afectar modestia. Y el tema, además, lo apasionaba.

—En momentos, como los que acabamos de pasar en Ciudad Real, es cuando uno descubre sus verdaderos tamaños. Yo quería defenderme ¿quién no? y defender mis intereses. Pensaba en cada uno de los señores como en mí mismo. Por eso acepté la designación con que me honraron.

—Jefe de las Operaciones...

—Transitoriamente, nada más, señor Gobernador. Mientras duraba la situación de emergencia. O mientras las autoridades competentes no tomaran las riendas del asunto. Ahora ya no ostento ese cargo ni ningún otro.

—No será por mucho tiempo, Cifuentes. Sus paisanos han decidido, y así me lo han comunicado, lanzar su candidatura como diputado federal.

Leonardo enrojeció de satisfacción. Esperaba que los otros interpretaran este rubor como sorpresa.

—No sé si podré servirlos si me desarraigan de un lugar que es el único que conozco bien y si me apartan de esta gente con la que me unen tantos lazos.

—Se sacrificará usted, Leonardo, se sacrificará.

Entraron las mujeres con las charolas de refrescos y las bandejas de dulces. Mientras los invitados se servían hubo una tregua.

—Leonardo cuenta con el apoyo no sólo de la gente decente de Ciudad Real, sino también de la plebe. Donde va lo reciben con cariño, con aplauso.

—Pero eso no es suficiente para el escrúpulo de quienes dirigen el Partido.

—¿A cuál partido pertenece, Leonardo?

—La duda ofende, señor Gobernador. ¿A cuál partido podía pertenecer? Al oficial.

—Los requisitos son mínimos. Pedirán antecedentes, recabarán datos. Querrán saber todo lo que se refiera al levantamiento de los chamulas que encabezó Winiktón.

—Winiktón no era el responsable. Él sólo es un indio.

—¿Entonces?

—Fernando Ulloa. Él fue quien envalentonó a los chamulas con sus prédicas y luego los acaudilló.

—¿Tienen ustedes pruebas?

—No hablaríamos sin ellas. La acusación es grave.

—Ulloa estuvo con los indios hasta que, viéndose perdido, quiso parlamentar con nosotros.
—Más bien quiso poner precio a la rendición.
—Un precio inadmisible: amnistía completa.
—Se creyó muy listo. Pero cuando lo vimos llegar solo al lugar de la cita comprendimos que, o Ulloa había traicionado a los indios y en ese caso sus promesas no valían nada, o los indios se habían dispersado y ya no eran una amenaza. Entonces lo apresamos.
—Lo sometimos a un interrogatorio y nos explicó, detalladamente, cuáles eran las armas y las posiciones y los planes de los indios.
—¿Queda constancia escrita?
—Sí.
—¿Firmada por Ulloa?
—Sí.
—Gracias a eso pudimos darnos cuenta de la magnitud del peligro al que nos hallábamos expuestos. Y de cuáles eran las providencias más adecuadas para sortearlo.
—¿Las providencias fueron esas ordenanzas que dictó Leonardo Cifuentes?
—También.
—Son muy rigurosas. Si se hubieran cumplido al pie de la letra no quedaría vivo ni un chamula.
—Pero señor Gobernador, estas cosas son como los regateos entre marchantes. Usted pide el doble para que otro le ofrezca la cuarta parte y al fin se transe por la mitad.
—Contaban, pues, con la falta de celo de los ejecutores de ese mandato.
—Y con la inferioridad de su número y con la desventaja de que operarían en el terreno del enemigo.
—Entonces han de estar contentos con los resultados.
—Hay orden, hay paz. Usted mismo lo ha dicho.
—Si la paz y el orden se mantienen ¿de qué vamos a quejarnos?
—Seguramente no volverá a haber disturbios. Desapareció la causa ¿no? Ulloa.
—Puede venir otro a sustituirlo.
—Tendrá buen cuidado de ser más prudente. Le contarán la suerte que corrió su antecesor.
—Mala suerte ¿verdad? Cuando estudiamos su caso decidimos que siendo, como era antes de lanzarse a la subleva-

ción, un empleado federal, carecíamos de competencia para enjuiciarlo.

—Así que era preciso mandarlo a México.

—Donde no hay pena de muerte, como en Chiapas.

—Y era preciso extremar las precauciones para el viaje. Tanto por si Ulloa intentaba huir...

—Si intentaba huir no habría quedado más remedio que matarlo por la espalda.

—...cuanto por protegerlo de la plebe, señor Gobernador.

—La plebe estaba indignada. Tenían la cárcel rodeada día y noche. Se turnaban para vigilar.

—Y cuando se dieron cuenta de que a Ulloa se lo llevaban a México se amotinaron y se hicieron justicia por su propia mano.

—¿No lo defendió nadie?

—¿Quién iba a defenderlo? Los guardianes de Ulloa también eran coletos.

Esta última palabra lo justificaba todo. Por lo menos ante la conciencia de los señores. El Gobernador no tuvo nada que replicar y todos callaron. Se oía el tintineo de las cucharillas contra los vasos, de los vasos contra los platos, la deglución, medida, de los líquidos.

—¿Me recibirá el Obispo?

El padre Balcázar contempló al Gobernador con una benevolencia no exenta de lástima. ¡Qué falta de cuidado para elegir los giros del lenguaje!

—Hemos estado abusando de su tiempo, Excelencia. Ahora mismo voy a anunciarlo.

Mientras el sacerdote salía el Gobernador se volvió hacia Leonardo Cifuentes y le palmeó, con ruda familiaridad, el muslo.

—Así que éste es el gallo.

Un coro de exclamaciones ahogó la débil protesta del aludido.

—Infatigable...

—Atinado...

—Valiente...

—Decidido...

—Capaz...

—Un verdadero héroe.

El padre Balcázar abrió la puerta que daba paso a las habitaciones de Su Ilustrísima.

—Don Alfonso lo espera, Excelencia.

El Gobernador se puso de pie y algunos lo imitaron, por lo que tuvo que hacer un ademán para detenerlos.

—Quiero hablar con él a solas.

Mientras se alejaba, el padre Balcázar volvió a ocupar su sitio.

—Es confortador —decía— ver cómo las contradicciones entre las potencias terrenales y la potestad espiritual se anulan. Cómo todo se concilia cuando se persiguen metas comunes: la justicia, el orden, la paz.

XXXVIII

El Gobernador avanzó cautelosamente. De la luz había pasado a la penumbra casi total y de una alfombra mullida a la superficie dispareja, fría y resonante de las baldosas.

Una voz de anciano, torpe, curiosamente enmohecida como por la falta de uso, dijo:

—Doña Cristina, ha llegado alguno que necesita ver.

Una sombra —la figura de una mujer— atravesó la habitación y se detuvo ante la ventana. Con lentitud fue corriendo las cortinas para dar paso a la claridad.

La imagen que apareció entonces ante la mirada del Gobernador lo desconcertó. Sobre una tarima de madera tosca yacía don Alfonso Cañaveral. Rígido, cubierto de bastos hábitos, cruzaba las manos sobre el pecho a la manera de los cadáveres. Y mantenía los ojos cerrados.

—Arrodíllese usted.

La orden de doña Cristina —musitada apenas pero inapelable— fue obedecida.

—Bese usted su mano.

El Gobernador buscó el dedo en el que debería estar el anillo. Pero las manos estaban desprovistas de alhajas. Volvió entonces, hacia el ama de llaves, un rostro interrogante. Doña Cristina se encogió de hombros. ¿Qué importancia podía tener una sortija? Aun sin ella, don Alfonso continuaba siendo el Obispo de Chiapas.

—Así.

Una vez consumado el ademán de sumisión doña Cristina le señaló una silla incómoda, vertical, de palo.

—Ya puede usted sentarse.

La distancia a la que quedaron los interlocutores facilitaría el diálogo. Doña Cristina miró apreciativamente el conjunto y pareció aprobarlo.

—¿No se le ofrece nada, Monseñor?

Don Alfonso hizo un gesto negativo con la cabeza, pero no despegó los labios hasta que, por el ruido de la puerta al cerrarse, supo que habían quedado solos.

—Va usted a perdonarme que no lo reciba como usted se merece.

—Al contrario. Es un abuso de mi parte estar aquí.

—Un abuso que beneficia a los pastores de la grey.

—¿Cómo?

—Los que lo vieron (y han sido todos) encaminarse al Palacio Episcopal y venir hasta mi propio cuarto, quedarían pasmados. ¿No vivíamos la época de un nuevo Nerón? ¿No se esperaba que usted me obligara, por la fuerza si era preciso, a comparecer ante su presencia?

—¿Por qué habría de cometer semejante desacato? Yo tengo consideración de sus canas.

—A más de que siempre ha sido tolerante. Más de lo que merecemos. Pero estos detalles escapan a la gente. No ven más que su caminata hasta el Obispado y su visita y dicen: han vuelto los años de las vacas gordas para la Iglesia. Y aquellos, a quienes detenían en sus umbrales el respeto humano, entran; y los tibios se enfervorizan y la devoción cunde. Y todos pagan diezmos y primicias.

El Gobernador permaneció atónito mientras don Alfonso sonreía con una mueca triste.

—¡Qué impropio de un dignatario de mi categoría es referirse a asuntos tan viles, tan bajamente materiales, como el dinero! No, no he olvidado lo que predicó nuestro señor Jesucristo: "no sólo de pan vive el hombre". Mas yo os digo: también de pan. Y a nosotros ha llegado a faltarnos.

—¿Por qué?

—¿No le han contado, los soflameros de afuera, que padecimos un estado de sitio durante meses, muchos meses? Los víveres escasearon, como es natural.

—Cuando pasaban hambre han de haberme maldecido por no enviar auxilios.

—Tal vez.

—¿Cree usted que tenían razón?

—Yo entiendo los hechos desde otra perspectiva. En todo caso Dios pudo haberlo escogido a usted para convertirlo en un instrumento de su castigo.

—Yo no soy católico, señor.

—Monseñor.

—Yo no soy católico, Monseñor. Pero guardo miramientos a los curas. Y lo que no le confiaría a ningún otro hombre. . .

—Viene usted a confesármelo a mí.

—Quiero su opinión. Ya estoy harto de oír las puyas y las indirectas de sus paisanos.

—Yo no soy coleto, Excelencia.

—Señor Gobernador.

—Yo no soy coleto, señor Gobernador. ¿De qué lo acusan ellos?

—De haber procedido con negligencia y con mala fe cuando se sublevaron los chamulas.

—¿Reconoce usted que es cierto?

—Es cierto que no mandé tropas con la prontitud y en la cantidad que me las pidieron. Pero tuve motivos que entonces consideré válidos.

—¿Cuáles?

—Recibía yo, todos los días, varias veces al día, cartas fechadas en Ciudad Real. ¿Quiere usted verlas? Las traje conmigo.

Don Alfonso se cubrió los ojos con las manos como para reforzar su ceguera.

—No.

—En esas cartas me aseguraban que la situación no era grave; que los finqueros habían armado a sus propios peones para simular un peligro que no existía.

—¿Con qué fin?

—Con el de demostrar palpablemente a mi Gobierno y al de la Federación que las leyes sobre el reparto de tierras no podían hacerse vigentes en Chiapas sin correr el riesgo de un derramamiento de sangre.

—¿Y qué hizo usted?

—Investigar por mi cuenta. Mandé personas en cuyo buen juicio y prudencia creía. Y regresaron a contarme que en Ciudad Real se respiraba un ambiente más de fiesta que de alarma. Que con el pretexto de la sublevación de los indios se organizaban tertulias y se relajaban las costumbres.

—¿Le pareció inverosímil?

—No. Yo también soy de un pueblo en que la gente se aburre.

—¿Y los indios? ¿No constituían ninguna amenaza?

—No había rastros de ellos en los alrededores. Los parajes estaban, están aún, abandonados.

—¿Entonces?

—¿Cómo podía yo justificar ante mis superiores mi decisión de proporcionar a los finqueros los medios para que burlaran la aplicación de la ley? Dirían que me habían cohechado.

—¿Es usted muy celoso de su fama?

—Tengo porvenir, Monseñor.

—Dadas las circunstancias, señor Gobernador, procedió usted con acierto.

Esta sentencia parecía ser el fin de la consulta. Don Alfonso no podía ocultar más, ni su fatiga ni su falta de interés en el tema. Pero el Gobernador no estaba todavía satisfecho.

—Mis informantes averiguaron también algo que no me inquietó antes, pero que me preocupa hoy: los nombres de quienes firmaron las cartas eran falsos. Y las direcciones también.

—¿Por qué le sorprende? ¿No es usted también de un pueblo en que se escriben anónimos?

—Sí, pero...

—Pero le disgusta que lo hayan engañado. Y en cambio se absuelve, con extrema facilidad, de haber cometido un error: confundir la fiesta con el duelo, la zozobra con la alegría. Un error que ha costado tantos sufrimientos, tantas pérdidas, tantas vidas.

—Lo sucedido ya no se puede remediar, Monseñor. Y me alegro de tener las manos limpias de los crímenes que se han cometido aquí.

—Podría usted haberlos evitado.

—Los finqueros querían usar al ejército como verdugo, no como defensor.

—Si está usted tan seguro no me explico para qué viene usted a hablar conmigo.

—Desde que llegué a Ciudad Real he vuelto a recibir cartas.

—¡Escribir! Manía de mujeres solas.

—Esta vez tocan un punto muy grave, que debo confirmar. Porque se refiere a quien, más tarde o más temprano, va a ser mi sucesor.

—¿Leonardo Cifuentes?

—Dicen que, desde el principio, ha jugado sucio. Dicen que estaba en connivencia con Fernando Ulloa al través de una tal Alazana.

—Esa mujer ya no vive en Ciudad Real.

—¿Podría usted jurarlo, Monseñor? Las cartas afirman que no se ha marchado nunca de aquí. Que Leonardo simuló su viaje y preparó el escondite en que la mantiene encerrada. Y que mandó matar a Ulloa para quedarse con ella.

Hubo una pausa. Larga. Cargada de palabras sin pronunciar.

—Antes de irse, señor Gobernador, quiero suplicarle que deje cerradas las cortinas. No soporto la luz.

—No voy a irme sin una respuesta, Monseñor.

—¿Por qué supone que yo puedo responder? ¿Qué quiere que responda? ¿Que no es verdad? No lo sé. ¿Que no es posible? Todo es posible.

—¿Cómo lo supo quien lo denunció?

—Cuando alguno está solo, solo de raíz y durante mucho tiempo, adivina las intenciones de los demás antes de que cuajen en actos y palpa los delirios ajenos y da nombre y sustancia a las criaturas que los otros sueñan sin saberlo.

Las manos de don Alfonso pendían sin fuerza de los bordes de la tarima. Estaba pálido y su respiración era trabajosa.

—Esa muchacha ha estado sola siempre.

El Gobernador se inclinó hacia el Obispo, ansioso de que no se le escapara ni la más mínima inflexión de voz.

—¿Qué muchacha?

—La que escribe.

—¿Sabe usted quién es?

—Una que confía en los curas tanto como usted. Y a la que no voy a defraudar. Pues ya es bastante con Manuel Mandujano... y con tantos otros.

El Gobernador se puso de pie y comenzó a cerrar las cortinas.

—Vete en paz, hijo mío. Deja que los muertos entierren a sus muertos.

A tientas, el Gobernador buscaba la salida. A sus espaldas oyó un suspiro profundo, como de quien descansa.

—¡Ah, por fin! ¡Otra vez la oscuridad!

XXXIX

JOBEL vuelve a levantarse, amurallada en la injusticia, ciudad a la que sólo se puede penetrar a través de la puerta de los rebaños.

El valle de Chamula —de niebla, de regatos— ahora es el valle de las humaredas. Humo es lo que antes fue paraje, sembradío, pueblo. Humo: tierra sollamada, aire envilecido, arrasamiento y aniquilación.

La tribu de los tzotziles anda dispersa, perseguida. El castigo de los caxlanes los alcanza hasta el sitio más remoto, hasta el rincón más oculto. Y aún más lejos que el caxlán llega el hambre, el miedo, el frío, la locura.

A manos de sus enemigos perecieron los rebeldes y los mansos fueron hechos cautivos por los vencedores. Éstos también violaron a las mujeres y pusieron la marca de la esclavitud en el anca de los recién nacidos.

Los sobrevivientes suben hasta el terraplén más alto, donde se respira un aire filoso, donde el corazón del caxlán, aunque es tan duro, se rompe.

Los sobrevivientes ignoran su número. Jamás se reúnen ni junto al rescoldo, ni en torno del alimento, ni alrededor de los ancianos que amonestan ni de los memoriosos que relatan. Se esconden unos de otros para no compartir la presa que los sustentará y el refugio que ha de cobijarlos.

Solos, estos hombres olvidan su linaje, la dignidad que ostentaban, su pasado. Aprenden de los animales cobardes las ciencias de la furtividad. Se deslizan sobre la hojarasca sin suscitar un rumor, dan un rodeo para no caer en la trampa, imitan la muerte ante la inminencia del peligro.

Desnudos, mal cubiertos de harapos o con taparrabos de piel a medio curtir, han abolido el tiempo que los separaba de las edades pretéritas. No existe ni antes ni hoy. Es siempre. Siempre la derrota y la persecución. Siempre el amo que no se aplaca con la obediencia más abyecta ni con la humildad más servil. Siempre el látigo cayendo sobre la espalda sumisa. Siempre el cuchillo cercenando el ademán de insurrección.

En esta eternidad se cumple el destino de la tribu. Porque es voluntad de los dioses que los tzotziles permanezcan. En grutas y al aire libre, de noche y a pleno sol, hembras y varones se ayuntan para perpetuarse. La mujer fecundada camina con lentitud y se esconde cerca de las corrientes de agua cuando llega el plazo de dar a luz.

El labrador, que guardaba la semilla en su puño cerrado, la deja caer en el lugar propicio. No espera a la cosecha. Otro ha de venir después que él y la levantará.

La tejedora hila el copo de lana. Avanza la labor cuyo dibujo enseñaron a sus padres sus abuelos.

El barro, entre los dedos hábiles, toma forma de utensilio y la madera se desbasta.

El pastor, la paridora, el alfarero, repiten su oficio como la tierra repite el ciclo de sus estaciones, como los astros recorren los puntos de su órbita. Por sujeción a la ley, por fidelidad.

También el escrutador de signos trabaja. Reconoce a sus iguales, con sólo una mirada, desde lejos. Cambia con ellos la señal secreta. Y juntos se encaminan a dar a los dioses lo que reclaman: la oración, que sus servidores no aciertan más que a balbucir y la ceremonia que adivinan, inventan, recuerdan.

La búsqueda de la tiniebla los conduce a las cuevas. Las limpian de alimañas, las adornan con ramos silvestres, llenan su recinto con las emanaciones benéficas del pom. Y allí se congregan, ciertas noches que el coyote aúlla desesperado y que la luna se alza lívida y sin sangre.

En el centro de la cueva, en el centro del círculo que forman los congregados, reposa el arca. La han defendido de la codicia de los ladrones y más de uno sucumbió antes de permitir que se le arrebatara. La cubren de las intemperies como si fuese criatura desvalida, la protegen de la incuria, la rodean de solicitud y de reverencia. Porque en el arca está depositada la palabra divina. Allí se guarda el testamento de los que se fueron y la profecía de los que vendrán. Allí consta lo que dictaron las potencias oscuras a sus siervos. Allí resplandece la promesa que conforta en los días de la incertidumbre y de la adversidad. Allí está la sustancia que come el alma para vivir. El pacto.

En ocasiones solemnes (fechas que los profanos no alcanzarían a determinar) el arca se abre y lo que contiene se hace patente ante los elegidos.

Están de rodillas, con la cara oculta entre las manos, plañendo, rezando, mientras el principal entre ellos oficia.

Chisporrotetan los hachones de ocote alumbrando el instante en que la cerradura cede y la tapa se abre. Aparece un envoltorio. A cada uno, en orden de su rango, le toca deshacer un nudo, desenvolver las telas. Y mientras tanto la limeta de trago apaga la sed de la expectación. Se vacía, se llena, se vuelve a vaciar.

Aparece, por fin, el libro. Son unas cuantas páginas. Unas cuantas páginas y sin embargo el puente entre lo divino y la humanidad.

El libro se expone a la adoración. El principal lo alza, con cuidado exquisito, entre sus manos. Lo acerca al rostro de los que están presentes para que sean testigos y lo divulguen entre quienes no tienen acceso a la ceremonia.

Son testigos de que el libro existe. Que no se ha perdido en las vicisitudes de la fuga ni en el saqueo del desastre. Existe, para que la esperanza no desfallezca. Existe.

Ahora ya pueden cerrarse para siempre estos ojos arrasados en lágrimas. Lo que han visto los salva.

Y continúa expuesta, como una hostia, esa página que algún héroe ignorado rescató de la catástrofe. Esa página inicial en la que llamea un título:

Ordenanzas militares.

XL

ACOSTADA en su lecho, con la cara vuelta hacia la pared, Idolina vela.

Es igual de día o de noche. A todas horas resuenan las campanadas de los templos, los murmullos confusos de la calle, los rumores de la casa.

Rumor de voces que charlan en el salón, que discuten, que acuerdan. Rumor de risas que estallan en los corredores, de cuchicheos de complicidad. Rumor de órdenes que la servidumbre se apresura a cumplir.

Rumor de pasos. Lentos, cuando el que camina es importante y se le aguarda y se le recibe con júbilo. Diligentes del que quiere congraciarse y no perder su turno. Ingrávidos, de muchachas.

Idolina quiere reconocer entre las voces, entre los pasos, los de su madre. No para llamarla (que desde su confinamiento no la escucharía nadie) sino para sentirse traicionada.

¿Asiste Isabel a las reuniones que convoca Leonardo? ¿Hace los honores de dueña? ¿Comparte el triunfo? ¿Está orgullosa de los homenajes que recibe?

A veces Idolina cree distinguir su acento entre los acentos extraños. Pero duda, ante una inflexión que no conocía, ante un tono nuevo. La que habla es una mujer segura y satisfecha. Una mujer feliz.

Idolina ahoga estos ecos hundiendo la cabeza en las almohadas. Cierra los ojos para que desaparezca, definitivamente, el mundo.

Y de pronto el ruido se extingue. La casa queda sin visitas, sin huéspedes, sin amo. Idolina se niega a averiguar qué ha sucedido. Si Leonardo e Isabel partieron. Si van juntos y adónde. Si volverán.

El ruido se extingue. Idolina no escucha más que a su delirio. ¡Qué fragor de batalla! Disparan los cañones y los rifles; contesta la honda, silba el arco bien tensado. Grita el que se abalanza sobre su enemigo; gime el que se desploma. Gime el que agoniza. Y el que muere muere sin un lamento.

El ruido se extingue. No queda más que el parpadeo insomne de los grillos. Los grillos del jardín, del patio, del traspatio. Próximos, domésticos, identificables. Y los del campo. Entre todos alzan, poco a poco, una muralla que detendrá, eso que acecha, para filtrarse, que se abra la más pequeña grieta de silencio. Eso que temen los desvelados, los caminantes nocturnos, los solitarios, los niños. Eso. La voz de los muertos.

Repentinamente la muralla se derrumba. Y hablan las bocas sofocadas de tierra.

Catalina repite una salmodia sin sentido. Fernando pronuncia la palabra ley y los oídos sordos la rechazan y la devuelven convertida en befa. "El que nació cuando el eclipse" grita cuando la Cruz lo crucifica. Winiktón arenga a un ejército de sombras. Xaw Ramírez Paciencia tartamudea el falso testimonio con que han de condenar a sus hermanos. Julia ríe. Doña Mercedes Solórzano musita una confidencia. Marcela y Lorenzo, y el martoma y su mujer, Felipa. Y otros que no tuvieron nombre ni cara. Y otros que se despeñaron en los caminos. Y otros que fueron abandonados. Y otros que se arrastraron hasta su fin.

Idolina escucha un instante, sobrecogida de terror. Y grita, como si también la crucificaran, y Teresa Entzín López, su nana, acude a ella solícita y la acoge en su regazo y acaricia su cabeza y le cuenta un cuento para calmarla, para dormirla.

—En otro tiempo —no habías nacido tú, criatura; acaso tampoco había nacido yo— hubo en mi pueblo, según cuentan los ancianos, una ilol de gran virtud.

"Con sólo mirar un horizonte sabía si era de prosperidad o de escasez; conocía el destino en el semblante de los hombres y expulsaba la enfermedad del cuerpo de quienes la padecían.

"Esta ilol tuvo, para espanto de todos, un hijo de piedra. Hablaba como habla la gente de razón; aconsejaba a los peregrinos que acudían a presenciar el prodigio; hacía andar a los tullidos y derramaba la abundancia de cosechas en las milpas.

"La fama de la ilol y de su hijo corrió por los diferentes rumbos de la Zona Fría. Su nombre llegó a ser repetido en Huistán y en Tenejapa, en Mitontic y en Oxchuc, en Zinacantan y en Pantelhó.

"Las historias vinieron a ser contadas hasta la mera Ciudad

Real. Los señores se conmovieron de asombro pero no consideraron prudente mostrar su aprobación mientras no estuvieran ciertos de la verdad.

"Enviaron entonces, como emisario suyo, a un siervo de Dios. Iba por los caminos preguntando en qué lugar se aposentaba el hijo de piedra de la ilol.

"Los halló, por fin, a ambos, en una cueva. Estaban vestidos con riqueza y alhajados y les pidió, en nombre de los señores de Ciudad Real, que consintieran en acompañarlo y en ser conocidos y examinados.

"Hubo asentimiento y la ilol y su hijo llegaron a Ciudad Real y se les recibió con honores de principales. Y después de las fiestas y de los agasajos dieron comienzo a las pruebas.

"Los jueces pidieron a la ilol razón de sus poderes y ella dijo que los había recibido no del Espíritu Santo sino de San Jerónimo el del tigre en las entrañas, patrón secreto de los brujos. Y en cada respuesta que salía de su boca se miraba un resplandor como de hoguera.

"Después los guardianes la hicieron atravesar muchas mansiones. Salió intacta de la mansión de las fieras y no la dañó el frío ni la quemó el fuego ni la turbaron las tinieblas. Y por último rompió las cadenas que la aprisionaban y las paredes que la detenían y regresó a su paraje.

"Iba con ella su hijo y los dos ocuparon ante la faz de la tribu el sitial de mando. Recibieron ofrendas que depositaban a sus pies los indios y los caxlanes y empuñaban entre sus manos la rienda de los días.

"Pero conforme crecía su autoridad crecía también su soberbia. Ya no era suficiente entregarles el cordero más escogido ni las primicias de las cosechas ni las flores más hermosas. La ilol se había tornado taciturna. La ilol y su hijo tenían hambre y necesitaban comer al primogénito de cada familia.

"La tribu, que temía sus sortilegios, les entregó una víctima que fue devorada. Pero luego exigieron otra y otra y otra más. Eran insaciables. Los tzotziles andaban barajustados, sin saber qué hacer. Hasta que los ancianos vinieron a quejarse con los señores de Ciudad Real.

"¿Qué hacemos con estos devoradores de gente?, preguntaron. Y los señores no quisieron precipitarse a la violencia sino invocaron la concordia. Así, partió un mensajero que no regresó nunca porque la ilol y su hijo de piedra lo sacrificaron. Y sacrificaron también al siguiente y al último.

"Entonces los señores de Ciudad Real y los ancianos dijeron: no nos queda más que la fuerza.

"Se armaron lo mejor que pudieron y marcharon juntos, seguidos por el grueso de la indiada, en persecución de la ilol y de su hijo de piedra.

"¡Cómo burlaban a sus enemigos! Aparecían en dos lugares al mismo tiempo y colocaban simulacros suyos para que allí perdieran sus contrarios sus energías y su saña. Y la ilol y su hijo de piedra reían de las burlas y se exponían sin miedo a las balas. Porque las balas rebotaban para dar muerte a quien las había disparado.

"¿Cómo hemos de librarnos de estos demonios? se preguntaban todos, angustiados. Y un sacristán viejo les aconsejó:

"—Digámosle a esta mujer que su hijo de piedra tiene frío; que es preciso que lo envuelva para que entre en calor. Y luego le damos un chal que tejieron los brujos de Guatemala para que maniate su potencia.

"El hijo de piedra, en cuanto estuvo envuelto en el chal, ya no pudo moverse ni vivir. Y la ilol, desesperada, se quebró la cabeza contra la materia que se iba desmoronando.

"Los cadáveres propagaron, a todos los vientos, pestilencia y daño. Morían los animales, se secaban las siembras, caían, como fulminados, los hombres.

"De cada diez familias una se libró; de cada diez parajes ninguno fue preservado completamente.

"Los señores de Ciudad Real hicieron nueve días de duelo y ordenaron, a los sobrevivientes de la tribu, que se limpiaran de la culpa por medio de la penitencia. Los mismos señores proporcionaron a los culpables los instrumentos para la consumación del castigo.

"El nombre de esa ilol, que todos pronunciaron alguna vez con reverencia y con esperanza, ha sido proscrito. Y el que se siente punzado por la tentación de pronunciarlo escupe y la saliva ayuda a borrar su imagen, a borrar su memoria."

La nana calló. Con suavidad puso la cabeza de su niña dormida sobre la almohada.

Silenciosamente volvió a su lugar.

Faltaba mucho tiempo para que amaneciera.

Los convidados de agosto

Cuentos. Ediciones Era, 1964. Octava edición, 1984.

[*Juicios sumarios,* Editorial de la Universidad Veracruzana, Col. Filosofía, p. 222:]

Los convidados de agosto agota, para mí, esta veta de vida provinciana y arcaica que me fue tan rica. A partir de *Rito de iniciación,* novela aún inconclusa, me aventuro en otros terrenos, planteo una problemática diferente y, en consecuencia, ensayo un estilo del que aún no me siento completamente dueña.

A Manuel Quijano

LAS AMISTADES EFÍMERAS

> . . .aquí sólo venimos a conocernos,
> sólo estamos de paso en la tierra.
>
> Poema náhuatl anónimo

LA MEJOR AMIGA de mi adolescencia era casi muda, lo que hizo posible nuestra intimidad. Porque yo estaba poseída por una especie de frenesí que me obligaba a hablar incesantemente, a hacer confidencias y proyectos, a definir mis estados de ánimo, a interpretar mis sueños y recuerdos. No tenía la menor idea de lo que era ni de lo que iba a ser y me urgía organizarme y formularme, antes que con actos, por medio de las palabras.

Gertrudis escuchaba, con sus grandes ojos atentos mientras maquinaba la manera como burlaría la vigilancia de las monjas del colegio para entrevistarse con Óscar.

El noviazgo —apacible, tranquilo— presentaba todos los síntomas de que desembocaría en casamiento. Óscar era formal, respetuoso y llevaba unos cursos de electricidad por correspondencia. Gertrudis era juiciosa y su temprana orfandad le puso entre las manos la rienda de su casa y el cuidado de sus hermanos menores, con lo que se adiestró en los menesteres femeninos. Por lo demás nunca alarmó a nadie con la más mínima disposición para el estudio. Su estancia en el colegio obedecía a otros motivos. Su padre don Estanislao Córdova, viudo en la plenitud de la edad, llevaba una vida que no era conveniente que presenciaran sus hijos.

Para no escandalizar tampoco a los comitecos, se trasladó a la tierra caliente, donde era dueño de propiedades. En aquel clima malsano regenteaba fincas ganaderas y atendía la tienda mejor surtida del pueblo de La Concordia y sus alrededores.

Necesitaba mujer que lo asistiera y tuvo una querida y otra y otra, sin que ninguna le acomodara. Las despachó sucesivamente, con los mejores modos y espléndidos regalos. Hasta que decidió dejar los quebraderos de cabeza y casarse de nuevo. Alrededor de la mujer legítima era posible reunir a su familia disgregada.

Cuando Gertrudis supo la noticia, me encargó que le compusiera unos versos tristes, de despedida para Óscar. No muy tristes porque la ausencia sería breve. Él estaba a punto de terminar los cursos e inmediatamente después abriría su taller. En cuanto empezara a rendirle ganancias, se casarían.

¡Qué lentamente transcurre el tiempo cuando se espera! Y a Gertrudis la impacientaban, además, las disputas con su madrastra, los pleitos de sus hermanos. La única compañía era la Picha, la menor de aquella casa, que la seguía como un perrito faldero. A la huerta, para vigilar que estuviese aseada; al establo, para recoger la leche; a la tienda, a cuyo frente la había puesto su padre.

La clientela era variada. Desde el arriero, que requería bultos de sal, de piezas de manta, hasta el indio que meditaba horas enteras antes de decidirse a adquirir un paliacate de yerbiya o un machete nuevo.

También se servían licores y Gertrudis gritó la primera vez que un parroquiano cayó redondo al suelo, con la copa vacía entre los dedos crispados. Ninguno de los asistentes se inmutó. Las autoridades llegaron con su parsimonia habitual, redactaron el acta y sometieron a interrogatorio a los testigos. Gertrudis se aplacó al saber que un percance así era común. Si se trataba de una venganza privada nadie tenía derecho a intervenir. Si era efecto del aguardiente fabricado por el monopolio (que aceleraba la fermentación con el empleo de sustancias químicas cuya toxicidad no se tomaba en cuenta), no había a quién quejarse.

Gertrudis comenzó a aburrirse desde el momento en que levantaron el cadáver. Los siguientes ya no podían sobresaltarla. Por lo demás, las cartas de Óscar estaban copiadas, al pie de la letra, del *Epistolario de los enamorados,* del que ella poseía también un ejemplar. Si por un lado le proporcionaba la ventaja de poder contestarlas con exactitud, le restaba expectación ya que era capaz de preverlas.

Del taller ni una palabra; de la fecha de la boda, menos. No resultaba fácil intercalar temas semejantes entre tantos suspiros y lágrimas de nostalgia. Era yo quien la mantenía al tanto de los acontecimientos. Óscar había empezado a quebrantar su luto. Con la antigua palomilla jugaba billar, iba a la vespertina los domingos y a las serenatas los martes y jueves. Permanecía fiel. No se le había visto acompañando a ninguna muchacha, ni siquiera por quitarle el mal tercio a sus amigos. Asistía a los bailes, y otras diversiones, con un aire de tristeza muy apropiado y decente. Pero se rumoraba que no estaba invirtiendo sus ahorros, como era de esperarse, en los materiales para montar el taller, sino en los preparativos de un viaje a México, cuyas causas no parecían claras.

Me gustaba escribir estas cartas: ir dibujando la figura imprecisa de Óscar, la ambigüedad de su carácter, de sus sentimientos, de sus intenciones. Fue gracias a ellas —y a mi falta de auditorio— que descubrí mi vocación.

Gertrudis se abanicaba con el papel y no cambiaba de postura en la hamaca. El calor la anonadaba, despojándola del ímpetu para sufrir, para rebelarse. Óscar... ¡qué extraño le parecía de pronto, este nombre! ¡Qué difícil de ubicar en una casa llena de mercancías, de recuas, de perros sarnosos! ¿Quién recuerda el tono con que se pronuncia la ternura si no se oyen más que los gruñidos de la madrastra, las imprecaciones del padre, el parloteo de la servidumbre y las órdenes de la clientela? Gertrudis misma era otra y no la que vivió en Comitán. En el colegio su futuro tenía un aspecto previsible. "Un lugar para cada cosa y cada cosa en su lugar." Tal era el lema de las clases de economía doméstica. Pero aquí no encontraba estabilidad alguna ni fijeza. Los objetos, provisionales siempre, se colocaban al azar. Las personas estaban dispuestas a irse. Las relaciones eran frágiles. A nadie le importaba, en este bochorno, lo que los demás hicieran. Las consecuencias de los actos se asumían a voluntad. Un juramento, una promesa, carecían de significación. Óscar, el tierrafriano, ya no reconocería a su novia. ¡Novia! ¡Qué término tan melindroso y tan hipócrita! Gertrudis reía, encaminándose al baño. Porque en La Concordia se bañaba entera, con el cuerpo desnudo, no se restregaba los párpados con la punta de los dedos mojados en agua tibia, procurando no salpicarse el resto de la cara, como en Comitán.

Gertrudis me aseguraba, en sus recados escritos a lápiz sobre cualquier papel de envoltura, que no tenía tiempo de contestar mis cartas más extensamente. Sus quehaceres... en realidad era perezosa. Se pasaba las horas muertas ante el mostrador de la tienda, entretenida en contemplar cómo el enjambre de moscas se atontaba sobre las charolas de dulces. Y si algún inoportuno venía a interrumpirla solicitando una insignificancia, lo fulminaba con los ojos, al tiempo que decía bruscamente: no hay.

Un mediodía turbó su somnolencia el galope de un caballo. Su jinete desmontó sudoroso y tenso y entró a la tienda pidiendo una cerveza. Tenía la voz tan reseca de sed, que Gertrudis tuvo que servirle tres botellas antes de que estuviera en condiciones de hablar. Lo hizo entonces y no se refirió a sí mismo.

—Se ha de aburrir mucho —comentó observando a Gertrudis.

Ella alzó los hombros con indiferencia. ¿Qué más daba?

—¿Nunca ha pensado en irse?

—¿Adónde?

—A cualquier parte.

Gertrudis se inclinó hacia él y dijo en voz baja:

—No me gusta regresar.

El hombre hizo un gesto de asentimiento y pidió otra cerveza. Parecía estar meditando en algo. Por fin, propuso:

—¿Y si nos fuéramos juntos?

Gertrudis echó una mirada rápida a la calle.

—No trae usted más que un caballo.

—¿Sabe montar en ancas?

—En la caballeriza hay algunas bestias descansadas. Sería cuestión de que me ensillaran una.

El hombre asintió. Estando solucionado el problema no entendía por qué esta mujer se quedaba como de palo, sin moverse. Pero Gertrudis pensaba en los detalles.

—Tengo que juntar mi ropa.

—No es bueno ir muy cargado.

—Tiene usted razón.

Gertrudis le sirvió otra cerveza al hombre, antes de desaparecer en el interior de la casa.

Al tayacán le dijo que iba a bañarse al río, pero que estaba muy cansada para andar a pie. Cuando trajinaba en su cuarto, haciendo el equipaje, entró la Picha. A pesar de su inoportunidad fue bien recibida.

—¿Adónde vas?

—Al río.

—Llévame.

—Bueno.

Gertrudis había contestado automáticamente. ¿Qué opinaría el hombre? Después de todo si no estaba de acuerdo podía irse solo. Pero ¿y ella? Se apresuró a regresar a la tienda, con un envoltorio bajo el brazo y la Picha agarrada de sus faldas.

—¿Quién es la patoja?

—Mi hermanita. Está muy hallada conmigo. No la puedo dejar.

—¿Aguantará el trote?

—A saber.

—¿Cuánto se debe?

Gertrudis contó con celeridad los cascos de cerveza vacíos.

—Veinte pesos.

El hombre puso el dinero sobre el mostrador.

—No conviene que nos vean salir juntos. La espero en la Poza de las Iguanas.

Gertrudis asintió. Cuando quedaron solas la Picha y ella se puso a llenar un morral con latas de sardinas y de galletas y su portamonedas con el producto de las ventas del día.

El tayacán asomó la cabeza.

—Está lista su montura, niña.

—Quédate aquí, despachando mientras regreso.

Gertrudis montó a mujeriegas llevando bien abrazada a la Picha. Nadie las vio salir por la puerta del corral. Unos minutos después habían llegado al lugar de la cita. El hombre escogió el camino y ellas lo siguieron.

Iban de prisa, de prisa. Al anochecer llegaron a un caserío.

—Voy a buscar posada —dijo el hombre.

Gertrudis desmontó, con cuidado de no despertar a la Picha. ¿Dónde ponerla? Tenía los brazos adoloridos de su carga.

Había un clarito en el monte y la acostó allí.

—Ojalá que no se llene de garrapatas.

Libre del estorbo de la niña se aplicó a abrir una de las latas. Tenía hambre. Estaba limpiándose el aceite que le escurrió por las manos, cuando el hombre regresó.

—Hay un lugar donde pasaremos la noche. Vamos.

La distancia era tan pequeña que podía caminarse a pie. Así lo hicieron, jalando los cabestros de las cabalgaduras. El hombre se acomidió a llevar a la Picha.

Los dueños de la casa habían salido al corredor con un mechero de petróleo y les indicaron el camino con frases amables. En la cocina les dieron una taza de café y luego los llevaron al cuarto.

Las dimensiones eran reducidas, el piso de tierra y por todo mobiliario un catre y una hamaca. Allí, amarrada para que no se cayera, colocaron a la Picha. En el catre se acostaron los dos.

Gertrudis no pensó en Óscar ni una sola vez. Ni siquiera pensaba en el desconocido que estaba poseyéndola y al que se abandonó sin resistencia y sin entusiasmo, sin sensualidad y sin remordimientos.

—¿No tienes miedo de que te haga yo un hijo?

Gertrudis negó con la cabeza. ¡Un hijo era algo tan remoto!

Casi al amanecer quedaron dormidos. Y los despertó el latir furioso de los perros, el escándalo de una cuadrilla de hombres a caballo, las alarmadas exclamaciones de los dueños de la casa.

El hombre se vistió inmediatamente. Estaba pálido. Gertrudis creía estar soñando hasta que tuvo frente a sí a su padre, que la sacudía violentamente por los hombros.

—¡Desgraciada! ¡Tenías que salir con tu domingo siete! ¿Qué te hacía falta conmigo? ¿No me lo podías pedir?

Descargó un bofetón sobre la mejilla indefensa de Gertrudis. Ella ahogó el gemido para no despertar a la Picha.

Don Estanislao se había vuelto hacia la puerta para instar a sus acompañantes a que irrumpieran en la habitación.

—Aquí tienen al que buscaban —dijo señalando al hombre—. Yo lo conozco bien. Se llama Juan Bautista González.

El hombre inclinó la cabeza. Era inútil negar.

—A ver, licenciadito, no se me apendeje. Lea la lista de las acusaciones.

El aludido se adelantó a los del grupo, requirió unas gafas y carraspeó con insistencia antes de empezar a leer.

—. . .por atentado a las vías generales de comunicación.

Gertrudis quiso averiguar.

—¿Qué es eso?

—Que tu alhaja se entretuvo cortando los alambres del telégrafo.

—En efecto, señorita.

—Señorita —barbotó don Estanislao, exhibiendo una mancha de sangre sobre la sábana—. Cárguele esto también en la cuenta.

El licenciado iba a consultar un código del que no se desprendía, pero don Tanis se lo impidió.

—Déjese de cuentos y apunte.

El licenciado, trémulo y para no equivocarse, fue poniendo todas las palabras que se relacionaban con el caso.

—Rapto, estupro, violación...

—Y robo. No se olvide usted de añadir los doscientos pesos que me faltan en caja ni las conservas que desaparecieron.

—¿Cuál es el castigo? —quiso cerciorarse el hombre. No daba la impresión de estar preocupado. Debía de tener buenas palancas.

—Pues, según la ley...

—Usted me hace favor de callarse, licenciado. El castigo es que te pudrirás de por vida en la cárcel. Y que si con mañas logras salir de allí, yo te venadeo en la primera esquina.

—Enterado, gracias —dijo el hombre sin perder la compostura.

—La pena sería menor —sugirió tímidamente el licenciado— si el reo diera satisfacción de alguno de los daños. La devolución del dinero, por ejemplo.

Gertrudis tanteó debajo de su almohada y luego hizo entrega del portamonedas a su padre.

—Cuéntelo. Está cabal.

El éxito de su insinuación dio ánimos al licenciado.

—También podría resarcir la honra de la señorita, casándose con ella.

—¿Cuál señorita? —preguntó el hombre.

—Óigame usted, hijo de tal, no me va a venir ahora con que a mi hija no la encontró como Dios manda. ¡Aquí hay pruebas, pruebas!

Y don Tanis enarbolaba otra vez la sábana.

—No, no me refería a eso —prosiguió el hombre—. Es que antes de llegar a La Concordia levanté en el camino a otra muchacha.

La Picha despertó llorando. No reconocía el lugar. ¿Dónde estaba? ¿Por qué hacían tanto ruido? Gertrudis se tapó con el vestido y fue a consolarla.

El licenciado se rascó meditativamente la oreja.

—¿Recuerda usted el nombre de la perjudicada?

—No tuvimos tiempo de platicar. Usted comprende, como iba yo huido...

—Con quien tiene que casarse es con mi hija.

—¿Aunque la otra tenga prioridad? —dijo el licenciado, arrepintiéndose al ver la expresión de don Tanis.

—No me salga con critiqueces. Usted me los casa ahorita mismo. Gertrudis, ven acá.

Gertrudis obedeció. Estaba incómoda, porque el vestido con que se cubría se le resbalaba. Y además el peso de la Picha.

—Deja en alguna parte a esa indizuela. Y ponte el vestido, no seas descarada.

Cuando sus mandatos fueron cumplidos, don Tanis añadió:

—Ahora los novios se agarran de la mano ¿verdad, lic.?

—Sí, naturalmente. ¿Me permite usted buscar la epístola de Melchor Ocampo? Aquí, en el código.

—No, nada de requilorios. Los señores —dijo don Tanis, señalando a los vaqueros que se amontonaban en la puerta— son testigos de que usted declara a este par marido y mujer.

—Yo quisiera un anillo —suspiró Gertrudis.

Se hizo un silencio general. Todos se miraron entre sí. La dueña de la casa se limpiaba una lágrima con la punta del delantal.

Don Tanis le alargó el portamonedas.

—Tu dote.

—Gracias, papá.

Los novios se soltaron de las manos, que habían comenzado a sudar y ponerse pegajosas.

—¿No quieren una copita?

La dueña de la casa había traído una charola llena de vasos mediados de comiteco.

Ninguno rehusó. Hasta la Picha dio un trago, tuvo una especie de ahogo y le golpearon la espalda.

—¡Vivan los novios!

Don Tanis llevó aparte a Gertrudis para darle su bendición.

—Siempre creí que contigo iba a empezar a desgranarse la mazorca. No de esta manera, pero qué se le va a hacer. ¿Sabes? —finalizó rozándole suavemente la nariz con la punta del fuete—. Hoy me recordaste a tu madre. Se parecen. Sí, se parecen mucho.

Gertrudis había oído historias sobre el matrimonio de sus padres, don Tanis fue a pedir a la novia, por encargo de un amigo. Y mientras los mayores deliberaban, ellos hicieron su agua tibia y se fugaron. ¡Qué revuelo! ¡Qué amenazas! Pero fueron felices. ¿Por qué ella no iba a serlo?

—Bueno, señores. Ahora cada quien para su casa. Yo me llevo a la Picha. Ustedes ¿qué rumbo van a agarrar?

El licenciado se asfixiaba.

—Vamos a la cabecera del municipio, don Tanis. Allí será procesado su... su yerno.

—Entonces tienen que apurarse. Está bien lejos.

—¿Entiende usted lo que quise decir, don Tanis? Su yerno va a ir a dar a la cárcel. Y su hija... ¿Tiene algún conocido en San Bartolomé, perdón, en Venustiano Carranza?

—No —repuso Gertrudis.

—Entonces su situación va a ser un poco difícil.

—La vida nos prueba, licenciado. Hay que tener temple, valor, dar la cara a las penas. Si Gertrudis no hubiera salido de mi poder yo la protegería, se lo juro. Pero ya está bajo mano de hombre. Los suegros entrometidos son una maldición.

Eso lo comprobó Gertrudis cuando fue a vivir a casa de los suyos. El viejo era un basilisco y la vieja una pólvora. Los dos no se ponían de acuerdo más que para renegar de la nuera y obligarla a que desquitara el hospedaje y la comida con su trabajo.

Mientras tanto Juan Bautista no había logrado salir de la cárcel. Su mujer lo visitaba los jueves y los domingos, llevándole siempre algún bocado, una revista, un cancionero. Y un cuerpo cuya docilidad había ido, poco a poco, transformándose en placer.

Las visitas apenas les daban tiempo para comentar los avances del proceso. No hablaban nunca de lo que harían cuando Juan Bautista estuviera libre.

Por eso la noticia los cogió desprevenidos. El primer día fue de fiesta, de celebración familiar. Cuando el matrimonio se instaló en la rutina, Juan Bautista comenzó a dar señales de inquietud.

—¿Qué te pasa? —preguntó, por cortesía, Gertrudis.

Juan Bautista fingió dudar un instante y luego decidirse bruscamente. Tomó las manos de su mujer y la miró a los ojos.

—Yo tenía una novia, Gertrudis. Desde que los dos éramos asinita. No me ha faltado. Me espera.

Gertrudis retiró las manos y bajó los ojos.

—Además nuestro matrimonio no es válido. No hay acta, no hay papeles...

—Pero mi papá se va a enojar. Él puso los testigos.

—Para no ofenderlo vamos a divorciarnos. Por fortuna no te has cargado con hijos.

—¿Seré machorra? —se preguntó a sí misma Gertrudis.

—A Dios no le gustan las embelequerías de gentes como nosotros. Por eso no llegan las criaturas.

—¡Que bueno! Porque es muy triste eso de ser machorra.

—Así que estás libre y yo te voy a ayudar en lo que se pueda. ¿Adónde quieres ir?

—No sé.

—¿A La Concordia? ¿A Comitán?

Gertrudis negaba. Nunca le había gustado regresar.

—A México.

—Pero criatura, cómo te la vas a averiguar sola, en tamaña ciudad.

—Tengo una amiga que vive allá. Me escribe seguido. Cartas muy largas. Voy a buscar la dirección.

Así fue como Gertrudis y yo volvimos a vernos. Mis padres escucharon su historia parpadeando de asombro. No, de ninguna manera iban a permitir que yo me contaminara con tan malos ejemplos. Ni pensar siquiera en que se quedaría a vivir con nosotros. Había que conseguirle trabajo y casa. Para eso se es cristiano. ¿Pero admitirla en la nuestra? No, por Dios que no. La caridad empieza por uno mismo.

En vano argumenté, lloré, supliqué. Mis padres fueron inflexibles.

Bien que mal, Gertrudis fue saliendo adelante. Nos veíamos a escondidas los domingos. Ahora yo me había vuelto un poco más silenciosa y ella más comunicativa. Nuestra conversación era agradable, equilibrada. Estábamos contentas, como si no supiéramos que pertenecíamos a especies diferentes.

Un domingo encontré a Gertrudis vestida de negro y deshecha en llanto.

—¿Qué te pasa?

—Mataron a Juan Bautista. Mira, aquí lo dice el telegrama.

Yo sonreí, aliviada.

—Me asustaste. Creí que te había sucedido algo grave.

Gertrudis me miró interrogativamente.

—¿No es grave quedarse viuda?
—Pero tú no eres viuda. Ni siquiera te casaste.
Abatió la cabeza con resignación.
—Eso mismo decía él. Pero ¿sabes? vivimos igual que si nos hubiéramos casado. A veces era cariñoso conmigo. ¡Necesitaría yo no tener corazón para no llorarlo!
Decidí llevarle la corriente. Cuando se hubo calmado empecé a preguntar detalles.
—¿Y cómo lo mataron?
—De un tiro por la espalda.
—¡Válgame!
—Es que lo iban persiguiendo.
—¿Qué hizo?
—Otra vez la misma cosa. Cortar los alambres. No sé de dónde le salió esa maña.
—De veras. Es raro.
Hicimos una pausa. Yo acabé por romperla.
—¿Se casó, por fin?
—Sí, con su novia de siempre.
Gertrudis lo dijo con una especie de orgullo por la fidelidad y constancia de ambos.
—Entonces a ella le toca el luto. No a ti.
Su expresión fue al principio de hurañía y desconfianza. Luego de conformidad.
—Quítate esos trapos negros y vamos al cine.
La oí canturrear desde el baño, mientras se cambiaba.
—¿Hay algún programa bonito?
—Para pasar el rato. Apúrate.
—Ya estoy lista.
Gertrudis me ofreció un rostro del que se habían borrado los recuerdos; unos ojos limpios, que no sabían ver hacia atrás. Toda ella no era más que la expectativa gozosa de una diversión cuyo título le era aún ignorado.
En la penumbra del cine, junto al rumiar goloso de Gertrudis (que se proveía generosamente de palomitas y muéganos), yo me sentí de pronto muy triste. Si la casualidad no nos hubiera juntado otra vez, Gertrudis ¿se acordaría siquiera de mi nombre? ¡Qué pretensión más absurda! Y yo que estaba construyendo mi vida alrededor de la memoria humana y de la eternidad de las palabras.
—Espérame un momento. No tardo.
No supe nunca si Gertrudis escuchó esta última frase porque no volvimos a vernos.

Al llegar a la casa tomé mi cuaderno de apuntes y lo abrí. Estuve mucho tiempo absorta ante la página en blanco. Quise escribir y no pude. ¿Para qué? ¡Es tan difícil! Tal vez, me repetía yo con la cabeza entre las manos, tal vez sea más sencillo vivir.

VALS "CAPRICHO"

Despierto de pronto en la noche
pensando en el Extremo Sur.

PABLO NERUDA

LA PALABRA señorita es un título honroso... hasta cierta edad. Más tarde empieza a pronunciarse con titubeos dubitativos o burlones y a ser escuchada con una oculta y doliente humillación.

Peor todavía cuando se tiene el oído sensible como en el caso de Natalia Trujillo. Tan sensible que sus padres la consagraron al aprendizaje de la música, medida nunca lo suficientemente alabada. Porque en su juventud Natalia era la alegría de las reuniones, la culminación de las veladas artísticas, el pasmo de sus coterráneos. Por toda la Zona Fría andaba la fama de su virtuosismo para ejecutar los pasajes más arduos en que los compositores volcaron su inspiración. Y esta proeza era más admirable si se consideraba la pequeñez de unas manos que abarcaban, apenas, una octava del teclado.

Era un privilegio —y una delicia— ver a Natalia acercarse al piano, abrirlo con reverencia, como si fuera la tapa de un ataúd; retirar, con ademán seguro, el fieltro que protegía el marfil; toser delicadamente, asegurarse el moño, probar los pedales, despojarse con primor de las sortijas y adoptar una expresión soñadora y ausente. Tal especie de rito era el preludio con que se lanzaba al ataque de la pieza suprema de su repertorio: el vals *Capricho* de Ricardo Castro.

La civilización, que todo lo destruye, minó aquel prestigio que parecía inconmovible. Primero llegaron a Comitán las pianolas que hasta un niño podía hacer funcionar. Después hubo una epidemia de gramófonos que prescindían hasta de los ejecutantes.

La estrella de Natalia se opacó. Su madurez vino a encontrarla inerme y su decadencia la hizo despeñarse hasta las lecciones particulares.

Sus alumnas eran hijas de las buenas familias, empobrecidas por la Revolución y arruinadas definitivamente por el agrarismo. Como no estaban ya en posibilidades de adquirir ningún aparato moderno, se apegaron con fanatismo a unas tradiciones que, bien contadas, se reducían a los rudimentos del solfeo, la letra redonda, uniforme y sin ortografía y el bordado minucioso de iniciales sobre pañuelos de lino.

La señorita Trujillo hacía hincapié en lo módico de las cuotas que cobraba su academia. A pesar de ello los parientes de las discípulas regateaban con intransigencia, pagaban con retraso o se endeudaban sin pena.

Lo exiguo de sus ganancias proporcionaba una doble satisfacción a Natalia: mantenerse en la creencia de que no trabajaba, sino de que se distraía para calmar sus nervios y, por otra parte, ayudar al sostenimiento decoroso de una casa que no compartía más que con otra hermana soltera, Julia, quien si hubiese sido mayor no lo habría admitido nunca y si menor no lo habría proclamado jamás.

Julia se dedicaba a un menester igualmente noble que la música: la costura. Este don innato también fue advertido por la clarividencia de unos padres demasiado solícitos que supieron darle cauce y plenitud.

Julia tuvo su hora de triunfo. Durante años impuso la moda en Comitán y los empleados de Correos violaban la correspondencia para satisfacer una delictuosa curiosidad: ¿de dónde provenían los frecuentes envíos consignados a Julia y qué encerraban los paquetes tan cuidadosamente hechos? La divulgación de sus hallazgos aumentó la clientela de la modista: eran figurines de los almacenes más renombrados de Guatemala, de México y aun de París.

Como es natural, Julia tenía la sindéresis necesaria para adaptar los atrevimientos de las grandes urbes a la decencia provinciana. Y si allá se diseñaba un escote audaz aquí se velaba con un olán gracioso. Las faldas no delataron nunca la redondez de las caderas ni exhibieron las imperfecciones de la rodilla. Y en su ruedo pesaban minúsculos trozos de plomo, ya que en Comitán sopla un aire impertinente cuyas indiscreciones hay que contrarrestar.

El varón de la familia Trujillo, lejos de ser el báculo de la vejez de sus progenitores, el respeto de sus hermanas, el sostén del hogar, era una preocupación, una vergüenza y una carga. Enclenque y sin disposiciones especiales para ningún oficio fue recomendado con el patrón de unas monterías, después de asegurar su vida en una suma ¡ay! consoladora. Todos confiaban en que Dios hiciera su voluntad al través de los rigores del clima y la rudeza del trabajo.

Pero los caminos de la Providencia son imprevisibles. El desenlace lógico no se produjo. Al contrario: Germán, fortalecido por las adversidades y próspero gracias a su tenacidad, acabó convirtiéndose en el héroe de los coloquios íntimos de sus parientes. Se recordaba con ternura la historia de su infancia; el desparpajo con que respondía mal a las preguntas de los sinodales en los exámenes públicos; su ingenio de monaguillo para organizar travesuras a la hora de la misa. Después se evocaba la austeridad de su adolescencia y la adustez premonitoria de su carácter. Hasta que se llegaba a la apoteosis actual en que lo único sobre lo que se guardaba silencio era sobre su estado civil. Los ángeles, sentenciaba su madre, no tienen pasaporte. Lo cual significaba que Germán se había amancebado con alguna mestiza tiñosa, palúdica o quién sabe si algo peor, en su destierro.

A Natalia y a Julia las unió su desamparo mutuo y los infortunios que tuvieron que sobrellevar. Primero la orfandad; luego la pobreza vergonzante. Germán rescató las hipotecas de la casa y les permitía habitarla mientras decidía la hora de su regreso a Comitán. Pero las dos hermanas no dejaron de sentirse dueñas de ese lugar en que estaban los retratos de sus antepasados y las sombras de épocas felices. En el traspatio se veía aún el fondo del aljibe seco en que se refugiaron del vandalismo de los carrancistas; en el balcón de las serenatas se conservaba el hierro torcido por la violencia de un duelo entre rivales; en la sala continuaba, de cuerpo presente, el piano de cola; el ajuar de bejuco, objeto ya más de contemplación que de uso; las rinconeras de ébano, que sabían disimular su deterioro; los tarjeteros de mimbre que ostentaban imágenes borrosas pero inolvidables.

Era verdad que sus ingresos no bastaban nunca para tapar las goteras que cundían en los tejados ni para arrancar las malas hierbas que medraban en el jardín ni para abastecer la despensa. Pero Natalia y Julia permanecían en sus antiguos dominios y no abandonaban el pueblo, mientras que otras familias de mayor abolengo, pretensiones o fortuna que la suya, habían emigrado a tierras donde no serían nadie, donde se desvanecerían como fantasmas.

Las hermanas Trujillo alcanzaron esa edad en que las tentaciones pasan de largo y el destino ha cerrado ya todas sus trampas, menos la última. Su existencia transcurría apacible, monótona y privada, entre arpegios inhábiles, retazos varios y costumbres sólidas: las visitas de amistad y cumplido, la asistencia a los acontecimientos luctuosos, la adhesión a congregaciones serias. Por lo demás, la maledicencia no hallaba pábulo para cebarse en aquella discreción ni el ridículo tenía motivos para fustigar tal insignificancia. Si la salud de las señoritas Trujillo adolecía de algún quebranto, ellas no alentaban aspiraciones de longevidad, pues las trocaron por la promesa de una bienaventuranza eterna.

Pero ¿quién puede llamarse dichoso mientras vive? Natalia y Julia vieron entrar la desgracia por la puerta y no la reconocieron. ¡Ostentaba un aspecto de juventud tan floreciente, una sonrisa tan tímida, un rubor tan espontáneo! Se llamaba Reinerie, era su sobrina y Germán se la había encomendado para que la educaran y pulieran en el roce social. Les entregó una criatura de buena índole pero en estado salvaje. Exigía que le devolvieran una dama y para lograr su propósito no iba a escatimar ningún medio.

Natalia y Julia no dispusieron ni de un instante para dedicarlo a la perplejidad. En la primera comida hubo que informar a su huésped (con tacto, eso sí, porque contaría todo a su padre) de cuál era la utilidad de los cubiertos, así como de lo indispensable que resulta, en algunos casos, la servilleta.

Las primeras manifestaciones de la presencia de Reinerie en casa de las Trujillo fueron catastróficas. Era despótica y arbitraria con la servidumbre, ruda con las cosas, estrepitosamente efusiva con sus tías. Rasguñaba las paredes para comerse la cal, removía los arriates para molestar a las lombrices, tomaba jugo de limón sin miedo a que se le cortara la sangre y se bañaba hasta en los días críticos.

El asombro de Natalia y Julia las mantuvo, durante semanas, paralizadas y mudas. ¿Qué clase de bestezuela era ésta que expresaba su satisfacción con ronroneos, su cólera con alaridos y su impaciencia con pataletas?

Una vez disminuido el estupor inicial las dos hermanas se reunieron en conciliábulo.

Para su deliberación se encerraron en el único sitio de la casa al que nadie acudía sino forzado: el oratorio. Allí, irreverentemente acomodadas en los reclinatorios, dieron principio a una plática reticente, a cuyo núcleo no se atrevieron a llegar sino después de largos circunloquios.

—Reinerie... qué nombre tan chistoso. ¿No te parece?

—Yo conocí un Rosemberg; de cariño le decían Chember. También era de tierra caliente.

—Son muy raros por esos rumbos. ¿Y tú crees que Reinerie esté en el santoral?

—Si es apelativo de cristiano, sí.

—Habrá que preguntarle al Coadjutor.

—Y aprovechar para que la bautice.

—¿Y si ya la bautizaron?

—En las monterías no hay iglesia.

—¡Sería un escándalo! ¿Te imaginas a Germán Trujillo dejando que su hija se críe como el zacate?

—Pero a esa criatura le falta un sacramento, tal vez hasta un exorcismo. Si parece que estuviera compatiada con el diablo.

—Malas mañas que le enseñó su madre.

—No hagas juicios temerarios. A esa pobre mujer ni siquiera la conocemos.

—Basta el botoncito de muestra que nos mandaron.

—Es nuestra cruz. ¡Y le debemos tantos favores a Germán!

—Se los vamos a corresponder con creces, no te apures.

—Si Dios nos presta vida. Porque con estos achaques... Anoche no pude pegar los ojos.

—Yo tampoco. No me dejaste dormir con tus ronquidos.

Natalia bajó los ojos, avergonzada. Después de la escaramuza que servía de introducción a los grandes temas, Julia fue al grano.

—Te decía que Reinerie...

—No la llames así. Todo el mundo se burla de nosotros. Mejor dile Claudia.

—Prefiero Gladys.

—¡Has estado leyendo novelas otra vez!

—Tengo tiempo de sobra. Esta criatura se exhibe en unas fachas que me está espantando la clientela.

—¿Por qué no le cortas unos vestidos bonitos?

—Los echa a perder en cuanto se los pone. Si por ella fuera andaría desnuda. Tú tampoco has logrado que se acostumbre a los zapatos.

—Le sacan ampollas.

—Es que son finos. Hay que empezar por el principio. Lo que necesita son chanclas de tenis.

—¿Con qué cara me presento yo en la zapatería para comprar eso?

—Di que es por tus juanetes, chatita.

—Los he soportado mi vida entera sin quejarme, nena. A estas alturas no voy a dar mi brazo a torcer.

—¿Y si dijéramos que es para una criada?

—¿Calzar a una criada? ¿Dónde se ha visto? ¡Nadie volvería a hablarnos!

Las dos hermanas quedaron pensativas. Por la cabeza, fértil en recursos, de Natalia, cruzó al fin una iluminación.

—¡Sandalias de cuero!

Julia torció el gesto.

—No están de moda.

Era su argumento supremo; pero esta vez no resultó eficaz. Tuvo que ceder, aunque impuso una condición: que ninguna de las señoritas Trujillo intervendría directamente en el asunto. Recurrieron al Coadjutor quien, bajo sigilo sacerdotal, encargó un par de las que Reinerie se despojaba con el menor pretexto.

Cuando sus tías le llamaban la atención se fingía sorda, porque ni Gladys ni Claudia eran su nombre. Las hermanas se quejaban amargamente de semejante tozudez.

—Tarea de romanos, hijas mías —suspiraba el Coadjutor, contemplando con ceño desaprobatorio el raído tapete sobre el piano. Cuando promovieron su ascenso (y los trámites ya no se podían prolongar) renunciaría sin escrúpulos a la amistad de solteronas arruinadas para sustituirla por el trato con los señores pudientes.

—Una prueba que el Señor nos ha mandado —admitía con docilidad Julia.

—Pero yo no pierdo los ánimos —terció Natalia con la sonrisa del que prepara una sorpresa agradable—. Hoy ya no escupió en el suelo.

—¿Y dónde escupió? —quiso saber distraídamente el Coadjutor. Estaba considerando si Germán Trujillo llegaría a ser un señor pudiente.

—En un pocillo.

Las mejillas de Natalia estaban arreboladas. Pero quiso llevar su defensa hasta el fin.

—Las salivaderas tienen un aspecto tan... tan... Es fácil confundirlas con cualquier otro traste.

El Coadjutor se revistió de paciencia. Germán prosperaba en las monterías.

—He escuchado rumores de que la muchacha es arisca con los hombres. No se lo repruebo; ninguna precaución es suficiente. Pero ella traspasa los límites, no sólo del pudor, sino de la cortesía. Ofende a quienes se le acercan con ánimo inocente. El otro día, en la calle...

—¿Qué creía Germán? ¿Que con su dinero, tal vez mal habido, podría rendirnos a todos? A los comitecos lo que les sobra es orgullo.

—¿Qué va a buscar una señorita decente en la calle?

Julia se adelantaba a las condenaciones que temía. El Coadjutor esbozó un gesto ambiguo.

—Y en el barrio de la Pila, exponiéndose a que le faltara al respeto cualquier burrero.

—¡San Caralampio bendito!

—Pues allí, fingiendo negocios, tenemos a la sobrina de ustedes, Reinerie...

—Gladys, señor.

—Claudia, su reverencia.

—María, de acuerdo con las costumbres de nuestra Santa Madre.

Las hermanas Trujillo cambiaron entre sí una mirada de contrariedad. Había que seguirle el humor a este anciano. ¿De qué hablaba ahora?

—Ustedes saben cómo se ponen aquellos rumbos cuando se entablan las aguas. Lodo, estiércol... María no es melindrosa, ¿verdad?

No, no era. Tenían que inculcarle los melindres.

—...estaba en el trance de atravesar un charco. Sostenía las sandalias y las medias con una mano y con la otra, se alzaba la falda.

La imagen era inconcebible. Julia y Natalia la rechazaron cerrando fuertemente los ojos.

—Acertó entonces a pasar por allí Manolo Almaraz.

—Su familia es pileña ¿no es cierto, señor?

—Su origen es humilde, pero sus costumbres son intachables. Yo pondría la mano en el fuego por él. Lo conozco. Es mi hijo de confesión.

—Claro, claro —aceptó conciliadora Natalia.

—Por galantería le ofreció el brazo a la sobrina de ustedes al mismo tiempo que, con esa delicadeza tan suya, le dijo: "¿Me permite que la ayude?"

—¿Pretendía que Gladys dejara que la tocase?

Natalia miró compasivamente al sacerdote. No cabía duda

de que desvariaba. Una cabeza no muy firme puede extraviarse a pesar de la tonsura. Era una ley rigurosa que en Comitán el hombre y la mujer no tuvieran ningún contacto sino dentro del matrimonio.

—Se trataba de una emergencia —aclaró el Coadjutor, malhumorado—. En el ofrecimiento de Manolo no había rastro ni de malicia ni de abuso. Yo salgo fiador de sus intenciones.

—¿Y Claudia aceptó?

—María, no se sabe cómo desenfundó una pistola y, apuntando con ella al corazón de Manolo le dijo: "si se atreve a acercarse, aténgase a las consecuencias". No es difícil adivinar cuáles serían.

Se hizo un silencio de consternación. El Coadjutor pensaba en la urbanidad lesionada, Julia en la clientela perdida, Natalia en la virtud incólume.

—Aconséjenos usted, padre. ¿Qué hacemos?

—Mano de hierro con guante de seda. ¿Comprenden?

Las señoritas Trujillo asintieron de una manera automática. No habían comprendido. De allí en adelante sus insomnios fueron verdaderos.

De sus consultas con la almohada, las tías concluyeron que Reinerie-Gladys-Claudia-María lo que necesitaba era tener tratos con muchachas de su edad. No iba a ser difícil. Bastaba con que Natalia se ausentara oportunamente durante las lecciones de piano.

Las alumnas, ignorantes de lo que se fraguaba, inventaban las excusas más improbables para abandonar el salón de clase y husmear por la casa en busca de esa especie de guacamaya lacandona que se desvivían por conocer.

El conocimiento no satisfizo su curiosidad, sino la excitó más aún. Las conversaciones entre las jóvenes comitecas y la recién venida de la montería eran tan difíciles y sin sentido como las de los manuales de idiomas extranjeros. Las comitecas usaban una especie de clave, accesible únicamente al grupo de las iniciadas. Reinerie —que por orgullo fingía enterarse— daba unas contestaciones ambiguas que las otras interpretaban como un lenguaje superior.

Porque Reinerie poseía unos secretos que colocaban a las comitecas en un nivel de subordinación. Estos secretos se referían a la vida sexual de los animales y también ¿por qué no? de las personas. Reinerie describía con vivacidad y abundancia de detalles, el cortejo de los pájaros, el apareamiento de los cuadrúpedos, el cruzamiento de las razas, el parto de las bestias de labor, las violaciones de las núbiles, la iniciación de los adolescentes y las tentativas de seducción de los viejos.

Las comitecas volvían a su casa turbadas, despreciando a sus padres, ansiosas de casarse, sucias por dentro. Algo dejaron traslucir porque sus mayores les prohibieron que continuaran frecuentando a esa "india revestida". La señorita Natalia extendió —sin una arruga— el fieltro verde sobre las teclas de marfil y echó llave al piano.

La fama de la corrupción de Reinerie llegó hasta las tertulias de los hombres para provocarles un movimiento de repugnancia. En sus relaciones con las mujeres contaban, como con un ingrediente indispensable, con su ignorancia de la vida. De ellos dependía prolongarla o destruirla. En el primer caso tenían segura la sumisión. En el segundo, la gratitud.

En un plano de igualdad no sabían cómo desenvolverse. Con la hija de Germán Trujillo tampoco era posible alardear de destreza en los oficios masculinos. Si la ocasión se presentaba Reinerie era capaz de cinchar una mula, de atravesar a nado un río y de lazar un becerro.

Y para colmo la muchacha era tímida. Cuando un varón (algún recadero ¿quién más iba a atreverse o a dignarse?) le dirigía la palabra, su rostro tomaba el color morado de la asfixia, comenzaba a balbucir incoherencias y se echaba a correr y a llorar.

¿Quién iba a conmoverse con estos bruscos pudores? La esquivez de Reinerie fue calificada como grosería y desprecio. En represalia le concedían el saludo más distante y la amabilidad menos convincente.

Reinerie tardó en darse cuenta de que a su alrededor se había hecho el vacío. Vagaba distraídamente por los corredores; se quedaba parada, de pronto, en el centro de las habitaciones; se golpeaba la frente contra los árboles del traspatio. Y no comprendía. Hasta que una vez cayó presa de una dolorosa convulsión.

Julia acudió santiguándose y temiendo la deshonra; Natalia llorando y compartiendo el sufrimiento.

Reinerie volvió en sí. En vano la asediaron sus tías con infusiones de azahar y unturas de linimentos. ¿Qué nombre dar a aquella pena?

Las hermanas Trujillo recurrieron entonces a medidas

extraordinarias; Julia encargó el último figurín a Estados Unidos, sede actual de la moda. Natalia escribió a Germán rogándole que legalizara su situación con la madre de su hija; después de todo, argumentaba, no puede exigirse a la sociedad que acepte a una bastarda.

El correo fue puntual. Los modelos neoyorkinos resultaron tan simples que la modista se sintió defraudada. Natalia tuvo ante sí un certificado de matrimonio bastante verosímil.

Reinerie (que había escogido llamarse Alicia) se aplicaba simultáneamente a su perfeccionamiento. Hacendosa, ensayó las recetas culinarias más exquisitas; deshiló manteles; marcó sábanas. Distinguida, pirograbó maderas y pintó acuarelas. Desenvuelta, aplicaba con oportunidad las fórmulas de la conversación. Tal suma de habilidades no le valió para granjearse ni una amiga ni un pretendiente.

—¿Y la dote? —vociferaba Germán desde la montería—. Digan que Reinerie va a heredar los aserraderos, las tropas de enganchados, las concesiones del Gobierno.

¿Pero a quién iban a decirlo las hermanas Trujillo si cada vez tenían menos interlocutores?

Saladura, sentenciaban las criadas desde sus dominios. Deberían de llevar a la niña para que le hicieran una limpia los brujos.

Desde su nivel eclesiástico el Coadjutor estaba de acuerdo. Urgentemente apremió a Natalia y a Julia para que su sobrina se aproximara a la Sagrada Mesa.

La primera comunión de Reinerie fue una ceremonia lucida a la que Germán no pudo asistir, pero cuyos dispendios alentó sin reparo.

La protagonista semejaba una quinceañera en la celebración, tardía, de su aniversario; o una desposada ya no tan precoz.

Reinerie no atendió al emocionado fervorín que improvisaba el oficiante. Cubierta de una profusión de brocados, listonces, encajes, tules, divagaba siguiendo las figuras trémulas de los cirios ardiendo y el humo de los incensarios. Contaba la variedad de las flores; examinaba el color de la alfombra; quería descifrar los murmullos de la concurrencia.

¿Qué significado tenían las frases que el oficiante le dirigía: "Carne y sangre de Cristo"; "oveja descarriada, por cuyo rescate el Pastor abandona su rebaño"; "hija pródiga"? Reinerie se abría, no a las verdades del cristianismo, sino a la revelación de su propia opulencia y su gran importancia.

Joven, hermosa, rica. ¿Qué más podía pedir? Sólo que su madre muriera.

El cumplimiento del rito la hizo creer que había ingresado a la sociedad de Comitán. Comenzó a prepararse para desempeñar airosamente su papel.

Se peinaba y se despeinaba ante el espejo; trazaba y borraba el arco de sus cejas, la curva de sus labios. Hasta que se compuso una figura que los demás tendrían que admirar.

En el taller de Julia se desparramaban cortes de charmeuse, destinados a los trajes de baile; flat para los vestidos de paseo; piqué para las batas de entrecasa. Y crespón para las ocasiones solemnes.

Pero ni estas ocasiones ni otras se presentaban. En los armarios ya no cabía más ropa, ni en los burós zapatos ni en el tocador afeites.

Compuesta, Reinerie salía a exhibirse al balcón. Tras las vidrieras de una ventana próxima, sus tías acechaban el paso de los transeúntes, el testimonio de su admiración. Pero los que pasaban, muy pocos, se descubrían precipitadamente si eran hombres; miraban sin ver, si eran mujeres.

En las tertulias Reinerie y sus costumbres, o sus actos más nimios, eran tema de burla. Alguno la apodó "La tarjeta postal" y ya nadie volvió a aludirla de otro modo.

Cuando alguien (que no estaba en antecedentes, por supuesto, o que estándolo quería alardear de caritativo o de independiente en sus opiniones) pretendía reivindicar una de las cualidades de Reinerie, se le tildaba de hipócrita, de inoportuno, de aguafiestas o de cazador de dotes. Y se aprovechaba la contradicción para encontrar nuevos motivos de mofa.

Si se examinaba su belleza era para hacer resaltar su falta de apego a los cánones. Ni pelo ondulado, ni ojos grandes, ni piel blanca, ni boca diminuta, ni nariz recta. La suma de leves defectos y asimetrías no resultaba atractiva para los hombres ni envidiable para las mujeres.

La esbeltez carecía de importancia, puesto que ellas la sacrificaban a la gula. Se reían de la agilidad desde la molicie y si se ponderaba la salud se les acentuaba la interesante palidez.

La palomilla más renombrada se trazó una conducta estratégica: cedía a Reinerie el centro de la acera, el lugar de preferencia en el templo, en el cine, en los paseos. Pero nadie la acompañaba ni a misa mayor los domingos, ni a la función vespertina los sábados, ni a la serenata los jueves, ni a las carreras de caballos de Yaxchibol en octubre, ni a las temporadas de baños de Uninajab en abril; ni a las ferias de enero ni a los bailes todo el año.

Reinerie se declaró vencida ante el boicot. Incapaz de resistir la humillación del aislamiento, dejó de asistir a los sitios públicos. Aun en su casa fue abandonando los hábitos que tanto esfuerzo le había costado adquirir y volvió a su estado primitivo. Vagaba despeinada, sin zapatos, envuelta en una bata de yerbiya. Comía de pie, en cualquier parte, tomando los alimentos con los dedos y arrojando los desperdicios a su alrededor. Para huir de las reconvenciones de sus tías acabó por encerrarse en su cuarto.

Allí no era posible entrar. La atmósfera era irrespirable. Una gallina negra cumplía una misteriosa función en su nido, hecho debajo de la cama. Por todas partes se apilaba la ropa sucia y las colillas de unos cigarros de arriero que la muchacha fumaba sin cesar.

Cuando las criadas aprovechaban la momentánea ausencia de Reinerie para barrer la basura o retirar la ropa, tenían que sufrir un reprimenda. ¿Para qué se lo desordenaban todo? Ella quería vivir así y tenía el dinero suficiente para pagarse sus gustos.

Natalia quiso atraer a su sobrina hacia la lectura y le prestó los libros que habían consolado su soledad, distraído sus ocios, edificado sus penas.

Reinerie deletreaba sin fluidez. Y la recompensa de sus afanes era una insípida historia de misioneros heroicos en tierras bárbaras. de monjas suspirantes por el cielo y de casadas a la deriva en el mar proceloso que es el mundo.

Reinerie arrojaba el volumen lejos de sí, furiosa. ¿Por qué nadie habla nunca de amores compartidos, de matrimonios felices? Era necesario que existieran. Lo que leía no se diferenciaba de lo que vivía y por lo tanto le era imposible creer en ello. Más amargada aún que antes, volvió a caer en la inercia y el descuido.

Germán, al tanto de los acontecimientos, ordenó que se renovara el mobiliario de la casa. En el dormitorio de su hija se materializaron los delirios del hombre confinado en la selva y de las mujeres aisladas en la soltería. Allí se ostentaba un lujo y una voluptuosidad reducidos al absurdo por imaginaciones rudimentarias y mal nutridas: divanes de terciopelo, figuras mitológicas de alabastro, mesitas con incrustaciones de maderas preciosas sobre las que se abrían álbumes con leyendas alusivas a la fuerza de las pasiones, a la eternidad de los sentimientos y a la inexorabilidad del destino.

Reinerie se entretenía comiendo golosinas y jugando solitarios. Una tarde, en la que el hastío era más enervante que de costumbre, recordó los conjuros que recitaba su madre para la adivinación del porvenir. La penumbra se llenó de visiones casi tangibles. Espantada, Reinerie se cubrió la cara con las manos y gritó antes de perder el conocimiento.

Al volver en sí (sostenida por almohadones, sitiada por el olor acre de las sales) percibió unos murmullos rápidos, de angustia, de discusión.

—Hay que llamar al médico.

—¿Y si le encuentra algo raro?

—Es preferible que nos lo diga ahora.

—Sería un escándalo. ¿Quién va a querer cargar con ella... así?

—¿Entonces?

—Hay que esperar. Si se agrava la llevaremos a México.

Natalia y Julia redoblaron sus mimos para la convaleciente. ¿No es verdad que la música sosiega los ánimos? ¿No es cierto que el cambio de apariencia renueva las ilusiones? La modista cosía y la pianista tocaba. Gladys, Claudia, las contemplaba a las dos con una chispa de desconfianza en los ojos marchitos.

Un día invadieron su habitación en medio de grandes aspavientos. Del interior de una caja redonda extrajeron la sorpresa: un sombrero de mujer.

Era de paja sin teñir y lo rodeaba una nube informe y desvaída. Sí, el velo que protege la faz de la ingenua, el que cubre el rostro de la adúltera y atenúa los estragos del tiempo sobre la cara de la que envejece.

Para usar aquella prenda se necesitaba audacia, inconsciencia o una suprema seguridad en la propia elegancia. Entre sobrina y tías juntaron los tres requisitos y el sombrero se estrenó. Era un desafío. Y Comitán respondió a él con una indiferencia y un silencio absolutos. Se había decidido que el sombrero no existía.

Con desconcierto las Trujillo se batieron en retirada. Encerrarse equivalía a admitir la derrota. Inventaron un paseo nuevo: el campo de aviación.

Cuando el viento era favorable, las tías y la sobrina tenían la suerte de ver llegar y partir un aparato minúsculo que transportaba el correo.

Durante horas enteras permanecían las tres figuras en aquel páramo ventoso. Mudas, porque todo sonido era inaudible en la extensión batida sin cesar por corrientes contrarias; de pie, porque no había ni una piedra ni un tronco donde sentarse; la más joven coronada por un sombrero.

Imprevisible como los milagros, aparecía el avión rasgando el horizonte. ¡Se veía tan frágil, tan a merced de los elementos! Y sin embargo planeaba con gracia y tocaba la tierra con precisión y suavidad.

De la cabina salía el piloto dispuesto a aceptar la admiración de la concurrencia, orgulloso de sus hazañas y sin embargo humilde, como aquellos que deben más a la pericia y a la suerte que al aprendizaje. Con gallarda desenvoltura se aproximaba al grupo únicamente para ver de cerca tres estatuas de sal, con la espalda vuelta a la ciudad que las había expulsado y los ojos ciegos para lo que tenían delante. Les humillaba la soledad y no querían romperla gracias a un advenedizo cuyo linaje ignoraban y cuyo oficio —por el mero hecho de significar dependencia y escasez de dinero e imposibilidad de ocio— despreciaban.

A las tímidas, o audaces, tentativas de acercamiento, Reinerie y sus tías respondieron con desdén. Y lo que pudo ser amistad, principio de entendimiento, simpatía, coqueteo y aun amor, se pudrió. Aquellas tres figuras extravagantes se convirtieron pronto en tema de comentarios despiadados y de burlas certeras.

Reinerie y sus tías no dejaron de percibir que la atmósfera que las rodeaba era hostil. De un modo tácito dejaron de asistir a su único paseo hasta volver a encerrarse completamente en su casa.

Enterado de las noticias Germán llegó al pueblo. Quiso reanudar antiguos vínculos y halló una resistencia irónica. Nadie quiso saber el monto de su capital ni los medios de que se había valido para obtenerlo. Es más, nadie parecía haberse dado cuenta de que se hubiera ausentado durante tantos años. Con lo cual, su regreso carecía en lo absoluto de importancia.

Exacerbado, Germán hizo ostentación de su riqueza y de su esplendidez y alquiló el Casino Fronterizo para festejar un hipotético cumpleaños de su hija.

Los preparativos fueron estrepitosos y las invitaciones muchas. Se adornaron las salas con guirnaldas de orquídeas y los pisos con juncia; se alinearon las marimbas; se dispusieron las mesas bien abastecidas. Bajo el candil de cien luces Germán Trujillo, asfixiado por el traje de etiqueta, daba el brazo a su heredera y ofrecía el flanco libre a sus hermanas.

La sonrisa de bienvenida de los anfitriones fue congelándose paulatinamente en sus labios. Transcurrían las horas; bostezaban los marimbistas; sonreían con disimulo los meseros. A las dos de la mañana tuvo que aceptarse la evidencia: ninguno había honrado la recepción asistiendo a ella.

Furioso, Germán sacudía a Reinerie por los hombros como si quisiera arrancarle un gemido, una protesta, una maldición. La muchacha permanecía impávida como los maniquíes del taller de su tía Julia.

—Dime qué quieres y te lo doy ahora mismo. ¡Puedo aplastarlos a todos, hacer que se arrastren ante ti! Soy rico, más rico que todos ellos juntos. Si les compro las fincas, las fábricas, no habrá quien no sea mi deudor.

Los términos mercantiles no conmovían a Reinerie.

—Gladys ¿no quisieras ir a México? ¡Podrías comprar colecciones enteras de ropa!

—Escuchar conciertos, música. Música de verdad, como en el cielo. ¡Vámonos, Claudia, vámonos!

Alicia contempló a los tres con reproche, como para volverlos a la razón. ¿Por qué exhibir así su fracaso ante la servidumbre que se regocijaba con él? De pronto se le había despertado un fulminante sentido de su jerarquía. Cubriéndose delicadamente la boca con la mano, como para ocultar un bostezo, hizo notar a los otros (con una compostura incongruente) que era hora de dormir.

Durmió sin sobresaltos y despertó tranquila. Germán aplazaba su vuelta a las monterías en espera de un estallido que no llegó a producirse. Al contrario. El carácter de su hija se había dulcificado hasta la morbosidad. Hizo donativos de las pertenencias que tenía en mayor estima al Hospital Civil y al Niñado. Se enfundó en una especie de hábito oscuro y rogó al Coadjutor que le sirviese de guía espiritual. Germán Trujillo se fue con el corazón deshecho.

El Coadjutor escuchó aquel llamamiento a su deber con una alarma inútil. No le era lícito rechazarlo pero admitirlo le acarrearía consecuencias que era incapaz de calcular, pero que, desde luego, podía prever como desagradables.

Devota, Reinerie ingresó en las congregaciones piadosas; era celadora del Santísimo, Dama de la Virgen, Tercera de la Orden Franciscana, pilar en fin, de la Iglesia.

Pero no por ello ganó afectos. Como actos de caridad sus compañeras la saludaban con una inclinación de cabeza, un guiño casi imperceptible, una sonrisa breve. Los grupos que murmuraban alrededor de un altar, del bautisterio, de la pila de agua bendita, se disolvían al acercarse la nueva socia. Hubo algunas deserciones, se presentaron renuncias y cuando Reinerie exigió al Coadjutor una demostración pública de apoyo, éste no tuvo la osadía de hacerla.

Junto con su sobrina, Julia y Natalia dejaron de frecuentar el templo y la abrumaban de cuidados, de mimos, para compensarla, para protegerla. Gladys, Claudia, se sentía aplastada por aquel cariño como por la losa de una tumba. María experimentaba las torturas del Purgatorio; y en cuanto a Alicia se había borrado como si nunca hubiera nacido.

Una madrugada encontraron su cuerpo desnudo, aterido, amoratado, sobre la hierba del traspatio. Sin una exclamación afligida o interrogante, las tías le procuraron abrigo y remedio hasta que la muchacha volvió en sí.

Desde entonces la vigilaron con mayor asiduidad y se dieron cuenta de que reía silenciosamente y sin motivo, hablaba sola en el idioma de su madre y caminaba tambaleándose como si estuviera ebria.

Las señoritas Trujillo avisaron con urgencia a Germán. Pero el aviso no llegó a tiempo. Julia casi se desmayó de horror cuando encontró, esparcidos por los corredores, los restos de la gallina negra descuartizada. Y Natalia había visto algo más: cómo se alejaba, a la luz clandestina del amanecer, la silueta de una mendiga. Destrabó la aldaba de la puerta de calle, salió, cerró tras de sí.

Al través de los visillos de su vidriera Natalia la vio irse y no hizo ningún ademán para detenerla. Y aunque tenía los ojos nublados por el llanto pudo advertir que Reinerie iba descalza.

LOS CONVIDADOS DE AGOSTO

> Blanca me era yo cuando fui a la siega;
> dióme el sol y ya soy morena.
>
> LOPE DE VEGA

EL *rompimiento* fue aquella madrugada mucho más ruidoso de lo que ninguno de los presentes era capaz de recordar. Las cámaras estallaban, los cohetes ascendían con su estela de pólvora ardiendo o zigzagueaban amenazadoramente entre los pies de la multitud. Las matracas, los silbatos de agua eran propiedad exclusiva de los niños, quienes se desquitaban —promoviendo todo el alboroto posible— de las prohibiciones cotidianas.

Las marimbas de los distintos barrios (renombradas y anónimas) desgranaban al unísono lo mejor de su repertorio: algunos sones tradicionales, el vals o la danza imprescindible y las melodías de moda, inidentificables en su adaptación a un instrumento no propicio y a una interpretación heterodoxa. Cada una trataba de anular el sonido de las demás, pero como no era posible por la opacidad acústica de la madera, la exasperación se convertía en un aceleramiento del ritmo, en un vértigo de velocidad que inundaba de sudor la frente, las axilas, los omóplatos de los ejecutantes, dibujando caprichosas manchas sobre sus camisas flojas de sedalina.

La gente reía; los hombres con sabrosura, sin disimulo; las mujeres a medias, ocultando los labios bajo el fichú de lana o el chal de tul o el rebozo de algodón, según si eran señoras respetables, solteras de buena familia o artesanas, placeras y criadas.

El gran portón de la iglesia estaba abierto de par en par. Así resaltaba mejor la reja de papel de China que las manos diligentes de los afiliados a las congregaciones habían labrado durante la semana anterior. Filigranas inverosímiles por su fragilidad se sostenían gracias a oportunos pegotes de cera cantul. Cada figura era un símbolo: iniciales religiosas, dibujos de ornamentos litúrgicos, representaciones sagradas. Alrededor una leyenda lo abarcaba todo: "¡Viva Santo Domingo de Guzmán, patrón del pueblo!"

El pueblo se impacientaba. ¿Por qué tardan tanto los sacerdotes para revestirse? Los que iban a comulgar habían comenzado a sentir un ligero vahído de hambre y miraban con codicia los termos llenos de chocolate que arrullaban las ancianas, experimentadas en estos trances.

Por fin la campana mayor sonó; un sonido grave, único, propio de su tamaño y de su carácter solemne. Era como una orden para que las otras se desencadenaran: ágiles, traviesas, llamando a la complicidad a los templos de los otros rumbos: primero fue San Sebastián, orgulloso de su prontitud. Después Guadalupe, inaudible casi de tan lejano. La Cruz Grande, como avergonzada de su insignificancia. La iglesia de Jesús, céntrica, pero debido a alguna causa oculta, sin párroco y sin asistentes que la frecuentasen. San José, colmada de los donativos de las mejores familias. San Caralampio, que siempre quería sobrepujar a todos en esplendidez y que al aviso respondía con la puesta en movimiento de una peregrinación en la que cada uno llevaba el cirio de más peso, la palma de más tamaño, el manojo de flores de mayor opulencia. Y por último, el Calvario, que no sabía doblar más que a difuntos.

Fue la campanada fúnebre, tan familiar, la que rompió el delgado hilo de somnolencia al que aún se asía Emelina. Desde el principio de la algazara sintió amenazados sus ensueños y se aferró a ellos apretando los párpados, respirando con amplitud pausada. Sus labios balbucieron una palabra cariñosa:

—Cutushito... —mientras estrechaba entre sus brazos, con el abandono que sólo da la costumbre, su propia almohada.

Las imágenes que cruzaban la mente de Emelina eran confusas. Se veía en San Cristóbal, en el sórdido cuarto de hotel donde en alguna ocasión se había alojado con su hermana, en el viaje memorable (por único) que ambas emprendieron a la ciudad vecina. Recordaba los pisos de madera, rechinantes y no muy seguros; las camas de latón (con el centro hundido por el peso de los sucesivos huéspedes) cuyas cobijas y sábanas examinó Ester con una minuciosidad anhelosa de hallar motivo a la repugnancia. El papel tapiz desgarrado a trechos, desteñido siempre; y el cielorraso que se abultaba imprevisiblemente, mancillado por la humedad. Ester insistía, al borde de un ataque de histeria, en que la causa no podía ser tan innocua: eran las ratas, los tlacuaches que habitaban el tapanco, los que así habían ensuciado aquella tela con sus deyecciones. Y toda la noche acechó inútilmente la presencia de los animales.

Sin embargo, la habitación aparecía transfigurada en el sueño de Emelina. Por lo pronto —¡qué alivio!— estaba sola. No, sola precisamente no. Faltaba Ester pero sentía la respiración de alguien allí. Alguien cuyo rostro no alcanzaba a distinguir y cuyo cuerpo no cuajaba en una forma definida. Era más bien una especie de exaltación, de plenitud, de sangre caliente y rápida cantando en las venas. Era un hombre.

Al despertar Emelina arrojó lejos de sí, colérica, la almohada que había estado estrechando. ¡Lana apestosa, forro viejo, funda remendada! ¿Cómo se había atrevido a sustituir a la otra imagen que aún no terminaba de desvanecerse? Estuvo a punto de estallar en lágrimas; pero la alcoba, invadida de pronto por los rumores alegres de la calle, obligó a Emelina a recordar que era día de fiesta y que esa fiesta era el vértice en que confluían sus ilusiones, sus esperanzas y sus preparativos de un año entero.

Acabó de animarla la entrada de la salera con una charola en que humeaba un pocillo de café recién hecho y un pequeño cesto de pan cubierto con una servilleta impecable. Emelina contempló a la muchacha que la servía; poco a poco había ido perdiendo su rudeza inicial para aprender las costumbres de la casa. No había traído un pocillo cualquiera, sino el suyo, el que tenía un filo dorado en los bordes y su nombre escrito, con enrevesadas letras, entre una profusión de azules nomeolvides.

—Es un recuerdo de mi abuela —explicó por centésima vez a la criada, mientras sorbía el primer trago—. Como me llamo igual que ella, heredé sus cosas.

La salera asintió con una cortesía ausente. Pensaba si sus fustanes se habrían secado con el sereno de la noche.

—¿Tú también vas a pasear hoy? —le preguntó Emelina, mientras mordisqueaba una rosquilla chuja.

—Sí, niña —respondió la otra ruborizada—. Ya tengo permiso.

—¿Vas a los toros?

La muchacha hizo un gesto negativo y triste. Sus ahorros no eran bastantes más que para asistir a la kermesse.

—Dicen que los toreros son buenos este año —prosiguió Emelina, indiferente a la respuesta de su interlocutora—. Tienen que lucirse. Porque últimamente no nos mandan más que sobras.

Emelina depositó con cuidado la taza sobre el plato. Recordaba, con una especie de resentimiento, la feria anterior. No es que los toreros fueran buenos ni malos. Es que no habían sido toreros sino toreras. ¡Habráse visto! Los hombres estaban encantados, naturalmente, con el vuelo que se dieron. Pero ¿y las muchachas? Había sido una decepción, una burla. ¡Cuántas, repasó Emelina mientras se limpiaba con cuidado las comisuras de la boca, cuántas esperaron esta oportunidad anual para quitarse de encima el peso de una soltería que se iba convirtiendo en irremediable! Muchachas de los barrios, claro, que no tenían mucha honra que perder y ningún apellido que salvaguardar. ¡Y qué descaradas eran, Dios mío! Andaban a los cuatro vientos pregonando (con sus ademanes, con sus risas altas, con sus escotes) que se les quemaba la miel. Como la Estambul, por ejemplo, que se ganó el apodo a causa de sus enormes ojeras que ninguno admitía como artificiales. O como la Casquitos de Venado, que taconeaba por las calles solitarias, a deshoras de la noche.

—Llévatelo todo —ordenó Emelina a la sirvienta, quien se apresuró a obedecer.

De nuevo a solas, con el estómago asentado por el refrigerio, Emelina se arrellanó en la cama y clavó la vista en el techo. ¡Qué raros le parecían hoy los objetos de los que no recordaba siquiera cuando los había empezado a usar! Esa lámpara de porcelana, con sus flores pintadas y una leve resquebrajadura en el centro...

—Cuando era yo una indizuela les presumía yo a mis amigas de que las cadenas eran de oro. Brillaban mucho entonces. Ay, malhaya esos tiempos.

Ahora las cadenas estaban completamente enmohecidas.

—Y es un trabajo delicado limpiarlas. Hay que buscar quien lo sepa hacer.

Desde luego ella no. Era una señorita decente, lo cual la eximía lo mismo de las tareas difíciles que de los peligros a que se hallaban expuestas las otras, las de los barrios, las de las orilladas.

—Todos los años el señor Cura lo repite en su sermón. ¿Qué se sacan con andar loqueando? Que algún extranjero, de los que vienen a la feria, les tenga lástima, se las lleve a San Cristóbal y, después de abusar de ellas, las deje tiradas allá. Y se regresan tan campantes como si hubieran hecho una gracia. Las debían de apalear. Pero los padres, los hermanos son unos nagüilones, unos alcahuetes. Más bien son ellas las que se encierran, para disimular un poco, hasta que nace su hijo. Cuando vuelven a asomar no son ni su sombra. Están sosegadas, como si ya hubiera pasado su corazón.

¿Qué hacía ahora la Estambul? Su niño iba a la doctrina y ella regenteaba un taller de costura. No cortaba mal los vestidos, pero tampoco era cuestión de solaparle sus sinvergüenzadas dándole trabajo. No, todavía no la habían sobajado lo suficiente. Tal vez para el otro año le encargaría una blusa.

La Casquitos de Venado no se quedó conforme con San Cristóbal y siguió hasta México, a correr borrasca. Nadie volvió a saber de ella. ¡Qué risa, cuando la vieron regresar a Comitán como señorita torera! El público, al reconocerla, comenzó a chiflar, a exigirle que se arrimara al toro y ella les sacó la lengua y se fue a esconder tras el burladero. Después, como de costumbre, se derrumbó la plaza y en la confusión ni quien se fijara en nada. Después contaron que un finquero la hizo su querida y la mantenía en su rancho. Pero el rumor nunca pasó de rumor.

Sin saber por qué, Emelina se había ido poniendo triste. ¿Cuándo había sucedido eso? Los días son iguales en Comitán y cuando se da uno cuenta ya envejeció y no tiene siquiera un recuerdo, un retrato.

No quería parecerse a su hermana Ester.

Los ojos de Emelina se llenaron de lágrimas. Hay familias donde, no se averigua cómo, entra la saladura. Nadie se casa. Una tras otra, las mujeres se van encerrando, vistiendo de luto, apareciendo únicamente en las enfermedades y en los duelos, asistiendo —como si fueran culpables— a misa primera y recibiendo con humillación el distintivo de alguna cofradía de mal agüero.

Ester... ¿cuántos años era mayor que Emelina? Entre las dos no había más que un hermano, Mateo. Y su madre había quedado viuda muy pronto. Así que la diferencia de edad no podía ser muy grande.

—¿Será mi última feria de agosto? —se preguntó Emelina con angustia, palpando los músculos flojos de su cuello.

La última, la última. ¡Qué bien se acompasaban estas palabras con el melancólico tañido de las campanas del Calvario!

Para no pensar más, para aturdirse, Emelina se puso en pie. Su camisón arrugado cayó sin gracia hasta los tobillos. Deliberadamente dio la espalda a la luna del tocador para no verse, marchita, despeinada.

Fue al aguamanil y vació el contenido de la jarra sobre la vasija.

—El agua serenada es buena —pensó—. Y en la canícula no se pasma uno, aunque esté fría.

Recibió sobre el rostro como un aletazo fuerte y tuvo la sensación de que las arrugas se borraban. Otra vez, otra vez. A tientas buscó algo con qué secarse. La aspereza de la toalla acabó por hacerla sentirse feliz.

Dos golpes a la puerta —breves, rápidos— sacaron a Emelina de su ensimismamiento y luego la voz de Ester.

—Ya va a dar el último repique. ¿No vas a la iglesia?

Emelina apretó la toalla contra la boca para que no fuera perceptible siquiera su respiración. No le gustaba discutir con su hermana, pues de antemano sabía que la disputa estaba perdida. Ester era razonable; sus argumentos eran hábiles o tenaces. No, no valía la pena arriesgarse. En cambio, si la suponía dormida, Ester no era capaz de entrar. Su confesor le había prohibido que espiara por las cerraduras, que escuchara las conversaciones, que irrumpiera repentinamente en los cuartos ajenos. Porque su pecado más rebelde era la curiosidad y estaba poseída por un celo amargo.

Otros pequeños golpes, urgentes, autoritarios. Y el llamado:

—¡Emelina!

Un estrépito de campanas la hizo enmudecer. Apenas se escuchaba el eco de unos pasos apresurados, alejándose.

Emelina depositó la toalla en su lugar y respiró profunda, burlonamente. Después, erguida, ante el espejo del armario, fue examinando, con lentitud, su desnudez.

Conocía su cuerpo centímetro a centímetro. Y gracias a la contemplación cotidiana, los cambios que iba sufriendo le pasaban inadvertidos. Cuando alguno se revelaba como demasiado evidente (una adiposidad indiscreta, el encallecimiento de zonas de su piel, una verruga, una mancha, una bolsa) apartaba de inmediato la vista y se cubría con la primera prenda que hallaba a su alcance. Hasta que su mente digería la noticia y se familiarizaba con ella volvía a contemplarse otra vez, con un detenimiento tan fijo que resultaba una forma de ausencia y distracción.

Gracias a Dios ahora no había ninguna novedad. Emelina se sintió joven, plena, intacta. ¿Cómo va a dejar huellas el tiempo si no nos ha tocado? Porque esperar (y ella no había hecho en su vida más que esperar) es permanecer al margen. ¡Cuántas veces había envidiado a las otras, a las que se lanzaban a la corriente y se dejaban arrastrar por ella! Su abstención debía tener recompensa.

Todavía clavándose una horquilla en el moño, Emelina salió al corredor. ¡Qué delicia la frescura del aire, la transparencia absoluta de lo azul que se derramaba sobre Comitán! Era la tregua de la canícula. Después volvería la lluvia a chorrear de los tejados; se desataría el viento que acecha, traicioneramente, detrás de cualquier esquina; se instalaría el dominio de lo gris.

Emelina se inclinó hacia las macetas. En los sitios sombreados estaban las colas de quetzal, opulentas; las enormes y malignas hojas del quequextle. No le gustaba este verdor estéril. Pero automáticamente arrancó un gajo marchito y sonrió de placer ante un retoño. Lo desrizó con la punta de los dedos, para no quebrarlo. Pero era flexible y vigoroso. Apenas suelto volvió a su posición natural.

Más allá floreaban los geranios, a los que Emelina no concedió siquiera una mirada. De todas maneras las plantas medrarían. ¡Era tan ofrecida, tan desvergonzada esta flor de pobre! En cambio su lujo se esponjaba en los crisantemos, en las dalias. Había encargado las semillas a México, cuando Concha, su amiga, hizo un único viaje a la capital. Y aconsejada por la cocinera —que tenía buena mano, que se aseguraba de cuál era la fase de la luna en que convenía sembrar o podar— logró un plantel ante el que diariamente se detenía, orgullosa y maravillada.

La jaula del canario estaba aún cubierta. Emelina se apresuró a retirar el trapo.

—¡Esta muchacha es más intendible! La próxima vez que yo la caiga en semejante delito, le voy a dar un buen jalón de orejas.

Hablaba con el pájaro para despertarlo. Éste se desperezaba con parsimonia. Era viudo porque a su pareja se la llevó una peste. Viudo... ¿qué prisa iba a tener de comenzar un día igual a los otros? Emelina se compadeció.

—¿Y si yo le abriera la puerta?

Antes de terminar la pregunta ya había consumado el acto. Y con gestos y palabras cariñosas invitaba al canario a abandonar su prisión.

El canario dio unos pasos vacilantes hacia la salida y se detuvo allí, paralizado por el abismo que lo rodeaba. ¡Volar! Batir de nuevo unas alas mutiladas mil veces, inútiles tantos años. Avizorar desde lejos el alimento, disputárselo a otros más fuertes, más avezados que él...

Emelina seguía, con angustia, estas deliberaciones. Cuando el canario regresó, con una lenta dignidad, al fondo de la jaula, no supo si sentirse aliviada o sarcástica. Lo que le producía más desconcierto era lo extraño de su propia actitud.

—No sé qué me sucede hoy.

Estás loca, habría sentenciado Ester, que siempre diagnosticaba con precisión los hechos. Cuando se lo contara a Concha la dejaría boquiabierta de asombro; sí, es cierto, la comprendería, ella misma hubiera sido capaz de un impulso semejante, sólo que... no se le habría ocurrido nunca.

Emelina se recostó perezosamente en la hamaca del corredor. El almuerzo no sería servido hasta que regresara Ester. Y la misa era muy solemne, oficiada por tres sacerdotes y, acaso también, por el obispo de Chiapas.

Meciéndose con la punta del pie Emelina comenzó, de pronto, a observar su alrededor con una nostalgia del que está a punto de partir. ¿Qué sería de aquellos brotes nuevos? ¿Y del canario, tan indefenso, cuya noche podía ser eterna por un descuido de la criada?

—¡No puedo irme! ¡No puedo dejar estas cosas! —dijo Emelina, retorciéndose las manos y con los ojos nublados de lágrimas.

—¿Adónde no puedes ir?

Era Ester, de carne, hueso y luto, parada frente a su hermana menor como un fiscal.

Emelina permaneció un instante aturdida, limpiándose la humedad del llanto con la punta del delantal. Había pensado en voz alta, como de costumbre y, como de costumbre, Ester la había sorprendido. Fruncía los labios en una sonrisa de lástima mientras doblaba el chal.

—¿Qué te impide hacer el viaje? ¿La autorización de Mateo?

Como si Mateo contara. El atrabancado de Mateo, el inútil de Mateo.

—Es el varón de la casa, el respeto de la familia. Y además —continuó Ester— ahora dispone de dinero. Vendió bien los muletos en la feria. Te lo daría, por si a mamá se le ofrece algún encargo. ¿Vas muy lejos?

Emelina había recuperado el dominio de sí. Unió sus manos tras de la cabeza con gesto insolente.

—No voy tan lejos como tú, que trabajas en las orilladas.

Ester enrojeció de ira. El trabajo, el lugar en que desempeñaba su trabajo, eran las llagas incurables que roían sus jornadas. Ante la directora de la primaria, donde se encargaba de los cursos elementales, ante los inspectores, ante los párvulos, su apellido no significaba nada ni sus antepasados ni su abolengo. Era una empleada ¿y de quién? De su peor enemigo, del Gobierno, que la había despojado de las propiedades que iba a heredar, que pisoteó sus derechos, que le quitó sus privilegios. Violentamente se alejó de una Emelina vencedora.

La casa empezó a llenarse de rumores. Una anciana tosía en el interior de una habitación; un hombre cantaba, enjabonándose la barba para rasurársela. Ester concedía un desahogo a su malhumor en la cocina, exigiendo a la servidumbre que se apresurase en los preparativos del almuerzo. Y cuando fue a inspeccionar la mesa del comedor —seguida sumisamente por la salera— no encontró plato que no estuviera húmedo, ni cubierto bien colocado, ni servilleta que le pareciese lo bastante limpia.

Emelina escuchaba con satisfacción, abandonada aún al ligero balanceo de la inercia. Si ella no fuera una perezosa estaría ayudando a su madre para que se vistiese. ¡Pero le repugnaba tanto el olor de la vejez! Y la presencia de cualquiera proporcionaría a la anciana la ocasión de iniciar, más temprano que siempre, sus delirios.

—Eso la perjudica —se justificó Emelina—. Hay que dejarla en paz.

De pronto la sobresaltó un grito agrio, destemplado.

—¡Ester!

Su hermana pasó corriendo junto a ella, no sin dirigirle una mirada de rencor.

Con fingida mansedumbre comentó Emelina.

—Es a ti a la que llama. Parece como si los otros nombres se le hubieran olvidado.

¡Pobre Ester! Creyó que ser útil le haría cosechar elogios y no trabajos. Allí estaba ahora, abotonando algún broche, de las complicadísimas batas de su madre; sosteniendo la casa (porque Mateo no era capaz de sacarlas de apuros con la administración del rancho). Y palideciendo de envidia ante los pequeños placeres que disfrutaba Emelina: las plantas, el canario, su amistad con Concha, sus paseos.

Porque Emelina aprendió muy pronto que la torpeza propia es más fuerte que las exigencias de los demás. Se cansan de ordenar, de corregir, de rehacer. Prefieren llevar la carga que arriar el burro.

La salera iba y venía, de prisa, como si se tratara de un asunto importante, de la cocina al comedor. Los platos resonaban al entrechocar. Y un olor incitante se esparcía, congregando a la familia para el desayuno.

Emelina entró cuando ya los demás ocupaban sus puestos. La madre —impecablemente peinada y vestida por su hija mayor— presidía la mesa. A distancia podría engañar a un observador con la rigidez de su porte. Pero un continuo lagrimeo, que no parecía advertir ni se preocupaba por enjugar, era el síntoma inconfundible de la falta de gobierno de su mente, del desorden de su espíritu.

Hablaba, sin dirigirse a nadie en particular, sin hacer caso de las interrupciones o de la falta de atención. Las palabras fluían de su boca con la misma falta de voluntad con que las lágrimas resbalaban de sus ojos.

—¡Qué guapo era Lisandro! ¡Qué espléndido! La primera serenata que me dio no fue, como la de un cualquiera, con marimba. Hizo que trajeran un armonio desde San Cristóbal... pero no le importaba tirar el dinero a manos llenas. Ninguno se atrevió a echarle en cara su despilfarro. ¿Cómo iba a dejar que tocara para mí, ¡para mí!, cualquier piano desafinado o una guitarra o una mandolina, que es pasatiempo de peluqueros? Y para que no quedara piedra por mover, mandó imprimir programas que se repartieron entre el vecindario. ¡Qué animación, en plena noche! Los semaneros de sus fincas encendieron fogatas a media calle y hachones de ocote en las ventanas y las esquinas. Pero mis padres no iban a permitir que ninguno, ni Lisandro, les pusiera un pie adelante. Correspondieron con refrescos y chocolate, para las señoras; entre los hombres repartieron licores y cigarros...

La anciana depositó, con cautela, el tenedor sobre el centro de su plato y se reclinó en el asiento, entregada totalmente a la evocación. Las lágrimas resbalaban por sus mejillas. Ester se puso de pie, le limpió el rostro con un pañuelo y la obligó a que tomara de nuevo el tenedor.

—Coma usted, madre. Se va a traspasar.

La anciana obedecía a regañadientes. ¿Por qué ese afán de arrojarla del paraíso de sus recuerdos felices a este presente hostil? Contempló a Mateo con expresión crítica.

—Deberías parecerte a Lisandro.

Mateo farfulló una disculpa ininteligible. Era tartamudo y prefería el silencio al ridículo.

A su turno, Ester lo examinó también sin indulgencia. Veía, en sus ojos inyectados, en sus labios resecos, los rastros de una parranda. Con una solicitud irónica, ofreció:

—¿No prefieres un buen caldo con chile pastor? Dicen que revive las fuerzas.

Emelina rió hasta atragantarse.

—¿Dónde aprendes esas cosas, Ester? Son recetas de casada.

Ester abatió los párpados con severidad.

—Cuando se tiene por hermano a un borracho es necesario saber de todo.

Mateo quiso defenderse. No era un borracho. ¿Por qué esta solterona estúpida era incapaz de comprender que en la feria de agosto pasaría ante los ojos de sus amigos como un apulismado, si no los acompañaba en sus diversiones? ¿Y dónde creía esta infeliz que se cerraban los tratos comerciales? En las cantinas, en los palenques, en...

La longitud de la réplica lo aterrorizó. No dijo una palabra.

Triunfante, Ester se sirvió un trozo más de cecina. La anciana continuaba hablando.

—Lisandro sí era un hombre de gabinete entero, no como los de ahora. Lo mismo domaba una yegua que componía unos versos. En mi álbum de soltera guardo los primeros que me dedicó. *A unos ojos*. Eran mi quedar bien. Todos me los piropeaban. Pero por modestia mis padres me enseñaron a tener la vista baja.

Ahora, en cambio, exhibía con impudicia la fealdad.

Emelina sintió una aguda punzada de angustia. Ella también llegaría a la vejez, pero sin haber estrechado entre sus brazos más que fantasmas, sin haber llevado en sus entrañas más que deseos y sobre su pecho la pesadumbre, no de un cuerpo amado, sino de una ansia insatisfecha.

—Emelina, estás desganada hoy. ¿También te desvelaste anoche?

Ester acechaba, en el rostro demacrado, algún signo que evidenciara la existencia de los sucios secretos contra los que sus libros de devoción la habían prevenido. Creyendo haberlo hallado sonrió, complacida.

—Voy a bañarme dentro de un rato. No quiero que me dé una congestión.

—¿Has oído? —profirió Ester, dirigiéndose a su madre como si ignorase su sordera—. Emelina ya dispuso ir a la feria, como el año pasado. No le sirvió de escarmiento...

Emelina se puso de pie.

—¿Y por qué había de escarmentar?

Ester pretendía ahora que sus palabras habían sido mal interpretadas. Continuaba apelando al testimonio inexistente de su madre.

—Es un año más, ¿verdad? Uno más, sobre muchos otros. Treinta y cinco, yo llevo bien la cuenta. Es triste ponerse a competir con las jovencitas. La gente se burla.

—¡No todos son tan malos como tú!

Ante la descompostura de Emelina, Ester conservaba su tranquilidad. Con un leve alzamiento de hombros, remachó:

—El que por su gusto muere...

Emelina abandonó el comedor sollozando sin consuelo. Todavía la alcanzaron las últimas frases de su madre.

—Cuando vi entrar a Lisandro, cargado en una parihuela y con un tiro en mitad de la frente, creí que iba yo a volverme loca.

Emelina se encerró con llave en su recámara. Durante unos minutos su agitación fue extrema y no lograba calmarla ni paseándose, ni hundiendo la cara en el agua fría de la vasija. Sólo la contemplación de su imagen frente al espejo logró producirle una especie de hipnosis. Hubiera querido descubrir algo (una señal, un llamado, un destino) tras la superficie pulida que copiaba unos rasgos sin expresión, que devolviese una máscara del vacío.

Las campanas volvieron a repicar. Emelina recuperó bruscamente la noción del tiempo y abandonó su encierro. Procurando evitar encuentros que volviesen a turbarla, fue hasta la cocina para averiguar si la salera había cumplido sus órdenes.

Sí, había comprado cuatro burros grandes de agua; sí, había prendido, desde hace rato, el calentador de lámina; sí, había arrimado una batea de madera a la artesa principal; sí, había amole y jabón suficiente; sí, la toalla estaba limpia y seca. Sí, tendría preparado el cordial para cuando Emelina terminase de bañarse.

Emelina se cercioró de que la temperatura del agua era satisfactoria e inició el rito del baño con una minuciosidad supersticiosa. El cuero cabelludo le ardía, su piel estaba roja cuando se sumergió en la artesa para enjuagarse. El agua la cubría hasta el cuello y su tibieza iba penetrándole como un sopor, como una lasitud irresistible. Dejó caer los párpados, aflojó las manos que se asían a los bordes. ¡Qué delicioso era abandonarse así al placer y al peligro! Porque un grado más, un mínimo grado más de inconsciencia, bastarían para hacerla resbalar hasta el fondo y ahogarse.

—Su cordial, niña.

Emelina se irguió, sobresaltada, tratando de ocultar su desnudez.

—No te lo había yo pedido —reprochó acremente a la excesiva e inoportuna solicitud de la salera.

—Es que como tardaba usted tanto, creí que me había yo distraído —se disculpó la muchacha, acostumbrándose poco a poco a la penumbra y alcanzando a distinguir una figura que se envolvía, con precipitación y temblor, en una sábana de Guatemala.

Emelina se la acomodó a la manera de una túnica, lo que dejaba en libertad su brazo derecho. Al alargarlo pudo asir la taza.

El líquido humeaba, cargado de especias y enardecido de licor. Inflamó su garganta y, con una oleada roja, devolvió el ánimo a Emelina.

—Sécame el pelo —ordenó a la criada.

Mientras frotaba los largos y desteñidos mechones, la muchacha se atrevió tímidamente a sugerir:

—Sería bueno que se oreara un poco; el solecito la ayudaría a entrar en calor. No se vaya usted a pasmar.

Emelina habría deseado que se prolongase este momento de pasividad. El alcohol se disolvió en sus venas como una laxitud suave, penetraba en sus huesos, desarticulándolos. Era incapaz de hacer el más pequeño esfuerzo; ni vestirse, ni peinarse. Pero la silla era demasiado incómoda y la sábana, traspasada de humedad, había empezado a producirle escalofríos. Con un ademán de asentimiento despidió a la criada. Y unos minutos después Emelina se tendía en el patio, sobre una mecedora de mimbre, dormitando. La salera la peinaba con delicadeza.

Realmente ni la temperatura del baño ni la cantidad de cordial justificaban lo profundo de su sopor. ¿Le habrían puesto algún bebedizo? Ester. No para hacerle daño. Sólo para impedir que asistiera a la feria. Sí. Ester era muy capaz. Ester...

Fue el último nombre claro que registró su mente. Un torbellino de imágenes confusas, mezcladas, se enseñorearon de ella. Un torero resplandecía, gallardo, dentro del traje ceñido a su esbeltez, a su elasticidad, a su gracia. Saludaba al público sonriendo con una especie de impudicia —como si hubiera ejecutado una gran faena— mientras el toro volvía vivo al corral. La rechifla sobrevino, incontenible. En los tendidos de sol se inició un pataleo imprudente, rítmico y contagioso. La insistencia fue tal que resquebrajó las tablas mal unidas de la plaza.

El derrumbe tuvo la lentitud de los sueños. Cada uno se asía a su vecino y las mujeres aprovechaban el pretexto para permitir efusiones que ya no eran de terror. Chillaban histéricamente y muchos hombres, que desde abajo atisbaban el revolear de las faldas, emitían exclamaciones obscenas, gritaban también, aplaudían, ahogando este ruido el de la madera vencida.

Porque tal accidente —que a fuerza de repetirse llegó a transformarse en tradición— era el punto culminante de la feria. Algunos pagaban por él, como era justo. Magulladuras, raspones y, en casos extremos, el aplastamiento, la asfixia, de algún mirón anónimo y sin importancia. Pero a cambio de eso ¡cuántos encuentros que prosperaban en noviazgos! ¡Cuánta doncellez cuya pérdida se disculpaba con una explicación! ¡Cuántos desahogos permitidos!

Emelina se despertó sacudida, al mismo tiempo, por el vértigo del descenso y por el rumor de unos pasos masculinos en el zaguán.

La salera había terminado de peinarla y así pudo volver libremente la cabeza. Alcanzó apenas a distinguir la espalda de Enrique Alfaro, el amigo más asiduo de Mateo.

¿La habría visto al entrar? Con un pudor tardío Emelina

alcanzó a ceñir el escote demasiado generoso, a componer su rostro inerme, a envarar su cuerpo sin vigilancia.

¿La habría visto al entrar? En esta pregunta había tanto de vergüenza como de esperanza. Enrique, a pesar de la costumbre de tantos años de frecuentación, no había llegado a ser tan inocuo como Mateo. Seguía inquietándola, como cualquier extraño, por su calidad viril. Recordaba aún, con una triste sensación de fracaso, la temporada aquella, en la finca. Se bañaban juntos en el río y se mecían en hamacas próximas en los anocheceres calurosos. Emelina soñó entonces que el huésped (que conocía tan bien los recovecos de la casa, que la conocía tan bien a ella) empujaba levemente la puerta de su alcoba, la puerta que no se aseguraba nunca con aldaba ni pasador y cuyas hojas permanecían, durante la noche entera, entreabiertas. El intruso avanzaba en la oscuridad pronunciando en voz casi inaudible el nombre de Emelina. Ella no respondía más que con un acezido anhelante y angustioso. Después... ¿para qué pensar en el fin de lo que nunca tuvo principio? Las figuras de este ensueño fueron perdiendo, poco a poco, su color y su viveza, igual que los pétalos marchitos entre las páginas de un libro.

La altura del sol sobresaltó a Emelina con lo avanzado de la hora. Se sacudió los últimos vestigios de somnolencia y se puso de pie. La atmósfera de su cuarto —fresca, de ladrillos húmedos y aire intacto— la ayudó a recuperar su energía.

Ahora se contemplaba ante el espejo, ya lista para irse. La complacía su apariencia y los elogios desmedidos de Concha reforzaron su juicio. Naturalmente Emelina tuvo que corresponder al halago, aunque lo hizo con menos largueza. De las dos era la que se reservaba el privilegio de la crítica, el examen severo y hasta la desaprobación. Aunque su lenguaje era tan reticente y su prudencia tan exquisita, que la otra se suponía honrada por una forma superior de la alabanza.

Las amigas salieron a las calles sosteniéndose mutuamente —no sólo para guardar el equilibrio, precario siempre, entre la altura de los tacones y la desigualdad de las piedras— sino más que nada en su certidumbre de que aún eran jóvenes, de que aún su vida no había cuajado irremediablemente en el aborrecible molde de la soltería.

Pasaban ante los visillos, apenas corridos, de las ventanas, erguidas, sin aceptar la mirada de conmiseración o de burla que las prudentes, las resignadas, les dirigían.

En su camino las solteras esquivaron el sitio donde los chalanes hicieron sus compraventas y que apestaba demasiado aún a estiércol; no se pararon, ni por curiosidad, ante los puestos de las custitaleras que desplegaban sobre petates, corrientes y manchados, lo que les sobró de su mercancía; dieron la espalda a las diversiones de los niños, de los fuereños, de la plebe. Así, no probaron ni su puntería en el tiro al blanco ni su suerte ante los cartones de la lotería. Tampoco se entretuvieron —más que lo indispensable— en atravesar el parque, donde giraba una multitud de criadas y artesanos cuya forma de coqueteo era la grosera y elemental de arrojarse puñados de confetti a la cara (si era posible a la boca abierta en la distracción o en la carcajada) o serpentinas que se enredaban en las melenas indomables, abundantes y negras de las mujeres.

Por un acuerdo tácito Emelina y Concha fueron directamente a la taquilla de la plaza de toros.

Era molesto llegar tarde porque cada aparición era saludada por el público con un grito certero que desencadenaba la hilaridad de todos: el sobrenombre personal o familiar, la alusión ingeniosa a alguna circunstancia ridícula del recién llegado.

Emelina y Concha tuvieron que hacerse las desentendidas de un estentóreo *¡Las dos de la tarde!* lanzado sobre ellas por algún apodador profesional. ¿Tendría éxito? A juzgar por el murmullo de contentamiento colectivo era de temerse que sí. Pues bien. Ya cargarían, hasta su muerte, con semejante cruz. Después de todo no serían las únicas en Comitán, al contrario. Era cuestión nada más de acostumbrarse. Disimular el colerón con una sonrisa mientras buscaban donde acomodarse.

Eran preferibles los asientos más bajos. La visibilidad era allí menor pero también el impacto del derrumbe.

Las amigas se sentaron y, a su vez, rieron cuando entró un flemático cornudo, renuente a admitir su condición ni con la evidencia de los anónimos más precisos. Daba el brazo, con deferencia excesiva, a una esposa insolentemente joven, guapa y satisfecha. El que no se atrevía a comparecer ante el tribunal popular era el amante, temeroso de que cualquier escándalo desbaratase la boda de conveniencia que urdía.

Entró la muchacha pobre pastoreando a una idiota rica, cuyos padres pagaban con esplendidez los cuidados y la compañía de los que ellos quedaban eximidos. Entró, cohibida, la pareja en plena luna de miel. Sus esfuerzos por aparentar inocencia y distancia (no se atrevían, siquiera, a tomarse de la mano) aumentaba a los ojos ajenos el aura de erotismo que los nimbaba. Entró el viejo avaro, cuya familia aguardaba afuera la narración del espectáculo que iba a presenciar. Entró la Reina de la Feria, adoptando actitudes de postal por medio de las cuales trataba de hacer patentes sus méritos y su modestia. La acompañaba una corte de princesas y chambelanes; ellas procurando que no se trasluciese su despecho de no haber resultado triunfadoras y con una ansia de que el público descubriera los defectos de la elegida para convenir en que el fallo había sido injusto; ellos, orgullosos de su papel e incómodos dentro de sus trajes solemnes y sus corbatas de moño.

Entró, por fin, el juez de plaza que dio la orden de comenzar la corrida.

Una corneta aguda, destemplada (cortesía del jefe de Guarnición), el rápido pasodoble ejecutado por una marimba, fueron los preámbulos de la aparición de los toreros. Caminaban con el garbo de su profesión, aunque no alcanzasen a ocultar lo deslucido y viejo de su vestuario.

Los capotes revolaron un instante por el aire hasta ir a caer, como homenaje, a las plantas de las autoridades municipales, de la Comisión Organizadora de la Feria, de la reina y sus acompañantes, quienes ocupaban palcos especiales.

Al primer toro hubo que empujarlo para que saliera a la lid. Reculaba tercamente, acechando la primera oportunidad de volver a su refugio. Su pánico era tan manifiesto que contagió de él a sus adversarios que corrían desordenadamente, dándose de encontronazos, en su afán por esconderse tras los burladeros.

Pasado este primer momento de sorpresa cada protagonista asumió la actitud que le correspondía. Se hicieron simulacros, tan infortunados como ineficaces, de las suertes que excitan la furia del animal. Pero las banderillas, la intervención de los picadores no hicieron más que recrudecerle su nostalgia por los toriles.

Además, como todos los culpables, la bestia rehusaba mirar de frente. Ya podía el trapo rojo cubrir hasta el más ínfimo de sus ángulos visuales, que siempre le quedaría el recurso de agachar el testuz y entrecerrar los párpados.

La muerte no fue empresa fácil. El toro corría con una agilidad de ciervo y agotaba de cansancio a sus perseguidores. De un salto, que ninguno pudo evitar, traspuso los límites de la arena. Algunos espectadores huyeron; otros trataron de hacer alarde de valor. Esto duró únicamente el tiempo que el toro necesitaba para orientarse. En cuanto reconoció el rumbo de su querencia fue derecho hacia ella. Pero apenas llegaba, la mano diestra del matancero oficial se descargó (armada de un largo cuchillo) sobre el lugar exacto.

Los demás ejemplares no alcanzaron cimas más altas que el primero. El público se sentía defraudado y, como siempre, comenzó a patear. Se aproximaba el clímax. Entre el alboroto de las descargas incesantes, fue insinuándose un rumor, tímido, seguro, creciente, de madera que chirría, que cruje, que se rompe, que cae.

Lo demás se desarrolló con los pasos sucesivos de un ritual. En la confusión del derrumbe Concha y Emelina quedaron separadas y pugnaban por volver a reunirse, sin lograr romper la barrera de gente y escombros que cada vez las alejaba más.

De pronto Emelina comenzó a sentir un mareo intenso; un sudor frío le empapó las manos, corrió a lo largo de su espalda, le puso lívidas las sienes. Sin resistencia fue dejándose tragar por el vértigo.

Cuando volvió en sí estaba en brazos de un hombre desconocido que la hacía beber, a la fuerza, un trago de comiteco. Emelina (que no supo si deliraba aún) cesó de hacer gestos de repugnancia y bebió con avidez un sorbo y otro y otro más. El aguardiente le devolvía el pulso, le ordenaba los sentidos, la vivificaba.

Pero no únicamente a ella, como cuando bebía a escondidas; sino que todo su alrededor iba cobrando, de pronto, un relieve inusitado. Los colores eran intensos, los perfiles más nítidos, los aromas casi tangibles.

Lo que así la embriagaba no era el licor, sino la proximidad del hombre. Emelina dilataba las narices como para que la invadiese plenamente esa atmósfera ruda, que no era capaz de definir ni de calificar, pero que reconocería en cualquier parte.

El contacto con las manos del hombre (que la ayudaban a escapar de la especie de trampa en que había quedado presa) no hizo más que intensificar la convicción de que esta vez no era un sueño sino la realidad el mundo en que se movía. Estaba bien instalada aquí y no iba a abandonarla por más que escuchase el reclamo —cada vez más remoto e irreconocible— de Concha, quien la instaba a que la siguiera.

Emelina fingió no escuchar y además cerró los ojos de nuevo, para no correr el riesgo de que sus miradas se cruzaran con las de algún conocido que se comidiera a hacerle mal tercio. Cuando el hombre le preguntó con quién o quiénes había venido a la corrida, Emelina respondió, con ese aplomo con que ha de respaldarse lo inverosímil, que sola.

La pareja salió, al fin, de la plaza. El hombre, al observar la palidez del rostro de Emelina y la debilidad del ademán con que quiso apartarse el cabello de la frente, se apresuró a sostenerla, temeroso de un nuevo desmayo. Buscó algún asiento vacío en el parque, para sentarla, pero todos estaban ocupados por matrimonios aburridos, niños inquietos y cargadoras resignadas. El hombre condujo entonces a Emelina al kiosco, donde funcionaba una especie de cantina.

Ella se dejó conducir a ese sitio, que ninguna señorita decente pisaría, como si el itinerario no admitiera rectificación. Consciente ya de lo que su conducta significaba de desafío al pueblo entero de Comitán, irguió la cabeza y sus ojos vidriaron de orgullo. ¿No la habían sentenciado ya todos —por boca de Ester— al aislamiento? Pues allí estaba, exhibiendo la presa que había cobrado: un macho magnífico.

Por un momento tuvo la tentación de observarlo. Pero la desechó inmediatamente. Le bastaba sentir junto a ella la presencia sólida, la complexión robusta, la estatura generosa. Además esa voz autoritaria con que exigió la mesa mejor situada y el servicio más eficiente. Era un hombre que sabía mandar.

El mesero, improvisado, procuraba cumplir satisfactoriamente una tarea cuya rutina más obvia ignoraba. Con timidez sacó de debajo de su delantal un papel manoseado que se suponía era la carta. Lo ofrecido allí no era muy atrayente: helado de vainilla, enriquecido con alguna galleta antediluviana; gaseosas autóctonas y granizados insípidos. El hombre devolvió el papel con sonrisa despectiva y pronunció una palabra espiando la aprobación de Emelina.

—Una botella de chianti y dos copas.

Emelina asintió, como si hubiera comprendido. Pero el

mesero, ajeno a la fascinación de la muchacha, permaneció atónito, en espera de alguna frase más que lo ayudara a descifrar el enigma. El hombre concedió, al fin, con un ademán a la vez impaciente y benévolo.

—Vino. El más caro que haya.

¡Vino! Esto iba más allá de las imaginaciones más audaces de Emelina. Y cuando tuvo ante sí un líquido rojo que gorgoriteaba al trasegarse de la botella a la copa, lo contempló con la fijeza estúpida con que las gallinas contemplan la raya de gis con que puede hipnotizárselas.

La voz del hombre, imperativa, la sacó de su ensimismamiento:

—¡Salud!

Ella alzó la copa y se la bebió sin respirar, sin percibir casi el sabor extraño y agrio que le repugnaba un poco. ¿Era figuración suya o el hombre estaba observándola con una insistencia ligeramente burlona? Ella también se sentía con disposición de reír de sí misma. Depositó la copa vacía sobre la mesa y no tuvo necesidad de pedir que se la llenaran de nuevo. Ahora, segura de que su sed sería saciada, se daba el lujo de que el vino permaneciese intacto frente a ella. Además se le había desatado una locuacidad incontenible. Hablaba de Ester como si el hombre la conociera. De la locura de su madre, de la ineptitud de su hermano. Suponía que la escuchaban con interés. Pero el hombre la interrumpió de nuevo con la palabra sacramental:

—Salud.

Emelina dio algunos sorbos a su copa y continuó hablando. De Concha, pobrecita, que estaba envejeciendo dentro de unos vestidos horribles. De ella misma, al fin.

Se compadecía un poco, por tantos años de espera, de soledad. Pero la recompensa era sobrada. Hoy se borraba todo, afirmó con una solemnidad cómica, apurando hasta el fondo de la copa.

No quiso alzar los ojos por miedo a ver la cara del hombre. Un resto de lucidez le avisaba que tuviera prudencia. Sólo miró, con una obstinación pedigüeña, la copa vacía que inmediatamente fue llenándose.

Emelina aguardaba la señal para beber de nuevo. Pero el hombre le dijo:

—La están buscando.

Era Concha. Seguro que era Concha. ¿A quién más iba a ocurrírsele ser tan inoportuna? Emelina, en vez de responder rió con una carcajada tan fuerte que los ocupantes de las otras mesas, que no habían cesado de observarla a hurtadillas, se atrevieron a contemplarla de frente.

—Déjela. Nunca se atreverá a subir las escaleras del kiosco. Está sola ¿verdad?

El hombre asintió.

—¿Ve usted? Una mujer sola no es capaz de nada. Como yo, antes de que vinieras.

La frase le pareció acertada y el tuteo normal. Para felicitarse alzó la copa. Ahora empezaba a gustar del líquido. Aunque no demasiado. Además tenía prisa. ¡Le quedaba tan poco tiempo!

—¿No bebes? —preguntó a su compañero.

—Estoy desarmado —admitió, al tiempo que pedía otra botella de lo mismo.

—Las comitecas tenemos fama de ser más aguantadoras que los hombres.

—Tienen fama de otras cosas también —añadió ambiguamente el otro.

—Ya te contaron el cuento de que no se nos puede echar un piropo sin que corramos a hacer la maleta para huirnos.

Emelina estaba encantada de su audacia. Fue el hombre quien retrocedió.

—Conocía yo el dicho: Comitán de las Flores. Por sus mujeres bonitas.

Y aprovechó la última frase como brindis.

—Pues el dicho es falso —se obstinó Emelina—. No hay una sola que valga la pena. ¡Esa reina, por Dios! No la querría yo ni para molendera.

—¿Y usted?

La voz del hombre era neutra; ni sarcástica ni galante.

—A mí me tocaron otras cosas. Soy... bueno, fui hace muchos años...

Hizo como si contara con los dedos y luego abandonó el propósito con un ademán de impotencia.

—¿Qué importa? Tú no me conociste entonces.

—Por el gusto de conocerla hoy.

Chocaron las copas. La de Emelina derramó algo de su contenido y ella no pudo reprimir un ay de consternación.

—¡No quiero desperdiciar nada!

El hombre se apresuró a llenar de nuevo el recipiente. Emelina sonreía con gratitud infantil.

—En las piñatas nunca me tocaron más que las sobras.

Las demás se abalanzaban a arrebatar lo mejor. No tenían miedo de desgreñarse, ni de pelear, ni de caer. Yo siempre fui muy tímida.

—¿Y ahora? —dijo él.

Emelina se le enfrentó. Hizo un gesto grave, lento, negativo.

El hombre aparentó no verlo y llamó al mesero. Le urgía pagar la cuenta.

Se puso de pie y, al guardar la cartera en un bolsillo interior del traje, Emelina adivinó el bulto de una pistola. Este descubrimiento le pareció maravilloso. Hubiera querido aplaudir, mostrarlo a los demás. Pero había una especie de distancia inasalvable entre sus pensamientos y sus actos.

—Vámonos.

Emelina movió la cabeza, riendo quedamente.

—No puedo... no puedo levantarme.

El hombre la alzó en vilo y así cruzaron entre los parroquianos, escandalizándolos y divirtiéndolos.

El descenso de las escaleras del kiosco fue un poco más fácil. Emelina se asía del barandal, tambaleante. Le asustaba que la grada siguiente estuviera tan desmesuradamente distante. El hombre la ayudó lo mejor que pudo y pronto estuvieron otra vez en tierra firme.

—¿La llevo a su casa? —preguntó él.

—No, claro que no. Nunca volveré allí.

—Entonces yo escogeré el rumbo.

Era lo convenido. Cualquier otro desenlace carecía de justificación.

El hombre conducía a Emelina, con firmeza, hacia una de las salidas del parque, la que desembocaba al punto en que se estacionan los automóviles de alquiler.

Emelina se apoyó en una de las puertas traseras, mientras el hombre arreglaba con el chofer los detalles del precio y la dirección.

Fue un momento después cuando se produjo la catástrofe. Quién sabe de dónde salió Mateo, envalentonado por la borrachera y por la compañía de Enrique Alfaro. Hubo un breve diálogo, salpicado de insultos, entre los hombres. Emelina quiso intervenir pero alguno la empujó con brusquedad. No cayó al suelo porque la gente se había arremolinado a su alrededor para presenciar la pelea. Lo último que alcanzó a ver Emelina fue el ademán de los contendientes al quitarse el saco. Enrique la apartó con violencia de allí.

La arrastró entre la multitud, que en vez de estorbarlo, empujaba a Emelina con rumbo a su casa. De nada le valió a ella resistirse. Tropezaba a propósito, se dejaba caer. Pero, implacablemente, volvían a levantarla y la obligaban a avanzar unos pasos más. Se asía al hierro de los balcones, se estrellaba contra los quicios de las puertas. En vano. Tenía que luchar, no sólo con una fuerza superior a la suya, sino contra su propio desguanzamiento, contra la inercia que le paralizaba los miembros, contra la náusea que le revolvía las entrañas, contra el mareo que la hacía cerrar los ojos.

Poco a poco, sin consultar a la voluntad de Emelina, la resistencia cesó. Ella se sostuvo de los barrotes de una ventana y el llanto comenzó a fluir, abundante, fácil, incontenible, hasta su cauce natural.

—¿Por qué? —gemía vencida, sin comprender—. ¿Por qué?

La respiración de Enrique estaba hinchada de cólera. Sacudió con desprecio a Emelina.

—¡Has deshonrado tu apellido! ¡Y con un cualquiera! ¡Con un extranjero aprovechado!

Emelina negó con vehemencia.

—Él no... no me iba a hacer nada malo. Sólo me iba a enseñar la vida.

Cuando adquirió plena conciencia de que la oportunidad había pasado, Emelina se puso a aullar, como una loca, como un animal.

Enrique se apartó de ella. Que se quedara aquí, que regresara a su casa como pudiera. Él no podía tolerar más ese aullido salvaje, inconsolable.

Enrique echó a andar sin rumbo por las calles desoladas. De lejos le llegaba el eco de las marimbas, de los cohetes, de la feria. Pero no se apagó siquiera cuando Enrique golpeó, con los aldabonazos convenidos, la puerta del burdel.

EL VIUDO ROMÁN

El pasado es un lujo de propietario.

JEAN PAUL SARTRE

DOÑA CÁSTULA servía siempre el último café de la noche a su patrón, don Carlos Román, en lo que él llamaba su estudio: un cuarto que primitivamente había sido acondicionado como consultorio pero del cual, por la falta de uso, habían ido emigrando las vitrinas que guardaban los instrumentos quirúrgicos, las mesas de exploración y operaciones, para dejar sólo un título borroso dentro de un marco, un juramento de Hipócrates ya ilegible y una reproducción en escala menor de ese célebre cuadro en que un médico —de bata y gorro blancos— forcejea con un esqueleto para disputarle la posesión de un cuerpo de mujer desnudo, joven, y sin ningún estigma visible de enfermedad.

A pesar de que el estudio era la parte de la casa más frecuentada por don Carlos, y en la que permanecía casi todo el tiempo, se respiraba en él esa atmósfera impersonal que es tan propia de las habitaciones de los hoteles. No porque aquí no se hubiera hecho ninguna concesión al lujo, ni aun a la comodidad. Sino porque el mobiliario (reducido al mínimo de un escritorio de caoba con tres cajones, sólo uno de los cuales contenía papeles y estaba cerrado siempre con llave, y una silla de cuero) no había guardado ninguna de esas huellas que el hombre va dejando en los objetos cuando se sirve cotidianamente de ellos. Ni una quemadura en la madera, porque don Carlos no fumaba; ni el arañazo del que saca punta al lápiz con una navaja, ni la mancha de tinta, porque no escribía. Tal vez lo único era una leve deformación en la materia de la silla por el peso del cuerpo que soportaba. O esa tolerancia (porque era tolerancia y no elección) a la presencia de unos anaqueles con libros que, por otra parte, no se abrían jamás.

Doña Cástula colocó la bandeja con la cafetera y la taza (desde algún tiempo atrás don Carlos se prohibió a sí mismo el consumo del azúcar porque decía que a su edad ninguna prudencia es bastante) sobre el escritorio. Y mientras su patrón sorbía los primeros tragos, calientes, aromáticos, sacó de la bolsa de su delantal la cuenta de los gastos del día para que fuera sometida a revisión.

Don Carlos la examinó cuidadosamente, deteniéndose a veces en la explicación de un detalle, en la reprobación de algún exceso inútil o en el irritado comentario del aumento de precio de algún artículo. Por fin, sumó las cifras, refunfuñando y, con un gesto de resignada conformidad, guardó el papel en la carpeta destinada a tal uso. Doña Cástula aguardaba la consumación de este último gesto para retirarse porque el ritual había terminado. Pero a su *buenas noches* respetuoso don Carlos no respondió con el *buenas noches* condescendiente sino con una casual observación sobre el tiempo.

—Hace un poco de frío ¿verdad?

—¿Quiere usted que yo prenda el brasero, señor?

—No, no es para tanto. A mí el frío me hace sentirme bien. Y a ti ¿no te gusta?

Doña Cástula levantó los hombros, desconcertada. Nunca se le había ocurrido que el clima fuera cuestión de gustos y mucho menos de los de ella.

—Porque el rancho donde te criaste es más bien de tierra caliente.

—Sí, señor. Pero ya ni me acuerdo. Como me ajenaron desde que era yo asinita... Y serví siempre en Comitán.

—Siempre en mi casa, querrás decir. Empezaste por ser mi cargadora.

—¡Las cuerizas que me daba su santa madre, que de Dios goce, cuando nos encontraba hablándonos de vos! Igualada, decía, me lo vas a malenseñar. Y luego, para que se volviera usted gente fina, lo mandaron a rodar tierras.

—Mientras tanto tú te aprovechaste para echar tu cana al aire ¿no?

Doña Cástula se tapó con el delantal la cara roja de vergüenza.

—Ay niño, lo que es ser mal inclinada y terca. Todos me lo ahuizoteaban: ese hombre te va a pagar mal. Pero para mí como si le estuvieran hablando a la pared. Cuando me dijo: "vámonos" no me hice de la media almendra, ni pedí cura ni juez. Amarré mi maleta y, con la oscurana de la madrugada, me fui con él.

—A las fincas de la costa.

—¿Dónde más va a ir un pobre, patrón? Allá le habían ofrecido el sueño y la dicha y a la mera hora el triste fue a parar a la cárcel porque le acumulaban no sé qué delitos.

—¿Y tú?

—Yo al hospital, porque me entraron los fríos y me vi en las últimas, con la complicación de una criatura que se me malogró. Ah, cómo echaba yo malhayas. Tirada en el suelo, porque ni a catre alcancé; sin quien me arrimara un vaso de agua y hecha un petesec de flaca. Cuando me sacaron del hospital, porque ya no había lugar para tanto enfermo, tenía yo cara de tísica. La gente me corría de miedo. Me aventaban las limosnas desde lejos para que no se les pegara el daño.

—¿Y tu marido?

—No, no era mi marido, niño. Era un hombre, nomás. Él salió luego de la cárcel, porque era bueno de labioso, y se fue a buscar fortuna a la frontera. Allá se encontró con unos mis parientes, que le pidieron noticias de mí. Ya es difunta, les contestó. Tiene su cruz con su nombre en el mero panteón de Tapachula. Yo mismo se la merqué, dijo el muy presumido. Se lo creyeron y se quedaron muy conformes. ¡Y que de repente me les voy apareciendo en Comitán! ¡Es un espanto!, gritaban los indizuelos y las mujeres me hacían cruces y hasta los machos se ponían trasijados de miedo.

El ama de llaves se ahogaba de risa al evocar estas imágenes. No atinaba a continuar su relato.

—¿Y pudiste perdonarlo, Cástula?

—Era gente ruda, niño ¿qué iba a saber? Hasta que no me tentaron no se convencieron de que no era yo un alma del otro mundo.

—No hablo de la gente —aclaró don Carlos con un dejo de impaciencia en la voz— sino del hombre, del que te abandonó así.

Doña Cástula se puso seria e hizo un esfuerzo para enfocar la situación desde el punto que don Carlos exigía. Después de reflexionar unos instantes, dijo:

—Yo no era su mujer legítima, patrón. Yo me fui con él huida, sin el consentimiento de nadie y mi nana me maldijo.

—Pero él ha de haberte prometido, ha de haberte jurado...

—Ay, patrón, ¡cuándo no es Pascua en diciembre! Yo de boba que me lo fui a creer. En fin, cosas de cuando es uno muchacha.

La mujer suspiró, absolviéndose de sus locuras, acaso con lástima y con nostalgia del otro.

—¡Sabrá Dios dónde andará ahora y los tragos amargos que habrá tenido que pasar! En cambio yo volví a arrimarme con ustedes y ya no me desampararon.

Doña Cástula hubiera querido contar cómo había ascendido gradualmente, y por sus propios méritos, de salera a cocinera y luego a ama de llaves, a la dueña de todas las confianzas de la señora. Y cuando la señora murió doña Cástula vino a ser la que heredó su puesto. En lo que concernía a autoridad, desde luego, no a apariencias. Pero con disimulo, con tiento, doña Cástula no permitió que nadie más llevara las riendas de la casa. Cuando don Carlos se casó su esposa podía haber sido una rival pero...

—¿Qué harías si lo volvieras a ver?

—Si lo volviera a ver...

La verdad es que si doña Cástula se hubiera encontrado, de pronto, con aquel hombre, no lo habría reconocido. Sus facciones se le habían borrado de la memoria desde hacía muchos años. Su nombre era como el de cualquier otro. Pero no se atrevía a confesar esto a un señor que desde el momento en que había quedado viudo no había vuelto a quitarse el luto.

Don Carlos llenó de nuevo la taza de café y la contemplaba con fijeza como si esa contemplación fuera a ayudarlo a formular su pregunta.

—Si lo tuvieras en tus manos y pudieras castigarlo y vengarte ¿qué harías, Cástula?

El ama de llaves retrocedió, espantada.

—Patrón, yo soy mujer. Esas cuestiones de venganza les tocan a los hombres. No a mí.

—Pero fue a ti a quien ofendió, no a tus parientes, que no van a mover un dedo para borrar la afrenta. ¿No te has fijado, grandísima bruta, en lo que ese hombre te hizo? No sólo te dejó tirada en el hospital para que te las averiguaras como Dios te diera a entender, sino que te declaró muerta para que los demás no volvieran a preocuparse por ti. Y tú te quedas tan fresca y no le guardas rencor...

Doña Cástula sabía que merecía el reproche pero no supo qué contestar. Rencor. ¿A qué horas podía haberlo sentido? Desde la mañana hasta la noche, trabajo. Cástula, hay que barrer el corredor. Cástula, hay que regar las macetas. Cástula, hay que ir temprano al mercado para escoger bien la carne. Cástula, no remendaste la ropa. Cástula, tienes que ir a atalayar al hombre que vende el carbón ahora que está escaseando. Cástula... Cástula... Cástula... En las noches caía rendida de cansancio, de sueño... cuando no había un enfermo que velar.

¿Pero bastaban las excusas para disculparse? Por lo menos, a los ojos de don Carlos, el comportamiento de esa mujer no probaba más que la vileza de su condición. Para él, que era un señor, que se había educado en el extranjero y que había vuelto de allá con un título, el duelo por su viudez era un asunto serio. Y para llevarlo bien no había necesitado convertirse en un haragán. Vigilaba la administración de sus ranchos mejor que muchos otros patrones. No le bastaba con ir en tiempo de hierras o de cosechas sino que estaba siempre al tanto de las nacencias y las mortandades, de las canículas y los aguaceros, de las ventas y las reservas. Y no les permitió nunca a sus mayordomos que se desmandaran con la representación que tenían de su persona ni que le rindieran malas cuentas. También era dueño en Comitán de sitios y de casas y allí no necesitaba de intermediarios para tratar con los inquilinos. Tenía fama de equitativo porque no abusaba en la cuestión de las rentas. Pero tampoco perdonaba jamás una deuda.

Cierto que inmediatamente después de la muerte de Estela don Carlos abandonó la práctica de su profesión, pero eso —según doña Cástula— carecía de importancia. En un rico un título (de médico o de lo que sea) no es más que un adorno y como adorno se debe lucir. Y allí estaba, colgado en la pared ¿pero quién iba a admirarlo? Si don Carlos —y aquí fue donde dio muestra de la delicadeza y la profundidad de sus sentimientos— no volvió a frecuentar a nadie. Se negaba sistemáticamente a recibir visitas, aun las de su suegra que, todavía, de vez en cuando, lo importunaba con ellas. Se abstenía de asistir a cualquier clase de tertulia, diversión o fiesta. Y cada vez se encerraba más tiempo en su estudio. Hubo días en que incluso se negó a salir a comer.

Pero por señor que fuera don Carlos y por bien que supiera sentir sus pesares, reflexionaba doña Cástula, estaba empezando a dar muestras de fatiga. Retenía a su ama de llaves junto a él con cualquier pretexto. La revisión de cuentas se lo proporcionaba con facilidad y allí se detenía preguntando por las hortalizas de la temporada, porque a veces se le ocurría algún antojo. O si no insistía en que la habían estafado al cobrarle algún precio para dar a doña Cástula la ocasión de narrar íntegramente sus regateos con el vendedor. Poco a poco sus interlocutores fueron siendo más heterogéneos y don Carlos volvió a estar al tanto de los sucesos del pueblo gracias a su ama de llaves.

Así las conversaciones fueron prolongándose y la confianza borraba a menudo esos límites que siempre se establecen entre el amo y el criado. Pero desde el principio, y tácitamente, ambos se pusieron de acuerdo en no mencionar nunca nada que se refiriera al pasado. ¡Era tan doloroso para don Carlos! ¿Con qué palabras describir la belleza de Estela, el amor del novio, el fausto y la alegría de la boda? ¿Cómo transitar a esa desgracia súbita, cuyo nombre no conoció nadie y, que como un rayo, los abatió la misma noche en que por primera vez los dos quedaron juntos y solos? Y luego los meses de la agonía de Estela, sin consuelo y sin esperanza. Y el desenlace para el que no habría jamás resignación.

Y ahora don Carlos, sin motivo aparente, rompía las fronteras que él mismo había marcado y se aventuraba hacia atrás, con preguntas tan vehementes como si de las respuestas dependiera algo vital.

—Así que no eres rencorosa —concluyó—. Los ángeles te premiarán por eso. Te premian ya, de seguro, concediéndote un buen sueño, profundo, largo, sin sobresaltos. ¿No es así?

Cástula, que a veces había escuchado a su amo pasearse a deshoras de la noche por los corredores —porque padecía de insomnio— inclinó la cabeza, confundida.

—Hay que madrugar, patrón.

—Y yo aquí, entreteniéndote con tonterías. Anda, vete a dormir.

Pero antes de que la mujer atravesara el umbral don Carlos la detuvo todavía con una última recomendación:

—Ordena al semanero que limpie bien las caballerizas y que se aprovisione de zacate y maíz. Mañana van a traer un caballo que acabo de comprar. Es fino. Hay que cuidarlo bien.

Esa noche doña Cástula no pudo dormir su sueño largo, profundo y sin sobresaltos. A cada instante se le aparecía la figura de don Carlos, derribado por la fogosidad de un potro indómito. ¡Él, que para sus viajes a las haciendas usaba siempre mulas de buen paso! O lo veía alejarse, al galope, de la casa que durante tantos años había sido su refugio, para enfrentarse con esos señores ricos que, en plena borrachera, encendían sus puros con billetes de a cien o que apostaban a una carta, a un dado, a la mujer o a la hija, cuando habían perdido ya todo lo demás.

Doña Cástula despertó confusa. ¿Por qué don Carlos tendría que ir a mezclarse en tales peligros? Él no era hombre de cantina ni de burdel como los otros. Era un doctor, aunque ya nadie se acordara de eso. Había estudiado en el extranjero, se había pulido en sus costumbres y lo que debía de frecuentar era el casino, donde las señoritas y los jóvenes jugaban prendas y las madres vigilaban la pureza de las costumbres y los padres discutían de negocios y de política. Al principio, tal vez, les extrañaría la presencia de quien se había aislado durante tanto tiempo. Cuando don Carlos caminara por las calles de Comitán las encerradas apartarían rápidamente los visillos de las ventanas para recordar ese rostro, ese porte. Los transeúntes le cederían el sitio de honor de la acera, como lo merecía, aunque no lo saludaran porque ya no eran capaces de reconocerlo. ¿Y quién iba a estrecharle la mano si no tenía ni un amigo? Los que trató antes de su viaje a Europa habían seguido rumbos muy distintos y no podrían sostener una conversación con él, tan instruido. Los que encontró a su regreso... bueno, a su regreso don Carlos no tuvo ojos más que para Estela ni tiempo más que para enamorarla y para apresurar los preparativos de la boda. Y luego...

La primera campanada de la primera misa hizo a doña Cástula ponerse automáticamente de pie. La urgencia de las faenas la apartó de todas las otras preocupaciones.

El caballo resultó un animal noble, con los bríos disminuidos bajo una ruda disciplina, redondo de ancas, y tranquilo, que el tayacán enjaezaba desde muy temprano para que el patrón hiciera ese poco de ejercicio que, según sus propias prescripciones, era indispensable para que su apetito rindiera los honores debidos al desayuno preparado con tanto esmero.

En su itinerario don Carlos se desviaba pronto de las calles céntricas (concurridas a esa hora por indios que bajaban de sus cerros a vender legumbres y utensilios de barro; por criadas que llevaban la olla de nixtamal al molino y por beatas que arrebujaban su devoción y su marchitez en chales de lana negra) y se iba encaminando a las orilladas. Pasaba al trote frente a las casuchas de tejamanil y seguía el caprichoso trazo de las veredas en que las hierbas acechaban el instante de brotar y cubrir la huella recién dejada.

El término de los recorridos de don Carlos solía ser alguna no muy elevada eminencia desde la cual era posible abarcar de una sola mirada el pueblo entero de Comitán.

Mientras el caballo —flojamente atado a cualquier arbusto— ramoneaba a su alrededor, don Carlos se reclinaba contra un tronco y se entregaba a la contemplación de la uniformidad de esos tejados oscurecidos por la lluvia y el tiempo. Sobre la lisura sin asidero de las paredes burdamente encaladas, sobre el rechazo brusco e inapelable de las puertas y sobre la incumplida promesa de revelación de las ventanas, se posaban largamente sus ojos meditativos.

Y así, al través de esta contemplación distante y que no se atrevía a penetrar más allá de la superficie de lo visible, don Carlos iba rescatando de las profundidades de su memoria a ese pueblo que, durante su infancia, se llamó inocencia, avidez, felicidad acaso. Y nostalgia en los años de destierro de su juventud y fervor en el retorno y catástrofe y duelo en la madurez.

Sin embargo, poco a poco, de una manera que al mismo don Carlos fue pasando inadvertida, el duelo comenzó a quebrantarse. Tal vez la grieta se abrió con la primera palabra no indispensable que dirigiera a doña Cástula. Y después la respiración de la angustia fue haciéndose más ancha y regular; la modulación del lamento ensayó otras escalas; la imaginación comenzó a emanciparse de ciertas figuras que hasta entonces lo habían obsesionado, para dar acogimiento a otras, a todas.

Esto era una especie de aprendizaje: volver a familiarizarse, al través de los sentidos, con los objetos de los que estuvo tan distante. Ese árbol, en cuyo ramaje alto y espeso, la atención descubría una gama infinita de verdes; esa piedra, áspera al tacto, desafiando (¿a quién?) con sus aristas, caída al azar; esa leve ondulación del terreno en que hubiera creído reconocerse una voluntad de la naturaleza a mostrar al hombre benevolencias y hospitalidad.

Don Carlos apreciaba cada vez más sus progresos de convaleciente. Las cosas ya no sólo no le eran hostiles, pero ni siquiera extrañas. Constituían señales amistosas, presencias cordiales. Iba a su encuentro con un placer anticipado y las disfrutaba plenamente.

Faltaba la parte más difícil del tránsito: la que lo conduciría de nuevo al mundo de lo humano. Comenzó por esforzarse en elegir sus caminos sin tomar en consideración el riesgo del encuentro con algún antiguo conocido. La alternativa de detenerse a saludarlo o proseguir sin volver el rostro ya no lo atormentó más. Si el otro era comunicativo y amable ¿por qué don Carlos no iba a corresponder a esa amabilidad? Y si no lo era ¿por qué empeñarse en quebrar la hurañía ajena cuando era mucho menos sólida que la propia?

Ah, ese señorío de sí mismo lo saboreaba el viudo después de muchos años de vulnerabilidad. El encierro había sido su respuesta a situaciones que le eran intolerables. La proximidad de los demás despertaba en él una alarma que ningún razonamiento podía reducir. Temía su compasión tanto como desdeñaba su curiosidad y no habría perdonado su indiferencia. Lo asqueaba ese guiño cómplice con que los hombres querían hacerle saber que estaban en el secreto de las mañas que se daba para sobrellevar su condición de solitario. Porque no era concebible que alguien, como don Carlos, en la plenitud de la edad y de la fuerza viril, guardase una continencia a la que ni aun los sacerdotes, tascando el freno de una religión de que él carecía, eran siempre fieles. Le irritaba esa inoportuna solicitud de las matronas que se desvivían por poner fin a la irregularidad de su situación proporcionándole lo que la naturaleza pide y la ley de Dios manda: una compañera. Sí, esa araña, inmóvil en el centro de la tela, esa hija, esa sobrina, esa recogida, que reunía en su persona todas las virtudes y se embellecía de todos los adornos y cuya única misión en el mundo consistía en hacer feliz a don Carlos, acogedora su casa y numerosa su prole.

Mas he aquí que, de pronto, don Carlos había cesado de temer los encuentros y de rehuir las asechanzas.

Los sentimientos de los otros no tenían por qué determinar sus propios estados de ánimo. Y si los otros se forjaban planes contando con él, allá ellos. Don Carlos era libre y dueño de su destino.

Pero aunque apto ya para la sociabilidad, don Carlos no estaba tan menesteroso de ella como para ir en su busca. El tiempo (lo había aprendido a lo largo de todos sus años de soledad y de meditación) es el que hace madurar las cosas. Resulta inútil, fatigoso, contraproducente, precipitarse, correr al encuentro de acontecimientos que apenas están germinando y cuyo proceso de gestación puede malograrse pero no se puede apresurar.

Su contacto con los demás fue, sin embargo, muy distinto de como lo había supuesto o quizá planeado. Sucedió que una mañana vio de pronto interrumpidas sus reflexiones por la aparición de un grupo de niños, el mayor de los cuales no alcanzaría los doce años. Venían corriendo, gritando, empujándose. La presencia de una persona mayor los paralizó durante un segundo. Pero el gesto condescendiente de don Carlos por una parte y la superioridad numérica de los niños por otra, los lanzó de nuevo a esa especie de frenesí colectivo que, seguramente, obedecía a alguna regla secreta que ningún extraño acertaría a desentrañar.

Eran niños descalzos, harapientos, sucios. Lanzaban al aire exclamaciones groseras y ruidos procaces. Al principio, sin objetivo. Paulatinamente toda su actividad fue concentrándose alrededor de alguien: el más pequeño, el más débil, el más pobre, quien de pronto se convirtió en la encarnación del enemigo.

Tenía un apodo, naturalmente, y al fragor de la lucha se le improvisaron otros. Cada hallazgo era celebrado con grandes risas que enardecían al grupo y lo incitaban a nuevas audacias, así como empavorecían al pequeño.

Don Carlos observaba los hechos con una leve chispa de interés en los ojos. Las acciones y las reacciones de los niños, por su espontaneidad amoral, le recordaban demasiado las de los animales, a los que no amaba. Pero cierto elemento de peligro, que se olfateaba en el aire, lo mantenía atento a las incidencias de un juego en el que los insultos no hacían más que preludiar una acción más violenta. Que fue el lanzamiento de proyectiles. Cáscaras de naranja, huesos de durazno, piedras. El blanco giraba sin dirección, acosado por todas partes, y trataba de protegerse cubriéndose el rostro con el antebrazo. Hasta que una piedra se le incrustó en la sien y lo derribó por tierra, sangrando.

Los niños lo contemplaron un instante, estupefactos, y alguno hasta con una mueca de despecho como si el caído hubiera traicionado las reglas del juego. Pero en cuanto se dieron cuenta cabal de que había sucedido algo cuya magnitud escapaba a su comprensión, se entregaron desordenadamente a la fuga.

Don Carlos los vio alejarse sin hacer ningún intento para detenerlos ni gritar ningún denuesto para reprocharlos. Sin prisa, sin alarma, se puso de pie y fue aproximándose al herido con una especie de automatismo profesional que resucitaba, intacto, después de muchos años de haber cesado de funcionar.

El examen de la herida le proporcionó la certidumbre de que no era grave aunque sí dolorosa. Con lo que llevaba a mano —un pañuelo— improvisó un vendaje para contener la hemorragia. El niño se dejaba curar con los mismos ojos dilatados de espanto con que antes se había dejado agredir.

Don Carlos echó de menos no haber llevado consigo un dulce, una golosina para consolar al pequeño. No sabía tampoco de qué manera acercarse a él, ganar su confianza. Hizo un esfuerzo para dar a su voz un dejo de ternura y preguntó:

—¿Vives muy lejos de aquí?

El niño señaló con la mano el caserío más próximo. Al mismo tiempo comenzó a disponerse a marchar, pero don Carlos lo detuvo.

—No, yo te acompaño. Para explicarle a tu madre lo que ha sucedido. Porque si te ve llegar así se va a asustar.

—Ella también me pega.

En la frase del niño —concentrada de propósitos futuros de venganza— no se trasparentaba más que la impotencia a que lo reducían las circunstancias momentáneas. En cuanto creciera...

Don Carlos lo tomó de la mano y juntos llegaron hasta un patio de tierra apisonada en que una mujer —rodeada de chiquillos de varias edades— escarmenaba lana, sentada en un petate.

Ver a los recién llegados, abandonar la tarea y soltar el grito, fue todo uno. Inmediatamente después acudía el vecindario que cuchicheaba entre sí, haciendo correr las versiones más disímbolas sobre los sucesos. De tantas hipótesis sólo quedaba patente un hecho: la bondad de don Carlos y su pericia. Aunque esto último no fuera propiamente un mérito. Era doctor titulado, podía curar no sólo un rasguño leve como el del muchachito sino también enfermedades internas, de las que nacen solas. Como la de ese infeliz Enrique Liévano, que desde hacía meses estaba tirado en la cama sin poder moverse. ¿No querría el doctorcito hacer la caridad de darle aunque fuera una mirada? Su hermana (porque, además, Enrique era huérfano) se mantenía planchando ajeno y no le iba a poder pagar la consulta. Pero ya que estaba tan cerca —vivía unas cuantas casas más allá— ¿qué le costaba? Por el alma de quien más quisiera...

Don Carlos no sabía cómo detener aquellas súplicas entrecortadas, vehementes, colectivas. ¿Cómo explicarles que hacía siglos que no pasaba los ojos sobre un texto de medicina, que había olvidado hasta la técnica más rudimentaria de la auscultación y del diagnóstico, que no traía consigo ningún aparato que pudiera auxiliarlo? Hizo un gesto de asentimiento y se dejó llevar.

Lo primero que repugnó a don Carlos (al trasponer el umbral de una estancia reducidísima, pobremente iluminada por una ventana, mal protegida de la intemperie por las ralas junturas del tejamanil) fue el olor. Olor de cuerpo inerte, abandonado a sus funciones; de ungüentos y emplastas no removidos; de inhalaciones sucesivas, ninguna de las cuales lograba anular el vaho de la anterior.

Don Carlos habría querido retroceder, buscar de nuevo el aire incontaminado del campo, pero la puerta de la casucha estaba bloqueada de curiosos. Y cuando intentó moverse advirtió que una mano estaba asida firmemente a su brazo, para no permitirle escapar, para conducirlo al lecho del doliente: era la mano de una de esas mujeres a quienes las desgracias se les coagulan en las caras como la forma extrema de la fealdad.

El enfermo yacía sobre un camastro, esquelético, envuelto en una maltratada y sucia cobija de lana y con la cabeza reclinada sobre un envoltorio de ropa que fungía de cojín. Sus pómulos estaban arrebolados por la fiebre y en sus ojos hundidos brillaba ese resplandor último con que las hogueras se despiden antes de extinguirse.

La presencia de un extraño y la intrusión de tantos vecinos turbó al enfermo. Quiso hacer algo: erguirse, tal vez ocultarse, pero su movimiento se convirtió en un acceso de tos, de esa tos inútil, fatigada de repetirse a sí misma, sin consuelo, de los tuberculosos.

Don Carlos no temía el contagio y le parecía extemporáneo, en el grado de desarrollo de la enfermedad, prevenir de él a quienes hasta entonces habían rodeado, sin ninguna precaución, a Enrique. Los más débiles ya habrían sucumbido hacía muchos meses y en cuanto a los demás, evidentemente, sabían defenderse solos.

La mano que hasta entonces había estado asida al brazo de don Carlos (y que era la de la hermana de Enrique, Carmen) únicamente lo soltó para aproximar una silla desde la cual el médico pudiera observar al enfermo, tomarle el pulso, escuchar su respiración, cumplir, en fin, con todos los pasos del ritual sin los cuales ningún alivio es posible.

Don Carlos pidió a la mujer que hiciera salir a los intrusos y que ella misma se alejara, pero a una distancia desde la que permaneciese atenta a cualquier llamado.

Cuando don Carlos se quedó solo y frente a frente con Enrique no supo cómo iniciar el interrogatorio. En la Facultad de Medicina había aprendido las fórmulas precisas pero las había olvidado por falta de práctica y hoy su memoria permanecía inerte ante la emergencia, paralizada acaso por el convencimiento de la nulidad de cualquier esfuerzo.

¿Qué podía decirle Enrique que don Carlos no fuera capaz de suponer? A juzgar por lo avanzado del proceso de la enfermedad, debería haber presentado los primeros síntomas reveladores meses atrás. Las causas no eran difíciles de adivinar: hambre, trabajo agotador, paludismo. En cuanto al tratamiento ¿para qué pensar en él? Ninguno de los dos hospitales comitecos (el civil y el que cuidaban las monjas) contaba con una sala de infecciosos. Quedaba el recurso de un viaje a México. ¿Pero quién lo costearía? Don Carlos, en un arrebato de generosidad, podía responder que él. Pero el viaje no serviría más que para acelerar el fin.

Sin embargo, don Carlos y Enrique hablaron largamente. Nada apasiona tanto a un enfermo como describir sus sensaciones y más cuando el que escucha es un iniciado, capaz de comprender lo que los sanos ignoran y ni siquiera imaginan. Precipitadamente Enrique acumulaba detalles, aventuraba suposiciones, quería convertir a su interlocutor en depositario de su secreto para que el otro, en reciprocidad, le entregara la salud.

Don Carlos no se limitaba a escuchar pasivamente un relato en el que iban apareciendo tantas viejas figuras conocidas de sus tiempos de estudiante: la euforia, precursora y compañera inseparable de las primeras etapas del mal; la temperatura caprichosa y tenaz; el sudor nocturno, como del que despierta de una pesadilla. Y la tos. Impetuosa primero, desgarradora. Y después atenuada, pero cumpliendo con su pertinacia la misión de no hacer olvidar ni un instante al enfermo su condición de enfermo. Recordándole que le estaba prohibido agitarse, que debería de tener más cuidado al tragar, que el aire era un don escaso que cualquiera, en cualquier momento, le podía arrebatar.

Don Carlos dio a estas descripciones que, por vívidas eran menos torpes de lo que podía esperarse de la rusticidad de Enrique, los nombres técnicos, lo cual equivalía a lazar al novillo cerrero y abatirlo y marcarlo con el hierro del amo. Enrique asistía, maravillado, a esta operación, repetía esas palabras mágicas que conferían a su padecimiento un prestigio de cosa importante sobre la que los ignaros harían bien en detenerse y meditar.

La despedida no pudo hacerse sin la promesa, por parte de don Carlos, de volver al día siguiente. Y provisto de aparatos, de medicinas, no como hoy, desarmado de su parafernalia y de improviso.

Carmen ayudó al doctor a montar en su caballo deteniéndole el estribo, sin hacer una sola pregunta, sin exigir la menor esperanza. Lo único que le hubiera interesado saber era el plazo: cuándo terminaría la historia. Porque estaba cansada de mirar siempre ante sí un rostro cada vez más consumido, más devastado. Porque este inválido ataba los pasos de los sanos como un cordel corto ata el vuelo de un pájaro. Porque ¿cómo podía disponer de su vida, sí, su vida que se le estaba yendo como agua entre las manos, su vida que no desembocaba ni en el matrimonio ni en las devociones de la Iglesia, ni en el servicio en una casa de señores, ni en el viaje a México, ni en meterse de puta aunque fuera, porque antes tenía la obligación de cumplir con sus deberes de hermana?

Sin una frase, ni aun la formularia y mecánica de gratitud, Carmen miró partir a don Carlos, con envidia de no ser ella la que se alejaba, a paso rápido, del tugurio miserable, del hombre sin salvación.

Y lo miró partir con la certidumbre, además, de que si don Carlos era un hombre listo —y debía de serlo, pues los señores siempre lo son— no volvería nunca.

Pero Carmen se equivocó. Don Carlos volvió al día siguiente y al otro y al otro. Traía en su maletín (que ahora había llegado a constituirse en el complemento de su persona) algunas sustancias que calmaban el ahogo, la fatiga, los dolores de Enrique. Y para no darle la oportunidad de hablar, de malgastar un aliento que era cada vez más trabajoso, don Carlos tomaba por su cuenta la conversación. Le contaba sus viajes al extranjero, sus aventuras de estudiante, su encarnizada aplicación para comprender las lecciones. Los primeros asombros, inolvidables, al encontrar las verdades de los libros trasplantadas a los hechos; la pasión del cazador con que se lanzaba tras las pista del culpable del desorden en el funcionamiento de esa maquinaria, complejísima y perfecta, que es el cuerpo; la frialdad con que, una vez realizado el descubrimiento, escogía los medios más rápidos y eficaces para eliminar a su enemigo; la satisfacción del triunfo que, más que de la ciencia, hubiera preferido don Carlos llamar de la justicia.

A veces, llevado de la vehemencia de su peroración, el médico no advertía que Enrique era incapaz de seguirlo y de comprenderlo. Tardó también en darse cuenta de que el interés del enfermo disminuía al parejo que sus fuerzas. De allí en adelante las visitas de don Carlos eran silenciosas y, con el pretexto de vigilar el pulso del moribundo, tomaba una de sus manos entre las suyas, como si quisiera comunicarle —al través de ese contacto, de la leve presión de los dedos— su solidaridad. Porque tal vez de todo lo que don Carlos aprendió como médico lo único que no olvidaría nunca es que el agonizante quiere pedir auxilio a los que lo rodean y de quienes se aleja más y más, inexorablemente; y que teme este apartamiento definitivo de los otros más que su entrada en la sombra.

A los últimos momentos de Enrique acudió, por deferencia, un sacerdote del Templo Mayor: don Evaristo Trejo. Lo oyó en confesión, lo absolvió de sus pecados y le ungió los pies con los santos óleos.

Mientras se cumplía esta ceremonia que, por solemne, exigía la soledad, Carmen gritaba su desesperación a voz en cuello en el patio de la casa. Las vecinas, solícitas le acercaban los pocillos de peltre con agua de brasa e infusiones de tila que ella no permitía que llegaran hasta sus labios y las derramaba en el suelo a manotazos. Don Carlos tuvo que inyectarle un calmante que la postró en un sueño profundo, por lo cual todos los trámites del encargo del ataúd (y de su liquidación, naturalmente) y de la presidencia del velorio y de entierro, recayeron sobre los hombros del médico, único hombre de respeto entre aquella turbamulta de curiosos, de vecinos que habían encontrado un pretexto respetable para emborracharse, de vecinas que desahogaban impunemente su histeria y de niños libres de vigilancia.

Sobre la fosa húmeda de tierra recién apisonada, cayeron algunos manojos de flores corrientes, de las que se arrancan al pasar junto a las bardas. Y también las aspersiones de agua bendita de don Evaristo.

Cuando los asistentes se hubieron dispersado, el doctor Román dio la mano al sacerdote en señal de gusto por haberlo conocido, de gratitud porque le hubiese ayudado a sobrellevar tareas tan penosas y de despedida. Pero don Evaristo, sin rehusar el gesto, no aceptó la última significación.

—¿Va usted a su casa, doctor? Podemos hacer un trecho de camino juntos. Yo vivo a unas cuantas cuadras... Digo, si usted no tiene inconveniente en que lo acompañe.

—Al contrario. Si yo no me atreví antes a hacerle esa proposición fue porque he perdido a tal punto el hábito de la sociabilidad...

—Nadie lo hubiera dicho al verlo a usted desempeñarse con tanto aplomo en unos acontecimientos que son ya, de por sí, difíciles.

—Son mi especialidad, padre. Si usted tiene presente un hecho ya remoto —y que, por lo demás, no existe ninguna razón particular para que lo hubiera impresionado—, me refiero a la muerte de mi esposa, recordará que no hice un mal papel.

Se detuvieron. Don Evaristo desconcertado por la crudeza y la superfluidad del comentario. Don Carlos, con la vista fija en el suelo, donde la punta metálica de su bastón se empeñaba en abrir un pequeño agujero. Mientras mantuvo inclinado el rostro procuró borrar de él toda expresión.

—Perdóneme usted el mal gusto de la broma. Cuando uno se habitúa a hablar solo dice cosas que escandalizan a los demás.

Habían reanudado la marcha.

—¿Qué clase de cosas cree usted que oigo en el confesionario? Precisamente ésas, las que la gente se dice a sí mismas y calla ante los demás. Yo también soy un especialista, si se me permite el término. Muchos han comparado nuestros respectivos oficios, don Carlos.

—Que yo sepa no ejerzo ninguno.

—¿Cómo se llama entonces a lo que hizo usted por Enrique?

—Depende. Si vamos a juzgar por los resultados no puede llamarse una curación.

—¿Qué podía usted hacer, más de lo que hizo, por un hombre desahuciado? Pero se equivoca usted, don Carlos: ha habido una curación: la suya. Está usted a salvo ya de su aislamiento, de su misantropía. Porque, o mucho me equivoco, o la gente de este barrio, todos los que han visto de cerca su abnegación y su caridad, ya no van a desampararlo nunca.

Don Carlos alzó los hombros con un gesto fatalista.

—Eso me temo. El zaguán de mi casa está intransitable. Porque de día y de noche lo ocupan criaturas con lombrices, mujeres grávidas, viejos reumáticos.

—Y como no tienen con qué pagarle —como a mí— todos han de llegar con "un bocado para el hoyito de su muela".

—Yo me niego a aceptarlo.

—Yo también lo hice, al principio. Hasta que entendí que eso les ofendía. Ahora el problema es de mi cocinera que ya no sabe de qué modo guisar los pollos para que todavía me resulten soportables.

—La mía, doña Cástula, que ha visto mundo y que es leída y escrebida, conoce recetas que quizá le resulten novedosas. ¿Por qué no corre usted el riesgo y viene a cenar conmigo mañana en la noche?

Fue de esta manera tan casual como don Evaristo recibió y aceptó la primera invitación (a la que habrían de seguir muchas otras, hasta llegar a constituir un hábito que las hizo innecesarias) para visitar la casa de don Carlos. Casa ya no solitaria como antes sino asaltada incesantemente por menesterosos —que esparcían suciedad, que mostraban llagas, que aprovechaban el menor descuido para robar algo— y de la que doña Cástula hubiera dimitido si no hubiese visto entrar, por la misma puerta que daba acceso a los otros, la presencia sagrada del sacerdote.

La práctica de su ministerio había proporcionado a don Evaristo la experiencia suficiente como para no dejarse guiar por la primera impresión. Había pensado muchas veces en don Carlos Román con perplejidad y se había aventurado, en su fuero interno, a hacer conjeturas para explicarse ese carácter tan extraño. Pero, a diferencia de sus coterráneos, el azar lo aproximó al objeto de su curiosidad lo suficiente como para poder observarlo con detenimiento.

Hasta ahora don Evaristo no conocía más que una de las facetas del doctor Román: la que había mostrado en su relación con Enrique Liévano y la actitud que asumía con todos los que ahora acudían a él en busca de favor. Era pródigo de su tiempo, de su ciencia, de su dinero. Pero algo en el interior del padre Trejo se negaba a calificarlo como generoso. Tal vez el hecho de que sus acciones no se derivaban del imperativo moral cristiano; tal vez el resultado de una frecuentación casi diaria que mostraba aspectos del modo de ser de don Carlos que, si no eran contradictorios con lo que comúnmente se reconoce como generosidad, por lo menos resultaban ambiguos: ciertas expresiones mordaces, ciertas burlas crueles, obligaban al sacerdote a mantener su juicio en suspenso. Un juicio que, por lo demás, nada le urgía a pronunciar.

Una noche, después de una cena en la que doña Cástula se había esmerado especialmente, mezclando con sabiduría los manjares y los vinos y en la que salió a relucir una antigua vajilla con monogramas dorados, un juego de copas de cristal finísimo y un mantel del más blanco lino, el padre Trejo no pudo menos que comentar:

—Si alguien me hubiera dicho que usted es un sibarita,

don Carlos, no lo habría creído ni bajo juramento. Pero tengo que rendirme ante la evidencia. Sabe usted apreciar las cosas buenas que nos proporciona la vida. Y no lo censuro. ¡Son tan pocas!

—Pero se equivoca usted, don Evaristo. No se trata de que yo sea un buen catador ni mucho menos un candidato al infierno por haber cometido el pecado capital de la gula. Yo puedo renunciar a lo que el vulgo llama placeres de la mesa (y de otros muebles, si usted me permite ser más explícito) sin hacer, ya no digamos un sacrificio, pero ni siquiera el menor esfuerzo.

—¿Entonces?

—La clave está en otra parte. Yo soy un hombre que se rige estrictamente por la lógica. Para que entienda usted las consecuencias tenemos que remontarnos a las causas. Añada usted a sus observaciones que se han hecho algunas reformas en el comedor.

Era verdad. Se había renovado el papel tapiz de las paredes y el techo se había enriquecido con un artesonado de maderas preciosas. En uno de los ángulos de la habitación, en una chimenea rústicamente labrada, ardía un fuego poderoso y alegre.

—Va usted a perdonarme, don Carlos, pero del milagro del que primero me voy a pasmar es el de la prontitud con que se ha llevado a cabo la obra. Conozco a los operarios de Comitán y no son más diligentes que los de la viña evangélica.

—La explicación es muy sencilla: a esos operarios les ofrecí aumentarles el sueldo proporcionalmente a la rapidez con que terminaran el trabajo. Y además doña Cástula no les quitó los ojos de encima ni un segundo. El resultado es que mientras usted hacía una de esas giras por los alrededores de su parroquia, la sorpresa ya estaba lista.

—¿Y el segundo milagro es igualmente fácil de explicar?

—Yo no veo ningún otro milagro.

—Que usted se haya decidido a emprender la obra.

—Ah, el motivo va usted a entenderlo muy bien. Se trata de doña Cástula. En los últimos tiempos, con esto de que he vuelto a fungir como médico, ella se ha disgustado mucho. Me ha abrumado de reproches, todos ellos razonables que, como la prudencia aconseja, no escuché. Pero cuando comenzó a quejarse de que se sentía mal, de que le convendría una temporada de baños en las aguas termales de Uninajab, de que ya era tiempo de retirarse a vivir con su familia, etc., comprendí que el peligro era grave. Me estaba amenazando nada menos que con irse. Yo, por una parte, no podía ni darme por aludido de esas amenazas ni mucho menos descender a la súplica de que no me abandonara. Prometer un aumento de sueldo habría sido una imperdonable falta de tacto. Tuve que proceder con mayor sutileza y me desvelé muchas noches pensando: ¿qué es lo que proporcionaría a doña Cástula una satisfacción verdadera, profunda y, sobre todo, durable? Después de devanarme los sesos, lo comprendí: que la casa (que, a fin de cuentas, es más suya que mía) volviera a ser lo que fue en sus buenos tiempos. Que se remozara, que resplandecieran de nuevo las galas que mis antepasados fueron acumulando y transmitiendo de generación en generación y a las que yo, además de no añadir nada, no les concedía siquiera la beligerancia de ser útiles. Y, en fin, que ella misma pudiera ostentar sus dotes de anfitriona.

La larga exposición de motivos hacía sonreír suavemente al sacerdote y don Carlos la remató con habilidad.

—Lo único en lo que yo me he reservado el ejercicio pleno de mi voluntad es en la elección del huésped: usted. ¡A su salud, don Evaristo!

Alzaron las copas y bebieron. El padre Trejo reía ahora de buena gana.

—Si me hubiera usted dejado expuesto a mi imaginación habría yo atribuido todos estos cambios a móviles más ¿cómo diría yo? más elevados. Como los que le supuse, al principio, en el caso de Enrique Liévano. Entonces creí que buscaba usted acercarse a Dios por medio de la caridad.

Aunque serio, el tono de don Carlos no fue por eso menos cordial.

—En el terreno de lo religioso siempre hemos sido muy francos, padre. Usted no ignora que yo respeto a Dios, que lo admiro y que, si alguna vez lo encuentro, lo saludaré con todo el respeto que su alto rango merece. Pero mientras tanto prefiero no entrometerme en sus asuntos, que han de ser mucho más importantes y complicados que los míos.

—Los cuales se reducen a quedar bien con su ama de llaves. Yo, ingenuo de mí, habría jurado que detrás de todas las metamorfosis que han sufrido usted y su casa en los últimos tiempos, había una mujer.

—Doña Cástula es una mujer, padre, auque por su edad o por su condición usted se niegue a concederle el título con que la favoreció la Madre Naturaleza.

—No bromeemos, doctor. Al decir una mujer yo quise decir alguien a quien su corazón hubiera elegido...

—¿Para qué?

Don Evaristo sostuvo la copa entre las manos, pensativo como si dudara entre hablar o no. Por fin, dijo abruptamente.

—Para unirse en el Santo Sacramento...

Pero don Carlos hizo un gesto para impedirle terminar la frase.

—Por favor, padre, no usemos tecnicismos, que los de un médico son mucho más exactos y más groseros. Hablemos en lenguaje corriente. ¿Usted me creyó dispuesto a volverme a casar?

—¿Y por qué no? La Escritura dice que no es bueno que el hombre esté solo.

—Y la vox populi, que es la vox Dei, afirma que más vale estar solo que mal acompañado. Yo me atengo, no a la Escritura, sino al refrán.

—¿Y por qué habría de ser mala la compañía? La virtud de las mujeres comitecas es proverbial.

—¿Y usted, padre, que las conoce a fondo —digo, porque las rejas del confesionario son el cedazo al través del cual se filtran todos los secretos—, usted, pondría su mano en el fuego por ellas?

La respuesta fue contundente.

—Sí.

—Bien. Pues brindemos porque esa virtud se conserve y se conserven quienes saben apreciarla.

—Usted no se incluye entre ellos ¿verdad?

—Yo no soy un experto en la materia. En cuanto a mujeres podría decirse que estoy fuera de combate desde hace muchos años.

Don Evaristo creyó oportuno guardar silencio ante una frase que, suponía, estaba aludiendo a un pesar que aún exigía miramientos. Aunque el tono con que la había pronunciado don Carlos dejaba translucir otras implicaciones no fácilmente definibles. Fue el mismo don Carlos quien aclaró:

—A mi edad... y con la fama de ogro que he de tener... No, verdaderamente hay cosas en las que ya no se tiene derecho a pensar.

A don Evaristo le pareció prematuro contradecir a su interlocutor. Únicamente habría logrado fortalecer la posición que adoptaba ¿o que afectaba haber adoptado? Ya se averiguaría, en el curso de ulteriores conversaciones.

Aunque, claro, don Evaristo, no propondría el tema. A fuerza de pasividad obligó a don Carlos a que se refiriera nuevamente a su viudez y lo hizo como si se tratara de un fenómeno digno de mencionarse sólo por los extremos de desolación a que lo había conducido y por el largo término que se había mantenido incólume.

—Con usted voy a ser sincero, padre. Lo que me paralizó durante estos años, hasta el grado de encerrarme y no ver a nadie, no fue el dolor. Por lo menos no fue nada más el dolor, aunque ese elemento también contara. Y bastante. Pero había algo contra lo que mi razón se estrellaba día y noche: el absurdo. Pues si usted lo considera con atención, mi historia no tiene ni pies ni cabeza. Amo a alguien y en el momento mismo en que voy a realizar ese amor (lo que equivaldría para usted, aunque lo considere blasfemo, a alcanzar el cielo) lo pierdo para siempre. ¿Por qué? ¿Por qué? Si el amor era tan intenso debía haber sido posible. Y si no era posible... Yo no he buscado la soledad todos estos años para llorar a mis anchas ni para rasgarme las vestiduras y cubrirme la cabeza de ceniza, como muchos creyeron. Yo lo único que he hecho es tratar de comprender.

—Ahí radica su error. Porque los caminos de la Providencia son incomprensibles.

—¡Basta! Recuerde, don Evaristo, que yo soy hombre de visión limitada, de móviles pequeños. Recuerde el incidente del arreglo del comedor. Para entender mi desgracia yo no iba a remontarme a las causas primeras. No, yo iba a reconstruir, con la ayuda de la memoria, todos los elementos que intervinieron en la situación. Yo iba a ordenarlos y a volverlos a ordenar hasta que cada uno de ellos quedara en el sitio que le correspondía, como las piezas de un rompecabezas, y hasta que la totalidad adquiriera ante mis ojos una coherencia y un sentido. Porque, ya se lo he dicho más de una vez, padre: mi pasión dominante es la lógica.

—¿Y le sirvió de algo en este caso? ¿De consuelo siquiera?

—De mucho más. Aunque no se lo debo todo a ella, sino también a la tenacidad, a la paciencia. Acabé por liberarme de una obsesión para la que no contaba el tiempo. Ahora, que la obsesión ha desaparecido, tengo que admitir que es demasiado tarde.

—¿Cuántos años tiene usted?

—Treinta y nueve. Y una excelente salud. Pero no se trata de eso sino de los estragos que he padecido por dentro. Desde ese punto de vista soy un hombre acabado.

—No da usted esa impresión. Con quienes vienen a consultarle despliega usted una solicitud que no se explicaría más que como fruto del afecto... o de la vanidad.

—Desde hace algunos meses padezco un trastorno de la tiroides que me exacerba la necesidad de permanecer activo.

—Moral, fisiología, que más da. El asunto es que ese apetito de actividad, que se manifiesta como simpatía, puede usted aplicarlo a otro tipo de relaciones que no sean las de médico y enfermo.

—¿Y nuestra amistad, padre?

—No es satisfactoria, en primer lugar, porque es exclusiva y porque yo no soy un hombre profano. Y luego porque hay otro grado más completo de comunión espiritual y física.

—Supongo que se refiere usted al amor.

—Al matrimonio, para usar un término que abarque, a la vez lo moral y lo fisiológico. Quiero acorralarlo.

—¡Me declaro vencido! Pero déme usted una tregua. La idea, la mera idea de... me parece todavía tan intolerable, tan indigerible...

Porque era una idea abstracta. Don Evaristo sabía que la mejor manera de vencer las resistencias de su amigo no era argumentando sino poniendo ante sus ojos nombres, figuras, encarnaciones vivas, en fin, de la posibilidad.

Don Evaristo —a quien la gracia divina había preservado hasta entonces, y sin que él se esforzase por merecerlo, de la concupiscencia de los ojos —canalizó desde su niñez de huérfano confiado a la vigilancia anónima del Seminario, su ideal de la femineidad en la Virgen María bajo la advocación del Perpetuo Socorro. Su pureza, cuyo resplandor era la hermosura, estaba condicionada por su inaccesibilidad. Era fácil conmoverse, hasta las lágrimas, ante la mera contemplación de sus perfecciones; era fácil guardarle fidelidad, sobre todo si se tenía en cuenta que a don Evaristo no lo rodeaban más mujeres de carne y hueso que parientes más o menos próximas, más o menos impertinentes con sus ocurrencias; o congregantes más o menos asiduas; o penitentes más o menos sinceras. Y, del otro lado de la barricada (otro lado que don Evaristo jamás se atrevería a traspasar por no poner en peligro su salvación eterna), estaban las discípulas de la serpiente, las aliadas de Satanás, las poseedoras de todos los secretos del mal.

El resultado de estos antecedentes y estas limitaciones era que si alguien, de pronto, le hubiera pedido a don Evaristo la descripción de las facciones de alguna de las ovejas de su rebaño, la correspondencia entre un hombre y un cuerpo, el señalamiento de las peculiaridades de una personalidad, no habría sabido qué responder. Fue gracias a su propósito de encontrar una esposa para don Carlos Román que el padre Trejo comenzó a detener la mirada en los rasgos de las muchachas en edad de merecer, la atención en sus palabras, sus vestidos, sus actitudes, la memoria en los comentarios que de ellas hacían los demás. Supo así —con no menos sorpresa que conmiseración— de esa lucha desesperada que libraban las solteras (desde el momento mismo de su aparición en sociedad) contra los años, cuya cuenta llevaban los demás, inexorablemente; escuchó en secreto las confidencias acerca de las taras hereditarias de las familias; indagó discretamente el estado de las fortunas y el monto de las dotes. Y después de efectuar la selección más rigurosa don Evaristo se decidió, por fin, a mostrar a don Carlos sus cartas de triunfo.

La sesión tuvo lugar no en el comedor, ni en el estudio (porque ni los albañiles ni los carpinteros habían terminado allí su labor) sino en la sala, cuyo ajuar había sido despojado de las fundas protectoras y cuyos espejos, sin el crespón de luto que los había ensombrecido durante tantos años, duplicaba la delicadeza de los adornos —porcelana, oro, marfil—; la minuciosidad del tallado en las maderas, y el severo claroscuro de los cuadros desde cuya profundidad asomaban los rostros de hombres enérgicos, de damas recatadas, de niños circunspectos, para contemplar un presente fuera de cuyos vaivenes se habían colocado.

El nombre de la primera candidato que don Evaristo presentó a don Carlos fue el de Amalia Suasnávar. Suplía su falta de abolengo y la escasez de sus recursos con la abnegación de un carácter templado en la adversidad. Su conducta, en ocasión de la penosa y larga enfermedad de su madre, demostró con cuánta paciencia, con cuánta dulzura y con cuánta alegría interior puede un ser, cuya conciencia moral ejerce pleno imperio sobre el egoísmo humano, sobrellevar una cruz.

Don Carlos rindió el merecido tributo admirativo a la señorita Suasnávar pero opuso algunos reparos. Nimios, desde luego. ¿Pero por qué iba a conformarse con lo que sólo es satisfactorio a medias alguien que tiene la facultad de elegir la perfección total? La señorita Suasnávar, si don Carlos no había sido mal informado, llevaba su humildad hasta el punto de haber permitido que le arrebatasen la herencia unos hermanos que sólo se presentaron a la hora de la partición; la señorita Suasnávar extremaba su modestia hasta el grado de vestirse como un adefesio y su timidez hasta el extremo de no intervenir en las conversaciones más que para decir disparates. ¿No era acaso la misma que se había hecho célebre en el novenario de su difunta madre, al quejarse ante la concurrencia de padecer un insomnio incoercible y de que cuando, por una especie de milagro, lograba momentáneamente conciliar el sueño éste era reparador, tanto que despertaba de inmediato y llena de angustia? Cuando se aclaró lo que la señorita Suasnávar quiso decir con lo de reparador se supo que tenía la más firme convicción de que lo único capaz de reparar en el mundo era un potro.

Al no poder replicar, don Evaristo pasó al punto número dos: Soledad Armendáriz, a quien todos llamaban Cholita, por un cariño que suscitaba tan espontánea cuanto inmediatamente entre quienes tenían el privilegio de tratarla. Era muy joven, claro, casi una niña, pero esto mismo representaba para don Carlos la ventaja de poder moldearla y hacerla a su gusto. En cuanto a la bondad innata de su índole se hacía patente en el hecho de que siendo su belleza justamente celebrada por propios y extraños, no sólo no se envanecía de ella sino que ni siquiera procuraba realzarla con afeites ni exhibirla en paseos y fiestas. Antes al contrario, procuraba no llamar la atención y si pecaba de exageración en algo era en la decencia de su arreglo y de sus actitudes. Tanto que sus allegados llegaron incluso a sospechar alguna inclinación mística que, según la experiencia ha comprobado, resultaba muy buena ingrediente para lograr la armonía conyugal.

Cholita Armendáriz... Cholita Armendáriz... Don Carlos tamborileaba con la punta de los dedos sobre el brazo del sillón como tratando de recordar. Hasta que por fin, se irguió con un gesto triunfante. ¡Claro que sí! ¿No era la misma que desempeñaba el papel de ángel en todas las veladas parroquiales y que, en una ocasión, en que por causa de unas anginas y para no suspender el acto, iba a ser sustituida por su hermana? Ante tal perspectiva Cholita, empujada por el celo religioso que en ella sobrepasaba al efecto fraternal, se vio en la coyuntura de revelar que su hermana era indigna de ponerse esas vestiduras, sagradas por lo que representaban, para cubrir un cuerpo que se había entregado a las más bajas pasiones. Y mencionó, con una exactitud realmente pasmosa, los nombres de los cómplices, los sitios de las consumaciones y su número, del que ella llevaba estricta cuenta. La velada parroquial no se llevó al cabo, naturalmente, pero en lugar de ella el pueblo comiteco pudo disfrutar de un sabroso escándalo. La hermana de Cholita fue desterrada a uno de los ranchos de su padre y ella añadió a los méritos de su apariencia el de poseer un implacable índice de fuego para señalar la corrupción donde quiera que se hallase, aun entre sus seres más queridos.

Don Carlos, como sus demás coterráneos, aplaudía esta cualidad pero le era preferible contemplarla desde lejos y no correr el riesgo de convertirse alguna vez en el señalado por el índice de Cholita. Porque la carne es flaca y el justo cae setenta veces diarias y nadie está libre de tentación.

La número tres, Leonila Rovelo, era rica, aristócrata, dueña de una salud espléndida...

—Por favor, don Evaristo, no continúe, usted. La conozco y me parece un magnífico ejemplar de vaca suiza. Podría amamantar al pueblo entero lo que no obsta para que sea incapaz de hilvanar dos palabras juntas. ¿Sabe usted cuál fue la causa de la ruptura con un novio con el que estaba a punto de casarse, Ramiro Albores?

Don Evaristo tuvo que reconocer que no.

—Pues resulta que, ante la inminencia de la boda, los familiares de Leonila se hicieron de la vista gorda para dejar a los novios hablar a solas durante unos momentos. El lugar no podía ser más propicio: una banca del parque, rodeada de jazmineros cuyo aroma, como dicen los poetas, embalsamaba el ambiente. La marimba desgranaba sus más dulces melodías desde el kiosko y la luna rielaba con suavidad por el cielo. La ocasión es de las que no se presentan dos veces. Ramiro, que no era poeta, halló, sin embargo, la elocuencia suficiente para hablar de su amor, de sus esperanzas, de la felicidad que lograrían juntos. Leonila lo escuchaba con arrobamiento pero, cuando le llegó su turno de contestar, empezó a hacer nudos con su pañuelo. Ramiro insistía, al principio con cortedad, luego de modo más resuelto, pero siempre con ternura. Acabó por atreverse a tomar la mano de Leonila que continuaba muda. Cuando, por fin, se decidió a hablar fue para decir: "¿Qué horas son?"

—Tendría alguna urgencia...

—No tenía ninguna urgencia y además, frente a ella, resplandecía, con todos sus números, el enorme reloj del Cabildo al que podía, en último caso, echar una ojeada. No, se trataba únicamente de decir una frase corta, usual y cuyo significado le fuera comprensible.

Don Evaristo no se arredró por la victoria del otro.

—¡Haberlo dicho antes! Lo que usted quiere es una lumbrera. Bueno, pues allí tiene a Elvira Figueroa: compone acrósticos a San Caralampio, patrón de su barrio, a quien se le deben milagros sin cuento...

—Entre los cuales no está el matrimonio de esa señorita.

—Los hombres le temen y le huyen porque no se atreven a competir con ella. Se sabe de memoria las capitales de Europa, es capaz de resolver el más intrincado crucigrama...

—Y mientras tanto se cae la casa.

—No, no me va usted a agarrar por allí. Para Elvira la economía doméstica no tiene secretos. Y en cuanto a la culinaria me bastará con decirle que las propias monjas del convento de la Merced le piden recetas y consejos cuando quieren lucirse agasajando al señor Obispo.

—Dudo que pueda ganar a doña Cástula.

—En otros terrenos es también muy primorosa. Borda, hace unos pirograbados preciosos en terciopelo y en madera, pinta acuarelas...

—Y toca el piano.

—Con un brío en que no la igualaría ningún hombre.
—Ahora me explico lo del bigote.
—Doctor, lo que acaba usted de decir es una falta de delicadeza. De una señorita no se comenta nunca ese tipo de defectos. Aunque se rasure.
—Mea culpa, don Evaristo. Prosigamos.
—Yo ya no sé de nadie más.
—¿Cómo? ¿Es posible que no se haya usted fijado en sus vecinas de enfrente?
—¿Quiénes? ¿Las Orantes?
—Sí. Salvo que esté usted ofendido por lo del bigote de la señorita Figueroa (del que me retracto y de hoy en adelante llamaré ligera sombra de bozo) no me explico que no haya usted puesto en su lista por lo menos a alguna de las tres. Porque las hay para todos los gustos.
—No para el suyo, que es bien difícil. La mayor, Blanca, es Dama del Sagrado Corazón de María, Celadora del Santísimo. . .
—Que yo sepa nunca ha tenido un novio.
—No, y por desgracia tampoco tiene vocación de monja. Así que tiene que conformarse con esa agua tibia que es la soltería.
—¿Y la que sigue?
—¿Yolanda? Tiene miedo de que si se acerca a la iglesia va a contagiársele el destino de su hermana. Así que no vive más que para las diversiones y le ha hecho la lucha a cuanto hombre disponible hay en Comitán. Excepto a usted, porque no es afecta a gastar su pólvora en infiernitos. A estas alturas, y después de haber recorrido a todos, el único recurso que le queda es un agente viajero. Los atrae. Pero en cuanto se enteran de la situación tratan de aprovecharla o abandonan el campo. ¡Lo que es la suerte! En cambio, la menor, Romelia, se siente la divina garza porque apenas acaba de vestirse de largo para ir a su primer baile y ya no hay día en que no le ronden el balcón dos o tres moscones ni noche en que no le lleven serenata.
—¿Es muy bonita o es muy coqueta?
—¡Yo qué voy a saber! ¿Con qué ojos quiere usted que la mire, después de que la marimba con que la agasajan sus enamorados me han mantenido despierto toda la noche y tengo que madrugar para decir mi primera misa?
—Valdría la pena que la mirara usted padre, aunque sea

con ojos soñolientos o irritados. Yo la vi una vez. Y me dio la impresión de un ser tan ávido de vivir... Pero no con esa avidez que envilece, no, sino con esa otra que exalta. Lo que se le sale a la cara no es hambre, es necesidad de plenitud.

—Ajá. Con que hemos estado jugando sucio ¿no? Y mientras yo me tomaba el trabajo de discernir espíritus usted se tenía bien guardado un as en la manga.

—Padre, yo no he hecho más que verla de lejos. Una vez. No sé nada de ella. No he querido preguntar.

—En cambio de las otras está usted bien enterado. Gracias a doña Cástula, supongo.

—Doña Cástula ya no es mi único punto de contacto con el mundo. Ahora tengo mi clientela, padre. Y usted sabe que la gente sólo puede hablar, lo que se llama hablar, con su sacerdote o con su médico.

—De modo que es la clientela. Desde hace algún tiempo he venido notando cómo se depuraba. Ya en el zaguán no hay tantos pobres... y en cambio ha habido que acondicionar una sala de recibo con sillones cómodos y floreros y revistas sobre la mesa... No, no es un reproche. Es la observación de una ley natural. El agua busca siempre su nivel.

—Me he puesto de moda entre la gente visible. Vienen a ver de cerca a un animal raro.

—¿Y usted, cómo los trata?

—Como se merecen.

—Entonces van a perseverar. ¿Se ha anotado usted algunos éxitos?

—Fulminantes. Como por ensalmo he hecho desaparecer enfermedades imaginarias. Aunque, claro, no he prometido nunca una curación definitiva. Los ricos necesitan entretenerse en algo y no es lícito arrebatarles toda esperanza.

—Humm. La táctica no es mala. Ya se ha hecho usted famoso. Un día de éstos va a acabar por venirlo a ver don Rafael Orantes, el padre de la muchacha que tanto le ha llamado la atención. Es un hombre de cierta edad y que padece achaques. Su familia se preocupa. ¿Qué va a ser de ella cuando le falte el respeto de su varón? ¿Quién va a administrar el capital que don Rafael ha hecho llevando a vender partidas de ganado a Guatemala?

—Pero tiene un hijo. Yo lo recuerdo muy bien. Fuimos

compañeros de escuela. Se llamaba Rafael, igual que el padre.

—Murió hace tiempo.

—Es raro que yo no me haya enterado. Debe de haber sucedido en los años en que yo estuve fuera de Comitán.

—No. Fue casi por las mismas fechas del fallecimiento de su esposa. Unos días después.

—Ah, entonces se explica. Yo perdí la noción de todo lo que no fuera mi... mi desgracia. ¿Y de qué murió?

—Fue un accidente de cacería. Se le disparó el rifle y le destrozó la cabeza.

—Por aquellas fechas Rafael ha de haber sido joven. Bueno, tan joven como yo me consideraba a mí mismo. Unos veintiocho años, más o menos.

—Sí, más o menos.

—¿Y era soltero o casado?

—Les dio muchos dolores de cabeza a sus padres. Le gustaba la parranda, el mariposeo. Andaba picando por aquí y por allá. Pero nunca llegó a formalizar con ninguna.

Don Carlos se dio una fuerte palmada en el muslo, como de quien acaba de recordar algo.

—Sí, sí, es verdad. Estela misma me contó algo de que le había hecho la ronda.

—¿Y por qué había de ser ella la excepción?

—Pero allí parece que las cosas se complicaron un poco porque la madre de Estela se opuso a las relaciones y les prohibió terminantemente verse, escribirse... En fin se portó como si lo que se hubiera propuesto fuera casarlos.

—Nunca se habló de eso. Ni siquiera de un noviazgo.

Don Carlos cambió de tema con volubilidad.

—Así que a falta de un heredero varón, don Rafael Orantes deja tres mujeres. ¡Ay, don Evaristo, en estos casos es cuando lamento no ser musulmán!

—Irreverente, además de hipócrita. Porque usted ya le tiene echado el ojo a una. Y las otras dos bien pueden ser borradas del planeta.

Don Carlos adoptó una expresión grave para contestar.

—Recuerde, don Evaristo, que yo de Romelia no sé nada. Y que todo quiero averiguarlo gracias a usted.

Don Carlos tuvo, sin embargo (y no muy en contra de su voluntad), otra fuente de información: implacable, veraz y, que desde su nivel, percibía detalles mucho más reveladores —por nimios, por impremeditados, por intrascendentes— que esas generalidades vagas mediante las cuales don Evaristo pretendía definir la personalidad de Romelia. Esa fuente de información era doña Cástula, cuya suspicacia se había agudizado al advertir los tejemanejes de su amo y que sentía peligrar el absolutismo de un imperio cada vez más vasto. Porque ahora, por ejemplo, unos semaneros de las fincas removían la tierra del jardín para plantar semillas nuevas y se podaban los viejos árboles y se llenaban los corredores con especies raras de orquídeas y en torno de los pilares crecían enredaderas importadas.

Que don Carlos tuviese un quebradero de cabeza discreto le habría parecido a doña Cástula no sólo muy legítimo y muy puesto en razón sino que lo contrario aparecería ante sus ojos como anormal. Pero que volviera a casarse ya lo consideraba como empresa extemporánea, arriesgada y hasta un poco ridícula. Más si se tenía en cuenta que el aire soplaba por el rumbo de la menor de las niñas Orantes, de esa familia con la que no duraban las criadas, de esa casa a la que se entraba a servir por curiosidad y de la que se salía con material suficiente como para entretener los ocios de todas las otras patronas comitecas juntas.

De lo mucho que doña Cástula oyó decir sobre Romelia sacó en limpio lo siguiente: que su nacimiento fue un milagro de la señora Santa Ana, pues sucedió cuando ya sus padres habían perdido toda esperanza de descendencia. Por eso mismo, y por la desproporción de edades que guardaba con sus hermanos mayores, se convirtió en la consentida. Pasaba de unos brazos a otros, se la disputaban para arrullarla, para divertirla, para regalarle golosinas. La unanimidad del afecto fue tan total que Romelia llegó, suave y naturalmente, a la convicción de que su existencia constituía el centro del universo. Como nadie necesitaba ser persuadido de este axioma no tuvo que recurrir a ninguna demostración: ni rabietas, ni caprichos, ni enfermedades fingidas, porque nadie olvidaba nunca quién era Romelia ni lo que valía.

Su carácter, pues, en circunstancias propicias, era apacible y aun alegre y expansivo. Se sabía donadora de felicidad y ella misma era feliz al poder proporcionársela a los otros.

De este paraíso infantil no la expulsó la disciplina del colegio (porque cada año los mayores aplazaban para el siguiente su inscripción), ni la indiferencia de ninguno de los que la rodeaban, ni la traición de alguien solicitado o por asuntos más urgentes o por efectos más exclusivos. Lo que destrozó el mundo de Romelia fue algo a lo que no pudo siquiera enfrentarse porque no era capaz tampoco de comprenderlo: la muerte.

La muerte que no sólo le arrebató a su hermano Rafael que fue, quizá, el más rendido de sus adoradores (o por lo menos el que le proporcionaba sorpresas más agradables, diversiones más variadas, paseos más audaces), sino que transformó en otros seres, profundamente extraños, impenetrables y aun hostiles, a los que antes la habían amado.

Recordaba aún, con rencor, cómo el día en que trajeron del rancho, en una parihuela cargada por cuatro indios, el cadáver de Rafael, ninguno tuvo para ella una mirada, un gesto que la protegiera de aquella visión horrible. Tampoco, mientras se hacían los preparativos del entierro, ninguno se fijó si Romelia comía o dejaba de comer. Y las noches que duró el novenario Romelia se encerraba, castañeteando los dientes de miedo, en una alcoba en la que no la acompañaba ni aun el sueño. Perdió la cuenta de las veces en que la fiebre la visitó y volvió a irse sin que una mano solícita tocara sus sienes o acercara a sus labios un remedio. ¿Para qué llorar si no había testigos a su alrededor? ¿A quién recurrir? Con los ojos agrandados por el estupor Romelia contemplaba lo que acontecía en torno suyo.

Doña Ernestina, su madre, vagaba por la casa, desgreñada, sucia, delirante. Ni la autoridad del esposo, ni los ruegos de las hijas, eran bastantes para hacerla volver en sus sentidos. Cuando accedía a quedarse en su cuarto era para invocar, a oscuras, a gritos, la presencia del hijo ausente. Y aprovechaba el menor descuido de sus vigilantes para hacer llegar hasta ella a mujeres sospechosas de brujería, a echadoras de cartas, a adivinas. Tuvo la osadía de desafiar la cólera de don Rafael y la opinión del pueblo, con tal de asistir a una sesión espiritista de la que la expulsaron por que intento, violentamente, obligar a la médium a que, al través suyo, se materializara su hijo muerto.

Don Rafael padeció la desgracia de otra manera. Siguió atendiendo escrupulosamente sus negocios. No dejó ni de frecuentar a sus amigos ni de presidir la mesa familiar en la que ahora había dos lugares vacíos: el de Rafael y el de doña Ernestina. Pero nadie recordaba haberlo visto reír, abandonar su reserva, descuidar ese aire de atención continua sobre sus propios actos como para impedir que se le desmandaran. A solas se derrumbaba a llorar sobre los escombros de una vida cuya raíz había sido arrancada de cuajo y que no tenía el menor interés en conservar. Así no opuso la menor resistencia a las primeras insinuaciones de la enfermedad y de la decrepitud. Aunque tampoco estas nuevas circunstancias adversas iban a modificar unos hábitos que, con tan heroico esfuerzo, había logrado mantener intactos.

En cuanto a las hermanas de Rafael, el brío de la juventud, las esperanzas en el porvenir, atemperaron su dolor. Desconcertadas por la vehemencia y la irracionalidad del dolor de su madre, sospecharon que detrás de aquel suceso que después de todo era natural y que muchos de sus conocidos sobrellevaban con resignación y sin alardes, se ocultaba un misterio que su condición de mujeres les impedía descubrir. Y no fueron capaces de imaginar nada que no tuviera una relación directa con ellas mismas.

Blanca intuyó confusamente una culpa (¿suicidio?) que la obligaba a la expiación. Yolanda resintió la vergüenza de la excentricidades de doña Ernestina como un reto al que respondía exagerando su afán de agradar. Así una se hizo devota y otra coqueta. Y ambas, para la realización de sus deseos, contaban con una herencia que, de pronto, adquiría tal magnitud que no podía caber en sus pequeños cerebros.

En cuanto a Romelia intentó, al principio, manifestar en todas las formas posibles la intensidad de su duelo para atraer sobre sí la atención errante de los otros. Tuvo desmayos públicos y melancolías privadas, pero su madre era una competidora, por lo pronto, original, y luego demasiado experta, así que tuvo que batirse en retirada. Eligió no el desenfreno sino la constancia. Mucho después de cumplido el término del luto se negaba no sólo a quitárselo sino también a aliviarlo con un bies de color. Conservaba siempre puesto un relicario en el que guardaba, bien plegado, el único papel que en su vida le escribió su hermano. Fue en ocasión del envío de los primeros duraznos que se cosechaban en la finca; y el papel decía nada más: "que te haga buen provecho".

Pero estas ostentaciones de Romelia, que la convirtieron

en una criatura legendaria para los comitecos, no lograron sacar de su ensimismamiento ni a sus padres ni a sus hermanas. Así que tuvo que dedicarse, con exasperación, a la búsqueda de un afecto que sustituyera, que compensara todos los que había perdido en la catástrofe. Se pegaba a las faldas de las criadas, de la costurera que venía a repasar la ropa de la familia, de la molendera de chocolate.

Siervas, al fin, la consecuentaban porque para algo ha de valer ser hija de patrón. Pero cada una tenía su mundo aparte y en él Romelia no iba a hallar cabida.

Cuando Romelia entró en el colegio (porque, en un momento de lucidez, sus padres advirtieron que tenía doce años y que ignoraba hasta los rudimentos de la lectura) hizo el doloroso descubrimiento de que llamarse Romelia Orantes no significaba nada y que si su apellido era bueno había otros iguales o mejores con los que tendría que competir. Que si quería lograr la aprobación de sus maestras y la amistad de sus compañeras, necesitaba merecerlas. ¿Los medios? La aplicación en el estudio, la adquisición de la destreza en los juegos y la lealtad en las circunstancias difíciles.

El primer movimiento de Romelia fue de orgullo y de rechazo. Se negaba a aceptar las reglas, quería volver a la omnipotencia y a la impunidad de la infancia. Pero su voluntad chocó, y fue pulverizada, contra las órdenes terminantes de su padre, que la obligaron a seguir asistiendo, y con puntualidad extrema, a clases.

Humillada, Romelia trató de adaptarse a sus nuevas condiciones, aunque con bastante torpeza y escaso éxito. Logró la tibia simpatía de alguna monja, pero nunca esa predilección exclusiva y apasionada de que gozaban otras que, sin embargo, no observaban una conducta más ejemplar que la suya. Logró una o dos conversaciones con muchachas a quienes, si le hubiera sido dado elegir, habría repudiado. Y nunca una confidencia, un juramento de amistad (como los que intercambiaban las otras), nunca una invitación a continuar el trato fuera de las aulas.

Situada en un presente tan insatisfactorio, Romelia se volvió hacia el pasado para idealizar la figura de su hermano muerto, el único fiel, para rendirle un culto que su familia —sobre la cual el tiempo dejaba caer indiferencia y olvido— estaba comenzando a abandonar. El símbolo de ese culto era el relicario, siempre sobre su pecho sobre el que resplandecía, hasta en las ocasiones más frívolas, con exclusión de toda otra joya.

Y, por otra parte, Romelia proyectaba su afán de revancha para el futuro. Alguna vez, de algún modo que todavía no se se le mostraba claramente, iba a recuperar su sitio de privilegio, iba a ser exaltada a cumbres inaccesibles para los demás, iba a ser proclamada, en una enorme apoteosis, como la predilecta.

El instrumento para lograr sus fines empezó a revelársele cuando despuntó en ella la pubertad: era el cuerpo. Más allá de los oscuros y severos uniformes de la colegiala, los hombres adivinaban unas formas que prometían ser espléndidas.

Romelia, lejos de turbarse ante la avidez de las miradas, volvió a sentir en torno suyo esa atmósfera eléctrica que fue la de su infancia. Sólo que ahora sabía algo que antes ignoraba: que el poder es siempre frágil; que cualquier contingencia lo arrebata y que es preciso, mientras se le tiene entre las manos, aprovecharlo, hacer un uso inteligente de él para lograr lo esencial.

Lo esencial, para ella, era el amor. Un amor que colmara todos sus vacíos y que no exigiera reciprocidad, aunque desde luego Romelia no era tan ilusa como para no disponerse a hacer todas las concesiones necesarias a las apariencias.

Después, el rango. Porque el amor debe bajar hacia los elegidos, como baja la luz de un astro lejano y poderoso, y no subir como una nube de incienso. Romelia trocaría el apellido de Orantes sólo por otro mejor.

Fortuna. Romelia estaba acostumbrada a la seguridad que proporciona la posesión del dinero pero necesitaba evolucionar hasta el disfrute del lujo. Estaba dotada no de ese instinto grosero que lleva a preferir lo más vistoso sino de esa especie de videncia que descubre lo más caro.

Pero mientras Romelia llegaba al término final de sus ambiciones, le era preciso conformarse con triunfos menores. Como el de ser electa reina de las Fiestas Patrias y aparecer en todas las ceremonias escoltada por un chambelán que era representante nada menos que del Gobernador del Estado; como recibir diariamente el homenaje de algún admirador al que no se dignaría mostrar el menor signo de benevolencia; como constatar la envidia de sus amigas y contemplarla de cerca, y llevarla hasta la exasperación, en sus hermanas, en Yolanda.

Estos incidentes colmaban a Romelia un día, un rato. A veces, por motivos que no alcanzaba a comprender, se sentía apaciguada meses enteros. Pero lo otro, lo real, lo definitivo, tardaba en cuajar.

Pero cuando cuajó fue para sobrepasar todas sus esperanzas, aun las más desmesuradas, aun las más ambiciosas. Un hombre como don Carlos reunía, en el grado sumo de excelencia, las condiciones requeridas y agregaba a ellas un prestigio más: el de habérsele considerado inconquistable. ¡Cuántas habían pretendido seducirlo, atraerlo y se habían visto obligadas a abandonar la empresa por imposible! Y he aquí que, de pronto, una muchacha para quien don Carlos no sólo no es interesante sino que tampoco es existente, lo saca de quicio y lo obliga a buscarla, a perseguirla, a frecuentar lugares que antes desdeñaba, a adoptar actitudes que lo rebajaban ante los ojos de todos, a cortejarla, en fin, con todas las reglas del arte.

Un hombre que, como don Carlos, no había vuelto a poner los pies en la iglesia desde el día de su primer matrimonio, asistía ahora, diariamente y tempranito, a misa, sólo para ver entrar a Romelia, para contemplarla desde lejos mientras se desarrollaba el acto ritual, a seguirla a distancia en el camino de regreso a su casa.

Ella sentía la mirada fija sobre sí y la estremecía una sensación de triunfo. Alguna vez ese hombre tan fuerte, tan dueño de sí, tan entero (y a quien, sin embargo, intimidaba ella con su sola presencia) iba a atreverse, iba a acercarse, iba a hablar, iba a decirle que la amaba, iba a suplicarle que condescendiera a ser su novia, su esposa. Ella fingiría azoro, sorpresa y endulzaría el rechazo inicial y obligatorio con una afectación de modestia. ¿Cómo era posible que una persona de los méritos, de los títulos, de la experiencia (no, no mencionaría la edad, podía ofenderlo) de don Carlos hubiera venido a fijarse en una muchacha tan insignificante como Romelia? Cierto que era factible que se hubiese dejado deslumbrar por las apariencias.

¿Pero cuánto dura una cara bonita y de qué sirve si no tiene como complemento la virtud y la seriedad? Romelia que, por lo menos era franca y se mostraba sin hipocresías, debía confesar sus defectos, algunos de los cuales eran graves y otros molestos. El hombre que la requiriera tendría que aceptarla tal y como Dios la había hecho. Y como eso no era fácil se necesitaba nada menos que el amor, el verdadero amor.

Aunque esta aclaración de Romelia tuviese todos los visos de una negativa, sería formulada con tal maña que don Carlos, por poco avisado que fuera, hallase en los términos finales una esperanza que lo incitara a probar que su amor era tan verdadero como se necesitaba.

Ya colocados en esta tesitura Romelia iría concediendo que, a su edad, ningún carácter está definitivamente formado y que ella, bajo una dirección hábil y unos consejos sabios, podía corregirse. Por ejemplo, a Romelia, como a todas las muchachas jóvenes, le encantaban las fiestas y los halagos y los disfrutaba cuando los tenía al alcance de la mano. Aunque siempre, claro, dentro de los límites de la corrección y sin que nadie pudiera echarle en cara un devaneo, un desliz, una locura. Su honestidad se había templado en las ocasiones, algunas de las cuales le mostraron formas de la tentación que no eran tan fáciles de rechazar. Pero Romelia no iba a aferrarse a estas costumbres porque bien comprendía que lo que a ella la empujaba a los paseos y reuniones no era sino lo que una mujer casada encuentra sobradamente en su hogar: la compañía, el apoyo, la protección, el amor. Teniendo esto se tiene el sosiego y la paz y el mundo de afuera carece ya de atractivo.

Porque, aunque su aspecto frívolo la desmintiera, Romelia no había soñado nunca más que con un afecto tranquilo y seguro. Desconfiaba de las pasiones, temía las aventuras, no anhelaba sino encontrar un hombre digno de que ella le dedicara su devoción y su fidelidad incondicionales. Para su desgracia, Romelia era de las de una sola palabra, una sola voluntad, un solo destino.

Esta confesión la conmovía tanto que, aun siendo imaginaria, hacía fluir las lágrimas abundantemente a sus ojos. Con un ademán convulsivo apretaba entre los dedos de su mano derecha el relicario, el símbolo de la constancia de sus afectos.

Pues Romelia intuía, por la forma en que don Carlos había padecido la viudez, que sabría apreciar mejor que ninguno el hecho que representaba la conservación del relicario. El culto a los muertos podría constituir su primer punto de aproximación y después ambos irían descubriendo asombrosas coincidencias de gustos en el presente y de anécdotas pretéritas. Romelia estaba dispuesta a dejarse instruir e iniciar en las aficiones del otro, fueran las que fueran. O a mostrar desprecio por la gente que pierde su tiempo en fruslerías, en el caso de que don Carlos fuera un hombre sin aficiones.

En cuanto al pasado Romelia había decidido respetar el de don Carlos como cosa sagrada. A no aludir jamás a él si no se le concedía una autorización previa y a hacerlo en el tono de alguien que comprende que se halla frente a una realidad que sobrepasa sus propios méritos.

Había oído decir, por ejemplo, que una de las habitaciones principales de la casa de don Carlos había sido convertida por él en una especie de museo en el que se conservaban, intactas, siempre escrupulosamente cuidadas y limpias, las pertenencias de Estela. Pues bien, su sucesora sería la más celosa guardiana de la veneración que a ese, no, museo no, altar, se le debía. Hasta que el mismo don Carlos le rogara que no exagerase y ella, por obediencia, fuera dejando que crecieran las telarañas y se extendiera el moho y se multiplicaran los hongos. Pues nadie volvería a acordarse de aquel cuarto cerrado habiendo tantos otros abiertos y que requerían atención y cuidado. Luego los tiempos traerían complicaciones inevitables. Por ejemplo, los embarazos, los partos. Llegaría el momento en que no fuera suficiente el espacio para ella, para el recién nacido. ¿Iba a ser capaz don Carlos de oponerse a que se guardaran los objetos inútiles en un baúl y se acondicionara el cuarto como alcoba del niño? Ya después ella podría destinarlo a otros usos. Un costurero, que siempre había soñado, y de cuya decoración tenía ideas muy precisas.

Según la fama, don Carlos era melancólico y Romelia se acomodaría, al principio, a este humor. Pero, poco a poco, y considerando el bien de su marido, lucharía hasta conseguir que se formara alrededor de ambos un círculo selecto de amistades. Organizarían tertulias, excursiones al campo y tal vez, tal vez, hasta bailes.

En este círculo ¿qué cabida hallaría don Evaristo, quien por ahora era el único amigo de don Carlos? Probablemente ninguna, porque se trataría de parejas de matrimonios jóvenes y la presencia de un célibe y, más, de un sacerdote, es siempre incómoda, cohíbe a los demás y mata la alegría y la espontaneidad. Para recibir a don Evaristo se reservarían días especiales, cada vez más raros, hasta que —al unísono él y don Carlos— comprendieran que sus mundos se habían separado y procuraran evitar la agonía de esas visitas en que ningún tema de conversación prospera, ningún interés se comparte, ninguna proposición encuentra resonancia en el otro.

En cuanto a doña Cástula, de la que Romelia tenía la certidumbre de que, sintiéndose dueña y señora de la casa, estaba dispuesta a dar la batalla para no dejarse destronar por cualquier advenediza, habría que manejarla con precaución porque era necesaria y en ella quería descargar Romelia todas las pesadas rutinas de patrona y de madre. Pero la táctica consistiría en una especie de juego de estira y afloja, de concesiones generosas y negativas arbitrarias, de vigilancia estricta (para impedir que traspasara sus límites y olvidase su condición inferior) combinada con una benevolencia extrema y demostraciones de confianza absoluta.

En términos generales ésta podría ser la línea de conducta adecuada. Pero aquí, como en todo lo demás, Romelia estaba preparada para improvisar las acciones sobre la marcha, para modificar sus actitudes según las circunstancias y aun para rectificarlas por completo si ello era preciso.

Por ejemplo, en el caso del noviazgo. Sus cálculos resultaron inútiles desde el momento en que don Carlos se abstuvo de tratar el tema directamente con ella si no que, con el pretexto de que no sabría resistir una negativa, envió como emisario al padre Trejo ante los señores Orantes.

Las negociaciones, pues, se llevaron al cabo en un nivel en el que la presencia, por lo menos la presencia de Romelia, no contaba. Antes de consultar con ella sus padres pesaron los pros y los contras de tal enlace y don Rafael tomó incluso la providencia de rendir una visita a doña Clara Domínguez, la madre de Estela, para pedirle referencias acerca de quién había sido su yerno.

Doña Clara, aunque nunca había podido perdonar a don Carlos que no hubiera recurrido a ella —viuda y sola también— para que se quedara en la casa en que había asistido como enferma a su hija y la había velado como muerta, para que permaneciera definitivamente allí como ama (sino que había preferido confiarse a una sirvienta), tuvo que reconocer que, como marido, don Carlos fue intachable.

Desde el primer momento concedió a la enfermedad de Estela la importancia que tenía e hizo cuanto estaba en sus manos para curarla. No escatimó gastos y así como hizo venir a famosos especialistas de México, también permitió que dieran su parecer las curanderas más humildes. Los medios no le importaban. Lo que le importaba era la vida de Estela. Y luchó, para salvarla primero, para prolongarla después, sin dar una muestra de impaciencia o de cansancio hasta que todo fue imposible. Porque la raya que Dios pinta no la cruza nadie y Estela allí se quedó.

Alentado por estas confidencias don Rafael se inclinaba a dar su consentimiento para la boda y, más que una proposición, lo que transmitió a Romelia al través de doña Ernestina fue una orden que la muchacha acató con la docilidad que se espera de una hija modelo, papel que, en ese momento, era el único que le permitían desempeñar.

El periodo de noviazgo fue breve y don Carlos y Romelia fueron sistemáticamente impedidos de verse a solas, pues tal es la costumbre. Pero cuando, por un acuerdo tácito, los vigilantes se descuidaban un momento, ella bajaba los ojos y se ruborizaba en espera de la frase romántica que había leído en una novela, de la mirada lánguida que lanza el modelo de tarjeta postal, de la tentativa, brutal y torpe a la que ella resistiría heroicamente, de aproximación.

Pero don Carlos parecía no advertir la oportunidad que se le presentaba y desperdiciaba esos minutos fugaces hablando de los encargos de ropa que había hecho a México, de los muebles que los carpinteros se demoraban en entregar, de la fe de bautismo que era necesario conseguir.

¿Cómo podía explicarse Romelia la conducta de su novio? No procedía así por inhabilidad, desde luego, ya que era hombre de mundo. Tampoco por falta de amor porque cuando un hombre no ama a una mujer no se casa con ella y este hombre parecía estar devorado por un ansia febril de que los acontecimientos se consumasen. Entonces procedía así por delicadeza. Nada más. Y ella debía sentirse halagada y agradecida.

El plazo se cumplió al final y la ceremonia de la boda (misa solemne, cantada por tres padres en la que el principal oficiante era don Evaristo Trejo) fue celebrada en el

Templo Mayor, cuya nave resplandecía de luces y para cuyo adorno se arrasaron todos los planteles de flores de Comitán.

Al fondo, las voces del órgano y de un coro de niños atacaron la Marcha Nupcial en el momento en que entró la comitiva. Sobre la alfombra roja, del brazo de su padre, vestida de brocados antiguos y sin más joya que el famoso relicario, avanzaba —con paso deliberadamente lento para que su belleza pudiera ser observada y advertido hasta el más insignificante detalle de su atavío— la novia. Su semblante mostraba la gravedad propia del acto en que iba a comprometer su vida; el rubor, imprescindible dada la índole de ese acto, y un capullo de sonrisa en que asomaba la felicidad.

Detrás iba el novio sosteniendo a una doña Ernestina milagrosamente entera. Como si en todos los años transcurridos desde la muerte de Rafael no hubiera hecho nada más que alternar en sociedad, caminaba con desenvoltura, orgullosa de la elegancia y la discreción de su atuendo, alhajada, como siempre en las grandes ocasiones, con los diamantes heredados de los bisabuelos.

Las damas de honor eran las hermanas de la novia y no hubo manera de ponerlas de acuerdo acerca de los colores y el estilo de la ropa. Blanca eligió una tela gris oscura y un corte severo y monacal. Yolanda tuvo que ceder a los ruegos de su futuro cuñado y prescindió de la seda roja y brillante en la que se había encaprichado, del escote excesivo y de las mangas demasiado cortas y se contentó con permanecer en un terreno neutral en que el brillo de la tela fue atenuado por una opacidad inofensiva que hacía perder intensidad a su tono hasta volverlo moderado. En cuanto al escote se disimulaba con un velo y las mangas eran casi alcanzadas por la longitud de los guantes.

La concurrencia se fijó poco en los hombres. Pero el aspecto de don Rafael era el de un anciano que se sostiene en pie a fuerza de voluntad pero a quien la vida le ha dado ya la espalda. En cuanto a don Carlos —joven aún, corpulento, cuya mandíbula habla tanto de su obstinación y su ceño tanto de su ensimismamiento— no mostraba más que la calma, la seguridad, el dominio de sí mismo de quien ha atravesado por duras pruebas y ha salido, gracias a su coraje, bien librado y llega, por fin, a un puerto seguro.

Cuando los protagonistas se arrodillaron en sus reclinatorios, la música inundó los ámbitos de la iglesia con los acordes del Ave María de Gounod. En el momento del Evangelio se hizo un silencio general y, de pie, la concurrencia escuchó las palabras con que el sacerdote iba a declarar a la pareja marido y mujer.

Don Evaristo habló con fluidez, con entusiasmo, de la perfección del matrimonio cristiano —imagen terrestre de la unión mística de la Iglesia y Cristo—, de los deberes que el nuevo estado imponía a los cónyuges y de su obligación de formar una familia cuyos sólidos fundamentos fueran la fe y la observancia de los mandamientos divinos.

Con los ojos bajos Romelia se las ingeniaba para dar rápidos vistazos a su alrededor. Sí, en las bancas más próximas estaban sus amigas a las que mañana (y quizá siempre) les seguirían diciendo señoritas. Las que no iban a ser iniciadas, como ella esta noche, en los misterios de la vida. Las que no asistirían a los paseos, a las reuniones, a los entierros, sostenidas por el brazo fuerte de un hombre. Las que no se escudarían en la figura del marido para evitarse las molestias de las pequeñas decisiones y las responsabilidades de las decisiones importantes; las que no usarían el nombre del marido para negar un favor y rechazar una hospitalidad; las que no estarían respaldadas por el crédito del marido para contraer una deuda; las que no podrían invocar la autoridad del marido para despedir a una criada o castigar a un hijo.

De hoy en adelante Romelia ingresaría en el gremio de las mujeres que nunca dicen "yo quiero" o "yo no quiero" sino que siempre dan un rodeo, alrededor de un hombre, para llegar al fin de sus propósitos. Y ese rodeo se ciñe a una frase: el señor dispone... el señor prefiere... el señor ordena... no hay que contrariar al señor... ante todo es preciso complacer al señor... necesito consultar antes con el señor... El señor que la exaltaría al rango de señora ante los ojos de todos y que, en la intimidad, le daría una imagen exacta del cuerpo que, al fin, habría alcanzado la plenitud de saber, de sentir, de realizar las funciones para las que había sido creado.

Los músicos prorrumpieron en un Gloria al que pronto se incorporaron los mil sonidos dispersos de una multitud que se apresta a disgregarse. Que se atropella un poco y sonríe y se cede mutuamente el paso, que hierve de impaciencia por comentar los sucesos y que inicia frases breves y entrecortadas en voz baja, que disimula sonrisas bajo pañuelos perfumados, que deja que la burla, el despecho, la envidia, asomen a sus ojos y que cuando piensa en la suerte de los recién casados alza los hombros con escepticismo. Un escepticismo infundado aparentemente porque todo favorece esta alianza: el amor, la juventud, la riqueza. Y sin embargo...

La recepción se efectuó en la noche y en la casa de los padres de la novia. El único incidente digno de mención (aparte, naturalmente, de la abundancia y la exquisitez de las viandas, de la profusión de los vinos, de las atenciones que colmaban a los invitados) fue el hecho de que en el momento en que los novios posaban para la fotografía tradicional, una mariposa negra entró volando por una ventana abierta y fue a posarse sobre la cola del vestido nupcial. Antes de que nadie tuviera tiempo de ahuyentarla ya había corrido un rumor entre la concurrencia:

—¡Es el alma de Estela!

Romelia palideció de humillación, de cólera, de miedo, y los movimientos de su pecho se aceleraron hasta el punto de que el relicario se desplazó ligeramente del centro al lado contrario al del corazón. La novia volvió unos ojos suplicantes hacia el hombre que estaba al lado suyo (era ya su marido, tenía el deber de protegerla) para que la rescatara de esta situación equívoca y le diera el lugar que iba a corresponderle ante los ojos de todos. Y don Carlos, con un movimiento rápido y decidido, hizo que la mariposa se alejara de allí y los demás, imitando su ejemplo, acabaron por arrojarla de la habitación.

Romelia suspiró, aliviada, y entrecerró los párpados para que los demás no sorprendieran en sus ojos esa fulguración de triunfo que los deslumbraría. Hasta entonces no había estado segura de cuál era el sitio que ocupaba en los sentimientos de don Carlos. Su vanidad le volvía insoportable la idea de no ser más que un plato de segunda mesa, aunque el sentido común le asegurase que Estela detentaría, por lo menos durante los inicios de su matrimonio, la primacía. Pero ahora supo que pisaba tierra conquistada. Que su rival no tenía más consistencia que la de un fantasma.

Este descubrimiento fue la culminación de un día en el que confluyeron, en un instante privilegiado, milagroso, irrepetible, la infancia edénica y el presente total. El instante de la realización de un sueño que no era sólo de felicidad sino también de restitución y de justicia y que constituía tanto la entrada a la ancha senda de la madurez cuanto el retorno a la raíz y el origen más remotos.

A pesar de todo, cuando Romelia se despidió de su familia para seguir a su esposo, lo hizo llorando. Y se aferraba a su madre y los varones —el que había velado sobre su soltería, el que iba a ampararla hasta la muerte— hubieron de presionarla con ternura para que deshiciera ese abrazo que la costumbre prescribe y sin el cual los padres se considerarían ofendidos por la ingratitud y la facilidad con que la hija los abandona y el marido desconfiaría del liviano carácter de la mujer en cuyas manos ha depositado ya su honor.

Mientras tanto, en la casa de don Carlos, todo estaba a punto para recibirlo junto a su nueva esposa. Las pertenencias de la novia (enviadas con anticipación) habían sido acomodadas ya en armarios, cómodas, tocadores, joyeros. Su camisón de bodas se extendía sobre el lecho y las tenues lámparas no eran más que un preludio de la oscuridad.

Después de hacer estos preparativos —y de colocar sobre la mesa del comedor una cena fría y unas botellas de champaña sin descorchar— doña Cástula se retiró, discreta y ofendida, a su dormitorio que ahora estaba hasta el fondo de la casa.

Romelia atravesó el umbral sostenida delicadamente por don Carlos. Él, por cortesía, le preguntó si deseaba conocer lo que desde ese momento iba a pertenecerle para siempre. Mas ella, para demostrar su desinterés, arguyó que estaba rendida con el ajetreo y las emociones del día. Don Carlos se reprochó en voz alta el no haber comprendido un hecho tan elemental y la condujo directamente a la alcoba. Allí, después de señalarle el sitio en que podía encontrar los objetos que le fueran necesarios, la dejó a solas para que procediese con entera libertad.

Romelia curioseó un poco, ponderó el valor de las cosas y luego, de prisa y diestramente, fue despojándose del vestido de novia y de todos sus aditamentos. Antes de ponerse el camisón se contempló, un instante, en el espejo. Su desnudez la hizo sonreír aprobatoriamente. Vaciló acerca de cuál de las dos orillas de la cama era la que le correspondía y se decidió por la que estaba más próxima al tocador. Se acomodó, dispuso graciosamente su pelo suelto sobre la almohada y aguardó a que llegase don Carlos. No se hizo esperar y, con el mismo movimiento con que se inclinó sobre ella para besarla, apagó la luz.

Romelia despertó al escuchar cómo alguien descorría bruscamente las cortinas de las ventanas. Apretó los párpados para defender sus ojos de la intrusión violenta de la luz matinal y mascullo una protesta.

Durante unos momentos permaneció como aturdida, sin acertar a ubicarse ni a reconocer el sitio en que se hallaba. La voz de doña Cástula —respetuosa pero no servil— la hizo darse cuenta, de golpe, de su situación. Instintivamente se cubrió con las sábanas, gesto inútil pues el ama de llaves no se había dignado contemplarla sino que se entretenía en otros menesteres más útiles. Después de depositar la bandeja del desayuno cerca de Romelia se dirigió a un armario y mientras lo abría preguntaba qué ropa iba a ponerse la señora.

Romelia, azorada por este despertar tan diferente al que se había prometido junto a un hombre enamorado, tierno y solícito; insatisfecha consigo misma por haber dado a la familia a la que acababa de ingresar una primera impresión de pereza e irresponsabilidad (o por lo menos de ignorancia o de falta de respeto a los hábitos de la casa) contestó a una pregunta con otra.

—¿Hace mucho que se levantó el señor?

—A las seis, como siempre. Salió a pasear a caballo.

—¿Y a qué hora regresa?

Doña Cástula alzó los hombros para indicar que no lo sabía.

—Porque podría yo esperarlo para que nos desayunáramos juntos.

—Como usted disponga, señora. Pero antes de irse, don Carlos me recomendó que yo le avisara que quería encontrarla arreglada como para salir porque iban a hacer una visita.

—¿Una visita?

Romelia empezó a sentirse alarmada. Esperaba encontrar en su marido rarezas y excentricidades. Pero no una ni tan inmediata ni tan humillante. Y a estas horas, mientras ella dormía, el pueblo entero estaba al tanto de que lo hacía a solas, mientras su marido cabalgaba para demostrar a todos que lo ocurrido la noche anterior no fue ni agotador ni digno de continuarse durante la mañana siguiente. ¡Con qué lástima comentarían que la pobre Romelia no había sido capaz de retenerlo a su lado ni siquiera por la novedad!

Cierto que sus caricias habían sido torpes. ¿Pero no es la torpeza condición de las vírgenes? Cualquiera otra actitud, que no fuese de resistencia o de temor, cualquier rendición que no pareciera forzada, habría despertado en el esposo dudas sobre la pureza de la mujer, sospechas acerca de la autenticidad de su inocencia. Pero Romelia creía haber encontrado el justo medio en que quedara a salvo su prestigio y pudiera dar satisfacción a su esposo. Sin embargo, ahora ya no sabía qué pensar. Por una parte don Carlos era muy inexpresivo; por otra, ella estaba tan concentrada en sí misma, en su miedo, en los gestos rituales que debía cumplir, que no pudo observarlo, ni siquiera verlo. Eran, en esos momentos, dos personajes representando sus papeles respectivos. Para ella don Carlos no significaba más que el antagonista, el juez, el dueño, el macho. Pero no tenía rostro y no le oyó la voz.

¿Era posible, entonces, que —por ofenderla— la hubiese abandonado de madrugada para exhibirse solo por las calles de Comitán, como cuando era soltero? Y ahora quería clavar a fondo el estoque obligándola a acompañarlo a una visita.

Porque una visita significaba mostrar al público su andar trabajoso de virgen recién desflorada, sus ojeras de fatiga, la dificultad y el malestar con que asumía su nueva condición, todo lo cual se prestaría a bromas procaces. Por eso en Comitán era costumbre que los recién casados se encerraran durante los primeros días, hasta que la gente se acostumbrase a pensar en ellos como en una pareja más, hasta que ellos mismos adquiriesen el hábito de estar juntos y de proceder con la misma naturalidad de quienes han convivido largos años.

¿Pero qué sabía don Carlos de tales delicadezas? Lágrimas de despecho arrasaron los ojos de Romelia, quien tenía que esforzarse por disimular su contrariedad ante una doña Cástula imperturbable y que todavía aguardaba su respuesta.

—¿Qué vestido le preparo, señora?

Asegurando su voz para que no temblara Romelia apuró el cáliz de su humillación hasta las heces.

—¿No le explicó el señor qué clase de visita era? ¿De cumplido, con la gente decente, o con sus amigos de las orilladas?

Había ironía y desprecio en la pregunta para que la criada supiera que su nueva patrona era orgullosa y que si se sometía a prestar obediencia al marido, sería la última vez que iba a soportar que las órdenes le fueran transmitidas por personas inferiores.

—No lo sé, señora. Don Carlos no me dijo nada.

—Entonces saque ese vestido de piqué blanco.

Doña Cástula no hizo ningún movimiento por lo que Romelia tuvo que añadir.

—El día está fresco y como no es lujoso puede servir lo mismo para...

—Es blanco, señora.

Hasta entonces advirtió Romelia lo inapropiado de su elección. Efectivamente, ése era el detalle que faltaba para que los comitecos guisaran un buen chisme a costa de la virilidad de don Carlos. Impaciente, concedió:

—El que sea, entonces. Me da igual.

Doña Cástula insistía con la calma del que tiene razón.

—Pero hay que escoger. Y la que escoge es siempre la señora, no la sirvienta.

—Gracias por la lección, Cástula. Ya tendré oportunidad de corresponderle. Voy a ponerme entonces ese vestido de crespón color durazno. Le mandé a hacer un cuello especial para que pueda lucir bien mi relicario.

Con el gesto maquinal, repetido mil y mil veces desde la infancia, Romelia se llevó la mano al pecho e inmediatamente grito:

—¡Mi relicario! ¿Dónde está?

Era una acusación de robo, una pequeña venganza contra quien había presenciado el ridículo en que chapoteaba Romelia, sus desaciertos, su inseguridad. Pero doña Cástula pasó por alto la alusión.

—Está allí sobre el tocador, señora. ¿No es éste?

Puso el relicario en manos de Romelia quien tuvo que reconocer que su alarma, por infundada, había sido un error más. Y mientras volvía a colgárselo alrededor de la garganta se esforzaba por recordar en qué momento se había despojado de él. Cierto que la noche anterior estaba demasiado aturdida y nerviosa, quizá hasta mareada por los brindis.

De todos modos ¿qué importancia tenía haberse quitado el relicario si ahora estaba de nuevo en su sitio y si resaltaba favorablemente sobre el cuello del vestido color durazno?

Cuando llegó don Carlos no tuvo motivo de contrariedad. Su esposa había seguido al pie de la letra sus indicaciones y estaba ya lista para salir con él. Además había logrado serenarse, olvidar su disgusto, disimular su curiosidad y recibirlo con una sonrisa y sin ninguna pregunta.

Don Carlos se acercó a ella y le besó ceremoniosamente la mano.

—¿Descansó usted bien?

No se tuteaban aún. Romelia hizo un signo afirmativo. Quiso justificarse.

—Debo de haber estado rendida porque no desperté sino hasta que doña Cástula entró a darme sus recados.

—Entonces ¿podemos irnos ya?

—Sí.

La perfecta casada echa a andar tras el marido sin saber adónde. Ayer mismo —¿a estas horas?— juró seguirlo, hasta el fin del mundo si era preciso. No la asiste ningún derecho para inquirir el rumbo o para mostrar su desacuerdo. Mas don Carlos es un hombre civilizado que no abusa de su poder y condesciende a revelar sus propósitos.

—Vamos a casa de sus padres.

A Romelia se le iluminó de alegría el rostro. Pero no quiso añadir ningún signo más a éste que había brotado espontánea e irrefrenablemente. El afecto a los suyos debía haber cedido ya su lugar a sus nuevas obligaciones de esposa.

En la casa de los Orantes los recién casados fueron recibidos con una vaga aprensión que cubrieron bajo un despliegue exagerado de amabilidad y demostraciones de júbilo.

Como aún no había tiempo de borrar las huellas de la fiesta y la sala estaba siendo sometida a limpieza y orden por un ejército de criadas, las visitas fueron recibidas en el costurero. ¿No eran acaso de confianza? Vaya, algo más. Eran de la familia.

Se les ofrecieron refrescos, dulces, una copita. Don Carlos rechazó cada oferta con cortesía pero con una firmeza inapelable y Romelia no se atrevió a discrepar de su marido, que ahora decía:

—No vale la pena que se molesten. Yo no estaré aquí más que unos cuantos minutos, los suficientes para comunicarles —a usted, don Rafael, y a usted, doña Ernestina— un asunto de suma importancia.

Los aludidos se miraron entre sí, inquietos. Blanca y Yolanda se pusieron de pie para retirarse. Romelia palideció.

—¿Debo irme yo también?

—No. Porque el asunto le concierne a usted tanto como a nosotros.

Cuando quedaron solos el silencio adquirió una densidad y una longitud angustiosas. Ninguno sabía cómo romperlo. Por fin, don Rafael, comprendiendo que, por su edad y por su condición de padre le correspondía la iniciativa, carraspeó y dijo:

—Bien, don Carlos, estamos dispuestos a escuchar.

—Lo que tengo que decirles, le suplico que me lo crean bajo mi palabra de honor, es más penoso para mí que para ninguno. Pero no hay otra alternativa. He venido a depositar a esta casa a una mujer que no es digna de vivir en la mía.

Romelia abrió desmesuradamente los ojos, incrédula, incapaz de entender el sentido de las palabras de este hombre. Don Rafael apretó las mandíbulas y doña Ernestina se aseguró una horquilla del moño.

—¿Se da usted cuenta de la gravedad de lo que sostiene, don Carlos?

—Le juro que es tan grave para mí como para ustedes. El paso que doy significa la deshonra de todos.

Romelia se irguió: sus ojos llameaban; sus mejillas estaban arrebatadas de cólera.

—Deshonra ¿por qué?

Don Carlos miró a Romelia con ojos impasibles y su acento, al dirigirse a ella, era casi benevolente.

—No me obligue usted a entrar en detalles que si para mí, como médico, son fáciles de expresar, como marido burlado son dolorosos de reconocer. Y si conserva usted algún rasgo de pudor, señora, no someta a sus padres a la vergüenza de oír, con las palabras más crudas y desagradables, cómo la confianza que depositaron en su honestidad fue traicionada.

Las últimas frases casi se perdieron entre las estrepitosas carcajadas de doña Ernestina. Por eso Romelia tuvo que gritar.

—¿Cómo, a qué horas, con quién pude yo cometer semejante pecado? Me vigilaron siempre, ningún hombre se me acercó nunca y no estuve a solas con nadie antes que con usted.

—A mí no me interesa cómo, cuándo ni con quién. El hecho es que yo ya no la encontré virgen.

—¡Mentira! Papá, dile que se calle, está mintiendo. Yo tengo pruebas.

Don Carlos replicó antes de que don Rafael pudiera intervenir.

—¿Cuáles?

La voz de Romelia había desfallecido. Le costaba trabajo pronunciar esa palabra por la que siempre había sentido repugnancia.

—La sangre... la sábana quedó manchada de sangre. Papá, vas a verla, yo te la voy a enseñar.

Doña Ernestina había enmudecido, había recompuesto su expresión y ahora contemplaba la escena desde tal distancia que no podía advertirse en ella ningún signo de profundo interés.

—Don Rafael, yo no soy tan ingenuo como para venir a pedirle que se fíe solamente de mi palabra. A fin de cuentas yo no soy más que un extraño y Romelia es su hija. Pero estoy dispuesto a repetir lo que he dicho y a demostrarlo en el terreno en que usted me lo exija.

—¿Es un reto a duelo, Rafael? —preguntó con una curiosidad más bien dictada por los buenos modales, doña Ernestina.

Sin dirigirse a nadie en particular don Rafael admitió:

—Don Carlos ha dado su palabra de honor, y es un hombre de honor. Tengo la obligación de creerle.

—¿Y a mí? —interrumpió apasionadamente Romelia—. ¿No vas siquiera a tomarte el trabajo de ir y ver esas sábanas?

Don Rafael hizo un signo negativo.

Romelia se había arrodillado ante su padre y, con la cabeza apretada contra su pecho, repetía:

—Recuerda, papá, cómo hemos vivido, cómo nos han criado. Encerradas siempre, cuidadas siempre...

Don Rafael volvió los ojos y los fijó en su esposa con una fría mirada inculpatoria. Pero ella no lo advirtió. Estaba distraída analizando la trama del encaje de su pañuelo.

—¡Dime con quién, papá, con quién pude haber cometido esa culpa de que ahora me acusan!

Mientras don Rafael vacilaba entre la compasión al desvalimiento de su hija y la observación al código de honor que lo solidarizaba, como hombre, con don Carlos, se abrió silenciosamente la puerta del costurero y en el umbral se vio la figura, un momento inmóvil, de Blanca y de Yolanda.

Era evidente que ambas habían escuchado la conversación. Blanca se adelantó. Temblaba violentamente y, aunque hacía esfuerzos por hablar, de su garganta no salían más que sonidos confusos y estrangulados. Pero sus movimientos eran seguros, fuertes, precisos. Fue directamente hasta donde seguía arrodillada Romelia y, de un solo empujón, la apartó de su padre y la hizo rodar por el suelo. Jadeante, después de este acto, pudo al fin pronunciar algunas frases.

—¡La cínica se atreve a preguntar con quién! ¿Ya no te acuerdas de tu propio hermano, de Rafael? ¿Ya olvidaste que dormían juntos en la misma cama? ¿O crees que todos estábamos ciegos y sordos en esta casa para no darnos cuenta de lo que sucedía?

—¡Por Dios, Blanca, estás loca! Cuando Rafael murió Romelia era una criatura.

—Sí, una criatura a la que había mancillado. Yo los acechaba a todas horas para sorprenderlos... Yo no podía dormir, pensando, sintiendo remordimientos de pensar... Y luego tenía que acusarme ante mi confesor y cumplir con la penitencia que me mandaba y volver a caer en la tentación, porque ellos no me dejaban descansar nunca.

Romelia se había puesto en pie y se enfrentaba a su hermana.

—¡Celosa! No le perdonaste nunca su predilección por mí y ahora te vengas ensuciando la memoria de quien ya no puede defenderse. ¿Por qué, si tenías algo más que una sospecha, una certidumbre, no nos denunciaste? Porque preferías tus delirios inmundos a la verdad.

—La verdad está aquí. Ahora. Y la dice un hombre para que nadie desconfíe de su testimonio.

—No, no, don Carlos, por favor, no lo crea. Yo también fui testigo y los dos eran inocentes. Rafael ya ha sido juzgado por Dios, pero Romelia... Tenga usted compasión, piense en lo que va a ser su vida aquí, con nosotros. Cerca de Blanca que la martirizará, día y noche, repitiendo las mismas palabras. Cerca de mí, que no podré perdonarle nunca que, por su culpa, ningún hombre volverá a mirarme sin malicia y sin desprecio. ¡Y yo no me casaré ni tendré hijos ni podré salir de este infierno ya nunca porque soy la hermana de una prostituta!

Don Rafael asió violentamente el brazo de Yolanda y le ordenó:

—¡Calla!

Mientras tanto Blanca había vuelto a la superficie, después de una profunda meditación, dueña de un descubrimiento:

—Yo no podía entender por qué se había matado. Pero ahora lo sé, estoy segura: Rafael se mató de vergüenza, de remordimiento. ¡Como si él hubiera sido el único culpable!

Doña Ernestina sonrió y tomó la mano de Blanca entre las suyas y con la paciencia con que se explican las cosas más obvias a un niño o a un imbécil, le dijo:

—Pero si Rafael no se mató, criatura. Todos sabemos que fue una desgracia. ¿Cómo iba a causarnos voluntariamente una pena así? ¡Era tan bueno! ¿No cree usted don Carlos?

En vez de responder, don Carlos se dispuso a irse.

—Señora, yo no sólo no tengo derecho a opinar sino que ni siquiera deseo oír estas discusiones.

—Estos disparates, puntualizó con inesperada energía, don Rafael. ¡Basta ya! Hijas, su madre no se siente bien. Es necesario que la acompañen hasta su cuarto y que la atiendan.

—¿Yo también, papá? —quiso saber, con un último vestigio de esperanza, Romelia.

—Tú también. Lo que don Carlos y yo vamos a tratar es asunto de hombres.

Cuando las mujeres se hubieron marchado don Carlos quiso adelantarse a aclarar que no había ningún asunto pendiente excepto el que concernía a las pertenencias de Romelia y que serían devueltas con el mayor escrúpulo y la mayor prontitud posible. Pero don Rafael insistió y don Carlos no pudo soportar el espectáculo de alguien cuya única fuerza persuasiva era la ancianidad y volvió a sentarse.

—No tema usted, don Carlos. No voy a pedirle nada que vaya contra su dignidad puesto que yo estimo demasiado la mía y quiero ponerla por encima de todo este desastre. Ellas, ya lo ha visto usted, ruegan, juran que son inocentes, son capaces de recurrir a cualquier medio con tal de no arrostrar las consecuencias de sus actos. ¿Qué otra cosa puede esperarse de las mujeres cuya naturaleza es débil, hipócrita y cobarde? Pero mientras en esta casa haya un hombre ese hombre dará la cara por ellas para pagar lo que sea necesario. Yo, personalmente, asumo la entera responsabilidad de los hechos. Sin conocimiento mío y, mucho menos con mi anuencia, eso sí puedo asegurárselo, ha sido sorprendida su buena fe y se le ha causado un daño moral irreparable. Sin embargo estoy dispuesto a hacer lo que usted considere preciso para darle la satisfacción pública que usted exija.

Don Carlos, al tiempo que se ponía de pie, extendió la mano para estrechar la del viejo.

—Si el otro hombre hubiera sido tan íntegro como usted, esta desgracia se habría evitado.

Y girando sobre sus talones, don Carlos se marchó.

A la hora de la siesta, cuando las patronas se adormilan en la hamaca, mientras una criadita joven (demasiado joven para desempeñar ningún otro quehacer más rudo o más delicado) le soba las plantas de los pies o le cepilla el cabello; cuando la colegiala da vueltas alrededor de sus cuadernos, sin decidirse a comenzar la tarea; cuando el adolescente solitario busca, debajo del colchón, el libro pornográfico y se encierra con llave para no ser sorprendido leyéndolo; cuando la bordadora queda, un instante, con la aguja en suspenso y oye los pasos de afuera y aguarda, con el corazón palpitante, que el esperado llegue hasta su soledad; cuando las siervas de cocina se chancean entre estrépito de vajilla a medio lavar; cuando el sastre, apoyado en el metro de madera como en un bastón, se para a media banqueta, frente a su taller; cuando el comerciante destranca las puertas de su tienda para disponerse a atender a una clientela que no se da prisa en venir; cuando la vendedora de dulces concede una tregua a su lucha contra las moscas; cuando el hambre que nace del ocio pide su presa para devorarla, fueron transportados los enseres de Romelia Orantes de la casa del doctor Román a la de sus padres.

La procesión de mozos que cargaban baúles de ropa, cajones llenos de objetos cuyo uso era materia de conjeturas, estuches de joyas y fruslerías, fue presenciada por el pueblo entero.

La que, por discreción, no abrió sus ventanas, descorrió sus visillos y el que no suspendió el juego de billar dejó el retazo de tela a medio medir sobre el mostrador, para estar presente en un espectáculo tan inusitado.

Los rumores se elevaron casi inmediatamente al nivel del comentario que se hace en voz alta, de balcón a balcón, de banqueta a banqueta y las preguntas a los cargadores fueron directas aunque las respuestas parecieron insuficientes. Entonces las personas de más viso comenzaron a elaborar hipótesis, atrevidas, insolentes, lastimosas, pero siempre cómicas. El ridículo irradiaba como una aureola en torno de las figuras de los protagonistas del suceso. ¿Quién era Carlos Román? ¿Un novio engañado? ¿Un marido impotente? ¿Y Romelia? ¿Una mujer liviana? ¿Una víctima? ¿Y los Orantes? ¿Pretendieron hacer pasar gato por liebre al yerno o la nuez, tan vistosa por fuera, les salió vana? Hubo quien jurara y perjurara que el intríngulis estaba en la dote, una dote que, ya consumado el matrimonio, don Rafael se negó a hacer efectiva. Y no faltó quien asegurara que el espíritu de la difunta Estela se les había aparecido a los recién casados y los persiguió toda la noche haciéndolos casi enloquecer de terror. Y únicamente lograron conjurar el fantasma prometiéndole que se separarían para siempre.

El oleaje de palabras crecía, se transformaba, se mezclaba con antiguas leyendas y llegó hasta el retiro de don Evaristo Trejo quien, al principio, se negó a dar crédito a sus oídos y luego, ante la evidencia que le mostraron sus ojos, no tuvo más remedio que acudir, presurosamente, a casa de su amigo, don Carlos.

Doña Cástula lo vio llegar como agua de mayo. Había pasado la mañana entera empacando lo que apenas ayer había acabado de acomodar en los muebles. Su posición en la casa le impedía hacer ninguna pregunta cuando se le dictaba una orden pero como no se explicaba lo acontecido sino por una causa muy grave, temía por la salud y aun por la vida de su amo. Porque, desde su regreso de la casa de los Orantes, y después de haber dictado las disposiciones para que las cosas de Romelia le fueran devueltas, se había encerrado en su estudio, había prohibido la entrada a todos y se negaba a probar bocado.

—Las prohibiciones no rezan conmigo —afirmó don Evaristo y, absolviendo de antemano a doña Cástula del pecado de desobediencia en que iba a incurrir, se dirigió a la habitación a la que suponía que no podría penetrar más que forzando las puertas. Pero a su primer llamado le contestó la voz tranquila, inalterada de don Carlos.

—Adelante.

El recién llegado lo observó sin hallar en su aspecto ningún signo que produjera alarma. Así que fue a acomodarse en el sillón de costumbre mientras don Carlos echaba llave a la puerta. Mientras lo hacía, dijo:

—Lo esperaba, padre. Ya comenzaba a preocuparme su tardanza.

—Apenas acabo de saber... ¿Qué es esto monstruoso que me cuentan? ¿Que Romelia ya no está aquí? ¿Que ha vuelto a casa de sus padres?

—Sí. Yo mismo la he llevado esta mañana.

—Y lo dice usted como si la hubiera llevado a dar un paseo. Todavía ignoro los motivos. Pero sea de quien sea la culpa, entre los dos han violado un juramento hecho apenas ayer ¿se da usted cuenta? ayer, ante Dios.

—Y usted había salido fiador nuestro.

—Oh, qué importa eso.

—Lo que importa es que para que nos hayamos visto obligados a cometer tal... ¿se dice sacrilegio? debe usted considerar que hubo causas poderosísimas, obstáculos insalvables.

—Claro, la soberbia y el orgullo de los hombres se estrellan ante la primera insignificancia.

—¿Es una insignificancia descubrir que la esposa ha hecho uso ya de su cuerpo antes del matrimonio?

—No. Pero nada, ni aun eso, lo autoriza a usted a haber faltado de tal modo a la caridad. Y no me suponga usted tan estúpido como para creerlo inclinado a ser caritativo con ella, sino con usted mismo. ¡Qué buen pasto de escándalo ha proporcionado usted al pueblo! Y no sólo a costa de esa pobre mujer, cuya vida ha quedado deshecha, sino también a costa suya. Todo lo que a usted concierne, hasta sus atributos de varón, ha sido puesto en entredicho por los murmuradores. Pero eso lo tiene sin cuidado. No se tentó usted el alma para tomar semejante decisión ¿verdad?

Don Carlos había escuchado la exaltada alocución de don Evaristo con un gesto de paciencia y cuando respondió fue como si reprochara.

—Creí que me conocía usted mejor, padre, como para no

suponerme capaz de obrar irreflexivamente, arrastrado por mis impulsos hasta el grado de atropellarme a mí mismo. No. Yo calculo, yo pienso, yo puedo esperar todo el tiempo que sea necesario. Lo que ha pasado ahora no es más que el desenlace de una historia muy larga, tan larga que no sé si tendrá usted la paciencia o el deseo de escucharla.

—¡Por Dios!

—De todos modos, como no quiero abusar del amigo, recurro al sacerdote. Voy a confesarme con usted, padre.

—¿Confesarse? Cuando se lo pedí para la boda se negó usted.

—Entonces todavía no era oportuno. Ahora sí.

Don Evaristo miró a su interlocutor, por primera vez, con desconfianza. Recelaba una burla, acaso una profanación. Don Carlos sonrió, comprendiendo los escrúpulos del otro.

—No tiene usted derecho a negarme lo que le da a cualquier beata, sólo porque lo que en ella no es más que un hábito mecánico que ha perdido ya su significación, en mí es un acto libre y espontáneo de mi voluntad.

Don Evaristo se puso la estola, que llevaba siempre consigo y, con la cabeza entre las manos, murmuró las oraciones introductorias que el penitente, a quien había ordenado que se arrodillase frente a él, no pudo seguir. Por fin alzó la cara y demandó:

—Di tus pecados. Sin omitir nada. Sin atenuar nada. Quiero, en nombre del único que puede absolverte, la verdad.

Pero en vez de obedecer don Carlos insistió hasta estar seguro.

—¿Lo que yo diga ahora cae bajo lo que ustedes llaman el secreto de confesión? ¿Ese secreto inviolable que los sacerdotes están obligados a guardar aun a costa de su propia vida?

—Sí.

Don Carlos se puso de pie, respiró, aliviado, y el tono de su voz y su actitud cambiaron. Ya no se preocupaba más ni de fingir una reverencia que no sentía ni de mantener una reserva que no necesitaba. Paseándose, de un lado a otro de la habitación, comenzó a hablar.

—No, usted no se imagina, ¿cómo va a imaginárselo si no se ha enamorado nunca, lo que se dice enamorarse hasta los tuétanos? el ansia con que se espera el momento en que el ser que amamos va a entregársenos y a pertenecernos para siempre Le juro que cuando abrí la puerta de la casa para dejar que entrara la que ya era mi mujer, estaba yo temblando. De alegría, de miedo. Porque estar a solas por primera vez con el ser que se ama no es fácil. Hay, al mismo tiempo, un deseo de posesión y una necesidad de venerar que empuja y que paraliza...

—Ahórrese esas retóricas —interrumpió con sequedad don Evaristo— que me las tengo bien sabidas en mis lecturas de los místicos.

—Bien. Cuando entramos, ella me pidió que la disculpara un momento. Debía cambiarse de ropa, peinarse, hacer alguna de esas cosas con que las mujeres gustan de recordarnos que lo sublime no es su tesitura y que, para amarlas, tal como son y como quieren ser amadas, no nos queda más remedio que rebajarnos a su nivel.

—De nuevo nos perdemos en divagaciones.

—Tiene usted razón. El caso es que ella fue adonde dijo que iba, si es que, después de todo, puedo creer en alguna de sus palabras, y yo decidí esperarla aquí, donde nos encontramos ahora: en el estudio. Mi disposición de ánimo era muy peculiar. Estaba nervioso, impaciente, no acertaba a acomodarme, cuando entró doña Cástula con un paquete en la mano. Dijo que acababa de dárselo un desconocido y que le había recomendado muy encarecidamente que me lo entregara de inmediato. Que se trataba de un regalo y que lo único que valía de él, además de la intención, era la oportunidad con que llegara a mis manos. Quedé solo con el paquete y, como mi mujer tardaba, de un modo mecánico, inconsciente casi, comencé a abrirlo. Eran unas cartas. Estas cartas. Léalas usted.

Mientras don Carlos pronunciaba las últimas frases había ido hasta el escritorio, abierto la llave del único cajón que siempre mantenía cerrado y extraído un fajo de papeles, amarillentos, manoseados mil veces, con la tinta palidecida por los años. Pero aún, sobre la superficie, podían distinguirse bien las palabras. La letra era regular, clara, impersonal, obviamente aprendida y ejercitada siguiendo los modelos caligráficos de un convento. La ortografía era caprichosa y el estilo sencillo y directo, ingenuo y apasionado.

No encabezaba las cartas nombre alguno sino apodos cariñosos en que se mezclaba un poco la burla y un mucho la ternura. Y luego iban desplegándose esos párrafos largos en que los enamorados hacen protestas de su constancia y ponderaciones de la intensidad de sus sentimientos; donde claman celos, lamentan ausencias, satisfacen sospechas y juran y juran y juran.

Las cartas tampoco estaban señaladas por una fecha pero se notaba el transcurso del tiempo al través de ellas por la intimidad de que iban impregnándose. Intimidad física, alusiones a contactos en los que el pudor se rendía, lenta pero ineluctablemente, ante la sensualidad. Y luego, lo de rigor. La languidez de la entrega, los sobresaltos del remordimiento, las alarmas ante las posibles consecuencias, el miedo ante el peligro de que el secreto fuese averiguado, los primeros asomos de desconfianza, los reproches al abandono del amante, el descubrimiento de la fragilidad de sus promesas y el horror de ver en los ojos amados no únicamente la propia imagen envilecida sino, a ratos, el vacío.

Pero de pronto surgía un nombre: el del doctor don Carlos Román. Al principio se le mencionaba con cierto dejo de petulancia. ¿A qué mujer no le halaga ser amada y no le sirve mostrar el amor que suscita en otro al amante que comienza a hastiarse de ella? Don Carlos era útil como estímulo, como rival. Pero poco a poco iba adquiriendo otro perfil, una consistencia más sólida que le confería la familia al convenir, de un modo unánime, que era el mejor partido al que la muchacha podía aspirar y que si sus intenciones eran serias, como todo parecía indicarlo, no debía, por ningún motivo, desaprovecharse la ocasión. La muchacha se atrevió, quizá alguna vez, a discrepar de las opiniones de los otros. Pero fue tan duramente reprendida y castigada que no le quedó otro recurso que fingir conformidad. Su condena, salvo que el destinatario de las cartas la evitara, era el matrimonio con el doctor Carlos Román.

Ah, qué desmelenamientos de desesperación; qué sarcasmos para calificar a este hombre cuya fuerza (su dinero, su título, su apellido) la aplastaba. Qué ensañamiento para sus defectos, qué clarividencia para sus manías, qué ceguera ante sus cualidades, qué burla tan cruel para sus sentimientos, qué descripción tan minuciosamente implacable de sus visitas, de sus conversaciones, qué desprecio para sus regalos. Todo su odio y su impotencia cristalizaron en una definición: el bruto. Nunca volvió a referirse a don Carlos más que bajo ese nombre.

Y lo mencionaba sólo para pedir auxilio al otro, al desdeñoso que, según se colegía de las cartas, aconsejaba el matrimonio de interés, no como un sacrificio de sus placeres sino como la condición indispensable para seguir gozando con impunidad, y en terreno seguro, de ellos.

Allí se suspendía la correspondencia. ¿Por qué? ¿Ante tal cinismo la autora de las cartas reaccionó, ofendida, con el silencio? ¿O en alguna entrevista verbal aceptó el pacto? En la última página una mano de hombre había trazado una frase:

"Que te haga buen provecho."

Don Evaristo alzó los ojos, atónito. Había leído treinta, cincuenta veces la firma y aún no era capaz de dar crédito a sus ojos:

—¡Pero estas cartas son de Estela!

—¡Qué imprudente! ¿Verdad? Omitió todas las pistas, menos las que la señalaban a ella. ¡Y, por Dios, don Evaristo, no ponga usted esa cara de sorpresa porque voy a tener que reírme! La que yo puse, la primera vez que tuve entre mis manos esos papeles, ha de haber sido peor. Digo, porque cuando Estela entró en el cuarto y me miró, quedó como petrificada. Era miedo. Pero cuando descubrió las cartas, su expresión cambió. Le juro que no he visto nunca, en ningún rostro humano, un gesto igual de sufrimiento. Y no era por mí, entiéndalo usted, por quien sufría, pues no le importaba mi desprecio que jamás igualaría al suyo. El miedo inicial se transformó en júbilo y yo sorprendí en sus ojos la esperanza de morir allí mismo, a mis manos. Yo creí que lo que le dolía era la traición del otro. Pero también me equivoqué. El otro, a pesar de que ella se había plegado a sus exigencias, hasta el punto de casarse conmigo, había ido mostrándose cada vez más displicente, más esquivo hasta suspender por completo sus entrevistas y devolverle sus cartas sin abrir. Ella supuso que ya no la quería y he aquí, que de pronto, tenía ante sus ojos una prueba irrefutable de su despecho a la que ella se asía, desesperadamente, como a una señal de amor. No, no podía permanecer aquí ni un minuto más. Intentó salir corriendo a la calle a buscar al otro, a agradecerle la canallada que acababa de cometer, qué sé yo. El caso es que no la dejé. La detuve por la fuerza y nos pasamos la noche entera luchando. Yo hablaba, como un loco, maldecía, suplicaba, prometía. Y ella no cesaba de llorar, tiritaba de frío, de fiebre, se inclinaba ante los golpes, pero no decía ese nombre, el nombre que no escribió nunca y que yo nunca iba a saber porque desde entonces Estela ya no pudo volver a hablar.

—Con su silencio estaba defendiendo la vida del otro y tal vez la de usted, don Carlos. Porque en la exaltación en que se encontraba usted habría sido capaz de matar.

—No, no fue así. Yo amaba a Estela con la misma falta de orgullo con que ella amaba al otro. Yo la habría perdonado...

—Eso dice usted ahora.

—Eso lo juré entonces. Le propuse que quemáramos las cartas, que olvidáramos esa noche de pesadilla, le prometí que yo no volvería a preguntar nada nunca. Pero Estela no me escuchaba siquiera. Sólo quería morir.

—¡Pobre criatura!

—Sí, en medio de mi propio dolor, yo también la compadecí. Pero ella no toleraba nada mío; y menos que nada, eso. Como no permitía que me acercara, ni aun para cuidarla porque ya estaba muy enferma, tuve que recurrir a su madre, a extraños. La velábamos de día y de noche. Hice todo lo humanamente posible para salvarla. Pero fue inútil. Estela se negaba a comer, a tomar las medicinas, a seguir las indicaciones. Al menor descuido nuestro se arrancaba las agujas de suero con que pretendíamos mantenerla viva y las sondas con que la alimentábamos artificialmente. Yo estaba siempre junto a su cabecera, esperando que en algún momento de inconsciencia, de delirio, llamara al otro. No lo hizo. Y cuando le ofrecí traerlo para que lo viera por última vez movió la cabeza negando con tal vehemencia que agotó la fuerza que le quedaba. Así que murió como se lo había propuesto: por él.

Hubo una pausa en la que don Carlos respiró profundamente para poder continuar.

—Me quedé solo. Rehusé la compañía de mi suegra y evité la solicitud de mis amigos. Porque necesitaba pensar. ¿Quién había sido él, ese hombre al que Estela se había inmolado? En principio, cualquiera. Acaso el amigo que venía a ofrecerme sus consuelos, a darme el pésame. Pero cuando, apenas pasados unos días del entierro de mi mujer, supe lo de la muerte de Rafael Orantes, comencé a ver claro.

—¿Por qué? Podía tratarse de una simple coincidencia.

—Porque Rafael no murió en un accidente de cacería como se hizo creer. Sino que se suicidó. De vergüenza y de remordimientos. Y eso no lo invento yo. Eso lo sostiene su hermana Blanca.

—Esa mujer no está en sus cabales. Ve culpas donde no las hay.

—¿Qué puede hacer la pobre si le faltan los elementos principales? Pero yo, que los he tenido aquí, siempre a la mano, fui atando cabos, poco a poco. ¿Para qué apresurarme, ahora que Rafael me había quitado tanto la posibilidad de venganza como la de comprobación de que mis sospechas eran ciertas?

—¿En qué se basaban?

—En que Rafael y Estela habían sido novios. Aparentemente la aventura no tuvo importancia, no llegó siquiera a cuajar en noviazgo. Él era un inconstante y ella obedeció la prohibición maternal. Pero a escondidas de todos siguieron viéndose. Y, a juzgar por las cartas, no sólo viéndose. Mi suegra, sin darse cuenta, en conversaciones que parecían triviales, me proporcionó muchos datos. Pero me faltaba el último, el definitivo, el único que podía servir de prueba irrefutable. Fue entonces cuando supe lo del relicario de Romelia.

Don Evaristo había ocultado su rostro entre sus manos.

—¡Jesús! ¡Jesús!

—No padre, de nada le sirve cerrar los ojos. Aquí está el papel. ¡Mírelo, compare lo que ese hombre escribió a su hermana con lo que me escribió a mí: es la misma frase, es la misma letra!

Don Evaristo, presionado violentamente por don Carlos, se esforzaba por hallar una semejanza que para el otro resultaba tan evidente. Pero los rasgos habían sido limados por el tiempo, desfigurados por los dobleces del papel.

—No. Este testimonio no es suficiente.

—¿Cómo que no? ¡Pero si aquí está todo claro, indudable! Sólo el que no quiere ver no ve. Y usted no quiere.

—Y usted sí quiere y ve únicamente lo que quiere.

El rostro de don Carlos se encendió en cólera. Gesticulaba,

esgrimía los dos trozos de papel, comparaba una letra con otra hasta que el padre Trejo se dio por vencido.

—Pero aun suponiendo que tenga usted razón y que Rafael no hubiera muerto en un accidente sino que se hubiera suicidado...

—Como lo asegura su propia hermana.

—...aun suponiendo, digo, ¿no bastaba su sangre para borrar su culpa? ¿Por qué tenía que pagar también una inocente?

—¿Cuál inocente?

—La víctima de todo este enredo: Romelia.

—Ah, sí. ¡Pobre Romelia! Pero no se puede ser impunemente la consentida de un asesino ni guardar la prueba del asesinato sin correr ningún riesgo. Recuerde usted que ella era la dueña del relicario y que no lo abandonaba nunca, bajo ninguna circunstancia.

—¿Y para apoderarse de él armó usted esta maquinación infame?

—¿Se refiere usted a la boda?

—Me refiero a todo. A nuestro encuentro "casual" ante el lecho de Enrique Suasnávar. A la hospitalidad que me brindó usted en su casa. A la manera tan suave con que fue usted orillando nuestros temas de conversación hacia el matrimonio. Yo se lo aconsejaba, claro. ¡Estaba usted tan solo! Yo pretendía orientarlo pero siempre mis proposiciones eran desechadas por un motivo o por otro. Naturalmente. Su plan ya estaba trazado.

—Sobreestima usted mi habilidad, padre.

—Mejor dicho, mido mi estupidez. Aunque tampoco habilidad es el término adecuado para lo que usted ha hecho.

—Si quiere usted desahogarse, calificándome, puede hacerlo. Le prometo que no me ofenderé.

—No faltaba más. Nada puede turbar su satisfacción por el éxito. Ni siquiera el recuerdo de esa inocente cuya vida ha usted destruido.

—¿Por qué está usted tan seguro de la inocencia de Romelia? ¿Porque no escribe cartas? ¿Por que si las escribe su corresponsal es discreto? No, don Evaristo. Se puede pecar de ingenuidad una vez. Pero no dos.

—Usted para justificarse, la acusó de que no era virgen.

—¿Qué importancia tiene que hubiera sido virgen o no? Para un profano la virginidad es una garantía pero no para un médico. Hay virginidades de segunda, de tercera, de enésima mano. Y en mi profesión hay quienes se especializan en reparaciones de estropicios.

—El tono y la terminología que está usted empleando no son ya los que puede escuchar un confesor. Pero antes de terminar quiero que me diga usted una cosa: ¿qué habría usted hecho si hubiera encontrado vacío el relicario o diferentes las letras?

A don Carlos lo tomó de improviso la pregunta pero reaccionó con prontitud.

—El caso es que el relicario guardaba un papel y que las letras eran iguales. No me quedaba otra alternativa.

—Y a mí tampoco me queda otra que negarle la absolución a menos de que se arrepienta de lo que ha hecho y restituya a la familia Orantes la honra que le ha arrebatado.

—Lo que he hecho, padre, es restituir. No olvide usted que alguien de esa familia me había deshonrado primero.

Don Evaristo comenzó a despojarse de la estola.

—No entiendo ese espíritu de venganza.

—Ya no necesitamos entendernos, padre, puesto que ya no vamos a hablarnos.

—Yo no le he retirado mi amistad, don Carlos.

—Ah, no. Conozco esa trampa, no voy a caer en ella. Su celo apostólico lo obligará a venir, noche a noche, a platicar con el réprobo, a minarlo hasta que se arrepienta y dé a sus víctimas una satisfacción completa y pública. Pero me temo, don Evaristo, que nuestros planes no coinciden. Después de tantos años de lucha creo que me he ganado bien un descanso. Así que a partir de hoy suspendí ya mis consultas y la visita de usted será la última que reciba.

—¿Va usted a encerrarse de nuevo en la buena compañía de sus papeles?

Don Carlos había empezado a ordenar las cartas con la rapidez que sólo proporciona la costumbre y luego colocó encima de ellas, como coronándolas, el papel que Romelia había guardado tanto tiempo en su relicario y de cuya desaparición quién sabe si llegaría a darse cuenta alguna vez.

Álbum de familia

Cuentos. Editorial Joaquín Mortiz, 1971. Quinta edición, 1984.

Fragmento de una entrevista con Margarita García Flores, *Cartas marcadas*, UNAM, 1979.

Yo escribí una novela que no se publicó que se llama *Rito de iniciación*. En esa novela yo trataba de abandonar el tema indigenista que tenía casi todo lo que había escrito, para enfocar un nuevo aspecto de la realidad que está mucho más próximo a mí actualmente, aunque no tan próximo para que hubiera cuajado en un texto ya definitivo. [...] El asunto que pretendía abordar en *Rito de iniciación* era el descubrimiento de una vocación intelectual, más concretamente, de una vocación literaria. Este problema me ha obsesionado durante muchos años y lo he tratado, he insistido mucho sobre él a través de cuentos, de obras de teatro, de diálogos, en fin, de una serie de textos que no han podido ser definitivos, pero que vuelvo otra vez a incidir en ellos. [...] *Album de familia* se compone de varios relatos, uno de ellos es la elección de una manera de vivir para realizar una vocación literaria. Se supone que los problemas y protagonistas que aparecen allí no podrían ser provincianos; aunque la ciudad no se menciona, es una condición para que aparezca esta nueva serie de personajes que antes no había tocado. No podrían darse en ningún medio rural porque son bastante sofisticados intelectualmente, ni tampoco en una provincia porque emigrarían inmediatamente hacia la capital. Pero no se menciona la ciudad ni como paisaje ni como figura ni como algo que tenga una influencia directa. Simplemente se presupone [...] Es una facilidad oral [el diálogo]. En el teatro me sucede que no sé escoger la situación. En las obras que escribí, incluso escribí teatro en verso, buscaba un momento en el que no iba a suceder nada, naturalmente era un momento muy plano, carecía absolutamente de intensidad dramática y no podía prestarle esa intensidad por medio del lenguaje. Además otra cosa que es un defecto que advierto en *Álbum de familia*: cuando hago hablar a mis personajes y no se trata de un diálogo costumbrista como el que usé en *Balún Canán* o en *Oficio de tinieblas* o en los libros de cuentos, los hago hablar a todos exactamente de la misma manera que hablo yo. Y esto es un defecto, es un defecto de la caracterización, y en el teatro, no hay otro modo de caracterización más que la palabra hablada. Éste es el problema que tengo.

Para Raúl Ortiz

LECCIÓN DE COCINA

La cocina resplandece de blancura. Es una lástima tener que mancillarla con el uso. Habría que sentarse a contemplarla, a describirla, a cerrar los ojos, a evocarla. Fijándose bien esta nitidez, esta pulcritud carece del exceso deslumbrador que produce escalofríos en los sanatorios. ¿O es el halo de desinfectantes, los pasos de goma de las afanadoras, la presencia oculta de la enfermedad y de la muerte? Qué me importa. Mi lugar está aquí. Desde el principio de los tiempos ha estado aquí. En el proverbio alemán la mujer es sinónimo de *Küche, Kinder, Kirche.* Yo anduve extraviada en aulas; en calles, en oficinas, en cafés; desperdiciada en destrezas que ahora he de olvidar para adquirir otras. Por ejemplo, elegir el menú. ¿Cómo podría llevar al cabo labor tan ímproba sin la colaboración de la sociedad, de la historia entera? En un estante especial, adecuado a mi estatura, se alinean mis espíritus protectores, esas aplaudidas equilibristas que concilian en las páginas de los recetarios las contradicciones más irreductibles: la esbeltez y la gula, el aspecto vistoso y la economía, la celeridad y la suculencia. Con sus combinaciones infinitas: la esbeltez y la economía, la celeridad y el aspecto vistoso, la suculencia y... ¿Qué me aconseja usted para la comida de hoy, experimentada ama de de casa, inspiración de las madres ausentes y presentes, voz de la tradición, secreto a voces de los supermercados? Abro un libro al azar y leo: "La cena de don Quijote." Muy literario pero muy insatisfactorio. Porque don Quijote no tenía fama de gourmet sino de despistado. Aunque un análisis más a fondo del texto nos revela, etc., etc., etc. Uf. Ha corrido más tinta en torno a esa figura que agua debajo de los puentes. "Pajaritos de centro de cara." Esotérico. ¿La cara de quién? ¿Tiene un centro la cara de algo o de alguien? Si lo tiene no ha de ser apetecible. "Bigos a la rumana." Pero ¿a quién supone usted que se está dirigiendo? Si yo supiera lo que es estragón y ananá no estaría consultando este libro porque sabría muchas otras cosas. Si tuviera usted el mínimo sentido de la realidad debería, usted misma o cualquiera de sus colegas, tomarse el trabajo de escribir un diccionario de términos técnicos, redactar unos prolegómenos, idear una propedéutica para hacer accesible al profano el difícil arte culinario. Pero parten del supuesto de que todas estamos en el ajo y se limitan a enunciar. Yo, por lo menos, declaro solemnemente que no estoy, que no he estado nunca ni en este ajo que ustedes comparten ni en ningún otro. Jamás he entendido nada de nada. Pueden ustedes observar los síntomas: me planto, hecha una imbécil, dentro de una cocina impecable y neutra, con el delantal que usurpo para hacer un simulacro de eficiencia y del que seré despojada vergonzosa pero justicieramente.

Abro el compartimiento del refrigerador que anuncia "carnes" y extraigo un paquete irreconocible bajo su capa de hielo. La disuelvo en agua caliente y se me revela el título sin el cual no habría identificado jamás su contenido: es carne especial para asar. Magnífico. Un plato sencillo y sano. Como no representa la superación de ninguna antinomia ni el planteamiento de ninguna aporía, no se me antoja.

Y no es sólo el exceso de lógica el que me inhibe el hambre. Es también el aspecto, rígido por el frío; es el color que se manifiesta ahora que he desbaratado el paquete. Rojo, como si estuviera a punto de echarse a sangrar.

Del mismo color teníamos la espalda, mi marido y yo, después de las orgiásticas asoleadas en las playas de Acapulco. Él podía darse el lujo de "portarse como quien es" y tenderse boca abajo para que no le rozara la piel dolorida. Pero yo, abnegada mujercita mexicana que nació como la paloma para el nido, sonreía a semejanza de Cuauhtémoc en el suplicio cuando dijo "mi lecho no es de rosas" y se volvió a callar. Boca arriba soportaba no sólo mi propio peso sino el de él encima del mío. La postura clásica para hacer el amor. Y gemía, de desgarramiento, de placer. El gemido clásico. Mitos, mitos.

Lo mejor (para mis quemaduras, al menos) era cuando se quedaba dormido. Bajo la yema de mis dedos —no muy sensibles por el prolongado contacto con las teclas de la máquina de escribir— el nylon de mi camisón de desposada resbalaba en un fraudulento esfuerzo por parecer encaje. Yo jugueteaba con la punta de los botones y esos otros adornos que hacen parecer tan femenina a quien los usa, en la oscuridad de la alta noche. La albura de mis ropas, deliberada, reiterativa, impúdicamente simbólica, quedaba abolida transitoriamente. Algún instante quizá alcanzó a consumar su significado bajo la luz y bajo la mirada de esos ojos que ahora están vencidos por la fatiga.

Unos párpados que se cierran y he aquí, de nuevo, el exilio. Una enorme extensión arenosa, sin otro desenlace que el mar cuyo movimiento propone la parálisis; sin otra invitación que la del acantilado al suicidio.

Pero es mentira. Yo no soy el sueño que sueña, que sueña, que sueña; yo no soy el reflejo de una imagen en un cristal; a mí no me aniquila la cerrazón de una conciencia o de toda conciencia posible. Yo continúo viviendo con una vida densa, viscosa, turbia, aunque el que está a mi lado y el remoto, me ignoren, me olviden, me pospongan, me abandonen, me desamen.

Yo también soy una conciencia que puede clausurarse, desamparar a otro y exponerlo al aniquilamiento. Yo... La carne, bajo la rociadura de la sal, ha acallado el escándalo de su rojez y ahora me resulta más tolerable, más familiar. Es el trozo que vi mil veces, sin darme cuenta, cuando me asomaba, de prisa, a decirle a la cocinera que...

No nacimos juntos. Nuestro encuentro se debió a un azar ¿feliz? Es demasiado pronto aún para afirmarlo. Coincidimos en una exposición, en una conferencia, en un cineclub; tropezamos en un elevador; me cedió su asiento en el tranvía; un guardabosques interrumpió nuestra perpleja y, hasta entonces, paralela contemplación de la jirafa porque era hora de cerrar el zoológico. Alguien, él o yo, es igual, hizo la pregunta idiota pero indispensable: ¿usted trabaja o estudia? Armonía del interés y de las buenas intenciones, manifestación de propósitos "serios". Hace un año yo no tenía la menor idea de su existencia y ahora reposo junto a él con los muslos entrelazados, húmedos de sudor y de semen. Podría levantarme sin despertarlo, ir descalza hasta la regadera. ¿Purificarme? No tengo asco. Prefiero creer que lo que me une a él es algo tan fácil de borrar como una secreción y no tan terrible como un sacramento.

Así que permanezco inmóvil, respirando rítmicamente para imitar el sosiego, puliendo mi insomnio, la única joya de soltera que he conservado y que estoy dispuesta a conservar hasta la muerte.

Bajo el breve diluvio de pimienta la carne parece haber encanecido. Desvanezco este signo de vejez frotando como si quisiera traspasar la superficie e impregnar el espesor con las esencias. Porque perdí mi antiguo nombre y aún no me acostumbro al nuevo, que tampoco es mío. Cuando en el vestíbulo del hotel algún empleado me reclama yo permanezco sorda, con ese vago malestar que es el preludio del reconocimiento. ¿Quién será la persona que no atiende a la llamada? Podría tratarse de algo urgente, grave, definitivo, de vida o muerte. El que llama se desespera, se va sin dejar ningún rastro, ningún mensaje y anula la posibilidad de cualquier nuevo encuentro. ¿Es la angustia la que oprime mi corazón? No, es su mano la que oprime mi hombro. Y sus labios que sonríen con una burla benévola, más que de dueño, de taumaturgo.

Y bien, acepto mientras nos encaminamos al bar (el hombro me arde, está despellejándose), es verdad que en el contacto o colisión con él he sufrido una metamorfosis profunda: no sabía y sé, no sentía y siento, no era y soy.

Habrá que dejarla reposar así. Hasta que ascienda a la temperatura ambiente, hasta que se impregne de los sabores de que la he recubierto. Me da la impresión de que no he sabido calcular bien y de que he comprado un pedazo excesivo para nosotros dos. Yo, por pereza, no soy carnívora. Él, por estética, guarda la línea. ¡Va a sobrar casi todo! Sí, ya sé que no debo preocuparme: que alguna de las hadas que revolotean en torno mío va a acudir en mi auxilio y a explicarme cómo se aprovechan los desperdicios. Es un paso en falso de todos modos. No se inicia una vida conyugal de manera tan sórdida. Me temo que no se inicie tampoco con un platillo tan anodino como la carne asada.

Gracias, murmuro, mientras me limpio los labios con la punta de la servilleta. Gracias por la copa transparente, por la aceituna sumergida. Gracias por haberme abierto la jaula de una rutina estéril para cerrarme la jaula de otra rutina que, según todos los propósitos y la posibilidades, ha de ser fecunda. Gracias por darme la oportunidad de lucir un traje largo y caudaloso, por ayudarme a avanzar en el interior del templo, exaltada por la música del órgano. Gracias por...

¿Cuánto tiempo se tomará para estar lista? Bueno, no debería de importarme demasiado porque hay que ponerla al fuego a última hora. Tarda muy poco, dicen los manuales. ¿Cuánto es poco? ¿Quince minutos? ¿Diez? ¿Cinco? Naturalmente, el texto no especifica. Me supone una intuición que, según mi sexo, debo poseer pero que no poseo, un sentido sin el que nací que me permitiría advertir el momento preciso en que la carne está a punto.

¿Y tú? ¿No tienes nada que agradecerme? Lo has puntualizado con una solemnidad un poco pedante y con una precisión que acaso pretendía ser halagadora pero que me resultaba ofensiva: mi virginidad. Cuando la descubriste yo me sentí como el último dinosaurio en un planeta del que la especie había desaparecido. Ansiaba justificarme, explicar que si llegué hasta ti intacta no fue por virtud ni por orgullo ni por fealdad sino por apego a un estilo. No soy barroca. La pequeña imperfección en la perla me es insoportable. No me queda entonces más alternativa que el neoclásico y su rigidez es incompatible con la espontaneidad para hacer el amor. Yo carezco de la soltura del que rema, del que juega al tenis, del que se desliza bailando. No practico ningún deporte. Cumplo un rito y el ademán de entrega se me petrifica en un gesto estatuario.

¿Acechas mi tránsito a la fluidez, lo esperas, lo necesitas? ¿O te basta este hieratismo que te sacraliza y que tú interpretas como la pasividad que corresponde a mi naturaleza? Y si a la tuya corresponde ser voluble te tranquilizará pensar que no estorbaré tus aventuras. No será indispensable —gracias a mi temperamento— que me cebes, que me ates de pies y manos con los hijos, que me amordaces con la miel espesa de la resignación. Yo permaneceré como permanezco. Quieta. Cuando dejas caer tu cuerpo sobre el mío siento que me cubre una lápida, llena de inscripciones, de nombres ajenos, de fechas memorables. Gimes inarticuladamente y quisiera susurrarte al oído mi nombre para que recuerdes quién es a la que posees.

Soy yo. ¿Pero quién soy yo? Tu esposa, claro. Y ese título basta para distinguirme de los recuerdos del pasado, de los proyectos para el porvenir. Llevo una marca de propiedad y no obstante me miras con desconfianza. No estoy tejiendo una red para prenderte. No soy una mantis religiosa. Te agradezco que creas en semejante hipótesis. Pero es falsa.

Esta carne tiene una dureza y una consistencia que no

caracterizan a las reses. Ha de ser de mamut. De esos que se han conservado, desde la prehistoria, en los hielos de Siberia y que los campesinos descongelan y sazonan para la comida. En el aburridísimo documental que exhibieron en la Embajada, tan lleno de detalles superfluos, no se hacía la menor alusión al tiempo que dedicaban a volverlos comestibles. Años, meses. Y yo tengo a mi disposición un plazo de...

¿Es la alondra? ¿Es el ruiseñor? No, nuestro horario no va a regirse por tan aladas criaturas como las que avisaban el advenimiento de la aurora a Romeo y Julieta sino por un estentóreo e inequívoco despertador. Y tú no bajarás al día por la escala de mis trenzas sino por los pasos de una querella minuciosa: se te ha desprendido un botón del saco, el pan está quemado, el café frío.

Yo rumiaré, en silencio, mi rencor. Se me atribuyen las responsabilidades y las tareas de una criada para todo. He de mantener la casa impecable, la ropa lista, el ritmo de la alimentación infalible. Pero no se me paga ningún sueldo, no se me concede un día libre a la semana, no puedo cambiar de amo. Debo, por otra parte, contribuir al sostenimiento del hogar y he de desempeñar con eficacia un trabajo en el que el jefe exige y los compañeros conspiran y los subordinados odian. En mis ratos de ocio me transformo en una dama de sociedad que ofrece comidas y cenas a los amigos de su marido, que asiste a reuniones, que se abona a la ópera, que controla su peso, que renueva su guardarropa, que cuida la lozanía de su cutis, que se conserva atractiva, que está al tanto de los chismes, que se desvela y que madruga, que corre el riesgo mensual de la maternidad, que cree en las juntas nocturnas de ejecutivos, en los viajes de negocios y en la llegada de clientes imprevistos; que padece alucinaciones olfativas cuando percibe la emanación de perfumes franceses (diferentes de los que ella usa) de las camisas, de los pañuelos de su marido; que en sus noches solitarias se niega a pensar por qué o para qué tantos afanes y se prepara una bebida bien cargada y lee una novela policiaca con ese ánimo frágil de los convalecientes.

¿No sería oportuno prender la estufa? Una lumbre muy baja para que se vaya calentando, poco a poco, el asador "que previamente ha de untarse con un poco de grasa para que la carne no se pegue". Eso se me ocurre hasta a mí, no había necesidad de gastar en esas recomendaciones las páginas de un libro.

Y yo, soy muy torpe. Ahora se llama torpeza; antes se llamaba inocencia y te encantaba. Pero a mí no me ha encantado nunca. De soltera leía cosas a escondidas. Sudando de emoción y de vergüenza. Nunca me enteré de nada. Me latían las sienes, se me nublaban los ojos, se me contraían los músculos en un espasmo de náusea.

El aceite está empezando a hervir. Se me pasó la mano, manirrota, y ahora chisporrotea y salta y me quema. Así voy a quemarme yo en los apretados infiernos por mi culpa, por mi culpa, por mi grandísima culpa. Pero, niñita, tú no eres la única. Todas tus compañeras de colegio hacen lo mismo, o cosas peores, se acusan en el confesionario, cumplen la penitencia, las perdonan y reinciden. Todas. Si yo hubiera seguido frecuentándolas me sujetarían ahora a un interrogatorio. Las casadas para cerciorarse, las solteras para averiguar hasta dónde pueden aventurarse. Imposible defraudarlas. Yo inventaría acrobacias, desfallecimientos sublimes, transportes como se les llama en *Las mil y una noches*, récords. ¡Si me oyeras entonces no te reconocerías, Casanova!

Dejó caer la carne sobre la plancha e instintivamente retrocedo hasta la pared. ¡Qué estrépito! Ahora ha cesado. La carne yace silenciosamente, fiel a su condición de cadáver. Sigo creyendo que es demasiado grande.

Y no es que me hayas defraudado. Yo no esperaba, es cierto, nada en particular. Poco a poco iremos revelándonos mutuamente, descubriendo nuestros secretos, nuestros pequeños trucos, aprendiendo a complacernos. Y un día tú y yo seremos una pareja de amantes perfectos y entonces, en la mitad de un abrazo, nos desvaneceremos y aparecerá en la pantalla la palabra "fin".

¿Qué pasa? La carne se está encogiendo. No, no me hago ilusiones, no me equivoco. Se puede ver la marca de su tamaño original por el contorno que dibujó en la plancha. Era un poco más grande. ¡Qué bueno! Ojalá quede a la medida de nuestro apetito.

Para la siguiente película me gustaría que me encargaran otro papel. ¿Bruja blanca en una aldea salvaje? No, hoy no me siento inclinada ni al heroísmo ni al peligro. Más bien mujer famosa (diseñadora de modas o algo así), independiente y rica que vive sola en un apartamento en Nueva

York, París o Londres. Sus *affaires* ocasionales la divierten pero no la alteran. No es sentimental. Después de una escena de ruptura enciende un cigarrillo y contempla el paisaje urbano al través de los grandes ventanales de su estudio.

Ah, el color de la carne es ahora mucho más decente. Sólo en algunos puntos se obstina en recordar su crudeza. Pero lo demás es dorado y exhala un aroma delicioso. ¿Irá a ser suficiente para los dos? La estoy viendo muy pequeña.

Si ahora mismo me arreglara, estrenara uno de esos modelos que forman parte de mi *trousseau* y saliera a la calle ¿qué sucedería, eh? A la mejor me abordaba un hombre maduro, con automóvil y todo. Maduro. Retirado. El único que a estas horas puede darse el lujo de andar de cacería.

¿Qué rayos pasa? Esta maldita carne está empezando a soltar un humo negro y horrible. ¡Tenía yo que haberle dado vuelta! Quemada de un lado. Menos mal que tiene dos.

Señorita, si usted me permitiera... ¡Señora! Y le advierto que mi marido es muy celoso... Entonces no debería dejarla andar sola. Es usted una tentación para cualquier viandante. Nadie en el mundo dice viandante. ¿Transeúnte? Sólo los periódicos cuando hablan de los atropellados. Es usted una tentación para cualquier x. Silencio. Sig-ni-fi-ca-ti-vo. Miradas de esfinge. El hombre maduro me sigue a prudente distancia. Más le vale. Más me vale a mí porque en la esquiza ¡zas! Mi marido, que me espía, que no me deja ni a sol ni a sombra, que sospecha de todo y de todos, señor juez. Que así no es posible vivir, que yo quiero divorciarme.

¿Y ahora qué? A esta carne su mamá no le enseñó que era carne y que debería de comportarse con conducta. Se enrosca igual que una charamusca. Además yo no sé dónde puede seguir sacando tanto humo si ya apagué la estufa hace siglos. Claro, claro, doctora Corazón. Lo que procede ahora es abrir la ventana, conectar el purificador de aire para que no huela a nada cuando venga mi marido. Y yo saldría muy mona a recibirlo a la puerta, con mi mejor vestido, mi mejor sonrisa y mi más cordial invitación a comer fuera.

Es una posibilidad. Nosotros examinaríamos la carta del restaurante mientras un miserable pedazo de carne carbonizada yacería, oculto, en el fondo del bote de la basura. Yo me cuidaría mucho de no mencionar el incidente y sería considerada como una esposa un poco irresponsable, con proclividades a la frivolidad pero no como una tarada. Ésta es la primera imagen pública que proyecto y he de mantenerme después consecuente con ella, aunque sea inexacta.

Hay otra posibilidad. No abrir la ventana, no conectar el purificador de aire, no tirar la carne a la basura. Y cuando venga mi marido dejar que olfatee, como los ogros de los cuentos, y diga que aquí huele, no a carne humana, sino a mujer inútil. Yo exageraré mi compunción para incitarlo a la magnanimidad. Después de todo, lo ocurrido ¡es tan normal! ¿A qué recién casada no le pasa lo que a mí acaba de pasarme? Cuando vayamos a visitar a mi suegra, ella, que todavía está en la etapa de no agredirme porque no conoce aún cuáles son mis puntos débiles, me relatará sus propias experiencias. Aquella vez, por ejemplo, que su marido le pidió un par de huevos estrellados y ella tomó la frase al pie de la letra y... ja, ja, ja. ¿Fue eso un obstáculo para que llegara a convertirse en una viuda fabulosa, digo, en una cocinera fabulosa? Porque lo de la viudez sobrevino mucho más tarde y por otras causas. A partir de entonces ella dio rienda suelta a sus instintos maternales y echó a perder con sus mimos...

No, no le va a hacer la menor gracia. Va a decir que me distraje, que es el colmo del descuido. Y, sí, por condescendencia yo voy a aceptar sus acusaciones.

Pero no es verdad, no es verdad. Yo estuve todo el tiempo pendiente de la carne, fijándome en que le sucedían una serie de cosas rarísimas. Con razón Santa Teresa decía que Dios anda en los pucheros. O la materia que es energía o como se llame ahora.

Recapitulemos. Aparece, primero el trozo de carne con un color, una forma, un tamaño. Luego cambia y se pone más bonita y se siente una muy contenta. Luego vuelve a cambiar y ya no está tan bonita. Y sigue cambiando y cambiando y cambiando y lo que uno no atina es cuándo pararle el alto. Porque si yo dejo este trozo de carne indefinidamente expuesto al fuego, se consume hasta que no queden ni rastros de él. Y el trozo de carne que daba la impresión de ser algo tan sólido, tan real, ya no existe.

¿Entonces? Mi marido también da la impresión de solidez y de realidad cuando estamos juntos, cuando lo toco, cuando lo veo. Seguramente cambia, y cambio yo también, aunque de manera tan lenta, tan morosa que ninguno de los dos lo advierte. Después se va y bruscamente se convierte en recuerdo y... Ah, no, no voy a caer en esa trampa: la del personaje inventado y el narrador inventado y la anécdota inventada. Además, no es la consecuencia que se deriva lícitamente del episodio de la carne.

La carne no ha dejado de existir. Ha sufrido una serie de metamorfosis. Y el hecho de que cese de ser perceptible para los sentidos no significa que se haya concluido el ciclo sino que ha dado el salto cualitativo. Continuará operando en otros niveles. En el de mi conciencia, en el de mi memoria, en el de mi voluntad, modificándome, determinándome, estableciendo la dirección de mi futuro.

Yo seré, de hoy en adelante, lo que elija en este momento. Seductoramente aturdida, profundamente reservada, hipócrita. Yo impondré, desde el principio, y con un poco de impertinencia, las reglas del juego. Mi marido resentirá la impronta de mi dominio que irá dilatándose, como los círculos en la superficie del agua sobre la que se ha arrojado una piedra. Forcejeará por prevalecer y si cede yo le corresponderé con el desprecio y si no cede yo no seré capaz de perdonarlo.

Si asumo la otra actitud, si soy el caso típico, la femineidad que solicita indulgencia para sus errores, la balanza se inclinará a favor de mi antagonista y yo participaré en la competencia con un handicap que, aparentemente, me destina a la derrota y que, en el fondo, me garantiza el triunfo por la sinuosa vía que recorrieron mis antepasadas, las humildes, las que no abrían los labios sino para asentir, y lograron la obediencia ajena hasta al más irracional de sus caprichos. La receta, pues, es vieja y su eficacia está comprobada. Si todavía lo dudo me basta preguntar a la más próxima de mis vecinas. Ella confirmará mi certidumbre.

Sólo que me repugna actuar así. Esta definición no me es aplicable y tampoco la anterior, ninguna corresponde a mi verdad interna, ninguna salvaguarda mi autenticidad. ¿He de acogerme a cualquiera de ellas y ceñirme a sus términos sólo porque es un lugar común aceptado por la mayoría y comprensible para todos? Y no es que yo sea una *rara avis*. De mí se puede decir lo que Pfandl dijo de Sor Juana: que pertenezco a la clase de neuróticos cavilosos. El diagnóstico es muy fácil ¿pero qué consecuencias acarrearía asumirlo?

Si insisto en afirmar mi versión de los hechos mi marido va a mirarme con suspicacia, va a sentirse incómodo en mi compañía y va a vivir en la continua expectativa de que se me declare la locura.

Nuestra convivencia no podrá ser más problemática. Y él no quiere conflictos de ninguna índole. Menos aun conflictos tan abstractos, tan absurdos, tan metafísicos como los que yo le plantearía. Su hogar es el remanso de paz en que se refugia de las tempestades de la vida. De acuerdo. Yo lo acepté al casarme y estaba dispuesta a llegar hasta el sacrificio en aras de la armonía conyugal. Pero yo contaba con que el sacrificio, el renunciamiento completo a lo que soy, no se me demandaría más que en la Ocasión Sublime, en la Hora de las Grandes Resoluciones, en el Momento de la Decisión Definitiva. No con lo que me he topado hoy que es algo muy insignificante, muy ridículo. Y sin embargo...

DOMINGO

EDITH LANZÓ en torno suyo una mirada crítica, escrutadora. En vano se mantuvo al acecho de la aparición de esa mota de polvo que se esconde siempre a los ojos de la más suspicaz ama de casa y se hace evidente en cuanto llega la primera visita. Nada. La alfombra impecable, los muebles en su sitio, el piano abierto y encima de él, dispuestos en un cuidadoso desorden, los papeles pautados con los que su marido trabajaba. Quizá el cuadro, colocado encima de la chimenea, no guardaba un equilibrio perfecto. Edith se acercó a él, lo movió un poco hacia la izquierda, hacia la derecha y se retiró para contemplar los resultados. Casi imperceptibles pero suficientes para dejar satisfechos sus escrúpulos.

Ya sin los prejuicios domésticos, Edith se detuvo a mirar la figura. Era ella, sí, cifrada en esas masas de volúmenes y colores, densos y cálidos. Ella, más allá de las apariencias obvias que ofrecía al consumo del público. Expuesta en su intimidad más honda, en su ser más verdadero, tal como la había conocido, tal como la había amado Rafael. ¿Dónde estaría ahora? Le gustaba vegabundear y de pronto enviaba una tarjeta desde el Japón como otra desde Guanajuato. Sus viajes parecían no tener ni preferencias ni propósitos. Huye de mí, pensó Edith al principio. Después se dio cuenta de la desmesura de su afirmación. Huye de mí y de las otras, añadió. Tampoco era cierto. Huía también de sus deudas, de sus compromisos con las galerías, de su trabajo, de sí mismo, de un México irrespirable.

Edith lo recordó sin nostalgia ya y sin rabia, tratando de ubicarlo en algún punto del planeta. Imposible. ¿Por qué no ceder, más que a esa curiosidad inútil, a la gratitud? Después de todo a Rafael le debía el descubrimiento de su propio cuerpo, sepultado bajo largos años de rutina conyugal, y la revelación de esa otra forma de existencia que era la pintura. De espectadora apasionada pasó a modelo complaciente y, en los últimos meses de su relación, a aprendiz aplicada. Había acabado por improvisar un pequeño estudio en el fondo del jardín.

Todos los días de la semana —después de haber despachado a los niños a la escuela y a su marido al trabajo; después de deliberar con la cocinera acerca del menú y de impartir órdenes (siempre las mismas) a la otra criada— Edith se ponía cómoda dentro de un par de pantalones de pana y un suéter viejo y se encerraba en esa habitación luminosa, buscando más allá de la tela tensada en el caballete, más allá de ese tejido que era como un obstáculo, esa sensación de felicidad y de plenitud que había conocido algunas veces: al final de un parto laborioso; tendida a la sombra, frente al mar; saboreando pequeños trozos de queso camembert untados sobre pan moreno y áspero; cuidando los brotes de los crisantemos amarillos que alguien le regaló en unas navidades; pasando la mano sobre la superficie pulida de la madera; sí, haciendo el amor con Rafael y, antes, muy al principio del matrimonio, con su marido.

Edith llenaba las telas con esos borbotones repentinos de tristeza, de despojamiento, de desnudez interior. Con esa rabia con la que olfateaba a su alrededor cuando quería reconocer la querencia perdida. No sabía si la hallaba o no porque el cansancio del esfuerzo era, a la postre, más poderoso que todos los otros sentimientos. Y se retiraba a mediodía, con los hombros caídos como para ocultar mejor, tras la fatiga, su secreta sensación de triunfo y de saqueo.

Los domingos, como hoy, tenía que renunciar a sí misma en aras de la vida familiar.

Se levantaban tarde y Carlos iba pasándole las secciones del periódico que ya había leído, con algún comentario, cuando quería llamarle la atención sobre los temas que les interesaban: anuncios o críticas de conciertos, de exposiciones, de estrenos teatrales y cinematográficos; chismes relacionados con sus amigos comunes; gangas de objetos que jamás se habían propuesto adquirir.

Edith atendía dócilmente (era un viejo hábito que la había ayudado mucho en la convivencia) y luego iba a lo suyo: la sección de crímenes, en la que se solazaba, mientras afuera los niños peleaban, a gritos, por la primacía del uso del baño, por la prioridad en la mesa y por llegar antes a los sitios privilegiados del jardín.

Cuando la algarabía alcanzaba extremos inusitados Edith

—o Carlos— lanzaba un grito estentóreo e indiferenciado para aplacar la vitalidad de sus cachorros. Y aprovechaban el breve silencio conseguido, sonriéndose mutuamente, con esa complicidad que los padres orgullosos de sus hijos y de las travesuras de sus hijos se reservan para la intimidad.

De todos los gestos que Edith y Carlos se dedicaban, éste era el único que conservaba su frescura, su espontaneidad, su necesidad. Los otros se habían estereotipado y por eso mismo resultaban perfectos.

—Hoy viene a comer Jorge.

Edith lo había previsto y asintió, pensando ya en algo que satisficiera lo mismo sus gustos exigentes que su digestión vacilante.

—¿Solo?

—El asunto con Luis no se arregló. Siguen separados.

—¡Lástima! Era una pareja tan agradable.

Antes también Edith hubiera hecho lo mismo que Luis y Jorge: separarse, irse. Ahora, más vieja (no, más vieja no, más madura, más reposada, más sabia), optaba por soluciones conciliadoras que dejaran a salvo lo que dos seres construyen juntos: la casa, la situación social, la amistad.

—¿Y si me habla Luis, diciéndome, con ese tonito de desconsuelo que es su especialidad, que no tiene con quién pasar el domingo?

—Déjalo que venga, que se encuentre con Jorge. Tarde o temprano tendrá que sucederles. Más vale que sea aquí.

Se encontraba uno en todas partes, donde no era posible retorcerse de dolor ni darle al otro una bofetada para volverle los sesos a su lugar, ni arrodillarse suplicante. Entonces ¿qué sentido tenía irse? Aunque se quiere no se puede. Edith tuvo que reconocer que no todo el mundo estaba atado por vínculos tan sólidos como Carlos y ella. Los hijos, las propiedades en común, hasta la manera especial de tomar una taza de chocolate antes de dormir. Realmente sería muy difícil, sería imposible romper.

Desde hacía rato, y sin fijarse, Edith estaba mirando tercamente a Carlos. Él se volvió sobresaltado.

—¿Qué te pasa?

Edith parpadeó como para borrar su mirada de antes y sonrió con ese mismo juego de músculos que los demás traducían como tímida disculpa y que gustaba tanto a su marido en los primeros tiempos de la luna de miel. Carlos se sintió inmediatamente tranquilizado.

—Pensaba si no nos caería bien comer pato a la naranja... y también en la fragilidad de los sentimientos humanos.

¿No estuvo Edith a punto de morir la primera vez que supo que Carlos la engañaba? ¿No creyó que jamás se consolaría de la ausencia de Rafael? Y era la misma Edith que ahora disfrutaba plácidamente de su mañana perezosa y se disponía a organizar un domingo pródigo en acontecimientos emocionantes, en sorpresas que se agotaban en un sor bo, en leves cosquilleos a su vanidad de mujer, de anfitriona, de artista incipiente.

Porque a partir de las cuatro de la tarde sus amigos sabían que había *open house* y acudían a ella arrastrando la cruda de la noche anterior o el despellejamiento del baño del sol matutino o la murria de no haber sabido cómo entretener sus últimas horas. Cada uno llevaba una botella de algo y muchos una compañía que iba a permitir a la dueña de casa trazar el itinerario sentimental de sus huéspedes. Esa compañía era el elemento variable que Edith aguardaba con expectación. Porque, a veces, eran verdaderos hallazgos como aquella modelo francesa despampanante que ostentó fugazmente Hugo Jiménez y que lo abandonó para irse con Vicente Weston, cuando supo que el primero era únicamente un aspirante a productor de películas. La segunda alianza no fue más duradera porque Vicente era el hijo de un productor de películas en ejercicio pero no guardaba con el cine comercial ni siquiera la relación de espectador.

¿Qué pasaría con esa muchacha? ¿Regresaría a su país? ¿Encontraría un empresario auténtico? Merecía buena suerte. Pobrecita ingenua. Y los mexicanos son tan desgraciados...

Edith tarareaba una frase musical en el momento de abrir la regadera. Dejó que el agua resbalara por su cuerpo, escurriera de su pelo pegándole mechones gruesos a la cara. Ah, qué placer estar viva, viva, viva.

Y, por el momento, vacante, apuntó. Pero sin amargura, sin urgencia. Había a su alrededor varios candidatos disponibles. Bastaría una seña de su parte para que el hueco dejado por Rafael se llenara pero Edith se demoraba. La espera acrecienta el placer y en los preliminares se pondría en claro que no se trataba, esta vez, de una gran pasión, sino del olvido de una gran pasión, que había sido Rafael quien, a su turno, consoló el desengaño de la gran pasión que, a su hora, fue Carlos.

Chistoso Carlos. Nadie se explicaba la devoción de su esposa ni la constancia de su secretaria. Su aspecto era insignificante, como de ratón astuto. Pero en la cama se comportaba mejor que muchos y era un buen compañero y un amigo leal. ¿A quién, sino a él, se le hubiera ocurrido a Edith recurrir en los momentos de apuro? Pero Edith confiaba en su prudencia para que esos momentos de apuro (¡Rafael en la cárcel, Dios mío!) no volvieran a presentarse.

Carlos entró en el baño cuando ella comenzaba a secarse el pelo. Se lo dejaría suelto hoy, lacio. Para que todos pensaran en su desnudez bajo el agua.

—¿Qué te parece la nueva esposa de Octavio? —preguntó Carlos mientras se rasuraba.

—Una mártir cristiana. Cada vez que entra en el salón es como si entrara al circo para ser devorada por las fieras.

—Si todos la juzgan como tú no anda muy descaminada.

Edith sonrió.

—Yo no la quiero mal. Pero es fea y celosa. La combinación perfecta para hacerle la vida imposible a cualquiera.

—¿Octavio ya se ha quejado contigo de que no lo comprende?

—¿Para qué tendría qué hacerlo?

—Para empezar —repuso Carlos palmeándole cariñosamente las nalgas.

Edith se apartó fingiéndose ofendida.

—A mí Octavio no me interesa.

—Están verdes... Octavio siempre estuvo demasiado ocupado entre una aventura y otra. Pero desde que se casó con esa pobre criatura que no es pieza para ti ni para nadie, está prácticamente disponible.

—No me des ideas...

—No me digas que te las estoy dando. Adoptas una manera peculiar de ver a los hombres cuando planeas algo. Una expresión tan infantil y tan inerme...

—Hace mucho que no veo a nadie así.

—Vas a perder la práctica. Anda, bórrate, que ahora voy a bañarme yo.

Edith escogió un vestido sencillo y como para estar en

casa, unas sandalias sin tacón, una mascada. Su aspecto debía ser acogedoramente doméstico aunque no quería malgastarlo desde ahorita, usándolo. Titubeó unos instantes y, por fin, acabó decidiéndose. Nada nuevo es acogedor. Presenta resistencias, exige esfuerzos de acomodamiento. Se vistió y se miró en el espejo. Sí, así estaba bien.

Las visitas comenzaron a afluir interrumpiendo la charla de sobremesa de Carlos y Jorge, que giraba siempre alrededor de lo mismo: anécdotas de infancia y de adolescencia (previas, naturalmente, al descubrimiento de que Jorge era homosexual) que Edith no había compartido pero que, a fuerza de oír relatadas, consideraba ya como parte de su propia experiencia. Cuando estaba enervada los interrumpía y pretextaba cualquier cosa para ausentarse. Pero hoy su humor era magnífico y sonreía a los dos amigos como para estimular ese afecto que los había unido a lo largo de tantos años y de tantas vicisitudes.

Jorge era militar y comenzaba a hacer sus trámites de retiro. Carlos era técnico de sonido y, ocasionalmente, compositor. Jorge no tenía ojos más que para los jóvenes reclutas y Carlos se inclinaba, de modo exclusivo, a las muchachas. Sin embargo los dos habían sabido hallar intereses que los acercaran y se frecuentaban con una regularidad que tenía mucho de disciplinario.

Edith recordó, no sin cierta vergüenza, los esfuerzos que hizo de recién casada para separarlos. No es que estuviera celosa de Jorge; es que quería a Carlos como una propiedad exclusiva suya. ¡Qué tonta, qué egoísta, qué joven había sido! Ahora su técnica había cambiado acaso porque sus impulsos posesivos habían disminuido. Le soltaba la rienda al marido para que se alejara cuanto quisiera; abría el círculo familiar para dar entrada a cuantos Carlos solicitara. Hasta a Lucrecia, que se presentó como un devaneo sin importancia y fue quedándose, quedándose como un complemento indispensable en la vida de la familia.

Edith no advirtió la gravedad de los hechos sino cuando ya estaban consumados. De tal modo su ritmo fue lento, su penetración fue suave. Después ella misma se distrajo con Rafael y cuando ambos terminaron quedó tan destrozada que no se opuso a los mimos de Lucrecia, a su presencia en la casa, a su atención dedicada a los niños, a su acompañamiento en las reuniones, en los paseos. Llegó hasta el grado de convertirla en su confidente (lo hubiera hecho con cualquiera, tan necesitada estaba de desahogarse) y de pronto ambas se descubrieron como amigas íntimas sin haber luchado nunca como rivales.

Edith se adelantó al salón para dar la bienvenida a los que llegaban. Era nada más uno pero exigía atención como por diez: Vicente, a quien le alcanzó la fuerza para ofrendarle una botella de whisky, y luego se dejó caer en un sillón exhibiendo el abatimiento más total.

—¿Problemas? —preguntó Edith más atenta a la marca del licor que al estado de ánimo del donante.

—Renée.

—Últimamente siempre es Renée. ¿Por qué no la trajiste?

—No quiere verme, se niega a hablar conmigo hasta por teléfono. Me odia.

—Algo has de haberle hecho.

—Un hijo.

—¿Tuyo?

—Eso dice. El caso es que yo le ofrecí matrimonio y no lo aceptó. Quiere abortar.

—¡Pues que aborte!

—Ése es su problema, Vicente. Pero ¿cuál es el tuyo?

—El mío... el mío... Carajo ¡estoy harto de putas!

—Ahora tienes una oportunidad magnífica para deshacerte de una de ellas.

—Vendrá otra después y será peor.

—Es lo mismo que yo pienso cuando voy a echar a una criada, pero ¿por qué hay que ser tan fatalista? Si lo que te interesa es una virgencita que viva entre flores, búscala.

—La encuentro y es una hipócrita, aburrida, chupasangre. ¿Sabes que este mundo es una mierda?

—No tanto, no tanto —discrepó Edith mientras descorchaba la botella—. ¿Cómo lo quieres? ¿Solo? ¿Con agua? ¿En las rocas?

Vicente hizo un gesto de indiferencia y Edith le sirvió a su gusto.

—Bebe.

Vicente obedeció. Sin respirar vació la copa. El áspero sabor le raspó la garganta.

—Renée también quiere ser actriz —le dijo mientras acercaba de nuevo su vaso a la disposición de Edith.

—¡Qué epidemia!

—Basta con no tener talento. Y se encabrita porque un hijo —mío o de quien sea— se interpone ahora entre el triunfo y ella.

—¿Tú quieres a ese niño?

—A mí también me fastidia que me hagan padre de la criatura. Pero me fastidia más que se deshaga de la criatura si soy el padre.

—Trabalenguas, no ¿eh? Todavía es muy temprano y nadie ha tomado lo suficiente.

—Son ejercicios de lenguaje. Un escritor debe mantenerse en forma. Porque, aunque tú no lo creas, un día voy a escribir una novela tan importante como el *Ulises* de Joyce.

—Si antes no filmas una película tan importante como *El acorazado Potemkin.*

Era Carlos que entraba, seguido de Jorge.

—El cine es la forma de expresión propia de nuestra época.

—¡Y me lo dices a mí que ilustro sonoramente las obras maestras de la industria fílmica nacional! ¿Qué sería de ella sin mis efectos de sonido?

—Ay, sí. Bien que te duele no poder dedicarte a lo que te importa: la música.

—La uso también. Y en vez de llevarme a la cárcel por plagio cada vez que lo hago, me premian con algún ídolo azteca de nombre impronunciable.

—¿A qué atribuyes ese contrasentido?

—A que en la cárcel quizá podría componer lo que yo quiero, lo que yo puedo. Pero me dejan suelto y me aplauden. Me castran, hermanito.

—El hambre es cabrona.

—¿Cómo averiguaste eso, junior?

—Mi padre me cuenta, día a día, la historia de su juventud. Es conmovedora. Nada menos que un *self-made man.*

—Que me contrata y me paga espléndidamente. Vamos a brindar todos porque viva muchos años.

Carlos alzó su vaso. Jorge lo observaba, sonriente.

—Salud es lo que me falta para acompañarte. Aunque tengo que convenir en que el producto que ingieres es de una calidad superior.

—Un hijo de mi padre tiene que convidar whisky... aunque para hacerlo saquee las bodegas familiares. Porque, has de saber, Orfeo, que mis mensualidades son menos espléndidas que tus honorarios. Y que el Mecenas ha amenazado con alzarme la canasta si no hago una demostración pública y satisfactoria de mis habilidades.

—¡Son tantas!

—Allí está el problema. Elegir primero y luego realizarse.

—La vocación es la incapacidad total de hacer cualquiera otra cosa.

—Mírame a mí: si yo no hubiera sido militar ¿qué habría sido?

—Civil.

Carlos y Jorge consideraron un momento esta posibilidad y luego soltaron, simultáneamente, la risa.

—No les hagas caso —terció Edith—. Siempre juegan así.

—Pues ya están grandecitos. Podrían inventar juegos más ingeniosos.

—¡No me tientes, Satanás!

Jorge dio las espaldas a todos con un gesto pudibundo.

—¿No viene nadie más hoy? —quiso saber Vicente.

Edith se alzó de hombros.

—Los de costumbre. Si es que no tuvieron ningún contratiempo.

—Es decir, Hugo con el apéndice correspondiente.

—¡Esperemos en Dios que sea extranjera!

—Nadie es extranjero. Algunos lo pretenden pero a la hora de la hora sacan a relucir su medallita con la Virgen de Guadalupe.

—Para evitar engaños lo primero que hay que explorar es el pecho.

—En el caso de las mujeres. ¿Y en el otro?

—Ay, tú, los medallones no se incrustan dondequiera.

—¡Qué opine Edith!

—¿Es la voz más autorizada?

—Por lo menos es la única ortodoxa.

—¡Pelados!

Edith aparentaba indignación pero en el fondo disfrutaba de los equívocos.

—Yo me pregunto —dijo Vicente— qué pasaría si una vez nos decidiéramos a acostarnos todos juntos.

—Que se acabarían los albures.

Jorge había hablado muy sentenciosamente y añadió:

—En el Ejército se hizo el experimento. Y sobrevino un silencio sepulcral.

—¿Tú también callaste?

—No me quedó nada, absolutamente nada que decir.

Permaneció serio, como perdido en la añoranza y la nostalgia. Suspiró para completar el efecto de sus revelaciones. Pero el suspiro se perdió en el estrépito de la llegada de un nuevo contingente de visitantes.

—¡Lucrecia! ¡Octavio! ¡Hugo! ¿Vinieron juntos?

—Nos encontramos en la puerta.

—Pasen y acomódense.

Cada uno lo hizo no sin antes entregar a Edith su tributo.

—¿Y tu mujer, Octavio?

—Se siente un poco mal. Me pidió que la disculparan.

—¿Embarazo?

—No es seguro todavía. Pero es probable, a juzgar por los síntomas.

—¡Qué falta de imaginación tienen las mujeres, Dios santo! No saben hacer otra cosa que preñarse.

—Bueno, Vicente, al menos les concederás que saben hacer también lo necesario para preñarse.

Edith miró a Octavio, interrogativamente. Suponía a Elisa, su mujer, inexperta, inhábil y gazmoña. Pero Octavio no dejó traslucir nada. Estaba muy atento a la dosis de whisky que le servían.

—¿Por qué tan solo, Hugo? ¿Se agotó el repertorio?

—Estoy esperando —respondió el aludido con un leve gesto de misterio.

—¿Tú también? —preguntó Jorge falsamente escandalizado.

—¡Basta! —gritó Edith.

—Voy a presentarles a una amiga alemana.

—¿Habla español?

—A little. Pero lo entiende todo.

—Muy comprensiva.

—En última instancia puede platicar con Octavio que estuvo en Alemania ¿cuántos años?

—Dos.

—Pero llevando cursos con Heidegger. Eso no vale.

—Yo hice la primaria allá —apuntó tímidamente Weston—. Lo digo por si se ofrece.

—¿No que te educaste en Inglaterra?

—También. Y en Francia. Conmigo no hay pierde, Hugo.

—¡Ya estarás, judío errante!

—Si lo de judío lo dices por mi padre, te lo agradezco. Es uno de mis motivos más fundados de desprecio.

—A poco tu papá es judío, tú.

—Pues bien a bien, no lo sé. Pero, ah, cómo jode.

Lucrecia se revolvió, incómoda, en el asiento.

—¡Tanto presumir de Europa y mira nomás qué lenguaje!

—¿Sabes por qué los hijos de los ricos poseemos un vocabulario tan variado? Porque nuestros padres pudieron darse el lujo de abandonar nuestra educación a los criados.

—Y si tienen tan buen ojo para las mujeres es porque los inician sus institutrices.

Carlos se frotó las manos, satisfecho.

—Se va a poner buena la cosa hoy.

—No tengo miedo —aseguró Hugo—. Al contrario, me encanta la idea de que Hildegard tenga la oportunidad de hacer sus comparaciones.

—Al fin y al cabo lo importante no es ganar sino competir, como dijo el clásico.

Si hubiera estado allí Rafael habría hecho chuza con todos, reflexionó Edith. Y se alegró locamente de que no estuviera allí, de que no la hiciera estremecerse de incertidumbre y de celos.

—¿Contenta?

Jorge le había puesto una mano fraternal sobre el hombro, pero había en su pregunta cierto dejo de reproche, como si la alegría de los demás fuera un insulto a su propia pena. Edith adoptó, para responder, un tono neutro.

—Viendo los toros desde la barrera.

—Igual que yo. ¿No ha hablado Luis?

Edith hizo un signo negativo con la cabeza.

Jorge se apartó bruscamente al tiempo que decía:

—Es mejor.

¿Es mejor amputarse un miembro? Los médicos no recurren a esos extremos más que cuando la gangrena ha cundido, cuando las fracturas son irreparables. Pero en el caso de Luis y de Jorge ¿qué se había interpuesto? Por su edad, por sus condiciones peculiares, por el tiempo que habían mantenido la relación, la actitud tan definitiva de rechazo parecía incoherente. La intransigencia es propia de los jóvenes, la espontaneidad y la manía de dar un valor absoluto a las palabras, a los gestos, a las actitudes. Curiosa, Edith se prometió localizar a Luis e invitarlo a tomar el té juntos. Llevaría la conversación por temas indiferentes hasta que las defensas, de que su interlocutor llegaría bien pertrechado, fueran derrumbándose y diera libre curso a sus lamentaciones. De antemano se desilusionó con la certidumbre de que en el fondo del asunto no hallaría más que una sórdida historia de dinero (porque Jorge era avaro y Luis derrochador). ¡Dinero! Como si importara tanto. Cuando Edith se casó con Carlos ambos eran pobres como ratas y disfrutaron enormemente de sus abstenciones porque se sentían heroicos, y de sus despilfarros porque se imaginaban libres. Después él comenzó a tener éxito en su trabajo y ella a saber administrar los ingresos. La abundancia les iba bien y ni Carlos se amargaba pensando que había frustrado su genio artístico ni ella lo aguijoneaba con exigencias desmesuradas de nueva rica. El primer automóvil, la primera estola de mink, el primer collar de diamantes fueron acontecimientos memorables. Lo demás se volvió rutina, aunque nunca llegara al grado del hastío. Edith se preguntaba, a veces, si con la misma naturalidad con que había transitado de una situación a la otra sería capaz de regresar y se respondía, con una confianza en su aptitud innata y bien ejercitada para hallar el lado bueno —o pintoresco— de las cosas, afirmativamente.

—¿Por qué tan meditabunda, Edith?

Era Octavio. Edith detuvo en él sus negrísimos ojos líquidos —era un truco que usaba en ocasiones especiales— antes de contestar.

—Trato de ponerme a tono con la depresión reinante. Tú deberías estar más eufórico ya que eres un recién casado. Das muy mal ejemplo a los solteros. Los desanimas.

—Mi matrimonio es un fracaso.

—No puedes saberlo tan pronto.

—Lo supe desde el primer día, en el primer momento en que quedamos solos mi mujer y yo.

—¿Es frígida?

—Y como todas las frígidas, sentimental. Me ama. Me hace una escena cada vez que salgo a la calle y se niega a ir conmigo a ninguna parte.

—¿Aquí también?

—Aquí especialmente. Está celosa de ti.

—¡Pero qué absurdo!

—¿Por qué absurdo, Edith? Es en lo único en lo que tiene razón. Tú y yo somos... ¿cómo diré? aliados naturales. Eres tan suave, tan dúctil... Después de ese papel de estraza con el que me froto el día entero sé apreciar mejor tus cualidades.

—No sé a quién agradecer el elogio: si a ella o a ti.

Un arrebol de vanidad halagada subió hasta su rostro. Para esconderlo Edith se volvió al ángulo en que charlaban Carlos y Lucrecia.

—Parecen un poco tensos —dijo señalando la pareja a Octavio—. Si Lucrecia sigue apretando la copa de ese modo va a acabar por romperla.

—¿Te preocupa?

—No. La copa es corriente.

Ambos rieron y ella hizo ademán de tenderse en la alfombra. Octavio arregló unos cojines para que se acomodara.

—¿Cómo va la pintura?

Edith había cerrado los ojos para entregarse a su bienestar.

—Hmmm. Se defiende.

Octavio se había recostado paralelamente a ella.

—Tienes que invitarme a tu estudio alguna vez.

Edith se irguió, excitada.

—¿Vas a explicarme lo que estoy haciendo?

—Si quieres. Y si no, no. Aunque no lo creas también sé estarme callado.

—¿De veras?

Edith se había vuelto a tender y a cerrar los ojos.

—Si tengo algo mejor qué hacer que hablar... o si me quedo boquiabierto de admiración. ¿Cuál de las dos alternativas te parece más probable?

De una manera casual Octavio enroscaba y desenroscaba en uno de sus dedos un mechón del pelo de Edith.

—No soy profetisa —murmuró ella fingiendo no haber advertido la caricia para permitir que se prolongara.

—¿Mañana entonces? ¿En la mañana?

Edith se desperezó bruscamente.

—¿Vas a dejar sola a tu mujer tan temprano? Es la hora en que las náuseas se agudizan.

—Para que veas de lo que soy capaz, me perderé ese delicioso espectáculo por ti.

—Corres el riesgo de no encontrarme. A veces salgo.

—Mañana no saldrás.

—¡Presumido!

Edith se puso de pie con agilidad para dar por terminada una conversación que no haría sino decaer al continuarse. Fingió que hacía falta hielo y fue a la cocina por él. Sorprendió en el teléfono a Vicente, frenético, insultando a alguien. Cuando se dio cuenta de que era observado, colgó la bocina.

—¿Renée? —preguntó tranquilamente Edith.

Vicente se golpeó la cabeza con los puños.

—¡Abortó! Ella sola, como un animal...

—Yo la vi representar esa escena de *La salvaje* de Anouilh en la Academia de Seki Sano. A pesar de las objeciones del Maestro, Renée no lo hacía mal.

Al ver el efecto que habían hecho sus palabras, Edith se acercó a Vicente dejando la cubeta de hielo en cualquier parte para tener libres las dos manos consoladoras.

—¡No lo tomes así! Ni siquiera sabes si esa criatura es tuya.

—¡No es el feto lo que me importa! ¡Es ella! No la creí capaz de ser tan despiadada.

—Y si te hubiera colgado el milagrito no la hubieras creído capaz de ser tan egoísta. ¿Qué puedes darle tú?

—Nada. Ni siquiera dinero para el sanatorio. Por eso tuvo que recurrir a... no sé qué medios repugnantes.

—Los parlamentos de *La salvaje,* cuando narra este hecho, son siniestros. No me extraña que te hayan alterado tanto... aunque los hayas oído sólo por teléfono.

—¿Crees que es teatro?

—Bueno... Renée es actriz.

—Pero lo que hizo... ¿o no lo hizo?

—En cualquiera de los dos casos no la culpes.

—¿Entonces qué? ¿Debo culparme yo?

—Tampoco. Renée no es ninguna criatura como para no saber cuáles son las precauciones que hay que tomar. Si se descuida que lo remedie ¿no?

—¡Muy fácil! Pero ahora ella me odia y yo la odio y los dos nos avergonzamos de nosotros mismos y ya nada podrá ser igual.

—Ay, Vicente, qué ingenuo eres. Todo vuelve a ser igual, con Renée o con otra. La vida es más bien monótona. Ya tendrás muchas oportunidades de comprobarlo.

—¿Y mientras tanto?

—Mientras tanto sirve de algo. Ayúdame a traer hielo y vasos de la cocina.

—¿Ha llegado más gente? Porque ando de un humor. . .

—No. Hugo se truena los dedos pensando si la alemana será capaz de dar correctamente la dirección al taxista.

—A lo mejor se va con el taxista. Sería más folklórico ¿no se te hace?

Edith sacudió la cabeza vigorosamente mientras vaciaba los cubitos de hielo.

—Estás instalado en el anacronismo. Esas cosas ya no pasan en México.

—En las películas que produce mi papá, sí.

—¿Y las ves? ¡Qué horror! De castigo te mando que cuando venga la alemana tú te estés muy quietecito ¿eh? La jugada que le hiciste con la francesa todavía no se le olvida.

—¡Chin! ¡Puro tabú! ¿Y con quién me voy a consolar? ¿Tú no tienes ninguna amiga potable, Edith?

—Allí está Lucrecia.

—Dije potable y dije amiga. Todos sabemos que Lucrecia no viene por ti.

—Todos saben que yo soy la que insiste para que no falte a ninguna de nuestras reuniones. Es la única manera de tener con nosotros a Carlos.

—Realmente tratas a tu marido como si fuera indispensable.

—Lo es. En un matrimonio un marido siempre lo es.

—¡Burgueses repugnantes!

—Nunca he pretendido ser más que una burguesa. Una pequeña, pequeñita burguesa. ¡Y hasta eso cuesta un trabajo!

Cuando volvieron al salón Hildegard estaba despojándose de un abrigo absolutamente inoportuno. Hugo se desvivía por atenderla y Octavio se abalanzó a la primera mano que tuvo libre para besársela al modo europeo.

—¿Qué te parece? —preguntó Edith a Vicente en voz baja desde el umbral.

—Un poco demasiado Rubens ¿no? A mí no me fascinan especialmente los expendios de carne.

—Mientras no te despachas con la cuchara grande ¿eh? Anda y saluda como el niño bien educado que Lucrecia no cree que eres.

Vicente hizo, ante la recién llegada, la ceremonia que le enseñaron sus preceptores con entrechocamiento de talones y todo. Hildegard pareció maravillada y dijo alguna frase en su idioma que Octavio se apresuró a traducir.

—"A un panal de rica miel..." —musitó Edith al oído del intérprete, pero Octavio únicamente prestaba atención a la copa que le ponían al alcance de la mano.

—Es un poco descortés que no nos presenten —dijo ahora Edith con la voz alta, bien modulada y clara.

Todos lo hicieron al unísono, con lo que la confusión natural de este acto se multiplicó hasta el punto de que ya nadie sabía quién era quién.

Edith se escabulló y fue a sentarse junto a Jorge porque Carlos y Lucrecia continuaban al margen, enfrascados en una discusión aparentemente muy intrincada.

—No te dejes ganar por la tristeza, Jorge. Los domingos son mortales. Pero luego viene el lunes y...

Vendría el lunes. Jorge pensó en el cuarto de hotel que ocupaba desde que lo abandonó Luis, desde que todos los días eran absolutamente idénticos. Envejecer a solas ¡qué horror! Y qué espectáculo tan ridículo en su caso. Sin embargo él lo había escogido así, había permitido que sucediera así. Porque a esa edad ya ni él ni Luis podrían encontrar más que compañías mercenarias y fugaces, caricaturas del amor, burlas del cuerpo.

Edith observaba las evoluciones de Octavio, su talentoso y sabio despliegue de las plumas de su cola de pavorreal ante los ojos ingenuos y deslumbrados de Hildegard. Y vio a Hugo mordiéndose las uñas de impotencia. Y a Vicente riendo por lo bajo, en espera de su oportunidad. Se vio a sí misma excluida de la intimidad de Carlos y Lucrecia, del dolor de Jorge, del juego de los otros. Se vio a sí misma borrada por la ausencia de Rafael y un aire de decepción estuvo a punto de ensombrecerle el rostro. Pero recordó la tela comenzada en su estudio, el roce peculiar del pantalón de pana contra sus piernas; el sweater viejo, tan natural como una segunda piel. Lunes. Ahora recordaba, además, que había citado al jardinero. Inspeccionarían juntos ese macizo de hortensias que no se quería dar bien.

CABECITA BLANCA

LA SEÑORA JUSTINA miraba, como hipnotizada, el retrato de ese postre, con merengue y fresas, que ilustraba (a todo color) la receta que daba la revista. La receta no era para los momentos de apuro —cuando el marido llega a la casa a las diez de la noche con invitados a cenar: compañeros de trabajo, el jefe que estaba de buen humor y, casualmente, sin ningún compromiso; algún amigo de la adolescencia con el que se topó en la calle— y había que portarse a la altura de las circunstancias. No, la receta era para las grandes ocasiones: la invitación formal al jefe al que se pensaba pedir un aumento de sueldo o de categoría; la puntilla al prestigio culinario y legendario de la suegra; la batalla de la reconquista de un esposo que empieza a descarriarse y quiere probar su fuerza de seducción en la jovencita que podía ser la compañera de estudios de su hija.

—Hola, mamá. Ya llegué.

La señora Justina apartó la mirada de aquel espejismo que ayudaba a fabricar su hambre de diabética sujeta a régimen y examinó con detenimiento, y la consabida decepción, a su hija Lupe. No, no se parecía, ni remotamente, a las hijas que salen en el cine que si llegaban a estas horas era porque se habían ido de paseo con un novio que trató de seducirlas y no logró más que despeinarlas o con un pretendiente tan respetuoso y de tan buenas intenciones que producía el efecto protector de una última rociada de spray sobre el crepé, laboriosamente organizado en el salón de belleza. No, Lupe no venía... descompuesta. Venía fatigada, aburrida, harta, como si hubiera estado en una ceremonia eclesiástica o merendando con unas amigas tan solitarias, tan sin nada qué hacer ni de qué hablar como ella. Sin embargo, la señora Justina se sintió en la obligación de clamar:

—No le guardas el menor respeto a la casa... entras y sales a la hora que te da la gana, como si fueras hombre...

como si fuera un hotel... no das cuenta a nadie de tus actos... si tu pobre padre viviera...

Por fortuna su pobre padre estaba muerto y enterrado en una tumba a perpetuidad en el Panteón Francés. Muchos criticaron a la señora Justina por derrochadora pero ella pensó que no era el momento de reparar en gastos cuando se trataba de una ocasión única y, además, solemne. Y ahora, bien enterrado, no dejaba de ser un detalle de buen gusto invocarlo de cuando en cuando, sobre todo porque eso permitía a la señora Justina comparar su tranquilidad actual con sus sobresaltos anteriores. Acomodada exactamente en medio de la cama doble, sin preocuparse de si su compañero llegaría tarde (prendiendo luces a diestra y siniestra y haciendo un escándalo como si fueran horas hábiles) o de si no llegaría porque había tenido un accidente o había caído en las garras de una mala mujer que mermaría su fortaleza física, sus ingresos económicos y su atención —ya de por sí escasa— a la legítima.

Cierto que la señora Justina siempre había tenido la virtud de preferir un esposo dedicado a las labores propias de su sexo en la calle que uno de esos maridos caseros que revisan las cuentas del mercado, que destapan las ollas de la cocina para probar el sazón de los guisos, que se dan maña para descubrir los pequeños depósitos de polvo en los rincones y que deciden experimentar las novísimas doctrinas pedagógicas en los niños.

—Un marido en la casa es como un colchón en el suelo. No lo puedes pisar porque no es propio; ni saltar porque es ancho. No te queda más que ponerlo en su sitio. Y el sitio de un hombre es su trabajo, la cantina o la casa chica.

Así opinaba su hermana Eugenia, amargada como todas las solteronas y, además, sin ninguna idea de lo que era el matrimonio. El lugar adecuado para un marido era en el que ahora reposaba su difunto Juan Carlos.

Por su parte, la señora Justina se había portado como una dama: luto riguroso dos años, lenta y progresiva recuperación, telas a cuadros blancos y negros y ahora el ejemplo vivo de la conformidad con los designios de la Divina Providencia: colores serios.

—Mamá, ayúdame a bajar el cierre, por favor.

La señora Justina hizo lo que le pedía Lupe y no desaprovechó la ocasión de ponderar una importancia que sus hijos tendían a disminuir.

—El día en que yo te falte...

—Siempre habrá algún acomedido ¿no crees? Que me baje el cierre aunque no sea más que por interés de los regalos que yo le dé.

He aquí el resultado de seguir los consejos de los especialistas en relaciones humanas: "sea usted amiga, más que madre; aliada, no juez". Muy bien. ¿Y ahora qué hacía la señora Justina con la respuesta que ni siquiera había provocado? ¿Poner el grito en el cielo? ¿Asegurarle a Lupe que le dejaría en su testamento lo suficiente como para que pudiera pagarse un servicio satisfactorio de baja-cierres? Por Dios, en sus tiempos una muchacha no se daba por entendida de ciertos temas por respeto a la presencia de su madre. Pero ahora, en los tiempos de Lupe, era la madre la que no debía darse por entendida de ciertos temas que tocaba su hija.

¡Las vueltas que da el mundo! Cuando la señora Justina era una muchacha se suponía que era tan inocente que no podía ser dejada sola con un hombre sin que él se sintiera tentado de mostrarle las realidades de la vida subiéndole las faldas o algo. La señora Justina había usado, durante toda la época de su soltería y, sobre todo, de su noviazgo, una especie de refuerzo de manta gruesa que le permitía resistir cualquier ataque a su pureza hasta que llegara el auxilio externo. Y que, además, permitía a su familia saber con seguridad que si el ataque había tenido éxito fue porque contó con el consentimiento de la víctima.

La señora Justina resistía siempre con arañazos y mordiscos las asechanzas del demonio. Pero una vez sintió que estaba a punto del desfallecimiento. Se acomodó en el sofá, cerró los ojos... y cuando volvió a abrirlos estaba sola. Su tentador había huido, avergonzado de su conducta que estuvo a punto de llevar a una joven honrada al borde del precipicio. Jamás procuró volver a encontrarla pero cuando el azar los reunía él la miraba con extremo desprecio y si permanecían lo suficientemente próximos como para poder hablarle al oído sin ser escuchado más que por ella, le decía:

—¡Piruja!

La señora Justina pensó en el convento como único resguardo contra las flaquezas de la carne pero el convento exigía una dote que el mediano pasar de su padre —bendecido por el cielo con cinco hijas solteras— convertía en un requisito imposible de cumplir. Se conformó, pues, con afiliarse a cofradías piadosas y fue en una reunión mixta de la ACJM donde conoció al que iba a desposarla.

Se amaron, desde el primer momento, en Cristo y se regalaban, semanalmente, ramilletes espirituales. "Hoy renuncié a la ración de cocada que me correspondía como postre y cuando mi madre insistió en que me alimentara, fingí un malestar estomacal. Me llevaron a mi cuarto y me dieron té de manzanilla, muy amargo. Ay, más amarga era la hiel en que empaparon la esponja que se acercó a los labios de Nuestro Señor cuando, crucificado, se quejaba de tener sed."

La señora Justina se sentía humilladísima por los alcances de Juan Carlos. Lo de la cocada a cualquiera se le ocurría, pero lo de la esponja... Se puso a repasar el catecismo pero nunca atinó a establecer ningún nexo entre los misterios de la fe o los pasos de la historia divina y los acontecimientos cotidianos. Lo que le sirvió, a fin de cuentas (por aquel precepto evangélico de que los que se humillen serán ensalzados), para comprobar que los caminos de la Providencia son inescrutables. Gracias a su falta de imaginación, a su imposibilidad de competir con Juan Carlos, Juan Carlos cayó redondo a sus pies. Dijera lo que dijera provocaba siempre un ¡ah! de admiración tanto en la señora Justina cuanto en el eco dócil de sus cuatro hermanas solteras. Fue con ese ¡ah! con el que Juan Carlos decidió casarse y su decisión no pudo ser más acertada porque el eco se mantuvo incólume y audible durante todos los años de su matrimonio y nunca fue interrumpido por una pregunta, por un comentario, por una crítica, por una opinión disidente.

Ahora, ya desde el puerto seguro de la viudez —inamovible, puesto que era fiel a sus recuerdos y puesto que había heredado una pensión suficiente para sus necesidades— la señora Justina pensaba que quizá le hubiera gustado aumentar su repertorio con algunas otras exclamaciones. La de la sorpresa horrorizada, por ejemplo, cuando vio por primera vez, desnudo frente a ella y frenético, quién sabe por qué, a un hombre al que no había visto más que con la corbata y el saco puestos y hablando unciosamente del patronazgo de San Luis Gonzaga al que había encomendado velar por la integridad de su juventud. Pero le selló los labios el sacramento que, junto con Juan Carlos, había recibido unas horas antes en la Iglesia y la advertencia oportuna de su madre quien, sin entrar en detalles, por supuesto, la puso al tanto de que en el matrimonio no era oro todo lo que relucía. Que estaba lleno de asechanzas y peligros que ponían a prueba el temple de carácter de la esposa. Y que la virtud suprema que había que practicar si se quería merecer la palma del martirio (ya que a la de la virginidad se había renunciado automáticamente al tomar el estado de casada) era la virtud de la prudencia. Y la señora Justina entendió por prudencia el silencio, el asentimiento, la sumisión.

Cuando Juan Carlos se volvió loco la noche misma de la boda y le exigió realizar unos actos de contorsionismo que ella no había visto ni en el Circo Atayde, la señora Justina se esforzó en complacerlo y fue lográndolo más y más a medida que adquiría práctica. Pero tuvo que calmar sus escrúpulos de conciencia (¿no estaría contribuyendo al empeoramiento de una enfermedad que quizá era curable cediendo a los caprichos nocturnos de Juan Carlos en vez de llevarlo a consultar con un médico?) en el confesionario. Allí el señor cura la tranquilizó asegurándole que esos ataques no sólo eran naturales sino transitorios y que con el tiempo irían perdiendo su intensidad, espaciándose hasta desaparecer por completo.

La boca del Ministro del Señor fue la de un ángel. A partir del nacimiento de su primer hijo Juan Carlos comenzó a dar síntomas de alivio. Y gracias a Dios, porque con la salud casi recuperada por completo podía dedicar más tiempo al trabajo en el que ya no se daba abasto y tuvieron que conseguirle una secretaria.

Muchas veces Juan Carlos no tenía tiempo de llegar a comer o a cenar a su casa o se quedaba en juntas de consejo hasta la madrugada. O sus jefes le hacían el encargo de vigilar las sucursales de la Compañía en el interior de la República y se iba, por una semana, por un mes, no sin recomendar a la familia que se cuidara y que se portara bien. Porque ya para entonces la familia había crecido: después del varoncito nacieron dos niñas.

El varoncito fue el mayor y si por la señora Justina hubiera sido no habría encargado ninguna otra criatura porque los embarazos eran una verdadera cruz, no sólo para ella, que los padecía en carne propia, sino para todos los que la rodeaban. A deshoras del día o de la noche le venía un antojo de nieve de guanábana y no quedaba más remedio que salir a buscarla donde se pudiera conseguir. Porque ninguno quería que el niño fuera a nacer con alguna mancha en la cara o algún defecto en el cuerpo, como consecuencia de la falta de atención a los deseos de la madre.

En fin, la señora Justina no tenía de qué quejarse. Allí estaban sus tres hijos buenos y sanos y Luisito (por San Luis Gonzaga, del que Juan Carlos seguía siendo devoto) era tan lindo que lo alquilaban como niño Dios en la época de los nacimientos.

Se veía hecho un cromo con su ropón de encaje y con sus caireles rubios que no le cortaron hasta los doce años. Era muy seriecito y muy formal. No andaba, como todos los otros muchachos de su edad, buscando los charcos para chapotear en ellos ni trepándose a los árboles ni revolcándose en la tierra. No, él no. La ropa le dejaba de venir, y era una lástima, sin un remiendo, sin una mancha, sin que pareciera haber sido usada. Le dejaba de venir porque había crecido. Y era un modelo de conducta. Comulgaba cada primer viernes, cantaba en el coro de la Iglesia con su voz de soprano, tan limpia y tan bien educada que, por fortuna, conservó siempre. Leía, sin que nadie se lo mandara, libros de edificación.

La señora Justina no hubiera pedido más pero Dios le hizo el favor de que, aparte de todo, Luisito fuera muy cariñoso con ella. En vez de andar de parranda (como lo hacían sus compañeros de colegio, y de colegio de sacerdotes ¡qué horror!) se quedaba en la casa platicando con ella, deteniéndole la madeja de estambre mientras la señora Justina la enrollaba, preguntándole cuál era su secreto para que la sopa de arroz le saliera siempre tan rica. Y a la hora de dormirse Luisito le pedía, todas las noches, que fuera a arroparlo como cuando era niño y que le diera la bendición. Y aprovechaba el momento en que la mano de la señora Justina quedaba cerca de su boca para robarle un beso. ¡Robárselo! Cuando ella hubiera querido darle mil y mil y mil y comérselo de puro cariño. Se contenía por no encelar a sus otras hijas y ¡quién iba a creerlo! por no tener un disgusto con Juan Carlos.

Que, con la edad, se había vuelto muy majadero. Le gritaba a Luisito por cualquier motivo y una vez, en la mesa, le dijo... ¿qué fue lo que le dijo? La señora Justina ya no se acordaba pero ha de haber sido algo muy feo porque ella, tan comedida siempre, perdió la paciencia y jaló el mantel y se vino al suelo toda la vajilla y el caldo salpicó las piernas de Carmela, que gritó porque se había quemado y Lupe aprovechó la oportunidad para que le diera el soponcio y Juan Carlos se levantó, se puso su sombrero y se fue, muy digno, a la calle de la que no volvió hasta el día de la quincena.

Luisito... Luisito se separó de la casa porque la situación era insostenible. Había conseguido un trabajo muy bien pagado en un negocio de decoración. Lo del trabajo debía de haberle tapado la boca a su padre, pero ¡qué esperanzas! Seguía diciendo barbaridades hasta que Luisito optó por venir a visitar a la señora Justina a las horas en que estaba seguro de no encontrarse con el energúmeno de su papá.

No tenía que complicarse mucho. La señora Justina estaba sola la mayor parte del día, con las muchachas ya encarriladas en una oficina muy decente y con el marido sabe Dios dónde. Metido en problemas, seguro. Pero de eso más valía no hablar porque Juan Carlos se irritaba cuando su mujer no entendía lo que le estaba diciendo.

Una vez la señora Justina recibió un anónimo en el que "una persona que la estimaba" la ponía al corriente de que Juan Carlos le había puesto casa a su secretaria. La señora Justina estuvo mucho rato viendo aquellas letras desiguales, groseramente escritas, que no significaban nada para ella, y acabó por romper el papel sin comentar nada con nadie. En esos casos la caridad cristiana manda no hacer juicios temerarios. Claro que lo que decía el anónimo podía ser verdad. Juan Carlos no era un santo sino un hombre y como todos los hombres, muy material. Pero mientras a ella no le faltara nada en su casa y le diera su lugar y respeto de esposa legítima, no tenía derecho a quejarse ni por qué armar alborotos.

Pero Luisito, que estaba pendiente de todos los detalles, pensó que su mamá estaba triste tan abandonada y el diez de mayo le regaló una televisión portátil. ¡Qué cosas se veían, Dios del cielo! Realmente los que escriben las comedias ya no saben ni qué inventar. Unas familias desavenidas en las que cada quien jala por su lado y los hijos hacen lo que se les pega la gana sin que los padres se enteren. Unos maridos que engañan a las esposas. Y unas esposas que no eran más tontas porque no eran más grandes, encerradas en sus casas, creyendo todavía lo que les enseñaron cuando eran chiquitas: que la luna es queso.

¡Válgame! ¿Y si esas historias sucedieran en la realidad? ¿Y si Luisito fuera encontrándose con una mañosa que lo enredara y lo obligara a casarse con ella? La señora Justina no descansó hasta que su hijo le prometió formalmente que nunca, nunca, nunca se casaría sin su consentimiento. Además ¿por qué se preocupaba? Ni siquiera tenía novia. No le hacía ninguna falta, decía, abrazándola, mientras tuviera con él a su mamacita.

Pero había que pensar en el mañana. La señora Justina no le iba a durar siempre. Y aunque le durara. No estaba bien que Luisito viviera como un gitano.

Para desengañarla Luisito la llevó a conocer su despartamento. ¡Qué precioso lo había arreglado! No en balde era decorador. Y en cuanto a servicio había conseguido un mozo, Manolo, porque las criadas son muy inútiles, muy sucias y todas las mujeres, salvo la señora Justina, su mamá, muy malas cocineras.

Manolo parecía servicial: le ofreció té, le arregló los cojines del sillón en el que la señora Justina iba a sentarse, le quitó de encima el gato que se empeñaba en sobarse contra sus piernas. Y, además, Manolo era agradable, bien parecido y bien presentado. Menos mal. Se había sacado la lotería con Luisito porque lo trataba con tantos miramientos como si fuera su igual: le permitía comer en la mesa y dormir en el couch de la sala porque el cuarto de la azotea, que era el que le hubiera correspondido, tenía muy buena luz y se usaba como estudio.

La única espina era que Luisito y Juan Carlos no se hubieran reconciliado. No iba a ceder el rigor del padre ni el orgullo del hijo sino ante la coyuntura de la última enfermedad. Y la de Juan Carlos fue larga y puso a prueba la ciencia de los médicos y la paciencia de los deudos. La señora Justina se esmeraba en cuidar a su marido, que nunca tuvo buen temple para los achaques y que ahora no soportaba sus dolores y molestias sin desahogarse sobre su esposa encontrando torpes e inoportunas sus sugerencias, insuficientes sus desvelos, inútiles sus precauciones. Sólo ponía buena cara a las visitas: la de sus compañeros de trabajo, que empezaron siendo frecuentes y acabaron como las apariciones del cometa. La única constante fue la secretaria (¡pobrecita, tan vieja ya, tan canosa, tan acabada! ¿Cómo era posible que alguien se hubiera cebado en su fama calumniándola?) y traía siempre algún agrado: revistas, frutas que Juan Carlos alababa con tanta insistencia que sus hijas salían disgustadas del cuarto. ¡Muchachas díscolas! En cambio Luisito guardaba la compostura, como bien educado que era, y por delicadeza, porque no sabía cómo iba a ser recibido por su padre, la primera vez que quiso hacerle un regalo no se lo entregó personalmente sino que envió a Manolo que lo hiciera.

Fue así como Manolo entró por primera vez en la casa de la señora Justina y supo hacerse indispensable a todos, al grado de que ya a ninguno le importaba que viniera acompañando a Luisito o solo. Sabía poner inyecciones, preparaba platillos de sorpresa después del último programa de televisión y acompañaba a la secretaria de regreso a su casa que, por fortuna, no quedaba muy lejos —unas dos o tres cuadras— y se llegaba fácilmente a pie.

En el velorio de Juan Carlos más parecía Manolo un familiar que un criado y nadie tomó a mal que recibiera el pésame vestido con un traje de casimir negro que Luisito le compró especialmente para esa ocasión.

Tiempos felices. A duras penas se prolongaron durante el novenario pero después la casa volvió a quedar como vacía. La secretaria se fue a vivir a Guanajuato, a las muchachas no les alcanzaba el tiempo repartido entre el trabajo y las diversiones. El único que, por más ocupado que estuviera, siempre se hacía lugar para darle un beso a su "cabecita blanca" —como la llamaba cariñosamente— era Luisito. Y Manolo caía de cuando en cuando con un ramo de flores, más que para halagar a la señora Justina (eso no se le escapaba a ella, ni que fuera tonta) para lucir algún anillo de piedra muy vistosa, un pisacorbata de oro, un par de mancuernas tan payo que decía a gritos que su dueño nunca antes había tenido dinero y que no sabía cómo gastarlo.

Las muchachas se burlaban de él diciéndole que no fuera malo, que no les hiciera la competencia y anunciándole que si alguna vez conseguían novio no iban a presentárselo para no correr el riesgo de que las plantara y se fuera con su rival. Manolo se reía haciendo unos visajes muy chistosos y cuando Carmela, la mayor, le comunicó a su familia que iba a casarse con un compañero de trabajo y organizaron una fiestecita para formalizar las relaciones, Manolo se comprometió a ayudar en la cocina y a servir la mesa. Así se hizo pero Carmela se olvidó de Manolo a la hora de las presentaciones y Manolo entraba y salía de la sala donde todos estaban platicando como si él no existiera o como si fuera un criado.

Cuando los invitados se despidieron Manolo estaba llorando de sentimiento sobre la estufa salpicada de la grasa de los guisos. Entonces entró Carmela palmoteando de gusto porque le había ganado la apuesta. ¿Ya no se acordaba de que quedaron de que si alguna vez tenía novio no se lo iba a presentar a Manolo? Bueno, pues había mantenido su palabra y ahora exigía que Manolo le cumpliera porque además se lo tenía bien merecido por presuntuoso y coqueto. Manolo lloraba más fuerte y se fue dando un portazo. Pero al día siguiente ya estaba allí, con una caja de chocolates para Carmela, y dispuesto a entrar en la discusión de los detalles del traje de bodas y los adornos de la Iglesia.

¡Pobre Carmela! ¡Con cuánta ilusión hizo sus preparativos! Y desde el día en que regresó de la luna de miel no tuvo sosiego: un embarazo muy difícil, un parto prematuro a los siete meses exactos como que contribuyeron a alejar al marido, ya desobligado de por sí, que acabó por abandonarla y aceptar un empleo como agente viajero en el que nadie supo ya cómo localizarlo.

Carmela se mantenía sola y le pedía a la señora Justina que la ayudara cuidando a los niños. Pero en cuanto estuvieron en edad de ir a la escuela se fueron distanciando cada vez más y no se reunían más que en los cumpleaños de la señora Justina, en las fiestas de Navidad, en el día de las madres.

A la señora Justina le molestaba que Carmela pareciera tan exagerada para arreglarse y para vestirse y que estuviera siempre tan nerviosa. Por más que gritaba los niños no la obedecían y cuando ella los amenazaba con pegarles ellos la amenazaban, a su vez, con contarle a su tío a qué horas había llegado la noche anterior y con quién.

La señora Justina no alcanzaba a entender por qué Carmela temía tanto a Luisito pues en cuanto sus hijos decían "mi tío" ella les permitía hacer lo que les daba la gana. Temer a Luisito, que era una dama y que ahora andaba de viaje por los Estados Unidos con Manolo, era absurdo; pero cuando la señora Justina quiso comentarlo con Lupe no tuvo como respuesta más que una carcajada.

Lupe estaba histérica, como era natural, porque nunca se había casado. Como si casarse fuera la vida perdurable. Pocas tenían la suerte de la señora Justina que se encontró un hombre bueno y responsable. ¿No se miraba en el espejo de su hermana que andaba siempre a la cuarta pregunta? Lupe, en cambio, podía echarse encima todo lo que ganaba: ropa, perfumes, alhajas. Podía gastar en paseos y viajes o en repartir limosna entre los necesitados.

Cuando Lupe escuchó esta última frase estalló en improperios: la necesitada era ella, ella que no tenía a nadie que la hubiera querido nunca. Le salían, como espuma por la boca, nombres entremezclados, historias sucias, quejas desaforadas. No se calmó hasta que Luisito —que regresó de muy mal humor de los Estados Unidos donde se le había perdido Manolo— le plantó un par de bofetadas bien dadas.

Lupe lloró y lloró hasta quedarse dormida. Después como si se le hubiera olvidado todo, se quedó tranquila. Pasaba sus horas libres tejiendo y viendo la televisión y no se acostaba sin antes tomar una taza de té a la que añadía el chorrito de una medicina muy buena para... ¿para qué?

¡Qué cabeza! A la señora Justina se le confundía todo y no era como para asombrarse. Estaba vieja, enferma. Le habría gustado que la rodearan los nietos, los hijos, como en las estampas antiguas. Pero eso era como una especie de sueño y la realidad era que nadie la visitaba y que Lupe, que vivía con ella, le avisaba muy seguido que no iba a comer o que se quedaba a dormir en casa de una amiga.

¿Por qué Lupe nunca correspondía a las invitaciones haciendo que sus amigas vinieran a la casa? ¿Por no dar molestias? Pero si no era ninguna molestia, al contrario... Pero Lupe ya no escuchaba el parloteo de su madre, bajando de prisa, de prisa los escalones, abriendo la puerta de la calle.

Cuando Lupe se quedaba, porque no tenía dónde ir, tampoco era posible platicar con ella. Respondía con monosílabos apenas audibles y si la señora Justina la acorralaba para que hablara adoptaba un tono de tal insolencia que más valía no oírla.

La señora Justina se quejaba con Luisito, que era su paño

de lágrimas, esperanzada en que él la rescataría de aquel infierno y la llevaría a su departamento, ahora que Manolo ya no vivía allí y no había sirviente que le durara: ladrones unos, igualados los otros, inconstantes todos, lo mataban a cóleras. Pero Luisito no daba su brazo a torcer ni decidiéndose a casarse (que ya era hora, ya se pasaba de tueste) ni volviendo a casa de su madre (que lo hubiera recibido con los brazos abiertos) ni pidiendo una ayuda que la señora Justina le hubiera dado con tanto gusto.

Porque así como se había desentendido de Carmela y como estaba dispuesta a abandonar a Lupe (eran mujeres, al fin y al cabo, podían arreglárselas solas) así no podía sosegar pensando en Luisito que no tenía quien lo atendiera como se merecía y que, para no molestarla —porque con lo de la diabetes se cansaba muy fácilmente—, ya ni siquiera la llevaba a su casa.

En lo que no fallaba, eso sí, era en visitarla a diario, siempre con algún regalito, siempre con una sonrisa. No con esa cara de herrero mal pagado, con esa mirada de basilisco con que Lupe se asomaba a la puerta de la recámara de la señora Justina para darle las buenas noches.

ÁLBUM DE FAMILIA

EL MAR se había batido la noche entera contra la oscuridad y Cecilia, entre sueños, había soñado que alguna vez las olas se detenían en ese límite en el que ¿por qué? abandonaban su fuerza para comenzar a retroceder, como arrepentidas del ímpetu que las había llevado tan lejos, sólo para arrepentirse de su arrepentimiento y volver a comenzar. Temió que alguna vez el ímpetu no mermaría y seguiría empujando hasta arrasar los refugios del hombre, las cabañas de los pescadores, las enramadas de los paseantes, este lujoso hotel de la playa en el que Cecilia se alojaba desde ayer.

El estruendo de afuera no disminuyó con el día. Sólo que la claridad lo despojó de su horror al reducir la inconmensurabilidad a un espectáculo que podía contemplarse —impune, tranquila, placenteramente— desde la terraza, uno de los motivos por los que el precio de estas habitaciones era más caro.

Cecilia no habría advertido tal detalle si Susana no le hubiera llamado la atención sobre él. Asimismo le comunicó el halago que experimentaba por el hecho de ser objeto de atenciones como la ya mencionada (la vista al mar) y como otras, no menos importantes (el desayuno servido en la cama) que se reservaban a los visitantes distinguidos entre los cuales era obvio que ambas podían contarse.

A Cecilia no la asombró más esta distinción de lo que ya la había asombrado el hecho de que Matilde Casanova, la poetisa mexicana recientemente agraciada con el Premio de las Naciones, al regresar a su patria y estando imposibilitada para subir hasta la meseta por motivos de salud que la obligaban a permanecer durante algún tiempo en la costa, hubiera consentido no únicamente en recibirlas, a ella y a Susana, en una audiencia breve y aun pública, tal como la solicitaron ante su secretaria, a nombre del alumnado de la Facultad de Filosofía y Letras, para rendir homenaje a la escritora y a la maestra, sino que extremó su generosidad hasta el punto de retenerlas como sus invitadas de fin de semana.

Tal favor, hasta ahora, había sustituido al de la audiencia. Ni Cecilia ni su compañera habían tenido acceso hasta el Olimpo en el que habitaba Matilde, agobiada de compromisos oficiales, asediada por personajes del mundo de la política, de la cultura y hasta de las finanzas, acechada por los fotógrafos, perseguida por los cazadores de autógrafos, rodeada siempre de curiosos, tanto profesionales como aficionados.

Pero la cita se había fijado, por fin, para hoy a las once de la mañana. Cecilia y Susana serían recibidas por Matilde, junto con un grupo de escritoras a las que la secretaria de la poetisa laureada, una tal Victoria Benavides, acaso no muy al tanto de las jerarquías ni de las novedades, las había asimilado.

Cecilia y Susana no sólo fueron puntuales sino más aún: inoportunas. Llegaron al salón en el momento en que Victoria —una mujer de mediana edad y que exhibía en una apariencia discreta una eficacia latente —se esforzaba, con argumentos, por echar a una reportera.

—Le repito que no se trata de ningún acto solemne. Mera rutina. Antiguas alumnas que, desde luego, no han superado a su maestra...

—¿Tan antiguas como estas criaturas? —replicó la periodista con desconfianza señalando a Cecilia y a Susana—. La ausencia de Matilde Casanova ha sido lo suficientemente larga como para dar tiempo a que muchachas como éstas nazcan, crezcan y hasta se reproduzcan. Así que no trate de engañarme... o trate de hacerlo mejor.

—Ellas (repuso Victoria señalando de nuevo a Cecilia y a Susana que servían como punto constante de referencia pero que no intervenían de otro modo en la disputa) son la excepción. Pero aunque no lo fueran y aunque la reunión que va a tener lugar fuera importante, continuaría prohibiéndole la entrada porque ésas son las órdenes que he recibido de Matilde.

—No creo que la señora Casanova sea tan imprudente para rechazar así a la prensa, cuando tiene tanto que agradecerle.

—Y tanto que temerle ¿o no era eso lo que quería usted decir? Matilde es imprudente pero no come lumbre. Con los periodistas del mundo entero ha sido más que amable: ha sido pródiga. Los ha recibido como gremio y como individuos; se ha enfrentado con todas las indiscreciones que parecen ser el signo distintivo de esta profesión; ha perdonado las impertinencias de los audaces y las reiteraciones de los ignorantes; ha rectificado los errores de los precipitados y no ha insistido en corregir las aseveraciones de los malevolentes. ¿Qué más pide usted?

—Mi parte. Lo que Matilde ha hecho lo ha hecho con otros, en otros lugares. Yo ni siquiera la conozco.

—¿Qué me das si te dejo pasar? El borriquito que viene atrás. Así dice el juego infantil. Recuerdo la letra pero no acierto a recordar la música.

—Será porque no tiene música.

—¿No? Yo hubiera jurado... Es curioso el funcionamiento de la memoria. Desde que llegamos a México no han cesado de representárseme imágenes que yo creía borradas para siempre. Pero discúlpeme, no son mis confidencias las que le interesan, sino las de Matilde.

—Tampoco es Matilde. Es el único premio internacional que hasta ahora se ha discernido entre los escritores mexicanos. Y el tercero que se concede a un escritor hispanoamericano.

—Sí, Hispanoamérica ha sido muy favorecida por la naturaleza y muy poco por la cultura.

—Además, en dos casos, se trata de mujeres.

—¿Es usted feminista?

—¿Tengo cara de chuparme el dedo o facha de estar loca? No, de ninguna manera soy feminista. En mi trabajo necesito contar con la confianza de los hombres y con la amistad de las mujeres. En mi vida privada no he renunciado aún ni al amor ni al matrimonio.

Victoria sonrió con una mezcla de burla y de tristeza.

—Veo que el clima del país no ha cambiado mucho durante mi ausencia.

—No supo aprovecharla —replicó incisivamente la otra.

—¿Y cómo interpretan —me refiero a los que enarbolan el pendón del machismo nacional—, cómo digieren, cómo soportan, cómo perdonan el triunfo de Matilde?

—Como cualquier otro campeonato. El campeón desaparece tras el halo de gloria y el mérito se reparte entre todos sus compatriotas.

—Aun entre los que pusieron los mayores obstáculos para que la hazaña se llevara a cabo.

—Especialmente entre ellos, si no me equivoco y usted se ha referido a los colegas de Matilde. Yo hice una encuesta, que ningún periódico se atrevió a publicar, como era de rigor (porque Matilde Casanova es una institución tan intocable ya como Cantinflas o Rodolfo Gaona o qué se yo), en la que recogí versiones muy interesantes y contrapuestas respecto al famoso premio. Pero había un punto en el cual todos estaban de acuerdo: que lograrlo para México había sido una obra maestra de nuestra diplomacia. Antes de que Chile pudiera empezar a vanagloriarse de Gabriela Mistral y su Nobel se le dio machetazo al caballo de espadas.

—Pero el Nobel tiene más prestigio ¿no?

—Lo perdió durante la guerra. Esas concesiones a un bando y a otro, ese caso Churchill que fue la gota de agua que colmó el vaso, acabó por obligarlos a apartar los ojos de Europa y Asia y volverlos al resto del mundo.

—Es decir, África, Oceanía, Latinoamérica.

—Los dos primeros no cuentan todavía culturalmente. Y Latinoamérica, aparte de contar, es un mercado muy prometedor para los productos escandinavos.

—¡Qué maquiavelismo tan rebuscado! En fin, supongamos que esos cálculos sean exactos, no me importa. Los suecos apuntan directamente a Chile, como si no existiera ni Argentina que, entre otras cosas, conservó la neutralidad...

—Nominalmente.

—...O Brasil, que según Zweig, es el país del futuro.

—¡No siga, cállese, antes de que la acusen de traicionar a la patria! Porque México es, de todos los países de este hemisferio (excluyo a los Estados Unidos porque es otro planeta), el único que ha llevado al cabo una revolución *sui generis*; el único que progresa a un ritmo cada vez más acelerado e incontenible; el único que alcanza cada día una meta de justicia social; el único que se enorgullece de su estabilidad interna; el único que mantiene una política exterior coherente y digna; el único...

—¿Qué clase de letanía está usted recitando?

—Los dogmas en cuya validez creen veinte millones de mexicanos que, como dice otro dogma, no pueden estar equivocados.

—¡Dios santo! ¿Y eso se declama así, sin ruborizarse?

—Se declama en tono de desafío... por si las dudas. Aunque esas dudas hayan sido prácticamente disipadas después de que México ha sido ungido por el óleo sagrado del Premio de las Naciones. Flamante, impoluto aún y trascendental.

—En nuestra época solía ser de buen gusto la modestia.

—Y ahora el extremo opuesto.

—Bueno, ya acabaré por entender, y por asumir también esta actitud.

—Está basada en hechos históricos y estadísticos rigurosamente comprobables.

—Me lo imagino. Lo que tiene usted que barajarme más despacio es por qué en este país, entre cuyos privilegios está el de ser también el único en el que ha hecho sus apariciones la Virgen de Guadalupe, escogieron a Matilde habiendo tantos otros escritores y tanto más importantes.

—Por razones de equilibrio. Los otros que usted señala son más o menos del mismo rango y tienen bien establecidas sus rivalidades mutuas y sostienen unas competencias encarnizadas. Pero Matilde empieza por colocarse más allá del bien y del mal gracias a un pequeño detalle: el sexo. Una mujer intelectual es una contradicción en los términos, luego no existe.

—Y, claro, a la izquierda pueden colocarse cuantos ceros se quieran sin peligro de que resulte ninguna cantidad. Eso es correcto en cuanto se refiere a la persona de Matilde. ¿Pero y sus libros?

—¡Los temas son tan inocuos! Un paisaje en el que se diluye un Dios sin nombre, sin cara, sin atributos; unas vagas efusiones de fraternidad universal, nada de lo cual alcanza a cristalizar en una ideología... No, no pierda el tiempo rebatiendo estos argumentos porque no son míos. Son las palabras textuales de *ellos*, que yo no hago más que transcribir, sin comprenderlas siquiera porque no he leído nunca una línea de Matilde. Añada usted, por último, sus largos años de exilio.

—Un exilio no voluntario. Matilde ha partido para obedecer las órdenes de su Gobierno, que veía en ella a la representante más idónea cuando se trataba de una misión de acercamiento, de un testimonio amistoso, de un viaje de buena voluntad.

—De acuerdo. Este alejamiento, aparte de romper sus vínculos con capillas, con grupos, contribuyó a idealizar su figura hasta hacer de ella un mito que ha devorado a la persona tanto como a la obra. Un mito es una especie de pararrayos: atrae las fuerzas que vienen de lo alto.

—Así que por eso descargó en ella el premio. Bien, no es posible negar que la envidia posee una clarividencia peculiar. Y mis paisanos son envidiosos como buenos descendientes de españoles. Supongo que será de parte de los indios que heredaron la hipocresía suficiente como para organizar las peregrinaciones que llegan hasta aquí a felicitar, a congratularse...

—Si habla usted de la plebe hay novelería más que hipocresía. Les fascina acercarse a ver si el ídolo tiene los pies como dice el refrán.

—Hablaba de los colegas.

—Entre ellos hay entusiasmo. Cada uno se alegra de que Matilde, que en resumidas cuentas no es sino un mal menor, haya servido de piedra de tropiezo para evitar que el otro, el contrincante real, ganara la pelea. ¿Capta usted el quid? La consagración mundial no ha sido, para quienes participan del secreto, sino una tregua, un aplazamiento, un compromiso que deja intacto el empate. Ninguno de los adversarios importantes ha sido descalificado.

—Después de proyectar esta luz meridiana sobre el fenómeno de Matilde me parece muy incongruente su insistencia en entrevistarla.

—Para el gran público —ese gran público que no lee los libros de los escritores entre quienes practiqué la encuesta y que tampoco lee los libros de Matilde pero sí lee mi periódico— el premio es noticia. Porque cree que un premio es la consecuencia lógica, limpia y justa de una buena acción. ¡Y las buenas acciones son tan escasas!

—Y me lo dice usted a mí, ahora que he estado buscando la manera más segura y productiva de invertir el capital de Matilde.

—¿Cincuenta mil dólares?

—Más o menos.

—Eso produce también un resplandor.

—Que a usted parece no deslumbrarla.

—He visto de cerca algunas fortunas y algunos afortunados y puedo declarar que más que cuestión de ojos es asunto de estómago. Mi profesión de periodista exige que tengamos el estómago firme.

—Usted me simpatiza hasta el grado de que se me antojaría hacer un experimento: dejarla a solas con Matilde... a cambio de una promesa.

—El prometer no empobrece, recuérdelo.

—La promesa de que usted escriba la verdadera impresión que le cause su personalidad. Dije la verdadera impresión, no el lugar común de los elogios ni de los ditirambos. Creo que tiene usted el suficiente sentido crítico para observar por sus propios medios; la suficiente riqueza de lenguaje para usar sus propios términos.

—Le agradezco la opinión y para continuar mereciéndola debo confesarle que lo que no tengo es la suficiente influencia como para pasar por encima de las consignas de mi jefe de redacción o del director de mi periódico.

—¿La consigna es incensar al nuevo ídolo nacional?

—Si no lo hiciéramos pareceríamos no iconoclastas, que es lo de menos, sino antipatriotas, que resulta sospechoso. O vengativos, lo que se atribuiría inmediatamente a no haber recibido ningún estímulo monetario.

—¿Y eso se juzga mal?

—Por partida doble. Entre los honrados, porque intentamos la extorsión. Entre los venales, porque fracasamos en nuestro intento.

—Lástima. Esa confrontación entre usted y Matilde habría sido original.

—Habría complementado la encuesta. Pero ambas reposarían en el fondo de mi archivo.

—¿Cómo podría entonces compensar la inutilidad de su viaje, el tiempo que ha perdido charlando conmigo, las indicaciones tan útiles que me ha proporcionado?

—Dándome una exclusiva: el título del próximo libro de Matilde. Ninguno lo ha mencionado hasta hoy.

—No hay nada que mencionar porque Matilde no tiene ningún próximo libro. No escribe, no tiene tiempo. ¿Y para qué habría de escribir? Es una celebridad y basta. Pero en cambio podría decirle los nombres de las personas a quienes espera.

La periodista levantó los hombros para mostrar su resignación ante lo irremediable y preparó su cuaderno de apuntes y su lápiz para tomar el dictado. Victoria enumeró:

—Elvira Robledo.

—No me suena.

—Es una gloria local. O por lo menos lo era, en otros tiempos, cuando Dios quería. También Josefa Gándara.

—Ah, sí, la de las flores naturales.

Victoria sonrió para ocultar su sorpresa pero no pudo evitar que se filtrara, al través de su sonrisa, el desprecio. Se apresuró a proseguir.

—Aminta Jordán.

—¿De verás? ¡Eso sí que es noticia!

—¿De qué sección?

—De todas. Salta de las páginas de sociales al suplemento cultural y de allí a la nota roja con una agilidad de trapecista.

—Siempre fue muy versátil. También estarán presentes las señoritas. . .

Y Victoria se volvió a Cecilia y a Susana quienes, confusas, habían asistido al desarrollo de la escena y ahora explicaban a la reportera las razones de su presencia en una ceremonia cuya índole cada vez comprendían menos.

—¿Y qué hago yo con estos datos?

—Manejarlos. Para que sean importantes debe darle las proporciones de una gran asamblea.

—Con tan contadas asistentes.

—La escasez es susceptible de convertirse en sinónimo de selección. Además cada una representaría un sector social muy vasto o muy influyente. Describa este acontecimiento como una manifestación de solidaridad de las mujeres de México hacia quien, rompiendo las cadenas ancestrales, ha conquistado para su patria el laurel inmarcesible. Sí, dije inmarcesible. Dosifique usted los adjetivos de manera que las señoras no se alarmen ni los señores protesten. Pero de manera también que las jóvenes sientan que es lícito admirar este ejemplo y que es posible imitarlo. Saque a colación, si es preciso, a Sor Juana. En fin, usted conoce su oficio, ejérzalo a conciencia.

—¿Para qué?

—Ya que hemos hecho un mito que por lo menos nos sea útil; que abra perspectivas nuevas a las mujeres mexicanas, que derribe los obstáculos que les impiden avanzar, ser libres.

—Pero usted está hablando de una época abolida. De hecho somos libres.

—Pero de derecho no. ¿Podemos siquiera votar?

—Podemos. Pero ¿qué importancia tiene el voto en México? Hasta un recién nacido sabe cómo funciona la maquinaria electoral.

—No, contra lo que usted cree las generaciones actuales no han llegado a ser libres sino únicamente cínicas y conformes.

La reportera contemplaba a Victoria con la misma curiosidad con que se contempla el esqueleto de un animal prehistórico cuya ineptitud para adaptarse a las situaciones nuevas fue la causa de su extinción.

—Usted *sí* es feminista.

—Quizá no por temperamento individual sino por la atmósfera que respiré en mi adolescencia. "Las vírgenes fuertes" fue el apodo que nos pusieron en la Escuela Preparatoria a las alumnas de Matilde. Bajo su influencia nos volvimos combativas y no retrocedimos ante el ridículo.

—Prefirieron estrellarse contra él. Pero nosotras ya no necesitamos cometer ese mismo error; aprovechamos lo que ustedes hicieron para cambiar, no de ideales, tal vez, sino de métodos. Y hemos logrado llegar más allá de donde ustedes tuvieron que detenerse. Ya no hay puesto que se considere inaccesible para una mujer.

—Excepto la presidencia de la República.

—Cuestión de tiempo. Mientras tanto hay que ser discreta y no hacer ningún alarde ni adoptar ninguna actitud desafiante.

—¡Pero ese método es el de nuestras abuelas! El disimulo, el fingimiento. ¡Qué originalidad!

—Lo que pretendemos es ser eficaces, hacer la vida a nuestro modo, como nuestras abuelas la hicieron al suyo.

—Aunque para ello tengan que humillarse, callar siempre o, si hablan, mentir.

—¿Son tan importantes las palabras?

—Para quien trabaja con ellas, como usted, deberían serlo. Aunque, ya lo dijo alguien, la familiaridad engendra el desprecio. Y un periodista, se me olvidaba, no es un escritor en potencia sino alguien que ha renunciado a ser escritor, que ha perdido el respeto al lenguaje, que no lo trata como objeto sagrado...

—Porque no lo es.

—...sino como un instrumento. ¿Para qué le sirve a usted?

—Para informar.

—¿Lo que es verdadero?

—En este asunto de lo verdadero yo me lavo las manos, lo mismo que Pilatos. Para informar lo que es interesante. Los criterios para descubrirlo son mucho más seguros.

—Virgen prudente.

—La virginidad, señorita, ya no es una condición indispensable para la mujer en México hoy en día.

—¿Se admite sin escándalo que la pierda fuera del sacramento del matrimonio?

—Tácitamente, sí.

—Desde luego. Entre nosotros lo explícito no se tolera. ¿Y la soltería? ¿Tampoco es un estigma?

—Si se supone que una mujer no es una carga económica para nadie y puede hacer uso de su cuerpo aunque no esté casada, ya no se la coloca al margen, como antes.

—Su conversación es muy instructiva para mí, que vengo como de la Luna. Pero me apena no corresponder con algo que usted pueda usar. No quisiera que se marchara con las manos vacías.

—No me marcho con las manos vacías. Usted me ha confiado una serie de datos y el permiso de manejarlos. Encontraré el ángulo interesante de esta reunión. Y será un ángulo tan demagógico como el que usted me proponía pero que no es ni anacrónico ni tabú: se trata ¿sabe usted? de un asunto sentimental. Un grupo de viejas amigas se encuentra de nuevo y rememora los tiempos pasados y se ríe de las anécdotas compartidas...

—¡Pero esto es nauseabundo!

—Es conmovedor. Los lectores experimentarán mucho más simpatía por una Matilde Casanova humana, es decir vulgar, que por una Matilde Casanova genial o excéntrica. Y usted quiere, como si no fuera suficiente con la genialidad y la excentricidad, añadirle el estandarte de una cruzada que ya pasó de moda y que ninguno quiere volver a oír mentar.

—Así que el sacrificio ha sido en vano.

—¿Sacrificio? ¿De quién? ¿Dónde? ¿Cuándo?

—Nada. No me hagas caso. Estoy empezando a desvariar. Y es natural. Hemos estado charlando horas enteras, en este calor, sin beber nada...

—La invito a una copa, al bar. ¿Se atreve?

Victoria movió la cabeza melancólicamente.

—Soy capaz de improvisar una disculpa cualquiera. Y válida, además. Soy la anfitriona, tengo que atender a las señoritas, de un momento a otro llegarán más visitantes ¿qué sé yo? Pero la verdad es que no me atrevo. Lucharía hasta la muerte porque en la puerta del bar se pusiera un letrero para decir que se admiten mujeres. Pero no entraría nunca.

—Ésa es la diferencia entre la teoría y la práctica, entre su generación y la mía.

—Y esa diferencia ¿es interesante?

—No. Aprenda a distinguir. Bajo cualquiera de sus aspectos el tema feminista está liquidado.

—Lo tendré presente. Hasta luego y gracias.

Victoria acompañó a la reportera hasta la puerta pero en vez de volver adonde se encontraban Cecilia y Susana se dirigió hacia las habitaciones interiores de donde llegaban rumores indistintos, pero cada vez más insistentes, de pasos, de cajones abiertos con dificultad y cerrados con violencia, de palabras deshilvanadas, de sollozos contenidos.

Los rumores fueron agrupándose hasta tomar una forma concreta y, por fin, apareció Matilde Casanova en el salón. Avanzaba a ciegas, por el tránsito brusco de la oscuridad a la plena luz. Su estatura noble parecía encorvada bajo el peso ¿de los honores? ¿de los desengaños? ¿de la vejez? Su pelo, entrecano ya, largo y crespo, se derramaba en desorden sobre sus hombros, sobre su espalda, hasta hacerla semejante a una fatigada e inofensiva Medusa. Su rostro, cuyas facciones resultaban siempre borrosas en las fotografías (y esta indiscernibilidad era atribuida a la imperfección de los aparatos que las habían querido captar, a la falta de destreza o a la prisa de quienes manejaban estos aparatos, a la distancia de la que se transmitía la imagen), había acabado por obedecer a una representación tan tenazmente reproducida, desdibujando los rasgos hasta no dejar sino una superficie disponible, una especie de tierra de nadie, un sitio en el que les estaba prohibido entablar batalla a los antagonistas encarnizados, irreductibles que convivían en la persona de Matilde. Esta neutralidad facial, que en ciertos años llegó a asumir un aspecto de parálisis, terminó por resolverse en el gesto hierático de los indios de quienes Matilde, ya desde antes, se había proclamado la descendiente orgullosa. Con el mismo orgullo habría proclamado su filiación si sus padres hubieran estado en la desgracia y no hubieran pertenecido —en vida— a una clase que gozaba de los mayores privilegios y que supo retenerlos a pesar de los vaivenes revolucionarios. De esa clase, de esa familia, desertó Matilde para ir al encuentro de los desheredados, de los miserables, de los ignorantes. Pero una decisión tan insólita no logró sino multiplicar las trampas que le impedirían su realización. Y he aquí que al final Matilde se encontraba, lo mismo que al principio y más alta aún, en la cresta de la ola.

Tanteando dio con un sillón y fue a derrumbarse en él. Escondió la cara entre las manos mientras exclamaba:

—¡Dios mío, no puedo más!

Cecilia iba a moverse para delatar su presencia y la de Susana e impedir así que Matilde se abandonara a uno de esos desahogos que uno se permite cuando se cree sin testigos pero Victoria le hizo una señal —no por muda menos perentoria— de que se detuviera y, todavía más, de que se ocultara y de que no dejara ver tampoco a su amiga. Segura de haber sido obedecida se volvió hacia Matilde, con benevolencia.

—¿Por qué no tratas de dormir un rato?

—¡Dormir! En cuanto cierro los ojos comienza la pesadilla, la cara de mi hijo pidiendo que lo salve, que no lo deje morir.

—Tú nunca tuviste hijos, Matilde.

—¿Por qué lo afirmas con tanta certidumbre? Cuando me conociste yo ya era una mujer madura, ya tenía un pasado hecho.

—Un pasado ejemplar.

—Ése es el que pertenece a la leyenda, no a mí.

—Pero la leyenda y tú son una misma cosa, Matilde. Mira, los investigadores de la Academia de las Naciones son muy escrupulosos en cuanto al aspecto moral de sus candidatos. Si hubieran encontrado algo, ya no digamos inconfesable, irregular en tu conducta, no te habrían concedido el premio.

—¿Qué pueden saber ellos? ¿Qué puede saber nadie? Viví mucho tiempo sola, en el extremo sur.

—No fue tanto tiempo, Matilde, si te atienes a las fechas. Y tampoco estabas sola. Tenías compañeros de trabajo. Porque tú trabajabas allí, Matilde.

—No, yo era una fugitiva; yo estaba ocultando un crimen, expiando un remordimiento.

—¿Pero remordimiento de qué, por Dios?

—De mi esterilidad.

—No eras estéril. Creabas. Tus más hermosos poemas datan de entonces.

—Bajo ellos sepulté mi vientre, sepulté a mi hijo. Pesan más que toda la tierra, pero él vuelve a resucitar, otra vez, otra vez.

Victoria, que hasta entonces había permanecido arrodillada junto a Matilde, se puso de pie bruscamente como si, de pronto, la irritación a la que había ido cediendo de modo paulatino hubiera llegado a un punto intolerable.

—¡Basta! ¡No estoy dispuesta a seguir este juego malsano y absurdo! ¿Y tú? ¿Vas a recibirlas así? ¿Sin peinarte siquiera?

—¿A quiénes?

—No vas a decirme que no recuerdas el compromiso. Tú misma tuviste la idea, redactaste la lista de invitadas, fijaste la fecha de la reunión.

A la lasitud sucedió en Matilde la cólera.

—¡No me importa! Es evidente que no puedo recibir a nadie en el estado en que estoy.

—¿Y me vas a dejar colgada así? ¿Después de que yo usé tu nombre para llamarlas? ¿Después de haberlas hecho viajar, suspender sus trabajos, desatender sus obligaciones...?

—No tengo la menor idea de a quiénes te refieres ni de lo que me estás acusando.

—¿Qué les digo ahora? ¿Que estás indispuesta?

—¡Te empeñas en martirizarme!

—No se trata de eso, Matilde.

—¿Pues entonces? ¡Déjame en paz! Tú eres lista, no se te va a cerrar el mundo por una cosa tan insignificante, que, además, no es la primera vez que sucede. Encontrarás una buena excusa y ahuyentarás a los que quieran importunarme.

Victoria comprendió que ninguno de sus razonamientos bastaría para hacer cambiar la actitud de Matilde así que se abstuvo de discutir más. Volvió a inclinarse a ella, ahora para ayudarla a ponerse de pie.

—Está bien. Ya no te preocupes y descansa.

—No puedo descansar, nunca he podido. El rostro de esa criatura siempre aquí ¡aquí!

Y Matilde se golpeaba, con los puños cerrados, las sienes

mientras, con mansedumbre, se dejaba conducir hasta su recámara.

Cecilia abandonó su escondite seguida por Susana a quien la escena que acababa de presenciar le había parecido absolutamente impropia de la edad, de la fama y de la situación de —por lo menos— una de sus protagonistas.

—¡Es el colmo! Están locas de remate: que mi hijo, que tu poema, que quién sabe qué y que quién sabe cuándo.

—Así son los genios —afirmó Cecilia con menos convicción que alarma.

—¡Qué genios ni que ojo de hacha! Yo tengo una tía histérica que está igual. ¡Y nos mete en cada lío! Vámonos, antes de que esto se complique.

Pero a Cecilia esta efímera visión de la intimidad tan atormentada y de la que no dejaba de emanar cierta cualidad irreal, es decir, que obedecía a un orden diferente del que rige sobre los hechos y que ella era ya capaz de calificar como retórica, la había fascinado y no estaba dispuesta a marcharse de allí si no la obligaba alguien que tuviera autoridad para hacerlo. A los requerimientos de su compañera no daba otra respuesta sino la de una impavidez que estaba propiciando el momento del retorno de Victoria, que no se prolongó mucho. Entró de prisa y prosiguiendo, en voz alta, un monólogo que seguramente había iniciado desde que abandonó a Matilde.

—...como si lo estuviera viendo. Después de cerrar la puerta ha buscado, a tientas —porque está muy oscuro con las cortinas corridas enteramente y las luces apagadas— entre los frascos de medicina que están encima del buró. Ha escogido, por el tacto, el de los somníferos y se lo ha vaciado en la palma de la mano. Sin contarlos, porque no le importa el número, confiada en que yo no dejaré a su alcance una cantidad mayor de la que sus riñones puedan eliminar. Se las pasa con un sorbo de agua y luego duerme horas y horas tan profundamente como si hubiera muerto. Mientras tanto yo me paseo por los cuartos como un león enjaulado y... ¡Dios santo! ¿Qué voy a hacer? ¿Cómo voy a hacer frente a todas ellas... así?

Susana se adelantó a sugerir algo que le dictaba su buen sentido pero antes de que iniciara su primera fase entró una camarera a anunciar la llegada de Josefa Gándara.

—Buenas tardes. ¿Llego a tiempo?

La entonación de la pregunta no tenía nada del aire ligero y casual con que se aguarda una respuesta negativa y puramente formularia o ninguna respuesta, sino que era la emergencia incontenible de esa ansiedad, a flor de piel, del que no cuenta nunca con el tiempo necesario para cumplir sus múltiples obligaciones y se disculpa de su falta de puntualidad. "Cronotipo deficiente", cuchicheó al oído de Cecilia, Susana para definir a Josefa, como si quisiera poner en guardia a su amiga contra el portador de una enfermedad que no es grave pero sí enojosa, como la gripa.

Por lo demás Josefa mostraba, en su arreglo personal, trazas de apresuramiento que llegaban hasta el descuido de los pequeños detalles: la pulcritud del cuello y de los puños, el restiramiento de las medias, la torcedura de los tacones. En ellos precisamente fijó su atención Victoria mientras se aproximaba a la recién llegada para practicar juntas ese ritual —un breve contacto de las mejillas— con que las mujeres pactan entre su deseo de besar y su necesidad de morder.

Josefa no se opuso a un gesto que revelaba un conocimiento anterior, una intimidad quizá, que ella había olvidado. Pero lo cumplió con una lentitud y unas vacilaciones que delataron su perplejidad. Al retirarse y ofrecerse al examen minucioso de la otra, Victoria condescendió a bromear:

—¡Qué mala fisonomista eres, Josefa! No me recuerdas después de que hicimos juntas el bachillerato, la carrera en la Facultad. ¿Es que he cambiado, es que he envejecido tanto?

Josefa protestó con tanta mayor vehemencia cuanto que su olvido permanecía intacto.

—Nuestra generación fue tan numerosa...

—Como las estrellas del cielo y las arenas del mar. Cierto. Pero muchas fueron las llamadas y pocas las escogidas. Entre estas últimas no figuro yo: Victoria. Victoria Benavides.

Todavía en el aire, sin ningún asidero firme aún para la identificación, Josefa se apresuró a exclamar:

—Claro, mujer. Precisamente el otro día, charlando con unas amigas, nos preguntábamos qué habría sido de ti, de tu vida.

Victoria repuso con displicencia:

—Viajes, gente. He conocido de cerca a los nombres más famosos, he visitado todos los centros turísticos imprescindibles.

Como estas vaguedades no hacían sino poner el dedo en la llaga de una existencia monótona y limitada, Josefa interrumpió con acritud a su interlocutora:

—¿Y nunca tuviste la tentación de quedarte en algún lugar, de acompañar a alguien?

—Tuve la obsesión de volver y de estar sola.

—¿Para qué?

—Para comenzar de nuevo.

Josefa esbozó un ademán de vaga inquietud.

—Comenzar de nuevo... ¿a escribir?

—No. En medio de tantas vicisitudes he conservado, al menos, el sentido común. Tú, en cambio, anclaste pronto: marido, casa, ¿cuántos hijos?

El rostro de Josefa se animó, simultáneamente, de ternura y de preocupación.

—Tres. Es el número perfecto ¿no? Incluso para la magia.

—¿Supersticiosa?

—A veces, como entretenimiento, va uno a consultar a una adivina, se deja echar las cartas... ¡Y se lleva cada sorpresa! Naturalmente yo no tomo en serio ninguna de esas faramallas pero atinan con una frecuencia que te hace pensar. Mira, por ejemplo, a mí me predijeron que ninguno de mis hijos sería varón y... pues, sí, ha resultado cierto. Mi suegra está que trina conmigo y mi marido me pone de cuando en cuando mala cara. Pero yo alego que se lo advertí desde el principio y que ya no hay nada que hacer.

—Excepto otros hijos. ¿Y no te quitan mucho tiempo las criaturas?

—Ah, no, de ninguna manera. Si crees que pueden ser un estorbo para mi obra te equivocas. Al contrario. En muchas ocasiones son ellas las que me han obligado a trabajar... si es que consideras como trabajo hacer lo que te gusta.

—¿Ellas son el tema de tu poesía?

—Son el estímulo. Sé que lo único que puedo legarles es mi fama.

—Pero mientras llega la hora de hacer testamento tu marido mantiene la casa ¿no?

—No se da abasto, el pobre. La vida no es tan fácil como suponíamos cuando estudiábamos en la Facultad. Además él no llegó a titularse.

—¿Otro sacrificio en las aras de Himeneo?

—Como no quiero que se arrepienta de haberlo hecho, yo pongo cuanto está de mi parte para ayudarnos.

—Las flores naturales.

Josefa sonrió, entre desafiante y avergonzada.

—Es una competencia lícita.

—Indudablemente pero ¿no es un poco azarosa?

—Al contrario, está perfectamente organizada y tiene ciclos tan exactos como los de la naturaleza. Podría yo, si quisieras, señalarte sus estaciones, sus puntos cardinales, sus tiempos de sembrar y sus tiempos de recoger. Pero, además, no me atengo sólo a eso. Hago también periodismo y novelas radiofónicas y argumentos para cine, en fin, toda la lira. ¿Qué quieres? No siempre se obtiene a tiempo el Premio de las Naciones.

—Un premio siempre es, en cierta manera, póstumo. Se otorga cuando ya no sirve ni para matar el hambre ni para afirmar la vocación ni para alcanzar la gloria. Es la primera corona fúnebre que se coloca sobre la tumba.

Josefa había seguido su propio hilo de meditaciones.

—Tú puedes darte el lujo de morirte de hambre si estás sola. Pero no tienes derecho a hacer que pasen trabajos quienes dependen de ti.

—Sí, un hijo chilla y se hace oír. En cambio un libro no es, en su gestación, sino un enorme silencio. ¿Quién lo acoge?

—¡Pero mis libros están ahí, yo no he interrumpido nunca su escritura!

—¿Y consideras que lo que has escrito es poesía?

—La decisión se la dejo a los críticos.

Había una graciosa humildad en la evasiva de Josefa que conquistó la benevolencia de Victoria. La condujo entonces al centro del salón y la invitó a sentarse. Reparó en la presencia de Cecilia y de Susana, y, deshaciéndose en excusas, las mezcló a la conversación. Estaban apenas cambiando las primeras cortesías cuando irrumpió, como una tromba, Aminta Jordán. Pero su ímpetu se detuvo al reconocer a Josefa.

—Así que no soy la única.

Josefa alzó los hombros como para despojar de su importancia a esta contrariedad, pero añadió con malicia:

—Ni siquiera la primera.

—¿Se puede saber cómo te enteraste de que yo vendría y cómo te las ingeniaste para adelantarte y entrometerte? No, tú no eres capaz de enterarte de nada ni de ingeniarte de ninguna manera. Te invitaron. Al mismo sitio y a la misma hora que yo. Y probablemente para la misma cosa. Quien lo hizo carece absolutamente del sentido de las categorías.

Josefa dirigió a Victoria una sonrisa de complicidad que no pasó inadvertida a Aminta.

—¿Usted?

—Sí, yo fui la que hizo las invitaciones. Entre ellas la tuya.

—¿Por qué se atreve a tutearme?

—Porque es tu amiga —intervino con melosidad fingida Josefa—. ¿Es posible que no la hayas reconocido? Es Victoria Benavides.

Aminta hizo un ademán con la mano como para espantar a un insecto.

—Jamás he escuchado ese nombre ni me interesa.

—Aunque así fuera ¿por qué te ofendes de que te tutee? ¿No estás acostumbrada a que lo haga cualquiera cuando vas a los toros, por ejemplo?

—Una cosa es la popularidad, querida, un asunto del que no tienes la menor noción, y otra muy distinta el respeto.

—¿De veras, Aminta, eres tan popular como me han contado? Dime ¿cómo lo lograste?

El rostro de Victoria estaba tenso de curiosidad. Josefa hizo un signo discreto como para indicar la inconveniencia de referirse a temas escabrosos delante de menores —Cecilia y Susana— y se adelantó a responder.

—Ya te lo imaginas.

Bastó esta interferencia para desatar la lengua de Aminta.

—No, no se lo imagina. Ninguno tiene la imaginación suficiente. Para empezar mandé a mi familia, con sus escapularios y sus prejuicios, al demonio.

—¡Gran hazaña! Una familia de medio pelo en que el padre trabaja en una oficina de Hacienda, sin esperanza de ascenso, y la madre se dedica a zurcir calcetines y los hermanos aspiran a un nombramiento en Aduanas que les permita salir de pobres... sin entrar en la cárcel.

—Estamos hablando de mi familia, Josefa, no de la tuya.

—Precisamente. Y los abandonaste cuando te convenciste de que no había más jugo que exprimirles, de que nunca serían más que unos pobres diablos.

—¡Mentira! No les pedí nada. Salí de mi casa con lo que tenía puesto.

—Para lanzarte a la calle en el sentido estricto del término.

—¡Cuánta envidia se esconde tras la sacrosanta indignación de las virtuosas! Según el catecismo de Josefa debió haber llovido sobre mí el fuego del cielo hasta aniquilar mis pecados. Y en vez de eso lo que me llueven son contratos para recitales, para presentaciones en clubes nocturnos y aún para desempeñar papeles estelares en el cine. Y todo eso, fíjese usted bien señorita como-se-llame, sin que yo haya hecho nunca la menor concesión al público. En mis libros el tema es arduo: la metafísica pura. Y las formas se ciñen al más severo canon clásico. Y esto, que yo les sirvo, lo devoran mis lectores con avidez y me aplauden y me reconocen, aunque yo asista de incógnito a una ceremonia y hasta circulan tarjetas postales con mi retrato.

—No abras esa boca de asombro, Victoria, que lo que Aminta no concede al público en sus libros lo concede a los agentes de publicidad en la cama.

—Ingenua como toda mujer honrada. Cree que el hombre es un ente predatorio que se mantiene al acecho de la oportunidad para saciar sus bestiales instintos. Oh, decepción, lo único que buscan es un hombro inofensivo sobre el cual llorar la incomprensión de su esposa y la nostalgia de su madrecita santa.

—¿Y la crítica? —interrumpió Victoria a la que no le interesaban los cuadros de costumbres—: ¿en qué lugar te coloca la crítica?

—Aparte. No hay punto posible de comparación, no hay antecedentes, no hay semejanzas. Soy un milagro en el sentido literal del término. Y este juicio, no podrá atribuirlo Josefa, a pesar de su malevolencia, a la depravación de mis costumbres. Porque los críticos son incorruptibles, especialmente cuando intenta seducirlos el encanto femenino.

—Aminta es un "cultivo". Se han puesto de acuerdo todos para inflarla, eclipsando así los nombres y la obra de todas las demás. A sabiendas o no, Aminta, te estás prestando a un juego siniestro que terminará cualquier día, cuando decidan que ya no funcionas y te pinchen con un alfiler. ¡Paf! ¡Se acabó Aminta Jordán!

—Corneja de mal agüero. Yo te prometo que no vivirás para ver mi ocaso.

—Una promesa tan solemne requiere un brindis —propuso Victoria.

—Whisky para mí —aceptó Aminta.

—Aprovechas ahora que se puede. Has tenido rachas muy prolongadas de tequila.

—Santa Teresa, con ser quien fue, querida (aunque mucho me temo que ignores también eso), padeció sus tiempos de sequía. ¡Cuánto más nosotros, gente menuda!

Se estableció una tregua mientras la camarera recibía y ejecutaba las órdenes de cada una. Fue Aminta la primera en romperla con una pregunta, al parecer, casual.

—¿No estarán presentes en la entrevista ni reporteros ni fotógrafos?

—¡No me digas que se te olvidó traerlos! —exclamó con incredulidad Josefa—. Nunca das un paso si no te sigue toda esa mojiganga.

—No fue un olvido, fue una imposibilidad. Vengo directamente de una fiesta. Pero supuse a la secretaria de Matilde Casanova más previsora.

—Estaba previsto —mintió Victoria—. Pero a último momento Matilde se indispuso y hubo que dar contraorden.

Aminta se irguió como si la hubiera picado una avispa.

—¿Qué? ¿No va a recibirnos?

—No, y les ruego, en su nombre, que la dispensen. Tuvo una recaída de su enfermedad y el médico le prescribió reposo absoluto.

—¿Pero qué se ha creído? ¿Que somos sus títeres para que nos haga danzar a su antojo?

—¡Aminta, por favor, más respeto!

—¿A qué? ¿A su Premio de las Naciones? Algún día yo también voy a tenerlo y me voy a reír de él.

—A tu antigua maestra.

—Me sacaba de clase, me reprobó a fin de año, nunca me tomó en cuenta. Pero entonces ella estaba arriba y yo abajo. Ahora tenemos una situación de igualdad y ya no le tolero arbitrariedades a nadie. ¿Dónde se esconde para ir y traerla hasta aquí, aunque sea arrastrándola de los cabellos?

La ira había descompuesto las facciones de Aminta que, sin embargo, se adivinaban —aun bajo la gesticulación convulsiva y el maquillaje derretido y mezclado— finas, inermes y de las que todavía no emigraban por completo ni el azoro ni la inocencia.

Aminta estrelló su vaso —ya vacío— contra el suelo y se puso de pie al mismo tiempo que las demás, quienes se precipitaron a detenerla. Pero antes de darle alcance Aminta, desconocedora de la topografía, por un acto reflejo e irreflexivo, fue hacia la puerta por la que había entrado y la abrió únicamente para dar paso a Elvira Robledo.

—Gracias, Aminta —dijo complacida—. No esperaba de ti tales gentilezas.

Aminta, cuyo arrebato se había extinguido, dejó caer los brazos con desaliento.

—Ahora sí el cuadro está completo.

Volvió cabizbaja a su lugar y apuró otro vaso de whisky que la camarera, después de recoger los vidrios del anterior, le había preparado. Mientras tanto Elvira y Josefa se saludaban efusivamente y luego se perdían en una animada explicación acerca del encuentro con Victoria y evaluaban, de manera recíproca, los estragos operados en ellas por los años y se participaban lo indispensable de la historia de cada una. Pero hasta que Elvira no estuvo sentada también y con su correspondiente bebida en la mano, no advirtió a Cecilia y a Susana que habían vuelto dócilmente a su silla y a un refresco cuyo sabor era cada vez más dulzón y cuya tibieza era cada vez más repugnante.

—¿Las señoritas son también escritoras? —preguntó con cautela Elvira, aunque, a pesar de sus precauciones, picó la cresta de Aminta.

—¿Por qué supones que han de ser escritoras?

—Por lo mismo que supone que son señoritas —interpuso Josefa—. Por cortesía.

—¿Se nos permite dividir en partes la pregunta? —quiso saber Cecilia—. Para dividir la respuesta. Así Susana puede encargarse del aspecto biológico o social de la cuestión y yo me encargaré del literario.

—¿Y? —dijo perentoriamente Aminta.

—No somos escritoras.

Aminta se puso de pie y fue a estrecharles entusiastamente la mano.

—¡Magnífico! ¡Me alegro, me alegro mucho!

—¿Por qué?

—Porque si no son escritoras y andan merodeando por

estos rumbos, no queda otra alternativa: han de ser lectoras.

—Si lo admiten —puntualizó Josefa con el tono de quien se dispone a defender sus derechos—, no olvides que yo las vi primero.

—En estos casos no se trata de que tú las veas primero sino de que ellas te vean primero a ti. ¿No es verdad, encantos?

—Cronológicamente —apuntó con pedantería Cecilia—, la señora Gándara tiene prioridad.

—¿A quién le importa la cronología? Lo esencial es el gusto, la preferencia, el juicio. ¿Han leído los libros de Josefa?

—Los hemos analizado en clase.

—Ah, por obligación, claro. Y, como toda obligación, ésta ha de haber sido también muy desagradable.

—¿Por qué no dejas que sean ellas mismas quienes lo decidan y no tú quien lo decrete, Aminta?

—No se atreverán nunca a confesarlo. Son demasiado jóvenes, Elvira, demasiado tímidas, están demasiado bien educadas. Yo tengo que fungir, a la manera de Sócrates, de partera de almas.

—Hmmm.

—Y, díganme, encantos, ¿me han leído a mí? Pero no es preciso que entremos en discusiones de si ha sido en clase o no, las circunstancias son lo de menos.

Cecilia repuso con los dientes apretados.

—Sí.

—¿Y qué opina de mi obra?

—Que es abominable.

Josefa aplaudía en un paroxismo de felicidad.

—¡Bravo por la juventud, por la timidez y por la buena educación!

Susana miraba a su compañera, boquiabierta.

—¿Y me haría usted el honor de descender de su púlpito y explicarme por qué?

—¿Desde qué punto de vista quiere que enfoquemos la explicación? ¿Desde el punto de vista de la forma o del contenido? Porque en el caso de una poesía inauténtica, como creo que es la suya, es lícito hacer esta separación.

—¿Sabe usted a lo que se arriesga si dice una sola palabra más?

—A que usted caiga revolcándose en el suelo víctima de un colapso nervioso.

—¡Criatura inexperta! Aminta no es de las introvertidas sino de las que arañan. Si estima en algo la integridad de su piel le aconsejo, no únicamente que calle, sino que rectifique. ¿Te darías por satisfecha con eso, Aminta?

La aludida asumió una actitud de suprema dignidad.

—No ofende quien quiere sino quien puede. Y ese gusano de la tierra, no puede.

Susana exhaló un suspiro de alivio porque Aminta había cambiado la dirección de sus baterías de ataque hacia el rumbo de Elvira.

—En cuanto a ti, zurcidora de voluntades, ¿conservarás tu ecuanimidad cuando sepas que Matilde se permite la impertinencia de hacernos venir para después negarse a recibirnos?

—Ha de tener motivos —repuso imperturbable Elvira—. ¿Cuáles son, Victoria?

—Fue un accidente que ninguno podía prever, una especie de síncope. No es la primera vez que lo sufre y yo sé que no tiene mayores consecuencias. Pero, de cualquier modo, a su edad, es prudente tomar precauciones. Hice venir al médico, la examinó y...

Las últimas sílabas se perdieron en la conmoción que causó la presencia de Matilde Casanova. Había entrado sin ruido, recién bañada, con el pelo recogido en una larga trenza, la expresión animada y sonriente y tendiendo las manos como si quisiera que se las estrecharan todas al mismo tiempo.

—¡Otra vez juntas, como antes!

En el afán de saludar a Matilde ninguna tuvo ojos para Victoria, excepto Aminta que le susurró al oído:

—¡Saboteadora!

La voz de Victoria temblaba de desconcierto, cuando se dirigió a Matilde.

—¿No te dormiste?

Matilde se volvió a ella, desmemoriada y feliz.

—¿Por qué había de dormirme en un día tan hermoso como éste? Tomé una ducha fría, despaché algunos asuntos urgentes y ahora me siento como nueva.

Victoria, que no había renunciado aún a su empeño de

reivindicarse ante las demás, insistió con una irritada solicitud:

—No debes abusar de tus fuerzas. Después de una crisis como la que acabas de sufrir...

Aminta la interrumpió bruscamente:

—Señorita, deje ya de tratar de hacernos creer que aquí ha habido alguna crisis de nada. Concrétese a cumplir con sus funciones que, según tengo entendido, son las de una especie de secretaria o algo así.

Victoria tuvo que admitir con amargura.

—Algo así.

Ajena a este debate, Matilde se dirigía al balcón para abrirlo de par en par.

—El encierro es lo que me deprime. Vamos a la terraza. Desde allí se mira el mar, se siente el viento. ¿Ustedes saben que cuando yo era todavía muy joven dudé en tomar por esposo a cualquiera de estos dos enamorados míos? Cuando llegué a la madurez pude, al fin, decidirme. Ninguno. Porque quiero demasiado a ambos. Y la elección de uno no me habría consolado nunca del rechazo del otro.

—Elegir es rechazar; rechazar es limitarse y limitarse es morir —recitó Elvira.

—¿Quién dijo eso?

—Usted lo repetía a menudo desde su cátedra. Nosotras la escuchábamos, entonces, como ahora, religiosamente.

Avanzaban todas, detrás de Matilde, como en seguimiento de su pastor. Sólo Victoria quedó rezagada y Elvira retrocedió para instarla.

—No. Voy a ordenar el menú.

Desde afuera, en una ráfaga de aire, llegó la voz de Matilde.

—Arroz a la mexicana, Victoria. Hace siglos que tengo el antojo. Pero has de prepararlo tú misma. La cocina de los hoteles es tan desabrida...

Elvira no se incorporó al grupo de la terraza hasta que Victoria hubo desaparecido.

En el centro estaba Matilde. Flanqueándola, muy próximas, como si la proximidad confiriera la primacía, rivalizaban Aminta y Josefa. Sin pretensiones de llamar la atención —sino al contrario, esforzándose por pasar inadvertidas— se sentaban Cecilia y Susana. Elvira contempló el conjunto, apreciativamente.

—La composición es irreprochable porque obedece a una ley interna tan poderosa, tan universalmente aplicable. . .

—Acomódate, Elvira, y déjate de discursos.

—Prefiero estar en disponibilidad para servirlas. ¿Fumas, Matilde?

—Sí.

—Josefa empezó a hurgar febrilmente en su bolso.

—¿Qué marca de cigarros? Yo siempre guardo varias cajetillas, por si se ofrece.

—Suaves. Gracias.

Permitió a Aminta que le diera lumbre —con lo que se restablecía el equilibrio entre las competidoras— pero después de unas cuantas chupadas, distraídas y como por cumplir un compromiso, dejó que la lumbre se extinguiera. Matilde parecía absorta en una meditación que nadie se atrevió a interrumpir.

—La que dispersa a quienes se congregan en los festines, llaman los árabes a la muerte. ¿Cómo llamarían a la casualidad feliz que permite a los amigos ausentes reunirse de nuevo, como ahora nosotras? Estamos las que estábamos, no falta ninguna ¿verdad?

—Sobran dos —delató rencorosamente Aminta señalando con una mirada a Susana y a Cecilia.

Matilde se volvió a ellas sin el más mínimo rastro de extrañeza. Como si hubiera previsto, ordenado, esperado encontrarlas allí. Pero también sin el menor gesto de reconocimiento, de entendimiento del papel que estuvieran desempeñando sentadas en su silla respectiva. Con la benevolencia tranquila con que se advierte la presencia de un objeto sobre cuya utilidad no se tiene aún ideas muy precisas y que todavía no resulta habitual.

—Son las nuevas generaciones —dijo Elvira—. Es conveniente que se acerquen a sus antepasados para que, al menos, sepan cuál es la herencia que van a recibir.

—Están tratando de engañarla, Matilde. Esas muchachas no son escritoras. Ellas mismas lo han confesado.

—¿Y qué saben? Tal vez no han descubierto su vocación. Si es así, si todavía no han sufrido esta experiencia hay que prepararlas para que no se asusten. Porque un descubrimiento de tal índole es algo fulminante, tan turbador, tan irrevocable como el diagnóstico de una enfermedad mortal.

—Josefa, con su cerebrito, con su almita, no hubiera soportado un acontecimiento así. Ergo, no tenía vocación.

Matilde continuó como si esta interrupción de Aminta no se hubiera producido.

—Pero como los síntomas son, al principio, demasiado vagos, demasiado atribuibles a otras causas —el amor, la pubertad, la clorosis, qué sé yo— nadie les concede mayor importancia. Ni quien los padece, porque confía en su pronta curación. Ni los demás que encuentran que este tipo de trastornos son graciosos y hasta los celebran y los aplauden. Cuando se asume la realidad ya no tiene remedio. El nombre del primer libro es como un estigma que no borra nadie. A partir de entonces los eslabones se suceden. Primero es una reseña alentadora en cualquier revista. Después, de la manera menos esperada, viene un torbellino de entrevistadores, de fotógrafos, de cargos, de responsabilidades. Parece como si el mundo entero se confabulara para aplastar al autor, para impedirle escribir una línea más.

—Estás hablando de ti, Matilde. De un autor que tiene éxito. Podemos comprenderte, pero gracias a un esfuerzo de imaginación, no por la similitud de nuestra experiencia.

—No pluralices —protestó Aminta—. Yo sí sé, en carne propia, lo que es el éxito.

—Te equivocas. Sabes lo que es el escándalo.

—Es mejor que inspirar lástima ¿no? Cuando tú envías uno de tus engendros a un certamen no dejas de recordar, a los miembros del jurado, que de su decisión depende que tus niños sobrevivan a los rigores del invierno.

—¡Aminta, basta! —ordenó Elvira.

—Me olvidaba de ti, respetabilísima colega. Tú no te has contaminado ni con los enjuages de la publicidad ni has cedido a las exigencias del hambre. Tú no entiendes nada que no sea correcto: cuentas las sílabas, pules los versos, escoges los temas. Aceptas lo trascendental siempre que no te haga correr el riesgo de ser excesivo. ¿Pero podrías decirme si has logrado ser algo más que una dama: una escritora? ¿Podría decírmelo usted? —preguntó Aminta mirando furiosamente a Cecilia.

—No sé nada de la vida de Elvira Robledo ni me interesa. Pero conozco su obra y admiro el decoro con que ha sido hecha.

—¡Decoro! ¿Se dan ustedes cuenta? ¡Qué frenesí de entusiasmo! Seguramente si usted escribiera se limitaría a copiarla.

—¡Copiarme a mí! Estando Matilde...

—¿Por qué tiene que copiar a nadie? ¿No podría ser original?

—A la originalidad no se llega, Josefa, sino por la vía de la imitación. Deberías de estar enterada de eso tú, mejor que nadie, puesto que aún no acabas de recorrer esa vía.

—Que, por cierto, no te ha conducido a la fama.

—No la busques. Es el ruido, la confusión, el despojo. Ya no te pertenece ni un minuto de tu tiempo para recogerte en ti misma y escuchar y repetir en voz baja la confidencia y acercarte, temblando, a los secretos.

—Ésos son los privilegios del anonimato.

—Pero el fracaso también destruye.

—Contra el fracaso queda una defensa; la certidumbre de que es injusto, de que la posteridad rectificará el error. Y eso te lleva a encarnizarte, aún más si es posible, en la persecución de la palabra exacta, de la metáfora fiel. Lo otro, el halago, la facilidad de una miel que, primero, no rechazas porque es sabrosa y de la que después no aciertas a desprenderte porque es espesa y te debates en ella, inútilmente, como un insecto, hasta el fin.

—Yo no me quejaría de una suerte como la suya, Matilde. Sé manejar los triunfos en el juego.

—Pero no es por conseguirlos por lo que se trabaja.

—¿Entonces por qué?

Entre tanta algarabía, que reputaba sin sentido, Susana había osado, por fin, meter baza. Ya el tema que entretenía y hasta apasionaba a estas mujeres le parecía bastante inverosímil. Pero cuando quisieron desligarlo de una finalidad real y tangible, de un resultado, sintió que perdía pie y se asió a la primera pregunta que se le puso enfrente. Todas se volvieron hacia ella con el asombro de Balaam hacia su burra pero sólo Josefa encontró, en el fondo de sí misma algo de esa paciencia un poco mecánica con la que las madres responden a la curiosidad indiscriminada e incesante de sus hijos.

—Trabajamos para alcanzar la certidumbre, para probarnos a nosotros mismos que no nos hemos engañado y que no hemos engañado a los demás.

—Ésa no es razón suficiente —intervino Cecilia—. Se puede muy bien ser veraz y silencioso.

—Con las palabras tendemos puentes para llegar a lo que está fuera de nosotros... aunque casi siempre los puentes se rompen.

Matilde las interrumpió con impaciencia.

—Están hablando de la poesía como de un bien o de una obligación elegibles, renunciables, en todo caso, de un hecho voluntario que, en última instancia, puede justificarse. Pero yo sostengo que es una fatalidad, un destino que se nos impone y que hemos de cumplir o perecer.

—¡Nadie muere de no escribir versos, Matilde!

—No he dicho versos: he dicho poesía.

—¿Y cómo se manifiesta ese destino?

—Se abre, dentro de nosotros, una especie de vacío, una ausencia que no se colma con nada, un abismo que nos obliga a asomarnos constantemente a él, a interrogarlo, aun a sabiendas de que, desde sus profundidades, no ascenderá jamás ninguna respuesta sino sólo el eco, amplificado, deformado, irreconocible ya, de nuestra pregunta.

—Es un quehacer absorbente.

—Estamos absortos. Y los que nos rodean no advierten más que nuestra distracción, nuestra falta de interés en los asuntos comunes y se deseseperan y nos hacen reproches y acaban por abandonarnos. No es que el poeta busque la soledad, es que la encuentra. Primera estación en el camino, primer grillete de la cadena que se rompe. Ahora el panorama cambia. Ya no somos más que un cauce en cuyo interior avanza un río oscuro, arrastrando memorias de follajes, de cielos; abriéndose paso entre piedras broncas a las que afina con una caricia lenta, mil veces repetida. A ratos, la corriente discurre por una extensión libre y sin término. Entonces lo que era un rumor oscuro, inarticulado, gemido ronco, se vuelve música. Ah, cuando se ha escuchado ya no se acierta a vivir sin ella. Y, de pronto, sin motivo, sobreviene la mudez o la sordera o ambas cosas. Hay una grieta en el fondo y el río se hunde allí y no queda sino una sequedad espantosa. Meses, años de búsquedas sin dar con una gota de agua.

—¿Qué se hace entonces?

—Los sabios se quedan quietos, esperando. Los otros imitan la canción aprendida, la repiten, la falsifican. O, consumidos de impaciencia, desertan de la peregrinación hacia la tierra prometida y se detienen en el primer oasis del camino.

—¿Y los que perseveran?

—Pueden morir, como Moisés, sin haber llegado más que a entrever su patria. O pueden sentir que en sus entrañas brota, de nuevo, el manantial de agua viva y las inunda con su sobreabundancia de dones.

—Pero no se puede edificar una vida sobre bases tan precarias. Todo depende de casualidades imprevisibles.

—De la gracia. Y para que la gracia actúe es preciso mantener la rienda corta a la voluntad. Cuando la hemos aniquilado ya podemos decir que apartamos la piedra del sepulcro. A otros grados superiores de renunciamiento correspondería el que nos desligaran de nuestros vendajes de cadáveres. Y luego, al fin, escuchar la voz que nos ordena, como a Lázaro, levantarnos y andar. Y hemos de mezclarnos con los que se apartan de nosotros horrorizados porque, al través nuestro, se ha cumplido un hecho sobrenatural que debería ser motivo de regocijo pero que no lo es porque en nuestra existencia palpan los demás la fragilidad de las leyes que los rigen, la ambigüedad de los signos que dibujan encima de las figuras de su mundo para que las expliquen.

La animación, que había resplandecido en el rostro de Matilde durante los primeros momentos de la charla, fue extinguiéndose como una brasa que se cubre, paulatinamente, de ceniza.

—¿Acierta alguno a imaginarse el espanto de los días de Lázaro? Después de que el milagro lo ha traspasado, lo ha sacudido, lo ha vuelto otro ¿qué va a entender de las discusiones de los mercaderes sobre el precio del trigo? ¿Cómo va a afligirse por los sufrimientos de la hembra al parir? ¿Cómo va a preocuparse de sembrar hoy para que el mañana no lo sorprenda sin una provisión? Después de que ha visto, aunque sea durante el tiempo de un parpadeo, la eternidad, todo afán ha de parecerle mezquino, todo quehacer ha de irritarle porque lo aparta de una memoria divina. Y descuida lo que lo solicita a su alrededor para consagrarse por entero a la nostalgia.

—Pero entonces se convierte en un estorbo, en un mendigo, en un paria.

—En un loco, que es también todo eso. Por compasión,

algunos le aventarán mendrugos, limosnas. Por burla, otros le pedirán que narre su aventura, esa aventura maravillosa para la que no hay palabras en ningún idioma y que Lázaro cuenta, balbuceando, mientras el auditorio ríe o aplaude, que son las dos maneras de no escuchar, de negarse a entender.

—La última, la del aplauso, es la que te tocó a ti.

—Eso dicen. Y supongo que tienen razón quienes intentan consolarme añadiendo que es la mejor parte. Pero yo, de mí, diría que he luchado con todas mis fuerzas para que no me sepulten de nuevo. Que me he debatido, como una leona, para conservar el recuerdo, para conjurar, uno por uno, los espejismos con los que han querido engañarme y distraerme. Y que llené de pistas falsas mis libros para que me busquen donde no estoy y para que se apacigüen creyendo que me encontraron y que me encadenan y que me amansan y que me guardan.

—Ha cometido un fraude.

—¡Pero he sobrevivido! Y no me sumé a las huestes del Príncipe de este mundo, que son tan numerosas y que tan buen trato reciben. Sino que he permanecido fiel a mi promesa única y no me he alimentado sino de una raíz amarga que es la palabra verdadera.

—¿Pero entonces? Usted misma ha dicho que sus libros están llenos de pistas falsas.

—Yo hablé de alimento. Tú eres la que habla de las deyecciones.

Aminta decidió que el monólogo de Matilde había durado ya un tiempo excesivo y se dispuso a interrumpirlo.

—Es una tesis muy original y corresponde con tanta exactitud a la poesía que yo hago —una poesía de las esencias— que estaba preguntándome si no sería una pretensión exagerada de mi parte rogarle que me permita reproducir estas palabras en las primeras páginas de mi próximo libro.

—¿Un prólogo? ¿Firmado por Matilde? —reaccionó con alarma Josefa.

—Naturalmente. Matilde tendría el crédito que le corresponde.

—Pero habría que redactar, corregir, afinar... y yo estoy tan cansada.

—No va a tener que molestarse. Déjeme el trabajo a mí y no se arrepentirá.

—¡Cuidado, Matilde! —exclamó Josefa tomándola del brazo como para apartarla de la amenaza de un reptil venenoso—. Usted sigue viendo a Aminta como lo que fue, una alumna excepcionalmente dotada, aunque incapaz de disciplina, que asistía a sus clases más que para aprender para discutir, más que para recibir para afirmarse. La mujer que tiene usted enfrente ahora ha llevado al límite extremo todas sus virtudes y todos sus defectos. Y es peligrosa. No se detiene ante nada cuando codicia algo que puede beneficiarla. Si usted la autoriza a reproducir la más mínima de sus frases, la alterará, la llenará de adjetivos elogiosos para ella, la convertirá en una exaltación de su obra, en una intimidación a los lectores y a los críticos para que aplaudan en su libro un mérito que no existe.

—¡Voy a hacerte tragar tus calumnias! —repuso, a grito herido también, Aminta, a la que impedían pasar a los hechos Elvira y Cecilia.

—Calma, calma, no se exalten así porque el incidente carece de la más mínima importancia —dijo Matilde sin que ni el tono de su voz ni su postura en la silla delataran ni sobresalto ni contrariedad ni sorpresa—. No, criatura, le agradezco su intención pero no insista. No trate de abrirme los ojos porque desde hace muchos años "yo no quiero mirar para no herir".

—¡Está absolutamente chocha! —estalló Susana que había perdido, por completo, el dominio de sus nervios.

—¡Qué lenguaje tan arcaizante usan los jóvenes hoy en día! Llaman chochez a mi pasividad, una pasividad de árbol del camino que no defiende sus frutos del hambre de los que pasan. El término señala mi actitud, tal vez, pero no la explica. Y no la explica tampoco ni la indiferencia ni la magnanimidad ni la virtud ni la estupidez. Yo no soy ni indiferente ni magnánima ni virtuosa ni estúpida y quiero que quede bien claro. Yo soy una mujer que padece vergüenza.

—¿Vergüenza? —repitió extrañada Aminta—. ¿De qué?

—De haber recibido tanto y haber dado tan poco.

—Ha sido egoísta —concedió Josefa—. Pero no más que la generalidad de las solteras. Y, por lo menos, usted ha tenido el atenuante de sus aptitudes creadoras, de su tarea intelectual, de su obra literaria.

—Cordelia, Antígona, Ifigenia o, para ser autóctonos, Margot, el ángel del hogar, merecen mi más honda simpatía, sus citan mi más encendida admiración pero no me han producido jamás ni el más efímero deseo de imitarlas. Sé, por experiencia propia, que la devoción a la familia no habría calmado mis escrúpulos morales... aunque también sé que la falta de devoción ha exacerbado mis sentimientos de culpa. Porque yo me crié en el seno de una familia que, hasta para los criterios más exigentes, era considerada como ejemplar. Pero en cuanto tuve uso de razón y pude juzgarla según mi criterio, no me di tregua sino hasta después de haber roto la última de mis ataduras con ella. Fui despiadada, con mi padre que no se consoló nunca de haberme perdido; con mi madre, que me maldijo en su lecho de muerte; con mis hermanos, que me repudiaron. Pero entonces yo estaba convencida de que mis deberes eran para con la Humanidad, así, con mayúsculas y en abstracto. Para colmo fue entonces cuando comencé a escribir, cuando ya no pude continuar resistiéndome a aceptar mi destino.

—Lo dice usted como si una cosa se contrapusiera con la otra.

—No se contraponen, se anulan. Cada poema me arrebataba, como el carro de fuego a Ezequiel, hasta unas regiones que me volvían inaccesible aun para las criaturas que estuvieran más próximas a mí. Para no tener testigos —ni estorbos— yo me aislé por completo. Vivía sola, en un cuarto alquilado, sin amigos, sin vecinos, sin conocidos. Y cuando salía a la calle, porque necesitaba respirar, moverme, iba como una sonámbula o como una convaleciente. No veía nada a mi alrededor. ¡Más me hubiera valido seguir así siempre! Pero un día, como a San Pablo, se me cayeron las escamas de los ojos: un automóvil, que estuvo a punto de atropellarme (y fue un milagro que no lo hiciera, dada mi distracción), atropelló a un niño al que quizá yo podía haber salvado... si lo hubiera visto. Me quedé allí junto a su cuerpo, inmóvil, porque está prohibido tocarlos, esperando a que llegara a recogerlo la ambulancia. Y después esperé, en los corredores del hospital, hasta que avisaron que había muerto. Entonces comprendí que no había Humanidad sino hombres y que cuando un hombre agoniza en la oscuridad de hambre, de frío, de dolor, de miedo, acercarse a él —para recitarle un poema— es un insulto, es una burla intolerable.

—Si todos los poetas pensaran como usted no habría poesía —apuntó con precaución Elvira.

—Yo pienso así y sigo escribiendo poemas. Lo único que sucedió fue que quise aprender, además, un oficio útil. Lo primero que se me ocurrió fue, como era de esperarse, la enfermería. Pero no había una célula de mi organismo que no se encabritara contra mi voluntad, que no retrocediera con asco ante las llagas, ante los hedores, ante la sangre. Tuve que aceptar una tarea más modesta y adquirí el título de maestra rural.

—¿Fue entonces cuando partió usted al Sur? —preguntó Cecilia, más que para averiguarlo para exhibir sus conocimientos recientemente adquiridos de la biografía de Matide.

—Sí. Yo iba preparada para todo... Menos para lo que encontré. Estaba dispuesta a soportar privaciones, a interponerme heroicamente entre las víctimas y los verdugos, para salvarlas aunque fuera a costa de mi vida. Pero, por lo pronto, me enviaron a una comunidad indígena monolingüe. Nadie allí hablaba ni entendía el español; y yo, con este don de lenguas que Dios no me ha dado, era incapaz de pronunciar una sola palabra en el dialecto de aquellas criaturas. Trataba de mostrarles, con actos (no disponía de ningún otro medio de expresión), mi buena voluntad. Pero partíamos de concepciones tan diferentes de las cosas que yo acertaba, casi de modo infalible, a ofenderlos, a ponerlos en guardia contra mí, a proporcionarles motivo de risa. Me aceptaban, pero no como al Kukulcán que yo había pretendido resucitar, sino como a una pobre mujer extraviada y bastante tonta. Aparte de lo que pudiera sufrir mi orgullo no les será difícil deducir que mi influencia era nula y que mi eficacia andaba por los suelos. En la única Navidad que pasé con ellos se me ocurrió que organizáramos una celebración con villancicos, piñatas, colaciones, en fin, el modo clásico. Ése era el proyecto. La realidad fue una borrachera atroz con el saldo de varios heridos a machetazos, algunas violaciones y una suciedad universal.

—¡Qué horror!

—Fue lo que yo sentí y mi primer movimiento fue de fuga pero no contaba con ningún medio para llevarla al cabo. Así que hice de la necesidad virtud y me quedé entre ellos, que comenzaron a respetar mi valor y a manifestarme algunos signos de deferencia... no tan obvios ni tan insistentes como para que yo me hiciera ilusiones. Sólo para que estuviera tranquila y meditara. Y meditara hasta entender que, por desinteresado que sea un propósito y pura su ejecución, en cuanto transita al reino de los hechos cae bajo otra ley y se mezcla a constelaciones que son totalmente ajenas a quien ha concebido y ejecutado el plan, tan ajenas que acaban por volvérselo irreconocible. A veces el trayecto entre la idea y el acto es más corto: lo que basta para que un proyectil rebote contra un obstáculo cualquiera y retroceda a herir a quien lo ha lanzado.

—Yo prefiero el País de las Maravillas de Alicia y no éste. Es igualmente arbitrario sólo que más humorístico.

—No, la arbitrariedad es una primera impresión por la que no hay que dejarse engañar. Sirve para que tras ella se escondan los principios, los mecanismos, las leyes a las que se somete, sin excepción, la realidad. La certidumbre del rigor es más intolerable, para la mente humana, que la sospecha del azar.

—¿Y ese descubrimiento le sirvió de algo?

—Me convenció de que lo que yo trataba de hacer, a pesar de todos los abrumadores testimonios en contrario, tenía un sentido. Porque es preciso, sí, ésa es la única norma moral a la que me atengo desde entonces, es preciso mantener —o, mejor todavía, acrecentar— la suma de bien y de belleza que existe en el universo y que es un patrimonio del que participarán todos. Así no se actúa para beneficio particular de éste, que me roza con su miseria, ni de el de más allá, que me conmueve y me desazona con sus lamentos. Sino pensando en el otro, oculto tras el velo del espacio y del tiempo, a quien sólo el amor me lo hace visible.

—Y también la poesía —añadió Elvira.

—La poesía me pone ante los ojos la ley, sin la cual mis castillos de arena se derrumbarían: la de la distancia estelar que separa la causa del efecto. Pero también la de la firmeza irrompible del vínculo que une a la causa con el efecto. En este cosmos que habitamos no hay excepciones a la vigencia de la regla, no hay ruptura, no hay fallas, sino una continuidad, una cohesión que nos permite ser libres, espontáneos, improvisar, dejar que fluya la invención y el juego. . .

—En suma —concluyó ásperamente Josefa—, que nos permite firmar el prólogo a un libro que no se ha leído.

—¡Burguesa! —la llamó Aminta—. Tú eres de las que

antes de conceder a alguien el honor de un saludo le pides un certificado de buena conducta y su reacción de Wassermann. De las que quisiera que cada persona y cada cosa ostentaran una etiqueta con su precio, para que supieras a qué atenerte respecto a su calidad.

—¡Qué importancia le das a un prólogo, Josefa!

—No me halaga lo que has dicho pero suponiendo que lo aceptara, ésa sería una razón de más para firmarlo. Hace años que me he resignado a dar únicamente lo que tengo: mi nombre. ¿Qué me importa si lo usan para apuntalar un manifiesto inoperante o unos versos mediocres?

—Tiene usted algo más que nombre, Matilde: tiene dinero.

—¿Y por eso he de volverme cautelosa? ¿Y he de negar el alojamiento a un huésped, detenida por la precaución de que no vaya a resultar un perseguido de la justicia? ¿O he de mezquinar el socorro a un menesteroso porque no lo empleará en adquirir lo necesario sino que lo despilfarrará comprando lo superfluo?

—Pero eso tampoco es el bien, Matilde —replicó, ya en el límite de su resistencia, Elvira.

—Según el Evangelio, sí. ¿No pide que nuestra mano derecha ignore lo que hace la izquierda? Pero esta sabiduría a los ojos del mundo es locura.

—¡Sabiduría! Escepticismo. En el fondo lo que está usted negando es la posibilidad de saber qué significado tiene ninguna de nuestras acciones ni qué consecuencias alcanzará. Tomemos el caso de Aminta, por ejemplo: usted firma el prólogo que ella ha redactado a su antojo y se tranquiliza pensando que, tal vez, el texto será contraproducente en el ánimo de los críticos y pondrá un "hasta aquí" a la docilidad de sus admiradores.

—¡Toco madera! —exclamó Aminta—. Pero no te preocupes, Elvira, que yo tendré buen cuidado de que nada de eso suceda.

—Por lo pronto, Matilde, usted se quita de encima a una importuna y la ve partir sonriente, agradecida, satisfecha. Su favor, mientras tanto, ha entrado en la órbita de la ley donde sufrirá quién sabe qué imprevisibles metamorfosis.

—Imprevisibles e inevitables.

—Bien. ¿Pero por qué no vuelve usted los ojos hacia otra

parte? Hay aquí una mujer a quien su acción —el prólogo— ha decepcionado, entristecido.

—La tristeza del bien ajeno, la envidia, no es más que miopía. No percibimos más que lo inmediato y, hasta eso, ni siquiera en su totalidad.

—Pero Matilde, lo que Josefa ha estado aguardando desde que llegamos no son sus consejos, sino sus beneficios.

—¿Cómo puedo beneficiarla yo?

—Invitándola, lo mismo que a sus compañeras, a que pasen a la mesa. La comida está servida —anunció Victoria desde el umbral.

—¿La comida? —repitió Matilde como si este trozo no lograra insertarse en el rompecabezas que había estado componiendo.

—Sí. Es hora ya de comer. Tus huéspedes han de estar desfallecidas de hambre.

Hubo murmullos de protesta pero que no cristalizaron en una negativa individual.

—¿Y qué comeremos? —preguntó Matilde, más que por curiosidad de enterarse por deseo de aplazar el momento.

—El platillo principal es arroz a la mexicana.

Matilde guardo silencio como si esta revelación la hubiese aniquilado. Y luego se puso de pie, con los titubeos, con la dificultad de los inválidos, pero impulsada por una especie de frenesí de incredulidad y de cólera.

—¿Arroz a la mexicana? ¿Cómo se te ocurre? Es un platillo que aborrezco, que me produce alergia, que me han prohibido los médicos. ¿Qué es lo que te propones? ¿Envenenarme? ¿O simplemente dejarme morir de inanición?

Todas enmudecieron, estupefactas. Únicamente Victoria conservaba la ecuanimidad y hasta un rastro, casi imperceptible, de sonrisa.

—Ni una ni otra cosa. Me proponía darte gusto cocinando algo que tú misma me encargaste.

—¡No estoy loca para encargar semejante incoherencia!

—Tengo testigos, Matilde.

—¡Claro! Sería muy impropio de ti proceder sin antes haber tomado las precauciones necesarias. Ya espero, de un momento a otro, que se levante un clamor general, de voces que tú habrás sobornado, para jurar y perjurar que yo fui quien dio la orden de que se preparara el arroz a la mexicana.

—No de que se preparara —puntualizó Susana—. De que lo preparara la misma Victoria.

—Ah, de modo que eso es lo que te ha entretenido tanto tiempo. De que por tal motivo me abandonaste aquí, a la merced de unas desconocidas que no han cesado de interrogarme, de acosarme, hasta que me obligaron a concederles yo no sé qué, para que me dejaran en paz.

Aminta y Josefa iban a soltarse hablando simultáneamente pero cada una calló por el deseo de que callara la otra.

Victoria se acercó a Matilde y la tomó por la cintura para sostenerla, para ayudarla a caminar. Matilde reclinó la cabeza sobre el hombro de Victoria mientras le reprochaba con suavidad.

—¿Por qué no estabas aquí para defenderme?

—Ya, vamos, cálmate, ya. Te prometo que no volverá a suceder.

—¿Harás que se vayan? ¿Me protegerás si regresan de nuevo?

—Sí, Matilde.

—Se disfrazan, se ponen otra cara. ¿Atinarás a reconocerlas?

—No te hará daño nadie. Anda, ven a dormir.

Desde la puerta, Victoria se volvió e hizo un guiño que podía interpretarse como una petición de benevolencia para la conducta de Matilde, disculpable por su edad, sus condiciones de salud y, sobre todo, por su genio. A esta petición correspondieron las invitadas con un silencio en el que sólo se intercambiaban miradas imprecisas aún pero en las que ya comenzaba a aflorar, más que la consternación por el rumbo de los acontecimientos, el secreto regocijo de los iconoclastas que acaban de descubrir los pies de barro de un ídolo hasta entonces reverenciado. Poco a poco este sentimiento fue transformándose en la avidez del goloso que contempla ante sí un suculento manjar al que no se arroja de inmediato para devorarlo, contenido por el pudor social.

—¡Menopausia, cuántos prólogos se pierden en tu nombre!

Fue Josefa la que parodió la cita histórica pero Aminta, que no se daba por vencida con tanta facilidad, desdeñó la alusión.

—Lo que siento es el arroz. ¿No lo huelen desde aquí? ¡Ha de estar delicioso!

—¡Y con el apetito que se abre al nivel del mar! —exageró Susana.

—Pues vamos a tener que conformarnos con ser las "convidadas a viento".

—Yo ya estoy harta de este ruido y de esta sal que se le mete a uno en los poros y de este calor que le derrite hasta la médula. Con razón dice el refrán que de los parientes y el sol... Me voy adentro. La que quiera venir en pos de mí...

—...resígnese a soportar mi compañía y sígame.

—¿Vamos a quedarnos después de lo que ha sucedido? —preguntó Cecilia, cuya dignidad exigía una reparación.

—¿Qué ha sucedido? Matilde nos ha dado una exhibición privada de sus habilidades —definió Aminta mientras penetraba en el interior.

—Nos ha acusado de abusar de su confianza.

—Lo cual no deja de ser cierto... en parte —admitió Josefa mirando directamente a Aminta.

—Matilde no hizo distingos.

—Las deidades no suelen hacerlos. Desde su impasibilidad alumbran lo mismo a los buenos que a los malos.

—Además no nos ha acusado ante ningún tribunal supremo sino ante una simple secretaria —puntualizó Aminta como para atenuar la gravedad del asunto.

—Quien, a juzgar por lo que hemos presenciado hoy, ha de estar completamente curada de espanto.

—Lo que no puede negarse es que Matilde se pasa de la raya en cuestión de extravagancia. Mientras la oía hablar estaba preguntándome si no se habría inyectado algo... alguna droga.

—¡No seas absurda, Josefa! ¿No recuerdas ya de qué modo daba su clase? Era como asistir a una sesión de espiritismo. Le sobrevenía una especie de trance y desde ese estado profería sus revelaciones.

—Exageras, Elvira. Matilde tenía muchos momentos de equilibrio y de lucidez.

—En los que no valía la pena escucharla porque no decía más que necedades.

—Pues ya estarás contenta. Ahora esos momentos de equilibrio y de lucidez han desaparecido.

—¿Por qué?

—No le hagas al Sherlock Holmes, Aminta, que no te queda. Ya lo dije desde el principio: por la menopausia.

—La hipótesis es admisible —asintió Elvira—. Dada su edad.

Pero Aminta se opuso, con inusitada repugnancia, a esta explicación.

—Las vedettes no tienen edad. Y Matilde —no van a discutírmelo después de lo que han visto con sus propios ojos— no es más que una vedette.

—Tú, mejor que nadie —apuntó con acritud Josefa—, deberías de saber que el género de vida que llevan las vedettes es totalmente distinto al que ha llevado Matilde. Añade a la menopausia la castidad, si es que conoces el significado de esa palabra, y ya tienes resuelto el enigma.

—Sí, sí, la castidad. Ésa es la leyenda que le han fabricado, pero yo, que sé cómo se manejan las famas, no me voy a dejar embaucar tan fácilmente. Calculen: una mujer (que no ha de haber sido fea en sus mocedades) suelta por el mundo, sin quien la vigile, sin quien le vaya a la mano... Y, además, rica. Como para pagarse un capricho, si lo tiene. O para rechazar una proposición, si no le agrada.

—Inconcebible ¿verdad? Sin embargo, yo insisto —y no tengo mal ojo para distinguir ciertos matices— en que es casta.

—¿Por virtud?

—Por orgullo, por timidez ¿qué sé yo? Hasta por anormalidad. Hay tantos motivos para guardar la continencia que no son, forzosamente, ni admirables ni plausibles...

—Entonces no me importa —dijo Aminta.

—Pero a la naturaleza le da igual que un individuo se abstenga de cumplir ciertas funciones por una causa o por otra. Lo único que percibe es que la abstención viola sus leyes y entonces se produce, de manera fatal, el resultado: la locura.

—¿Está comprobado científicamente eso que afirmas, Josefa?

—¿Por qué has de alarmarte tú, Aminta? No es tu caso.

—No es su caso, ahora. Tal vez piensa en el futuro. Aunque yo considero que es una precaución excesiva e inútil. Porque una vez sobrepasada la edad crítica las actividades sexuales cesan de tener importancia biológica.

Elvira ríe silenciosamente.

—No puedo imaginarme a Matilde relacionada, ni siquiera

por la edad, con ninguna cosa que tenga que ver con la crítica. Siempre será una intuitiva, una inspirada...

—Una poseída por las musas —concluyó Aminta.

—¿Qué quieres insinuar? —dijo, con exagerada indignación, Josefa—. ¿Que das crédito a aquellos rumores que corrieron cuando Victoria aceptó el cargo de secretaria de Matilde?

—Si yo hubiera querido decir algo lo habría dicho. De sobra sabes que mi estilo es directo y sin adornos.

—En otras palabras, pobre en recursos.

—¡Basta ya de estas escaramuzas, muchachas! Son de una monotonía verdaderamente exasperante. Volviendo a Matilde...

—Mírate en ese espejo, Elvira —aconsejó, apocalípticamente, Josefa.

—¿Me estás augurando el Premio de las Naciones?

—Ese premio no fue sino una casualidad que no se repite en un millón de años. Te estoy poniendo en guardia contra la soledad, el desamparo, el desvarío.

—La virgen errante... Me temo que ése ya no podrá ser mi sobrenombre, al menos desde el punto de vista oficial. Soy divorciada, recuérdalo.

—¿Cómo voy a olvidarlo después de haberte acompañado en todos los trámites? Ah, pero no lo hice sino después de agotar hasta el último argumento de la conciliación.

—Sí, sí, pero ni mi ex marido ni yo quisimos escuchar la voz de la prudencia.

—Elvira, yo sigo sosteniendo que vale más un mal matrimonio que una buena separación.

—Ya se ve, puesto que sigues cargando la cruz.

—Y tú ni siquiera habías perdido la esperanza de tener hijos. ¿Qué fue lo que te hizo precipitarte? ¿No te arrepientes al ver que no queda ninguna huella de esa unión?

—Pregúntale a Aminta si se arrepiente de sus aventuras. Tampoco la marcan.

—Ya sé que me dirá que no, que está satisfecha. Las dos se alzan de hombros, como si hubieran acertado con el método para repicar y andar en la procesión. Como si no supieran que el sexo no se justifica ni por el placer ni por el amor. Su única función lícita es perpetuar la especie. Lo demás no sirve sino para dorar la píldora.

—Una píldora muy eficaz.

—¿Y crees que permanecerás impune, Aminta? A la naturaleza no puede burlársele así. Las consecuencias llegarán a su hora.

—¡No es cierto, mientes! —replicó vehementemente la amenazada. Y, después de una pausa en la que fue ganando ventaja el temor, dijo—: ¿Qué consecuencias?

—No te dejes amedrentar —le reprochó Elvira—. Según las tesis de Josefa, la única que va a salvarse del cataclismo universal es ella.

—Porque soy la única que ha asumido plenamente sus responsabilidades de mujer y de madre.

—¿Y de escritora?

Un violento rubor cubrió sus mejillas.

—Cuando escogí mi vida lo hice también pensando en mi obra. Necesitaba experiencia. No podía hablar si no sabía de lo que estaba hablando.

—¿Y cuál iba a ser tu mensaje? ¿La descripción de los síntomas de la varicela? ¿O la angustia ante la rapidez con que la ropa deja de venirle a los niños? ¿O la elevación anual del precio de las colegiaturas?

—Es cruel burlarse así, Elvira.

—Eso es lo que conociste al través de la maternidad, pero no es eso lo que escribes. Tu tema es el Hombre, la criatura sublime cuya mirada se pierde en un horizonte de espigas que simbolizan la esperanza.

—¡El hombre! —repitió con sarcasmo Aminta—. Como no has tenido que lidiar más que con uno —con tu marido— conservas intactas tus ilusiones de adolescencia y atribuyes a los demás unas aptitudes de las que, lamentablemente, carecen. El género masculino, en sentido lato, deja muchísimo que desear. ¿No es cierto, Elvira? Yo por eso no hablo sino de Dios.

—La poetisa del éxtasis ¿no?

—Mis éxtasis son terrenos y mis visiones celestiales. ¿Qué quieres? En el variado catálogo de escritores yo escogí la vida de unos y el estilo de otros.

—Pero los místicos se mortificaban, maceraban su carne, buscaban una vía de iluminación.

—Porque vivían en siglos oscuros. Además, Dios no puede ser tan vulgarmente celoso como para castigarnos por los pequeños placeres que nos depara la casualidad.

—La misma casualidad que depara el descubrimiento al

sabio que ha meditado años enteros sobre un problema: la manzana de Newton.

—Yo, lo mismo que Picasso, diría que no busco. Encuentro.

—Sobre todo, tus temas literarios. Basta abrir un manual y allí están todos, hasta en orden alfabético.

—No olvides añadir que aureolados con el prestigio de la tradición.

—Y despojados de la gala de la originalidad.

—No hay nada nuevo bajo el sol.

—Ésa podría ser muy bien la divisa de un loro.

—Tu divisa, Josefa, si te atrevieras a ostentar la que te corresponde. Porque tú te tranquilizas pensando que puedes hacerte pasar como la inventora de un estilo nuevo únicamente porque has escogido, para copiarlos, modelos más recientes o más mediocres. Pero toda la selva sudamericana está cundida de la retórica que tú usas y que se expande como la mala hierba porque no hay una mano civilizadora que le oponga un dique, que la sujete a un fin, que la reduzca a un orden.

—Cualquiera diría, al escuchar tu veredicto, que mis textos son confusos.

—Dejo el trabajo de interpretación a los aficionados a resolver crucigramas. Y no les arriendo la ganancia. A la postre hallarán un himno al amor y un llamado a la paz.

—¿Por qué te ensañas así contra ella, Aminta? —reprochó Elvira.

—Porque me irrita su hipocresía y su limitación y sus aires remilgados de señora decente y sus ínfulas de fiscal.

—¿No vas a defenderme, Elvira?

—Por una parte, los ataques que te lanzan carecen completamente de autoridad. Por otra, yo no estoy muy lejos de compartir ese juicio... aunque sea con Aminta.

—Eso se llama equidad —aplaudió Cecilia—. O de cómo perder amigos y no influir sobre los demás.

Josefa sonreía con amargura.

—Ya no me extraña que te hayas divorciado.

Pero antes de que terminara de pronunciar su anatema, añadió Aminta:

—Lo que me extraña es que alguien haya sido tan imbécil como para querer casarse con ella, aunque no fuera más que temporalmente.

Pero ninguno de los comentarios alteró a Elvira.

—Muchachas, nos estamos saliendo del tema otra vez. Volvamos a la literatura. ¿Recuerdan nuestros años de estudiantes?

—¡Uf! ¡La prehistoria!

—Sí, pero no hemos pasado todavía a la historia. Por lo menos en lo que a mí concierne.

—Hecha esa salvedad, estoy de acuerdo.

—Teníamos la vida entera por delante. Y, como Hércules antes de emprender sus trabajos, varios caminos a seguir y guías interesados en conducirnos por uno o por otro.

—Estábamos rodeadas de Minervas por todas partes. Pero en cuanto a Venus había algo más que escasez: carencia absoluta.

—¿Entonces cómo fue posible que Aminta escuchara tan dócilmente sus consejos?

—Calla, Josefa. No rompas el hilo de la evocación porque estoy siguiéndolo con mucha dificultad. Nos inscribimos en el curso de Matilde...

—¡Teoría literaria! ¡Ella!

—Yo no esperaba aprender mucho acerca de la materia. Pero sí encontrar la respuesta de las preguntas que más me atormentaban. Y las encontré —admitió Elvira después de una pausa—, pero eran tan ambiguas como las de la Sibila de Cumas.

—¿No eran ambiguas también las preguntas? —quiso averiguar Cecilia.

Elvira sonrió a esta figura rediviva de sus perplejidades, de su juventud, de su pasado.

—También, naturalmente. Pero poco a poco fueron haciéndose más precisas, más nítidas. Hasta que un buen día ya pudimos declarar, sin rodeos, que teníamos una vocación y que esa vocación era la de ser escritoras.

—¡Qué pena con los muchachos! —se ruborizó todavía Josefa—. Se burlaban de nosotras y nos ponían apodos.

—Las vírgenes fuertes —apuntó Susana dándoselas de enterada.

—¡Qué más hubiéramos querido! —contradijo Elvira desentendiéndose del origen de esta aseveración—. "Las tres parcas." ¡Y con qué terror huían de nosotras nuestros compañeros!

—¿Pero qué tal a la hora de los exámenes? Nos llovían

las invitaciones al cine, a tomar un café, a dar una vuelta al parque...

—Entonces llegaba el desquite. Y escogíamos al que nos caía mejor para que se sentara al lado nuestro durante la prueba y pudiera copiar lo que escribíamos.

—Yo siempre tuve la sensación de que tampoco les simpatizábamos mucho a los maestros. Adoptaban hacia nosotras actitudes de una cortesía, de una caballerosidad tan excesivas que tenían, forzosamente, que ser falsas.

—Era —aseguraba Victoria— su método para reducirnos a la calidad de damas, para despojarnos de nuestras armas de combate.

—Pero cuando se trataba de calificar nuestro trabajo no les quedaba más remedio que aprobarlo y hasta ponerle diez.

—Sí —se quejó Aminta—, a mí me ponían diez pero antes me pellizcaban las piernas por debajo de la mesa.

—Aminta, has llegado al punto de no poder hablar sin que salpiques algo del lodo en que te revuelcas a tu alrededor. ¿Debajo de cuál mesa? Los exámenes se hacían en los pupitres y los maestros estaban a una respetable distancia. Ni siquiera puedes decir que tuviste a alguno a tu alcance como para pellizcarlo tú.

—Me pellizcaban —insistió Aminta, como si se tratara de un punto de honor—. Me proponían cosas.

—¡No es verdad! —machacó Josefa—. Eran unas bellísimas personas.

—Hay que reconocer —transó Elvira— que las bellísimas personas tienen también apetitos y que Aminta era la más apetecible de nosotras.

—La más desvergonzada. ¿Por qué si te hacían eso que dices no protestaste?

—Porque me sentía tan generosa como la Sunamita comunicando su calor a algún David moribundo. Casi todos se conformaban con olfatearme.

—¡Qué escarceos tan inocentes!

—Eso es lo que le parece imperdonable.

—Además ¿con quién podía yo hablar? Tú, Josefa, habrías puesto —entonces como hoy— el grito en el cielo. El Director de la Facultad habría hecho un escándalo...

—O pedido su parte.

—Yo no estaba para correr riesgos. Por menos que eso me habrían echado de mi casa.

—Así que te dejabas olisquear y te callabas. ¿No eras capaz de hacerte valer por ti misma?

—No —admitió, con un alborozo retrospectivo que le abrillantaba los ojos, Aminta—. Ellos me querían, me admiraban, creían en mí. Me enseñaron muchos secretos.

—El itinerario del alma a Dios —dijo con ironía Josefa—. Y el del cuerpo al hospital.

—No esquematices, mujer. Yo me represento la trayectoria de Aminta de otro modo. Ella entrevió, cuando todavía era demasiado joven, un dechado de perfección formal y se propuso como una meta para alcanzarla. El único camino seguro, a esa edad, es el del caos. Y no vaciló en seguirlo.

—¡Igualito que Rimbaud! Por favor, no sigas que vas a hacernos llorar con las hazañas de tu heroína.

—Cálmate, que ya te va a tocar tu ración. Tú también has sido heroica a tu manera... una manera mucho menos espectacular y mucho más común: la doméstica. Como la perfecta casada de Fray Luis te levantas al alba y vigilas y te afanas el día entero sirviendo a los tuyos. Y mientras velas, cuando todos duermen, escribes el poema. Con cuidado, para que el rasgueo de la pluma sobre el papel no vaya a turbar el silencio nocturno, el reposo de los que descansan.

—¡Qué hermosa composición de lugar! Me recuerda esos interiores flamencos, tan pulcros. Pero no advierto en él ninguna estantería con libros.

—No la hay. Josefa renunció, muy precozmente, a los placeres de la lectura por el temor de contaminarse con las influencias extrañas.

—En cambio tú, con esa audacia que únicamente da la inconsciencia, no temiste convertirte en una erudita.

—En efecto. Estaba a punto de metamorfosearme en un ratón de biblioteca cuando el Hada Buena materializó ante mis ojos al Príncipe Azul. Era la encarnación de la belleza, de la fuerza viril, de la vitalidad, de la aventura.

—¿Se puede saber de quién estás hablando? —preguntó, con las narices dilatadas de ansiedad, Aminta.

—De mi ex marido. ¿De quién más iba a ser?

—¡Lo que engañan las apariencias! Yo lo recuerdo más bien como un señor —un señor esmirriado, conste— al que le preocupaba obsesivamente la duda de que el nudo de su corbata estuviera derecho.

—Era muy serio y muy culto —lo defendió Josefa.

—Era apenas un poco menos encogido y menos polvoriento y menos miope que yo. Por eso mi proximidad le producía el efecto de un cataclismo. Jamás he contemplado, ni antes ni después, una devastación tan completa causada por un ser humano sobre otro. Sudores, temblores, tartamudeos. Cuando le propuse que nos casáramos no se atrevió a decir que no.

—¡Qué mujer tan tonta fuiste, Elvira! ¿Te das cuenta de la oportunidad de oro que desperdiciaste? Si él era tan dócil habría bastado, para manejarlo bien, con que tú simularas cierta debilidad, cierta condescendencia.

—Pero yo no podía simular porque estaba enloquecida. No, no se rían que no enloquecí de amor sino de celos, de afán de posesión y de dominio, de instinto exacerbado de defensa. Estaba alerta, día y noche, para conjurar un peligro que nunca alcancé a localizar. Y me convertí en una llaga a la que era imposible aproximarse sin que gimiera o estallara en alaridos. ¿Para qué entrar en detalles que tendrían que ser inventados porque ya no los recuerdo? El caso es que de aquella relación tan apasionadamente tempestuosa sobrevivimos ambos con mucha dificultad.

—¡Qué absurdo, pero qué absurdo! Si ustedes formaban una pareja tan pareja. Tenían los mismos intereses, el mismo nivel intelectual, hasta el mismo título.

—El único que ha creído que el matrimonio es una asociación de ideas o una larga conversación (y esa creencia habrá que achacársela a sus peculiaridades psicofisiológicas) fue Oscar Wilde. Y no. El matrimonio es el ayuntamiento de dos bestias carnívoras de especie diferente que de pronto se hallan encerradas en la misma jaula. Se rasguñan, se mordisquean, se devoran, por conquistar un milímetro más de la mitad de la cama que les corresponde, un gramo más de la ración destinada a cada uno. Y no porque importe la cama ni la ración. Lo que importa es reducir al otro a esclavitud. Aniquilarlo.

—Exageras. Muchos matrimonios perduran.

—Porque uno de los dos se rinde. En México es habitualmente la mujer. Antes de presentar la primera batalla se hace la muerta y asunto concluido.

—¿Y por qué no hiciste tú lo mismo? Al cabo no es más que una farsa.

—Porque no pude. Mi ex marido se rindió antes que yo

y los papeles se trocaron y todo se volvió mucho más confuso y más doloroso y más humillante para ambos.

—¿Nunca hubo una tregua?

—A veces, por cansancio, por variar. Pero no duraba más que el tiempo que necesitábamos para recuperar nuestros bríos. Íbamos cargándonos de electricidad como las nubes de tormenta y la chispa se producía por la causa más insignificante: una mirada, un matiz de la voz o un silencio eran bastante. Empezábamos con un día nublado y acabábamos con un ciclón.

—¡Pero las reconciliaciones son tan sabrosas!

—No tanto cuando tienes buena memoria. Y en este sentido los dos rivalizábamos. ¡No, qué horrible, no! Y volviendo a la cita de Wilde, bástate saber, Josefa, que yo con mi ex marido no pude sostener un diálogo coherente y ponderado sino hasta después de que se dictó la sentencia de divorcio.

—Ésas son las desventajas de la inexperiencia —declaró Aminta.

—No lo dudo. Pero mi experiencia fue tan catastrófica que me apresuré a volver al refugio de los libros, a la apacible convivencia con los fantasmas. Como si la hubiera estado acumulando durante el tiempo de mi delirio furioso, adquirí de pronto una extraordinaria lucidez. Me miré como era entonces: una mujer de cierta edad, con un estado social equívoco, una profesión y unas aptitudes literarias que no habían pasado nunca de la etapa de la promesa vaga a la de la realización efectiva. Era preciso transitar de un punto al otro y cuando me decidí a hacerlo advertí, de inmediato, mis limitaciones. Yo no poseía más que una modesta habilidad para la manufactura, una cierta facilidad —y felicidad— para la ejecución. Me dediqué entonces a cultivar las virtudes que me correspondían, la constancia por ejemplo. Y pude lograr que las restricciones de mi vocabulario se transformaran en estilo. Como no aspiraba a ninguna apoteosis mundial me satisfizo la opinión favorable de personas cuyo juicio consideraba acertado. Nadie, en el momento en que iba a zarpar, rompió una botella de champaña contra mi quilla, bautizándome como genio. Pero después de comprobar la seguridad y la regularidad de mi marcha, los observadores desde tierra aceptaron, por voto unánime, concederme el talento.

—Y colorín colorado este cuento se ha acabado —remató, con un bostezo, Aminta.

—Todavía no. Porque el talento tiene también sus peligros. Atrae a la confianza de los demás que van depositándola, encima de uno, hasta aplastarlo de responsabilidades y de trabajos. Primero me llamaron para desempeñar un puesto; luego otro de mayor rango burocrático y, cuando vine a darme cuenta, estaba a punto de ser un pilar de las instituciones nacionales. Como no era ésta mi vocación y como los cargos me absorbían hasta el punto de que yo no era capaz ni de hacer ni de recordar siquiera qué era un poema, un buen día presenté mi renuncia irrevocable.

—Por lo que te dedicaste a vivir de tus rentas.

—¿Cuáles? Desempolvé mi título que, a fin de cuentas, era de maestra y fui a solicitar una cátedra en nuestra querida Alma Máter. Me mandaron a la Preparatoria, con grupos de ochenta, noventa, hasta ciento veinte alumnos.

—Has de disfrutar allí de la soledad de las multitudes. No, por favor Elvira, no vayas a hacernos una apología del magisterio y del apostolado y de todas esas monsergas de las que estamos hartas. Tú ganas un sueldo de hambre por luchar a brazo partido contra una mayoría abrumadora que sabe, al dedillo, los trucos para que tus palabras les entren por una oreja y les salgan por la otra sin hacer ni la más breve estación en su cerebro. Si a ti esa tarea te gusta y te satisface es que tienes complejo de Danaide. Yo, por mi parte, no cambiaría ni por eso ni por nada mi libertad, mi falta de ataduras.

—¿Libre, tú, Aminta, cuando dependes de tantos. . . llamémosles factores, todos ellos imprevisibles? No, no es ésa la solución. Pero tampoco la solución es aceptar los deberes tradicionales que cumple Josefa. Debe de haber, tiene que haber otra salida.

—¿Matilde?

Como el nombre, pronunciado con una ligera entonación interrogativa, coincidió con la entrada de Victoria, fue ella la que respondió:

—Duerme como una bendita. Pero estaba muy excitada y los calmantes tardaron demasiado tiempo en causar efecto. Tanto que yo temía que ustedes se hubieran cansado de esperar y se hubieran marchado.

—¿Sin charlar contigo antes? ¡Imposible!

—Y sin concederte la oreja y el rabo. ¡Porque vaya con el Miura que te ha tocado en suerte y con la mano izquierda que tienes para lidiarlo!

—Matilde no siempre es así; claro que está enferma y que su inestabilidad no ha hecho más que acentuarse con los años. Pero, en general, nos las arreglamos para que las crisis ocurran intramuros y para que ella ofrezca al público una impresión plausible y cumpla satisfactoriamente con sus compromisos. Pero ahora ha de haber ocurrido algo que la alteró hasta el punto de tener dos ataques sucesivos y uno de ellos con auditorio.

—Yo me imagino lo que fue —dijo, con una afectación de reserva, Josefa, que no había cesado de mirar de reojo a Aminta.

—La idea de invitarlas fue de la misma Matilde. Yo no me hubiera atrevido siquiera a insinuársela temiendo que la perturbara un encuentro que, después de todo, tenía que ser emotivo.

—¿Crees que nos haya reconocido?

—Bueno, quizá de momento no pudo identificar los rostros ni asociarlos con los nombres. Pero ella siempre las recuerda como al grupo más brillante que pasó por sus aulas. Y cada una tiene, además, una imagen muy nítida.

—A la mejor se siente, con respecto a nosotras, como una criadora de cuervos.

—Matilde está tan por encima de esas mezquindades...

—...como nosotras por debajo de la capacidad de arrancarle los ojos. Tu hipótesis es falsa, de toda falsedad, Aminta.

—No sé cómo se te ocurrió.

—Está tratando de despistar para que nadie saque a colación el incidente.

—¿Cuál incidente? —preguntó, distraída, Victoria.

—El del prólogo —dijo implacablemente Josefa.

—¿Le prometió un prólogo a alguien? Es lo de costumbre. También promete becas, cartas de recomendación, asistencia a actos benéficos. Yo soy la encargada de examinar esas promesas y de encontrar una excusa para no cumplirlas cuando son excesivamente disparatadas.

—Entonces no es el caso. El prólogo es para un libro mío.

—Habrá que leer los originales ¿no?

—Josefa todavía cree que un escritor es una especie de

Fata Morgana. Y que en cada página puede aparecérsenos disfrazado de algo nuevo. No, mujer. Aminta, como quien dice, ha dado ya de sí. Afinará los matices, perfeccionará los procedimientos estilísticos, pero sustancialmente no nos deparará ninguna sorpresa.

—A mí sí —declaró Victoria—. Porque yo he permanecido al margen del proceso y no la he leído aún. Pero la leeré... de una manera desinteresada ya que, desde luego, tiene garantizado su prólogo.

—¿Cómo te quedó el ojo? —retó Aminta a Josefa.

—¿A ti no te ofreció nada Matilde?

—No tuvo tiempo.

—Además ¿qué le podía ofrecer? Ella no escribe más que versos de circunstancias. A no ser que se le ocurra proponerle a Matilde que instituya una justa poética que llevaría su nombre y cuyos premios pagaría con su dinero. ¿Eh? ¿Qué tal, Josefa? ¿Acerté o no?

—No lo sabrás sino después que Josefa y yo hayamos discutido este asunto a solas; cuando ella diga lo que quiere y yo lo que se puede darle.

Aminta alzó los hombros con desdén pero sin añadir ninguna palabra más. La falta de sueño, los whiskies sucesivos, el calor, la tensión en la que se había mantenido hasta entonces (¿y desde cuándo? No desde que llegó aquí, pero no acertaba a precisar el momento) comenzaron a operar en ella transformando su excitabilidad en un principio de indiferencia que no era más que el preludio habitual de los estados depresivos en los que se hundía semanas enteras y de los que, para emerger nuevamente a la superficie, requería el auxilio ajeno o de un médico o de un amigo o de un acontecimiento que le interesara y que la conmoviera. Laxa, entregada ya a la creciente somnolencia, oyó decir a Elvira, sin preocuparse por lo que aquella pregunta fuera a desencadenar:

—¿Qué se siente ser la Divina Providencia?

Victoria se volvió con los labios redondeados alrededor de una O de asombro que no alcanzó la categoría del sonido. Elvira continuaba insistiendo.

—Sí, me refiero a ti. Porque Matilde Casanova no es más que el mascarón de proa de un navío que la empuja, que la orienta, que la hace arribar a puertos felices.

—Primera noticia que tengo. ¿Quién o qué es el navío?

—Adivina.

—Si para describir así a Matilde estás dejándote llevar por esa exhibición de... digamos, temperamento, a la que acabas de asistir, supongo que cuando te refieres a lo real en ella hablas, no de su persona, sino de sus libros.

—Un libro, dirás, es la condensación de un estado de conciencia y estoy de acuerdo. Pero la condensación no se logra sino por un esfuerzo de la voluntad. Y la voluntad de Matilde eres tú.

Victoria hizo ese ademán de rechazo de quienes beben, por primera vez, un licor extremadamente rudo, cuyo sabor se irá percibiendo sólo a medida que la primera sensación se desvanece.

—En resumen, que soy la que saca las castañas con la mano del gato.

Desorientada acerca de los verdaderos sentimientos de Victoria, Josefa se apresuró a desmentir a Elvira.

—¡Pero qué ocurrencia! Antes de venir aquí yo estaba segura de que el único grado de abnegación superior al que exige el matrimonio era el de las monjas. Pero después de haberte visto ya no sé qué pensar.

—Por lo pronto pensarás que yo soy la mano del gato.

—Ni siquiera eso: la castaña. Sí, Victoria, perdóname la franqueza pero he estado conteniéndome a duras penas para no estallar y decirle a Matilde lo que se merece por tratarte como te trata. Mira tú que ponerse hecha un energúmeno sólo porque te esmeras en cumplirle un capricho... me subleva, porque comparo esta arbitrariedad con los miramientos con que tenemos que tratar las dueñas de casa a...

Josefa había desembocado, abruptamente y sin aviso, en un callejón sin salida del que se encargó de sacarla la propia Victoria.

—A las criadas. No, no te preocupes. La asociación de ideas no me ofende y sí me alegra enterarme de que el gremio servil ha ganado en dignidad y en privilegios.

—Ay, si tuvieras que tratar con ellas, maldecirías lo inútiles, lo abusivas y lo mugrosas que son. Con decirte que...

—Basta, Josefa. No siempre hemos de estar, como dijo el poeta, cegados por astros domésticos.

Josefa se repuso bruscamente avergonzada de haber hecho que descendiera tanto el nivel de la conversación.

—Lo único que quería decir es que no entiendo por qué Victoria soporta esta situación.

Victoria se volvió interrogativamente hacia Elvira:

—¿Tengo cara de víctima?

—A primera vista, quizá. Para una mirada superficial, inexperta, que ignore que las apariencias son engañosas... Pero no, ni aun así.

—Y, sin embargo —asentó Victoria con una tozudez imprevista—, yo nunca he querido ser más que eso: una víctima. Me horroriza la fuerza y prefiero padecerla a ejercerla. Pero tú también te equivocas, Josefa. Lo que me llevó, desde tan temprano, hasta Matilde, y lo que me ha mantenido junto a ella tantos años, a pesar de todo, no fue la abnegación. Fue el miedo.

—Pues escogiste un refugio muy precario.

—Juzgas ahora que la ves, castigada por las enfermedades, socavada por el sufrimiento, distraída ante la proximidad de la muerte.

—Pero la conocí al mismo tiempo que la conociste tú: en la plenitud de la edad, en la eclosión de su potencia creadora.

—¿Y no tuviste entonces el impulso irresistible de adherirte a ella, como la hiedra al tronco?

—Esas simbiosis son muy ambiguas y al cabo de cierto tiempo ya no aciertas a discernir quién sustenta a quién. Pero aunque en esa época yo ignorara esto, y todo lo demás, intuía ya oscuramente que esa fachada sin grietas, sin fisuras que Matilde mostraba al mundo estaba hecha de un material quebradizo y frágil a cuyo derrumbamiento yo no quería contribuir... ni presenciar.

—Pero lo que ha de ser, es: el destino te reservaba el espectáculo para hoy.

—Y tú ¿no pudiste adivinar... cuando aún era tiempo de huir?

—Yo tenía miedo. Ya lo he dicho.

—¿Pero miedo de qué?

—¡Cuántas veces intenté deslindar este campo, acotarlo, reducirlo a un límite exacto! Yo me sentía, en la adolescencia, como en el umbral de una casa desconocida, extraña y a la que, sin embargo, debía penetrar. En su interior iba a celebrarse una ceremonia acerca de la cual nadie me había instruido.

—Y en la que, forzosamente, tenías que participar.

—Sí, tenía que participar yo. De los otros no sabía nada. Carecía, además, de cualquier medio de averiguarlo. Pero me resultaba igualmente horrible confundirme con ellos y singularizarme, incorporarme a la multitud o permanecer sola, y oscilaba de un extremo al contrario con la recurrencia arrítmica de la angustia. Bueno, esto puedo formularlo ahora así. Pero entonces me limitaba a leer a Henri Bordeaux y a sentirme la protagonista de aquella novela suya que condensaba en su título mi problemática entera: *El miedo de vivir.*

—Y lo que buscabas era la manera, no de traspasar el umbral —y convertirte en una mujer madura— sino de retroceder hasta entrar, de nuevo, al claustro materno.

—Ah, no, la alternativa es falsa. Yo sentía una repugnancia insuperable por aquella entraña oscura, viscosa, amorfa de la que me había desprendido. Pero no me compensaba ninguna atracción hacia el misterio al que naturalmente estaba volcada. Y escogí entonces una tercera vía: el acceso a un mundo ordenado, limpio, transparente; un mundo en el que no rigiera la fuerza sino la libertad; en el que nada recordase las pesadumbres ni las miserias de la carne...

—El mundo de la imaginación.

—Pero no tal como se aparece en los libros, tan impalpable, tan inasible. Yo lo quería encarnado en una persona.

—Di un personaje y serás más justa.

—Digo Matilde y no tendré necesidad de agregar nada más.

—¿Y de qué te puso a salvo?

—Por lo pronto, del contacto con los demás. Ah, qué revelación, qué espanto haberla conocido por primera vez. Me sacudió esa especie de vértigo que produce la contemplación del abismo en el que debemos, queremos, vamos a caer. Yo me abandoné a la fuerza de la gravedad y caí, caí... o me elevé. ¡Quién sabe! Estas experiencias son tan ambivalentes.

—Son las experiencias inefables por antonomasia. Para ayudarte voy a decirte cuál es mi versión profana de los hechos: desde el momento en que conociste a Matilde, en que te relacionaste con ella, te absorbió de un modo tan absoluto que cesaste de cultivar tus otras amistades.

—Ninguna podía resistir la comparación.

—Y menos aún nosotras, tus compañeras, esos esbozos mal pergeñados de escritoras, esas semillas en trance de germinar junto al árbol frondoso al que ya te habías asido... ¡Qué fastidio concedernos hasta ese saludo breve en el momento de entrar o salir de las clases!

—Bueno, tanto como fastidio...

—Sí, tenía que serlo. Era un gesto inútil y frívolo que, además, te apartaba de la contemplación de las esencias. Pero ahora soy yo la que divaga. Lo único cierto es que no fuimos amigas.

—Me di cuenta —observó Cecilia— cuando mencionaron sus apodos. Usted, Victoria, le dijo a la periodista que las llamaban las vírgenes fuertes.

Victoria enrojeció como si lo que le importara a Cecilia fuera señalar una mentira y no una incoherencia.

—...y Elvira afirmó que las llamaban las tres parcas. Y las tres eran: Aminta, Josefa y la misma Elvira. Usted quedaba fuera del cuadro.

—Yo soy buena fisonomista y, sin embargo, cuando entré no la reconocí, no me dijo nada ni su cara ni su nombre —agregó, desde su somnolencia, Aminta.

—Durante los años que Victoria estuvo dentro de mi campo visual yo la observé con la curiosidad con que un astrónomo observa las evoluciones de un planeta remoto y excéntrico.

—En cambio, Josefa me veía con las pupilas contraídas de quien contempla algo turbio y con una fijeza, como si quisiera taladrar el espesor de mi cuerpo para descubrir, más allá, una imagen de Matilde concupiscente, de Matilde extraviada por sus pasiones, de Matilde vil.

—No, no es verdad —replicó sofocada ante la imposibilidad de probar su inocencia, Josefa.

—¿Por qué le atribuyes una malicia de la que la mayor parte de nosotras carecíamos? Quién más, quién menos, todas ignorábamos lo que se llama "los hechos de la vida". O estábamos mal enteradas, que era peor.

—No era desde esa perspectiva desde la que me miraba Josefa, sino desde la envidia. Sí, envidia. Hubiera querido ser ella la que ocupara ese lugar equívoco junto a Matilde, la que desempeñara el papel de menor corrompida o de Albertina prisionera.

—¡Deliras!

—¿Sí? ¿Negarás también que cuando volvimos a encontrarnos aquí, en cuanto te diste cuenta de quién era yo, me recorriste —de la cabeza a los pies— con el escrúpulo del que busca la moraleja de la fábula? Acechabas en mi rostro, en mis palabras, en mis gestos —tú, mujer irreprochable, esposa abnegada, fundadora de linajes—, la huella de la depravación y el castigo infligido por la justicia. Has quedado defraudada y tu virtud, que no conoce la generosidad, habrá de buscar su alimento en otra parte.

—Que sea en la que tú le prometiste —interrumpió con seriedad Elvira—. Flor natural, beca, los expedientes de rutina.

—No insistas. Acabo de descubrir en Victoria un rencor gratuito pero vivo e inextinguible. Me hará daño si puede y si me hace un favor será para humillarme. Yo no lo aceptaré nunca.

—No, aquí no se permiten melodramas, Josefa. Tú no vas a fungir como pequeño patriota paduano.

—Si fuera orgullo... pero yo nunca he sido orgullosa. Y menos con quienes son pobres vergonzantes. Como tú, Victoria. ¿Quién quería usurpar el lugar de la otra? ¿Quién iba a acertar a descubrirte a ti, eclipsada por Matilde? En cambio sobre mí convergían las luces de todos los reflectores. Declamaba en las veladas de fin de cursos desde niña; me acostumbré muy pronto a escuchar los aplausos, a oír mi nombre acompañado siempre de alabanza, a oler el incienso de quienes me admiraban.

—Tu hada madrina te prometió que serías la undécima musa. Pero después se desató una epidemia tal de promesas semejantes que tuviste que aceptar tu numeración: enésima... y gracias.

—Debo reconocer mi deuda contigo, Josefa. Gracias a ti decidí no volver a escribir.

—¿Temiste la competencia?

—A decir verdad, sí. Temí ganarla. Ser como tú o más que tú, en la misma línea.

—Y corriste al regazo de Matilde para que te guardara de la tentación de la poesía.

—A la hora de hacer balance, es decir ahora, al final, afirmo y juro que no me arrepiento.

—¿Somos un ejemplo tan desolador?

—Por lo menos, si yo tuviera que empezar apenas, el espectáculo que ustedes me ofrecen no me alentaría. Pero han venido, inocentes palomas, a vender ates a Morelia. Yo he vivido con Matilde y no hay horror al que no la haya visto descender ni triunfo con el que no la hayan coronado. He visto a ese mascarón de proa, como dice Elvira, abrirse paso entre el oleaje embravecido y mantenerse a la deriva en alta mar porque la tierra firme la rechaza. No hay lugar para los monstruos. ¿Dónde colocarías tú uno, Josefa? ¿En la repisa de la chimenea? Asustarías a tus hijos, ahuyentarías a tus visitas. ¿Y tú, Elvira? ¿En los anaqueles de tu biblioteca? Devoraría tus libros. ¿Y tú, Aminta? ¿En el lecho? ¿Para que expulse a tus amantes?

—Si el monstruo es un amante satisfactorio podría organizársele un rinconcito —concedió Aminta, antes de volver a cerrar los ojos.

—Pero no lo es. Contra todas tus sospechas, antiguas o sobrevivientes, Josefa, un monstruo no es un amante. Es simple y llanamente un monstruo, oficio de tiempo completo. Se las arregla para cumplirlo a satisfacción en cualquier estado civil que adopte. Si es hijo, es un hijo desnaturalizado. Si es esposo, es un esposo infiel. Si es amigo, es un amigo egoísta. Si es padre, es un padre irresponsable.

—Matilde podría acusarte de difamación.

—Pero no de calumnia. Un monstruo. ¿Qué se hace con un monstruo cuando han fracasado todas las tentativas de domesticación?

—Se le diviniza.

—¿No es lo que han hecho con ella? La condujeron en andas al altar, la hàrtaron de ofrendas y la cubrieron con un capelo de vidrio para que su contemplación no resulte peligrosa para la multitud... y también para que se asfixie más pronto. Sabedores de la proximidad del fin, los grandes sacerdotes la ungen ya con los últimos óleos y los embalsamadores se preparan.

—¿Y los buitres? —añadió Josefa—. ¿Y tú?

—Los buitres se congregan —respondió Victoria abarcando con una mirada a las presentes—. Y yo, que no soy más que un apéndice del monstruo, pereceré con él.

—Si fueras lógica, Victoria, no estarías tan satisfecha con la elección inicial que te ha conducido a este desenlace. Y no porque el desenlace esté próximo sino porque es el mismo del que tratabas de huir cuando te acogiste a Matilde.

No hay sino una diferencia de grado y una delegación de funciones. Tú soltaste la pluma, incapaz de sostenerla en tus propias manos... para ayudar a Matilde a que la sostenga entre las suyas. ¿No es una cobardía absurda por inútil? Si la poesía te pareció un riesgo que no querías afrontar ¿por qué permaneciste en el ámbito en el que la poesía se crea, se atesora? ¿Por qué no te dedicaste a una actividad completamente ajena a ésta que te solicitaba como la boa solicita al corderillo al que va a devorar?

—No hallé ningún escudo que sirviera. ¿Y quién lo ha hallado, dime? ¿Tú, en el magisterio? ¿Josefa en su casa, que no es su castillo? ¿Aminta entre las sábanas? No, nadie, nadie puede tirarme la primera piedra.

—Nos juzgas como si también nosotras hubiéramos querido huir.

—¿No lo quisieron? ¿No lo intentaron nunca?

—No.

—Entonces ¿por qué no se entregaron por completo? ¿Por que quisieron conservar su rasgos humanos? ¿Engañar a los demás haciéndoles creer que eran iguales, que eran inofensivas, que no eran monstruos? Porque querían nadar y guardar la ropa. Querían tener ese calor de la compañía, del afecto; esa confianza con la que los demás se acercan entre sí, husmeando al que pertenece a su especie, buscando con quien emparejarse. Querían estar seguras, amparadas por su rango social y no se atrevieron a exhibirse en su desnudez última, en su verdad. Y como carecían de testigos y no se veían sino con sus propios ojos podían repetirse para consolarse: pero si esto que yo tengo no es más que una pequeña deformidad; pero si basta con un poco de maquillaje bien aplicado para disimularlo; pero si nadie lo nota. Y así se hurtaron a la soledad, al asedio de la admiración estúpida, del respeto hostil, del homenaje que siempre quisiera ser póstumo.

—¿Por qué debíamos imitar forzosamente el modelo de Matilde? Copiándola habríamos llegado, a lo más, a convertirnos en una caricatura que, como todas las caricaturas, pone de relieve los defectos del original sin captar ninguna de sus cualidades. Nosotras preferimos guiarnos por pálpitos, por intuiciones y por brújulas aún más caprichosas, aún más deleznables que éstas para lograr ser nosotras mismas.

—Lo que no siempre es fácil y casi nunca es plausible. Dime, Elvira, ¿qué podría haber sido yo misma?

—Eso nunca se sabe.

—Pero se puede calcular, prever, proyectar. En México las alternativas y las circunstancias de las mujeres son muy limitadas y muy precisas. La que quiere ser algo más o algo menos que hija, esposa y madre, puede escoger entre convertirse en una oveja negra o en un chivo expiatorio; en una piedra de escándalo o de tropiezo; en un objeto de envidia o de irrisión.

—¿Es eso Matilde?

—¡Sí! Y lo son ustedes y lo habría sido yo de no haberlo evitado oportunamente, pero en pequeña escala, en ínfima escala, como una de esas pulgas que la paciencia de nuestros indios viste y que la estupidez de nuestros mestizos admira y aplasta. Y no. Yo soy demasiado soberbia para aceptar un destino semejante. Yo quise representar el drama en un vasto escenario, alzada sobre unos enormes coturnos, oculta tras una máscara que amplifica mi voz.

—Y, para que el símil sea perfecto, los textos que pronuncias no son tuyos. Otro, otra los escribe, dicta las acciones, dispone los movimientos, arregla las coincidencias, teje la trama y la desteje. Cuando la otra se retira, cuando duerme, cuando muere ¿qué es de ti?

—Me borro, desaparezco, muero yo también.

—La abdicación total.

—La liberación absoluta.

—Y cuando la otra despierta, resucita, ordena...

—Yo obedezco. Y tú, dime, ¿no es verdad que cualquier yugo que nos imponga una criatura humana, aunque esa criatura sea Matilde, es más suave, más tolerable, que aquel con que nos unce la poesía? Por lo demás, en este juego de toma y daca yo me someto a la servidumbre de una sierva y, además, me convierto —por eso mismo— en una refutación viviente de sus ideas acerca de que la poesía es un bien irrenunciable. ¿Qué resulta entonces de mi sumisión sino un *non serviam* satánico a una potencia cuya divinidad queda en entredicho?

—¡Sofista!

—Y todavía puedo añadir algo más contra quienes dicen que quien no atiende a su vocación y no realiza su destino, muere. Yo no he atendido a mi vocación, al contrario, la desoí deliberadamente; yo no he realizado mi destino y yo no he muerto.

—Porque no has vivido.

—He vivido. ¡Y cuántas vidas! Las que se me ha dado la gana. Como siempre he actuado ante auditorios diferentes he podido ser, para unos, la secretaria eficaz e impávida; ante otros la pariente pobre y tolerada; ¿cuántos no han jurado y perjurado que yo no era sino la protegida en turno de Matilde? Yo he permitido que se insinúe que, tras este aparato de patrona y empleada, hay una inconfesable historia de juventud, una bastardía. He sido también, a sus horas, la compañera abnegada...

—...o la desaforada feminista —concluyó Cecilia.

—Pero tú misma te desmientes, Victoria. Eso no es vivir, eso es representar.

—Oh, qué más da. Por otra parte yo siempre he estado de acuerdo con los antiguos en que vivir no es necesario.

—Y yo sostengo que para tener acceso a la autenticidad es preciso descubrir la figura que nos corresponde, que únicamente nosotros podemos encarnar.

—Ya no bordemos más en el vacío. Por sus frutos los conoceréis, dice el Evangelio. ¿Dónde están los frutos, Josefa?

—Son flores —aclaró con indolencia Aminta.

—De ti no puede decirse ni siquiera eso —replicó Josefa a quien, para zaherirla, no se dignaba abrir los ojos—. ¡Lo que tú produces es estiércol!

—Entonces me justifico, puesto que trabajo para la posteridad. El estiércol es el mejor abono.

—Ahora me toca a mí —se adelantó Elvira—. Yo no voy a proyectar la irritación de mi fracaso...

—El fracaso es un exceso y tú no te excedes nunca. Yo diría más bien mediocridad —corrigió Aminta.

—Da igual. No voy a responsabilizar a nadie más que a mí misma de lo que he hecho. Tengo la capacidad de juicio suficiente para darme cuenta de su valor. Es escaso, discutible. Pero, aunque ese valor fuera nulo, yo me absolvería. Porque no he regateado nada de lo mío para entregárselo al poema. Di todo lo que tuve. Y procuré acrecentar mis dones para poder acrecentar mi dádiva.

—Has librado la buena batalla. Mereces, como reclamaba para ella Virginia Woolf, una primavera.

—Sería una primavera mexicana: voluble, ácida, fugaz. Y sólo a veces, muy raras veces, templada y serena.

—Muy bien, señoras —concluyó abruptamente Aminta, puesta de pie, despabilada de nuevo—: una vez terminado este Juicio Final en el que cada una de nosotras fue alternativa o simultáneamente defensor, juez y verdugo, pero siempre reo, ¿no sería posible comer algo? Yo recuerdo, así, muy remotamente, como si esto hubiera ocurrido en una metempsicosis anterior, que se armó todo un revuelo alrededor de un arroz a la quién sabe qué. Sácame de una duda, Victoria: ¿existe aún ese arroz?

—Y está diciendo "cómeme".

—No podemos desoír esa voz. Es humilde pero inaplazable. ¡Y hemos oído tantas otras voces tan pedantes o tan falsas! La de la vocación, la de la fama, hasta la de la crítica.

—Yo voy a pedirles, en gracia de ese arroz, que me perdonen, como en las comedias antiguas los actores lo pedían a su público.

—¡No vuelvas a las andadas, Victoria!

—No. Prometo que, de aquí en adelante, las leyes de la hospitalidad serán observadas escrupulosamente.

—¿De qué te vas a disfrazar ahora? ¿De San Julián?

—Tenía que ser Josefa a quien se le ocurriera ese modelo. María Egipciaca también sabía recibir.

En el comedor charlaron aún con las frases entrecortadas por la masticación. Y rieron mientras bebían vino rojo. Y echaron sal hacendosamente sobre el mantel cuando se derramó una copa.

La discusión se prolongaba, en sordina, durante la sobremesa bostezante. Y tal vez alguna quiso llorar —tal vez porque era la más fuerte— pero la sofrenaba el desvalimiento de las otras. Y las otras se aprestaron en vano a restañar esa herida invisible que nunca abrió los labios.

Cuando Cecilia y Susana volvieron a su cuarto iban exhaustas. Susana aprovechó, para bañarse primero, que Cecilia hubiera encontrado, sobre la mesa de noche, una carta de Mariscal.

Mientras rasgaba el sobre, que le daba a su ausencia la dimensión de la nostalgia, se abrió de golpe la regadera y oyó las exclamaciones sofocadas, de espanto y de placer, de Susana.

Esos rumores (y otros del mar) dificultaban a Cecilia la concentración en la lectura de unos párrafos escritos con la letra que conocía tan bien y que se eslabonaban en frases tiernamente irónicas, reclamo y rechazo a la vez, equidistancia, en suma.

La carta terminaba con lo que la había obligado a empezar, a seguir, a llegar hasta allí: con la noticia de que a Ramón le ofrecieron una beca para una estancia de un año en Europa y de que se había apresurado a aceptarla.

Estrujando el papel entre las manos Cecilia deseó ser él y partir, lejos, lejos, a cualquier parte y no regresar nunca. Pero Cecilia no era él, era nada más ella, no sería jamás nadie más que ella y esta certidumbre le produjo una tristeza que no acertó a ocultar ante Susana. Pero a su interrogatorio ¿solícito? ¿impertinente? ¿rutinario? no respondió más que como por enigmas, afirmando que lo que la había deprimido y hasta horrorizado era, quizá, haber descubierto su centro de gravitación.

Antes de entrar en el baño dijo de un modo deliberadamente casual:

—¿Tú crees que vale la pena escribir un libro?

Susana interrumpió la concienzuda operación de exprimirse una espinilla ante el espejo para contestar categóricamente.

—Creo que no. Ya hay muchos.

Otros textos

PRIMERA REVELACIÓN

AHORA sé que es imposible, pero entonces la casa en la que vivíamos era mucho más grande, incomparablemente más grande, que el pueblo donde estaba la casa. La recuerdo nítida, inmediata. Puedo todavía asirla con los ojos, con las manos: el jardín cuadrangular, dividido en arriates simétricos en los que mi madre sembraba semillas que le llegaban por correo en paquetitos herméticos, adornados con una figura multicolor, distinguidos por un letrero en inglés que mi padre traducía leyendo atenta, dificultosamente, a través de sus anteojos de aros negros. Los senderos enladrillados, parejos y limpios. La rotonda central en la que se alzaba un pino modesto circundado por un barandal diminuto desde el cual mi hermano y yo saltábamos, orgullosos por la magnitud de nuestra hazaña. Atrás, el patio rumoroso de árboles. A los lados, los corredores anchos, de ladrillos también, siempre recién lavados, frescos. Desembocaban en ellos, los cuartos: el costurero en el que mi madre platicaba, cosiendo, con sus amigas; el comedor, con sus muebles oscuros, su vajilla detrás de la vidriera, sus dos sillas altas para que nosotros alcanzáramos la mesa; la sala y el ajuar de mimbre y los retratos de mis abuelos; los dormitorios con nuestras camas de latón desde las que contemplábamos las rosas pintadas de la lámpara y el techo de donde descendía el pabellón de tul que nos protegía de los zancudos y que, noche a noche, nos aislaba del mundo, envolviéndonos en una nube vaporosa y cálida; y, separado del resto de las habitaciones, en un ala independiente, del otro lado del zaguán, el oratorio con sus muros tachonados de imágenes: la Santísima Trinidad con sus Divinas Personas sostenidas sobre una esfera que navegaba entre dibujos vagos, armoniosa de mares y continentes; Cristos dolorosos, sudando sangre dentro de una bombilla de cristal; vírgenes con los ojos vueltos hacia arriba y las manos afiladas y

Publicado en *América. Revista Antológica,* vol. II, núm. 63, junio de 1950.

finas como palomas en vuelo, atravesando, ingrávidas, su regazo; y aquí, encerrado en este cuarto, un olor de flores a medio marchitarse, de tallos tronchados sumergidos en agua vieja, de aire denso y opaco. Un olor penetrante, obsesivo, tenaz.

Por el zaguán se salía a la calle. Era suficiente bajar un escalón de lajas pulidas y lisas, resbalosas sobre todo después de los aguaceros, y ya se estaba fuera. De la calle no sé más que estaba empedrada, que la transitaban asnos cargados con barriles que resonaban a cada rítmico movimiento empujados por palabras soeces y puntas de látigos. De la calle no recuerdo más que conducía, no muy lejos, al templo en penumbra donde agonizaban veladoras alimentadas con aceite y las beatas se golpeaban el pecho, y a la escuela, donde la maestra se enfermaba constantemente del hígado y las alumnas bordábamos manteles, iluminábamos mapas y aprendíamos, maravilladas, el significado de la palabra meteoro. De la calle no puedo asegurar más que, si uno levantaba la vista, encontraba invariablemente un rótulo: Farmacia Paz y Unión, Ministerio Público, Casino Fronterizo. Y que era angosta, borrosa, insignificante. El horizonte no estaba entonces, como está ahora, en las montañas esbeltas que ciñen la ciudad, en el firmamento que extiende su transparencia sin límites, en el río que aprisiona peces minúsculos. El horizonte estaba en las paredes sólidas, en el jardín fragante despeinado por el viento, en la presencia, cercana, de mis padres. El horizonte era también mi hermano.

Se llamaba Mario y tenía un año menos que yo. Pero en compensación, sus ojos eran mucho más grandes que los míos y era infinitamente más astuto. Sabía, por ejemplo, sin que nadie se lo hubiera dicho, sin que fuera preciso repetírselo para convencerlo, que los sucesos que uno veía en el cine eran ficciones. O que cuando se viajaba en automóvil no era el paisaje el que se desplazaba sino uno mismo. Y sabía muchas otras cosas más: que los pétalos de los geranios eran el mejor borrador de pizarras habido y por haber y que, si se enterraba una moneda y se pronunciaba encima del lugar cierta frase cabalística, la moneda se multiplicaba. Yo no podía con él. Su sabiduría innata era sólo comparable con mi ignorancia. Por eso no me sorprendí ni me entristecí demasiado cuando un día, al volver de la escuela, después de arduos esfuerzos, le participé que Cristóbal Colón había descubierto América. Mario, que por su edad, deletreaba todavía en la cartilla y permanecía en la casa durante mi ausencia, me miró con una leve compasión. Una sonrisa medio burlona, medio condescendiente, curvó sus labios. Y me contestó: sí, y en un barco.

Éramos distintos en todo. Él era ágil, revoltoso, alegre, moreno. Yo era macilenta, lloraba con suma facilidad y tenía un gesto de asombro tan concentrado que rayaba en la estupidez. Jugábamos. Pero mientras a mí no se me ocurría nada más que sentar en fila a mis muñecas —inanimadas, la boca entreabierta y el mismo vestido que les pusieron en la tienda— y pararme a contemplarlas, él no cesaba de inventar entretenimientos. Ya surcaba mares tempestuosos dentro de una frágil tina de baño fija sobre el pasto (mientras yo desde la orilla lo miraba partir aterrada, mareada de antemano); ya era el equilibrista del circo o el bandido perseguido por la policía o la policía persiguiendo al bandido. Unas veces se subía a los manzanos a desgajar fruta que saboreaba tendido en el suelo, observando las nubes. Ésta era un dragón echando fuego por los ojos; aquélla un toro enfurecido, la más pequeña un conejo. Pero con todo, las figuras no eran más que apariencias. Nosotros no las veíamos más que desde abajo. Encima de ellas estaba el cielo. ¿Que qué era el cielo? Pues el sitio adonde uno va cuando se porta bien. Es una gran sala con pisos como de lana y columpios. Cuando uno se cansa de mecerse simplemente se acerca a unas largas mesas colmadas de dulces. Desde que Mario me aseguró esto yo me preocupé mucho. A mí no me gustaban los columpios ni apetecía los dulces. ¿Qué iba a ser de mí? El único remedio era portarse mal, pero no lograba determinar cómo. Sin embargo no le dije nada porque él me contestaría, una vez más, que yo era tonta.

(Sólo en una ocasión estuve a punto de constatar la falsedad de las concepciones celestes de mi hermano, gracias a mi precoz necesidad de crear ídolos. El menor, el más reciente entonces, el que compartía el incienso con los genios tutelares que mis padres encarnaban, era una compañera de la escuela. Tenía un nombre vulgar: Rosita, pero dos atributos extraordinarios: el cabello negro, rizado, espeso, como el de mi madre, y la facultad de fruncir los labios mientras tejía, como mi madre. Yo la admiré al principio, pasivamente. Pero, poco a poco, la admiración fue creciendo hasta el grado de exigirme un movimiento, cualquiera, para expresarse. Escogí, por inexperiencia, el de la imitación. Y después de reiteradas e infructuosas tentativas tuve que admitir que mi pelo seguiría siendo lacio y que no podría jamás coordinar mis músculos de tal manera que al mismo tiempo se contrajeran los de mi boca y los de mis manos se consagraran a las agujas y al estambre. Como toda imitación, se conformó con captar, y aun imperfectamente, los defectos. El de Rosita era único, muy accesible: arrastraba los pies al caminar. Me di con pasión a este ejercicio. Primero, en público. Pero mis padres, que ignoraban su origen, no advirtieron más que su inconveniencia y me lo prohibieron enérgicamente. Entonces me vi obligada a acechar la soledad para practicarlo. Lo hice con tal asiduidad que llegué a creer que lo dominaba por completo. Estaba en un error y no tardé en reconocerlo. Fue cuando tropecé y caí incrustando el lado derecho de mi frente en el extremo puntiagudo de una piedra. No sé si me desvanecí, pero temía tanto al dolor que sentiría si conservaba la conciencia, que supuse haberla perdido. Pero antes grité para avisar a los demás que había sufrido un accidente. Presumo que se alarmaron y corrieron hacia mí santiguándose. Deben haberme llevado a mi cuarto y aplicado alcohol en la herida. Yo no me di cuenta de nada. Pero algún tiempo después, tiempo que desde las tinieblas de mis sentidos amortiguados no calculé, me asaltó una horrible sospecha: en este intervalo durante el cual estuve indefensa alguien me había conducido al cielo. Sí, era indudable. Con los ojos todavía cerrados yo podía oír el ruido de los columpios al moverse y mi olfato me indicaba la existencia de fuentes rebosantes de dulces. ¿Qué hacer en este trance? No podía prolongar indefinidamente la situación. Tarde o temprano yo tenía que darme por aludida de mi estado. Bueno, al mal paso darle prisa. Sin respirar, igual que cuando tomaba aceite de ricino, me enfrente con la realidad. Abrí los ojos. Era extraño. Las cosas que me rodeaban eran comunes y corrientes: mil veces antes yo había visto estos muros, esta cama, este rostro inclinado ansiosamente hacia mí. Tal vez era una alucinación. Con voz temblorosa pregunté: ¿Dónde están? Mi madre respondió con otra pregunta: ¿Dónde están quiénes? Sin hacer caso de ella me levanté. Pasé mis dedos por las molduras del lecho, giré la vista en todas las direcciones y finalmente fui a la ventana. Lo que vi entonces acabó de persuadirme: un muchachito descalzo voceaba periódicos. Y en la pared de enfrente resplandecía el infalible rótulo que me tranquilizaba con la certidumbre de sus diecisiete letras negras: Ministerio Público. Suspiré, calmada. Esto no era el cielo. Me había salvado.)

He dicho que Mario y yo éramos distintos en todo. Es más, he enumerado algunos de nuestros rasgos divergentes. Ahora me toca decir que estábamos unidos por algo mucho más fuerte que los lazos de la sangre, los intereses comunes o las simpatías temperamentales: el miedo. Ignoro si en nuestra más remota infancia lo padecimos en abstracto y si paulatinamente fue concretándose hasta cristalizar en dos objetos sobremanera temibles: uno, porque lo conocíamos. Otro, porque nos era desconocido. Estos dos objetos eran, respectivamente, los perros y Dios.

A mis padres no les gustaban los animales y procuraban, hasta donde les era factible, evitarnos el contacto con ellos. Pero un día mi hermano y yo, que hojeábamos un libro de estampas, encontramos la imagen coloreada, tentadora, de un perro. Desde entonces nuestra obsesión fue tenerlo. Lo pedimos en todos los tonos: a ratos suplicante, a ratos zalamero, pero siempre empecinado. Por fin, una tarde, al regresar de un corto paseo por el campo, hallamos la sorpresa que entretanto nos habían preparado: un cachorro de largas orejas colgantes y narices perpetuamente húmedas. No tuvimos tiempo siquiera de pensar que era una sorpresa agradable porque, sin transición, el perro se acercó hacia nosotros meneando la cola, colocó sus patas encima de nuestros hombros y empezó a lamernos la cara. Ante estas manifestaciones que no sabíamos cómo interpretar, nos sobrecogió un intenso pánico. Fue necesario que nos lo quitaran de encima para que cesáramos de chillar. Fue necesario que nos dieran una conferencia acerca de lo que significaba el meneo de la cola, la respiración acezante, la lengua desplegada. La comprendimos muy bien y hasta estuvimos de acuerdo con la explicación. Pero ¿qué relación había entre aquella imagen tan pulcra de la que nos habíamos prendado y esta masa de carne inquieta y caliente, esta piel áspera, esta alarmante vivacidad que se llamaba Panchito? Desde entonces nuestra alegría decayó. Ya no se oían más nuestras carreras por el jardín ni nuestras voces inundando la casa. Caminábamos paso a paso, procurando no hacer ruido para no llamar la atención del perro que en cuanto olfateaba nuestra vecindad, se abalanzaba deseoso de hacer travesuras. Temíamos encontrarlo a la vuelta de cada recodo, detrás de cada maceta. Y para evitar estos encuentros pasábamos horas interminables trepados en los árboles o encerrados en las habitaciones. Y por las noches, definitivamente abroquelados ya en nuestra recámara, abríamos de nuevo el libro de estampas y nos deteníamos, otra vez, en aquella imagen tentadora y coloreada. Nuestras miradas se cruzaban, nubladas de nostalgia, preñadas de desengaño.

Llegó el momento en que tuvimos que aceptar que aquello no podía continuar así. Nuestra salud empezaba a resentirse de los encierros pertinaces y del método arbóreo de vida que a últimas fechas habíamos adoptado. Nuestros padres no acertaban a desentrañar el motivo por el que nuestro semblante aparecía demacrado, nuestros nervios estaban alterados, nuestra tristeza era palpable. Llamaron al médico quien, como de costumbre, recetó un purgante. Y fue después de tomarlo, vigente todavía en nuestro paladar su abominable sabor, cuando nos decidimos: teníamos que deshacernos del perro en cualquier forma. La oportunidad se nos presentó muy pronto. Nuestros padres salieron, las criadas estaban en el fondo de la casa, distraídas en sus quehaceres y en sus charlas. Estábamos, pues, prácticamente solos. Entonces fuimos en busca de Panchito. Nos recibió con su habitual, complicado, incómodo ceremonial. Lo resistimos estoicamente y, unas veces corriendo un trecho, otras azuzándolo con nombres cariñosos o tronando los dedos, logramos conducirlo hasta el zaguán. Él nos seguía, confiado, gozoso. Cuando llegamos a la puerta de la calle, la abrimos. Panchito atravesó el umbral creyendo que esto formaba parte del juego. Pero una vez que estuvo afuera; volvimos a cerrar, ahora con llave. Apoyados en la madera, latiendo de fatiga y emoción, escuchamos cómo se filtraban a través de ella unos vigorosos ladridos que se atenuaron en una especie de vagido muy semejante al sollozo. En nosotros pudo más el recelo que la piedad y ni un minuto sentimos la tentación de dejarlo entrar. De súbito Panchito calló. Seguramente alguien había pasado llevándoselo. Tal vez quien se lo había llevado era otro perro.

Mis padres acabaron por notar su desaparición y comenzaron a indagar cómo se había perdido. Nosotros dejábamos gotear las preguntas, los regaños al descuido de las criadas. Hasta que Mario no soportó más y, llorando, confesó la verdad a nuestra madre. No le ocultó nada. Le habló de nuestra ilusion de tener un perro como el del grabado, de nuestro desconcierto ante el increíble entusiasmo con que Panchito vivía, de nuestro terror. Cuando hubo terminado, ella lo abrazó, callada, sonriendo. Pero unos días después teníamos unos cojines con figura de perro que nos seguían a todas partes, dóciles a la reata que les amarramos al cuello, sin ladrar, sin lamer, sin sobarse. El de Mario era café; el mío gris. Ambos muy serios, muy mansos, mudos. Y fuimos felices de nuevo y ya no buscamos las ramas altas de los árboles sino su sombra y otra vez invadimos el jardín y el médico dejó de venir, durante mucho tiempo, a nuestra casa.

El problema de Dios no se resolvió con tanta facilidad. Mi madre era muy religiosa pero no era cruel. Desde temprano nos enseñó a rezar y nos familiarizó con los nombres de los santos y con las virtudes y con los milagros. Sus enseñanzas no nos turbaron. Nos parecía muy lógico que Dios, siendo el padre, tuviera unas grandes barbas blancas y que se enojara cuando sus hijos lo ofendían y premiara a los que merecían premio. Como no conocíamos las leyes de la naturaleza, el hecho de que los milagros las violaran no nos producía ni frío ni calor. Y en cuanto a las virtudes no nos empeñamos en entenderlas sino en practicarlas. Para nosotros todas se reducían a una: la obediencia. Y los mandatos que se nos imponían eran siempre fáciles, provechosos y a menudo modificables. Con esto y nuestros perros cojines bastaba para que nuestra existencia se deslizara plácida, sin contratiempos, venturosa.

En muchas ocasiones comprobamos que los higos, primero verdes, maduraban acumulando miel. Pero que esta plenitud de dulzura degeneraba pronto en un sabor repugnante. Los higos se pudrían. Así se pudrieron nuestros días. Todo fue por culpa de una mujer a quien mi madre invitaba a merendar y a quien ella y mi padre llamaban amiga cuando en realidad su nombre era el de Mercedes. Era alta, amarilla, con el pelo restirado y encarnizadamente unido en un moño, los ojos saltones y las manos gruesas. Y, opacando cualquier otra cualidad, una hermosa voz de barítono que no dejaba de sobresaltar a quienes la escuchaban.

Una tarde mi hermano y yo habíamos enterrado, por enésima vez, una moneda, y estábamos sobre el agujero recién tapado, recitando las palabras mágicas que la multiplicarían, cuando mi madre vino hacia nosotros seguida por Mercedes. Al verlas aproximarse estuvimos seguros de que nuestro intento fallaría esta vez, no por insolvencia de la fórmula como habíamos sospechado en anteriores experimentos, sino por causa de Mercedes cuya mirada bastaba para secar la savia, no ya de una moneda, de por sí no muy jugosa, sino hasta la de una planta. En efecto, tal como lo vaticinamos, la moneda estaba allí, sola, tan sola como cuando la sepultamos, pero un poco más sucia. ¿Por qué habían tenido que venir a interrumpirnos en un momento tan delicado? No sé. Ah, sí, para avisarnos que desde la semana próxima Mercedes nos daría clases de catecismo, pues necesitábamos prepararnos para hacer la primera comunión.

La semana próxima llegó muy pronto, mucho más pronto de lo que deseábamos porque entonces ignorábamos cómo detener el tiempo. Tuvimos pues que sentarnos en el corredor, en unas sillas bajas y cruzar los brazos sobre el pecho y atender a las lecciones de Mercedes. Nos instruía, con delectación, en las características del infierno. Mientras hablaba, su hermosa voz de barítono iba elevándose y sus ojos llameaban y su cuerpo se contorsionaba. Mario y yo nos echábamos a temblar inconteniblemente y nuestras manos se buscaban para estrecharse. Pero la severidad de Mercedes nos separaba y permanecíamos, cada uno en su sitio, desfalleciendo de un pavor que nos hacía nudos en la garganta y bolitas de sudor en las sienes. En el instante preciso en el que el pavor alcanzaba los límites de lo posible y estaba a punto de rebasarlos, aparecía mi madre. Todo volvía entonces a la normalidad. Mercedes distendía sus músculos en una sonrisa no tan horrible como el otro gesto y ella y mi madre marchaban hacia el comedor donde humeaba el chocolate. Mi hermano y yo nos quedábamos en el corredor que iba cediendo, ladrillo por ladrillo, a la sombra del anochecer. No hablábamos pero, cerca uno del otro, nos defendíamos mutuamente de una amenaza invisible y eficaz.

El peso de este pavor y de las sucesivas revelaciones de Mercedes era excesivo para nuestros hombros y buscamos con quien compartirlo. Mi padre fue nuestro confidente. Después de escucharnos explotó en una interjección y nos juró que el infierno era un delirio de histéricas. Nos convenció de inmediato no tanto porque empleó para ello vocablos incomprensibles sino porque estábamos demasiado codiciosos de ese convencimiento. Pero las afirmaciones de Mercedes eran también convincentes. Entonces optamos por aceptar ambas en la forma más conveniente: durante el día estábamos de acuerdo con Mercedes. Las visiones infernales se diluían con la luz del sol y no resultaban tan espantosas. Durante la noche estábamos de acuerdo con mi padre. Sólo así podíamos dormir. Pero un infierno intermitente es siempre poco respetable. Acabamos por no tomarlo muy en cuenta.

Pero en mí se larvaban, ya desde entonces, los silogismos que, de manera tan implacable, me han corroído. Estaba bien. El infierno, tolerable en ciertas horas del día, horroroso a medida que la oscuridad se hacía más compacta, no era muy importante. Era apenas una de las cosas que hizo Dios entre muchas otras. Y si esa cosa era tan tremenda ¿cuánto más tremendo no sería su autor? Por otra parte el infierno era limitado, estaba situado en un lugar, un lugar al que uno podía dejar de ir. Pero Dios estaba en todas partes. Su amenaza era total. En consecuencia había que trasladar todo el miedo que nos inspiraba el infierno al mismo Dios. Di este paso sin titubear y Mario me siguió. De allí en adelante ya no veíamos a nuestro alrededor más que trampas, ventanas por las que Dios podía asomarse, bocas desde donde nos podía hablar. Esquivábamos las que eran excesivamente obvias para no ser notadas: el oratorio, las iglesias, el agua bendita. Y adivinábamos, esquivándolas también con una precaución nunca suficiente, otras más disimuladas pero no menos peligrosas: algunas personas, algunos sitios, algunos objetos. No contamos con la única asechanza ante la cual estábamos desarmados: el sueño.

Una mañana Mario me despertó sacudiéndome. Estaba pálido. Había tenido una pesadilla, un mal sueño. Había soñado a Dios.

Ordinariamente yo sentía envidia cuando mi hermano se adelantaba y se apoderaba de lo mejor. Ordinariamente me molestaba que en nuestros juegos él fuera siempre el rey mientras que yo no pasaba de ser la princesa, él fuera el actor y yo el público, él quien comiera los duraznos verdes y a mí a quien le hicieran daño. Pero esta vez agradecí no haber alcanzado el dudoso privilegio de soñar a Dios.

—¿Y cómo era? ¿Qué te dijo?

—No sé cómo era; no lo vi. Sólo oí su voz. Me llamaba.

—¿Y para qué? ¿Qué quería?

—No lo sé tampoco; sólo me decía: "Mario, ven aquí."

—¿Y qué hiciste?

—Salí corriendo y corrí y corrí hasta que desperté.

Era cierto. Estaba sudoroso y agitado como después de una carrera. Palpitaba entre mis brazos como un pájaro asustado. Y estaba llorando. Yo no sabía cómo consolarlo: frotaba sus mejillas, alborotaba sus cabellos, lo estrechaba contra mí.

—No te apures. Yo también soñé una noche y no sucedió nada.

Me miró con un poco de esperanza.

—¿A quién soñaste?

—Pues a... a la Virgen.

No pude mentir. Tuve miedo de que mi mentira se convirtiera en verdad. Su esperanza se desvaneció.

—Pero no es igual. Esto es peor.

Sus lágrimas me mojaban el hombro. Calientes. Yo ya sabía que también eran saladas. Oímos unos pasos que se aproximaban. Era mi madre.

—¿Despiertos ya tan temprano? Pero ¿qué le pasa a Mario?

Por nada del mundo nos quejaríamos. Él escuchaba desde cualquier parte.

—Se cayó de la cama.

—Qué niñito más zonzo, todavía no sabe dormir como una persona decente. Y eso que ya va a hacer su primera comunión.

—¿Cuándo?

—Dentro de quince días. Mercedes dice que ya están listos. Los llevaré con el señor cura para que los confiese. Y estoy segura de que me dirá: "Señora, la felicito. Sus hijos son los niños más buenos del pueblo. Son de los escogidos, de los que Dios tiene junto a sí."

Iba a estremecerme pero la cara de Mario me apartó de mi propio terror para presenciar el suyo: estaba rígido, tenso, como preparándose para recibir un golpe inevitable. Ya no lloraba.

—...después de la comunión habrá una fiesta. Vendrán otros niños a desayunar con ustedes. Y estarán muy elegantes: tú, con un vestido blanco, de seda. Y tú con unos pantalones largos de casimir. Y la iglesia estará adornada con flores y mandaremos poner una alfombra roja en el pasillo.

Los días siguientes estuvieron llenos de ir y venir de los preparativos. En el patio de atrás los guajolotes desplegaban su cola y engordaban. Las criadas fregaban los pisos y regresaban del mercado con las cestas repletas. Mi madre esponjaba aún más las dalias del jardín y vigilaba los rosales en botón para que se abrieran a tiempo. Mi padre, desde su escritorio, despachaba las invitaciones. Y Mercedes interrogaba sin descanso: ¿Dónde está Dios? ¿Dónde está...? ¿Dónde...? Esta pregunta taladraba nuestro cerebro, punzaba nuestro costado, nos crispaba. ¿Dónde? ¿Dónde? ¿Dónde? Hasta que Mario, que apretaba la respuesta entre sus labios obstinadamente mudos, cayó desmayado.

La agitación se redobló; se redobló el ir y venir, el llevar y traer, pero ahora con distinto rumbo, con otra intención. Las criadas se descargaban de frascos que, apenas destapados, se desechaban; de hielo, de jugo de naranja, de inyecciones. Al margen del corredor para no estorbar su prisa, yo vagaba solitaria. Al principio yo iba detrás de todos, preguntando. Me contestaban cosas absurdas y sin sentido: apendicitis, fiebre, operación. Cuando me di cuenta de que no sabían nada me aposté cerca de la puerta de nuestra recámara (a la que no me dejaban entrar ni a dormir y de la cual salían murmullos sordos, gemidos apagados, tintinear de cucharillas moviéndose dentro de un vaso) para cuidar que no pasara alguien que pudiera ser peligroso. No me oponía a mi padre que había adquirido la manía de quitarse continuamente los anteojos y limpiarlos con su pañuelo como si estuvieran empañados. No me oponía al doctor. Me estaba callada para que no tuvieran pretexto de expulsarme, recibiendo las emanaciones de alcohol, de yodo, de algodones mojados. Sin protestar. Quieta. Hasta que vi que mi madre llegaba de la calle, la cabeza cubierta con un chal, acompañada del señor cura. Se dirigían a la alcoba pero antes de que pisaran el umbral me interpuse gritando y colgándome de la sotana para impedir que avanzaran.

—No, no, que no entre, que no entre.

Mi madre estaba demasiado sorprendida para encolerizarse.

—¿Por qué no ha de entrar?

¿Cómo explicarlo? ¿Cómo hacer que entendieran, si eran tan torpes? ¿Cómo mostrarles el motivo por el que estaban sucediendo todas las cosas? Yo no sabía. Pero yo tenía que defender a Mario con todas mis fuerzas, tenía que evitar que el señor cura lo viera.

—Porque va a decir que somos unos niños muy buenos y...

—Sí, claro, sobre todo después de lo que acabas de hacer. Suéltalo, no seas necia. Que lo sueltes te digo.

De un tirón brusco me desprendió de él y me aventó lejos. Desde el suelo, a través de mis lágrimas, vi cómo los zapatos del señor cura caminaban, sin ningún obstáculo, hacia la cama de Mario.

Mercedes me levantó. Secó mis párpados y limpió mis rodillas con el revés de su delantal. Sus ojos saltaban más que nunca y tenían un brillo especial, maligno. Acomodó el lazo que sujetaba mis cabellos y cuando estuve arreglada a su satisfacción, me dijo:

—Vámonos.

—¿Adónde?

—Voy a llevarte con unas amigas tuyas.

—No tengo amigas.

—No importa. Ven.

Atravesamos las calles, mi mano perdida entre las grandes suyas, hasta llegar a una casa. Mercedes cuchicheó algo al oído de la dueña quien instantáneamente me besó, me abrazó y me llamó pobrecita. Después fuimos a un patio donde jugaban unas niñas. En cuanto nos dejaron solas me rodearon hablando y riendo. Pero casi en seguida me abandonaron. Yo no hice más que decir la verdad. No, yo no sabía jugar a la tiendita. No, yo no tenía comadres. No, mis muñecas jamás se habían cambiado de ropa. Desde el extremo opuesto del patio me sacaban la lengua y hacían muecas. ¿Estaban comentando que yo era boba? Bueno, pero ellas no sabían lo que significa la palabra meteoro. Ni sabían que si uno enterraba una moneda... ¿Qué habría sucedido con Mario? ¿Lo delataría el señor cura? Por lo que me habían contado no tenía una comunicación directa ni constante con Dios. El único entre ellos que le hablaba, y eso nada más por teléfono, era el papa. Pero el señor cura podía avisarle al papa dónde estaba Mario. Si estuviéramos juntos resistiríamos mejor. Cuando Dios llegara le diríamos que se había equivocado, que éramos unos niños muy malos y le relataríamos, minuciosamente, cómo habíamos desterrado a Panchito y cómo habíamos dejado que acusaran a otros de su destierro. Pero si insistía, a pesar de todo, en llevarse a Mario que era por quien mostraba predilección porque a mí no me hacía ningún caso, yo lo escondería a mis espaldas. Como Mario era más pequeño que yo no se vería. Además yo podía ponerme uno de los vestidos de mi madre. Extendería los brazos y siendo las mangas tan anchas lo cubrirían íntegramente. Mire usted, le diría yo, aquí no está. Se ha ido, tal vez por allá. Y señalaría al azar y Dios se iría detrás del engaño y nosotros quedaríamos felices, libres. Pero ¿cómo no se me había ocurrido antes? Si era tan fácil. Ahora mismo iría a mi casa, atropellaría a los que me impidieran llegar hasta Mario y le diría lo que tendríamos que hacer en caso de emergencia y entonces él ya no tendría que estar encerrado en su cuarto y se pondría bien. Me levanté y caminé en esa casa desconocida hasta que encontré a la dueña.

—Señora, yo quiero irme.

—¿Por qué? ¿No te sientes a gusto aquí? ¿No han sido amables contigo las otras niñas? A ver, Lupe, Marta, vengan acá.

—No, no las llame usted. No es por eso. Es que yo tengo que irme.

—Sí, te irás pero cuando vengan a llevarte.

—No, antes, ahorita. Es muy importante. Por favor, déjeme usted ir.

—Considero que debe serlo. Pero tú tienes que esperar.

Yo no podía perder el tiempo discutiendo. Tenía que apresurarme. Corrí, pero antes de que yo llegara a la puerta, la habían cerrado. Lloré, patalee, supliqué, hasta quedar ronca, pero todo fue inútil. La puerta no se abrió.

Mercedes vino por mí casi al anochecer. Todavía me sacudían los sollozos. Ella no me regañó cuando le dijeron que había estado escandalizando todo el día. Me quitó el listón que me había amarrado en la mañana y me llevó de regreso a la casa.

Qué aspecto tan extraño tenía. La puerta de calle abierta de par en par, las ventanas iluminadas y, en el zaguán, multitud de personas extrañas vestidas de negro, charlando en voz baja, disimulando sus sonrisas. La sala debía estar llena de flores porque de allí salían, derramándose, hasta el corredor. Quise asomarme. Debía estar muy bonita así. Pero Mercedes me retiró de allí.

—Por favor, no molestes. Vas a obedecer y a no meterte donde no te llamen. Lo mejor es que te acuestes ya y te duermas.

—Pero Mercedes, yo tengo que hablar con Mario.

—Ahora no es posible. Mañana.

—No, ahora. Es muy importante. Es para que se alivie.

—Pero si está muy aliviado. Vamos, ven a acostarte.

—¿De veras está mejor?

Mercedes quedó viéndome, pensativa.

—Mucho mejor. Por lo menos, mucho mejor que tú.

Apaciguada, me dejé conducir. Habían compuesto mi cama en el oratorio. Antes de que yo me rebelara, Mercedes se había ido. Una ola furiosa de terror empezó a ahogarme. Quise huir pero estaba paralizada. Quise gritar y mi garganta se henchía y mis labios se separaban pero el silencio permanecía intacto. Cerré los ojos. Entré en una tenebrosa eternidad. Desde allí sentía cómo se alargaban hacia mí los tentáculos viscosos, cómo se multiplicaban las espadas, cómo se fraguaba mi ruina. Los marcos dentro de los cuales se extasiaban las imágenes se rompieron con estrépito. Y ahora ellas danzaban, sin freno, a mi alrededor. Me miraban con innumerables, horribles ojos saltones, me señalaban con un índice chorreando tinta, me lamían con sus lenguas desplegadas. ¿No quieres un dulce? Anda, tómalo. Hay miles de dulces en estas mesas. ¿O preferirías mecerte en un columpio? Sentirás un hueco en el estómago si subes muy alto. Desde arriba las cosas se ven pequeñitas y giran y si te sueltas caes y te rompes la nuca. No, no, vamos a jugar a la tiendita con ella. No sabe, no sabe. Sus muñecas nunca se cambian de ropa, no tiene comadres. Pero tiene un secreto. Dilo. ¿Dónde está Dios? ¿Querías burlarte de él, no es cierto? ¿Querías engañarlo? Y ahora estás en su poder, ahí viene, ahí está. La danza era cada vez más rápida, el círculo más estrecho. Me sitiaba un coro de respiraciones heladas, quemantes, húmedas. Alternativamente heladas, quemantes, húmedas. Cada vez más inminentes, heladas, quemantes, húmedas. Hasta que el remolino me arrastró.

La luz se introdujo a través de los vidrios de la ventana; ligeramente desviada se posó en el metal de la cama, abrillantándolo. Cuando llegó a mis ojos, los abrí. En torno mío los cuadros íntegros, las imágenes impávidas como si nunca se hubieran desatado salvaje, frenéticamente. Y el silencio, un silencio tangible y transparente a la vez como un cristal. Me movía con dificultad en esta nueva atmósfera pero lograba dar un paso y, después de muchos trabajos, otro y otro más. Fuera del oratorio también el silencio, sólido. En la sala, además, algunos pétalos pisoteados y gotas de cera extendidas en el piso. En el comedor, tazas sucias, con restos de café y colillas de cigarros. En nuestra recámara, el vacío. ¿Dónde estaba Mario? Yo tenía algo que decirle. ¿Qué era? Algo muy importante. Pero Mario no estaba y yo no recordaba y no había nadie a quien preguntar y yo no sabía si podía hablar. No quería arriesgarme a mover los labios, no quería henchir mi garganta porque este silencio era mucho más duro que el de anoche. Y el de anoche no se había quebrado.

La luz se instaló en la casa, violó los rincones y se fue. Y volvió a venir y a apoderarse de la casa y a hurgar en los lugares ocultos y a irse. Muchas veces. Yo daba un paso y otro y otro, en medio del silencio. Ya había llegado al jardín. Las dalias se desmelenaban, sin olor. Ya había llegado al patio. Los árboles estaban rendidos de frutos. Y nadie para cortarlos. Nadie para comerlos. Nadie.

Un día encontré a Mercedes. Yo había estado ensayando sílabas con la garganta contraída. Luego abrí la boca y las palabras rodaron de ella, cuajadas...

—¿Dónde está Mario?

No respondió. Caminaba, llevando cosas entre las manos, avivando el fuego de la cocina, limpiando el polvo de los muebles.

—¿Dónde está Mario?

Había que clavar un crespón negro en la puerta de la calle para que ondeara como una bandera.

—¿Dónde está Mario?

—No seas terca. Cállate.

No es que yo fuera terca. Es que no podía pronunciar ninguna otra palabra.

—¿Dónde está Mario?

—¿Quieres saber dónde está? ¿Quieres ir a verlo?

Echamos a andar. Las calles subían y bajaban. Las señoras nos decían adiós desde los quicios o se paraban a platicar con Mercedes mientras me acariciaban la barbilla. Después las calles fueron haciéndose más blandas. En vez de piedras y lajas, pasto, pasto verde, trémulo bajo el rocío evaporándose. Y luego sobre el pasto se irguieron ángeles blancos con el rostro inclinado, columnas truncadas. De pronto nos detuvimos.

—Aquí está.

Yo no vi, en el sitio que Mercedes señalaba, más que una cruz de mármol.

—¿Dónde?

—Abajo.

—¿Cómo entró?

—Iba dentro de una caja.

—¿Y no se lastimó?

—Estaba dormido.

—¿Tenía una almohada?

—Sí, una almohada con forma de perro.

Ahora recuperaba la memoria. Lo que yo tenía que decirle a Mario era cómo escaparíamos si Dios nos salía al paso. Pero como siempre, Mario tuvo una idea mejor. Ahora lo comprendía yo todo. ¿Cómo iba Dios a imaginar que él estuviera debajo de la tierra? Si Mario hubiera conocido mis planes se hubiera mofado de ellos. ¿A quién iban a despistar las mangas enormes de un vestido ajeno?

—¿Está solo?

—Claro que no. Hay muchos más. Mira.

Sí, había muchos otros. El campo estaba lleno de cruces. Qué bueno. Así Mario no se aburriría. Además tenía consigo su perro. Lástima que yo no hubiera ido con él. Pero a mí Dios no me había acosado.

Cuando regresamos yo iba contenta y me soltaba de la mano de Mercedes para correr y brincar. Iba riendo porque el sol me hacía cosquillas debajo de la tela negra del vestido. Al llegar a la casa cogí un lápiz y con mi letra inhábil, tosca, escribí el nombre de Mario en las paredes del corredor. Mario, en los ladrillos del jardín. Mario, en las páginas de mis cuadernos. Para que si Dios venía alguna vez a buscarlo creyera que estaba todavía aquí.

CRÓNICA DE UN SUCESO INCONFIRMABLE

Soñé la muerte y era muy sencillo.

LEOPOLDO LUGONES

SUCEDE, con extraordinaria frecuencia, que no se puede ser humilde si no es a condición de ser grande. De otro modo se es solamente humillado. ¡Y qué no se hará entonces con tal de añadir un codo a la propia estatura! ¡Qué no se hará y en vano! De una vasta, oscura, imprecisa humillación, nacen todos mis actos como de una raíz retorcida y amarga. No hay día de mi vida al que mi memoria toque que no se me presente como una luminosa plenitud abofeteando mi insignificancia. Y he querido, con una pasión más urgente y absoluta que ninguna otra, crecer, hacerme compacta, tener contornos agudos, punzantes como aristas, pero algo dentro de mí, algo blando, gelatinoso, amorfo, me derrumba. Mi historia es solamente esa lucha y esa derrota. Ahora que la derrota es definitiva y que la admito como tal, me asombro de que sea tan fácil someterse a ella. Y tan cómodo.

Hubo una época (me avergüenzo al confesarlo) en la que, como las hiedras parásitas, colgué mis desmadejadas ramas de los árboles corpulentos y chupé su savia para sostenerme, no erguida —que me era consustancialmente imposible— sino apenas verde, lozana y próspera. Unas veces los árboles eran caducos o torcidos y me enfermaba de ellos; otras, sus jugos eran demasiado potentes y me congestionaban. Hasta que logré la simbiosis perfecta enroscándome alrededor de una mesa de café. Y allí, satisfecha, segura de la regularidad y la abundancia de mi alimento, me eché a dormir como una serpiente bajo el sol.

¿Cómo no cuidé mi dicha? ¿Cómo no vigilé mi tesoro? Es humano equivocarse; pero no es humano equivocarse sin remedio. Tardíos fueron el arrepentimiento y la venganza.

Publicado en *América. Revista Antológica,* vol. VIII, núm. 61, julio de 1949.

Y la venganza fue además, como lo es para la avispa, funesta.

No digo que la mesa de café de la que vengo hablando era igual a cualquiera otra o semejante a alguna porque no conozco ninguna más. Pero digo que en ésta se congregaban, tarde a tarde, varios sujetos que padecían una suerte de aburrimiento inofensivo y manso emanado de su pereza. Ya sea por un principio de disciplina, por dividir el trabajo o por obedecer a la ley del menor esfuerzo, pero el caso es que a cada uno de ellos le estaba reservado y tenía que desempeñar, ineludiblemente, un papel, no tanto para que los demás se evitaran la molestia de identificar o reconocer a una persona a diario cambiante y adecuarse a ella, sino para que esa misma persona se evitara la molestia de construirse o recomponerse a diario. Así, Adelaida era la del trágico destino y miraba con una mirada desolada y superior. Ante sus ojos, el mundo entero adquiría las proporciones que le marca el desprecio. Ese gesto que todo lo reduce a escombros me impresionó mucho hasta que supe su origen: uno de los músculos faciales de Adelaida funcionaba mal. Pero esta explicación no estaba al alcance de cualquiera y el gesto seguía siendo eficaz y atraía el núcleo de las tormentas lo mismo que los pararrayos. Su pasado era fragoroso y su presente, hostil. Y ella atravesaba largas galerías de espanto, contenta de estar a la medida de su túnica.

Ernesto era el genio inédito, especie hoy a punto de extinguirse pero entonces floreciente. Tenía la misión de maravillarnos y llegaba, para cumplirla, hasta el heroísmo de dejarse la barba sin rasurar, ponerse camisas color ladrillo y albergar propósitos, por desgracia siempre pospuestos, de suicidio. Nunca supimos exactamente de qué manera era genial, porque siempre hablaba con vaga modestia al respecto; pero jamás dudamos de que sus méritos no eran apreciados en su inmenso valor por una generación frívola o prostituida.

Carmen era la enamorada endémica. Quiero decir que no le importaba tanto el objeto como el estado. Nos admiraba con la invariable fidelidad a sus sentimientos, con la constancia inconmovible con que los mantenía. Y no pronunciamos nunca críticas lo bastante acerbas para condenar a los hombres, que sin comprender la excepcionalidad de esta actitud, se sucedían vertiginosamente a su lado.

Rafael usaba anteojos tan gruesos que su erudición resultaba incuestionable. Y estaba también Carlos en un precario equilibrio sobre la cuerda floja de su adolescencia. Y Trini, fea pero virtuosa. Y yo.

¿Usé alguna máscara? Ellos se conformaban con que yo estuviera allí infalible, puntual; y les bastaba reclamarme, de cuando en cuando, una frase que, por su arbitrariedad y completa falta de relación con lo que estuvieran conversando, era susceptible de interpretarse como una paradoja, o una agudeza o un chiste. Entonces ellos, momentáneamente, fijaban al unísono su atención en mí y me aprobaban con una sonrisa, con un ligero levantamiento de cejas o con una carcajada. Y en ocasiones se entusiasmaban hasta el grado de darme palmaditas benévolas en los hombros. ¡Dios mío, y puedo evocarlas sin llorar de nostalgia! Porque esos momentos eran los únicos en los que yo me sentía viva (viva no de mi vida mísera y exigua, sino de la que ellos a manos llenas me concedían), densa de realidad, repleta de contenidos múltiples. Dicen que todo placer quiere eternizarse. Es cierto. Pronto me consagré íntegramente a provocar esos momentos, a prolongarlos, a hacerlos más intensos. Aumentando la habilidad con la práctica vi cómo, poco a poco, aumentaban mis éxitos. Quién sabe lo que habría conseguido ser si Maru no me lo hubiera impedido.

El nombre, Maru, con el que la he designado, no es falso, ni un seudónimo tras del cual ella se ampare disimulándose. Es sólo la contracción absurda que el típico mal gusto, que la convivencia familiar segrega, ha hecho de dos palabras que permanecen hermosas mientras están aisladas: María y Eugenia. Y es también el pretexto para que a espaldas suyas le digan Loru. No es éste, sin embargo, el apodo más idóneo. Maru no se parece a un loro sino cuando habla. Físicamente es más bien similar a un pez. Como ellos, tiene los ojos redondos y vacíos, una leve papada (perdón, debí decir una leve doble barbilla) que le confiere una expresión tonta de complacencia y circula, como ellos, dentro de una estrecha pecera que se llama, según la hora, la casa o la calle o la escuela o el cine.

Evidentemente se puede ser un pez y saber distinguir entre las diferentes clases de aguas. Y preferir la que se prestigia y enriquece con la sal y el yodo del mar a la que, incolora, inodora e insípida, chorrea de la llave del lavabo. Dicho de otro modo, Maru juzgó la pecera doméstica indecorosa para sus escamas doradas y decidió salir en busca de un más propicio ambiente.

Nadó hasta nosotros sin detenerse, conducida más que por su instinto por mi desgracia. Bajo su brazo derecho era de inmediato perceptible una novela de Thomas Mann que ella utilizó, en la primera oportunidad, de la misma manera que los diplomáticos sus cartas credenciales. Procedía así ajustándose a las exigencias del medio. Si no se hubiera tratado de una peña de intelectuales sino de un Kiko's, Maru se hubiera concretado a enarbolar como bandera un sweater amarillo. Pero Maru tenía un gran sentido no sólo de la adaptación sino también de la responsabilidad. Cuando advirtió (y esto fue en seguida) que se le había asignado su parte, la aceptó sin vacilación y la ejecutó con cuidado. De allí en adelante se la pudo llamar con justicia, la Ausente.

Había, entre nuestros estatutos, uno —el más importante— que con toda claridad ordenaba: "Sé tú mismo", y que nosotros con excesivo celo, acatábamos. Y entendíamos por acatarlo persistir en nuestra naturaleza, es decir, en nuestros límites. Así Adelaida se excusaba de sonreír o de ser feliz y Carlos rehusaba madurar y Maru, como le era obligatorio, eludía estar presente. Con una aparente heterodoxia (en la que yo fundé tan agradables cuanto injustificadas esperanzas), acudía de cuando en cuando a nuestras asambleas. Ahora sé que lo hacía para, por contraste (un contraste nunca muy marcado), poner de manifiesto la calidad purísima e indudable de su alejamiento.

Maru eligió la mejor parte porque era en la ausencia donde arraigaba la totalidad de su fuerza. Nada sabíamos de ella más que la teoría indecisa, improbable, de la etimología de su nombre. Ignorábamos todo acerca del empleo de su tiempo, de sus ambiciones, de sus manías. Y entonces todos, cada uno por su camino distinto y peculiar, trataban de saciar su curiosidad. Sin ningún freno se entregaban libremente al comentario y a la exégesis de Maru. De nada sirvieron entonces mis ironías; pasaban por encima de ellas como el que salta un obstáculo. Pero ni aun así les estaba permitido avanzar mucho. Adelaida misma, ante cuyos ojos taladrantes y omnisapientes las cosas se desnudan, esa vez tuvo que equivocarse. Y no titubeó en suponer que Maru atardecía encerrada en sí misma, inexpugnable, debatiéndose entre tormentos horrorosamente lúcidos, insomnes. Ernesto la vio (él lo afirma y esta vez no es para asombrarnos) laboriosamente inclinada sobre una pequeña imprenta, preparando para dar a la luz, uno tras otro, sus escritos. Y éstos eran tan copiosos que no sólo se esparcían en desorden por el suelo sino que se apilaban en estantes que subían hasta el techo. Infatigable, la máquina los tragaba. Pero infatigables ellos también, se reproducían. Y el rítmico jadear de ambos al esforzarse, de alguna manera anticipaba el ritmo alterno y regular de los aplausos.

Carmen siempre reputó a Maru como a su igual. Y ése, dice sin afán de generalizar (aunque la generalización en este caso sería perfectamente lícita), fue mi error. Para Carmen, Maru no era en el sentido estricto, una persona; si hubiera estado provista (Carmen) de una mentalidad rigurosa y científica la hubiera concebido como un ente casi triangular dotado de movimientos de contracción y expansión. Esto es, como un corazón. Pero como Carmen no era más que una mujer, ni siquiera sabía que era como el nombre de corazón con el que convenía bautizar a Maru cuando, sentada cerca de ella, la sentía como algo palpitante y habitado por otro. Ingenuamente, pues, la supuso apasionada. Y los crepúsculos de Maru fueron desde entonces, como los de ella, enrojecidos de besos o morados de duelo.

No hay para qué mencionar la lista de libros que leyó para Rafael; como Teseo al Minotauro en el laberinto, Maru perseguía en las intrincadas bibliotecas a la sabiduría de peligrosos cuernos. Sin hilo conductor se extraviaba entre las páginas o, fugazmente elevada, se precipitaba de nuevo y cada vez más fatal, más profundamente, a los abismos, cuando sus alas de cera se derretían. Basta. Carlos ha negado, ahora que lo sabe todo, las tribulaciones que pasaron juntos y las breves exaltaciones que compartieron. Y Trini ha olvidado el consolador regocijo con el que constataba la fealdad de Maru. Sólo a mí me era imposible imaginarla. Y sufría una especie de desazón íntima no sólo por esta imposibilidad sino por las notorias contradicciones en las que mis compañeros incurrían al hablar de ella, los desatinos en los que no temían caer. Y sufrían una sorda envidia al palpar el desvío con el que me trataban. Ya no más sonrisas ni palmaditas. Maru, Maru, Maru era siempre el tema de sus charlas, el motor de sus pláticas, la noria alrededor de la cual giraban. La savia con la que antes me nutría era cada vez más escasa y si no tomaba una determinación rápida terminaría por agotarse. Pero, ¿qué determinación tomar? Tenía que ser una que destruyera para siempre el misterio y la leyenda. Y no podía ser otra que la verdad.

Para esclarecerla y mostrarla era necesario, primeramente, averiguar la dirección de Maru y después, allí mismo si era posible o en otro sitio en el que se encontrara aún más indefensa, más vulnerable, orillarla a una confidencia plena y conminarla, de manera delicada pero enérgica que, de entonces en adelante, se abstuviera por completo de volver al café o mejor, con hipócritas razones convencerla de que su presencia, si fuera menos esporádica sería más satisfactoria. Hasta que los demás, a fuerza de hurgar inútilmente en ella, la abandonaran decepcionados al comprobar que era una persona irredimiblemente vulgar que no merecía siquiera un pensamiento.

Las circunstancias conspiraban para favorecer mis proyectos. En los primeros días de nuestra amistad, Maru, imprudente, me había dado una tarjeta suya. Debí haberla guardado en algún lugar, tal vez entre otros papeles intrascendentes. En efecto, allí estaba pudorosa y oculta bajo unos viejos cuadernos de apuntes. Era un cartoncillo cuadrangular en el que Maru, con una letra deliberadamente enrevesada y trémula, había escrito nada más su nombre: Maru, y luego el nombre de una calle y el número de una casa. Azalia (así, azalia, y no azalea como debe correctamente escribirse) número ocho. Y por último las horas en las que podía visitarla, de dos a cuatro, p. m.

El reloj que me crispa latiendo encima del escritorio, marcaba las once de la mañana. Me era factible, pues, con desahogo y calma, llevar a cabo todos los preparativos necesarios para nuestra entrevista. Lo más apremiante, lo más indispensable, era hacer un cuestionario. No era cosa de dejarse llevar por la inspiración del momento y plantear problemas inconexos y derivar la conversación por veredas fútiles o descarriadas. La pregunta inicial: ¿Por qué se llamaba así? Y después, por orden de importancia: ¿Qué hacía? ¿Qué era? ¿Cómo era? De la índole de sus respuestas dependía el que yo pretendiera acercarla o alejarla del grupo de mis amigos. Cuando hube terminado de anotar esto no hice más que retocar automáticamente la pintura de mis labios, polvearme la nariz y salir. Iba tan absorta que no sentí, a pesar de la longitud de la distancia recorrida, ni calor ni fatiga por la marcha.

La casa de Maru es, por cierto, una construcción modesta y gris, arquitectura que se cierne fuera de las épocas y las modas. Quiero decir con esto que es indescriptible. Entre los pliegues morroñosos de la piedra se esconde el timbre. Lo aplasté con vigor porque temía que dentro todos estuvieran distraídos o sordos. Sin transición ninguna, una criada, desvaída también, abstracta casi, corrió a abrir. Cuando le expuse mi deseo de saludar a Maru no se opuso ni manifestó extrañeza. Simplemente me dejó pasar. En la sala (esa sí con un definido y lastimoso estilo Luis XV), en un sofá atronadoramente rojo, estaba Maru tumbada comiendo chocolates. Palmoteó de alegría al verme (pero yo pienso ahora que hizo esos aspavientos nada más para disfrazar su sorpresa y su desconcierto) y después me convidó de los dulces que irradiaban un olor delicioso apiñados dentro de una cajita rosada. (Ahora pienso que su invitación fue una hábil maniobra que tendía a paralizarme.) Pero no supe resistir. Los chocolates son cabalmente mi debilidad y con la boca llena de ellos dejaba pasar los minutos sin que me fuera posible empezar mi interrogatorio. Estaba a punto de deglutir el chocolate que me había prometido solemnemente que fuera el último, cuando algo vino a indicarme que ya todas mis promesas serían inútiles.

Fue así: al hacer un ademán (porque sólo podía expresarme por medio de ellos mientras saboreaba los dulces) quedé delante de un espejo. Dócil, dibujó mi perfil. Infiel, lo embelleció. No me detuve en él con todo y serme placentero porque algo inesperado y pasmoso atrajo mi atención: que al lado del mío ningún otro perfil se reflejara. Aunque Maru quedaba como yo dentro del campo visual del espejo, inexplicablemente escapaba de él. Me preocupaba por establecer alguna hipótesis justificatoria de este fenómeno cuando de golpe lo comprendí todo. Casi me atraganté de admiración: casi grité de júbilo. Pero pude controlarme y aun hablar con Maru algunas palabras, únicamente corteses. Después me puse de pie y me despedí.

Afuera, qué tibia brillaba la luz, qué fragante corría el viento. Pero yo no me paré a gozarlos porque el descubrimiento que había hecho me asfixiaba, desbordaba por mis poros.

Fui directamente hacía el café. Era muy temprano y nadie había llegado aún. Tuve que esperar, impaciente y pálida. Cuando el quórum se hizo, narré mi aventura de la mañana y concluí rotundamente. Maru no existe. El aire, transido por el humo de los cigarrillos, no se pobló como tantas otras veces de divertidos asentimientos sino de imprecaciones y burlas. Y no se aplacaron sino hasta que notaron la seriedad con la que estaba dispuesta a sostener mi afirmación. La demostré de este modo.

¿Qué pruebas tuvimos de la existencia de Maru? Su nombre nada más; un nombre cuyo origen era palmariamente falso y cuya validez era por lo tanto, deleznable. Sí, ya sé que ustedes aducirán su presencia. ¿Podemos siquiera considerarla como tal? Examinemos nuestros recuerdos. Encontraremos, al evocar a Maru, una silueta borrosa, con un libro bajo el brazo, siempre más notable y visible que ella. A cada una de nuestras entrevistas corresponde el título de una novela, *La montaña mágica, El hombrecillo de los gansos, La luna y seis peniques.* ¿Sabemos si las leía? Jamás le escuchamos ninguna opinión sobre ellas... ni sobre ninguna otra cosa. En rigor, jamás la escuchamos. Llegaba sin hacer ruido, como un pez deslizándose sin dificultad entre las aguas y se sentaba en el rincón más apartado, abarcándonos a todos desde allí con sus ojos redondos y vacíos, poniendo su silencio como una alfombra sobre la que transitábamos, inconscientes de su muelle sostén. Y luego desaparecía como había venido, sin dejar huella. Y para suplirla, pues de una manera confusa sentíamos que nuestra memoria revoloteaba sin tener donde posarse, nos dedicábamos a inventarla. Sí, he dicho inventarla y es ése el término exacto. Porque de otro modo no es posible que ella tuviera cualidades tan disímiles o tan incompatibles. Observen esto. Adelaida la definía torturada y afligida; Trini compadecía su falta de gracia; Rafael ensalzaba su inteligencia. En resumen, cada uno de ustedes la hacía "a su imagen y semejanza". Cada uno de ustedes proyectaba en ella su personalidad y le prestaba su existencia. Eran sinceros pero no objetivamente veraces. Estaban demasiado llenos de ustedes mismos para serlo. Pero el espejo que no tiene personalidad ni existencia y que por lo mismo no puede otorgarla, la ignora. Para él no hay enfrente suyo nadie, y permanece limpio, pulido, igual, desocupado.

Al llegar a este punto de mi exposición mis amigos parecían estar abrumados por mis argumentos. La lógica es un instrumento tan eficazmente mortal como el tiempo, pero más veloz. A las imprecaciones sucedieron los lamentos. Yo experimentaba sin remordimientos el maligno alborozo de haber asesinado un fantasma y aguardaba confiada recuperar mi lugar en la estimación de mis compañeros. ¿Recuperarlo nada más después de mi espectacular acción? ¿No era legítima mi aspiración de mejorarlo? Pero de repente la voz de Adelaida se separó de la corriente en la que las otras dejaban discurrir su turbulencia, sólo para acusarme:

—¿Y tú? ¿Pudiste imaginarla jamás? No. Tuviste que ir a buscar la realidad en su cuerpo, en sus palabras, en los testimonios de un domicilio, de una familia, de un estado civil. Y ni aun allí fuiste capaz de hallarla. El espejo supo que tenía en ti una compañera, una cómplice y te reveló su secreto. Tú también la hiciste a tu imagen y semejanza y ahora Maru está muerta.

Yo sé bien que Adelaida no es cruel pero es indomablemente franca. Al percatarse de la gravedad de su denuncia, calló. La misericordia veló sus pupilas. Pero no con la suficiente premura como para que yo no alcanzara a ver, con un estupor infinitamente doloroso, cómo mi rostro también se había desvanecido.

TRES NUDOS EN LA RED

A Juan Vicente Melo

EL NACIMIENTO de Águeda produjo una decepción —mitad consternada, mitad satisfecha de vaticinio cumplido— entre los miembros de la familia Sanromán.

Después de los tres primeros y sucesivos fracasos maternales de Juliana no únicamente era previsible sino también justo que diese a luz a un varón. ¿Pero quién puede fiarse de estas mujeres de un barrio cualquiera, sin casta y sin orgullo? Tuvo una hembra y, como si no fuera suficiente, la melindrosa se dio además el lujo de quedar imposibilitada para concebir de nuevo.

¿Adónde, suspiraban en sus asambleas dominicales, amodorrados después de la abundante comida, los Sanromanes, adónde van a ir a parar los hermosos cañaverales de Esteban, las enormes partidas de ganado, las fincas de la tierra fría y de la tierra caliente? A manos de un extraño, si bien les iba. Porque Águeda, a juzgar por las apariencias, no iba a ser fácil de casar.

Esteban no se preocupaba demasiado por el porvenir de su hija. Calculaba únicamente que la dote habría de ser mayor de lo que había dispuesto. Pero después de todo era la hija única, porque los bastardos no contaban. Por su parte Juliana tenía confianza en que la niña embarnecería con la edad. Además ella iba a encargarse de que recurriera a todos los artificios de la coquetería. Si se esmeraba en ser limpia y hacendosa y en parecer de sangre liviana no faltaría quien se fijara en ella para desposarla. Al fin y al cabo, matrimonio y mortaja...

Pero conforme Águeda iba creciendo las ilusiones de sus padres hallaron cada vez menos puntos de apoyo. La fortuna de Esteban mermó, casi hasta extinguirse, cuando las tierras fueron repartidas por el gobierno y los indios se alza-

Publicado en *Revista de la Universidad de México,* XV, núm. 5, abril de 1961.

ron negándose a seguir trabajando de balde. El estado de sus finanzas no era ni excepcional ni secreto. Ahora sí ya podía comentarse, sin ningún recato, que su hija le estaba resultando un poco rara.

¿A quién habría salido, Santo Señor de Esquipulas?

En las noches de insomnio Juliana y Esteban repasaban, cada uno desde su respectiva y matrimonial cama de latón, las anécdotas de sus mutuos antepasados para encontrar la raíz, la explicación.

—Tal vez aquella prima lejana tuya, la de Tabasco, la que se volvió loca.

—¿Y qué querías que hiciera? Los carrancistas abusaron de ella delante de su novio y luego a él lo remataron de un balazo.

Juliana suspiraba, conmovida. Era una de las tragedias que enlutaron su juventud y de la que le hubiera gustado ser protagonista. El hecho de que su marido no la comprendiera la irritaba. Para vengarse, decía.

—¿Y tu bisabuela? Dicen que dormía en un cajón de muerto que se había mandado hacer para cuando llegara el caso.

—Mamá Gregoria fue siempre muy precavida.

—Se pasaba.

—En cambio otras prefieren deberle a las once mil vírgenes con tal de no pensar en el mañana.

Juliana sentía el pinchazo de la indirecta. Esteban había aludido, naturalmente, a la madre de ella, a la viuda que nunca supo ¡la pobre! lo que era sacar una cuenta ni ahorrar un centavo. Y ni siquiera había sido capaz de colocar bien a sus hijas. Allí estaba, por ejemplo, Juliana. Atada a un señor con veinte años y veinte mil mañas más que ella, al que sólo le quedaban las ínfulas de rico. Y en cuanto a la otra...

Como si sus pensamientos hubieran llegado, por distintos caminos al mismo punto, preguntaba con fingida inocencia el marido:

—¿Se averiguó, al fin, de qué le vino la muerte a tu hermana Elena?

—No la envenenaron para quedarse con la herencia, como a la tuya.

Lo que había comenzado en murmullo tenue iba adquiriendo la densidad y el volumen de una disputa violenta. En los tapancos altísimos, en las paredes espesas, en la amplitud de las habitaciones de las casas de Comitán, rebotaban los insultos, las recriminaciones, los reproches.

En la recámara vecina Águeda despertaba con sobresalto.

—Están hablando de mí.

Distinguía la voz de su padre: maciza como su cuerpo, solemne como sus pasos, certera como la aguda punta del bastón de caoba que acertaba siempre con el sitio exacto donde posarse. En cambio las frases de su madre eran una catarata irreflexiva. Daba la impresión de que nada podría contenerla. Y de pronto comenzaban los titubeos, como cuando andaba revolviendo cajones para buscar algo que ya había olvidado. Y por último sobrevenía un silencio total.

Lo que Águeda no supo nunca fue que lo que enmudecía a su madre no eran ni las razones de su marido, ni la prudencia, sino el terror. No a la cólera, ni al castigo, ni a las represalias. El terror a la reconciliación.

Águeda también se estremecía de otros terrores: el de la oscuridad, en la que siempre se movía un fantasma; en la que siempre acechaba una bestia feroz. Pero sobre todo el de aquellas voces repentinas de sus padres que la iban cubriendo de llagas dolorosas: las de una culpa cuyo nombre jamás acertó a entender, una culpa que estaba en sus huesos para pudrirlos, en su corazón para estrangularlo, en su cabeza, de la que era único badajo resonante.

Una culpa, además, sin expiación. A menudo la niña soñaba que había muerto y que su lugar vacío era ocupado por otro, por el que verdaderamente debía de estar allí; y que el sorbo de aire que antes robaba, ahora le proporcionaba fuerzas al dueño legítimo.

Al despertar nunca recuperaba del todo la certidumbre de continuar viva, no quería recuperarla. Se deslizaba sin ruido por los corredores —evitando el encuentro de los espejos— e iba a ocultarse hasta el fondo del traspatio. Allí permanecía hasta que alguien iba a recogerla bruscamente a la hora de comer.

Ante sus mayores no había modo de hacerla hablar, *porque ella no estaba allí.*

Esteban y Juliana, por su parte, no atendían más que a su propia hostilidad y a su rencor. Se pedían, con una deferencia llena de sarcasmo, la sal; se agradecían irónicamente el postre. Pero no gastaban una sola palabra superflua en la conversación.

Águeda corría fuera del comedor lo más pronto posible para buscar su refugio favorito y lejano. Allí, a la hora del atardecer, se entretenía retorciendo el cuello de los pájaros que, en el principio del crepúsculo, disminuían la altura y la velocidad de su vuelo, hasta quedar al alcance de unas manos rapaces. Después, con el pequeño cadáver oculto entre la blusa y el pecho, Águeda iba al jardín y en uno de los arriates cavaba un breve agujero para enterrarlo. Encima de la tierra removida colocaba una flor, como señal y duelo.

También se complacía en despojar a las lagartijas del cuero verde que las cubre. Bajo su grosura y aspereza iba apareciendo una membrana blancuzca, transparente casi que permitía observar la palpitación enloquecida de las vísceras. Águeda veía, con paciencia, decrecer el ritmo hasta paralizarse. Entonces, cuidadosamente, colocaba al animal sobre una piedra y lo dejaba libre. La lagartija permanecía inmóvil un instante y luego echaba a correr y se perdía entre los matorrales.

En una ocasión Juliana sorprendió los manejos de la niña. Su primer impulso fue abalanzarse y golpearla, interrumpiendo así aquel juego cruel. Pero luego una especie de veneración ancestral la contuvo. Águeda es una Sanromán, se dijo. ¿Cómo iba Juliana a rebelarse contra una jerarquía inmutable? Es una Sanromán, repitió, alejándose. Por tanto, lo que hubiera de maldad y tiranía en ella era la herencia de los antiguos atormentadores de esclavos, de los viejos azotadores de indios. De ella, de la bordadora humilde del barrio de San Sebastián, no había nada. Juliana respiró, con un extraño alivio, su propia inocencia.

La impunidad hizo a Águeda ociosa y rebelde. Ignoraba dónde tenía su origen esa debilidad de sus padres hacia ella, pero había comprobado que ninguno de los dos se atrevía ni a dictarle una orden ni a contradecirle un capricho. Han de tenerme lástima, supuso. Y cuando afirmo algo me contestan "sí, sí", como a los locos y a los imbéciles.

Juliana intentó, alguna vez y como por juego, atraerla a los quehaceres domésticos. Águeda respondió advirtiendo que se la quería hacer caer en una trampa:

—Ése es asunto de las sirvientas.

Sin embargo, a veces condescendía en regar las macetas; en barrer algún rincón, hasta que un ataque de estornudos le imposibilitaba continuar la tarea. Y la única vez que entró en la cocina se desmayó de asco ante la vista de los alimentos crudos.

Cuando Juliana quiso empezar a adornar a su hija con todas las gracias de una señorita, se estrelló con una torpeza tan obstinada que no pudo menos de calificar como maligna. En el teclado del piano era incapaz de distinguir el sonido de una nota de otra y si desde el principio colocaba mal los dedos, toda la lección se desarrollaba mal. Cosía y deshilaba pedazos de trapo que nunca se convirtieron en algo útil. Y en cuanto a la pintura nunca pasó de emborronar papeles que después tiraba con desprecio a su alrededor.

No hay que dejarla sola nunca, reflexionaba Juliana. Pero la amistad tampoco le era fácil. Por su familia, por su rango, pertenecía desde su nacimiento a un círculo determinado y selecto. Fue bienvenida. Pero pronto comenzaron a huir de ella con un pretexto u otro. ¿Para qué estar con quien se aburría de todos los juegos? Porque a Águeda no le gustaba hacer ni pasteles de lodo, ni cambiar de pañales a las muñecas ni concertar comadrazgos con ninguna.

Hubo que recurrir a las cargadoras y pagarles precios especiales, a pesar de lo que emigraban a la menor provocación. En realidad las asustaba la pasividad con que Águeda se disponía a que la divirtieran. Canciones, bailes, cuentos, todo lo que se podía ver desde lejos y en lo que no era preciso participar. Y nunca, las pobres criaditas, pudieron prever el instante en que Águeda iba a lanzarse contra ellas tratando de arrancarles las orejas porque no habían acertado a contestar alguna de sus preguntas.

—Esto sí se pasa de la raya, decidió la madre. Ha de estar compatiada con el diablo.

Y fue a consultar a su director espiritual.

Éste —perfil romano, voz conmovedora en el púlpito, ídolo del pueblo— le aconsejó:

—Traémela. Hemos de arrancarle esas malas hierbas que le atormentan. Yo mismo le inculcaré la doctrina.

Juliana disfrutó de un fugitivo minuto triunfal. Sus cuñadas se desmorecían de envidia. El sacerdote no se habría dignado hacer lo mismo por ninguna otra que no fuera Águeda.

Con un catecismo del padre Ripalda en una mano y una palmeta en la otra, se iniciaban las clases en el locutorio parroquial. Las preguntas eran fáciles, rápidas, mecánicas. Así deberían de ser las respuestas. Pero Águeda, después de meditar con el entrecejo fruncido, salía con una pregunta nueva, con la aplicación de la regla a un caso concreto en el que resultaba contraproducente, con la exigencia de que se le marcaran bien los matices para no equivocarse, con escrúpulos sin fin.

El sacerdote dejaba caer los brazos. Ni el catecismo era explícito ni la palmeta era justa. Llamó en secreto a doña Juliana para confiarle que el caso de su hija era tan especial que no se atrevía a administrarle la sagrada forma, por miedo a cometer un sacrilegio.

¿Qué hacer ante una deshonra semejante, que sus cuñadas se encargaron inmediatamente de hacer trascender al público? Huir, donde nadie los conociera ni los señalara entre burlas compasivas. A México.

Ya en la capital, Juliana no hallaba cómo desprender a Águeda de sus faldas. ¿Iba a permitir que vagara por las calles, para que en su distracción la atropellaran los coches? ¿Iba a inscribirla en una escuela pública, para que se las averiguara con una turba de muchachitos insolentes y mañosos? Porque, gracias a Dios, Águeda sería todo lo que quisieran. Pero maliciosa no.

Así que no quedaba otra alternativa que buscar un colegio de monjas, muy decente, bien afamado, y sobre todo, caro. Sí, el más caro. Ésa era la única garantía.

Cuando Esteban llegó a México, después de liquidar sus intereses en Chiapas, encontró a su familia ya instalada.

La sorpresa fue desagradable. El departamento alquilado por Juliana era excesivamente pequeño y el ajuar de segunda mano. Además carecía de servidumbre, para compensar los gastos de la colegiatura.

Esteban daba su asentimiento a las virtudes ocultas en cada una de las disposiciones de Juliana. Pero sentía nostalgia de su hamaca de fibra en el corredor, del espacio, que hasta ahora nunca le había faltado; el aire, que no llegaba caliente de olor de fritangas y basura quemada.

La causante de tales trastornos era Águeda y a Esteban no le iba a ser fácil perdonarla. Pero cuando la vio regresar del colegio, con su uniforme gris y su mochila pesada y un aire, por primera vez ávido y despierto, estuvo a punto de no reconocerla.

—Saca muy buenas calificaciones, alardeó Juliana. ¿Quieres verlas?

Águeda estaba ya abriendo su mochila cuando el ademán negativo de su padre la inmovilizó. Se quedó perpleja, mirándolo. ¡Qué incongruente le parecía la figura de este extraño, a cuyos brazos estuvo a punto de lanzarse! ¡Qué absurdo, con su chaleco, su leontina de oro, su bastón de caoba, su sombrero verduzco!

Sin comentarios, pasaron al comedor. Juliana trajinaba ruidosamente en la cocina y llegaba con una fuente de sopa humeante, de carne guisada, de frijoles. Águeda comía apenas y Esteban tomaba una pizca de esto y de lo otro, refunfuñando porque no estaba bien sazonado o le escaldaba el paladar, por lo caliente o había perdido su gusto, por lo frío.

Juliana se sentó a la mesa hasta el final y colocó sus manos entrelazadas (rojas de lejía y trabajo) sobre el hule que fungía como mantel. Aquí, junto a ella estaban los dos seres a quienes la unía el deber, el parentesco entrañable. Como a la luz de un relámpago los contempló, distantes, ajenos. No los había comprendido nunca y tampoco los había amado. Esta última revelación la turbó. Y para conjurarla rezó mentalmente una jaculatoria.

Los días tomaron el cauce de una rutina invariable. Águeda y Juliana madrugaban para que la muchacha llegase a tiempo al colegio. Cerca del mediodía Esteban, acicalado con lo mejor de su guardarropa, se marchaba al centro, donde estaba tramitando unos asuntos cuya vaguedad nunca condescendió a explicar. Tenía amigos influyentes; era cuestión de semanas que expidieran su nombramiento.

Esta versión fue verdadera algunos días. Después de largas e infructuosas antesalas Esteban había decidido pasar las mañanas en algún sitio más agradable. Eligió la Alameda. Buscaba una banca que le conviniese y desdoblaba ceremoniosamente el periódico. En ciertas ocasiones, y a modo de celebración de algún acontecimiento especialmente importante, Esteban alargaba sus pies a la rápida habilidad de un bolero.

A veces conversaba con algún otro asiduo del lugar. Nunca permitió que su interlocutor traspasase los límites del comentario acerca del tiempo o de las críticas a las autoridades. Así conservaba su distancia y un señorío cada vez más menguado. Porque primero tuvo que prescindir del bastón, demasiado estorboso en el interior de los vehículos; después, cuando regresaba a su casa dormitando junto a la ventanilla del tranvía, un ladrón le arrebató el sombrero. Por precaución guardó la leontina y el reloj, con lo que el chaleco ya no lucía más que el brillo de la vejez y el uso.

Juliana olfateaba, en estas ausencias cotidianas, una aventura.

—Y eso sí que no se lo tolero ni a Dios Padre, repetía enjabonando furiosamente la vajilla.

En la noche, y con el pretexto más baladí, inició la pelea. De su boca salían a borbotones palabras vulgares, viles adjetivos. Águeda se puso a contar el tiempo que transcurría en desvanecerse esta cólera para ser sustituida por el arrepentimiento. Esteban aceleró el plazo al no responder a ninguna de las acusaciones, parapetado tras la sección de anuncios del periódico.

Ya en la madrugada (el insomnio consumió a Juliana) se deslizó cautelosamente hasta el lecho de su marido para pedirle perdón. Esteban se volvió hacia la pared y casi en sueños repitió varias veces: demasiado tarde... demasiado tarde.

Éste fue el principio del silencio. Los tres estaban siempre absortos en sus proyectos, en los incidentes diarios, en sus recuerdos. Ninguno tenía nada que compartir con nadie.

Juliana creyó, al principio, que el desempeño de las tareas de la casa no sería más que transitorio. Pero Esteban consideró esta situación como satisfactoria y definitiva. Le gustaba verla encerar el suelo, limpiar los vidros, hacer las camas, desde un sillón especial de descanso que había adquirido para su uso exclusivo.

Ahora está desquitando sus años de haraganería en Comitán. Después de todo ¿qué habría podido llegar a ser sin mi apellido ni mi dinero más que una criada?

Su dinero. Con él adquirió alguna vez una juventud, una belleza, un simulacro de amor que se habían desvanecido. Con él se aseguró para siempre de la fidelidad y la abnegación de Juliana. Lo consideraba como el único instrumento de dominio, como la única espina dorsal que podía mantenerlo erguido por encima de quienes lo rodeaban. Por eso se asía a él con un ademán convulso para no soltarlo.

Cada mañana veía aproximarse el momento en que su mujer iba a acercarse a pedírselo. Observaba sus vacilaciones en el umbral, sus falsas búsquedas cerca del sillón de descanso, el esmerado frotamiento de la superficie de un mueble contiguo. Por fin, la frase salía, estrangulada y trémula, de los labios de Juliana. Esteban afectaba no haberla escuchado y se hacía repetir la súplica. Espoleada por la angustia, Juliana silabeaba ahora clara y distintamente.

—Necesito diez pesos para el gasto.

Esteban la miraba con aire de infinita compasión. ¿Se había vuelto loca de repente? Porque el dinero no se recoge con escoba por las calles como para dilapidarlo así.

—¿Para qué lo quieres?

—Para la comida.

—¿Se trata de algún banquete especial? ¿Tenemos huéspedes y quieres lucirte dándoles faisán o pavo trufado?

Sin asomo de humor ni de impaciencia, como si el interrogatorio fuera normal, Juliana respondía.

—Es que todo está muy caro.

—El periódico dice que las medidas para abaratar el costo de la vida están dado magníficos resultados.

—Si no me crees, acompáñame a la plaza.

—¿Cómo no voy a creerte? Eres mi mujer y la mujer no debe mentir nunca al marido.

—Entonces dame los diez pesos.

—Pero antes explícame: ¿qué vas a comprar?

—Cincuenta gramos de arroz.

—¿No te parece excesivo? Ayer sobró más de la mitad de la sopa.

—No se desperdicia. Luego sirve para la cena.

—Bueno, aquí está lo del arroz. ¿Qué más?

—Medio kilo de carne.

—¡Medio kilo! ¿Y por qué no una vaca entera?

—Tú comes la mayor parte. Águeda y yo apenas la probamos.

—Escógela con cuidado entonces. Blanda, sin nervios. De la mejor clase. ¿Es todo?

—Faltan las verduras y los frijoles.

—No me vas a negar que eso sí es barato.

—No.

–Entonces te alcanzará con siete pesos. Toma.

—Pero tú no perdonas ni la fruta ni el dulce ni el café.

—Si sabes repartir con tino, puede salir de aquí.

Como si no hubiera escuchado, Juliana insistía.

—Necesito también comprar jabón, azúcar...

—Pero hace apenas una semana que compraste.

—Ya se acabó.
—No me lo explico. Salvo que no te den la medida cabal en la tienda.
—Tal vez.
—Pues exígelo. Tienes derecho.
Juliana hacía un último gesto de asentimiento y estiraba la mano para recibir los tres pesos restantes que Esteban le entregaba con gesto magnánimo. Inmediatamente después se oían sus pasos precipitados rumbo a la calle, el ruido de la puerta al cerrarse.
Águeda interrumpía su tarea escolar para ver a los dos protagonistas de la escena. Avaricia, abyección. ¿Era esto el matrimonio? No, no era posible. Estaba segura de que los padres de sus compañeras vivían de otro modo. Se amaban.
Pensó en esta palabra sin tener la menor idea de su significado. Ella nunca había amado a nadie y menos que a nadie a esta pareja de extraños seres mezquinos y vulgares de los que jamás había logrado desprenderse. Todos aseguraban que Esteban y Juliana eran sus padres; pero ella rechazaba esta aseveración con todas sus fuerzas. Mentía el mundo entero para ocultar quién sabe qué maniobra infame. Algún día vendrían a rescatarla de este infierno sus padres verdaderos, los que le habían dado la vida en un acto de entrega y de gozo.
Se complacía en imaginarlos. Él era apuesto y comenzaba a envejecer con dignidad. Había viajado, leído. Ocupaba un puesto muy importante y su tiempo estaba lleno de ocupaciones útiles y notorias. Pero cuando regresaba al hogar no era más que un hombre sencillo y afectuoso, que respetaba a su madre, que mimaba a su hija.
En cuanto a su madre era encantadora. Alta, muy elegante, con el pelo suavemente recogido hacia atrás y el rostro sin afeites, sereno y dulce.
Cuando se presentaran a reclamar a Águeda ni Esteban ni Juliana se atreverían a detenerlos. La dejarían marchar a una casa lujosísima, donde cada detalle revelaba el cuidado y el buen gusto de su dueña.
Las primeras noches no dormirían. ¡Tenían tantas confidencias que hacerse! Después, cuando Águeda hubiera terminado su carrera, con un premio de excelencia, la recompensarían con un recorrido por las más hermosas ciudades europeas. Al regresar ya estaría esperandola *él,* un joven

empeñoso que trabajaba al lado de su padre. Todos le auguraban un porvenir magnífico...

Bruscamente Águeda volvía en sí. La puerta se había cerrado con estrépito. Era Juliana que volvía del mercado, jadeante, arrebolada.

El año que Águeda terminó su bachillerato hubo en el colegio una ceremonia de fin de cursos. Todas las graduadas asistirían, con toga y birrete, a recibir su diploma. Los padres ocuparían el lunetario para aplaudir el coronamiento de los esfuerzos de sus hijas.

Águeda decidió, desde el primer instante, no comunicar la noticia ni a Esteban ni a Juliana. Con tal de que no asistieran pretextó una enfermedad de la que no se repuso sino cuando el acontecimiento hubo pasado.

La argucia no habría tenido consecuencias, de no ser el celo de la directora del colegio, quien envió un recado a Juliana solicitándole una entrevista.

Juliana se puso muy nerviosa; rogó a Esteban que la sustituyera, pero éste se rehusó terminantemente. Entonces no tuvo más remedio que ponerse a rebuscar en la cómoda el vestido menos pasado de moda y que, a su juicio, era el más propio para la ocasión. Una de las vecinas la proveyó de un par de guantes y otra de un sombrero y una bolsa que no hacían juego. El problema de los zapatos no pudo resolverlo y tuvo que llevar los del diario.

Juliana se sentía como mareada, dentro de ese atavío desacostumbrado. Y la sensación se acentuó al atravesar la inmensidad silenciosa de los patios en vacaciones. Cuando llegó a la sala de espera transpiraba el sudor frío de la náusea.

La directora, después de concederle una mirada rápida e indeterminable, la invitó a tomar asiento, aunque ella permaneció de pie detrás de su escritorio, cuyo único adorno era un crucifijo de hierro.

—Considero que es mi deber, señora, hablarle de su hija Águeda. Desde luego no podemos reprocharle nada en cuanto a su dedicación para el estudio. Es una gracia que el Señor le ha concedido y que ella no dilapida. Pero hay algo que me ha preocupado siempre en ella: su conducta.

Juliana recordó el cuello retorcido de los pájaros, las lagartijas desolladas y tuvo un sobresalto que no interrumpió a su interlocutora.

—No es que sea indisciplinada; al contrario. Cumple con

los reglamentos de una manera que yo calificaría de exagerada. Pero en todo lo que hace no hay entusiasmo, no hay simpatía, sino una especie de encarnizamiento. Como si al cumplir sus deberes estuviese destruyendo un obstáculo, o vengándose de algo, de alguien.

—Perdone usted mi rudeza de entendimiento, madre. Pero lo que usted me dice es tan extraño...

—Ignoro cuál es la actitud de Águeda en su casa, con sus familiares. Pero aquí, durante los años que estuvo entre nosotras, no estableció ninguna relación amistosa con sus compañeras; no tuvo uno de esos apegos admirativos por ninguna de sus maestras, ni se encendió en uno de esos fervores tan comunes en las adolescentes. Ni siquiera eligió un confesor fijo. Le era indiferente ir con un sacerdote o con otro. Y cuando se le ordenaba perseverar obedecía sin protestas.

—Siempre ha sido muy desamorada, muy indiferente con todos.

—Lo que no estoy segura es de si se trata de una cuestión de carácter o del trato que ha recibido de quienes deberían demostrarle más solicitud, más afecto. ¿Por qué no se presentó a la ceremonia de fin de cursos? Sabía que iba a recibir su diploma y varios premios.

—¿Cuándo fue? Nosotros no nos enteramos de nada.

—Ahora ya no importa. Pero eso confirma mis sospechas. Águeda no vino porque sabía que nadie iba a acompañarla en esta ocasión solemne y única. Tal vez le dolió demasiado estar sola.

De un modo automático Juliana empezó a despojarse de los guantes que le oprimían dolorosamente las manos. ¿De qué estaba hablando esta mujer? Y no se concedía tregua. Continuaba, continuaba...

—Comprendo que su marido no pudiera faltar a sus ocupaciones. Pero usted, señora ¿no podía renunciar a algún compromiso, tal vez sin importancia, cuando su hija reclamaba su presencia?

De una manera repentina Juliana comprendió la verdad. Águeda les había ocultado todo deliberadamente, porque no quería que ni Esteban ni ella asistieran a una ceremonia en la que se reunirían los padres de sus compañeras. Los mantuvo alejados porque se avergonzaba de ellos.

Juliana lo había sospechado muchas veces, en detalles mínimos. Cuando iban juntas, Águeda y ella por la calle, la muchacha se adelantaba como para disimular su relación con esta mujer maltrazada que corría penosamente para alcanzarla. Estaba siempre dispuesta a renunciar a cualquier paseo, a cualquier diversión si iban a asistir también sus padres. Y ahora había preferido faltar a la fiesta de las graduadas, con tal de no presentarlos.

La evidencia era tan deslumbradora que Juliana sintió un alivio enorme. ¡Por fin tenía un motivo suficiente para dejar a Águeda en libertad de ir sola o con quien le pareciera digno de su persona! ¡Qué descanso quedarse en la casa, con el delantal puesto, con el chongo deshecho, arrastrando unas pantuflas viejas mientras en el radio sonaba una canción cursi!

—. . .ahora su hija atraviesa por una edad peligrosa, llena de tentaciones y asechanzas. Si no confía en su madre ¿en quién más podrá hacerlo?

No, una canción no. Mejor uno de esos episodios que ahora estaban de moda. Si no se daba prisa no lo alcanzaría. Precipitadamente Juliana se puso de pie y sin fijarse si la peroración de la directora tocaba a su fin o seguiría mucho tiempo más, se aproximó a ella y le tomó la mano para besársela.

—Gracias, madre. Gracias por todo.

El contacto, aunque fugaz, de las manos de Juliana —manos callosas, manos cuarteadas de lejía— hizo recapacitar a la directora. No, la mujer que acababa de salir no era una viciosa de las reuniones sociales ni una hábil jugadora de canasta uruguaya. En cuanto a su aspecto, ahora que recapacitaba en él, parecía más bien deprimente. ¿Pertenecería Águeda a una familia pobre? Sin embargo nunca se retrasó en el pago de la colegiatura. De todos modos era mejor que ya hubiera terminado sus estudios. Persignándose ante el crucifijo y haciendo una especie de reverencia, la directora también se retiró.

Mientras Juliana regresaba al departamento, bajo el sol frío y remoto de marzo, se quitó el sombrero y se esponjó el cabello para dejar que la brisa lo moviera a su gusto. No se sentía humillada ni triste por lo que acababa de comprobar. Simplemente pensó otra vez: Águeda es una Sanromán. Como tal tenía derecho a despreciarla. Y lo curioso es que su desprecio la hacía sentirse liviana, irresponsable, libre. Y para sus adentros compadeció a su marido que ahora estaría preocupándose por el futuro de Águeda. Ignoraba que era innecesario hacerlo. Que la muchacha era más fuerte y despiadada que ninguno.

A la hora de comer, única en que Esteban recuperaba su rango de jefe de la casa, inició una larga apología de la carrera de química. Era la más apropiada para una joven, según su criterio. Y en cuanto se obtenía el título se ganaba fácilmente un buen dinero con sólo dar el número para que lo ostentaran las farmacias que deseaban tener al frente un responsable.

Águeda asentía a todo. Lo que su padre afirmaba era verdad. Pero ella acababa de terminar sus trámites para inscribirse en la Facultad de Leyes.

Algún oscuro instinto la empujó hasta allí sin consultar con nadie. Sospechaba que la familiaridad con la ley podía proporcionarle una justificación para su existencia, cuya validez había sido puesta en entredicho desde su nacimiento, y dar a su destino un cauce lícito que aplacara sus angustias e interrogaciones.

Cuando su decisión se supo casualmente, Esteban adoptó un aire grave de víctima, de ser indefenso lesionado y no volvió a dirigir la palabra a Águeda más que para aludir a la ingratitud de los hijos, a la falta de respeto a la experiencia y los consejos de los mayores y a lo preferible que era la muerte, cuando había uno llegado a convertirse en un estorbo.

Águeda lo escuchaba con una atención implacable como si le fuera necesario clasificar la especie a que pertenecía este hombre que había llegado a la vejez sin entrar en contacto con ninguna forma del amor ni del entendimiento. Al fin lo archivó con un nombre despectivo y no volvió a hacer caso de sus lamentaciones.

Con todo, reinaba en aquella casa un simulacro de paz y armonía que era suficiente para que Juliana se sintiese a gusto. Abandonó (¡ya era tiempo!) todos sus esfuerzos por parecer presentable; tiró la faja al bote de la basura y se compró vestidos corrientes en el mercado.

Sus horas libres aumentaron desde que Águeda consiguió un empleo en un despacho de abogados y comía en el centro. Así que pudo dedicarse, acompañada del indispensable radio, a bordar un inacabable mantel que donaría a la Iglesia Mayor de Comitán, como acción de gracias por los beneficios recibidos y como conjuro para que la suerte no cambiara.

La suerte, sin embargo, cambió y muy bruscamente.

Una noche Esteban despertó con un dolor agudo en la mitad del tórax, en el brazo izquierdo, en el costado.

El médico diagnosticó una amenaza de angina de pecho, prescribió algunas medicinas y recomendó el reposo suficiente.

Y entonces Esteban Sanromán alcanzó lo que ya no creía tener nunca en la vida: felicidad. De allí en adelante ya no precisaba fingir pretextos de negocios y compromisos, ni desperdiciar sus mañanas asándose o congelándose, según la estación, en una banca incómoda de parque. Ahora su sillón de reposo era su trono; arrellanado en una postura perfecta, se dedicaba con ahínco a vigilar los latidos de su corazón, el ritmo de su pulso, las ráfagas repentinas de su pecho.

Ante la nueva emergencia Juliana acudió a los sacramentos para fortificar su fe y cargar con resignación su cruz. Proveyó a su marido de todas las comodidades imaginables: cojines, mantas para las piernas, revistas y juegos que le sirvieran de diversión: desde el elemental naipe español hasta el incomprensible ajedrez. Águeda iba y volvía de sus clases, de su trabajo y encontraba siempre a la pareja enfrascada, con una pasión que no podía menos que encontrar despreciable, en una competencia encarnizada y sin fin.

Juliana, además, sorprendía a su esposo con bocados ligeros y delicados.

Tan múltiples esfuerzos llegaron a establecer entre los dos una especie de cordialidad. Pero cuando Juliana quiso medir su hondura, topó inmediatamente con ese gesto tan peculiar de los Sanromanes que significaba: todo lo que hacen los demás por mí, lo hacen por su obligación y por mis méritos. Todo lo que yo recibo no es más que lo que me pertenece por derecho.

La decepción, acaso la fatiga, hicieron que Juliana comenzase a mostrar cierto despego hacia el enfermo. Éste se quejaba, en vano, de los malos modos y la rebeldía de su mujer. ¿Cómo se había atrevido, por ejemplo, a contratar los servicios de una criada sin consultar la opinión de Esteban?

—Porque necesito salir a la calle y no quiero dejarte solo.

¡Salir a la calle! Era inaudito.

—¿De compras? —preguntaba amenazadoramente el marido.

—Me gusta ver los aparadores. Y de cuando en cuando me meto en un cine. Hay que distraerse ¿no?

—Claro —remachaba Esteban con resentimiento—. Tú que puedes, hazlo. Mientras tanto yo me pudriré aquí.

Sus palabras no causaban ni siquiera un efecto dilatorio en los proyectos de Juliana. Ésta tenía ya puesto el abrigo y daba el último vistazo al interior de su bolso para comprobar si no había olvidado algo importante.

Sus ausencias, a fuerza de repetirse, acabaron por ser habituales. Y cada vez se prolongaban más. Pero no volvía contenta sino que su semblante mostraba, cada vez más, signos de decaimiento y tristeza.

Algunas mañanas retardaba, hasta el límite máximo, el momento de levantarse. Daba dos o tres pasos y volvía a arrojarse sobre la cama, extenuada.

Esteban observaba todos estos síntomas con una secreta complacencia. A ver si así Juliana aprendía lo que era estar imposibilitado y sin ayuda.

—Creo que necesito unas vacaciones —dijo Juliana volviéndose a Esteban, después de un minucioso examen frente al espejo que le devolvió una imagen demacrada y terrosa.

—Sabes que no tenemos dinero para tirarlo así.

—No te apures. En Tehuacán tengo una prima. Es dueña de una casa de huéspedes. Si yo la ayudo en algo no me cobraría la asistencia.

—¿Y yo? No voy a quedar a la merced de una criada ignorante.

—Vendrá a cuidarte una enfermera.

—Por lo visto estás empeñada en arruinarme.

—Es monja. Lo hace por caridad.

No había réplica posible. Además la maleta de Juliana ya estaba hecha. Lo único que faltaba era despedirse de Águeda.

Entró en la recámara de su hija cuando estaba desvistiéndose.

—Sabes que me voy por unos días.

—He oído algo de eso.

—Quería dejarte un regalo. Por si te hace falta.

Sobre una mesita Juliana depositó un rollo, bastante grueso, de billetes. Águeda lo contempló, atónita.

—¿Se lo robaste a mi padre?

Juliana alzó los hombros como si el hecho no tuviera importancia.

—Gástalo. A tu edad se antojan muchas cosas.

A la mañana siguiente salieron juntas, Águeda y Juliana, a aguardar un taxi. Detrás de ellas iba la criada cargando la maleta.

En el momento de abrir la puerta del automóvil de alquiler, Juliana exhaló un gemido.

—¿Qué te pasa? —preguntó con extrañeza Águeda.

—Nada. Soy muy torpe. Me machuqué con algo.

Juliana aguardó a que el vehículo hubiese avanzado algunas cuadras, para dar la dirección al chofer.

—Al Instituto de Cancerología, por favor.

El chofer la condujo, sin un comentario. Conocía la ubicación del edificio. Muchas veces antes había transportado a pasajeros allí.

Juliana pagó el importe de su pasaje y no permitió que nadie la ayudase a cargar la maleta.

—No pesa nada —dijo como disculpándose.

Cuando llegó frente a la ventanilla de Informes puso frente a la encargada un papel. Después de leerlo, dijo mecánicamente.

—El Pabellón de Incurables queda en el octavo piso.

—Gracias.

Juliana volvió a asir la maleta que había dejado un momento sobre el suelo y con paso firme, seguro, se dirigió al elevador.

ÍNDICE

Narrativa

Este libro se terminó de imprimir y encuadernar en el mes de julio de 1996 en Impresora y Encuadernadora Progreso, S. A. de C. V. (IEPSA), Calz. de San Lorenzo, 244; 09830 México, D. F.
Se tiraron 2 000 ejemplares.